癫痫持续状态

的

诊断和治疗

主　编　王学峰　肖　波　洪　震

主　审　沈鼎烈

编　委（以姓氏笔画为序）

丁美平　浙江大学医学院附属第二医院

王学峰　重庆医科大学附属第一医院

朱遂强　华东科技大学同济医学院附属同济医院

刘秀琴　中国协和医科大学协和医院

李国良　中南大学湘雅医院

肖　农　重庆医科大学附属儿童医院

肖　波　中南大学湘雅医院

邹丽平　中国人民解放军总医院

沈鼎烈　重庆医科大学附属第一医院

陈　忠　浙江大学药学院

陈阳美　重庆医科大学附属第二医院

周　东　四川大学华西医学中心

洪　震　复旦大学附属华山医院

人民卫生出版社

图书在版编目(CIP)数据

癫痫持续状态的诊断和治疗/王学峰等主编.—北京:
人民卫生出版社,2010.1
ISBN 978-7-117-12393-8

Ⅰ.癫… Ⅱ.王… Ⅲ.癫痫-诊疗 Ⅳ.R742.1

中国版本图书馆 CIP 数据核字(2009)第 206019 号

门户网:www.pmph.com	出版物查询、网上书店
卫人网:www.ipmph.com	护士、医师、药师、中医师、卫生资格考试培训

癫痫持续状态的诊断和治疗

主　　编:王学峰　肖　波　洪　震
出版发行:人民卫生出版社(中继线 010-67616688)
地　　址:北京市丰台区方庄芳群园 3 区 3 号楼
邮　　编:100078
E-mail:pmph @ pmph.com
购书热线:010-67605754　010-65264830
印　　刷:北京人卫印刷厂(尚艺)
经　　销:新华书店
开　　本:787×1092　1/16　印张:30.75
字　　数:729 千字
版　　次:2010 年 1 月第 1 版　2010 年 1 月第 1 版第 1 次印刷
标准书号:ISBN 978-7-117-12393-8/R·12394
定　　价:69.00 元

主编简介

　　王学峰,男,神经内科教授,博士生导师。国务院政府特殊津贴获得者,卫生部有突出贡献的中青年专家。中华医学会神经病学分会癫痫与脑电图学组副组长,中国抗癫痫协会常务理事、副秘书长、中华医学会神经病学会神经遗传学组委员,中国神经科学会委员、中国睡眠障碍协会委员、重庆市(教委)神经病学重点实验室主任,临床神经电生理学和亚洲癫痫杂志副主编,是《中华神经科杂志》、《中华医学杂志》等14本杂志的编委。

　　主要从事癫痫和脑电图研究。主编的有《揭开癫痫的面纱》、《神经系统疾病的理论与实践》、《难治性癫痫》、《癫痫治疗学》和《临床癫痫学(第二版)》共5部学术专著。参编的有沈鼎烈教授的《临床癫痫学(第一版)》、吴逊教授的《神经病学,癫痫与发作性神经病》、林庆教授的《实用小儿临床癫痫学》、贾建平教授的《神经病学新进展》、王拥军教授的《现代神经病学进展》、谭启富教授的《癫痫外科学》和李世卓教授的《癫痫诊治指南》等25本学术著作。还参与了卫生部全国统编教材《神经病学》(专升本,七、八年制)(1、2版)、教育部全国统一教材《神经病学》(五年制)(1、2版)、《老年病学》(1、2版)、科学出版社全国高等学校教材《神经病学》(五年制)、中华医学会继续教育全国教材《癫痫新进展》和卫生部《专科医师全国教材——神经病学》等10本全国教材中癫痫章的编写,主译并出版过《基因在疾病中的作用》等6部专著。以第一作者或通信作者在 *European Journal of Neurology*、*CNS Drug*、*Clin Drug invest*、*Synapse*、*Neuroscience Letters*、*Epilepsy*、*Biochemical and biophysical research communications*、《中华医学杂志》、《中华神经科》等国内外杂志上发表有关癫痫和脑电图的学术论文156篇,受 *Frontiers in Bioscience* 和 *Neurological Research* 的邀请发表过2篇有关癫痫研究的综述。承担过国家自然科学基金、吴阶平科学基金、卫生部、教育部、重庆市教委等21项纵向科研项目的资助。曾因癫痫的研究获得过国家科技进步二等奖、三等奖,教育部科技进步一等奖、二等奖,四川省科技进步一等奖和重庆市科技进步二等奖(2项),1995年获国务院政府特殊津贴,2008年获卫生部有突出贡献的中青年专家,2007年被重庆市政府聘为重庆市神经病学学术带头人,2008年被重庆市政府命名为重庆市优秀技术人员。

前　言

在过去的 20 年中,癫痫病学取得的巨大进步使国际抗癫痫联盟各专业委员会一致认识到既要保持以前有关癫痫知识的框架,又要反映最近 20 年来癫痫病学取得的巨大进展是不可能的,主张重建癫痫知识新框架,并已努力实施。但近期组织的对癫痫持续状态的流行病学调查却惊人地发现,在癫痫知识取得巨大进步的今天,癫痫持续状态患者的死亡率和致残率并没有下降,而其中最重要的原因之一就是有关癫痫持续状态研究和治疗取得的进步没有得到广泛的宣传和应用。专业书籍中虽有癫痫持续状态的描述,但国内还没有一本有关癫痫持续状态的专著。为此,我们组织了中华医学会神经病学分会癫痫和脑电图学组及中国抗癫痫协会的有关专家,集体撰写了这本有关癫痫持续状态的专著以飨读者,希望对在临床第一线工作的广大医务人员有所帮助。

作者都是有多年教学经验的教授、博士生导师,且长期从事癫痫的临床和科研工作,在所学领域有很高的造诣,他们结合自己的专长,深入浅出、多角度、多层次地介绍了有关癫痫持续状态的新理论、新观点及其在临床中的实践,对一些尚无定论的热点问题也结合自己的理解和实践进行了阐述,以供读者在临床和科研工作中参考。

考虑到本书的专业性质和临床医师的读书习惯及查阅的方便,在本书的编写过程中作者有意识的在一些重要章节中保留了一些内容的必要重复,在介绍特殊癫痫持续状态的临床特点中也同时介绍了有关癫痫发作的内容,以帮助读者理解。同时,对一些尚未定论的内容及不同作者的不同看法,本着百花齐放,百家争鸣的观点,编委没有强行要求统一。

本书在编写过程中曾参考国内外出版的大量医学文献及专著,尤其是国际抗癫痫联盟发布的有关癫痫持续状态的指导性文献,因而,本书的科学内容是人类医学共同实践的结果。尽管作者在编写过程中标注了文献来源及出处,但因篇幅受限和作者工作的疏忽,难免有遗漏,在此,深表歉意。

国内癫痫病学界老一辈著名专家沈鼎烈教授在百忙中审阅了本书的部分内容,他渊博的知识和一丝不苟的学风及严谨的科学思维对保证本书的质量起到了至关重要的作用,在此表示真诚的感谢。

本书是国内出版的第一本有关癫痫持续状态的学术专著,尽管全体编委已尽力避免错误的发生,但因作者来自不同的单位,且时间短,错误难以避免,在此,敬请读者指正。

编　者

2009 年 12 月于重庆

目 录

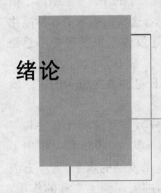

绪论

重建癫痫知识新框架
——写在癫痫持续状态的诊断和治疗出版前

20世纪90年代以来,以美国为首的西方国家执行"脑的十年"战略,向神经科学领域投入了大量的人力和财力,使其迅猛发展,异常活跃。日新月异的诊疗技术使人类对癫痫知识积累的质和量都发生了飞跃。2000年,国际抗癫痫联盟(ILAE)组织的专业委员会在对过去20年中癫痫病学取得的科学进步进行详细地审视后认为既要保持以前有关癫痫知识的框架,又要反映最近20年有关癫痫科学技术的进步是不可能的,因而主张重建癫痫知识的新框架。在得到广泛赞同后,ILAE组织专业委员会对癫痫词汇库、癫痫及癫痫持续状态的定义、分类方法、诊断方案、治疗目的、药物选择、临床研究方法进行了全面的更新,开始执行重建癫痫知识新框架的战略目标。

ILAE最为重要的任务之一就是制订国际通用的标准化术语,以标准化术语来描述癫痫患者的发作现象。这种术语的统一可有效促进临床医生间的交流,并成为临床和科研工作中量化分类的基础。作为重建癫痫知识新框架的首要任务,ILAE全面更新了癫痫词汇库中专用名词的内涵,尤其是对癫痫持续状态含义的修改更加引人注目。新癫痫持续状态内涵除保留了发作间期功能没有恢复到基线的内容外,还用超过大多数患者发作持续时间取代了传统的"反复癫痫发作所形成的一种固定而持久的状态"和国内的"在短时间内频繁发作,在两次全身性发作之间意识不恢复,部分性发作一次持续时间超过30分钟"的观点,为临床提供了更为广阔的理解空间和临床实践范围,很好地弥补了传统定义的不足。

2001年,阿根廷国际癫痫大会通过了ILAE提出的新的癫痫诊断方案。新诊断方案的主要目的就是要提供一个可对每个患者进行详细描述的诊断实体,这种方案将诊断分为5步:①对发作现象进行标准化的术语描述;②根据对发作现象的标准化描述按ILAE制订的发作类型进行分类;③根据分类和伴随症状在ILAE统一制订的癫痫综合征中寻求是否是特殊的癫痫综合征;④进一步寻找癫痫患者可能的病因;⑤按世界卫生组织制订的《国际损伤、失能和残障分类标准》评定患者的残损程度。

对癫痫的传统描述要求观察者或患者及其家属对发作的起始症状、演变过程进行详细地述说,并强调癫痫发作的首发症状提示疾病的起始部位,以后出现的症状表明疾病发展的方向。此次ILAE在有关癫痫诊断新方案中,提出了一个新的概念,认为癫痫发作时的表现提示最初功能受到影响的部位,与癫痫的起源灶并非点对点的关系,其定位价值受限,因而新的诊断方案提出用标准化的术语来描述癫痫的发作现象,并组织专家制订了描述癫痫发作的标准化词汇库,使之成为癫痫诊断新方案的第一步,这些癫痫术语和标准化描述方法在临床上的推广应用,使得传统方法要求的"详尽描述发作现象显得并不总是必要的"。

首次将患者的伤残程度作为癫痫诊断的重要内容表明 ILAE 更加关注患者的生活质量及对社会活动的影响,预示人类抗癫痫的目标将发生质的改变。

ILAE 在 1954 年首次对癫痫发作进行了分类,提出癫痫可分为与大脑病灶有关和与大脑病灶无关的两大类,在 1981 年提出了得到广泛应用的发作分类,在 1985 年又提出了癫痫和癫痫综合征的分类。这些分类一方面反映了当时科学技术发展的水平,另一方面为临床和科研工作提供了一个共同的基础,对推动癫痫病学的进展起到了良好的作用。近 20 年来,无论是癫痫的基础,还是临床研究都有了显著进展,人类对癫痫的认识也有了前所未有的进步。旧分类方法的局限性越来越明显,因而,ILAE 提出并在 2001 年阿根廷国际癫痫大会上通过了癫痫发作和癫痫综合征的新分类,以满足新诊断方法的需要。

癫痫发作类型是已被国际癫痫病学界接受,其代表着一定的解剖基础、病理机制,是一个具有病因学、治疗学及预后意义的诊断实体,在无法确定癫痫发作是否是癫痫综合征时,发作类型可作为一个诊断实体单独应用。发作类型的新定义使其与癫痫分离而成为一个独立的诊断单元受到广泛关注。

癫痫定义是以最为简洁清楚的语言高度概括癫痫特征的科学表达法。近代癫痫学一直认为癫痫定义是指导癫痫诊治和研究最为直接的导向及科学表达,带有明显的时代特征,也代表着同一时代人类医学对癫痫的了解。在过去的 20 年中,分子生物学,影像学,尤其是磁共振技术的日新月异及电生理学,如脑磁图、长程脑电图及无线电监护技术的进步,使人类对癫痫的研究取得了空前进步,积累了非常丰富的知识,在此基础上,2005 年由 Engle 等人代表国际抗癫痫联盟提出了新的癫痫定义,认为"癫痫是一种脑部疾患,特点是脑部持续存在能导致癫痫反复发作的易感性,并出现相应的神经生物学、认知、心理学以及社会学等方面的后果。诊断癫痫至少需要一次癫痫发作",而癫痫发作则是"脑部神经元高度同步化异常活动所引起,由不同症状和体征组成的短暂性临床现象"。

脑部神经元高度同步化的异常活动、发作的短暂性及特殊的临床现象是癫痫发作的三要素。

脑部神经元异常放电是癫痫发作的核心,但并不是脑部神经元异常放电引起的发作都是癫痫发作,脑部神经元异常放电还可引起发作性神经痛等。ILAE 认为只有大脑、丘脑皮质系统及脑干神经元的异常放电才会引起癫痫发作,而且这种异常放电的特征为高度同步化。癫痫发作是一种临床现象,是由神经元高度同步化异常放电所引起的中枢神经系统功能紊乱,这种功能紊乱只有表现为被临床工作认同的症状和体征才能诊断。在强调癫痫发作短暂性的同时,新定义提出了没有由症状和体征组成的临床表现不能诊断为癫痫的新观点。这些观点与传统的"癫痫是一组由已知或未知病因所引起的,脑部神经元高度同步化的,且常具自限性的异常放电所导致的综合征"、"单次发作称为癫痫发作,反复多次发作称为癫痫"完全不同。

癫痫药物治疗一直是癫痫病学的核心,也是人类实现治疗目标最为直接的手段。在癫痫病学历史上，药物治疗是最为活跃的领域。几乎每一个临床医师在日常的医疗活动中都在解读癫痫药物治疗。由于临床医师实践的局限性和研究方法的差异，一直没有一个统一的药物治疗标准和方案。为结束这种不规范现象，2003 年，英国国家临床评价机构分别发表了有关癫痫儿童和成人的药物治疗指南，2006 年又发表了对药物治疗指南的评价；随后美国神经病学会也发表了美国癫痫药物治疗指南；2006 年，ILAE 发表了基于临床疗效的癫痫药物治疗指南，使癫痫药物治疗逐渐走上了规范化的道路。纵观这些药物治疗规范或指南，可以看出其有几个重要的共性：①治疗目的发生了明显的变化：完全控制癫痫发作一直是临床医师追求的目标，为了达到这个目标，医师有时候会给患者使用非常规剂量的药物以换取发作的完全控制，而不顾患者的不良反应，而新的药物治疗指南在重申发作完全控制前提下，则更加强调改善患者的生活质量，认为有疗效但也有明显副作用的药物并不比没有疗效也没有副作用的药物好，使药物治疗的安全性得到了更多的重视；②药物选择中更加趋向于循证医学的证据，美国神经病学会发布的癫痫药物治疗指南及 ILAE 公布的药物治疗选择几乎都来自循证医学的研究；③表达方式更多的是以专家共识或指南的形式而不是以前常见的专家个人经验的形式；④药物疗效临床评价的科学性更趋于长时间、多中心的研究。半年、1 年的观察周期明显代替了以前常见的 1 个月、2 个月研究周期的结果，指南或专家共识的结论也多源于多中心的研究，药物疗效评价中治疗的失败率和保留率也逐渐替代了发作减少的百分比。这些特征表明癫痫的药物治疗越来越趋于理性，减少了药物治疗的盲目性。

编写小组一直关注着癫痫国际领域这种日新月异的变化，并将其引入国内的临床实践。2002 年，中华医学会癫痫与脑电图学组在厦门讨论，并随后发表了癫痫国际新分类及国际癫痫诊断新方案，以神经病学专著的形式发表了新癫痫词汇库的中译文，2007 年，中华医学会癫痫学组发表了解读新癫痫定义的专家共识，随后按国际抗癫痫联盟的新观点发表了成人癫痫诊断和治疗的规范。课题组成员还编写了《重建癫痫知识新框架：理论与实践》、《抗癫痫药物的临床实践：热点与思考》、《癫痫及癫痫发作的定义：历史、内涵及新观点》、《边缘叶癫痫持续状态》、《持续先兆》等一系列文章，从多个角度介绍了国际抗癫痫联盟有关癫痫知识新框架的内容，为国内读者了解国际抗癫痫联盟新观点架起了桥梁。《癫痫持续状态的诊断和治疗》是国内学者的另一个重要努力，旨在全面介绍近 20 年来此领域取得的科学进步和国际抗癫痫联盟的新观点，本书的问世将为新世纪癫痫知识框架的重塑再添辉煌。

（王学峰）

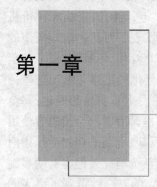

第一章

癫痫持续状态的概述和
基本观点

第一节　癫痫、癫痫持续状态的定义：
历史、内涵及新观念

一、癫痫、癫痫发作的定义

（一）癫痫定义的历史演变

癫痫是一种古老的疾病。3000 年前,在美索不达米亚(现伊拉克)就有癫痫全身性发作的描述,中国是在公元前 1700 年开始有关于癫痫临床表现内容的记录。

癫痫定义就是用最为精辟、简洁和科学的语言高度概括癫痫内在特征的专门术语。癫痫定义不仅是癫痫临床及研究工作的指南,也是社会及管理层在制订伤残、救助、驾驶、教育及就业等社会活动时最为重要的参考依据。因而,每一个时代都有癫痫学界的精英们用这种专门术语来表述该时代对癫痫的理解,并随着人类癫痫学对癫痫的新认识,不断地赋予这个古老名词新的内涵,使其有了新的含义。如 18 世纪初,人们认为"癫痫是脑局部积蓄的能量,不可预测的突然过度释放的现象";1870 年,Hughlings Jacksons 认为"癫痫是灰质突然的,过度的异常放电";1986 年,人们则认为"癫痫代表着一个或几个脑部功能的发作性失调"。2001 年,国际抗癫痫联盟认为"癫痫发作是皮质及深部核团、部分丘脑及脑干神经元突然性、发作性、短暂性异常放电所导致的脑功能紊乱的临床现象,慢性反复的癫痫发作就是癫痫",所以,癫痫定义代表着当代科学对癫痫的动态了解,是医务人员间进行交流的基础。

（二）发作、癫痫发作

Seizure 来自希腊语,国内译成发作。医学中将其广泛用于代表突发性的严重事件,如心脏病发作、心理或生理事件的发作等。这些发作并不都是癫痫,而仅在某些方面与癫痫相似。为了强调痫性发作性质,国际抗癫痫联盟及国际癫痫局主张将癫痫患者的发作称为癫痫发作(epileptic seizure),以便与非痫性发作区别。

国际抗癫痫联盟有关癫痫发作的新定义认为"癫痫发作是脑部神经元异常高度同步化活动所引起的,由不同症状和体征组成的短暂性临床现象"。脑部神经元高度同步化的异常活动、发作的短暂性及特殊的临床现象是癫痫发作的三要素。

脑部神经元异常放电是癫痫发作的核心,但并不是脑部神经元异常放电引起的发作都是癫痫发作,脑部神经元的异常放电还可引起发作性的神经痛等,国际抗癫痫联盟及国际癫痫局认为只有大脑、有些情况下的丘脑皮质相互作用系统及脑干神经元的异常放电才会引起癫痫发作,而且这种异常放电的特征为高度同步化。

癫痫发作的短暂性表明癫痫的发作和终止模式要符合癫痫的特征。尽管发作后的状态会影响对癫痫发作终止的判断,但癫痫发作还是有清楚的开始和结束时间,并能通过患者的行为学异常或脑电图表现来证实。当发作持续存在或反复发生时就形成了癫痫持续状态。

癫痫发作是一种临床现象,是由神经元高度同步化异常放电所引起的,而这种神经元的高度同步化异常放电应在可以引起患者或他人都能察觉到的功能紊乱,表现为被临床工作认同的症状和体征时才能诊断。由于癫痫发作的起源、传播过程、脑发育、伴随疾病、睡眠觉醒周期、药物及其他因素的不同,要详细规范癫痫发作时的客观或主观表现是困难的。癫痫发作可影响人的感觉、运动、自主神经、意识、精神状态、记忆、认知和行为,对感觉的影响包括躯体感觉、听觉、味觉、视觉、前庭感觉、嗅觉及更为复杂的知觉性感觉。在以前的定义中,这种感觉常被称为发作性的精神症状。这些症状并不都会出现在同一患者身上,但患者一定会有上述症状之一。

按照2001年癫痫发作症状词汇库描述的内容,发作中的认知缺陷可以表现为知觉、情绪、注意、记忆、精神、运用、语言及执行能力的异常。记忆缺陷包括阳性症状(刺激作用)和阴性症状(抑制作用)两大类,记忆形成的中断或恢复称为阴性症状,不适当记忆不可抑制的出现称为阳性症状,后者包括发作中的似曾相识症,有些记忆障碍以前被归于精神症状。情感状态的界定是非常困难的,有些患者的发作表现为恐惧、喜悦、满足、焦虑或不能归纳为某种原始感觉的主观感觉。

(三) 癫痫新定义

癫痫源于希腊语"epilepsia",意指有不同特征和不同程度的反复发作现象。按照1973年的牛津字典,癫痫是1578年开始被引入英语中,Storch(1930)则认为是在14世纪末被引入英语的。2005年,国际抗癫痫联盟认为:"癫痫是一种脑部疾病,其特点是脑部持续存在的导致癫痫反复发作的易感性,以及由于这种疾病引起的神经生物、认知、心理和社会功能障碍等方面的后果,癫痫的确诊要求至少有一次癫痫发作"。脑部持续存在的反复发作的易感性、至少一次癫痫发作的病史及发作伴发的神经生物、认知、心理及社会功能障碍是癫痫的三大要素。

脑部持续存在反复发作的易感性成为诊断癫痫的必备条件是国际抗癫痫联盟及国际癫痫局癫痫新定义中最为引人注目的新观点,意指患者脑部存在已被临床实践证实会引起癫痫反复发作的病理条件,而这些病理条件能通过病史或体征、影像学及实验室检查发现,如癫痫的阳性家族史、脑电图上的痫样放电、肿瘤等。脑部没有持续存在的癫痫反复发作易感性的患者即使出现反复的癫痫发作也不能诊断为癫痫的观点表明国际抗癫痫联盟和国际癫痫局将此条件作为癫痫存在的核心症状。持续存在的癫痫反复发作的易感性可通过以下几个方面来感知。

1. 已被癫痫研究的历史证明会引起癫痫反复发作的因素,如脑电图上有明显的痫样放电,有癫痫发作的家族史。

2. 脑部有确切而不能根除的癫痫病因,而癫痫研究的结果又表明这种病因可引起癫痫的反复发作。

至少一次癫痫发作成为诊断癫痫的核心条件表明国际抗癫痫联盟和国际癫痫局已经放弃了两次以上发作才能诊断为癫痫的传统观点。新观点指导临床医生在明确判断患者脑部存在癫痫反复发作易感性的基础上出现一次癫痫发作就可以开展癫痫的治疗无疑有利于患者的早期康复。但由于国际抗癫痫联盟和国际癫痫局癫痫新定义的制订是对2001年癫痫国际分类的补充,因而,新的国际分类中有明确规定的情况不适合用此标准去约束,如新的国际分类中所提出的慢波睡眠中持续棘慢复合波的癫痫,尽管患者没有一次有意义的临床发作,但由于连续的棘慢波放电已成为影响脑部功能的重要因素,仍可诊断为癫痫,并需进行相关的治疗。

癫痫新定义必然改变临床医生需两次以上癫痫发作才能开始治疗的传统观点。面对首次发作的癫痫患者,如有充分理由认为患者脑部存在癫痫反复发作的易感性,立即开始治疗是明智的选择。如人类癫痫研究的结果不能证实首次发作患者的脑部存在癫痫发作的易感性时,应等待下次癫痫发作以证实患者脑部有这种发作易感性,再合理地选择抗癫痫药物进行治疗,既符合癫痫的传统观念,又符合国际抗癫痫联盟癫痫新定义中"一次以上的反复发作或反复发作的可能性"的观点。

癫痫发作不仅可引起脑部神经元的坏死或凋亡及神经生化改变,而且,还常常引起患者及家属严重的心理障碍。癫痫患者经常具有的耻辱感、不合群、活动受限、过度保护或孤独感是癫痫最为重要的伴随症状。

二、癫痫持续状态的定义

癫痫持续状态(status epilepticus,SE)是临床神经科最为常见的急危重症。持续的癫痫发作不仅可引起细胞代谢紊乱、葡萄糖和氧耗竭、离子跨膜运动障碍,以致不能维持细胞正常生理功能导致脑部神经元的死亡,而且还可因合并感染、电解质紊乱、酸碱平衡失调、呼吸循环衰竭和肝肾功能障碍加速患者的死亡。幸存者也常常留下严重的神经功能障碍,导致耐药性癫痫的发生。所以能否尽快、更好地结束癫痫持续状态,正确处理癫痫持续状态的并发症是降低癫痫患者死亡率和致残率的重要途径,直接关系到患者的健康和生存质量。

(一)癫痫持续状态定义的历史和现状

癫痫持续状态的定义是建立在人们对癫痫持续状态病理生理过程及危害性了解的基础上的。尽管知道癫痫持续状态是严重的痫性发作,会导致不良后果,应该给予重视。但由于人类认识的局限性,尤其是人们对癫痫持续状态的发病机制和病理生理变化不完全了解,很难提出一个固定的癫痫持续状态定义来满足临床上的需要,因而,癫痫持续状态的定义是随着人们对癫痫知识的了解而不断变化的,经历了很多次修改。

19世纪中期前的文献强调"持续数小时至数天的痫性发作"称为癫痫持续状态。1904年,Clark和Prout把癫痫持续状态定义为"痫性发作频繁的一种状态,在发作间期持续存在昏迷和衰竭";1940年,有人提出癫痫持续状态是"一次痫性发作后昏睡还没有结束时,下一次发作又紧接着出现的严重痫性发作";1964年,国际抗癫痫联盟总结以上观点把癫痫持续状态定义为"持续时间很长或发作很频繁的痫性发作,以致形成一种固定而持续的状态",1981年这个定义又改为"痫性发作持续时间过长或发作很频繁,以至于每次发作后神经功能都没有恢复到正常生理功能的基线"。

从上述癫痫持续状态定义的演变中可以看出癫痫发作持续时间是诊断癫痫持续状态最为重要的指标之一。但几乎所有的癫痫持续状态定义都没有明确给出诊断癫痫持续状态的时间界限及发作次数。只是在文献和研究报告中提出一个时间范围,而这些时间范围也不是统一的。

20世纪70年代,Meldrum等报道成年猴子的痫性发作持续45分钟后会引起神经元的病理损伤。为了防止并发症出现、指导临床治疗,20世纪90年代后多数人把癫痫持续状态的持续时间范围定在30分钟内。1993年美国癫痫基金会的癫痫指南中正式提出癫痫持续状态是"在30分钟内反复的痫性发作"。而以后在临床上应用最为广泛的定义是"癫痫在短时间内频繁发作,在两次全身性发作间意识不恢复或单次发作时间超过30分钟"。

癫痫发作超过30分钟的时间界限虽然受到广泛赞同和接受,但也受到许多研究者的不断质疑,临床中也并没有医生一定要等患者的痫性发作持续30分钟后才给予治疗。近10年来,随着新技术的不断问世和临床、试验研究的进展,临床医生对各型痫性发作和癫痫持续状态的表现和治疗的认识不断深入,越来越多的人关注发作延长、但持续时间不到30分钟的痫性发作。为了符合临床工作实践,避免因为癫痫持续状态的定义而延误对癫痫持续状态的早期干预、预防和治疗,进而影响患者的预后,不断有人建议把定义癫痫持续状态的时间界限再缩短。1991年,Bleck把癫痫持续状态定义为"持续或频繁的痫性发作,持续时间超过20分钟",之后还有人把全面性惊厥性癫痫持续状态的持续时间下限列为"10分钟"。Lowenstein等则在1999年提出把癫痫持续状态的定义分为两种:指导临床实践的临床定义和基于发病机制研究结果的发病机制定义。他们认为只要5岁以上的儿童和成人"在5分钟内出现惊厥性痫性发作持续或频繁发生,同时两次发作间期意识没有完全恢复",在临床上就可诊断为全面性惊厥性癫痫持续状态,开始相应的治疗。鉴于婴幼儿的痫性发作(尤其在合并发热时)持续时间比其他年龄的患者要长,因此他们把婴幼儿的癫痫持续状态的临床定义中的持续时间改为"5分钟以上,例如10~15分钟"。虽然30分钟已成为界定癫痫持续状态的时间标准,但30分钟并不是是否开始终止急性痫性发作的时间界限。实际工作中,没有人会等到已继发神经损害才治疗癫痫持续状态。所以,即使是制订30分钟为定义癫痫持续状态的时间界限的美国癫痫基金会也建议痫性发作持续5~10分钟后就应该开始终止痫性发作,以避免发生癫痫持续状态及其可能的并发症。甚至还有人提出患者痫性发作持续时间超过一般发作持续时间就应该马上给予抗癫痫药物治疗,认为在患者出现持续痫性发作时,不能等到发作持续15分钟、30分钟才处理。同样,患者还处于一次发作后的昏迷状态,又有第二次发作时也应该马上治疗(Lowenstein,1999)。

(二)癫痫持续状态新定义

1. 癫痫持续状态新定义　国际抗癫痫联盟最为重要的任务之一就是制订国际通用的癫痫术语词汇库,并通过标准化的术语来描述癫痫患者的发作现象。这种术语的统一可促进临床医生间的交流,成为临床和科研工作中量化分类的基础。其中的一些名词可能有广泛的含义,也在医学科学中作为一般名词使用,但癫痫词汇库所收集的词汇是根据其对癫痫的相对参考意义来定义的,不宜超过癫痫病学范畴来理解。

2001年,国际抗癫痫联盟提出了新的癫痫持续状态定义:"超过大多数这种发作类型的患者的发作持续时间后,发作仍然没有停止的临床征象,或反复的癫痫发作,在发作间期中枢神经系统的功能没有恢复到正常基线"。

癫痫持续状态定义的修改是2001年国际抗癫痫联盟新癫痫词汇库中最引人注目的新概念。传统的癫痫持续状态意指"反复的癫痫发作所形成的一种固定而持久的状态"(国际抗癫痫联盟,1964),国内广泛使用的癫痫持续状态定义是"在短时间内频繁发作,在两次全身性发作之间意识不恢复,一次部分性发作持续时间超过30分钟"(沈鼎烈主编,临床癫痫学,第二版,2007)。在多年的实践中,临床医师发现这种观念存在下列问题:①两次发作期间意识不恢复、单次发作持续30分钟以上临床上都易掌握,但短时间内频繁发作则由于缺乏具体的操作标准,临床医师往往凭着自己对它的理解去选择应用,从而产生不同的后果,失去了定义最重要的科学性和指导作用;②癫痫发作类型很多,不同发作类型有不同持续时间,如全身强直阵挛性发作持续时间常为数分钟,而失神发作往往为数秒,一律要求超过30分钟才能诊断为癫痫持续状态的定义必然延误部分患者的治疗,甚至威胁患者的生命。从而给临床实践带来困难。国际抗癫痫联盟提出新的癫痫持续状态定义除保留了发作间期功能没有恢复到基线的内容外,将"超过大多数这种发作类型的患者的发作持续时间"作为诊断癫痫持续状态的标准将弥补传统定义的不足。

2. 发作持续时间的界定　传统癫痫持续状态定义制订的主要依据是当时认为一般痫性发作持续时间都很短暂、不会造成永久的损害,而癫痫持续状态是明显延长或频繁的癫痫发作,会引起脑部神经元的坏死。癫痫持续状态持续时间的界定主要根据三方面的基础和临床研究进展制订:①痫性发作持续时间的长度是否足以导致脑损伤;②患者的痫性发作不给予治疗能否自行终止;③持续时间是否影响癫痫持续状态的药物治疗,最终的研究目的是为临床服务,指导临床治疗,尤其是为癫痫持续状态的院前治疗提供依据(Shinnar,2007)。

Wasterlain和Goodkin等人(2008)的研究发现反复的痫性发作可引发脑内复杂的病理生理和生化改变。在发作开始的数秒,主要变化是 γ-氨基丁酸(GABA)等神经递质和调质的大量释放,离子通道频繁地开、关及受体磷酸化和脱敏。数分钟后,出现以GABA受体和谷氨酸受体为主的受体移位。突触表面抑制性递质 $GABA_A$ 受体蛋白内陷,受体失活,囊泡进入核内体,随后被转送到细胞溶酶体中,部分被破坏,部分经高尔基体再循环到突触表面。相反,兴奋性递质 N-甲基-D-门冬氨酸(N-methyl-D-aspartate,NMDA)受体却重新移至突触表面。这些使得突触表面的抑制性受体减少、兴奋性受体增加,增加脑部的兴奋性。反复的痫性发作数分钟至数小时后,出现分子及递质储备耗竭、基因表达改变,从而使某些兴奋性神经肽类增多、抑制性减少,使脑部的兴奋性进一步升高,导致患者脑内形成兴奋性增高、抑制性降低状态,此时痫性发作很难自行停止(Naylor,2005;Wasterlain,2008;Goodkin,2005,2008)。

脑神经元的高度兴奋性和高突触活性可通过高频放电引起膜电位的去极化,从而导致自由基产生、神经元代谢超载和细胞外谷氨酸增多而损伤神经元。

Deshpande等人(2008)的研究发现细胞外的钙水平决定神经元的死亡。而细胞外的钙主要通过谷氨酸的 NMDA 受体通道亚型进入神经元。

谷氨酸介导的 NMDA 受体激活可产生过度的 Ca^{2+} 内流,从而触发各种与 NMDA 受体匹配的神经毒性信号的级联反应,其中包括诱发神经元死亡。这些变化通过一个正性的前反馈循环协同,导致细胞内 Ca^{2+} 水平进一步升高,继而出现能量进一步衰竭和神经元死亡。使用 NMDA 受体拮抗剂能明显减少癫痫持续状态中的神经元死亡就是通过降低细胞外的钙离子来实现的,这从体外证明了癫痫持续状态导致 NMDA-Ca^{2+} 转导路径激活,后者又以时间依赖的模式引起神经元死亡。这种 NMDA-Ca^{2+} 决定的神经元死亡从癫痫持续状态发病后开始,以后逐渐增加,从神经元开始变化到死亡共需要 8～10 小时,由于有研究发现癫痫持续状态中神经元死亡的数量与癫痫发作持续的时间呈线性关系,因而如果在这个时间窗内终止痫性发作将可能保护神经元,降低癫痫持续状态的死亡率和发病率(Deshpande,2008)。

在锂-利多卡因诱导产生癫痫持续状态后,齿状回颗粒细胞的突触后 $GABA_A$ 受体微小抑制性突触后电位(IPSCs)幅度降低,$GABA_A$ 受体中的 $β_2/β_3$ 和 $γ_2$ 亚单位减少,而突触外的 $GABA_A$ 强直电流的幅度则被增益。微小抑制性突触后电位(mIPSCs)的变化反映突触后有功能的 $GABA_A$ 受体数量的减少。因此 Naylor 等人(2005)认为癫痫持续状态发生的特征性机制可能是脑内抑制性机制失效,不治疗痫性发作就不可能自发停止。

癫痫持续状态可使大脑半球中氧和糖的代谢率增加 2～3 倍,在痫性发作持续 1.5～7 小时后可见神经元缺血性改变。20 世纪 80 年代随着影像学的发展,不断有文献报道通过头颅 CT/MRI 证实局灶性癫痫持续状态后,出现持续数天或数周的局部水肿,甚至出现永久的局部脑损害如萎缩、胶质增生,造成神经功能缺损。

Goodkin 等人(2003)还发现无论成人还是儿童,地西泮终止痫性发作的效果都与痫性发作持续的时间呈负相关,癫痫持续状态的发作时间越长,地西泮终止发作的可能性就越小。在痫性发作持续 15 分钟后,地西泮终止发作的效果就开始下降,能够终止持续 5 分钟的痫性发作的地西泮的剂量往往不能终止持续了 60 分钟的痫性发作。Naylor 等(2005)在从反复单次痫性发作演变为癫痫持续状态的研究中发现,在癫痫持续状态发生 1 小时后每个齿状回颗粒细胞突触的 $GABA_A$ 受体减少一半。$GABA_A$ 受体的 $γ_2$ 和 $β_{2-3}$ 亚单位在突触表面的分布减少、在细胞内的数量增多,这可以解释随着癫痫持续状态病程的延长,患者出现对苯二氮䓬类药物耐药,$GABA_A$ 抑制剂治疗无效的现象。因此,癫痫持续状态发生的时间越久,控制痫性发作的难度就越大,并发症出现的危险越大、病情也越严重。

Shinnar 等人(2001)在对癫痫发作持续时间的研究中发现一旦痫性发作持续 7 分钟以上,那么 95% 的发作将会持续更长的时间。一旦痫性发作时间超过 5～10 分钟,发作就很难在以后数分钟内自发停止,应该尽力终止发作。而且他们还发现第二次痫性发作持续的时间与第一次发作持续的时间高度相关。研究发现第一次痫性发作持续 30 分钟以上的患者,其第二次痫性发作持续 10 分钟以上的几率为 44%,持续 20 分钟以上的几率是 36%,持续 30 分钟以上的几率是 24%。然而,第一次痫性发作持续时间短于 10 分钟的患者,其第二次痫性发作持续 10 分钟、20 分钟和 30 分钟的几率分别为 8%、4% 和 1%。这种现象提示如果第一次痫性发作的持续时间延长,那么第二次发作也很可能延长,认为一次痫性发作持续时间越长,自发停止的可能性就越小。Chin 等(2008)统计,痫性发作持续的时间每延长 1 分钟,发作时间延长至 60 分钟以上的可能性就增加 5%。而终止痫性发作越快,患者的预后就越好。

3. 不同癫痫发作类型的持续时间 多数患者的痫性发作常常在数分钟内自行停止。Theodore 等人(1994)在对一组成年难治性癫痫患者通过视频脑电图监测进行术前定位的研究中,发现 90% 的难治性部分或部分继发全面强直-阵挛发作患者单次发作的持续时间不到 2 分钟,单次强直-阵挛性发作的平均持续时间是 62 秒(约 1 分钟),一般很少持续 5 分钟;Afra 等人(2008)通过颅内电极记录复杂部分性发作从开始出现痫样放电直至所有的颅内电极记录到痫样放电消失为止的研究中发现颞叶内侧癫痫患者的复杂部分性发作平均持续时间是 106 秒,新皮层颞叶外侧癫痫患者的复杂部分性发作平均持续时间是 78 秒。痫性发作持续 5 分钟的情况在强直-阵挛发作是很罕见的,但可见于复杂部分性发作。因而,Lowenstein 等人(1999)明确提出"连续发作超过 5 分钟就是癫痫持续状态"。

Scott 等人(1999)也发现如果痫性发作持续 5 分钟仍未停止,在不治疗的情况下,通常将持续至少 30 分钟;认为在儿童,持续 5 分钟以上的痫性发作很可能就是惊厥性癫痫持续状态的早期,应该立即治疗。

因而,Scott(1999)和 Chen 等人(2006,2008)认为痫性发作 5 ~ 10 分钟后还在持续或者频繁发生,也就是癫痫持续状态临近期(impending status epilepticus)时就应该开始给予抗癫痫药物以尽早终止痫性发作。

但儿童与成人癫痫发作的持续时间不同。Shinnar 等人(2001)在对 407 名 1 个月 ~ 19 岁的无诱因、非难治性癫痫儿童持续近 10 年的研究中发现,50% 的患者痫性发作时间超过 5 分钟,29% 的患者发作持续超过 10 分钟,16% 的患者发作时间超过 20 分钟,12% 的患者发作持续 30 分钟以上。以局灶性发作开始的痫性发作持续时间更长,62% 超过 5 分钟,20% 超过 30 分钟;以全面性发作开始的痫性发作中,42% 超过 5 分钟,6% 超过 30 分钟。因而有人提出癫痫儿童的发作至少可分为两类,其中约 76% 患儿的痫性发作时间很短,平均持续时间为 3.6 分钟;约为 24% 的癫痫儿童患者容易出现延长的痫性发作,痫性发作平均持续时间为 31 分钟。

儿童睡眠期的持续性电惊厥(electrical status epilepticus in sleep, ESES)是一种特殊的癫痫持续状态,Kramer 等人调查了 30 名 ESES 的患儿,发现 ESES 的持续时间为 2 ~ 60 个月。

此外,Chen 和 Wasterlain(2008)主张把癫痫持续状态分为三期:①早期(临近期,impending status epilepticus)指持续或反复的痫性发作持续 5 分钟以上,而且发作间期意识没有完全恢复;②中期(确定期,estabished status epilepticus)指临床的或脑电图上的痫性发作持续 30 分钟以上,两次发作间意识未完全恢复;③晚期(隐袭期,subtle status epilepticus)或称昏睡期,是癫痫持续状态能量耗竭期。此期痫性发作原有的特征性的运动症状和脑电图表现都变得不明显。

4. 新癫痫持续状态定义中存在的问题 癫痫发作的持续时间成为癫痫持续状态诊断的重要条件是新癫痫持续状态定义的核心内容,但也是最有争议、最难掌握的条件。虽然为实施癫痫持续状态的新定义,国际抗癫痫联盟在其网站上(www. epilepsy. org)发表了对不同类型癫痫发作的历史回顾,提出了部分癫痫发作的持续时间,但仍然引起了很大的争论,这些争论主要集中在以下几个方面:①按照癫痫发作新分类,目前的癫痫发作可分为20多种,让医务人员去掌握每种癫痫发作类型及大多数患者的持续时间将加重医务人员的负担,难以操作;②新癫痫持续状态定义的实施将导致诊断的扩大化,超过大多数患者发作持续时间而传统观点并不认为其是癫痫持续状态的癫痫发作,将被新定义纳入癫痫持续状态的范畴,从而接受不必要的治疗;③新的癫痫分类中所提出的新的癫痫综合征和发作类型由于缺乏系统的观察,其发作持续时间还需进行长时间的临床验证,因而无法肯定其是否是癫痫持续状态而给临床工作带来困难;④不同病因引起的癫痫及发生在不同年龄的癫痫每次发作持续的时间并不都是一样,用药前或用药中癫痫发作持续的时间也不是相同的,用同一个标准去处理不同的癫痫类型不符合临床实践;⑤单次失神发作持续的时间非常短,往往为数秒,用平均持续时间难以衡量。鉴于这些难以操作的情况,作者曾提出对反复发作的癫痫患者,在没有完成系统化研究得出该发作类型大多数患者发作持续时间的情况下,用超过该患者以前大多数发作持续时间作为诊断这个患者此种类型癫痫持续状态的发作时间也许是合理的,而对于以癫痫持续状态为首发症状或表现为失神发作的癫痫患者,仍用传统定义中的短时间内频繁发作,全身性发作两次,发作间期中枢神经系统的功能没有恢复到正常基线作为癫痫持续状态的诊断标准可能更有操作性,而在没有足够资料证实患者以前大多数发作持续时间情况下,发作持续5分钟以上可能是较有价值的参考依据。

(王学峰 韩雁冰)

参 考 文 献

[1] Shinnar S. Who is at risk for prolonged seizures? J Child Neurol, 2007, 22: 14s-20s.

[2] Naylor DE, Wasterlain CG. GABA synapses and the rapid loss of inhibition to dentate gyrus granule cells after brief perforant-path stimulation. Epilepsia, 2005, 46(S5): 142-147.

[3] Naylor DE, Liu H, Wasterlain CG, et al. Trafficking of GABA$_A$ receptors, loss of inhibition, and a mechanism for pharmacoresistance in status epilepticus. J Neurosci, 2005, 25:7724-7733.

[4] Wasterlain CG, Chen JWY. Mechanistic and pharmacologic aspects of status epilepticus and its treatment with new antiepileptic drugs. Epilepsia, 2008, 49(S9):63-73.

[5] Goodkin HP, Yeh JL, Kapur J. Status Epilepticus increases the intracellular accumulation of GABA$_A$ receptors. J Neurosci, 2005, 25:5511-5520.

[6] Goodkin HP, Joshi S, Mtchedlishvili Z, et al. Subunit-specific trafficking of GABA$_A$ receptors during status epilepticus. J Neurosci, 2008, 28:2527-2538.

[7] Deshpande LS, Lou JK, Mian A, et al. Time course and mechanism of hippocampal neuronal death in an in vitro model of status epilepticus: role of NMDA receptor activation and NMDA dependent calcium entry. Eur J Pharmacol, 2008, 583:73-83.

[8] Goodkin HP, Liu X, Holmes GL. Diazepam terminates brief but not prolonged seizures in young, naïve rats. Epilepsia,2003, 44:1109-1112.

[9] Chin RF, Neville BGR, Peckham C, et al. Treatment of community-onset, childhood convulsive status epilepticus: a prospective, population-based study. Lancet Neurol, 2008, 7: 696-703.

[10] Afra P, Jouny CC, Bergey GK. Duration of complex partial seizures: an intracranial EEG study. Epilepsia, 2008, 49: 677-684.

[11] Chen JW, Wasterlain CG. Status epilepticus: pathophysiology and management in adults. Lancet Neurol,

2006，5：246-256.

［12］Kramer U，Sagi L，Goldberg-Stern H，et al. Clinical spectrum and medical treatment of children with electrical status epilepticus in sleep(ESES). Epilepsia，2009,50(6)：1517-1524.

［13］沈鼎烈，王学峰.临床癫痫学.第二版.上海：上海科学技术出版社,2007.

［14］王学峰.抗癫痫药物的临床实践：热点与思考.中华神经科杂志,2007,40(3)：145-148.

［15］王学峰.重建癫痫知识新框架：理论与实践.中华医学杂志,2007;87(29)2017-2020.

［16］王学峰.解读国际抗癫痫联盟和癫痫局癫痫新定义.中华医学杂志，2007;87(29)2023-2024.

第二节　癫痫持续状态的分类

癫痫持续状态的发作类型很多,合理的分类能帮助医务人员归纳不同类型癫痫持续状态的特征,有利于学者间的交流。国际抗癫痫联盟最为重要的任务之一就是制订国际公认的分类方法,提出新的分类。

对于癫痫持续状态是一种发作类型的特殊表现还是一种新的发作类型,一直有争论。主张癫痫持续状态是一种发作类型特殊表现的学者认为癫痫持续状态是各种类型发作在时间上的延长,因此 Gastaut 认为有多少发作类型就应该有多少种癫痫持续状态类型,此观点受到 1981 年国际抗癫痫联盟发作分类的支持。但最近几年国际上有关癫痫持续状态类型的看法有了新的观点,有许多学者认为癫痫持续状态是一种新的发作类型,其理由如下：①癫痫持续状态的治疗和癫痫发作类型的治疗不同。全面性强直阵挛性癫痫持续状态用安定治疗往往有明显的效果,但全面性强直阵挛性癫痫发作的患者用安定治疗疗效不明显；②临床表现不同。癫痫发作有自限性,发作会自行停止,而癫痫持续状态的发作在没有进行有效治疗时很难自发性缓解；③发病机制不同。虽然两者的发病机制都不清楚,但癫痫发作的发病机制主要倾向于神经元兴奋性增高所致,病变的中心在神经元,而癫痫持续状态的发病机制则强调发病的中心环节在突触,是由于突触后膜上受体结构改变和抑制性肽类物质耗竭所致；④预后不同。SE 对人体的伤害远远比非 SE 发作严重；⑤SE 的病因与普通癫痫发作也不相同。流行病学调查发现 SE 最常见的病因是不规则服用抗癫痫药、中枢神经系统的感染,而普通癫痫发作的病因则与遗传、包括产伤在内的头伤、脑血管病等有关；⑥有少数患者以 SE 为发作的唯一形式。因而认为 SE 是癫痫的一种特殊发作类型,而不是一种发作类型的特殊表现。这种观点受到了国际抗癫痫联盟新发作类型分类的支持。但还是有争论,因为除少数患者外,在 SE 被成功控制后患者往往以非 SE 发作形式继续发作,表明国际抗癫痫联盟对 SE 的认识还是不完善。

根据临床和脑电标准传统上癫痫持续状态大致可分为全面性惊厥性癫痫持续状态和非惊厥性癫痫持续状态两大类(表 1-2-1)。

Shorvon 等人在 1994 年提出了自己的分类(表 1-2-2),2007 年,又在 Epilepsia 上提出了非惊厥性癫痫持续状态(NCSE)的分类(表 1-2-3)。2001 年,国际抗癫痫联盟发表了以 Engel 为首的癫痫命名小组提出的癫痫发作分类中,将癫痫持续状态作为一种新的发作类型(表 1-2-4),2006 年再次提出了新的癫痫持续状态分类(表 1-2-5),成为临床工作中认同较大的癫痫持续状态分类法。目前使用最为广泛的是国际抗癫痫联盟 1981 年的分类,这个分类中将癫痫持续状态归于不能分类的癫痫,主张有什么发作类型就有什么癫痫持续状态。而最具代表性的是 2001 年国际抗癫痫联盟的分类。

表 1-2-1 癫痫持续状态的传统分类

原发性全面性惊厥性癫痫持续状态	部分运动性癫痫持续状态
强直-阵挛性癫痫持续状态	单侧性癫痫持续状态
肌阵挛性癫痫持续状态	部分性癫痫连续发作
阵挛-强直-阵挛性癫痫持续状态	部分感觉性癫痫持续状态、
继发性全面性惊厥性癫痫持续状态	伴自主神经性或情感性症状的部分性癫
由部分性起病的强直-阵挛性癫痫持续	痫持续状态
状态	非惊厥性癫痫持续状态
强直性癫痫持续状态	失神性癫痫持续状态-典型或非典型性
微细的全面性惊厥性癫痫持续状态	复杂部分性癫痫持续状态
单纯部分性癫痫持续状态	

表 1-2-2 Shorvon 癫痫持续状态分类

仅限于新生儿期的癫痫持续状态	见于儿童及成人的癫痫持续状态
新生儿癫痫持续状态	强直-阵挛性癫痫持续状态
新生儿癫痫综合征中的癫痫持续状态	失神性癫痫持续状态
仅限于婴儿及儿童的癫痫持续状态	部分性持续性癫痫状态
婴儿痉挛(West 综合征)	昏迷中肌阵挛癫痫持续状态
热性癫痫持续状态	精神迟滞中癫痫持续状态的特殊类型
儿童肌阵挛综合征持续状态	其他癫痫综合征中的肌阵挛持续状态
良性儿童部分性癫痫综合征中的癫痫持续	非惊厥性单纯部分性癫痫持续状态
状态	复杂部分性癫痫持续状态
慢波睡眠中的脑电持续状态	仅限于成人的癫痫持续状态
获得性癫痫失语综合征	晚发性反复失神性癫痫持续状态

表 1-2-3 非惊厥性癫痫持续状态分类

1. 见于新生儿及婴儿癫痫综合征的 NCSE
   (1) West 综合征
   (2) Ohtahara 综合征
   (3) 婴儿严重肌阵挛性脑病(Dravet 综合征)
   (4) 新生儿或婴儿其他形式癫痫的 NCSE
2. 仅见于儿童的 NCSE
   (1) 早发良性儿童枕叶癫痫的 NCSE(Panayiotopoulos 综合征):典型者采取"自主神经 SE"形式
   (2) 其他形式儿童癫痫性脑病、综合征及病因的 NCSE,例如 Ring 染色体 X 及其他染色体组型异常、Angelman 综合征、Rett 综合征、肌阵挛-起立不能性癫痫和其他儿童肌阵挛性脑病
   (3) 慢波睡眠中的癫痫持续状态(ESES)
   (4) Landau-Kleffner 综合征
3. 儿童及成人均见的 NCSE
   (1) 伴有癫痫性脑病
      1) Lennox-Gastaut 综合征中的 NCSE
         ①不典型失神性癫痫持续状态
         ②强直性癫痫持续状态

2）在有学习困难或发育障碍(隐源性或症状性)患者中的其他形式 NCSE

（2）不伴有癫痫性脑病

1）特发性全面性癫痫中典型失神性癫痫持续状态

2）复杂部分性癫痫持续状态:为常见的 NCSE,从解剖上分为两种

①边缘叶性

②非边缘叶性

3）强直-阵挛性发作后阶段中的 NCSE(某些强直-阵挛发作后发展成一种持续意识模糊状态的特殊形式 NCSE,它因有进行性痫样放电而可与"发作后"意识模糊相鉴别)

4）细微的癫痫持续状态(惊厥性癫痫持续状态后期出现的肌阵挛性癫痫持续状态),临床及脑电图上与昏迷中所见的肌阵挛性癫痫持续状态相类似,但它仅见于强直-阵挛癫痫持续状态的后期

5）持续性先兆(伴有:①感觉性;②特殊感觉性;③自主神经性;④认知性症状):意识存在,可持续数小时、数日甚至数月

4. 成人晚年出现的 NCSE

迟发性反复失神性癫痫持续状态(不常见,由于应用精神病药或撤药所致,表现为伴有显著普遍 EEG 改变的急性意识模糊状态)

5. 界限性综合征(boundary syndrome)

(意指持续性痫样异常放电对临床损害起多大作用尚不清楚)

（1）某些癫痫性脑病病例

（2）某些由急性脑损伤伴癫痫样 EEG 改变的病例

（3）某些癫痫性行为障碍或精神病病例

（4）某些药物诱发或代谢性意识模糊伴痫样 EEG 改变的病例

(Shorvon,2007)

表 1-2-4　国际抗癫痫联盟新的癫痫持续状态分类

1. 全面性癫痫持续状态	2. 局灶性癫痫持续状态
（1）全面性强直-阵挛性癫痫持续状态	（1）Kojevnikow 部分性持续性癫痫
（2）全面性强直性癫痫持续状态	（2）持续性先兆
（3）全面性阵挛性癫痫持续状态	（3）边缘叶性癫痫持续状态
（4）全面性肌阵挛性癫痫持续状态	（4）伴有轻偏瘫的偏侧抽搐状态
（5）失神性癫痫持续状态	

表 1-2-5　国际抗癫痫联盟待修改的癫痫持续状态分类

分　类	癫痫发作类型
新生儿期的癫痫持续状态	
新生儿癫痫持续状态	微小发作(subtle)、强直、阵挛、肌阵挛、失张力、脑电图持续痫样放电 单侧其他不连续的发作
新生儿癫痫综合征中的癫痫持续状态	
婴儿早期癫痫性脑病	肌强直
新生儿肌阵挛性脑病	游走性肌阵挛

续表

分 类	癫痫发作类型
良性家族性新生儿发作	阵挛
良性新生儿发作	阵挛
婴儿和儿童期的癫痫持续状态	
婴儿痉挛征	肌阵挛
热性癫痫持续状态	惊厥或偏侧惊厥
儿童肌阵挛性综合征中的癫痫持续状态	
隐源性或症状性儿童肌阵挛性癫痫	肌阵挛
婴儿重症肌阵挛性癫痫	肌阵挛
	肌阵挛-失神
非进行性脑病中的肌阵挛状态	肌阵挛
	肌阵挛-失神
	脑电图持续痫样放电
肌阵挛失张力发作	肌阵挛,失神
	失张力
	肌阵挛-失张力
儿童良性部分性癫痫综合征中的癫痫持续状态	
良性中央回癫痫	复杂部分性
良性枕叶癫痫	复杂部分性
慢波睡眠中电惊厥性癫痫持续状态	脑电图痫样放电
获得性癫痫失语综合征	脑电图痫样放电
儿童和成人中出现的癫痫持续状态	
强直-阵挛性癫痫持续状态	强直-阵挛性发作
失神持续发作	失神发作
连续部分性癫痫持续状态	单纯部分性发作
昏迷中的肌阵挛癫痫持续状态	肌阵挛
精神障碍中特殊类型的癫痫持续状态	不典型失神,强直
	脑电图上持续性痫样放电
其他癫痫综合征中的癫痫持续状态	
原发性全身性癫痫	肌阵挛或肌阵挛失神
进行性肌阵挛性癫痫	肌阵挛
非惊厥性单纯部分性癫痫持续状态	单纯部分性发作
复杂部分性癫痫持续状态	复杂部分性
界限性综合征	
伴细微临床体征的电惊厥性癫痫持续状态	脑电图痫样放电
延长的发作后意识模糊状态	脑电图痫样放电
癫痫行为异常和精神病	脑电图痫样放电
仅在成人中出现的癫痫持续状态	
晚发性失神性癫痫持续状态	失神发作

（沈鼎烈 王学峰）

参 考 文 献

[1] 沈鼎烈,王学峰.临床癫痫学.上海:上海科学技术出版社,2007.

[2] Engel J. A Proposed diagnostic scheme for people with epileptic seizures and with epilepsy:report of ILAE task force on classification and terminology. Epilepsia,2001,42(5):1-8.

[3] Shorvon S. What is nonconvulsive status epilepticus, and what are its subtypes? Epilepsia,2007,48(suppl.8):35-38.

[4] Simon Shorvon. Status Epilepticus, its clinical features and treatment in children and adults. New York: Cambridge University Press,2006.

第三节 癫痫持续状态的病因及流行病学调查

一、癫痫持续状态的病因

(一) 癫痫持续状态的常见病因

癫痫持续状态(status epilepticus)是神经科常见急症,若不及时治疗,可因高热、循环衰竭或神经元兴奋性损伤导致不可逆的脑损害,致残率和死亡率都很高。流行病学调查资料显示,癫痫持续状态发病率为41/10万~61/10万,其中25%~50%的患者已诊断为癫痫,12%~30%新诊断的成人患者以癫痫持续状态为首发症状,9%的儿童患者以癫痫持续状态为首发症状。1岁以内和65岁以上既是癫痫患病年龄高峰又是癫痫持续状态发病年龄高峰。据统计,10%~20%的癫痫患儿和15%的成人癫痫患者发生过癫痫持续状态,全面强直-阵挛发作状态死亡率可达2%~8%。

癫痫持续状态和癫痫的病因不同(如脑肿瘤、创伤和感染中癫痫持续状态的发病率比想象中的更高,Heintel,1972),提示癫痫持续状态的病理生理过程并不仅仅是癫痫的病理生理过程,癫痫持续状态也不是严重的癫痫形式,而是有根本的不同。病因对照研究应该能够给可能的病理生理机制提供线索,但是目前仍然缺乏。同时,不同年龄有不同的生理状态,其癫痫持续状态的病因也是不同的。

癫痫持续状态多发生于癫痫患者,最常见的原因是不适当地停用抗癫痫药或急性脑病、脑卒中、脑炎、外伤、肿瘤和药物中毒所致,不规范的抗癫痫药治疗、感染、精神因素、过度疲劳、孕产和饮酒等也可诱发,个别患者原因不明。

1. 新生儿癫痫持续状态的病因 新生儿癫痫持续状态的常见病因见表1-3-1。缺氧缺血性脑病、代谢障碍、颅内出血和感染是最常见的病因。缺氧缺血性脑病中的癫痫发作常为阵挛发作,出生后12小时内出现,24~48小时内最严重,72小时后缓解;新生儿感染(B族链球菌或大肠埃希菌脑膜炎,脓肿,单纯疱疹病毒、弓形体、柯萨奇病毒B、风疹病毒、巨细胞病毒引起的脑炎)是第二大病因,常发生于出生1周后。颅内出血包括脑室(尤其是早产儿)出血、硬膜下或蛛网膜下腔出血,可由凝血障碍所致。现代影像学的发展显示脑梗死比预想的更常见。低血钙和(或)低血镁占10%~55%,常在出生后5~10天时出现癫痫发作。低血糖约占3%~39%,出现于出生后3天内。其他代谢障碍引起者罕见。维生素B_6依赖的癫痫持续状态甚至在宫内时即开始。先天性障碍,尤其是神经

元迁移障碍,约占 1% ~ 8%(Shorvon,2006)。不同病因常引起不同类型的癫痫发作(表
1-3-2)。

表 1-3-1 新生儿癫痫持续状态的病因

缺氧缺血性脑病
急性脑血管病
  硬脑膜下出血
  脑室出血
  脑实质出血
  蛛网膜下腔出血
  脑梗死
颅内感染
  脑膜炎(如 B 族链球菌或大肠埃希菌)
  脑炎(如单纯疱疹病毒、弓形体、柯萨奇病毒 B、风疹病毒、巨细胞病毒)
  脑脓肿
先天性脑异常
  神经元移行和其他形式的发育障碍(如无脑回、巨脑回、多小脑回、胼胝体发育不全、无脑畸形、脑裂
    畸形)
  神经皮肤综合征(如 Sturge-Weber 综合征、神经纤维瘤、结节性硬化)
  染色体疾病(如 21-三体综合征、13-三体综合征和 18-三体综合征)
代谢障碍
  低钾血症(如原发性、胃肠道出血、饥饿、母亲为糖尿病、败血症、低镁血症、吸收障碍)
  低钙血症(如早产儿、少量胃肠道出血、围产期窒息、脑膜炎、输血、半乳糖血症、亮氨酸血症、垂体发
    育不全、胰腺肿瘤、糖原贮积病等)
  低钠血症(如不适当的治疗、抗利尿激素分泌障碍)
  先天性代谢障碍(如氨基酸尿症、尿素循环障碍、有机酸尿症、维生素 B_6 缺乏)
新生儿胆红素脑病
  低镁血症
良性和家族性综合征
  良性家族性新生儿惊厥
  良性新生儿惊厥
  良性新生儿睡眠肌阵挛
中毒或停药
  中毒(如汞、六氯酚)
  药物(如青霉素、麻醉剂)
  停药(如母亲停用巴比妥类、酒精、毒品)
癫痫性脑病
  大田原综合征
  新生儿肌阵挛性脑病
  早期婴儿癫痫性脑病

2. 婴幼儿时期癫痫持续状态的病因 新生儿大脑尚未成熟,髓鞘形成有限,脑细胞
迁移未完成而且突触连接也不完整,癫痫活动的演变和终止的生理基础尚未完全形成,因
而新生儿癫痫持续状态的特点与年长儿和成人不同,病因和病理解剖基础也不同。脑电

图的表现多样且特异性差。癫痫发作常损伤发育中的大脑,抑制 DNA、RNA、蛋白质和染色体的合成,导致脑重量和细胞数目下降。进入婴幼儿时期,随着年龄的增长,中枢系统发育成熟,癫痫持续状态的特征更加清楚,强直-阵挛性癫痫状态也成为年长儿最常见的发作形式,其间的癫痫发作往往以某种综合征的形式出现,其常见病因见表1-3-3。

表 1-3-2　82 例新生儿癫痫持续状态发作类型与病因的关系

病　因	总数 n = 82 (%)	阵挛性 n = 14 (%)	肌阵挛性 n = 17 (%)	强直性 n = 13 (%)	自动症 n = 22 (%)	脑电图痫样放电 n = 11 (%)	其他[a] n = 5 (%)
缺氧缺血性脑病	46.3	7.1	64.7	53.8	54.5	54.5	20.0
感染	17.1	21.4	—	38.5	22.7	9.1	20.0
低钙血症	4.9	7.1	5.9	—	—	9.1	20.0
脑血管病	21.9	57.1	5.9	7.7	18.1	27.3	20.0
其他	9.8	7.1	23.6		4.5	—	40.0

a:包括部分性强直发作 2 例,婴儿痉挛 2 例,呼吸暂停 1 例

表 1-3-3　儿童癫痫持续状态中病因与年龄的关系

病　因	所有 (n = 218)	按照年龄划分病例		
		<1 岁 (n = 60)	>1 岁 (n = 139)	>3 岁 (n = 79)
急性病因	87(40)	45(75)	65(47)	22(28)
慢性脑病	32(15)	2(3)	16(12)	16(20)
癫痫	43(20)	0(0)	13(9)	30(38)
热性惊厥	50(23)	12(20)	41(29)	9(11)
特发性	6(3)	1(2)	4(3)	2(3)

急性病因:中枢感染、创伤、脑血管病、肿瘤、代谢障碍;慢性脑病:先天性或围产期损伤;癫痫:先前诊断的癫痫患者(可以合并有发热)。括号内为百分比结果(引于 Phillips 和 Simon Shanahan 1989)

结节性硬化、脑发育不全、慢性获得性病变和中枢发育障碍是最常见病因。约 40% 未发现特异性的病因,其中 10% ~15% 先前有精神、发育或神经系统的异常(隐源性)。也可由先前的癫痫或癫痫性脑病如大田原综合征或新生儿肌阵挛性脑病发展而来(Simon Shorvon,2006)。

3. 年长儿和成人癫痫持续状态的病因　没有对此期癫痫持续状态的病因进行过系统研究,文献报道中的病因几乎都来自特定人群,缺乏人口学基础的流行病学调查。通常认为,中枢神经系统灰质的任何病变都可能导致癫痫,进而推广到癫痫持续状态,这可能是正确的,但是在目前已公布病例中癫痫持续状态的病因数目相对有限(表1-3-3 和表 1-3-4)。在美国一家大型综合医院对比研究了 20 世纪 70 年代和 80 年代成人癫痫持续状态的病因,并未发现明显的不同。在上述两个时期,癫痫持续状态最常见的病因为:对抗癫痫药物的依从性差或自行停药(在 80 年代中占 31% ,48/154 例)、与酒精相关的癫痫持续状态(28% ,43/154 例)、药物中毒或依赖(9% ,14/154 例)、中枢系统感染(28% ,12/154 例)(Simon Shorvon,2006)。其他为脑肿瘤、外伤、难治性癫痫、脑卒中、代谢障碍和心搏骤停(Lowenstein,1993)。在先前有癫痫史的患者中(87/154 例),最常见的原因为停用

抗癫痫药物(45%,39/87 例)和与酒精相关(29%,25/87 例)。67 例先前无癫痫的患者中,最常见的病因为与酒精相关(21%,14/67 例)、药物中毒(18%,12/67 例)和感染(9%,6/67 例)(Shorvon,2006)。

不规则服用抗癫痫药、中枢神经系统感染、脑外伤、脑出血、脑梗死、脑肿瘤、代谢性脑病、神经系统变性疾病、围生期损伤都是癫痫持续状态发生的重要原因,50% ~60%的癫痫持续状态是由于严重的脑器质性损害所致,有癫痫发作史出现癫痫持续状态的占30% ~40%。

（1）不规范服用抗癫痫药:不规范服用抗癫痫药物(AEDs)是年长儿和成人癫痫持续状态最常见的原因之一,包括:①突然停药:诊断明确的癫痫患者开始规范的抗癫痫治疗后,突然停药是导致癫痫持续状态的重要原因;②血药浓度不足:多见于新近发病的患者,未能遵医嘱及时服用或多次漏服抗癫痫药物、自行改用"偏方",以及随意更换药物剂量或种类,由于血药浓度未达到有效治疗浓度,可引起癫痫持续状态,流行病学资料显示21%的儿童癫痫患者和34%的成人癫痫患者的癫痫持续状态与用药不规范有关。

表 1-3-4　癫痫持续状态作为首发或发生于已诊断癫痫患者的病因

	癫痫持续状态作为癫痫的首发表现(%)(n=327)	已诊断癫痫中发生的癫痫持续状态(%)(n=227)
脑外伤	12	17
脑肿瘤	16	10
脑血管病	20	19
颅内感染	15	6
急性代谢障碍	12	5
其他急性病因	14	3
未发现病因	11	41

Nakken Kon(2008)等对 1990 ~2007 年间 Medline 上记录的非系统性文献资料进行回顾性研究,发现抗癫痫药物治疗后,患者可能出现比之前更频繁更严重的发作,或新的发作类型,甚至出现一系列的发作或癫痫持续状态。癫痫发作的分类对治疗药物的选择是很重要的。非典型性失神发作有时会被误诊为复杂部分性发作,这种患者如果给予钠通道阻滞剂(如卡马西平、苯妥英、奥卡西平)或 GABA 能剂(如氨己烯酸、噻加宾)则可能加重癫痫。有人报道超量的噻加宾可引起癫痫持续状态(Leikin,2008)。

（2）中枢神经系统感染:中枢神经系统感染的患者中有相当部分伴有癫痫持续状态。Zoons(2008)等报道了 696 名社区获得性细菌性脑膜炎患者,发现癫痫发生率为17%,死亡率为41%,5 例患者有癫痫持续状态;Misra(2008)等报道印度一家三级保健医院的 37 例脑炎、脑膜炎和肉芽肿等中枢神经系统感染患者中,35 例患者有惊厥性癫痫持续状态;有人报道了 1 例出生 10 个月的患有颅内多发结核瘤的女婴,出现了部分癫痫持续状态(Zorn-Olexa,2008);Saito(2008)等也报道了 1 例患有左右大动脉炎和高血压脑病的 20 岁女性患者出现癫痫持续状态。免疫接种也有引起癫痫持续状态的报道,Chhor(2008)报道过 1 名 82 岁男性患者,接种流感疫苗后出现急性脑膜炎而导致癫痫持续状态。近年来,癫痫病学界开始注意到性病引起的癫痫持续状态。Sinha(2008)等分析了30 例神经梅毒的临床资料和脑影像学特征,发现癫痫发作是神经梅毒的主要症状,且在 2例患者中是唯一表现。其中全身性发作 17 例,部分发作性 8 例,癫痫持续状态 5 例。7例伴随有脑病,7 例伴随有脑膜炎,6 例伴随有老年痴呆症。有人报道 2 名马来西亚沙门菌感染所致硬膜下积液的儿童,其中 1 例患儿在局灶性癫痫发作后出现癫痫持续状态

（Intan，2008）。人类疱疹病毒 6 型（HHV6）感染在儿童中常见。Theodore（2008）等研究发现，HHV6B 与热性癫痫持续状态、颞叶内侧癫痫的形成可能有联系，感染后极易导致癫痫持续状态。克雅氏病是一种少见的由朊病毒引起的中枢神经系统感染性，发病率约为 1/100 万。家族性克雅氏病患者有编码基因 PrP^C 突变，88% 的患者在疾病过程中有肌阵挛，8% 出现癫痫发作，包括部分性发作、全身性癫痫持续状态（Lowden，2008）。最近，作者又发现 1 例活检证实为家族性克雅氏病患者，以局灶性癫痫持续状态为首发症状（Lowden，2008）。

（3）脑外伤：脑外伤是癫痫持续状态的常见病因。常常出现在急性期（Oxbury，1971）。脑外伤合并脑出血或有早期癫痫发作者，有 10% 出现癫痫持续状态，其中开放性脑外伤比闭合性更易发生；挫裂伤或凹陷性骨折者也易发生癫痫持续状态；头颅钻孔、胶质瘤切除、颅内出血开颅术及脑膜瘤切除术等脑部手术后癫痫出现的概率分别为 9% ~ 13%、19%、21% 和 22%，这些导致癫痫发作的病因都是以后出现癫痫持续状态风险的重要因素，而后交通动脉瘤开颅术后出现癫痫发作的风险高达 20%（Shorvon，1992），但这些手术后出现癫痫持续状态的比例尚不清楚（Shorvon，2006）。

（4）脑瘤：几乎所有的脑肿瘤都可能导致癫痫持续状态，但是中轴部位的肿瘤生长快速，所以比轴外肿瘤发生癫痫持续状态的倾向性更高。与单次癫痫发作比较，少突神经胶质瘤和脑膜瘤中癫痫持续状态的发病率低，而星形细胞瘤或恶性神经胶质瘤中癫痫持续状态的发病率更高。肿瘤的部位也很重要，幕上较幕下肿瘤更常出现癫痫持续状态，表面肿瘤较深部肿瘤，尤其是额叶皮质肿瘤癫痫持续状态更常见（Simon Shorvon，2006）。Grewal（2008）等研究认为肿瘤患者的癫痫和痫性发作是常见的神经科问题。病因包括：脑结构的异常（颅内转移）、脑血管病、可逆性后脑白质脑病综合征（RPLS）、辐射中毒。与这些病因相关的痫性发作通常有病灶特点。

（5）脑血管病：脑血管病也是癫痫持续状态的常见病因。脑实质或蛛网膜下腔出血、血管瘤、脑梗死或脑血栓形成都有引起癫痫持续状态的报道。但确切的发病率不明确，也不能说这些情况所致的癫痫持续状态比癫痫更多见。Refai D（2008）等回顾性分析了 2002 ~ 2007 年诊断为非创伤性蛛网膜下腔出血的 20 例患者，其中 4 例出现癫痫持续状态；Sung 和 Chu（1989b）发现颅内出血患者出现癫痫发作的为 4.6%（64/1402 例），其中 11 例为癫痫持续状态，作为颅内出血最初表现者有 6 例（9%）。他们还回顾了 118 例 CT 证实的血栓性卒中患者，13% 出现癫痫持续状态，其中急性期出现 4 例（5%）；尽管比较少见，但动静脉畸形和海绵状血管瘤病也可导致癫痫持续状态。对 1000 例急性卒中患者进行的调查发现，44 例有早发性癫痫（卒中开始后 2 周内出现），2 例为癫痫持续状态（Shorvon，2006）；Gupta 等（1988）回顾了 90 例脑梗死后癫痫发作的患者，发现癫痫持续状态出现的概率为 8%；Cocito（1982）等在 22 例颈动脉闭塞性疾病的患者中发现癫痫持续状态 5 例（23%）。与脑肿瘤中的癫痫持续状态相似，一般情况下，较大的、皮质部位的急性脑血管病比病灶较小、慢性或深部血管病变者更容易导致癫痫持续状态的发生（Shorvon，2006）。

（6）变性疾病：许多神经系统变性疾病也可导致癫痫持续状态。有 6% 的 Wilson 病患者主要在治疗初期铜浓度发生改变时出现癫痫，也可出现癫痫持续状态（Dening，1988）；多发性硬化比想象中癫痫的发病率要高得多，其癫痫持续状态的发生率也高

（Hunter，1959；Boudouresques，1980；Ghezzi，1990）。

（7）代谢性疾病：几乎所有的代谢异常都能导致癫痫持续状态。儿童较成人更常见，急性代谢性改变，尤其是电解质或血糖改变较慢性进行性改变更易导致癫痫持续状态的发生。

肾肝功能衰竭，水电解质紊乱、低血糖、低血钙、高渗低渗状态、酒精戒断或妊娠中毒都有引起癫痫持续状态的报道。急性代谢性疾病，如血糖异常、低钠、低钙、低钾、低镁、脱水、尿毒症、肝功能衰竭等是成人癫痫持续状态的常见病因。其中，无癫痫发作史的急性代谢性疾病患者以癫痫持续状态为首发症状占 12% ~ 41%，有癫痫史者中出现癫痫持续状态的占 5%。

Cassinotto（2008）等报道 5 名尿毒症患者杨桃摄入后出现严重的神经毒性作用，在MRI 检查中，5 例患者都有意识混乱，3 例患者意识障碍前出现癫痫发作。Fernández-Fernández（2008）等报道轮状病毒感染性轻度胃肠炎可致癫痫持续状态。

肝性脑病中癫痫持续状态不常见，但有急性脑水肿、慢性肝衰竭患者，由于并存的电解质紊乱常可导致癫痫持续状态的发生；甲状旁腺功能亢进（Sallman，1981）、卟啉症及慢性钙、镁代谢障碍也有导致癫痫持续状态的报道。新生儿期，低血糖、低血钙和低血镁是癫痫持续状态的重要原因。

（8）药物或酒精中毒：某些药物中毒或者药物戒断后可引起癫痫持续状态，包括：①药物中毒：三环类抗抑郁药、丁酰苯类药、苯二氮䓬类药物、碳酸锂、西咪替丁、异烟肼、茶碱以及抗癫痫药中毒；②药物戒断：苯二氮䓬类药物和苯巴比妥戒断等。

引起癫痫持续状态药物中最常见的是抗精神病药、麻醉药和止痛药。异氟烷、利多卡因、抗惊厥药物、青霉素类、巴氯芬都有引起癫痫持续状态的报道。青霉素类是引起癫痫持续状态的一个明显病因，尤其是鞘内给药或胃肠外给药合并硬脑膜异常者更易发生癫痫持续状态；治疗癫痫持续状态的全身麻醉药及碘水造影剂包括泛影葡胺和甲基泛影葡胺也可以导致癫痫持续状态，后者尤其可引起成人非惊厥性癫痫持续状态（Buchman，1987）。有趣的是，具有抗癫痫活性的药物也可导致癫痫持续状态，中毒和不遵医嘱的突然停药是其两大起因。此外，常规抗癫痫药物的使用、巴氯芬的使用或停药都更易导致癫痫持续状态（Hyser，1984；Messing，1984）；注射利多卡因也可引起癫痫持续状态，而心力衰竭可加重这种风险。

Tajender（2006）等报道 1 名 HIV 阳性的 44 岁非裔美国女患者，其在被发现 HIV 阳性后开始服用预防剂量的干扰素，随后出现了癫痫持续状态，且大多数抗癫痫药物治疗无效；Legriel（2008）等报告了一位脑后部可逆性脑病综合征（posterior reversible encephalopathy syndrome，PRES），患者在摄入麦角酰胺诱发高血压脑病后出现了惊厥性癫痫持续状态，提示麦角酰胺作为一种吸毒者娱乐休闲的致幻剂，应该列为导致 PRES 的病因之一。

Nobutoki（2008）等报道 1 例茶碱治疗引起的全面性强直阵挛抽搐后出现非惊厥性癫痫持续状态病例。1 名没有抽搐史且发育正常的 5 岁患儿，在口服茶碱后，第二天出现了全面性强直阵挛发作，虽然通过静脉注射地西泮控制了抽搐性发作，但患儿意识没有恢复。急诊 EEG 提示存在持续不规则的痫性活动，主要集中于右侧大脑半球，考虑系非惊厥性癫痫持续状态。作者认为任何接受茶碱药物治疗患者出现持续意识丧失者，都要考虑非惊厥性癫痫持续状态的存在。

George 等报道了患儿在过度使用昂丹司琼后出现严重毒性反应伴发癫痫持续状态。12 月龄的患儿口服 8mg 昂丹司琼后,迅速出现反应迟钝和肌阵挛,随后保健医生发现其出现了癫痫发作和癫痫持续状态以及血清素综合征。昂丹司琼已在医疗保健服务人员用药中普及,特别是用于控制孕妇、幼儿的恶心、呕吐,若未引起重视则有可能因剂量过高而引起中毒。这一病例提示,医疗保健人员应充分意识到,虽然在治疗剂量下使用昂丹司琼是安全的,但过量则会导致严重的毒副作用,特别是对于婴儿来说(George,2008)。还有文献报道 1 名 47 岁女性,非小细胞肺癌使用依托泊苷后导致可逆性后脑白质脑病综合征,随即出现非惊厥性癫痫持续状态(Bhatt,2008)。

酒精中毒或戒断引起或加重癫痫持续状态的发病率不清楚,但这是一个重要的病因。Victor(1967)等在他们早期对酒精中毒的研究中发现 241 例中有 3.3% 出现癫痫持续状态;Simon 和 Aminoff(1980)认为酒精中毒导致了 98 例患者中 15% 的患者出现癫痫持续状态。最近的一项关于这个问题的研究中,82 例非选择性收入芬兰首都医院的癫痫持续状态患者,其中 35% 患者在癫痫持续状态出现前有酗酒史,7.3% 是由于戒酒引起(Pilke,1984,Shorvon,2006)。

(9) 其他:遗传因素可能参与了癫痫持续状态的发生。如 20 号环状染色体综合征,其唯一持续性特征就是严重的难治性癫痫。Jacobs(2008)等报道了 1 例年轻男孩,他没有同质异形的特征,仅在 13 岁时诊断出患有 20 号环状染色体综合征。4 岁时第一次癫痫发作,以后出现多种类型的发作,包括非惊厥性癫痫持续状态,并伴有背景脑电图的恶化和各种认知的减退。虽然试用了多种抗癫痫药物,仍难以控制发作。最后患者死于一次无法控制的癫痫持续状态。最近,有人对 42 对双胞胎进行研究,结果发现 13 对单卵双生的双胞胎中有 3 对同时发生癫痫持续状态(一致率为 38%),而 26 对双卵双生的双胞胎中无此现象,提示遗传因素对癫痫持续状态可能有重要影响。

还有人报道了 4 例血栓性血小板减少性紫癜(TTP)患者出现癫痫持续状态(Zubkov,2008)。

有相当部分患者的癫痫持续状态原因不明。Guberman(1999)等人在对 166 例 204 次发作进行的调查中发现,儿童中这类患者占 5%,成人为 3%。另外,在对 5 组共 544 例病例报道进行的分析中还发现,有 1% ~41% 的癫痫持续状态原因不明。

(二) 癫痫持续状态的诱发因素

有癫痫病史的患者出现癫痫持续状态常有明显的诱发因素。癫痫患者在发热、全身感染、外科手术、精神高度紧张、过度疲劳等诱发因素的影响下,即使维持有效的血药浓度,也可以出现癫痫持续状态。电休克治疗、睡眠剥夺、间歇性闪光刺激、过度换气、兴奋或情绪变化、月经、妊娠等也能引起癫痫持续状态的发生。

儿童与成人癫痫持续状态的诱因不同。发热是 2 岁以内儿童最常见的癫痫持续状态诱因,常发生于先前存有神经系统疾病者,而发热诱发的癫痫持续状态在成人中则较少见。

一项在 229 例智力低下人群中进行的调查显示,惊厥性癫痫持续状态占 19%,围产期所致的癫痫患者占 35%,产前的占 9.5%,产后的占 8.8%,多种因素占 14.9%,31.5% 未发现明显的原因(Forsgren,1990)。智力低下人群中癫痫的常见病因见表 1-3-5。

表 1-3-5　智力低下人群中癫痫的病因

病　因	总共（%）	产前（%）	围产期（%）	产后（%）	多因素（%）
染色体	8.4	7.0			1.4
神经代谢	3	2.4			0.6
神经皮肤综合征	1.7	1.4			0.3
其他遗传	0.6	0.3			0.3
多种因素	8.0	5.0			3.0
其他确认的综合征（如 Rett）或未知病因	11.1	4.6			4.4
内源性中毒（如苯丙酮尿症）	0.3				0.3
早产	1.0	0.3			0.7
低出生体重	8.0	1.7			6.3
低体重婴儿	5.7	1.3			4.4
其他妊娠相关因素	12.7	2.0			10.7
新生儿窒息	18.7	0.7	7.0		12.0
新生儿低血糖	1.0		0.7		0.3
新生儿出血/梗死	2.4		0.7		1.7
感染	11.0	2.0	0.7	4.7	3.7
外伤	3.0			2.3	0.7
肿瘤	1.0				
孤独症	4.1				2.4
其他	1.3				0.6
未知	28				

（表 1-3-1 ～ 表 1-3-5 全部引自 Simon Shorvon Status epilepticus 2006. 作者有部分修改）

（刘永　郑东琳　马晓娟　肖波　王学峰）

二、癫痫持续状态的流行病学调查

在没有明确定义和分类情况下，关于癫痫持续状态流行病学的研究都是不精确的。截至20世纪90年代，所有对癫痫持续状态发生率的评估都只是局限于强直阵挛性癫痫持续状态，甚至还包括一些模糊的推测。此后，逐渐出现了一些以人群为基础的流行病学研究，但对非惊厥性癫痫持续状态的报道仍多为回顾性分析。

（一）发病率、患病率

近年来，美国每年都会有100 000～150 000的癫痫持续状态确诊病例发生，多数发生在原有癫痫的患者，用于癫痫持续状态的治疗费用每年超过40亿美元。癫痫持续状态的死亡率则接近30%（Sirven，2003）。在发达国家，癫痫持续状态患者占急诊总数的3.5%，在发展中国家，达11%（Meena，1998）。癫痫持续状态若不能在1～2小时内制止，可因高热、循环衰竭或神经元兴奋毒性损伤导致永久性脑损害，甚至危及生命而死亡。Shorvon

等1994年报道,在成人癫痫患者中约5%,儿童癫痫患者中约10%~25%至少有1次癫痫持续状态,13%曾反复发生癫痫持续状态,癫痫持续状态的死亡率约为20%,其中伴有缺氧或缺血性中枢神经系统疾患的老年患者死亡率最高。全身强直阵挛性癫痫持续状态是最为常见的一种癫痫状态,研究也较为广泛和深入。2007年,Rosenow等对最普遍的一种癫痫持续状态即全身强直阵挛性发作(GCSE)作了详尽的流行病学分析(表1-3-6)。

表1-3-6 全面痉挛性癫痫持续状态人群流行病学调查结果

作者	年份	样本数	年龄校正后每年发病率(/100 000)				住院病例死亡率
			总发病率	儿童	成人	>60岁	
DeLorenzo	1997	166	41(61)			86	22%
Knake	2001	95	15.8(17.1)	—	4.2	54.2	9.3%
Vignatell	2003	40	10.7				39%
Vignatel	2005	27	11.6				7.4%
Hesdorffer	1998	199	18.3				—
Chin	2006	176	14.5(17~23)	5~51	—		3%
Wu*	2002	15 601	6.2*				10.7%
Coeytaux	2000	172	9.9	10.9	3.9	15.1	7.6%
Jallon	1999	61	15.5				6.6%

* 只包括全身强直阵挛性发作

(Rosenow,2007)

随着老龄化社会的到来和心肺复苏技术的发展,癫痫持续状态的发病率可能更高。在Knake等(2001)的研究中,包括惊厥和非惊厥性癫痫持续状态在内,经年龄调整后的患病率为54.5/10万。

1. 影响因素 癫痫持续状态的发病率受很多因素的影响,最明显的是年龄、种族和性别。社会经济因素、环境等在癫痫持续状态的发病中所起的作用尚未完全明确,需要进一步的研究。另外,早期的院外处理、病变部位、智力水平等可能对癫痫持续状态的发生率也有影响,如以前研究表明额叶病变和智力水平低下更易引起癫痫持续状态(Shorvon,1994)。

(1)年龄差异:癫痫持续状态的发病率呈双峰分布,最高在1岁内和60岁以后(Chin,2006)。成人中,年龄大于60岁的老人发病率最高,可高达86/10万(DeLorenzo,1995;Hesdorffer,1998)。在Govoni等(2008)的研究中,老年人发病率比20~59岁的年轻人高(39.2/10万与14.7/10万)。这可能与年龄相关的病因有关。对伦敦北部儿童惊厥性癫痫持续状态的研究显示发病率为18/10万~20/10万,其中1岁以内、1~4岁、5~9岁和10~15岁的惊厥性癫痫持续状态的发病率分别为51/10万、29/10万、9/10万和2/10万(Chin,2006)。Nishiyama等(2007)对日本年龄在31天~15岁间的儿童进行流行病学调查,发现癫痫持续状态的发病率为38.8/10万,31天或1岁以内的患儿癫痫持续状态的发病率最高达到155.1/10万。

(2)社会经济与地区差异:几项前瞻性和回顾性人群基础研究报道的发达国家(瑞士、德国、意大利和美国)癫痫持续状态的发病率最小为10/10万~20/10万(DeLorenzo,1995;Hesdorffer,1998;Jallon,1999;Coeytaux,2000;Knake,2001;Vignatelli,2003;Vignatelli,

2005；DeLorenzo，2006；Chin，2006），其中欧洲（9.9/10万～15.8/10万）比美国（18.3/10万～41/10万）的发病率低。来自发展中国家的癫痫持续状态的数据较少，且大都是回顾性研究。在印度监护室内住院的患者中癫痫持续状态的患病率超过10%（Meena，2001）。对撒哈拉以南肯尼亚边远地区儿童惊厥性癫痫状态的研究显示，惊厥性癫痫持续状态的发病率为35/10万（Sadarangani，2008）。

（3）种族差异：对美国弗吉尼亚州多种族人群的发病率研究中，DeLorenzo等（1996）发现白种人发病率为20/10万，而非裔美国人为57/10万，几乎相差了3倍。对加利福尼亚全身强直阵挛癫痫持续状态患者的回顾性研究也发现，非裔、西班牙裔和亚裔中癫痫状态发病率相对白种人的危险度分别为1.92、0.5和0.4（Wu，2002）。类似的情况也见于Chin等人（2006）的报道，在伦敦北部，印度移民儿童出现癫痫持续状态的相对危险度为6.5。不同种族间分布的差异可能说明了对癫痫发作的基因易感性不同。

（4）性别差异：许多研究显示癫痫持续状态的发病率具有性别差异，如一些报道为男性更多见，约为女性的2倍（Hesdorffer，1998；Coeytaux，2000；Knake，2001；DeLorenzo，2006），Govoni等人（2008）对意大利某地区进行人群基础的调查，结果显示癫痫持续状态的发病率为27.2/10万，男性高于女性（41.7/10万与12.3/10万）。这可能与男性中脑血管意外及创伤等发生率较高有关。相反的是，意大利的研究则发现女性高于男性（14.9/10万与11/10万），但是作者认为其差别没有统计学意义，且可能只是巧合（Vignatelli，2003、2005）。然而，Szucs等（2008）回顾了16项研究中报道的50岁以上新发失神状态的患者，结果发现其中104例为女性（71%），42例为男性（29%）。具有明显的性别差异。

（5）环境影响：Rüegg等（2008）在大学附属医院监护室住院患者中研究环境因素与癫痫持续状态发病率的关系。结果发现，入院的峰值时间在下午4～5点，晨起时最少。没有观察到明显的周、月或季节特点。但当月的前三天内入院者最多，后三天最低。白天发病率较高，相对湿度高、温度高和多云天气都是明显的保护性因素。周末时的发病率明显较低。非惊厥性癫痫持续状态的发病率在夏季更高。

2. 不同类型癫痫持续状态的发病率

（1）惊厥性癫痫持续状态：对癫痫持续状态基于人群的流行病学研究多是包括了惊厥和非惊厥性癫痫持续状态在内。其中，Wu等（2002）进行的是关于成人惊厥性癫痫持续状态的研究。结果发现，全身惊厥性癫痫持续状态的人群发病率为6.2/10万，5岁以下的儿童和老人较高（分别为7.5/10万与22.3/10万），黑人也相对较高（13.4/10万）。这项研究结果的特殊之处在于其发现癫痫持续状态的发病率有下降，与其他多数研究不一致。仅仅限于儿童惊厥性癫痫状态的人群基础调查较少。最著名的是Chin等（2006）进行的前瞻性人群基础研究，除去复杂部分性、失神和细微癫痫持续状态后，伦敦北部儿童惊厥性癫痫持续状态的发病率为18/10万～20/10万。

（2）非惊厥性癫痫持续状态：在所有癫痫持续状态中，非惊厥性癫痫持续状态占25%～50%，包括1%～6%的失神状态和44%的复杂部分性癫痫持续状态（Knake，2001）。Bonaventura等（2008）最近回顾的50例患者中，22例为非惊厥性癫痫持续状态。在Nishiyama等（2007）的病例中，32例为惊厥性，1例为阵挛性，5例为非惊厥性癫痫持续状态，包括4例复杂部分性癫痫持续状态和1例失神状态。复杂部分性癫痫持续状态可能比惊厥性癫痫持续状态更多见。

Shorvon(1994)推测复杂部分性癫痫持续状态在人群中的发病率可达到 34/10 万。此外,全身惊厥性癫痫持续状态控制后也可以出现非惊厥性癫痫状态,DeLorenzo 等(1998)报道其发生率为 14%。

目前尚无专门关于非惊厥性癫痫状态的人群基础研究。Towne 等(2000)根据脑电图表现发现昏迷患者中非惊厥性癫痫状态的患病率为 8%,其他报道的监护室昏迷成人中可高达 31% ~38%(Maganti,2008)。最近 Alroughani 等(2009)对 451 例意识水平降低的患者进行研究发现非惊厥性癫痫持续状态的发生率为 9.3%。神经科监护室意识状态改变的患者中患病率更高,为 10.5%(Narayanan,2007)。关于儿童非惊厥性癫痫持续状态的流行病学资料少见,大部分报道都是源于儿科监护室中的脑电图记录,其患病率在9.7% ~20.5% 之间(Jette,2006;Tay,2006)。然而,这些研究中的非惊厥性癫痫状态的定义是否一致也不确切,而且还存在选择偏倚。

3. 在某些特定情况下的发病率　早期研究(Shorvon,1994)表明,在所有住院患者中,癫痫持续状态的比例为 0.01%,在所有急诊入院的患者中为 0.13%,在所有神经科监护室的住院患者中为 3.5%,在所有因癫痫性疾病住院的患者中为 1.3% ~3%。在新诊断的癫痫患者中,12% 出现癫痫持续状态,既往已确诊的癫痫患者中发生的比例为2.3% ~10%,儿童可增加到 24%。这一比例在近 10 多年内并没有发生明显的改变。Stroink 等(2007)研究的 494 例新诊断的癫痫患者,随访 5 年后发现 47 例(9.5%)出现癫痫持续状态。41 例(8.3%)在诊断癫痫时即已出现了癫痫持续状态。其中 32 例(78%)是以癫痫持续状态为首发的癫痫。

（二）病因

病因是影响癫痫持续状态预后的主要因素,具有年龄依赖性。儿童最常见的病因为热性惊厥或出现发热的感染,超过所有患者的 52%(Chin,2006)。症状性(如围产期脑损伤等)和抗癫痫药物水平不足也是常见原因。而成人主要是症状性(如卒中相关的癫痫持续状态)、急性血管疾病以及缺氧、代谢性疾病和抗癫痫药物水平不足(DeLorenzo,1996;Knake,2001)。

癫痫持续状态的病因有地区分布特征。在发达国家,成人最常见的病因是急性脑血管意外(Govoni,2008),代谢性疾病和心搏骤停复苏后也比较常见,而发展中国家则以中枢神经系统感染为主(Amare,2008)。Siddiqui 等(2009)报道巴基斯坦 125 例儿童癫痫持续状态,最常见的病因为急性病毒性脑炎,尤其是对 2 岁以内的儿童而言,其次为热性惊厥。Chen 等(2009)在对中国人的研究中也发现最常见的病因是感染,病毒性脑炎占1/5。

（三）死亡率、病死率、复发率

癫痫持续状态的病死率在 1.9% ~40% 之间,与年龄、性别、病因等因素有关。

1. 病因　缺氧、卒中、中枢系统感染和代谢性疾病常常导致较高的病死率,最高可达80%。然而,抗癫痫药物水平不足、发热、酒精和创伤相关的癫痫持续态状的死亡率较低(Towne,1994;DeLorenzo,1996;Shinnar,2001;Chin,2004;Logroscino,2005;DeLorenzo,2006;Rossetti,2006;Logroscino,2006)。

对癫痫持续状态死亡率的评估根据是否包含了缺氧性脑病有很大的不同。美国罗切斯特和里士满的两项研究中死亡率相近:病死率分别为21%和22%。然而,欧洲的研究都除外了心搏骤停后引起缺氧性脑病的患者,其死亡率只有10%左右。在罗切斯特的研究中,如果除外缺氧性脑病,则死亡率也降至13.6%。类似的如加利福尼亚人群基础研究(Wu,2002)中除外缺氧性患者后的总病死率为10.7%,且如果仅仅考虑全身惊厥性癫痫状态则病死率只有3.5%。

2. 医疗条件差异 与其他欧洲国家不同的是,即使除了缺氧性脑病,意大利某地区的死亡率仍高达33%。作者认为是由于缺少合理的治疗(无标准的程序、入院前无早期处理以及使用地西泮而不是劳拉西泮),但是这种解释是行不通的,因为罗切斯特的医疗条件与此相近而死亡率则较低。

在发展中国家,短期病死率为7%~22%(Rosenow,2007;Siddiqui,2009;Sokic,2009)。在Chen等(2009)对中国西部的研究中,总的病死率为15.9%,与Rssetti等(2006)发现的美国人(15.6%)相近。最近报道在埃塞俄比亚极贫穷的地方惊厥性癫痫状态的病死率为20%。

最近,Rossetti等(2008)提出是否教学和非教学医院内存在死亡率的差异。但是,De-Lorenzo等(2009)第一次在同一个地区比较119例在私人诊所和344例在大学附属医院治疗的癫痫持续状态的患者,其死亡率相同。

3. 种族差异 在里士满的研究(DeLorenzo,1996)中,与非裔美国人(17%)相比,白种人的死亡率更高(31%),且死亡的病因无明显不同。非裔美国人发病率较高但死亡率较低的原因可能与他们往往延迟治疗导致发作时间延长,而由于不能支付经济费用因而抗癫痫药物相关并发症较少有关。此外,还可能与他们对癫痫发作的易感性有关。但在Chen等(2009)的研究中,中国人的预后看起来与其他种族间的差异不明显。

4. 复发率 Hesdorffer等(2007)对183次首发的非热性癫痫持续状态随访10年后发现复发率为31.7%。其中,急性症状性、迟发症状性和特发性癫痫持续状态的复发率均为25%,而进行性症状性癫痫持续状态的复发率为100%。女性和进行性症状性病因增加了癫痫持续状态复发的危险,部分性癫痫持续状态和对初始治疗反应较好者则相反。在Chin等(2006)的研究中,1年内的复发率即达到16%。

总的来说,基于人群的调查一致显示预后较差的因素包括老龄、急性症状性病因、女性、长时间的癫痫持续状态及持续的癫痫持续状态。其他的独立因素包括延迟治疗、需要机械通气、出现木僵或昏迷等。

(郑东琳 肖波 王学峰)

参 考 文 献

[1] Corral-Ansa L, Herrero-Mesequer JI, Falip-Centellas M,et al. Status epilepticus. Med Intensiva, 2008,32 (4):174-182.

[2] Bleck TP. Intensive care unit management of patients with status epilepticus. Epilepsia, 2007,48 Suppl 8: 59-60.

[3] Varelas PN. How I treat status epilepticus in the Neuro-ICU. Neurocrit Care, 2008,9(1):153-157.

[4] Millikan D, Rice B, Silbergleit R. Emergency treatment of status epilepticus:current thinking. Emerg Med Clin North Am, 2009,27(1):101-113.

[5] Dupont S, Crespel A. Satus epilepticus:epidemiology, definitions and classifications. Rev Neurol(Paris),

2009,165(4):307-314.

［6］Towne AR. Epidemiology and outcomes of status epilepticus in the elderly. Int Rev Neurobiol, 2007,81: 111-127.

［7］Minicucci F, Muscas G, Perucca E,et al. Treatment of status epilepticus in adults: guidelines of the Italian League against Epilepsy. Epilepsia,2006,47 Suppl 5:9-15.

［8］Nakken KO, Johannessen SI. Seizure exacerbation caused by antiepileptic drugs. Tidsskr Nor Laegeforen, 2008,128(18):2052-2055.

［9］Leikin JB, Benigno J, Dubow JS, et al. Status epilepticus due to tiagabine ingestion. Am J Ther, 2008,15 (3):290-291.

［10］Zoons E, Weisfelt M, de Gans J,et al. Seizures in adults with bacterial meningitis. Neurology, 2008,70 (22 Pt 2):2109-2115.

［11］Chhor V, Lescot T, Lerolle N, et al. Acute meningoencephalitis after influenza vaccination. Ann Fr Anesth Reanim, 2008,27(2):169-171.

［12］Refai D, Botros JA, Strom RG,et al. Spontaneous isolated convexity subarachnoid hemorrhage: presentation, radiological findings, differential diagnosis, and clinical course. J Neurosurg, 2008,109(6):1034-1041.

［13］Misra UK, Kalita J, Nair PP. Status epilepticus in central nervous system infections: an experience from a developing country. Am J Med, 2008,121(7):618-623.

［14］Zorn-Olexa C, Laugel V, Martin Ade S,et al. Multiple intracranial tuberculomas associated with partial status epilepticus and refractory infantile spasms. Child Neurol. 2008,23(4):459-462.

［15］Gülen F, Cagliyan E, Aydinok Y,et al. A patient with rubella encephalitis and status epilepticus. Minerva Pediatr, 2008,60(1):141-144.

［16］Saito M, Takano M, Tabe H. Case of unilateral alteration due to hypertensive encephalopathy. Rinsho Shinkeigaku. 2008,48(1):25-29.

［17］Bhatt A, Farooq MU, Bhatt S, et al. Periodic lateralized epileptiform discharges: an initial electrographic pattern in reversible posterior leukoencephalopathy syndrome. Neurol Neurochir Pol, 2008,42(1):55-59.

［18］Sinha S, Harish T, Taly AB,et al. Symptomatic seizures in neurosyphilis: an experience from a University Hospital in south India. Seizure, 2008,17(8):711-716.

［19］Intan HI, Zubaidah CD, Norazah A,et al. Subdural collections due to non-typhi Salmonella infections in two Malaysian children. Singapore Med J,2008,49(7):e186.

［20］Theodore WH, Epstein L, Gaillard WD,et al. Human herpes virus 6B: a possible role in epilepsy? Epilepsia, 2008,49(11):1828-1837.

［21］Grewal J, Grewal HK, Forman AD. Seizures and epilepsy in cancer: etiologies, evaluation, and management. Curr Oncol Rep,2008,10(1):63-71.

［22］Leroux G, Sellam J, Costedoat-Chalumeau N,et al. Posterior reversible encephalopathy syndrome during systemic lupus erythematosus: four new cases and review of the literature. Lupus,2008,17(2):139-147.

［23］Lowden MR, Scott K, Kothari MJ. Familial Creutzfeldt-Jakob disease presenting as epilepsia partialis continua. Epileptic Disord, 2008,10(4):271-275.

［24］Cassinotto C, Mejdoubi M, Signate A, et al. MRI findings in star-fruit intoxication. J Neuroradiol, 2008, 35(4):217-223.

［25］Fernández-Fernández MA, Madruga-Garrido M, Blanco-Martínez B,et al. Epileptic status associated with mild gastroenteritis caused by rotavirus. Rev Neurol,2008,47(5):278.

［26］Zubkov AY, Rabinstein AA, Manno EM,et al. Prolonged refractory status epilepticus related to thrombotic thrombocytopenic purpura. Neurocrit Care, 2008,9(3):361-365.

[27] Tajender V, Saluja J. INH induced status epilepticus: response to pyridoxine. Indian J Chest Dis Allied Sci, 2006,48(3):205-206.

[28] Legriel S, Bruneel F, Spreux-Varoquaux O, et al. Lysergic acid amide-induced posterior reversible encephalopathy syndrome with status epilepticus. Neurocrit Care, 2008,9(2):247-252.

[29] Nobutoki T, Takahashi JY, Ihara T. A 5-year-old boy with nonconvulsive status epilepticus induced by theophylline treatment. No To Hattatsu, 2008,40(4):328-332.

[30] George M, Al-Duaij N, O'Donnell KA,et al. Obtundation and seizure following ondansetron overdose in an infant. Clin Toxicol(Phila), 2008,46(10):1064-1066.

[31] Jacobs J, Bernard G, Andermann E,et al. Refractory and lethal status epilepticus in a patient with ring chromosome 20 syndrome. Epileptic Disord, 2008,10(4):254-259.

[32] García Peñas JJ, Molins A, Salas Puig J. Status epilepticus: evidence and controversy. Neurologist, 2007,13(6 Suppl 1):S62-73.

[33] Legriel S, Bruneel F, Dalle L,et al. Recurrent takotsubo cardiomyopathy triggered by convulsive status epilepticus. Neurocrit Care, 2008,9(1):118-121.

[34] Lemke DM, Hussain SI, Wolfe TJ, et al. Takotsubo cardiomyopathy associated with seizures. Neurocrit Care, 2008,9(1):112-117.

[35] Bledsoe KA, Kramer AH. Propylene glycol toxicity complicating use of barbiturate coma. Neurocrit Care. 2008,9(1):122-124.

[36] Montcriol A, Meaudre E, Kenane N, et al. Hyperventilation and cerebrospinal fluid acidosis caused by topiramate. Ann Pharmacother, 2008,42(4):584-587.

[37] Miller MA, Forni A, Yogaratnam D. Propylene glycol-induced lactic acidosis in a patient receiving continuous infusion pentobarbital. Ann Pharmacother,2008,42(10):1502-1506.

[38] Tavee J, Morris H 3rd. Severe postictal laryngospasm as a potential mechanism for sudden unexpected death in epilepsy: a near-miss in an EMU. Epilepsia, 2008,49(12):2113-2117.

[39] Simon Shorvon Status Epilepticus its clinical feature and treatment in children and adults. New York: Cambridge University Press,2006.

[40] Kreft A, Rasmussen N, Hansen LK. Refractory status epilepticus in two children with lethal rhabdomyolysis. Ugeskr Laeger, 2008, 170(42):3339.

[41] Navarro V, Engrand N, Gélisse P. The electroencephalogram in status epilepticus. Rev Neurol(Paris), 2009, 165(4):328-337.

[42] Arif H, Hirsch LJ. Treatment of status epilepticus. Semin Neurol, 2008,28(3):342-354.

[43] Abend NS, Dlugos DJ. Treatment of refractory status epilepticus:Literature review and a proposed protocol. Pediatr Neurol,2008,38:377-390.

[44] Chin RF, Neville BG, Peckham C,et al. Treatment of community-onset, childhood convulsive status epilepticus: a prospective, population-based study. Lancet Neurol, 2008,7(8):696-703.

[45] Walker MC. Status epilepticus on the intensive care unit. Walker MC. J Neurol, 2003,250(4):401-406.

[46] Sirsi D, Nangia S, LaMothe J, et al. Successful management of refractory neonatal seizures with midazolam. EJ Child Neurol, 2008,23(6):706-709.

[47] Hattori H, Yamano T, Hayashi K,et al. Effectiveness of lidocaine infusion for status epilepticus in childhood: a retrospective multi-institutional study in Japan. Brain Dev,2008,30(8):504-512.

[48] Yildiz B, Citak A, Uçsel R,et al. Lidocaine treatment in pediatric convulsive status epilepticus. Pediatr Int, 2008,50(1):35-39.

[49] Cereda C, Berger MM, Rossetti AO. Bowel ischemia: a rare complication of thiopental treatment for status epilepticus. Neurocrit Care, 2009,10(3):355-358.

[50] Goraya JS, Khurana DS, Valencia I, et al. Intravenous levetiracetam in children with epilepsy. Pediatr Neurol, 2008,38(3):177-180.

[51] Johannessen Landmark C, Johannessen SI. Pharmacological management of epilepsy: recent advances and future prospects. Drugs,2008,68(14):1925-1939.

[52] Deshpande LS, Nagarkatti N, Sombati S, et al. The novel antiepileptic drug carisbamate(RWJ 333369)is effective in inhibiting spontaneous recurrent seizure discharges and blocking sustained repetitive firing in cultured hippocampal neurons. Epilepsy Res,2008,79(2-3):158-165.

[53] Padró L, Rovira R, Palomar M. Treatment of status epilepticus. Neurologia, 1997,12 Suppl 6:54-61.

[54] Shorvon S, Baulac M, Cross H,et al. The drug treatment of status epilepticus in Europe: consensus document from a workshop at the first London Colloquium on Status Epilepticus. Epilepsia, 2008,49(7): 1277-1285.

[55] Pearl PL, Conry JA, Yaun A, et al. Misidentification of vagus nerve stimulator for intravenous access and other major adverse events. Pediatr Neurol,2008,38(4):248-251.

[56] Appleton R, Macleod S, Martland T. Drug management for acute tonic-clonic convulsions including convulsive status epilepticus in children. Cochrane Database Syst Rev, 2008,(3):CD001905.

[57] Beach RL, Kaplan PW. Seizures in pregnancy: diagnosis and management. Int Rev Neurobiol, 2008,83: 259-271.

[58] Amare A, Zenebe G, Hammack J,et al. Status epilepticus: clinical presentation, cause, outcome, and predictors of death in 119 Ethiopian patients. Epilepsia, 2008,49(4):600-607.

[59] Alroughani R, Javidan M, Qasem A, et al. Non-convulsive status epilepticus;the rate of occurrence in a general hospital. Seizure, 2009,18(1):38-42.

[60] Chen L, Zhou B, Li JM, et al. Clinical features of convulsive status epilepticus: a study of 220 cases in western China. European Journal of Neurology,2009,16:444-449.

[61] Chin RF, Neville BG, Peckham C, et al. Incidence, cause,and short-term outcome of convulsive status epilepticus in childhood:prospective population-based study. Lancet,2006,368:222-229.

[62] Coeytaux A, Jallon P, Galobardes B, et al. Incidence of status epilepticus in French-speaking Switzerland:(EPISTAR). Neurology, 2000, 55: 693-697.

[63] DeLorenzo RJ, Hauser WA, Towne AR, et al. A rospective,population-based epidemiologic study of status epilepticus in Richmond, Virginia. Neurology,1996, 46:1029-1103.

[64] DeLorenzo RJ, Kirmani B, Deshpande LS, et al. Comparisons of the mortality and clinical presentations of status epilepticus in private practice community and university hospital settings in Richmond, Virginia. Seizure, 2009,18(6):405-411.

[65] DeLorenzo RJ, Pellock JM, Towne AR, et al. Epidemiology of status epilepticus. J Clin Neurophysiol, 1995,12:316-325.

[66] DeLorenzo RJ, Waterhouse EJ, Towne AR. Persistent nonconvulsive statusepilepticus after control of convulsive status epilepticus. Epilepsia, 1998,38:451.

[67] Di Bonaventura C, Mari F, Vanacore N, et al. Status epilepticus in epileptic patients. Related syndromes, precipitating factors, treatment and outcome in a video-EEG population-based study. Seizure, 2008,17(6):535-548.

[68] Govoni V, Fallica E, Monetti VC,et al. Incidence of status epilepticus in southern Europe: a population study in the health district of Ferrara, Italy. Eur Neurol,2008,59(3-4):120-126.

[69] Hesdorffer DC, Logroscino G, Cascino GD, et al. Recurrence of afebrile status epilepticus in a population-based study in Rochester, Minnesota. Neurology, 2007,69(1):73-78.

[70] Hesdorffer DC, Logroscino G, Cascino G, et al. Incidence of status epilepticus in Rochester, Minnesota, 1965-1984. Neurology,1998,50: 735-741.

[71] Jallon P, Coeytaux A, Galobardes B, et al. Incidence and case-fatality rate of status epilepticus in the Canton of Geneva. Lancet,1999,353:1496.

[72] Jette N, Claassen J, Emerson RG, et al. Frequency and predictors of nonconvulsive seizures during continuous electroencephalographic monitoring in critically ill children. Arch Neurol,2006,63:1750-1755.

[73] Knake S, Hamer HM, Rosenow F. Status epilepticus: a critical review. Epilepsy Behav, 2009,15(1): 10-14.

[74] Knake S, Rosenow F, Vescovi M, et al. Status Epilepticus Study Group Hessen(SESGH). Incidence of status epilepticus in adults in Germany: a prospective, populationbased study. Epilepsia, 2001, 42: 714-718.

[75] Koubeissi M, Alshkhlee A. In-hospital mortality of generalized convulsive status epilepticus: a large US sample. Neurology, 2007,69:886-893.

[76] Logroscino G, Hesdorffer DC, Cascino G,et al. Short-term mortality after a first episode of status epilepticus. Epilepsia,1997, 38: 1344-1349.

[77] Meena AK, Prasad VS, Murthy JM. Neurological intensive care in India-disease spectrum and outcome. Neurology India, 2001, 49(Suppl.1): S1-S7.

[78] Narayanan JT, Murthy JM. Nonconvulsive status epilepticus in aneurological intensive care unit: profile in a developing country. Epilepsia,2007,48:900-906.

[79] Rosenow F, Hamer HM, Knake S. The epidemiology of convulsive and nonconvulsive status epilepticus. Epilepsia,2007, 48(Suppl.8): 82-84.

[80] Rossetti AO, Hurwitz S, Logroscino G,et al. Prognosis of status epilepticus: role of aetiology, age, and consciousness. impairment at presentation. J Neurol Neurosurg Psychiatry,2006, 77: 611-615.

[81] Rossetti AO, Logroscino G. Re: In-hospital mortality of generalized convulsive status epilepticus: a large US sample. Neurology, 2008,70(20):1939.

[82] Rüegg S, Hunziker P, Marsch S,et al. Association of environmental factors with the onset of status epilepticus. Epilepsy Behav, 2008,12(1):66-73.

[83] Sadarangani M, Seaton C, Scott JA,et al. Incidence and outcome of convulsive status epilepticus in Kenyan children: a cohort study. Lancet Neurol,2008,7(2):145-150.

[84] Shneker B, Fountain N. Assessment of acute morbidity and mortality in nonconvulsive status epilepticus. Neurology, 2003,61:1066-1073.

[85] Siddiqui TS, Anis-ur-Rehman, Jan MA,et al. Status epilepticus: aetiology and outcome in children. J Ayub Med Coll Abbottabad, 2008,20(3):51-53.

[86] Sokic DV, Jankovic SM, Vojvodic NM,et al. Etiology of a short-term mortality in the group of 750 patients with 920 episodes of status epilepticus within a period of 10 years(1988-1997). Seizure, 2009,18 (3):215-219.

[87] Stroink H, Geerts AT, van Donselaar CA, et al. Status epilepticus in children with epilepsy: Dutch study of epilepsy in childhood. Epilepsia, 2007,48(9):1708-1715.

[88] Szucs A, Barcs G, Jakus R,et al. Late-life absence status epilepticus: a female disorder? Epileptic Disord,2008,10(2):156-161.

[89] Tay SK, Hirsch LJ, Leary L, et al. Nonconvulsive status epilepticus in children: clinical and EEG char-

acteristics. Epilepsia，2006，47：1504-1509.

［90］Towne A，Waterhouse EJ，Boggs JN. Prevalence of nonconvulsive status epilepticus in comatose patients. Neurology，2000，54：340-345.

［91］Trevathan E，Fitzgerald R，Wang D. The impact of convulsive status epilepticus on the risk of death varies by age. Epilepsia，2002，43：75.

［92］Vignatelli L，Tonon C，D'Alessandro R. Incidence and short-term prognosis of status epilepticus in adults in Bologna，Italy. Epilepsia，2003，44：964-968.

［93］Vignatelli L，Rinaldi R，Galeotti M，et al. Epidemiology of status epilepticus in a rural area of northern Italy：a 2-year population-based study. Eur J Neurol，2005，12：897-902.

［94］Wu YW，Shek DW，Garcia PA，et al. Incidence and mortality of generalized convulsive status epilepticus in California. Neurology，2002，58：1070-1076.

第四节　癫痫持续状态的发病机制

癫痫持续状态是指痫性发作持续时间超过这种发作类型大多数患者的发作时间或发作间期中枢神经系统功能没有恢复到正常的一种癫痫发作类型。癫痫持续状态后的慢性脑病、脑萎缩、局灶神经症状的发生率都明显增加。因而研究癫痫及癫痫持续状态的发病机制是人类改变目前治疗上被动局面的重要手段。近年来，随着对癫痫及癫痫持续状态基础研究的不断深入，对癫痫及癫痫持续状态的发病机制及发作后的神经损伤有了更多的认识。

一、癫痫持续状态中的神经递质及受体改变

癫痫持续状态（SE）是神经科的急症、重症，其生化改变十分复杂，包括糖类、脂肪、神经递质和神经肽等方面，近年大量研究主要集中在神经递质和神经肽及其受体上。神经递质和神经肽是脑内的重要化学信息物，而其受体在癫痫持续状态的发病机制和当前的治疗策略中起着关键作用。

已知与癫痫发作有关的神经递质主要是单胺类（多巴胺、去甲肾上腺素、5-羟色胺）、抑制性氨基酸（γ-氨基丁酸、甘氨酸）、兴奋性氨基酸（谷氨酸、门冬氨酸、牛磺酸）和乙酰胆碱，前两者对癫痫发作起抑制作用，后两者则起促进作用。抑制癫痫发作的神经肽包括：促甲状腺素释放激素（TSH）和促肾上腺皮质激素（ACTH）；促进癫痫发作的神经肽有生长抑素、铃蟾肽、ACTH 释放因子（CRF）和脑啡肽等。

（一）γ-氨基丁酸 A 受体

γ-氨基丁酸（γ-aminobutyric acid，GABA）是哺乳动物大脑中的重要抑制性神经递质。神经元 GABA 能神经功能活动下降引起兴奋性神经环路的过度活动是癫痫发作的重要原因。而 GABA 能系统快速抑制活动由 $GABA_A$ 受体介导。

$GABA_A$ 受体是中枢神经系统的主要抑制性受体，由 5 个亚单位组成，分子的中心部位形成门控氯离子通道。人体中编码 $GABA_A$ 受体的互补 DNA 分子有 8 个不同亚类，包括至少 20 个不同亚基（6α，4β，3γ，1δ，1ε，1π，1θ，3ρ；Barnard 等，1998）。每一个亚单位在脑部呈现出区域性、细胞性和亚细胞性的特殊分布（Wisden 等，1992；Fritschy and Mohler，1995；Sperk 等，1997），并有部分重叠，由不同亚单位组成的 $GABA_A$ 受体亚型内含有大量

信息（Sieghartand Sperk，2002）。这些受体是许多抗癫痫药物作用位点（Olsen and Avoli，1997），显示独特的药理和电生理特性（Sieghart，2002）。大多数 GABA$_A$ 受体由 2 个 α-，2 个 β-，和 1 个 γ-（多数为 γ$_2$）或 1 个 δ-亚单位组成。GABA 能作用主要由受体中的 β 亚单位调节。苯二氮䓬类药物发挥作用依赖于 α 亚单位（α$_1$、α$_2$、α$_3$、α$_5$）和 1 个 β 亚单位，1 个 γ$_2$ 亚单位。GABA$_A$ 受体的激活可增加神经元细胞膜的氯离子通透性，产生抑制性突触后电位（IPSP），发挥抑制效应。现代研究提示癫痫持续状态的发生可能与 GABA$_A$ 受体亚单位的表达以及 GABA$_A$ 受体组装发生改变有关。

Bethmann K（2008）等从通过电刺激杏仁核引起癫痫持续状态并发展成为自发性频繁发作的大鼠中，挑选出对抗癫痫药物反应良好以及有耐药性的大鼠，用苯巴比妥治疗两周以上，随后进行病理检查。他们发现 CA$_1$ 区、CA$_3$ 区和齿状门区有神经退行性病变者，仅 1/8 对治疗有反应，而 5/6 没有反应。用免疫学方法对海马结构中有关特异性抗体区进行分析发现，无效鼠海马 CA$_1$、CA$_2$、CA$_3$ 和齿状回区 GABA 不同亚基染色减少表明 γ-氨基丁酸 A 受体亚型的改变可能参与了耐药性癫痫的发生和发展。

1. 齿状回　由于道德伦理的原因，有关癫痫持续状态发病机制的研究几乎都是从动物模型开始的。1997 年，Schwarzer 等人研究了大鼠模型中红藻氨酸诱导癫痫持续状态后的 GABA$_A$ 受体亚单位的改变；1998 年，Brooks-Kayal 等人研究了毛果芸香碱诱导模型；2005 年，Nishimura 等人研究了电点燃诱导模型，研究显示，在人类颞叶癫痫和动物的癫痫模型中 GABA$_A$ 受体亚单位构成发生改变。

齿状回颗粒细胞层没有神经变性，此处的 GABA$_A$ 受体大多能被清楚地识别。在癫痫持续状态模型中，GABA$_A$ 受体 δ 亚单位的表达迅速且持续性降低，导致颗粒细胞中，由包含突触外受体的 δ 亚单位调节的紧张性抑制功能降低，而 GABA$_A$ 受体 α$_1$ 亚单位的 mRNA 表达和蛋白水平明显升高，同时，颗粒细胞中 α$_4$ mRNA 水平也有持续增高，并随着 α$_5$ 亚单位的表达而逐渐降低。GABA$_A$ 受体 β 亚单位（特别是 β$_2$ 和 β$_3$）的表达在癫痫持续状态动物模型中也趋于增加。β 亚单位携带有对 GABA$_A$ 的识别位点，其上调可能与 GABA$_A$ 能递质的增加有关。红藻氨酸诱导模型中，在癫痫持续状态后的早期，GABA 亚单位 γ$_2$mRNA 水平呈短暂降低，但在红藻氨酸、电刺激或毛果芸香碱诱导癫痫持续状态的晚期，γ$_2$mRNA 和蛋白水平升高。

GABA 受体表达降低是癫痫持续状态的病理机制。该推论的提出是建立在离体培养的海马锥体神经元出现迟发性癫痫样（重复的、延长的去极化暴发伴有叠加的动作电位）放电基础上的，这种放电可导致细胞内氨基丁酸堆积。然而尚不确定的是这种氨基丁酸表面受体表达的快速改变是选择性、亚组依赖性或非选择性、与亚组无关的内在因素。在癫痫持续状态动物（癫痫持续状态预处理）的海马脑片中，Goodkin 等（2008）发现 GABA β$_2$/β$_3$ 和 γ$_2$ 亚单位表达降低，齿状回颗粒细胞电生理记录发现氨基丁酸介导的突触抑制降低。当离体海马脑片在培养液 KCl 浓度增高或在 KCl 浓度增高同时加入兴奋性门冬氨酸时，γ$_2$ 亚单位表达降低。另外，研究还证明 γ$_2$ 亚单位表达降低独立于直接的氨基丁酸配基性联结。上述研究证明癫痫持续状态 GABA 受体表达的调节是亚型特异性和独立性的配基连接，在不同的癫痫持续状态中，GABA 受体表面调节在神经科急症中有潜在运用价值。

2. 锥体细胞层　由于阿蒙角神经变性，解释从锥体细胞中获得的结果比颗粒细胞有更大难度。一些 $GABA_A$ 受体亚单位(α_2、α_5、β_3、γ_2)表达降低在锥体细胞层出现得更快并可早于神经变性,而在长期的癫痫发作中,一些研究发现特定亚单位(尤其是 CA_3 部位的 α_2 和 β_3)表达代偿性增加。在 CA_1 和 CA_3 区,可见与神经元死亡相关蛋白水平的大幅降低。而红藻氨酸诱导的癫痫发作 30 天后,CA_3 部位的 α_2 和 β_2 亚单位的免疫反应性改变似乎并不明显。1997 年,Speak 等人研究了海人酸诱导大鼠癫痫发作后的 13 种 $GABA_A$ 受体亚单位亚型在急性期(海人酸注射后 6~24 小时)和慢性期(海人酸注射后 7~30 天)的免疫细胞化学分布,发现在急性期,CA_1 和 CA_3 区锥体细胞层内 $GABA_A$ 受体亚单位广泛下降,尤其是 α_5 和 β_3 亚单位的免疫反应性下降,提示 GABA 能有传递缺损;而在慢性期,多数 $GABA_A$ 受体亚型(α_1、α_2、α_4、β_1、β_3 和 γ_2),无论是 mRNA 还是蛋白产物似乎都呈代偿性上调。

总之,癫痫持续状态后 $GABA_A$ 受体亚单位的表达模式有相当大的变化,提示 GABA 能神经递质释放的动态改变,这些改变可能与癫痫持续状态形成过程以及通过 GABA 能系统作用的药物有关。

(二) N-甲基-D-门冬氨酸受体

谷氨酸通过介导钙离子细胞内流和兴奋性突触后电位的增强来促进癫痫发作。谷氨酸受体分为离子型和代谢型两类。离子型受体包括 N-甲基-D-门冬氨酸受体(NMDAR)和非 NMDA 受体亚型。1991 年,Moriyeshi 等报告了联合使用蛙卵母细胞表达系统电生理技术,成功地克隆并鉴定了编码大鼠 NMDAR 的 cDNA,由此,该受体在人类癫痫发病机制的研究中得到了广泛的重视。

NMDA 受体具有多种不同结构调控位点和对 Ca^{2+} 高度通过的配体门控性通道,并分布于全脑组织。NMDA 受体密度在动物发育的不同时期有明显的差异,幼年期高于成年期,出现一过性的高峰期。人脑中前脑皮层在出生后 1~2 年受体发育达高峰,10 岁后逐渐减少。实验证据表明,受体发育特点与癫痫发作的易感性相关(Hattor,1990)。

谷氨酸(mGlu II)受体 2 和 3 是位于海马的神经细胞兴奋性和突触可塑性的微调节器。近年来,研究人员调查发现神经保护和抗惊厥复合物对 mGlu II 受体具有潜在作用,据报道,mGlu II 受体在颞叶癫痫中有表达和功能的异常。Ermolinsky 等(2008)调查了 mGlu2 和 mGlu3 变化诱导的痫性发作和毛果芸香碱诱导的癫痫持续状态,对相对变化的基因表达进行了比较分析,结果发现 mGlu2 和 mGlu3 mRNA 在癫痫持续状态后 24 小时有明显减量下调,基因表达在癫痫持续状态后第十天时有部分恢复,一个月后达到控制水平,两个月后 mGlu2 明显下调到控制水平的 41%,但 mGlu3 mRNA 下调到近似控制水平。这些数据显示,mGlu2 和 mGlu3 在癫痫临界时期的表达动力学降低或者选择性增强,痫性发作诱导 mGlu2 和 mGlu3 受体不同程度的失调可能会影响治疗癫痫药物的有效分子靶,从而抑制抗癫痫药物的作用。

研究表明,NMDA 受体在癫痫持续状态中起十分重要的作用。一方面,它导致了细胞去极化延长,这将允许更多的 NMDA 通道开放,并激活其他类型的电压依赖性通道,从而导致癫痫持续状态;另一方面,Ca^{2+} 的持续内流致细胞内 Ca^{2+} 浓度明显增高,线粒体肿胀、细胞代谢障碍,钙依赖蛋白酶、磷脂酶被激活,使维持细胞正常功能所必需的蛋白质、磷脂酰胆碱等物质分解,最终导致神经细胞的坏死,产生瘢痕,形成致痫灶。

Jesse 等人(2008)为调查 MPEP 对毛果芸香碱诱导癫痫的保护作用,在对 21 天大的雄性幼鼠进行 400mg/kg 毛果芸香碱静脉注射前,通过腹腔注入 MPEP,注射剂量分别为 1mg/kg、5mg/kg 和 15mg/kg,在注射毛果芸香碱后 1 小时观察其余几组幼鼠的实验结果:外周神经胆碱能体征的数量、震颤、刻板动作、癫痫、癫痫持续状态、第一次癫痫发作的潜伏期、死亡数量。所有接受 MPEP 预处理的实验鼠首次癫痫发作的时间被推迟,死亡率为零。接受剂量是 5mg/kg 和 15mg/kg MPEP 预处理的实验鼠大脑的过氧化氢酶和谷氨酸硫转移酶的活性没有发生改变。所有剂量组的 MPEP 对实验鼠体内的乙酰胆碱脂酶的活性有保护作用。研究结果表明,MPEP 的抗惊厥作用归因于受体 mGluR5 的拮抗作用,mGluR5 受体阻断对于癫痫幼鼠的治疗可能是一个新的契机。

(三) 生长抑素受体

生长抑素作为一种神经递质或调质,其代谢紊乱和在突触间隙的积聚常引发兴奋性增加,从而参与了癫痫及癫痫持续状态的发病机制。有学者发现癫痫动物脑组织和癫痫患者脑脊液中生长抑素的含量明显增高。将生长抑素注入大鼠侧脑室可引起大鼠癫痫样发作(Schwarzer C,1996),而在点燃模型中,海马内含生长抑素的神经元被激活(Schwarzer C,1996),海马及海马外脑组织表达生长抑素受体的神经元通过凋亡或坏死的形式死亡,提示生长抑素参与了癫痫的发病。有学者还提出,在一些与癫痫关系密切的脑区,如大脑皮质、海马,生长抑素受体含量最高。

Kwak 等(2008)在研究毛果芸香碱诱导的癫痫持续状态模型中,发现在癫痫持续发作 1 周后,海马中生长抑素受体(SSTR)1 和 SSTR4 的免疫反应性增加,CA$_2$、CA$_3$ 区锥体细胞中,SSTR2A 和 SSTR2B 的免疫反应性也有增加。由于癫痫老鼠神经元的丧失,CA$_1$ 锥体细胞中的 SSTR3 和 SSTR4,以及 CA$_2$ 锥体细胞和中间神经元 SSTR5 的免疫反应性减少,在癫痫持续状态动物的小胶质细胞中,SSTR2B 和 SSTR4 的免疫反应性增加。这项研究表明,毛果芸香碱诱导的颞叶癫痫模型中,海马内生长抑素受体表达增加可能与齿状回抑制增强,以及反应性神经胶质增生调节有关。

(四) 其他受体

Goodkin 等人(2008)对锂和毛果芸香碱诱导癫痫持续状态的 SD 大鼠海马切片进行研究,发现胆碱能神经元受刺激可通过增强突触前末梢谷氨酸的释放,促进癫痫持续状态的发生。因此,减少谷氨酸从突触前末梢释放的药物可终止早期的癫痫持续状态。

二、癫痫持续状态中的蛋白改变

(一) P-糖蛋白

流行病学资料表明,20% ~40% 癫痫患者对抗癫痫药物耐药。癫痫耐药性的机制目前还不清楚,但是有几个极有可能证实的假设,包括癫痫患者大脑中抗癫痫药物敏感靶位的消失;癫痫脑组织中药物转运外排的局部表达导致靶位抗癫痫药物浓度的减少;网状系统对癫痫所致脑组织损害反应的改变,其中研究最为清楚的是 P-糖蛋白的功能。

癫痫持续状态后血-脑屏障外向通道转运蛋白的过度表达,在人类和电或药物诱导癫痫持续状态的动物模型中均已有报道。最近的报道主要集中在 P-糖蛋白的研究上。

P-糖蛋白(Pgp)是一种膜结合蛋白,属于转运蛋白 ATP 结合物超家族成员之一,由多药耐药基因(multidrug resistance gene 1,MDR1)编码。P-糖蛋白与癫痫患者耐药机制密切相关。最近,Bankstahl(2008)等的研究发现在癫痫发作后过度释放的兴奋性神经递质谷氨酸可能与癫痫诱导的 Pgp 过度表达有关。他们在毛果芸香碱诱导模型中进行了研究和评估,90 分钟的癫痫持续状态后,用地西泮终止发作,再使用载体或者谷氨酸受体抑制剂 MK-801(地佐环平)治疗。结果发现在载体治疗的 SE 后的大鼠中,脑毛细血管内皮细胞的 Pgp 表达增加,远高于用 MK-801 治疗大鼠的海马区 Pgp 表达,而在海马区和海马回,神经变性减少。相反,Pgp 的抑制剂没有影响 SE 后 Pgp 的过度表达或者神经变性。表明癫痫诱导的谷氨酸释放与 Pgp 表达调节有关,Pgp 表达可以被 MK-801 抑制,而 MK-801 抑制 Pgp 过度表达和神经损害的作用对于难治性癫痫持续状态的患者在药物选择上提供很大帮助。

(二) 其他蛋白改变

离子通道在人类癫痫的遗传学和中枢神经系统损伤导致的癫痫发生中起着重要作用。在中枢神经系统,钾、钠、钙离子通道间活动的平衡决定着神经元的膜电位。如果这种平衡失调,将会导致神经兴奋性异常,引起无法控制的癫痫发作。

1. 通道蛋白 新近的分子遗传和药理学研究发现,电压依赖性钙离子通道(VDCC)与癫痫密切相关。VDCC 包括 T 型、L 型、N 型等多种类型。作为第二信使的主要通道,VDCC 是电信号转换成众多细胞生物学过程的重要桥梁,对神经元的功能起着重要作用。研究发现在癫痫持续状态后,转运 RNA 上的亚基 Ca(v)3.2 和蛋白含量的暂时性和选择性上调,会导致细胞 T 型钙通道流量的增加以及簇状发放的暂时性增多。这些功能改变不会出现在缺乏 Ca(v)3.2 亚单位的老鼠中。有趣的是,慢性癫痫的神经病理标志(例如,海马结构的子域特殊神经元损伤、苔藓纤维增生)在 Ca(v)3.2(−/−)的老鼠上也都消失。另外,自发性癫痫发作的出现在这些老鼠中也有显著下降。因此,转录诱导 Ca(v)3.2 亚基的过程在癫痫形成以及神经元受损中起了十分重要的作用。

2. 基质蛋白 毛果芸香碱诱导癫痫持续状态有很多与颞叶癫痫相似的特征,并且是研究持续性癫痫发作引起神经改变的常用模型。Lively(2008)等测量了在 SE 后,老鼠海马中抗黏性的细胞外基质蛋白(SC1)的分布,发现 SC1 可能是"基质反应"的组成部分,参与与神经损伤后神经元变性相关的重塑活动。

3. 骨桥蛋白 骨桥蛋白是一种细胞因子,已在很多组织中被发现,可在组织损伤和修复过程中发挥作用。Borges K(2008)等为研究癫痫持续状态后骨桥蛋白的表达特点和癫痫持续状态后骨易感性的影响及炎症细胞的死亡,用毛果芸香碱诱导 OPN(−/−)和 OPN(+/+)小鼠发生癫痫持续状态并比较其敏感性,癫痫持续状态后 2~3 天显示有骨桥蛋白神经元变性,经过 10~31 天后丘脑处轴突变性骨蛋白呈阳性。由毛果芸香碱诱导的 OPN(−/−)和 OPN(+/+)小鼠与最大电休克诱导模型相似。结果表明,癫痫持续状态后骨桥蛋白在海马处不同时期有上调,特别是在神经元和轴突退化期。而在癫痫持续状态后前 3 天骨桥蛋白似乎没有参与神经退行性调节或炎症调节。

三、大脑发育对癫痫持续状态的影响

SE 在婴儿和儿童中较成人多见。对 SE 期兴奋性反应增高的潜在机制虽然还未能完全被理解,但人们已经清楚其具有年龄依赖性。一般说来,幼稚神经元和网状系统倾向不稳定,而这种不稳定可促进病理和致病性振荡。这是因为不成熟神经元的高输入阻抗有助于动作电位的产生和兴奋性的增高。另外,在产后早期,未成熟大脑对癫痫发作非常易感。未成熟神经元细胞内有高浓度的氯化物,当 GABA 受体被激活时,氯化物外排而不是内流(Dzhala,2005),使 γ-氨基丁酸的作用不表现为抑制,反而出现兴奋,有效 GABA 能抑制的缺乏将增高神经元的兴奋性,促进同步化。与成人神经元相比,幼稚神经元中 NMDA 介导的持续兴奋性突触后电流可促进网络驱动事件的发生(Flint,1997)。在较成熟大脑阶段,兴奋性突触的短暂增加也会促进兴奋性增高。

尽管 SE 形成倾向增多,但大多数儿童预后良好,仅少数有神经后遗症。动物和临床研究都表明,幼稚脑对 SE 的远期效应远没有成熟大脑敏感。在成年动物中,SE 导致了海马 CA$_1$、CA$_3$ 及齿状门区的神经元损失。除细胞死亡外,成熟大脑中的持续癫痫发作还会导致突触重组,颗粒细胞轴突异常增生(所谓的苔藓纤维)。苔藓纤维萌发和新突触的形成出现在大脑其他区域,特别在 CA$_1$ 的锥体细胞,此处已显示,新形成的突触导致了谷氨酸自发突触电流频率增高和以苔藓纤维为目标的新异常红藻氨酸突触形成。作为成人颞叶癫痫的一个标志,苔藓纤维可塑性在年轻动物中较不明显(Yang,1998)。

SE 随后的行为后果也与 SE 发生时的年龄相关。成年 SE 动物有学习、记忆和行为的显著缺乏;但小于 2 周的年轻 SE 老鼠的这些缺损相对较少(Stafstrom,1993)。同样,SE 随后的自发性癫痫更可能发生在成年动物中(Stafstrom,1992)。然而,有越来越多的实验数据显示,由于干扰了大脑发育过程并引起了皮质网络的不适当构建而非诱导神经元损失,未成熟大脑的持续性癫痫发作常导致长期持久的后遗症(Ben-Ari,2006)。因此,癫痫发作的有害效应具有强烈的年龄依赖性;癫痫发作可能影响不成熟或迁移神经元,这些神经元不同于表达数百个功能性突触的成熟神经元。大量证据表明,癫痫持续状态后,神经递质受体基因表达在幼稚和成熟齿状颗粒细胞中的改变有所不同,这可能导致了两组齿状颗粒细胞对之后癫痫的发展产生不同的作用。已有大量关于年轻动物在 SE 后的谷氨酸和 GABA 受体改变的研究报道(Zhang,2004a,2004b;Raol,2006;Swann,2007)。锂或毛果芸香碱诱导的 SE 后,齿状回谷氨酸受体 2mRNA 表达和蛋白水平均下降(Zhang,2004b),在缺氧诱导的年轻老鼠癫痫发作中,新皮质和海马也出现此状况(Sanchez,2001)。癫痫持续状态后,年轻动物齿状回兴奋性氨基酸载体 1(EAAC1)蛋白增加(Zhang,2004b)。幼鼠的 SE 可导致 GABA$_A$ 受体 α$_1$ 亚单位表达的增加(Zhang,2004a;Raol,2006),有趣的是,幼鼠 α$_1$ 亚单位的这些改变与 SE 成年大鼠的改变刚好相反(Brooks-Kayal,1999)。

总之,大脑发育对 SE 的发病率和后遗症都有重要影响,虽然 SE 结局存在年龄相关性,但及时有效地处理对各个年龄均至关重要。

四、癫痫发作的电生理机制

(一) 静息和动作电位的形成

用微电极技术研究神经元发现单个神经元膜内外存在着一定的电位差,这个电位差就称为膜电位,其在不同的功能状态下有两种不同的表现形式,在没有接受任何传入冲动情况下的膜电位称为静息电位,通常为内负外正,典型者细胞内为 $-90 \sim -60\text{mV}$。神经元通过静息电位的调节和影响其他神经元的膜电位来传递信息。

神经元兴奋时,膜电位急剧改变,形成一种可以传播的短暂电位叫动作电位,此时,膜内负电位消失,变成 $+20 \sim +40\text{mV}$,这种膜电位的迅速逆转称为除极,在示波器上可见到一急剧上升的曲线,构成了动作电位的上升支。随后,膜电位很快回复到原来的静息状态,称为复极,此时,在示波器上表现为迅速降低的下降支。在动作电位恢复到静息电位前,电位尚有一些小波动,称为后电位。紧接着动作电位下降支后出现的残余除极,表现为微弱的负后电位,随后是由膜超极化形成的正后电位。动作电位所包含的信息通过膜电位的变化沿着神经元的轴突到达与另一个神经元相联系的突触,再通过化学递质的释放或直接电连接传递给下一个神经元,完成人体的生理活动。动作电位的产生是全有或全无的形式,一旦点燃,每个电位都会出现相似的电压波。如果刺激太小,不足以激发一次动作电位,信息就不能传递。

安静状态下由于细胞膜对钾离子的选择性通透性使其顺浓度差由细胞内流向细胞外,同样因细胞膜的选择性通透性不能使细胞外的阳离子内流以弥补电荷的损失,细胞内的主要阴离子也因膜的选择性通透性不能随钾离子的移动而外移,从而在细胞内外形成一个与离子运动方向相反的电力场,这个电力场的大小与离子之间的关系可以按物理学上的 Nernst 方程式来进行测定:$Em = RT/ZF \times In \times I/I1$。其中 Em 表示膜电位,R 为气体常数(8.315 焦耳/度·克分子)T 为绝对温度,Z 为离子价数,F 为法拉第常数(96 500 库仑/克当量),I 和 I1 为膜内、膜外待测离子浓度。用这种方法测定静息状态下神经胶质细胞的膜电位发现其与钾离子的平衡电位相似,因而认为静息电位的产生主要是由钾离子从胞内向胞外扩布引起。但在其他神经元进行的测定发现膜电位(membrane potential)小于钾离子的平衡电位。膜片钳技术研究表明此时有部分钠离子内流,因而可以认定神经元静息电位是由钾离子外流和少量钠离子内流引起。

动作电位发生时利用膜片钳技术可测到一个由阳离子内移和阴离子外移所引起的瞬间内向电流和由阳离子外流及阴离子内流引起的相对较持久的外向电流。实验证实瞬间内向电流主要由钠离子通道开放引起的钠离子内流所致,用钠离子通道阻滞剂阻断钠内流可使动作电位产生中的内向电流明显减弱或消失,但持久的外向电流不受影响。用钾离子通道阻滞剂阻断迟缓整流钾通道可使外向电流减弱或消失,而内向电流不受影响,提示持久外向电流与钾离子外流有关。

除钠、钾离子通道变化引起离子流动外,内向电流的产生还与钙通道的激活有关。去极化能促使钙离子通道开放,引起类似钠离子内流所致的内向电流,许多神经元都有这种电压依赖型钙通道。除此之外,还有一种由细胞内钙离子激活的钙离子依赖型非特异性阳离子通道,在静息时,此通道可引起钠少量内流产生内向电位,除极时通过钾外流引起外向电位,此通道的激活有助于进一步除极达到阈电位,并在重复放电和暴发性放电中起着重要作用。

离子逆浓度跨膜运动的简单方式是靠对 ATP 有依赖作用的泵或载体以克服膜的屏蔽作用,离子泵有维持跨膜钠、钾、钙、氢及氯离子浓度梯度的作用和促进离子的扩布,氢离子跨膜及钙离子跨线粒体膜和内质网也是通过离子泵的作用来完成的,离子泵位于膜的一侧,结合一个离子后,通过物理作用使离子跨过双分子层,在膜的另一侧释放出来,由于这个过程可逆浓度梯度运动,所以是需能过程。转运过程所需能量直接来自 ATP,因而维持呼吸链的功能是重要的。

ATP 依赖性离子转运可通过两条途径影响细胞的电活动。当电压或配体门控通道开放时,通过 ATP 离子通道转运机制可建立离子浓度梯度,成为电流产生的基础,由于转运往往是不带电荷的转运,因而可影响膜电位。如钠-钾-ATP 泵从细胞内移走 3 个钠离子仅能与 2 个钾离子交换,促使膜电位向负相转化,并可通过膜电位影响过度去极化。钠-钾泵可增加钾离子在细胞内的积蓄,建立起当钠通道开放时钠离子进入细胞内的浓度梯度。由于在静息状态下,钾离子通道是开放的,钾离子有顺化学梯度离开细胞内的趋势,如果钠-钾泵在细胞内钠离子积蓄时不被激活,则一个钾离子离开细胞内,就有一个钠离子进入细胞,细胞就会缓慢除极,钠-钾泵的最终末就是钠-钾离子扩散的梯度和膜电位。细胞内钙离子的积蓄可损伤泵功能的原因是线粒体的除极可影响 ATP 的产生,通过消费 ATP,使钙离子被泵出细胞内而进入细胞外间隙或直接调节钠-钾-ATP 酶的活动,虽然很小,但部分钙离子转运是通过钙-镁-ATP 泵的作用来完成的。

继发性泵激活也参与了细胞内、外离子环境的调节,一个离子的电化学梯度可运动同侧或对侧的一个离子,如果这种转运是中性的,则不会影响膜电位的大小,然而,大多数情况下的转运都不是中性的,因为 3 个钠离子内流只能交换 1 个钙离子外流,从而引起细胞除极。主动运输可逆转电位,但由于膜离子梯度交换强大,因而,这种电荷的逆转是短暂性的。

(二) 神经元电信号的传播

中枢神经系统内神经元间的信息传递是通过化学递质来进行的。在静息电位基础上神经元兴奋时产生的一种可以传播的短暂电位叫动作电位,细胞间兴奋性信息的传递开始于动作电位的扩布并传播到下位轴突。当动作电位到达突触前膜时引起局部前膜除极,开放膜上密度很大的电压门控钙通道,钙离子内流,启动神经递质释放程序。突触囊泡膜蛋白是突触囊泡神经递质释放过程中重要的钙离子感受器,其上有多个钙离子结合位点,参与了突触传递的启动。钙离子内流是化学突触而不是电突触传递信息的关键因素。钙离子进入突触前膜,随之就有化学级联反应发生,这种化学级联反应可引起含有兴奋或抑制性神经递质的小囊泡与突触前膜的某些特殊部位融合,经出胞作用将递质释放到突触间隙。递质释放后,囊泡膜与突触前膜融为一体,由网格蛋白在胞质适应蛋白(adaptor protein 2,AP_2)及 AP_{180} 的协同下,在膜的胞质侧形成网格蛋白包被,被包被的囊泡膜逐渐弯曲、内陷,并最终经剪切成为游离囊泡,游离囊泡再经去包被,重新摄取神经递质后,进行新一轮递质释放。当这些神经递质通过弥散作用跨过突触间隙与突触后膜上特殊位点结合后,非 NMDA 离子通道快速开放,使树突末端的棘突迅速除极,随着由镁离子介导的电压依赖型抑制作用的消除,依赖除极电压的 NMDA 受体缓慢激活,开始传导电流,最后,特殊的 KA 受体通道开放,在兴奋性突触后电流的形成中发挥重要作用。

递质作用方式主要有两种。一种是直接与受体离子通道复合物结合引起通透性改变,另一种是通过几种第二信号系统之一来改变神经元的通透性。目前至少发现了 3 种第二信号系统与神经递质有关:腺嘌呤环化酶系统、鸟嘌呤环化酶系统及磷酸肌醇和二酯酰甘油系统。每一系统都能激活特异的蛋白激酶,后者磷酸化离子通道蛋白。这种反应较直接作用于受体离子通道复合机制慢。

兴奋性神经递质经突触间隙与突触后膜上特异性受体结合后,可增加膜对钾、氯离子,尤其是钠离子的通透性,使原有的膜电位降低,产生局部的除极化,用适当的仪器可记录到一个局部的去极化电位,这种电位就称为兴奋性突触后电位。兴奋性突触后电位的振幅取决于突触前神经元点燃的频率、点燃的模式、突触的可塑性或突触的调节。

突触可塑性最简单的形式就是发生在周围或中枢的易化。易化能够随与单个突触前电位有关的突触后电位振幅增加,迅速产生或消失,可在首次动作电位的数十毫秒内产生,并在几乎相同的时间内消失。目前用剩余钙理论来解释这种现象:随着最初的动作电位,大量钙离子进入突触前末端,虽然细胞能有效地迅速清除钙离子,但在释放点附近的膜内仍有钙离子浓度的升高,如果第二次动作电位在这些剩余钙离子消除前到达,随之而来的兴奋性突触后电位就会因为细胞内有大量的钙离子而比第一个大。

最近对突触可塑性研究的另一个成果是对长时程电位的认识。长时程电位表现为高频反复激活后几秒出现兴奋性突触后电位振幅的稳步、持续性增高,持续时间可从几小时到几天,考虑与学习和记忆有关。突触后膜 NMDA 受体的激活和突触后膜内钙离子浓度的增加可能在长时程电位中起着关键性作用,但有争论。

另一个突触可塑性的研究来自对海马 CA_1 区突触的研究。1～2Hz,持续 2～5 分钟的刺激可引起长时程抑制电位,提示兴奋性突触后电位的振幅在刺激的某些时间段降低了,其原因与 NMDA 受体反复多次的激活有关,经离子通道进入的钙离子在建立长时程抑制中也起着关键性作用。与长时程电位一样,存在 NMDA 受体拮抗剂的情况下不出现长时程抑制。

高频刺激可引起稳定的长时程电位,甚至在长时程抑制的初期就出现。长时程电位也可被 1～2Hz 的刺激所逆转,而出现长时程的抑制,由于突触前状态不同、刺激的类型和持续时间不同,钙离子内流的水平不同,突触可能产生动作电位或抑制。

突触前神经元的活动强或参加活动的突触数量大,兴奋性突触后电位的变化可以总合起来,当兴奋性突触后电位增加到一定程度时,可引起突触后神经元兴奋,产生扩布性动作电位,并沿神经纤维传播,将信息传递给下一位神经元,继续神经冲动的传导。

突触间隙谷氨酸浓度维持在 1mmol/L 对除极是必要的。除极 1 毫秒以后,谷氨酸迅速弥散,离开突触,同时,神经胶质,也包括部分神经元附近的谷氨酸主动再摄取开始。用选择性氨基酸阻滞法进行研究发现谷氨酸的再摄取在兴奋性突触后电流的衰减中所起的作用很小,而对谷氨酸在细胞外的扩散以激活突触前代谢性氨基酸受体的作用则要大得多。酶水解、失活、突触前膜或后膜重摄取、部分进入血液循环等多种机制的共同作用使突触间隙内的兴奋性递质浓度迅速下降,兴奋性突触后电流逐渐衰减,在谷氨酸存在的情况下,非 NMDA 受体通道迅速失活。

递质与突触后膜上的特异性受体结合后并非都产生兴奋性突触后电位,当抑制性神经递质与突触后膜上的特异性受体结合后,提高了对氯离子的通透性,使膜电位增大,出现后膜的超极化,就会产生抑制性突触后电位。抑制性突触后电位是由 GABA 介导的突触后电位,$GABA_A$ 受体激活可引起氯离子通道开放,使神经元过度去极化。在新皮质和海马,$GABA_B$ 受体位于锥体细胞的树突上,B 受体激活可产生比 A 受体激活更慢的抑制性突触后电位,受钾离子而不是氯离子的调节。

神经递质引起电流的大小或突触电位的振幅是突触递质强度的参考指标。一般来说,大多数突触中突触递质的强度不是固定的,前一个突触的活动不同,递质强度也可能有不同的变化,这种改变可以是短时间的增加(易化)或减少(抑制),也可能是长时间的增加(长时程电位)或减少(长时程抑制)。除在抑制性突触中所见到的原发性使用依赖性抑制性突触强度的减少,如反复点燃引起的海马抑制强度的减少外,这种在抑制性突触中所见到的使用依赖性抑制的机制尚不清楚,但可能是多因素的,其主要机制是突触后GABA$_A$受体敏感性降低,氯离子再分布困难,以及氯离子梯度的丧失和由突触前GABA$_B$自身受体介导的GABA释放性反馈性抑制丧失有关。

用偶联刺激法证实GABA能抑制的主要机制是由GABA$_B$自身受体介导的GABA释放性反馈性抑制,但并不是唯一的解释,因为并非所有区域都有GABA$_B$自身受体分布。由GABA$_B$自身受体激活所引起的快速偶联抑制持续不到1秒,而非此机制可持续几秒,GABA$_B$自身受体激活所引起的快速偶联抑制需要几个突触前抑制性神经元的激活,而GABA$_B$受体不依赖快速偶联抑制的出现,是单个抑制突触。虽然GABA能抑制在保持突触环路兴奋性中是必要的,但GABA能突触力度可因GABA$_B$受体依赖或非依赖机制产生的频率依赖性抑制而减少。这种现象在引起癫痫发作的急性去抑制中可能有重要意义。

神经系统的信息传递有两个特征:特异性和多相性。特异性是指突触后膜只能与突触间隙内的某种或几种递质特异性结合。多相性指突触前膜能够释放多种神经递质,而突触后膜上有多种不同的受体离子通道复合物能与这些递质进行特异性地结合。

(三) 痫样放电的形成、传播和终止

在过去的20年中,对癫痫发病机制最为重要的研究结果就是认识到不同的癫痫有不同的发病机制,没有一种机制能解释全部的癫痫发作。随着对中枢神经系统功能的了解已提出了许多有关癫痫的假说,通过神经元和突触功能来认识癫痫已成为共识,而神经元兴奋性增加及过度同步化放电是产生癫痫的基本条件也得到认同,各种病因引起的癫痫及各种不同的癫痫发病机制的假说都是建立在此基础上的。

1. 痫性活动产生的原因　脑电图上的痫样放电和临床发作是癫痫的两个主要特征,神经元兴奋性增加导致的神经元异常放电则是癫痫产生的根本原因。由于癫痫可以发生在完全正常的神经元中,参与同步化和传播痫性活动的神经元也多为正常,因而癫痫病灶中是否存在癫痫神经元仍有争论,但癫痫灶内起步神经元兴奋性改变,能通过复杂的机制触发癫痫已被临床和实验所证实。许多细胞机制,如离子通道功能、神经递质水平、神经受体调节、能量代谢,以及调控这些机制的基因改变都可能引起皮质神经元兴奋性增加,当脑的局部或全脑神经元以一种异常同步化的形式被激活时就会引发痫样放电和出现临床发作。

(1) 递质及受体功能改变:谷氨酸是中枢内重要的兴奋性神经递质。电刺激从内嗅皮质到海马齿状颗粒细胞的谷氨酸能梨状皮质可提高动物神经元的兴奋性,反复刺激可进一步增强突触前兴奋性,直至点燃。Sherwin等人发现在有棘波的癫痫患者皮质内,随着癫痫活动的发生,谷氨酸明显增加,同时,与谷氨酸合成有关的两种酶也增加,提示谷氨酸类物质作用的增强可引发细胞兴奋性增加,点燃癫痫。

癫痫病灶和点燃组织中已经发现谷氨酸系统有异常。在动物模型中使用谷氨酸能激动剂增强其作用可引起癫痫发作,用兴奋性氨基酸受体拮抗剂可阻止刺激海马CA$_3$区诱发的癫痫,这些资料提示兴奋性氨基酸的兴奋作用促成了癫痫的发生和发展。

GABA是中枢内重要的抑制性神经递质,多年来,一直有假说认为癫痫的发生是中枢内GABA能抑制作用减弱或缺乏的结果。在实验动物中已经发现用药物阻滞GABA能抑制功能可引起单个神经元痫样放电或动物的部分性发作,GABA能拮抗剂青霉素、荷防己碱或荷包牡丹碱可引起大的去极化,产生阵发性去极化漂移,当抑制功能进一步减弱和其他同步化因素如细胞外钾离子和钙离子浓度发生变化时,局部的阵发性放电可扩布到海马的大部分区域和在皮质内广泛性扩布,成为脑电图上痫样放电向临床发作转化最重要的原因之一。

GABA 能抑制功能减少是癫痫发作基础的依据还来自对慢性癫痫的研究。应用兴奋性红藻氨酸可使实验鼠出现持续数小时的癫痫状态,几周后,实验鼠即具有高度兴奋性,常反复发作,伴有去极化后电位的增强,在海马 CA_1 区可记录到痫性活动,并有发作后过度去极化和突触后抑制性电位的丧失。

在局灶性癫痫模型的研究中发现癫痫灶内 GABA 能神经元明显减少。在癫痫敏感的脑组织内,GABA 受体的量也有降低。在对癫痫患者的研究中也获得了类似的结果。Masukawa 等人在对癫痫患者手术后的病理切片进行的研究中同样发现 GABA 介导的抑制作用减弱;在对 8 例患者和对照组进行的分析中,McDonald 等人也见到 GABA 结合位点减少。用 PET 方法,有学者证实颞叶癫痫灶内 GABA 能结合位点明显减少。这些研究支持 GABA 系统参与了癫痫的发生和发展,是引起神经元兴奋性增加的重要原因。

(2) 非突触机制:虽然从细胞到细胞的同步放电是癫痫活动产生的重要因素,而这种相互作用是通过化学突触联系来完成的,但目前的许多研究已经表明发生在皮质的神经元兴奋性增加和过度同步化放电在没有神经递质释放的情况下也能发生。用离子敏感电极对癫痫组织进行的研究发现在癫痫发作时细胞外钙离子浓度可降低到不足以通过化学递质释放来维持有效突触联系的低水平,提示癫痫的发作有非突触机制的作用。

神经元细胞外空间结构改变可直接引起神经元兴奋性增加,在没有化学递质参与下产生或维持癫痫活动。细胞外空间的改变可使经细胞外传导的电流发生变化和离子浓度改变而影响细胞兴奋性。某些外伤或肿瘤患者由于组织损伤造成细胞外空间结构变化,神经元间的距离变小,使通过细胞外传导的电流变化或引起相邻神经元间的不正常接触,改变电流产生的量和传导方向,诱导不正常的除极而点燃癫痫。

细胞外空间的减少还可引起离子分布的异常,这种分布异常可能增加细胞兴奋性。细胞外空间减少可引起钾离子相对增多,细胞外钾离子浓度的增加虽可减少促使细胞内钾离子外移的浓度梯度,但它可以直接除极细胞,增加神经元的兴奋性,而因除极产生的正反馈又可进一步引起细胞外钾离子浓度增加,促使更多的神经元除极,直至出现癫痫发作。

钠离子内流在正常情况下与钠离子的功能相适应,钠离子内流不仅发生在动作电位产生时,而且也发生在兴奋性神经递质释放打开钠离子通道的过程中,钠离子绝不会单独内流,而是伴有水的内移。随着兴奋性传入增加,钠和水进入到狭窄的细胞内,使细胞肿胀,细胞外空间变小,引起细胞外离子浓度和电阻增加,这些改变也将引发细胞及组织的兴奋性增加。

癫痫患者中所见到的胶质增生也可通过多种途径点燃癫痫。以前就有许多关于癫痫脑(epileptic brain)神经胶质功能异常引起癫痫发生的假说,虽然尚未证实癫痫脑中神经胶质功能有异常,但癫痫组织中有胶质细胞的形态改变已被发现。神经胶质细胞有从细胞外摄入钾离子、谷氨酸、GABA 以保护神经细胞膜的作用,并参与了多种重要阴离子的传运,但神经胶质细胞引起癫痫的机制尚不清楚,近年来的研究表明反应性胶质细胞因获得了 tenascin-C 表达,从而具备了新的功能,在调控痫性海马突触重建中起着重要作用。

（3）突触机制：神经元兴奋性增加的主要原因是突触机制的改变，而这种突触功能异常多发生在化学突触内。以下因素是常见原因：①兴奋或抑制性中间神经元传入数量减少；②GABA 贮藏、合成或代谢酶改变引起神经元突触末端 GABA 的释放减少；③不同神经元所引起的 GABA 能突触末端数量的改变；④突触后 $GABA_A$ 受体数量、分布、成分和特征的改变。

（4）神经网络重组及环路的过度兴奋：许多兴奋性神经元都有轴突与突触后神经元直接接触，不管最终的靶细胞是什么，这些兴奋性轴突都有侧支与相关的神经元形成侧支循环，组成兴奋性或抑制性反馈环路，这种兴奋性或抑制性反馈环路在建立中枢内平衡、调整感觉和运动的传入和传出、整合中枢功能中起着重要作用。正常情况下反馈性抑制比反馈性兴奋有力，因而系统保持着相对稳定状态，这个平衡过程受到干扰，就会出现癫痫。

已有研究表明中枢神经系统内的损伤可引起损伤区神经轴突的芽生。这种新生轴突可与附近或远处的神经元形成新的神经环路，一个最明显的例子就是局部损伤后海马齿状回出现的芽生现象。这个区域内颗粒细胞的轴突与齿状回内分子层建立了侧支联系，组成了新的循环通路，新环路干扰了兴奋性和抑制性反馈的平衡，成为在损伤的海马和新皮质区形成过度兴奋，导致癫痫发作的基础。

除局部兴奋性环路的改变外，在癫痫灶内还有其他能引起高兴奋性的机制。已经证实，NMDA 受体调节兴奋性突触的激活也可引起病理性高兴奋性的产生（如细胞外镁离子的降低），假设损伤后的 NMDA 受体有改变，新形成的受体如果对周围镁离子敏感性降低或对甘氨酸敏感性增加，也可在环路功能正常的情况下诱导神经元的高兴奋性，同样，NMDA 受体亚单位在损伤时也可能发生改变，增加基线的兴奋性。

NMDA 受体受到许多内源性物质的调节，如甘氨酸（与谷氨酸共同激活）、激素、pH、受体的氧化还原状态和一氧化氮等，这些调节因素的慢性改变也可引起长时间兴奋性的增加，诱导癫痫发作。

突触前因素在反复的激活中引起了轴突末端钙离子的积蓄，突触后因素如受体敏感性增加等也可引起癫痫发生。有研究表明，在同样类型反复的激活过程中抑制性突触的功能有降低的倾向，在局部环路或更长的轴突通路中兴奋性功能的增加和抑制性突触功能的降低共同作用可以引起整个系统的兴奋性增加，产生癫痫发作，提示局部解剖环路的重组，突触频率依赖性效益改变的共同作用诱导癫痫发生。

（5）神经元可塑性变化：神经元对高频反复刺激的正常反应是抑制作用减弱和兴奋性增加。反复刺激时，由于突触前或突触后多因素作用，中枢内兴奋性突触活动变大，抑制性作用变小，痫样放电可因局部反复循环及正常情况下频率依赖性兴奋或抑制性突触的可塑性从局部异常皮质扩布到其他正常区域。

2. 痫样放电的产生

（1）痫波形成：癫痫起步神经元的单个动作电位并不足以引发脑电图上痫样放电或癫痫发作，但将这种增强的神经元活动通过相应的轴突联系，在多种促同步化因子，如电压门控离子通道电导异常、细胞膜静息电位稳定性降低、细胞内外离子分布异常、突触兴奋性增加而抑制性减弱等的作用下，经局部反复兴奋环路的增益作用转变成高度同步化的动作电位暴发时就可形成一个大的去极化电位，叫阵发性去极化漂移，此时神经元外钾离子增多,钙离子减少,并可在脑电图上见到不伴有临床发作的间歇期痫样放电。在对皮质锥体细胞和海马细胞离体或活体研究中发现,间歇期痫样放电都伴有阵发性去极化漂移,在海马 CA_3 区锥体细胞或 $5\sim6$ 层皮质连接处的锥体细胞间很容易发现这种电位,因而认为其代表神经元的痫性活动,是神经元痫性活动的主要表现。

动物模型研究资料表明这种放电来自兴奋性突触后电位,并被内源性电压依赖型膜电位所增强,这种增强开始于神经元的除极,当刺激达到激活慢失活钠离子电流阈值时,钠离子内流,增加去极化,随去极化的发生,低阈值的钙电流被激活,进一步增强神经元除极。同时,兴奋性氨基酸介导的兴奋性突触作用增加,最后,高阈值的钠离子、钙离子电流被激活,出现伴有暴发性动作电位的神经元放电。

要使在正常情况下很小的兴奋性突触后电位转变成巨大电位必须使其强化,目前已经发现至少有5种机制可使病灶内兴奋性突触后电位增强:①抑制减弱;②兴奋性超常;③高频兴奋性电位;④镁离子介导的电压依赖型受体抑制减弱导致的兴奋性氨基酸受体活动的增加;⑤导致痫样放电的其他神经递质释放增加,同时,中枢内存在的一些内源性电压依赖型电流还可直接增加兴奋性突触的除极效能,包括慢失活的钠离子、钙离子电流和可能代表钙依赖动作电位大而短暂的钙电流。这些机制的共同作用促成了弱小的兴奋性突触电流向巨大的痫性突触后电位的转化。

阵发性去极化漂移的产生主要与神经元内环境改变和突触功能的异常有关,但也与人的易感性有关。在没有外源性致痫因素作用下,很多机制对这种内源性暴发倾向有调节作用,而在病理条件下,由于神经递质异常,减少了钾离子电流;细胞外钾离子浓度增加和钙离子减少改变了膜电位特征;损伤后通道的再分布和解剖关系紊乱以及在慢性癫痫中所见到的失神经损伤都可能改变人的易感性,从另一方面促成巨大突触后电位的形成。

虽然都有阵发性去极化漂移,但不同脑区出现不同类型癫痫的原因是:①不同神经元离子通道的位置和密度不同;②内源性电流间及生理条件下突触电流的相互作用不同;③不同脑区局部神经元的类型不同,异常激活和放电扩布经过的脑组织数量和部位不等;④能通过第二信号系统改变电压依赖型膜电流的内源性突触调质的释放不同。

癫痫起始神经元的痫样放电尚需在局部兴奋环路中被强化。慢性的是由于损伤后轴突再生,急性的是由于与神经元高频活动有关的轴突传出增强所致,而这种与神经元高频放电有关的轴突传出增加与 NMDA 募集有关。谷氨酸、门冬氨酸受体或通道复合物在正常轴突传递中是相对静止的,当神经元处于静息电位时其受到周围镁离子的抑制,神经元除极时,镁离子抑制作用减弱,增加神经元的除极作用,随着大量兴奋性神经递质释放,更多的除极通道被激活。同时,由于神经元的除极化,一个或更多的电压门控钙通道开放,通过此通道产生的电流参与了神经元的除极活动,在兴奋性轴突和环路作用下形成正反馈,出现一系列反复的激活,促使神经元过度同步化。这种同步化的痫样放电可在同类神经元中传播或通过轴突或突触传到其他类型的神经元,如从海马 CA_3 区到海马 CA_1 区的锥体细胞,也可从深层锥体细胞到同柱表层的锥体细胞或经皮质-皮质通路到远端锥体细胞。

当一组神经元被激活或抑制时产生的信号通过全脑,在不同的循环中,抑制电位将使这种被异常激活的冲动逐渐减弱或消失,增强电位则将这种似乎随机的活动逐步引向高度同步化的放电,并波及远处的神经元。脊椎动物皮质正常显微结构和生理功能有利于高度同步化的发展,当形成一种特殊模式时,就引起阵发性高度去极化漂移。

在皮质出现痫样放电时,在病灶中心及周围还可记录到一个大而长的超极化电位(hyperpolarization,HP)。实验证实这种 HP 是产生 EEG 上棘慢复合波中慢波的原因,其形成机制主要是突触抑制,尤其是与 GABA$_A$ 和 GABA$_B$ 受体作用有关的突触抑制。由 GABA 介导的快、慢性突触抑制在皮质中广泛存在,并且是有力的,可以向前或向后反馈,例如,当锥体细胞放电时,激活抑制性中间神经元,从而反回去抑制神经元放电,所以抑制性突触放电可以切断痫样放电和阻止其在皮质中的传播。另外,在阵发性去极化漂移中出现的大量钙依赖型电流也可限制兴奋持续的时间,有助于 HP 的形成。正是由于这种紧接着去极化后出现的 HP 电位的存在使痫样放电被限制在局部而不出现临床发作。

Wieser 等人利用部分性癫痫模型观察过痫样放电产生的全过程:首先是病灶细胞外钾离子增加和钙离子减少,随后有成千上万神经元开始同步异常放电,形成一个称为阵发性去极化漂移的巨大电位,紧接着有一个过度去极化,出现病灶周围神经元的抑制。病灶神经元远端投射区的神经元可有短暂性兴奋,但大多数伴随着突触间的相互作用也被抑制,终止于病灶内的神经元可被逆点燃,产生动作电位逆行传播。由于病灶内紧随去极化后出现的超极化抑制使大多数发作间期的痫样放电被严格的局限在局部而表现为 EEG 上的痫样放电,不会引发临床上的癫痫发作。

(2) 间歇期痫样放电向发作的转化:对于间歇期痫性活动转变成临床发作已进行了许多系统的研究。痫性活动向发作的转化中发生了一系列的变化,使通常具有自限性的痫样放电在时间和解剖空间上得以扩布,其中最重要的是阵发性去极化漂移后过度去极化消失而被局部或远隔脑区的除极化替代,使病灶周围的抑制减弱。

在痫样放电形成的过程中,病灶内高度去极化后的 HP 形成后如不能完全抑制病灶周围或远处神经元的兴奋性活动,这种兴奋性活动将诱导抑制功能的减弱,此时,痫样放电就有可能通过正常轴突通路和生理机制向邻近脑区传播,将放电传向下一个神经元,并进入其投射区,经兴奋性连接环路再返回放电区,反复多次重复循环,使以前似乎随机的放电经其循环通路中多个驿站的增益和导向,逐渐形成集中的高频放电,这种高频放电可通过轴突前、后机制引起高频兴奋性突触后电位,同时,随着突触后神经元的去极化,有更多的 NMDA 受体被激活,产生更多的去极化,使更多的钙流入细胞内,引起兴奋性轴突效益持续性增强,在一些其他机制的参与下进一步强化这条通路的作用。

兴奋作用增加的同时,抑制作用可能进一步减弱。正常情况下 GABA 的抑制作用是很强的,但抑制性突触似乎对高频活动更敏感,所以兴奋性作用的增强减少了抑制性突触的效能,加速了痫性活动的产生和传播,兴奋增强和抑制减弱的双重作用使越来越多的区域进入发作中。

向下一个神经元的传播使原发性放电区域的轴突末梢因神经递质的释放和细胞外钾离子的积蓄被激活,轴浆流逆行,脑激活区从局部上行通过侧支联系到许多其他区域。这样,发作活动就能从局部异常区传播到其他非癫痫区,扩布的范围和速度取决于病灶区的连接、原发性放电的强度和接收脑区的状态。"此时,至少在急性病灶区可以发现阵发性去极化漂移后过度去极化逐渐变小,并消失,而被初期类似小阵发性去极化漂移的去极化波代替,在几次成功的痫样放电后,EEG 上就出现后放电(after discharges),随着每一次间歇期放电,后放电越来越大,附近脑和远隔区域也逐渐加入到发作中来,使异常放电逐步扩布,最后进入临床发作"。这种痫样放电向发作的转变可以由局部放电的"逃脱"或放电向脑附近或远处传播所引起。

临床和实验都证实间歇期痫样放电向发作的转化是由于多重机制的作用,兴奋及过度同步化增强、抑制作用减弱、非特异性诱导因素的共同作用促成了发作间期痫样放电向发作的转变。

3. 痫样放电的传播 随着最初的兴奋性除极越来越强,持续时间越来越长,抑制性电位逐渐被兴奋性电位所取代,痫样放电就会突破局部的抑制,向电阻最小,也就是正常生理通道向下传播。

随着癫痫机制研究的进展,人类已经开始从生物学定位、膜化学、分子生物学角度来探索、了解局部和投射网络在癫痫中的作用。许多实验表明在痫样放电的传播过程中,有些脑区癫痫阈值低,放电易于扩布,而另一些脑区则对痫样放电首发区来的放电输入有增益作用,可使弱小的痫样放电增强或增大,还有一些脑区对痫样放电的扩布起阀门作用。

(1)痫性活动在局部的传播:在对海马和新皮质的研究中已经注意到局部环路和特殊细胞对痫性活动扩布的作用不同。

对新皮质的研究主要集中在寻找过度去极化漂移传播的特殊突触联系。在荷包牡丹碱诱导的局灶性发作中,过度去极化漂移的传播是按序进行的,但模式不单一,只要皮质间存在突触联系,过度去极化漂移就能扩布,没有一个单一的联系点或单一皮质是传播所必需的,提示在痫性活动的局部传播中突触联系比细胞外钾离子、钙离子的改变更为关键。

利用药理学解剖技术(pharmacological dissectia)对全身性发作的扩布进行的研究发现皮质下结构对全面性癫痫的扩布起着特别重要的作用。有些部位是癫痫发生及发展的关键部位,尤其是由乳头体、乳头丘脑束、丘脑腹前核组成的乳头体系统更为重要。损伤乳头丘脑束(mammillothalamic tracts)或用化学方法增加其投射到腹前核的 GABA 介导的抑制,有保护神经元免入痫性活动的作用。

(2)痫样放电发放的共同通路:起自皮质的痫样放电要转变成临床发作必须使其传出冲动到达效应器官。痫性活动在新皮质的传播没有明显的方向,主要取决于突触间的联系,具有随机性。而冲动一旦进入生理轨道,就会按人体固有的通路将痫样信号传到效应器官。近年来的研究表明痫样放电首先进入边缘系统的梨状皮质或内嗅皮质,不管痫灶位于大脑的何处,痫样放电都必须进入到边缘系统中才能得到进一步的扩展和增强。内嗅皮质接受痫性冲动后经过一系列的兴奋性突触联系将明显增强了的痫性冲动输入齿状回的颗粒细胞。

齿状回颗粒细胞在癫痫的发生及发展中起着关键作用。10 年前,Collins 等人曾提出正常情况下的齿状回颗粒细胞可能是痫样放电进入海马、并得以传播的一个屏障。Behr 等人用减少内嗅皮质细胞外镁离子诱导癫痫的方法发现冲动是经齿状颗粒细胞到 CA_3 和 CA_1 的。切断内嗅皮质与齿状回之间的联系能阻断这种传导,提示内嗅皮质与齿状回之间的突触联系能将内嗅皮质的痫样放电向海马内传递,表明正常动物中齿状颗粒细胞充当的是阻止从内嗅皮质来的冲动向海马的传导,而在点燃动物中这种传递活动明显增强了,其原因可能与致痫物质诱导齿状颗粒细胞苔藓抽芽机制在相邻齿状颗粒细胞间形成了新的兴奋性突触和发作诱导了新齿状细胞的增生有关。

齿状回颗粒细胞通过苔藓样纤维通道将痫性冲动传入海马 CA_3 区。在癫痫模型中可在海马记录到痫样放电，这种痫样放电首先出现在 CA_3 区。CA_1 区的痫样放电迟于 CA_2、CA_3 区，提示 CA_1 区细胞接受了来自 CA_2、CA_3 区细胞的痫性传入。动物实验证实痫样放电从 CA_3 区到 CA_1 区是经过 Schaffer 侧支通道完成的。CA_1 区的冲动再返回到内嗅皮质。

到达海马的痫样放电经海马环路多次循环，反复强化后，经边缘系统下传至脑干作最后的整合，脑干成为各类癫痫会聚的中心。由于丘脑损伤没有抑制诱导惊厥的作用，而中脑损伤则可完全阻止其传播，推测会聚点在中脑网状结构。中脑网状结构的重要功能就是将痫样放电逐步向下传到可能位于脑干网状结构核和脊髓灰质中间带的非特异性核团多突触下行通道内，下行性网状结构则触发全面性癫痫发作。

在脑干的中继中，黑质起着关键性作用。Hayashi 首次为黑质在癫痫传播中的生理作用提供了解剖学基础。黑质在基底节输出中起着枢纽作用，它接受尾状核、壳核和苍白球以及前脑其他部位和中脑区的输入，并输出到丘脑、上丘脑、纹状体和网状结构。黑质内含有某种神经元，不管痫样放电产生的机制如何，都能改变癫痫的发作和传播。有人向双侧黑质注入 GABA 受体激动剂，发现其能阻止荷包牡丹碱诱导的癫痫发作。黑质的电刺激或红藻氨酸损伤也有抑制最大电休克发作所致前肢强直和降低荷包牡丹碱诱导癫痫发作的作用。临床上癫痫发作与否，决定于致痫点与黑质内关键突触抑制机制的关系。

黑质输出能易化癫痫，不管癫痫起自脑的何处都能被黑质输出所增强或维持，双侧黑质破坏则抑制癫痫发作，双侧黑质内 GABA 含量增高可阻止发作活动经痫灶向黑质内的传播，病变黑质能改变全身性发作的易感性。但癫痫活动不起自黑质，黑质中 GABA 减少50%以上或向黑质内注入荷包牡丹碱也不引起癫痫发作，癫痫起自前脑或脑干，在传播中受到黑质的控制，黑质是传播的调节者，在癫痫的泛化中起着闸门作用。

但黑质仅是发作传播通道的一部分，癫痫活动不仅能通过黑质，也可直接或间接通过黑质靶区结构传播，其输出的抑制能降低癫痫的敏感性，但不能阻止任何一种癫痫运动成分的出现。黑质输出的阻滞和损伤不影响癫痫的传播，但能明显抑制维持癫痫传播的整个通路的反应性。

4. 痫样放电的终止　痫样放电终止的原因不很清楚，传统认为癫痫发作中能量大量消耗，补充供应不足及一些体内抑制功能的参与是痫样放电终止的主要原因，但以后的实验证实在癫痫发作的短时间内，这些因素的改变并不足以终止癫痫的发作。最近，对癫痫患者和动物模型进行的研究发现痫样放电的终止有两种主要类型，即主动和被动抑制。离子、电泵、神经递质都参与了痫样放电的终止过程，而不同的发作类型也有不同终止机制。

对痫样放电终止的研究更多来自动物实验。Dichter 等人利用动物建立的部分性癫痫模型的研究中发现在发作后期，"细胞外钾离子水平进一步增加，直至达到一个高于正常的稳态水平，而钙离子浓度继续下降，最后发作停止，神经元膜高度去极化超过正常水平"表明痫性发作的终止可能与发作过程中神经元膜内外离子浓度的变化及由此引起的电位变化和突触递质改变有关。

在神经元除极过程中有瞬间钾离子的大量外流，这种细胞外钾离子浓度的变化在鼠、猫、猴皮质中都能见到。Dunwiddie 等人发现在海马切片中灌入高钾溶液可易化痫性活动的产生,引起广泛性的棘波暴发,表明溶液中钾离子的升高可影响细胞除极,减弱突触后的抑制电位。由于钾外流依赖除极后内流的钙离子激活钙离子依赖钾通道,因而,随着连续的暴发性放电,进入细胞内的钙离子减少,钙依赖性钾电导也减少,进入突触前末梢的钙离子减少,递质释放也减少,从而影响到双相或多个突触环路比单突触通路更多的树突,使痫性活动中止。这种假设受到许多实验的支持,离体海马切片显示突触传递效益在很大程度上取决于细胞外钙离子的浓度,当细胞外钙离子浓度为 0.24mmol/L 时能可逆性地阻断被诱导的突触传递,而在大多数发作中细胞外钙离子浓度降至 0.2mmol/L,发作终未在这些皮质诱导不出反应。

5. 痫灶、痫样放电、棘波的关系　脑电图上棘波、棘慢波是高兴奋皮质区和高痫性电活动区内或附近的脑电图标志,是癫痫脑内神经元多种综合电位在头皮或皮质的集合,其实质是过度兴奋区或癫痫灶许多神经元高度同步化放电所形成的巨大去极化电位。单个癫痫起始神经元的电活动并不足以引起在头皮或皮质、用常规脑电图就能够描记到的痫样放电,起始神经元电活动异常发生后必须在体内多种促同步化因子的作用下诱导大量神经元的同步放电,而这种同步放电还需经多种特殊的环路反复强化才能够引起脑电图上的痫样放电。根据目前的研究,起始神经元初期电活动的传播几乎是随机的,经多次循环得以增强,并逐渐导向才形成有规律的活动。因而,在某些癫痫,痫样放电可被看成是棘波起源的解剖和电生理点,而在其他类型的癫痫中痫样放电与棘波起源点间的关系要得到证实则要困难得多,此时,脑电图上的痫样放电有可能是其他地区传来,而在此增强了的综合电位。以脑电图上棘波所在的位置为指导进行手术切除,有可能切除癫痫灶,但也有可能切除的是能增强痫样放电的高敏区。病灶切除有可能消除癫痫发作,切除仅有一条传播途径或以此为主要传播途径的癫痫高敏区发作也可能消除。如果此类癫痫有多种传播途径,术后的复发则难以避免。

虽然手术切除不一定能达到消除癫痫病灶的作用,但它至少可以减少兴奋性增高的神经元数量,有利于癫痫的控制。

五、癫痫持续状态的发病机制

(一) 癫痫持续状态的递质及受体机制

癫痫持续状态具有不同于其他类型癫痫发作的主要特征是普通类型的癫痫发作持续时间短,如全身强直-阵挛性发作一般仅持续 2 分钟,而 SE 持续时间常超过普通类型癫痫发作持续的时间。发作不是被动的过程,发作可以激活多种内源性抗痫机制,从而有助于发作的终止。目前的研究发现,有助于发作终止的神经元抑制机制包括 Ca^{2+} 依赖的 K^+ 电流,Mg^{2+} 对 NMDA 通道的阻断,以及 GABA、甘氨酸、神经肽 Y、腺苷酸及阿片肽的抑制效应。而 SE 的发作需要一群神经元发动并维持异常放电,这种异常放电可能是因为内源性抑制机制发生障碍或损害,也可能是因为神经元由于各种原因如颅脑外伤、感染、癫痫等引起的兴奋性增高所致。

Chen 等(2006)将全身强直-阵挛性癫痫持续状态划分为早期或临近的(early or impending)SE、确定的(established)SE 和细微的(subtle)SE 三个时期。早期 SE 的患者如得不到及时处理,就有极高的可能性发展为确定的 SE,而后者发作 30 分钟就可以引起明确的脑损伤,在动物模型 SE 开始进入自发维持(self-sustaining)阶段,即电刺激或化学刺激停止很久以后,癫痫发作仍然自发持续。而且这种自发维持的 SE 存在累积效应,可以随时间延长逐渐发展为药物难治性的 SE(time-dependent development of pharmacoresistance)。也就是说这种自发维持在形成早期较易被某些抑制神经元兴奋性的药物阻断,但形成以后的时间越长,越难以被药物逆转。而到发作细微期(subtle SE),行为和脑电图上的改变均已不明显,患者处于昏迷状态。临床上大约有 10% 的患者经药物处理后行为上已没有明显的癫痫发作,但脑电图仍然异常,说明神经元仍存在异常放电并可能继续对神经元造成损伤。

早期 SE 是如何进展为确定的 SE,尤其是单个癫痫发作进展为自发维持 SE 的机制尚不完全清楚。目前的研究表明,SE 的发生可能与下列因素相关。

1. 脑内 GABA 介导的抑制性突触传递减弱 SE 发作时,神经元的异常放电可以兴奋中间神经元,大量释放 GABA。突触间隙中 GABA 浓度增高,使神经元上 $GABA_A$ 受体迅速脱敏,并随时间推移,脱敏逐渐严重,抑制性突触传递逐渐缺失(Walton 等,1990;Wasterlain 等,1993;Overstreet 等,2000)。经典的抗癫痫药物可预防 SE 发作,在 SE 早期用药也可以明显地抑制发作,但在 SE 自发维持期或 SE 发作时间延长后,就逐渐失去疗效。例如在毛果芸香碱(pilocarpine)诱导的 SE 动物模型发现 $GABA_A$ 受体激动剂地西泮起初在 SE 发作 10 分钟内能有效地控制 SE,但 SE 发作 45 分钟后则变得不敏感,ED_{50} 从 4.2mg/kg 升高到 40mg/kg(Kapur 等,1997)。在电刺激诱导的 SE 动物模型,也有类似的发现(Marazati,1998)。$GABA_A$ 受体脱敏的时程改变与 SE 进入自发维持阶段相吻合,提示 GABA 介导的突触传递缺失是 SE 发生发展的关键因素。

引起 $GABA_A$ 受体脱敏的原因包括:

(1) 膜受体内化:Naylor 等(2005)报道在锂-毛果芸香碱诱导 SE 后 1 小时,海马齿状回颗粒细胞和锥体细胞的突触后抑制性电流明显减小,突触后膜上的 $GABA_A$ 受体数量因其转移至细胞膜内侧而减少约 70%,胞内相应的出现受体蓄积(Goodkin,2005)。更为精确的研究发现在 SE 发作期间膜上数量减少的受体亚型是 GABA β_2/β_3 和 γ_2,δ 亚型没有减少(Goodkin,2008)。

(2) 受体亚单位脱磷酸化和(或)磷酸化:Kurz 等报道(2001)SE 时钙神经素活性大大上调,而钙神经素具有使 $GABA_A$ 受体 γ_2 亚单位去磷酸化而抑制 GABA 介导的突触传递(Wang,2003)。已知在癫痫发作过程中,蛋白激酶 C(PKC)被激活(Osonoe,1990)。$GABA_A$ 受体 β 亚单位可受 PKC 磷酸化而影响受体的转运和功能。另外影响受体上膜的其他激酶和(或)磷酸酶也可能参与受体亚单位的脱磷酸化和(或)磷酸化,调节受体内化和上膜过程。

(3) 神经元活动和 NMDA 受体的激活:研究发现,癫痫活动时,神经元释放大量谷氨酸,使突触介导的兴奋性突触传递增强,加速了在 $GABA_A$ 受体的内化,而早期应用 NMDA 受体拮抗剂抑制神经元活动可以延缓其内化(Kapur,1990;Goodkin,2005)。在毛果芸香碱诱发的 SE 模型,MK-801 预处理可以明显延缓地西泮抵抗的出现(Rice,1999)。可见神经元活动和 NMDA 受体的激活参与调节癫痫发作时间延长引起的抑制性突触传递减弱。

(4) GABA 受体变构:在锂-毛果芸香碱诱发的 SE 发作时,海马齿状回颗粒细胞的 $GABA_A$ 受体很快丧失对地西泮的敏感性,对 Zn^{2+} 的敏感性也迅速下降,但对 GABA 和苯巴比妥敏感性仍然存在能够控制 SE(Kapur,1997);SE 发作在三级以上,mIPSC 的幅度逐渐减小(Feng,2008)。可见 GABA 受体变构引起的功能改变参与了抑制性突触传递减弱。

2. 谷氨酸受体激活　在 SE 发作时,大脑尤其是海马区域谷氨酸受体持续激活。神经元活动释放的谷氨酸除参与促进 GABA$_A$ 受体内化外,还可能在 SE 的维持过程中发挥关键作用。实验发现,自发维持的 SE 高度依赖于谷氨酸受体的功能。随着 SE 发作的时间延长,GABA$_A$ 受体激动剂逐渐丧失疗效的同时,谷氨酸受体拮抗剂却能有效地控制癫痫发作,一些能够调节谷氨酸释放的神经肽类物质如加兰肽(galanin)也有相似的作用(Mazarati,1998)。在锂-毛果芸香碱和电刺激诱发的 SE 动物模型上预先使用非竞争性非选择性 NMDA 受体拮抗剂 MK-801 和氯胺酮(ketamine)可以长久地显著地抑制自发维持 SE 的行为学和脑电图表现,AMPA 受体拮抗剂则可以一过性抑制癫痫表现。在 SE 维持期应用 MK-801 也可以终止其发作,而竞争性 NMDA 受体拮抗剂和选择性 NR2B 受体拮抗剂虽然缩短了 SE 的持续时间,但终止发作的作用较弱(Ormandy,1989;Mazarati,1999;Yen,2004)。因此 NMDA 受体包括各种亚型的激活可能是自发维持 SE 的维持所必需的。

SE 时谷氨酸 NMDA 受体敏感性增加可能与下列因素有关:

(1) 受体的磷酸化水平:研究发现,锂-毛果芸香碱诱导的 SE 发作 1 小时后,PKC 介导的 NR1 受体亚单位丝氨酸 890 位点的磷酸化水平减少大约 45%,PKA 介导的 NR1 磷酸化水平在 SE 早期下降,终止前出现一过性明显增加。此外,NR2A 和 NR2B 受体亚单位的酪氨酸磷酸化在 SE 发作期间增加 3~4 倍,发作结束后才缓慢回到对照水平(Niimura,2005)。另外,钙神经素的激活也可以增强 NMDA 受体的磷酸化,从而加强 NMDA 受体介导的突触传递。

(2) 谷氨酸受体转移:SE 时,AMPA 和 NMDA 受体亚单位会转移到突触膜上,形成新的受体参与兴奋性传递,从而进一步增加癫痫时的兴奋状态(Wasterlain 等,2002)。免疫细胞化学研究显示,NMDA 受体的 NR1 亚单位会从突触下位点转移到突触表面,而且生理学研究证明 SE 发作 1 小时后,在每个齿状回颗粒细胞的突触上的功能性 NMDA 受体从 5.2 个增加至 5.8 个(Chen 等,2006)。综合上述研究结果,Chen 和 Wasterlain 于 2006 年提出受体运输转移假说,试图解释单次发作的癫痫进展到 SE 的机制(图 1-4-1)。

值得注意的是,非选择性 NMDA 受体拮抗剂在终止 SE 发作前,往往先增强或恶化痫样放电(Bertram,1990),这种作用的机制和临床意义尚不明确,但已有临床报道显示用 NMDA 受体拮抗剂可能会导致神经毒性(Ubogu,2003)。另外,MK-801 对单纯毛果芸香碱诱发的 SE 没有抑制作用,甚至会加重痫样放电(Lee,1997),提示不同 SE 模型在发病机制上也存在差异。

3. 神经肽含量改变　SE 发作时,一些主要发挥抑制作用的神经肽如加兰肽和强啡肽表达减少,另外一些主要发挥兴奋作用的神经肽如 P 物质(substance P,SP)和神经激肽 B(Chen,2007)。虽然很多抑制性神经递质和调质的类似物可以预防 SE 的发作,但只有某些神经肽的类似物是除 NMDA 受体的拮抗剂外能终止 SE 发作的化合物。Mazarati 等(2002)比较了生长抑素、神经肽 Y(neuropeptide Y,NPY)、加兰肽和强啡肽对抗 SE 的作用,发现前两者对癫痫的抑制作用强大,但持续时间短;后两者的抑制作用更加显著而且不可逆转,可见内源性神经肽对 SE 发作有调节作用。

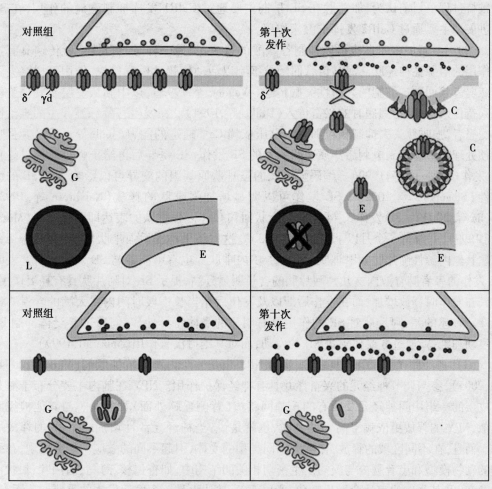

图 1-4-1　单次癫痫发作转变为癫痫持续状态的受体转运假说模型

（来源于 James W Y Chen 和 Claude G Wasterlain，Lancet Neurology，2006，5：246-256）

上图：多次癫痫发作后，$GABA_A$ 受体的突触膜形成被膜小窝，内陷形成囊泡（C），使受体不再与递质结合，从而失活。囊泡进一步形成内噬体，将受体运输至溶酶体（L）进行消化分解，或运至高尔基体（G），再循环至膜表面。下图：相反，在 NMDA 突触，亚单位被运至突触膜，组合成更多的受体。受体转运的结果是，每个突触的功能性 NMDA 受体数量增加而 GABA 受体数量减少

（1）加兰肽：加兰肽是脑内一种重要的抑制性神经递质/调质，能抑制多种经典递质包括谷氨酸的释放，同时也是一种内源性抗惊厥神经肽。其 1 型受体（GalR1）通过与 Gi 蛋白激活的钾通道（Gi-protein activated K^+ channels，GIPK）偶联，发挥对神经元活动的调节作用；2 型受体（GalR2）通过不依赖 GIRK 通路的 Gi 偶联机制抑制癫痫（Mazarati 等，2006）。过度表达加兰肽的动物表现为癫痫抑制，而 1 型受体敲除的动物则对 SE 高度易感而且 SE 诱发的神经元损伤更严重更广泛，甚至出现自发癫痫（McColl 等，2006）。用反义抗 GalR2 肽核酸下调脑内的 GalR2 也会导致 SE 引起的神经损伤。Mazarati 等（1998）发现 SE 发生后数小时内在齿状回门区的加兰肽阳性纤维消失，在这个部位低剂量注射加兰肽 2 型受体激动剂（0.05nmol）可以阻止 SE 的发生，高剂量（5nmol）则可以有效控制 SE；相反，加兰肽受体拮抗剂可以加重 SE。因此，加兰肽表达减少可能参与了 SE 的发作

和维持过程。目前认为,加兰肽在 SE 早期主要通过 GalR1 发挥抑制癫痫的作用,在 SE 的进展期主要通过 GalR2 发挥抗癫痫作用。

（2）强啡肽:强啡肽也可以抑制谷氨酸的释放,是另一种对兴奋性突触传递具有抑制作用的内源性神经肽。海马齿状回颗粒细胞以活动依赖性模式释放,作用于树突突触后减弱齿状回颗粒细胞的兴奋性突触传递(Wagner 等,1993),以中和从皮层及其他脑区的兴奋传入,尤其是癫痫时的兴奋传入(Drake 等,1994)。在发生苔藓纤维芽生的难治性癫痫患者,强啡肽失去抑制颗粒细胞上电压依赖 Ca^{2+} 通道的能力(Jeub 等,1999)。强啡肽预处理能显著抑制电刺激穿质通路诱发的 SE 发作,SE 诱导后再给予强啡肽可以终止 SE 发作(Mazarati 等,1999)。编码强啡肽的强啡肽原基因的变异可以影响人对 SE 的敏感性(Stögmann 等,2002)。SE 发作可以明显增加强啡肽的释放(Calabrese 等,1993;Rocha 等,2003)。SE 发作 3~4 小时后齿状回和 CA_3 区强啡肽的表达即明显下降(Mazarati,1999),并维持一个月以上(Rocha,2003)。这些结果均提示强啡肽与 SE 存在密切关系。其他内源性阿片肽如甲啡肽、亮啡肽、β-内啡肽等也有可能参与 SE 发作。研究表明 SE 发作的患者脑脊液内这几种阿片肽的含量明显升高,提示 SE 对阿片肽具有耗竭作用,使其在发作时释放增加,而在发作后期以及发作后相当长一段时间内在大脑的含量明显下降。有趣的是,阿片肽对 SE 的作用具有明显的受体特异性,它们通过 κ 受体抑制 SE 的发动和维持,通过 δ 受体促进 SE 的发动,而对其维持没有作用(Mazarati,1999)。

（3）神经肽 Y(NPY):现在普遍认为 NPY 也是一个内源性抗惊厥剂(Vezzani,2004;Tu,2005),参与调节神经元的兴奋性并具有神经保护作用。NPY 在脑内主要分布于海马和皮层的一组中间神经元及所有的丘脑网状核(背侧丘脑外面)神经元。与其他神经肽类似,NPY 的释放更依赖于高频的刺激,也就是说,当神经元活性增加时 NPY 的释放增加。而且,在不同区域的释放,作用于不同类型的受体,引起不同的效应。研究发现,在癫痫的动物模型和患者脑内与癫痫发生密切相关的结构中,如杏仁核、海马、前额叶、梨状皮层,NPY 及其受体的表达会发生变化,所以 NPY 被认为是一个癫痫发生的重要调节因素。

NPY 的抗癫痫作用表现在:

1）NPY 在体内外都可以抑制钙内流从而减少海马的谷氨酸释放,抑制兴奋性突触传递。

2）增加海马内 NPY 可以提高发作的阈值,延缓点燃的发生,使癫痫发作减少和变轻(Vezzani,2002;Reibel,2003;Richichi,2004)。

3）NPY 缺陷的小鼠会有轻的癫痫发作,并对致惊厥剂引起的运动发作明显易感(Erickson,1996;Baraban,1997;Vezzani,1999;Woldbye,2004)。

4）NPY 可以延迟海马内的点燃进程(Reibel 等,2000)。抑制海马齿状回的癫痫样活动(Colmers 等,1997;Patrylo 等,1999)。

5）NPY 基因敲除的小鼠癫痫发作阈值降低并出现自发性发作(Erickson 等,1996)。脑内注入 NPY 可以翻转这些表现。

Woldbye 等(1997)和 Mazarati 等(2002)分别报道了脑内注射 NPY 不仅可以显著抑制 KA 诱导的 SE,也可以抑制电刺激穿质通路引起的 SE。虽然在 KA 诱导的 SE 发作时,NPY 释放明显增加,但 NPY 及其类似物对谷氨酸释放的抑制作用出现一过性减弱(Silva 等,2005),这些结果提示 NPY 可能在 SE 中发挥一定的作用。

NPY 是通过何种亚型的受体参与调节癫痫的,迄今还没有明确的结论。有人认为,NPY1 受体是前额叶 NPY 发挥抗惊厥作用的主要受体(Bijak 等,1999)。但也有人发现 NPY1 受体兴奋具有兴奋作用,因为脑内应用 NPY1 受体拮抗剂 BIBP3226 可以显著抑制海马内局部注射海仁酸引起的癫痫。这个作用可被 NPY 类似物翻转(Gariboldi,1998)。另外,NPY2 受体敲除的小鼠对 KA 的敏感性大大增加,癫痫发作时间比野生型和 NPY1 受体敲除的小鼠严重几倍。海马 NPY 过度表达不影响 NPY2 型受体敲除引起的癫痫发作加重,提示 NPY 抑制 KA 引起的癫痫主要通过 2 型受体起作用(Lin 等,2006;Bahh B,2005)。相反,Woldbye 等发现,在海人藻酸诱导的癫痫模型中,Y5 受体的激活具有抗癫痫的作用,而不是 Y2 受体(Woldbye,1997)。

(4) P 物质(SP):SP 也可能参与 SE 的发作和维持。正常情况下 SP 在海马内表达仅限于下托及 CA_2 和 CA_3 连接的区域,而且表达量也比较少。然而,电刺激穿质通路引起 SE 后,SP 在海马齿状回颗粒细胞、CA_1、CA_2 和 CA_3 锥体细胞的表达明显增加。这种变化持续 3 天以上(Wasterlain 等,2000)。在毛果芸香碱诱发的 SE 后 2 小时,新生 2 周的大鼠海马颗粒细胞及 CA_1 和 CA_3 的锥体细胞内 SP 的前体 mRNA 表达即明显增加;齿状回颗粒细胞和 CA_3 区锥体细胞及轴突内 SP 表达增加(Liu 等,2000)。海马内注射 10pmol SP 可以显著易化电刺激引起的 SE,使原先不能诱发 SE 的刺激强度变得可以诱发 SE;SP 受体拮抗剂可以终止 SE 发作,作用强于地西泮,提示 SP 不仅参与 SE 的启动过程,也参与 SE 的维持(Liu 等,1999)。编码 SP 前体的基因敲除小鼠表现出对海仁酸和戊四氮诱导的癫痫发作或 SE 的抵抗,癫痫发作的时间和程度以及 SE 发作诱发的神经元死亡均弱于相应的野生型小鼠(Liu 等,1999)。脑片研究发现,SP 促进癫痫发作的机制可能与其能加强谷氨酸释放有关,而促进神经元死亡的机制可能与激活 bax 和 caspase 等凋亡因子有关(Liu 等,1999)。

4. 组胺能神经系统的调节　　众多研究表明,中枢神经组胺是一种内源性抗惊厥递质或调质,通过作用于 H_1 受体,升高惊厥阈值,降低对电或化学致痫刺激的敏感性。组胺在脑内的释放除受自身 H_3 受体调节外,还接受 GABA 受体及 NMDA 受体的调节(Okakura 等,1992;Okakura-Mochizuki 等,1996)。同时,通过激活 H_3 受体,组胺还能调节主要是抑制其他神经递质的释放,例如 GABA、谷氨酸、多巴胺、5-羟色胺、去甲肾上腺素和乙酰胆碱。在 KA 诱导的 SE 发作时,梨状皮层、杏仁核、海马及纹状体内的组胺含量大大增加,同时组胺能阳性纤维数量也明显增加。另外,海马齿状回颗粒细胞内 H_1 受体 mRNA 表达出现一过性的短暂增加,CA_3 区神经元内 H_3 受体 mRNA 表达也出现一过性的短暂增加。这些结果提示,组胺在 SE 中的作用可能是双向的,一方面,激活 H_1 受体,抑制癫痫发作;另一方面,激活 CA_3 区 H_3 受体,与含 GluR6 的 KA 受体共同促进癫痫的发生(Ben-Ari 等,2000)。

(二) 癫痫持续状态的突触机制

SE 与普通癫痫最大的区别是后者的发作能够自行停下来,而癫痫持续状态的发作如果不进行治疗则很难自行停止。而突触传递在痫性扩布中起着重要作用。最近,有学者提出了癫痫持续状态的突触假说。该假说认为,当癫痫发作时,突触前膜释放了大量的神经递质和调质,其中有主要起抑制作用的 GABA 和起兴奋作用的谷氨酸,这些递质分别与突触后膜上的相关受体结合产生兴奋或抑制作用,当抑制作用成为矛盾的主要方面时,发作停止;如果抑制性递质的作用不足以对抗兴奋递质所起作用时,发作将继续。随着癫痫的多次发作,突触后膜中的受体部分内陷,后膜表面积减少,递质不易与受体结合。病理学研究发现,此时,GABA 受体内陷程度明显大于谷氨酸类受体,GABA 类递质难以与受体结合发挥作用,使内源性抑制作用减弱,而 GABA 受体内陷引起的谷氨酸受体凸现而易与受体结合增加了神经元的兴奋性,使癫痫发作得以继续进行。此时,还有大量的神经肽被释放出来,随着抑制性神经肽类物质的大量消耗,兴奋性肽作用增强,进一步加剧癫痫发作,使其难以自行终止。总之,癫痫发作中抑制作用的减弱和兴奋性的增加是癫痫持续状态重要的发作机制。

(三) 癫痫持续状态中的基因机制

随着分子生物学技术的迅速发展,关于癫痫持续状态中基因表达变化的研究越来越多,这些研究对了解癫痫持续状态的发生、发展、调节和终止有重要的意义。在过去几十年中,基因分型已开始帮助神经科医师治疗患有癫痫并导致了基因突变的患者。对基因表达的整体分析已经成功地应用于译解大脑对癫痫发作、癫痫持续状态的分子学反应中。基因表达的整体分析资料不仅有助于识别基因相关的新型癫痫,并且还有助于有关癫痫发展过程和代谢途径假说的形成,例如,电活动性(Arionet,2006)、血管发生(Newton 等,2003)、神经营养因素(Newton 等,2003)、免疫反应(Gorter 等,2006;Lukasiuk 等,2006)等假说几乎都是基于癫痫基因研究的结果(Elliott 等,2003)。

1. 癫痫持续状态中基因机制的常用研究方法　癫痫是遗传和环境因素间复杂交互作用后的产物,具有多个且高度可变的显性表现。虽然基因可能不是所有类型癫痫的原因,但许多证据表明,宿主的基因背景在癫痫的发生及发展中起重要作用(Goulon 等,1985;DeLorenzo 等,1995;Fountain and Lothman,1995;Mathern 等,1998;Mathern 等,2002)。在后基因组时代,人类基因测序和小鼠基因组提供了加速研究新病理途径的机会。对人体和动物模型中癫痫导致基因变化的研究已有了进展。基于流行病学证据,通过理解癫痫持续状态中的基因标记,可为当前预制策略、降低发作风险以及减少经济支出提供理论依据。

(1) 癫痫持续状态中的基因分析:为研究人体多基因性状,人们进行了基因位点的鉴别,但这种鉴别混淆了多个因素,例如癫痫持续状态中人体的基因性状就涉及了遗传异质性、环境和基因间复杂相互影响因素等。虽然人体研究已提示遗传因素促进了癫痫诱导性细胞死亡(Goulon 等,1985;DeLorenzo 等,1995;Fountain and Lothman,1995;Mathern 等,1998;Mathern 等,2002;Shorvon,2002),但目前对癫痫持续状态涉及的遗传途径和病理机制的系统研究还不足,这限制了人体基因对癫痫发作影响的研究。

运用近交系老鼠进行基因分析可将混淆因素降到最低。在这些老鼠中,没有任何已知的可自发出现癫痫持续状态的病理因素。这使研究者能在简化基因组和受控环境的条件下,仔细分析疾病的遗传基础以发现新的病理机制。

(2) 癫痫持续状态中易感基因的确定:为鉴别和解决增加 SE 风险的遗传因素,有两种运用在老鼠模型上的方法:基因驱动和表型驱动。

在基因驱动(反向遗传)方法中,运用由基因置换或基因转移导致的突变来确定特殊系统中特定基因的作用,并充当分析结果表型的起始点。目前,用基因靶效应和转基因方式可将基因功能分裂、减弱或提高。人们已越来越清楚地意识到许多基因能调节对癫痫诱导兴奋性毒素细胞死亡的敏感性,有许多研究集中在促进神经元损伤的病原性后遗症的识别基因上。研究表明,大量基因突变在实验性 SE 后出现的海马神经元损伤调节中具有重要作用,但仍不清楚是否有某种神经保护效应或增强的易感性效应作为基因操作或癫痫活动调节的结果。建立起类似的癫痫模型至关重要,因为研究已表明癫痫持续期、潜伏期以及严重性的变异可改变其后的细胞死亡(Sperk 等,1985;Ferraro 等,1995;Galanopoulou 等,2002;Holmes,2002)。这些研究结果提示,任何被观察到的神经调节效应都不是基因调节的单一结果,而是癫痫发作敏感性改变的结果。

表型驱动(正向遗传学)方式中运用遗传解剖(如确定和测绘特定基因)来隔离影响进程的突变体。重要的是,表型驱动方式不能预测基因和表型之间的关系,因而是发现变异基因功能和遗传轨迹较好的途径。Schauwecker(2003)用有癫痫诱导性损伤倾向(FVB/NJ)同有癫痫诱导损伤抵抗性(C57BL/6J)老鼠的杂交,制造了新的老鼠杂种群体,意图通过连锁分析来进行对癫痫诱导细胞损伤敏感性的遗传解剖,以鉴定在基因组中,是否有一部分与病理性表型共分离(即损伤发动)。事实上,与最初的假设相一致,若干基因组区域被发现可直接促进细胞损伤表现,其中,有一些区域产生致病的作用,其余的保护动物免受严重的海马损伤(Schauwecker 等,2004)。为验证并进一步研究基因位点,应建立起一个同类系,这种同类系表现为疾病易感性和疾病抵抗性的基因复合体。实验室研究已经涉及了老鼠同类系繁殖,这种同类系承载了癫痫诱导性细胞损伤的数量性状遗传位点(quantitative trait locus,QTL),其 QTL 是在约12cm 老鼠的 18 号染色体上成功鉴定的(Schauwecker,2004)。

由于癫痫持续状态由多个基因促进,而每一个基因均对结果表型有一些影响,复杂性状的基因解剖还是一个难题,通过实验室方法(基因驱动和表型驱动)和对人体的直接研究(关联研究),人们已获得了理解癫痫发作基因基础的重要信息。因此,可以乐观地认为,SE 老鼠模型的基因分析可引导人们鉴别老鼠及人类 SE 的新基因位点,并进一步理解这个复杂疾病的遗传性病因学。对这些基因位点的鉴别以及对相关特殊基因的研究可为预测潜在易感性提供可能,这种预测可协助医师鉴别哪一类患者有出现损伤的风险。此外,老鼠突变型的新编译以及对 SE 遗传基础的更深了解将促进新的治疗方式的创新,并为临床前试验提供相关模型。

2. 癫痫持续状态的基因机制

(1) 20 号环状染色体综合征:20 号环状染色体综合征唯一持续的特征就是严重的难治性癫痫。而有癫痫发作的该病患者常伴认知功能减退和频繁发作的非惊厥性癫痫持续状态。而非惊厥性 SE 可能是由多巴胺能神经传递功能障碍引起的。其他特征(包括同质异形改变、精神发育迟滞以及行为障碍)是不定的。Jacobs 等(2008)报道了 1 例年轻男孩,他没有同质异形的特征,仅在 13 岁时诊断出患 20 号环状染色体综合征。4 岁时第一次出现癫痫发作,之后的发作有各种形式,包括非惊厥性 SE,并伴有背景脑电图的恶化和各种认知的减退。虽然试用了多种抗癫痫药物,发作仍难以控制。诊断确立后不久,该患者死于一次无法控制的癫痫持续状态。这篇报道提示对于无法解释的难治性癫痫发作以及非惊厥性癫痫持续状态患者,即使没有任何同质异形特征或形态学特征提示为染色体疾病,也应在疾病早期进行基因检测。

(2) 常染色体显性遗传夜间额叶癫痫(ADNFLE):这是一个相对良性的癫痫综合

征,有很少几个并发症。Derry(2008)等报道了两例严重的 ADNFLE 家庭及与之相关的精神、行为和认知功能障碍。他们从 17 个受影响的个人得到详细的临床数据,包括基因的微卫星标记、连锁分析和候选基因测序。这些家庭中,严重的 ADNFLE 表型往往表现出难治性癫痫,有 24% 的发生癫痫持续状态,53% 发生精神或行为障碍,24% 智力残疾。在 α_4、α_2 或 β_2 胆碱受体亚基中,没有发现突变。有一个家庭被证明在 *15q24* 区域无胆碱受体亚基基因。研究表明,严重的 ADNFLE 在体格、精神和智力有显著的高发病率。严重的 ADNFLE 的分子机制不明,但可能涉及非胆碱能受体相关机制。

（3）　mRNA 变化与 SE 的关系:为研究动物和患者超极化活化环核苷酸门通道(HCN)表达在颞叶癫痫发病中的相关变化,Powell KL 等人(2008)研究了海人酸诱导 SE 以及杏仁核点燃的两种模型。他们对海马亚区(CA_1、CA_3、齿状回)和内嗅皮质在不同时间点进行分割:对于海人酸诱导的癫痫持续状态模型分割时间为 24 小时、7 天和 6 周后;对于杏仁核点燃模型,分割时间为达到部分点燃时或完全点燃 2 周后。结果发现,在海人酸诱导的模型中在不同时间点,HCNmRNA 水平以一种特殊的方式降低。神经元丢失的数量不能解释在海人酸损伤后 HCNmRNA 水平的降低。HCNmRNA 水平降低也出现在完全点燃动物模型的 CA_3 区。因此,他们提出,HCNmRNA 水平的降低可能与这两种不同的颞叶癫痫持续状态有关。

Porter BE(2008)等对环磷腺苷效应元件结合的转录因子、环磷腺苷效应元件调节基因以及诱导性环磷腺苷早期抑制物在毛果芸香碱诱导的大鼠 SE 中的作用进行了研究。在癫痫持续状态出现后,他们发现神经元诱导性环磷腺苷早期抑制物的 mRNA 和蛋白含量增加。当使用毛果芸香碱诱导野生型锥体细胞和不含 CREM/ICER 的老鼠产生同样的锥体损伤时,这种增加对于癫痫引起的神经元损伤而言,并不是必然发生的。不含 CREM/ICER 的 SE 老鼠出现更为严重的癫痫表型,其发生频率几乎是自发性癫痫的 3 倍。这些数据表明:SE 中,诱导性环磷腺苷早期抑制物的信使 RNA 的含量增加对阻止癫痫的恶化有重要作用。

（4）　伴 SE 的 Alpers 综合征:研究发现伴有 SE 的 Alpers 综合征患者 POLG-1 基因纯合子 *W748S* 有突变。Uusimaa J(2008)等对 3 例表现为癫痫持续状态和肝病的年轻患者进行研究,其中年龄分别为 14 岁和 17 岁的两名女孩是同胞,还有 1 名 15 岁的女孩。对他们的 PLOG-1 基因测序,并检测 mtDNA 的缺失。结果发现 3 名患者在初期均出现偏头痛样头痛和癫痫,后期均表现为癫痫持续状态和肝功能衰竭。在 3 名患者体内都检测到 POLG-1 基因纯合子 *W748S* 的突变。mtDNA 没有发现缺失或病理性点突变,但 3 名患者均出现 mtDNA 的衰竭。研究表明,在出现突发性难治性癫痫或癫痫持续状态伴肝功能衰竭的青少年患者,PLOG 基因突变是需要考虑到的。在成人初发性 Alpers 综合征的患者,POLG-1 基因的纯合子 *W748S* 的突变似乎导致组织特异性、局部的 mtDNA 衰竭。在治疗这些患者出现的癫痫持续状态的时候要避免使用丙戊酸。

六、癫痫持续状态的病理生理改变

SE 的病理生理改变主要是持续和反复惊厥发作导致不可逆性脑及其他系统损害,继而发生心、肝、肾、肺多脏器功能衰竭,是患者常见的死因。发作持续时间越长,则多器官功能衰竭越重,且易转为不可逆损伤。Shorvon 以 30 分钟作为分界点将 SE 分为代偿期和失代偿期。在这两个时程中人体各系统出现从能够代偿到失代偿两个程度的功能性改变,表现出不同的病理生理学改变。

代偿期是 SE 开始 30 分钟内,代偿性反应机制完整。由于惊厥活动,脑代谢显著增加,但生理机制尚足以满足代谢需求,脑组织没有受缺氧或代谢损伤。主要的生理改变为脑血流显著增加,自主神经活动大大增强,诱发心血管系统功能改变,如血压上升、心率加快、出汗、高热、呼吸道分泌物增加、呕吐等。

失代偿期是 SE 开始 30 分钟后,代偿性反应机制开始衰竭,大大增高的脑代谢需求不能得到完全满足,导致缺氧和脑及全身代谢模式的改变,持续自主神经的活动改变和心血管系统功能不能维持机体内环境的稳定,可能出现呼吸与代谢性酸中毒、电解质紊乱、血压下降、超高热、骨骼肌溶解等。

1. 全身性影响　最早的变化之一是血液 pH 明显下降,这与 SE 时肌肉强烈运动或呼吸运动降低等因素有关。Aminoff 等的研究发现,SE 发作时,血液 pH <7.3 者达 81%,而 <7.0 者有 33%;发作停止后,pH 在 30 分钟内恢复至 7.3。80% 以上的 SE 患者有体温升高,这可能与肌肉过度活动有关,但也可能存在中枢机制。超高热可影响神经元损伤过程,因为有证据表明低温可以保护 SE 导致的神经元丢失,并减少 SE 发作。SE 开始后 30 分钟内,因为交感神经系统兴奋,血液中儿茶酚胺浓度急剧升高,严重者升高达 40 倍,且持续达 30~60 分钟,患者出现心动过速,甚至心律失常。Boggs 等发现全身强直-阵挛性发作患者中 58% 有潜在的致死性心律不齐,这是 SE 患者猝死的主要因素。SE 失代偿期,则出现血压下降,甚至休克。

2. 对大脑的影响　SE 期间,因为神经元的异常同步放电,可使大脑耗糖和耗氧量急剧增加,而脑组织几乎无氧和葡萄糖储备,因此早期脑血流量发生代偿性增加,增加程度可达 200%~600%,即使脑自动调节失效,在全身强直-阵挛性发作早期平均动脉压的升高也可代偿性地维持脑血流量。而在失代偿期,平均动脉压下降,脑血流降低,脑实质氧合作用减少。脑内神经元因为低血糖和缺氧产生 ATP 减少,导致离子泵功能障碍,钠离子、钙离子、钾离子不能维持生理状态下的浓度梯度,胞内钠离子、钙离子浓度升高,钾离子浓度降低,使神经元的兴奋性大大增加;另外,神经元兴奋释放的谷氨酸作用于突触后 NMDA 受体,产生兴奋性毒性,加上其他神经毒性产物的作用,导致神经元和轴突水肿死亡。研究发现,SE 所致的神经元损伤和死亡在 NMDA 受体丰富的区域如边缘系统最明显。NMDA 受体激动引起的细胞内钙增高是细胞死亡的关键因素。钙能活化降解细胞内的蛋白酶及脂酶,导致线粒体功能障碍及致死性细胞损伤。另外,缺氧也使脑血流自动调节功能障碍,导致脑缺血,进一步加重脑损害。由过度抑制诱导的 SE,如由 $GABA_B$ 介导的丘脑 T 型钙通道超极化活化所调节的失神状态,并没有兴奋性氨基酸诱导的神经元损伤。

神经元的损伤存在凋亡及坏死两种形式。临床上,SE 后神经元的损伤以坏死为主;但在一些特殊情况和模型中,则有明显的凋亡现象存在(Pollard,1994)。目前,研究者们认为 SE 后早期神经元线粒体的损伤可能是神经元损伤的关键环节,而线粒体的损伤、细胞色素 C 的释放和 caspase-3 的激活则是神经元损伤的最后共同通路。

注:本节癫痫电生理机制引自沈鼎烈,王学峰《临床癫痫学》

(陈忠　彭希　赵世红　肖波　王学峰)

参 考 文 献

[1] Goodkin HP,Joshi S,Mtchedlishvili Z,et al. Subunit-specific trafficking of GABA(A)receptors during status epilepticus. J Neurosci,2008,28(10):2527-2538.

[2] Kwak SE,Kim JE,Choi HC,et al. The expression of somatostatin receptors in the hippocampus of pilocarpine-induced rat epilepsy model. Neuropeptides,2008,42(5-6): 569-583.

[3] Prüss H,Holtkamp M. Ketamine successfully terminates malignant status epilepticus. Epilepsy Res,2008, 82(2-3): 219-222.

[4] Goodkin HR,Joshi S,Kozhemyakin M,et al. Impact of receptor changes on treatment of status epilepticus. Epilepsia,2007,48 Suppl 8: 14-15.

[5] Jesse CR,Savegnago L,Rocha JB,et al. Neuroprotective effect caused by MPEP,an antagonist of metabotropic glutamate receptor mGluR5,on seizures induced by pilocarpine in 21-day-old rats. Brain Res,2008, 1198:197-203.

[6] Wasterlain CG,Chen JW. Mechanistic and pharmacologic aspects of status epilepticus and its treatment with new antiepileptic drugs. Epilepsia,2008,49 Suppl 9: 63-73.

[7] Bethmann K,Fritschy JM,Brandt C,et al. Antiepileptic drug resistant rats differ from drug responsive rats in GABA A receptor subunit expression in a model of temporal lobe epilepsy. Neurobiol Dis,2008,31(2): 169-187.

[8] Ermolinsky B,Pacheco Otalora LF,Arshadmansab MF,et al. Differential changes in mGlu2 and mGlu3 gene expression following pilocarpine-induced status epilepticus: a comparative real-time PCR analysis. Brain Res,2008,1226:173-180.

[9] Jacobs J,Bernard G,Andermann E,et al. Refractory and lethal status epilepticus in a patient with ring chromosome 20 syndrome. Epileptic Disord,2008,10(4): 254-259.

[10] Derry CP,Heron SE,Phillips F,et al. Severe autosomal dominant nocturnal frontal lobe epilepsy associated with psychiatric disorders and intellectual disability. Epilepsia,2008,49(12):2125-2129.

[11] Vigliano P,Dassi P,Blasi CD,et al. LAMA2 stop-codon mutation: Merosin-deficient congenital muscular dystrophy with occipital polymicrogyria,epilepsy and psychomotor regression. Eur J Paediatr Neurol,2009, 13(1):72-76.

[12] Powell KL,Ng C,Brien TJ,et al. Decreases in HCN mRNA expression in the hippocampus after kindling and status epilepticus in adult rats. Epilepsia,2008,49(10):1686-1695.

[13] Porter BE,Lund IV,Varodayan FP,et al. The role of transcription factors cyclic-AMP responsive element modulator(CREM)and inducible cyclic-AMP early repressor(ICER)in epileptogenesis. Neuroscience, 2008,152(3):829-836.

[14] Uusimaa J,Hinttala R,Rantala H,et al. Homozygous W748S mutation in the POLG1 gene in patients with juvenile-onset Alpers syndrome and status epilepticus. Epilepsia,2008,49(6):1038-1045.

[15] Møller RS,Schneider LM,Hansen CP,et al. Balanced translocation in a patient with severe myoclonic epilepsy of infancy disrupts the sodium channel gene SCN1A. Epilepsia,2008,49(6):1091-1094.

[16] Li X,Zhou J,Chen Z,et al. Long-term expressional changes of Na^+-K^+-Cl^- co-transporter 1(NKCC1) and K^+-Cl^- co-transporter 2(KCC2)in CA_1 region of hippocampus following lithium-pilocarpine induced status epilepticus(PISE). Brain Res,2008,1221:141-146.

[17] Mikati MA,Yehya A,Darwish H,et al. Deep brain stimulation as a mode of treatment of early onset pantothenate kinase-associated neurodegeneration. Eur J Paediatr Neurol,2009,13(1):61-64.

[18] Brandt C,Bethmann K,Gastens AM,et al. The multidrug transporter hypothesis of drug resistance in epi-

lepsy: proof-of-principle in a rat model of temporal lobe epilepsy. Neurobiol Dis,2006,24(1):202-211.

[19] Dombrowski SM,Desai SY,Marroni M,et al. Overexpression of multiple drug resistance genes in endothelial cells from patients with refractory epilep. Epilepsia,2001,42(12): 1501-1506.

[20] Bankstahl JP,Hoffmann K,Bethmann K,et al. Glutamate is critically involved in seizure-induced overexpression of P-glycoprotein in the brain. Neuropharmacology,2008,54(6):1006-1016.

[21] Pekcec A,Unkrüer B,Stein V,et al. Over-expression of P-glycoprotein in the canine brain following spontaneous status epilepticus. Epilepsy Res,2009,83(2-3): 144-151.

[22] Becker AJ,Pitsch J,Sochivko D,et al. Transcriptional upregulation of Cav3.2 mediates epileptogenesis in the pilocarpine model of epilepsy. J Neurosci,2008,28(49): 13341-13353.

[23] Montiel P,Sellal F,Clerc C,et al. Limbic encephalitis with severe sleep disorder associated with voltage-gated potassium channels(VGKCs)antibodies. Rev Neurol(Paris),2008,164(2):181-184.

[24] Monaghan MM,Menegola M,Vacher H,et al. Altered expression and localization of hippocampal A-type potassium channel subunits in the pilocarpine-induced model of temporal lobe epilepsy. Neuroscience, 2008,156(3): 550-562.

[25] Lively S,Brown IR. Extracellular matrix protein SC1/hevin in the hippocampus following pilocarpine-induced status epilepticus. J Neurochem,2008,107(5): 1335-1346.

[26] Borges K,Gearing M,Rittling S,et al. Characterization of osteopontin expression and function after status epilepticus. Epilepsia,2008,49(10):1675-1685.

[27] Ben-Ari Y,Cossart R,Kainate. A double agent that generates seizures: two decades of progress. Trends Neurosci,2000,23(11):580-587.

[28] Ben-Ari Y,Lagowska J,Tremblay E,et al. A new model of focal status epilepticus: intra-amygdaloid application of kainic acid elicits repetitive secondarily generalized convulsive seizures. Brain Res,1979,163 (1):176-179.

[29] Ben-Ari Y. Limbic seizure and brain damage produced by kainic acid: mechanisms and relevance to human temporal lobe epilepsy. Neuroscience,1985,14(2):375-403.

[30] Bertram EH,Lothman EW. NMDA receptor antagonists and limbic status epilepticus: a comparison with standard anticonvulsants. Epilepsy Res,1990,5(3):177-184.

[31] Bikson M,Ghai RS,Baraban SC,et al. Modulation of burst frequency,duration,and amplitude in the zero-Ca(2+)model of epileptiform activity. J Neurophysiol,1999,82(5):2262-2270.

[32] Brandt C,Gastens AM,Sun M,et al. Treatment with valproate after status epilepticus: effect on neuronal damage,epileptogenesis,and behavioral alterations in rats. Neuropharmacology,2006,51(4):789-804.

[33] Calabrese VP,Gruemer HD,Tripathi HL,et al. Serum cortisol and cerebrospinal fluid beta-endorphins in status epilepticus. Their possible relation to prognosis. Arch Neurol,1993,50(7):689-693.

[34] Cavalheiro EA,Santos NF,Priel MR. The pilocarpine model of epilepsy in mice. Epilepsia,1996,37(10): 1015-1019.

[35] Chapman MG,Smith M,Hirsch NP. Status epilepticus. Anaesthesia,2001,56(7):648-659.

[36] Chen JW,Naylor DE,Wasterlain CG. Advances in the pathophysiology of status epilepticus. Acta Neurol Scand,2007,115(4 Suppl):7-15.

[37] Chen JW,Wasterlain CG. Status epilepticus: pathophysiology and management in adults. Lancet Neurol, 2006,5(3): 246-256.

[38] Chin RF,Neville BG,Peckham C,et al. Incidence,cause,and short-term outcome of convulsive status epilepticus in childhood: prospective population-based study. Lancet,2006,368(9531):222-229.

[39] Deshpande LS,Blair RE,Ziobro JM,et al. Endocannabinoids block status epilepticus in cultured hipp-

ocampal neurons. Eur J Pharmacol,2007,558(1-3):52-59.

[40] Drake CT,Terman GW,Simmons ML,et al. Dynorphin opioids present in dentate granule cells may function as retrograde inhibitory neurotransmitters. J Neurosci,1994,14(6): 3736-3750.

[41] el Hamdi G,de Vasconcelos AP,Vert P,et al. An experimental model of generalized seizures for the measurement of local cerebral glucose utilization in the immature rat. I. Behavioral characterization and determination of lumped constant. Brain Res Dev Brain Res,1992,69(2):233-242.

[42] Fellin T,Gomez-Gonzalo M,Gobbo S,et al. Astrocytic glutamate is not necessary for the generation of epileptiform neuronal activity in hippocampal slices. J Neurosci,2006,26(36):9312-9322.

[43] Feng HJ,Mathews GC,Kao C,et al. Alterations of GABA A-receptor function and allosteric modulation during development of status epilepticus. J Neurophysiol,2008,99(3):1285-1293.

[44] Folbergrová J,Ingvar M,Siesjö BK. Metabolic changes in cerebral cortex,hippocampus,and cerebellum during sustained bicuculline-induced seizures. J Neurochem,1981,37(5):1228-1238.

[45] Fornai F,Busceti CL,Kondratyev A,et al. AMPA receptor desensitization as a determinant of vulnerability to focally evoked status epilepticus. Eur J Neurosci,2005,21(2):455-463.

[46] Gastaut H. Classification of status epilepticus. Adv Neurol,1983,34(1): 15-35.

[47] Glien M,Brandt C,Potschka H,et al. Repeated low-dose treatment of rats with pilocarpine:low mortality but high proportion of rats developing epilepsy. Epilepsy Res,2001,46(2):111-119.

[48] Goodkin HP,Yeh JL,Kapur J. Status epilepticus increases the intracellular accumulation of $GABA_A$ receptors. J Neurosci,2005,25(23):5511-5520.

[49] Gorter JA,van Vliet EA,Aronica E,et al. Long-lasting increased excitability differs in dentate gyrus vs. CA_1 in freely moving chronic epileptic rats after electrically induced status epilepticus. Hippocampus, 2002,12(3):311-324.

[50] Gorter JA,van Vliet EA,Aronica E,et al. Progression of spontaneous seizures after status epilepticus is associated with mossy fibre sprouting and extensive bilateral loss of hilar parvalbumin and somatostatin-immunoreactive neurons. Eur J Neurosci,2001,13(4):657-669.

[51] Hamani C,Mello LE. Status epilepticus induced by pilocarpine and picrotoxin. Eur J Pharmacol,1992,221 (1):151-155.

[52] Hellier JL,Patrylo PR,Buckmaster PS,et al. Recurrent spontaneous motor seizures after repeated low-dose systemic treatment with kainate:assessment of a rat model of temporal lobe epilepsy. Epilepsy Res,1998, 31(1):73-84.

[53] Jeub M,Lie A,Blümcke I,et al. Loss of dynorphin-mediated inhibition of voltage-dependent Ca^{2+} currents in hippocampal granule cells isolated from epilepsy patients is associated with mossy fiber sprouting. Neuroscience,1999,94(2):465-471.

[54] Jin C,Lintunen M,Panula P. Histamine H(1) and H(3) receptors in the rat thalamus and their modulation after systemic kainic acid administration. Exp Neurol,2005,194(1):43-56.

[55] Kang TC,Kim DS,Kwak SE,et al. Epileptogenic roles of astroglial death and regeneration in the dentate gyrus of experimental temporal lobe epilepsy. Glia,2006,54(4):258-271.

[56] Kapur J,Lothman EW. NMDA receptor activation mediates the loss of GABAergic inhibition induced by recurrent seizures. Epilepsy Res,1990,5(2):103-111.

[57] Kapur J,Macdonald RL. Rapid seizure-induced reduction of benzodiazepine and Zn^{2+} sensitivity of hippocampal dentate granule cell $GABA_A$ receptors. J Neurosci,1997,17(19):7532-7540.

[58] Karr L,Rutecki PA. Activity-dependent induction and maintenance of epileptiform activity produced by group I metabotropic glutamate receptors in the rat hippocampal slice. Epilepsy Res,2008,81(1):14-23.

[59] Klapstein GJ, Colmers WF. Neuropeptide Y suppresses epileptiform activity in rat hippocampus in vitro. J Neurophysiol, 1997, 78(3):1651-1661.

[60] Kurz JE, Sheets D, Parsons JT, et al. A significant increase in both basal and maximal calcineurin activity in the rat pilocarpine model of status epilepticus. J Neurochem, 2001, 78(2):304-315.

[61] Laurén HB, Lopez-Picon FR, Korpi ER, et al. Kainic acid-induced status epilepticus alters GABA receptor subunit mRNA and protein expression in the developing rat hippocampus. J Neurochem, 2005, 94(5): 1384-1394.

[62] Lee MG, Chou JY, Lee KH, et al. MK-801 augments pilocarpine-induced electrographic seizure but protects against brain damage in rats. Prog Neuropsychopharmacol Biol Psychiatry, 1997, 21(2):331-344.

[63] Leite JP, Garcia-Cairasco NA, Cavalheiro EA. New insights from the use of pilocarpine and kainate models. Epilepsy Res, 2002, 50(1-2): 93-103.

[64] Lintunen M, Sallmen T, Karlstedt K, et al. Transient changes in the limbic histaminergic system after systemic kainic acid-induced seizures. Neurobiol Dis, 2005, 20(1):155-169.

[65] Liu H, Cao Y, Basbaum AI, et al. Resistance to excitotoxin-induced seizures and neuronal death in mice lacking the preprotachykinin A gene. Proc Natl Acad Sci U S A, 1999, 96(21):12096-12101.

[66] Liu H, Mazarati AM, Katsumori H, et al. Substance P is expressed in hippocampal principal neurons during status epilepticus and plays a critical role in the maintenance of status epilepticus. Proc Natl Acad Sci U S A, 1999, 96(9):5286-5291.

[67] Liu H, Sankar R, Shin DH, et al. Patterns of status epilepticus-induced substance P expression during development. Neuroscience, 2000, 101(2):297-304.

[68] Lothman EW, Bertram EH, Bekenstein JW, et al. Self-sustaining limbic status epilepticus induced by 'continuous' hippocampal stimulation: electrographic and behavioral characteristics. Epilepsy Res, 1989, 3(2):107-119.

[69] Lothman EW, Bertram EH, Kapur J, et al. Recurrent spontaneous hippocampal seizures in the rat as a chronic sequela to limbic status epilepticus. Epilepsy Res, 1990, 6(2): 110-118.

[70] Mazarati AM, Baldwin RA, Sankar R, et al. Time-dependent decrease in the effectiveness of antiepileptic drugs during the course of self-sustaining status epilepticus. Brain Res, 1998, 814(1-2): 179-185.

[71] Mazarati AM, Liu H, Langel U, et al. Galanin modulation of seizures and seizure modulation of hippocampal galanin in an animal model of status epilepticus. J Neurosci, 1998, 18(23):10070-10077.

[72] Mazarati AM, Wasterlain CG, Liu H. Opioid peptides pharmacology and immunochemistry after self-sustaining status epilepticus. Neuroscience, 1999, 89(1):167-173.

[73] Mazarati AM, Wasterlain CG. Anticonvulsant effects of four neuropeptides in the rat hippocampus during self-sustaining status epilepticus. Neurosci Lett, 2002, 331(2):123-127.

[74] McColl CD, Jacoby AS, Shine J, et al. Galanin receptor-1 knockout mice exhibit spontaneous epilepsy, abnormal EEGs and altered inhibition in the hippocampus. Neuropharmacology, 2006, 50(2):209-218.

[75] McIntyre DC, Nathanson D, Edson N. A new model of partial status epilepticus based on kindling. Brain Res, 1982, 250(1):53-63.

[76] Mohapel P, Dufresne C, Kelly ME, et al. Differential sensitivity of various temporal lobe structures in the rat to kindling and status epilepticus induction. Epilepsy Res, 1996, 23(3):179-187.

[77] Nagao T, Alonso A, Avoli M. Epileptiform activity induced by pilocarpine in the rat hippocampal-entorhinal slice preparation. Neuroscience, 1996, 72(2):399-408.

[78] Nandhagopal R. Generalised convulsive status epilepticus: an overview. Postgrad Med J, 2006, 82(973): 723-732.

[79] Naylor DE,Liu H,Wasterlain CG. Trafficking of GABA(A)receptors,loss of inhibition,and a mechanism for pharmacoresistance in status epilepticus. J Neurosci,2005,25(34): 7724-7733.

[80] Nehlig A,Pereira de Vasconcelos A. The model of pentylenetetrazol-induced status epilepticus in the immature rat: short-and long-term effects. Epilepsy Res,1996,26(1):93-103.

[81] Niimura M,Moussa R,Bissoon N,et al. Changes in phosphorylation of the NMDA receptor in the rat hippocampus induced by status epilepticus. J Neurochem,2005,92(6):1377-1385.

[82] Okakura K,Yamatodani A,Mochizuki T,et al. Glutamatergic regulation of histamine release from rat hypothalamus. Eur J Pharmacol,1992,213(2):189-192.

[83] Okakura-Mochizuki K,Mochizuki T,Yamamoto Y,et al. Endogenous GABA modulates histamine release from the anterior hypothalamus of the rat. J Neurochem,1996,67(1):171-176.

[84] Ormandy GC,Jope RS,Snead OC 3rd. Anticonvulsant actions of MK-801 on the lithium-pilocarpine model of status epilepticus in rats. Exp Neurol,1989,106(2):172-180.

[85] Osonoe K,Ogata S,Iwata Y,et al. Kindled amygdaloid seizures in rats cause immediate and transient increase in protein kinase C activity followed by transient suppression of the activity. Epilepsia,1994,35(4):850-854.

[86] Perreault P,Avoli M. Physiology and pharmacology of epileptiform activity induced by 4-aminopyridine in rat hippocampal slices. J Neurophysiol,1991,65(4):771-785.

[87] Peterson CJ,Vinayak S,Pazos A,et al. A rodent model of focally evoked self-sustaining status epilepticus. Epilepsy Res,1997,28(1):73-82.

[88] Piredda S,Gale K. A crucial epileptogenic site in the deep prepiriform cortex. Nature,1985,317(6038): 623-625.

[89] Pollard H,Charriaut-Marlangue C,Cantagrel S,et al. Kainate-induced apoptotic cell death in hippocampal neurons. Neuroscience,1994,63(1):7-18.

[90] Rice AC,DeLorenzo RJ. N-methyl-D-aspartate receptor activation regulates refractoriness of status epilepticus to diazepam. Neuroscience,1999,93(1):117-123.

[91] Rocha L,Maidment NT. Opioid peptide release in the rat hippocampus after kainic acid-induced status epilepticus. Hippocampus,2003,13(4):472-480.

[92] Rosenow F,Hamer HM,Knake S. The epidemiology of convulsive and nonconvulsive status epilepticus. Epilepsia,2007,48(Suppl 8):82-84.

[93] Shorvon S. Does convulsive status epilepticus(SE)result in cerebral damage or affect the course of epilepsy—the epidemiological and clinical evidence? Prog Brain Res,2002,135:85-93.

[94] Silva AP,Xapelli S,Pinheiro PS,et al. Up-regulation of neuropeptide Y levels and modulation of glutamate release through neuropeptide Y receptors in the hippocampus of kainate-induced epileptic rats. J Neurochem,2005,93(1):163-170.

[95] Stögmann E,Zimprich A,Baumgartner C,et al. A functional polymorphism in the prodynorphin gene promotor is associated with temporal lobe epilepsy. Ann Neurol,2002,51(2):260-263.

[96] Tanaka T,Kaijima M,Yonemasu Y,et al. Spontaneous secondarily generalized seizures induced by a single microinjection of kainic acid into unilateral amygdala in cats. Electroencephalogr Clin Neurophysiol, 1985,61(5):422-429.

[97] Tu B,Timofeeva O,Jiao Y,et al. Spontaneous release of neuropeptide Y tonically inhibits recurrent mossy fiber synaptic transmission in epileptic brain. J Neurosci,2005,25(7):1718-1729.

[98] Turski WA,Cavalheiro EA,Bortolotto ZA,et al. Seizures produced by pilocarpine in mice: a behavioral, electroencephalographic and morphological analysis. Brain Res,1984,321(2):237-253.

[99] Turski WA,Cavalheiro EA,Schwarz M,et al. Limbic seizures produced by pilocarpine in rats：behavioural,electroencephalographic and neuropathological study. Behav Brain Res,1983,9(3)：315-335.

[100] Tuunanen J,Lukasiuk K,Halonen T,et al. Status epilepticus-induced neuronal damage in the rat amygdaloid complex：distribution,time-course and mechanisms. Neuroscience,1999,94(2)：473-495.

[101] Ubogu EE,Sagar SM,Lerner AJ,et al. Ketamine for refractory status epilepticus：a case of possible ketamine-induced neurotoxicity. Epilepsy Behav,2003,4(1)：70-75.

[102] Vezzani A,Sperk G,Colmers WF. Neuropeptide Y：emerging evidence for a functional role in seizure modulation. Trends Neurosci,1999,22(1)：25-30.

[103] Vezzani A,Sperk G. Overexpression of NPY and Y2 receptors in epileptic brain tissue：an endogenous neuroprotective mechanism in temporal lobe epilepsy? Neuropeptides,2004,38(4)：245-252.

[104] Wagner JJ,Terman GW,Chavkin C. Endogenous dynorphins inhibit excitatory neurotransmission and block LTP induction in the hippocampus. Nature,1993,363(6428)：451-454.

[105] Walton NY,Gunawan S,Treiman DM. Brain amino acid concentration changes during status epilepticus induced by lithium and pilocarpine. Exp Neurol,1990,108(1)：61-70.

[106] Walton NY,Treiman DM. Experimental secondarily generalized convulsive status epilepticus induced by D,L-homocysteine thiolactone. Epilepsy Res,1988,2(2)：79-86.

[107] Wang Z,Chow SY. Effect of kainic acid on unit discharge in CA_1 area of hippocampal slice of DBA and C57 mice. Epilepsia,1994,35(5)：915-921.

[108] Wasterlain CG,Baxter CF,Baldwin RA. GABA metabolism in the substantia nigra,cortex,and hippocampus during status epilepticus. Neurochem Res,1993,18(4)：527-532.

[109] Wasterlain CG,Liu H,Mazarati A,et al. NMDA receptor trafficking during the transition from single seizures to status epilepticus. Ann Neurol,2002,52(suppl 1)：16.

[110] Woldbye DP,Larsen PJ,Mikkelsen JD,et al. Powerful inhibition of kainic acid seizures by neuropeptide Y via Y5-like receptors. Nat Med,1997,3(7)：761-764.

[111] 沈鼎烈,王学峰.《临床癫痫学》.上海：上海科学技术出版社,2007.

[112] Barnard EA,Skolnick P,Olsen RW,et al. Subtypes of gamma-aminobutyric acidA receptors：classification on the basis of subunit structure and receptor function. Pharmacol Rev,1998,50：291-313.

[113] Wisden W,Laurie DJ,Monyer H,et al. The distribution of 13 $GABA_A$ receptor subunit mRNAs in the rat brain. Telencephalon,diencephalon,mesencephalon. J Neurosci,1992,12：1040-1062.

[114] Itschy JM,Mohler H. $GABA_A$-receptor heterogeneity in the adult rat brain：differential regional and cellular distribution of seven major subunits. J Comp Neurol,1995,359：154-194.

[115] Sperk G,Schwarzer C,Tsunashima K,et al. $GABA_A$ receptor subunits in the rat hippocampus I：immunocytochemical distribution of 13 subunits. Neuroscience,1997,80：987-1000.

[116] Schwarzer C,Tsunashima K,Wanzenbock C,et al. $GABA_A$ receptor subunits in the rat hippocampus II：altered distribution in kainic acid-induced temporal lobe epilepsy. Neuroscience,1997,80：1001-1017.

[117] Brooks-Kayal AR,Shumate MD,Jin H,et al. Selective changes in single cell $GABA_A$ receptor subunit expression and function in temporal lobe epilepsy. Nat Med,1998,4：1166-1172.

[118] Nishimura T,Schwarzer C,Gasser E,et al. Altered expression of $GABA_A$ and $GABA_B$ receptor subunit mRNAs in the hippocampus after kindling and electrically induced status epilepticus. Neuroscience,2005,134：691-704.

[119] Goodkin HP,Joshi S,Mtchedlishvili Z,et al. Subunit-specific trafficking of GABA(A)receptors during status epilepticus. J Neurosci,2008,28(10)：2527-2538.

[120] Kwak SE,Kim JE,Choi HC,et al. The expression of somatostatin receptors in the hippocampus of pilo-

carpine-induced rat epilepsy model. Neuropeptides,2008,42(5-6)：569-583.

[121] Goodkin HR,Joshi S,Kozhemyakin M,et al. Impact of receptor changes on treatment of status epilepticus. Epilepsia,2007,48 Suppl 8：14-15.

[122] Jesse CR,Savegnago L,Rocha JB,et al. Neuroprotective effect caused by MPEP,an antagonist of metabotropic glutamate receptor mGluR5,on seizures induced by pilocarpine in 21-day-old rats. Brain Res, 2008,1198：197-203.

[123] Goodkin HP,Liu X,Holmes GL. Diazepam terminates brief but not prolonged seizures in young,naive rats. Epilepsia,2003,44(8)：1109-1112.

[124] Wasterlain CG,Chen JW. Mechanistic and pharmacologic aspects of status epilepticus and its treatment with new antiepileptic drugs. Epilepsia,2008,49 Suppl 9：63-73.

[125] Bethmann K,Fritschy JM,Brandt C,et al. Antiepileptic drug resistant rats differ from drug responsive rats in GABA$_A$ receptor r subunit expression in a model of temporal lobe epilepsy. Neurobiol Dis,2008, 31(2):169-187.

[126] Ermolinsky B,Pacheco Otalora LF,Arshadmansab MF,et al. Differential changes in mGlu2 and mGlu3 gene expression following pilocarpine-induced status epilepticus：a comparative real-time PCR analysis. Brain Res,2008,1226:173-180.

[127] Arai M,Amano S,Ryo A,et al. Identification of epilepsy-related genes by gene expression profiling in the hippocampus of genetically epileptic rat. Brain Res Mol Brain Res,2003,118(1-2):147-151.

[128] Newton SS,Collier EF,Hunsberger J,et al. Gene profile of electroconvulsive seizures：induction of neurotrophic and angiogenic factors. J Neurosci,2003,23(34):10841-10851.

[129] Gorter JA,van Vliet EA,Aronica E,et al. Potential new antiepileptogenic targets indicated by microarray analysis in a rat model for temporal lobe epilepsy. J Neurosci 2006,26(43):11083-11110.

[130] Lukasiuk K,Dabrowski M,Adach A,et al. Epileptogenesis-related genes revisited. Prog Brain Res,2006, 158:223-241.

[131] Elliott RC,Miles MF,Lowenstein DH. Overlapping microarray profiles of dentate gyrus gene expression during development-and epilepsy-associated neurogenesis and axon outgrowth. J Neurosci 2003,23(6)： 2218-2227.

[132] Schauwecker PE. Genetic basis of kainate-induced excitotoxicity in mice：phenotypic modulation of seizure-induced cell death. Epilepsy Res,2003,55:201-210.

[133] Jacobs J,Bernard G,Andermann E,et al. Refractory and lethal status epilepticus in a patient with ring chromosome 20 syndrome. Epileptic Disord,2008,10(4)：254-259.

[134] Porter BE,Lund IV,Varodayan FP,et al. The role of transcription factors cyclic-AMP responsive element modulator(CREM)and inducible cyclic-AMP early repressor(ICER)in epileptogenesis. Neuroscience, 2008,152(3):829-836.

第五节　癫痫持续状态动物模型制备

癫痫(epilepsy)是神经科最常见的慢性疾病之一。流行病学调查显示其患病率为
0.7%,全球有大约5000万癫痫患者(Loscher,2009)。癫痫持续状态(status epilepticus,
SE)是重要的神经科急症,其发病率约0.05%～0.1%,复发率13%(Fountain,2000)。癫
痫持续状态预后不良,仅有65%患者可终止发作,急性期并发症包括缺氧、肺水肿、心律
失常和心力衰竭等,远期并发症有癫痫(20%～40%)、脑病(6%～15%)和神经功能障碍

（9%～11%）（Fountain,2000），死亡率较高（成人 15%～20%，儿童 3%～15%）。癫痫持续状态还可引起神经元选择性坏死。

尽管人们对癫痫持续状态造成的损害已进行了广泛研究，但对其病理生理机制还知之不多，还有许多诊治方面的问题有待回答。而直接在癫痫患者身上开展发病机制及其病理生理变化的研究受到道德伦理的限制，难以广泛进行，而癫痫动物模型具有与人类癫痫相似的行为和脑电图特征，因而建立癫痫持续状态动物模型是探讨癫痫持续状态发病机制和治疗方法的有力手段。

一、癫痫持续状态动物模型概述

采用动物模型来复制人类疾病代表了实验医学的伟大进步。理想的癫痫动物模型应该符合人类癫痫发作和预后特点（Loscher W,1997）。癫痫动物模型的病因、年龄、病理特征等需与人类基本一致，同时还应具有癫痫的一般特征：①神经细胞丢失、胶质细胞增生、轴突丝状芽生和突触重建等与人类癫痫相似的病理学基础；②在初始刺激与自发性癫痫发作间有较为固定的潜伏期；③模型在一定时间内能保持脑神经元兴奋性持续增高（付林,2008）。学者们通过长期的不懈努力，已经先后建立了 100 多种癫痫动物模型。其中海仁酸、毛果芸香碱和电点燃模型是常用的癫痫持续状态动物模型。虽然癫痫持续状态导致慢性癫痫的发病机制目前尚未完全明了，但癫痫持续状态后脑部结构性损害和神经功能缺失等病理生理改变，可能是慢性活动性癫痫存在的基础则得到共识，由癫痫持续状态产生的慢性癫痫往往难以控制，因而学者们认为可用于难治性癫痫治疗方面的研究（肖波,2008）。化学药物或电刺激诱发癫痫持续状态后出现自发性反复癫痫发作的颞叶内侧癫痫模型，目前已经广泛用于研究部分性癫痫发作病程的演变（Brandt,2004）。多药耐药癫痫模型对研究耐药癫痫特殊机制以及研制新型抗癫痫药物也有重要意义。因此，构建癫痫持续状态动物模型有助于研究癫痫持续状态的病理生理机制，以及癫痫持续状态后的病理损害和其他病理生理改变。

哺乳类癫痫动物模型痫性行为一般采用 Racine 分级:0 级:正常;Ⅰ级:不动或湿狗样抖动，以及面肌痉挛、眨眼、动须等面部自动症;Ⅱ级:节律性点头、咀嚼;Ⅲ级:单侧前肢痉挛;Ⅳ级:后退伴双侧前肢痉挛;Ⅴ级:后退、摔倒，伴有全身强直-阵挛性发作。Ⅰ～Ⅲ级癫痫发作为部分性模型,Ⅳ、Ⅴ级可作为全身性癫痫模型。在 Racine 分级的基础上采用等级评分方法，电刺激诱发的自身维持性癫痫持续状态（self-sustaining status epilepticus, SSSE）可以分为三种不同类型。1 型:部分性 SSSE，主要是非惊厥性癫痫发作和刻板性动作，大鼠表现为摆头、竖尾、刺激时易激惹,不停地来回走动,偶尔呆立不动;2 型:部分性 SSSE 继发全身性发作，主要是部分性发作，偶有全身性发作（Ⅳ/Ⅴ级）,在 1 型的基础上偶有周期性Ⅲ级发作和全身性痉挛;3 型:全身惊厥性 SSSE，表现为持续全身性发作。电刺激诱发 SSSE 不同类型发作与慢性癫痫发生率有关。研究发现有 33% 的部分性 SSSE 大鼠出现自发性反复发作（spontaneous recurrent seizures,SRS）,而有 90% 以上的 2、3 型 SSSE 出现 SRS。组织病理学研究发现，部分性 SSSE 后损害比较局限，而全身性 SSSE 病变相对广泛，病理改变较部分性 SSSE 严重。全身应用海仁酸、毛果芸香碱等化学药物诱发的 SSSE，表现为全身惊厥性 SSSE，而不能像电刺激诱发 SSSE 那样区分 3 种发作类型（Brandt C,2003）。

毛果芸香碱、海仁酸等化学模型与连续电刺激脑部多个不同部位诱发癫痫持续状态模型的脑部病理改变和严重程度类似，主要表现为海马 CA_1、CA_3 区和齿状回门区神经元损害，而海马 CA_2 区和齿状回颗粒细胞相对保存。这一病理变化同人类颞叶癫痫和癫痫持续状态后死亡患者病理改变相似。毛果芸香碱模型中成年和 PN21 大鼠癫痫持续状态后 6 小时，MRI 可见内嗅皮质和梨状皮质信号改变，表明有神经元坏死，36~48 小时后可见海马 MRI 信号改变并进行性加重，出现海马硬化。在慢性癫痫中，成年和 PN21 大鼠齿状回门区神经元丢失达 60%~75%（Andre，2007）。电刺激诱发癫痫持续状态可以避免药物诱发癫痫持续状态研究中由于药物作用对研究结果的影响。由于电刺激模型可控性较好，成功率高，死亡率低，没有化学药物影响等优点，近年来得到广泛应用。

SSSE 持续时间与慢性癫痫发生率和 SSSE 后神经损害的严重程度有关。化学药物和电点燃等多种癫痫模型均需经过数周潜伏期后才出现自发性癫痫发作。毛果芸香碱模型 30 分钟后即可见神经损害，电点燃部分性 SSSE 30 分钟内无明显脑损害。毛果芸香碱模型诱发全身性 SSSE，虽然有研究表明 30 分钟即可出现 SRS，但是发生率较低，电点燃模型于癫痫发作后 4 小时终止癫痫发作，SRS 发生率高，SSSE 后采用地西泮和戊巴比妥终止癫痫发作，一般要持续 60 分钟以上才会出现 SRS。大部分毛果芸香碱或海仁酸诱发全身性 SSSE 模型于 90~120 分钟终止癫痫发作，慢性癫痫发生率超过 80%。电刺激模型由于死亡率低，一般不终止发作，而让其自行停止发作，SSSE 可持续数小时。发作后 90 分钟用地西泮阻断不同类型的 SSSE，可以阻止其进展为癫痫，而全面性 SSSE 持续 4 小时后，有 90% 以上大鼠发展为慢性癫痫。如果持续时间过短则制作 SRS 模型成功率低，时间过长则死亡率较高。慢性癫痫发作与 SSSE 及化学毒性有关，故发展为慢性癫痫所需 SSSE 时间较电刺激模型所需时间短（Brandt，2003）。

二、癫痫持续状态电点燃模型

癫痫点燃模型是指由点燃诱发癫痫的一种病理过程，点燃可增加癫痫发作的易感性。重复初始亚惊厥剂量的刺激（电/化学药物刺激），可逐渐降低惊厥发作阈值并提高敏感性，经历一个从部分性发作（Ⅰ~Ⅲ级）到全身发作（Ⅳ~Ⅴ级）的慢性过程，最终表现为反复、自发性癫痫发作。1967 年，Goddard 等研究了杏仁核、海马、内嗅皮质、尾状核、壳核、苍白球、下丘脑、脑干网状结构、黑质等部位电刺激点燃癫痫的作用，结果发现部分脑区电刺激可诱发癫痫发作。1969 年，Goddard 等系统地描述了局灶性癫痫样放电通过正反馈机制向其他脑区传播并逐渐加重从而导致癫痫发作的现象，并引入点燃（kindling）概念。在实验动物的边缘系统或其他脑区放置刺激、记录电极，通过反复阈下刺激，可以诱发癫痫发作，表明点燃刺激是癫痫发生的重要基础。自从 1969 年引入点燃概念以后，特别是认为点燃效应与人类癫痫发生有关以来，点燃法在癫痫动物模型研究中已广泛应用。

癫痫持续状态电点燃模型在电刺激初始时仅有脑电图痫样放电，而没有明显癫痫发作。反复刺激后可诱发模型动物癫痫发作，通常表现为 Racine Ⅰ~Ⅴ级由低到高逐渐发展，最终出现全身性惊厥性发作。哺乳类动物均可建立电刺激模型，广泛用于癫痫发病机制和抗癫痫药物研究。而且点燃效应（kindling effect）模型是目前公认的研究脑兴奋性、可塑性及长时程增强最实用的模型。在点燃动物模型中，脑电图后放电时程和波幅明显增加，后放电阈值在部分性癫痫中明显降低（Loscher W，1997）。

1. 连续海马刺激(continuous hippocampus stimulation,CHS)诱发癫痫持续状态

(1) 概述:大量动物实验表明,边缘系统对癫痫持续状态起始有促进作用。通过对海马电点燃模型、海仁酸点燃模型和其他癫痫实验模型研究发现,癫痫发作后海马通路结构和电生理均有改变,可诱导神经元兴奋性增加,通过改进实验方法,缩短刺激间歇期,大部分动物可以诱发出自发性癫痫持续状态。连续局部电刺激海马诱发癫痫持续状态可建立边缘系统癫痫持续状态动物模型,在适宜条件下,终止电刺激后间断肢体抽搐可持续6~14小时(Zhang,2005)。

(2) 仪器设备:计算机,与计算机相连接的电子刺激器、隔离器,数据采集系统及其分析软件,记录用导线,电极,手术器械以及消毒用品等。

(3) 造模方法:选用 Wistar 大鼠,以2%戊巴比妥钠(40mg/kg)腹腔注射麻醉后,将大鼠固定在大脑定位仪上,门齿高于耳杆平面5mm,用直径0.1mm 双极漆包镍铬电极置入一侧海马(定位坐标为:前囟后3.6mm,中线旁开4.9mm,颅骨表面下5.0mm)。同时,把一地极导线置入额骨,所有电极由三孔接插件引出,用502胶水调和造牙粉固定于颅顶。术后7天开始点燃实验。刺激参数为:双向方波;波宽,1ms;频率,50Hz;电流强度,峰谷距400μA;每刺激10秒间歇1秒,共刺激90分钟。癫痫持续状态时不进行抢救,令其自行恢复。当天刺激前记录30分钟背景活动脑电图(Lothman,1989;沈鼎烈,2007)。

(4) 模型特点:癫痫发作行为学表现为:轻度边缘叶癫痫表现为不动、反复咀嚼、点头或胡须颤动,相当于 Racine 分级Ⅰ~Ⅱ级;重度边缘叶癫痫表现为前肢痉挛伴或不伴后退或摔倒等运动性癫痫发作,相当于 Racine 分级Ⅲ~Ⅴ级。癫痫发作脑电图判断标准:①高幅棘波之后有波形抑制和随后的节律性电活动;②建立的节律性电活动伴有波幅逐渐增高,随后出现反复棘波发放;③暴发抑制后出现节律电活动伴或不伴反复棘波发放。自发性边缘叶癫痫持续状态的确立标准为连续海马刺激停止后,脑电图痫样活动持续30~120分钟及以上。本模型癫痫发作没有单一或固定的癫痫发生灶,大部分癫痫发作形式为全身性,这也是以后发展成为癫痫的主要形式;本模型成功率为69.7%,慢性癫痫发生率91.3%,其中慢性癫痫有67%发生在白天。SSSE 后癫痫样放电潜伏期为13天±2.1天,慢性癫痫潜伏期为28天±3.9天。为了提高造模成功率,可以在电刺激前检测后放电阈值,后放电阈值≤250μA 纳入实验标准,不符合条件的动物予以排除,造模成功率可达94%~100%,慢性癫痫发生率可达100%(Bertram,1997)。

(5) 注意事项:海马连续刺激诱导自发性边缘叶癫痫持续状态(self-sustaining limbic status epilepticus,SSLSE)模型成功率与刺激时间的长短有关。研究发现刺激前是否点燃与诱导癫痫持续状态模型建立无统计学意义,左侧与右侧比较对诱发 SSLSE 亦无统计学意义。Lothman 等发现连续刺激30分钟,刺激停止后20分钟,癫痫行为消失,脑电图痫样放电消失。为了保证造模成功率,推荐刺激持续时间为90分钟,脑电图痫样放电持续30~120分钟。刺激中通过检测刺激间歇以及刺激结束后脑电演变可以预测动物模型 SSLSE。刺激中在海马记录电极出现双侧同步化,与刺激无关的癫痫发作活动是确定 SSLSE 的必要条件。SSLSE 模型中可见类似点燃的运动性癫痫发作的、剧烈的运动性癫痫(Lothman EW,1989)。

2. 穿通通路(Perforant Pathway)电刺激点燃癫痫持续状态

(1) 模型简介:穿通通路是指由内嗅区发出的纤维,横过海马下托,经下托到海马槽

与穹隆纤维相交,分布到全部海马区以及相邻的齿状回。本模型将成对刺激电极置于角状束(Bragin A,2007),通过对海马穿通通路反复刺激,诱发 SSSE。然后通过长期置入角状束或海马伞的电极施加电刺激,在海马 CA$_3$ 区锥体细胞可记录到相应的小的、或不递减的电位。当给予反复刺激后,如果出现有连续 10 串电刺激,每串后均有 30 秒的海马后放电,则刺激终止后,脑电图可以记录到自发性持续性痫样放电。可以诱发出 15 分钟以上的自发持续性癫痫发作,大约 85% 的癫痫持续状态持续超过 7 小时。本模型可用于分析癫痫发作、癫痫持续状态以及神经元死亡的生化和病理生理机制,而且刺激中癫痫发作的时间是可控的,癫痫发作是自我持续的,并不需要药物、毒物或事先点燃。癫痫持续状态后 8 周有 50% 发展成为慢性癫痫,海马齿状回群峰电位潜伏期也明显降低。本模型主要用于癫痫持续状态研究和用于制作慢性癫痫模型,广泛用于抗癫痫药物研究,但其具体发病机制尚未完全阐明(Matzen J,2008)。

(2)造模方法:①SD 大鼠,体重 350～550g,麻醉后放置于立体定位仪上;②在电生理监测下,于左侧海马齿状回放置绝缘不锈钢双极记录电极,用于记录海马脑电图。以前囟点为原点,坐标为:前囟点后(AP)3.9mm,左侧旁开 1.7mm,颅骨下 3.9mm。绝缘不锈钢刺激电极放置于角状束(angular bundle),参数为:AP:7.2mm,左侧旁开 4.5mm,术中刺激角状束记录颗粒细胞层场电位,并据此调整电极放置深度。电极连接六孔连接器,放置于颅骨顶并用牙托粉固定。术后恢复 2 周;③每只大鼠单独放置于 40cm×40cm×80cm 的盒子中,连接脑电记录和刺激系统,适应环境 1 周。给予双向脉冲强直刺激诱发癫痫持续状态。刺激参数为:双向波;波宽,0.5ms;频率,50Hz;串长,10 秒;最大刺激电流,500μA;每隔 13 秒给予刺激 1 次;④当大鼠出现持续前肢痉挛和明显流涎几分钟后停止刺激。癫痫症状一般可持续 1 小时,如果没有这种症状,可继续给予刺激,但不超过 90 分钟。通常情况下,刺激停止后即可在海马脑电图上记录到 1～2Hz 的癫痫样放电;⑤连续刺激 4 小时后腹腔注射苯巴比妥(60mg/kg),以避免重症癫痫发作和癫痫持续时间过长而导致模型动物死亡(Gorter JA,2001,2005)。

(3)模型特点:穿通通路电刺激诱发癫痫持续状态及其癫痫持续状态后慢性癫痫发生率各家报道有所不同,可能与不同研究中采用不同电极和刺激参数以及癫痫持续状态判断标准不同有关(Matzen J,2008)。Gorter(2001)等报道本模型电刺激诱发癫痫持续状态成功率为 71%(15/21)。麻醉苏醒后常可见周期性癫痫样放电(period epileptiform discharges,PEDs),可以持续数小时。而在非癫痫持续状态大鼠(6/21,29%),脑电图无周期性癫痫样放电,或在刺激后很快消失(<1 小时)。非癫痫持续状态大鼠刺激时间一般大于 1 小时,但小于 90 分钟。在癫痫持续状态和非癫痫持续状态大鼠,停止刺激 24 小时后仍可见部分动物自发性癫痫样放电。Matzen 等研究发现,癫痫每日发作频率白天明显高于夜晚,发作高峰时间为下午 2～6 时。视频检测癫痫发作频率发现,虽然慢性癫痫发生率逐渐增加,但是在癫痫持续状态后 1、4、8 周,Ⅲ～Ⅴ级癫痫发作在各期发作频率和发作程度没有明显差别。

(4)注意事项:本模型需在术中进行电生理检测判断刺激电极的皮层下垂直位置。根据群峰电位的最高波幅来调整刺激电极和记录电极的深度。癫痫发作控制后可给予腹腔注射生理盐水 5ml 补液治疗,以降低实验动物死亡率。本模型可以检测群峰电位潜伏期、波幅等电生理指标,有助于模型体内实验,检测病理生理等改变(Gibbs JE,2006,

2007；Gorter JA，2005）。

3. 杏仁外侧核（basolateral amygdale，BLA）电点燃癫痫状态模型

（1）杏仁核点燃：杏仁核点燃模型以及杏仁核点燃后癫痫持续状态经一潜伏期后都可出现自发性颞叶癫痫，是目前广泛使用的癫痫模型。McIntyre 等于1982年描述了持续低强度（50μA，60Hz）刺激雄性 Wistar 大鼠杏仁底外侧核60分钟，可以诱发大鼠自发性部分性癫痫持续状态，持续10～24小时。Loscher 等于1986年首先提出杏仁核点燃可以作为难治性癫痫的研究模型。1988年 Handforth 等研究发现，长程刺激杏仁底外侧核可以诱发出不同类型的自发性癫痫持续状态，并被认同（Brandt C，2003）。

（2）造模方法：①Sprague-Dawley 大鼠，体重200～220g；②腹腔注射水合氯醛（360mg/kg）麻醉后，聚四氟乙烯树脂绝缘双极不锈钢电极，通过立体定位仪放置于杏仁底外侧核前部，作为刺激和记录电极。（杏仁核定位坐标为：前囟后1mm，中线旁开5.25mm，颅骨下8.5mm，杏仁核基底外侧核定位坐标为：前囟后1.85mm，中线旁开5.0mm，颅骨下8.0mm），一颗螺丝钉放置于左侧顶叶皮层上部，作为无关参考电极，另外用骨螺钉和牙科丙烯酸粘固剂把整个装置固定于头顶，术后恢复4周；③4周后进行电刺激以诱发 SSSE。刺激前描记背景脑电图5～10分钟。串刺激参数为：串脉冲刺激参数为：串长，100ms；双向方波；波宽，1ms；串内频率，50Hz；串间频率，2Hz；电流峰谷强度，700μA；刺激时间，25分钟。SSSE 过程中通过杏仁底外侧核电极记录脑电图，直到应用地西泮后终止 SSSE；④大鼠诱发 SSSE 后4小时腹腔注射地西泮10mg/kg终止发作，必要时重复应用相同剂量（Brandt C，2004；Brandt C，2003）。

（3）模型特点：SSSE 脑电图特点为偶有暴发性4～7Hz持续5～20秒的高幅高频痫样放电（high-amplitude and high-frequencydischarges，HAFDs），其后伴随1～3秒的平坦波。在 HAFDs 前后可见低频高幅放电（HALDs，0.7～3Hz）。癫痫发作自我恢复后脑电图痫样放电还可持续60～120分钟，但波幅较 HAFDs 和 HALDs 降低。除个别大鼠外，大部分癫痫发作和脑电图痫样放电都突然停止。大部分大鼠刺激终止4小时后经地西泮治疗脑电图可恢复正常，仅部分表现为低频痫样放电（Brandt，2003，2006，2007）。

（4）电刺激行为学改变：大鼠于刺激开始几分钟后常出现部分性癫痫发作（Ⅰ～Ⅲ级），并持续刺激全程。大部分大鼠伴有全身性发作（Ⅳ～Ⅴ级），全身性发作后大鼠仍表现为部分性发作。杏仁基底外侧核电刺激90%以上能诱发出 SSSE。刺激终止后，仅个别大鼠无 SSSE 表现，其行为数分钟后恢复正常。大部分大鼠电刺激停止后出现1～3型 SSSE 表现。杏仁底外侧核电刺激诱发 SSSE 类型与刺激过程中全身性癫痫发生次数和累计持续时间有关，3型 SSSE 明显高于1型 SSSE，而与首次癫痫持续状态出现潜伏期无关。刺激停止后3型 SSSE 主要表现为全身性 SSSE，持续2～6小时，继之0.5～5小时部分性发作，平均持续7.7小时±0.64小时。2型持续4～8小时（平均持续6.5小时±0.43小时），1型持续40分钟～8小时（平均持续3.3小时±0.69小时）（Brandt C，2003，2006，2007）。

杏仁核刺激后的慢性癫痫鼠表现为胆怯，而其他行为正常。没有明显的攻击行为或对处理行为过敏，同其他化学药物诱发的癫痫持续状态后慢性癫痫大鼠表现类似。只有少数发作频繁大鼠有攻击行为。视频检测表明癫痫发作频率白天（92±55）明显多于夜晚（62±39）。慢性癫痫苯妥英钠耐药实验表明，有63.6%～77%大鼠有效，23%～36.4%无效。本模型对苯巴比妥耐药者，有83%对苯妥英钠也耐药。而86%～90%的慢

性癫痫患者给予足量抗癫痫药物治疗耐药后,换用另一种药物也耐药。因此,本癫痫模型类似于人类耐药性癫痫,可作为药物选择实验模型,研究抗癫痫药物作用机制,筛选新型抗癫痫(Brandt C,2003,2004;Bethmann K,2007;Volk HA,2005)。

(5) 不同品系、性别大鼠对电点燃模型的影响:2003 年,Brandt 等对电刺激杏仁核自发性癫痫持续状态的发生率、持续时间、与慢性癫痫的关系及对长时间刺激杏仁底外侧核诱发的全身性癫痫持续状态大鼠品系和性别的研究表明,雄性 Wistar 大鼠较 SD 大鼠更易诱发成功,死亡率相对较高。雄性 SD 大鼠对杏仁核诱发 SSSE 最不敏感。雌性 Wistar 大鼠诱发部分性 SSSE 比例较高,而雌性 SD 大鼠诱发全身惊厥性 SSSE 比例最高。雌性 Sprague-Dawley 大鼠慢性癫痫发生率较高,有超过 90% 的 SE 雌性大鼠可以发展为 SRS。提示采用雌性 SD 大鼠对于研究不同类型的癫痫持续状态的成功率高,死亡率低,最为实用。

(6) 模型评价:本实验表明,长时程电刺激杏仁外侧核诱发不同类型的 SSSE 类似于人类惊厥与非惊厥性癫痫持续状态。这些不同类型的 SSSE 导致 SRS 的病理改变与海马硬化有关。本模型可以作为研究不同类型癫痫持续状态,研究慢性癫痫潜在病理演变机制的动物模型。刺激时间设定为 25 分钟是由于实验表明,25 分钟内未诱发出 SSSE 的大鼠,即使增加刺激强度和延长刺激时间,大部分仍不能诱发出 SSSE。癫痫持续状态后大部分鼠迅速恢复,仅个别需要鼻饲饮食治疗(Brandt C,2003)。

电刺激诱发癫痫持续状态模型稳定性好,造模成功率高,癫痫行为规范,致痫效应相对持久,具有自发和急性诱发癫痫发作的优点,可控性和重复性较好,易于判断。并且可对电刺激诱发 SSSE 的刺激次数、行为级数、后放电阈值、后放电时程等进行定量研究。为研究人类癫痫发生机制、药物有效性及抗癫痫药物耐药的分子机制,寻找新的更有效的治疗药物,提供了一个理想的动物模型。但本模型制作复杂,需要特殊的仪器设备。

三、癫痫持续状态的化学模型

毛果芸香碱、海仁酸、戊四氮是应用最为广泛的化学模型。致癫痫持续状态的原理或表现相似,主要通过直接促进兴奋或通过拮抗抑制性神经递质通路而兴奋脑内结构,诱发癫痫持续状态。其主要病理改变为神经元丢失、胶质细胞增生、苔藓纤维丝状芽生等,类似于人类颞叶癫痫。毛果芸香碱诱发的癫痫持续状态模型还可以作为部分继发全身性发作的难治性癫痫模型;兴奋毒性谷氨酸结构类似物海仁酸构建的癫痫持续状态模型则被认为是经典的复杂部分性发作模型,这些模型可以用于研究癫痫的病理机制。与电刺激点燃模型比较,海人酸、毛果芸香碱等化学模型制作相对简单,行为特点与人类颞叶癫痫相似,神经病理学上特异的海马损伤与颞叶癫痫的海马硬化类似,目前已得到广泛应用。但是到目前为止,关于哪一种模型更适合于研究人类癫痫,学者们还没有达成一致意见。毛果芸香碱和海仁酸诱发癫痫持续状态后构建的慢性癫痫模型对一线药物卡马西平与苯妥英钠效果均不佳,对苯巴比妥和苯二氮草类有效,一般认为这两种模型对研究慢性癫痫价值有限。但化学药物诱发癫痫持续状态同电刺激相比,操作相对简单,不需特殊仪器装置,更为经济实用(Neill JC,2005;Biagini G,2009;Blanco MM,2009;Andre V,2007)。

1. 毛果芸香碱(pilocarpine)癫痫持续状态模型

(1) 模型简介:1983 年,Turski 等开始研究毛果芸香碱模型,并详细描述了毛果芸香碱模型的行为学、脑电图学和组织病理特点。Leite 等于 1995 年首次采用毛果芸香碱诱发癫痫持续状态后 SRS 动物模型研究传统抗癫痫药物反应。毛果芸香碱是乙酰胆碱能 M_1 型受体激动剂，胆碱能受体兴奋可激活谷氨酸兴奋通路诱发癫痫持续状态。研究还发现毛果芸香碱不能诱发 M_1 型胆碱能受体基因敲除小鼠 SSSE，毛果芸香碱诱发的 SSSE 开始可以被胆碱能受体阻滞剂阿托品所阻断。但是当毛果芸香碱诱发 SSSE 后，则阿托品治疗无效，表明毛果芸香碱诱发 SSSE 与激动 M_1 型受体有关，而其维持则与其他因素有关。毛果芸香碱癫痫持续状态模型中先有初期的脑环路结构性损害，前脑边缘系统、皮质和丘脑受累时癫痫发作得以维持，黑质网状部激活是癫痫停止发作的远隔性控制环路（Kamida T，2009）。

　　毛果芸香碱诱发癫痫持续状态分为急性期、静止期、慢性期三个阶段。急性期：主要表现为癫痫持续状态，可持续 24 小时，模型动物死亡主要发生在本期。静止期：癫痫持续状态完全停止后，动物恢复正常饮食活动，体重回升，部分易激惹，可出现攻击行为。在静止期神经损害主要发生在海马、齿状回门区、梨状皮质、内嗅皮质、杏仁核新皮质和丘脑。通常认为神经元坏死导致新的异常兴奋性环路形成引起了慢性癫痫发生，并伴随动物终生。慢性期：经过一段潜伏期后，模型动物出现反复自发性的癫痫发作（Andre V，2007）。

　　模型动物脑电图主要表现为：应用毛果芸香碱后，脑电图低幅快波首先出现在新皮层和杏仁核，同时海马区可见 θ 波，当行为活动明显加重时，海马区 θ 波代之以高幅快活动脑电图，继之出现痫样放电，表现为高幅快波和高幅棘波，而后出现癫痫发作。痫样放电起自海马，而后向杏仁核和新皮层传播。癫痫发作期脑电图主要表现为脑电活动抑制后痫样放电；毛果芸香碱应用 1~2 小时后，脑电活动进展为癫痫电持续状态，并持续 5~6 小时，数小时后逐渐恢复正常。约 24~48 小时后，动物从癫痫持续状态和发作后昏迷中苏醒，虽然海马区脑电图 θ 波波幅较应用毛果芸香碱前有所降低，仍考虑为正常脑电图。

　　毛果芸香碱 SSSE 模型具有年龄依赖性。各实验室根据不同研究目的采用不同剂量、预处理方法和不同性别、品系动物。不同年龄段大鼠应给予不同剂量毛果芸香碱，如果给予相同剂量诱发癫痫，则可能导致低龄组死亡率较高，而高龄组癫痫持续状态诱发率较低。不同年龄组 SRS 潜伏期与发生率也有所不同。成年大鼠癫痫持续状态后慢性癫痫发生的潜伏期为 14~25 天，PN21 大鼠慢性癫痫潜伏期为 37~73 天。癫痫发作导致的神经元受损具有年龄特异性，受损程度和范围与年龄有关。在成年大鼠诱发癫痫持续状态后，100% 可出现自发性癫痫发作，神经元损害主要位于海马、丘脑、梨状核、新皮层；在 18~24 天龄大鼠诱发癫痫持续状态后，神经损害的形态学改变与成年鼠相同；在 7~11 天龄大鼠诱发癫痫持续状态后，无自发性的癫痫发作，癫痫持续状态没有造成神经损害（Lai MC，2006；Neill JC，2005；Andre V，2007）。

　　（2）大剂量毛果芸香碱模型：①造模方法：成年大鼠，首先给予氢溴酸东莨菪碱 1mg/kg 皮下注射，30 分钟后给予毛果芸香碱 350~380mg/kg 腹腔注射，大鼠出现 Racine Ⅳ~Ⅴ级后确定为癫痫持续状态起始时间。癫痫持续状态发作 1~2 小时后给予地西泮 5~10mg/kg 腹腔注射终止癫痫持续状态，必要时重复注射。地西泮应用后一般癫痫症状减轻，5~6 小时后缓解。癫痫发作 6 小时后给予 5% 葡萄糖乳酸盐林格溶液 2.5ml 皮下注射补液，1 周内可给予苹果片等以促进癫痫持续状态恢复；②模型特点及注意事项：本模型应用毛果芸香碱后全身性癫痫发作潜伏期为 18.0 分钟 ±6.5 分钟，癫痫持续状态潜伏期为 21.0 分钟 ±7.6 分钟,一般 30 分钟即可诱发出癫痫持续状态。本模型死亡率较高,约为 30% ~40%。造模前 30 分钟给予东莨菪碱或阿托品,可以阻断毛果芸香碱导致的过度排便、排尿、出汗、支气管分泌物增多等全身性胆碱能症状,降低死亡率(Hamani C,2008;Kim JE,2008;Cardoso A,2009;McCloskey DP,2006;Biagini G,2009)。

(3)氯化锂-毛果芸香碱(Lithium-Chloride Pilocarpine)模型:氯化锂已被广泛用于治疗躁狂-抑郁性精神病,近年来也被用来治疗急性脑损伤和慢性神经变性疾病。研究表明氯化锂对毛果芸香碱的致痫过程具有协同作用,可降低毛果芸香碱诱发痫性发作的阈值而减少其用量,降低毛果芸香碱的外周胆碱能副作用,增加致病鼠的存活率。大鼠氯化锂-毛果芸香碱模型同大剂量毛果芸香碱模型相比,行为学、脑电图、代谢或脑组织病理变化等无明显不同。动物表现为凝视、点头等,30 分钟后出现癫痫发作,发作持续 30 ~45 秒,2 ~5 分钟重复 1 次。但是氯化锂-毛果芸香碱产生的症状更为可靠而且死亡率更低。为了降低造模死亡率,各国实验室选用了氯化锂-毛果芸香碱、小剂量毛果芸香碱多次应用、缩短 SSSE 时程等方法制作 SSSE 模型及其慢性癫痫模型。目前氯化锂-毛果芸香碱模型已得到广泛应用。①造模方法:成年大鼠,腹腔注射氯化锂 3mEq/kg(127mg/kg),18 ~24 小时后,腹腔注射毛果芸香碱 30 ~40mg/kg,诱发癫痫持续状态。连续惊厥状态 1 ~2 小时后腹腔注射水合氯醛 0.3ml/kg、地西泮 10mg/kg、戊巴比妥 30mg/kg 等终止发作,防止死亡。如是 4 天龄 SD 大鼠,体重 30 ~50g,可给予氯化锂 127mg/kg、毛果芸香碱 30mg/kg,诱发癫痫持续状态,癫痫持续状态后 60 分钟给予地西泮 10mg/kg 腹腔注射终止癫痫发作;②模型特点:成年 SD 大鼠氯化锂-毛果芸香碱模型癫痫持续状态的潜伏期为 15 分钟 ±8 分钟,3 ~5 级 SRS 潜伏期为 7 ~12(9.5 ±1.7)天,SRS 发生率为 100%,并伴随终生。幼年大鼠氯化锂-毛果芸香碱模型中,癫痫发作潜伏期为 10 分钟 ±2 分钟,癫痫持续状态发生率为 87%(35/40),慢性癫痫发作潜伏期为 15.6 天 ±2.1 天,慢性癫痫发作持续时间为 15.2 秒 ±3.3 秒。多次小剂量应用毛果芸香碱诱发癫痫发作可以降低死亡率。有学者选成年雌性 Wistar 大鼠体重 200 ~300g,给予氯化锂 127mg/kg 腹腔注射,12 ~24 小时后给予甲基东莨菪碱 1mg/kg 腹腔注射,30 分钟后给予毛果芸香碱 10mg/kg 腹腔注射,每隔 30 分钟注射 1 次,直至诱发惊厥性癫痫持续状态,但每只大鼠毛果芸香碱限量 50mg/kg,达最大量仍未诱发者不再追加剂量。结果 34 只大鼠中有 16 只出现全身惊厥性癫痫持续状态,14 只表现为非惊厥性癫痫持续状态(轻 ~重度面部痉挛),2 只惊厥性癫痫持续状态大鼠死亡,2 只不能确定系惊厥性或非惊厥性癫痫持续状态。诱发惊厥性癫痫持续状态的毛果芸香碱平均剂量为 30mg/kg ±1.6(20 ~40)mg/kg。惊厥性癫痫状态潜伏期为 75.6 分钟 ±4.1(50 ~110)分钟。③模型评价:氯化锂-毛果芸香碱致痫大鼠模型是研究癫痫持续状态引起神经改变的常用模型。本模型可造成 GABA 能神经递质功能障碍,在评价相关研究的作用时,应予考虑(Dona F,2009;Lively S,2008;Bankstahl JP,2008;Zhao Q,2006)。

2. 海仁酸(kainic acid)癫痫持续状态模型 ①造模原理:海仁酸又称红藻氨酸,是兴奋性谷氨酸类似物,具有确切的神经兴奋和神经毒性。海马是原发癫痫灶,继之癫痫活动向边缘系统和皮层传播,引起癫痫持续状态的关键部位。海仁酸通过激活谷氨酸受体密集的海马诱发边缘叶癫痫。全身应用海仁酸诱发癫痫持续状态;全身或脑内局部注射海仁酸,可诱发边缘叶运动性癫痫发作,类似于人类颞叶癫痫,开始表现为部分性发作,而后出现继发性全身性发作。成年大鼠用海仁酸点燃后可以出现进行性症状,从运动不稳到湿狗样抖动,再到口周和肢体自动症。数周至数月后,大鼠发展为短暂自发性癫痫;②造模方法:成年大鼠腹腔注射海仁酸 10mg/kg,90 分钟后出现癫痫持续状态,1 小时后,给予腹腔注射地西泮 10mg/kg 终止发作。并给予皮下注射 1ml 生理盐水补液治疗(Zhou JL, 2007;Chronopoulos,1993)。

也可采用小剂量海仁酸多次注射诱发 SSSE:多次小剂量腹腔注射海仁酸可以降低单次大剂量应用海仁酸死亡率。反复小剂量注射海仁酸已经表明可以减低实验大鼠的死亡率,已被用于诱发大鼠点燃持续状态。给予海仁酸 5mg/kg,腹腔注射每小时 1 次,直至出现癫痫发作,下颌痉挛、点头等。一旦出现癫痫发作,给予海仁酸 2.5mg/kg,每 30 分钟 1 次,直至出现Ⅳ～Ⅴ级癫痫发作,以后不再给予海仁酸。根据 Racine 分级判断癫痫发作。诱发癫痫发作所需海仁酸剂量为 14.3mg/kg±2.1mg/kg,达到Ⅳ～Ⅴ级癫痫发作海仁酸剂量为 22.3mg/kg±3.7mg/kg。体内试验表明,海仁酸应用后达到Ⅳ～Ⅴ级发作的平均潜伏期为 121.9 分钟±20.5 分钟。小剂量海仁酸诱发大鼠Ⅳ～Ⅴ级癫痫发作致死率较低,小于 2%(3/204),是制作慢性癫痫的可靠模型(Smith MD,2007,2008)。

海仁酸模型是常用的癫痫持续状态模型及自发模型,可经杏仁核、皮下或腹腔注射等途径给药诱发癫痫状态。海仁酸癫痫持续状态模型症状及造模死亡率与大鼠年龄有关。小于 3 周龄的大鼠小剂量海仁酸诱发癫痫状态病死率较高,主要表现为全身强直-阵挛性发作,没有开始的边缘叶症状。几乎所有(97%)经本法处理的大鼠 1 个月内都能出现 2 次及 2 次以上自发性运动性癫痫发作。Wistar 大鼠对海仁酸的敏感性强于 SD 大鼠,老龄大鼠较年轻大鼠敏感。本模型癫痫发作行为特点与人类颞叶癫痫相似,神经病理学上特异的海马损伤与颞叶癫痫的海马硬化类似,可用于颞叶癫痫病理机制与抗癫痫药物研究(Groticke,2008)。

3. 海仁酸海马内显微注射诱发癫痫持续状态　30 余年前首次研究大鼠和小鼠海仁酸海马内注射,1999 年,Bouilleret 等报道小鼠海马内注射海仁酸后可以诱发反复癫痫发作后,本模型被广泛用来研究颞叶内侧癫痫。同全身应用致惊厥药物海仁酸和毛果芸香碱有明显不同。首先,全身应用致惊厥药物可导致临床癫痫持续状态,而海马内显微注射海仁酸没有明显的癫痫发作,只有脑电图记录到痫样放电的非惊厥性癫痫持续状态;其次,惊厥性癫痫持续状态有较高的致死率,而非惊厥性癫痫持续状态死亡率为 0;第三,全身应用海仁酸或毛果芸香碱诱发癫痫持续状态后,自发性反复癫痫发作表现为Ⅳ～Ⅴ级部分性继发全身性发作的惊厥性发作,而海仁酸海马显微注射后诱发的自发性癫痫发作主要表现为脑电图癫痫样放电,而没有临床可见的癫痫发作;全身应用海仁酸或毛果芸香碱后诱发癫痫持续状态可导致双侧海马、海马旁回以及远隔脑区广泛的组织病理损害,而海马内显微注射海仁酸诱发非惊厥性癫痫持续状态,病理损害较轻,主要局限于同侧海马(Groticke I,2008)。

①制模方法:成年小鼠,水合氯醛(400～500mg/kg)腹腔注射麻醉,海仁酸(0.21μg/50nl)通过立体定向显微注射于海马背侧 CA_1 区,剂量 0.5μl,注射 60 秒。注射后,显微注射器留置 2 分钟,避免反流。注射后视频脑电图检测 24 小时,记录海仁酸诱发的非惊厥性癫痫持续状态。小鼠海马注射海仁酸,慢性期同侧脑电图每小时可以记录到大量痫样放电。癫痫持续状态 5～11 周后,小鼠进入慢性癫痫发作期。海仁酸注射后诱发非惊厥

性癫痫持续状态,在同侧脑电图可以记录到持续 9 ~ 17 小时痫样放电;②模型特点和应用:Groticke(2008)等人的研究发现有 2(17)例出现 5 级癫痫发作。无 1 例在癫痫持续状态中或发作后死亡。癫痫持续状态后 4 ~ 10 周,有 15(17)例海马脑电图记录到自发性癫痫放电,而没有癫痫发作症状。随后的数周至数月内,有 60%(10/17)出现 5 级自发性癫痫发作,伴有脑电图癫痫样放电,同时发作间期脑电图可记录到痫样放电。

4. 戊四氮癫痫持续状态模型　①造模原理:戊四氮(pentylenetetrazol,PTZ)是一种 GABA 受体的拮抗剂,该药主要作用于大脑及脑干吻侧区,通过增强兴奋性突触的易化过程而诱发全身强直-阵挛发作,其无特殊的神经毒性,是研究癫痫与神经元损伤关系理想药物。小剂量的 PTZ 仅引起头部及前肢的抽搐,大剂量则可诱发全身不同时的阵挛发作,进而转为强直性惊厥,甚至死亡。以亚惊厥剂量连续注射时,可导致海马锥体细胞逐渐凋亡、坏死、缺失,是模拟全身强直-阵挛性癫痫发作的一种理想模型;②造模方法:SD 大鼠,以生理盐水溶解配制戊四氮溶液,开始予以 40mg/kg 腹腔注射,10 分钟后给予 20mg/kg 腹腔注射,然后每 10 分钟给予 10mg/kg。大鼠完全点燃的标准是获得连续 3 次 Ⅳ级或以上的运动性发作,并且重复的癫痫持续状态发作不低于 30 分钟。戊四氮小鼠模型:给予 10mg/ml 戊四氮尾静脉注射,速度 150μl/min,记录注射后首次肌阵挛发作的潜伏期和癫痫发作的强度并同戊四氮剂量进行转换。对戊四氮模型癫痫发作严重程度采用全身性强直-阵挛癫痫发作发生率来进行评价,表现为后肢强直伸展后出现全身强直发作。给予小鼠戊四氮 60mg/kg 腹腔注射,癫痫发作潜伏期为 118.7 秒 ± 14.6 秒,成功率为 100%,死亡率为 80%;③模型特点和应用:PTZ 可同时影响 γ-氨基丁酸(GABA)和谷氨酸(Glu)的代谢而诱发癫痫发作。PTZ 癫痫模型是较理想的急性、全身性发作癫痫模型。本模型用于粗筛抗癫痫药物具有较好的性价比,但是此模型并不完全符合人类癫痫的生化、解剖和生理学特点,不能用于治疗和改善癫痫病药物的筛选(Willis S,2009;Ziemann AE,2008;Quintans-Junior LJ,2008;Blanco MM,2009)。

5. 羟基马桑内酯(tutin)模型:①造模原理:马桑内酯(coriaria lactone)是从植物马桑中提取的一种致痫物质,其主要成分是马桑毒内酯、马桑亭和羟基马桑内酯。由于在治疗精神分裂症中发现有导致癫痫发作的作用,被用来制作癫痫发作模型,研究癫痫发病机制和筛选抗癫痫药物。但由于不知具体哪种成分导致癫痫发作,限制了其应用(Zhou H,2006);②造模方法:SD 大鼠体重 200 ~ 220g。给予苯巴比妥 30 ~ 40mg/kg 腹腔注射麻醉后,置于动物大脑立体定位仪。于侧脑室放置显微注射导管套管(坐标:前囟点后 1mm,旁开 1.8mm,颅骨下 3.5mm),放置不锈钢单极皮层表面电极作为记录电极(电极直径 200μm。坐标:前囟点后 5mm,左侧旁开 3mm;前囟点后 5mm,右侧中线旁 3mm)。用牙托粉固定,大鼠术后恢复 48 小时。于侧脑室注射 5μl 羟基马桑内酯(大剂量组 25.0μg/μl,小剂量组 12.5μg/μl)。术后第三天,连接脑电记录仪,记录 15 分钟后,大鼠一侧脑室内注入羟基马桑内酯。整个过程记录连续脑电图至少 2 小时。记录脑电癫痫样放电潜伏期,使用 Racine 分级标准评判癫痫发作严重程度;③模型特点和应用:本模型成功率 100%。是急性癫痫发作模型,可用于癫痫持续状态和抗癫痫药物研究,但不能用于治疗和改善癫痫病药物的筛选(Willis S,2009;Ziemann AE,2008;Quintans-Junior LJ,2008;Blanco MM,2009;Zhou H,2006)。

由于缺乏接近人类癫痫发作的理想实验模型,限制了癫痫新疗法研究和对癫痫发作机制的全面了解。目前所建立的癫痫状态动物模型尚不能完全满足临床研究的需要。进一步研究癫痫持续状态动物模型,有助于理解癫痫持续状态及其晚期自发性反复癫痫发作的病理生理机制及其演变过程。

(周春雷 陈忠 王学峰)

参 考 文 献

[1] Loscher W,Klotz U,Zimprich F,et al. The clinical impact of pharmacogenetics on the treatment of epilepsy. Epilepsia,2009,50: 1-23.

[2] Fountain NB. Status epilepticus: risk factors and complications. Epilepsia,2000,41 Suppl 2: S23-30.

[3] Pitkanen A,Mathiesen C,Ronn LC,et al. Effect of novel AMPA antagonist,NS1209,on status epilepticus. An experimental study in rat. Epilepsy Res,2007,74: 45-54.

[4] Chronopoulos A,Stafstrom C,Thurber S,et al. Neuroprotective effect of felbamate after kainic acid-induced status epilepticus. Epilepsia,1993,34: 359-366.

[5] Nissinen J,Halonen T,Koivisto E,et al. A new model of chronic temporal lobe epilepsy induced by electrical stimulation of the amygdala in rat. Epilepsy Res,2000,38: 177-205.

[6] Matzen J,Buchheim K,van Landeghem FK,et al. Functional and morphological changes in the dentate gyrus after experimental status epilepticus. Seizure,2008,17: 76-83.

[7] 肖波,王蓉. 难治性癫痫动物模型研究进展. 中华神经科杂志,2000,33: 115-117.

[8] Brandt C,Volk HA,Loscher W. Striking differences in individual anticonvulsant response to phenobarbital in rats with spontaneous seizures after status epilepticus. Epilepsia,2004,45: 1488-1497.

[9] Bethmann K,Brandt C,Loscher W. Resistance to phenobarbital extends to phenytoin in a rat model of temporal lobe epilepsy. Epilepsia,2007,48: 816-826.

[10] Loscher W. Animal models of intractable epilepsy. Prog Neurobiol,1997,53: 239-258.

[11] 付林,傅峻峰,陈启雄. 实验性癫痫动物模型的研究进展. 重庆医学,2008,37: 2237-2239.

[12] Racine RJ. Modification of seizure activity by electrical stimulation. Ⅱ. Motor seizure. Electroencephalogr Clin Neurophysiol,1972,32: 281-294.

[13] Brandt C,Glien M,Potschka H,et al. Epileptogenesis and neuropathology after different types of status epilepticus induced by prolonged electrical stimulation of the basolateral amygdala in rats. Epilepsy Res, 2003,55: 83-103.

[14] Walker MC,Perry H,Scaravilli F,et al. Halothane as a neuroprotectant during constant stimulation of the perforant path. Epilepsia,1999,40: 359-364.

[15] Andre V,Dube C,Francois J,et al. Pathogenesis and pharmacology of epilepsy in the lithium-pilocarpine model. Epilepsia,2007,48 Suppl 5: 41-47.

[16] Goddard GV. Development of epileptic seizures through brain stimulation at low intensity. Nature,1967, 214: 1020-1021.

[17] Lothman EW,Bertram EH,Bekenstein JW,et al. Self-sustaining limbic status epilepticus induced by 'continuous' hippocampal stimulation: electrographic and behavioral characteristics. Epilepsy Res, 1989,3: 107-119.

[18] Bertram EH. Functional anatomy of spontaneous seizures in a rat model of limbic epilepsy. Epilepsia, 1997,38: 95-105.

[19] Zhang DX,Williamson JM,Wu HQ,et al. In situ-produced 7-chlorokynurenate has different effects on evoked responses in rats with limbic epilepsy in comparison to naive controls. Epilepsia, 2005, 46:

1708-1715.

[20] Bragin A, Azizyan A, Almajano J, et al. Analysis of chronic seizure onsets after intrahippocampal kainic acid injection in freely moving rats. Epilepsia, 2005, 46: 1592-1598.

[21] Vicedomini JP, Nadler JV. A model of status epilepticus based on electrical stimulation of hippocampal afferent pathways. Exp Neurol, 1987, 96: 681-691.

[22] Gorter JA, van Vliet EA, Aronica E, et al. Progression of spontaneous seizures after status epilepticus is associated with mossy fibre sprouting and extensive bilateral loss of hilar parvalbumin and somatostatin-immunoreactive neurons. Eur J Neurosci, 2001, 13: 657-669.

[23] Gorter JA, Mesquita AR, van Vliet EA, et al. Increased expression of ferritin, an iron-storage protein, in specific regions of the parahippocampal cortex of epileptic rats. Epilepsia, 2005, 46: 1371-1379.

[24] Gibbs JE, Walker MC, Cock HR. Levetiracetam: antiepileptic properties and protective effects on mitochondrial dysfunction in experimental status epilepticus. Epilepsia, 2006, 47: 469-478.

[25] Gibbs JE, Cock HR. Administration of levetiracetam after prolonged status epilepticus does not protect from mitochondrial dysfunction in a rodent model. Epilepsy Res, 2007, 73: 208-212.

[26] McIntyre DC, Nathanson D, Edson N. A new model of partial status epilepticus based on kindling. Brain Res, 1982, 250: 53-63.

[27] Handforth A, Ackermann RF. Functional [14C]2-deoxyglucose mapping of progressive states of status epilepticus induced by amygdala stimulation in rat. Brain Res, 1988, 460: 94-102.

[28] Brandt C, Gastens AM, Sun M, et al. Treatment with valproate after status epilepticus: effect on neuronal damage, epileptogenesis, and behavioral alterations in rats. Neuropharmacology, 2006, 51: 789-804.

[29] Brandt C, Glien M, Gastens AM, et al. Prophylactic treatment with levetiracetam after status epilepticus: lack of effect on epileptogenesis, neuronal damage, and behavioral alterations in rats. Neuropharmacology, 2007, 53: 207-221.

[30] Volk HA, Loscher W. Multidrug resistance in epilepsy: rats with drug-resistant seizures exhibit enhanced brain expression of P-glycoprotein compared with rats with drug-responsive seizures. Brain, 2005, 128: 1358-1368.

[31] Neill JC, Liu Z, Mikati M, et al. Pilocarpine seizures cause age-dependent impairment in auditory location discrimination. J Exp Anal Behav, 2005, 84: 357-370.

[32] Biagini G, Longo D, Baldelli E, et al. Neurosteroids and epileptogenesis in the pilocarpine model: evidence for a relationship between P450scc induction and length of the latent period. Epilepsia, 2009, 50 Suppl 1: 53-58.

[33] Blanco MM, dos Santos JG Jr, Perez-Mendes P, et al. Assessment of seizure susceptibility in pilocarpine epileptic and nonepileptic Wistar rats and of seizure reinduction with pentylenetetrazole and electroshock models. Epilepsia, 2009, 50: 824-831.

[34] Curia G, Longo D, Biagini G, et al. The pilocarpine model of temporal lobe epilepsy. J Neurosci Methods, 2008, 172: 143-157.

[35] Leite JP, Cavalheiro EA. Effects of conventional antiepileptic drugs in a model of spontaneous recurrent seizures in rats. Epilepsy Res, 1995, 20: 93-104.

[36] Kamida T, Fujiki M, Ooba H, et al. Neuroprotective effects of edaravone, a free radical scavenger, on the rat hippocampus after pilocarpine-induced status epilepticus. Seizure, 2009, 18: 71-75.

[37] Lai MC, Holmes GL, Lee KH, et al. Effect of neonatal isolation on outcome following neonatal seizures in rats—the role of corticosterone. Epilepsy Res, 2006, 68: 123-136.

[38] Kim JE, Kim DW, Kwak SE, et al. Potential role of pyridoxal-5'-phosphate phosphatase/chronopin in epi-

lepsy. Exp Neurol,2008,211: 128-140.

[39] Hamani C,Hodaie M,Chiang J,et al. Deep brain stimulation of the anterior nucleus of the thalamus: effects of electrical stimulation on pilocarpine-induced seizures and status epilepticus. Epilepsy Res, 2008,78: 117-123.

[40] Cardoso A,Carvalho LS,Lukoyanova EA,et al. Effects of repeated electroconvulsive shock seizures and pilocarpine-induced status epilepticus on emotional behavior in the rat. Epilepsy Behav, 2009, 14: 293-299.

[41] McCloskey DP,Hintz TM,Pierce JP,et al. Stereological methods reveal the robust size and stability of ectopic hilar granule cells after pilocarpine-induced status epilepticus in the adult rat. Eur J Neurosci,2006, 24: 2203-2210.

[42] Zhao Q,Marolewski A,Rusche JR,et al. Effects of uridine in models of epileptogenesis and seizures. Epilepsy Res,2006,70: 73-82.

[43] Tsenov G,Kubova H,Mares P. Changes of cortical epileptic afterdischarges after status epilepticus in immature rats. Epilepsy Res,2008,78: 178-185.

[44] Zhou JL,Lenck-Santini PP,Holmes GL. Postictal single-cell firing patterns in the hippocampus. Epilepsia, 2007,48: 713-719.

[45] Zhang HJ,Sun RP,Lei GF,et al. Cyclooxygenase-2 inhibitor inhibits hippocampal synaptic reorganization in pilocarpine-induced status epilepticus rats. J Zhejiang Univ Sci B,2008,9: 903-915.

[46] Andre V,Marescaux C,Nehlig A,et al. Alterations of hippocampal GABaergic system contribute to development of spontaneous recurrent seizures in the rat lithium-pilocarpine model of temporal lobe epilepsy. Hippocampus,2001,11: 452-468.

[47] Bankstahl JP,Hoffmann K,Bethmann K,et al. Glutamate is critically involved in seizure-induced overexpression of P-glycoprotein in the brain. Neuropharmacology,2008,54: 1006-1016.

[48] Lively S,Brown IR. Extracellular matrix protein SC1/hevin in the hippocampus following pilocarpine-induced status epilepticus. J Neurochem,2008,107: 1335-1346.

[49] Dona F,Ulrich H,Persike DS,et al. Alteration of purinergic P2X4 and P2X7 receptor expression in rats with temporal-lobe epilepsy induced by pilocarpine. Epilepsy Res,2009,83: 157-167.

[50] Zhou JL,Zhao Q,Holmes GL. Effect of levetiracetam on visual-spatial memory following status epilepticus. Epilepsy Res,2007,73: 65-74.

[51] Powell KL,Ng C,O'Brien TJ,et al. Decreases in HCN mRNA expression in the hippocampus after kindling and status epilepticus in adult rats. Epilepsia,2008,49: 1686-1695.

[52] Smith MD,Adams AC,Saunders GW,et al. Phenytoin-and carbamazepine-resistant spontaneous bursting in rat entorhinal cortex is blocked by retigabine in vitro. Epilepsy Res,2007,74: 97-106.

[53] Smith MD,Saunders GW,Clausen RP,et al. Inhibition of the betaine-GABA transporter(mGAT2/BGT-1) modulates spontaneous electrographic bursting in the medial entorhinal cortex(mEC). Epilepsy Res, 2008,79: 6-13.

[54] Groticke I,Hoffmann K,Loscher W. Behavioral alterations in a mouse model of temporal lobe epilepsy induced by intrahippocampal injection of kainate. Exp Neurol,2008,213: 71-83.

[55] 许飞,孙红斌. 难治性癫痫动物模型研究进展. 实用医院临床杂志,2007,4: 87-89.

[56] Willis S,Samala R,Rosenberger TA,et al. Eicosapentaenoic and docosahexaenoic acids are not anticonvulsant or neuroprotective in acute mouse seizure models. Epilepsia,2009,50: 138-142.

[57] Ziemann AE,Schnizler MK,Albert GW,et al. Seizure termination by acidosis depends on ASIC1a. Nat Neurosci,2008,11: 816-822.

［58］Quintans-Junior LJ，Souza TT，Leite BS，et al. Phythochemical screening and anticonvulsant activity of Cymbopogon winterianus Jowitt（Poaceae）leaf essential oil in rodents. Phytomedicine，2008，15：619-624.

［59］Zhou H，Tang YH，Zheng Y. A new rat model of acute seizures induced by tutin. Brain Res，2006，1092：207-213.

第六节 癫痫持续状态引起的脑损伤

自限性癫痫发作能否引起永久性脑功能损害还不明确。然而，癫痫持续状态是危及生命的临床急症，大量研究与临床个案报道表明它能产生永久性的脑损伤。有报道一次癫痫大发作持续状态（grand mal status）能将患者的认知功能降低8%～26%。Aminoff等观察了98例癫痫持续状态患者的临床转归，发现其中有28例患者出现了明显的神经功能障碍，其中10例患者的神经功能缺损与其发作明显相关，这10例患者中有2例死亡，6例出现弥漫型脑病并遗留长期智能损害，2例出现大脑萎缩。癫痫持续状态发作的时间与脑损伤有相关性，出现永久性脑功能损害的患者发作持续时间多在2小时以上，而发作后无明显后遗症的患者癫痫持续状态发作大多在2小时以内。Rabinowicz等发现神经元死亡的标志分子——神经元烯醇化酶在血浆中升高。近来，神经影像研究提示癫痫持续状态后患者出现急性脑水肿和慢性脑萎缩。某些患者在发作前的头颅MRI检查正常，然而在癫痫持续状态后出现脑萎缩。总之，多方面的证据表明癫痫持续状态可导致严重的脑功能障碍。

一、癫痫持续状态引起脑损伤的病理研究

早在1825年，Bouchet进行了18例癫痫患者的尸检研究，病理检查发现6例患者出现海马硬化，2例出现海马软化，4例出现小脑软化。1880年，Sommer首次详细报道了癫痫患者脑部神经病理变化，并着重描述了海马及边缘系统结构的病理改变，他报道了海马硬化的患者海马CA$_1$区的锥体细胞大量死亡，该发现具有标志性意义。Sommer认为这些病理变化是导致癫痫发作的原因。Pfleger在同年发现癫痫持续状态后的患者颞叶内侧存在出血病灶，然而，他将这些病理变化归结为癫痫发作的后果，认为神经元死亡是由癫痫发作导致的局部代谢和循环障碍所致。

1964年，Norman对11位死于癫痫持续状态的儿童（1～6岁）做了尸检，发现海马CA$_3$区总有大量的神经元死亡，并且CA$_3$区和齿状回也常有神经元坏死，相反，海马CA$_2$区的神经元几乎不受到损害。11例患者中，9例患者存在丘脑缺血性损伤，6例有杏仁核缺血性损伤，5例有纹状体缺血性损伤，5例有小脑的缺血性损伤。1966年，Margerison等报道了大约70%的颞叶癫痫患者存在海马硬化，他们提出了两种不同的海马硬化类型：经典型和"终末层型"（end folium type）。经典型主要为海马CA$_1$区的神经元死亡，而终末层型主要表现为CA$_1$和CA$_3$区的神经元死亡。1983年，Corsellis在20例癫痫持续状态患者死亡后立即做了尸检，发现损伤最严重的部位是海马，这些患者海马存在陈旧的"瘢痕"和萎缩，海马的CA$_1$区存在神经元的急性损害。此外，Corsellis还发现小脑浦肯野细胞、丘脑、皮层神经元、胼胝体存在急性损害。1993年，Fujikawa报道了3例非惊厥性癫痫持续状态（nonconvulsive status epilepticus）患者的尸检结果，这3例患者以往从

未有癫痫发作。研究发现3例患者的海马、杏仁核、梨状皮质、丘脑背内侧核和小脑均出现了神经元死亡。死亡神经元主要分布于边缘系统中谷氨酸受体密度比较大的区域,提示兴奋毒性损伤可能参与了癫痫持续状态的脑损伤机制。1995年,DeGiorgio等报道5例死于癫痫持续状态的患者海马神经元密度显著低于癫痫患者(无癫痫持续状态)和对照组。

癫痫持续状态能造成严重的脑损伤,反之,脑损伤也能够引起癫痫持续状态。因此,在临床上很难绝对区分患者的脑损伤是癫痫持续状态的原因还是后果。应用能很好控制实验条件的癫痫持续状态动物模型的研究支持癫痫持续状态能引起显著的脑损伤。

二、癫痫持续状态引起脑损伤的实验研究

毛果芸香碱注射能产生连续数小时的惊厥性癫痫持续状态,这是最常用的癫痫持续状态模型之一。在大鼠经历毛果芸香碱所诱发的癫痫持续状态后,嗅皮质、杏仁核、丘脑、海马结构、新皮质均有明显的病理变化,如肿胀、水肿、细胞死亡等。此外,对于癫痫持续状态后发生自发性癫痫发作的动物,还出现丘脑外侧核、黑质、齿状回门区的损伤。海马下托、杏仁核、内侧内嗅皮质出现显著的细胞丢失。神经元损伤最为严重的部位位于海马(CA_1区和CA_3区)、杏仁核以及梨状皮质,并且中间神经元的损伤尤为明显。

在毛果芸香碱诱发的癫痫持续状态模型中,感觉运动皮层出现萎缩及突触发芽,提示该区域存在细胞损伤、脑重构和皮质网络的神经重塑过程。与对照组相比,接受毛果芸香碱处理的动物有明显的皮层厚度减小,皮层原有的有序层样结构破坏,神经元密度也显著减小。皮层浅层还出现反应性胶质细胞增生。

毛果芸香碱所诱发的癫痫持续状态模型中神经细胞丢失与苔藓纤维发芽可能与癫痫网络形成密切相关。癫痫持续状态还可能诱发产生异常细胞。皮层浅层出现一些树突高度分叉的异常神经元。相反,下托部位出现一些树突分叉减少的神经元,提示CA_1区存在去传入的情况。但是,毛果芸香碱诱发的癫痫持续状态后导致的神经元损伤是否是自发性癫痫发作的确切原因还有争议。

海人藻酸(kanic acid,KA)诱发的癫痫持续状态主要损害海马门区和CA_3区。另外,丘脑和皮质也有神经元死亡。与毛果芸香碱诱发模型相比,它对CA_1区的神经元损害相对较少。KA在体外可以直接兴奋谷氨酸受体,直接开放AMPA/钾通道,然而,KA在整体动物中主要是通过诱发痫性活动损伤神经元的。在痫性活动中内源性的谷氨酸释放很可能导致神经元死亡,如谷氨酸NMDA受体拮抗剂不能保护KA在体外诱发的神经元死亡,但是却能有效地减少动物中KA诱发的脑损伤。

1973年,Meldrum等在荷包牡丹碱(bicuculline)诱发的惊厥性癫痫持续状态模型中,发现狒狒出现发热、低血压、低氧血症及酸血症。动物的新皮质、海马、杏仁核、丘脑出现神经元坏死,另外在出现休克与发热的动物中还有小脑神经元坏死。

动物模型的研究表明非惊厥性癫痫持续状态同样导致显著的脑损伤。Meldrum的研究表明,在瘫痪的、充分给氧的狒狒中,非惊厥性癫痫持续状态不产生发热、低氧等并发症的前提下,癫痫电持续状态能导致新皮质与海马结构的损伤。1985年,Nevander等人用三氟乙醚(flurothyl)诱发癫痫,发现其能在充分给氧的动物中导致脑损伤。这些实验研究同时也表明了治疗非惊厥性癫痫持续状态的必要性。

在癫痫持续状态的试验模型中,神经损伤也具有选择性,如 CA_1 区和 CA_3 区的锥体细胞和齿状回门区的神经元更易受损,而另外一些细胞比如 CA_2 区神经元和海马齿状回颗粒细胞相对不易受损。这种选择性的神经损伤可能与神经细胞膜上的受体密切相关。比如动物在刚出生时 CA_3 区神经元上很少有 KA 受体,因此 KA 诱发的癫痫持续状态不易损伤 CA_3 区的神经元,随着动物发育,KA 受体在 CA_3 区神经元上表达,CA_3 区的神经元随之在癫痫持续状态中表现易损性。另外,NMDA 受体在 CA_1 区神经元上密度比较高,因此相对容易受到损伤。值得注意的是,海马齿状回的颗粒细胞上同样有不少 NMDA 受体,然而它的细胞胞浆中还有大量的钙结合蛋白 D28K,因此海马齿状回细胞反而不易受到损害。总的说来,在不同的癫痫持续状态中神经元易受损伤的程度依次是:含有生长抑素(somatostatin)的海马门区中间神经元 > CA_3 区神经元 > CA_1 区神经元 > 齿状回颗粒细胞。

三、癫痫持续状态诱发脑损伤的机制

1. 脑血流与代谢因素的作用 在癫痫持续状态中,可能由于神经膜反复的去极化与复极化,离子泵的过度工作消耗了大量的 ATP,脑代谢率急剧升高,由于糖酵解的速度大大增快导致体内乳酸迅速堆积。脑内能量衰竭可能是癫痫持续状态中脑损伤的重要因素。有研究表明,在癫痫持续状态的动物模型中,发生可逆性损伤的脑组织中 ATP 水平下降并不明显,而发生不可逆性神经元坏死的区域 ATP 水平和能量储备显著减少。ATP 和能量储备的减少可能抑制兴奋性递质和某些物质的再摄取,或者抑制钙泵和其他离子泵的功能。

正常情况下脑血管具有自我调节机制,脑血流量不随着血压波动发生明显变化。而癫痫发作会打破脑血管的这种自我调节机制,因此癫痫持续状态中脑血流量随着血压变化而出现明显波动。在癫痫持续状态的早期,动脉血压急剧升高,脑血流量也随之明显增加,这为脑提供更多的氧和葡萄糖,能够在一定程度上代偿升高的脑代谢水平。然而,在癫痫持续状态后期,随着乳酸血症的发生以及外周血管对血浆中的儿茶酚胺失敏感,患者的血压会持续性下降,造成脑供血和供氧不足而导致脑损伤。

2. 兴奋毒性神经损伤 早期观点认为癫痫持续状态引发的脑损伤很大程度上是由脑组织缺血缺氧引起的,然而有研究表明在改善缺血因素的情况下,长时间的癫痫发作同样能造成不可逆的损伤。癫痫持续状态发生后,脑组织细胞内钾离子浓度升高,细胞外的钙离子浓度下降,神经元兴奋性增高;并且,兴奋性突触传递明显活跃,而抑制性突触传递相对抑制。谷氨酸、乙酰胆碱和门冬氨酸是最主要的兴奋性递质,谷氨酸释放增加与过度激活可能是兴奋毒性损伤的最主要原因。γ-氨基丁酸是最主要的抑制性递质,在癫痫持续状态中 GABA 的合成和释放明显受到抑制。

研究表明,未成年个体在癫痫持续状态后更容易发生脑损伤。这可能是由于在未成熟的大脑中抑制性系统尚未成熟,如 GABA 合成能力比较低,黑质系统发育不成熟,皮层神经元容易电耦合,并且,由于胶质细胞的功能还不足,不能充分回收兴奋性氨基酸和细胞外钾离子。

(1) 谷氨酸参与的兴奋毒性损伤:谷氨酸是中枢神经系统中最重要的兴奋性神经递质。谷氨酸在突触可塑性的诱导、神经发生、神经退行性变中起重要作用。在生理状态下,谷氨酸是神经细胞间信息传导的重要媒介,但在病理条件下,谷氨酸通过兴奋谷氨酸受体介导产生兴奋性毒性,是神经系统缺血、外伤以及其他原因引起的神经紊乱、神经退行性变的主要原因。在体内和体外试验中,谷氨酸均能够引起兴奋毒性神经损伤。20 世纪 70 年代,Olney 等发现给予外源性的谷氨酸或者谷氨酸类似物能够使神经元的胞体和树突发生肿胀,但细胞的轴突和突触前结构均不受影响。并且,在不同试验条件下,比如注射海人藻酸或者毛果芸香碱、持续电刺激穿通通路或反复脑室内注射谷氨酸来诱发癫痫持续状态,谷氨酸均能够导致类似的细胞超微结构变化。在毛果芸香碱和海人藻酸诱发的癫痫持续状态中,边缘系统的神经元大量坏死,这可能是由于边缘系统中谷氨酸和门冬氨酸大量释放造成的。

目前已经发现了多种谷氨酸受体,谷氨酸受体分为离子型受体和代谢型受体两大类:离子型谷氨酸受体分子具有电压门控离子通道活性,按其选择性兴奋剂的差异分为 NMDA 受体、海人藻酸受体(KA 受体)、AMPA 受体;代谢型受体也分为多种类型,包括 mGluR 1~8,它们主要与 G 蛋白偶联,经细胞内第二信使系统如膦酸酯酶 C 和腺苷酸环化酶发挥作用。

NMDA 受体在癫痫后脑损伤的作用中研究最为丰富。应用它的拮抗剂能够保护癫痫持续状态后的脑损伤。NMDA 受体的非竞争性拮抗剂包括 AP5 和 AP7。如果给一侧杏仁核注射 AP7,再用毛果芸香碱诱发连续 3 小时的癫痫持续状态后,注射侧的杏仁核中神经元死亡显著少于对侧杏仁核和其他脑区。也有研究表明如果将 AP5 注射到海马上方的脑室中,在海人藻酸诱发癫痫持续状态后海马 CA$_1$ 区的神经元死亡显著减少。氯胺酮与 MK-801 是 NMDA 受体的非竞争性拮抗剂,它们都能够减轻海人藻酸和毛果芸香碱所诱发的脑损伤。值得注意的是,在以上实验中,NMDA 受体拮抗剂不能减少动物的痫样放电。

代谢型谷氨酸受体在癫痫持续诱发的脑损伤中也扮演一定作用。最近研究表明在毛果芸香碱诱发的癫痫持续状态中,mGluR1 过表达的动物癫痫发作更为严重,并且 mGluR4 敲除的动物海马神经元损伤也加重,这提示 mGluR1 能够增加癫痫的易感性,而 mGluR4 能够拮抗兴奋毒性神经损伤。

(2) 钙离子介导的兴奋毒性损伤:人们很早就发现细胞内钙离子增多能导致细胞坏死或凋亡。该过程可能是由多种钙依赖性酶如蛋白水解酶和磷脂酶激活引起的。而在癫痫持续状态中,细胞内钙离子水平明显上升,并且介导了兴奋毒性脑损伤。在戊四氮诱发的惊厥中,猫的感觉运动皮质中细胞外钙离子的浓度较发作前基础水平下降,提示钙可能在癫痫发作中向细胞内转移。荷包牡丹碱(bicuculline)诱发连续惊厥 2 小时后,在海马 CA$_1$ 区神经元的线粒体中,A3 树突基底部以及 CA$_3$ 区、CA$_2$ 区和齿状回的某些细胞胞体内出现钙离子堆积。使用放射自显影手段发现,静脉注射同位素^{45}Ca^{2+},癫痫发生 2 小时后同位素钙主要分布在海马的 CA$_3$ 区,外侧隔核以及丘脑网状核,而 4 小时后同部位的神经元发生坏死。

钙离子能够通过电压门控钙离子通道(voltage-gated calcium channel,VDCC)进入细胞。VDCC 的拮抗剂能够抑制癫痫发作(非持续状态模型),如 L 型 VDCC 的拮抗剂。笔者最近也首次报道了 N 型 VDCC 特异性拮抗剂 omega-芋螺毒素 MVIIA 也能抑制杏仁核电点燃癫痫的发作。然而,在癫痫持续状态中,通过 VDCC 进入细胞的钙离子仅占很少一部分,通过 NMDA 受体(也是钙离子通道)是最主要的进入细胞的方式。体外模型中,抑制 NMDA 受体和细胞内钙离子增加能够显著减轻癫痫持续状态诱发的脑损伤,然而,应用 VDCC 的拮抗剂却没有这样作用。

3. 炎症因子与小胶质细胞激活　癫痫持续状态发生后,启动了脑内一系列及早基因表达,如白介素-1beta、肿瘤坏死因子-alpha、c-fos、c-jun,jun-B、神经生长因子Ⅰ-A。如在海人藻酸诱发的癫痫持续状态中,c-fos 基因首先在海马齿状回表达,48 小时后下降。这些及早基因的表达也在脑内启动了炎症反应,包括炎症因子表达、炎症细胞激活。Rizzi(2003)等报道,神经损伤仅发生在有早期炎症因子表达的部位。另外,Auvin(2007)等使用脂多糖预处理动物诱发炎症反应,发现脂多糖预处理的动物癫痫持续状态后脑损伤更为严重。这些研究提示炎症反应可能参与了癫痫持续状态诱发的脑损伤。癫痫持续状态后启动的炎症反应受到个体年龄的影响,研究发现,在幼年动物中,炎症反应在脑损伤中扮演更为重要的作用。

4. 内源性神经保护　癫痫持续状态发生后能够启动内源性的神经保护。该过程可能依赖于一系列信号传导途径,比如磷脂酰肌醇-3 激酶途径和 ERK 1/2 途径,而这些通路的激活也依赖于 NMDA 受体激活和一些神经营养因子的表达。上述内源性神经保护通路和缺血预处理所启动的神经保护通路有类似之处。因此人们推断低水平,长期的NMDA 受体激活具有神经保护作用,而短时间内高水平的 NMDA 激活有神经损伤作用。

(陈忠　王爽)

参 考 文 献

[1] Auvin S,Shin D,Mazarati A,et al. Inflammation exacerbates seizure-induced injury in the immature brain. Epilepsia,2007,48 Suppl 5:27-34.

[2] Chen JW,Wasterlain CG. Status epilepticus: pathophysiology and management in adults. Lancet Neurol,2006,5:246-256.

[3] Curia G,Longo D,Biagini G,et al. The pilocarpine model of temporal lobe epilepsy. J Neurosci Methods,2008,172:143-157.

[4] De Simoni MG,Perego C,Ravizza T,et al. Inflammatory cytokines and related genes are induced in the rat hippocampus by limbic status epilepticus. Eur J Neurosci,2000,12:2623-2633.

[5] Deshpande LS,Lou JK,Mian A,et al. Time course and mechanism of hippocampal neuronal death in an in vitro model of status epilepticus: role of NMDA receptor activation and NMDA dependent calcium entry. Eur J Pharmacol,2008,583:73-83.

[6] Fabene PF,Merigo F,Galiè M,et al. Pilocarpine-Induced Status Epilepticus in Rats Involves Ischemic and Excitotoxic Mechanisms. PLoS ONE,2007,2:e1105.

[7] Kim TY,Yi JS,Chung SJ,et al. Pyruvate protects against kainate-induced epileptic brain damage in rats. Exp Neurol,2007,208:159-167.

[8] Lado FA,Laureta EC,Moshé SL. Seizure-induced hippocampal damage in the mature and immature brain. Epileptic Disord,2002,4:83-97.

[9] Pitsch J,Schoch S,Gueler N,et al. Functional role of mGluR1 and mGluR4 in pilocarpine-induced temporal lobe epilepsy. Neurobiol Dis,2007,26:623-633.

[10] Ravizza T,Rizzi M,Perego C,et al. Inflammatory response and glia activation in developing rat hippocampus after status epilepticus. Epilepsia,2005,46 Suppl 5:113-117.

[11] Rizzi M, Perego C, Aliprandi M, et al. Glia activation and cytokine increase in rat hippocampus by kainic acid-induced status epilepticus during postnatal development. Neurobiol Dis, 2003, 14:494-503.

[12] Scantlebury MH, Heida JG, Hasson HJ, et al. Age-dependent consequences of status epilepticus: animal models. Epilepsia, 2007, 48:75-82.

[13] Walker M. Neuroprotection in epilepsy. Epilepsia. 2007; 48 Suppl 8:66-8.

[14] Wasterlain CG, Fujikawa DG, Penix L, et al. Pathophysiological mechanisms of brain damage from status epilepticus. Epilepsia, 1993, 34:S37-53.

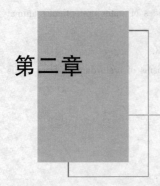

15. Broc JA, Lowe C. Assessment of acute suture wound syndrome between bathtongue suppose by Moxa...

16. Savallinan MH, Field JO, Davood H, et al. Non-rectum ... over-expose intravenous ...
intake. Br J urgent, 2007;98:2353-82.

17. Whitney RJ, Young-shoop... free, phenotype. Epilepsia, 2007;15: Suppl 8: 2006.

18. Hashibirmo CG, Chesson DL, Paron JA, et al. Epilepsy non-blood measurement sucroseon ...
seizuasm, well as ... 1997;16:827-33.

癫痫持续状态的临床特征

第一节　癫痫持续状态的临床表现

一、癫痫的临床特征

人类癫痫有两个特征,即脑电图上的痫样放电和癫痫的临床发作。而癫痫的临床发作又有两个主要特征:①共性:是所有癫痫发作都有的共同特征,即发作性、短暂性、重复性、刻板性。发作性指癫痫突然发生,持续一段时间后迅速恢复,间歇期正常;短暂性指患者发作持续的时间都非常短,数秒、数分钟或数十分钟,除癫痫持续状态外,很少超过半小时;重复性指癫痫都有反复发作的特征,仅发作一次不宜轻易地诊断为癫痫;刻板性指就某一患者而言,多次发作的临床表现几乎一致;②个性:即不同类型癫痫所具有的特征。是一种类型的癫痫区别于另一种类型的主要依据。如全身强直-阵挛性发作的特征是意识丧失、全身强直性收缩后有阵挛的序列活动,如仅有强直-阵挛而无意识丧失则需考虑假性发作或低钙性抽搐,不支持癫痫的诊断;失神发作的特征是突然发生、迅速终止的意识丧失,一般不出现跌倒,如意识丧失时伴有跌倒,则晕厥的可能性比失神发作的可能性大;自动症的特征是伴有意识障碍的,看似有目的,实际无目的的行动,发作后遗忘是自动症的重要特征,如发作后能复述发作的细节也不支持癫痫自动症的诊断。当患者的发作具有癫痫的共性和不同类型发作的特征时,需进行脑电图检查以寻找诊断的佐证,同时尚需除外其他非癫痫性发作性疾病。

二、全身强直-阵挛性癫痫持续状态

1. 全身强直-阵挛性发作的临床特征　意识丧失、双侧强直后紧跟有阵挛的序列活动是全身强直-阵挛性发作的主要临床特征。可由局灶性发作演变而来,也可一起病即表现为全身强直-阵挛发作。早期出现意识丧失,跌倒。随后的发作可分为三期:①强直期:主要表现为全身骨骼肌强直性收缩。眼肌收缩出现眼睑上牵、眼球上翻或凝视;咀嚼肌收缩出现张口,随后猛烈闭合,可咬伤舌尖;喉肌和呼吸肌强直性收缩引起患者尖叫一声,呼吸停止;躯干肌强直性收缩使颈部和躯干先屈曲,后反张,上肢由上举后旋,转为内收旋

前,下肢先屈曲后强烈伸直,持续 10~20 秒后进入阵挛期;②阵挛期:此期患者从强直转成阵挛,每次阵挛后都有一短暂的间歇,阵挛频率逐渐变慢,间歇期延长,在一次剧烈的阵挛后,发作停止,进入发作后期。以上两期均伴有呼吸停止、血压升高、瞳孔扩大、唾液和其他分泌物增多;③发作后期:此期尚有短暂的阵挛,可引起牙关紧闭和大小便失禁。呼吸首先恢复,随后瞳孔、血压、心率渐至正常。肌张力松弛,意识逐渐恢复。从发作到意识恢复约历时 5~15 分钟。醒后患者感头痛、全身酸痛、嗜睡,部分患者有意识模糊,此时强行约束患者可能发生伤人和自伤。

2. 强直-阵挛性癫痫持续状态

(1)定义:当癫痫强直-阵挛性发作表现为一次接一次,反复出现,在发作间歇期意识不恢复,且脑电图上有痫样放电时就称为强直-阵挛性癫痫持续状态。由 Calmeil 首次提出,Roger 等(1974)在第十届马赛癫痫学术讨论会上介绍 100 例患者的研究得以总结推广。它是所有癫痫持续状态中最常见和最严重的类型,死亡率极高。有研究提示,70%~80% 的全面强直-阵挛性癫痫持续状态的发作起始是部分性的,因此,医生可自己观察或从病史询问中发现部分运动起始或头眼转动的局灶性发作现象(Shorvon,2006)。

(2)前驱期:正如 Clark 和 Prout 在 1903 年/1904 年所示,癫痫患者出现强直-阵挛状态前常有数小时的前驱期,表现为癫痫活动较平常增多,癫痫发作频率和程度逐渐增加,部分患者还可能出现进行性肌阵挛或有亚临床癫痫活动所致的精神改变或意识混乱。临床症状恶化具有预示性,提示有即将到来的癫痫持续状态风险。对于之前无癫痫发作的患者,癫痫持续状态可能突然发生。

(3)发作频率:发作频率报道各不相同。若不加治疗,发作频率常为 4~5 次/小时。Clark 和 Prout(1903~1904 年)曾发现 1 例患者 24 小时内有 488 次发作,3 天内达到了 1000 次;另外 1 例患者 4 周内发作达到了 3000 次。Kinnier(1940)报道了 1 例 13 岁女孩,17 天内出现了 3231 次发作,其中 2258 次是在连续 6 天内发生,患儿最后仍可恢复。

(4)持续时间:每次发作持续时间不等,随着癫痫持续状态时间延长,每次发作时间缩短,强直期延长,阵挛减轻,且最终完全消失。

(5)强直-阵挛性癫痫持续状态的病理生理改变:强直-阵挛性癫痫持续状态发作时常引起人体内环境的改变(表 2-1-1,表 2-1-2)。

表 2-1-1 强直-阵挛性癫痫持续状态代偿期生理功能改变

脑改变	代谢改变	自主神经和心血管改变
脑血流增加	高血糖	高血压
代谢增加	乳酸酸中毒	心输出量增多
能量需求与氧和葡萄糖的供应匹配(通过增加葡萄糖和氧的利用)		脑血管压力增高
		大量儿茶酚胺释放
		心动过速
乳酸浓度增加		心律失常
葡萄糖浓度增加		流涎、呕吐、体温过高、大小便失禁

表 2-1-2　强直-阵挛性癫痫持续状态失代偿期生理功能改变

脑改变	代谢改变	自主神经和心血管改变
脑自主调节功能衰竭	低血糖	全身低血压
脑血流主要受全身	低钠血症	全身缺氧
血压影响	低/高钾血症	心输出量下降
缺氧	代谢和呼吸性酸中毒	心肺功能下降(肺水肿、肺血栓、呼吸骤停、心力衰竭、心律失常)
低血糖	肝衰竭和肾衰竭	
乳酸浓度下降	凝血物质消耗,DIC	
能量减少	多器官功能衰竭	体温升高
颅压增高和脑水肿	横纹肌溶解、肌红蛋白尿	

（表 2-1-1、表 2-1-2 均引自 Simon Shorvon 2006,作者有修改）

代偿期:由于癫痫活动导致脑部代谢增加,但此时的生理调节机制尚能满足代谢需求,因而,脑组织没有明显缺氧和代谢性损伤。主要生理改变为脑血流和代谢增多、自主神经功能障碍明显。

失代偿期:此期,不能满足增加的脑代谢需求,导致脑缺氧和代谢障碍。

1）血压:在惊厥期,抽搐时的血压增高主要与儿茶酚胺释放有关(Simon,1985;Benwitz,1986),儿茶酚胺的释放与神经元刺激有关(Aton,1977),偶有高血压脑病发生,但很少需要降压治疗。随着失代偿期的到来,血压开始下降。长时间的癫痫持续状态,常有低血压发生,主要与继发性脑、代谢和内分泌改变及药物治疗或儿茶酚胺受体敏感性下降有关。

2）血糖改变:癫痫持续状态开始时,儿茶酚胺、胰岛素和胰高血糖素的释放可使肝糖原分解增多,出现中度高血糖(Meldrum,1973;Kreisman,1981)。一些动物实验表明高血糖可能参与了癫痫持续状态中的脑损伤,机制与中风一样,通过增加代谢和诱导细胞兴奋性毒素产生,因此,应避免对非低血糖患者常规的补糖治疗。随着癫痫发作的继续,由于糖原耗竭、肝损伤、高胰岛素血症反弹及其他内分泌原因可能导致出现低血糖(Meldrum,1973;Meldrum,1976)。低血糖加重了缺氧和脑供血不足所致的细胞代谢障碍。

3）酸中毒:癫痫持续状态中由于肌肉强直收缩和呼吸停止,脑部糖代谢由有氧代谢转变成无氧酵解,引起乳酸堆积,导致酸中毒的产生。曾有报道 70 例癫痫持续状态发作刚刚停止的患者,其中 84% 的患者血 pH 水平低于正常水平,其中 33% 的患者血 pH 低于 7.0,1 例患者血 pH 为 6.18(Aminoff,1980)。乳酸水平高,血清钾水平则很低。其他代谢或呼吸性酸中毒比较少见。脑脊液中乳酸水平的增高与癫痫持续状态的不良预后有关(Calabrese,1991)。

4）发热:癫痫持续状态中常见体温升高,与惊厥性肌肉活动,大量的儿茶酚胺释放和中枢机制有关。体温高,持续时间长,患者预后较差。在实验性癫痫持续状态中,高体温主要与细胞损伤尤其是小脑功能障碍有关(Meldrum,1973),并可导致永久性的细胞损伤。

5）颅压增高和细胞水肿:与在重症监护患者中观察到的一样,所有的癫痫发作都有短暂的颅压升高。然而,在癫痫持续状态时也可能出现持续性的颅压增高。在失偿期,低血压和颅内压增高共同影响脑循环,引起脑水肿,在儿童更加明显。因此,长时间癫痫持续状态时,需要监测颅内压(Shorvon,2006)。

局灶性脑水肿在影像学上表现为低密度灶,且持续数天,易误认为是其他病变(Sammaritano,1985;Kramer,1987;Bauer,1989)。其机制不清楚,但最可能与血管病变相关,系局灶性乳酸酸中毒或缺氧导致血管扩张和血-脑屏障破坏,引起局灶性脑水肿的发生。

6)肺水肿:即使出现低血压后,肺动脉高压和水肿在癫痫持续状态时仍是常见的,这可能与癫痫相关的自主神经效应有关。在动物试验中,全身动脉血压下降之前,肺动脉压力可升高数倍,15分钟后降至正常(Bayne,1981)。这种肺动脉高压远远超过了血液渗透压,导致肺水肿的产生。此外,肺动脉高压还可导致肺动脉的牵张性损伤(Simon,1982;Simon,1985),加重肺水肿,成为癫痫持续状态死亡最常见的原因。

7)心律失常和其他心功能减退:癫痫持续状态中的心律失常有几种可能的机制。包括癫痫发作直接引起的自主神经效应、儿茶酚胺物质释放、低血糖、乳酸酸中毒、电解质紊乱或心脏毒性药物的使用等。癫痫发作相关的自主神经效应通常由于交感和副交感神经刺激所致。镇静药物可抑制心脏功能,药物作用也可因为之前即已存在的心功能不全而增加风险(Shorvon,2006)。

8)横纹肌溶解和肌红蛋白尿:强烈的惊厥性癫痫运动常导致横纹肌溶解,且经常发生在癫痫持续状态早期(Winocour,1989),随癫痫持续状态的加重而加重。抽搐使肌肉血管供血减少导致的缺氧可引起肌肉损伤,出现横纹肌溶解,而随之产生的肌红蛋白尿可诱发肾衰竭(Gulati,1978)。横纹肌溶解可通过机械通气和肌肉麻痹来预防。

9)弥散性血管内凝血(DIC)和多器官衰竭:DIC是癫痫持续状态少见但严重的并发症。确切机制不清楚,可能与肌肉损伤所致的横纹肌溶解和凝血物质释放、高热、肌红蛋白尿、肝衰竭或肾衰竭有关,有时出现在多器官衰竭时,预后较差(Shorvon,2006)。

10)代谢障碍与肝、肾衰竭:肌红蛋白尿或脱水可造成急性肾小管坏死,甚至暴发性肾衰竭。药物治疗或潜在病因导致的肝衰竭也是一个常见的并发症。丙戊酸可加重患者的肝功能损伤,在癫痫持续状态时使用应小心(Shorvon,2006)。

(6)脑电图:Roger等(1974)对100例强直-阵挛性癫痫持续状态患者的研究发现,发作早期脑电图主要表现为脑电低平(去同步化),随后恢复为10Hz、幅度逐渐增加的节律,在阵挛期间有高电压的慢活动,最后为发作后的慢活动。46%的患者在单次发作后出现脑电沉默。Lennox(1960)观察到随着癫痫持续状态的继续,脑电最终几乎全部处于抑制状。

(7)病因:强直-阵挛性癫痫持续状态的常见病因包括脑梗死、脑膜炎、脑炎、头部外伤及继发于心肺疾病的脑缺氧,也可由慢性癫痫或代谢紊乱、陈旧性脑梗死基础上的发作未控制的患者停用抗癫痫药所致。如果强直-阵挛性癫痫持续状态是一名癫痫患者的最初表现,则应考虑为占位性病变,特别是一名以前健康的成人突然发生强直-阵挛性癫痫持续状态,则更应想到此诊断。有作者报告20%~25%强直-阵挛性癫痫持续状态是脑瘤所致(Simon,2006)。

美国一家大型综合医院对比研究了20世纪70年代和80年代成人癫痫持续状态的病因,没有发现两组间有明显不同,在上述两个时期,癫痫持续状态最常见的病因为:癫痫患者服药的依从性差或停药(31%)、酒精相关的癫痫持续状态(28%)、药物中毒或依赖

（9%）、中枢神经系统感染（28%）。其他为脑肿瘤、外伤、难治性癫痫、卒中、代谢障碍和心搏骤停（Lowenstein，1993）。在先前有癫痫史的患者中（87/154），最常见的病因为停用抗癫痫药物（45%）和与酒精相关（29%）。67 例先前无癫痫的患者中，最常见的病因为与酒精相关（21%）、药物中毒（18%）和感染（9%）（Simon，2006）。

三、全身强直或阵挛性癫痫持续状态

全身阵挛性癫痫持续状态：占儿童癫痫持续状态的 50%～80%。常合并发热。还可见于智力发育迟滞的儿童如 Lennox-Gastaut 综合征等。临床表现为反复、发作性的双侧肌阵挛，可以不对称，有时也可为非节律性。脑电图表现为双侧同步的棘波，可以出现暴发性尖波或节律恢复后出现棘慢复合波。

全身强直性癫痫持续状态：可见于儿童或成人，常见于儿童 Lennox-Gastaut 综合征。癫痫发作表现为短暂性、频繁的肢体强直性收缩，常伴有眼球凝视，面肌、颈肌、咽喉肌的收缩和下肢的外展，在收缩间期一般不会回到基线水平，数分钟发生 1 次。脊柱的弯曲可能导致粉碎性骨折和截瘫。苯二氮䓬类可以控制癫痫发作。脑电图显示为去同步化，但更典型的为低电压快活动，频率为 20～30Hz，逐渐减慢为 10～20Hz，而振幅增加。也可以见到多棘慢复合波。尽管对数种地西泮类抗癫痫药物耐药，但总体预后仍较好。

四、肌阵挛、肌阵挛性癫痫和肌阵挛性癫痫持续状态

肌阵挛（myoclonus）是一种突发的、短暂的、触电样的，由于肌肉收缩或运动抑制产生的不随意运动，前者称为正性肌阵挛（positive myoclonus），后者称为负性肌阵挛（negative myoclonus）。

（一）肌阵挛分类

1982 年，Marsden 等按病因不同将肌阵挛分为以下几类

（1）生理性肌阵挛（physiological myoclonus）：见于健康人群、睡眠或睡眠过度时出现的肌肉跳动是最常见的例子。此外还有呃逆、喷嚏、体育锻炼或焦虑诱发的肌肉阵挛性跳动等。

（2）原发性肌阵挛（essential myoclonus）：是原因不明的肌阵挛。肌阵挛是原发性肌阵挛最突出的临床表现，以散发或家族性形式存在，几乎没有进展或进展很慢。散发患者因病因不同、分布不同、加重因素和其他临床表现等不同而各异，可能有多种类型。家族性原发性肌阵挛有以下特点：常在 20 岁前出现，显性遗传，良性病程，不影响生活和寿命，没有小脑性共济失调、痉挛、痴呆和癫痫发作。肌阵挛常见于上肢，肌肉活动可以加重，饮酒可明显减少。肌阵挛-张力障碍综合征见于合并有张力障碍者。

（3）癫痫性肌阵挛（epileptic myoclonus）：肌阵挛是癫痫的表现，可以是唯一的癫痫发作形式（肌阵挛发作），如癫痫性肌阵挛、光敏感性肌阵挛、肌阵挛失神等，也可以是癫痫综合征中多种发作类型的表现之一，如婴儿痉挛（infantile spasms）症、肌阵挛站立不能性发作、隐源性肌阵挛性癫痫（cryptogenic myoclonic epilepsy）、青少年肌阵挛性癫痫（juvenile myoclonic epilepsy）、良性家族性肌阵挛性癫痫（benign familial myoclonic epilepsy）、进行性肌阵挛性癫痫（progressive myoclonic epilepsy，PME）等。肌阵挛可以是全身性、局灶性，多伴有脑电图上广泛性痫样放电。

(4) 症状性肌阵挛(symptomatic myoclonus):也称继发性肌阵挛,是某种疾病的表现之一。常见病因有:

1) 贮积病:Larora 小体病、GM_2 神经节苷脂沉积症、泰-萨克斯病(Tay-Sachs disease)、戈谢病(Gaucher disease)、Krabbe 脑白质病、蜡样脂褐质沉积症、唾液酸沉积症。

2) 脊髓小脑变性疾病:亨特综合征(Ramsay-Hunt syndrome)、Friedreich 共济失调、共济失调性毛细血管扩张症(ataxia-telangiectasia)。

3) 其他变性疾病:基底节变性、肝豆状核变性、哈-斯二氏病(Hallervorden-Spatz disease)、进行性核上性麻痹、亨廷顿病(Huntington's disease)、帕金森病、多系统萎缩、皮质延髓变性、齿状核红核苍白球丘脑下核萎缩(dentatorubral-pallidoluysian atrophy,DRPLA)、克雅氏病(Creutzfeldt-Jakob disease)、阿尔茨海默病、路易小体性痴呆、额颞叶痴呆、Rett综合征。

4) 感染或感染后:亚急性硬化性全脑炎、昏睡性脑炎(encephalitis lethargica)、虫媒病毒性脑炎(arbovirus encephalitis)、单纯疱疹性脑炎、HIV、感染后脑病(postinfections encephalitis)、各种细菌感染、梅毒、隐球菌、莱姆病、进行性多灶性脑白质病。

5) 代谢性疾病:甲状腺功能亢进、肝衰竭、肾衰竭、透析综合征、低钠血症、低血糖、非酮症高血糖、多发性羧酶缺乏症、维生素缺乏、缺氧、线粒体功能障碍、代谢性碱中毒等。

6) 药物诱发:抗精神病药物(三环类、选择性 5-羟色胺再摄取抑制剂、单胺氧化酶抑制剂、锂盐)、抗精神病药物引起的迟发性综合征、抗生素、麻醉药物、抗癫痫药物、毒品、造影剂、强心剂、钙离子通道阻滞剂、抗心律失常药物、药物戒断综合征。

7) 各种脑病:缺氧缺血性脑病、创伤后脑病、中暑、电休克、减压病、副肿瘤性综合征等。

8) 中枢神经系统局灶性神经损伤:卒中或卒中后、丘脑切开术后、肿瘤、多发性硬化、发育异常等。

曾在明尼苏达州进行过肌阵挛流行病学调查。从 1976～1990 年,肌阵挛平均年发病率为 1.3/10 万。症状性肌阵挛最多见(72%),缺氧、神经变性疾病和癫痫综合征是肌阵挛最常见的病因,中毒代谢性疾病和药物所致者也比较多见,但大都是短暂性的,其次为癫痫性肌阵挛(17%)和原发性肌阵挛(11%)。

(二)癫痫性肌阵挛

肌阵挛可起源于皮质、皮质下、脑干、脊髓和外周神经。虽然并不是起源于皮质的肌阵挛都是癫痫发作,但癫痫性肌阵挛起源于皮层或皮层下则是不争的事实。

癫痫和肌阵挛间的关系在 Friedrerch(1881)提出肌阵挛之前就已为人们熟知。癫痫患者常常出现发作性肌肉跳动,称为阵发性痉挛,这种肌阵挛是癫痫的一部分。神经元异常放电在局部传播可出现 Jacksonian 发作,持续性反复发作即称为癫痫持续状态。

1. 按起源不同分类 癫痫性肌阵挛分类和临床表现:癫痫性肌阵挛按起源不同分为三类:即皮质反射性肌阵挛、网状反射性肌阵挛和原发癫痫性肌阵挛,病因可以是脑病、局部脑病变、变性疾病、肿瘤或感染等,也可为特发性癫痫综合征。

(1) 皮质反射性肌阵挛:是局灶性癫痫发作的一部分。肌阵挛常常仅影响到少数相邻的部分肌肉,多数情况下只有一组肌肉参加,偶尔也可见到波及范围更广泛,有更多肌肉参加,称为多灶性。肌阵挛是自发的,也可由随意运动(动作性肌阵挛)或感觉刺激(反射性肌阵挛)诱发。皮质肌阵挛的产生是由皮质感觉运动区神经元兴奋性增强所致。

(2) 网状反射性肌阵挛:是全身性癫痫的一部分。肌阵挛常波及到整个躯体,有些患者只波及部分肌肉,近端肌肉更易受累,屈肌较伸肌更易出现。肌阵挛可以是自发的或由动作或感觉刺激引起(反射)的。与皮质反射性肌阵挛相比,感觉刺激可能是更特异性的方式。网状反射性肌阵挛的产生与脑干上部网状结构兴奋性增高有关。动物实验提示起源于网状巨核细胞。

(3) 原发性癫痫性肌阵挛:是原发性癫痫的一部分。临床上,这种肌阵挛有几种形式。最常见的是小的、局灶性肌肉跳动,常常仅为手指的运动,如小指的颤搐或发抖,有人将其形容为"迷你型多肌阵挛"。还有一种表现为全身的、同步的、躯体的跳动。不同于网状反射性肌阵挛,这种类型的肌阵挛源于上行性网状结构经皮质下的冲动引起皮质兴奋性增高所致。

2. 按病因不同分类　2003 年,Leppik 等将癫痫性肌阵挛按病因不同分为遗传性和获得性两大类。

(1) 遗传性癫痫性肌阵挛:①良性原发性癫痫综合征:包括青少年肌阵挛性癫痫(juvenile myoclonic epilepsy,JME)、婴儿良性肌阵挛性癫痫、婴儿反射性肌阵挛性癫痫;②严重肌阵挛癫痫综合征:包括严重婴儿肌阵挛性癫痫(severe myoclonic epilepsy syndromes,SMES)、年龄依赖性癫痫性脑病(包括 Lennox-Gastaut 综合征、West 综合征、大田原综合征、早发性肌阵挛性脑病)、肌阵挛站立不能发作(epilepsy with myoclonic-astatic seizures,EMAS);③进行性肌阵挛癫痫综合征:包括 Unverricht-Lundborg 病、Lafora 病、神经元蜡样脂褐质沉积症、唾液酸沉积症 I 型、肌阵挛性癫痫伴蓬毛样红纤维症(myoclonus epilepsy with ragged red fibre,MERRF)、戈谢病 Ⅲ 型(Gaucher disease type Ⅲ)、齿状红核苍白球丘脑下部核萎缩、儿童亨廷顿病、半乳糖唾液酸沉积症、神经轴营养失调、乳糜泻等。

(2) 获得性癫痫性肌阵挛:原因包括:缺氧、头部外伤、肿瘤、尿毒症和其他代谢性脑病、中枢神经系统变性疾病、卒中、病毒感染等引起的癫痫性肌阵挛。

3. 按表现不同分类　正性肌阵挛表现为快速的、主动的一块或一群肌肉的收缩。短暂的主动肌肌张力缺失后出现代偿性拮抗肌肌肉的收缩,即负性肌阵挛。癫痫性负性肌阵挛(epileptic negative myoclonus,ENM)表现为主动肌活动突然停止,时间锁定的癫痫性脑电图异常(棘波或尖波发放),而先前无正性肌阵挛发作的依据。ENM 可在特发性、隐源性和症状性癫痫中出现,部分性癫痫发作、失神发作和失张力发作常常并发 ENM。Hsiang 等最近报道了 1 例 18 岁女性,过去 4 年内反复出现间歇性右侧肢体姿势异常(intermittent postural lapse of the right limbs),持续数小时到 2 天,疲劳时发生,休息或睡眠后停止,发作时能像平时一样交谈。肌电图为静息期,脑电图上显示时间锁定的广泛性棘波发放。口服左乙拉西坦后,症状明显改善。这是第一次报道 ENM 作为单独的癫痫表现。ENM 可发生于儿童或成年人,病因可为线粒体性疾病、围产期缺氧、血管异常、进行性肌阵挛性癫痫、癫痫性脑病和神经元移行障碍等。

4. 癫痫及非癫痫性肌阵挛的电生理特征

(1) 脑电图:脑电图上有与肌阵挛同步的棘波或棘慢复合波常常提示皮质源性肌阵挛,脑干或脊髓源性的肌阵挛通常没有这类脑电图改变;周期性张力障碍性肌阵挛(见于

Creutzfeldt-Jakob 病和亚急性硬化性全脑炎)常有特征性的脑电图改变。肌电图静息时脑电图上有棘波发放,即为皮质负性肌阵挛。

(2) 肌电图:多肌肉表面肌电图的记录对研究肌阵挛的分布和传播非常有用。皮质肌阵挛常常累及小的远端肌肉和面部肌,偶尔也有近端肢体肌肉受累。当皮质肌阵挛为全身性时,高时间分辨率的多图记录(polygraphic recordings)和锁定背景平均肌电图常显示特异性的传播:常常从近端到远端肢体,传导速度与 α-运动纤维的传导速度一致。在上肢,在 10～15ms 后也可累及对侧肢体相应的肌肉,与通过胼胝体的冲动传播有关。

源于皮质的正性肌阵挛肌电图放电常是短暂的,时间少于 50ms。而脑干源性的肌阵挛如腭肌阵挛中的肌肉跳动和惊吓综合征则有更长时间的放电。脊髓肌阵挛,也可出现短暂性肌电图放电,与皮质肌阵挛类似。张力障碍性肌阵挛,与长时间的肌电图放电一致。

1985 年,Hallet 等总结了癫痫和非癫痫性肌阵挛的电生理学特征,认为癫痫性肌阵挛脑电图上常有棘波、多棘波、棘慢复合波,肌电图表现为短时暴发,持续时间＜50ms,而非癫痫性肌阵挛肌电图为长时间暴发,持续 50～300ms。癫痫性肌阵挛在阵挛时肌肉是同步激活的,而非癫痫性肌阵挛,肌肉跳动可以是不同步甚至为交互的。

5. 癫痫性肌阵挛的治疗　肌阵挛的最佳处理是病因治疗。某些肌阵挛的病因可以部分或全部纠正,如获得性异常中的代谢障碍、药物中毒或局部病变等。然而,多数情况下,仍然无法根除病因,因而需要进行抗肌阵挛治疗。

皮质肌阵挛的首选药物是丙戊酸和氯硝西泮。大部分患者每日需要丙戊酸 600～1200mg,氯硝西泮 12～15mg/d。突然减量或停药可能导致肌阵挛或癫痫发作的恶化。扑米酮和苯巴比妥也可以用于肌阵挛。近年的研究表明,吡拉西坦和左乙拉西坦也是有效的抗肌阵挛药物,常常用于添加治疗。吡拉西坦的日常推荐剂量为 2.4～21.6g,左乙拉西坦的推荐剂量为 1000～3000mg/d。由于传统药物的副作用较大等原因,这两种药物逐渐成为皮质肌阵挛的首选。苯妥英钠和卡马西平仅仅对少部分患者有用。对于其他患者,尤其是有 Unverricht-Lundborg 病的患者,苯妥英钠可能加重肌阵挛。唑尼沙胺对某些患者也有效。大部分患者都是在多药联合应用时才能取得肌阵挛的明显缓解。

原发性全身性癫痫中的肌阵挛属于皮质-皮质下肌阵挛,此类肌阵挛的治疗仍是以丙戊酸为主要药物。可有效控制青少年型肌阵挛性癫痫,但在其他儿童肌阵挛性癫痫综合征者效果欠佳。拉莫三嗪可单独应用或作为联合用药。乙琥胺、唑尼沙胺和氯硝西泮也是最常用的辅助药物。某些抗癫痫药物有时可以引起肌阵挛,出现癫痫发作,必须慎重。

(三) 肌阵挛性癫痫持续状态

早期曾有良性肌阵挛性癫痫患者出现肌阵挛性癫痫持续状态的报道。Badhwar (2002)等描述 1 例青年型肌阵挛性癫痫患者反复出现肌阵挛持续状态,表现为间歇性、无规律的、双侧对称、主要分布于四肢和头部的肌阵挛,意识完全清楚,能回答简单问题。这种发作持续 1～2 小时,多发生于上午。发作间期脑电图表现为广泛性、双侧对称的棘.慢复合波,额叶明显;Berger(2007)等报道了 1 例 19 岁女孩在 9 岁起病时出现不典型的癫痫发作:复杂部分性癫痫、有时有视觉先兆和继发全身性发作,17 岁时,出现严重的、全身性肌阵挛,持续数小时,吡拉西坦可控制部分发作。常规脑电图显示持续的广泛性慢活动。

Jumaoas 等回顾了 23 例成人肌阵挛性癫痫持续状态,其中 15 例为缺氧性脑病,4 例为代谢性脑病,2 例有中枢神经系统变性疾病,2 例为药物诱发。此外,药物尤其是抗癫痫药物所致的肌阵挛性癫痫持续状态也有数例报道。在儿童,以肌阵挛为主要表现的癫痫持续状态主要见于癫痫综合征和非进行性脑病。

1. 不合理停药或减量引起的肌阵挛性癫痫持续状态 Gambardella 等报道了 3 例部分性癫痫患者,正在接受卡马西平或苯妥英钠添加氯巴占或丙戊酸治疗,在停用氯巴占或丙戊酸 48~72 小时后,在既往癫痫发作类型的基础上出现了癫痫性负性肌阵挛,表现为反复的一个或多个肢体的姿势失控,影响进食和写字。脑电图显示为持续性痫样放电,多相图记录(polygraphic recordings)显示一个或多个肢体姿势性活动消失,与棘波相关,氯硝西泮 1mg 静脉注射可终止这种类型的肌阵挛性癫痫持续状态,随访 9~36 个月未再发作。

2. 抗癫痫药物引起的肌阵挛性癫痫持续状态 Thomas(2006)等最近回顾性分析了 14 例由于使用抗癫痫药物引起癫痫持续状态的患者情况,其中肌阵挛性癫痫持续状态 4 例,可能的因素包括卡马西平和苯妥英钠不恰当的加量,加用卡马西平、氨基己酸或加巴喷丁等。停用可能加重的因素或调整治疗后癫痫发作得以控制;Guerrini(1999)等报道了 1 例 Lennox-gastaut 综合征患者,在拉莫三嗪 20mg/(kg·d)治疗时出现了肌阵挛性癫痫持续状态,脑电图显示持续性皮质源性肌阵挛,停用拉莫三嗪后肌阵挛性癫痫持续状态的症状和脑电图改变迅速消失,随访 2 年再无肌阵挛发作;Crespel(2005)最近又报道了 2 例拉莫三嗪引起肌阵挛癫痫持续状态的出现,以上肢、颈部或全身持续性肌阵挛为主要表现,停药后症状缓解;García(2000)等报道了 1 例 69 岁症状性部分性癫痫(复杂部分性发作和部分性运动性发作)的患者,使用氨基己酸单药治疗 3g/d,出现包括面部和肢体的全身肌阵挛,脑电图显示为棘慢复合波。患者意识清楚。用苯妥英钠取代氨基己酸治疗 2 周后,临床改善,脑电图上肌阵挛状态的异常改变消失。

左乙拉西坦是一种新型抗癫痫药,也具有抗肌阵挛作用。但是,最近 Kröll-Seger(2006)等发现 1 例左乙拉西坦诱发肌阵挛站立不能性癫痫患者出现了肌阵挛性癫痫持续状态,表现为面部持续性颤搐和无反应。近来也有普瑞巴林和卡巴喷丁等引起肌阵挛性癫痫持续状态的报道。

由抗癫痫药物引起的肌阵挛性癫痫持续状态多表现为全身或多部位的肌阵挛,可无意识障碍,相应的脑电图表现为棘波、多棘波或棘慢复合波、多棘慢复合波。消除诱因后临床症状明显缓解,预后较好。

3. 缺氧缺血性脑病中的肌阵挛性癫痫持续状态 流行病学调查显示,有 30%~37% 成人心肺复苏后意识障碍者有肌阵挛性癫痫发作(Hui,2005)。一般发生在缺氧缺血性脑病的早期(心肺复苏后 24 小时内),多持续 1~2 天,肌阵挛可为全身性,但以面部、肩部、近端上肢肌肉和膈肌多见,声音或触觉刺激、吸痰等可诱发或加重。这种形式的肌阵挛通常认为源于脑干,故又称为反射性肌阵挛(Khot,2006;Thömke F,2005)。

在既往研究中,全身性肌阵挛主要与暴发抑制的脑电图有关,有时也表现为持续性广泛性痫样放电,α 昏迷或平直线。Thömke 等(2005)报道的 50 例患者缺氧缺血性脑病后第一天的脑电图,42 例为暴发抑制,其中 12 例脑电图上有持续 10～55 秒的周期性痫样放电,脑电图上的痫样放电与临床发作没有必然的伴随关系,有时出现暴发性活动而并未观察到肌阵挛发作,而肌阵挛发作时也可能无暴发性痫样放电。在剩下的 8 例中,5 例为弥漫性、持续性的痫样放电,2 例为 α 昏迷,1 例为低振幅(小于 $10\mu V$)脑电图。这些脑电图表现常常很短暂,极易转变成其他非反应性脑电图。第二天,10 例患者表现为无反应性 α 昏迷,9 例出现弥漫性、持续性痫样放电,5 例背景活动主要为 θ 波。不同形式的脑电图可存在于同一次记录中。

肌阵挛性癫痫持续状态治疗上首选丙戊酸或联合使用氯硝西泮。但由于这两种药物常引起思睡、体重增加、脱发、震颤和女性激素失调及致畸作用等,常常被拉莫三嗪取代。然而,拉莫三嗪抗肌阵挛效应欠佳且可引起或加重肌阵挛状态,因此,有人主张联合使用拉莫三嗪和丙戊酸。大剂量的吡拉西坦显示出对进行性肌阵挛性癫痫的抗肌阵挛效应,左乙拉西坦对肌阵挛性癫痫持续状态有一定的效果。

4. 自发节律或无节律的肌阵挛性癫痫持续状态 这种类型的肌阵挛源于皮质,自发或由受累肢体关节位置改变引起。肌阵挛仅出现在躯体的某一部分,主要累及远端肌群,锻炼身体、感觉刺激或脑力劳动都可增加肌阵挛的范围和频率,上肢较下肢多见,对其肌阵挛的分布进行调查发现:仅有头部肌阵挛者占 16%,上肢和头部肌阵挛者占 14%,上肢肌阵挛者占 40%,躯干肌阵挛者占 5%,下肢肌阵挛者占 14%,一侧躯体肌阵挛者占 11%。持续数小时、数天或数周,间歇期不超过 10 秒,是部分性自发性癫痫持续状态的一种表现形式,较罕见。因为在 1 次发作中可在多个部位见到肌阵挛,因而其表现临床上易于观察,表面肌电图也可帮助证实。

常见病因有 Rasmussen 脑炎、脑血管病、多发性硬化早期、类固醇反应性脑病等,也可见于非酮症高渗性糖尿病,尤其是并存有脑部病变如脑梗死时。治疗常常选择丙戊酸。

(四) 儿童非进行性脑病中的肌阵挛性癫痫持续状态

1980 年,Dalla Bernardina 等将发生于儿童的非进行性脑病中的肌阵挛性癫痫发作称之为儿童非进行性脑病中的肌阵挛性癫痫持续状态(MSNE)。本病以婴幼儿非进行性脑病中出现长时间肌阵挛为主要表现,预后较差。2001 年,国际抗癫痫联盟正式认同了这种类型的癫痫发作。

1. 病因

(1) 遗传性:Dalla(2002)等对 45 例 MSNE 进行研究发现,22 例(49%)与遗传有关,其中 18 例为 15q11-q13 染色体缺失,2 例为 4 号染色体断臂缺失,1 例为 Rett 综合征。最近,Caraballo(2007)等对 15 年内诊断的 29 例 MSNE 调查发现,15 例为 15q11-q13 染色体异常,2 例为 4 号染色体断臂缺失,1 例为 Rett 综合征。因而认为 15q11-q13 染色体异常(Angelman 综合征)和 4 号染色体断臂缺失(4p-综合征,也称为 Wolf-Hirschhorn 综合征)是其常见病因之一。

(2) 围产期缺氧性损伤:在 Dalla(2002)和 Caraballo(2007)报道的病例中围产期缺氧缺血性损伤分别占 20%(9 例)和 17%(5 例)。

(3) 隐源性:Dalla(2002)研究中有 31%(14 例)患儿难以确定病因,4 例 MRI 显示局灶性单侧或双侧小脑回,1 例有小脑蚓部发育不良,其他未见明显异常。Caraballo(2007)等报道的 6 例隐源性 MSNE 患儿中,神经放射学检查提示皮质发育异常 4 例,其中双侧多小脑回有 3 例,部分性胼胝体发育不全、小脑蚓部发育不良和小头畸形各 1 例。提示皮质发育异常可能是这种类型癫痫发作的重要原因。

2. 临床表现

(1) 非进行性脑病的早期表现:根据 Dalla 和 Caraballo 两次研究发现,MSNE 早期最常见的临床表现为不同程度的轴向肌张力减退所致的姿势维持障碍,以及低张力性共济失调性脑瘫合并张力运动障碍综合征和严重的精神发育迟滞,可存在其他一些异常的运动。

(2) 癫痫发作的表现:癫痫首次发作年龄为 1 天 ~ 5 岁,平均年龄 12 ~ 15 个月。诊断肌阵挛持续状态的平均年龄为 16 ~ 17 个月,但是由于严重的智力减退和持续异常运动,发作性意识丧失(失神)和肌阵挛可能隐藏数月后才被发现,因此,癫痫发作出现时间或许更早。

癫痫最初表现为肌阵挛持续状态,即频繁或亚连续的失神状态,伴有眼周和口周的肌阵挛和节律性或非节律性的远端肢体肌阵挛。初期,大多数肌阵挛是游走性和非同步性的,可发生在不同的肌肉,此时,发作性的脑电图改变也难以鉴别。随后出现不同频率但更有节律性和同步性的运动,尤其是有明显失神时更突出。

也有部分患者表现为部分运动性癫痫发作,伴有短暂性肌阵挛失神。

有一些患者在肌阵挛后出现短暂的沉默期,提示存在负性肌阵挛,另外一些则以负性肌阵挛为主要症状,所有正性和负性肌阵挛都可能被误诊为持续的异常运动。

许多儿童可有频繁和突然出现的自发性惊恐。观察活动中的患儿,可见到长时间、暴发性的肌阵挛或震颤,也可见到短暂性发作性肌张力丧失。

思睡时,可以观察到累及手指和脚趾的轻微、亚连续性肌阵挛,持续睡眠时可见到自发性惊恐或双侧短暂性、节律性痉挛,慢波睡眠中失神和肌阵挛消失。

(3) 脑电图改变:患儿清醒时的脑电图表现为特征性的慢活动,为亚连续的 δ-θ 活动,形态多变、幅度不同,不同步的额中区和顶区有明显短暂的节律性的 δ 节律且重叠有棘波,为不常见的棘慢复合波,闭眼可诱发。发作时的脑电图表现为短暂性、弥漫性棘慢复合波,临床上同步出现双侧节律性肌阵挛,符合短暂性肌阵挛性失神发作。

但更多见的肌阵挛是无节律性的,当其他异常运动消失,类似失神状态下或思睡时更容易识别。这种状态的脑电图特点常常表现为反复发作性的棘慢复合波或慢活动暴发,可同步或不同步,暴发波之间插入了不同持续时间、不同波幅的双侧脑部 θ 活动。通过观察 θ 活动和正性及负性亚连续的肌阵挛可以证实其是真正的癫痫持续状态。

另外一些病例,其特征性的表现为持续、高幅度、双侧不对称的棘慢复合波,临床上有持续、节律性或负性肌阵挛,这种癫痫持续状态更易识别。

在昏睡和慢波睡眠期,脑电图上常有连续的棘波和棘慢波,纺锤波难以辨认。在 Ⅱ 到 Ⅲ 期睡眠中,发作性电活动轻微,纺锤波清晰可辨。在慢波睡眠期,肌阵挛消失。在快速眼动睡眠期,为顶叶和外侧裂区为主的持续性节律性 θ 活动。

3. 分类 为了更好地认识 MSNE,Dalla(2002)等根据其临床表现、脑电图特点、病因等进行了临床分类。

(1) 有些患者临床表现为失神发作和亚连续的节律性、正性肌阵挛,其后常常有短暂的沉默期,与脑中部亚连续的 δ-θ 活动或者闭眼动作诱发的顶叶短暂性、重叠有棘波的节律性 δ 活动相关。这些患者肌阵挛持续状态只有在 1 岁内才容易辨认,约有一半患者可出现反复、自发性发作,持续时间不等,约四分之一患者以常见的慢波为主。Caraballo (2007)等的病例中,诊断为肌阵挛持续状态的平均年龄为 10 个月,终止时间为 4 岁。病因主要是染色体异常。

这种肌阵挛状态对包括苯二氮䓬类的抗癫痫药物耐药,ACTH 有短暂的效应,乙琥胺和丙戊酸合用可能出现改善。

(2)还有部分患者表现为明显的抑制现象,即运动障碍和双侧正性肌阵挛及长时间的负性肌阵挛。严重的智力障碍和丰富的、连续多形性异常运动等使得肌阵挛难以识别。

脑电图上表现为脑后部为主的亚连续的多灶性棘慢复合波或顶叶为主的与亚连续抑制现象相关的 δ-θ 活动,不时插入不同步的突发的、常常是恶性难以控制的运动障碍。有时,抑制现象过后,出现长时间肌阵挛持续状态,脑电图也相应地表现为反复发作的节律性棘慢复合波。这类患者都为女性,病因不明或有皮质发育异常。且有明显、严重的智力发育障碍和姿势异常。

肌阵挛持续状态对不同治疗反应都差,耐药明显。

(3)Caraballo(2007)等提出了另外一种电-临床特点。患儿最初仅仅有轻度的神经系统发育障碍,以意识障碍后面部的部分性运动性发作(主要是强直,有时继发全身性发作比较常见,而其他类型的癫痫发作很少)为主要特点,肌阵挛状态逐渐出现。脑电图起初表现为亚连续的广泛性棘波或双侧连续的慢波合并有锯齿状的 δ 活动,与面部和肢体节律性肌阵挛同步。1~3 周后,出现脑中部和顶部的尖 θ 波合并有慢的无节律性的连续的棘波,同时,患儿临床症状进行性加重,锥体束征和意向性震颤明显,还可出现连续的肌阵挛抑制现象。

患者有明显而严重的神经心理障碍,提示此种情况为进展性疾病,但并未出现进展性的病理改变,在长期随访过程中,其特征也比较稳定。

4. 治疗和预后 三种不同病因所致的 MNSE 对多数抗癫痫药物都不敏感。静脉注射苯二氮䓬类是唯一能终止 MNSE 的药物。有些病例用丙戊酸加乙琥胺治疗有效,部分可考虑 ACTH 治疗。

Valente(2006)等研究了 19 例 15q11-13 染色体缺失所致的 Angelman 综合征患者,16 例出现癫痫持续状态,以不典型失神状态(8 例)和肌阵挛性癫痫持续状态(3 例)多见,但是肌阵挛性癫痫持续状态中 2 例是由奥卡西平和氨基己酸引起的,因此选择药物时必须注意。另外,肌阵挛性癫痫持续状态发病率不高可能由于未行多导记录和背景脑电图研究有关。

目前左乙拉西坦等新型抗癫痫药物在治疗本病方面的资料尚不充分,d'Orsi(2009)等报道用左乙拉西坦治疗,肌阵挛持续状态缓解,认为左乙拉西坦对肌阵挛持续状态有一定作用,可尝试使用。本病预后仍较差。

(郑东琳 席志芹)

五、连续部分性癫痫持续状态

连续部分性癫痫持续状态(epilepsia partialis continua,EPC)也称为 Kojewnikow 部分

性癫痫持续状态或 Kojewnikow 综合征,由 Kojewnikow 在 1895 首次报道:4 例患者均有局限于身体某部的,频繁的阵挛性发作,持续 3.5~5 年,并对抗癫痫药耐药。目前定义为自发性的有或无规则的阵挛性肌肉颤搐(twitching),局限于身体的一部分,动作或感觉刺激常常加重,持续至少 1 小时,间歇不过 10 秒后可再次发作。2001 年,国际抗癫痫联盟将其归入部分性癫痫持续状态的一种亚型。

(一) 病因

20 世纪 70 年代对连续部分性癫痫持续状态的回顾性文献中提到最常见的病因为感染、肿瘤、脑外伤以及血管病变(Löhler,1974)。近来,关于连续部分性癫痫持续状态的三项大型病例研究提示,连续部分性癫痫持续状态的病因主要为血管疾病(卒中、颅内出血、中枢系统静脉血栓形成、血管炎:24%~28%)、脑炎(腊斯默森脑炎或感染性脑炎:15%~19%,前者是儿童连续部分性癫痫持续状态最常见的原因)、肿瘤(胶质瘤、脑膜瘤、淋巴瘤:5%~16%)、代谢性障碍(糖尿病非酮症高渗性昏迷、线粒体病、Alpers 综合征、中毒:6%~14%),剩下 19%~28% 的患者难以明确病因(Bien,2008)。

Yeh(2008)等报道了台湾 1 例脑囊虫病患者出现右侧肢体连续部分性癫痫持续状态。磁共振显示左侧运动皮质区病变,脑电图也显示左侧大脑半球痫样放电。这是连续部分性癫痫持续状态目前较罕见的病因。Tezer(2008)等也报道了 1 例皮质发育异常的年轻女性,临床表现为持续性腹壁肌肉的肌阵挛性跳动,影像学及发作时脑电图检查支持连续部分性癫痫持续状态,这是目前报道的第一例皮质发育异常所致的腹壁肌阵挛。此外,还有 1 型糖尿病或停用胰岛素治疗患者(Mukherjee,2007;Kumar,2004)、Creutzfeldt-Jakob 病(Lowden,2008)、自身免疫性甲状腺性脑病(Aydin-Ozemir,2006)出现连续部分性癫痫持续状态。

(二) 临床表现

典型的临床表现为反复的、规律或不规律的、局限于身体某一部分的肌阵挛,可持续数小时、数天、甚至数年,频率为 0.06~6Hz。远端肢体和上肢更易受累,体育锻炼、感觉刺激或精神运动都可增加肌阵挛的幅度或频率。患者可合并轻偏瘫或其他皮质源性运动障碍如震颤、共济失调等。还可有其他类型的癫痫,如继发性全面性癫痫发作或精神运动性发作(Cockerell,1996)。此外还有手足徐动症、视觉障碍(visual allesthesia)、腹壁肌肉阵挛和单侧面肌痉挛作为连续部分性癫痫持续状态表现的报道(Mendez,2009;Tezer,2008;Kankirawatana,2004;Espay,2007)。

Kinirons(2006)等报道了 1 例表现为连续部分性癫痫持续状态的副肿瘤综合征。患者,48 岁,女性,持续 2 周的言语不清,左侧口唇及手指的感觉障碍,偶尔伴有短暂的左手臂肌肉跳动。检查发现持续、节律性舌肌和双侧上腭的肌阵挛,频率为 2~3Hz,强度不等。头颅 CT 正常,磁共振显示颞叶中央区 T2 加权像上高信号,右侧为主。脑电图显示双侧背景为 θ 慢波,伴右侧颞叶前区频繁的节律性尖波活动(6~9/s),用卡马西平(800mg/d)治疗后症状缓解。后来检查提示为小细胞肺癌。之前也有连续部分性癫痫持续状态表现为舌肌阵挛的描述(Vukadinovic,2007;Nayak,2006)。

2006 年国际抗癫痫联盟分类小组的报告(Engel,2006)中根据病因和临床特征将其分为三个方面:

(1) 发生于 Rasmussen 综合征:这种情况下的连续部分性癫痫持续状态为影响同侧

多个部位的肌阵挛和部分性癫痫发作,肌阵挛性可与脑电图不一致,通常情况下睡眠中继续存在。脑电图上受累侧背景活动进行性变慢。

(2) 发生于局灶性病变:各种各样的发育异常、肿瘤、血管病变所致的连续部分性癫痫持续状态,可持续数周、数月。肌阵挛与部分性癫痫发作位于同一侧,与脑电图一致,睡眠时消失。

(3) 存在于遗传代谢性疾病中:如 Alpers 病或蓬毛样红纤维肌阵挛性癫痫(MERRF)等,表现为单侧继而双侧的节律性跳动,睡眠时持续存在,脑电图上有相关改变。

神经系统检查、影像学以及血液生化检查对确定病因非常重要。头颅磁共振和 SPECT、脑电图以及硬膜下电极记录对明确病灶部位有意义。脑电图、肌电图以及感觉诱发电位可明确肌阵挛起源,并有助于与其他类型的运动障碍如震颤等进行鉴别。脑电图上可能出现痫样放电,但无特异性,也可能无明显的异常,主要与病灶较小或与电极相隔太远有关。Matthews(2006)等报道 1 例女孩,出现进行性左足和左腿的麻木与刺痛,后发生左足无力并跌倒数次,继而间歇性左足颤搐。脑电图只有少数节律性活动和脑中央一些发作性的特征,不能明确发作时的定位,头颅 CT 和 MRI 均未发现明显异常。遂行发作时 SPECT 扫描,结果提示右上顶叶过度灌注,可以解释患者的症状,考虑诊断连续部分性癫痫持续状态。

(三) 治疗

应尽可能寻找病因,对代谢或医源性疾病进行处理,如作为非酮症高渗性昏迷首发表现的连续部分性癫痫持续状态,对抗癫痫药物无效,但是对胰岛素和补液反应较好(Cokar,2004)。

最好的抗肌阵挛药物是吡拉西坦、丙戊酸、乙琥胺、苯二氮䓬类的氯硝西泮。但是,连续部分性癫痫持续状态常常对抗癫痫药物不敏感,而且随着时间的延长有效性降低。少数几例患者由丙戊酸或卡马西平成功治疗,如丙戊酸完全终止了蛛网膜下腔出血后血管痉挛所致的连续部分性癫痫持续状态(Rejdak,2008)。最近报道的 1 例 44 岁男性患者,外伤性右侧顶叶出血后连续 6 年出现左前臂肌阵挛。口服左乙拉西坦 500mg,一天两次,2 天内癫痫性肌阵挛完全终止(Haase,2009)。

目前的研究提示免疫机制可能参与了腊斯默森脑炎、边缘性脑炎等病因所致的连续部分性癫痫持续状态,因此有的学者使用激素如 ACTH、血浆置换、免疫球蛋白等治疗此类病因的连续部分性癫痫持续状态并取得了成功(Kankirawatana,2004)。在 Cockerell(1996)研究的 36 例患者中,4 例患者用激素后缓解。Bahi-Buisson(2007)等回顾了 11 例腊斯默森脑炎的患者,6 例对激素治疗无反应后行脑半球切除术,5 例使用激素后癫痫发作减少,连续部分癫痫持续状态完全消失。但是 2 例在停止激素治疗 1 ~ 4 年后症状反复,最后仍需行手术治疗,1 例后来的癫痫发作也有反复。说明尽管激素治疗对早期腊斯默森脑炎的患者是有用的,但是长期随访发现症状可能反复,最后仍需要行脑半球切除术。

手术切除部分病灶明确的癫痫也是可取的。Ng(2007)等报道了 1 例长时间对多种药物耐药的连续部分性癫痫持续状态的患者,硬膜下电极记录确定病灶部位为右侧运动皮质区,遂行多部位软膜下横切术,术后癫痫发作完全控制。Nayak(2006)

等也发现患者在行右侧额叶局部皮质切除术后左侧舌肌连续部分性癫痫持续状态完全缓解。

重复经颅磁刺激(repetitive transcranial magnetic stimulation,rTMS)是一种非侵袭性局部脑刺激术。临床上,rTMS 可用于发作间期以减少癫痫发作的频率。但用于进行性癫痫发作如连续部分性癫痫持续状态者少见。Rotenberg(2009)等最近对 7 例不同病因所致的连续部分性癫痫持续状态患者使用 rTMS 治疗,其中 5 例癫痫发作停止,同时回顾文献发现另外有 6 例患者,rTMS 使一半的连续部分癫痫持续状态终止。此外,rTMS 并未使得癫痫发作加重。这些病例说明 rTMS 对治疗耐药性连续部分癫痫持续状态可能是安全而有效的,是一种有益的选择。

既往有报道 A 型肉毒菌素可以控制脊髓缺血所致的肌阵挛或腊斯默森综合征中的不随意肢体运动(Lozsadi,2004),但对连续部分性癫痫持续状态无效。但是 Browner(2006)等对 1 例 3 年进行性、连续性左面部和左侧手臂肌阵挛合并左侧偏瘫患者于左侧颧肌注射肉毒菌素后症状完全消失。最近,Kang(2009)等也报道了 1 例左侧中央前回星形细胞瘤所致的右手和前臂持续性肌阵挛患者,对包括左乙拉西坦、托吡酯等在内的多种抗癫痫药物耐药,肌内注射 A 型肉毒菌素后症状明显缓解。

(四) 预后

预后与病因有关。出现在代谢性疾病早期者,预后良好;由医源性,如抗生素、泛影葡胺等药物引起者停药可消失;伴有良性儿童癫痫综合征的连续部分性癫痫持续状态通常对抗癫痫药反应良好;伴有俄罗斯春夏脑炎者的连续部分性癫痫持续状态的发作可能持续多年,并对抗癫痫药耐药,手术治疗通常是唯一的希望;由腊斯默森脑炎所致者预后很差,可能影响到半球功能。其他类型的连续部分性癫痫持续状态虽非进行性,但对抗癫痫药反应极差,手术切除病灶后可能出现缓解。术前评估可能的病因及预后非常重要。1例 57 岁女性出现持续性右侧面部和上肢阵挛样发作而无意识改变,脑电图提示左侧额中央有痫样放电,头颅 MRI 正常,患者对多种抗癫痫药物耐药。数天后,头颅 MRI 表现出左侧额中区 T2 加权像上的高信号,局部脑组织活检提示神经胶质增生,无肿瘤性或代谢性疾病的依据。患者逐渐出现难治性复杂部分性癫痫持续状态。遂行局灶性皮质切除术,术后癫痫发作完全停止,但患者仍处于昏迷状态,随访头颅 MRI 提示皮质下白质和脑干弥漫性 T2 像上高信号,符合边缘叶脑炎改变。后续检查提示为小细胞肺癌。患者发病54 天后死亡。在此例患者,手术治疗难治性复杂部分性癫痫持续状态有效,但是考虑到副肿瘤综合征的预后情况,手术可能加快了短期死亡。因此,在诊断连续部分癫痫持续状态时,必须考虑到副肿瘤综合征的可能(Nahab,2008)。

六、持续先兆

(一) 概念

2001 年,国际抗癫痫联盟公布了癫痫诊断新方案,并对癫痫发作类型和癫痫综合征进行了重新分类,提出了一些新的发作类型和综合征,对部分原有的发作类型也作了重新注释,持续先兆(aura continua)就是国际癫痫联盟提出的新发作类型。

先兆来自希腊语,本意是微风,由 Galen 在 1821 年首次提出,文中报道了一个 13岁的男孩,自己感到发作从下肢开始,逐渐上升,波及到头部,随后不能回忆,性质不能描述。另一个体会更为深刻的患者描述为似一股冷风。1889 年,Jackson 将这种现象作为癫痫发作的一部分,以后人们逐渐认识到先兆是癫痫发作意识丧失前的一部分,此时患者记忆保留,事后能够回忆。在单纯部分性发作中,先兆就是一次癫痫发作,在感觉运动或复杂部分性发作中先兆就是首发症状,随后有意识丧失。Scott 和 Masland(1953)首次将躯体感觉性幻觉作为持续先兆的症状。以后,Karbowski 等人将持续先兆作为持续性感觉性癫痫持续状态的同义词,也有人将其作为局灶性感觉性癫痫持续状态的同义词(Karbowski K,1985;Wieser HG,2001)。国际抗癫痫联盟在新的癫痫词汇表中把先兆定义为"患者主观感觉到的发作现象,可能先于所观察到的发作出现,如果单独出现就是感觉性发作",这种感觉性发作持续出现就是持续先兆,是部分性癫痫持续状态的一种亚型。

2006 年国际抗癫痫联盟报告中提到:持续先兆的症状与部位有关,无意识障碍,可伴有运动症状。感觉迟钝、疼痛、视觉改变是最常见的形式,恐惧、上腹部上升感,或其他的特征可每数分钟重复一次,持续数小时(Engel Jr J,2006)。

(二) 临床表现

癫痫持续状态可表现为感觉或运动症状,也可两者都有。国际抗癫痫联盟提出的持续先兆主要是指没有明显运动成分的感觉性癫痫,从临床观点看,可分为 4 种亚型:①躯体感觉,如波及躯干、头部及四肢的感觉迟钝等;②特殊感觉,如视觉、听觉、嗅觉、平衡觉及味觉异常;③自主神经症状明显的持续先兆;④表现为精神症状的持续先兆(VanNess,1997)。局部或偏侧感觉迟钝作为皮质放电现象可能是存在的,但缺乏有力证据;疼痛作为癫痫先兆或疼痛性癫痫也很少见,但仍有不同的证据证实,某种类型的疼痛可能与癫痫现象有关,抗癫痫药治疗效果良好已是众所周知。

躯体感觉性先兆主要为躯体的针刺、麻木、烧灼、疼痛、震动等感受。Erickson(2006)等报道了 81 例难治性颞叶癫痫的患者,9 例出现躯体感觉性先兆。其中 2 例头皮脑电图证实为单纯部分性癫痫持续状态,各自的躯体感觉性先兆持续 4 小时和 24 小时。一例表现为左侧手、面部和腿的麻木及烧灼感,伴有味觉障碍,另一例为左手臂、腿的针刺和麻木感,不伴有其他先兆,手术病理提示为颞叶内侧硬化术后和神经胶质瘤。符合持续先兆的表现。

由简单或复杂视觉组成的持续先兆已有报道。Barry 及其同事描述过表现为黑蒙的癫痫持续状态,也有表现为可逆性发作后偏盲及疾病感缺失的发作性视幻觉(Spatt,2000)。Sheth(1999)等人还报道过 1 例 13 岁女孩有持续 3 年以上枕叶放电的癫痫持续状态。

持续先兆还可表现为音乐幻觉(musical hallucinations),患者听到有人反复唱一首他很熟悉的歌,当起自颞横回的痫样放电扩布到边缘系统内侧时,可能出现意识改变。目前,这种痫样放电性癫痫持续状态仅见于音乐性幻觉,文献报道的大多数部分性听幻觉都不符合持续先兆的定义。

伴有嗅觉症状的边缘状态已被注意到。味觉持续先兆来自 Wieser (1997)等人的 4例报道,发作时用深部电极在左侧海马记录到持续性痫样活动。

自主神经性症状包括:胃肠道症状:恶心,干呕,呕吐,上腹部不适感如疼痛、饥饿、上升感等,肠鸣,腹泻,大便失禁;心肺表现:心悸,胸痛,窦性心动过速或过缓,呼吸暂停,通气过度;血管:面红,苍白,发绀,出汗,鸡皮疙瘩;瞳孔:放大,缩小,虹膜震颤;泌尿生殖系统:性欲亢进,性幻觉,生殖器异常感;其他还有流泪、支气管分泌物增多、发热等。自主神经性癫痫持续状态(autonomic status epilepticus)目前为发生于儿童(1~14岁可见,4~5岁为高峰)的长时间自主神经性发作,主要见于早发性良性儿童癫痫(即Panayiotopoulos综合征)。几乎一半的Panayiotopoulos综合征患儿会出现自主神经性癫痫持续状态。典型的表现为患儿在意识清楚的情况下感觉到不舒服、面色苍白和呕吐,但2/3的发作开始于睡眠时,患儿醒来诉同样的不适,也可有意识模糊。恶心、干呕及呕吐见于74%的发作,此后意识清晰度可有下降。其他的自主神经症状可同时存在或在后面出现,也可表现出惊厥性症状如眼球的移动或肌肉的跳动等(Panayiotopoulos,2004;Ferrie,2007)。但是,应该注意到,2006年国际抗癫痫联盟提到的持续先兆中无意识障碍。所以,这种儿童的自主神经性癫痫持续状态如何归类仍需进一步探讨。

自主神经性发作在婴幼儿颞叶癫痫中多见,且持续时间较长,此外还可见于一些特殊的疾病,如Angelman综合征、18q-缺失综合征、Rett综合征等,但是这些发生自主神经性癫痫持续状态的情况并不清楚。成人颞叶癫痫中出现类似情况者归入了持续先兆。自主神经症状可长达数年。如Seshia和McLachlan(2005)描述的6例持续先兆患者,年龄在21~61岁,表现为上腹部不适2例,味觉异常2例,鼻子疼痛和足趾部的发麻各有1例。这些症状持续了2~8年。

表现为精神症状的发作被Jackson称为梦幻状态,包括似曾相识感和发作性回忆,以后,他把这些发作现象称为精神症状性发作。Gowers(1981)报道过25例精神症状性持续先兆的患者,其中10例表现为情感持续先兆,所有患者都有恐惧。Penfield按患者过去的体验,将这种心理现象分成错觉或幻觉,也有不能分类的体验,如梦觉、不能进一步描述的记忆障碍等。还有人将这种精神症状性发作分为3类:①梦幻状态,即非现实的感觉或错觉;②幻觉;③轻度混乱或迷向,表现为一种没有记忆和意识丧失的陌生感。

体验就意味着患者的精神症状与患者的过去有关,典型者是过去的知觉、记忆和情感因素的结合,主要的发作性症状包括:①知觉性幻觉:视觉、听觉、味觉、嗅觉等;②记忆性症状:似曾相识感、陌生感、记忆障碍、回忆障碍或健忘症;③情绪性症状:恐惧、悲伤、愉快、性感、痛苦、愤怒;④其他:真实性改变、人格解体、其他物体存在感、离体自窥症、强迫感、体象扭曲感。

起源于颞叶,表现为发作性抑郁和焦虑的持续先兆相当常见,Maher(1995)报道过以持续性恐惧为突出表现的癫痫。

儿童中的一种特殊亚型就是所谓的腹型持续性先兆,表现为腹型发作,有反复的腹痛。法国作者用游走性来对这种发作进行分类,在这种分类中,很少有其他表现和区别能被总结。

在复杂部分性癫痫持续状态或连续部分性癫痫持续状态之前可存在持续先兆的表现,经治疗后这些症状可能仍继续存在。如Seshia和McLachlan(2005)的病例中,3例患者行颞叶切除术后先兆症状完全消失,1例术后12个月消失,1例在第二次手术后消失,1例手术后仍然存在,但静脉注射劳拉西泮可以控制。Matthews(2006)等报道的1例女性患儿,出现进行性左足和左腿麻木与刺痛,随后出现左足无力并跌倒数次,继而间歇性左足颤搐。治疗后运动症状消失,但感觉症状又持续了3周。

(三) 脑电图特点

Panayiotopoulos综合征中典型的发作间期脑电图为正常背景活动上出现多灶性、高波幅的尖慢复合波,以后部为主,也可出现在中央、颞叶、正中线以及前部(Ferrie,2006,2007)。发作期脑电图(Koutroumanidis,2005)表现为节律性的δ或θ活动,可混有小的棘波,也有观察到节律性棘慢复合波。颞叶癫痫中自主神经性发作的脑电图特征目前没有系统描述,但应以主要累及颞叶为主。

Erickson(2006)等报道的2例持续先兆患者,头皮脑电图显示为对侧颞叶-中央区持续的癫痫活动,表现3~7Hz的节律性尖波或反复的棘波和慢活动。在成人持续先兆中头皮及硬膜下电极有时也可能检测不到癫痫活动(Seshia,2005)。

(四) 癫痫发作的定位

癫痫是由神经元异常放电所致,但单个神经元的异常放电并不能引起脑功能活动的异常,这种放电必须在局部的网络中进行扩增,达到足够大时才能对其附近或远处皮质的生理功能产生刺激或破坏,出现症状和体征。因而癫痫放电的起源灶与症状产生的皮质部位并不相吻合。持续性先兆的定位更多的是依据临床症状,一般说来躯体感觉症状中的麻刺感、麻木感、运动感、欲运动感、疼痛、电击感、身体部分失认感、虚幻觉与对侧中央后回有关;指尖、足、唇或舌的躯体感觉症状常与双侧、对侧或同侧、第二感觉区、额-顶西尔维裂上部有关;斑点或周边视力症状的定位在距状回或距状回周围枕叶皮质;听觉症状定位在听皮质、颞横回;平衡觉定位在颞上回嘴侧前庭皮质到听觉皮质;味觉定位在岛叶附近的顶岛盖;嗅觉的投射区是前穿通(anterior perforate)、前犁状皮质(prepiriform cortex)、外侧嗅回、杏仁核周围皮质、内嗅皮质、杏仁核、中隔核;经验性感觉定位在杏仁核区、杏仁核、海马回区、海马旁回。

(五) 诊断

持续性先兆的诊断需要满足两个基本条件:①有表现为躯体感觉、特殊感觉、自主神经症状及精神异常的持续性先兆的临床表现;②脑电图上可表现出痫样放电。

多种电生理记录,如心电、呼吸、皮肤电反应对确定自主神经症状有帮助。如果头皮脑电图或深部电极记录无异常(可能与癫痫病灶太小、太局限或者与电极相隔太远有关),影像学检查也无明显发现,发作期SPECT或PET可能发现病灶所在(Seshia,2005;Matthews等,2006;Kaplan,2006)。抗癫痫药治疗有效也有助于持续先兆的诊断。由于大多数持续性先兆都有某种类型的损伤,在发作或发作间期,对患者进行包括神经系统、精神状况和磁共振、PET或SPECT等在内的全面检查是必要的。

由于持续先兆症状的特殊性,很多神经病学家对此认识不足极易造成误诊或漏诊。如Ozkara(2009)等最近报道了1例18岁患者,从5岁开始即出现反复的发作性呕吐,早上出现上腹部不适、面色苍白、瞳孔散大、面部表情改变以及呕吐、意识波动性改变。有时伴有视幻觉。在发作开始的3~4天,呕吐几乎持续整个白天和夜间,以后频率逐渐减少,第10天时停止。患者多次收住消化科,各种检查都不能解释病情。诊断为功能性疾病、消化不良或周期性呕吐综合征。直到18岁时,经神经内科会诊才意识到Panayiotopoulos综合征和自主神经性癫痫持续状态的可能。遂行发作间期脑电图检查,提示为短暂性广泛的尖慢复合波,混有小的棘波。予以丙戊酸500mg/d治疗后上述症状消失。

（六）鉴别诊断

需与持续性自主神经先兆鉴别的疾病有：①内分泌疾病：类肿瘤（carcinoid）、嗜铬细胞瘤、低血糖；②器质性胃肠道疾病；③惊恐发作。需与持续性先兆精神症状鉴别的疾病有：①偏头痛；②精神症状：发作后状态、反复间歇性精神症状、精神分裂症、类精神分裂症；③心理障碍：惊恐发作、发作性过度换气、其他精神症状；④由基本感觉丧失所致的幻觉或错觉；⑤药物引起的幻觉；⑥心血管疾病；⑦睡眠障碍：梦魇、夜惊、快速眼动睡眠紊乱、代谢性疾病、低血糖、卟啉病、药物滥用、急性中枢神经系统紊乱等。

（七）预后和并发症

持续性先兆一般不会引起永久性的神经系统功能缺失，虽然大多数有精神运动状态的患者发作后都可以完全恢复正常，但也有遗留下记忆障碍的报道。有严重疾病，又有持续痫样放电者预后较差，这是由于伴有的心血管疾病或其他疾病明显影响患者预后之故。

（八）治疗

正如上述，持续性先兆一般不会引起明显的神经系统功能损伤，但有些可引起脑功能障碍，需合理地进行处理。88%的持续性先兆能被地西泮、咪达唑仑及劳拉西泮所控制，因而这些药物可作为治疗的首选。劳拉西泮作用时间短，如果必要的话可以长时间静脉滴注。对地西泮或劳拉西泮的矛盾反应很少见；Ohtahara 综合征和伴有皮质发育不良的重症持续性部分性发作的患者，维生素 B_6 治疗可能有效。部分患者手术治疗可能有效（Seshia SS，2005；Erickson，2006）。对 Panayiotopoulos 综合征的研究发现，1/3 的患者只有 1 次发作，5%的患者可能超过 10 次发作，故不需要长期服用抗癫痫药物，但对反复多次发作或父母格外担心的患儿，可适当使用抗癫痫药物预防，大部分学者推荐卡马西平，预后较好（Panayiotopoulos，2004）。

七、边缘叶癫痫持续状态

（一）概述

边缘叶癫痫持续状态（limbic status epilepticus）是国际抗癫痫联盟于 2001 年提出的部分性癫痫持续状态的一种亚型，内含旧分类中复杂部分性癫痫持续状态和非惊厥性癫痫持续状态的部分内容。由于边缘叶癫痫持续状态是由边缘系统受到刺激所引起的癫痫发作，在没有颅内电极对边缘系统的核心结构，如海马或杏仁核进行记录的情况下，边缘叶癫痫持续状态极易被漏诊。在 Forster 等人报道的 100 例癫痫持续状态患者中仅有 2 例符合边缘叶癫痫持续状态。另外，国际神经病学家对这一癫痫持续状态的分类没有广泛接受，对边缘叶癫痫持续状态的临床报道和总结都比较少。

1. 边缘系统的组成　边缘系统是从法国解剖学家 Broca 于 1878 年提出边缘叶的概念衍生而来的。除边缘叶的内环与外环外，眶额后回、岛叶和颞极、杏仁核体、隔核、视前区、上丘脑缰核、下丘脑、丘脑前核、丘脑内侧背核以及基底核的一部分都是边缘系统的一部分。海马和杏仁核是边缘系统的核心结构。

2. 边缘叶癫痫持续状态的定义　边缘叶癫痫持续状态是指起自边缘系统，由临床表现和脑电图确定的癫痫发作，这种发作至少持续 30 分钟，临床表现有包括行为紊乱和精神症状，如复杂视幻觉、短暂意识改变在内的多种形式。临床症状符合已知解剖部位的功能，并与局灶性放电的脑电图相吻合。各种发作性症状和体征与脑电图上痫样活动有明确的对应关系。

（二）病因

多器官衰竭、20 环状染色体综合征、垂体卒中、Lafora 体病、多发性硬化、低钙等都可引起症状性边缘叶癫痫持续状态。环孢素、抗癌药物停用、化疗引起小血管内皮细胞损伤、电休克治疗也可引起边缘叶癫痫持续状态的发生。多种抗精神病药物，如抗抑郁药、镇静剂和酮洛芬等药的滥用是边缘叶癫痫持续状态的常见原因，有报道苯二氮草类物质的滥用也可引起边缘叶癫痫持续状态。

Kile（2007）等报道了 1 例边缘性脑炎出现的复杂部分性癫痫持续状态；Weimer（2008）等报道了 1 例对大剂量抗癫痫药耐药的难治性复杂部分性癫痫持续状态的患者，头颅磁共振显示 T2 和 FLAIR 像上右侧颞叶和双侧额叶、脑桥高信号，脑电图监测提示右侧颞叶癫痫活动。随后的检查提示为小细胞肺癌。

非病毒性急性边缘性脑炎（non-herpetic acute limbic encephalitis，NHALE）1994 年由 Kusuhara 等提出，临床表现为高热、意识改变和癫痫发作，病变局限于脑边缘系统。在日本，流行病学调查显示，每年约有 550 例患者，与急性疱疹病毒性脑炎相近。Shoji 等（2003）定义这种疾病的临床特点为：急性脑炎，局限于边缘系统尤其是双侧海马和杏仁核的异常磁共振表现，脑脊液中细胞数和蛋白水平轻度增高，脑脊液中 PCR 或免疫吸附测定未发现单纯疱疹病毒，未发现伴随的恶性肿瘤，可除外副肿瘤性神经系统病变，临床结局较好。部分病例可检测到抗 NMDA 谷氨酸受体的自身抗体，通常认为其与部分性癫痫发作有关。目前有非病毒性急性边缘性脑炎出现癫痫持续状态的报道，如其中 1 例在发病 3 天后出现全身惊厥发作继而进展为癫痫持续状态。脑电图显示基础节律为 5 ~ 6Hz 的 θ 波，并有较多的 2Hz 的 δ 活动以及振幅为 200mV 的尖波（Maki，2008）。但此类癫痫持续状态是否应归入国际抗癫痫联盟提出的边缘叶癫痫持续状态尚没有明确的答案。

（三）临床表现

急性或隐袭性起病。发病初期常以不易注意的轻微症状为先兆，而这种先兆症状取决于最初放电脑皮质局部的功能，常以幻觉开始。如果最初受影响的是视中枢则出现视幻觉，是听皮质则出现听幻觉，随着放电扩散到颞边缘系统核心部位的内侧，幻觉逐渐复杂，并出现带有精神和受累半球症状和体征的自动症。

文献报道的边缘叶癫痫持续状态的症状和体征主要有：躯体感觉症状，视觉、听觉、嗅觉、味觉症状，有构音障碍和吞咽困难，但少见，而最突出的临床表现是自动症。

边缘叶癫痫持续状态的自动症可表现为以下类型：①口咽部-消化道的自动症：表现为咂嘴、撅嘴、咀嚼、舔舌、磨牙或吞咽的自动症；②模仿性自动症：面部表情提示一种精神状态，通常表现为恐怖的自动症；③手指或足的自动症：主要出现在远端，可为单侧或双侧，有摸索、轻拍、推拉性运动的自动症；④姿势性自动症：常为单侧，用手掌向自己或外周环境作摸索或探索运动，运动似乎有加强语言情感表达的趋向；⑤运动过多性自动症：近端肢体或中轴肌肉产生的规律性连续运动，例如踩踏板样运动、骨盆摆动及摇晃，运动频率逐渐增加或不恰当地快速运动；⑥运动减少性自动症：运动幅度或频率减少或正在进行运动的终止；⑦语言障碍性自动症：没有相关运动或感觉通路功能障碍的语言交流障碍，包括健忘、语序错误或这些现象的综合；⑧应用障碍性自动症：尽管有完整的相关感觉或运动系统和合适的理解和协作能力但仍然不能进行简单的、命令或模仿式的学习活动；⑨痴笑性自动症：没有适当情感因素的暴发性语言或痴笑；⑩哭泣性自动症：暴发性哭泣；⑪发声性自动症：单一或反复的发声，例如咕噜或尖叫声；⑫言语性自动症：由单词、字句或短句组成的单一或反复的语言；⑬自发性自动症：刻板的，仅与自身有关，而不依赖于环境因素的自动症；⑭交互性自动症：非刻板的，不仅与自身有关，而且受环境因素影响的自动症。

杏仁核是解释边缘叶癫痫持续状态丰富而多灶性症状及体征的最佳部位。包括颞叶、大部分额叶、岛叶在内的皮质几乎都有纤维投射到杏仁核，某些杏仁核团还接受伴有皮质输入的一些皮质感觉纤维的投射，视觉、味觉、听觉也有纤维投射到杏仁核，躯体感觉纤维的投射还不清楚，但是5种感觉纤维都投射到外侧核的背侧部分，这部分还接受眶额叶纤维投射，与味觉刺激有关，岛叶后部也有纤维投射到这个地区，与内脏感觉有关，来自颞极的听觉输入也有纤维投射到此，视觉投射直接投射到外侧核的背侧。杏仁核的传出纤维投射到纹状体、丘脑下部、中隔及丘脑背内侧大细胞的内侧。后者则通过眶额皮质与杏仁核联系，参加二环部分的组成。刺激扣带回前部可引起痫样放电，出现精神症状和自动症。

边缘叶癫痫持续状态也可表现为精神行为异常，包括妄想、错觉、视/听幻觉、偏执和思维障碍等，可持续数小时、数月、甚至数年，也可呈波动性或周期性。典型表现为持续数小时的不安、恐惧和躁动，混有妄想和幻觉，也可见到违拗、易激惹或冲动行为，若癫痫放电传到双侧新皮质常常出现朦胧状态，若传到 Herschi 脑回则表现出音乐性幻觉。长时间海马区和杏仁核的癫痫性活动发放可能与行为的异常有关（Elliott，2009）。

边缘叶癫痫持续状态多数来自或由持续先兆演变而成，因而两者在文献报道的临床表现上有明显重叠，发作类型的划分是按照它们最后表现的症状。因而，边缘叶癫痫持续状态在发作早期的某一时间段出现持续先兆的症状是完全可能的。

（四）脑电图改变

可见到局限于边缘系统、与部位有关的高频放电，也可伴有快速阵挛或慢阵挛的痫样放电，或为混合模式，还可以转变为全身性，头皮脑电图主要表现为节律性的 δ 和 θ 波，有时也有节律性 α 波形的改变，还可表现为持续性单侧颞叶棘波或不规则的棘波，部分患者表现为间歇性双侧颞叶节律性慢波，还可出现由梗死引起的持续性周期性棘波。也可出现三相波，易误诊为脑病。额叶放电也能见到。

头皮脑电图可以无异常表现，尤其是当癫痫持续状态刚开始记录时。深部电极常常可以发现发作性病变（Kaplan，2006）。

（五）实验室检查

1. 血催乳素　血中催乳素和黄体激素与癫痫发作频率有关。催乳素的升高有助于与非痫发作性疾病鉴别，血中催乳素超过 700U/ml 往往提示是癫痫，没有升高不能除外癫痫持续状态，也不能区别是非惊厥性或失神性癫痫持续状态，另有一些研究发现某些非痫性发作性疾病也有可能引起催乳素和肌酸激酶升高，因此，催乳素和肌酸激酶对边缘性癫痫持续状态鉴别价值有限。

2. 神经元烯醇化酶　DeGiorgio 及其同事发现复杂部分性癫痫持续状态患者可能有血和脑脊液中神经元特异性烯醇化酶升高，提示有神经元坏死。Livingston 及其同事发现非惊厥性癫痫持续状态患者脑脊液中黄嘌呤浓度降低，这种降低表明有神经元蛋白合成减少,可能与癫痫患者的智能障碍有关。

（六）诊断及鉴别诊断

边缘叶癫痫持续状态的诊断依据主要有:①有反复的类似复杂部分性发作的临床表现,两次发作之间意识没有完全恢复,或有持续性癫痫蒙眬,对外界刺激有部分反应或完全无反应交替的周期,每次发作时间持续30分钟以上;②发作期脑电图有反复的痫样放电;③静脉注射抗癫痫药多数有效。

多数情况下脑电图上的痫样放电与临床发作间有明显的对应关系,但也有部分患者由于头皮脑电图漏掉了来自边缘系统深部的痫样放电,不能完全反映脑部功能情况,因而,在边缘叶癫痫持续状态中,临床表现在诊断中仍然是主要的,要特别注意经验性复杂幻觉(complex experiential hallucinations)和朦胧状态的存在。

一般说来,对大剂量抗癫痫药物的反应可作为鉴别诊断的重要工具,但临床实践中也发现,即使用临床治疗癫痫持续状态首选的一线抗癫痫药地西泮静脉注射有时也不能完全抑制局灶性的痫样放电。

边缘叶癫痫持续状态的临床症状非常复杂,文献上强调其表现的多样性,从明显的局灶性神经功能缺失到 Wernicke 失语,从各种神经精神症状到意识模糊,甚至儿童或青少年的学习困难等,这些精神和行为异常易被误诊为其他疾病,如中毒、发作后状态、脑血管病和精神病等,应仔细鉴别。尤其是与失神性癫痫持续状态、Landau-Kleffner 综合征及癫痫样精神病鉴别。

(1)失神性癫痫持续状态:失神性癫痫持续状态的诊断主要依靠:①意识和功能改变延长;②广泛性的脑电图异常,与发作前有明显不同(典型者为每秒3Hz 的棘慢波);③静脉注射抗癫痫药对发作期的脑电图和临床症状都有明显的效果。

(2)Landau-Kleffner 综合征:男性多见,没有家族史,儿童早期发育正常,语言障碍呈亚急性起病,部分患者在数周,有时在数年内逐渐出现,还有些患者将这种语言障碍归因于耳聋而不是语言障碍。临床症状多样化,失语可能是波动性的,完全缓解和发展成缄默症都有,仅有15%的患者有癫痫持续状态。脑电图表现为局灶性、弥漫性或多灶性高波幅棘波。也可在慢波睡眠中逐渐发展成为持续性棘波放电。

(3)癫痫性精神障碍:癫痫患者的行为和精神异常可能是长时间癫痫持续状态的结果,也可能是部分性癫痫发作表现。癫痫性精神异常可出现在发作期、发作间期及发作后期。发作后的精神异常常表现为谵妄、意识改变和健忘,发作间期的精神异常则意识清楚,能回忆,没有严重的行为紊乱,发作期的精神异常是波动性或反复发作的行为异常,并有局灶性痫样放电。

（七）治疗

边缘叶癫痫持续状态是国际抗癫痫联盟新提出来的分类,新的治疗正在探索中。目前主要参考复杂部分性癫痫持续状态和非惊厥性癫痫持续状态的治疗。已经明确的是,惊厥性癫痫持续状态可以引起脑损伤,而动物模型中边缘叶癫痫持续状态引起的脑损伤是否发生于人类仍有争议。对无意识丧失的复杂部分性癫痫持续状态进行的研究发现,这部分患者很少引起不可逆的脑损伤。然而,目前已有数例报道复杂部分性癫痫持续状态可以引起海马和杏仁核神经元的死亡(Heinrich,2007;Maki,2008)。大剂量静脉应用抗癫痫药可能引起比保守治疗更高的死亡率,所以在处理边缘叶癫痫持续状态时需要慎重考虑。

治疗首选咪达唑仑,推荐剂量是 $0.1 \sim 0.3\text{mg/kg}$ 1 次,然后按 $0.05 \sim 0.4\text{mg/(kg·h)}$ 维持,其作用时间短,可以持续静脉滴注。除外静脉注射,咪达唑仑还可肌内注射或直肠给药。肌内注射的生物利用率为 80% ～ 100%,25 分钟后达峰浓度。静脉注射后在体内迅速而广泛分布,生理 pH 条件下,分布半衰期为 15 分钟。入血后,94% ～ 98% 与血浆蛋白结合,主要在肝中代谢,代谢物的血浓度是药物浓度的 1/3,血浆清除率为 $268 \sim 630\text{ml/min}$,清除半衰期为 $1.5 \sim 3$ 小时,老年人可达 10 小时,慢性肾衰竭对药物的药代动力学没有明显影响,严重的肝功能障碍可能减慢药物代谢。在常规剂量下,部分患者有轻微的心动过缓和血压下降,呼吸暂停没有报道,但有可能发生。

难治性复杂部分性癫痫持续状态可采用新型抗癫痫药物治疗。如 Schulze-Bonhage(2007)等报道 1 例难治性部分性癫痫发展成为复杂部分性癫痫持续状态的患者,表现为反复、短暂性强直和复杂部分性发作及持续的认知、定向障碍。静脉用左乙拉西坦1000mg,15 分钟后开始起效,35 分钟后临床症状及脑电图上的放电都消失。

局灶性病变的患者可行手术治疗。Weimer(2008)等报道的患者由于难治性癫痫持续状态行右侧颞叶切除术,术后癫痫发作完全停止。

特殊情况引起的难治性边缘叶癫痫持续状态时应积极寻找病因并针对病因治疗。Tsai(2007)报道 1 例 16 岁女性,出现注意力下降、不协调行为、自言自语、失眠和情绪障碍。入院后,出现阶段性定向障碍,伴有精神症状,每次持续 30 ～ 40 分钟。发作时还可观察到无意义的发声、自笑、咀嚼和口唇动作。在两次发作间隙,意识水平下降。发作时脑电图显示为右侧半球持续高幅度节律性单侧 δ 波,发作时 SPECT 显示为右侧顶颞叶的放射性浓聚,头颅磁共振表现为右侧颞叶 T2 和 FLAIR 像上的高信号。患者对多种抗癫痫药物耐药。行甲状腺功能检查后诊断为 Hashimoto 脑病。予以激素治疗后意识和认知功能改善,癫痫发作控制。

(八)预后

癫痫持续状态的预后与病因、发作持续时间、治疗和发病年龄有关。儿童的死亡率、智能障碍、慢性癫痫和反复的癫痫持续状态都比成人低。不同病因引起的癫痫持续状态也有不同的预后。Waterhouse(1998)等人发现有癫痫发作的中风患者,其死亡率是单纯中风患者的 3 倍;代谢障碍所致的癫痫持续状态可在海马和新皮质引起持续性的神经元损伤,影响患者的预后;在对持续性部分性癫痫进行的 1 ～ 18 年随访中发现 58% 的患者死亡,但多伴有严重的神经功能缺损。小脑功能损伤则与高热、低血压有关。纠正系统性代谢障碍,如发热、低血糖、低氧血症、酸中毒及低血压可阻止这种损伤的发生。

反复的癫痫发作还可引起难治性癫痫的发生。对大鼠海马进行连续 90 分钟的电刺激,可引起 12 ～ 24 小时的边缘叶癫痫持续状态,1.5 个月后点燃鼠将出现与人类颞叶内侧癫痫相同的病理改变和临床特征,复杂部分性癫痫持续状态引起患者的记忆障碍已得到临床研究的证实。

(王学峰　郑东琳)

八、偏侧惊厥-偏瘫-癫痫综合征

偏侧惊厥-偏瘫-癫痫综合征,也称为 HHE 综合征(hemiconvulsion-hemiplegia-epilepsy syndrome，HHE），意指偏侧惊厥，紧跟着与惊厥同侧、持续时间不等的单侧偏瘫和通常起源于颞叶的局灶性癫痫共同组成的一种综合征。多见于 4 岁以下儿童。1957 年，Gastaut 等给这一系列的组合命名为 HHE 综合征，即偏侧惊厥-偏瘫-癫痫综合征。若不发生随后的癫痫则称为 HH 综合征，即偏侧惊厥-偏瘫综合征。

HHE 综合征虽然由 Gastaut 等于 1957 年首次报道，但这一现象早已被发现。1827 年，Bravais 描述了单侧惊厥后的偏瘫；Gowers 于 1886 年报道了偏瘫后的癫痫；随后 Osler（1889）、Fere（1890）、Taylor（1905）等也报道了这一临床现象。患者的惊厥发作常持续较长时间，因而，2001 年国际抗癫痫联盟在承认这种综合征存在的同时，提出了伴有偏瘫的偏侧惊厥持续状态（（hemiconvulsion status with hemiplegia）的概念。

（一）流行病学

对 HHE 综合征进行流行病学调查的系统研究不多。1983 年在没有对热性惊厥进行系统预防的阿尔及利亚进行的一项流行病学研究显示，在 2044 个儿童中，热性惊厥的患病率是 2.8%，其中 7% 惊厥持续时间超过 30 分钟，7% 有短暂的惊厥后偏瘫，只有 1 例患者记录到 HH 综合征（Dulac，1984）。近年来在马赛对 HHE 综合征进行的流行病学调查显示患者数量有逐渐减少的趋势。1959 年，Gastaut 等很容易收集到 150 例患者，然而 Roger 等在 1972 年的系列研究中仅仅包括 59 个病例。Vivaldi 于 1976 年讨论了 45 例，在 1965～1975 年的 10 年间仅仅有 10 例进入到这个系列。Roger 等人在 1967～1978 年对日内瓦地区的流行病学调查显示，5 岁以下人群的发病率已从每万人 7.77 下降到 1.64，提示在发达国家中其发病率已逐渐降低。发病率降低的原因可能与发达国家的儿童、整体保健水平的提高和预防感染治疗增加，以及一些特定因素有关，尤其是对热性惊厥的预防性治疗有关，但在不发达国家或地区，HHE 综合征的患病率仍然较高。

（二）分类及病因

HHE 综合征按病因不同可分为症状性、特发性和隐源性。1991 年，Chauvel 等人分析了 37 例准备行手术治疗的 HHE 患者。所有患者都经过抗癫痫药物治疗，且符合以下标准：①婴儿或儿童期有惊厥史，随之有偏瘫或轻偏瘫；②惊厥发作到随后的偏瘫间有一个明确的间期；③没有明确的病理过程与惊厥发作、运动障碍之间存在直接的因果关系。37 例中 15 例病因不明归为隐源性 HHE 综合征；12 例惊厥发作时伴高热，通常由上呼吸道感染诱发，归为特发性 HHE 综合征；剩余 10 例是由持续性感染（接种后脑膜炎或脑膜脑炎）引起，归为症状性 HHE 综合征。

症状性 HHE 综合征的病因常为急性中枢神经系统疾病，如脑炎、脑膜炎、硬膜下血肿或血管损伤等，常伴有原发病引起的神经系统症状和体征；也有人认为静脉血栓是这类患者的常见病因，主要由头面部感染（扁桃体炎、中耳炎等）引起，常伴热性惊厥。还有人报道 HHE 综合征与人类疱疹病毒 7 型感染有关（Kawada，2004）。1957 年，在 Gastaut 等报道到 HHE 综合征中，46% 的患者有明显的病因，包括：颅脑外伤、肠道疾病引起的营养不良、感染性疾病（脑膜炎、耳炎、肺部感染）等，剩余的 54% 的患者没有明确的病因。随后，Vivaldi（1976）的研究则发现只有 13% 的患者没有明确的病因，在 87% 有病因的患者中，无感染性高热占 25%。

特发性 HHE 综合征病因不明，多认为是由非中枢神经系统感染所致，临床除偏瘫外无其他神经系统异常，实验室和影像学检查无特异性发现。后期的癫痫发作常与海马硬化有关,但海马硬化与早期热性惊厥的因果关系仍有争论。特发性 HHE 综合征有以下特点:①高热是常见的致病因素;②没有长时间的意识障碍,除了偏瘫没有其他神经系统局灶性体征,没有生物学和放射学提示的特殊病因;③有多种神经放射学后遗症,如全脑室扩大等;④后来的癫痫主要是颞叶癫痫,另有一些 HHE 综合征病因不明,归为隐源性 HHE 综合征。

(三) 病理及发病机制

1. 脑水肿　脑水肿是 HHE 综合征最常见的病理改变之一。Gastaut 等(1957)报道 HHE 综合征急性期气脑造影结果,显示患者常在 1 周内随着单侧脑萎缩出现单侧脑水肿;Aicardi(1971)等发现 HHE 综合征癫痫持续状态常有能导致脑中线结构移位的脑水肿。Isler(1971)研究患者的气脑造影后明确提出单侧热性惊厥持续状态和单侧脑水肿有关。1977 年,Gastaut 等人确认了这种现象,并报道了 HHE 综合征患者的 CT 扫描结果:在 5 个病例的初期,惊厥对侧半球有弥漫性脑水肿,随后出现进行性皮层和皮层下萎缩。有解剖学研究支持婴儿或儿童惊厥持续状态与随后的脑萎缩间有联系。对单侧惊厥持续状态发作患者死后 5 天的尸检显示,脑水肿在一侧占主导,与同侧半球弥漫性萎缩损害相关(Tan,1984)。Gastaut 等(1957)人对颞叶切除术或单侧半球切除术(Meyer,1955)获得的外科标本进行分析后指出:HHE 综合征多数发生在头部急性感染后,脑静脉血栓形成常常是单侧脑水肿的直接原因,皮层第 3 层和第 5 层硬化则是热性惊厥持续状态的后果,血栓形成后的脑损害和非热性惊厥有关。

2. 脑损伤　放射学研究发现,HHE 综合征中的慢性癫痫发作常与早期反复的癫痫发作、脑水肿、皮层和皮层下萎缩有关。最近的研究更是强调 HHE 综合征的发病机制与癫痫致脑损害有关,对其发病机制的解释主要围绕在两个方面:①血供不足是弥漫性或选择性脑损害的重要原因,其直接原因是出生时脑受到机械挤压、血栓形成;间接原因是感染时动脉或静脉血栓形成导致了反复的脑水肿(Veith,1981)。②严重感染或头部损伤是一些患者的重要原因,但对于缺氧性脑损伤的癫痫患者来说危害最大的是发作起始在婴幼儿或儿童期。Meldrum 等进行的一系列研究表明反复的癫痫发作能导致脑损伤,发作中神经元能量新陈代谢被破坏的程度与癫痫发作持续时间成正比。这种损伤主要发生在新皮质、海马、丘脑、小脑,其发生率和严重程度依赖于系统因素如缺氧、低血糖、动脉血压过低、高热等。部分性癫痫发作还可导致细胞损害,其原因可能与兴奋性氨基酸的神经毒性和线粒体钙超负荷导致的胞浆游离钙反常增长有关(Ben,1980;Griffiths,1983;Griffiths,1984),随后通过红藻氨酸诱导的癫痫持续状态动物模型(Lothman,1997)证实,细胞内钙的兴奋毒性是由谷氨酸 NMDA 受体过分激活所致(Wasterlain and Mazarati,1997)。

1984 年,Dulac 等强调了先前存在的脑损害在 HHE 综合征发生发展中起的关键作用。在这些婴幼儿中的脑损害使由于遗传因素导致的热性惊厥发展成长时间的惊厥或真正的癫痫持续状态。在长时间、单侧热性惊厥病例中观察到海马硬化,Guerrini 等(1996)认为,海马硬化代表 HHE 综合征的结构损伤,长期后果是颞叶癫痫。Nam 等(2001)在 247 例伴海马硬化的难治性癫痫患者中,通过颅内脑电图证实 8.5% 的患者癫痫起源并非颞叶。这些患者的临床症状与颞叶癫痫相比,其自动症及先兆表现不突出,约 20% 由 HH 综合征发展而来。这些数据倾向于 HH 综合征与颞叶起始的癫痫发作之间有着一定的因果关系。

Auvin 等(2007)通过神经影像学和病理学研究 1 例表现为急性 HH 综合征的病例后,认为癫痫发作半球的细胞毒性水肿导致了神经元损害,这两个机制在 HH 综合征发展成癫痫中起到重要作用,HHE 综合征急性期是否应用抗水肿治疗预防细胞损害仍需讨论。

（四）临床表现

HH 综合征一般发生在 4 岁以下,患儿出生时多数正常。Vigouroux 于 1958 年报道 85% HHE 综合征发生在 6 个月~4 岁间,患儿常有感染性疾病相关的高热。

HH 综合征以惊厥起病。主要表现为阵挛性发作,头眼转向一侧,偶有肢体的强烈抽搐。"单侧阵挛发作"的特征是:①持续时间长,如果不治疗会持续很多个小时(有时会超过 24 小时);②脑电图可见到在阵挛对侧半球有高振幅、节律性 2~3 次/秒的慢波。阵挛侧枕部有阵发性 10 次/秒的新活动,脑电图和肌电图同步记录显示肌肉抽动与痫样放电并不完全一致。发作终止后有短暂的电抑制,继而患侧半球出现弥漫性高波幅 δ 波,而健侧半球则逐渐恢复正常背景活动。静脉注射地西泮类药物终止发作后,EEG 上显示明显的不对称,健侧半球有由药物引起的快波节律,病变半球则以慢波活动为主;③意识损伤不确定;④发作起始多样化(头眼向一侧转动,单侧抽搐或者双侧抽搐演变成单侧抽搐);⑤在长时间发作中存在或可能出现严重的自主神经症状(唾液分泌过多等)和发绀。

偏侧惊厥终止后出现惊厥一侧的运动障碍,程度不等,可为持续而严重的偏瘫,也可为逐渐减轻的轻偏瘫,运动障碍与惊厥持续时间与原发病有关。惊厥持续时间很少报道,但往往超过 30 分钟。Van Landigham 等(1998)指出偏侧惊厥患者惊厥持续时间范围是 15~216 分钟,平均 57 分钟,而且伴海马水肿的单侧发作平均持续时间为 99 分钟,比不伴海马水肿的单侧发作平均持续时间 41 分钟长得多($P = 0.027$)。Maher 和 Mclachlan (1995)指出有癫痫发作者的惊厥平均时间是 100 分钟,相对没有癫痫发作者惊厥平均时间是 9 分钟。Gastaut 等(1959)报道了惊厥持续时间的多样性,80% 的单纯部分性癫痫持续状态持续 1 小时到几天,20% 持续时间仅仅为几分钟且只有单侧发作。他们没有明确说明出现运动障碍的惊厥最短持续时间。Vivaldi(1976)比较了最终偏瘫和没有出现偏瘫的首次偏侧惊厥的持续时间,发现惊厥持续时间超过 24 小时的病例中 100% 能观察到偏瘫;超过 5 小时者,75% 能观察到偏瘫;小于 5 小时只有 9% 能观察到偏瘫。Vivaldi 提出另一个危险因素是惊厥发作时患者的年龄,有偏瘫组平均年龄为 18 个月,其他组平均年龄为 3 岁。长时间的单侧惊厥可导致昏迷,始于一侧的惊厥可扩散到对侧或全身。有些病例的惊厥可从一侧波及另一侧,发作后惊厥的一侧通常为遗留偏瘫的一侧。偏瘫期对侧半球 EEG 常有慢波活动。如临床表现至此不再发展,即为 HH 综合征。

癫痫发作是 HHE 综合征的第三个组成部分。HH 综合征形成后可有数月至数年的无发作期,以后出现反复的癫痫发作。HHE 综合征的癫痫发作形式主要是部分性发作,经常是从颞叶起始的复杂部分性发作,也可合并全身强直-阵挛性发作。Gastaut 等 (1959)研究的病例中,58% 为复杂部分性发作,31% 是偏侧阵挛发作,混合性发作占 5.5%,全身性发作占 5.5%;Roger 等(1972)研究的患者中单侧部分性发作占 35%,部分运动性发作占 34%,全身性发作占 20%,而且一些患者有多种类型的发作。他还指出,在已知病因的症状性 HHE 综合征中癫痫发生较早者,主要表现为反复的全身发作;在特发性 HHE 综合征中则主要表现为单纯部分性发作,癫痫发生较晚。Vivaldi 于 1976 年报道的病例中只有 55% 是单纯局灶性颞叶起始的发作,其余的都是由局灶性和全身性发作组成的发作形式。发作时 EEG 显示前颞叶有阵发性的棘波灶或多灶性棘波暴发。MRI 可发现海马硬化。症状性 HHE 综合征影像学检查可有与原发病有关的一侧脑萎缩、脑穿通性囊肿等异常。

(五) 诊断与鉴别诊断

根据婴幼儿期反复或长时间以偏侧阵挛为主的惊厥,伴发作后持续偏瘫,可作出 HH 综合征的诊断。如以后出现无热惊厥,特别是颞叶内侧癫痫,则可诊断为 HHE 综合征。影像学检查有助于发现病因。

本症应与 Todd 麻痹、小儿交替性偏瘫鉴别。偏侧肢体抽搐或大发作后紧接瘫痪即为 Todd 麻痹,仅持续数分钟,最长不超过 2~3 天,本症持续 10 天以上或长期不愈,与 Todd 麻痹有别。小儿交替性偏瘫一般无热性惊厥,偏瘫多为反复交替性发作,发作期 EEG 无痫样放电,抗癫痫治疗无效,可资鉴别。

(六) 治疗和预后

1. 治疗 本症治疗的关键是及时控制持续性的惊厥发作,特别是偏侧阵挛性发作。可经静脉或直肠给予地西泮制剂,或直肠灌注水合氯醛。对癫痫发作应进行正规的抗癫痫药物治疗。有明确的海马硬化或其他致痫病灶,且药物治疗不能控制发作时,可考虑外科手术治疗。

手术治疗 HHE 综合征的癫痫发作比较困难,因为这类患者的脑损害往往波及整个大脑半球,致痫区巨大或成分散的小片,常有对侧脑损害等(Goodman,1985)。采用手术前侵入性研究来评估患者是否适合手术也存在困难:①致痫区范围和病灶的多样性使深部电极很难完全检测到脑组织的致痫性;②脑损害、颅骨萎缩、骨厚度改变使硬膜下植入电极有较大的危险和困难。

Chauvel(1991)研究的 37 例 HHE 综合征中,仅有 20 例进行了单侧有限皮层切除术。单病灶致痫区的病例主要切除中央区和中央区周围的致痫组织。切除中央区的手术没有因为先前存在偏瘫使神经系统状态恶化。60% 手术结果较好,手术失败是因为对致痫区的低估和皮层切除有限(部分胼胝体纤维未切除)。

由于有数据显示 HHE 综合征的外科治疗需要较大的切除。因此,有学者建议采用其他手术方式,尤其是半球切除术。半球切除术已被证明在抗与偏瘫相关的癫痫发作方面特别有效(Brett,1969;Ignelzy,1968;Krynauw,1950;Laine,1956;Wilson,1970)。Tinuper 报道经过功能半球切除术治疗的 14 个患者中 10 个发作终止;Winston(1992)提到了只切除灰质的半球切除术,不会给患者带来结构上的损害和高风险的感染并发症。Kwan 等(2000)随访了 3 例进行了胼胝体切除的 HHE 患儿,3 例患者均有右侧半球的萎缩,同时存在左侧肢体的偏瘫,术后随访发现他们的症状均有改善,之所以选择胼胝体切除而未做半球切除术,是因为通过 Wada 试验证实萎缩侧半球仍有运动功能。Nordgren 等(1991)也做过相似的报道,21 例患者中有 16 例在胼胝体切断后患者出现了惊厥的缓解,80% 惊厥程度降低,说明胼胝体切除相对于大脑半球切除同样有效,同时可避免严重的并发症,包括含铁血黄素沉着症。另外一种术式是半球切开术,通过垂直的旁矢状面(Villemure,1995)或侧面(Delalande,1992)切断致痫半球和皮质下中央区的联系,减少脑损害。Delalande(2001)报道了采用这种手术方式的 53 例其中包括 7 例 HHE 综合征患者,在 12

个月~8 年的随访中,其中 42 例发作终止。

功能神经影像学方法的引入,如发作间期 FDG-PET,发作期 SPECT 和高分辨率的 MRI 等,使以前不能进行外科治疗的患者也可能通过手术得到治疗。Berhouma 等(2007)报道 1 例 9 月龄婴儿患有占位表现的 HHE 综合征,通过减压的偏侧颅骨切除术得到缓解。手术后 MRI 显示大脑右半球萎缩。Kim 等(2008)报道了 26 例 HHE 综合征患者中迟发难治性癫痫的外科治疗结果。他们把患者分成两组,第一组 12 例患者癫痫发作局限在一侧颞叶,在经过前颞叶切除术后发作全部停止,并没有考虑临床和影像学上有颞叶外癫痫的表现;第二组 14 例患者是颞叶外侧癫痫发作,主要在新皮质或是多灶性,采用不同手术方法治疗,结果发现只有 4 例患者的发作终止,2 例发作频率减少。他们认为局限性颞叶手术可能对部分患者是有效的。

2. 预后 Salih 等(1997)报道了 6 例 HHE 患儿,随访发现其中 5 例除了遗留轻微的锥体束征外,偏瘫均随着时间延长而消失,1 例遗留了痉挛性四肢瘫、舞蹈样动作及肢体挛缩,并且出现了严重的智力延迟,这与 Gastaut 等报道的偏瘫恢复比例存在着差异。6 例中有 5 例患者癫痫发作经卡马西平和苯巴比妥治疗得到了较为满意的控制。

症状性 HH 和 HHE 综合征的预后取决于病因。对特发性病例,由于近年来强调对热性惊厥及时有效的控制,发展为 HHE 的病例比以前有明显减少。

(陶树新)

九、慢波睡眠中有持续性棘慢波的癫痫

(一)概述

1942 年,Kennedy 等人首次描述了进行性认知、语言障碍和"生物电性癫痫持续状态"(bioelectric status epilepticus)间的关系,1971 年,睡眠中伴癫痫持续状态性脑病(epileptic encephalopathy with status epilepticus in sleep)的概念被提出,其中包括 Landau-Kleffner 综合征、儿童非典型良性部分性癫痫(atypical benign partial epilepsy of childhood,AB-PE),伴颞中央棘波的儿童良性癫痫(benign childhood epilepsy with centrotemporal spikes,BCECTS)等多种癫痫发作类型和综合征。随后 Tassinari 等人对这种脑病进行了分类,提出了睡眠中电癫痫持续状态的(electrical status epilepticus in sleep,ESES)诊断,1989 年被国际抗癫痫联盟认同,其主要内容包括慢波睡眠中有持续性棘慢波的癫痫(epilepsia with continucus spike-and-waves during slow-wave sleep,ESS)和 Landau-Kleffiner 综合征。2001 年,国际抗癫痫联盟癫痫在新的分类中将两者分列,使 ESS 成为一种新的癫痫综合征。

国际抗癫痫联盟癫痫新定义认为癫痫发作是一种临床现象,是由神经元高度同步化异常放电所导致的,能被患者或他人察觉到的功能紊乱,表现为能被临床工作认同的症状和体征。仅有脑电图痫样放电而没有临床发作表现者不能诊断为癫痫,但 ESS 是唯一以脑电图上有明显痫样放电,但不一定有临床发作的新的癫痫综合征。

(二)病因

ESS 的病因不明。Kramer 等(2008)对 1994~2007 年在以色列 4 个儿科门诊就诊的 30 例患儿病因进行调查,发现其中 3 例(10%)有癫痫家族史,3 例(10%)有新生儿癫痫,4 例(13%)有热性惊厥,11 例(37%)有儿童期良性部分性癫痫(其中 9 例为伴中央颞区棘波的儿童期良性癫痫,2 例为良性儿童枕叶癫痫),5 例(17%)有脑瘫,5 例(17%)有脑

积水,1例(3%)有脑裂畸形,1例(3%)有产前脑实质出血,7例(23%)患者病因不清。83%患儿有神经系统疾病病史(包括产前或围产期损伤、脑积水和皮质发育畸形)。目前倾向性的看法认为ESS的发生可能与脑组织损伤、遗传,免疫功能紊乱和药物诱发有关。

1. 脑组织损伤　对ESS进行的流行病学调查发现,1/3患儿神经影像学检查有明显的脑内结构异常,一侧或弥漫性脑萎缩、脑穿通畸形、巨脑回、皮质发育障碍、多小脑回和脑积水都是常见表现。这些病理改变的发生往往与患儿早期发生的颅内感染、缺血、缺氧、出血等有关。

Loddenkemper(2009)对8例接受癫痫手术的ESS患者进行术前头颅MRI检查,发现7例有陈旧性梗死,其中6例发生在产前,1例发生于出生21个月;Özlem Hergüner(2008)等研究的10例患者中,1名患儿早产,MRI检查显示脑室周围白质软化,1名患儿母亲怀孕时有宫内巨细胞病毒感染,出生后MRI检查有弥漫性巨脑回;Kelemen(2006)等报道2例患儿,MRI检查有单侧丘脑局部萎缩或梗死,其中1例出生时羊水混浊,其父有热性惊厥史,1例出生后6个月时有蛛网膜下腔出血;Bahi-Buisson也报道了2例出生时有宫内窒息史、头MRI检查异常,1例右侧顶-颞-枕瘢痕性脑回,1例脑室周围白质软化的症状性ESS的癫痫患者。

2. 遗传　ESS患儿起病早,15%患儿有包括热性惊厥在内的痫性发作家族史,提示ESS的发生可能有遗传因素参加。Toffol等报道过1例女孩表现为与ESS相关的口语与书面语学习障碍,女孩的弟弟也出现发育性言语障碍的临床表现,睡眠脑电图都显示慢波睡眠期持续棘慢波;Kramer(2008)等研究的病例中也有10%患儿有阳性家族史,提示ESS的发生与遗传因素有关。然而,多年来一直没有找到能解释ESS发作的遗传模式,也没有找到ESS系遗传性疾病的直接证据,可能是因为ESS发病率很低,难以进行相关的基因研究。2008年,Coutelier发现1名患儿体内G392R基因有突变,第一次为慢波睡眠中有连续棘慢波的癫痫提供了遗传学的直接证据。

3. 免疫功能紊乱　有些ESS患儿用类固醇或免疫球蛋白后,临床症状和脑电图会有改善,提示这些患者体内可能有免疫异常。但目前却未见ESS患儿存在自身免疫功能异常的间接或直接证据。

4. 药物诱发　有文献报道某些儿童使用卡马西平、苯妥英和苯巴比妥后,可诱发睡眠中持续棘慢波的癫痫持续状态。尤其是伴中央颞区棘慢波的儿童期良性癫痫患儿服用卡马西平、苯巴比妥后,更可能诱发慢波睡眠中持续性棘慢波的癫痫。还有报道称良性部分性癫痫患者使用卡马西平后诱发慢波睡眠中持续性棘慢波的癫痫。Bensalem-Owen等(2008)最近也报道1例成年起病的症状性ESS的男性患者。该患者有轻度发育迟滞,3岁起出现运动性自动症,有时继发全面性强直-阵挛发作,曾服苯巴比妥、卡马西平和加巴喷丁,均未能控制发作,后改服苯妥英、丙戊酸。17岁时出现神经精神功能衰退、行为怪异、易怒、攻击性强,IQ测定为65,当时脑电图检查无睡眠诱发的暴发性痫样放电。21岁时出现癫痫发作加重,脑电图显示清醒时背景正常、右颞局灶性慢波;慢波睡眠中出现持续性棘慢波,有时右侧更突出。头颅MRI显示右额、颞、顶叶等区域明显的多小脑回畸形。随后停止使用苯妥英并加大丙戊酸用量,7个月后,患者未再出现痫性发作,10个月后随访,患者行为异常显著改善,清醒脑电图在右额、颞区仍有局灶性慢波,但慢波睡眠中的持续性棘慢波消失,而表现为正常的睡眠结构。

Saltik 等认为部分特发性(良性)部分性癫痫患儿可演变成 ESS,演变的先兆包括痫性发作次数增多、发作形式改变、出现新的痫性发作形式、认知功能下降、行为异常和脑电图中主要致痫灶处出现持续性慢波或局灶性放电,并扩展至邻近区域。

(三) 流行病学调查

ESS 是一种少见的、与年龄相关的自限性癫痫综合征,准确的发病率还不清楚。Tas-sinari(1992)报道 1979 ~ 1984 年共收治 19 例新发的 ESS;Kramer(2008)等曾研究过 20 年内在以色列医疗中心儿童神经科就诊的 440 名癫痫患儿,发现 Landau-Kleffner 综合征(LKS)、Ohtahara 综合征、不稳定性肌阵挛癫痫、ESS 和惊吓性癫痫一共占 0.2%;Morikawa(1994)等调查了 12 854 名儿童,其中 ESS 的发病率为 0.5%。目前倾向性的看法是其发病率占儿童癫痫的 0.2% ~ 0.5%,起病年龄在 2 个月 ~ 12 岁间,尤以 4 ~ 5 岁为发病的高峰期,成年前患儿症状和脑电图改变常有明显好转,偶见成年后发病的报告,男孩发病几率稍高于女孩。

(四) 发病机制

ESS 癫痫的发病机制不清。

1. 慢波睡眠中持续性棘慢波产生的机制　ESS 睡眠中的持续性、弥漫性放电可能是继发性双侧同步放电的结果。有学者认为睡眠中有连续棘慢波的癫痫患者脑电图显示的全面性痫样放电只是表面现象,其实质是局部(例如清醒脑电图中显示的病灶)起源的电活动,在半球内或两侧半球间迅速扩散形成的继发性双侧同步放电。Loddenkemper 等(2009)给 8 例脑内病灶在单侧的患儿进行癫痫病灶切除术后,6 例患儿术前睡眠脑电图中显示的广泛性持续性棘慢波发放模式很快消失,痫性发作完全停止,2 例患儿病情也明显好转。Kallay 等(2008)报道在接受左侧岛叶切除术后患儿脑电图中右侧半球的痫样放电立即消失;Kobayashi(1994)等曾对 3 例患儿 8 次慢波睡眠中脑电图显示的双侧同步的棘慢波活动进行分析发现,自棘慢波开始在病侧大脑半球局部出现并发展至双侧大脑半球同步暴发间的时间为 12.0 ~ 26.5 毫秒(平均 20.3 毫秒),提示睡眠中有连续棘慢波的癫痫患儿脑电图中表现出的双侧同步放电实际是继发性的。

继发性双侧同步放电除皮层起决定性作用外,还有丘脑的直接或间接参与。

患儿脑电图中的持续性棘慢波发放在非快速眼动睡眠期异常明显,且多伴睡眠纺锤波消失,提示这种放电模式的出现可能与丘脑有关。Loddenkemper 等(2009)研究分析了 8 年间 415 例接受癫痫手术的患者,发现 8 例患儿符合 ESS 的诊断,其中 7 例有陈旧性脑梗死的病史,而且都累及单侧丘脑;Guzzetta 等(2005)研究 32 例患者进行头颅 MRI 检查结果,发现早期丘脑损害同时伴有发作性症状或出生时为高危新生儿的 4 ~ 12 岁患儿中,有 29 例脑电图呈现明显的慢波睡眠诱发暴发性异常的特点,而且其中 12 例患儿脑电图棘慢波指数 >85%,对称性且纺锤波消失,表现为典型或不典型的脑电图慢波睡眠中持续性棘慢波发放模式。双侧丘脑损害的患者则较少出现典型的睡眠诱发的持续性棘慢波发放。作者认为在丘脑和皮质同步活动中,丘脑网状核起主要作用。早期丘脑损伤,尤其是单侧丘脑网状核和腹侧核损害将破坏 $GABA_A$ 和 $GABA_B$ 受体间的平衡而诱发持续性棘慢波放电。因而 Negri(2009)等人最近提出了慢波睡眠中持续性棘慢波放电是在网状-丘脑-皮质系统激活引起痫样放电后,通过胼胝体扩散成为继发性双侧同步放电。

2. 认知功能障碍、行为异常机制　患儿清醒和睡眠中脑电图中的痫样放电似乎与其出现的痫性发作并不对应,但却与患儿的神经精神功能障碍密切相关,理由如下。

(1) 患儿神经精神功能障碍的表现多数与其发作间期脑电图显示的病灶吻合。如患儿常常出现应用词汇、句法困难等表达性语言障碍、人格改变、失用等额、顶叶损害的表现,而发作间期脑电图异常放电多在额、中央回。

(2) 患儿脑电图中的持续性棘慢波发放模式多数在其出现神经精神功能倒退症状后被发现,并且随着这种模式的消失,患儿神经精神功能衰退的状况也会改善。

(3) 患儿的病程与其神经精神功能障碍的预后相关,病程越长,恢复越差。

这些现象让学者们相信患儿的认知功能障碍、行为异常与其长期存在的持续性痫样放电相关。慢波睡眠中持续性棘慢波发放对正常脑功能、结构和发育有长远影响。

Tassinari 等(2006)认为睡眠中局部发生的持续性痫样放电会干扰放电病灶本来与学习相关的正常慢波活动而影响神经信息的处理;Nickels 等(2008)认为除了阵发的痫样放电可短暂影响认知功能外,还可能导致突触形成异常,由于慢波睡眠中有持续性棘慢波的癫痫患儿的发病时间正是脑内突触形成的关键期,持久的神经元放电可能导致与记忆和脑可塑性相关的突触形成异常。Tiège 等(2008)认为神经元放电还能抑制与之相连的其他脑区神经元功能形成远隔抑制效应,从而间接引起患儿的神经精神功能障碍。但也有部分学者认为患儿的认知功能障碍与持续性棘慢波发放无关。

(五) 临床表现

本病是与年龄相关的少见病,在所有各型儿童癫痫中,其发病率仅占 0.2% ~0.5%。临床特征包括:①婴幼儿起病;②三大临床表现:多种癫痫发作类型、伴随着脑电图上慢波睡眠中持续性棘慢波的神经精神功能衰退和运动障碍;③自限性病程。

1. 起病年龄 ESS 发病一般在 2 个月 ~12 岁,高峰在 4~5 岁,男孩可能稍多于女孩。

2. 痫性发作 80% 患儿首发症状是痫性发作,常在睡眠中发生。患儿常有多种发作类型,最常见的发作类型是全身强直-阵挛发作、典型失神发作、不典型失神发作和简单及复杂部分性发作。还可出现伴有跌倒的失张力发作,但不会出现强直性发作。40% 病例首次发作表现为偏侧的阵挛性癫痫持续状态(hemiclonic status epilepticus),病程初期,发作次数不多,丙戊酸钠等常用抗癫痫药物可以控制,但在脑电图出现典型慢波睡眠中持续性棘慢波发放后,发作频率常常增加、程度加重,93% 患者每天可有多次发作。并可以出现与以往不同的发作类型,抗癫痫药物治疗效果渐差。

3. 神经精神功能衰退 20% 患儿首发症状是神经精神功能衰退。大多数患儿在出现 ESS 之前,神经精神发育和运动功能正常。首次发作出现后数年出现精神行为异常,且一旦出现,其全脑功能将在短期内进行性衰退,数月内发展至高峰,同时脑电图表现明显恶化。

神经精神症状主要表现为功能的全面衰退,出现 IQ 降低、语言能力倒退、运用词汇、句法困难,但对语言的理解正常,时间、空间定向能力减退,运动过度、推理能力差、近期记忆缺失、注意力缺陷、兴奋性过高、有攻击倾向、行为古怪、情绪不稳、类似精神病和孤独症的行为异常等,严重时患儿可以表现似"哑巴",与人交往能力明显受限。

4. 运动障碍 主要表现为共济失调、肌张力障碍等,这些表现可以仅累及单侧肢体。

5. 其他表现 部分患儿可有小头畸形、偏瘫、单肢瘫、锥体束征阳性等。

6. 病程　慢性起病,进行性加重,但多数到成年前痫性发作和脑电图改变都会自发性戏剧性好转,遗留轻重不等的神经精神功能障碍。

有人认为本病的演变有两个连续过程:①急性期:约 3 ~ 8 岁时出现神经精神功能衰退、运动障碍、痫性发作和脑电图呈现典型的表现;②恢复期:多在成年前,其痫性发作与脑电图改变均显著好转,神经精神功能衰退和运动障碍也停止进展、甚至有改善。

Kramer 等(2008)报道 1994 ~ 2007 年来自以色列 4 个儿科门诊的 30 例 ESS 患者,其中 16 名男孩,14 名女孩。30 例患儿中有 28 例在出现 ESS 前已有痫性发作,首次发作时间为 4.09 ± 1.8 岁。12 例(43%)患儿的痫性发作为部分性发作,6 例(21%)为部分继发全身性发作,17 例(61%)为强直-阵挛发作,3 例(11%)为非典型失神发作。13 例(45%)的痫性发作为夜间性。出现 ESS 期间,有 23 例继续有痫性发作,其中 14 例(61%)痫性发作程度增加。

演变为 ESS 前,13 例(45%)患儿清醒脑电图显示局灶性痫样放电,12 例(41%)显示多灶性痫样放电,4 例(14%)显示广泛性痫样放电。ESS 阶段,24 例患儿棘慢波指数 > 85%,5 例棘慢波指数 50% ~ 80%,1 例棘慢波指数 30% ~ 50%。

ESS 出现前,20/30(67%)患儿发育正常,10/30(37%)的患儿有精神发育迟滞,其中 2 例有自闭行为。20/30(67%)出现智力倒退,23/30(77%)出现注意力缺陷、高兴奋性,20/30(67%)出现语言能力衰退,17/30(57%)有行为改变(主要是攻击倾向),11/30(37%)有记忆障碍,9/30(30%)有非言语性交流困难,10%(3/30)有大小便控制不佳,10%(3/30)有定向障碍。

ESS 出现前,8/30(27%)患儿有运动障碍。7 例患儿出现新的运动障碍。其中,1 例痉挛性截瘫患儿不能活动,3 例不典型 BCECTS 患儿出现运动性失语,3 例出现书写痉挛。

6 例棘慢波指数 <85% 的患儿中,1 例出现智力下降,其余 5 例有严重注意力、语言交流和行为异常。最后随访时,仅有 3 例认知功能恢复到基线水平。

11 例有儿童良性部分性癫痫病史的患儿 MRI 检查全部正常。

（六）辅助检查

1. 血液常规和生化检查一般正常。

2. 脑电图　本病最特征性的表现就是脑电图检查显示慢波睡眠中有弥漫性、持续性棘慢波,而在患儿清醒和快速眼动睡眠时,痫样放电明显减弱,也可仅在前头部(多在额颞或中央颞区)出现局限性(可为单个病灶或多个病灶)、阵发性或偶发的痫样放电。

对于"睡眠诱发的弥漫性、持续性棘慢波"的含义存在争议。经典含义为弥漫性(但或多或少存在单侧或局灶性为优势的)的慢棘慢复合波,以≤2 ~ 2.5Hz,占据非快速眼动睡眠期的大部分(85%),在快速眼动睡眠期和清醒时这种模式明显减弱,放电少于这段时间的 25%。这种情况在 1 个月内至少可记录到 3 次或 3 次以上。

棘慢波指数是判定棘慢波发放是否为"持续性"的定量指标。棘慢波指数 =〔睡眠中出现棘慢波时间的总和(分钟)×100%〕/非快速眼动期时间的总和(分钟)。要诊断本病,脑电图的棘波指数应该在 85% ~ 100%,但部分学者认为这个要求可能过于严格了,棘慢波指数为 85% ~ 100% 属于人为设定的,并不科学。有些病例的棘慢波指数未达 85%,而临床表现类似本病。

在病程早期,患儿脑电图表现不典型,常规脑电图检查仅见局限性痫样放电。以后随着患儿痛性发作的逐渐频繁、发作类型增多、药物治疗效果变差,患儿的脑电图痫样放电次数增多、范围扩大。而在患儿经过治疗或者到成年后,这种脑电图改变又伴随痫性发作一道减少、甚至消失。

3. 头颅磁共振(MRI)　1/3 患儿 MRI 平扫可以发现结构异常,如一侧或弥漫性萎缩、脑穿通畸形、巨脑回、皮质发育障碍、多小脑回和脑积水。部分患儿可以发现丘脑信号异常,偶有报道存在小脑发育不良。

4. 正电子发射计算机体层扫描(PET)　多见局灶性代谢异常区域,部位与清醒脑电图显示的异常放电区域和 MRI 显示病灶大致对应。

Maquet(1995)等在对 6 例患儿进行 PET 研究中发现,不同患儿之间的代谢模式不同,同一患儿在不同时期的代谢模式也不一定。在疾病活动期间,无论患儿在睡觉还是清醒,有 5 例患儿皮层出现局灶性或区域性的糖代谢升高;1 例患儿睡眠中皮层的糖代谢变化不定,清醒时糖代谢降低。而在患儿康复后,4 例患儿皮层糖代谢显示局灶性或区域性降低;Tiège(2008)等对 9 例有典型脑电图表现的患儿,在急性期和恢复期进行 PET 检查发现:在急性期,8/9 例患儿脑内葡萄糖高代谢区与脑电图显示病灶相关,相对低代谢区绝大多数在脑电图显示异常病灶外的较广泛区域。在两次 PET 检查之间,所有患者接受皮质激素治疗(4～23 个月,平均 14.5 个月)。恢复期:所有患儿的高代谢区消失、相对低代谢区消失(2 例)或接近消失(7 例)。未完全消失的低代谢区主要在颞叶(7 例)和(或)海马(6 例)和(或)眶额皮质(3 例);Loddenkemper 等(2009)报道 8 例患儿术前 PET 检查显示低代谢改变,MRI 检查显示为软化灶,术后病理检查显示有胶质增生。

5. 单光子计算机断层扫描(SPECT)　Gaggero 等(2008)在 10 例患儿睡眠时进行 SPECT 检查发现,6 名患者血流减少,其中 4 名患者血流减少区与脑电图显示痫样放电最突出部位相关。病程越长,越有可能出现异常。

6. 神经心理学测验　均显示 IQ 降低,一般为作业智商差。

(七) 鉴别诊断

诊断 ESS 前,必须与其他脑电图表现类似 ESS 模式或临床表现也有癫痫和神经精神功能障碍、行为异常的疾病鉴别,如 Laudau-Kleffner 综合征、伴中央颞区棘波的儿童良性癫痫(BCECTS)、Lennox-Gastaut 综合征、全面性发育迟滞(pervasive developmental delay)、伴或不伴脑电图痫样放电的退缩性自闭(autistic regression with and without epileptiform EEG)、分裂障碍、其他发育性语言障碍和精神发育迟滞等。

1. Laudau-Kleffner 综合征　也称获得性癫痫性失语。因为与 ESS 在发病年龄、临床表现和脑电图改变、甚至预后各方面都很相似,也是儿童期起病、有多种类型癫痫发作和语言能力退化、睡眠诱发持续性棘慢波发放和发展到一定程度后病情会有好转,因此有不少学者认为这两种疾病应该同属一个疾病的不同表现,但在 2001 年国际抗癫痫联盟的癫痫综合征分类中,它们仍被分为两种癫痫综合征。

二者的主要区别是:①LKS 患儿的神经精神功能障碍较单一,仅累及语言功能,而 ESS 患儿的神经精神功能衰退是多方面的,除语言功能衰退外,还有认知功能倒退、行为异常、运动障碍等;②LKS 患儿的言语障碍表现为获得性听觉失认,不能理解话语、甚至不能明白日常生活中的声响(如电话铃声)提示的含义;ESS 患儿的语言功能衰退是由于词汇和语法应用困难而产生的表达性失语;③LKS 患儿可以没有痫性发作,发作次数也相对少,药物相对容易控制;ESS 患儿多数有痫性发作,而且一般发作频繁、药物治疗效果不好;④LKS 患儿可以出现强直发作,而不会出现伴跌倒的失张力发作;ESS 不会出现强直发作,却常有伴跌倒的失张力发作;⑤LKS 患儿脑电图病灶多在颞区,可在颞后或颞上;ESS 患儿脑电图的病灶主要在额颞或额中央;⑥LKS 患儿可见 REM 睡眠诱发持续性棘慢波发放,慢波睡眠中有持续性棘慢波的癫痫状态患儿不会出现 REM 睡眠诱发持续性棘慢波发放;⑦LKS 患儿中,MRI 检查一般无结构异常,ESS 患儿中有 1/3 的 MRI 显示结构异常(表 2-1-3)。

表 2-1-3　ESS 与 LKS 的鉴别

	ESS	LKS
发病率	占儿童癫痫的 0.2% ~ 0.5%	罕见
起病年龄	2 个月 ~ 12 岁,高峰年龄为 4 ~ 5 岁	1 ~ 12 岁,高峰年龄为 5 ~ 7 岁
中枢系统其他疾病史	40%	3%
癫痫(包括热性惊厥)的家族史	15%	3% ~ 12%
首发症状	80% 为痫性发作,20% 为神经精神功能障碍	60% 为痫性发作,40% 为失语
痫性发作	绝大多数患者都有	发生率 70% ~ 80%
痫性发作的特征	发作频繁(1 天发作多次),多在夜间	发作不频繁,一般为夜间性
痫性发作类型	全身性强直-阵挛发作 单纯部分性运动性发作、失神或非典型失神发作 部分性癫痫持续状态 引起跌倒的失张力发作	全身阵挛发作 单纯部分性运动性发作。非典型失神发作、部分性癫痫持续状态 无失张力发作 轻微的痫性发作(感觉性的或运动性的)

2. 伴中央颞区棘波的儿童良性癫痫(BCECTS)　与 ESS 和 LKS 相似,BCECTS 也是儿童期常见的癫痫综合征。

一般发病在 3 ~ 13 岁间,高峰年龄是 9 ~ 10 岁。睡眠中脑电图有戏剧性激活,BCECTS 患者典型的痫性发作是在睡眠中出现,表现为(部分性)偏侧面部或继发全身强直-阵挛发作。到青春期时,BCECTS 患者脑电图的异常表现会自发改善。但是与 ESS 患儿棘慢波放电在额上部最显著、棘慢波指数≥85% 和有明显的认知、语言衰退和行为障碍不同:①BCECTS 的痫样放电在中央颞上部最显著;②BCECTS 睡眠中的棘慢波活动多是全面性的,而一般没有单侧或局部突出的情况,全面性棘慢波活动也可见于快速眼动睡眠期。棘慢波活动一般是非持续性的,出现时间不到整个夜间睡眠时间的 40% ~ 60%;③清醒脑电图的特征性表现为在中央或颞或中央区的双相棘波后跟有慢波;④BCECTS 临床常见的痫性发作类型是部分性运动性或感觉性发作,一般在夜间睡眠中出现;⑤BCECTS 患儿绝大多数无神经精神功能障碍,部分有轻微的认知障碍,但在青春期后可以完全恢复正常。

虽然多达90%的BCECTS患儿认知功能正常,但也有关于认知或行为能力减退的报道。但随着脑电图痫样放电现象的消失,这些患儿的认知功能最终恢复正常(Özlem Hergüner,2008;Pinton,2006;Giordani,2006;Metz-Lutz,2006)。

值得注意的是近年来发现,一些典型的伴中央颞棘波的良性儿童期癫痫可能演变成为不典型的伴中央颞棘波的良性儿童期癫痫、LKS和ESS等(Özlem Hergüner 2008)。

3. Lennox-Gastaut综合征 Lennox-Gastaut综合征患者的痫性发作也有多种形式、也可以出现不典型失神发作、智能衰退、行为和语言障碍,脑电图中明显的背景活动异常也可以在睡眠中激活,易被误诊为ESS。两者的主要鉴别是:①Lennox-Gastaut综合征的典型发病年龄是学龄前,比ESS发病晚;②Lennox-Gastaut综合征患儿常常出现强直发作、很少出现部分性运动性发作,ESS患儿却多有部分性运动性发作、不会出现强直性发作;③Lennox-Gastaut综合征脑电图里的棘-慢波是1~2Hz的慢棘慢波,棘慢波指数低于50%,在额部还可见特征性的10Hz快节律暴发;ESS的患儿棘慢波指数≥85%,频率≤2~2.5Hz,不会出现快节律;④Lennox-Gastaut综合征患儿的痫性发作频率与患儿发育成熟无关,而ESS患儿的痫性发作在青春期结束前将明显减少(Tassinari 1999)。

4. 全面性精神发育障碍(pervasive developmental disorders):全面性精神发育障碍包括孤独症、Asperger综合征、Rett综合征、分裂障碍和其他没有特别命名的综合性障碍。约30%患者存在技能、特别是语言和社交能力的衰退。1/3患儿有癫痫,脑电图中常见痫样放电,即便患者临床上没有表现痫性发作,其脑电图检查也常有痫样放电。不论患儿有无癫痫都同样有技能衰退,但脑电图有痫样放电的患儿更容易发生技能衰退。与ESS不同,通常是出现自闭后,患儿才有痫性发作的。而且,有些患儿出现自闭表现,但脑电图正常。因此,自闭不一定是脑电图异常放电所致,而脑电图异常放电/癫痫和全面性精神发育障碍可能才是某种病因的两种表现(Nickels,2008)。

5. 发育性语言障碍(developmental language disorder) 发育性语言障碍患儿除语言发育迟滞外,其他发育正常,神经系统检查也正常。据报道,8%的患儿存在癫痫,甚至无痫性发作的患儿中,20%的人脑电图显示异常。但这些患儿中,尚未有报道出现ESS的。而且,患儿的语言发育异常是生来就有的,而不是以前获得语言能力后又出现衰退。同样,精神发育迟滞的患儿也是自出生后就有语言和讲话能力发育障碍。

(八) 治疗

本病的治疗方案仅仅来源于队列研究,目前尚未有对照试验的报道。由于患儿神经精神障碍的预后可能与脑电图持续性棘慢波发放有关,因此,在临床研究中,多以睡眠中脑电图痫样放电模式的变化结合患儿痫性发作情况作为判定患儿疗效的标准。

治疗目的一方面要控制癫痫发作,另一方面还应减少脑电图上持续性的痫样放电,以改善患儿神经心理方面的预后。

生酮饮食、抗癫痫药、类固醇、免疫球蛋白和手术都有用于此类患者的报道,但最常用的方法还是口服类固醇或抗癫痫药,药物治疗无效且有明确病灶的少数病例可以考虑手术。不同文献报道中,对各种方法的效果评价不一样,目前尚无公认的最佳治疗方案。

1. 脑电图上痫样放电和癫痫发作的治疗

(1) 抗癫痫药物:尽管不同学者对各种传统和新型抗癫痫药治疗效果评价不一,但总的疗效不理想。

1）传统抗癫痫药:患儿对苯妥英和巴比妥类耐药,卡马西平有时可以减少痫性发作,但这3种药都会加重患儿神经精神功能衰退和脑电图上的持续性痫样放电,因此均为禁忌用药。

对丙戊酸的评价不一。Tassinari(1992)等认为丙戊酸钠虽然有时可以暂时控制痫性发作和减少脑电图上的持续性痫样放电,但总的疗效不理想。Kramer等(2008)治疗30例患儿,其中28例无效。Loddenkemper等(2009)报道8例接受癫痫灶切除术的患者中有5例对包括丙戊酸钠在内的多种抗癫痫药物耐药。

但也有报道认为是有效的。Inutsuka(2006)等观察了15例患儿在口服大剂量丙戊酸钠和(或)联合乙琥胺治疗后,10例患儿(67%)达到永久缓解,因而推荐ESS治疗方案:①首选大剂量丙戊酸单药治疗,无效时,可以与乙琥胺联合使用;②上述两种方法不能控制时,可加用大剂量的苯二氮䓬类或其他抗癫痫药。Okuyaz(2005)也认为丙戊酸钠与苯二氮䓬类合用效果较好。

2）新型抗癫痫药物:新型抗癫痫药疗效可能好于传统抗癫痫药,尽管Loddenkemper等(2009)报道8例患儿在癫痫手术前多数服用过唑尼沙胺、拉莫三嗪、托吡酯、左乙拉西坦、非氨酯等新型抗癫痫药物无效,但Cerminara(2008)报道1例10岁ESS男孩在丙戊酸和氯巴占治疗无效后,添加唑尼沙胺2.5mg/kg静脉滴注,6个月后患儿的痫性发作消失,脑电图棘波放电明显减少,认知和学习成绩均正常。

Kramer等(2008)报道17例患儿服左乙拉西坦后,7例(41%)有效,2例短暂有效,1例脑电图上痫样放电增多;Aeby等(2005)报道12例患儿在其他抗癫痫药物无效时,添加左乙拉西坦50mg/(kg·d)口服后,58.3%患儿痫样放电幅度和扩散均减少,25%患儿棘-慢波指数明显降低,75%患儿神经精神功能改善。拉莫三嗪、托吡酯无效。

（2）苯二氮䓬类药物:Kramer等(2008)报道患儿口服地西泮,0.75～1mg/(kg·d),连用3周后的有效率是37%;Inutsuka等(2006)报道4例患儿用丙戊酸钠和乙琥胺无效后,于夜间睡觉前加用地西泮口服或直肠给药,0.5mg/(kg·d),6～7天后,2例(50%)患儿脑电图持续性痫样放电消失,仅是短期有效,常在数月～1年内复发;Kawakami(2007)等在给2例有语言能力退化、脑电图显示非快速眼动睡眠紊乱期有持续性弥漫性棘慢复合波的患儿,在出现非惊厥性癫痫持续状态或伴自动症的意识障碍后给予静脉注射氟硝西泮(flunitrazepam)0.02mg/kg后,患儿的脑电图立即恢复正常。以后在氟硝西泮0.002mg/kg口服2周和长期口服丙戊酸钠维持下,两名患儿的语言功能均逐渐恢复正常,能够复学。

氯巴占在部分病例报道中无效,但在Kramer等(2008)报道的病例中,氯巴占的有效率为31%,仅次于左乙拉西坦。

（3）类固醇和促肾上腺皮质激素:泼尼松、氢化可的松口服,大剂量甲泼尼龙静脉注射、ACTH等都有报道可以改善患儿症状及脑电图上痫样放电的,但都是在口服抗癫痫药和(或)苯二氮䓬类无效时短期添加给药,有时会出现激素依赖、不能停药。Bahi-Buisson等报道2例ESS患者,口服大剂量氯硝西泮1.5mg/(kg·d)后,仅消除了脑电图上的痫样放电,而认知和运动障碍无变化,随后1例在手术后、1例口服大剂量类固醇[氢化可的松10mg/(kg·d)]后脑电图及临床症状明显好转。还有1例4岁患儿在丙戊酸、氯巴占和拉莫三嗪治疗无效后,改为静脉注射大剂量甲泼尼龙后第7天,其攻击行为、易激惹和兴奋性过低等症状消失、言语表达改善、脑电图上的持续性痫样放电消失。以后在减量口服甲泼尼龙2个月后停药,6个月后随访,患儿无复发,副作用仅有体重增加。Dimova (2008)等在12例ESS患儿的前瞻性研究中发现,口服左乙拉西坦效果不好后,加用甲泼尼龙静脉推注数天后换地塞米松口服1个月,结果显示所有患者脑电图上的痫样放电都迅速消失,以后继续口服左乙拉西坦,患儿未再出现痫性发作,脑电图正常。类固醇的有效率是65%(22%部分患儿有激素依赖,不能停药),免疫球蛋白的有效率为33%。大剂量的苯二氮䓬类的有效率是37%,但所有患儿都是暂时有效,在数月后复发。

类固醇给药方法可用静脉注射甲泼尼龙冲击(大多数患儿使用)或ACTH注射。甲泼尼龙冲击和ACTH注射后,都要口服泼尼松。如果治疗有效,治疗将持续6~12个月。

(4) 直肠用药:De Negri等(1995)对43名年龄在5个月~14岁ESS患者进行大剂量地西泮(1mg/kg)直肠用药试验,结果发现经直肠给1mg/kg地西泮可以使58%患者脑电图阵发性活动减少50%以上,甚至消失。快速地西泮直肠试验有效的患者是年龄大于12个月,脑电图表现为规则的、对称和典型棘波放电,但背景活动无明显异常的患者。而脑电图显示典型的高度节律失常的患者对快速地西泮直肠试验无效。年龄小于12个月或脑电图表现不典型的发作性改变或长期使用地西泮治疗的患者也会降低直肠给地西泮的效果。

89%年龄小于12个月的患者和70%脑电图表现为慢、不规律阵发性活动患者用药后脑电图变化不明显。长期使用地西泮治疗的患者直肠用地西泮的效果也不好。25名快速地西泮直肠试验阳性反应的患者给予短周期(3~4周)口服地西泮0.5~0.75mg/(kg·d),维持血药浓度在100~400ng/ml。治疗后脑电图痫样放电完全消失的10人(40%),其中9人是ESS患者(9/15,60%),痫性发放电减少50%以上的6人(24%),这16名患者脑电图痫样放电减少持续了4~30个月。用药的患者副作用不明显,常有思睡、张力降低和兴奋性增高,都在治疗开始时发生。治疗没有影响认知功能。对那10名短周期地西泮口服治疗后痫样放电完全消失的患者6个月后随访进行神经心理学检查发现,其中7名(其中6名为ESS,1名为Landau-Kleffner综合征)的IQs显著升高,神经心理功能障碍减少或消失;1名患者的神经心理失调没有变化,2名患者的神经心理失调情况恶化。

(5) 静脉注射免疫球蛋白:短期使用可促进症状和脑电图的改善,同时仍需要合用抗癫痫药。免疫球蛋白开始以2g/kg连用2天,如果有效,减量再给4~6个疗程,每个疗程间隔4~6周。

(6) 外科手术:由于本病患儿的癫痫和脑电图放电多在青春期后缓解,而手术治疗并不能改善患者的神经精神功能障碍,因此目前认为在本病的治疗中,手术作用有限,但对部分患者还是有效的。国际抗癫痫联盟儿童癫痫外科分会(2008)调查了2004年美国、欧洲和澳大利亚20个儿童癫痫外科中心完成的543名癫痫手术中,仅有5名患儿因本病而接受癫痫手术,占全部手术人次的1%左右。这5名ESS患儿中,4例接受大脑半球切除术(3例伴皮质发育不良,1例伴大脑半球萎缩),1例接受胼胝体切除术和迷走神经刺激术。

Loddenkemper(2009)等报道8例ESS患儿行大脑半球切除术或局部病灶切除术后,6例患儿癫痫发作停止,甚至可以停用抗癫痫药,2例发作大大减少。

2009 年,在波士顿-癫痫中心通过对 8 年间诊断为 ESS 行病灶切除术后患儿进行研究后提出,手术治疗的指征包括:①耐药性癫痫;②MRI、PET 显示有先天性、围产期或早期获得性的致痫灶,且病灶为单侧;③发育迟滞;④在病灶对侧有轻偏瘫;⑤发作间期脑电图显示广泛性尖波。

ESES 外科治疗采用的术式有局部病灶切除术、大脑半球切除术、多处软脑膜下横切术、胼胝体切除术等,一般是为了控制患儿的痫性发作和放电而用于有明确病灶的耐药性患儿。

2. ESS 中注意力缺陷的治疗 虽然 ESS 患儿常有注意力缺陷和兴奋性过高,但很少有相关治疗的报道。Finck 等报道了 5 例有注意力缺陷的 ESS 患儿经哌甲酯(methylphenidate)治疗后,多数患儿效果令人满意。其中 3 例在持续性棘-慢波发放活跃期接受治疗,2 例患儿在持续性棘-慢波现象缓解后接受治疗,结果发现 3 例患儿给予哌甲酯治疗后效果明显;1 例患儿治疗后兴奋性过高和注意力缺陷的情况有改善,但冲动行为没变化;另 1 例患儿只有注意力缺陷、没有兴奋性过高,使用哌甲酯后病情加重,出现淡漠、抑郁和失眠。

(九) 预后

患儿的痫性发作和脑电图持续性异常放电具有自限性,到青春期后将自行缓解。一般开始为睡眠中痫样放电次数和扩散减少,以后觉醒状态的脑电图恢复正常,最后是睡眠中脑电图持续性放电模式消失。

Tassinari(1992)等报道 26 例患儿,发现无论患儿痫性发作严重与否及影像学检查有无病灶,至青春期后都会消失或明显减少。31% 患者痫性发作与脑电图持续性放电同时消失,31% 患者痫性发作消失后脑电图异常放电才好转,38% 患者脑电图好转后仍有痫性发作。Guerrini(1999)等对 9 例 MRI 显示有多脑回的患儿进行了 4~9 年的随访,发现无论患儿对抗癫痫药物治疗是否敏感及是否手术,在 8~23 岁时患儿均不再出现癫痫发作或者仅在睡眠中有很少的局灶性运动性发作,3 例患者甚至不必服抗癫痫药;Praline 等(2003)研究了曾有严重癫痫发作需要联合服用多种抗癫痫药物治疗的 5 例患儿,发现在成年后除 1 例服药后仍有临床发作、1 例无发作但仍在服药外,3 例无发作,也不需服抗癫痫药物,而且患儿成年后癫痫发作与否,与 MRI 检查是否有病灶无关。

然而,患儿神经精神障碍的远期预后则不好,多数患者残留严重的神经精神和(或)运动缺损,仅有 10%~44% 患儿的语言和智力能够恢复正常。

在 Kramer(2008)等研究的 30 例患儿中,17 例(57%)患儿随访时有认知功能减退,其余患者表现注意力、言语、交流和行为退缩。14 例患者有永久的认知障碍。一些学者认为本病的病程、起病年龄和发作间期脑电图痫样放电的位置可能影响患儿神经精神功能的预后。Kramer(2008)认为患儿的病程和随访中残留的智能障碍间显著相关。ESS 持续时间超过 18 个月的患儿容易遗留神经精神功能障碍;Smith 等认为如果 ESS 活动阶段持续 2~3 年以上,那么即使治疗成功,患儿的神经精神功能障碍仍然不会缓解。

(韩雁冰 王学峰)

十、非惊厥性和失神性癫痫持续状态

2001 年癫痫发作的国际分类中取消了惊厥和非惊厥性癫痫持续状态的分类,但近年的实践发现这种传统分类方法有其合理性,因而仍被临床上广泛使用。

非惊厥性癫痫持续状态(nonconvulsive status epilepticus,NCSE)是指缺乏全身惊厥表现的癫痫持续状态。其病因复杂,临床表现多样,常合并其他疾病,易被原发病掩盖或误诊为其他疾病(如癔症、脑炎、代谢性脑病、癫痫后状态等)而延误合理的治疗,引起神经系统不可逆的损害。非惊厥性癫痫持续状态分为部分性和全面性非惊厥性癫痫持续状态两大类。

失神性癫痫持续状态(absence status epilepticus,ASE)是非惊厥性癫痫持续状态的主要表现之一。2001年国际抗癫痫联盟在新的癫痫发作分类中将其单列成一新的癫痫持续状态类型,以强调其临床重要性。

(一) 非惊厥性癫痫持续状态概述

在19世纪初叶,法国和英国医生用"癫痫性狂怒,癫痫性躁狂,癫痫性谵妄,小发作"等词汇来描述癫痫性精神错乱,同一时代出现"梦游、自动症"状态的描述。19世纪晚期,法国的Charcot对"梦游、自动症"进行医学解释,将这些特殊状态与癫痫发作联系在一起。此后,逐渐提出"癫痫持续状态"的概念。直到脑电图技术问世后,非惊厥性癫痫持续状态逐渐被提出和完善。1945年,William Lennox通过脑电图检查第一次描述了失神性癫痫持续状态,1956年Gastaut第一次描述了复杂部分性癫痫持续状态(complex partial status epilepticus,CPSE)。1962年马赛讨论会是一次对于癫痫持续状态有重大意义的大型会议,这次会上,代表们对每一种癫痫发作类型的概念进行了系统的讨论和阐述。也就是在这次会议上,Gastaut及其同事正式提出了非惊厥性癫痫持续状态的概念。

(二) 非惊厥性癫痫持续状态的定义

非惊厥性癫痫持续状态(nonconvulsive status epilepticus,NCSE)的定义尚有争议,未得到广泛认同。目前的倾向性看法认为非惊厥性癫痫持续状态主要描述了一种持续性痫性发作电活动和无抽搐的临床状态。可以定义为某种程度上的行为和(或)精神心理过程改变,伴随脑电图上连续癫痫样放电。非惊厥性癫痫持续状态的临床特征主要表现为发作性感觉、思维、意识、行为、内脏功能障碍或某种程度上的觉醒度下降,传统定义认为这种类型癫痫的发作时间需要大于30分钟或反复发作且发作间期意识未完全恢复,国际抗癫痫联盟新的癫痫持续状态定义认为超过这种发作类型大多数发作时间者就称为癫痫持续状态。

(三) 非惊厥性癫痫持续状态的病因

非惊厥性癫痫持续状态的病因是复杂的,可以起源于原发性中枢神经系统功能障碍,也可是原有癫痫发作的加剧,潜在的代谢紊乱或系统性疾病。主要集中在以下几个方面:

1. 急性脑损伤 在急性脑损伤中,缺氧缺血性损伤、缺血性卒中、蛛网膜下腔出血、颅内出血、硬脑膜窦-静脉窦血栓形成、脑肿瘤、外伤性脑损伤都是非惊厥性癫痫持续状态常见病因。在神经科重症监护室患者中进行的调查显示,常见原因还包括:硬脑膜窦-静脉窦血栓形成、中枢神经系统感染等。Alroughani(2009)对综合医院451名诊断为非惊厥性癫痫持续状态或有其他不明原因意识受损的成年患者(>16岁)进行研究,发现42名没有明显临床症状而EEG证实有癫痫持续状态(占9.3%),38.1%的非惊厥性癫痫持续状态患者有缺氧缺血性脑损伤,19%有脑内出血(包括创伤),11.9%曾经诊断为原发性或隐源性癫痫,7.1%有缺血性卒中,4.8%是继发性肿瘤,4.8%为病毒性脑炎。由此可见,缺氧缺血性损伤是非惊厥性癫痫持续状态的常见原因。Little(2007)报道了389例动脉瘤性蛛网膜下腔出血患者中,通过动态脑电监测发现19例患者(2.8%)有非惊厥性癫痫持续状态发作,其他人报道的发病率更高。

2. 癫痫及癫痫综合征 非惊厥性癫痫持续状态也常常发生于癫痫患者。常见原因为不适当地停用抗癫痫药及不规范服用抗癫痫药。癫痫儿童更易出现癫痫持续状态。近年来的研究还发现,36%的癫痫持续状态发生于原有癫痫疾病的患儿。许多癫痫综合征的患儿,特别是存在认知缺陷的患儿,在疾病的过程中也可能出现非惊厥性癫痫持续状态。这些综合征包括:Ohtahara 综合征、West 综合征,Lennox-Gastaut 综合征,Dravet 综合征和慢波睡眠中有持续性棘慢波的癫痫。

3. 代谢紊乱/系统疾病 许多代谢紊乱可能出现非惊厥性癫痫持续状态。例如,血糖过低、血糖过高、非酮症高渗性昏迷等均可出现局灶或全身性非惊厥性癫痫持续状态,这些患者在早期仅表现为不连续发作。低钠血症、低钙血症也有引起痫性发作和出现非惊厥性癫痫持续状态者。非惊厥性癫痫持续状态还被报道出现在肝性脑病和尿毒症透析患者中。高血压脑病和可逆性大脑后部白质脑病综合征(PRES)也有出现非惊厥性癫痫持续状态者。系统性红斑狼疮、抗生素(如:头孢菌类抗生素、氟喹诺酮类、青霉素类和异烟肼)、抗精神病药物治疗(如锂、奥氮平、氯氮平、三环类抗抑郁药)等都是引起非惊厥性癫痫持续状态常见原因;抗精神病药物治疗的一些并发症,如血清素综合征、抗精神病药的恶性综合征也有可能导致非惊厥性癫痫持续状态的发生(Maganti,2008)。恶性肿瘤(颅内原发肿瘤或颅内转移瘤)、感染(脑炎、脑膜炎、脓毒血症)、免疫抑制剂药物的使用、停药以及酒精戒断等也有出现非惊厥性癫痫持续状态的报道。

(四) 非惊厥性癫痫持续状态的病理改变及发病机制

1. 病理特点 非惊厥性癫痫持续状态的病理改变与非惊厥性癫痫持续状态的类型、脑成熟度、发作持续时间等有关,主要病理改变为选择性神经元(海马区等)坏死、缺失,苔藓纤维芽生,急性脑水肿(Meierkord 2007)。

(1) 选择性神经元(海马区等)坏死、缺失和苔藓纤维芽生:虽然动物模型已经提供了较多数据,但是,大多数人类非惊厥性癫痫持续状态病理改变的证据是间接和无对照的。有关非惊厥性癫痫持续状态神经损伤的证据几乎都来于动物研究。对复杂部分性癫痫持续状态动物模型研究表明:海马区存在神经元缺失及苔藓纤维芽生,在海马外结构中也有神经元坏死,其病理改变类似于人类颞叶癫痫的病理改变。尸检研究中发现,复杂部分性癫痫持续状态患者海马区神经元密度降低。与此相反,在动物试验中却证实失神性癫痫持续状态中没有神经元丢失。

(2) 急性脑水肿:主要病理基础是 ATP 减少所引起的细胞内水肿和血管通透性增加的细胞外水肿。

2. 发病机制 非惊厥性癫痫持续状态的发病机制不清。目前主要有两种学说:

(1) 谷氨酸受体(NMDA 类型)学说:谷氨酸通过介导钙离子内流和兴奋性突触后电位的增强来促进癫痫发作。谷氨酸受体分为离子型和代谢型受体两类。其中离子型受体包括 NMDA 类型(N-甲基-D-门冬氨酸受体)和非 NMDA 受体类型。NMDA 受体在癫痫持续状态中起十分重要的作用。一方面,它导致细胞去极化延长,使更多的 NMDA 通道开放,并激活其他类型的电压依赖性通道,导致癫痫持续状态的发生;另一方面,钙离子持续内流导致细胞内钙离子浓度增高、线粒体肿胀、细胞代谢障碍、钙依赖的蛋白酶、磷脂酶被激活,使维持细胞正常功能所必需的蛋白质,磷脂酰胆碱等物质发生分解,最终导致神经细胞的坏死,产生瘢痕,形成致痫灶。

（2）γ-氨基丁酸受体（GABA）学说：γ-氨基丁酸是脑中重要的抑制性神经递质。GABA能神经传递下降引起兴奋性神经环路的过度活动是癫痫发作的重要原因。试验证实癫痫持续状态后GABA受体亚单位的表达模式有相当大的变化,提示了GABA能神经递质的改变与癫痫持续状态有关。

不同的非惊厥性癫痫持续状态发病机制不同。失神性癫痫持续状态的丘脑-皮层同步化放电依赖丘脑网状核的GABA能作用。而边缘性癫痫持续状态的产生和维持与NMDA受体和其他谷氨酸受体激活有关。

（五）非惊厥性癫痫持续状态的分类及临床特征

通常按二分法来对非惊厥性癫痫持续状态进行分类,即分为部分性和全面性非惊厥性癫痫持续状态。部分性非惊厥性癫痫持续状态又可分为单纯部分性癫痫持续状态、复杂部分性癫痫持续状态、隐袭性癫痫持续状态。全面性非惊厥性癫痫持续状态则包括迟发性失神性癫痫持续状态、典型失神性癫痫持续状态,非典型失神性癫痫持续状态（参见第一章第二节）。

1. 失神性癫痫持续状态（ASE）　失神性癫痫持续状态主要表现为不同程度的意识障碍（轻度反应迟钝、意识模糊、嗜睡、昏睡等）、定向力障碍。还可有言语功能紊乱,如缄默、少言、赘述等;其他症状有行为怪异、激动、攻击行为、幻觉、情绪不稳等。是全身性非惊厥性癫痫持续状态中最为重要的发作类型。通常分为三种类型:迟发性失神性癫痫持续状态、典型失神性癫痫持续状态、非典型失神性癫痫持续状态。

（1）典型失神性癫痫持续状态:典型失神性癫痫持续状态是一种具有特定临床表现的癫痫活动,常发生在特发性全身性癫痫,特别是失神发作或青年肌阵挛性失神癫痫患者中,常因不恰当的抗癫痫治疗、发热、过度换气、悲伤、兴奋、疲乏等诱发（Pandian,2004）。主要表现为不同程度的意识障碍,有时伴有轻微的眼睑抽动。持续时间可能从数秒、数天至数周不等。进食、行走时也可能存在,常继发全身性惊厥性癫痫持续状态。总体预后良好。

典型失神性癫痫持续状态的脑电图主要表现为广泛的频率为3Hz的棘波放电,发作晚期脑电图节律可能变得更加不规律,频率减慢。典型失神性癫痫持续状态较非典型失神性癫痫持续发作持续时间短,发作突然,严重程度轻,发作间期脑电图可正常。

（2）非典型失神性癫痫持续状态:在没有获得可靠病史、临床特征和先兆等信息的情况下,仅从临床角度看,典型和非典型失神性癫痫持续状态很难鉴别,非典型失神性癫痫持续状态意识障碍程度更深,还会出现眨眼、鬼脸等表现,预后不良,有复发倾向和耐药性。

非典型失神性癫痫持续状态的脑电图改变与典型发作期改变相同,但是,发作间期脑电图背景活动常变慢。

（3）迟发失神性癫痫持续状态:这种类型常见于中老年既往无癫痫病史,由于中毒或代谢因素诱发的失神性癫痫持续状态。患者常有精神病史,服用多种抗精神病药,其生理特点及预后是多变的。临床表现与典型失神性癫痫持续状态类似,可能出现轻度健忘,甚至木僵。脑电图为0.5~4Hz不规律的棘波发放,少数病例为3Hz棘波发放。

2. 单纯部分性非惊厥性癫痫持续状态　从病理生理学上讲,单纯部分性非惊厥性癫痫持续状态的发作是局灶放电,缺乏全身惊厥的特征,通常很难鉴别。这种类型的癫痫持续状态很少见,多发生在新皮质。主要表现为失语、听觉、言语、味觉、嗅觉、视力、自主神经、感觉、精神等症状或行为异常,与复杂部分性癫痫持续状态不同的是,该类型患者意识清楚。感觉性癫痫持续状态可参考本章"持续先兆"。

脑电图改变:新皮质和颞叶近中央区复杂多变的棘波或棘-慢波发放。通过表面电极记录的脑电图结果通常是阴性的。

3. 复杂部分性癫痫持续状态(CPSE)　复杂部分性癫痫持续状态的临床表现主要为有不同程度的意识障碍及精神行为异常。意识障碍包括意识模糊、淡漠、嗜睡、木僵,主要特征是发作后不能回忆;精神行为异常表现形式多样,可表现为:沉默、呆滞、注意力丧失,也可表现为恐惧、冲动、妄想、口或手的自动症等。患者发作时生活常常不能自理,不识家人,不理解语言,发作终止后对发作完全没有记忆,发作后常常感觉疲惫。发作时间可持续数小时至数日,甚至持续月余,发作可以自行缓解,部分患者同时合并有其他类型的痫性发作(参见本节边缘叶癫痫持续状态)。

脑电基本活动减慢,双侧颞部有痫样放电,可见棘(尖)波、尖-慢波发放或一侧偏胜。某些报道指出该类型的发作起源于颞叶,但不等同于颞叶癫痫持续状态。深部电极研究表明复杂部分性癫痫持续状态起源于颞叶外部区域,但是没有可靠的资料来证明其起源。有报道复杂部分性癫痫持续状态是Sturge-Weber综合征(SWS)痫性发作的一种类型(Hauf,2009)。

4. 隐袭性癫痫持续状态　此类型的癫痫持续状态,从临床和脑电图改变上,与昏迷患者肌阵挛性癫痫持续状态类似,仅发生在强直-阵挛性癫痫持续状态的晚期。隐袭性癫痫持续状态临床表现为:意识丧失,缺乏运动表现或存在隐匿运动如节律性手臂、腿、躯干或颜面肌肉的颤搐,眼球偏斜或眼球震颤样。脑电图改变仅有泛化或一侧偏胜的棘波或多棘波放电。

(六) 非惊厥性癫痫持续状态的脑电图表现

非惊厥性癫痫持续状态的典型表现为发作性认知缺损、细微的颜面部及四肢颤动、眒眼缄默、头-眼偏离、自动症及行为改变等。由于其临床表现复杂多变且缺乏惊厥表现,因此,非惊厥性癫痫持续状态的诊断需要依靠脑电图发现癫痫样活动来支持。脑电图成为非惊厥性癫痫持续状态诊断的重要依据。危重患者有时痫性发作不明显,易漏诊,因此,对于高度怀疑非惊厥性癫痫持续状态的病例都需要进行脑电图检查。有人对神经科重症监护室患者进行连续脑电图监测研究,发现脑病或昏迷患者中有27%~34%出现痫样放电。此外,连续脑电图监测对于一些无法解释的脑病诊断有用。Pandian(1999)等人对105例患者进行了连续脑电图监测,发现其痫样放电是常规脑电图捕获痫样放电的2倍。

非惊厥性癫痫持续状态的脑电图表现非常复杂,不同类型的非惊厥性癫痫持续状态有不同的脑电图表现,而且,有些脑电图改变不是非惊厥性癫痫持续状态所特有。特别是昏迷或反应迟钝患者的脑电图表现就有许多争议。对一些特殊的非惊厥性癫痫持续状态类型(如慢波睡眠中有持续性棘慢波的癫痫、持续性先兆等)也有广泛争议。

非惊厥性癫痫持续状态脑电图的共同表现为背景活动变慢,持续状态停止后可逐渐恢复正常。

1. 失神发作性癫痫持续状态脑电图   失神发作性癫痫持续状态临床诊断困难,常被误诊为精神行为异常、癔症、缄默症等,脑电图是不可缺少的诊断依据。任何以往有非惊厥性癫痫发作特别是失神发作的患者如出现长时间,不能解释的意识障碍或行为异常,均应考虑失神性癫痫持续状态的存在并及时进行脑电图检测。

(1) 典型失神发作性癫痫持续状态:失神发作性癫痫持续状态又称"棘慢波昏迷"。临床主要表现为不同程度的持续意识和行为改变。发作期脑电图为广泛 3Hz 棘慢复合波,持续发放,少有间断,在整个发作过程中波形和频率很少有变化。意识和行为的改变与脑电图放电有直接关系,在放电最广泛且波幅最高时,意识和行为损伤最严重。在脑电图监测下静脉注射地西泮或氯硝西泮后棘慢复合波发放常可在数分钟内消失,临床症状逐渐恢复正常。失神性癫痫持续状态的棘慢复合波在睡眠期消失,而代之以频繁而短暂的棘慢复合波、多棘慢复合波暴发,整夜存在。醒后又重新恢复持续性棘慢复合波。

失神性癫痫持续状态的脑电图也可表现为其他频率的棘慢复合波,包括 3 ~ 4Hz,2 ~ 3Hz 棘慢复合波,3 ~ 5Hz 慢波为主并有棘波夹杂其间等(Alroughani,2009)。

(2) 不典型失神性癫痫持续状态:临床上不典型失神性癫痫持续状态与典型失神性癫痫持续状态很难鉴别。不典型失神性癫痫持续状态脑电图为广泛而持续的 1.5 ~ 2.5Hz 棘慢复合波,不少患者表现为双侧大脑半球广泛的高波幅棘慢波和多棘慢波,间有数量不等的棘波、尖波及癫痫性募集节律暴发,以双侧前部为著。在脑电图监测下静脉注射氯硝西泮后可终止发作或减少脑电图放电,但难以完全恢复正常(Alroughani,2009)。

(3) 晚发失神性癫痫持续状态:这种类型的癫痫持续状态常见于中老年既往无癫痫病史,由于中毒或代谢因素诱发的失神。临床表现与经典失神性癫痫持续状态类似,很难鉴别。脑电图为 0.5 ~ 4Hz 不规律的棘慢波发放,少数病例为 3Hz 棘慢波发放(Little,2007)。

2. 部分性非惊厥性癫痫持续状态的脑电图

(1) 单纯部分性非惊厥性癫痫持续状态脑电图:从病理生理学上讲,单纯部分性非惊厥性癫痫持续状态的发作是局灶放电,缺乏全身惊厥的特征,多发生在新皮质。主要表现为失语、听觉、言语、味觉、嗅觉、视力、自主神经、感觉、精神等症状或行为改变,与复杂部分性癫痫持续状态不同的是,该类型患者意识清楚。脑电图主要表现为在新皮质和颞近中央区有复杂多变的棘波或棘慢复合波。头皮表面电极记录的脑电图结果通常是阴性(Abend,2007;Tanaka,2006)。

(2) 复杂部分性癫痫持续状态(CPSE)脑电图:发作期脑电图主要表现为以颞区为主的痫样电活动,持续发放或反复阵发性出现。如节律性的棘波、尖波、θ 活动,可向邻近区域或对侧半球扩散,或左右交替。在无凝视反应或刻板自动症时为扩散至双侧半球的高波幅棘慢复合波或 δ 节律暴发。值得注意的是:颞叶的 θ 或 δ 波增多,多为 CPSE 脑电图的特征性表现。在发作间期,可看到一侧或双侧颞部的痫样放电,基本电活动可较发作期增快(Alroughani,2009)。

(3) 隐袭性癫痫持续状态脑电图:隐袭癫痫持续状态的脑电图为广泛或一侧偏胜的

棘波或棘慢波(Tanaka,2006),深入研究较少。

3.非特异性非惊厥性癫痫持续状态脑电图表现 Maganti(2006)等人对非惊厥性癫痫持续状态的 EEG 类型进行了详细总结,发现在非卧床患者中,非惊厥性癫痫持续状态最常见的脑电图类型是:广泛的棘慢波、多棘慢波或局灶性节律性放电。在意识模糊或昏迷患者中,非惊厥性癫痫持续状态脑电图改变被定义为频率≥3Hz 的棘慢波,并可发展成为任何类型的痫样放电。

在昏迷的非惊厥性癫痫持续状态患者中,节律或周期性的 EEG 包括节律性 δ 活动、广泛的三相波、周期性单侧痫样放电(PLEDs)、广泛性周期性痫样放电(GPEDs)、双侧独立周期性单侧痫样放电(BIPLEDs)、刺激诱导的节律、周期或发作性痫样放电(SIRPIDs)都有报道。PLEDs 又可分为 PLEDs-proper(不伴低波幅节律放电)和 PLEDs-plus(伴低波幅节律放电)两种;GPEDs 又分为周期性短间期弥散放电(PSIDDs)和周期性长间期弥散性放电(PLIDDs)。Brenner(2004)指出虽然昏迷或意识模糊患者的病因复杂,原发病本身导致的脑电图异常也可能影响非惊厥性癫痫持续状态判断,但若脑电图中出现 PLEDs、BIPLEDs、GPEDs、三相波等波型,均应考虑非惊厥性癫痫持续状态的存在。

(1)节律的 δ 活动:Uthman 等报道了 3 例非惊厥性癫痫持续状态的脑电图表现:节律或半节律高电压、弥散的 δ 波发放,伴随有少许痫样放电。在非惊厥性癫痫持续状态脑电图上表现为节律性 δ 活动而没有痫样放电的报道是很少见的。

(2)三相波:广泛的三相波(TWs)包括一个较高的正相波,前后有小的负相波。其经典时限为 0.25～0.5 秒。一个相位滞后,或者在前,或者在后,或者从后至前。TWs 有0.5～1.0 秒的时间间隔。"经典"的三相波为双侧对称同步、中至高电压的节律为 1.5～2.5Hz 一系列有节律的波。TWs 常常用来表示代谢性脑病的存在,但是这种类型的脑电图也有可能出现在非惊厥性癫痫持续状态中,静脉注射地西泮后非惊厥性癫痫持续状态和三相波均能消失支持诊断(Fernandez-Torre,2005)。Boulanger(2006)等指出代谢性脑病的三相波与非惊厥性癫痫持续状态的三相波的区别在于:代谢性脑病的三相波频率更低,第二相波波幅更宽,有更广泛的慢波背景。有 51% 的患者是在刺激后诱导出现三相波。Kaya 等提出在急性精神混乱状态患者中,局灶或双侧不对称的三相波更倾向于癫痫样放电,更应考虑为非惊厥性癫痫持续状态。然而,有一些回顾性研究对比诊断为非惊厥性癫痫持续状态和代谢性脑病的患者,50% 诊断为非惊厥性癫痫持续状态的患者有缺氧性损伤,他们的脑电图改变完全不同于三相波。因此,脑电图判定和识别不能教条化和孤立化,需要结合临床判断。

(3)周期性单侧痫样放电(PLEDs):PLEDs 包括周期性棘慢波或尖慢波综合,典型频率为 1～2Hz,这种综合波可能引起对侧半球同步放电。在急性结构性损伤中,如肿瘤、梗死或脑炎,合并有或无代谢紊乱的患者中最容易发生 PLEDs。虽然,单纯疱疹病毒是出现 PLEDs 的经典感染类型,但是,目前研究发现儿童流行性脑炎和支原体肺炎、脑炎中也有出现 PLEDs 的报道,茶碱中毒也可出现 PLEDs。PLEDs 还可发生在代谢紊乱(如非酮症性高血糖)患者,提示弥漫性脑损伤能引起 PLEDs。PLEDs 具有典型的自限性,通常在数天至数周内消失。以急性周期性单侧痫样放电(PLEDs)为背景的临床痫性发作的发病率为 58%～100%。据报道,PLEDs 和局灶运动有"时间-锁定"关系,PLEDs 导致意识模糊状态有可逆性。通过 SPECT 和 PET 检查,可以发现 PLEDs 伴随有局灶性血流量和糖代谢改变,在长期出现 PLEDs 的非卧床患者中并没有发现有明显的后遗症。PLEDs-proper、PLEDs-plus 和癫痫样放电这几种类型的 PLEDs 在发作-发作间期是连续出现。因此,为了制订出合适的治疗方案,这种状态患者的临床关联性需要作进一步研究。

(4)双侧独立的周期性单侧癫痫样放电(BIPLEDs):从定义上讲,BIPLEDs 是不同步的,在形态学、波幅、频率上有明显不同。BIPLEDs 最常见的病因是急性缺氧性脑病、中枢神经系统感染和慢性癫痫。和出现 PLEDs 患者相比,出现 BIPLEDs 的患者更可能出现昏迷,有更高的死亡率。

(5)广泛性周期性痫样放电(GPEDs):GPEDs 是双侧、同步、多种形态的周期复合波。GPEDs 又可分为周期性短间期弥散放电(PSIDDs)和周期性长间期弥散性放电(PLIDDs)。目前的研究资料很少。Husain(2003)等人认为 GPEDs 包括"尖波、慢波和三相波",不包括暴发抑制和连续的三相波。Yemisci(2003)等报道了 37 例 GPEDs 患者,48小时内通过脑电图检测有 GPEDs 的患者 89.2% 出现临床发作。其中 4 例患者有暴发抑制。15 例出现 PLIDDs(放电间隔时间:4~30 秒),15 例出现 PSIDDs(放电间隔时间:0.5~4 秒)。其中最常见的病因是代谢和(或)感染疾病(59.5%),其次是亚急性硬化性全脑炎(29.4%),Creutzfeldt-Jakob 病(10.8%)。3 例患者在心搏骤停后出现缺氧性脑病。

(6)刺激诱导的节律性、周期性或发作性痫样放电(SIRPIDs):SIRPIDs 是最近被描述的周期性脑电图,它们被确定为"周期性、节律性或发作性放电……通常被刺激诱发"。Hirsch(2004)对 150 例危重患者进行连续脑电图监测,发现 22% 的患者出现 SIRPIDs,54% 的患者表现为进展性脑电图异常,且有符合痫样放电标准的癫痫波。42% 的患者出现额叶节律性 δ 波,52% 的患者出现两种及两种以上类型的 EEG。与没有出现 SIRPIDs 的患者相比,局灶的 SIRPIDs 或发作期出现 SIRPIDs 的患者更容易出现癫痫持续状态。为进一步明确 SIRPIDs 的病理生理改变、预后、治疗意义等,需要对 SIRPIDs 行更深入的研究。

4. 持续先兆(aura continua)的脑电图特征　持续先兆是国际抗癫痫联盟新提出来的癫痫持续状态类型。持续先兆主要指没有明显运动成分的感觉性癫痫持续状态,与症状改变同步的脑电图痫样放电是持续先兆诊断的必需条件。在持续先兆的发作期,少数患者可记录到相关部位(顶区、枕区或前额区)发作期痫样放电。但多数情况下头皮脑电图没有特殊发现。颞骨电极或卵圆孔电极可增加阳性检出率。

5. 慢波睡眠中有持续性棘慢波的癫痫持续状态的脑电图　此种类型的癫痫主要表现为脑电图上有持续局限性或广泛性的痫电活动,但不一定有临床可观察到的发作表现。典型的脑电图表现为广泛的 1.5~3.5Hz 棘慢复合波,棘慢复合波占据脑电图非快动眼睡眠期(NREM)85% 以上。

6. Lennox-Gastaut 综合征中非惊厥性癫痫持续状态脑电图表现　Lennox-Gastaut 综合征起病年龄多在 3~5 岁,表现为多种形式的癫痫发作和智力进行性倒退。Lennox-Gastaut 综合征中的非惊厥性癫痫持续状态是非惊厥性癫痫持续状态中的一种特殊类型,包括非典型失神性癫痫持续状态、强直癫痫持续状态和其他不好界定的综合征类型,脑电图可有如下表现:背景频率慢、节律性差或者呈弥漫性 θ 波;弥漫性 1.5~2.5Hz 慢棘慢复合波,常位于额区或颞区。

7. Landau-Kleffner 综合征的脑电图表现　Landau-Kleffner 综合征又称获得性癫痫性

失语,失语出现在 3～12 岁,逐渐发展为感觉性失语、听觉性认识不能,甚至缄默。对于是否应该将该综合征列为非惊厥性癫痫持续状态的一种类型,目前还有争议。其脑电图表现为:节律基本正常或轻度非特异性异常。清醒时可见中、后颞区为主的 1.5～2.5Hz 阵发性棘慢复合波,可波及顶和中央区,也可见于额区。非快速眼动睡眠期(NREM)可出现广泛或局限性频发的棘慢复合波。

(七) 其他辅助检查

1. 影像学检查　MRI 可以发现细胞毒性和血管源性脑水肿、软脑膜血-脑屏障的改变。这些变化都是可逆的,但有时可残留下局限性脑萎缩。DWI 能检测不同病理情况下区域水分子的分布改变。Szabo(2005)等人对 10 例复杂部分性癫痫持续状态患者行 MRI(DWI)和 MRI(PWI)检查,结果发现所有患者 DWI 都有高信号改变,6 例患者提示海马和丘脑后部 ADC 减少,2 例丘脑后结节和皮层区域 ADC 减少,1 例海马区域的 ADC 减少,1 例海马、丘脑后结节、皮层区域 ADC 减少,所有病例的 ADC 和 DWI 改变均提示病灶高灌注。其中 2 例患者随后行 SPECT 检查亦证实了局灶的高灌注现象。对所有患者进行 MRI 随访发现弥散和灌注的异常改变都部分或完全消退,随着随访时间推移,异常改变完全消失。因此,作者认为 DWI 和 PWI 的联合应用可以使复杂部发性癫痫持续状态后海马、丘脑后结节和受累皮层血流动力学和组织学异常显影。Nomura(2009)报道了 1 例伴 Door 综合征的复杂部分性癫痫持续状态,头颅 MRI 提示小脑皮质有弥漫性萎缩,并有 T2 加权高信号,这种罕见的临床表现可能是由于 Door 综合征代谢缺陷所致。Hauf 等(2009)研究了 CT 灌注成像(PCT)对非惊厥性癫痫持续状态诊断的重要意义,视化灌注分析图发现非惊厥性癫痫持续状态局部高灌注现象的敏感度为 78%,由于 PCT 检查方便、时间不长,因此,在紧急情况下,PCT 是 EEG 检查较为合适的补充检查工具。

2. 实验室检查　目前,关于非惊厥性癫痫持续状态的生化检查项目没有统一的规定。神经元特异性烯醇酶是神经损伤的标记,可作为评估脑损害程度的一种工具,但有争议。在早期,有研究表明非惊厥性癫痫持续状态患者中血清神经元特异性烯醇酶(NSE)水平与癫痫控制良好患者比较显著升高,其神经缺损症状也相对重,但是,对失神性癫痫持续状态和复杂部分性癫痫持续状态患者脑脊液(CSF)中 NSE 进行比较,发现前者低于后者,支持前者不引起神经元损害的报道。患者血清 NSE 与脑脊液 NSE 不完全相关,对某些失神性癫痫持续状态神经元损害评估仅靠血清 NSE 的水平测定是不正确的。Lima(2004)等认为,血清 NSE 检测神经元损伤的敏感性不高,脑脊液 NSE 检测神经元损伤似乎更可靠。

(八) 非惊厥性癫痫持续状态的诊断

目前没有明确的非惊厥性癫痫持续状态诊断标准,EEG 的判定也存在明显的主观性,因此,非惊厥性癫痫持续状态的诊断需要将非惊厥性癫痫持续状态的临床表现和 EEG 改变进行全方位思考。反复的临床发作是重要线索。如果脑电图上有典型的痫样放电,则易于诊断。但是,考虑到非惊厥性癫痫持续状态的 EEG 改变常与其他类型的脑病混淆,因此,有时候还需要观察临床和 EEG 对抗癫痫药物治疗是否有效来证实。

详细的病史询问和全面检查是必要的,特别是视频 EEG 显示与临床发作同步的 EEG

改变是确诊最充分、最有力的依据,也是与非痫性发作鉴别的最好方法。但在临床工作中,对于每位出现行为改变或精神异常的患者都进行脑电图检查是有困难的,Husain (2003)等人提出在头眼活动异常和没有癫痫发作的高危因素(如卒中、肿瘤、痴呆和既往的脑外科手术史)情况下实施脑电图检查,诊断更准确。Lorenzl(2008)等认为非惊厥性癫痫持续状态是癫痫患者发作后意识混乱的重要原因,这种意识障碍可以从精神状态改变到昏迷,因而,所有癫痫发作后期患者突发精神异常时都应考虑到非惊厥性癫痫持续状态。

(九) 非惊厥性癫痫持续状态的鉴别诊断

很多情况下容易误判非惊厥性癫痫持续状态的存在。需要与抑郁症、精神病、癔症、脑炎、代谢性脑病、癫痫发作后状态、智力低下、中毒等疾病相鉴别。鉴别依据主要依靠反复的发作性精神或行为异常、辅助检查(普通、视频、动态脑电图等)发现有非惊厥性癫痫持续状态存在的脑电图上痫样放电以及对抗癫痫药物的有效。监测期间有反复的临床发作,而脑电图正常者,应首先考虑精神心理因素或患者及家属对健康过分关心导致的假性发作,这种发作通常有暗示性,睡眠中不出现。Navarro(2009)认为各种原因的脑病(缺氧缺血后、代谢、中毒、Creutzfeldt-Jakob 病)易被误诊为非惊厥性癫痫持续状态,主要原因是EEG 误判误读。

(十) 非惊厥性癫痫持续状态的治疗

1. 病因治疗 首先应积极寻找原发病以进行病因治疗。代谢紊乱者需维持电解质、酸碱平衡;积极治疗系统疾病及中枢神经系统原发疾病;服用抗精神病药物引起者可适当减量;停用可疑抗生素、免疫抑制剂;酒精中毒、镇静类药物戒断引起者可选用地西泮类;抗癫痫药物不足者可补足剂量。

2. 维持生命体征 保持气道通畅、防止误吸;低温脑保护,及时完善血气分析、实验室检查;维持水电解质酸碱平衡;监测及维持生命体征等。

3. 药物治疗 诊断明确以后,应尽早采取治疗措施,特别是一些由惊厥性癫痫持续状态发展而来的非惊厥性癫痫持续状态的患者,应采用惊厥性癫痫持续状态的治疗方案。可以静脉使用地西泮,也有部分研究推荐静脉使用劳拉西泮、苯妥英钠或磷苯妥英为本病的二线药物。

如果使用了地西泮或磷苯妥英后,非惊厥性癫痫持续状态仍继续发作,应考虑巴比妥类药物。大量随机、对照性研究发现,对于惊厥性癫痫持续状态治疗,劳拉西泮优于苯妥英钠,然而,对于隐袭性非惊厥性癫痫持续状态,苯巴比妥优于劳拉西泮,但没有统计学差异。

静脉用丙戊酸盐对于控制全身强直-阵挛性癫痫持续状态、非惊厥性癫痫持续状态,包括肌阵挛、失神发作、复杂部分性癫痫持续状态均有效。但需注意,静脉用丙戊酸盐可能导致或加重高氨血症,而高氨血症可能降低患者对刺激的反应。大剂量托吡酯也曾被使用,但是治疗指南没有推荐。尽管没有确切的疗效,还被认为可能导致非惊厥性癫痫持续状态,但左乙拉西坦还是被推荐用于治疗癫痫持续状态。

不同类型、不同病因的非惊厥性癫痫持续状态治疗不同:①静脉或口服地西泮、劳拉西泮对于治疗失神性癫痫持续状态效果好,若足量后效果不好,可静脉用丙戊酸盐或苯巴比妥,地西泮可以直肠内给药。②苯二氮䓬类的撤退、酒精中毒及精神药物的使用早期诱发的迟发性失神性癫痫持续状态,常合并有其他代谢性因素,因此,需停药并静脉应用地西泮或丙戊酸。非典型失神性癫痫持续状态用药同经典失神性癫痫持续状态。③继发于良性癫痫的单纯和复杂部分性癫痫持续状态对一线和二线药物反应较好。可常规静脉用苯二氮䓬类,随后使用苯妥英钠或磷苯妥英,丙戊酸盐,必要时可使用苯巴比妥。为了降低复发率,应该对抗癫痫药物的现存治疗方案进行调整。④急性脑损伤后出现的新发复杂部分性癫痫持续状态是昏迷患者常见的非惊厥性癫痫持续状态,目前推荐治疗方案是首先用劳拉西泮,随后用苯妥英钠或磷苯妥英。⑤某些抗癫痫药物可能诱发失神发作,例如:苯妥英钠、卡马西平、奥卡西平、加巴喷丁、噻加宾、氨己烯酸。停用上述药物能终止失神发作,需要重新服药。⑥昏迷患者的非惊厥性癫痫持续状态不是惊厥性癫痫持续状态的结果,应考虑为单独状态。部分学者认为应采取类似隐源性癫痫持续状态的治疗方案,由于这种类型的癫痫持续状态对常规一线药物不敏感,可以尽早使用抗耐药性癫痫持续状态的药物。

如果传统的方法不能终止发作,就可能发展成为难治性癫痫持续状态。难治性癫痫持续状态的常用药物包括戊巴比妥、硫喷妥钠、咪达唑仑、丙泊酚等。对于难治性的非惊厥性癫痫持续状态,采用迷走神经刺激治疗取得成功的案例也有报道,但迷走神经刺激治疗有效性和可靠性需要进一步研究证实。

(十一) 非惊厥性癫痫持续状态的预后

非惊厥性癫痫持续状态有不同的病因、意识水平和 EEG 类型,因而有不同的预后。

卒中、肿瘤、头部外伤、严重代谢紊乱及存在意识障碍的老年患者预后差。失神发作持续几周甚至几个月也有不遗留任何后遗症的报道。复杂部分性癫痫持续状态引起的急性脑损害可能有记忆障碍、永久性脑损害,也有引起死亡的报道。

虽然非惊厥性癫痫持续状态可引起急性神经损害,甚至发展为全身性惊厥性癫痫持续状态,最后带来认知改变,行为精神异常等危害,但是通常是可治且可逆的。因此,早期诊断、治疗非惊厥性癫痫持续状态是改善不良预后的最佳途径。

(黄圆媛 王学峰)

十一、新生儿惊厥与惊厥持续状态

新生儿惊厥(neonatal seizures)是新生儿最常见的神经系统急症。在活产足月儿中,新生儿惊厥的患病率约为 2‰ ~ 3‰,在早产儿中约为 10‰ ~ 15‰。并且常提示存在严重的原发病,需要迅速的诊断和处理。由于在短短 28 天新生儿期内的惊厥发作很难满足国际抗癫痫联盟(ILAE,2005)"癫痫是一组以反复发作为特征的慢性脑性疾病,发作时有或无意识丧失,常伴神经、精神、认知、社会学诸方面功能障碍"的定义,所以在新生儿期一般都不诊断癫痫。

(一) 新生儿惊厥的病因

新生儿惊厥不是一种独立的疾病,而是由各种原因引起的以惊厥为特征的一组综合征。近 20 年来,由于诊断技术的进步以及磁共振成像的应用使许多以前没有发现的脑损害得以明确诊断。随着遗传代谢疾病筛查技术的开展,新生儿惊厥的病因、病理学有了很大发展。

非感染性原因引起新生儿惊厥最常见,约占 80% ~ 90% ,其中缺氧缺血性脑病(HIE)

跃居首位。感染和单纯代谢因素所占的比例较早年有明显下降。临床上同一惊厥患儿可以同时有多种病因,如 HIE 患儿可同时有低钙血症、低钠血症、低血糖;败血症患儿可合并脑膜炎、中毒性脑病、低血糖;而在电解质和酸碱失衡、血糖异常的惊厥患儿中,绝大部分都存在更主要的病因,在诊疗中应予以注意。

1. 围生期并发症 新生儿缺氧缺血性脑病(HIE)、颅内出血(ICH)、颅脑损伤、脑梗死、脑血管意外、脑积水。

2. 感染 各种病原体所致脑膜炎、脑炎、脑脓肿、感染中毒性脑病、破伤风、高热。

3. 代谢-内分泌因素 低钙血症、低镁血症、低钠血症、高钠血症、低血糖、碱中毒、维生素 B_6 缺乏症、新生儿胆红素脑病(核黄疸)、尿毒症、甲状旁腺功能低下。

4. 脑缺氧 肺透明膜病、胎粪吸入综合征、肺出血、急性心源性脑缺血综合征、高血压、红细胞增多症、意外窒息。

5. 颅脑异常 先天性脑发育不良、颅脑畸形(无脑回、脑裂畸形等)、颅内肿瘤(天幕上畸胎瘤最常见)。

6. 先天性酶缺陷 枫糖尿症、尿素循环障碍、高甘氨酸血症、丙酸血症、甲基丙二酸血症、异戊酸血症、半乳糖血症、维生素 B_6 依赖症、先天性低磷酸酶血症。

7. 基因缺陷 良性家族性新生儿惊厥(钾通道 KCNQ2、KCNQ3 基因畸变)、全身性癫痫伴热性惊厥(钠通道 SCN1A、SCN2A、SCN1B、$GABA_A$ 的 γ_2 等亚单位的基因畸变)、夜间额叶癫痫(神经元尼古丁-乙酰胆碱受体 CHRNA4 或 CHRNB 亚单位基因畸变)、其他基因缺陷引起的良性家族性癫痫、肾上腺白质萎缩、神经皮肤综合征、Zellwegen 综合征、Smith-Lemli-Opitz 综合征、Ohtahara 综合征、I 型葡糖递体综合征、新生儿肌阵挛性脑病、线粒体脑病。

8. 药物 呼吸兴奋剂、异烟肼、氨茶碱、局麻药、有机磷、撤药综合征。

9. 原因不明 约占新生儿惊厥的 2%。

(二) 新生儿惊厥与脑损伤

新生儿惊厥的发生率高于其他任何年龄组,并且其表现形式和脑电图异常也与儿童和成人存在很大不同。由于新生儿中枢神经系统发育尚未成熟,易受各种病理因素的刺激而产生异常放电,大脑皮层受损使其功能处于高度抑制状态时,皮质下中枢易出现异常放电或脑干释放现象(brain-stem release phenomena)。新生儿大脑颞叶和间脑、脑干、边缘系统、海马、黑质、网状激活系统等皮质下结构发育比较成熟,其氧化代谢较旺盛,对缺氧敏感,在各种病理因素刺激下,容易出现皮质下惊厥(陈自励,2006)。

新生儿期皮质性惊厥相对少见的原因与以下因素有关:①惊厥发作需要一群神经元同步放电,即兴奋神经元的数量需要达到一定阈值;②新生儿大脑皮质神经元细胞膜的通透性较强,钠离子易进入,钾离子易漏出,钠钾泵功能和 ATP 水平明显低于成熟神经元,不易迅速有效地泵出钠离子又重新极化,而处于相对的高极化状态,较难产生迅速的重复放电和引起附近神经元的同步放电。

新生儿惊厥可影响神经发育,继发认知、行为障碍或其他癫痫并发症已成为共识。惊厥可以抑制大脑生长发育,改变神经环路,提高神经系统的兴奋性。在生长发育早期的惊厥反复发作可以导致视觉能、空间能和记忆损害(Yager JY,2002)。对惊厥新生儿进行磁共振波谱学检查发现大脑存在一些代谢功能障碍区。有研究表明(Van Putten MJ,2008),

未成熟大脑皮层神经元对异常代谢具有自我保护机制,但过度电活动可以破坏正常神经细胞的发育,引起脑损伤,反复发作可以导致突触重构,减少神经元数目,降低可塑性和使大脑以后易损伤,从而反复发作。相关实验表明,未成熟小鼠的癫痫持续状态可导致丘脑坏死性病变。

(三) 新生儿惊厥发作的临床分型与脑电图表现

由于新生儿树突、突触形成不完善,神经元与神经胶质之间正常联系尚未建立,故皮层局限性异常放电不易向邻近部位传导,更不能传至对侧半球使全脑同时放电。因此,新生儿几乎不会出现典型大发作,典型大发作持续状态更为罕见。

新生儿惊厥发作有很大的偶然性,医师极少有机会直接目睹发作过程,即使观察到患儿发作情况,有时仍不能确定是否为癫痫发作,因此新生儿发作难以诊断和分类。

通过数字视频脑电图(video electroencephalogram,VEEG)和长程 EEG 的研究,发现临床不能察觉的持续 24 小时以上脑电持续状态并不罕见。VEEG 监测发现新生儿发作绝大多数起源于局部脑区,属于部分性发作。无论足月儿还是早产儿,均最常起源于颞区,很少有全身强直-阵挛发作或快速泛化为全身性发作的部分性发作,新生儿发作可表现为几种不同性质的电-临床关系,即电临床发作、电发作及仅有临床发作而不伴有电发作,后两种情况又称为电-临床分离。由于出生时大脑皮层网状结构未发育成熟,但是皮层-皮层下投射已经发育良好并髓鞘化。导致一些新生儿发作出现脑干或皮层下传导,从而出现电-临床分离。

1. **轻微发作型** 是新生儿期最常见的惊厥表现形式,以早产儿多见。可表现为手足细微抽动、反复眨眼、眼睑颤动、眼球转动、阵发性呼吸暂停,面肌抽搐似咀嚼、吸吮动作等。①面、口、舌的异常动作:眼皮颤动、反复眨眼、皱眉、面肌抽动、咀嚼、吸吮、撅嘴、伸舌、吞咽、打哈欠;②眼部异常运动:凝视、眼球上翻、眼球偏向一侧并固定、眼球震颤。足月儿为持续的水平斜视,早产儿为无反应的持续睁眼伴眼球固定;③四肢异常运动:上肢划船样、击鼓样、游泳样动作,下肢踏步样、踩自行车样动作,肢体的旋转运动;④自主神经性发作:呼吸暂停、屏气、呼吸增强、鼾声呼吸、心率增快、血压升高、阵发性面红或苍白、流涎、出汗、瞳孔扩大或缩小。呼吸暂停作为一种发作形式在未成熟新生儿中需要特别注意,呼吸暂停很少是癫痫发作症状,这些新生儿呼吸暂停的病因主要是发育未成熟、脓毒症败血症和呼吸系统疾病。在晚期新生儿中,发作性呼吸暂停常常与其他轻微性发作表现相联系,如眼球震颤、咀嚼或睁眼动作。

临床发作类型与伴随的脑电图(electroencephalogram,EEG)活动间的关系仍存在争论(Patrizi S,2003)。绝大部分轻微性发作惊厥患儿无皮质异常放电,但脑电图常见背景波异常,表现为波幅低平和暴发抑制。常见于 HIE、严重 ICH 和感染患儿。在新生儿 HIE 的研究中,VEEG 监测发现轻微性发作有多种形式的皮层脑电变化,可以出现异常节律性脑电活动。

2. **限局性运动性发作持续状态** 表现为一个肌肉群阵发性节律性抽动,常见于单个肢体或一侧面部,有时可扩散到同侧的其他部位,常不伴意识丧失,每次发作时间可超过 30 分钟甚至数日。

此型发作大部分伴有大脑皮质的异常放电,脑电图主要表现为局灶性尖波,通常包括棘波,有时可扩散到整个半球。常提示脑局部损伤,除局灶性病变如脑梗死、蛛网膜下腔出血外亦可见于代谢异常。

3. 多灶阵挛型 足月儿多见,表现为多个肌肉群阵发性节律性抽动,常见多个肢体或多个部位同时或先后交替地抽动,也可在一次发作中抽搐由一个肢体游走到另一个肢体,由一个部位游走到另一部位或由身体一侧游走到另一侧,而无一定的次序,常伴意识障碍。

由于皮层神经元没有形成完整有效的联结去实现一次放电,因此新生儿惊厥不会表现经典的杰克逊发作或部分性发作继发全身性发作。脑电图常常表现为节律性脑电活动,连续性的 θ 或 α 节律,由皮质的一个区游走到另一个区。约75%患儿具有棘波,伴 1~4 次/秒的慢波和(或)α 样波。本型常见于 HIE、ICH 和感染,偶见于代谢失常。

4. 强直型 表现为单个肢体或四肢强直性伸展或双下肢强直而双上肢屈曲。全身强直型可有躯干的后仰或俯屈,常伴眼球偏移固定和呼吸暂停。除破伤风外,一般神志不清,类似去大脑或去皮质强直。

多数强直发作继发于脑干损伤或功能障碍,本型很少伴有皮质异常放电,主要的形式为高幅慢波,有时出现在暴发抑制的背景上,偶见棘波。常见于早产儿脑室内出血、破伤风、核黄疸等。一部分强直性发作在 VEEG 监测下可与 EEG 有明显的联系。全身性多于限局性,全身性往往与脑电发作不一致,限局性包含局灶特征(如累及单侧半球或斜视)可与脑电发作一致。

5. 肌阵挛型 足月儿和早产儿均可见,表现为肢体或某个孤立部位一次或多次短促的屈曲性抽动,也可涉及双上肢或双下肢。全身性肌阵挛型四肢和躯干均可同样痉挛,类似婴儿痉挛征。

仅部分患儿伴皮质异常放电,脑电图可见暴发抑制,常提示存在明显的脑损害。一些 HIE 新生儿出现肌阵挛发作时,提示脑干受损。特殊的新生儿综合征可表现为肌阵挛发作,如大田原综合征和早期肌阵挛脑病。

6. 混合型 约17%的患儿具有一种以上的惊厥形式,其中以轻微性发作伴多灶型最常见。

(四)新生儿惊厥的诊断

1. 惊厥的诊断 决定新生儿尤其是早产儿是否惊厥有时很难。任何少见的一过性现象或细微的反复性、周期性抽动,尤其伴有眼球上翻或活动异常又有惊厥病因时,应考虑是惊厥发作,超过30分钟时可诊断为新生儿惊厥发作持续状态。脑电图检查有助惊厥的诊断和分类,还可发现仅有皮质异常放电并无临床惊厥表现的亚临床型,对指导治疗、判断疗效和预后都有重要的参考价值。近年国内外采用床边脑电图多图像监护仪进行动态监护,可同时录下皮质异常放电和惊厥动作,大大减少了惊厥的漏诊率。

2. 病因诊断 正确的病因诊断是治疗成功的关键因素。新生儿惊厥病因广泛、复杂,且多种病因同时存在,因而病因诊断困难。由于神经生化及神经影像学的发展,使脑血管、先天畸形等疾病的惊厥病因得以明确,各种少见的惊厥综合征如良性家族性新生儿惊厥等逐渐被认识。病因诊断可以从以下几个方面考虑:

（1）详细病史：母孕期常用镇静剂、毒品等可致断药综合征；母有糖尿病的新生儿易有低血糖、低钙血症、低镁血症；缺氧、产伤史常致 HIE、ICH；胎膜早破、产程延长常导致产时感染；家中有类似患者应考虑先天性代谢异常；接生时消毒不严应怀疑破伤风。

（2）惊厥发作出现时间：①生后3日内有缺氧、产伤史者首先考虑 HIE、颅内出血；有胎膜早破、产程延长等应考虑产时细菌感染；生后未进食尤其是小于胎龄儿、早产儿应考虑低血糖；未进乳汁且补液内无钙剂应考虑低钙血症。维生素 B$_6$ 依赖症可在生后3小时，甚至在宫内发生惊厥，应注意生后3日内常有多种病因同时存在，如 HIE 常伴低血糖、低钙血症、低钠血症。②出生4日后，人工喂养健康儿应考虑低钙血症、低镁血症；重症黄疸应考虑核黄疸（2~10日）；旧法接生应考虑破伤风（4~8日）；头部或臀部有疱疹者应考虑单纯疱疹脑炎（4~9日）；感染中毒表现者应考虑脑膜炎、败血症。

（3）临床表现

1）非感染性惊厥：凝视等眼部异常、意识障碍和（或）前囟饱满、颅缝增宽、肌张力异常，有缺氧史者首先考虑 HIE（早产儿还应考虑脑室内出血）；在有产伤的足月儿应考虑硬脑膜下出血。无异常临床发现的人工喂养儿应考虑低钙血症、低镁血症。惊厥反复发作病因不明时应除外先天性代谢缺陷。

2）感染性惊厥：除破伤风外，怀疑感染者均应作腰穿。尖叫、嗜睡、凝视、前囟饱满、颅缝增宽提示颅内感染，脑脊液正常才考虑败血症。尤其是小于胎龄儿有黄疸、肝脾大、淤点、紫癜应考虑巨细胞病毒感染。

皮肤、口腔、结合膜有疱疹者应考虑单纯疱疹脑炎。有先心病和（或）白内障者应考虑先天性风疹。检查咽部时牙关紧闭者可诊断为破伤风。

（4）辅助检查：应有选择、有步骤地进行。

1）必查项目：血常规（注意血细胞比容和新生儿感染的血象特点）、血电解质（钙、镁、钠）、血糖、血气、脑脊液常规和离心后取沉淀涂片染色找细菌。如脑脊液为血性，在离心后上层液呈深黄色，应考虑蛛网膜下腔出血；上层液色淡，多为穿刺损伤。

2）选查项目：黄疸患儿应查血清胆红素；肾功能不全患儿应查血尿素氮；怀疑感染时应作血和脑脊液细菌培养；怀疑病毒感染可作病毒分离或特异性抗体的血清学检查。

3）进一步检查项目：仅在上述实验室检查均为阴性，病因仍不明确，且怀疑先天性代谢缺陷病时，可作尿筛查、2,4-二硝基苯肼试验、尿和血中氨基酸分析及有关的酶学检查。如怀疑基因缺陷，可进一步作相关基因检测。

4）头颅透光检查：对脑积水、水脑、硬脑膜下积液或血肿的诊断有一定帮助。硬脑膜下穿刺对硬脑膜下积液或血肿可立即明确诊断。

5）X 线检查：头颅平片可发现颅骨骨折、颅脑畸形、TORCH 感染的钙化点。

6）其他图像诊断：B 型超声波、电子计算机断层扫描（CT）、正电子断层扫描（PAT）、磁共振（MRI）、近红外光谱仪（NIRS）等对诊断 HIE、ICH、脑水肿、脑积水、脑萎缩、脑脓肿、脑肿瘤、脑畸形等脑实质病变极有价值。

（五）视频脑电图 VEEG 在新生儿惊厥中的应用

常规脑电图检查确诊率随着孕龄增加而增加，但由于患儿处于发作间期，或由于记录时间较短，一过性的异常放电不易捕捉，有些深部边缘系统、皮质下区及隐匿在脑沟中的小病灶，暴发放电有时难以检测出来，故阳性率不高，仅为 40% ~50%。而 VEEG 弥补了常规脑电图的不足，因而使阳性率大大提高，可达 80% ~90%。

VEEG 的临床应用价值已越来越受到重视，可精确观察分析临床症状及其与 EEG 的关系，定位更准确，并且数字化脑电设备能够在没有技师持续观察的情况下，长时间地记录脑电信号，使持续性脑电监护更加易行，更容易记录到癫痫放电，因此数字化 VEEG 监测能够测量惊厥发作程度、类型和评价脑电-临床关系。

（1）诊断性监测：包括发作性质的鉴别和发作类型的诊断。新生儿惊厥发作是神经元异常超同步化放电引起的临床症状，因而发作期的临床表现和脑电图检查是明确诊断及其发作类型的主要依据。如常规脑电图无阳性发现，而临床不能排除新生儿惊厥发作，或虽已诊断，但不能确定发作类型时，应行 VEEG 监测。

（2）治疗性监测：新生儿惊厥在使用抗癫痫药物时，脑电图的变化帮助决定药物的选择、减量或停药。一般临床发作受到控制，脑电图异常放电消失，则提示治疗药物有效，可以考虑减量以至停用抗癫痫药物。

（3）预后的判断：脑电图的检查和随访观察对新生儿惊厥的预后估计十分重要，临床发作次数少、脑电图背景正常、痫样放电频度极少、经治疗后消失者预后多较好。反之，脑电图背景严重失律、弥漫性或多灶性痫样放电且长时间存在者预后较差。

VEEG 是重复性能好、敏感性较高、无创、可动态监测、早期判断预后的一种重要检查手段，尤其背景活动是判断预后的重要指标，新生儿惊厥之临床转归与 VEEG 检查结果有明确相关性，对于预后评价有较大的参考价值。暴发性抑制、平坦波或有大量痫样放电的 VEEG 均提示预后不良。

VEEG 将患儿临床发作的录像与发作时间的同步脑电变化有机结合起来，对新生儿惊厥的诊断、分型、定位，指导惊厥与非惊厥发作性疾病的鉴别有重要价值。比常规脑电图更全面、客观，更能确定发作的特殊类型和病灶部位，有利于研究和发现新生儿惊厥发作的生理机制和诱因。

（六）新生儿惊厥的治疗

1. 病因治疗 依原发病而异，如低钙血症、低血糖、维生素 B_6 缺乏、急性脑缺氧、高热、高血压等。应重点处理病因，一旦病因消除，常不需用抗惊厥药。由于低血糖和缺氧缺血会对大脑产生严重损害，抗惊厥药物应该建立在通气充足、血流灌流充分，以及排除低血糖的基础上使用，并选择合理的抗惊厥药物及用药方案，以改善新生儿的预后。如情况紧急，一时又难以查明病因，应立即给氧，在抽血备检后，先静脉缓慢注射 25% 葡萄糖和 10% 葡萄糖酸钙各 2mg/kg，对有维生素 B_6 依赖症家族史者，可加用维生素 B_6 100mg，如惊厥未止，即应使用抗惊厥药。

2. 控制惊厥 由于惊厥时血压、脑血流速度和颅内压增高，在早产儿、窒息儿还可致 ICH，故及时使用抗惊厥药，对控制皮质性惊厥和保护脑组织有重要意义。合理的抗惊厥药物用药方案有利于改善新生儿的预后。

（1）安定类

1）地西泮（diazepam）：是目前国内公认的首选药物，能迅速进入脑部，药物浓度水平升高较快，但10～20分钟后脑及血浆浓度迅速下降，惊厥可再次出现，必要时可于15～20分钟后重复1次甚至2次。但多次重复给药易在体内产生蓄积，过量可致呼吸抑制及低血压，尤其是在应用苯巴比妥后。静脉注射困难时采用保留灌肠。

2）劳拉西泮（lorazepam，氯羟安定）：劳拉西泮和地西泮控制惊厥平均时间分别是静脉注射后2分钟和3分钟。对惊厥状态的控制率相近，分别为79%和89%。此外，劳拉西泮药效持续时间（12～24小时）远较地西泮长。因此近年来推荐首选劳拉西泮。劳拉西泮静脉注射剂量为0.2mg/kg，注入速度为5mg/min，有效后可静脉注射苯妥英钠或苯巴比妥，以防止惊厥再发。

3）氯硝西泮（clonazepam）：作用较安定强5倍，静脉注射时剂量为0.03～0.10mg/kg，每次极量为10mg，可在注射后数分钟内奏效。作用时间较地西泮为长，很少需要其他药物维持，静脉注射对心脏和呼吸的抑制比地西泮强，有支气管分泌物增多和血压下降等副作用。

4）咪达唑仑（midamlam，咪唑安定）：为水溶性地西泮类药物，代谢迅速，其代谢产物无活性，作用时间短（1～5小时），半衰期48分钟，故苏醒快，除呼吸和血流动力学外无严重副作用。近年来发现其具有显著的抗惊厥作用，静脉注射一般5～15分钟起效。常用于治疗难治性癫痫持续状态（status epilepticus，SE）。

（2）巴比妥类

1）苯巴比妥（phenobarbital，鲁米那）：首次量10～15mg/kg静脉注射，如未控制惊厥发作，每隔10分钟加注5mg/kg，直至惊厥停止，24小时后改用维持量3～5mg/（kg·d），一般分两次给予。如累积负荷量用达30～40mg/kg仍未止住惊厥，可改用苯妥英钠。大剂量苯巴比妥存在着呼吸和意识抑制，以及血压降低等副作用，先用地西泮再用苯巴比妥时更要警惕呼吸抑制的发生。因此，在药物供应有保证情况下，主张先联合应用地西泮与苯妥英钠。

2）戊巴比妥（pentobarbital）：脂溶性高，静脉注射作用迅速。初始应用的负荷量为静脉注射5mg/kg，随后连续静脉滴注0.5～3.0mg/（kg·h），直至临床发作停止或脑电图示暴发抑制为止。有人认为戊巴比妥是治疗难治性SE的标准药物。但其副作用明显，主要有低血压、呼吸抑制和复苏延迟。

（3）苯妥英钠和磷苯妥英 苯妥英钠（phenytoin）起效慢，其最大疗效出现于静脉注射后20～25分钟，但作用时间长，有效维持时间可达12～24小时，多主张当地西泮类在惊厥已控制，防止惊厥复发或苯二氮䓬类药无效时的首选用药。苯妥英钠首剂10～20mg/kg，静脉注射速度必须低于0.5～1.0mg/（kg·min），最大速率不超过50mg/min，6小时后用半量维持2～3天，24小时内极量1000mg/kg。注射过程中，应密切观察血压、心率及心律。苯妥英钠无呼吸抑制及减低觉醒水平等副作用，对全身强直-阵挛发作持续状态疗效较好。

（4）醛类

1）5%的副醛（paraldehyde）：多用于肌内注射或灌肠，止惊作用好，且安全有效，故适用于静脉注射困难者和难治性SE，尤其是SE反复发作多日后。通常肌内注射后20～60分钟时血浓度最高，半衰期为3～10小时。本药80%经呼吸道排出，可引起剧咳，因此对已有呼吸系统感染、颅内出血者应慎用或忌用,有肝、肾、心脏病者忌用,大剂量可抑制呼吸及血管运动中枢。

2) 10%的水合氯醛(chloral hydrate):易从消化道吸收,作用时间较长,可持续 6~8 小时,体内蓄积少,作为抗 SE 的辅助药保留灌肠,大剂量可抑制呼吸系统、损害肝肾功能。

3. 其他综合措施 包括安静,头偏向一侧,以防误吸;退热,因发热可加重惊厥对脑的损伤;给氧,维持动脉血氧分压在 6.7~9.3kPa(1kPa=7.5mmHg);惊厥未控制期间禁食,并给予全静脉营养,液体入量限制在 80~100ml/(kg·d);由脑水肿所致的颅内压增高者可用甘露醇,每次 0.5g/kg,于约 30 分钟内静脉滴入,必要时每 4~6 小时可重复 1 次。

4. 脑功能监护 除原发病的监护外,对反复发作的惊厥或伴意识、反射、肌张力等神经系统异常者,应进行脑功能动态监护,包括动脉血氧饱和度、血压、脑电图、脑功能监护仪(CFM)、大脑前动脉超声多普勒血流监测、近红外光谱仪(NIRS)监测等。

NIRS 是监测区域性大脑氧饱和度最好的方法,主要反映皮层下白质静脉的血氧饱和度。CFM 即振幅整合脑电图,近年的临床应用证实其准确度很高,但某些短暂的局灶性低电幅惊厥放电有可能被遗漏,故有疑问时可间断加做标准脑电图。

(七) 新生儿惊厥发作的预后

无论何种原因引起的新生儿惊厥发作,都可认为是新生儿脑病的标志。新生儿脑病的不良预后包括脑性瘫痪和大脑发育延迟等。良性家族性新生儿惊厥(常染色体显性遗传)是钾离子通道基因 KCNQ2 和 KCNQ3 突变引起的,常在生后 2~3 天出现强直性和阵挛性发作,1~6 个月自行停止,预后较好。

惊厥的近期和远期预后,主要取决于原发病和惊厥导致的脑受损程度。下列各点常提示预后不良:①病因:按预后程度从重到轻依次为:先天性脑发育不良和颅脑畸形、重度 HIE、核黄疸、损伤性 ICH、化脓性脑膜炎、中毒性脑病、电解质失衡、高热;②惊厥类型:隐匿型、全身强直型、混合型,惊厥间歇期有明显意识障碍、原始反射消失或其他神经学异常;③惊厥不断发作,时间超过 1 周;④脑电图:背景波呈暴发抑制或平段,频发癫痫波或脑电图异常时间超过 1 周。首次脑电图异常程度越重,提示神经系统后遗症越重;⑤影像学检查示颅内明显器质性病变;⑥苯巴比妥需加至负荷量 >30~40mg/kg 或加用其他抗惊厥剂才能控制发作;⑦治疗不及时。

(肖 龙)

参 考 文 献

[1] Caviness JN, Brown P. Myoclonus: current concepts and recent advances. Lancet Neurol,2004,3(10): 598-607.

[2] Agarwal P, Frucht SJ. Myoclonus. Curr Opin Neurol,2003,16(4):515-521.

[3] Caviness JN. Myoclonus. Parkinsonism and Related Disorders,2007,(13):S375-S384.

[4] Hallett M. Myoclonus:Realation to epilepsy. Epilepsia,1985,26(Suppl.1):S67-S77.

[5] Leppik IE. Classification of the myoclonic epilepsies. Epilepsia,2003,44 Suppl 11:2-6.

［6］席志琴、王学峰. 肌阵挛和肌阵挛性癫痫研究进展. 临床神经电生理学杂志,2006,15(3):177-181.

［7］Shibasaki H. Neurophysiological classification of myoclonus. Neurophysiologie Clinique,2006,36:267-269.

［8］Rubboli G,Tassinari CA. Negative myoclonus. An overview of its clinical features,pathophysiological mechanisms,and management. Neurophysiol Clin,2006,36(5-6):337-343.

［9］Lim LL,Ahmed A. Limited efficacy of levetiracetam on myoclonus of different etiologies. Parkinsonism Relat Disord,2005,11(2):135-137.

［10］Jumao-as A,Brenner RP. Myoclonic status epilepticus: a clinical and electroencephalographic study. Neurology,1990,40(8):1199-1202.

［11］Badhwar A,Siren A,Andermann E,et al. Myoclonic status epilepticus: video presentation. Mov Disord,2002,17(2):409-411.

［12］Berger A,Schroeter C,Wiemer-Kruel A,et al. Atypical case of Aicardi-Goutières syndrome with late-onset myoclonic status. Epileptic Disord,2007,9(2):140-144.

［13］Gambardella A,Aguglia U,Oliveri RL,et al. Negative myoclonic status due to antiepileptic drug tapering: report of three cases. Epilepsia,1997,38(7):819-823.

［14］Thomas P,Valton L,Genton P. Absence and myoclonic status epilepticus precipitated by antiepileptic drugs in idiopathic generalized epilepsy. Brain,2006,129(Pt 5):1281-1292.

［15］Guerrini R,Belmonte A,Parmeggiani L,et al. Myoclonic status epilepticus following high-dosage lamotrigine therapy. Brain Dev,1999,21(6):420-424.

［16］Crespel A,Genton P,Berramdane M,et al. Lamotrigine associated with exacerbation or de novo myoclonus in idiopathic generalized epilepsies. Neurology,2005,13;65(5):762-764.

［17］García Pastor A,García-Zarza E,Peraita Adrados R. Acute encephalopathy and myoclonic status induced by vigabatrin monotherapy. Neurologia,2000,15(8):370-374.

［18］Kröll-Seger J,Mothersill IW,Novak S,et al. Levetiracetam-induced myoclonic status epilepticus in myoclonic-astatic epilepsy: a case report. Epileptic Disord,2006,8(3):213-218.

［19］Hui AC,Cheng C,Lam A,et al. Prognosis following Postanoxic Myoclonus Status epilepticus. Eur Neurol,2005,54(1):10-13.

［20］Khot S,Tirschwell DL. Long-term neurological complications after hypoxic-ischemic encephalopathy. Semin Neurol,2006,26(4):422-431.

［21］Thömke F,Marx JJ,Sauer O,et al. Observations on comatose survivors of cardiopulmonary resuscitation with generalized myoclonus. BMC Neurol,2005,5:14.

［22］Gaitanis JN,Drislane FW. Status epilepticus: a review of different syndromes,their current evaluation,and treatment. Neurologist,2003,9(2):61-76.

［23］Bien CG,Elger CE. Epilepsia partialis continua: semiology and differential diagnoses. Epileptic Disord,2008,10(1):3-7.

［24］Caraballo RH,Cersósimo RO,Espeche A,et al. Myoclonic status in nonprogressive encephalopathies: study of 29 cases. Epilepsia,2007,48(1):107-113.

［25］Alla Bernardina B,Fontana E,Darra F. Myoclonic status in non-progressive encephalopathies//Roger J,Bureau M,Dravet Ch,et al. Epileptic syndromes in infancy childhood and addlescence. 3rd ed. John Libbey &Co Ltd,2002:137-144.

［26］王学峰. 非进行脑病中的肌阵挛状态//沈鼎烈,王学峰. 临床癫痫学. 第2版. 上海:上海科学技术出版社,2006:247-248.

［27］d' Orsi G,Demaio V,Minervini MG. Myoclonic status misdiagnosed as movement disorders in rett syndrome: a video-polygraphic study. Epilepsy Behav,2009,15(2):260-262.

[28] Valente KD,Koiffmann CP,Fridman C,et al. Epilepsy in patients with angelman syndrome caused by deletion of the chromosome 15q11-13. Arch Neurol,2006,63(1):122-128.

[29] Tüzün E,Baykan B,et al. Autoimmune thyroid encephalopathy presenting with epilepsia partialis continua. Clin EEG Neurosci,2006,37(3):204-209.

[30] Bahi-Buisson N,Villanueva V,Bulteau C,et al. Long term response to steroid therapy in Rasmussen encephalitis. Seizure,2007,16(6):485-492.

[31] Bien CG,Elger CE. Epilepsia partialis continua: semiology and differential diagnoses. Epileptic Disord, 2008,10(1):3-7.

[32] Browner N,Azher SN,Jankovic J. Botulinum toxin treatment of facial myoclonus in suspected Rasmussen encephalitis. Mov Disord,2006,21(9):1500-1502.

[33] Cockerell OC,Rothwell J,Thompson PD,et al. Clinical and physiological features of epilepsia partialis continua. Cases ascertained in the UK. Brain,1996,119: 393-407.

[34] Cokar O,Aydin B,Ozer F. Non-ketotic hyperglycaemia presenting as epilepsia partialis continua. Seizure, 2004,13(4):264-269.

[35] Engel Jr J. Report of the ILAE classification core group. Epilepsia,2006,47:1558-1568.

[36] Espay AJ,Schmithorst VJ,Szaflarski JP. Chronic isolated hemifacial spasm as a manifestation of epilepsia partialis continua. Epilepsy Behav,2008,12(2):332-336.

[37] Haase CG,Hopmann B. Epilepsia partialis continua successfully treated with levetiracetam. J Neurol, 2009,256:1020-1021.

[38] Kang JS,Krakow K,Roggendorf J,et al. Botulinum toxin treatment of epilepsia partialis continua. Mov Disord,2009,15;24(1):141-143.

[39] Kankirawatana P,Dure LS,Bebin EM. Chorea as manifestation of epilepsia partialis continua in a child. Pediatr Neurol,2004,31(2):126-129.

[40] Kinirons P,O'Dwyer JP,Connoly S,et al. Paraneoplastic limbic encephalitis presenting as lingual epilepsia partialis continua. J Neurol,2006,253:256-257.

[41] Kumar S. Epilepsia partialis continua stopped by insulin. J R Soc Med,2004,97(7):332-333.

[42] Löhler J,Peters UH. Epilepsia partialis continua (Kozevnikov- Epilepsie). Fortschr Neurol Psychiatr Grenzgeb,1974,42: 165-212.

[43] Lowden MR,Scott K,Kothari MJ. Familial Creutzfeldt-Jakob disease presenting as epilepsia partialis continua. Epileptic Disord,2008,10(4):271-275.

[44] Lozsadi DA,Hart IK,Moore AP. Botulinum toxin A improves involuntary limb movements in Rasmussen syndrome. Neurology,2004,62(7):1233-1234.

[45] Matthews R,Franceschi D,Xia W,et al. Parietal lobe epileptic focus identified on SPECT-MRI fusion imaging in a case of epilepsia partialis continua. Clin Nucl Med,2006,31(12):826-828.

[46] Mendez MF,Chen JW. Epilepsy partialis continua with visual allesthesia. J Neurol,2009,256(6): 1009-1011.

[47] Mukherjee V,Mukherjee A,Mukherjee A,et al. Type I diabetes mellitus in a child presenting with epilepsy partialis continua. J Indian Med Assoc,2007,105(6):340,342.

[49] Nahab F,Heller A,Laroche SM. Focal cortical resection for complex partial status epilepticus due to a paraneoplastic encephalitis. Neurologist,2008,14(1):56-59.

[50] Nayak D,Abraham M,Kesavadas C,et al. Lingual epilepsia partialis continua in Rasmussen's encephalitis. Epileptic Disord,2006,8(2):114-117.

[51] Ng YT,Bristol RE,Schrader DV,et al. The role of neurosurgery in status epilepticus. Neurocrit Care,

2007,7(1):86-91.

[52] Rejdak K,Papuc E,Dropko P,et al. Acute stroke-elicited epilepsia partialis continua responsive to intra-venous sodium valproate. Neurol Neurochir Pol,2008,42(2):157-160.

[53] Rotenberg A,Bae EH,Takeoka M,et al. Repetitive transcranial magnetic stimulation in the treatment of epilepsia partialis continua. Epilepsy Behav,2009,14(1):253-257.

[54] Tezer FI,Celebi O,Ozgen B,et al. A patient with two episodes of epilepsia partialis continua of the ab-dominal muscles caused by cortical dysplasia. Epileptic Disord,2008,10(4):306-311.

[55] Vukadinovic Z,Hole MK,Markand ON,et al. Lingual epilepsia partialis continua in a girl. Epileptic Dis-ord,2007,9(3):323-326.

[56] Yeh SJ,Wu RM. Neurocysticercosis presenting with epilepsia partialis continua: a clinicopathologic report and literature review. J Formos Med Assoc,2008,107(7):576-581.

[57] Al Tahan A. Paradoxic response to diazepam in complex partial status epilepticus. Arch Med Res,2000,1:101-104.

[58] Barry E,Sussmann NM,Bosley TM,et al. Ictal blindness and status epilepticus amauroticus. Epilepsia,1985,26:577-584.

[59] Corman C,Guberman A,Benavente O. Clobazam in partial status epilepticus. Seizure,1998,7:243-247.

[60] Dreifuss F. Classification of epileptic seizures//Engel J Jr,Pedley TA. Epilepsy: A comprehensive text-book. Philadelphia: Lippincott-Raven Publishers,1997:517-524.

[61] Engel Jr J. Report of the ILAE classification core group. Epilepsia,2006,47:1558-1568.

[62] Erickson JC,Clapp LE,Ford G,et al. Somatosensory Auras in Refractory Temporal Lobe Epilepsy. Epilep-sia,2006,47(1):202-206.

[63] Ferrie CD,Caraballo R,Covanis A. Autonomic Status Epilepticus in Panayiotopoulos Syndrome and Other Childhood and Adult Epilepsies: A Consensus View. Epilepsy,2007,48:1165-1172.

[64] Fish DR. Psychic seizures // Engel J Jr,Pedley TA. Epilepsy: A comprehensive textbook. Philadelphia: Lippincott-Raven Publishers,1997:543-548.

[65] Jackson JH. On a particular variety of epilepsy ("intellectual aura"),one case with symptoms of organic brain disease 1889// Taylor J,editor. Selected writings of J. H. Jackson. Vol 1. New York: Basic Books Inc,1958:308-317,385-405.

[66] Kaplan PK. The EEG of status epilepticus. J Clin Neurophysiol,2006,23(3):221-229.

[67] Koutroumanidis M,Martinovic Z,Oguni H,et al. Panayiotopoulos syndrome: a consensus view. Develo-mental Medicine & Child Neurology,2006,48:236-240.

[68] Koutroumanidis M,Rowlinson S,Sanders S. Recurrent autonomic status epilepticus in Panayiotopoulos syndrome: Video/EEG studies. Epilepsy Behavior,2005,7:543-547.

[69] Matthews R,Franceschi D,Xia W,et al. Parietal lobe epileptic focus identified on SPECT-MRI fusion im-aging in a case of epilepsia partialis continua. Clin Nucl Med,2006,31(12):826-828.

[70] McLachlan RS,Blume WT. Isolated fear and complex partial status epilepticus. Ann Neurol,1980,8:639-641.

[71] Ozkara C,Benbir G,Celik AF. Misdiagnosis due to gastrointestinal symptoms in an adolescent with proba-ble autonomic status epilepticus and Panayiotopoulos syndrome. Epilepsy Behavior,2009,14: 703-704.

[72] Mitchell WG,Greenwood RS,Messenheimer JA. Abdominal epilepsy. Cyclic vomiting as the major symp-tom of simple partial seizures. Arch Neurol,1983,40:251-252.

[73] Ohtsuka Y,Sato M,Sanada S,et al. Suppression-burst patterns in intractable epilepsy with focal cortical dysplasia. Brain Dev,2000,22:135-138.

[74] Panayiotopoulos CP. Autonomic seizures and autonomic status epilepticus peculiar to childhood: diagnosis and management. Epilepsy Behavior,2004,5: 286-295.

[75] Seshia SS,McLachlan RS. Aura continua. Epilepsia,2005,46:454-455.

[76] Sheth RD, Riggs JE. Persistent occipital electrographic status epilepticus. J Child Neurol, 1999, 14: 334-336.

[77] Spatt J,Mamoli B. Ictal visual hallucinations and post-ictal hemianopsia with anosognosia. Seizure,2000, 9:502-504.

[78] VanNess PC,Lesser RP,Duchowny MS. Simple sensory seizures//Engel J Jr,Pedley TA. Epilepsy: a comprehensive textbook. Philadelphia: Lippincott-Raven Publishers,1997:533-542.

[79] Wieser HG. Simple partial status epilepticus// Engel J Jr,Pedley TA. Epilepsy: a comprehensive textbook. Philadelphia: Lippincott-Raven Publishers,1997:709-723.

[80] Wong M,Ess K,Landt M. Cerebrospinal fluid neuron-specific enolase following seizures in children: role of etiology. J Child Neurol,2002,17(4):261-264.

[81] Bauer J,Neumann M,Kolmel HW,et al. Clinical correspondence: ictal generalized rhythmic alpha activity during non-convulsive status epilepticus. Europ J Neurology,2000,7:735-740.

[82] Brenner RP. EEG in convulsive and nonconvulsive status epilepticus. J Clin Neurophysiol, 2004, 21: 319-331.

[83] DeGiorgio CM,Heck CN,Rabinowicz AL,et al. Serum neuron-specific enolase in the major subtypes of status epilepticus. Neurology,1999,52:746-749.

[84] Coeytaux A,Reverdin A,Jallon P,et al. Non convulsive status epilepticus following intrathecal fluorescein injection. Acta Neurol Scand,1999,100:278-280.

[85] Craig JJ,Gibson JM. Non-convulsive status epilepticus: a treatable cause of confusion in pituitary apoplexy. Br J of Neurosurg,2000,14:141-143.

[86] Elliott B,Joyce E,Shorvon S. Delusions,illusions and hallucinations in epilepsy: 2. Complex phenomena and psychosis. Epilepsy Research,2009,82(2):172-186.

[87] Engel J. A proposed diagnostic scheme for people with epileptic seizures and with epilepsy: report of ILAE task force on classification and terminology. Epilepsia,2001,42(5):1-8.

[88] Fejerman N,Caraballo R,Tenembaum SN. Atypical evolutions of benign localization-related epilepsies in children: are they predictable? Epilepsia,2000,41:380-390.

[89] Heinrich A,Runge U,Kirsch M,et al. A case of hippocampal laminar necrosis following complex partial status epilepticus. Acta Neurol Scand,2007,115(6):425-428.

[90] Henke K,Weber B,Kneifel St,et al. Human hippocampus associates information in memory. Proc Nat Acad Sci U S A,1999,96:5884-5889.

[91] Jordan KG. Nonconvulsive status epilepticus in acute brain injury. J Clin Neurophysiol, 1999, 16: 306-313.

[92] Kaplan PK. The EEG of status epilepticus. J Clin Neurophysiol,2006,23(3):221-229.

[93] Kaplan PW. Assessing the outcomes in patients with nonconvulsive status epilepticus: nonconvulsive status epilepticus is underdiagnosed, potentially overtreated, and confounded by comorbidity. J Clin Neurophysiol,1999,16(4):341-352.

[94] Kile SJ,Kim JC,Seyal M. Complex partial status epilepticus in paraneoplastic limbic encephalitis. Clin EEG Neurosci,2007,38(3):172-174.

[95] Kusuhara T, Shoji H, Kaji M, et al. Non-herpetic acute limbic encephalitis. Clin Neurol, 1994, 34: 1083-1088.

[96] Kumpfel T, Lechner C, Auer D, et, al. Non-convulsive status epilepticus with marked neuropsychiatric manifestations and MRI changes after treatment of hypercalcaemia. Acta Neurol Scand, 2000, 102: 337-339.

[97] Maki. T, Kokubo Y, Nishida S. An autopsy case with non-herpetic acute limbic encephalitis (NHALE). Neuropathology, 2008, 28: 521-525.

[98] Maingueneau F, Honnorat J, Isnard J, et al. Partial non-convulsive status epilepsy in multiple sclerosis. Neurophysiol Clin, 1999, 29: 463-472.

[99] O'Regan ME, Brown JK. Serum neuron specific enolase: a marker for neuronal dysfunction in children with continuous EEG epileptiform activity. Europ J Paediatr Neurol, 1998, 2: 193-197.

[100] Petit J, Roubertie A, Inoue Y, et al. Non-convulsive status in the ring chromosome 20 syndrome: a video illustration of 3 cases. Epileptic Disord, 1999, 1: 237-241.

[101] Salanopoulou AS, Bojko A, Lado F, et al. The spectrum of neuropsychiatric abnormalities associated with electrical status epilepticus in sleep. Brain Dev, 2000, 22: 279-295.

[102] Schulze-Bonhage A, Hefft S, Oehl B. Termination of complex partial status epilepticus by intravenous levetiracetam - a case report. J Neurol Neurosurg Psychiatry, 2009, 80: 931-933.

[103] Shoji H, Asaoka K, Yamamoto H, et al. Non-herpetic acute limbic encephalitis. Neurol Med, 2003, 59: 9-13.

[104] Siegel AM, Williamson PD, Roberts DW, et al. Localized pain associated with seizures originating in the parietal lobe. Epilepsia, 1999, 40: 845-855.

[105] Thomas P. Status epilepticus with confusional symptomatology. Neurophysiol Clin, 2000, 30: 147-154.

[106] Tsai MH, Lee LH, Chen SD, et al. Complex partial status epilepticus as a manifestation of Hashimoto's encephalopathy. Seizure, 2007, 16(8): 713-716.

[107] Waterhouse EJ, Vaughan JK, Barnes PY, et al. Synergistic effect of status epilepticus and ischemic brain injury on mortality. Epilepsy Res, 1998, 29: 175-183.

[108] Weimer T, Boling W, Pryputniewicz D, et al. Temporal lobectomy for refractory status epilepticus in a case of limbic encephalitis. J Neurosurg, 2008, 109(4): 742-745.

[109] Abou-Khalil B, Andermann E, Andermann F, et al. Temporal lobe epilepsy after prolonged febrile convulsions: excellent outcome after surgical treatment. Epilepsia, 1993, 34: 878-883.

[110] Adams CB. Hemispherectomy-a modification. J Neurol Neurosurg Psychiatry, 1983, 46: 617-619.

[111] Aicardi J, Amsli J, Chevrie JJ. Acute hemiplegia in infancy and childhood. DevMed Child Neurol, 1969, 11: 162-173.

[112] Aicardi J, Chevrie JJ. Convulsive status epilepticus in infants and children: a study of 239 cases. Epilepsia, 1970, 11: 187-197.

[113] Aicardi J, Baraton J. A pneumo-encephalographic demonstation of brain atrophy following status epilepticus. Dev Med Child Neurol, 1971, 13: 660-667.

[114] Auvin S, Devisme L, Maurage CA, et al. Neuropathological and MRI findings in an acute presentation of hemiconvulsion-hemiplegia: a report with pathophysiological implications. Seizure, 2007, 16(4): 371-376.

[115] Ben Ari Y, Tremblay E, Ottersen OP, et al. The role of epileptic activity in hippocampal and "remote" cerebral lesions induced by kainic acid. Brain Res, 1980, 191: 79-97.

[116] Berhouma M, Chekili R, Brini I, et al: Decompressive hemicraniectomy in a space-occupying presentation of hemiconvulsion-hemiplegia-epilepsy syndrome. Clin Neurol Neurosurg, 2007, 109(10): 914-917.

[117] Willert C, Spitzer C, Kusserow S, et al. Serum neuron-specific enolase, prolactin, and creatine kinase after

epileptic and psychogenic non-epileptic seizures. Acta Neurol Scand,2004,109(5):318-323

[118] Kawada J,Kimura H,Yeshikawa T,et al. Hemiconvulsion hemiplegia syndrome and primary human herpes vires 7 infection. Brain Dev,2004,26:412-414.

[119] Kim DW,Kim KK,Chu K,et al. Surgical treatment of delayed epilepsy in hemiconvulsion-hemiplegia-epilepsy syndrome. Neurology,2008,70(22Pt2):2116-2122.

[120] Maher J,McLachlan RS. Febrile convulsions. Is seizure duration the most important predictor of temporal lobe epilepsy? Brain,1995,118:1521-1528.

[121] Nam H,Lee SK,Chung CK,et al. Incidence and clinical profile of extra-medial- temporal epilepsy with hippoearnpal atrophy. J KoreanMed Sci,2001,16(1):95-102.

[122] Van Hirtum-Das M,Licht EA,Koh S,et al. Children with ESES: Variability in the syndrome. Epilepsy Res,2006,70S: S248-S258.

[123] Patry G,Lyagoubi S,Tassinari CA. Sublinical "electrical status epilepticus" induced by sleep in children. Arch Neurol,1971,24: 242-252.

[124] ILAE. Proposal for revised classification of epilepsies and epileptic syndromes. Commission on Classification and Terminology of the International League Against Epilepsy. Epilepsia,1989,30: 389-399.

[125] Tassinari CA,Michelucci R,Forti A,et al. The electrical status epilepticus syndrome. Epilepsy Res, 1992,6: 111-115.

[126] Tassinari CA,Rubboli G,Volpi L,et al. Encephalopathy with electrical status epilepticus during slow sleep or ESES syndrome including the acquired aphasia. Clin Neurophysiol, 2000; 111 (Suppl 2): S94-S102.

[127] Wunderlich MT,Ebert AD,Kratz T,et al. Early neurobehavioral outcome after stroke is related to release of neurobiochemical markers of brain damage. Stroke,1999,30:1190-1195.

[128] Engel J. A proposed diagnostic scheme for people with epileptic seizures and with epilepsy: Report of the ILAE Task Force on Classification and Terminology. Epilepsia,2001,42: 796-803.

[129] Inutsuka M,Kobayashi K,Oka M,et al. Treatment of epilepsy with electrical status epilepticus during slow sleep and its related disorders. Brain Dev,2006,28: 281-286.

[130] Nickels K,Wirrell E. Electrical status epilepticus in sleep. Semin Pediatr Neurol,2008,15: 50-60.

[131] Kramer U,Sagi L,Goldberg-Stern H,et al. Clinical spectrum and medical treatment of children with electrical status epilepticus in sleep (ESES). Epilesia,2009,50(6):1517-1524.

[132] Nieuwenhuis L,Nicolai J. The pathophysiological mechanisms of cognitive and behavioral disturbances in children with Landau-Kleffner syndrome or epilepsy with continuous spike-and-waves during slow-wave sleep. Seizure,2006,15: 249-258.

[133] Loddenkemper T,Cosmo G,Kotagal P,et al. Epilepsy surgery in children with electrical status epilepticus in sleep. Neurosurgery,2009,64: 328-337.

[134] Özlem Hergüner M,Incecik F,Altunbasak S,et al. Clinical characteristics of 10 patients with continuous spikes and waves during slow sleep syndrome. Pediatr Neurol,2008,38: 411-414.

[135] Kelemen A,Barsi P,Gyorsok Z,et al. Thalamic lesion and epilepsy with generalized seizures,ESES and spike-wave paroxysms-Report of three cases. Seizure,2006,15: 454-458.

[136] Bahi-Buisson N,Savini R,Eisermann M,et al. Misleading effects of clonazepam In symptomatic electrical status epilepticus during sleep syndrome. Pediatr Neurol,2006,34: 146-150.

[137] Praline J,Barthez MA,Castelnau P,et al. Atypical language impairment in two siblings: relationship with electrical status epilepticus during slow wave sleep. J Neurol Sci,2006,249: 166-171.

[138] Coutelier M,Andries S,Ghariani S,et al. Neuroserpin mutation causes electrical status epilepticus of

slow-wave sleep. Neurology,2008,71: 64-66.

[139] Perucca E,Gram L,Avanzini G,et al. Antiepileptic drugs as a cause of worsening seizures. Epilepsia, 1998,39: 5-17.

[140] Corda D,Gelisse P,Genton P,et al. Incidence of drug-induced aggravation in benign epilepsy with centrotemporal spikes. Epilepsia,2001,42: 754-759.

[141] Bensalem-Owen MK,Fakhoury TA. Continuous spikes and waves during slow sleep in an adult. Epilepsy Behav,2008,12: 489-491.

[142] Saltik S,Uluduz D,Cokar O,et al. A clinical and EEG study on idiopathic partial epilepsies with evolution into ESES spectrum disorders. Epilepsia,2005,46: 524-533.

[143] Kramer U,Nevo Y,Neufeld MY,et al. Epidemiology of epilepsy in childhood: a cohort of 440 consecutive patients. Pediatr Neurol,1998,18: 46-50.

[144] Kallay C,Mayor-Dubois C,Maeder-Ingvar M,et al. Reversible acquired epileptic frontal syndrome and CSWS suppression in a child with congenital hemiparesis treated by hemispherotomy. Eur J Paediatr Neurol,2009,13(5):430-438.

[145] Kobayashi K,Nishibayashi N,Ohtsuka Y,et al. Epilepsy with electrical status epilepticus during slow sleep and secondary bilateral synchrony. Epilepsia,1994,35: 1097-1103.

[146] Guzzetta F,Battaglia D,Veredice C,et al. Early thalamic injury associated with epilepsy and continuous spike-wave during slow sleep. Epilepsia,2005,46: 889-900.

[147] De Negri M. Electrical status epilepticus during sleep (ESES). Different clinical syndromes: Towards a unifying view? Brain Dev,1997,19: 447-451.

[148] Tassinari CA,Rubboli G. Cognition and paroxysmal EEG activities: from a single spike to electrical status epilepticus during sleep. Epilepsia,2006,47(Suppl 2): 40-43.

[149] De Tiège X,Ligot N,Goldman S,et al. Metabolic evidence for remote inhibition in epilepsies with continuous spike-waves during sleep. Neuroimage,2008,40: 802-810.

[150] McVicar KA,Shinnar S. Landau-Kleffner syndrome,electrical status epilepticus in slow wave sleep,and language regression in children. Ment Retard Dev Disabil Res Rev,2004,10: 144-149.

[151] Dinner DS. Effect of Sleep on Epilepsy. J Clin Neurophysiol,2002,19: 504-513.

[152] Parmeggiani A,Posar A,Scaduto MC. Cerebellar hypoplasia,continuous spike-waves during sleep,and neuropsychological and behavioral disorders. J Child Neurol,2008,23: 1472-1476.

[153] Maquet P,Hirsch E,Metz-Lutz MN,et al. Regional cerebral glucose metabolism in children with deterioration of one or more cognitive functions and continuous spike-and-wave discharges during sleep. Brain, 1995,118: 1497-1520.

[154] Gaggero R,Caputo M,Fiorio P,et al. SPECT and epilepsy with continuous spike waves during slow-wave sleep. Childs Nerv Syst,1995,11: 154-160.

[155] Pinton F,Ducot B,Motte J,et al. Cognitive functions in children with benign childhood epilepsy with centrotemporal spikes (BECTS). Epileptic Disord,2006,8:11-13.

[156] Giordani B,Caveney AF,Laughrin D,et al. Cognition and behavior in children with benign epilepsy with centrotemporal spikes (BECTS). Epilepsy Research,2006,70: 89-94.

[157] Metz-Lutz MN,Filippini M. Neuropsychological findings in Rolandic epilepsy and Landau-Kleffner syndrome. Epilepsia,2006,47(suppl 2): 71-75.

[158] Okuyaz C,Aydin K,Gücüyener K,et al. Treatment of electrical status epilepticus during slow-wave sleep with high-dose corticosteroid. Pediatr Neurol,2005,32: 64-67.

[159] Cerminara C,D'Argenzio L,D'Agati E,et al. Zonisamide efficacy in ESES: a case report. Eur J Paedi-

atr Neurol,2008,12: S40-S41.

[160] Aeby A,Poznanski N,Verheulpen D,et al. Levetiracetam efficacy in epileptic syndromes with continuous spikes and waves during slow sleep: experience in 12 cases. Epilepsia,2005,46: 1937-1942.

[161] Kawakami Y,Matsumoto Y,Hashimoto K,et al. Treatment with flunitrazepam of continuous spikes and waves during slow wave sleep (CSWS) in children. Seizure,2007,16: 190-192.

[162] Dimova P,Bojinova V. Levetiracetam and steroids in epilepsies with continuous spikes and waves during slow sleep: a prospective study on 12 children. Eur J Paediatr Neurol,2008,12: S40-S41.

[163] De Negri M,Baglietto MG,Battaglia FM,et al. Treatment of electrical status epilepticus by short diazepam (DZP) cycles after DZP rectal bolus test. Brain Dev,1995,17: 330-333.

[164] Harvey S,Cross JH,Shinnar S,et al. Defining the spectrum of international practice in pediatric epilepsy surgery patients. Epilepsia,2008,49: 146-155.

[165] Guerrini R,Genton P,Bureau M,et al. Multilobar polymicrogyria,intractable drop attack seizures,and sleep-related electrical status epilepticus. Neurology,1998,51: 504-512.

[166] Praline J,Hommet C,Barthez MA,et al. Outcome at adulthood of the continuous spike-waves during slow sleep and Landau-Kleffner syndromes. Epilepsia,2003,44: 1434-1440.

[167] Smith MC,Hoeppner TJ. Epileptic encephalopathy of late childhood: Landau-Kleffner syndrome and the syndrome of continuous spikes and waves during slow-wave sleep. J Clin Neurophysiol, 2003, 20: 462-472.

[168] Kaplan PW. The clinical features,diagnosis,and prognosis of nonconvulsive status epilepticus,Neurologist,2005,11:348-361.

[169] Shorvon S. What is nonconvulsive status epilepticus,and what are its subtypes? Epilepsia, 2007, 48 (12):2383.

[170] Alroughani R,Javidan M,Qasem A,et,al. Non-convulsive status epilepticus;the rate of occurrence in a general hospital. Seizure,2009,18(1):38-42.

[171] Little AS,Kerrigan JF,McDougall CG,et al. Nonconvulsive status epilepticus in patients suffering spontaneous subarachnoid hemorrhage. J Neurosurg,2007,106:805-811.

[172] Abend NS,Dlugos DJ. Nonconvulsive status epilepticus in a pediatric intensive care unit. Pediatr Neurol, 2007,37:165-170.

[173] Tanaka H,Ueda H,Kida Y,et,al. Hepatic encephalopathy with status epileptics: a case report. World J Gastroenterol,2006,12(11):1793-1794.

[174] Saurina A,Vera M,Pou M,et al. Nonconvulsive status epilepticus in dialysis patients. Am J Kidney Dis, 2002,39(2):440-441.

[175] Bhatt A,Farooq MU,Bhatt S,et,al. Periodic lateralized epileptiform discharges: an initial electrographic pattern in reversible posterior leukoencephalopathy syndrome. Neurol Neurochir plo, 2008, 42 (1): 55-59.

[176] Tsuji M,Tanaka H,Yamakawa M,et,al. A case of systemic lupus erythematosus with complex partial status epilepticus. Epileptic Disord,2005,7:249-251.

[177] Fernández-Torre JL,Martínez-Martínez M,González-Rato J,et al. Cephalosporin-induced nonconvulsive status epilepticus: clinical and electroencephalographic features. Epilepsia,2005,46:1550-1552.

[178] Maganti R,Jolin D,Rishi D,et al. Nonconvulsive status epilepticus due to cefepime in a patient with normal renal function. Epilepsy Behav,2006,8:312-314.

[179] Koussa SF,Chahine SL,Samaha EI,et al. Generalized status epilepticus possibly induced by gatifloxacin. Eur J Neurol,2006,13:671-672.

[180] Kaplan PW, Birbeck G. Lithium-induced confusional states: nonconvulsive status epilepticus or triphasic encephalopathy? Epilepsia, 2006, 47:2071-2074.

[181] Yoshino A, Yoshimasu H, Tatsuzawa Y, et al. Nonconvulsive status epilepticus in two patients with neuroleptic malignant syndrome. J Clin Psychopharmacol, 1998, 18:347-349.

[182] Maganti R, Gerber P, Drees C, et, al. Nonconvulsive status epilepticus. Epilepsy Behav, 2008, 12(4): 572-586.

[183] Meierkord H, Holtkamp M. Non-convulsive status epilepticus in adults: clinical forms and treatment. Lancet Neurol, 2007, 6(4):329-339.

[184] Thomas P, Valton L, Genton P. Absence and myoclonic status epilepticus precipitated by antiepileptic drugs in idiopathic generalized epilepsy. Brain, 2006, 129:1281-1292.

[185] Pandian JD, Cascino GD, So EL, et al. Digital video-electroencephalographic monitoring in the neurological-neurosurgical intensive care unit: clinical features and outcome. Arch Neurol, 2004, 61: 1090-1094.

[186] Husain AM, Mebust KA, Radtke RA. Generalized periodic epileptiform discharges: etiologies, relationship to status epilepticus, and prognosis. J Clin Neurophysiol, 1999, 16:51-58.

[187] Yemisci M, Gurer G, Saygi S. Generalised periodic epileptiform discharges: clinical features, neuroradiological evaluation and prognosis in 37 adult patients. Seizure, 2003, 12:465-472.

[188] Hirsch LJ, Claassen J, Mayer SA, et al. Stimulus-induced rhythmic, periodic, or ictal discharges (SIRPIDs): a common EEG phenomenon in the critically ill. Epilepsia, 2004, 45:109-123.

[189] Boulanger JM, Deacon C, Lécuyer D, et al. Triphasic waves versus nonconvulsive status epilepticus: EEG distinction. Can J Neurol Sci, 2006, 33:175-180.

[190] Szabo K, Poepel A, Pohlmann-Eden B, et al. Diffusion-weighted and perfusion MRI demonstrates parenchymal changes in complex partial status epilepticus. Brain, 2005, 128(Pt 6):1369-1376.

[191] Nomura T, Koyama N, Yokoyama M, et, al. DOOR syndrome concomitant with non-convulsive status epilepticus and hyperintense cerebellar cortex on T2-weighted imaging. Brain Dev, 2009, 31(1):75-78.

[192] Hauf M, Slotboom J, Nirkko A, et al. Cortical Regional Hyperperfusion in Nonconvulsive Status Epilepticus Measured by Dynamic Brain Perfusion CT. AJNR Am J Neuroradiol, 2009, 30(4):693-698.

[193] Shirasaka Y. Lack of neuronal damage in atypical absence status epilepticus. Epilepsia, 2002, 43(12): 1498-1501.

[194] Lima JE, Takayanagui OM, Garcia LV, et al. Use of neuron-specific enolase for assessing the severity and outcome in patients with neurological disorders. Braz J Med Biol Res, 2004, 37(1):19-26.

[195] Husain AM, Horn GJ, Jacobson MP. Non-convulsive status epilepticus: usefulness of clinical features in selecting patients for urgent EEG, J Neurol Neurosurg Psychiatry, 2003, 74:189-191.

[196] Lorenzl S, Mayer S, Noachtar S, et al. Nonconvulsive status epilepticus in terminally ill patients-a diagnostic and therapeutic challenge. J Pain Symptom Manage, 2008, 36(2):200-205.

[197] Navarro V, Fischer C, Convers P. Differential diagnosis of status epilepticus. Rev Neurol (Paris), 2009, 165(4):321-327.

[198] De Herdt V, Waterschoot L, Vonck K, et al. Vagus nerve stimulation for refractory status epilepticus. Eur J Paediatr Neurol, 2009, 13(3):286-289.

[199] Holmes GL, Khazipov R, Ben-Ari Y. New concepts in neonatal seizures. Neuroreport, 2002, 21:13(1): A3-8.

[200] 陈自励. 新生儿惊厥. 中国新生儿科杂志, 2006, 21(2):125-127.

[201] Yager JY, Armstrong EA, Miyashita H, et al. Prolonged neonatal seizures exacerbate hypoxic-ischemic brain damage: correlation with cerebral energy metabolism and excitatory amino acid release. Dev Neu-

rosci,2002,24(5):367-381

[202] Patrizi S,Holmes GL,Orzalesi M,et al. Neonatal seizures:characteristics of EEG ictal activity in preterm and fullterm infants. Brain Dev,2003,25(6): 427-437

[203] Van Putten MJ. Neonatal seizure detection. Clin Neurophysiol,2008,119(11): 2417-2418.

[204] Patel H,Scott E,Dunn D,et al. Nonepileptic seizures in children. Epilepsia,2007,48(11):2086-2092.

[205] Bauer J,Kaufmann P,Klingmüller D,et al. Serum prolactin response to repetitive epileptic seizures. J Neurol,1994,241(4):242-245.

[206] Bauer J,Uhlig B,Schrell U,et al. Exhaustion of postictal serum prolactin release during status epilepticus (letter). J Neurol,1992,239:135-136.

[207] Bauer J,Stefan H,Schrell U,et al. Serum prolactin concentrations and epilepsy:a study which compares healthy subjects with a group of patients in presurgical evaluation and circadian variations with those related to seizures. Eur Arch Psychiatry Clin Neurosci,1992,241:365-371.

[208] Beghi E,De Maria G,Gobbi G,et al. Diagnosis and treatment of the first epileptic seizure:guidelines of the Italian League against Epilepsy. Epilepsia,2006,47 Suppl 5:2-8.

[209] Ben-Menachem E. Is prolactin a clinically useful measure of epilepsy? Epilepsy Curr,2006,6(3): 78-79.

[210] Bye AM,Nunn KP,Wilson J. Prolactin and seizure activity. Arch Dis Child,1985,60(9):848-851.

[211] Chen DK,So YT,Fisher RS,et al. Use of serum prolactin in diagnosing epileptic seizures:report of the Therapeutics and Technology Assessment Subcommittee of the American Academy of Neurology. Neurology,2005,65(5):668-675.

[212] Vos PE,Lamers KJB,Hendriks JCM,et al. Glial and neuronal proteins in serum predict outcome after severe traumatic brain injury. Neurology,2004,62:1303-1310.

[213] Lin YY,Yen SH,Pan JT,et al. Transient elevation in plasma prolactin level in rats with temporal lobe status epilepticus. Neurology,1999,53(4):885-887.

[214] Lindbom U,Tomson T,Nilsson BY,et al. Serum prolactin response to metoclopramide during status epilepticus. J Neurol Neurosurg Psychiatry,1992,55(8):685-687.

[215] Lindbom U,Tomson T,Nilsson BY,et al. Serum prolactin response to thyrotropin-releasing hormone during status epilepticus. Seizure,1993,2(3):235-239.

[216] Lusić I,Pintarić I,Hozo I,et al. Serum prolactin levels after seizure and syncopal attacks. Seizure,1999, 8(4):218-222.

[217] Meierkord H,Shorvon S,Lightman S,et al. Comparison of the effects of frontal and temporal lobe partial seizures on prolactin levels. Arch Neurol,1992,49(3):225-230.

[218] Shukla G,Bhatia M,Vivekanandhan S,et al. Serum prolactin levels for differentiation of nonepileptic versus true seizures:limited utility. Epilepsy Behav,2004,5(4):517-521.

[219] Tomson T,Lindbom U,Nilsson BY,et al. Serum prolactin during status epilepticus. J Neurol Neurosurg Psychiatry,1989,52(12):1435-1437.

[220] Trimble MR. Serum prolactin in epilepsy and hysteria. BMJ,1978,2:1628.

[221] Vukmir RB. Does serum prolactin indicate the presence of seizure in the emergency department patient? J Neurol,2004,251(6):736-739.

[222] Borusiak P,Herbold S. Serum neuron-specific enolase in children with febrile seizures:time profile and prognostic implications. Brain Dev,2003,25(4):272-274.

[223] Casmiro M.,Maitan S.,De Pasquale F,et al. Cerebrospinal fluid and serum neuron-specific enolase concentrations in a normal population. Eur J Neurol,2005,12:369-374.

[224] Correale J, Rabinowicz AL, Heck CN, et al. Status epilepticus increases CSF levels of neuron-specific enolase and alters the blood-brain barrier. Neurology,1998,50(5):1388-1391.

[225] DeGiorgio CM, Correale JD, Ginsburg DL, et al. Serum neuron specific enolase in status epilepticus. Neurology,1994,44(suppl2):205.

[226] DeGiorgio CM, Correale JD, Gott PS, et al. Serum neuron-specific enolase in human status epilepticus. Neurology,1995,45(6):1134-1137.

[227] DeGiorgio CM, Gott PS, Rabinowicz AL, et al. Neuron-specific enolase, a marker of acute neuronal injury, is increased in complex partial status epilepticus. Epilepsia,1996,37(7):606-609.

[228] DeGiorgio CM, Heck CN, Rabinowicz AL, et al. Serum neuron-specific enolase in the major subtypes of status epilepticus. Neurology. 1999,52(4):746-749.

[229] Lima JE, Takayanagui OM, Garcia LV, et al. Use of neuron-specific enolase for assessing the severity and outcome in patients with neurological disorders. Braz J Med Biol Res,2004,37(1):19-26.

[230] Palmio J, Peltola J, Vuorinen P, et al. Normal CSF neuron-specific enolase and S-100 protein levels in patients with recent non-complicated tonic-clonic seizures. J Neurol Sci,2001,183(1):27-31.

[231] Palmio J, Keränen T, Alapirtti T, et al. Elevated serum neuron-specific enolase in patients with temporal lobe epilepsy: a video-EEG study. Epilepsy Res,2008,81(2-3):155-160.

[232] Pitäknen A, Sutula TP. Is epilepsy a progressive disorder? Prospects for new therapeutic approaches in temporal-lobe epilepsy. Lancet Neurol,2002,1:173-181.

[233] Pitäknen A, Nissinen J, Nairismägi J, et al. Progression of neuronal damage after status epilepticus and spontaneous seizures in a rat model of temporal lobe epilepsy. Prog. Brain Res,2002,135:67-83.

[234] Rabinowicz AL, Correale J, Boutros RB, et al. Neuron-specific enolase is increased after single seizures during inpatient video/EEG monitoring. Epilepsia,1996,37(2):122-125.

[235] Rabinowicz AL, Correale JD, Bracht KA, et al. Neuron-specific enolase is increased after nonconvulsive status epilepticus. Epilepsia,1995,36(5):475-479.

[236] Rech TH, Vieira SR, Nagel F, et al. Serum neuron-specific enolase as early predictor of outcome after in-hospital cardiac arrest: a cohort study. Crit Care,2006,10:R133.

[237] Sankar R, Shin DH, Wasterlain CG. Serum neuron specific enolase is a marker for neuronal damage following status epilepticus in the rat. Epilepsy Res,1997,28(2):129-136.

[238] Salmenperä T, Kälviäinen R, Partanen K. , et al. Hippocampal and amygdaloid damage in partial epilepsy: a cross-sectional MRI study of 241 patients. Epilepsy Res,2001,46:69-82.

[239] Salmenperä T, Könönen M, Roberts N, et al. Hippocampal damage in newly diagnosed focal epilepsy: a prospective study. Neurology,2005,64:62-68.

[240] Shirasaka Y. Lack of neuronal damage in atypical absence status epilepticus. Epilepsia,2002,43(12):1498-1501.

[241] Sutula TP. Mechanisms of epilepsy progression: current theories and perspectives from neuroplasticity in adulthood and development. Epilepsy Res,2004,60:161-171.

[242] Suzuki Y, Toribe Y, Goto M, et al. Serum and CSF neuron-specific enolase in patients with West syndrome. Neurology,1999,53(8):1761-1764.

[243] Tumani H, Otto M, Gefeller O, et al. Kinetics of serum neuron-specific enolase and prolactin in patients after single epileptic seizures. Epilepsia,1999,40(6):713-718.

[244] Treiman DM, Delgado-Escueta AV. Complex partial status epilepticus// Delgado-Escueta AV, Wasterlain CG, Treiman DM, et al. New York: Raven Press,1983:69-81.

第二节 癫痫持续状态的脑电图

脑电图（electroencephalogram，EEG）是癫痫持续状态（status epilepticus，SE）诊断、分类及治疗监测的重要工具。大多数全面性惊厥性癫痫持续状态，根据临床表现即可做出诊断，但在一些病例，常需借助 EEG 与精神源性（或假性）惊厥性持续状态区分。

非惊厥性癫痫持续状态，常与代谢或中毒性脑病、痴呆及精神疾病等混淆，临床诊断常存在困难，而 EEG 则是准确诊断的唯一方法。在全面性惊厥性癫痫持续状态的惊厥活动停止后，大约 1/3 的患者发生非惊厥性癫痫持续状态（微细癫痫持续状态），此种情况伴有较高死亡率，EEG 可帮助检测持续性非惊厥性癫痫持续状态的存在。

癫痫持续状态有多种类型，加之不同的病因及癫痫状态持续时间的不同，其 EEG 存在多种不同类型。每种类型可能与某种（或某些）类型持续状态或持续状态的不同阶段相关，了解和认识这些脑电图类型，不仅在临床诊断上，而且对治疗及判断预后，均具有重要价值。本章将重点描述癫痫持续状态各种不同的 EEG 类型、EEG 诊断标准、EEG 各种类型与临床的关系及在监测治疗中所发挥的作用。

一、癫痫持续状态的脑电图类型

既往对癫痫持续状态有不同的分类方案。传统的分类方法是根据癫痫发作的类型，即有多少种发作类型就有多少种癫痫持续状态。另一种分类方案，仅仅根据有无惊厥现象的存在，将癫痫持续状态分为惊厥性和非惊厥性两种类型。近年来癫痫持续状态的概念又被扩大到一些癫痫综合征。在这里，我们将根据这些分类方案来讨论癫痫持续状态的 EEG 类型。表 2-2-1 列出我们下面将要讨论的癫痫持续状态及 EEG 类型。

表 2-2-1 根据癫痫发作分类的癫痫持续状态及 EEG 类型

1. 全面性惊厥性 SE（GCSE）
   (1) 全面性起源
   ①原发性全面强直-阵挛 SE
   ②阵挛性 SE
   ③强直性 SE
   ④肌阵挛 SE
   (2) 部分性起源
     继发性全面强直-阵挛 SE
2. 非惊厥性 SE（NCSE）
   (1) 全面性起源
   ①全面失神 SE（ASE）典型
                   非典型
   ②微细全面惊厥 SE（Subtle GCSE，SGCSE）
   (2) 部分性起源
   ①单纯部分性 SE
   部分持续性癫痫
   ②复杂部分性 SE
   ③部分性电活动 SE

3. 年龄相关的 SE
   (1) 新生儿 SE
   (2) 慢波睡眠期电活动持续状态癫痫（ES-ES）
   (3) Landau-Kleffner 综合征
4. 非癫痫性持续状态（精神源性或假性癫痫持续状态）
5. 有争论的类型
   (1) 周期性—侧性癫痫样放电（periodic lateralized epileptiform discharges，PLEDs and PLEDs plus）
   (2) 双侧独立性周期性癫痫样放电（bilateral independent periodic epileptiform discharges，BIPEDs）
   (3) 全面性周期性类型
   (4) 三相波
   (5) 暴发抑制

（一）全面惊厥性癫痫持续状态（generalized convulsive status epilepticus，GCSE）

1. 全面性起源

1）原发性全面惊厥性持续状态（primary GCS，PGCSE）：原发性全面强直-阵挛发作，通常对治疗有好的反应，因此发生 SE 的几率相对较少。SE 通常发生在对治疗不依从或依从性差或酒精戒断的患者。原发性全面强直-阵挛发作的行为表现及 EEG 改变，自发作起始就是双侧对称的，其后临床表现和 EEG 呈进行性改变（图 2-2-1）。在强直期，EEG 显示脑电活动电压（波幅）突然弥漫性降低，伴有异常低波幅的 20～40Hz 快节律，随时间进程快节律的波幅逐增，频率逐减至大约 10Hz（癫痫性募集节律），其后为 theta 活动和混有慢波的 alpha 活动。EEG 的最初节律可能部分地被肌肉活动所掩盖。在阵挛期，EEG 显示暴发性多棘慢复合波发放，肌电图所显示的肌电活动与阵挛性抽动同步发生。持续性原发性 GCSE，SE 为阵挛期表现：以反复 GTCS 伴有意识损害为特征的 GCSE，两次发作间期 EEG 显示弥漫性无序的减慢活动，电压衰减，在两次发作间可能出现全面性癫痫样发放。在单次全面强直-阵挛发作后脑电活动的波幅出现暂时性衰减，但在 GCSE 发作后，由于主动抑制的衰竭，EEG 常缺乏惊厥后的这种电压衰减和低频活动。尽管反复发作随时间进程每次发作持续时间和强度减少，但原发性 GCSE 进展至微细全面性惊厥持续状态（subtle generalized convulsive status epilepticus，SGCSE）尚未见报道。

2）阵挛性癫痫持续状态（clonic status epilepticus）：阵挛性癫痫持续状态少见，通常只见于婴儿和儿童。EEG 显示双侧节律性高波幅 delta 活动混有棘波及多棘波，暴发性棘波和多棘波与阵挛抽动同步发生。

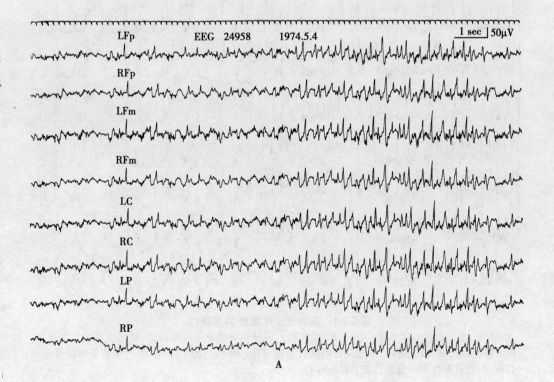

A

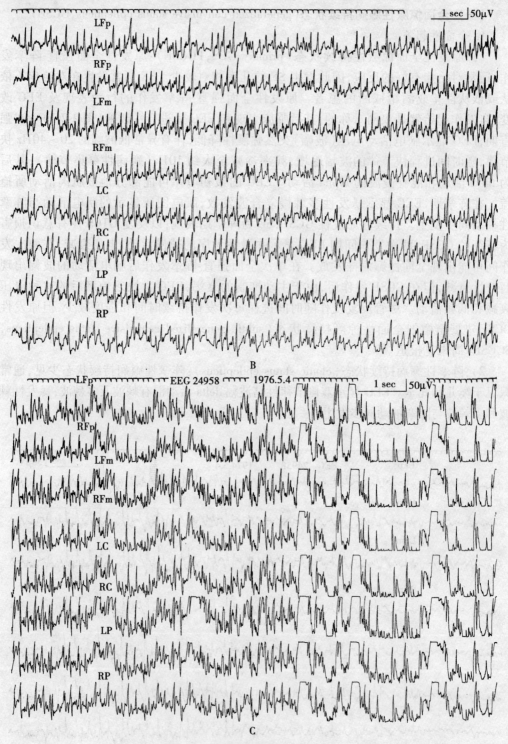

图 2-2-1 原发性全面强直-阵挛发作

女,36 岁,患原发性 GTC 5 年。图 A、B(强直期):各导联突然普遍波幅降低,继之发现快波节律,快节律波幅逐增,波率逐减,形成高波幅棘波节律,持续 40 秒。图 C(阵挛期):快波节律被慢波打断,出现普遍性多棘慢复合波,持续 60 秒

3）强直性癫痫持续状态(tonic SE)：主要发生在 Lennox-Gastaut 综合征患者。临床表现为面部、胸部、腹部和(或)肢体肌肉的短暂性(10~15 秒)强直收缩。强直运动有时非常轻微，仅有脊旁肌的轻度强直收缩或眼球向上的偏转，因此临床上要做出强直性 SE 的诊断，可能需要借助 EEG。强直期间 EEG 显示普遍性电活动的电压衰减，或短程低电压普遍性快活动，发作时放电的波幅逐增，频率逐减，继之为节律性普遍性棘波(图 2-2-2A)。强直发作通常持续不到 10 秒，但在一夜间可能有上百次的发作(图 2-2-2B)。应用苯二氮䓬类治疗可能促发或恶化强直性 SE。

4）肌阵挛 SE(myoelonic SE)：肌阵挛 SE 分为两种类型：原发性肌阵挛 SE 和症状性肌阵挛 SE。原发性肌阵挛 SE 发生在有原发性全面性癫痫患者，尽管患者有持续的或反复的肌阵挛发作，但意识保持清醒。EEG 显示反复暴发的棘慢复合波或多棘慢复合波，双侧对称，暴发间期 EEG 背景活动正常。症状性肌阵挛 SE 发生在有继发性全面性癫痫的儿童如 Lennox-Gastaut 综合征、进行性肌阵挛癫痫(图 2-2-3)、婴儿严重肌阵挛脑病及非进展性脑病肌阵挛状态等。症状性肌阵挛 SE 的发作放电，也是呈暴发性棘慢或多棘慢复合波放电，但双侧不同步不对称，发作放电间期背景活动减慢。上述两种类型对抗癫痫药治疗均有反应。

肌阵挛 SE 也可见于急性或慢性缺氧缺血性脑损伤，通常发生在心脏停搏后。急性缺氧后肌阵挛通常发生在缺氧损伤后 8~24 小时，患者有持续的不规则的全面性或不连续的肌阵挛抽动。EEG 背景显示严重的电压衰减或暴发抑制类型，伴有 1~1.5Hz 的普

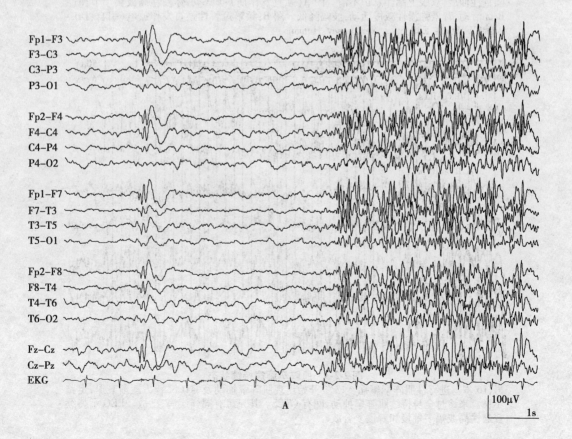

A

100μV

1s

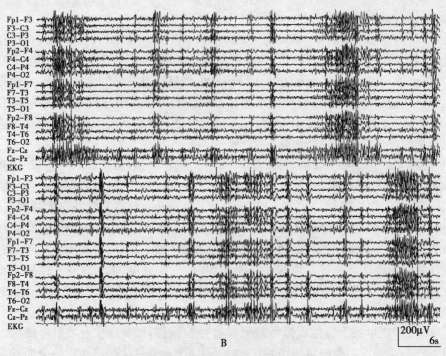

B

200μV
6s

图 2-2-2　强直性癫痫持续状态

女,24 岁,患 Down 综合征及 Lennox-Gastaut 综合征。描记 EEG 时患者频繁发作,双上肢强直性伸展,双眼上翻伴意识不清。图 A(强直发作期):EEG 示弥漫性高波幅半节律性 Beta 活动,背景弥漫性减慢活动,波幅降低。图 B:频繁短暂性强直发作放电(引自:Drislane FW. Status Epileptics. New Jersey:Humana)

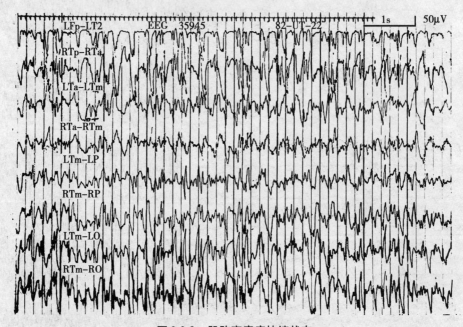

图 2-2-3　肌阵挛癫痫持续状态

男,16 岁。进行性肌阵挛癫痫。13 岁开始出现肌阵挛抽动及 GTCS,智力逐渐衰退,走路不稳。来诊时全身持续肌阵挛抽动,间有 GTCS。其兄患有同样疾病,已故。EEG 示持续普遍性高波幅多棘慢和棘慢复合波遍性棘波或多棘波(图2-2-4)。急性缺氧后肌阵挛 SE 预后差,非常难于治疗。肌阵挛 SE 通常是严重缺氧损伤的一个症状,而不是对损伤起作用的因素,因此积极治疗缺乏依据。尽管缺氧后肌阵挛 SE 可能被 AED 消除,但神经结局不会有改善。慢性缺氧后肌阵挛显示各种不同的 EEG 类型,常见的类型是以中央区为主的不规则的多棘慢复合波发放,引起临床上节段性或普遍性肌阵挛抽动,常被运动或刺激促发。

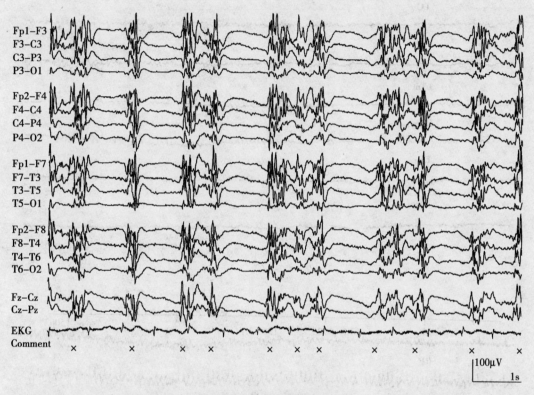

图2-2-4 缺氧后肌阵挛 SE
EEG 示不规则高波幅多棘波或多棘慢复合波反复暴发,背景活动严重衰减。×为技术员记录的肌阵挛抽动(引自:Drislane FW. Status Epileptics. New Jersey:Humana)

2. 部分性起源-继发性全面惊厥 SE 发作开始是局灶性,由单纯部分性或复杂部分性发作进展为全面性惊厥 SE(图2-2-5)。继发性全面惊厥 SE 占所有 GCSE 的70%~80%,有较高的死亡率。Treiman 及其同事根据动物模型和人类在 SE 不同阶段描记的 EEG,提出 GCSE 期间 EEG 改变的进展顺序。最初 EEG 描记显示不连续的电发作活动伴有明显的全面性惊厥发作,如未充分恰当治疗,不连续的发作融合在一起,EEG 形成逐增和逐减的节律性发作放电类型,最终变成持续的单一波形——可能为持续的棘波或棘慢复合波,节律性尖波或慢波类型。持续的发作放电常不对称,反映了部分起源的特征。当 SE 进展,发作变得不连续,持续的单节律放电被短暂的(0.5~8秒)普遍性电压衰减或低平活动所打断。晚期,EEG 在低平背景上,反复周期性全面性癫痫样放电(图2-2-6)。当 EEG 变得不连续时,临床运动表现逐渐微细,只能见到一些微细的肌肉抽动,如手指、腹部肌肉、面肌的抽动或眼颤样运动。最终所有运动症状消失,但 EEG 的异常放电仍继续存在,此时称为微细或电的全面性惊厥持续状态。

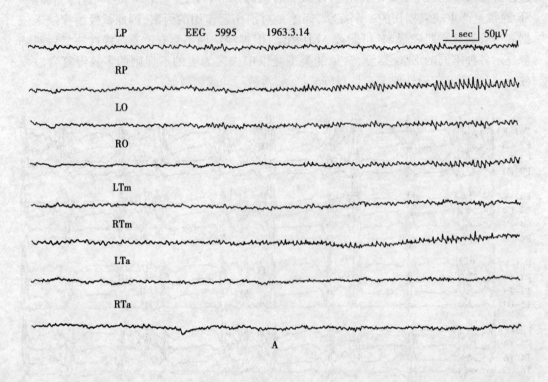

A

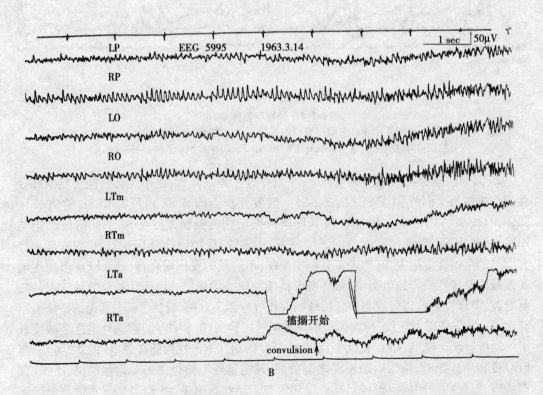

搐搦开始

convulsion

B

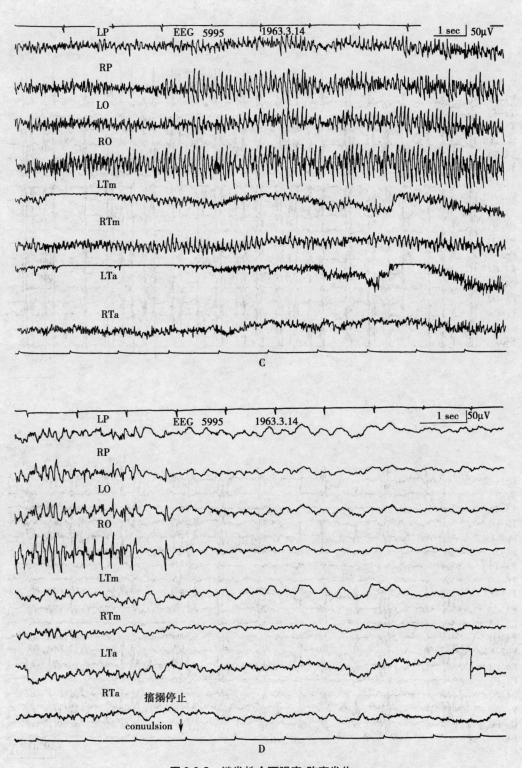

图 2-2-5 继发性全面强直-阵挛发作

女,37 岁,发作性抽搐伴意识丧失 25 年。GCSE 发作 1 天,昏迷状态。EEG 示右顶叶最先出现中等
波幅 11Hz 节律,波幅逐增,渐播散至其他导联,10 秒后患者全身惊厥发作

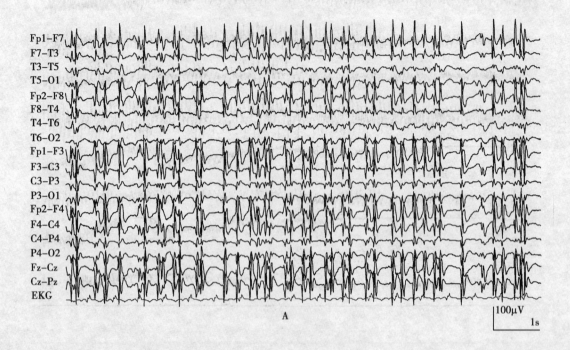

A

100μV

1s

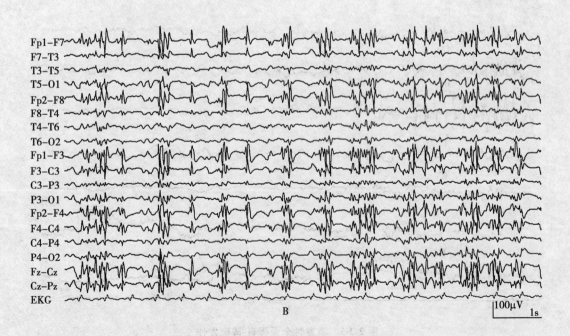

B

100μV

1s

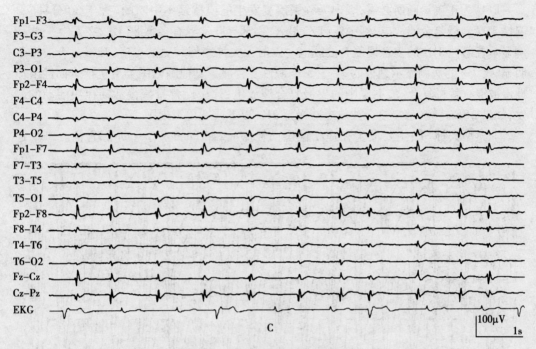

图 2-2-6　微细全面惊厥性癫痫 SE

女,68 岁,肾衰竭伴 GCSE。用劳拉西泮、苯妥英钠和苯巴比妥治疗后仍处昏迷状态。临床检查有眼球震颤样运动,手指轻微抽动。图 A:持续性全面性棘波和多棘波。图 B:最初应用丙泊酚后,EEG 示不连续性棘波,背景呈弥漫性减慢活动。图 C:增加丙泊酚剂量,EEG 出现 GPEDs,抽动完全停止(引自:Drislane FW. Status Epileptics. New Jersey:Humana)

　　另一些研究者未发现 Treiman 等提出的 EEG 改变的顺序。认为 Treiman 等提出的这些 EEG 类型常可见到,但其发生没有顺序或仅出现于一些患者。在 SE 的整个过程,患者可能倾向于以一种 EEG 类型持续存在。关于惊厥活动在这种顺序中的哪一个环节终止及治疗对这些类型起什么作用也存在争议,很多脑电图专家认为周期性癫痫放电不是一种癫痫发作的类型,因为它们也可能发生在以前从无任何癫痫发作病史的患者。

(二) 非惊厥性癫痫持续状态(nonconvulsive SE,NCSE)

　　NCSE 是以精神行为的减慢、精神错乱、木僵或昏迷伴有持续的电的发作活动为主要特征。临床 NCSE 有两种重要类型:失神持续状态和复杂部分性持续状态。

　　1. 全面性起源

　　1) 全面性失神 SE:分为典型和非典型失神 SE。

　　典型失神 SE:可能是所有特发性全面性 SE 中最常见的类型,易于漏诊及误诊为局灶性 SE 或非癫痫性精神错乱或行为障碍。临床以意识模糊或朦胧状态最常见。有两种类型,一种为快速连续多次发作,另一种为持续的单次发作,后者更常见。首先由 Lennox (1945)描述。发作持续时间从 15 分钟~31 天,多数持续 2~8 小时。发生在儿童期发生的失神癫痫患者及以前没有特发性全面性癫痫病史的成人。前者常见的促发因素是快速减停 AED、睡眠剥夺、应激、摄入过量的酒精、低血糖、用贝美格活化。后者是撤停苯二氮䓬类药物的少见并发症或出现其他癫痫源因素,此种情况不需要长时间的抗癫痫药物治疗。失神状态的终止是突然的,EEG 显示令人惊异的改善,甚至正常化。

　　EEG 为正确诊断所必需,表现为频繁反复发生的或持续不中断的(大于 30 分钟)普遍性 3Hz 棘慢复合波放电,额中线(FZ)最著,额部导联常混有多棘波(图 2-2-7)。一些病例显示普遍性 3Hz 的多棘慢复合波放电。以前无失神癫痫病史的患者,棘慢复合波常不明显,仅 7% 的病例显示刻板的 3～3.5Hz 棘慢复合波。其他脑电图类型包括全面性节律性慢波混有棘慢复合波,不规则的尖慢复合波放电;弥漫性背景减慢活动伴快活动的暴发;如果 ASE 持续,棘慢复合波放电减慢至 3Hz 以下或变得不规则。

　　非典型失神 SE:主要发生在症状性全面性癫痫,如 Lennox-Gastaut 综合征。EEG 通

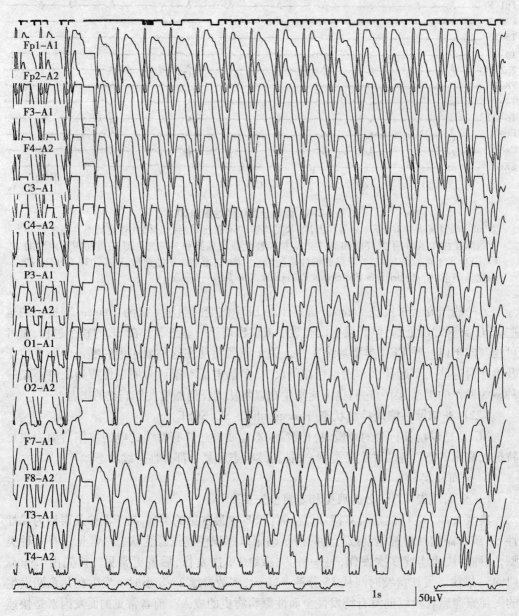

图 2-2-7　失神 SEC

女,15 岁,患特发性全面性癫痫 2 年。有失神和 GCTS。频繁愣神,言语中断发作 2 小时,发作间期反应迟钝。EEG 示普遍性高波幅双侧对称同步 3Hz 棘慢复合波放电

常显示双侧慢棘慢复合波放电(频率小于 2.5Hz),这些放电常不规则、不对称。背景活动普遍减慢(图 2-2-8)。

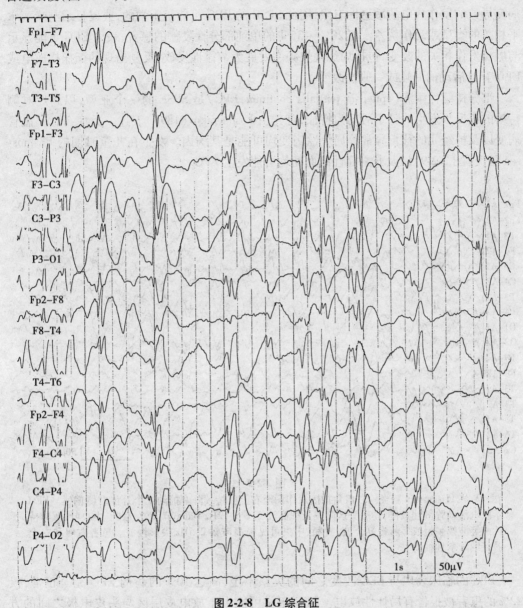

图 2-2-8　LG 综合征

男,9 岁,患 Lennox-Gastaut 综合征 2 年,有非典型失神及强直发作,精神发育迟滞。反应迟钝,意识蒙眬,自言自语 4 小时。发作时,EEG 示持续性普遍性不规则的高波幅 1.5~2Hz 尖慢复合波

2)微细或电的全面惊厥性 SE:

微细或电的全面惊厥 SE 是 GCSE 的晚期阶段,患者呈昏迷状态,运动表现轻微或消失,EEG 通常显示普遍性短暂暴发的多棘波或普遍性周期性癫痫样放电。同样的 EEG 类型,也可见于无癫痫发作病史的严重性脑病,如尿毒症或缺氧后,此时这种类型就可能不代表癫痫发作的类型。在电发作消失而临床精神状态无改善的患者,死亡率明显增高。

2. 部分性起源

1）单纯部分性 SE(simple partial SE,SPSE)：由脑的局部区域受累引起,表现为运动、感觉、特殊感觉、精神和自主神经症状,不伴意识损害。表面(头皮)EEG 对检测较小的脑病变导致的发作放电的敏感性有限,因此 SPSE 的 EEG 可能是正常的,或仅显示与唤醒水平相关的类型或动作伪差。仅20% ~35% 的单纯部分性发作的患者,表面 EEG 可能显示与癫痫发作相关的改变,包括局灶性快频率发展为节律性发放、反复出现的癫痫样放电或 EEG 背景活动的局灶或一侧性改变。

部分持续性癫痫(epilepsia partialis continua,EPC)是 SPSE 的一个亚型,以病灶对侧持续的或反复发生的阵挛活动为特征,首先由 koshevnikov(1895)表述。炎症、脑瘤、血管病变以及神经元的移行异常等局灶性病变均可能是其病因。发生在儿童时期的 Rasmussen 脑炎(图 2-2-9)以及非酮症性高血糖均可能发生 EPC。

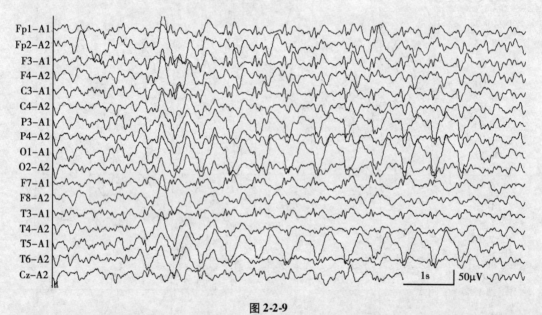

图 2-2-9

女,12 岁,Rusmussen 脑炎。右口角抽搐发作渐至右上肢持续阵挛抽动 4 个月伴右侧偏瘫。EEG 示脑电活动弥散性减慢,左后头区阵发长程高波幅1. 5 ~2Hz Dalta 节律,左额叶、中央叶、颞叶持续中等波幅棘慢或多棘慢复合波,右额、中央可见极高波幅 2.5Hz 尖形慢波。患者右肩和右上肢持续阵挛性抽动

EPC 的临床表现与 EEG 改变之间的关系不定,高达 10% 的病例 EEG 完全正常,仅 22% 的患者被报告有局灶性放电。EEG 正常可能由于放电皮层区与头皮电极之间的方向相反或病灶太小,以至于不能在头皮上检测出来。增加头皮电极的数量可提高局灶放电的比例。应用肌阵挛锁定的平均技术可能帮助显示隐匿的皮层局灶棘波的发放。一些病例甚至从中央前回的皮层描记(无麻醉的清醒患者),尽管肌阵挛运动仍在继续进行,也可能无棘波。Bancaud 等(1990)和 Wieser 等(1998)用深部电极描记,显示了 Ralandic 棘波与阵挛抽动的一致性。Watanable 等(1983)在顶中线部位(Vertex)应用抽动锁定的计算机平均技术研究发现在顶部(Vertex)准确的时间锁定的正性棘波先于受累的拇短屈肌放电32 秒。在运动皮层的癫痫源病灶可能引起皮层长环路反射,这是 EPC 产生的重要部分。EPC 的癫痫样放电通常为不规则的棘或尖波,8% ~14% 的病例可见到周期性一

侧性癫痫样放电(periodic leteralized epileptiform discharge,PLED),但大多数权威人士认为 PLED 不是 NCSE 的一种类型,然而当它与临床局灶持续性发作同时出现时,有理由诊断为 EPC。在有局灶结构异常如 Rasmussen(图 2-2-9)脑炎或者肿瘤时,EEG 可能显示局灶性慢活动或局灶性电压衰减。Adelman(1982)报告,在 EPC 患者出现反常的同侧局灶棘波活动,他们用偶极子的存在解释了此种所见。

2)复杂部分性 SE(complex partialSE,CPSE)

CPSE 分为持续不间断发作和周期发作两种类型。其临床表现呈多样性,因此绝大多数病例都需要 EEG 作为诊断依据。CPSE 常被漏诊或误诊为各种脑病及精神疾病和痴呆,因此对持续存在的原因不明的精神状态改变的患者,EEG 检查是重要的。

与 SPSE 不同,绝大多数 CPSE 患者的头皮 EEG 都有相应改变。EEG 为局灶起源,继之分布、波幅以及频率发生变化及进展。在两次发作间期,EEG 显示慢活动和电压的衰减,逐渐形成局灶性发作活动,当 SE 持续时,出现间歇性低频活动与周期性癫痫样放电(图 2-2-10)。

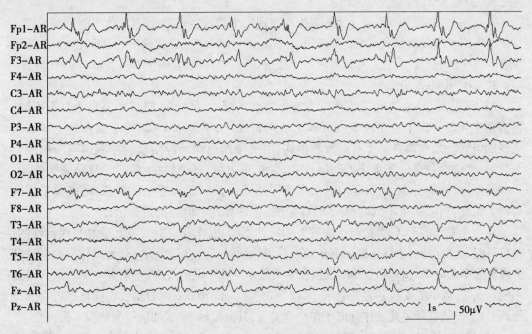

图 2-2-10 复杂部分性癫痫持续状态

男,67 岁,36 年前脑外伤,颅内血肿清除术。遗留左颞叶软化灶。术后 1 个月癫痫发作。4 个月前停服抗癫痫药。3 天前出现 GTCS 后,精神委靡,反应迟钝,重复语言,行为异常。入院时认知功能全面性严重障碍。EEG 示左额区持续周期性出现高波幅尖波

CPSE 的发作类型包括反复的 EPi 样放电,节律性低电压快活动,theta 和 delta 节律。EEG 类型的多样性反映了发作起源部位及发作播散的差异。CPSE 可由任一脑区引起,但颞叶起源更常见。当发作起源于靠近表面(头皮)电极的新皮层区时,可能出现快频率的放电。而较深的病灶多引起较慢频率的活动。当 CPSE 进展时,发作放电波幅增加、频率减慢、分布更广。CPSE 可能以反复发生的 CPS 伴有 2 次发作间期背景减慢或持续的发作节律,与周期性或持续性临床表现一致的。患有部位-相关癫痫和 SE 的患者,EEG

常显示持续的弥漫性棘慢复合波,颇似 ASE。

　　CPSE 发作的 EEG 类型与在单次复杂部分性发作所见相同。在 SE 发作的全过程,EEG 改变可能始终是局灶性的。由颞叶内侧引起的复杂部分性发作,在开始时通常表现为单侧 5~7Hz 的节律性活动,此种节律出现在最初临床症状或体征的 30 秒内。发作间期,在发作起始侧有局灶性的慢波或波幅的衰减。在颞叶新皮层癫痫,EEG 的发作放电更广泛,常不稳定。与颞叶内侧癫痫复杂部分性发作相比,则在相对更晚的时间内发生。

　　约 1/2 以上的额叶癫痫的复杂部分性发作,其发作期的 EEG 正常或呈非局灶改变。由于发作放电的起源部位深或由于额叶运动自动症的明显运动活动引起的肌电或动作伪差,掩盖了脑电活动,使头皮电极不能显示相关的发作。起源于靠近头皮电极的额叶复杂部分性发作,常在发作早期显示局灶性节律性 alpha 或 beta 活动发放,而大部分额叶 CPSE 的患者,表面 EEG 实际上显示双侧尖-慢复合波。顶叶癫痫的复杂部分性发作通常无定位意义,甚或假性定位,在发作播散至颞叶内侧结构引起典型颞叶内侧复杂部分性发作之前,头皮 EEG 可能根本无改变。

　　3) 部分性电发作 SE:见于无明显发作表现的木僵或昏迷患者,其发作可能是持续的或反复发生的。EEG 类型与 SPSE 和 CPSE 相同。此种部分性 SE 常见于卒中后或急性脑损伤患者。当这样的患者病情未在预期内稳定或改善时,应怀疑为此种情况,及早行 EEG 检查。

　　3. 年龄相关的 SE

　　1) 新生儿 SE:在新生儿发作的常规检查和治疗中,持续的 EEG 监测是十分重要的。很多新生儿发作临床表现轻微或根本无临床表现,如不应用 EEG,易于漏诊。不伴临床表现的电活动发作最常见于有严重脑损伤、用抗癫痫药物治疗后及应用肌肉阻滞剂的婴儿。另一方面,也是同等重要的问题,在新生儿并非所有反复发生的运动都是癫痫性的,一些异常运动,如游泳、脚蹬、颤抖、肌阵挛样抽动以及刺激敏感性肌阵挛,可能被错误的解释为癫痫发作,如果不同时进行 EEG 监测,常常导致不恰当的过分治疗。

　　新生儿发作的 EEG 类型与年龄较大的患者不同,发作期电的发放几乎总是局灶性的,并且可能定位在相对小的脑区。有多灶或弥漫性脑损伤的患儿常为多灶性发作。最常见到的发作频率是 alpha、theta 或 delta。但在单次发作内或不同的发作之间,其频率和波形可能不同。alpha 频率的发放多为低电压,而较慢频率(theta 和 delta)的发放可能显示较高的电压。与成人不同,新生儿发作倾向于在一个脑区,其波幅、频率或波形很少或根本无改变。

　　2) 慢波睡眠期电持续状态癫痫(electrical status epilepticus during slow sleep,ESES):ESES 首先由 Patry 及其同事描述(1971)。该综合征在儿童期发病,以癫痫发作、慢波睡眠期持续普遍性棘慢复合波放电及进行性认知功能衰退为特征。清醒状态为不频繁的局灶或普遍性癫痫样放电。在非快速眼动睡眠期,持续普遍性或双侧同步的棘慢复合波至少占慢波睡眠期的 85% 以上,通常为 1.5~3.5Hz(图 2-2-11)。

　　3) Landa-Kleffner 综合征:发生在儿童时期,7 岁以前,患儿病前是正常的,临床以获得性失语、癫痫发作及行为障碍为特征。语言障碍最初为听觉性失认且进行性加重。清醒 EEG 可能正常或一侧或双侧颞区有棘慢复合波放电。局灶性棘-慢波常见于前、中颞区,但也可能发生在颞顶枕区。与 ESES 不同,癫痫样放电占慢波睡眠期的 85% 以下,并且也可能发生在 REM 睡眠期。EEG 改变通常出现在 3~5 岁,大约 15 岁以后消失。

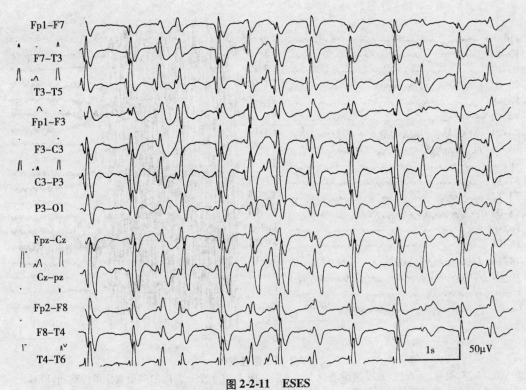

图 2-2-11 ESES

女,9岁,6岁开始于睡眠中出现全身抽搐发作,左侧明显。1年半后出现频繁愣神发作,智能衰退。脑电图监测显示:清醒时左侧中额叶、中央叶为主的散在中等波幅尖波。入睡即暴发长程1.5~2.5Hz高幅棘慢复合波,右侧明显。占整个慢波睡眠期的90%

4. 非癫痫性 SE(精神源性或假性持续状态) 延长的假性发作与全面性或其他类型的 SE,有时难于区分,即便是专科医生,如果没有 EEG 监测,诊断也存在困难。不正确的诊断可能导致不恰当地应用全身麻醉及机械通气。如果 SE 临床表现不典型,并且最初治疗失败,应在全身麻醉前实施 EEG 检查,以明确诊断。在颇似 NCSE 的假性发作持续状态患者,EEG 背景活动通常是正常的。在全面性假性发作持续状态,肌电和动作伪差可能掩盖全面假性发作持续状态的 EEG。在 GTCS 后,EEG 显示发作后的慢活动。因此,如果惊厥发作后,alpha 节律立即出现或在惊厥性运动活动短暂停止期,alpha 立即出现,均为假性持续状态的有力证据(图 2-2-12)。

5. 有争论的类型 EEG 的周期类型常见于有精神错乱,反应迟钝或昏迷患者。与临床癫痫发作的关系不定,是一种有争论的类型。大多数研究者认为周期性癫痫样放电 periodic epileptiform discharges,PEDs)是癫痫发作后或发作间期现象,而另一些人则认为 PEDs 是一种发作期类型。一些脑电图专家认为,频率>2Hz 的 PEDs 是癫痫发作表现,而另一些人认为需伴有癫痫发作的临床体征及在抗癫痫药物治疗后有改善。下面介绍最常见的 EEG 周期类型及它们与 SE 的关系。

1)周期性单侧癫痫样放电(periodic lateralized epileptiform discharges,PLEDs):首先由 Chatrian 及其同事描述。PLEDs 为反复发生的单侧性多时相尖-慢或棘-慢复合波,以0.5~2秒的间隔重复出现。典型表现是癫痫样放电广泛分布在一侧半球,可能播散至对

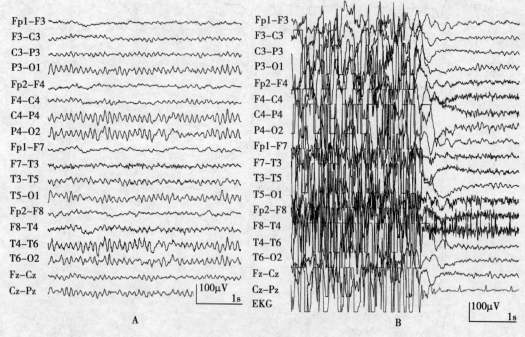

图 2-2-12　假性发作

男,14 岁,凝视,无反应,及眼睑颤动数小时入院。图 A:在 3 个小时内的典型发作事件期间,EEG
正常。图 B:在患者持续四肢摇动 30 余分钟后,EEG 显示弥漫性肌电伪差,继之正常背景活动
(引自:Drislane FW. Status Epileptics. New Jersey:Humana)

侧半球(图 2-2-13A)。在 PLEDs 间期背景活动明显减慢,波幅明显衰减。临床上,有
PLEDs 的患者,通常反应迟钝,伴有局灶神经体征及局灶运动性发作。PLEDs 常发生在急
性、大的结构病变后,如卒中及感染,但也发生在慢性癫痫及静止性病变。在一组 586 例
PLEDs 患者中,不同病因的比率为:卒中 35%,肿瘤 26%,感染(多为单疱病毒性脑炎)
6%,缺氧 2%,其他病因 22%。PLEDs 通常是一过性,一般数日至数周消失。

　　通常不认为 PLEDs 是癫痫发作期的类型,但它常常伴有癫痫发作,有 PLEDs 的患者,
75% ~84% 伴有临床癫痫发作,而电的发作甚至有更高的比例。

　　PLEDs 叠加(PLEDs Plus)是指有复杂的波形,延长的后放电及间以快频率和快的重
复率(>2H)。PLEDs 叠加常伴有临床发作,发作起始 EEG 显示快节律,分布在 PLEDs 范
围内,此时 PLEDs 消失(图 2-2-13B)。

　　少数情况 PLEDs 本身可能就是癫痫发作,放电频率通常 >1.5 ~2Hz。典型的临床
表现为部分持续性癫痫,对侧面或肢体反复不规则的抽动(图 2-2-13C)。几个研究发
现,在 PLEDs 期间 SPECT 和 PET 均显示局灶性高灌注,支持 PLEDs 在一些病例可能就
是癫痫发作,有 PLEDs 叠加或有间歇性电发作的 PLEDs 患者,应该更积极的应用抗癫
痫药物治疗。

　　2)双侧独立性周期性癫痫样放电(bilateral independent periodic epileptiform discharges,BiPEDs):波形与 PLEDs 相同,但双侧半球不是同步发生,每侧半球的放电的波幅、重
复率和分布不同(图 2-2-14)。BiPEDs 见于脑的双侧急性破坏性病变,如缺氧性脑病和

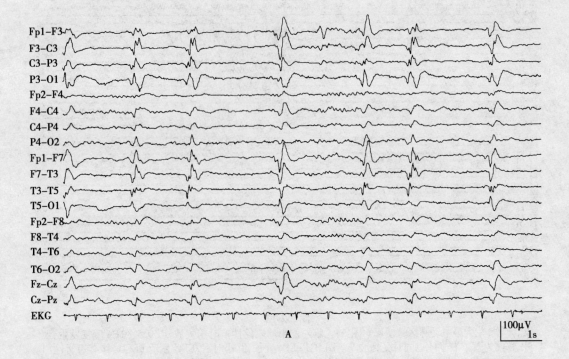

A

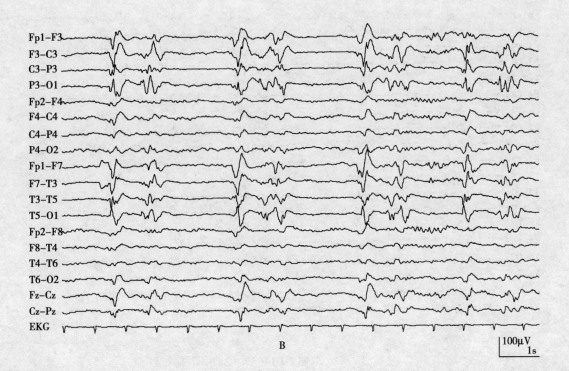

B

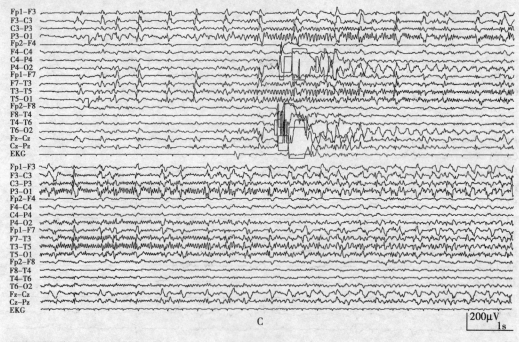

C

200μV
1s

图 2-2-13

女,68 岁,左大脑中动脉区域梗死。图 A:大脑左侧半球广泛性多时相尖波,以 0.5~1Hz 反复发生,颞叶、顶叶为著。右半球也同时受到波及。图 B:PLEDs 叠加,几小时后,EEG 显示 PLEDs 伴有短暂性(1秒)暴发性 Beta 和癫痫样活动。图 C:PLEDs 为电发作,由左颞顶区引起。最初为 PLEDs,逐渐被发作活动所代替。此发作不伴临床行为改变(引自:Drislane FW. Status Epileptics. New Jersey:Humana)

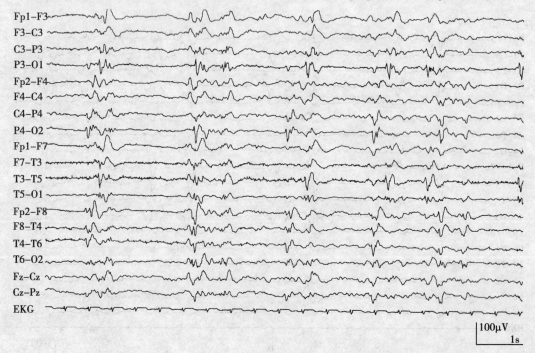

100μV
1s

图 2-2-14

女,68 岁,患单纯疱疹病毒性脑炎。PLEDs 分别由双侧半球引起(不同步)(引自:Drislane FW. Status Epileptics. New Jersey:Humana)

CNS 感染。BiPEDs 是一种较差的医学状态,死亡率高。与 PLEDs 比较,昏迷的比例高 (72% vs. 24%),死亡率高(61% vs. 29%),但局灶性发作相对少见(55% vs. 80%)。

3) 全面性周期性癫痫样放电(generalized periodic epileptiform discharges,GPEDs): GPEDs 是在弥漫性衰减的背景活动下,以 1 秒左右的间隔反复普遍周期性暴发尖-慢复合波、棘波、多棘波或三相波。此种周期性放电可见于严重缺氧,代谢损伤或 GCSE 的晚期阶段。GPEDs 是缺氧性脑病不佳预后的体征,大多数患者死亡或遗留严重的神经缺陷。一些学者认为 GPEDs 是癫痫发作,推荐积极的抗癫痫药物治疗,而另一些学者则认为 GPEDs 是严重的急性神经元损伤,不是癫痫发作,不需要 AED 治疗。在一个研究中,没有发现 SE 后的 GPEDs 与缺氧后的 GPEDs 之间有什么可供区别的特点。即使积极治疗, GPEDs 也仍持续存在。

4) 三相波(triphasic waves):三相波因其多时相的波形而得名。三相波的第一个时相是一个低波幅的负相尖波,第二个时相是高波幅的正相尖波,第三个时相则是一个较低波幅的负相较宽的慢波,分布较广,通常在额部最著,但也可能以大脑后部为著(图 2-2-15)从大脑前至后部或从后至前部三相波可能有时间上的延迟。三相波常常以 0.5~2 秒的间隔呈丛集性或持续性出现,随刺激而增加,随意识障碍水平加深而衰减。三相波发生在代谢性脑病,最常发生在肝性脑病,也可出现在尿毒症、甲状腺功能低下、中毒性脑病及弥漫性结构病变。

典型的代谢性三相波与癫痫样放电的三相波可能难于区分,特别是当重复率高的时候。三相波可能颇似 NCSE 的 EEG 类型,苯二氮䓬类治疗后 EEG 改善可能帮助证实 NCSE 的诊断,但苯二氮䓬类同样也能消除非癫痫性疾病的三相波。因此,此种类型的存在,使我们在为难治性 SE 患者做治疗决定时更加复杂化。

5) 暴发抑制(burst suppression,BS):BS 与 SE 的 EEG 类型很少混淆,在这里讨论的目的是由于 BS 是难治性 SE 应用全身麻醉剂的治疗目标。BS 由两种交替的类型组成(图 2-2-16),即在低波幅或近于低频的 theta 和 delta 活动的背景上,有普遍暴发的高波幅慢波(theta 或 delta 波),期间常混有癫痫样放电,此种暴发活动间隔 2~10 秒重复出现。BS 常见于缺氧缺血性脑病、过度低温、中枢神经系统制剂中毒及深度巴比妥麻醉时。当用于治疗难治性 SE 的全身麻醉时,暴发与抑制比例应是 1∶(3~4)。

前面我们根据不同 SE 的类型分述了 SE 的 EEG 类型。以及目前尚存争议的类型。但任何时间的 EEG 类型,有可能不能区分是局灶性还是全面性的 NCSE,因为源于局灶的发作,可能发展播散成为普遍类型。SE 的 EEG 类型随时间而发展变化,相同的改变常常见于不同的临床表现。连续的 EEG 改变,如发作放电持续时间缩短伴有背景活动的明显衰减,意味着神经元的进行性功能障碍。当 EEG 进行性恶化时,典型的临床运动表现变得更轻微,乃至完全消失。EEG 的进展取决于患者基线情况、SE 持续的时间、病因及治疗,这些都使得仅仅根据 EEG 标准的 SE 分类还存在一些问题。

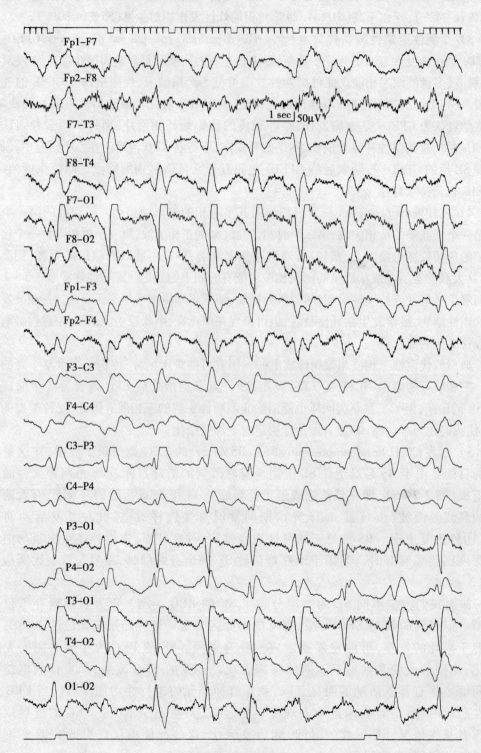

图 2-2-15 三相波

女,60 岁,慢性肝性脑病。EEG 显示弥漫性高波幅三相波呈周期性出现,后头区为著

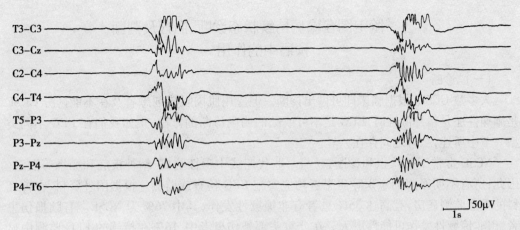

图 2-2-16

男,77 岁,心搏骤停,心肺复苏后,深昏迷。EEG 示间歇暴发高波幅活动,两次暴发间波幅抑制

二、癫痫持续状态的脑电图标准

对于代表 SE 的 EEG 类型常无一致意见,因此,应该对患者的病史、临床状态及对抗癫痫药物治疗反应做出准确的判断。几个研究者为改善 NCSE 或电发作 SE 的诊断,制定了 EEG 诊断标准(表 2-2-2),但尚未被普遍接受。有争论的问题包括 GCSE 和反复的不连续的局灶或全面性发作,EEG 频率小于 3Hz 时,是否代表 SE 的 EEG 类型以及 EEG 对抗癫痫药物治疗反应的意义(见表 2-2-2)。静脉内给予苯二氮䓬类药物可以消除发作放电,但也能抑制三相波,因此在 AED 治疗后单独 EEG 的改善不能证实一个具体的 EEG 类型就是一次发作。一种有争论的 EEG 类型,只有在明显的临床和 EEG 同时改善时才能证实是发作。而且昏迷和反应迟钝的患者即使 EEG 改善,临床也很少立即显示肯定的改善。因此很多 EEG 类型的意义仍然不清。

表 2-2-2　SE 的标准

持续的或反复的发作放电持续 >30 分没有回到发作前的 EEG 或临床状态

1. 反复的发作放电【需满足(1)~(4),有或没有(5)】
　　(1) 反复或节律性或局灶性棘波、尖波、棘-慢或尖-慢复合波或频率为 3~20Hz 的节律波
　　(2) 放电持续 >10 秒
　　(3) 在基线 EEG 活动背景下呈暴发性改变
　　(4) 波幅、频率和(或)分布的广度是发展变化的
　　(5) 发作后出现局灶性或普遍性慢波或电压衰减
2. 持续性发作放电(>30 分钟)
　　频率 >3Hz:与上述相同
　　频率 <3Hz【需满足(1)~(3),有或无(4)】
　　(1) 反复或节律性普遍或局灶性棘波、尖波、棘-慢或尖-慢复合波或节律性波型
　　(2) 放电持续 >10 秒
　　(3) 电压、频率和(或)分布的广度是发展变化的
　　(4) 静脉应用抗癫痫药物后,临床状态和 EEG 明显改善
　　(5) 发作后局灶或普遍性慢活动或电压衰减

三、脑电图在癫痫持续状态诊断、治疗及判断预后中的作用

(一) 诊断

大多数 GCSE,根据临床即可做出诊断。但应用肌肉阻滞剂患者及在不能区分 GCSE 是癫痫性还是精神源性时,EEG 是不可或缺的明确诊断的方法,正如我们在 EEG 不同类型一节中所述,二者之间存在差异。

NCSE 常常不被认识和诊断,易与一些代谢或中毒性脑病、精神疾病和痴呆等混淆。因此,所有不明原因的意识障碍患者均应实施 EEG 检查或监测。根据国外资料,在神经科的重症监测病房,有高达 35% 患者有非惊厥性发作,其中 76% 为 NCSE。有脑损伤患者,患非惊厥性发作可能性更大。在严重头部外伤患者中,16% 在持续的 EEG 监测中显示亚临床的电发作;脑内出血患者中,12% 有亚临床发作;电发作可能存在于 8% ~ 37% 的昏迷或反应迟钝的伴有或不伴有微细临床运动表现的患者。由此可见,有脑损伤伴意识障碍的患者,EEG 检查可能帮助筛查 NCSE。

(二) 治疗

EEG 监测用于指导 SE 治疗,避免临床过度治疗或治疗不充分。治疗过度可能导致低血压或长时间的不必要的机械通气,而治疗不足时,持续的 NCSE 可能使脑血流增加、颅内压增高及对氧的需求增加。

SE 经治疗后,惊厥发作停止或仅有微细运动仍处昏迷的患者以及难治性 SE,仅仅根据临床评价来确定治疗是否成功是不够的,只有 EEG 监测才能区分 GCSE 后药物诱导的昏迷与微细 SE。

对难治性 SE 治疗,全身麻醉选择的深度和时限仍不清楚。应用戊巴比妥钠治疗时的终点,通常是 EEG 出现暴发抑制类型,暴发间隔为 3 ~ 30 秒。即使达到暴发抑制类型,还可能发生突破性发作。较深水平的麻醉,即 EEG 为完全抑制的类型(低平 EEG),可能会改善 SE 的控制和生存。应用咪达唑仑和丙泊酚,EEG 达到暴发抑制可能更困难,应用这两种药,治疗的目标应是控制发作,通常需要持续的 EEG 监测。在麻醉剂逐渐减量的过程中,也应该用 EEG 监测,每 6 ~ 12 小时重复 1 次 EEG,直到发作活动不再发生。

(三) 预后

在 GCSE 的患者中 48% 发生 SE 后的发作放电,此种发作放电为节律性(棘波、尖波或棘慢复合波),持续 10 秒 ~ 数分钟。SE 后发作放电满足 NCSE 标准者,伴有较高死亡率。而在 SE 后 30 分钟以上发生延迟发作放电,如果完全控制,则无恶化结局。SE 后 EEG 恢复正常,预示结局良好,死亡率为 0。在一个研究中,SE 后期出现 GPEDs,伴有差的预后,但在另一研究未得出相同结论。在一个研究中,NCSE 的持续时间与预后明显相关,如果发作在 1 小时内停止,死亡率为 36%,持续 24 小时以上,死亡率增至 75%。

四、脑电图监测技术

长时程 EEG 监测,将产生大量的 EEG 资料,加之在重症监测病房,各种设备的噪音,来自患者本人及护理的干扰,会产生各种伪差,将使对 EEG 的解释复杂化。数字化 EEG 和网络以及自动检测系统和定量 EEG,可能为资料的储存、复阅和分析提供便利条件。

1.数字化EEG与网络　数字化EEG有利于资料的储存、处理及复阅,可在EEG描记后调整导联连接方式、敏感度及滤波。灵活显示脑电活动的波形。这在传统用纸描记的方法是做不到的。此外,EEG技术员和专家可实时从不同地方,通过医院内部网或互联网阅读、分析EEG。在分析时EEG应与录像监测或临床评估结合起来。

2.自动检测系统　自动检测系统通常被设计为能够识别暴发性事件(如发作)和棘(或)尖波。自动检测系统有助于减少数据的量,实时快速复阅和分析,而不是复阅数百页未处理的EEG数据,这样可节省大量时间,提高效率。但自动检测不能代替训练有素的EEG专业人员和专家。

3.定量EEG　定量EEG用快Fourier转换,将数字化EEG信号分为各种频率和波幅,用功率表示。压缩谱阵是最常用的EEG数据处理的图像,每侧半球的每种导联连接方式的EEG功率数据以彩色功率图显示,包括总的功率、某个频率带的功率、某个功率带与总的功率的比率等。压缩谱阵图像可快速检测长时程的EEG改变,甚或微小改变,提醒医务人员注意这些异常。功率的改变可能由癫痫发作、周期的类型、睡眠/清醒周期状态、唤醒或伪差引起。

总之,EEG是SE诊断、分类及监测的重要工具,各种不同的EEG类型可见于SE,反映了不同的发作类型、病因和发作持续时间。大多数GCSE根据临床表现即可诊断,EEG可能被用于区分GCSE与精神源性持续状态。在GCSE控制后需要检测仍在持续的NCSE。EEG在NCSE具有重要意义。周期性EEG类型可能颇似SE,做出诊断更困难。持续或间歇EEG监测对抗癫痫药物治疗后、精神错乱及有难治性SE的患者,证实治疗的有效性是至关重要的。数字化EEG仪对满意的持续性监测提供了技术条件,而EEG的自动检测系统和定量EEG的方法,对分析大量的数据提供了便利。

参 考 文 献

[1]沈鼎烈.临床癫痫学.上海:上海科学技术出版社,1994.

[2]吴逊.癫痫和发作性疾病.北京:人民军医出版社,2001.

[3]刘秀琴.脑电图学//神经系统临床电生理学(上).北京:人民军医出版社,2004.

[4]Treiman DM. Generalized convulsive status epileptics//Engel J,Pedly TA. Epilepsy:A comprehensive textbook. New York:Lippincott-Raven,1997:669-680.

[5]Williamson PD. Complex partial status epilepticus// Engel J,Pedly TA. Epilepsy:A comprehensive textbook. New York:Lippincott-Raven,1997:681-699.

[6]Niedermeyer E. Epileptic seizure disorders//Niedermeyer E, Silva FLD. Electroencephalography. Basic principles,clinical Applications,and related fields. 5eds. Baltimore:Lippincott Williams & Wilkins,2005:585-594.

[7]Pedley TA,Mendiratta A,Walczak TS. Seizures and epilepsy// Ebersole JS,Pedley TA. Current Practice of Clinical Electroencephalography. 3eds. Philadelphia:Lippincott Wilkins,2003:570-581.

[8]Panayiotopoulos CP. The epilepsies seizures,syndromes and management. Oxford:Bladon Medical Publishing,2005:271-286.

[9]Herma ST. The electroencephalogram in status epilepticus//Drislane FW. Status Epilepticus. A clinical perspective. New Jersey:Humana,2005:77-124.

[10]Treiman DM,Walton NY,Kendrick CA. Progressive sequence of electroencephalographic changes during

generalized convulsive status epilepticus. Epilepsy Res,1990,5:49-60.

[11] Kaplan PW. EEG criteria for nonconvulsive status epilepticus. Epilepsia,2007,48（suppl. 8）：39-41.

[12] Feen ES,Bershad EM,Suarez JI. Status Epilepticus. Southern Medical Journal. 2008,101：400-406.

[13] Penas JJG, Molins A, Puig JS. Status Epilepticus. Evidence and controversy. Neurologist, 2007, 13：s62-s72.

[14] Bien CG,Elger CE. Epilepsia parlialis continua. Semiology and differential diagnoses. Epileptic Disord, 2008,10：3-7.

第三节 癫痫持续状态的辅助检查

一、癫痫持续状态患者的生化检查

癫痫常常需要和其他疾病如晕厥、偏头痛或短暂性脑缺血发作等进行鉴别,但最容易混淆的是精神和心理因素引起的非癫痫发作。脑电图上的阳性表现是诊断癫痫的重要佐证,然而一些患者可能脑电图没有异常。视频脑电图监测能帮助我们区分癫痫与非癫痫发作,但是,视频脑电图监测不易进行,成本较高且并非所有的神经科专家或癫痫中心具有这种技术。因此,需要一些生化指标来辅助诊断癫痫。目前应用较多的是血清催乳素和特异性神经元烯醇化酶。

1. 血催乳素 Bauer 等(1992)对 20 例健康人和 17 例癫痫患者进行对照研究,在 24 小时内每隔 20 分钟测定催乳素的水平,结果发现癫痫患者的催乳素水平较正常人高。尽管所有女性患者的基线都没有超过 $700\mu U/ml$,男性均未超过 $450\mu U/ml$,但还是提示血中催乳素的变化可能与癫痫发作,尤其是癫痫持续状态有关。催乳素的升高有助于与非痫发作性疾病鉴别,血中催乳素超过 $700\mu U/ml$ 往往提示是癫痫,没有升高不能除外癫痫持续状态,也不能区别是非惊厥性或失神性癫痫持续状态,另有一些研究发现某些非痫性发作性疾病也有可能引起催乳素和肌酸激酶升高,因此,催乳素和肌酸激酶对边缘性癫痫持续状态鉴别价值有限。

2. 神经元烯醇化酶 神经元烯醇化酶是存在于神经元内的一种特异性生物酶。是判断有无神经元坏死最常用的指标之一。癫痫患者发作后 24 小时内脑脊液中神经元烯醇化酶常有明显升高,24~48 小时内血中神经元烯醇化酶的浓度也升高,72 小时后逐渐恢复正常。利用这种特异性神经元烯醇化酶的变化规律,有学者提出可用于鉴别癫痫与非痫性发作性疾病。

3. 其他 Livingston 及其同事发现非惊厥性癫痫持续状态患者脑脊液中有黄嘌呤浓度降低,这种降低表明有神经元蛋白合成减少,可能与癫痫患者的智能障碍有关。

二、神经生化检查在癫痫持续状态中的实践

（一）血清催乳素

催乳素(prolactin,PRL)为腺垂体前叶分泌的一种蛋白激素,是一种由 199 个氨基酸残基所组成的多肽,分子量 23 500。正常成人催乳素水平为:女性 2~$23\mu g/L$,男性 $1.75~16.5\mu g/L$。催乳素的主要生理作用是促进乳腺发育,引起并维持泌乳,还有刺激

卵泡黄体生成素受体生成的作用。

1. 生理性改变　生理性增加见于运动后、性交、妊娠、产后、吮乳、应激状态及月经周期中的分泌期。此外,睡眠中的催乳素水平高于觉醒状态,女性高于男性。

药理性增加见于使用氯丙嗪及其他吩噻嗪类药物、氟哌啶醇、三环抗抑郁药、大剂量的雌激素、某些抗组织胺药物、α-甲基多巴、合成的促甲状腺素释放激素、一般麻醉剂、精氨酸及胰岛素诱导的低血糖等。

2. 病理性改变　增加:见于垂体肿瘤、乳腺肿瘤、Cushing 综合征、肢端肥大症、垂体柄肿瘤、下丘脑肿瘤、肉芽肿、脑膜炎、肾衰竭、原发性甲状腺功能减退合并促甲状腺释放激素(TRH)增加、肾上腺功能减退、肿瘤的异位生长(如垂体瘤肺转移)、胸壁损伤、外科手术、创伤、带状疱疹、闭经和乳溢综合征以及癫痫发作;减少:见于乳腺癌切除垂体后,PRL 浓度下降。但不完全切除垂体时,血清 PRL 可增加。左旋多巴治疗后减少。

3. 血清催乳素与癫痫发作的关系

(1) 血清催乳素水平与癫痫发作的关系:大约 70% ~90% 的全身强直-阵挛发作和复杂部分性发作后可出现短暂的血清催乳素水平增高(Trimble,1978)。催乳素一般情况是在癫痫发作开始时释放,15 ~20 分钟后达到高峰,1 ~3 小时后降至基线水平(Trimble,1978;Dana-Haeri,1983)。

Trimble 等(1978)首次提出了催乳素与癫痫的关系。他们发现成人全身强直-阵挛发作后血清催乳素水平增高,而非癫痫性发作则没有增高。Bye 等(1985)报道了 18 例儿童患者,其中强直-阵挛发作 10 例,复杂部分性发作 5 例,非癫痫性发作 3 例,其他类型的癫痫发作 7 例。发现 8 例强直-阵挛发作后催乳素浓度超过 $500\mu g/L$。3 例复杂部分性发作后浓度超过 $500\mu g/L$,发作后催乳素浓度的峰值时间从 20 分钟内持续到 3 小时后。而其他类型的发作如单纯部分性发作、失神发作、肌阵挛发作、微小癫痫持续状态及非癫痫发作后的浓度都没有超过 $500\mu g/L$。

但是,短暂的癫痫发作(30 秒以内)、失神发作及肌阵挛发作常常不会出现催乳素水平的增高。即使是复杂部分性发作也可能有不同的结果。Meierkord 等(1992)对视频脑电图证实的 10 例颞叶癫痫和 11 例额叶癫痫发作的患者测定发作后 10 分钟时的血清催乳素水平,结果发现 6/8 的患者的颞叶和 1/8 的患者额叶源性复杂部分性发作出现催乳素水平增高,其余额叶复杂部分性发作和 5 例简单部分性发作没有增高。因此,血清催乳素水平没有升高的情况下不能除外复杂部分性发作的诊断,对额叶复杂部分性发作与精神性发作的鉴别价值也不可靠。

(2) 机制:催乳素分泌调节机制比较复杂。下丘脑是调节催乳素分泌的中枢,存在催乳素释放的抑制因子和促释放因子。正常生理情况下,催乳素的分泌主要受抑制因子的抑制性调节。目前普遍认为抑制因子就是多巴胺,促甲状腺素释放激素是最主要的促释放因子。

癫痫发作后血清催乳素水平增高的机制尚不清楚。抑制性多巴胺和刺激性促甲状腺激素释放激素可能参与了与癫痫活动相关的催乳素水平的调节。目前的假设认为,单次癫痫发作后血清催乳素水平的短暂增高可能是因为颞叶来源的异常电活动传播到下丘脑,从而改变下丘脑对催乳素的释放。但癫痫发作持续至少 30 秒才会诱导催乳素浓度的增加。

（3）催乳素在鉴别癫痫和非痫性发作中的作用：尽管许多研究都表明发作后血清催乳素水平在鉴别诊断急性癫痫发作和非癫痫发作中的作用，但其特异性和敏感性仍不明确。Vukmir（2004）对 200 例急诊疑似癫痫发作的患者测定血清催乳素水平。结果发现催乳素水平在 3.9~294μg/L 间，正常上限为 29.9μg/L。最终诊断为癫痫发作的 109 例（62%），敏感性为 42%，特异性为 82%，总的准确度为 60%。Shukla 等（2004）对包括儿童在内的 19 例精神性发作和 17 例复杂部分性发作测定其发作后 15~20 分钟内的血清催乳素水平，结果发现 5 例精神性发作（全部为女性）的催乳素水平也增高，并超过正常上限的 2 倍。而在癫痫发作组，10 例（58.8%）的催乳素水平增高，但只有 3 例超过正常的 2 倍。作者对催乳素的诊断价值持怀疑态度。

美国神经病学会治疗和技术评定委员会提出了两个问题，即血清催乳素水平在鉴别癫痫和非癫痫发作时是否有用？血清催乳素水平在其他神经系统疾病中是否也会改变？他们回顾了关于催乳素与癫痫发作关系文献，最终他们认为发作后 30 分钟内测定血清催乳素水平，如果血清催乳素升高大于基线的 2 倍或超过 36μg/L 高度提示强直-阵挛发作或复杂部分性发作（Chen，2005）。但对全身强直-阵挛发作的敏感性更高（60% 与 46.1%），而两者的特异性相近（大约 96%）。然而，如果发作后 6 小时测定，那么这可能只是患者的基线水平。但必须注意，一些非癫痫发作如晕厥等也可导致催乳素水平增高。如 Lusićek 等（1999）测定 18 例复杂部分性发作和 15 例血管迷走神经所致晕厥患者的催乳素水平。发现发作后的平均值分别为（1142±305）μg/L，（874±208）μg/L。78% 的复杂部分性发作和 60% 的晕厥都出现了催乳素水平的增高。

因此，综合来看，正常催乳素水平并不能完全除外癫痫或确诊为精神性非癫痫发作。另外还有一些复杂的情况，如患者可能并存癫痫和精神性发作，此时催乳素的鉴别诊断价值不大。

4. 催乳素与癫痫持续状态或反复癫痫发作的关系

（1）催乳素与癫痫持续状态：关于癫痫持续状态和血清催乳素水平的研究比较少。在 Bye 等（1985）的病例中，有 3 例为微小运动性癫痫持续状态，即严重的反复发作的肌阵挛。其中 1 例发现血清催乳素水平明显增高。Tomson 等（1989）第一次系统的研究了癫痫持续状态时的血清催乳素水平。其中失神状态 7 例，复杂部分性 SE 5 例，全身强直-阵挛状态 3 例。3 例以癫痫持续状态为首发表现，12 例之前有癫痫病史。在癫痫持续状态持续 2 小时后测其血清催乳素水平，提示为正常，甚至较基线值还有降低。这与单次癫痫发作不同。因此，作者认为，在癫痫持续状态下，催乳素水平并不能作为区分癫痫和非癫痫发作的依据。此后，Bauer 等（1992）也报道了 1 例因复杂部分性癫痫持续状态入院的患者，每隔 20 分钟测定一次催乳素水平，最初的催乳素水平增高（超过 700μU/ml），但此后最高不过 450μg/L，2 天后癫痫发作停止，催乳素水平降至 93μg/L。

Jackel 等（1987）和 Trimble（1978）提出催乳素贮存的耗竭是长时间癫痫发作后无增高的主要原因。为了验证这个假设，Lindbom 等（1992）对 8 例癫痫持续状态的患者（失神状态 2 例、全身强直-阵挛 SE 1 例、复杂部分性 SE 5 例）注射了多巴胺受体阻滞剂——甲氧氯普胺，并测定注射前后的催乳素水平。结果显示，所有患者癫痫持续状态期间的催乳素水平都未超过正常范围。其中 6 例低于 5μg/L。注射甲氧氯普胺后 60 分钟内，所有患者的催乳素水平至少增加了 5 倍。各种类型之间没有明显的不同。同时，Lindbom 等

（1993）还对 7 例癫痫持续状态的患者静脉内注射促甲状腺素释放激素（最常用的催乳素释放因子），所有患者在注射前催乳素水平都在正常范围（不足 25μg/L），但在注射后出现了至少 2 倍的增长。这些结果与癫痫持续状态下催乳素耗竭的理论相悖。因此癫痫持续状态时催乳素水平下降的机制可能不是催乳素的耗竭而是长时间癫痫活动引起调节机制的改变，刺激多巴胺系统而抑制垂体分泌催乳素，尽管发作一直进行但催乳素水平仍可降至基线。还有一种说法即癫痫活动的强度在癫痫持续状态期间降低，最终导致癫痫活动的传播能力降低。因此，血清催乳素水平也会随之下降。

Lin 等（1999）研究海马区注射红藻酸诱发的颞叶癫痫持续状态，测定早期的血清催乳素水平。结果发现，注射 0.5nmol 红藻酸 10 分钟后血清催乳素水平增高（10.4μg/L ± 1.5μg/L），15 ~ 20 分钟时达到高峰（18.2μg/L ± 2.7μg/L），60 分钟内回到基线水平（5.9μg/L ± 0.5μg/L）。注射 1nmol 红藻酸的结果类似。而对照组未发现催乳素水平的改变。此实验的结果提示，癫痫持续状态的早期可以观察到与急性癫痫发作一样的催乳素水平的增高。

（2）催乳素与反复癫痫发作：目前对同一个患者反复癫痫发作时的催乳素水平研究更少。Jackel 等（1987）测定了 6 小时内连续 3 次发作后的催乳素水平，他们发现首次发作后为 100μg/L，第二次发作后为 41μg/L，第三次后为 44μg/L（基线为 6 ~ 42μg/L）。最后的结论为反复癫痫发作时，催乳素的水平无明显改变。然而，Bauer 等（1994）观察了 14 例颞叶或额叶的反复（2~6 次）强直-阵挛发作或复杂部分性发作的患者，发作间期为 15 分钟到 8 小时 45 分钟不等，测定发作后 5 分钟、30 分钟和 2 小时的催乳素水平。结果发现，5 例患者的血清催乳素水平在每次发作后都明显增高（女性大于 700μg/L，男性大于 500μg/L），另外 9 例无明显改变。首次发作后催乳素水平增加的患者在后来的发作中也增加。作者认为与癫痫持续状态不同，不能随便认为反复发作后催乳素的水平会降低或无明显改变。

正因为这些有争议的研究，美国神经病学会治疗和技术评定委员会（Chen，2005）对催乳素水平在癫痫持续状态中的作用也没有得出最终的结论，需要进一步深入的临床研究。

（二）神经元特异性烯醇化酶

烯醇化酶（2-磷酸-D 甘油酸或磷酸丙酮酸水合酶）是一种糖酵解酶，其作用是将 2-磷酸-D 甘油酸转变为磷酸烯醇丙酮酸。烯醇化酶包括 3 种亚单位，即 α、β、γ。其 γγ 和 αγ 异构体又称为神经元特异性烯醇化酶（neuron-specific enolase，NSE）。因为其主要见于神经元和神经内分泌细胞，故以此命名。但后来的研究也发现血小板和红细胞中也存在这种烯醇化酶。

1. 病理性改变 增高：正常情况下，血清 NSE 浓度为 8.7μg/L（Casmiro，2005）。其增高见于各种神经元损伤或坏死性疾病，如脑外伤、急性脑血管病、急性一氧化碳中毒后迟发性脑病等，神经内分泌肿瘤或异位肿瘤综合征如小细胞肺癌、Creutzfeldt-Jacob 病、血液系统疾病等血清 NSE 浓度也升高；降低：各种脑损伤晚期、阿尔茨海默病等。

2. NSE 与癫痫持续状态 Royds 等（1983）观察了 121 例多种神经系统损伤的患者，提出血清 NSE 水平与神经元损伤程度的关系比肌酸激酶和醛缩酶更密切。人们逐渐认识到，测定 NSE 的血清水平可以用于评价缺氧性损伤（Rech，2006）、创伤性脑损伤（Vos，

2004）及缺血性卒中（Wunderlich，1999）等，并预测其结局。癫痫持续状态，尤其是强直-阵挛状态，无疑会导致神经元的损伤。NSE 与癫痫持续状态的关系已有数篇报道。

（1）机制：神经元损伤或坏死后，NSE 从细胞内溢入脑脊液，再通过受损的血-脑屏障或因血-脑屏障的通透性增高而进入血液。脑胶质细胞和其他神经组织不含 NSE，故 NSE 是检测脑中神经元坏死的客观指标。

惊厥性癫痫持续状态时，神经元过度兴奋从而导致损伤、凋亡、坏死。但 NSE 的具体释放机制尚未完全明了。对锂-毛果芸香碱诱导的幼鼠和成年大鼠癫痫持续状态研究发现，癫痫持续状态过后 1 周内，大小幼鼠的血清 NSE 无明显改变，也无组织学损伤的依据。而大龄鼠其血清 NSE 随着年龄的增长，升高的水平也在增加。因此，不同的脑组织对癫痫持续状态诱发的脑损伤易感性不同。

颞叶癫痫患者和热性惊厥性癫痫持续状态后颞叶海马硬化的患者也是神经元过度兴奋的例子。对癫痫动物实验模型的研究发现，中央颞叶结构较其他脑组织更易受损，如在癫痫持续状态的实验模型中，可以见到海马区的神经元损伤（Pitkänen，2002）。临床和流行病学研究显示癫痫患者海马异常时可以出现癫痫发作频率增高和认知功能的下降（Sutula，2004），尤其在颞叶癫痫中更常见（Pitkänen，2002）。一些 MRI 的研究还显示海马区损伤的严重程度和癫痫发作的数量、频率以及持续时间有关（Salmenperä，2001）。前瞻性研究表明，新诊断的部分性癫痫患者，随访 2～3 年后即可见到海马区的损伤。持续时间较长、发作次数较多的患者出现海马容积的缩小（Salmenperä，2005）。这些研究表明，慢性癫痫和反复的癫痫发作可以导致颞叶癫痫患者神经元损伤。

此外，非惊厥性癫痫持续状态是否会带来神经元的损伤一直有争议。

（2）血清 NSE 水平与癫痫持续状态：Giorgio 等（1994）首次发现癫痫持续状态后血清和脑脊液中 NSE 明显增高。1995 年，DeGiorgio 等再次详细报道了 19 例癫痫持续状态患者血清 NSE 改变。血清 NSE 在癫痫持续状态后 24～48 小时内达到峰值，平均为 24.87ng/ml，比正常（5.36ng/ml）和癫痫对照组（4.61ng/ml）明显增高，7 天内降至正常。其中 8 例为急性神经系统损伤（缺氧、卒中、颅内出血和中枢系统感染或代谢性损伤）所致的癫痫持续状态，平均血清 NSE 水平为 39ng/ml。11 例为特发性或由于停药造成的癫痫持续状态，平均 NSE 水平为 15.44ng/ml。此研究还发现，癫痫持续状态的预后与 NSE 的峰值密切相关，非急性病因相关的癫痫持续状态中，持续时间与 NSE 的峰值相关，与血清峰值低于 11ng/ml 的患者相比，血清 NSE 峰值在 11ng/ml 之上者，癫痫持续时间更长（11.8 小时和 15.5 小时）。随后，DeGiorgio 等（1996）报道了 8 例复杂部分性癫痫持续状态中的血清 NSE 水平改变。8 例患者，无急性神经系统损伤史，平均血清 NSE 的峰值为 21.81ng/ml，是正常对照组的 4 倍。血清 NSE 的增加说明复杂部分性癫痫持续状态可以导致脑损伤。DeGiorgio 等（1999）报道了 4 种不同类型的癫痫持续状态（复杂部分性癫痫持续状态 12 例、失神状态 1 例、全身惊厥性癫痫持续状态 12 例和亚临床全身惊厥性癫痫持续状态即肌阵挛癫痫持续状态 6 例）后 1、2、3 和 7 天时的血清 NSE 改变。这 4 种类型中 NSE 的水平都明显增高，其平均峰值分别为 23.88ng/ml、21.50ng/ml、14.10ng/ml 和 37.83ng/ml，全部都高于正常对照组（5.02ng/ml）。亚临床癫痫持续状态中的高 NSE 水平提示急性较重的神经系统损伤和较差的预后，复杂部分性癫痫持续状态较高的血清 NSE 水平反映了这一组中癫痫持续状态持续时间较长。

（3）脑脊液中 NSE 水平与癫痫持续状态：由于脑脊液检查涉及伦理学问题，而且腰椎穿刺检查相对复杂且有风险，所以既往的研究着重于血清 NSE 对神经元损伤或神经系统结局的评估。

Correale 等（1998）测定了 11 例癫痫持续状态结束后 24 小时内的脑脊液中 NSE 水平。结果发现，82% 患者脑脊液中 NSE 水平较对照组增高，而且与同时抽取的血清标本相比，脑脊液中 NSE 水平更高。此外，反映血-脑屏障完整性的标志即脑脊液/血清白蛋白比值在癫痫持续状态的患者中也升高，其升高还与脑脊液和血清 NSE 水平有关。因此，作者认为脑脊液中 NSE 水平有望成为癫痫持续状态后脑损伤的标志物。这项研究的最终结果还表明，脑脊液中的 NSE 水平对评价卒中、脑外伤、缺氧性脑病、脑炎、脑肿瘤及癫痫持续状态的患者神经元损伤和预测临床结局也有价值。为了明确 NSE 水平对神经系统损伤患者的严重程度和预后的评估作用，Lima 等（2004）进一步比较了脑炎、脑创伤、意识障碍和脑囊虫病及正常患者的血清和脑脊液 NSE 水平，结果发现，血清 NSE 在监测脑损伤方面敏感性并不高，但是脑脊液中 NSE 水平对评价神经损伤和副作用较可靠。

Shirasaka 等（2002）还比较了复杂部分性癫痫持续状态和失神癫痫持续状态脑脊液中的 NSE 水平。结果提示失神状态脑脊液 NSE 水平低于复杂部分性癫痫持续状态的患者，但尚在正常范围内。这说明失神癫痫持续状态不会出现神经元损伤。一些患者用血清 NSE 来评价神经元的损伤并不合理。

3. NSE 与急性单次癫痫发作　如前所述，动物实验和临床病例研究都表明癫痫持续状态可以导致神经元损伤，尤其是海马区受损（Young，2006）。但是，反复短暂的发作是否会导致脑损伤仍有争议（Pitkänen，2002；Sutula，2004）。癫痫持续状态后 NSE 水平升高已被广泛接受，但单次强直-阵挛发作或复杂部分性发作是否也会导致 NSE 水平的改变还是未知。

（1）急性单次癫痫发作后 NSE 水平的改变：Rabinowicz 等（1996）检测了 15 例癫痫和 10 例非痫性发作患者的血清 NSE 水平。在癫痫组，尤其是继发全身强直-阵挛患者（4/4）中发作后的血清 NSE 水平较正常对照组和基线明显增高。结果表明单次复杂部分性发作和全身强直-阵挛发作后血清 NSE 也可能增高。

最近，Palmio 等（2008）测定 31 例患者癫痫发作前和发作后 4 小时、6 小时、12 小时和 24 小时的血清 NSE 水平，并根据视频脑电图和头颅 MRI 表现分为颞叶癫痫（15 例）和颞叶外癫痫（16 例：14 例为额叶癫痫，2 例为顶叶癫痫）。发作形式主要为复杂部分性发作。结果发现，在颞叶外癫痫组，NSE 水平无明显改变。而颞叶癫痫患者，在强直-阵挛发作和复杂部分性发作后，都出现了 NSE 水平的增高。就 NSE 的水平而言，发作后 3 小时开始升高，一直持续到 24 小时，基线水平和发作后 24 小时的差异最明显。平均 NSE 水平最高为发作后 6 小时（11.39μg/L）。这一研究提示颞叶癫痫自限性发作后可以出现血清 NSE 的增高。

然而，仍有一些研究报道了单次癫痫发作后血清或脑脊液中 NSE 的水平并无明显的改变。如早年在 Tumani 等（1983）的研究中，复杂部分性发作后 1 小时，全身强直-阵挛发作后 3 小时才会出现 NSE 的增高峰值。NSE 水平增高在发作后 1 小时，3 小时和 6 小时的敏感性分别为 38%、33%、33%，且不同的发作形式间无明显的差异。Palmio 等（2001）测量 22 例强直-阵挛发作后 24 小时内的脑脊液中 NSE 的水平，结果发现癫痫组和对照组

（18 例）的脑脊液 NSE 浓度无明显的不同。

（2）儿童癫痫发作与 NSE 的改变：儿童单次发作后有关 NSE 的水平研究很少。且与成人不同的是，儿童急性癫痫发作尤其是热性惊厥或特发性癫痫时，NSE 改变较少见，其升高往往见于存在严重的基础疾病。如 Wong 等（2002）测定 49 例儿童癫痫发作后脑脊液中 NSE 水平。8% 的儿童 NSE 水平明显高于正常，且都是症状性发作。特发性或热性发作的 NSE 多正常，此外也没有观察到癫痫发作时间和类型对脑脊液 NSE 的影响作用。Borusiak 等（2003）监测了 82 例儿童热性发作后的血清 NSE 浓度，同时还研究了血清 NSE 对热性惊厥复发或发展为癫痫的预测价值。结果发现，NSE 不能作为热性惊厥所致脑损伤的预测指标，对热性惊厥的复发或发展成为癫痫的预测价值也不大。类似的是，对儿童 West 综合征的研究（Suzuki 等，1999）也发现，血清和脑脊液中 NSE 水平正常并不一定提示不存在癫痫发作和（或）高幅失律诱导的神经元损伤。

（3）与催乳素比较：Tumani 等（1999）对 21 例复杂部分性发作和继发全身强直-阵挛发作的患者在发作后 1 小时、3 小时、6 小时和 24 小时测定其血清中 NSE 和催乳素的含量。结果发现随着时间的延长，NSE 和催乳素水平明显下降。发作后 1 小时和 24 小时、3 小时和 24 小时的 NSE 水平相比有明显的差异，血清催乳素在 1 小时和 3 小时的水平不同。开始发作后大部分 NSE 水平仍然正常，发作后 1 小时，只有 33% 出现 NSE 水平增高，而此时催乳素的敏感性已经达到 80%。最终也只有一些患者的 NSE 水平升高，而且与正常对照相比，其增高水平也不明显。作者因此认为与催乳素相比，血清 NSE 并不是单次癫痫发作敏感的标记物。

Willert 等（2004）研究了 44 次发作性疾病的患者（32 次癫痫发作，12 次非痫发作），测定其发作后 10 分钟、20 分钟、30 分钟、1 小时、6 小时、12 小时和 24 小时的血清中 NSE、催乳素及肌酸激酶的含量。结果显示，在癫痫发作组，与基线水平相比，催乳素在发作后 10 分钟、20 分钟、30 分钟、1 小时和 6 小时的水平明显增高，而 NSE 和肌酸激酶没有观察到明显的增加。两组间相比，癫痫发作组的催乳素水平在发作后的 6 小时内也明显增高，而对于 NSE 和肌酸激酶则无明显的差异。综合比较 24 小时内的结果，血清催乳素升高见于 91% 的癫痫发作和 42% 的非癫痫发作，异常的 NSE 见于 34% 的癫痫，非癫痫发作者无 NSE 的增高，而两组间磷酸激酶无明显的不同。

总之，从这些研究中可以得到以下结论：在非癫痫发作组，发作后催乳素水平的假阳性率较高，而肌酸激酶和 NSE 的敏感性较低，只有小部分癫痫发作可以出现增高。这三种指标的阴性预测值都比较低。我们可以推测，在癫痫发作后 10~20 分钟内检测催乳素水平，随后检测 24 小时的血清 NSE 含量，可能会提高诊断的准确度。

（郑东琳　王学峰）

三、癫痫持续状态中的神经影像学检查

癫痫是一组疾病和综合征。按病因不同可分为两大类：原发性和继发性癫痫。继发性癫痫多系中枢神经系统病理学异常所致，如颅内肿瘤、感染、脑外伤、脑寄生虫、脑血管病，中毒性脑病等。新影像诊断技术的不断发展，给人类认识这些癫痫的病因带来了新的机会，神经影像学检查已经成为认识癫痫以及癫痫持续状态病因学最为重要的工具，特别是分辨率远远高于头颅 CT 的磁共振成像更是在癫痫的临床和科研工作中广泛应用，并

不断更新。

（一）癫痫持续状态中神经影像学检查

20 世纪 40 年代磁共振作为一种物理现象就用于物理学、化学和医学领域。1973 年 Lauterbur 等人首先报道利用磁共振原理成像技术进行人体研究。由于它能提供包括软组织在内的解剖结构，清晰的反映病灶的病理变化，甚至分子改变，从而使其作为医学影像学的一部分迅速发展。我国也于 1989 年生产出磁共振成像机，并广泛应用于临床（沈鼎烈，2007）。

1. 磁共振成像的原理　当质子和中子的数目是奇数或两者都是奇数时，这些原子的原子核就具有自旋和磁矩。常态下各磁矩相互抵消，当有一外加磁场存在时，体内质子或中子的自旋被磁化（magnetization），使原来的自旋轴依据外磁场的方向旋转，这种旋转动作称为进动（precession），或顺外磁场方向处于低能态，或逆外磁场方向处于高能态。在此情况下，用一个频率与进动频率相同的射频脉冲（radio freq-uence pulse，RF）激发欲检查的原子核，将引起共振，即磁共振。当 RF 终止时，原子核将其所吸收的能量以电磁波的形式（射频信号）向外释放，直至完全恢复到沿顺外加静电磁场方向排列的平衡状态，这个过程为弛豫（relaxation）。所需的时间称弛豫时间（relaxation time），一般都很短，以毫秒（ms）计。弛豫时间两种，T_1 弛豫时间和 T_2 弛豫时间。T_1 或纵向弛豫时间：其定义是平行于主磁场 z 轴的磁化矢量当其恢复到最后最大量的 63% 时所需的时间。因其能量的交换是由自旋质子传递给周围环境（晶格），故也称为自旋-晶格弛豫时间。T_2 或横向弛豫时间：是指在 XY 轴上的磁化矢量由最初最大值逐渐衰减到 37% 时所需的时间。此期间的能量交换是自旋质子传递给其周围的自旋质子，故又称为自旋-自旋弛豫时间。T_1 和 T_2 具有特异性，每种正常和病变组织的 T_1、T_2 值均不相同，^1H 的 T_1、T_2 值可反映其周围的化学或磁环境。在 MR 成像中，质子密度（单位体积内 ^1H 的数量，用 Pd 表示）也是一种成像参数，但不如 T_1、T_2 重要。在实际应用中，往往要通过调整重复激发时间（TR）和回波时间（TE）来突出 T_1、T_2 和 Pd 成分的成像，分别称 T_1 加权成像（T_1WI）、T_2 加权成像（T_2WI）和 Pd 加权成像（PdWI）。MRI 对人脑可作冠状、水平和矢状切面。由于射频脉冲之形式、时间、序列的变化和对所接收的信号分析处理方式不同，因此同一标本 MRI 可获得许多不同的结果，即不同密度分布。且各序列对结构显示的侧重面和清晰度也各异，更易从不同角度了解病变过程和定性（鲁宏，2007）。

2. 磁共振成像在癫痫及癫痫持续状态中的应用　①鉴别水肿：脑水肿是癫痫持续状态最为常见的脑损伤。可分为三种，即血管源性、细胞毒性以及间质性水肿。血管源性水肿与血-脑屏障功能障碍有关；细胞毒性水肿则是由于缺血、缺氧、中毒及代谢因素所致；间质性水肿发生在脑室旁，尤其是在侧脑室旁，是由于阻塞性脑积水时脑室内压力增高，造成脑脊液由脑室内经由室管膜向外渗漏所致。无论哪种类型水肿，细胞内或组织间隙内的含水量均增加，使 T_1 值和 T_2 值延长，Pd 值降低，故在 T_1WI 和 PdWI 图像上水肿区呈较低信号，而在 T_2WI 图像上则呈明显的高信号，对比鲜明。血管源性水肿主要发生在脑白质中，结构致密的脑灰质通常不易受影响。典型的血管源性水肿呈手指状分布于脑白质之中；细胞毒性水肿常见于急性脑梗死灶的周围，脑白质与脑灰质同时受累；间质性水肿由于含有较多的结合水，在 T_2WI 上已能与脑室内脑脊液的信号区别，在 PdWI 上，两者信号对比更明显，间质性水肿之信号明显高于脑室内脑脊液的信号强度；②脑血管病：出血是中枢神经系统中较常见的疾患之一。按出血部位可分为硬膜外、硬膜下、蛛网膜下腔、脑内以及脑室内出血,常并发于多种疾病,如:外伤、变性血管病、血管畸形、肿瘤或炎症。MRI 在显示出血、判断出血原因以及估计出血时间方面有其独特作用,其中以脑内血肿 MRI 信号演变最具有特征性。在出血早期头颅 CT 比磁共振敏感,以后则 MRI 有其特殊的表现。脑梗死后急性期由于组织缺氧缺血、继发水肿、变性、坏死和囊变,MR 图像上呈长 T_1 和长 T_2 信号变化;后期纤维组织增生修复,水肿消退,则呈长 T_1 和短 T_2 信号改变,即在 T_1WI 和 T_2WI 图像上均呈低信号。③肿瘤:肿瘤是癫痫持续状态最为常见的病因之一。肿瘤的病理组织类型决定了 MR 图像上信号的特征。例如含脂类肿瘤如脂肪瘤、表皮样瘤、畸胎瘤等呈短 T_1 和长 T_2 高信号特征;钙化和骨化性肿瘤呈长 T_1 和短 T_2 的低信号肿块;含顺磁性物质的肿瘤如黑色素瘤则呈短 T_1 和短 T_2 的信号特征;而一般性肿瘤多数呈长 T_1 和长 T_2 的信号特征。④坏死灶及炎性病变:癫痫持续状态常引起脑细胞坏死,出现坏死灶。炎症也是癫痫持续状态常见病因,由于坏死组织早期含水量较多,呈长 T_1 和长 T_2 信号,即在 T_1WI 上呈低信号,而在 T_2WI 上呈高信号;修复期水肿消退,肉芽组织增生,呈稍长 T_1 和稍长 T_2 的信号特征,在 T_1WI 和 T_2WI 图像上呈中等(灰色)信号;晚期纤维化治愈后,则呈长 T_1 和短 T_2 信号特征,即在 T_1WI 和 T_2WI 图像上均呈低信号。⑤其他:海马硬化是指海马区域神经细胞脱失和胶质增生,是颞叶癫痫中最常见的病因。海马硬化在 MRI 上的直接征象是海马体积缩小和 T_2WI 上信号弥漫性增高。T_2WI 信号增高的程度与病理改变的严重程度相关,病理基础是胶质增生和水肿(鲁宏,2007)。同时,MRI 对发育不良、神经元异位症、脑部多种形态学异常的病变都能提供诊断的重要信息。

(二) 神经影像学新技术在癫痫持续状态中的应用

以往对癫痫的研究主要集中在电生理及组织学等检查方法上。近年来由于功能磁共振技术的产生和兴起和越来越广泛的应用,使其在癫痫及癫痫持续状态诊治中的作用日显重要。

1. fMRI 成像原理　功能磁共振成像(functional magnetic resonance imaging,fMRI)是一种新兴的神经影像学技术。其原理是利用磁共振成像来测量神经元活动所引发的血流动力学改变。目前主要是运用在研究人及动物的脑或脊髓。自从 20 世纪 90 年代开始,人们就知道血流与血氧的改变(两者合称为血流动力学)与神经元的活化有着密不可分的关系。神经元活化时会消耗氧气,而氧气需经神经细胞附近的微血管以氧合血红蛋白的形式运送过来。因此,当脑神经元活化时,其附近的血流会增加来补充消耗掉的氧气。从神经元活化到引发血流动力学的改变,通常会有 1~5 秒的延迟,然后在 4~5 秒达到高峰,随即回到基线。这使得不仅神经活化区域的脑血流会改变,局部血液中的脱氧与含氧血红蛋白的浓度以及脑血容积都会随之改变。由于神经元本身并没有储存所需葡萄糖与氧气的能力,神经活化所消耗的能量必须快速地补充。经由血流动力反应的过程,血液带来神经元所需的氧气。人体血液中的血红蛋白是抗磁性物质,脱氧血红蛋白是顺磁性物质,含氧血及缺氧血量的变化使磁场产生扰动而能被磁共振侦测出来。借由重复进行某种思考、动作或经历,可以用统计方法判断哪些脑区在这个过程中有信号变化,因而可以找出是哪些脑区在执行这些思考、动作或经历。脑细胞发作性过度放电是癫痫发病的基础,这种异常放电与正常脑功能局部代谢及血流动力学变化在某种程度上有类似之处,fMRI 就是针对这种脑血流变化,利用对磁化率敏感的快速高分辨梯度回波磁共振成像

（gradient-recall echo，GRE）序列或平面回波成像（echo-olanar imaging，EPI）序列，应用信号相减或其他方法检测像素信号幅度的微小变化，检测并显示这种变化的空间分布及其动态过程，识别功能区域，建立刺激与响应之间的联系，从而显示不同脑区的功能、发生机制及异常表现（王湘庆，2006）。梯度回波成像是 fMRI 的常规脉冲序列，它对磁化效应引起的 T_2 效应非常敏感。梯度回波脉冲序列使用单次激发小翻转角射频脉冲和极性翻转的频率编码梯度场，在信号采集过程中，由于梯度场引起的去相位就会被完全再聚焦，而回波信号则取决于组织的 T_2。在信号采集过程中，GRE 与 SE 序列相似，都是通过多次反复采集回波信号完成全部的相位编码和数据采集。平面回波扫描是梯度回波的一种变形技术，它可通过 1 次或数次激发采集完成图像所需的所有数据，既可以用梯度回波的方式采集信号（GRE-EPI），也可以用自旋回波方式采集信号（SE-EPI）。可以说 EPI 是目前 fMRI 的最佳扫描方法。使用单次激发 EPI，系统仅用 1 次读取信号之后就可以完成扫描，每层扫描最快仅需数十毫秒，是目前临床应用最快速的扫描脉冲序列。它完成 1 次全脑采集（15～20 层）仅需 2～3 秒，并可进行多层面较大容积的扫描，这样可以同时观察整个中央前回、运动前区和附属运动区等结构，还可避免因患者头部运动造成的伪影。另外，EPI 由于使用长 TR 时间，可以提高图像信噪比，图像质量优于快速 GRE 扫描。

2. 血氧水平依赖与神经活动的关系 fMRI 成像方法依赖于局部脑区的氧含量变化，故又称血氧水平依赖脑功能成像。神经信号和血氧水平依赖（blood oxygen-level dependent，BOLD）间的确切关系目前还在积极研究中。一般情况下，BOLD 信号改变与血流量改变相关。过去几十年的无数研究已经确定血流量和代谢率的耦合作用，也就是说，血液提供脑代谢所需营养物质的活动受到严格的时间和空间控制。然而，神经科学家一直在寻求一种血供与神经输入/输出间更直接的关系，可以观察到电活动和脑功能电路间的相关性。

迄今为止还没有一个简单的衡量电活动的方法用以提供新陈代谢和血供间广泛的动态联系，这反映了构成电活动方面新陈代谢的复杂性。最近的研究结果表明，在神经活动后脑血流量的增加与大脑区域的新陈代谢需要没有因果关系，而是推动了神经递质特别是谷氨酸的出现。最近的一些其他研究结果还表明，在主要的正 BOLD 信号之前，早期的小型、负 BOLD 信号与该区域组织氧浓度的降低有更直接的联系（也许能反映在神经元活动时该处的新陈代谢有增加）。运用这个技术的一个问题是早期负相磁共振信号非常小，只能使用磁场至少为 3T 的大型扫描器才能观察到。此外，这个信号远小于正常 BOLD 信号，使得从干扰中提取该信号更加困难。这个早期信号在刺激启动后 1～2 秒就出现，这可能不能被捕获来当信号记录，由于血管活性药物（如咖啡因）的消耗增加了脑血流速度，或者血管反应间的自然差异，都可能进一步掩盖对最初信号的观察。

BOLD 信号来自于对脑血流贡献较大的动脉、静脉、小动脉和毛细血管。实验结果表明，BOLD 信号可以通过更大的磁场对小脉管进行信号加权，从而增强其与神经元活性的联系。例如，在 1.5T 的扫描仪检测时，大约 70% 的 BOLD 信号产生于大脉管，但通过 4T 的扫描仪检测时，70% 的 BOLD 信号产生于较小的脉管。此外，BOLD 信号的规模在正方形磁场强度里增加了。因此，这就急切需要既能提高定位又能增加信号强度的大型扫描器。少数 7T 的商业扫描器已经在应用了，另外 8T 和 9T 的扫描器正在研发中。

3. fMRI 的技术 磁共振成像（magnetic resonance imaging，MRI）是利用磁场和射频波脑内产生脉冲能量，将脉冲调到不同频段，使一些原子与磁场偶联。当磁脉冲被关掉的瞬间,这些原子振动(共振)并返回到自己的初始态,特殊的射频接收器检测这些共振及其对于计算机的通道信息,据此而产生不同原子在脑区中的定位图像。功能磁共振成像是通过检验血流进入脑细胞的磁场变化而实现脑功能成像,它给出结构与功能间更精确的关系。磁共振的脑功能研究对场强依赖很大,对硬件的要求很高,一般中低场强 MR 系统很难行 fMRI 检查。目前大部分 fMRI 研究是在 1.5~3.0T 单位场强的 MR 系统上进行的。使用的扫描序列主要是梯度回波(GRE)序列和回波平面成像(EPI)序列,其中以后者为主,其成像速度快,可使整个脑的一次成像成为可能。最后需选择合适的统计学方法对数据进行后处理。

(1) fMRI 的优点与缺点:就像任何技术一样,fMRI 有其自身的优点和缺点。为了充分发挥其价值,必须进行精心设计和最大限度地发挥其优势,并尽量减少其弱点。fMRI 的优点:①它可以无创记录大脑信号(对人类和其他动物),无其他扫描方法(如 CT 扫描)所固有的辐射风险;②空间分辨率好,分辨率≤1mm,为脑功能检测提供更精确的三维空间定位。与脑电图检测相比时间分辨率较低。但这主要是由它所衡量的现象来决定的而不是因为技术问题。EEG 记录的是电活动或神经活动,而 fMRI 记录的是血液活动,它需要一个较长的反应时间。MRI 设备用于 fMRI 检测如果用来衡量其他现象可以有很高的时间分辨率;③可行性好,在活体上方便重复研究;④图影清晰,而且成本较低;⑤对在常规影像学检查中显示无结构性变化的疾病亦可提供影像学资料,利于病灶的定位。fMRI 的缺点:①BOLD 信号仅仅是一种间接测量神经活性的方法,因此容易受到身体里非神经活动改变的影响;②BOLD 信号与输入区域有强烈的相关而与输出区域其相关性没有那么强,因此,有可能(虽然可能性不大)在一个特定的输入区出现 BOLD 信号却没有神经活动性存在(Logothetis,2003);③不同脑区有不同的血流动力学反应,这将不能通过过滤 fMRI 时间信号的一般线性模型得到准确的反映;④对血供的时间反应是 fMRI 的基础,与电信号的联系相对贫乏。为了缓解这些问题,一种新的发展趋势是:fMRI 可能向多技术联合方向发展。fMRI 与 PET 采用图像融合、配准技术或联合定量测定脑组织的基础血流,使其信号更客观地反映生理变化,可得到更多的脑功能活动信息。fMRI 如果与 1 组具有时间特性的脑电检测手段(EEG、MEG)相结合,就能解决共振信号滞后于神经或生理响应而不能实时反映人脑活动的问题。由于 EEG、MEG 的实时性非常理想,时间分辨率能够达到亚毫秒量级(Iannetti GD,2007)。我们坚信在不久的将来脑功能成像将达到高时空分辨率时代,fMRI 必将为探索人类认知与思维活动、诊治脑部疾病等提供先进可靠的信息。

(2) fMRI 研究的重要步骤:在 fMRI 研究中有两个重要的步骤可以影响特定 fMRI 实验结果。首先是实验的设计。模块化设计是最常用的,这种设计可比较两种状态下的信号差异,通常是静息和活动状态下的差异。在机动任务实验中,对于放射线学者来说选择必须完成激活的任务是很容易的,然而,对于认知实验如语言或记忆,必须得到神经心理学家的赞成。除此之外的一些参数必须要考虑到,如扫描噪声、简单的任务、在测试过程中的实验监测、如何真正实现基线条件和最重要的选择,用具体的范例选择性激活脑区。有些学者使用事件相关实验设计。这种技术可以分析个体工作刺激的 BOLD 反应以避免习惯的影响。事件相关 fMRI 要求复制实验设计和分析。第二个重要步骤是分析原始数据。通过 fMRI 获得的信号改变是如此的细微,所以数据处理是必须的。统计分析用以确定观察到的信号改变是否与 BOLD 反应曲线有相关性。扫描设备制造商提供软件来分析这些数据,但是这些程序是建立在简单临床 fMRI 研究如初级运动任务的基础上的。虽然运动校正在近来可以完成了,但是它用来分析两个以上任务模块是非常困难的。这里有几个 fMRI 分析软件产品可以在单独的工作区运行,目前的统计参数图(SPM)是最常用的。统计意义的阈值是必要的,它可以是非常变数。在文献中的阈值 $P > 0.05$(多重比较校正值)是常用的,但是,大多数研究是基于人群分析,在个体水平有时很难达到这一阈值,并且可能出现假阳性活化。最后,在具体任务时 fMRI 激活不仅出现在预期的大脑区域而且涉及其他区域。作为放射专家,必须知道大脑的功能解剖用以解释结果。

因此,功能磁共振成像是一个高度跨学科的研究领域并且从其他领域学习很多知识:①物理学:基于物理原理的 fMRI 信号和许多研究需要理解这些基本原理;②心理学:几乎所有的 fMRI 研究本质是认知心理学、认知心理生理和(或)心理学实验,它们用 MRI 扫描仪来获得一套除了行为的额外测量或脑电图测量;③神经解剖学:只有在对神经解剖学有充分了解后才能把 fMRI 信号放入以往的知识背景下;④统计学:正确运用统计学知识是为了防止犯低级错误或避免假阳性结果;⑤电生理学:熟悉神经元行为的电生理水平能够帮助调查者设计一个有用的 fMRI 研究。

(3)功能磁共振成像的相关技术:除了 BOLD-fMRI,还可运用其他相关的磁共振方法来探测大脑的活动。

1)对比 MR:注射一种造影剂,如用糖或淀粉包裹的氧化铁(以躲避身体的防御系统),使局部磁场受到干扰而被磁共振成像扫描仪所监测到。信号与这些造影剂和脑血容量的比例相联系。虽然这种半侵入方法在研究正常脑功能时是一个相当大的缺点,但它与 BOLD 信号相比大大增强了检测灵敏度,也许能增加 fMRI 在临床中的应用。目前正在研究新的不需要注射造影剂的其他方法,但是理论上没有其他技术能替代注射造影剂后所提供的高灵敏度。Immonen(2008)等人在注射氯化锰之后使用锰增强 MRI 可以检测到红藻氨酸诱导的癫痫持续状态鼠会伴生海马区神经轴突的芽生。这在没有注射造影剂的情况下是观察不到的,提示氯化锰可以作为临床前试验的一种潜在标记物。

2)动脉自旋标记:使用"动脉自旋标记"ALS 磁性标记近端血液供应,信号与脑血流量或脑灌注量成比例相关。这种方法比 BOLD 信号在数量上提供了更多的生理信息,并且在检测任务诱导局部大脑功能改变上与 BOLD 信号有相同的敏感度。

4. 磁共振波谱成像　磁共振波谱成像(MRS)是另一个以磁共振为基础的,用以研究存活大脑功能的技术。MRS 利用质子(氢原子)依赖于其结合到不同的分子(如水或蛋白质)而存在于不同的化学环境,从而拥有细微不同的磁振特性(化学位移)。对于给定容积的脑(通常是 $> 1 cm^3$),其氢原子的磁振可以通过波谱显示。每个共振峰下的面积提供了一个衡量化合物相对丰度的定量值。最大峰值由水确定,但是还有其他可辨别的峰值如胆碱、肌酸、N-乙酰门冬氨酸(NAA)和乳酸。NAA 在神经细胞里多数情况是不活动的,充当谷氨酸的前体和乙酰组的仓库(用于脂肪酸合成),但是它的相对水平是与神经元完整性和功能状态相适应的。脑部疾病(精神分裂症、中风、某些肿瘤、多发性硬化症)与正常人相比有区域性 NAA 水平改变的特点。肌酸作为一种相对控制值,因为其水平相对恒定,而胆碱和乳酸水平的改变通常用来评价脑肿瘤。杨华(2008)等为了评价氢质子磁共振波谱分析在颞叶癫痫病灶术前评定中的价值,对 45 例手术证实为单侧颞叶癫痫患者的单体素氢质子磁共振波谱数据进行回顾性分析,并以日常检查中随机的 14 例健康志愿者为对照,计算代谢产物 N-乙酰门冬氨酸(NAA)、肌酸(Cr)、胆碱复合物(Cho)、NAA/Cr、NAA/Cho、NAA/(Cr + Cho)的值,比较患者病变组与对侧组、病变组与对照组之间有否差异。结果:患者病变组中 NAA 为(52.31 ± 12.78)ppm,Cr 为(40.36 ± 8.06)ppm,Cho 为(42.78 ± 10.43)ppm,NAA/Cr 为(1.29 ± 0.15),NAA/Cho 为(1.24 ± 0.14),NAA/(Cr + Cho)为(0.63 ± 0.05),对侧组分别为(58.04 ± 13.25)ppm、(40.49 ± 10.02)ppm、(42.42 ± 10.68)ppm、(1.45 ± 0.16)、(1.39 ± 0.13)、(0.70 ± 0.05);对照组分别为(59.86 ± 11.28)ppm、(39.00 ± 7.10)ppm、(40.43 ± 6.61)ppm、(1.55 ± 0.19)、(1.49 ± 0.12)、(0.76 ± 0.06);病变组 NAA、NAA/Cr、NAA/Cho、NAA/(Cr + Cho)较对侧组及对照组明显降低($P < 0.05$);Cr 值和 Cho 值差异明显($P > 0.05$),以 NAA/(Cr + Cho)比值为参考值最可靠(CV 在 7.04% ~ 7.93%)。NAA/(Cr + Cho)值取 0.65,病变侧与对照侧差异取 0.07 为标准,对病变定侧诊断的准确率为 86.67%,特异性为 100%。认为氢质子磁共振波谱分析能够无创的定量反映颞叶生化代谢异常,是颞叶癫痫患者术前评价的一种有用的辅助检查方法。

5. 弥散张量成像 弥散张量成像(DTI)是一个与 MR 有关的用于测量连接领域的技术。因为它没有测量脑功能的动态变化,所以不是一个严格意义上的功能成像技术,但它测量皮质功能连接处的方法为 BOLD-fMRI 提供了互补。白质束对大脑区域间的功能信息进行传递。扩散的水分子可以阻碍白质轴的传递,这样,测量水分子的扩散可以为大脑白质途径提供信息。疾病破坏正常组织或脑白质的完整性(如多发性硬化),通过 DTI 可以检测到数量上的改变。Suma(2008)等报道了 1 例以眩晕和运动衰弱为主诉的 64 岁男性,其行 CT 和常规 MRI 检查,除右顶叶脑室导管的伤疤外均没有显示出任何新的病变。然而弥散加权成像显示右顶叶皮质与对侧相比有一明显的高强度影,弥散系数也明显降低。5 年后,患者出现开始于右侧面部和上肢的癫痫发作。随着治疗后癫痫痊愈,弥散加权成像上的右顶叶高强度影也逐渐减小。这一病例提示弥散加权成像可以检测出 CT 和 MRI 正常的异常影像。

6. fMRI 和 EEG 功能磁共振的空间分辨率高但是时间分辨率较低(大约几秒)。脑电图直接测量脑电活动有高的时间分辨率(毫秒)但是空间分辨率低。两种技术是互补的,可同时用来记录大脑的活动。同步获得癫痫发作时的 EEG 和 fMRI 数据在临床和技术上都是很大的挑战。Salek-Haddadi(2002)等通过同步脑电图相关功能磁共振实验得出一个独特的发现:捕获到一个临床症状不典型的致痫区。第一次动态和双相血氧水平依赖(BOLD)信号的变化都是使用统计参数图,时间锁定在发作期脑电图定位于癫痫的致痫区和转移位点,分辨率达毫秒,电诊断与灰质结构相一致。尽管目前适用性有限,但发现新的途径将作为进一步研究的依据。

7. 功能磁共振在临床上的应用 癫痫的预后是很好的,用目前的治疗方法临床医生能有效的控制 80% 以上癫痫患者的发作,但仍有 20% 左右的患者对目前的抗癫痫药耐药,称为难治性癫痫。对于难治性癫痫,外科手术切除致痫灶是一种有效控制病情的方法。而成功的手术效果取决于准确的癫痫灶(epileptic focus,或称致病灶,epileptogenic focus)定位。形态学检查如 CT、常规 MRI 检查只能检出明显形态异常引起的症状性癫痫灶,如肿瘤、感染、血管畸形等;而对于未有或不易检查出形态异常的癫痫,功能和脑电生理测试则有十分重要的意义。其中脑电图(EEG)仍是今天最为常用的方法,但 EEG 的空间分辨率很低,头皮 EEG 方法尤甚,对于脑深部或某些不敏感部位的癫痫灶更是盲区。颅内 EEG 检查虽然可以增加检出的敏感性,但这是一种有创的方法,而正电子断层扫描(PET)虽然有较高的检出敏感性,但价格昂贵、需要注射对人体有影响的示踪剂等。PET 和 EEG 检测病变的特异性都不高。而功能磁共振具有无创、高空间分辨率、可行性和可重复性好等优点,已经广泛应用于癫痫灶定位的研究中。

(1) 功能磁共振在检测致痫灶中的作用:癫痫长期发作可造成脑实质损害,相应导致其血氧代谢水平的下降,因而可通过检测 BOLD 活动减少来给癫痫灶定侧。David (2006)等用 fMRI 对多小脑回颞叶外癫痫患者语言和运动刺激后分析其 BOLD,发现所有患者多小脑回皮层的激活区域与运动带相符,部分患者的语言刺激显示多小脑回皮层在 Broca 区激活,揭示多小脑回区域是具有功能性的,更有利于术前定位,保护功能区,可避免不必要的损伤;Schacher(2006)等对 17 位癫痫患者和 17 位对照组进行 fMRI 检测,发现杏仁核在对照组显示双边活化,但在内侧颞叶癫痫(MTLE)患者杏仁核活化有明显的偏侧性。在 3 个 MTLE 患者中发现杏仁核和海马区活化分离。fMRI 提高了对 MTLE 患者发病偏侧性的检测,对癫痫患者术前颞叶结构的了解提供更可靠的依据;Mórocz(2003)等用 fMRI 研究音源性癫痫的先兆触发器。他们用三维 fMRI 研究一个特殊音乐区域对音源性癫痫患者的触发,发现在刺激引起癫痫症状时,信号增强出现在左前颞叶,与发作期脑电图和断层 CT 显示的前颞叶致痫灶一致。由于功能磁共振显示癫痫音乐引发的腹部额叶级联补充,提示左前颞叶的活动可能是主要区,而右脑回区负次要作用,可能由音乐的情感处理所诱发;Francesca(2008)等也运用功能磁共振对 1 例音源性癫痫患者进行研究,让患者听“中性”和“感情丰富”的音乐,fMRI 显示在听中性音乐时患者右听觉区域激活,而在听到情绪激昂的旋律时广泛的右额-颞-枕叶在癫痫发作前都有激活。对 110 例文献报道过的音源性癫痫患者进行回顾发现,致痫区有明显的右侧优势。他们的研究结果支持右颞叶区在音源性癫痫中的作用,并且显示强烈情感期脑区的激活导致癫痫发作,包括中性音乐激活听觉皮层也可导致癫痫发作。该研究提示音源性癫痫的致痫灶大多位于右侧颞叶;Bastos(1998)等对 MRI 和 MRS 均显示正常的难治性部分性癫痫发作患者再行 fMRI 检查,结果发现了隐藏的小皮质发育障碍病灶,包括废气球状细胞亚型。Kring (2000)等通过 fMRI 对单纯部分性癫痫患者进行检查,痫性发作与 MR 信号改变相联系,在不同区域显示顺序激活和失活。研究表明,癫痫活动导致脑血流变化,该研究提示可以运用 fMRI 检测皮质区活化与癫痫发作间的关系,并确定最初激活区为致痫区。成文莲 (2008)等利用基于局域一致性(regional homogeneity,ReHo)分析方法的功能磁共振成像技术对内侧颞叶癫痫(medial temporal lobe epilepsy,mTLE)进行了研究。观察颞叶癫痫患者与正常对照组局域一致性的改变情况。结果表明:在静息状态下,患者大脑的局域一致性在某些脑区较正常人高,主要集中在海马、丘脑、顶叶;另外在某些脑区的局域一致性较正常人低,主要集中在小脑后叶。提示该方法可检出癫痫活动造成的局部脑组织血氧水平信号同步性改变,进而达到对癫痫活动的定位检测。Krings(2000)等应用 fMRI 检测与癫痫激活有关的皮质区功能变化,成功对 12 例单纯部分性发作患者进行了精确定位,术后无重要神经功能缺失。该研究提示术前利用 fMRI 对脑功能区进行定位可最大限度减少癫痫患者术后遭受的神经功能损伤,改善手术的预后。

（2）癫痫异常功能的研究：Krings（2000）等报道了 1 例正在行 fMRI 检测的严重损伤患者碰巧经历了 1 次简单部分性发作。用区域间 T2 信号的改变来定位癫痫发作引起的血流动力学改变，结果发现痫性活动与 MR 信号的改变相联系，在不同区域显示顺序激活或失活。作者认为癫痫活动可导致脑血流变化，因此，对选定的癫痫患者，可以通过 fMRI 作为一种无创性工具来发现和调查皮层激活模式与癫痫发作的关系；Lui（2008）等对 28 例癫痫患者（部分性癫痫发作 9 例，全身性癫痫发作 19 例）和 34 例正常对照组进行研究，用静息状态下 3T 功能磁共振扫描仪收集研究对象放松和闭眼模式时的 200 卷平面回波成像（EPI）。数据用 Fransson 进行了处理，结果发现对照组显示活性区在前楔叶/后扣带皮层（PCC）和内侧前额叶皮质（MPFC）/腹前扣带皮质（VACC），这些区域与大脑"默认模式"相联系。类似的活动区在部分性发作中也被观察到，但是全身性发作在前楔叶和后扣带皮层没有明显活动。研究结果提示：全身性发作相对于部分性发作在前楔叶和后扣带皮层活动缺少可能说明它们有更严重的发作间期损害，如认知功能中的注意力和记忆障碍等。该研究证实功能磁共振能在静息状态下检测各大脑区域的活动性，为癫痫症状表现提供一定理论依据；Masuoka（1998）等希望了解功能磁共振是否能够可靠地确定一侧皮质功能不全患者的可疑癫痫。通过功能磁共振比较了 10 例顽固性癫痫患者和 9 例对照组的皮层功能。观察棋盘格局交替模式的视觉刺激导致磁共振质子水信号在枕叶平面回波成像的瞬时增加绘制刺激依赖信号强度变化构建功能激活图，将这些图吻合到解剖图上。结果：全方位刺激后，没有一个枕叶癫痫患者有正常的模式，而 9 个对照组中的 8 个显示正常模式（$P=0.001$）。异常包括 10 个患者中的 6 个有明显的不对称激活模式（$P=0.04$），有 4 例患者完全没有激活（$P=0.05$）。在 6 个不对称激活模式患者中，一侧异常活化与一侧癫痫发作相一致，这些研究结果表明，脑功能成像的全方位刺激用以查明枕叶癫痫患者癫痫灶同侧的异常视觉皮层功能区是一种可靠的、无创方法。李秀丽（2008）等运用静态功能磁共振（rest functional MRI，rfMRI）研究静息状态下癫痫患者脑"默认模式"（default mode）的改变。该研究纳入 34 例正常对照和 28 例原发性癫痫患者，其中癫痫患者分为部分发作（PS），部分继发全面发作（SGTCS）及全面发作 3 组（GTCS）。对每个被试对象采用 GE3T 磁共振及 8 通道头线圈扫描，获得 200 个时间点的平面回波（EPI）图像，经数据处理后进行组间分析。结果："默认模式"存在于正常对照及部分发作患者中，主要包括扣带回后分（PCC）及邻近的楔前叶、枕叶、前扣带回腹侧（vACC）及前额叶中分。而全面发作患者（包括 SGTCS 和 GTCS）扣带回后分（PCC）及邻近的楔前叶、枕叶区活动消失。认为通过静态功能磁共振分析，可以发现在正常人静息状态下存在一种"默认模式"即 PCC、vACC 区域，而这一"默认模式"在全面发作癫痫患者中消失，在部分发作患者中仍然存在。这一结果有助于我们从脑功能角度了解癫痫患者某些临床症状的发病机制，为今后癫痫的进一步诊治提供依据。

Bettus（2008）等为了更好的理解耐药性癫痫网络的内在结构是至关重要的手术观点和更好的理解手术后认知功能的改变。他们利用静息功能磁共振成像研究了颞叶内侧癫痫患者间歇期颞叶区的基本功能连接。在 26 例正常对照组，8 例左侧颞叶内侧癫痫患者和 3 例右侧颞叶内侧癫痫患者的研究中，发现对于每一侧半球，标准化相关系数信号来自颞叶内侧癫痫致痫网络的 5 个区域（布罗德曼 38 区、杏仁核、嗅皮层、前海马以及后海马）。在对照组，不对称高度连接出现在左侧颞叶。与对照组相比，左内侧颞叶癫痫患者组显示嗅皮层-前海马连接中断,并有前海马-后海马连通性减少的趋势。与此相反,前海马-后海马连通性增加的趋势被观察到与记忆功能呈正相关。个体水平,8 例左侧内侧颞叶癫痫患者中的 7 例显示功能连通性减少和混乱,在这组患者中,4 例左侧颞叶癫痫患者显示基底功能连通性增加以避免右侧颞叶癫痫的发作。首次表明基底功能连通性降低伴随对侧连通性增加可能为癫痫网络的代偿机制。Frings(2009)等为了探讨两半球间海马区连通性的影响因素,运用功能磁共振成像空间记忆任务评估海马区活性。数据来自 14 例单侧海马硬化和单侧内侧颞叶癫痫患者。每个患者左侧海马和右侧海马间的 BOLD 信号相关系数确定,用来衡量两半球间的海马耦合。对该组进行非参数斯皮尔曼相关性分析,评估海马连通性与年龄,癫痫发病年龄,病程和发作形式间的关系。结果除 1 例患者外,其他患者的左、右时间相关系数分析均达到统计学意义。海马内连通性与发病年龄明显相关。如:起病年龄晚的患者显示更好的连通性。连通性与疾病持续时间呈负相关。研究结果支持癫痫发作对大脑结构的破坏影响不可避免的影响到认知功能核心区。表明一定程度的大脑半球间的相互作用,即使在粗糙的时间尺度内也能反映大脑结构的功能状态。Zhang(2008)等对 20 例颞叶癫痫伴海马硬化患者的静息 fMRI 数据和 20 例正常志愿者进行振幅低频波动(ALFF)分析。脑静息状态下调查振幅的血氧水平依赖激活。在颞叶癫痫患者中,大脑振幅低频波动分析显示增加和降低,与正常组有统计学上的差异,该区增加和减少振幅的低频波动在颞叶癫痫患者大脑呈对称双边分布。该区域显示 ALFF 增加分布在边缘系统,如旁回、杏仁核、下丘脑、扣带回前部和部分岛后叶以及神经皮质如初级感觉皮质、枕叶皮质、颞下回、眶回、言语脑干的皮质下结构和小脑。ALFF($T=6.02$)的最大增长点位于右前中央沟(15,-12.51)。然而有些地区出现 ALFF 覆盖领域的预设模式,如后扣带皮层/前楔叶和内侧前额叶皮质/腹前扣带皮质,以及其他的结构,如背外侧额叶、颞上回、尾头、背脑干和小脑后(3,-78,-21),最大 ALFF 下降($T=-4.42$)。认为 ALFF 方法可以直接观察颞叶癫痫患者的癫痫活动。ALFF 增加认为是由癫痫活动产生和传播促进的,而 ALFF 的减少被认为是这些地区的功能抑制,特别意味着"默认模式"活动的暂停。

(3)研究癫痫患者情感和认知障碍:Bonelli(2009)等指出前颞叶切除术对 70% 难治性颞叶内侧癫痫患者有治疗作用,但可能导致复杂的情绪障碍。作者使用功能磁共振成像调查杏仁核在颞叶癫痫患者情感处理中的作用及其是否可能成为术前预测手术后情绪障碍的指标。实验组和对照组接受记忆编码成像模式 fMRI 研究,包括观看可怕的和中性面孔,焦虑和抑郁在术前和术后 4 个月用医院焦虑-抑郁量表进行评估。共研究 54 例由海马硬化引起的难治性颞叶内侧癫痫患者(28 例右利,26 例左利)和 21 例健康对照组中。其中 21 个颞叶癫痫患者(10 左利,11 右利)接受了前颞叶切除术。结果:在观看可怕面孔时,健康组显示左侧杏仁核活动占优势,但是右侧颞叶癫痫患者显示双边杏仁核激活。左侧颞叶癫痫患者相对于正常对照组和右侧颞叶癫痫患者在左侧和右侧杏仁核区活性明显减少。在右侧颞叶癫痫患者,左侧和右侧杏仁核活性与焦虑和抑郁显著相关,术前右侧杏仁核活性与术后焦虑和抑郁分数改变有明显相关,其特点为术前杏仁核激活越明显其越易导致焦虑和抑郁。这种相关性在左侧颞叶癫痫患者中没有发现。认为可怕面孔功能磁共振成像模式通过在对照组和颞叶内侧癫痫患者中观察杏仁核的激活来进行癫痫灶定位是一种可靠方法。该研究提示术前右侧杏仁核激活的可预测前颞叶切除术后患者的情绪障碍;Krom(2006)指出认知功能障碍是癫痫患者常见的症状,但是,也是容易被忽视的问题。作者记录的 3 个有认知功能障碍的癫痫患者,其认知功能障碍是由于癫痫反复发作、长期失神发作和频繁复杂部分性癫痫发作导致精神功能恶化所引起的。以往的患者心理功能下降也表明功能磁共振传播模式的激活,这种局灶性激活也可以在对照组的功能磁共振中发现。该研究提示功能磁共振可以预测癫痫患者的认知功能障碍,以提高对癫痫患者认知功能障碍的预防与诊治。

(4)研究癫痫患者语言功能障碍:①癫痫患者的语言功能障碍:Jansen(2006)等运用功能磁共振来研究大脑异常活动是否与托吡酯引起的癫痫患者认知、语言障碍有关。通过与对照组比较,作者发现在托吡酯引起认知功能障碍时癫痫患者的前额叶皮层语言调节区活性明显降低,托吡酯还可引起癫痫患者神经语言分数的明显降低。这些研究结果表明托吡酯明显影响了大脑调节语言表达的功能。Köylü(2006)等提出功能磁共振成像的数据可以显示语言语义记忆(SM)处理的核心网络包括额叶和颞叶结构,在正常右利手具明显的左半球优势。长期颞叶癫痫对网状结构的影响仅部分得到阐明。有人研究 50 例慢性难治性颞叶癫痫患者(左侧颞叶癫痫患者 26 例,右侧颞叶癫痫患者 24 例)和 35 例右利手正常人的语言语义记忆,通过言语功能磁共振成像语义决定的模式。所有患者用颈内动脉异戊巴比妥试验证实在左侧半球有语言优势区。特定群体激活概况在组内和组间分析显示异常。对照组在额叶和颞叶双边区域激活,有很强的左侧优势。左侧颞叶癫痫患者显示左侧额叶和内侧颞叶区活性转化到右半球的同源区域。此外,左侧颞叶癫痫使用皮质下结构,如丘脑和壳核来完成语言语义记忆任务。右侧颞叶癫痫患者的激活模式与正常对照组相似,但减少激活颞叶皮质在颞叶、顶叶及枕叶处从前部转移到后部。结果表明,慢性癫痫活动源于颞叶癫痫灶与神经回路的改变,它们支持语义语言处理和癫痫灶对激活网络的特殊影响。这些调查结果大概是来自于慢性颞叶癫痫固有的形态学改变和功能重组。Gaillard(2007)等人为了调查部分性癫痫患者功能磁共振和语言代表性间的关系,做了以下研究。方法:研究对象为 102 例致痫灶在左半球的患者,用 1.5T 或者 3T 的功能磁共振成像的回波平面成像序列——BOLD 技术的三种语言任务(言语流畅、阅读理解和听力理解)对患者进行研究。功能磁共振成像地形图可视化左侧或者非典型语言的阈值和定值。结果:非典型语言优势出现在 30 例患者(29%),并且表现不同的 MRI 类型($P < 0.01$)。非典型语言表现出现在正常组 MRI 中的比例为 36%(13/36),在内侧颞叶硬化中占 21%(6/29),局灶性皮质病变中占 14%(4/28)(不典型增生、肿瘤和血管畸形),有卒中史的全部有癫痫语言表现。多元 Logistic 回归分析发现用手习惯、起病年龄和 MRI 表现类型可以用来解释各种语言激活模式[chi(2) = 24.09,$P < 0.01$]。非典型语言在发病年龄早(43.2%,$P < 0.05$)和无明显用手优势习惯(60%,$P < 0.01$)的患者表现明显。3 个临床因素间彼此无相关性($P > 0.40$)。非典型语言能力的患者有较低的言语能力($F = 6.96,P = 0.01$)和较低非言语能力的趋势($F = 3.58,P = 0.06$)。该研究提示:癫痫起病年龄早和无左、右手优势以及癫痫灶位置和病理改变的性质是重要的导致语言重组的因素;Frings(2008)等为了解颞叶内侧癫痫患者的偏侧性活动是否与病理学或性别有关系,区分双侧颞叶内侧亚区涉及的视觉记忆,用区域的利益率(ROI)-海马(Hc)和旁海马区域(PPA)来分析,同时用神经心理学标准化的语言测试和视觉学习测试来评估海马活性的偏侧性和手术后记忆减退的关系,结果显示颞叶内侧癫痫患者记忆相关活性在海马区的偏侧性主要与癫痫灶有关，而不是与性别有联系。海马区偏侧活性既不是由病理学影响的也与性别无关。海马区偏侧优势与术后语言学习减少呈正相关。证明颞叶内侧癫痫患者的海马 fMRI 活性不对称与一侧癫痫灶有关系，表明了相对完整的海马功能。切除 fMRI 检查时有活性的海马区将导致术后记忆功能下降，提示海马区可能与记忆功能相关；②手术前后的语言功能评估：颞叶切除术是一种在医学上有效治疗难治性颞叶癫痫的方法，但可能导致复杂的遗忘综合征。因此术前评估风险/效益比率是必需的。Wada 试验是目前运用最广泛的术前检查记忆、语言优势区的监测方法。Wada 试验（亦称 IAT 试验）是通过向对侧颈内动脉注射 75～100mg 异戊巴比妥，检查每个半球的语言能力，以注射药物对侧的上肢恢复运动的时间作为半球麻醉的时间标准，在麻醉期进行各种功能检查，包括计算、对命令的理解、命名、重复段落和阅读句子等认知检查，以评估语言优势侧和记忆功能。由于 Wada 试验是一种有创检查，其使用受到一定限制，这就急切需要一种更好的语言、记忆功能区的检测方法来弥补其不足。近年来由于功能磁共振成像技术的不断发展和成熟，其在癫痫患者术前评定其语言、记忆优势区以及预测术后语言、记忆减退情况上可以与 Wada 试验媲美。

Gaillard（2002）对 30 例癫痫患者进行了 1.5TfMRI 研究。让患者默默地命名一个物体并用一句话来描述该物体，与视觉控制进行比较。数据分析用从 t 型图来的 ROI 进行分析。区域不对称指数（AIs）按（[左－右]/[左＋右]）计算，并且语言优势定义为 AS > 0.20。t 型图在视觉上由 3 个读者通过 3 个 t 阈值来确定。21 个患者经历了颈内动脉戊巴比妥测试（IAT）。结果：fMRI 阅读任务通过 ROI 分析提供证据查明 30 个患者中 27 个有语言优势侧，其中 25 个在左侧，2 个是右侧优势，没有明显优势侧的 3 个患者中 1 个是双相，还有 2 个不能明确，IAT 试验与 fMRI 在大多数患者检测结果是相符合的，3 个部分相同，没有一个是完全不同的。两者间协议范围在 0.77～0.82（Cramer V；$P < 0.0001$）；视觉与 TIA 的 ROI 阅读相关性是 0.71～0.77（Cramer V；$P < 0.0001$）。在较低阈值查看这些数据可以增加视觉分析对 12 名患者的解释和 ROI 分析对 8 名患者的解释。该研究提示功能磁共振阅读模式能识别在额叶和颞叶区的语言优势区。临床视觉解释可与 ROI 定量分析相媲美。Szaflarski（2008）等为了通过 fMRI 对术前癫痫患者的语言功能区进行定位。他研究了 50 名健康对照组，以建立正常的动词产生语言激活模式（VG）和动词/语义判决任务（SDTD），在 3T 或 4T 功能磁共振研究下，并且设计适合于 38 名癫痫患者的兴趣语言区（38 个中的 28 个接受过颈内异戊巴比妥试验）。基于 ROIs 计算出每个对象每个任务的偏侧指数，并用一般线性模型分析 fMRI 数据。结果发现正常对照组和癫痫患者在两个 fMRI 任务时都显示有活性的语言区。语言偏侧性在两个 fMRI 任务间有显著相关（$r = 0.495$，$P < 0.001$），这种相关性也发生在 VG 与颈内异戊巴比妥试验之间（$r = 0.652$，$P < 0.001$）和 SDTD 与颈内异戊巴比妥之间（$r = 0.735$，$P < 0.001$）。偏侧指数在 VG 与 SDTD 间的不同是细微的，不受年龄、性别、癫痫类型、左利右利等的影响。VG 和 SDTD 结合起来可以解释大约 58.4% 的可变颈内异戊巴比妥试验结果。在一般线性模型中，只有 SDTD 任务可以提供有意义的解释用以确定癫痫患者术前评定其语言优势区。研究提示两个语言模式都可以用于癫痫患者术前语言优势区的评定，但是 SDTD 较 VG 可以提供更多的关于语言优势区的信息。Gaillard（2004）等对 26 例颞叶癫痫患者进行 fMRI 检查，发现 21 例患者是左侧语言优势，2 例是右侧的，2 例是双侧的，不能确定左侧或者右侧优势的有 1 例。与 Wada 试

验结果相同。Sabbah(2003)对 20 例顽固性部分性癫痫患者的研究发现,fMRI 语言定位与 Wada 试验一致性为 19/20,1 例左利患者 fMRI 显示双侧激活,而 Wada 结果示右侧为优势半球。Gao 等对 12 例顽固性颞叶癫痫患者进行 fMRI 研究,其中 4 例进行了 Wada 检查,发现 10 例左侧为优势半球,2 例右侧为优势半球,与 Wada 检查结果一致。根据 fMRI 定位,7 例行前颞切除,5 例行选择性海马切除,术后无失语者。

Spreer(2001)等使用 fMRI 两种语言模式研究右利左侧额叶局灶性癫痫患者,发现两种 fMRI 模式明确显示右侧半球的激活,手术后随访很长一段时间没有明显的语言缺陷。作者认为所有患者手术前都应该用 fMRI 检测语言优势半球、潜在语言区或者大脑半球定侧,减少侵入性损害后的神经功能障碍物。Benke(2006)运用 fMRI 进行术前语言优势侧的评估,并与 Wada 试验进行比较。发现 68 名难治性左侧或右侧颞叶癫痫(右侧颞叶癫痫 $n = 28$,左侧颞叶癫痫 $n = 40$)功能磁共振检测的偏侧性和 Wada 试验检测结果的一致率在右侧颞叶癫痫是 89.3%,在左侧颞叶癫痫是 72.5%。Fontoura(2008)等人对难治性颞叶癫痫患者用二重听力试验和功能磁共振检测来确定大脑语言功能的优势区。方法:该共 13 名患者在术前进行了评估,二重听力试验用的是辅、元音任务,而在功能磁共振成像研究患者进行的是动词产生任务。结果:研究结果显示 fMRI 不对称指数和二重听力试验耳朵优势指数和答复差异指数之间的关系为($r = 0.6, P = 0.02$;皮尔森相关系数)fMRI 和二重听力试验结果呈正相关,认为二重听力试验也许能成为一个有用的工具用于术前检测大脑语言优势区。

Deblaere(2002)为了集中而全面的测试功能磁共振是否能在评价难治性癫痫患者术前语言和记忆功能方面与 Wada 试验相竞争。他们设计运用 5 种模式(复杂场景编码、图片命名、阅读、造句和语义选择)测试了 9 名右利健康人,发现这些任务在内侧颞叶产生 2 个与记忆有关的激活区和在已知的语言网络上出现 3 个语言相关激活区。编码和命名任务激活的功能图显示在内侧后颞叶区有典型和对称性的激活,其激活与记忆有关。9 个中只有 4 个在海马区显示对称激活。造句和阅读也许是最好的评价语言偏侧性的模式。阅读模式能够定位语言功能区在左前颞叶或颞叶中回,以判断手术时切除的区域。作者认为功能磁共振与 Wada 试验相比有足够的癫痫术前评估能力。

Lee(2005)等认为 IAT 仅能评估颞叶癫痫术后记忆受损的程度,但难于对记忆进行定侧,主要是由于语言功能的失活可以导致词汇测试的错误。与 IAT 试验有创、操作者的方法不同及使用药物剂量的不同等易变因素可影响结果不同,fMRI 具有无创和可重复性,另外,fMRI 还具有以下特点:①实施某些任务时,fMRI 出现的图像激活区域明确;②对于某一项任务来说,fMRI 图像激活的所有区域不需要示踪;③在任务激活的程度上,患者忍受能力与该项任务无关。功能磁共振的这些优点使其在术前预测方面有重要的应用价值。

手术是治疗难治性癫痫的有效方法之一,病灶完整切除对术后有无癫痫发作意义重大。fMRI 检查不仅可对不同部位致痫灶周围的脑区进行相应的功能定位与评价,同时还可以明确语言优势半球及记忆功能区,其作用可与 Wada 试验相媲美。

(5) 癫痫患者记忆功能的评估:神经心理学研究显示在颞叶癫痫患者易出现记忆障碍,尤其在左侧颞叶或癫痫发病年龄早的患者更易出现语言-记忆功能重构。此现象通过 fMRI 的研究得到证实。

1）癫痫患者记忆功能评估：Janszky（2004）等研究了60个中央颞叶癫痫患者和20个非颞叶癫痫，结果显示有45个中央颞叶癫痫患者有典型的记忆单侧性（75%），然而非颞叶癫痫患者仅有9人（45%）有记忆单侧性（$P=0.013$）。在中央颞叶癫痫患者记忆功能的偏侧性是不对称的，活动区出现在癫痫灶的对侧，在非颞叶癫痫中很少出现这种情况。提示颞叶癫痫患者有记忆功能重构。Dupont（2002）等用记忆编码和回忆的试验设计方案，将正常人群与左侧海马硬化患者进行词汇突发记忆负荷比较，该实验为分组学习单词和再进行自由回忆，结果表明，对照组再记忆过程中双侧海马旁回出现激活，在任务记忆编码和随意重现阶段，前额叶皮层的活性显著增加，海马未见激活；患者组在记忆随意重现时海马旁回稍有活性，并在记忆测试实施时明显减弱，患者组平均回忆37个单词的3.1，而正常人群组平均回忆10.7，提示癫痫患者左侧海马硬化干扰了记忆功能。在24小时延迟单词随意重现过程中，将对照组和患者进行了进一步的记忆活性对比检查，在瞬时记忆和随意重现时，对照组在左侧枕、颞、额区出现网络活性，但在延时回忆时，则在右侧海马同时出现活性；而患者组在新皮层和颞叶内侧网络区域的活性非常弱，此类患者的某些重要区域对于记忆随意重现的信息储存不可能再激活，说明海马硬化者不仅对迟发记忆相对于瞬时记忆显著减弱，而且较对照组也有显著降低。

2）手术前后记忆功能的评估：Richardson（2004）等报告了10名右利且伴有左侧海马硬化的颞叶癫痫患者在接受了海马切除术后，运用fMRI测得的非文字编码与眼下使用的预测术后非文字记忆减退的数据进行比较，多元回归分析显示fMRI对患者术后的记忆功能能提供更强有力的预测，表明fMRI对于预测术后患者记忆减退有明确作用。Richardson（2006）等对30个中央颞叶癫痫伴左海马硬化患者进行fMRI检查，他们中的12个后来进行了手术，结果发现，与13个正常对照组相比较，功能磁共振显示左海马区活动对术后非文字记忆的预后有强烈的预测作用，左海马区活动越强提示术后记忆下降越明显。Golby（2002）用计算颞叶内侧兴趣区（region-of-interest，ROI）活性不对称指数方法，对9例TLE患者术前记忆定侧定位进行了评价。9例患者中有8例患者的定侧与IAT所获得的资料相吻合，另1例患者的致痫灶在对侧前额叶皮层和颞叶内侧面明显高于致痫灶侧。Rabin（2004）运用复杂视觉情景编码任务刺激，发现同侧癫痫病灶活动性增强与严重记忆下降相一致。但是在他们的fMRI试验中所用的唯一记忆变量，即视觉景象认知是变化的，而不是标准的神经心理测试中的词语和非词语记忆。这是fMRI用来预测术后记忆功能价值的最新研究成果。

Powell（2008）等运用功能磁共振成像评估预测左侧或者右侧前颞叶切除术后患者的记忆减退情况。方法：报告了15例经历了前颞叶切除术的单侧颞叶癫痫患者，8例进行了优势半球前颞叶切除术另外7例为非优势半球颞叶切除术。所有患者都进行了功能磁共振记忆模式检查，包括文字编码、图片和面孔识别。结果：个别患者相对于对侧颞叶癫痫患者或同侧颞叶癫痫患者在前颞叶切除术后记忆减退更加明显。这种情况主要表现为伴随前颞叶切除术主导的非文字记忆减退和伴随非前颞叶切除术主导的文字记忆减退。预测在海马优势区有激活者，在术后有记忆减退，而在非海马优势区激活者术后没有记忆减退。这些研究结果表明，术前记忆功能磁共振成像可能是预测前颞叶切除术后患者记忆功能减退的有用的非侵害性检查技术，并且可以为研究海马功能提供适当的理论支持。

Köylü（2008）等基于情景记忆和语义记忆的功能区都在内侧颞叶，想利用这些特征来探查语义记忆与内侧颞叶激活的关系及术后情景记忆功能的改变。14 例慢性左侧颞叶癫痫患者和 12 例慢性右侧颞叶癫痫患者,在术前和术后执行一个标准词表学习测试,并在术前进行了语义决定任务的功能磁共振成像程序。在两组研究对象中语义记忆处理引起了明显的双边内侧颞叶活动。但是右侧颞叶癫痫患者 fMRI 显示不对称性激活明显多于左侧颞叶,左侧颞叶癫痫患者几乎在两边内侧颞叶区显示同等的激活。对比左侧和右侧颞叶癫痫患者活性区没有发现明显的有统计学意义的区别。癫痫发作对内侧颞叶区域影响较大的区域位于癫痫灶的同侧,并且与术前情景记忆明显正相关;内侧颞叶对称区与术后情景记忆有联系,特别是在左侧颞叶癫痫患者。这些结果表明,语义记忆功能成像任务可能对预测颞叶癫痫患者术后的非文字记忆有帮助。同时还为内侧颞叶的语义记忆和情景记忆过程提供了一个共同的解剖学基础。

(6) 研究癫痫功能区重组:Noppeney(2005)等研究了 16 个对照组和 16 个进行了左前颞叶切除的癫痫患者,发现患者的右海马和右颞下沟存在语言激活区而对照组不存在,认为颞中央癫痫患者行左前颞叶切除术后,语言功能的维护依赖于两种机制:①正常系统的结合区域(如左中颞、右海马和前颞上沟);②右半球形成补偿区域(如右下额沟),支持癫痫患者术后语言功能区的重构。Liégeois(2004)用 fMRI 研究 10 名患有难治性癫痫的儿童和青少年的语言功能偏侧性,这些患者在早期就有左半球损害。显示发现在 5/10 显示双侧或者右侧语言偏侧性,但是不能通过个体经典语言区的邻近损害来推断语言优势区。4/5 病损在 Broca 区或其附近的患者没有跨半球语言重组,但是在左半球损害有周围语言重组。奇怪的是 4/5 远离经典语言区的病变与非左侧语言偏侧有联系,早发型慢性癫痫脑电图显示异常的患者与语言偏侧性没有明显的联系。本研究显示很难通过临床观察早期左半球病理学的改变来推断跨半球语言重组。Jozsef(2006)等利用 fMRI 发现在良性颞中央癫痫中语言功能区左右移位与左侧较多的棘波发放相关,提示长期发作间期频繁的放电可能导致语言区重组。

Zeineh(2003)等使用高分辨率 fMRI 进行研究亦发现,同一个平面每个海马亚区及邻近新皮层区域在记忆编码时出现的活性不同,但仅能提示记忆形成过程中在海马不同的区域有不同的作用,不能清晰地立体展示颞叶内侧面的解剖结构。Liegeois(2004)等观察了 10 例左半球病变的早发癫痫儿童,发现其中 5 例受损区接近 Broca 区或 Wernicke 区,其余 5 例则远离。10 例患者中共有 5 例出现非典型语言区的重建。存在临近病变的 5 例患者,其中 4 例未出现右侧大脑半球语言功能的重建,这可能与左侧大脑半球病损灶周围的激活有关。而在远离病灶区的 5 例患者中的 4 例出现了非典型语言区的重建;Detre(1998)等人用功能磁共振成像检测编码中的不对称侧记忆体激活在癫痫患者和正常人中的变化。任务激活在正常人是对称的然而在颞叶癫痫患者观察到明显不对称。在右侧颞叶癫痫患者中,有两个显示与左侧优势半球不对称。Adcock(2003)等人用语言流畅模式对 19 例术前颞叶癫痫患者进行了研究,发现左侧颞叶癫痫患者与对照组或者右侧颞叶癫痫患者相比在右半球的几个领域发现更大的激活。大约 33% 的左侧颞叶癫痫患者显示双边或者右半球语言相关优势。Wada 试验与 fMRI 检测结果有较好的一致性。这一调查结果表明,在难治性癫痫患者的大脑区域有相当大的语言可塑性。

Figueiredo(2008)等希望通过研究颞叶内侧癫痫患者伴海马硬化症者内侧颞叶情景记忆的功能重组机制。发现与对照组比较,右侧颞叶内侧癫痫患者视觉编码时在左侧海马区有一个完好的激活。另一重要的发现是在患者中观察到视觉编码影响记忆形式,左内侧颞叶的参与与更高的认知分数相关。有趣的是,左内侧颞叶的活动还取决于癫痫发作的频率,可以提供对称区补充的临床参数。总的来看,颞叶内侧癫痫伴海马硬化患者的功能重组从右半球转移到左半球,这种重组机制能有效地维护视觉记忆。

Cousin(2008)等的研究是运用功能磁共振成像探讨颞叶癫痫患者大脑语言功能重组,根据癫痫的首次发病年龄(早还是晚)和是否有海马硬化选择患者。7名右利对照组和7名术前成人癫痫患者,分别进行了韵决定(语言条件)和视觉检测(控制条件)任务,发现所有患者均为左半球语言优势区。认为:①患者与正常组比较有低水平的半球优势补充参与右半球;②半球特殊水平取决于相关区域;③早发癫痫患者显示颞叶和顶叶重组比晚发型癫痫患者更明显;④早发型癫痫患者显示有额叶重组;⑤与海马硬化相关的癫痫患者半球间颞叶活性转移较易形成。虽然患者都是左半球为语言优势半球,统计学分析表明其不对称的程度明显低于健康人。这一结果提示非典型语言优势区的存在。

8. EEG-fMRI 在癫痫中的应用　功能磁共振的高空间分辨率和高性价比使其成为有用的评定癫痫致痫灶部位和进行功能研究的工具。但是在癫痫发作时使用其检查是很困难的,因为这样容易受到伪影的影响。脑电图同步功能磁共振成像(EEG-fMRI)是一种新技术,显示痫样活动对血流动力学的影响。脑电图和功能磁共振在一定程度上可以互补,因此,脑电图结合功能磁共振检查在癫痫应用中可以起到更优化的作用。

(1) EEG-fMRI 的关系:Mirsattari(2007)等考虑到脑电图检查尽管有很好的时间分辨率但在研究不同脑区空间分辨率效果不够好,并且皮层下痫性发作不能检测到,而且脑电图不能提供癫痫放电前和发作时大脑的相关代谢变化。因此检测癫痫发作时血流变化和氧化反应能提供额外的补偿资料。同步 EEG-fMRI 要求达到这一目标。

Bagshaw(2004)等对 31 个局灶性癫痫患者的 EEG-fMRI 数据进行了分析,分析采用的是每次癫痫发作后 3~9 秒的 4 个血液反应函数的峰值,此外,标准的血液反应函数在发作后 5.4 秒出现峰值。在 4 例患者中,功能磁共振成像的反应与钆增强磁共振造影像及颅内脑电图结果相一致。运用多元血液动力响应函数分析可以增加功能磁共振成像激活的百分率达 62.5%,而单独运用标准血液动力响应函数的数据只有 45%。标准的血流动力学响应函数可以很好的探测 BOLD 的肯定应答,但是检测 BOLD 否定应答效果不是这么好,大多数通过血液动力响应函数可以得到比标准函数更准确的效果。钆增强磁共振的联合登记统计地图提示检测功能磁共振成像的反应一般不会涉及大静脉。认为癫痫作为一种脑神经元活动异常引起的疾病,非常适宜于 BOLD-功能磁共振技术对其研究。fMRI 在癫痫中的应用补充了 EEG 对癫痫致痫灶的定位作用,其在癫痫灶定位方面有很好的应用价值。但是在肯定其价值时也要认识到其技术的缺陷与不足,如 BOLD 反应与直接电信号之间的差异、fMRI 阈值判别以及运动伪影等技术误差,在实际应用中都应该考虑到,最好与其他方法结合评判。

Aghakhani(2004)等运用脑电图-功能磁共振成像技术来研究棘波暴发时和暴发间隙期 BOLD 的反应。15 例特发性癫痫患者在进行扫描时有棘波暴发,并且技术上可以接受 fMRI 研究。发现棘波导致的功能磁共振皮层改变出现在 14 个研究对象中(93%)。变化的形式有激活(BOLD 增加)和失活(BOLD 减少),对称出现在两个大脑半球皮层,包括大脑的前部和后部,但是在不同研究对象并不完全相同,双边丘脑改变在 12 例(80%)中被发现,在丘脑区激活相对于失活占优势,但是在大脑皮层恰恰相反,失活占优势。这些结果带来了对棘波发生机制的新观点,提示脑电图-功能磁共振成像技术可以比单一脑电图检查提供更为确切的信息。Jann(2008)等提出同步脑电图-功能磁共振成像提供了一个机会,可以在癫痫放电时检测到 BOLD 信号的改变。这些区域可能是刺激区,也可能是致痫区。考虑到癫痫活动的棘波和波幅、时间以及地形图是不断变动的,包括阈下癫痫活动和癫痫发作时放电等,运用同步脑电图和功能磁共振不断量化癫痫活动,用独立成分分析源性因素编码,可能增加脑电图-功能磁共振成像在癫痫中的敏感性和统计学作用。

Manganotti(2008)等为了了解同步脑电图-功能磁共振成像能否定位癫痫灶,以获得癫痫来源的可靠信息,对 8 例常规脑电图检测显示有尖慢波的局灶性癫痫患者进行了同步脑电图-功能磁共振检查。脑电图持续 24 分钟记录 18 个头皮电极的数据,同时用 1.5T 的功能磁共振成像扫描仪进行检查,记录完后对数据进行分析。并在静息期和发作期(伴有或没有尖慢波放电)对功能磁共振血氧水平依赖信号改变与脑电图获得的数据进行了比较。结果:在所有患者中,当脑电图显示在一侧的几个电极有尖慢波放电时,BOLD-fMRI 信号在相应脑区明显增加。发现脑电图尖慢波与功能磁共振成像 BOLD 信号活性增加有明显的相关性,癫痫患者的致痫区与 BOLD 信号增加区域相一致。研究结果表明:即使在部分性癫痫患者的常规脑电图显示没有棘波放电时,EEG-fMRI 也能检测出相关的 BOLD 活性,为术前规划提供有用的信息。

(2) 复杂痫灶的定位:

Zijlmans(2007)等通过 EEG-fMRI 术前评估患者复杂癫痫灶的定位,发现 6 例定位不明确的患者中 1 例确定在一个区域,还有 5 个中的 4 个确定是多中心,从而为 4 例患者开辟了新的手术前景,其中 2 例患者颅内脑电图支持 EEG-fMRI 结果,认为 EEG-fMRI 对术前患者的评估有很大的价值。Al Asmi(2003)等用 EEG-fMRI 调查局灶性癫痫的激活区域,他们发现这些区域与致痫灶有高度的联系并在大量患者中引起癫痫损害,类似模式的激活还出现在 MRI 检查未发现明显病灶的病例中。Fernandez(2003)等重复应用 EEG-fMRI 检测间歇性癫痫患者以进行致痫灶的定位,结果使他们相信 EEG-fMRI 是高度可靠和可重复的,可用于难确定癫痫灶患者致痫区的定位,增加切除致痫灶的成功率。

Kobayashi(2006)等用 EEG-fMRI 研究了 14 个癫痫和白质异位症患者,其中 11 例有结节性异位,3 例有节段性异位。4 例有超过一种类型的棘波,总共有 26 例进行了 EEG-fMRI 研究,排除 3 个峰值不到 3 的对象,因此共对 23 个研究对象(12 个结节性异位和 11 个节段性异位)进行分析。结节性异位:激活出现在 9 个研究对象中,参与周围皮质异位的有 6 个,其中 3 个伴随远区激活。失活也在 9 个研究对象中出现,参与周围皮质异位的有 4 个,其中 3 个伴随远区失活。节段性异位:激活出现在 11 个研究对象中,并涉及异位和周围皮层,其中 9 个伴随有远区激活。EEG-fMRI 研究表明,尽管棘波产生在皮层,但是新陈代谢反应在异位区;朱建国(2008)等采用脑电图功能磁共振同步联合的方法,用于局灶性癫痫患者的术前定位。方法:11 例局灶性癫痫患者,术前行脑电图功能磁共振同步联合检查,观察癫痫发作间期,痫样放电所致的脑活动情况,并结合同步 EEG 检查结果、术后病理及定期随访的情况对 fMRI 结果进行分析。结果:10 例(10/11)患者均在颅内原有病灶周围发现明显的 fMRI 信号激活区,并与同步 EEG 检查的痫样放电脑区基本一致。术后病理证实病灶周围存在导致癫痫发作的病理性改变,术后随访证实 11 例患者均取得满意的手术效果。提示局灶性癫痫间期痫样放电引起的血氧水平依赖性效应可用于癫痫灶的定位,脑电图功能磁共振同步联合的检查技术结合,可用于局灶性癫痫的术前定位。Kikuchi(2004)等运用 EEG-fMRI 于部分癫痫患者,6 名患者行日本光电数字脑电图记录仪和 1.5T 的 MRI 扫描仪检查,安置 6 个电极在致痫区附近,在发作(激活)后运用功能磁共振检查,扫描无峰值(基线)。相等数目的活化和基线扫描通过 SPM99 进行收集和分析。6 个中的 3 个在致痫区附近监测到激活,其余 3 个没有发现激活区但他们往往被监测到有少数低波幅的棘波。尽管各种方法把重点放在改善激活/非激活比率要求上,但 EEG-fMRI 还是一种很有前途的用于监测脑癫痫灶活动的检查方法。这些研究表明 EEG-fMRI 可能成为 1 个有用的工具。Opdam(2002)等运用脑电图和功能磁共振描述了 1 个青霉素诱导癫痫发作的动物模型。方法:研究对象为 10 头成年羊。当通过建立的特殊通道输入 8000 ~ 10 000IU 的青霉素到右前额叶时,棘波和癫痫被诱发出现。动物有其癫痫发作的行为特征,然后进行功能磁共振成像研究。1.5T 和 3T 的功能磁共振在癫痫发作时期的不同阶段测量 BOLD 加权信号。结果:癫痫行为与发作时脑电图相联系。所有动物注入青霉素后(11.3 ± 11.2)秒都有棘波出现,痫性发作出现在青霉素输入后(17.3 ± 12.1)分钟。每个动物平均有(13 ± 4.8)次发作,每次持续(27.3 ± 12.3)秒。癫痫发作时在致痫灶和同侧杏仁核可观察到区域磁共振信号强度的变化。认为这种模型中癫痫发作时可以用同步 EEG-功能磁共振来进行可靠的记录信息。在单则脑电发作时,BOLD 的变化发生在致痫灶和同侧杏仁核,表明存在一个皮质下环路。这一研究提示了该模型也许可以用于理解癫痫的产生、传播和反复发作癫痫后大脑可能的后果。

Leal(2006)等对有两种类型的 3 例特发性枕叶癫痫患者进行脑电来源的研究与分析,并用同步脑电图-功能磁共振测量 BOLD 效应与峰值的联系。结果:2 例迟发型特发性枕叶癫痫脑电信号源定位于顶叶皮层和内侧枕区,在这 2 例中 BOLD 活化与内侧顶-枕皮质有更好的一致性。1 例特发性光敏感型枕叶癫痫在内侧顶叶出现偶极子辐射源,但是 BOLD 激活广泛出现在枕叶的次级和双边区同时还出现在颞后部。认为,总的来说,BOLD 结果与癫痫发作间期棘波相结合定位不同的致痫区比脑电图源的分析结果要准确。这些图形在 2 例晚发型特发性癫痫患者中是相似的,但是在 1 例光敏感性特发性癫痫患者中是不相同的。

(3) 确定棘波的来源:棘波、尖波是典型的癫痫放电,但由于常规脑电图空间分辨率低,很难确定棘、尖波的来源,EEG-fMRI 提供了一种确定棘波来源的新方法。Al-Asmi(2003)等人为了探讨 EEG-fMRI 发现癫痫棘波的来源,寻求有价值的激活区域和影响 fMRI 反应的因素,做了以下研究。对局灶性和频发棘波的癫痫患者进行连续同步 EEG-fMRI 监测,结果从功能磁共振成像激活方面进行分析。研究发现局限性脑电图棘波和 MRI 解剖学上异常相一致。在 4 个患者中,还进行了与颅内 EEG 的比较。结果:38 个患者进行了实验,17 个研究对象没有进行分析,主要是由于在进行扫描时没有棘波出现。31 个患者中的 39% 被检测到有激活。激活区域与脑电图定位相一致,还有 4 例与颅内 EEG 相一致。40% 患者接受 MRI 检查没有激活,37.5% 的患者显示有激活,激活靠近或位于损害区。连续暴发的棘波相比于单发的棘波更容易引起 fMRI 反应。认为局灶性癫痫患者的棘波可能引起区域激活。在大量患者中,这些地区与癫痫灶和致痫病灶有高度联系。激活还发现在 MRI 检查没有发现病损的区域,颅内 EEG 在很大程度上证实这些区域为致癫痫区。Salek-Haddadi（2003）等利用脑电图相关功能磁共振成像研究了一个频繁失神发作的特发性癫痫患者。在35分钟的监测时间里出现了4个持续的棘波。时间锁定激活在双侧丘脑与广义对称的皮层一致。Hamandi（2006）等运用同步EEG-fMRI研究原发性和继发性全身癫痫的棘波活动。他们报告了很大队列的患者包括原发性癫痫和继发性癫痫，并对结果给出了一个功能性解释。46个棘波患者、30个原发性癫痫和16个继发性癫痫患者被研究。棘波相关BOLD信号改变在36例个体患者中的25例通过EEG-fMRI被观察到有棘波，这发生在丘脑（60%）和对称额叶皮层（92%）、顶叶皮层（76%）及后扣带皮层/前楔部（80%）。丘脑BOLD信号改变主要是正信号，皮层改变主要是负信号。组群分析在原发性癫痫组皮层显示BOLD否定应答，在丘脑区显示较小程度的肯定应答。丘脑激活与其在棘波中的作用是相符合的，原发性癫痫和继发性癫痫患者皮层fMRI反应的空间分布区域与休息期意识最活跃的皮层区相联系。

（4）癫痫发病机制的研究：Aghakhani（2004）等对15例特发性癫痫患者进行研究，EEG检查显示14例患者（93%）出现棘波暴发，对称的出现在两个大脑半球的前部和后区；fMRI检测结果与EEG结果相似，同时涉及前部和后部。与以往的EEG检测主要涉及前部的结果不同，fMRI检测还发现12例（80%）患者有双侧丘脑改变。首次在人类试验中证实丘脑参与了棘波暴发。Aghakhani（2006）等用功能磁共振检测64例患者，40例在接受扫描检查时出现棘波，将40例分为两组：单边或双边独立峰值（29例患者）和双边同步峰值（11例患者）。对每个棘波图进行单独分析，结果：45%棘波产生对象有明显的BOLD反应。皮层激活（正BOLD）代表主导地位的反应，与皮质失活（负BOLD）相比，皮质激活与棘波定位更有相关性。在第二组，所有患者都有明显的BOLD反应，与第一组相比其分布更加广泛，并且失活区与激活区有同样重要的作用。丘脑反应在第一组中为12.5%，但在第二组中为55%。认为丘脑与部分性癫痫患者发作间期的功能有联系，双侧棘波与单侧发作相比这种参与和皮层失活明显多见。结果证明丘脑更重要的作用是抑制双侧同步棘波的产生。刘永宏（2007）等对青少年肌阵挛癫痫发作间期EEG-fMRI的研究发现：双侧大脑半球的激活及失活信号变化普遍对称且各自独立存在，信号由枕顶至额区逐渐减少。阳性激活区有：楔叶、岛叶、额中部内侧、小脑中线两侧及丘脑。阴性激活区有：双侧额前部、顶部及扣带后回。由此推断：以棘慢复合波为表现形式的同步神经元活动可能反映了丘脑皮层BOLD信号的激活，而失活区域反映了异常放电时的脑功能静息状态，这类激活在神经元的活动（EEG）与fMRI结果之间有很好的对应关系，认为EEG-fMRI是研究脑功能状态有效的方式。

Helmut（2006）等利用连续脑电图和fMRI分析频繁失神发作患者在泛化棘波放电时BOLD的信号改变，发现广泛棘波发放与双侧额部、颞顶皮层和楔前叶fMRI信号减弱及枕部皮层的激活相关，这些皮层区在清醒休息时比睡眠时更活跃，并且这些区域被认为是一个功能"缺乏模式"系统的轴心，提出广泛棘波发放时大脑系统的失活导致了当时的临床表现（如失神发作），并认为这些失活比起反映痫样放电时有更直接血流动力学联系，更能反映广泛棘波发放对休息时脑生理活动的功能影响。

Moeller（2008）等运用EEG-fMRI调查新诊断的儿童失神癫痫的BOLD信号变化。他们通过同步EEG-fMRI研究了10名儿童失神癫痫患者。BOLD信号改变与发作期脑电图活动（如：3次/秒的发作性广义棘波）在预先确定的兴趣区域被分析，包括丘脑、前楔部和尾状核。结果显示:6/10 的儿童脑电记录显示 3 次/秒的发作性棘波时,fMRI 检测发现前稷部和尾状核地区 BOLD 信号减少及双内侧丘脑区信号增强相联系,考虑到血流动力学反应的正常延迟,时间分析显示 BOLD 信号的改变与棘波发作相一致。

Marrosu(2009)等通过 EEG-fMRI 记录 1 例单纯部分性癫痫患者由音乐引发痫性发作。结果表明,脑功能记录在致痫区有脑血流量的增加。此外,在音源性癫痫发作时,脑血流量在其他区域的改变提示音乐处理有补充显像区域。吴新生(2008)等采用脑电联合功能磁共振成像方法,观察发作期癫痫引起的脑活动,探讨皮层及皮层下结构在癫痫发作及传播中的作用及其机制。方法:1 例行脑电同步功能磁共振成像检查的局灶性癫痫患者,回顾性分析发现其在采集期间多次轻微癫痫发作,在保证功能磁共振数据质量的情况下,分析两段采集过程中癫痫发作活动引起脑活动的改变情况。结果:两次数据采集得到一致的脑激活:双侧顶叶、颞叶皮层广泛激活信号,双侧纹状体、丘脑及脑干诸皮层下灰质核团明显激活信号,以左侧为著;小脑蚓部、中央叶、右小脑半球及齿状核亦有明显激活信号;全脑最大激活点位于左顶叶。结论:在局灶性癫痫发作时,大脑皮层原发灶与皮层下诸结构形成往返神经环路;大脑皮层和脑干网状结构是癫痫对侧传播的主要部位;皮层下结构在癫痫发作类型及传播中起重要的调节作用。

Hamandi(2008)等研究发现在难治性颞叶癫痫患者中,EEG-fMRI 显示在左颞叶、顶叶及枕叶在左前颞叶间歇性发作时有激活。动态因果模型提示神经传递从颞叶致痫灶到枕叶激活。束成像显示颞叶活动区与枕叶激活的联系。表明 EEG-fMRI 结合能显示癫痫活动转移的路径。

Lengler(2007)等指出脑电图相关功能磁共振成像可以识别癫痫发作间期脑功能的变化。功能磁共振成像可以定位刺激区和标示功能障碍远离棘波产生区。有人利用同步脑电图-功能磁共振成像 3T 扫描仪来研究 BOLD 信号改变与自发性间期癫痫样放电的关系,研究对象是 10 名典型及非典型良性局灶型癫痫儿童或者在儿童期有良性癫痫样活动的患者。运用回归事件相关功能磁共振的 SPM2 分析发作间期癫痫样放电。结果:7 个接受同步脑电图-功能磁共振成像检测时出现了发作间期痫样放电,发现 4 个相关正信号和负信号。另外 3 个只发现负信号。研究发现在中环、前回肌和前额区域有积极和消极信号变化。1 例患儿出现额外的枕叶功能磁共振成像激活,结果显示额叶脑区在发作间期痫样放电时功能的扰乱相当于一般神经心理学对良性癫痫和良性癫痫样活动的研究结果。认为使用同步脑电图-功能磁共振可以定位发作间期痫样放电区域,还可以判断良性局灶型癫痫儿童的大脑功能破环区。

尽管功能磁共振在癫痫术前致痫灶定位、语言及记忆功能区的确定和癫痫患者语言-记忆网络中的研究取得了重要进展,有助于了解特发性癫痫的发病机制、累及范围和病灶起源,在患者术前确定致痫灶和功能区方面可以与 Wada 试验相媲美,但在应用中也存在一定的问题,如 fMRI 是通过血流动力学及氧代谢间接反映神经元的功能活动,因此其与神经电活动之间有一定差异;有时由于 BOLD 信号改变很微弱,不易得到满意的结果;由于发作期容易受到运动伪影的干扰,fMRI 对发作期脑功能的研究较少。随着对 fMRI 的深入研究和 MRI 硬件、软件分析技术的改进,这些问题将能够得到解决。fMRI 自身的众多优点,通过结合 EEG、PET 等技术,在临床中将会起到更大的作用。

(尹欢　王学峰)

参 考 文 献

［1］王湘庆,郎森阳. 功能磁共振技术在癫痫研究中的应用. 中国全科医学,2006,9(7):586-591.

［2］Logothetis NK,Pauls J,Augath M,et al. Neurophysiological investigation of the basis of the fMRI signal. Nature,2001,412(6843):150-157.

［3］Iannetti GD,Wise RG. BOLD functional MRI in disease and pharmacological studies: room for improvement? Magn Reson Imaging,2007,25(6):978-988.

［4］Immonen RJ,Kharatishvili I,Sierra A,et al. Manganese enhanced MRI detects mossy fiber sprouting rather than neurodegeneration,gliosis or seizure-activity in the epileptic rat hippocampus. Neuroimage,2008,40 (4):1718-1730.

［5］杨华,杨柳,付刘霞,等. 磁共振波谱分析在颞叶癫痫的临床应用价值. 第三军医大学学报,2008,30 (20):1883-1885.

［6］Suma T,Matsuzaki T,Shibuya T,et al. Case of symptomatic epilepsy presenting with focal high intensity on diffusion-weighted image prior to initial convulsive seizure. No Shinkei Geka,2008,36(9):783-787.

［7］Salek-Haddadi A,Merschhemke M,Lemieux L,et al. Simultaneous EEG-Correlated Ictal fMRI. Neuroimage,2002,16(1):32-40.

［8］Winn HR. Youmans Neurological Surgery(2nd Volume). Philadephia:Elsevier,2004:2475-2482.

［9］David A,Draulio B,Octavio M,et al. Language and Motor fMRI Activation in Polymicrogyric Cortex. Epilepsia,2006,47(3):589-592.

［10］Aghakhani Y,Bagshaw AP,Bénar CG,et al. fMRI activation during spike and wave discharges in idiopathic generalized epilepsy. Brain,2004,127(5):1127-1144.

［11］Schacher M,Haemmerle B,Woermann FG,et al. Amygdala fMRI lateralizes temporal lobe epilepsy. Neurology,2006,66(1):81-87.

［12］Mórocz IA,Karni A,Haut S,et al. fMRI of triggerable aurae in musicogenic epilepsy. Neurology,2003,60 (4):705-709.

［13］Francesca Pittau,Paolo Tinuper,Francesca Bisulli,et al. Videopolygraphic and functional MRI study of musicogenic epilepsy. A case report and literature review. Epilepsy Behavior,2008,13(4):685-692.

［14］Bastes AC,Andermann F,Melancpn D,et al. Late-on-set temporal lobe epilepsy and dilatation of the hippoeampal sulcus by an enlarged virehow-Robin space. Neurology,1998,50(3):784-787.

［15］Krings T,Topper R,Reinges MHT,et al. Hemodynamic changes in simple partial epilepsy:A functional MRI study. Neurology,2000,54:524-527.

［16］Krings T,Töpper R,Reinges MH,et al. Hemodynamic changes in simple partial epilepsy:a functional MRI study. Neurology,2000,54(2):524-527.

［17］Jansen JF,Aldenkamp AP,Marian Majoie HJ,et al. Functional MRI reveals declined prefrontal cortex activation in patients with epilepsy on topiramate therapy. Epilepsy Behav,2006,9(1):181-185.

［18］Frings L,Wagner K,Halsband U,et al. Lateralization of hippocampal activation differs between left and right temporal lobe epilepsy patients and correlates with postsurgical verbal learning decrement. Epilepsy Res,2008,78(2-3):161-170.

［19］Bonelli SB,Powell R,Yogarajah M,et al. Preoperative amygdala fMRI in temporal lobe epilepsy. Epilepsia,2009,50(2):217-227.

［20］Masuoka LK,Anderson AW,Gore JC,et al. Functional magnetic resonance imaging identifies abnormal visual cortical function in patients with occipital lobe epilepsy. Epilepsia,1999,40(9):1248-1253.

［21］Lui S,Ouyang L,Chen Q,et al. Differential interictal activity of the precuneus/posterior cingulate cortex revealed by resting state functional MRI at 3T in generalized vs. partial seizure. J Magn Reson Imaging, 2008,27(6):1214-1220.

[22] Aghakhani Y,Kobayashi E,Bagshaw AP,et al. Cortical and thalamic fMRI responses in partial epilepsy with focal and bilateral synchronous spikes. Clin Neurophysiol,2006,117(1):177-191.

[23] Lee GP,Westerveld M,Blackbum LB,et a1. Prediction of verbal memory decline after epilepsy surgery in children:efection of Wada memory asymmetries. Epilepsia,2005,46 (1):97-103.

[24] Gaillard WD,Balsamo L,Xu B,et al. fMRI language task panel improves determination of language dominance. Neurology,2004,63(8):1403-1408.

[25] Richardson MP,Strange BA,Thompson PJ,et al. Pre-operative verbal memory fMRI predicts post-operative memory decline after left temporal lobe resection. Brain,2004,127(11):2419-2426.

[26] Hunninghake GW,Lyneh D,Galvin J,et al. Radiologic findings llre strongly associated with a pathologic diagnosis of usual interstitial pneumonia. Chest,2003,124:1215-1223.

[27] Lama V,Flaherty KR,Toews G,et al. Prognostic value of desaturation during a 6-minute walk test in idiopathic interstitialpneumonia. Am J Respir Crit CareMed,2003,168:1084-1090.

[28] Richardson MP,Strange BA,Duncan JS,et al. Memory fMRI in left hippocampal sclerosis: optimizing the approach to predicting postsurgical memory. Neurology,2006,66(5):699-705.

[29] Golby AJ,Poldrack RA,Illes J,et al. Memory lateralization in medial temporal lobe epilepsy assessed by functional MRI. Epilesia,2002,43(8):855-863.

[30] Krings T,Topper R,Reinges MH,et al. Homodynamic changes in simple partial epilepsy:a functional MRI study. Neurology,2000,54(2):524-527.

[31] Rabin ML,Narayan VM,Kimberg DY,et al. Functional MRI predicts postsurgical memory following temporal lobotomy. Brain,2004,127:2286-2298.

[32] 张磊,金真,曾亚伟,等. 功能磁共振对顽固性癫痫手术前的功能区定位的初步研究..立体定向和功能性神经外科杂志,2004,17(5):257-261.

[33] Spreer J,Quiske A,Altenmuller DM,et al. Unsuspected atypical hemispheric dominance for language as determined by fMRI. Epilepsia,2001,42:957-959.

[34] Benke T,Köylü B,Visani P,et al. Language lateralization in temporal lobe epilepsy: a comparison between fMRI and the Wada Test. Epilepsia,2006,47(8):1308-1319.

[35] Deblaere K,Backes WH,Hofman P,et al. Developing a comprehensive presurgical functional MRI protocol for patients with intractable temporal lobe epilepsy: a pilot study. Neuroradiology, 2002,44(8):667-673.

[36] Gaillard WD,Balsamo L,Xu B,et al. Language Dominance in Partial Epilepsy Patients Identified with an fMRI Reading Task. Neurology,2002,59(2):256-265.

[37] Szaflarski JP,Holland SK,Jacola LM,et al. Comprehensive presurgical functional MRI language evaluation in adult patients with epilepsy. Epilepsy Behav,2008,12(1):74-83.

[38] Powell HW,Koepp MJ,Richardson MP,et al. The application of functional MRI of memory in temporal lobe epilepsy: a clinical review. Epilepsia,2004,45(7):855-863.

[39] Powell HW,Richardson MP,Symms MR,et al. Preoperative fMRI predicts memory decline following anterior temporal lobe resection. J Neurol Neurosurg Psychiatry,2008,79(6):686-693.

[40] Fontoura DR,Branco Dde M,Anés M,et al. Language brain dominance in patients with refractory temporal lobe epilepsy: a comparative study between functional magnetic resonance imaging and dichotic listening test. Arq Neuropsiquiatr,2008,66(1):34-39.

[41] Köylü B,Walser G,Ischebeck A,et al. Functional imaging of semantic memory predicts postoperative epi-

sodic memory functions in chronic temporal lobe epilepsy. Brain Res,2008,1223:73-81.

[42] Janszky J,Ollech I,Jokeit H,et al. Epileptic activity influences the lateralization of mesiotemporal fMRI activity. Neurology,2004,63(10):1813-1817.

[43] Noppeney U,Price CJ,Duncan JS,et al. Reading skills after left anterior temporal lobe resection:an fMRI study. Brain,2005,128(6):1377-1385.

[44] Liégeois F,Connelly A,Cross JH,et al. Language reorganization in children with early-onset lesions of the left hemisphere:an fMRI study. Brain,2004,127(6):1229-1236.

[45] Jozsef J,Markus M,Imre J,et al. Left-sided Interictal Epileptic Activity Induces Shift of Language Lateralization in Temporal Lobe Epilepsy:An fMRI Study. Epihpsia,2006,47(5):921-927.

[46] Dupout S,Samson Y,Van de Moortele PF,et al. Bilateral hemispheric alteration of memory processes in right medial temporal lobe epilepsy. Neurnl Neurosurg Psychiatry,2002,73(2):478-485.

[47] Zeineh MM,Engel SA,Thompson PM,et al. Dynamic of the hippocampus during encoding and retrieval of face-name pairs. Science,2003,299(3):577-580.

[48] 杨志根,王惠南,张志强,等. 基于 ICA 的颞叶癫痫缺省模式网络的研究. 生物物理学报,2008,24(4):291-296.

[49] Liegeois F,Connelly A,Cross JH,et al. Language reorganization in children with early-onset lesions of the left hemisphere:an fMRI study. Brain,2004,1(27):1229-1236.

[50] 李新宇,王萌华,王微微,等. 癫痫患者语义加工的功能磁共振成像研究. 中国康复理论与实践,2008,14(2):135-137.

[51] Detre JA,Maccotta L,King D. Functional MRI lateralization of memory in temporal lobe epilepsy. Neurology,1998,50:926-929.

[52] Adcock JE,Wise RG,Oxbury JM,et al. Quantitative fMRI assessment of the differences in lateralization of language-related brain activation in patients with temporal lobe epilepsy. Neuroimage,2003,18:423-438.

[53] Figueiredo P,Santana I,Teixeira J. Adaptive visual memory reorganization in right medial temporal lobe epilepsy. Epilepsia,2008,49(8):1395-1408.

[54] Bettus G,Guedj E,Joyeux F,et al. Decreased basal fMRI functional connectivity in epileptogenic networks and contralateral compensatory mechanisms. Hum Brain Mapp,2009,30(5):1580-1589.

[55] Frings L,Schulze-Bonhage A,Spreer J,et al. Reduced interhemispheric hippocampal BOLD signal coupling related to early epilepsy onset. Seizure,2009,18(2):153-157.

[56] Cousin E,Baciu M,Pichat C,et al. Functional MRI evidence for language plasticity in adult epileptic patients:Preliminary results. Neuropsychiatr Dis Treat,2008,4(1):235-246.

[57] Zhang ZQ,Lu GM,Zhong Y,et al. Application of amplitude of low-frequency fluctuation to the temporal lobe epilepsy with bilateral hippocampal sclerosis:an fMRI study. Zhonghua Yi Xue Za Zhi,2008,88(23):1594-1598.

[58] Köylü B,Trinka E,Ischebeck A,et al. Neural correlates of verbal semantic memory in patients with temporal lobe epilepsy. Epilepsy Res,2006,72(2-3):178-191.

[59] Gaillard WD,Berl MM,Moore EN,et al. Atypical language in lesional and nonlesional complex partial epilepsy. Neurology,2007,69(18):1761-1771.

[60] de Krom M. Cognitive dysfunction in epilepsy:case reports. Seizure,2006,15(4):264-266.

[61] Zijlmans M,Huiskamp G,Hersevoort M,et al. EEG-fMRI in the preoperative work-up for epilepsy surgery. Brain,2007,130(9):2343-2353.

[62] Kobayashi E,Bagshaw AP,Grova C,et al. Grey matter heterotopia:what EEG-fMRI can tell us about epileptogenicity of neuronal migration disorders. Brain,2006,129(2):366-374.

[63] 刘永宏,杨旭红,廖伟,等.青少年肌阵挛癫痫发作间期 EEG-fMRI 的研究.生物医学工程学杂志,2007,24(4):748-751.

[64] Helmut L,Ulrike L,Khalid H,et al. Linking Generalized Spike-and-Wave Discharges and Resting State Brain Activity by Using EEG/fMRI in a Patient with Absence Seizures. Epilepsia,2006,47(2):444-448.

[65] Al Asmi A,Benar CG,Gross DW,et al. fMRI activation in continuous and spike-triggered EEG-fMRI studies of epileptic spikes. Epilepsia,2003,44:1328-1330.

[66] Fernandez G,Specht K,Weis S,et al. Intrasubject reproducibility of presurgical language lateralization and mapping using fMRI. Neurology,2003,60:969-975.

[67] Moeller F,Siebner HR,Wolff S,et al. Simultaneous EEG-fMRI in drug-naive children with newly diagnosed absence epilepsy. Epilepsia,2008,49(9):1510-1519.

[68] Hamandi K,Salek-Haddadi A,Laufs H,et al. EEG-fMRI of idiopathic and secondarily generalized epilepsies. Neuroimage,2006,31(4):1700-1710.

[69] Marrosu F,Barberini L,Puligheddu M,et al. Combined EEG/fMRI recording in musicogenic epilepsy. Epilepsy Res,2009,84(1):77-81.

[70] Mirsattari SM,Ives JR,Leung LS,et al. EEG monitoring during functional MRI in animal models. Epilepsia,2007,48(4):37-46.

[71] Hamandi K,Powell HW,Laufs H,et al. Combined EEG-fMRI and tractography to visualise propagation of epileptic activity. J Neurol Neurosurg Psychiatry,2008,79(5):594-597.

[72] Kikuchi S,Kubota F,Nishijima K,et al. Electroencephalogram-triggered functional magnetic resonance imaging in focal epilepsy. Psychiatry Clin Neurosci,2004,58(3):319-323.

[73] Al-Asmi A,Bénar CG,Gross DW,et al. fMRI activation in continuous and spike-triggered EEG-fMRI studies of epileptic spikes. Epilepsia,2003,44(10):1328-1339.

[74] Salek-Haddadi A,Lemieux L,Merschhemke M,et al. Functional magnetic resonance imaging of human absence seizures. Ann Neurol,2003,53(5):663-667.

[75] Bagshaw AP,Aghakhani Y,Bénar CG,et al. EEG-fMRI of focal epileptic spikes:analysis with multiple haemodynamic functions and comparison with gadolinium-enhanced MR angiograms. Hum Brain Mapp,2004,22(3):179-192.

[76] Opdam HI,Federico P,Jackson GD,et al. A sheep model for the study of focal epilepsy with concurrent intracranial EEG and functional MRI. Epilepsia,2002,43(8):779-787.

[77] Aghakhani Y,Bagshaw AP,Bénar CG,et al. fMRI activation during spike and wave discharges in idiopathic generalized epilepsy. Brain,2004,127(5):1127-1244.

[78] Jann K,Wiest R,Hauf M,et al. BOLD correlates of continuously fluctuating epileptic activity isolated by independent component analysis. Neuroimage,2008,42(2):635-648.

[79] Leal A,Dias A,Vieira JP,et al. The BOLD effect of interictal spike activity in childhood occipital lobe epilepsy. Epilepsia,2006,47(9):1536-1542.

[80] Lengler U,Kafadar I,Neubauer BA,et al. fMRI correlates of interictal epileptic activity in patients with idiopathic benign focal epilepsy of childhood. A simultaneous EEG-functional MRI study. Epilepsy Res,2007,75(1):29-38.

[81] Manganotti P,Formaggio E,Gasparini A,et al. Continuous EEG-fMRI in patients with partial epilepsy and focal interictal slow-wave discharges on EEG. Magn Reson Imaging,2008,26(8):1089-1100.

[82] Bauer J,Kaufmann P,Klingmüller D,et al. Serum prolactin response to repetitive epileptic seizures. J Neurol,1994,241(4):242-245.

[83] Bauer J,Uhlig B,Schrell U,et al. Exhaustion of postictal serum prolactin release during status epilepticus

第二章 癫痫持续状态的临床特征

(letter).J Neurol,1992,239:135-136.

[84] Bauer J,Stefan H,Schrell U,et al. Serum prolactin concentrations and epilepsy: a study which compares healthy subjects with a group of patients in presurgical evaluation and circadian variations with those related to seizures. Eur Arch Psychiatry Clin Neurosci,1992,241:365-371.

[85] Beghi E,De Maria G,Gobbi G,et al. Diagnosis and treatment of the first epileptic seizure: guidelines of the Italian League against Epilepsy. Epilepsia,2006,47 Suppl 5:2-8.

[86] Ben-Menachem E. Is prolactin a clinically useful measure of epilepsy? Epilepsy Curr,2006,6(3):78-79.

[87] Bye AM,Nunn KP,Wilson J. Prolactin and seizure activity. Arch Dis Child,1985,60(9):848-851.

[88] Chen DK,So YT,Fisher RS,et al. Use of serum prolactin in diagnosing epileptic seizures: report of the Therapeutics and Technology Assessment Subcommittee of the American Academy of Neurology. Neurology,2005,65(5):668-675.

[89] Jackel RA,Malkowicz D,Trivedi R,et al. Reduction of prolactin response with repetitive seizures. Epilepsia,1987,28:588.

[90] Lin YY,Yen SH,Pan JT,et al. Transient elevation in plasma prolactin level in rats with temporal lobe status epilepticus. Neurology,1999,53(4):885-887.

[91] Lindbom U,Tomson T,Nilsson BY,et al. Serum prolactin response to metoclopramide during status epilepticus. J Neurol Neurosurg Psychiatry,1992,55(8):685-687.

[92] Lindbom U,Tomson T,Nilsson BY,et al. Serum prolactin response to thyrotropin-releasing hormone during status epilepticus. Seizure,1993,2(3):235-239.

[93] Lusić I,Pintarić I,Hozo I,et al. Serum prolactin levels after seizure and syncopal attacks. Seizure,1999,8(4):218-222.

[94] Meierkord H,Shorvon S,Lightman S,et al. Comparison of the effects of frontal and temporal lobe partial seizures on prolactin levels. Arch Neurol,1992,49(3):225-230.

[95] Shukla G,Bhatia M,Vivekanandhan S,et al. Serum prolactin levels for differentiation of nonepileptic versus true seizures: limited utility. Epilepsy Behav,2004,5(4):517-521.

[96] Tomson T,Lindbom U,Nilsson BY,et al. Serum prolactin during status epilepticus. J Neurol Neurosurg Psychiatry,1989,52(12):1435-1437.

[97] Trimble MR. Serum prolactin in epilepsy and hysteria. BMJ,1978,2:1628.

[98] Vukmir RB. Does serum prolactin indicate the presence of seizure in the emergency department patient? J Neurol,2004,251(6):736-739.

[99] Borusiak P,Herbold S. Serum neuron-specific enolase in children with febrile seizures: time profile and prognostic implications. Brain Dev,2003,25(4):272-274.

[100] Casmiro M,Maitan S,De Pasquale F. et al. Cerebrospinal fluid and serum neuron-specific enolase concentrations in a normal population. Eur. J. Neurol. 2005,12,369-374.

[101] Correale J,Rabinowicz AL,Heck CN,et al. Status epilepticus increases CSF levels of neuron-specific enolase and alters the blood-brain barrier. Neurology,1998,50(5):1388-1391.

[102] DeGiorgio CM,Correale JD,Ginsburg DL,et al. Serum neuron specific enolase in status epilepticus. Neurology,1994,44(suppl2):205.

[103] DeGiorgio CM,Correale JD,Gott PS,et al. Serum neuron-specific enolase in human status epilepticus. Neurology,1995,45(6):1134-1137.

[104] DeGiorgio CM,Gott PS,Rabinowicz AL,et al. Neuron-specific enolase,a marker of acute neuronal injury,is increased in complex partial status epilepticus. Epilepsia,1996,7(7):606-609.

[105] DeGiorgio CM,Heck CN,Rabinowicz AL,et al. Serum neuron-specific enolase in the major subtypes of

status epilepticus. Neurology,1999,52(4):746-749.

[106] Lima JE,Takayanagui OM,Garcia LV,et al. Use of neuron-specific enolase for assessing the severity and outcome in patients with neurological disorders. Braz J Med Biol Res,2004,37(1):19-26.

[107] Palmio J,Peltola J,Vuorinen P,et al. Normal CSF neuron-specific enolase and S-100 protein levels in patients with recent non-complicated tonic-clonic seizures. J Neurol Sci,2001,183(1):27-31.

[108] Palmio J,Keränen T,Alapirtti T,et al. Elevated serum neuron-specific enolase in patients with temporal lobe epilepsy: a video-EEG study. Epilepsy Res,2008,81(2-3):155-160.

[109] Pitäknen A,Sutula TP. Is epilepsy a progressive disorder? Prospects for new therapeutic approaches in temporal-lobe epilepsy. Lancet Neurol,2002,1:173-181.

[110] Pitäknen A,Nissinen J,Nairismägi J,et al. Progression of neuronal damage after status epilepticus and spontaneous seizures in a rat model of temporal lobe epilepsy. Prog. Brain Res,2002,135:67-83.

[111] Rabinowicz AL,Correale J,Boutros RB,et al. Neuron-specific enolase is increased after single seizures during inpatient video/EEG monitoring. Epilepsia,1996,37(2):122-125.

[112] Rabinowicz AL,Correale JD,Bracht KA,et al. Neuron-specific enolase is increased after nonconvulsive status epilepticus. Epilepsia,1995,36(5):475-479.

[113] Rech TH,Vieira SR,Nagel F,et al. Serum neuron-specific enolase as early predictor of outcome after in-hospital cardiac arrest: a cohort study. Crit Care,2006,10:R133.

[114] Sankar R,Shin DH,Wasterlain CG. Serum neuron specific enolase is a marker for neuronal damage following status epilepticus in the rat. Epilepsy Res,1997,28(2):129-136.

[115] Salmenperä T,Kläviiänen R,Partanen K,et al. Hippocampal and amygdaloid damage in partial epilepsy: a cross-sectional MRI study of 241 patients. Epilepsy Res,2001,46:69-82.

[116] Salmenperä T,Könönen M,Roberts N,et al. Hippocampal damage in newly diagnosed focal epilepsy: a prospective study. Neurology,2005,64,62-68.

[117] Shirasaka Y. Lack of neuronal damage in atypical absence status epilepticus. Epilepsia,2002,43(12): 1498-1501.

[118] Sutula TP. Mechanisms of epilepsy progression: current theories and perspectives from neuroplasticity in adulthood and development. Epilepsy Res,2004,60:161-171.

[119] Suzuki Y,Toribe Y,Goto M,et al. Serum and CSF neuron-specific enolase in patients with West syndrome. Neurology,1999,53(8):1761-1764.

[120] Tumani H,Otto M,Gefeller O,et al. Kinetics of serum neuron-specific enolase and prolactin in patients after single epileptic seizures. Epilepsia,1999,40(6):713-718.

[121] Treiman DM,Delgado-Escueta AV. Complex partial status epilepticus// Delgado-Escueta AV,Wasterlain CG,Treiman DM,et al. New York: Raven Press,1983:69-81.

[122] Vos PE,Lamers KJB,Hendriks JCM,et al. Glial and neuronal proteins in serum predict outcome after severe traumatic brain injury. Neurology. 2004,62:1303-1310.

[123] Wunderlich MT,Ebert AD,Kratz T,et al. Early neurobehavioral outcome after stroke is related to release of neurobiochemical markers of brain damage. Stroke,1999,30:1190-1195.

[124] Willert C,Spitzer C,Kusserow S,et al. Serum neuron-specific enolase,prolactin,and creatine kinase after epileptic and psychogenic non-epileptic seizures. Acta Neurol Scand,2004,109(5):318-323.

[125] Wong M,Ess K,Landt M. Cerebrospinal fluid neuron-specific enolase following seizures in children: role of etiology. J Child Neurol,2002,17(4):261-264.

四、癫痫持续状态中的脑电图检查(见市章第二节)

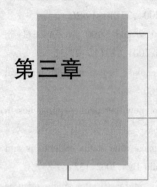

第三章

癫痫持续状态的治疗

第一节　癫痫持续状态治疗原则

一、治疗目标

保持生命体征稳定、终止发作、防治可能出现的并发症是癫痫持续状态的主要治疗目的。长时间的癫痫持续状态会导致不可逆的脑损伤。发作时间越长,发作就越难控制。有研究显示,在发作后 30 分钟内进行治疗,预后较好,但如果 >30 分钟,发作控制率明显降低。有人对英国伦敦北部的癫痫持续状态儿童用 logistic 回归方法分析一线和二线抗癫痫持续状态药物治疗后发作终止的相关因素,发现癫痫持续状态发作后到达急诊科的时间每延迟 1 分钟,发作持续时间超过 60 分钟的风险累积增加 5%(Kreft A,2008)。

二、治疗的一般措施

治疗的一般措施就是要保持生命体征的稳定,为后继治疗提供机会和打下基础。一般措施包括以下几点(Shorvon,2006):

1. 尽可能详细地询问家属及目击者发作时的情况　以寻找可能的诱因,在明确诊断后,需分清发作类型及是否是特殊的癫痫综合征。

2. 保持呼吸道通畅　将患者仰卧,头颈半伸位,并转向一侧,以利口腔分泌物的流出,吸痰,尽可能清除呼吸道分泌物以保持呼吸道的通畅。

3. 给氧　做好气管插管或切开准备。缺氧是脑损伤的重要原因,尤其是年轻的患者,与高死亡率有关。脑占体重的 2%,但耗氧量占全身的 20%,发作早期脑代谢率增加,脑血流也代偿性增加,到失代偿期,脑血管自主调节能力丧失,代偿机制也消失,此时脑灌注主要依赖全身血压,血压下降,脑血流降低,最终导致脑细胞缺氧,尤其是致痫组织中缺氧更严重,因为这此部位代谢率最高。由于缺氧,脑细胞出现酸中毒、ATP 消耗、溶酶体破坏、自由基释放,最后出现局灶性脑缺血或脑细胞水肿,因此,在其他原因所致呼吸衰竭之前应早期开始辅助通气。癫痫持续状态中常有碳酸增多。Aminoff(1980)曾报道 18 例患者中,13 例二氧化碳水平超过 60mmHg。但仍不清楚高碳酸血症是在癫痫持续状态的哪一期出现。高碳酸水平增加了肺水肿的易患率,但是,除偶然致死性外,一般情况下的高碳酸血症并没有很大的临床意义。

4. 建立静脉通道 如果不能静脉给药,需做好其他给药途径的准备,如直肠给药等。动脉应用抗癫痫药物可能引起血管痉挛和坏死,不宜采用。

5. 调控血压 血压监测与心电、呼吸、体温,脑电的监测一样重要。在癫痫持续状态早期,即代偿期,肢体抽动时常有血压增高,这与儿茶酚胺释放有关。偶有高血压脑病发生,但很少需要降压治疗。失代偿期血压开始下降,长时间的癫痫持续状态,低血压很常见,主要与继发性脑、代谢和内分泌改变及药物治疗或儿茶酚胺受体敏感性下降有关(Blennow,1978;Simon 1985;Benwitz 1986)。重症患者根据需要可增加有创动脉压、中心静脉压、心脏漂浮动脉导管、血气分析检查。

6. 体温监测 癫痫持续状态中常见体温增高,此与惊厥性肌肉活动,大量的儿茶酚胺释放和中枢机制有关。体温高,持续时间长,患者预后较差。在实验性癫痫持续状态中,高热主要与细胞损伤有关(Meldrum 1973),并可导致永久性的脑功能障碍。

7. 血糖调控 癫痫持续状态开始时,儿茶酚胺类、胰岛素和胰高血糖素的释放可使肝糖原分解增多,出现中度高血糖(Meldrum 1973;Kreisman 1981)。一些动物实验表明高血糖可能参与了癫痫持续状态中的脑损伤,机制与卒中一样,通过增加代谢和诱导细胞兴奋性毒素产生,因此,应避免对非低血糖患者常规的补糖治疗。随着癫痫发作的继续,由于糖原耗竭、肝损伤、高胰岛素血症反弹及其他内分泌原因可能导致出现低血糖(Meldrum 1973;Meldrum 1976)。低血糖加重了缺氧和脑供血不足所致的细胞代谢障碍。

如果高度怀疑系低血糖引起的癫痫持续状态,可立即静脉注射50%葡萄糖注射液,常能终止这种情况引起的癫痫发作。但在血糖正常的情况下静脉注射50%葡萄糖注射液则不宜提倡,因为癫痫持续状态常有高血糖倾向,高血糖可加重神经元的损伤,也可增加Wernicke脑病的风险。

8. 处理诱发因素 有酒精滥用、营养障碍的患者,静脉注射维生素 $B_1$250mg(>10 分钟)可能是必要的。维生素 B_1 偶可引起急性变态反应(Shorvon,2006)。

9. 纠正电解质紊乱 电解质紊乱在癫痫持续状态中很常见,尤其是钠离子缺乏或分布异常对癫痫持续状态的影响最为明显。缺钠性低钠血症、脑耗盐综合征及抗利尿激素不恰当分泌综合征是癫痫持续状态中出现低钠血症的三大原因。为避免加重稀释性低钠血症的存在,不提倡用大量的低渗液体,碳酸氢钠仅用于酸中毒患者。

10. 防治脑水肿和其他潜在并发症 癫痫持续状态常有脑水肿,也常引起患者的猝死,需要加以注意。

11. 处理酸中毒 癫痫持续状态中由于肌肉持续性收缩和呼吸停止,脑部糖代谢由有氧代谢转变成无氧酵解,引起乳酸堆积,导致酸中毒的产生。有报道70例癫痫持续状态患者发作刚刚停止时,其中84%患者的血 pH 低于正常,其中33%低于7.0,1 例为6.18(Aminoff 1980)。乳酸水平很高,血清钾水平则很低。其他代谢或呼吸性酸中毒比较少见。脑脊液中乳酸水平的增高与癫痫持续状态的不良预后有关(Calabrese,1991)。

12. 决定是否送入神经重症疾病监护病房(NICU) 癫痫持续状态是需要紧急处理的神经系统急症。它的诊断和治疗从开始到完成是一个连续的过程。虽然65%的癫痫持续状态患者对初始治疗反应良好,但还是有相当部分需要送入 NICU 中进行有效监护,并对其伴发的呼吸抑制、高血压等情况进行处理。甚至对治疗反应较好的患者也往往需要在 NICU 内处理可能导致癫痫持续状态的病因及所引起的并发症。迅速终止发作，加强监护，处理并发症是 NICU 的重要任务(Millikan,2009)，但需掌握适当的指征。

有下列情况者需急送 NICU 进行治疗：①首选药物治疗无效者；②难治性癫痫持续状态或由急性疾病导致的症状性癫痫持续状态；③病因不明的非惊厥性癫痫持续状态；④癫痫持续状态患者有威胁生命或可带来明显后果的并发症。弗吉尼亚大学近年来因癫痫持续状态收入 NICU 治疗的前三位原因依次是：①需要机械通气；②需要治疗导致癫痫持续状态的潜在原因；③需要积极治疗终止癫痫持续状态的发作(Bleck TP,2007)。

表 3-1-1 列出了强直阵挛性癫痫持续状态的一般治疗可供参考。

表 3-1-1　全身强直阵挛性发作的一般处理

第 1 阶段(0~10min)	治疗酸中毒
评估心肺功能(特别注意有无低氧血症和低血压)	第 3 阶段(0~60 到 90min)
保持气道通畅,吸氧	明确病因
第 2 阶段(0~60min)	纠正低血压
急用抗癫痫持续状态药物治疗	纠正生理功能紊乱和处理并发症
开始早期监测	第 4 阶段(30~90min)
建立大静脉通道	转入 NICU,密切监护
抽血 50~100ml 做急诊检查	监测发作和进行脑电图监测
按需静脉注射 50% GS 或(和)维生素	监测颅内压
	维持抗癫痫药物治疗

引自 Simon Shorvon Status epilepticus 2006,作者有部分修改

三、终　止　发　作

1. 用药原则　首次给药应足量,且能使其快速到达脑部发挥作用。近年来,癫痫持续状态的联合用药越来越受到重视。

2. 给药途径　①首选静脉给药：大多数药物可静脉给药,静脉给药生物利用度可达100%,不受胃肠道吸收因素影响。但需注意,许多药物用药前需稀释,如未稀释到合适浓度药物会产生沉淀,而且,多药联合使用时需考虑药物的相互作用,如苯妥英和地西泮联合用药时需建立 2 个静脉通道；静脉输注个别药物后,如副醛的分解产物,将产生严重的后果；快速静脉给药可导致呼吸骤停(地西泮)或心搏骤停(苯妥英),所以需严密观察,注意给药速度和剂量(Shorvon,2006)；②口服：虽然有口服抗癫痫药治疗癫痫持续状态的报道,但由于没有理想的可快速起效的药物,一般不选择这种用药方法,只有在无法进行静脉给药时才考虑口服给药；③肌内注射：苯巴比妥、咪达唑仑可以肌内注射,但总的说来,肌内注射吸收缓慢,有时不完全,因此,除非不能静脉注射,一般不选用这种给药途径；④黏膜给药,包括鼻腔、气管、直肠或口腔给药：地西泮、副醛、咪达唑仑经直肠或口腔给药后均可快速吸收。使用安全方便,且没有静脉给药的局部和全身并发症,是院前急救的主要用药方法；⑤动脉给药：没有这种给药方式。抗癫痫药动脉给药可导致严重动脉痉挛、坏死、血管栓塞或血栓形成(Shorvon,2006)。常用抗癫痫持续状态药物的用药途径可参考表 3-1-2。

表 3-1-2　常用抗癫痫药的给药途径、脂溶性、电离特性

药物名称	给药途径	脂溶性*	pKa	正电荷/负电荷
氯硝西泮	静脉/直肠	高	1.5/10.5	兼性
地西泮	静脉	高	3.4	正电荷
依托咪酯	静脉	高	4.1	—
异氟醚	吸入	高	—	—
利多卡因	静脉	中	7.9	负电荷
劳拉西泮	静脉	中	1.3/11.5	兼性
咪达唑仑	肌内/静脉/直肠	中	6.2	正电荷
副醛	直肠	低	—	—
苯巴比妥	直肠/肌内/静脉	—	8.1	负电荷
戊巴比妥	静脉	中	7.3	负电荷
苯妥英	静脉	高	8.3	正电荷
丙泊酚	静脉/肌内	高	11	负电荷
硫喷妥钠	静脉	高	7.0	负电荷

*脂溶性:辛醇/水的比例。高>100;中40~100;低<40
引自 Simon Shorvon Status epilepticus 2006

3. 药物选择基本原则　首选作用快、半衰期短的一线药物,次选作用时间长,起效较慢的二线药,在治疗无效的情况下考虑选用三线药。

(1) 常用一线药包括(Shorvon,2006):

1) 苯二氮䓬类:苯二氮䓬类是目前用于治疗癫痫持续状态的常用药物,通过兴奋 γ-氨基丁酸(GABA)A 受体发挥作用。癫痫持续状态的早期通常是给予苯二氮䓬类药物,如地西泮等,以增强其抑制功能。这些药物在 55%~66% 的患者中能有效终止癫痫持续状态。

有呼吸抑制的风险,特别是与其他中枢神经系统抑制药如苯巴比妥、副醛联用时更明显。

劳拉西泮(lorazepam,LZP,氯羟安定):静脉注射,可一次或多次给药。LZP 有很强的抗痫作用,起效快,持续时间长。主要不良反应是中枢性过度换气和呕吐。对照研究显示 LZP 的疗效比地西泮类更高,呼吸抑制率低(A 级证据)。

地西泮(DZP,安定):可静脉或直肠给药,也可经气管插管持续滴注给药。抗痫作用快(静脉注射后 3 分钟、直肠给药 5~7 分钟起效),根据需要可反复给药多次。地西泮几乎对所有类型的癫痫持续状态都有效,只是用于 Lennox-Gastaut 综合征时需要谨慎,因为会加重强直发作。其疗效维持 30 分钟,因此应辅以作用时间长的药物(如苯妥英钠)等。当静脉途径不能采用时,地西泮直肠凝胶给药是简单、有效和安全的方法(B 级证据)。氟马西尼不用于逆转可能的 BZD 过量,因为其延长抽搐。

氯硝西泮(clonazepam,CNZ):静脉给药,作用比地西泮强 10 倍。特点是起效快、半衰期长(18~39 小时),呼吸抑制的风险小于地西泮。主要缺点是导致支气管黏液溢出(bronchorrhea)/支气管麻痹(bronchoplegia),可用于难治性癫痫持续状态(Shorvon,2006)。

咪达唑仑(MDZ):可以静脉、肌内注射或直肠给药、舌下含化。一次或多次给药。持

续静脉注射,发挥作用稍慢于 DZP,半衰期短。与其他 BZD 一样需要辅以第二线药物以防复发。总的来说,它的耐受性比其他 BZD 好,呼吸抑制率更低。MDZ 持续静脉滴注治疗难治性癫痫持续状态是替代巴比妥类药物有效且安全的方法,96% 的患者有效。MDZ 鼻内给药是急性发作和癫痫持续状态院前处理的有效方法。88% ~89% 的患者有效,且耐受性极好。对照研究显示,MDZ 鼻内给药与 DZP 同样有效(有效率分别是 88% 和92%),但起效要慢一些(8 分钟和 6 分钟)。MDZ 在药物有效性和安全性的平衡方面表现更好。通过颊黏膜吸收药液的形式,也是大有希望的,用于发作 10 分钟内的患者,其药物有效率可达84%,用于一般癫痫持续状态疗效可达 50%。这种途径也有极好的药效-安全间的平衡。MDZ 肌内注射有效率90% ~93%,5 ~10 分钟内快速吸收和发挥作用,与 DZP 静脉注射效果一样。有人通过 3 例新生儿持续状态的治疗,认为咪达唑仑是治疗各种病因引起的难治性新生儿惊厥的一种安全、有效的抗癫痫药(Sirsi D,2008)。

2)苯巴比妥(PB):PB 是新生儿痫性发作和癫痫持续状态的第一线药物,儿童和成人的第三线药物。可静脉或肌内注射给药。肌内注射必须很慢,以免引起心脏呼吸功能的抑制。起效慢于 DZP,有呼吸抑制、低血压和镇静的风险,作用时间长,可用于维持治疗。单用 PB 与 DZP 加 PHT 的联合用药方案相比,没有显著的药效差异。但是从呼吸抑制和镇静效果来看,PB 比 BZD 加 PHT 更适合用于难治性癫痫持续状态。一项儿童研究发现,应用 PB80mg/kg1 天,其反应和耐受性比使用硫喷妥钠(thiopental)要好(Shorvon,2006)。

(2)常用二线药物:二线药起效慢于 BZD,但持续时间较长,可用于维持治疗。在癫痫持续状态发生后 45 分钟内进行治疗,其有效率可高达 85%,>45 分钟时,疗效仅有 15%。

1)苯妥英钠(PHT):仅用于静脉注射,对癫痫持续状态的控制率为 40% ~91%,但不能用于失神发作,因可加重病情。用药后 15 分钟达高峰,60 分钟后达到稳态。没有呼吸和中枢抑制的副作用,因此评估患者反应时可排除药物的干扰。静脉注射时因可致心律失常和低血压,须连续监测心率、血压。除了与生理盐水,与其他药物合用可发生沉淀,也容易发生静脉炎。静脉注射 DZP 和 PHT 治疗癫痫持续状态的效果与 PB 静脉注射一样(B 级证据)。

2)磷苯妥英(fosphenytoin):是 PHT 的前体,经静脉入血后,在碱性磷酸酶的作用下释放活性 PHT。可静脉注射或肌内注射,20 分钟内达到有效血药浓度。150mg 磷苯妥英相当于 100mgPHT。静脉注射后 30 分钟内癫痫发作的控制率为 85%。不产生呼吸抑制和意识改变。价格昂贵(比 PHT 高 10 倍)。在儿童中应用的研究不多,少用。

3)丙戊酸钠(sodium valproate,VPA)注射液:直肠或静脉给药。直肠给药作用慢于 DZP。静脉途径,渗透到脑的速度与 DZP 相似,比 PHT 快。与 PHT 和磷苯妥英比较,VPA 疗效更好。总的有效率为 66% ~100%(平均 81%)(B 级证据)。用于癫痫持续状态的治疗没有明显不良反应报道,但会引起心血管异常,出现心动过缓或低血压。不能用于急性肝病或先天性代谢障碍的儿童。值得注意的是,VPA 可升高 DZP、PHT 和 PB 的血清水平。

(3)第三线药物:上述药物治疗失败后使用。使用时要特别注意其可导致呼吸抑制的潜在风险,需要辅助呼吸,并且患者须在 NICU 中持续 EEG 监测下使用。

1）副醛(paraldehyde):可口服或直肠给药。用药后 70% 在肝内代谢,30% 在肺中清除。其可导致呼吸抑制、低血压、代谢性酸中毒、肺出血和肝肾衰竭。如果 DZP 直肠给药失败和不能静脉给药时,副醛直肠给药是一个不错的替代方法(C 级证据)。

2）氯美噻唑(clomethiazole):可静脉或直肠给药。有致心肺功能抑制和低血压的风险,与 PB 合用,风险更高。使用已经逐渐减少,而且已经不用于癫痫持续状态治疗的大多数方案中。

3）利多卡因(lidocaine):静脉给药。起效快,作用时间短,不能用于维持治疗。镇静作用很少,有引起低血压、心搏骤停和心律失常的高风险。如果血药浓度超过 15～20mg/ml,还会导致全面性发作。但还是有一些作者支持用于癫痫持续状态,特别是新生儿癫痫持续状态。也可与 PB 联合,避免治疗剂量过大引起癫痫发作。还可用于对 BZD 有使用禁忌的成人,如慢性肺部疾病、肝硬化或是对 PHT 过敏的成人。一个日本的回顾性、多中心,以调查量表形式研究了 28 家医院的儿童癫痫持续状态用利多卡因静脉治疗的各种情况后,发现利多卡因对于丛集样或频繁发作的癫痫持续状态、急性疾病引起的癫痫持续状态有效(如急性胃肠炎合并的惊厥)(Hattori H,2008)。另一项研究也发现利多卡因作为快速起效抗癫痫药物似乎对惊厥性癫痫状态控制有效,特别对感染诱发的癫痫持续状态效果更明显。但还需要更大样本研究(Yildiz B,2008)。

4）巴比妥类麻醉剂(barbiturate anesthetics):硫喷妥钠(thiopental)和戊巴比妥是治疗癫痫持续状态的第三线药物。由于其药代动力学有高脂溶性和从体内清除慢的特点,因此仅用于其他治疗失败的情况。可引起意识障碍,因而需要在 NICU 里进行人工通气和严密血压监控下使用。有很高的死亡率,因此只能用 24～48 小时。需要 EEG 连续监测发作-抑制间歇的频率以了解其效果。

硫喷妥钠(thiopental):有饱和动力学和高浓度长时间半衰期的特点和致低血压的高风险,需要备好多巴胺等升压药物。也有引起肠麻痹和缺血性坏死的报道(Cereda C,2008)。

戊巴比妥(pentobarbital):是硫喷妥钠的活性代谢物,半衰期短一些,不良反应与硫喷妥钠相似。

5）其他麻醉剂:这组药物的抗痫作用知之甚少,其中一些药物会引起 EEG 上的痫样活动,甚至会导致发作。但在药代动力学上,比传统巴比妥类麻醉剂的问题要少。

丙泊酚(propofol):作用快,恢复快,但其使用有争议。一方面,它的疗效与持续静脉滴注 MDZ 所获得的效果相似;另一方面,大剂量或停药后会诱导癫痫发作,这使其有很高的复发率和死亡率。

异氟醚(isoflurane):吸入性麻醉剂。癫痫持续状态对其他抗癫痫药物反应差时,其有一定作用。也有诱导发作的报道。

其他吸入性麻醉剂:如安氟醚(enflurane)和氟烷(halothane),相关资料很少。所有这类药物都可增加颅内压,因此只有在癫痫持续状态对其他治疗失败时使用,并且需要严密监护。

依托咪酯(etomidate):有对癫痫持续状态发作控制的报道,但这方面的参考文献很少。其有导致肾上腺出血引起肾上腺功能不全的风险,也可引起肌阵挛发作和 EEG 上棘慢波放电。

氯胺酮(ketamine):NMDA 拮抗剂可通过抑制神经元去极化来终止痫性发作,它还可阻止兴奋性毒素所致的级联放大性神经损伤的初始过程来防止癫痫持续状态急、慢性神经损伤。氯胺酮作为一种常用的 NMDA 拮抗剂,起效快,镇静作用时间短,能有效降低全身惊厥性癫痫持续状态所致的神经损伤。Pruss H(2008)等报道 1 名有线粒体病和癫痫病史的 22 岁女性,发生了癫痫持续状态,并对苯二氮䓬类药物、苯妥英、硫喷妥钠和丙泊酚治疗均无反应。持续给予氯胺酮混入咪达唑仑治疗几天后,癫痫持续状态得到控制。提示对 GABA 能药物无法控制的癫痫持续状态,氯胺酮有强大的抗癫痫特性。这可能系癫痫发作时 N-甲基-D-门冬氨酸受体表达增加所致。因此对难治性癫痫持续状态患者,氯胺酮应该加入联合治疗方案中。呼吸抑制、呼吸停止和喉肌痉挛的风险是氯胺酮的主要不良反应。

6)新型抗癫痫药:有作为一种辅助治疗用于惊厥和非惊厥性癫痫持续状态的报道。

托吡酯(topiramate,TPM):有报道经鼻饲管 24 小时给予 5~6mg/(kg·d)的托吡酯控制发作的病例,总剂量范围为 300~600mg/d。多项研究提示 TPM 是癫痫持续状态患者有效的辅助药物。

左乙拉西坦(levetiracetam,LEV):用于惊厥和非惊厥性癫痫持续状态患者,其有效率为 45%~55%。主要用于成人难治性癫痫持续状态,剂量为 500~600mg/d。12~96 小时后可见效果。左乙拉西坦现在可静脉给药,是治疗癫痫持续状态未来的一个方向。一项回顾性研究分析了 10 名患者(年龄在 3 周岁至 19 岁)予以左乙拉西坦静脉注射治疗,平均剂量为 50.5mg/(kg·d),平均治疗时间为 4.9 天,治疗后 3 例患者停止发作,1 例患者的抽搐发作频率部分减少。没有严重副作用被观察到。作者认为静脉注射左乙拉西坦对需要予以静脉抗癫痫药物治疗的癫痫持续状态是有效的(Goraya,2008)。

维生素 B_6(pyridoxine):用于有慢性癫痫史的 3 岁以下难治性癫痫儿童或新生儿或婴儿癫痫持续状态。由于我们不能弄清患者是否存在维生素 B_6 依赖的可治疗的发作,对于没有明确病因的患儿都可以试验性给予维生素 B_6(静脉应用或口服)。

7)正在开发的一些新抗癫痫药:由于现有抗癫痫药的临床疗效、耐受性、毒性和药代动力学特性还不是太令人满意,因而目前还有一些新药在开发中。

卢非酰胺(rufinamide):是一种新的化合物。与其他抗癫痫药结构上没有关联,已经投入市场,于 2007 年在欧洲被允许用于 Lennox-Gastaut 综合征。

brivaracetam:是对靶分子亲和力有所改进的左乙拉西坦衍生物,分别在欧洲和美国获得了在进行性、症状性肌阵挛性癫痫发作中试用的资格。

司替戊醇(stiripentol):新的化合物,与其他抗癫痫药没有关联,获得了在儿童 Dravet 综合征和耐药性癫痫中孤药身份。这些药物在部分性发作中作为辅助治疗药物都被证实有效。

Carisbamate:是耐受性有所改进的非尔氨酯衍生物。其抑制去极化诱导的特发性反复发作癫痫的能力可能部分和它的抗惊厥效果有关(Deshpande,2008)。

eslicarbazepine:是有很少相互作用可能和没有自我诱导作用的卡马西平衍生物。

Lacosamide:新的化合物,与其他抗癫痫药物结构上不相关。

瑞替加滨(retigabine):新化合物,与其他抗癫痫药物结构上不相关。

4. 治疗方案

（1）全面强直-阵挛性发作持续状态的治疗：药物选择可参见表3-1-3。癫痫持续状态早期（1期）治疗的普遍共识是使用BZD药物，最好是静脉给药，如在院外，可经黏膜给药或其他替代治疗，不能延误治疗。RCT证据显示，在癫痫持续状态早期（1期），尽早使用苯二氮草药物是正确的选择（足量）。至少有1个RCT和meta分析得出劳拉西泮优于地西泮。如果BZD治疗失败，可认为患者进入了2期癫痫持续状态（Shorvon,2006）。中期癫痫持续状态（2期）的治疗：传统方法是静脉使用PHT或PB，也可试用磷苯妥英（fosphenytoin）。近来有非对照试验报道静脉注射VPA可能更为有效和安全，静脉注射左乙拉西坦也是有希望的治疗。

表3-1-3　成人强直阵挛癫痫持续状态的院内治疗方案

1期：早期癫痫持续状态（发作开始~10/30min） 劳拉西泮（lorazepam）：4mg静脉注射（必要时可重复给药）
↓（发作>30min）
2期（10/30~60/90min）： 苯巴比妥（phenobarbital）：静脉注射10mg/kg（最大剂量100mg/min） 或者 苯妥英（phenytoin）：静脉滴注15mg/kg（最大剂量50mg/min） 或者 磷苯妥英（fosphenytoin）：静脉滴注15mg/kg（最大100mg/min） 或者 丙戊酸（valproate）：静脉注射25mg/kg[按3~6mg/(kg·min)]
↓（发作>30~90min）
3期（>60/90min）： 丙泊酚（propofol）：静脉注射2mg/kg（需要时重复给药） 随后持续静脉滴注5~10mg/(kg·h)（开始） 继而减量至1~3mg/(kg·h)，保持EEG呈暴发抑制状态 或者 硫喷妥钠（thiopental）：静脉注射负荷剂量100~250mg（20s），随后每2~3min注射50mg直至发作停止，继而持续静脉足够剂量[通常3~5mg/(kg·h)]维持EEG呈暴发抑制状态 或者 咪达唑仑（midazolam）：静脉注射负荷量0.1~0.3mg/kg（速度刚开始不超过4mg/min） 随后持续静脉足够剂量[通常0.05~0.4mg/(kg·h)]维持EEG呈暴发抑制状态
发作控制12小时后，药物在12小时内逐渐减量。如果复发，全身麻醉药在12小时内重新使用，之后的12小时试着减量。每24小时重复，直至发作得到控制

引自Shorvon,2006

难治性癫痫持续状态（3期）的治疗：使用全身麻醉剂，须在神经科重症监护室（NICU）中进行。理想情况下也需要间断或重复EEG监测。麻醉药物治疗选择：虽然没有RCT比较结果，咪达唑仑（midazolam）、丙泊酚（propofol）、戊巴比妥（pentobarbital）仍是最常用的，其他麻醉剂使用较少，如氯胺酮（ketamine）和吸入麻醉剂，生酮疗法、皮质激素、ACTH、血浆置换，亚低温治疗可能会对结果有好处（Shorvon,2006）。（参见第四章）

手术治疗,如迷走神经刺激术已经成为治疗儿科难治性癫痫的标准方法。De Herdt (2008)等报道了1例长期随访的难治性非惊厥癫痫持续状态患者通过迷走神经刺激治疗取得成功的病例。1名7岁女孩在出生8天后,右脑内静脉血栓形成合并右丘脑处出血,13个月时出现癫痫发作,在6岁时发展成为难治性非惊厥性癫痫状态。戊巴比妥诱导昏迷后11天放置迷走神经刺激仪,3天后昏迷得到控制,1周后脑电图显示正常,在随访的13个月里她仍然没有发作并且抗癫痫药逐渐减少。这个案例表明长期迷走神经刺激减少发作也许是一个潜在的治疗难治性癫痫非惊厥持续状态的方法。但儿童国际医疗中心1988年1月至2006年6月放置迷走神经刺激器后患者有1/3出现了不良事件,必须重视(Pearl,2008)。

危重管理至关重要,心肺功能支持及其并发症的处理应与药物治疗一同进行。治疗期间,应有一名专业人员连续观察患者的心肺功能。检查癫痫持续状态发生的原因必须尽快进行,以免延误治疗时机。在不能静脉用药时,应尽快选用其他方式,如咪达唑仑鼻内给药或口服、或地西泮直肠给药。麻醉治疗往往需要数天或数周。在癫痫持续状态麻醉治疗期间,EEG监测是很重要的。对神经科手术后发生的癫痫持续状态,从其特别的风险角度看,应考虑早期气管插管和麻醉治疗。

治疗失败的原因:①用药剂量不足或忽视了维持治疗的必要性:劳拉西泮、地西泮、苯妥英或苯巴比妥等药物治疗的效果最多维持12小时,如果维持治疗没有跟上,癫痫持续状态的复发很容易发生;②误诊:特别是与假性发作、药物或代谢性脑病相混淆;③没有及时明确和处理癫痫持续状态的潜在病因或存在的并发症(Shorvon,2006)。

(2)非惊厥性癫痫持续状态的治疗:其治疗取决于患者癫痫持续状态的类型。非惊厥性癫痫持续状态是一组异质性疾病,极少直接危及生命,也没有非惊厥性癫痫持续状态引起严重神经元坏死的报道,因而过度治疗并不必要,所以,治疗前需进行治疗风险与利益的评估,总的原则是主张小剂量抗癫痫药治疗,不进行过激处理。

1)失神发作癫痫持续状态:属特发性全面性癫痫,需紧急治疗,院外即应进行。治疗选择包括:口服苯二氮䓬类;氯硝西泮、地西泮或劳拉西泮是第一线药物治疗中常选用的药物,尽快使用(如有可能,院外即进行);如不能解决,应采取静脉注射的方法,这需要院内治疗,最好监测EEG。常用小剂量地西泮或劳拉西泮静脉注射;静脉注射苯二氮䓬类无效时,试验显示静脉注射丙戊酸或左乙拉西坦有效。

2)复杂部分性癫痫持续状态:医生应尽快了解病史,以避免误诊。高度怀疑患者有复杂部分性癫痫持续状态,且没有其他明显原因可循时,应尽早口服或静脉应用抗痫药。丙戊酸、苯二氮䓬类(劳拉西泮4mg)或苯妥英/磷苯妥英是最常使用的药物。院外治疗可口服、舌下含化、鼻内或直肠给予苯二氮䓬类药物。诊断不明确,或有严重并发症,静脉外给药治疗无效时可入院。需要进行EEG监测,EEG有诊断价值,应尽快进行。若有严重威胁生命的病因,要进行麻醉治疗(气管插管、NICU、持续EEG监测都需同步进行)。

3)晚发性失神性癫痫持续状态:这种情况往往是抗精神药物停用的结果或是特发性全面性癫痫后复发。治疗措施包括:EEG监测下小剂量静脉注射苯二氮䓬类(劳拉西泮1mg),无效时可反复给予。如有脑部病灶(MRI或EEG检查发现)或没有明确的促发因素,需要长期抗痫治疗(Shorvon,2006)。

(3)其他类型的癫痫持续状态:

1）持续部分性癫痫状态：其治疗依赖于病因，可能的情况下，通过病因治疗解决癫痫的问题。由于有这些变化，不可能制订一个简单的治疗指导，这需要考虑所有的临床问题（见第二章）。

2）昏迷中的肌阵挛性癫痫持续状态：多出现在由于缺氧导致的严重脑损伤过程中（如心搏骤停后复苏延迟）。EEG 表现为周期性一侧痫样放电和弥漫性周期性棘波。其治疗存在争议。目前主张静脉注射戊巴比妥或丙泊酚，也可选用其他麻醉药物，以消除脑电图上的痫样放电，亚低温治疗也是有益的。

（4）癫痫持续状态治疗中需特别注意的问题：

1）儿童强直阵挛性癫痫持续状态：普遍共识是，长时间发作或癫痫持续状态早期（包括发热性惊厥）应选择苯二氮䓬类药物（与成人相似）。一项目的在评价咪达唑仑、地西泮、劳拉西泮、苯巴比妥、苯妥英和磷苯妥英院内治疗儿童急性强直-阵挛性癫痫持续状态的有效性和安全性（包括 4 个试验，涉及 383 名参与者）研究表明，治疗急性强直阵挛性发作，静脉注射劳拉西泮与地西泮至少效果一样，而且不良反应更小（Shorvon，2006）。

儿童癫痫持续状态 2 期各种治疗相关的优点和缺点证据很少。对于新生儿的紧急状况，由于有未知的代谢性疾病的风险，儿科医生不太愿意使用静脉注射丙戊酸钠的方法。另外，由于静脉应用苯巴比妥有血管外渗损伤的证据，因而也较少使用。没有证据表明磷苯妥英、苯巴比妥或左乙拉西坦在药效方面优于其他药物。儿童癫痫持续状态 3 期的治疗与成人一样。EEG 监测也是必要的（Shorvon，2006）。

2）儿童特殊类型脑病中的癫痫持续状态：癫痫性脑病的癫痫持续状态治疗需要从综合征的角度评价。Panayiotopoulos 综合征、Rett 综合征、睡眠中有持续棘慢波的癫痫持续状态、Lennox-Gastaut 综合征和 Landau-Kleffner 综合征的治疗目标都是不一样的。这些类型的癫痫持续状态都没有比较治疗选择的随机试验（详见第五、六章的相关内容）。

3）妊娠中的癫痫持续状态：大多数妊娠中的癫痫持续状态出现在原来已经患有癫痫的妇女中。妊娠中，大多数妇女能够维持孕前癫痫发作的控制水平，但 15% ~30% 患者发作可能增加，其中由于妊娠导致抗癫痫药物的药代动力学发生变化是其主要原因，依从性下降也是重要的诱发因素。妊娠中发生癫痫持续状态的只有 1% ~2%，如果治疗积极恰当，发病率和死亡率相当小。器质性或代谢性改变可能引起妊娠中新的发作。器质性因素包括：多种形式的颅内出血、脑静脉窦血栓、缺血性卒中。代谢性因素包括：妊娠剧吐、急性肝炎（妊娠脂肪肝或病毒性肝炎）、代谢性疾病（如急性间歇性卟啉病）。感染，如疟疾、子痫等也可引起癫痫持续状态的发生（Shorvon，2006）。

（5）关于癫痫持续状态的联合用药：Wasterlain（2008）等人的研究发现，反复癫痫发作会引起 GABA 受体的内陷和 N-甲基-D-门冬氨酸受体向突触运动。实验性 SE 对 GABA 能药物（但不是 N-甲基-D-门冬氨酸拮抗剂）的反应会随着癫痫持续期的延长而减退。因此，需要合理应用多种药物联合疗法，针对多种受体或离子通道来增强抑制作用和降低兴奋性。用 γ-氨基丁酸激动剂、N-甲基-D-门冬氨酸拮抗剂以及作用于其他部位的药剂进行联合治疗，能够成功治疗实验性 SE 并减少 SE 诱导的脑部损伤和癫痫灶。丙戊酸和左乙拉西坦近年已经能静脉注射，而氯胺酮、托吡酯、非尔氨酯等药剂的运用也在更新，癫痫控制成功的例数在快速增加，且并发症相对更少。

四、处理并发症

癫痫持续状态的并发症常常是患者直接死亡的原因,也是导致抗癫痫治疗失败的重要因素,处理并发症能明显改善患者的预后。

癫痫持续状态的并发症见表 3-1-4。

表 3-1-4　强直-阵挛性癫痫持续状态的并发症

脑	高热
低氧/代谢性脑损害	出汗,分泌物过多,气管、支气管阻塞
癫痫持续发作致脑损害	代谢
脑水肿和颅内压增高	脱水
颅内静脉血栓	电解质紊乱(高钾,高钠,低钙)
颅内出血或梗死	急性肾衰竭
心血管和自主神经	急性肝衰竭
低血压	急性胰腺炎
高血压	其他
心力衰竭,快速或缓慢性心律失常,心搏骤停	多器官功能衰竭(MODS)
心源性休克	横纹肌溶解
呼吸频率和节律紊乱	骨折
呼吸困难	感染(肝脏,皮肤,泌尿道)
肺水肿,肺高压,肺栓塞	血栓性静脉炎
吸入性肺炎	皮肤损伤

引自 Shorvon,2006

癫痫持续状态在 NICU 中的管理就是要对惊厥性癫痫持续状态所导致的生理问题进行充分的治疗。

1. 发热　癫痫持续状态患者的发热常常是由于肌肉强烈收缩引起,癫痫发作停止后,产热减少,体温多数情况下会自行恢复,不需要特别处理。

2. 酸中毒　酸中毒的产生则与癫痫发作过程中的无氧代谢有关,充分通气和代谢支持,终止抽搐发作通常可防止明显的酸中毒,必要时可使用碳酸氢钠。

3. 电解质紊乱　低钠血症可引起水中毒,导致颅内压力升高,加重癫痫的发作。低钠血症的产生多数与癫痫持续状态中抗利尿激素不恰当分泌所引起的稀释性低钠血症有关,治疗主张禁水而不是补钠(Shorvon,2006)。

4. 血压管理　当癫痫发作持续 30 分钟或更长时,脑血压的自我调节机制将失效。此时,脑部依赖系统血压来维持代谢的需要。癫痫持续发作 1 小时内,血压常正常或升高,大于 1 小时,就可能出现低血压或休克。此时,可加快输液速度,同时注意维持心肺功能正常,如药物输注影响血压,应减缓静脉输液速度。如处理后血压仍不升,则需静脉泵入多巴胺升压,初始剂量 $2 \sim 5\mu g/(kg \cdot min)$,严重低血压时可 $> 20\mu g/(kg \cdot min)$。多巴胺不能透过血-脑屏障,所以剂量大也不影响意识。多巴胺不能加入碱性溶液中(Shorvon,2006)。

5. 脑水肿　癫痫持续状态患者常有脑水肿,此时检测患者常可发现有血压升高、脉搏变慢、呼吸加深变慢的颅内高压现象,需要静脉使用脱水剂,最常用的药物是甘露醇和呋塞米。大剂量的肾上腺皮质激素(地塞米松4mg,每6小时一次)处理脑水肿可能有利,然而激素可导致其他并发症,且是否有效尚不确定;如并发扁桃体下疝需外科手术减压。

6. 肺水肿 肺动脉高压和肺水肿在癫痫持续状态时是很常见的,有时是致死性的。治疗需要降低肺动脉压,恢复自主调节功能。

7. 白细胞增多 即使没有出现感染,癫痫持续状态中白细胞增多仍很常见。Aminoff(1980)调查80例患者发现,其中50例(62%)有白细胞增高,15%超过20×10^9/L,以多核细胞为主。这种升高常常发生在早期,且是短暂性的,多数情况下不需要处理,随着癫痫发作的停止,白细胞计数将逐渐正常,如持续升高则提示合并有其他疾病。

8. 自主神经功能紊乱 呕吐、泌尿和肠道功能障碍、出汗、流涎和气管分泌物是常见的自主神经效应。由于分泌或呕吐物可导致吸入性肺炎和窒息,需特别注意。

癫痫持续状态也是NICU患者昏迷的潜在的、不易让人察觉的原因之一,积极治疗有助于改善患者的预后;肌阵挛癫痫持续状态也可在NICU见到,常常是在心肺呼吸复苏后出现;有时也会用麻醉药物来控制癫痫持续状态,可能会减少患者的死亡率。但是对于非惊厥性癫痫持续状态,尤其是老年人,使用麻醉药物的收益可能小于其所带来的风险,需要谨慎(Shorvon,2006)。

(马晓娟 郑东琳 王学峰)

五、欧洲神经病学会癫痫持续状态治疗指南

2006年,欧洲神经病学会在欧洲神经病学杂志上发表了根据PubMed发表的40篇参考文献总结后的癫痫持续状态指南(Meierkord H,2006),2007年3月再次评估没有新的进展。

1. 发作初期的一般处理(general initial management) 适用于惊厥性癫痫持续状态和复杂部分性癫痫持续状态及隐匿性癫痫持续状态的治疗。

保持呼吸道通畅,如果有代谢异常则需要进行血气分析、吸氧、心电图和血压监测也是必要的。必要时静脉补充糖和维生素,了解抗癫痫药物血浓度水平,进行肝肾功能测定,血生化的检查也是必要的。同时还需要迅速确定癫痫持续状态的病因(证据水平:好的临床实践验证)。

2. 惊厥和非惊厥性癫痫持续状态的早期处理 非惊厥性癫痫持续状态的初期治疗需参照其发作类型的病因。来自全身强直阵挛性发作的隐匿性癫痫持续状态是非常顽固的,需按耐药性癫痫持续状态治疗,复发部分性癫痫持续状态的治疗可参照全身性癫痫持续状态治疗。治疗途径首选静脉注射,可先用4mg劳拉西泮,如果首剂注射后10分钟无效可再重复,如必要,可加用苯妥英钠(15~18mg/kg)或等量的磷苯妥英。也可选用安定10mg直接注射后加用苯妥英钠(15~18mg/kg)或等量的磷苯妥英,如果无效,在10分钟后可再重复用药,如果必要,也可加用劳拉西泮(4~8mg)(A级证据支持)。

3. 难治性癫痫持续状态的一般处理(general management of refractory status epilepticus)

(1)全身强直阵挛性癫痫持续状态在初期抗癫痫治疗无效时需要送入重症监护室内进行治疗(证据水平:好的临床实践验证)。

(2)难治性全身性癫痫持续状态或隐匿性癫痫持续状态的治疗(pharmacological

treatment for refractory GCSE and subtle status epilepticus)：由于脑部和全身并发症的风险增加,因此,这类患者首先要应用麻醉剂量的咪达唑仑、丙泊酚或戊巴比妥。由于没有强有力的证据证实首选麻醉药,因而,麻醉剂几乎都在治疗失败后才应用。麻醉剂的剂量应能抑制脑电图上的暴发性放电,这种治疗至少要维持 24 小时,同时还需选用抗癫痫药物进行长期治疗(证据水平:好的临床实践验证)。

1) 戊巴比妥:开始时用 100~200mg,静脉注射速度要超过 20 秒,然后每 2~3 分钟给 50mg,直到发作被控制,以后改为 3~5mg/(kg·h)。在美国也可选用苯巴比妥来代替硫喷妥钠,首剂 10~20mg/kg,随后按 0.5~1mg/(kg·h),也可增加到 1~3mg/(kg·h)。

2) 咪达唑仑:首剂用 0.2mg/kg 1 次,然后按 0.1~0.4mg/(kg·h)维持。

3) 丙泊酚:首剂按 2mg/kg 静脉注射,随后按 5~10mg/(kg·h)维持。

这些方法对有气管炎和其他人工假体的老年患者不是适当的治疗(证据水平:好的临床实践验证)。

(3) 难治性非惊厥性癫痫持续状态的治疗(pharmacological treatment for refractory NCSE):与惊厥性癫痫持续状态不一样,复杂部分性癫痫持续状态开始治疗的最佳时间可能因诊断的延迟已经失去,全身应用麻醉剂可能引起严重的并发症,因而,非麻醉性抗癫痫药物往往是首选(证据水平:好的临床实践验证)。

1) 苯巴比妥 20mg/kg 静脉注射,需在重症监护室内进行。

2) 丙戊酸 25~45mg/kg 1 次静脉注射,最大剂量为 6mg/(kg·min),如果治疗失败,则可按难治性全身强直阵挛性癫痫持续状态治疗。

(王学峰)

参 考 文 献

[1] Corral-Ansa L, Herrero-Meseguer JI, Falip-Centellas M, et al. Status epilepticus Med Intensiva,2008,32 (4):174-182.

[2] Bleck TP. Intensive care unit management of patients with status epilepticus. Epilepsia,2007,48 Suppl 8: 59-60.

[3] Varelas PN. How I treat status epilepticus in the Neuro-ICU. Neurocrit Care,2008,9(1):153-157.

[4] Millikan D,Rice B,Silbergleit R. Emergency treatment of status epilepticus:current thinking. Emerg Med Clin North Am,2009,27(1):101-113.

[5] Towne AR. Epidemiology and outcomes of status epilepticus in the elderly. Int Rev Neurobiol,2007,81: 111-127.

[6] minicucci F,Muscas G,Perucca E,et al. Treatment of status epilepticus in adults:guidelines of the Italian League against Epilepsy. Epilepsia,2006,47 Suppl 5:9-15.

[7] Nakken KO,Johannessen SI. Seizure exacerbation caused by antiepileptic drugs,Tidsskr Nor Laegeforen, 2008,128(18):2052-2055.

[8] Leikin JB,Benigno J,Dubow JS,et al. Status epilepticus due to tiagabine ingestion. Am J Ther,2008,15 (3):290-291.

[9] Zoons E,Weisfelt M,de Gans J,et al. Seizures in adults with bacterial meningitis. Neurology,2008,70: 2109-2115.

[10] Chhor V,Lescot T,Lerolle N,et al. Acute meningoencephalitis after influenza vaccination. Ann Fr Anesth Reanim,2008,27(2):169-171.

［11］Refai D,Botros JA,Strom RG,et al. Spontaneous isolated convexity subarachnoid hemorrhage:presentation,radiological findings,differential diagnosis,and clinical course. J Neurosurg,2008,109（6）:1034-1041.

［12］Misra UK,Kalita J,Nair PP. Status epilepticus in central nervous system infections:an experience from a developing country. Am J Med,2008,121(7):618-623.

［13］Zorn-Olexa C,Laugel V,Martin Ade S,et al. Multiple intracranial tuberculomas associated with partial status epilepticus and refractory infantile spasms. Child Neurol,2008,23(4):459-462.

［14］Gülen F,Cagliyan E,Aydinok Y,et al. A patient with rubella encephalitis and status epilepticus. Minerva Pediatr,2008,60(1):141-144.

［15］Saito M,Takano M,Tabe H. Case of unilateral alteration due to hypertensive encephalopathy. Rinsho Shinkeigaku,2008,48(1):25-29.

［16］Bhatt A,Farooq MU,Bhatt S,et al. Periodic lateralized epileptiform discharges:an initial electrographic pattern in reversible posterior leukoencephalopathy syndrome. Neurol Neurochir Pol,2008,42(1):55-59.

［17］Sinha S,Harish T,Taly AB,et al. Symptomatic seizures in neurosyphilis:An experience from a University Hospital in south India. Seizure,2008,17(8):711-716.

［18］Intan HI,Zubaidah CD,Norazah A,et al. Subdural collections due to non-typhi Salmonella infections in two Malaysian children. Singapore Med J,2008,49(7):e186-9.

［19］Theodore WH,Epstein L,Gaillard WD,et al. Human herpes virus 6B:a possible role in epilepsy? Epilepsia,2008,49(11):1828-1837.

［20］Grewal J,Grewal HK,Forman AD. Seizures and epilepsy in cancer:etiologies,evaluation,and management. Curr Oncol Rep,2008,10(1):63-71.

［21］Leroux G,Sellam J,Costedoat-Chalumeau N,et al. Posterior reversible encephalopathy syndrome during systemic lupus erythematosus:four new cases and review of the literature. Lupus,2008,17(2):139-147.

［22］Lowden MR,Scott K,Kothari MJ. Familial Creutzfeldt-Jakob disease presenting as epilepsia partialis continua. Epileptic Disord,2008,10(4):271-275.

［23］Cassinotto C,Mejdoubi M,Signate A,et al. MRI findings in star-fruit intoxication. J Neuroradiol,2008,35(4):217-223.

［24］Fernández-Fernández MA,Madruga-Garrido M,Blanco-Martínez B,et al. Epileptic status associated with mild gastroenteritis caused by rotavirus. Rev Neurol,2008,47(5):278.

［25］Zubkov AY,Rabinstein AA,Manno EM,et al. Prolonged refractory status epilepticus related to thrombotic thrombocytopenic purpura. Neurocrit Care,2008,9(3):361-365.

［26］Legriel S,Bruneel F,Spreux-Varoquaux O,et al. Lysergic acid amide-induced posterior reversible encephalopathy syndrome with status epilepticus. Neurocrit Care,2008,9(2):247-252.

［27］Nobutoki T,Takahashi JY,Ihara T. A 5-year-old boy with nonconvulsive status epilepticus induced by theophylline treatment. No To Hattatsu,2008,40(4):328-332.

［28］George M,Al-Duaij N,O'Donnell KA,et al. Obtundation and seizure following ondansetron overdose in an infant. Clin Toxicol（Phila）,2008,46(10):1064-1066.

［29］Jacobs J,Bernard G,Andermann E,et al. Refractory and lethal status epilepticus in a patient with ring chromosome 20 syndrome. Epileptic Disord,2008,10(4):254-259.

［30］García Peñas JJ,Molins A,Salas Puig J. Status epilepticus:evidence and controversy. Neurologist,2007,13(6 Suppl 1):S62-73.

［31］Legriel S,Bruneel F,Dalle L,et al. Recurrent takotsubo cardiomyopathy triggered by convulsive status epilepticus. Neurocrit Care,2008,9(1):118-121.

[32] Lemke DM, Hussain SI, Wolfe TJ, et al. Takotsubo cardiomyopathy associated with seizures. Neurocrit Care, 2008, 9(1):112-117.

[33] Bledsoe KA, Kramer AH. Propylene glycol toxicity complicating use of barbiturate coma. Neurocrit Care, 2008, 9(1):122-124.

[34] Montcriol A, Meaudre E, Kenane N, et al. Hyperventilation and cerebrospinal fluid acidosis caused by topiramate. Ann Pharmacother, 2008, 42(4):584-587.

[35] Miller MA, Forni A, Yogaratnam D. Propylene glycol-induced lactic acidosis in a patient receiving continuous infusion pentobarbital. Ann Pharmacother, 2008, 42(10):1502-1506.

[36] Tavee J, Morris H 3rd. Severe postictal laryngospasm as a potential mechanism for sudden unexpected death in epilepsy: a near-miss in an EMU. Epilepsia, 2008, 49(12):2113-2117.

[37] Kreft A, Rasmussen N, Hansen LK. Refractory status epilepticus in two children with lethal rhabdomyolysis. Ugeskr Laeger, 2008, 170(42):3339.

[38] Arif H, Hirsch LJ. Treatment of status epilepticus. Semin Neurol, 2008, 28(3):342-354.

[39] Abend NS, Dlugos DJ. Treatment of refractory status epilepticus: Literature review and a proposed protocol. Pediatr Neurol, 2008, 38:377-390.

[40] Chin RF, Neville BG, Peckham C, et al. Treatment of community-onset, childhood convulsive status epilepticus: a prospective, population-based study. Lancet Neurol, 2008, 7(8):696-703.

[41] Sirsi D, Nangia S, La Mothe J, et al. Successful management of refractory neonatal seizures with midazolam. EJ Child Neurol, 2008, 23(6):706-709.

[42] Hattori H, Yamano T, Hayashi K, et al. Effectiveness of lidocaine infusion for status epilepticus in childhood: a retrospective multi-institutional study in Japan. Brain Dev, 2008, 30(8):504-512.

[43] Yildiz B, Citak A, Uçsel R, et al. Lidocaine treatment in pediatric convulsive status epilepticus. Pediatr Int, 2008, 50(1):35-39.

[44] Goraya JS, Khurana DS, Valencia I, et al. intravenous levetiracetam in children with epilepsy. Pediatr Neurol, 2008, 38(3):177-180.

[45] Johannessen Landmark C, Johannessen SI. Pharmacological management of epilepsy: recent advances and future prospects. Drugs, 2008, 68(14):1925-1939.

[46] Deshpande LS, Nagarkatti N, Sombati S, et al. The novel antiepileptic drug carisbamate (RWJ 333369) is effective in inhibiting spontaneous recurrent seizure discharges and blocking sustained repetitive firing in cultured hippocampal neurons. Epilepsy Res, 2008, 79(2-3):158-165.

[47] Shorvon S, Baulac M, Cross H, et al. The drug treatment of status epilepticus in Europe: consensus document from a workshop at the first London Colloquium on Status Epilepticus. Epilepsia, 2008, 49(7):1277-1285.

[48] De Herdt V, Waterschoot L, Vonck K, et al. Vagus nerve stimulation for refractory status epilepticus. Eur J Paediatr Neurol, 2008, 34(3):21-34.

[49] Pearl PL, Conry JA, Yaun A, et al. Misidentification of vagus nerve stimulator for intravenous access and other major adverse events. Pediatr Neurol, 2008, 38(4):248-251.

[50] Appleton R, Macleod S, Martland T. Drug management for acute tonic-clonic convulsions including convulsive status epilepticus in children. Cochrane Database Syst Rev, 2008, (3):CD001905.

[51] Beach RL, Kaplan PW. Seizures in pregnancy: diagnosis and management. Int Rev Neurobiol, 2008, 83:259-271.

[52] Meierkord H. EFNS guideline on the management of status epilepticus. Eur J Neurol, 2006, 13(5):445-450.

第二节 常用抗癫痫持续状态的药物

一、地西泮
Diazepam

1. 化学结构 曾用名:安定(valium),化学名:1-甲基-5-苯基-7-氯-1,3-二氢-2H-1,4-苯并二氮䓬-2-酮,分子式:$C_{16}H_{13}ClN_{20}$。

2. 药理作用 地西泮为苯二氮䓬类药。作用部位与机制尚未完全阐明,一般认为可以加强或易化 γ-氨基丁酸(GABA)类抑制性神经递质作用。GABA 与苯二氮䓬受体的相互作用主要集中在中枢神经系统的各个部位,有突触前和突触后抑制作用。本类药为苯二氮䓬受体激动剂,苯二氮䓬受体为功能性超分子功能单位,又称为苯二氮䓬-GABA 受体-亲氯离子复合物的组成部分。受体复合物位于神经细胞膜,调节细胞的电活动,主要起氯通道的阈阀功能。GABA 受体激活导致氯通道开放,氯离子跨膜运动引起突触后神经元超极化,抑制神经元放电,降低神经元兴奋性,减少下一步去极化兴奋。苯二氮䓬类增加氯通道开放的频率,可能与增强 GABA 与其受体的结合或易化 GABA 受体与氯离子通道的联系来实现。

3. 主要作用 ①抗焦虑、镇静催眠作用:通过刺激上行性网状激活系统内的 GABA 受体,提高 GABA 在中枢神经系统的抑制作用,增强脑干网状结构受刺激后的皮层和边缘系统觉醒反应抑制和阻断;②抗惊厥作用:可能通过增强突触前抑制,从而抑制皮质-丘脑及边缘系统异常兴奋神经元引起的痫性活动的扩散,但不能消除病灶的异常活动。

4. 药代动力学 肌内注射吸收慢而不规则,亦不完全,急需发挥疗效时应静脉注射。肌内注射 20 分钟内,静脉注射 1~3 分钟后起效。静脉注射后迅速经血进入中枢神经,起效快,随即转移进入其他组织,作用很快消失。肌内注射 0.5~1.5 小时、静脉注射 0.25 小时血药浓度达峰值,4~10 天血药浓度达稳态,半衰期为 20~70 小时,血浆蛋白结合率高达 99%。主要在肝脏代谢,代谢产物有去甲地西泮、去甲羟地西泮等,亦有不同程度的药理活性,去甲地西泮的半衰期可达 30~100 小时。有肠肝循环,长期用药有蓄积作用。代谢产物可滞留在血液中数天甚至数周,停药后消除较慢。地西泮主要以代谢物的游离或结合形式经肾排泄。

5. 适应证 可用于抗癫痫或抗惊厥。静脉注射为治疗癫痫持续状态的首选药,对破伤风轻度阵发性惊厥也有效。

6. 用法用量 癫痫持续状态和严重频发性癫痫,成人开始静脉注射 10~20mg,每隔 10~15 分钟可按需增加甚至达最大限用量。静脉注射宜缓慢,每分钟 2~5mg。出生 30 天~5 岁,静脉注射为宜,每 2~5 分钟 0.2~0.5mg,最大限用量为 5mg。5 岁以上每 2~5 分钟 1mg,最大限用量 10mg。如需要,15~30 分钟后可重复。

7. 禁忌证 孕妇、妊娠期妇女、新生儿禁用或慎用。

8. 注意事项 ①对苯二氮䓬类药物过敏者,可能对本药过敏;②肝肾功能损害者可能延长本药清除半衰期;③癫痫患者突然停药可引起持续状态;④严重的精神抑郁可使病情加重,甚至产生自杀倾向,应采取预防措施;⑤避免长期大量使用致成瘾,如长期使用应逐渐减量,不宜骤停;⑥对本类药耐受量小的患者初用量宜小,逐渐增加剂量;⑦幼儿中枢神经系统对本药异常敏感,应谨慎给药;⑧老年人对本药较敏感,用量应酌减。

9. 不良反应　①常见的不良反应有嗜睡、头昏、乏力等,大剂量可有共济失调、震颤;②罕见的有皮疹,白细胞减少;③个别患者发生兴奋、多语、睡眠障碍、甚至幻觉。停药后,上述症状很快消失;④长期连续用药可产生依赖性和成瘾性,停药可能发生撤药症状,表现为激动或忧郁。

10. 临床实践　地西泮是治疗癫痫持续状态的首选用药。儿童用量0.2～0.5mg/kg,最大剂量不超过10mg,或按(年龄+1)mg计算,如1岁为2mg,2岁为3mg,以此类推。以1～2mg/min的速度缓慢静脉注射。如因小儿用量少不容易控制注射速度,可将原液稀释后注射。成人首次静脉注射10～20mg,注射速度2～5mg/min。如癫痫未能控制或复发可于15分钟后重复给药。地西泮起效迅速,33%的发作能在3分钟内停止,80%于5分钟内停止。起初脑内浓度上升很快,因其为脂溶性,故迅速广泛分布于各器官和组织中,10～20分钟后脑及血浆药浓度迅速下降,产生反跳而再现惊厥。为防止其反跳,可在地西泮静脉注射后,以地西泮100～200mg溶于5%葡萄糖注射液500ml中(或0.9%氯化钠溶液中),于12小时内缓慢静脉滴注。地西泮肌内注射因吸收慢而不完全,故少用。直肠吸收较肌内注射及口服快,可在儿童中应用,剂量为0.5mg/kg,通常在4～10分钟内产生足够的血药浓度,15分钟后可重复使用。

二、咪达唑仑
Midazolam

1. 化学结构　通用名:咪达唑仑。化学名:8-氯-6-(2-氟苯基)-1-甲基-4H-咪唑并[1,5-a][1,4]苯并二氮䓬。分子式:$C_{18}H_{13}ClFN_3$。

2. 药理作用　咪达唑仑为苯二氮䓬类的一种,通过和苯二氮䓬受体(BZ受体)结合发挥作用。该受体位于神经元突触膜上,与GABA受体相邻,耦合于共同的氯离子通道,在BZ受体水平存在着GABA调控蛋白,它能阻止GABA与其受体结合,而咪达唑仑与BZ受体结合阻止调控蛋白发挥作用,从而增强GABA与其受体的结合,并依据和BZ受体结合的多少,依次产生抗焦虑、抗惊厥、镇静、催眠甚至意识消失等作用。

3. 药代动力学　咪达唑仑为亲脂性物质,在pH<4的酸性溶液中形成稳定的水溶性盐,临床制剂为盐酸盐或马来酸盐,pH=3.3。在生理性pH条件下,其亲脂性碱基释出,迅速透过血-脑屏障;因脂溶性高,口服后吸收迅速,1/2～1小时血药浓度达峰值,因通过肝脏的首过效应大,生物利用度为50%,分布半衰期为5～10分钟,消除半衰期短,约2～3小时,蛋白结合率高达96%,清除率为6～11ml/(kg·min)。静脉输注咪达唑仑的药代动力学与单次静脉注射基本相似。肌内注射后吸收迅速且基本完全,注药后30分钟血药浓度达峰值,生物利用度为91%,消除情况与静脉注射后相似。咪达唑仑主要在肝脏经肝微粒体酶氧化。它在体内完全被代谢,主要代谢物为羟基咪达唑仑,然后迅速与葡萄糖醛酸结合,呈无活性的代谢物。60%～70%剂量由肾脏排出体外。静脉给药的稳态分布容积可达50～60L,血浆蛋白结合率约95%,血中廓清率300～400ml/min,半衰期为1.5～2.5小时。

4. 适应证　①麻醉前给药;②全麻醉诱导和维持;③椎管内麻醉及局部麻醉时辅助

用药;④诊断或治疗性操作(如心血管造影、心律转复、支气管镜检查、消化道内镜检查等)时患者镇静;⑤ICU 患者镇静。

5. 用法用量 本品为强镇静药,可用于癫痫持续状态的治疗。注射速度宜缓慢,剂量应根据临床需要、患者生理状态、年龄和伍用药物情况而定。成人开始静脉注射 10mg,如发作未得到控制,15 分钟可重复给药。

6. 禁忌证 对苯二氮䓬类过敏的患者、重症肌无力患者、精神分裂症患者、严重抑郁状态患者禁用。

7. 注意事项 ①用作全麻诱导术后常有较长时间再睡眠现象,应注意保持患者气道通畅;②不能用 6% 葡聚糖注射液或碱性注射液稀释或混合;③长期静脉注射咪达唑仑,突然撤药可引起戒断综合征,推荐逐渐减少用量;④肌肉或静脉注射咪达唑仑后至少 3 个小时不能离开医院或诊室,之后应有人伴随才能离开,至少 12 个小时内不得开车或操作机器等;⑤慎用于体质衰弱者或慢性病、肺阻塞性疾病、慢性肾衰、肝功能损害或充血性心衰患者,若使用咪达唑仑应减小剂量并进行生命体征的监测;⑥急性酒精中毒时,与之合用将抑制生命体征。

8. 不良反应 ①可发生呼吸抑制。严重的呼吸抑制常见于老年人和长期用药者,表现为呼吸暂停、窒息、心搏骤停、甚至死亡;②咪达唑仑静脉注射,特别当与鸦片类镇痛剂合用时,可发生呼吸抑制、停止,有些患者可因缺氧性脑病而死亡;③长期用作镇静后,患者可发生精神运动障碍,亦可出现肌肉颤动、躯体不能控制的运动或跳动,罕见的兴奋,不能安静等;④少见的反应有低血压,静脉注射时其发生率约为 1%;⑤较少见的症状有:视物模糊、轻度头痛、头昏、咳嗽、飘然感,手脚无力等。

9. 临床实践 是治疗难治性癫痫持续状态的常用药,先按体重予首剂咪达唑仑 0.15～0.2mg/kg 静脉推注,再以 0.05～0.6mg/(kg·h)的速度持续静脉泵入。儿童可按 0.1～0.4mg/(kg·h)持续滴注。如发作未得到控制,则每 15 分钟递增 1μg/(kg·min)直至最大量为 25μg/(kg·min),惊厥完全控制后维持 24～48 小时,再逐渐以同样速度递减直至停药。咪达唑仑半衰期短,为 1～2 小时,一般 2 分钟始起效,能与葡萄糖和生理盐水混合。因有少数患者停药后出现惊厥反跳,故停药应缓慢。常停药后在 1 小时内恢复意识,然而在较长时间治疗中此期会延长。由于作用时间很短,故有高的复发率。此药能肌内注射、舌下含服及经鼻吸入,故对在医院外应用或不能静脉注射者很方便。本药出现低血压较丙泊酚或巴比妥类为少且较轻。

三、劳 拉 西 泮
Lorazepam

1. 化学结构 商品名:罗拉(Lorax)。化学名:7-氯-5-(0-氯苯基)-1,3-二氢-3-羟基-2H-1,4-苯二氮䓬-2-酮。分子式:$C_{15}H_{10}Cl_2N_{20}$。

2. 药理作用 劳拉西泮为苯二氮䓬类的镇静催眠药。它作用于中枢神经系统的 γ-氨基丁酸(GABA)调节部位,强化 GABA 的抑制功能,启动氯离子通道,从而产生强大的抗焦虑、镇静催眠、抗惊厥及抗癫痫作用。作用与地西泮相似。但抗焦虑作用较地西泮强,诱导入睡作用明显。

3. 药代动力学 口服后,本品可迅速从胃肠道吸收,生物利用度约为 90%,2 小时左右达血药浓度高峰。肌内注射与口服吸收性质相似。它可以通过血-脑屏障和进入胎盘，可分泌到乳汁中。半衰期10～20小时，血浆蛋白结合率约为85%。经肝脏代谢为无活性的葡萄糖醛酸盐，从肾脏排泄。

4. **适应证** 临床用于治疗焦虑症及由焦虑、紧张引起的失眠症，亦用于手术前给药。可用于癫痫持续状态。

5. **用法用量** 癫痫持续状态：肌内或静脉注射1～4mg。

6. **禁忌证** 对本品或其他苯二氮䓬类衍生物过敏者，急性闭角型青光眼患者禁用。

7. **注意事项** ①长期应用可致耐受与依赖性，突然停药有戒断症状出现。宜从小剂量用起。②新生儿、哺乳期妇女、孕妇忌用。③与酒精、吩噻嗪类、巴比妥类、单胺氧化酶抑制剂或其他抗抑郁剂合用会引成中枢神经系统抑制。④青光眼、重症肌无力等患者慎用。粒细胞减少、肝肾功能不良者慎用。老年人剂量减半。

8. **不良反应** 常见有疲劳、嗜睡、轻微头痛、乏力、眩晕、运动失调、不安、激动，与剂量有关。老年患者更易出现以上反应。偶见低血压、呼吸抑制、视力模糊、皮疹、尿潴留、忧郁、精神紊乱、白细胞减少。高剂量时少数人出现兴奋不安。

9. **临床实践** 目前认为是一种理想的第一线抗癫痫持续状态药物。它的生物半衰期短，无活性代谢产物，故毒性积聚较地西泮少见，然而它亲脂性不强，组织广泛分布，因此其半衰期较长。

劳拉西泮成人推荐用药剂量为0.05～0.1mg/kg，一次不超过4mg，缓慢注射，注射速度1～2mg/min。如果癫痫持续或复发可于10～15分钟后按相同剂量重复给药，如仍无效，需采取其他措施。12小时内用量一般不超过8mg。18岁以下的患者不推荐静脉注射本药。劳拉西泮的抗癫痫作用维持时间比地西泮长。另外，劳拉西泮还能舌下含服或直肠给药。

四、苯妥英钠
Phenytoin Sodium

1. **化学名** 5,5-二苯基-2,4-咪唑烷二酮钠盐，分子式：$C_{15}H_{11}N_2NaO_2$。

2. **药理作用** 能够抑制Na^+、Ca^{2+}内流和K^+外流，降低其兴奋性，对大脑皮质运动区有高度选择性的抑制作用，高浓度也能增强中枢GABA能神经的功能，因而能够抑制异常高频放电的发生和扩散。

3. **药代动力学** 肌内注射吸收不完全且不规则，一次量峰值仅为口服的1/3。分布于细胞内外液，细胞内可能多于细胞外，表观分布容积为0.6L/kg。血浆蛋白结合率为88%～92%，主要与白蛋白结合，在脑组织内与蛋白结合可能还高。主要在肝脏代谢，代谢物无药理活性，其中主要为羟基苯妥英（约占50%～70%），此代谢存在遗传多态性和人种差异。存在肠肝循环，主要经肾排泄，碱性尿排泄较快。半衰期为7～42小时，长期服用苯妥英钠的患者，半衰期可为15～95小时，甚至更长。应用一定剂量药物后肝代谢（羟化）能力达饱和，此时即使增加很小剂量，血药浓度非线性急剧增加，有中毒危险，要监测血药浓度。有效血药浓度为10～20mg/L，血药浓度超过20mg/L时易产生毒性反应，出现眼球震颤；超过30mg/L时，出现共济失调；超过40mg/L时往往出现严重毒性作用。能通过胎盘，能分泌入乳汁。

4. 适应证 适用于治疗全身强直-阵挛性发作、复杂部分性发作(精神运动性发作、颞叶癫痫)、单纯部分性发作(局限性发作)和癫痫持续状态。

5. 禁忌证 对乙内酰脲药有过敏史者或阿-斯综合征,Ⅱ~Ⅲ度房室阻滞、窦房结阻滞、窦性心动过缓等心功能损害者。

6. 用法用量 抗癫痫持续状态,成人静脉注射150~250mg,溶于生理盐水,注射速度1mg/(kg·min),最大不超过50mg,5~20分钟内生效。需要时30分钟后再次静脉注射。该药注射不能太快,否则会引起血压下降、心率减慢、甚至心跳停止,用药时需注意监测心率和血压。苯妥英钠属碱性药物,只能用生理盐水稀释,且不能肌内注射。小儿常用量:静脉注射5mg/kg或按体表面积250mg/m²,1次或分2次注射。

7. 副作用 本品副作用小,长期使用常见齿龈增生。神经系统不良反应与剂量相关,常见眩晕、头痛,严重时可引起眼球震颤、共济失调、语言不清和意识模糊,调整剂量或停药可消失;较少见的神经系统不良反应有头晕、失眠、一过性神经质、颤搐、舞蹈症、肌张力不全、震颤、扑翼样震颤等。可影响造血系统,致粒细胞和血小板减少,罕见再生障碍性贫血,常见巨细胞贫血,可用叶酸加维生素B_{12}防治。可引起过敏反应,常见皮疹伴高热,罕见严重皮肤反应,如剥脱性皮炎、多形糜烂性红斑、系统性红斑狼疮。一旦出现症状,应立即停药并采取相应措施。

8. 临床实践 早在20世纪70年代后期的临床研究就证实了苯妥英钠治疗癫痫持续状态的有效性,有效率为60%~70%。因苯妥英钠治疗癫痫持续状态安全、迅速,没有抑制呼吸和意识的副作用,被美国癫痫基金会列为治疗癫痫持续状态的一线药物。苯妥英钠静脉注射后达到控制发作的有效浓度时间约30分钟,80%患者在20~30分钟后停止发作。有效维持时间可达12~24小时,克服了安定作用时间短暂的弱点。癫痫持续状态在使用安定无效或出现呼吸抑制时,在心电监护下改用苯妥英钠治疗,总量为15~20mg/kg静脉滴注,不失为一种治疗癫痫持续状态的有效方法。

五、磷苯妥英
Fosphenytoin

1. 化学结构 商品名:Cerebyx,化学名:2,4-咪唑啉二酮-5,5-二苯基-3-[(膦酰氧基)甲基]-二钠盐。分子式:$C_{16}H_{13}N_2Na_2O_6P$。

2. 药代动力学 本药呈水溶性,半衰期为14小时,115mg的磷苯妥英的疗效与1mg苯妥英相同,达脑部峰浓度需37分钟,与劳拉西泮联用是抗癫痫持续状态最好配伍。

3. 药理作用、注意事项 为苯妥英钠的前体药,药理特性与苯妥英钠相同。

4. 用法用量 成人首剂15~20mg/kg,静脉输入速度不超过150mg/min(是苯妥英的3倍量)。

5. 副作用 与苯妥英相比副作用少,主要表现为肌张力降低,使用时需监测血压、心率及呼吸。

6. 临床实践 1996年美国食品药品监督局(FDA)批准临床使用,是苯妥英的代谢前体,静脉注射8~15分钟后在体内转变为苯妥英,目前已经取代了苯妥英在临床上的应用。儿童惊厥性癫痫持续状态的治疗,磷苯妥英20~30mg/kg,速度2~3mg/(kg·min),最大速度不超过150mg/min。如果发作仍未停止,再按5~10mg/kg给药1次,同时行气管插管。

六、利 多 卡 因
Lidocaine Hydrochloride

1. **化学结构** 化学名:N-(二氯二甲苯基)-2-(二乙氨基)乙酰胺盐酸盐-水合物。分子式:$C_{14}H_{23}ClN_2O$。

2. **药理作用** 利多卡因促进钾离子外流,在较小程度上也抑制钠离子内流,从而改变钾离子外流与钠离子内流间的平衡,使膜电位趋于稳定,从而阻止了放电的扩散。利多卡因能通过血-脑屏障,能抑制中枢神经元活动,并能阻滞神经肌肉接头的传递。

3. **药代动力学** 本药注射后,组织分布快而广,能透过血-脑屏障和胎盘。本药麻醉强度大、起效快、弥散力强,药物从局部消除约需2小时,加肾上腺素可延长其作用时间。大部分先经肝微粒酶降解为仍有局麻作用的脱乙基中间代谢物单乙基甘氨酰胺二甲苯,毒性增高,再经酰胺酶水解,随尿排出,约用量的10%以原形排出,少量出现在胆汁中。利多卡因在体内半衰期短,静脉注射后为10分钟,静脉滴注为200分钟,作用快,排泄快,体内蓄积少,对呼吸抑制小,所以有呼吸功能不全的难治性癫痫持续状态可选择利多卡因治疗。

4. **适应证** 本品为局麻药及抗心律失常药。主要用于浸润麻醉、硬膜外麻醉、表面麻醉(包括在胸腔镜检查或腹腔手术时作黏膜麻醉用)及神经传导阻滞。本药也可用于急性心肌梗死后室性期前收缩和室性心动过速,亦可用于洋地黄类中毒、心脏外科手术及心导管引起的室性心律失常。本药对室上性心律失常通常无效。用于癫痫持续状态疗效较好,且无呼吸抑制,尤其是难以控制的癫痫持续状态。

5. **禁忌证** ①对局部麻醉药过敏者禁用;②阿-斯综合征(急性心源性脑缺血综合征)、预激综合征、严重心传导阻滞(包括窦房、房室及心室内传导阻滞)患者静脉禁用。

6. **用法用量** 用于癫痫持续状态。将利多卡因加入5%或10%葡萄糖溶液中,以20~50μg/(kg·min)速度静脉泵入。用药过程中密切观察血压、心率、面色变化,监测心电图、脉搏、血氧饱和度和呼吸等。由于它的双重作用,即低浓度时有抗癫痫作用而浓度>15mg/L可致痫性发作及其心血管反应(房室传导阻滞、心率缓慢、甚至心搏骤停、低血压、休克)以及体温不升的原因,利多卡因不作为一线药物使用。

7. **副作用** 本药可作用于中枢神经系统,引起嗜睡、感觉异常、肌肉震颤、惊厥、昏迷及呼吸抑制等不良反应。也可引起低血压及心动过缓。血药浓度过高,可引起心房传导速度减慢、房室传导阻滞以及抑制心肌收缩力和心输出量下降。

8. **注意事项** ①肝肾功能障碍、肝血流量减低、充血性心力衰竭、严重心肌受损、低血容量及休克等患者慎用;②对其他局麻药过敏者,可能对本品也过敏;③本品应严格掌握浓度和用药总量,超量可引起惊厥及心搏骤停;④用药期间应注意检查血压、监测心电图,并备有抢救设备,心电图P-R间期延长或QRS波增宽,出现其他心律失常或原有心律失常加重者应立即停药;⑤孕妇及哺乳期妇女用本药可透过胎盘,且与胎儿蛋白结合高于成人,故应慎用;⑥新生儿用药可引起中毒,早产儿较正常儿半衰期长(3.16小时 vs.1.8小时),故应慎用;⑦老年人用药应根据需要及耐受程度调整剂量,70岁以上患者剂量应减半。

9. 临床实践 利多卡因具有迅速控制抽搐发作不抑制呼吸的特点,当一线抗癫痫药物治疗无效时,可作为抗惊厥剂。成人常用利多卡因 50~100mg 静脉缓慢注射,即以 10mg/min 速度给药,然后以 500mg 加入 5% 葡萄糖溶液 500ml 静脉滴注维持,滴速为 1~2mg/min;儿童以 1~1.5mg/min 缓慢静脉注射,以 15~30μg/(kg·min) 静脉滴注维持。发作终止 24 小时后逐渐减量至停用,用药时间 24~72 小时。用药期间注意观察血压、心率及心电图的变化,若血压低、心率慢或心脏传导阻滞者停用。

七、苯 巴 比 妥
Phenobarbital

1. 化学结构 别名:鲁米那 Luminal,化学名:5-乙基-5-苯基-2,4,6(1H,3H,5H)-嘧啶三酮-钠盐。分子式:$C_{12}H_{11}N_2NaO_2$。

2. 药理作用 确切抗癫痫作用机制未明。可减轻突触后神经递质释放,增加 GABA 介导的抑制作用,减低谷氨酸能及胆碱能兴奋性;直接增加膜的氯离子传递。对 GABA 抑制作用的增强源于苯巴比妥在 GABA 受体上有变构作用。突触前作用为减少钙离子进入神经元及阻滞神经递质释放。非突触作用为减低与电压有关的钠和钾的传递,并阻滞反复点燃。GABA 反应性增高及拮抗谷氨酸兴奋性是苯巴比妥抗惊厥活性的基本机制。

3. 药代动力学 注射后 0.5~1 小时起效,一般 2~18 小时血药浓度达到峰值。吸收后分布于体内各组织,血浆蛋白结合率约为 40%(20%~45%),表观分布容积为 0.5~0.9L/kg,脑组织内浓度最高,骨骼肌内药量最大,并能通过胎盘。有效血药浓度约为 10~40mg/L,超过 40mg/L 即可出现毒性反应。成人半衰期为 50~144 小时,小儿为 40~70 小时,肝肾功能不全时半衰期延长。苯巴比妥约有 48%~65% 在肝脏代谢,转化为羟基苯巴比妥。本药为肝药酶诱导剂,提高药酶活性,不但加速自身代谢,还可加速其他药物代谢。大部分与葡萄糖醛酸或硫酸盐结合,经肾脏由尿液排出,有 27%~50% 以原形从肾脏由尿液排出。肾小管有再吸收作用,使作用持续时间延长。

4. 适应证 ①抗惊厥:中枢神经兴奋药引起的惊厥,或破伤风、脑炎、脑出血等疾病引起的惊厥;②抗癫痫:癫痫全身强直阵挛性发作、局限性发作及癫痫持续状态。

5. 禁忌证 ①对本药过敏者;②严重肝、肾功能不全及肝硬化患者;③严重肺功能不全、支气管哮喘、呼吸抑制患者;④血卟啉症患者。

6. 慎用:①肺功能不全者;②老年患者;③有药物滥用史者;④糖尿病、甲状腺功能亢进、肾上腺功能减退已处于临界状态者;⑤高血压、心脏病患者;⑥妊娠及哺乳妇女;⑦高空作业、驾驶员、精细和危险工种作业者。

7. 用法用量 静脉注射用于癫痫持续状态,推荐剂量一次为 100~200mg,必要时 6 小时后重复。肝功能不全时减少初始剂量。

8. 副作用 ①用于抗癫痫时最常见的不良反应为镇静,但随着疗程的持续,其镇静作用逐渐变得不明显;②可能出现认知和记忆的缺损;③长期用药,偶见叶酸缺乏和低钙血症;④罕见巨幼红细胞性贫血、血小板减少性紫癜、白细胞减少、粒细胞缺乏症、巨红细胞症、高铁血红蛋白血症、淋巴细胞增多;⑤大剂量时可产生眼球震颤、共济失调和严重的呼吸抑制;⑥用药患者中约 1%~3% 出现皮肤反应,多见者为各种皮疹,严重者可出现剥脱性皮炎和多形红斑或 Stevens-Johnson 综合征,中毒性表皮坏死极为罕见;⑦有报道用药者出现肝炎和肝功能紊乱;⑧长时间使用可发生药物依赖,停药后易发生戒断综合征。

9. 注意事项　静脉注射苯巴比妥时每分钟不应超过 60mg,注射速度过快可导致严重呼吸抑制;肌内和缓慢静脉注射多用于癫痫持续状态,临用前加适量灭菌注射用水稀释。本药注射应选择较粗的静脉,以减少局部刺激,否则有可能引起血栓形成。外渗可引起组织化学性损伤,注入动脉则可引起局部动脉痉挛、疼痛,甚至发生肢端坏疽。长期用药可产生精神或躯体依赖性,停药需逐渐减量,以免引起戒断症状。当用其他抗癫痫药替代本药时,本药用量应逐渐减小,同时逐渐增加替代药的用量,以控制癫痫发作。

10. 临床实践　苯巴比妥可以肌内或静脉注射用于癫痫持续状态。静脉注射应在监护室进行。苯巴比妥虽然很有效且易于使用,但由于其呼吸抑制及对意识的影响而不作为第一线药物。它还可以通过周围血管扩张及减低心收缩力而引起严重低血压,特别和苯二氮䓬类同用时更明显,此时应减慢注射速度。治疗癫痫持续状态时剂量加大,静脉注射一次 200~300mg(速度不超过每分钟 60mg),必要时 6 小时重复 1 次。小儿常用量,按体重 3~5mg/kg 或按体表面积 125mg/m² 使用。

八、硫喷妥钠
Thiopental

1. 化学结构　药物别名:戊硫巴比妥钠 Sodium Pentothal,化学名:(±)-5-乙基-5-(1-甲基丁基)-2-硫代巴比酸钠。分子式:$C_{11}H_{17}N_2NaO_2S$。

2. 药理作用　脂溶性高,静脉注射后迅速通过血-脑屏障,对中枢系统产生抑制作用,依所用剂量大小,出现镇静、安眠及意识消失等不同作用。本品可降低脑耗氧量及脑血流量,在脑缺氧时对脑起到保护作用。

3. 药代动力学　本品有较高的脂溶性。静脉注射后 1 分钟内 55% 的药物进入心、脑、肝、肾等血管丰富的组织,血浆浓度急速下降,随后约 80% 逐渐转移到肌肉组织,注射药物 30 分钟后达高峰,脑等组织的浓度下降至麻醉水平以下而苏醒。此时脂肪组织药物逐渐增多,肌肉中药物浓度逐渐下降,约经 2.5 小时蓄于脂肪组织的药物浓度达高峰,尔后药物再由脂肪组织中慢慢释放,使患者又出现延迟性睡眠。本品几乎全部在肝内经微粒体酶代谢为氧化物,经肾和肠道约需 6~7 天排完。

4. 适应证　用于全麻诱导,复合全麻及小儿基础麻醉。可用于控制难治性癫痫持续状态。

5. 禁忌证　休克低血压未纠正前及心力衰竭患者以及卟啉症等禁用。对巴比妥类过敏者禁用。肝功能不全、低血压、支气管哮喘患者、新生儿、肾上腺皮质、甲状腺功能不全者慎用。

6. 用法用量　常用剂量为静脉注射 75~125mg,输速为 1~5mg/(kg·h)。

7. 副作用　①本品易致呼吸抑制,静脉注射时速度宜缓慢;②可引起咳嗽、喉与支气管痉挛;③麻醉后胃贲门括约肌松弛,易致误吸和反流;④剂量过大或注射速度过快,易导致严重低血压和呼吸抑制,较大剂量可出现长时间延迟性睡眠;⑤少数病例会出现异常反应,如神智持久不清、兴奋乱动、幻觉、皮肤及面部红晕、口唇或眼睑肿胀、瘙痒或皮疹、腹痛、全身发抖或局部肌肉震颤、呼吸不规则或困难、甚至出现心律失常,应立即作有效的对症治疗。

8. 注意事项　①本品水溶液不稳定,应临用前配制,如发现沉淀、浑浊或变色即不能应用;②本品呈强碱性,2.5%溶液 pH 在 10 以上,静脉注射可引起组织坏死,误入动脉可出现血管痉挛、血栓形成,重者肢端坏死;③用于血容量不足或脑外伤患者,易出现低血压和呼吸抑制危象,甚至心搏骤停;④用药时注意监测呼吸深度和频率、血压、脉搏、心律以及呼吸和循环功能等。

9. 临床实践　硫喷妥钠为短效巴比妥类药物,一般用于短时麻醉。难治性癫痫持续状态大约有 30% 患者需要用麻醉量的短效巴比妥类或其他麻醉药来控制。硫喷妥钠代谢成戊巴比妥有利于迅速控制发作。此两药迅速重新分布到身体脂肪中贮藏,实质上延迟了排出。一些学者仅将其用于咪达唑仑及丙泊酚失败的患者。常用量静脉注射成人 1 次按体重 4~8mg/kg,老年人应减量至 2~2.5mg/kg。

九、戊巴比妥
Pentobarbital

1. 化学结构　曾用名:阿米妥钠 Amytal sodium,化学名:5-乙基-5-(1-甲基丁基)巴比妥酸;5-乙基-5-(1-甲基丁基)-2,4,6-(1H,3H,5H)-嘧啶三酮。分子式:$C_{11}H_{18}N_2O_3$。

2. 药理作用　本药为中效(3~6 小时)巴比妥类催眠药、抗惊厥药。对中枢的抑制作用随着剂量加大,其效能为镇静、催眠、抗惊厥及抗癫痫。大剂量时对心血管系统、呼吸系统有明显抑制。过量可麻痹延髓呼吸中枢致死。治疗浓度剂量可降低谷氨酸的兴奋作用,加强 γ-氨基丁酸的抑制作用,抑制中枢神经系统单突触和多突触传递,抑制癫痫灶的高频放电及其向周围扩散。可产生依赖性,包括精神依赖和躯体依赖。

3. 药代动力学　15~30 分钟起效,维持 3~6 小时。吸收后分布于体内各组织及体液中。因脂溶性高,易通过血-脑屏障,进入脑组织,起效比较快。血浆蛋白结合率约为 61%。半衰期为 14~40 小时,血药浓度的达峰时间个体差异大。在肝脏代谢,约 50% 转化为羟基异戊巴比妥,主要与葡萄糖醛酸结合后经肾脏由尿液排出,极少量(<1%)以原形由尿液排出。

4. 适应证　难治性癫痫持续状态。

5. 禁忌证　①对本药过敏;②贫血患者;③哮喘病或糖尿病未控制者;④严重肝、肾、肺功能不全者;⑤卟啉症或有卟啉症史患者。

6. 用法用量　缓慢静脉注射 300~500mg。老年人需减量使用。

7. 副作用　①较多见的不良反应:笨拙或共济失调,眩晕或头昏,嗜睡或醉态;②较少见的不良反应:头痛、关节或肌肉酸痛,恶心、呕吐、腹泻、言语不清;③偶见或罕见不良反应:a. 耐药性差者,用量稍大易导致精神错乱或抑郁;b. 呼吸抑制,易导致气短和呼吸困难;c. 过敏反应可出现皮疹、荨麻疹、口唇或面部肿胀、喘息、胸部发紧感;d. 注射后可导致血栓性静脉炎,引起局部红肿或疼痛;e. 可引起粒细胞减少,咽喉疼痛或发热;f. 血小板减少可引起出血异常或淤斑;g. 低血压或巨细胞性贫血而出现异常疲乏和衰弱;h. 中枢性反常反应而致过度兴奋;i. 中枢抑制而致心动过缓;j. 肝功能障碍引起巩膜或皮肤黄染;④停药后不良反应:表现为惊厥或癫痫发作、幻觉、多梦、梦魇、震颤、入睡困难、异常不安或乏力。

8. 注意事项　用量过大或静脉注射过快易出现呼吸抑制及血压下降,成人静脉注射速度每分钟不超过100mg,小儿按体表面积不超过60mg/m²。不宜在表浅部位作肌肉或皮下注射,可引起疼痛,产生无菌性脓肿或坏死。对其他巴比妥过敏者,可能对本药过敏。本药可通过胎盘,妊娠期长期服用,可致新生儿撤药综合征。应用本药可使维生素K含量减少而引起新生儿出血;妊娠晚期或分娩期应用,由于胎儿肝功能尚未成熟可引起新生儿(尤其是早产儿)的呼吸抑制。如与其他中枢抑制药合用,可对中枢产生协同抑制作用。本药注射液不稳定,使用前用无菌注射用水或氯化钠注射液溶解成5%溶液后应用,如5分钟内溶液仍不澄清或有沉淀物,不应使用。

9. 临床实践　戊巴比妥是治疗癫痫持续状态的标准药物,几乎对所有患者都有效,初始应用的负荷剂量为静脉注射5mg/kg,随后连续静脉滴注1mg/(kg·h),必要时加至3mg/(kg·h)维持,直至临床发作停止或脑电图暴发抑制。虽然戊巴比妥治疗难治性癫痫状态有效,但其副作用亦极为明显。低血压,呼吸抑制和复苏延迟是该药最主要的副作用。因而在应用中应该行气管插管,利用机械通气保证患者生命体征的稳定。应用异戊巴比妥后出现复发是预后不良的指征。在戊巴比妥持续治疗或减量后加用苯巴比妥可有效地降低复发率。对用药中出现的低血压反应可通过减少药物剂量而纠正,并应加强对血压的监测。

十、丙戊酸钠注射液
Sodium Valproate

1. 化学结构　化学名:2-丙基戊酸钠,结构式:$C_8H_{15}NaO_2$。
2. 药理作用　本品为抗癫痫药。实验见本品能增加GABA的合成和减少GABA的降解,从而升高抑制性神经递质GABA浓度,降低神经元兴奋性而抑制发作。在电生理实验中见本品可产生与苯妥英相似的抑制Na^+通道的作用。对肝脏有损害。
3. 药代动力学　口服胃肠吸收迅速而完全,约1~4小时血药浓度达峰值,生物利用度近100%。静脉注射几分钟内可达到稳态血浓度,然后可继续静脉滴注维持。分布范围主要限于血液,并迅速交换至细胞外液,脑脊液中的丙戊酸钠的浓度与游离血浆浓度接近。有效血药浓度为50~100mg/L。血药浓度约为50mg/L时血浆蛋白结合率约94%;血药浓度约为100mg/L时,血浆蛋白结合率约为80%~85%。血药浓度超过120mg/L时可出现明显不良反应。随着血药浓度增高,游离部分增加,从而增加进入脑组织的梯度,半衰期为7~10小时。主要分布在细胞外液和肝、肾、肠和脑组织等。大部分由肝脏代谢,包括与葡萄糖醛酸结合和某些氧化过程,主要由肾排出,少量随粪便排出及呼吸呼出。能通过胎盘,能分泌入乳汁。
4. 适应证　用于治疗全身及部分发作性癫痫,以及特殊类型的综合征。
5. 用法用量　成人癫痫持续状态时静脉注射400~600mg,每日2次;儿童每次20mg/kg。
6. 不良反应　①常见不良反应为腹泻、消化不良、恶心、呕吐、胃肠道痉挛、可引起月经周期改变;②较少见不良反应为短暂的脱发、便秘、嗜睡、眩晕、疲乏、头痛、共济失调、轻微震颤、异常兴奋、不安和烦躁;③长期服用偶见胰腺炎及急性肝坏死;④可使血小板减少引起紫癜、出血和出血时间延长,应定期检查血象;⑤对肝功能有损害,引起血清碱性磷酸酶和氨基转移酶升高,服用 2 个月后要检查肝功能;⑥偶有过敏;⑦偶有听力下降和可逆性听力损坏。

7. 禁忌证　①急性肝炎;②慢性肝炎;③个人或家族有严重肝炎史,特别是药物所致肝炎;④对丙戊酸钠过敏者;⑤卟啉症。

8. 临床实践　成人癫痫患者静脉注射丙戊酸盐剂量达 15~20mg/(kg·min)时仍无明显剂量相关的药物不良反应。多数文献报道丙戊酸盐静脉制剂的安全性不低于或优于其他用于控制癫痫持续状态的一线或二线用药,特别是对心血管系统和呼吸系统几乎无影响。丙戊酸盐静脉制剂对癫痫持续状态的总体治疗有效率在 70%~90%,在成人和儿童患者之间有效率无明显差异。推荐成人负荷量 15~20mg/kg,儿童为 20~40mg/kg,在 3~5 分钟内静脉推注,30 分钟后以 1mg/(kg·h)的速度继续静脉维持。丙戊酸盐静脉制剂应用于低龄儿童,特别是 2 岁以内幼儿以及原先已有肝脏疾病的儿童时,其对肝脏的毒性作用增加。

十一、丙 泊 酚
Propofol

1. 化学结构　别名:普鲁泊福,化学名:2,6-二异丙基苯酚,分子式:$C_{12}H_{18}O$。

2. 药理作用　本品通过激活 GABA 受体-氯离子复合物发挥镇静催眠作用。临床剂量时,丙泊酚增加氯离子传导;大剂量时使 GABA 受体脱敏,从而抑制中枢神经系统,产生镇静、催眠效应,其麻醉效价是硫喷妥钠的 1.8 倍。起效快,作用时间短,以 2.5mg/kg 静脉注射时,起效时间为 30~60 秒,维持时间约 10 分钟左右,苏醒迅速。能抑制咽喉反射,有利于插管,很少发生喉痉挛。对循环系统有抑制作用,本品作全麻诱导时,可引起血压下降,心肌血液灌注及氧耗量下降,外周血管阻力降低,心率无明显变化。丙泊酚可抑制二氧化碳通气反应,表现为潮气量减少,清醒状态时可使呼吸频率增加,静脉注射常发生呼吸暂停,对支气管平滑肌无明显影响。

3. 药代动力学　一次冲击剂量后或输注终止后,呈三室开放模型。首相具有迅速分布(半衰期 2~4 分钟)及迅速消除(半衰期 30~60 分钟)的特点。丙泊酚分布广泛,并迅速从机体消除(总体消除率 1.5~2L/min)。主要通过肝脏代谢,形成丙泊酚和相应的无活性醌醇结合物,该结合物从尿中排泄。当丙泊酚的输注速率在推荐范围内,其药物动力学是线性的。

4. 适应证　静脉全麻诱导药、"全静脉麻醉"的组成部分或麻醉辅助药,也用于加强监护患者接受机械通气时的镇静,也可用于麻醉下实行无痛人工流产手术。可治疗癫痫持续状态。

5. 用法用量　治疗癫痫持续状态一般推荐剂量,成人 1~2mg/kg 静脉推注,继以 2~5mg/(kg·h)静脉维持约 12~24 小时。

6. 不良反应　可有低血压、心动过缓、恶心、呕吐、肠痉挛、头痛、抽搐、咳嗽、呃逆、呼吸暂停以及注射部位疼痛、麻木等不良反应。罕见发生支气管痉挛、红斑、血栓形成和静脉炎等情况。过量可能引起心脏、呼吸抑制。

7. 禁忌证　①对丙泊酚或其中的乳化剂成分过敏者禁用;②妊娠妇女;③哺乳期妇

女;④产科麻醉;⑤颅内压升高或脑循环障碍;⑥低血压或休克患者;⑦3 岁以下儿童的全身麻醉;⑧12 岁以下儿童重症监护(ICU)或麻醉监护(MAC)的镇静。

8. 注意事项 ①丙泊酚注射液应该由受过训练的麻醉医师或监护病房医生来给药。用药期间应保持呼吸道畅通、备有人工通气和供氧设备。丙泊酚注射液不应由外科医师或诊断性手术医师给药;②对于心脏,呼吸道或循环血流量减少及衰弱的患者,与其他麻醉药一样,应该谨慎使用丙泊酚注射液;③丙泊酚注射液若与其他可能会引起心动过缓的药物合用时应该考虑静脉给予抗胆碱能药物;④使用丙泊酚注射液前应该摇匀。一次使用后的丙泊酚注射液所余无论多少,均应该丢弃,不得留作下次使用。

9. 临床实践 丙泊酚现已被用于难治性癫痫状态的治疗,平均起效时间为 2~6 分钟,有效率约为 60%~70%,在成人和儿童无显著差异,在一线抗癫痫持续状态药物无效时应用。

十二、水 合 氯 醛
Chloral Hydrate

1. 化学结构 化学名:2,2,2-三氯-1,1-乙二醇,分子式:$C_2H_3Cl_3O_2$。

2. 药理作用 本品为催眠药、抗惊厥药。催眠剂量 30 分钟内即可诱导入睡,催眠作用温和,不缩短 REMS 睡眠时间,无明显后遗作用。催眠机制可能与巴比妥类相似,引起近似生理性睡眠,无明显嗜睡现象。较大剂量有抗惊厥作用,可用于小儿高热、破伤风及子痫引起的惊厥,以及癫痫持续状态。大剂量可引起昏迷和麻醉。抑制延髓呼吸及血管运动中枢,导致死亡。

3. 药代动力学 消化道或直肠给药均能迅速吸收,1 小时达高峰,维持 4~8 小时。脂溶性高,易通过血-脑屏障,分布全身各组织。血浆半衰期为 7~10 小时。在肝脏迅速代谢成为具有活性的三氯乙醇,三氯乙醇的蛋白结合率为 35%~40%。三氯乙醇进一步与葡萄糖醛酸结合而失活,经肾脏排出,无滞后作用与蓄积性。本药可通过胎盘和分泌入乳汁。

4. 适应证 ①治疗失眠,适用于入睡困难的患者;②麻醉前、手术前和睡眠脑电图检查前用药;③抗惊厥,用于癫痫持续状态的治疗,也可用于小儿高热、破伤风及子痫引起的惊厥。

5. 用法用量 用于癫痫持续状态,成人常用 10% 溶液 20ml,稀释 1~2 倍后保留灌肠。极量 1 次为 2g,2~3 次/日。儿童每次 50mg/kg。

6. 不良反应 ①对胃黏膜有刺激,易引起恶心、呕吐;②大剂量能抑制心肌收缩力,缩短心肌不应期,并抑制延髓的呼吸及血管运动中枢;③对肝、肾有损害作用;④偶有发生过敏性皮疹,荨麻疹;⑤长期服用,可产生依赖性及耐受性,突然停药可引起神经质、幻觉、烦躁、异常兴奋、谵妄、震颤等严重撤药综合征。

7. 禁忌证 肝、肾、心脏功能严重障碍者禁用。间歇性血卟啉病患者禁用。

8. 注意事项 ①本品刺激性强,必须稀释后用;②常用量无毒性,但对心脏病、动脉硬化症、肾炎、肝脏疾患、热性病及特异体质者,尤其是消化性溃疡及胃肠炎患者,需慎用或禁用;③口服 4~5g 可引起急性中毒,致死量在 10g 左右;④长期服用有成瘾性与耐受性;⑤本品能通过胎盘,在妊娠期经常服用,新生儿易产生撤药综合征。本品能分泌入乳汁。

9. 临床实践　水合氯醛控制癫痫持续状态的有效率约为 60% ~70%。当常用的一线或二线药物使用后仍不能终止癫痫持续状态时,可以考虑试用。

(丁美萍)

第三节　癫痫持续状态的药物治疗

一、地西泮治疗癫痫持续状态

1. 药代动力学特征　地西泮可以肌内注射、静脉或口服给药。静脉注射地西泮 10 ~ 20mg,成人志愿者 3 ~15 分钟达到高峰,血浆峰浓度为 700 ~1600μg/L,1 分钟内可达有效浓度;儿童予 0.2mg/kg 静脉注射,血浆峰浓度为 500μg/L;新生儿予地西泮 1mg/kg 静脉注射,血浆峰浓度为 10 800μg/L,0.5mg/kg 静脉注射,血浆峰浓度为 6450μg/L。

相对静脉注射地西泮,肌内注射产生的血浓度不同。地西泮 10 ~20mg 肌内注射,血浆峰浓度在 500μg/L 以下,比口服达峰时间延迟,所以肌内注射地西泮不用于癫痫持续状态,至少不用于成人癫痫持续状态,儿童的吸收比成人好。

直肠给药比口服、肌内注射快。直肠用地西泮 1mg/kg,10 ~ 60 分钟血浆峰浓度 600 ~1400μg/L;地西泮 10 ~20mg,血浆峰浓度 40 ~340μg/L;地西泮 30mg,平均血浆峰浓度 40 ~342μg/L。成人直肠用药 5 分钟达有效血浓度,达峰时间 20 分钟,吸收比儿童快。

控制发作的最低血药水平取决于发作类型、治疗持续时间和其他临床因素,大致水平在 200 ~600μg/L。文献资料显示,地西泮能控制发作的有效血浓度为 500μg/L,维持治疗浓度 150 ~300μg/L。但一项成人对照研究表明 257μg/L 即有效。研究发现,在猫中,终止局部发作的脑组织浓度水平为 4μg/g(相当于血浆 2μg/ml),全身发作有效剂量比局部发作低。

2. 临床应用　从地西泮应用于临床以来,一直被认为是癫痫持续状态的首选。Sawyer 等人治疗了 26 名颅内有进行性病灶的患者,其中 16 人的发作迅速终止,10 人控制情况稍差;Prevsky 发现药物对 19/30 难治性癫痫患者效果非常好,只要没有颅内病理改变的患者治疗往往是成功的。1973 年,Browne 回顾了相关文献发现,188 例患者,68% 的患者全身性发作被控制,20% 的暂时终止发作,同时,73% 的局部放电得到控制。83% 的失神发作,62% 的部分性发作得到控制。对原发性癫痫的控制比继发性好。1985 年,Schmidt 复习了以前的资料,结果表明,以 1 ~5mg/min 的速度给予地西泮 5 ~10mg,控制发作率为 88%(表 3-3-1)。唯一的一项随机双盲回顾性研究发现,静脉注射 10mg 地西泮 >2 分钟,76% 的发作控制,12.5% 的出现副作用。另一项研究地西泮静脉注射 2mg/分钟,3 分钟、5 分钟、10 分钟发作终止率分别为 32%、68%、80%。地西泮直肠滴注给药,10 分钟开始起效,30mg 有 72% 的发作终止,20mg 有 29% 的患者发作终止。地西泮和其他苯二氮䓬类一样,注药后数秒可出现迅速和特殊的脑电图改变。

虽然临床发作迅速被控制,但有相当一部分患者需添加其他治疗。Mattson 用脑电图证实了地西泮的效果短暂。可能是由于首剂血浓度下降过快导致复发,为了避免这一点,首剂静脉注射后需予地西泮持续静脉注射。Parsonage 等人报道,用地西泮连续治疗 7 天,总剂量 900mg 以上,24 小时最大量 200mg,虽然没有出现严重的呼吸抑制,但部分患者需建立人工气道,药物的镇静作用在治疗 24 小时可耐受。患者给予地西泮 4～8mg/h 共 3 小时,血浆水平未超过 3mg/h 的患者仍需机械通气。许多文献表明这个剂量是安全的,但是没有做过严格的论证。目前,推荐地西泮和 PHT 联合用药,PHT 起效慢,持续时间长,和地西泮起效快,持续时间短相互补充。

表 3-3-1　地西泮治疗癫痫持续状态

癫痫类型	患者总数	控制发作
强直-阵挛 SE	224	177(79%)
失神 SE	72	44(61%)
部分性 SE	67	51(88%)

注:SE = 癫痫持续状态。(引自 Shorvon,2006).

3. 常用治疗方案　①地西泮加地西泮:成人癫痫持续状态可首先静脉推注 10～20mg(＜2～5mg/min)地西泮,有效后用地西泮 80～120mg 加入葡萄糖液中静脉滴注 12 小时,无效时可在半小时内重复 1 次。儿童按 0.1～0.2mg/kg 静脉注射,最大剂量 10mg;②地西泮加苯妥英钠:成年人的癫痫持续状态按上述方法静脉推注地西泮有效后,静脉滴注苯妥英钠 0.6～0.9mg/d 维持(表 3-3-2)。

表 3-3-2　地西泮给药途径及剂量

初期、早期(和癫痫持续状态形成期)
常规剂型
静脉:地西泮乳剂,1ml/安瓿,包含 5mg/ml 或
　　　静脉溶液,2ml/安瓿,包含 5mg/ml
直肠:2.5ml 直肠管,包含 2mg/ml 或静脉溶液
　　　2ml/安瓿,包含 5mg/ml
常用剂量
　静脉推注(不稀释):成人 10～20mg,儿童 0.1～0.3mg/kg,速度不超过 2～5mg/min,可重复给药
　直肠:成人 10～30mg,儿童 0.5～0.75mg/kg,可重复静脉注射 8mg/h(不作为一般推荐)
优点
　药理学和药代动力学研究广泛
　有不同年龄人群的长期应用经验
　被证实对许多类型的癫痫持续状态有效
　起效迅速
　可静脉、直肠给药
缺点
　需反复给药
　有突发的呼吸抑制、镇静、低血压
　持续时间短、单一注射仅能暂时终止发作
　代谢迅速
　药代动力学受肝脏疾病影响
　物理属性不稳定,易沉淀
　和其他药物相互作用,和塑料长时间接触有反应

引自 Shorvon,2006

4. 毒性反应及注意事项 地西泮是文献中推荐用于治疗癫痫持续状态的一线药物。虽然文献一直强调它是安全的,但临床实践还是发现其不良反应仍然是一个值得重视的问题。呼吸抑制、低血压、意识障碍是地西泮治疗癫痫持续状态最主要的严重不良反应。Browne 报道了 17 例持续用药后严重的呼吸抑制,其中 3 例联合用了苯巴比妥;另一项研究,98 人连续给药,2 人分别静脉注射地西泮 5mg 和 10mg 后出现呼吸暂停。静脉注射的速度是一个重要因素,速度 <2~5mg/min,极少发生呼吸抑制。成人给药 10~20mg 没有出现呼吸抑制的报道。尽管如此,偶尔持续的难以预料的低血压仍可发生。Browne 报道低血压患者 10 例,并发呼吸抑制可出现严重的低血压。Sawyer 报道 1 例,予地西泮 70mg 静脉注射 10min 后血压从 160/80mmHg 降至 85/40mmHg;246 例联合用药的患者,5.2% 患者出现轻中度的低血压和呼吸暂停,其中 1 例死亡。嗜睡是静脉或直肠给药常见的副作用。超过半数的患者地西泮 10mg 静脉注射后可出现轻微的嗜睡,24 小时可迅速耐受(Shorvon,2006)。

5. 总结 地西泮因起效快已被作为癫痫持续状态初期和早期的一线用药。它的药理学和临床作用在成人、儿童、新生儿患者中被广泛研究,对各种类型的癫痫持续状态都有疗效。它的优点是易于给药,初期静脉推注或直肠给药均能迅速起效,但药代动力学属性不理想。由于它的高脂溶性,药物到达脑组织后迅速再分布到脂肪中储存起来。首剂给药持续时间短,重复给药后,脂肪中储量增加,再分布不再发生,将持续较高的脑组织浓度,同时也带来突发的心跳呼吸骤停、低血压。中枢神经系统抑制的风险更大。由于地西泮起效快,持续时间短,首剂给药后复发常见,需与其他作用时间长的抗癫痫药物联合应用,如地西泮和 PHT 联合用药常可防止复发。在持续治疗中,地西泮代谢活跃,其药代动力学受肝肾功能影响。配制地西泮溶剂应注意其易沉淀,与其他药物有相互作用,持续用药时可能和塑料管道有反应。

(马晓娟)

二、丙戊酸钠注射液治疗癫痫持续状态

丙戊酸钠(sodium valproate),化学名:2-丙基戊酸钠,是一种传统的抗癫痫药。其化学结构为 $C_8H_{15}NaO_2$,分子量为 166.2。1963 年发现其有抗惊厥作用,1967 年在法国首先上市,开始用于癫痫的治疗,1977 年进入我国。近年来,丙戊酸类药物的品种和剂型在不断的发展和改进,目前丙戊酸有普通片剂、肠溶片、糖浆、缓释片、糖浆、注射剂等多种剂型,已在各国广泛应用,成为治疗癫痫的主要药物之一。丙戊酸钠主要用于治疗典型的失神发作、肌阵挛发作和全身性强直-阵挛发作,尤其是对特发性全身性癫痫常常作为首选药物,对光敏性癫痫,原发性阅读性癫痫也有效,同时,丙戊酸也用于其他疾病如偏头痛、躁狂症的辅助治疗。

丙戊酸钠注射液(商品名:德巴金)是丙戊酸钠最常见的非口服用药制剂。1996 年,美国 FDA 批准可以静脉使用丙戊酸,随后开始用于治疗癫痫持续状态。根据 300 例已报道的丙戊酸治疗癫痫持续状态的患者经验来看,静脉应用丙戊酸耐受性和有效性都较好,且可以较容易的转换为口服形式。2004 年,挪威批准其用于癫痫持续状态的治疗;2007 年,德国推荐为治疗全身惊厥性癫痫持续状态的三线药物,简单和复杂部分性癫痫状态的二线药物,以及失神状态的一线药物(Knake,2009)。为苯妥英/磷苯妥英过敏、某些肌阵

挛癫痫及严重的心肺疾病的患者带来了希望。在某些国家,丙戊酸已作为癫痫持续状态治疗的一线药物。

1. 作用机制及药代动力学特征 丙戊酸钠是一种有效的治疗部分和全身性癫痫发作的广谱的抗癫痫药物,对戊四氮惊厥和超强电休克惊厥均有保护作用。其作用机制复杂,可能通过调整钠和钙离子通道以及增加抑制性 GABA 递质等而起效。动物实验还表明,丙戊酸具有神经保护效应,可以减少癫痫持续状态带来的脑损伤并改善其结局(Brandt,2006)。

丙戊酸钠口服后迅速吸收,1~4 小时达到峰浓度,餐后服用吸收较慢。现有静脉制剂可以使用。丙戊酸在脑组织和脑脊液中的浓度较血浆低。与血清蛋白有较高的亲和力,其结合率受血药浓度影响,但只有游离部分才能透过血-脑屏障进入脑内发挥作用。肝肾功能障碍时,由于体内白蛋白浓度降低,致使游离部分浓度增加。丙戊酸主要在肝脏代谢,经尿液排出。丙戊酸半衰期成人为 9~21 小时,婴儿为 20~60 小时,丙戊酸具有延迟效应。

某些抗癫痫药物如苯妥英、卡马西平或苯巴比妥可通过酶诱导而降低其血药浓度。非尔氨酯可以抑制丙戊酸代谢。丙戊酸可以抑制其他药物的氧化代谢,如抗癫痫药物(苯妥英、苯巴比妥、拉莫三嗪、卡马西平等)、华法林和尼莫地平等,从而导致这些药物的浓度增加(Abend,2008)。

2. 临床应用 丙戊酸钠注射液治疗癫痫持续状态:一般认为理想的抗癫痫持续状态的药物应该有以下特征:①能迅速有效的控制所有类型的癫痫持续状态及脑电异常活动;②能静脉和肌内注射,肌内注射时对局部无刺激,并能迅速吸收入血;③抗癫痫作用强,仅用小剂量即可有效;④安全,无心肺功能抑制作用;⑤能迅速入脑产生持久的抗惊厥作用;⑥可以口服,以便作为后继长期抗癫痫治疗药物。

Peters(2005)等人总结了静脉注射丙戊酸钠治疗成人癫痫持续状态的疗效,发现 87 个患者在接受了标准剂量的丙戊酸钠静脉注射后,83 例(85.6%)患者在 15 分钟内成功的终止了癫痫持续状态的临床发作,其中 7 例有轻微的副作用(6.9%),但没有一例出现严重副作用;Limdi(2005)等人回顾了曾用丙戊酸钠注射液治疗的 63 名成人患者(30 例男性,33 例女性),平均剂量 31.5mg/kg。通过人口、临床和治疗资料分析,发现其总有效率为 63.3%,而且患者对迅速给药具有良好的耐受性。

3. 丙戊酸钠注射液治疗难治性癫痫持续状态 当癫痫持续状态发生后用 3 种一线抗癫痫持续状态的药物(地西泮,苯巴比妥、苯妥英钠、氯硝西泮等)治疗 1 小时无效则称为难治性癫痫持续状态。自 2006 年国际抗癫痫联盟推荐的癫痫持续状态治疗指南中将丙戊酸钠注射液作为治疗难治性癫痫持续状态的主要药物以来,丙戊酸钠注射液就在各国广泛应用。Rejdak(2008)等人报道过 1 例女性,72 岁患者,因蛛网膜下腔出血并发左侧大脑半球血肿,出现癫痫连续发作,表现为左侧面部和左上肢阵挛性发作,考虑是右侧额叶周期性痫样放电引起。首先用地西泮和苯妥英治疗失败后,改用静脉注射丙戊酸后癫痫发作完全停止,患者的神经功能状态明显改善。作者认为静脉用丙戊酸钠可作为地西泮和苯妥英治疗失败后的一个替代治疗癫痫连续发作的主要药物。Leiva(2008)等人报道了 1 例脂肪栓塞导致的癫痫发作,脑电图提示额颞部有棘波活动并有泛化趋势,给予丙戊酸静脉注射治疗后发作停止。丙戊酸治疗难治性癫痫持续状态推荐的负荷剂量为

25mg/kg(血药水平达 100 ~ 150μg/ml),儿童更高(30 ~ 40μg/ml),注射速度为 3 ~ 6mg/(kg·d)。初步实践证明其起效迅速,疗效可靠,且副作用更少,耐受性更佳。

4. 静脉注射丙戊酸治疗不同发作类型的癫痫和癫痫持续状态 除了成功地用于全身惊厥性癫痫持续状态外,静脉用丙戊酸对非惊厥性癫痫持续状态中复杂部分性发作,失神状态和肌阵挛癫痫状态都有良好的效果。Jha(2003)等系统回顾了 20 项静脉注射丙戊酸对不同类型癫痫持续状态治疗的有效性后发现:3/4 的患者在开始治疗 20 分钟后癫痫得以控制,且对常规一线抗癫痫药物苯二氮䓬类无效的患者,静脉丙戊酸和苯妥英的有效性是一样的(Kanner,2008)。尤其令人欣喜的是,丙戊酸对部分缺氧后肌阵挛癫痫持续状态可能有效,这将明显改变其预后(Patel,2004)。

丙戊酸钠注射液以前主要用于非惊厥性癫痫持续状态中的单纯或复杂性癫痫持续状态、失神发作癫痫持续状态、肌阵挛持续状态。近来发现其对全身强直-阵挛性癫痫持续状态,同对复杂部分性发作一样也有疗效。Olsen(2007)等人进行了一项关于丙戊酸钠治疗成人癫痫持续状态和频繁发作的研究。41 名地西泮治疗失败的成年患者(18 男,23 女)参加了这项研究。其中 19 名为强直-阵挛发作,16 名为复杂部分性发作,6 名难以分类。给予丙戊酸 25mg/kg 静脉注射后,30 分钟达到负荷剂量后予 100mg/h 维持,24 小时后再口服给药。如果给予负荷剂量后发作没有停止,加用巴比妥或丙泊酚或咪达唑仑麻醉。结果发现 76% 患者癫痫发作停止。治疗后 3 小时内、3 ~ 24 小时、24 小时后,需加用静脉麻醉的患者分别为 5%、38% 和 60%。此外,在丙戊酸负荷剂量小于 2100mg 的 60% 患者需加用静脉麻醉。结果表明丙戊酸钠治疗成人癫痫持续状态是安全有效的,疗效与开始治疗的时间和一个足够高的负荷剂量有关。

5. 静脉注射丙戊酸与苯妥英和地西泮的比较 作为常用一线抗癫痫药物的地西泮,因其起效迅速,脑部血药水平上升很快,而受到临床的推崇但因其高脂溶性,故迅速广泛分布于各器官和脂肪组织中,致许多患者在 10 ~ 20 分钟后脑及血药浓度急剧下降,会导致反跳,复现惊厥,且具有严重呼吸抑制的副作用。丙戊酸是广谱抗癫痫药,对全面及部分性发作均有效,且静脉用药可快速给予负荷剂量,达到治疗血浆浓度,从而有效的控制癫痫持续状态。Mehta(2007)等人开展了一项随机开放对照实验,40 名癫痫持续状态的儿童,被随机分为丙戊酸组和地西泮组。癫痫发作控制率丙戊酸组和地西泮组各为 85%、80%。中位有效时间丙戊酸钠组(5 分钟)比地西泮组短(17 分钟;$P < 0.001$)。丙戊酸组没有需要机械通气和导致低血压,也没有出现严重肝功能损害;地西泮组有 60% 需要机械通气和 50% 有低血压。结论显示,静脉用丙戊酸控制癫痫持续状态和地西泮同样有效,且没有呼吸抑制和低血压的副作用;Agarwal(2007)等人进行过一项关于丙戊酸钠注射液和苯妥英注射液在治疗癫痫持续状态疗效的随机对照研究,100 个苯二氮䓬类治疗效果不佳的癫痫持续状态患者,按年龄和性别,被随机分到丙戊酸组(50 人)和苯妥英钠组(50 人),用丙戊酸钠注射液和苯妥英钠注射液治疗。以开始注药后 20 分钟内脑电监测提示癫痫活动停止,12 小时内无癫痫发作为治疗目标。结果丙戊酸钠注射液组 88% 有效,苯妥英钠组 84% 有效,尤其是用于癫痫状态 2 小时内效果更佳。总的不良事件两组间没有显著差异。据此,作者认为丙戊酸钠注射液和苯妥英注射液同样有效。且丙戊酸钠注射液使用更方便,有更好的耐受性,在苯二氮䓬类治疗效果不佳的癫痫状态,可用作苯妥英注射液替代物,尤其适用于有心肺疾病的患者。Misra(2007)等人报道一项

关于丙戊酸与苯妥英治疗癫痫持续状态的试验性研究,68 例惊厥性癫痫持续状态被随机分成两组,以评价丙戊酸和苯妥英的疗效。结果丙戊酸和苯妥英终止发作率分别为 66% 和 42%,有效率分别是 79% 和 25%。两组间的副作用没有明显差异。结论表明丙戊酸钠可能在治疗癫痫持续状态上的疗效优于苯妥英钠。

6. 丙戊酸钠注射液的序贯疗法 丙戊酸口服后达长稳态需要较长时间,从而不能迅速起效。经静脉用丙戊酸,达负荷剂量后用口服剂维持治疗是近几年开展的一种新用法。Boggs(2005)等人用丙戊酸钠注射液和双丙戊酸缓释片联合用药,治疗了进入这个癫痫监测单元的 42 名成年患者,按先用丙戊酸钠注射液,后用丙戊酸钠缓释片的方法进行治疗。出院后,患者每日口服丙戊酸钠缓释片剂量与静脉负荷剂量相同,评估出院后 1 小时、4 小时和 1 周的耐受性和用药后的再次癫痫发作。结论表明,所有患者均可耐受丙戊酸钠注射液和丙戊酸钠缓释片序贯治疗。仅 4 名患者有轻度恶心,4 名患者在出院 4 小时内头昏,4 小时后没有癫痫发作和严重的心率或血压的改变,所有患者于用药当天出院。出院 1 周内,所有患者否认系统性并发症,5 人有癫痫发作,所有患者发作频率减少。结论:丙戊酸钠静脉注射具有良好的耐受性,方便快速达到负荷剂量,快速给予丙戊酸钠序贯治疗,控制癫痫发作效果好。Taylor(2007)等人报道一项关于连续静脉滴注丙戊酸在小儿患者中的临床应用,作者根据实验要求,通过药房订单输入系统确立,从 2004 年 1 月 1 日到 2006 年 3 月 31 日间,有 27 名小于 18 岁的患者曾使用过丙戊酸钠。患者平均年龄为 8.5 岁(1.4~16 岁),2/3 有癫痫发作,1/3 有偏头痛。丙戊酸钠的平均负荷剂量为(28.5 ± 5.2)mg/kg,维持量(1 ± 0.2)mg/(kg·h)。在给予负荷后(4.5 ± 1.6)小时测定平均血药浓度为(83.3 ± 22.8)mg/ml。从开始注药后(23.3 ± 3.0)小时维持浓度为(80.0 ± 26.0)mg/ml。后负荷和稳态血药浓度范围集中在 50~100mg/ml 的患者分别有 77% 和 69%。当给药剂量增大到 50~125mg/ml,分别有 89% 和 92% 患者后负荷和稳态丙戊酸钠血药浓度可达到这个平均血浆浓度。通过治疗有 85% 患者得到完全和部分缓解。不良反应轻微而少见。作者认为:儿科患者连续快速静脉滴入丙戊酸钠是被允许的,同时在尽量减少不良事件发生的前提下可达到相应的治疗浓度。

7. 丙戊酸钠注射液的其他临床应用 丙戊酸钠除了应用于治疗癫痫持续状态外,也常用于治疗偏头痛、躁狂症、顽固性呃逆、三叉神经痛、酒精戒断等的辅助治疗,但大多为口服用药,静脉注射丙戊酸钠一般用于急性偏头痛较多。

丙戊酸钠是美国 FDA 批准治疗偏头痛的药物。使用静脉注射丙戊酸钠有可能治疗急性偏头痛。Waberzinek(2007)等人报道一项关于丙戊酸钠注射液治疗急性偏头痛安全性和疗效的临床研究,36 名偏头痛患者,给予丙戊酸钠注射液 500mg 对抗偏头痛急性发作,用视觉模拟评分法来评估疼痛的程度,在 2 小时内有意义的头痛缓解有 12 人,24 人中的 20 人没有用丙戊酸钠注射液预防性治疗,头痛相关的症状和体征得到明显减少,并且没有严重副作用。但现有的研究规模都较小,主要是不同剂量的开放性和非安慰剂对照研究,静脉注射丙戊酸还没有被证明优于对照药物。Sadovsky(2004)等人在一项普鲁氯哌嗪和丙戊酸钠治疗急性偏头痛的随机,双盲对照研究中,将患者分别给予静脉普鲁氯哌嗪 10mg 丙戊酸钠 500mg,在给予 15 分钟和 60 分钟后用镇静视觉模拟评分测试患者的头痛和恶心缓解程度,发现 5/20 使用普鲁氯哌嗪患者头痛缓解明显好于丙戊酸钠患者,15/19 丙戊酸钠需要进一步治疗。虽然一些临床病例和单一前瞻性研究表明静脉注射丙戊酸治疗急性偏头痛是成功的,但研究结果表明,对于缓解头痛和恶心,普鲁氯哌嗪明显优于丙戊酸钠。Thomaides(2008)等人的一项静脉注射丙戊酸治疗硝酸甘油诱导的急性偏头痛发作的临床研究,作者用脑电图变化及疼痛缓解程度来评估其疗效。结果脑波频率分析显示,45 例没有先兆的偏头痛,19 例在给予静脉注射丙戊酸 300mg 30 分钟后,头痛被控制在基础水平。

8. 静脉注射丙戊酸的安全性 Limdi(2007)报道一项关于静脉迅速给予丙戊酸钠注射液负荷剂量安全性的临床研究,40 名患者给予丙戊酸钠注射液 20~30mg/kg[或 10mg/(kg·min)]的负荷剂量,结果发现,迅速静脉给药在心率和平均动脉压上具有较好的耐受性,患者对局部不耐受的抱怨是短暂的,所有患者中没有持续 3 分钟以上的局部发红、刺激和静脉炎,也没有患者表现意识水平下降。因此,作者认为静脉迅速给予丙戊酸钠注射液,在给药速度小于 10mg/(kg·min)和剂量小于 30mg/kg 是安全,且能很好耐受性的,没有出现严重的心血管系统、神经系统、肝脏和局部不良反应。Morton(2007)等人一项关于快速静脉滴注丙戊酸钠在儿科患者应用安全性的研究中报道,18 名患者(1~16岁)给予剂量从 7.5~41.5mg/kg,时间给药时间从 1.5~11mg/(kg·min),一名 9 岁男孩在给予 660mg 丙戊酸钠静脉注射,以 6mg/(kg·min)的速度注药,患者述局部有烧灼感。随后耐受了以同样的速度,三次输注丙戊酸(1 次 330mg 和 2 次 165mg),没有进一步的不适。所有患者共给予了 18 种不同剂量治疗,心电图没有发现心律不齐、心动过缓或低血压,化验结果未见异常。因此,快速静脉滴注丙戊酸钠用于治疗儿童癫痫发作似乎是安全的。

9. 丙戊酸钠的不良反应:服用丙戊酸钠的患者约 26% 发生不良反应,但仅 2% 患者需要停药。常见的不良反应有胃肠道反应、体重增加、血小板减少、认知功能改变、肝毒性、致畸性等。Black(2005)等人报道 1 例头部外伤后癫痫患者,用丙戊酸钠治疗后体重过度增加导致死亡。患者为 1 名 34 岁男性,11 年前头部外伤后癫痫发作,给予丙戊酸钠治疗导致体重增加 100 磅(1 磅 = 0.4536kg),出现睡眠呼吸暂停合并右心衰竭,最终死于呼吸心搏骤停。Young(2007)等人报道了 1 例丙戊酸相关高血氨性脑病,女性,78 岁,诊断为强直-阵挛发作,丙戊酸 1000mg/d×10 个月,患者自诉在过去 4 个月曾 3 次感觉意识模糊,测血氨 123mg/dl(正常:15~50mg/dl),影像学和脑电图支持该诊断。停药后给予乳果糖和 L-肉碱治疗后好转。药物导致的高血氨是可逆的,但具有潜在的致命风险。Kumar(2003)等人报道 1 例静脉用丙戊酸钠导致严重循环衰竭。1 名 5 岁白人女孩,静脉注射丙戊酸钠 480mg 后,发生了严重的循环衰竭,给予血管加压素支持治疗无效,随后动脉血压下降,心搏骤停,立即给予肾上腺素心脏复苏。作者认为静脉用丙戊酸钠导致高血压曾被报道,注射丙戊酸钠应谨慎使用,特别是在血流动力学不稳定的患者。Kocak(2007)报道了 1 例女性,23 岁,诊断为原发性癫痫,给予拉莫三嗪和丙戊酸钠治疗 1 周后发生了 Stevens-Johnson 综合征,这是一种和药物相关的严重皮肤坏死的过敏反应。尤其值得一提的是丙戊酸导致的脊柱裂接近 1%~2%,此外还可以引起神经管缺陷、脊柱双分叉、腭裂、肾缺陷、自发性流产的增加等。Vinten(2005)等人的一项回顾性研究分析了胚胎期暴露于丙戊酸钠后对认知的影响,249 名 6 岁到 16 岁学龄期儿童被调查,发现妊娠时母亲使用了丙戊酸钠儿童,语言智商明显低于服用其他抗癫痫药物或未服药者,且这些儿童智商低于 69 和发生记忆障碍的可能性比其他群体更大。

与剂量有关的急性不良反应常见于丙戊酸钠血浓度超过 $100\mu g/ml$（$700\mu g/L$）时，一般给予 L-肉毒碱治疗。Russell（2007）有一篇关于肉毒碱治疗儿童急性丙戊酸钠中毒的综述，目前的文献还没有发现 1 例急性服用丙戊酸患者给予肉毒碱解毒后，出现过敏反应和严重副作用。

（马晓娟　郑东琳　王学峰）

三、氯硝西泮在癫痫持续状态中的应用

1. 作用机制　早期研究提示氯硝西泮的抗癫痫作用可能是阻断癫痫放电扩散的神经通路，并提高其发作阈值。随后的动物实验发现氯硝西泮抗肌阵挛作用是通过 5-HT 能递质的增加而起作用。近年来的研究表明，氯硝西泮主要是通过与 $GABA_A$ 受体复合物结合起作用，长时间应用会产生耐药性。

2. 药代动力学　癫痫持续状态时应静脉用药，注射速率不超过 $2mg/min$。静脉注射 1.5mg 后，成人中的血药浓度为 $5.0\sim7.8\mu g/L$，新生儿给予 $0.1mg/kg$ 后血药水平为 $28\sim117\mu g/L$。静脉注射后半衰期少于 30 分钟。血浆蛋白结合率为 $47\%\sim82\%$。血药水平与治疗效应间无明显关系，且控制急性发作的最低脑组织浓度也不清楚。氯硝西泮主要通过肝细胞色素酶系统代谢。

3. 临床应用　早年的动物研究表明，氯硝西泮可能是最有效的具有抗癫痫作用的苯二氮䓬类。与地西泮（8.8 小时）相比，氯硝西泮的平均作用时间（24.5 小时）更长。但是，目前仍缺少氯硝西泮和地西泮的对照研究。

氯硝西泮可广泛的用于各种类型的癫痫持续状态。Singh 和 Le Morvan（1982）对 24 例癫痫持续状态患者予以静脉注射氯硝西泮 $1\sim2mg$，控制情况为 7/7 失神发作，7/14 全面性强直阵挛性发作，2/3 部分复杂性发作。平均控制时间为 1.75 分钟。未观察到血压、心率或呼吸的改变。Padma（1998）等用氯硝西泮成功终止了 1 例 11 岁女孩出现部分性癫痫状态的临床和脑电图表现。Trinka（1999）等报道了 1 例大剂量噻加宾治疗时出现复杂部分性癫痫持续状态的患者，氯硝西泮治疗后临床症状和脑电图正常。Bahi-Buisson（2006）等报道了 2 例睡眠中有连续棘慢波的癫痫儿童用氯硝西泮后能有效控制脑电图上的棘波，但停用后复发，氯硝西泮对患者的认知和运动障碍无效。

此外巴比妥类和其他抗癫痫药物治疗失败时，氯硝西泮对强直-阵挛状态和失神状态仍可能有效，因此可用于某些难治性癫痫持续状态。氯硝西泮另一个较特殊的用途是肌阵挛癫痫持续状态，动物模型已显示对缺氧缺血性脑病中的肌阵挛发作有效。已有数例氯硝西泮成功用于临床的报道。

4. 不良反应　氯硝西泮常见的不良反应包括镇静、运动迟缓、共济失调、记忆损害及行为障碍。与癫痫持续状态相关的常见不良反应为镇静，还可能出现注射部位的血栓性静脉炎，但较轻微。呼吸抑制则是最重要的不良反应，发生率不足 5%，在急性脑损伤、已用巴比妥类治疗者以及老年人多见。低血压和心血管系统的不良反应较少见，可能只有在快速注射时才会出现。

四、苯巴比妥在癫痫持续状态中的应用

苯巴比妥（PB）可通过肌内注射、直肠、静脉多种途径给药。PB 静脉给药后，首先在

血管中聚集,随后被分布到各个部位,与脂溶性化合物如地西泮和硫喷妥钠相比,PB进入脑组织相对缓慢,12～60分钟达到脑/血水平的最大值。在达稳态浓度时,脑脊液浓度约为血浆浓度的50%(Shorvon,2006)。

Simon用瘫痪和机械通气的Suffolk绵羊,研究脑组织对PB的摄取,结果显示,早期癫痫持续状态中PB脑组织浓度比发作控制期明显增高。同样,在原发性全身性癫痫持续状态的小鼠中,脑组织药物摄取量在癫痫活动时也增加。脑组织中药物水平的摄取增加可能是由于发作时脑组织血流量增加,发作性高血压和血-脑屏障的破坏等多种因素有关。在癫痫持续状态形成期,血pH下降有利于PB弥散进入脑组织。因此,与其他抗癫痫持续状态的药物相比,PB可能获得更理想的血药浓度。PB的另一个优点是脑组织内高药物浓度持续时间长。一项关于PB进入脑组织速度的研究,分别给予成年猫PB10mg/kg,苯妥英钠10mg/kg,地西泮0.3mg/kg,达到最大脑组织浓度的时间分别为3分钟、6分钟、1分钟,尽管血浓度下降迅速,但脑组织中高浓度持续的时间苯妥英钠和PB均约60分钟,而地西泮脑组织浓度下降迅速。长期治疗血和脑中的药物浓度水平相似,还有许多其他的药代动力学参数没有必要应用于癫痫持续状态急性期的治疗(Shorvon,2006)。

苯巴比妥作为抗癫痫药物具有很多不良反应,尤其在认知和行为方面,故发达国家已将其列为二线治疗药物。但是,苯巴比妥抗癫痫持续状态作用较镇静作用强,且价格低廉,在许多发展中国家仍在广泛使用。

1. 作用机制　苯巴比妥主要对强直阵挛和部分性发作有效,对失神发作很少作用。苯巴比妥主要是通过对异常神经元的直接抑制而发挥抗癫痫效应,但确切机制尚不明确。提高GABA作用及拮抗谷氨酸的兴奋性是其抗惊厥活性的基本机制。

Prasad(2002)等在边缘叶癫痫持续状态模型中比较了苯巴比妥、地佐环平(MK-801)和苯妥英三种不同机制的药物对癫痫持续状态的作用以及对后来发展成为癫痫的作用。结果发现苯巴比妥和MK-801在控制癫痫持续状态和防止慢性癫痫方面优于苯妥英。苯巴比妥是最有效的抑制电癫痫活动的药物。

2. 药代动力学　苯巴比妥可以口服、肌内或静脉注射,但口服达峰浓度时间较长,不适合用于癫痫持续状态。静脉注射苯巴比妥后,15～20分钟内起效,半衰期为15～60小时,因此不需维持治疗。苯巴比妥吸收后进入脑组织中较慢,血浆结合蛋白率约为45%,脑脊液中的浓度与血中的游离药物浓度一致。苯巴比妥平均30%以原形经肾脏排出,其余代谢为无抗癫痫活性的产物。苯巴比妥具诱导肝酶活性,从而加速华法林、丙戊酸、卡马西平、口服避孕药等的代谢。

3. 临床应用　苯巴比妥可肌内或静脉注射用于癫痫持续状态,不需要维持治疗(表3-3-3)。苯巴比妥血药浓度大于$10\mu g/ml$时,临床发作改善,血药浓度超过$40\mu g/ml$时,疗效反而下降且不良反应率增高。癫痫持续状态时,推荐剂量为10～20mg/kg,至少10分钟注射完毕。与联合使用地西泮和苯妥英相比,苯巴比妥的疗效没有明显的不同(García Peñas,2007)。

在对恶性疟疾儿童的研究中,苯巴比妥10mg/kg肌内注射,与对照组相比,癫痫发作无明显减少(Winstanley,1992);但若剂量为20mg/kg肌内注射,则癫痫发作控制但死亡率增高(Crawley,2000)。Kokwaro(2003)等对12例严重恶性疟疾并癫痫持续状态的儿童

（7～62 月）予以静脉注射苯巴比妥,负荷剂量为 15mg/kg,20 分钟内注射完毕,接下来的 24～48 小时内予以 5mg/kg 维持。结果发现,癫痫状态的控制率为 66%,只有 1 例儿童在注射 20 分钟后出现缺氧,所有的患儿都没有出现呼吸抑制和明显的血压、心率及大脑中动脉血流的改变,出院时也无明显的行为改变,随访未发现神经系统后遗症。

表 3-3-3　苯巴比妥治疗癫痫持续状态

癫痫持续状态确立期	抗惊厥作用强（在巴比妥类中）
常用剂量	起效迅速和持续时间长
成人:静脉负荷量 10mg/kg,速度 100mg/min,后	大剂量仍安全
以 1～4mg/(kg·min)静脉维持,常用剂	癫痫灶中组织浓度高
量 600～800mg	可用于长期治疗
儿童或新生儿:静脉负荷量 15～20mg/kg,后以	无耐药性,无延迟复发
3～4mg/(kg·min)静脉维持	溶解性稳定
有时也可给予更高剂量	缺点
优点	清除半衰期长
有不同年龄人群的长期临床经验	有镇静、呼吸抑制、低血压等副作用
对强直-阵挛癫痫持续状态和部分性癫痫持续	自身诱导
状态均有效	新生儿、婴儿药代动力学随年龄变化大
可能有脑保护作用	

引自 Simon Shorvon,儿童和成人癫痫持续状态的临床特征和治疗,2006

　　最初用苯巴比妥治疗无效的难治性癫痫持续状态患者,增大剂量时可能有效。早期报道了 50 例难治性癫痫持续状态儿童,大剂量苯巴比妥治疗,血清浓度达到 1481μmol/L,癫痫发作的控制率达到 94%（Abend 和 Dlugos,2008）。Lee（2006）等报道了 3 例推测为病毒性脑炎所致的难治性癫痫持续状态的儿童,咪达唑仑和硫喷妥钠无效,遂给予苯巴比妥 70～80mg/(kg·d),血清水平达到 1000μmol/L,癫痫发作完全控制。最近,Tiamkao（2007）等对 10 例年龄在 16～86 岁之间的难治性癫痫持续状态使用大剂量苯巴比妥治疗,用量为 40～140mg/(kg·d),血药浓度为 35.29～218.34μg/ml(平均 88.1μg/ml),70% 患者的发作得到成功控制。此外,在结束昏迷诱导时,大剂量苯巴比妥(1249μmol/L)可以改善癫痫患者发作的控制情况。在大剂量苯巴比妥治疗难治性癫痫持续状态时低血压相对少见且较轻微。

　　Claassen（2002）等回顾了 1970 年 1 月到 2001 年 9 月期间用咪达唑仑、丙泊酚或苯巴比妥治疗的难治性癫痫持续状态的报道,一共 28 项研究,193 例患者,治疗的病例数分别为 54、33 和 106。结果显示,与咪达唑仑或丙泊酚相比,苯巴比妥治疗的短期失败率更低(8% 和 21%),但低血压发病率更高(收缩压小于 100mmHg,77% 和 34%)。

　　4. 不良反应　苯巴比妥具有神经精神毒性,即使血药浓度在有效治疗范围内也会出现。急性高血浓度可导致眼震、构音障碍、头晕、恶心、呕吐和共济失调。成人最常见的不良反应为镇静,然而具有明显的耐受性。儿童和老人则可出现失眠和动作增多。大剂量苯巴比妥停用时可产生戒断症状如焦虑、失眠和意识模糊等。此外,苯巴比妥还具有血液毒性、肝毒性、内分泌改变以及皮疹、多毛等。

　　在癫痫持续状态的处理中,常见的苯巴比妥的不良反应为镇静、低血压和呼吸抑制（Shorvon 2006）。

大剂量 PB 可带来难以避免的镇静作用。血药浓度水平 >70mg/L 时,患者可能出现意识改变,长时间治疗,还可导致昏迷,这已成为临床专家的共识。

静脉注射 PB 可能发生低血压,尤其是血药浓度水平过高或血药浓度水平上升过快时,与地西泮联用时,低血压是暂时的。呼吸抑制是一项并发症,常见于严重的中枢神经系统抑制后。虽然到目前为止,没有文章正式报道中枢神经系统抑制和呼吸抑制的发生率和严重性,但事实证明是很少见的。其他主要的副作用在癫痫持续状态的治疗中很少见。PB 溶解于丙二醇,癫痫持续状态时由于大剂量静脉使用 PB,理论上丙二醇可导致高渗状态、乳酸性酸中毒、心律失常、低血压或溶血,但文献中没有这样的报道。与其他巴比妥相同,急性周期性卟啉症禁用(Shorvon 2006)。

苯巴比妥的这些副作用限制了其在癫痫持续状态中的应用,但是,正如上述提到的临床研究一样,大剂量苯巴比妥可能在难治性癫痫持续状态中发挥重要作用。

(郑东琳　马晓娟　王学峰)

五、苯妥英和磷苯妥英在癫痫持续状态中的应用

苯妥英自 1938 年开始作为抗癫痫药物,一直广泛的应用于癫痫和癫痫持续状态。临床上主要用其钠盐形式(苯妥英钠)。苯妥英治疗癫痫持续状态时,无镇静和呼吸抑制的副作用,取代了苯巴比妥作为强直-阵挛状态的二线治疗药物。但是,苯妥英存在静脉注射相关的副作用,包括注射部位的皮肤反应以及心血管系统并发症,而其前体药物磷苯妥英则解决了这一缺点,实际上扩大了苯妥英在癫痫持续状态中的应用。

1. 作用机制　目前苯妥英的作用机制仍未完全清楚。可能主要与阻断电压依赖性钠和钙离子通道有关。此外,对钙调素激酶系统也有一定的影响。苯妥英治疗剂量时不产生镇静催眠作用。

磷苯妥英是苯妥英的磷酸酯二钠,是苯妥英的前体,本身没有抗癫痫作用。进入人体后,经磷酸酶转化为有活性的苯妥英而发挥抗癫痫作用。

2. 药代动力学及药物相互作用　苯妥英可以口服、肌内和静脉注射使用,但因肌内注射吸收不稳定,且具有刺激性,现已摒弃。不同个体对苯妥英口服吸收率有差别,且吸收受食物、药物等影响。静脉注射后 15 分钟内达到高峰。在癫痫持续状态的治疗中,苯妥英首次只能静脉给药。治疗血药浓度为 $80\mu g/L$,但许多癫痫持续状态的患者需要更高的浓度如 $120\mu g/L$。

苯妥英蛋白结合率高(85% ~90%),抗癫痫作用主要与游离部分有关。苯妥英能迅速弥散到脑组织中,脑内浓度与血清浓度一致。苯妥英主要在肝脏内代谢,呈 0 级动力学特点。在长期的应用中,苯妥英可增加酶活力而诱导自身代谢。苯妥英的代谢饱和性特点使其半衰期随着稳态浓度的增高而延长。苯妥英为肝代谢活力较强的诱导剂,可以降低其他抗癫痫药物如卡马西平、丙戊酸、拉莫三嗪、非尔氨酯和苯二氮䓬类以及口服抗凝剂、类固醇、环孢素、茶碱、钙离子通道阻滞剂、地高辛、维生素 D、叶酸、维生素 K、氯霉素、一些化疗药物等的血药浓度。其他代谢抑制剂如舒噻美、非尔氨酯、胺碘酮、异烟肼等可增加苯妥英浓度。丙戊酸、甲苯磺丁脲及水杨酸可竞争蛋白结合而增加游离的苯妥英含量。肾脏疾病的患者,如肾病综合征,蛋白结合力降低导致游离性苯妥英增高,这些游离部分也会因为透析而减少。肝脏疾病可减少血清蛋白水平导致游离苯妥英增高,也可能

降低苯妥英的代谢。

苯妥英是一个较弱的有机酸,水溶性差,溶解性随着 pH 的增加而升高。肠外使用时 pH 达到 12,溶剂中还含有 40% 丙烯和 10% 的乙醇。这种较高的 pH 和溶剂产生了严重的并发症,包括心血管副作用和注射部位的反应,这在某种程度上限制了苯妥英的临床应用。心血管并发症如低血压和心率减慢主要与苯妥英本身和丙二醇有关,而注射部位的并发症主要与腐蚀性的 pH 有关。苯妥英静脉注射时,最大速率不要超过 50mg/min〔儿童 1mg/(kg·min)〕,选用粗的血流较好的静脉,同时进行心电图监测。

磷苯妥英具有水溶性,不需要丙二醇作为溶剂,可以肌内或静脉注射。但由于肌内注射时吸收可长达 30 分钟,因此用于癫痫持续状态时并不理想。150mg 的磷苯妥英相当于 100mg 的苯妥英,称为苯妥英当量。磷苯妥英转换为苯妥英的时间为 8.4 分钟,达到峰值浓度的平均时间为 5.7 分钟。由于转换所需的时间,磷苯妥英 225mg/min(150mg 苯妥英当量/分钟)与 50mg/min 的苯妥英产生一样的游离苯妥英浓度,即都是在静脉注射 15 分钟后脑组织内浓度达到最大。DeToledo(2000)回顾了磷苯妥英和苯妥英的临床研究后发现,更快速的磷苯妥英注射也不会出现明显的心律失常或心率、呼吸及收缩压的改变;相似的速率注射时,苯妥英出现明显的注射部位疼痛;除此之外,二者的其他副作用(主要与苯妥英相关)如头晕、嗜睡和共济失调没有明显的差异。但是,磷苯妥英价格昂贵,这可能是它的主要缺点。美国一些地区推荐磷苯妥英只用于儿童、老年人及其他可能出现静脉注射安全问题的患者,但这项要求并未得到很好的执行。

3. 临床应用　苯妥英作为一种苯二氮䓬类之后的二线抗癫痫持续状态的药物,可使癫痫发作的控制率增加 15%(Bleck,1999)。Brevoord 等(2005)回顾性研究了联合应用咪达唑仑和苯妥英治疗儿童全身惊厥性癫痫状态,最终的控制率达到 89%。在美国,最常用的二线治疗癫痫持续状态的药物是苯妥英,和苯巴比妥相比,有效性没有明显的统计学差异。但是,苯巴比妥的副作用明显高于苯妥英,如呼吸抑制、意识水平下降、低血压和较长时间的半衰期。苯妥英和磷苯妥英用于癫痫持续状态时,推荐的剂量为 18~25mg 苯妥英当量/kg。仍未达到控制目的时可追加 10mg/kg,一共 30mg/kg 的总剂量可达到有效的治疗水平并能维持 24 小时。

Delgado 等人倾向于联合用药治疗癫痫持续状态,他建议以 2mg/L 的分钟速度持续给予地西泮 10~20mg,同时苯妥英钠以 50μg/min 速度滴注,总量为 18mg/kg,分 2 个静脉通道给药,他发现大多数患者在 5 分钟内症状能迅速控制。联合用药同时覆盖了立即起效和持续时间长的特点,50% 患者首剂给予地西泮没有作用,可以等后来的苯妥英钠起效。急性和快速进展性颅内病变的患者,用苯妥英钠反应较差,需添加其他抗癫痫药物治疗。(Shorvon,2006)。

Ogutu(2003)等对出现癫痫状态的恶性疟疾儿童进行苯妥英和磷苯妥英的对照试验,起始剂量均为 18mg 苯妥英当量/kg,结果发现静脉注射苯妥英、磷苯妥英及肌内注射磷苯妥英达到峰值浓度的平均时间分别为 0.08 小时、0.37 小时和 0.38 小时,癫痫持续状态的控制率分别为 36%、44%、64%,均未观察到心血管系统的副作用。

一般认为,苯妥英和磷苯妥英对大部分癫痫状态都是有效的,但对某些全身性癫痫状态如失神状态和肌阵挛癫痫状态无效。然而,最近 Miyahara(2009)等报道了 9 例进行性肌阵挛癫痫的患者,在癫痫出现 3~19 年之后发展成为癫痫持续状态。对苯二氮䓬类或巴比妥类无反应,但苯妥英终止了7例患者的癫痫持续状态。6例预防性口服有效,且没有出现肌阵挛的加重。因此可认为,苯妥英是进行性肌阵挛性癫痫患者晚期治疗的一种选择,可以防止长时间或反复的癫痫持续状态对脑组织的损伤。

4. 给药途径和剂量　最初苯妥英钠的推荐剂量为100mg,当血药浓度测定被应用于临床研究后,发现原来推荐的剂量过小。目前广泛使用的剂量是10~18mg/kg。除个别患者外,予18mg/kg苯妥英钠负荷量并发症少见(表3-3-4)。

表 3-3-4　苯妥英钠常用剂量和给药途径

癫痫持续状态形成期和早期	可连续治疗
常用剂量	无耐受性或延迟反应
静脉注射:成人15~18mg/kg,常规剂量1000mg	药代动力学研究完整
速度:成人 <50mg/min,老年人 <	有不同年龄人群的长期临床经验
20mg/min	可继续长期治疗
儿童静脉20mg/kg,速度<25mg/min	缺点
优点	作用时间延迟,给药花费时间
有不同年龄段的临床资料	0级动力学,个体差异大(长期治疗需随访脑
被证实对许多癫痫持续状态有效	电图,心电图)
作用时间长,血浓度稳定	和其他药物混合有风险
呼吸抑制、低血压风险相当较低	超过推荐速度易发生毒性反应

引自 Simon Shorvon,2006

推荐首次苯妥英钠静脉注射速度为50mg/min。Wilder 等人研究了200多名患者,苯妥英钠剂量15mg/kg,给药速度50mg/min,50%患者出现低血压(收缩压低于治疗前10%),10%患者有轻微的脉搏减缓。没有严重的镇静作用和呼吸抑制。Vonalbert 等人报道84例使用苯妥英钠来治疗癫痫持续状态的患者,也没有发现有呼吸抑制和低血压者。Conford 报道159例癫痫持续状态的患者,苯妥英钠静脉注射速度为50mg/min,46%血压不变,25%收缩压下降<10mmHg,舒张压下降<20mmHg,因血压下降需减慢静脉注射速度的25%,不能继续用药2%。低血压在老年人中较常见,但静脉注射速度保持在10~30μg/ml 可避免(Shorvon,2006)。

静脉给药<50mg/min,可减少心律失常风险。静脉注射苯妥英钠常见的副作用包括恶心、共济失调、眼震、眩晕。虽然对照研究表明苯妥英钠可加强苯巴妥、苯二氮䓬类药物的镇静作用,但在使用上述药物时,同时静脉给予苯妥英钠负荷量呼吸抑制仍很少见,也不会引起意识加深,这是苯妥英钠优于苯二氮䓬类的地方。大剂量持续静脉给药可导致苯妥英钠毒性反应,如困倦、情绪改变、共济失调、混淆、复视等,可通过血浓度监测避免。2%患者用药时有心电图改变,静脉注射时可出现严重的静脉炎,尤其是苯妥英钠漏出到周围组织。急性周期性血卟啉病禁用(Shorvon,2006)。

5. 不良反应　苯妥英的不良反应包括精神紊乱、小脑综合征(眼震、共济失调、嗜睡、头痛)、不自主运动、肝毒性、血液毒性、皮疹、牙龈增生、皮下组织变厚、内分泌紊乱等。与癫痫持续状态静脉治疗相关不良反应包括心血管系统并发症和局部皮肤反应。前者如低血压和心律失常,尤其是本身已存在心脏病变的患者,即使注射速率并未超过50mg/min,重者也可出现致死性心脏停搏。局部反应从不适到局部糜烂都可出现,甚至有紫手套综合征(输液部位水肿、疼痛和变色)出现,有文献报道不低于1.5%的患者发生这种并发症,重者可致截肢。一般认为,磷苯妥英无心脏方面的副作用。但有报道注射结束后出现低血压和少数几例心律失常者(Abend,2008)。Adams(2006)等回顾了1997~2002年美国FDA报道的关于磷苯妥英毒性数据。其中29份是可能与磷苯妥英相关心脏的副作用,包括10例死亡者。幸存者中,4例为房室传导阻滞,5例为短暂的窦性停搏。这些数据提示磷苯妥英可能产生比以前预期更多的心脏毒性。注射点的刺激较少出现,尚无紫手套综合征的报道。磷苯妥英可能导致终末期肾衰竭儿童出现高磷酸血症(McBryde,2005)。减慢注射速率可以减少注射相关的并发症。

除了输液问题,磷苯妥英的副作用与苯妥英一样。包括抗癫痫药物的过敏反应如皮疹、发热、淋巴结病变和一些脏器损伤(尤其是肝、肾),发生率为1/3000。与苯巴比妥、扑米酮和卡马西平存在交叉反应。也可能单独发生特异的反应,如皮疹(斑丘疹、渗出性多形红斑、泛发性表皮脱落性皮炎、中毒性表皮坏死溶解症)、发热、肝或肾功能减退(包括肝炎)、血液疾病(血小板减少、粒细胞缺乏、贫血)、多肌炎、假性淋巴瘤。剂量相关的副作用包括眼震(总水平为15~25mg/ml)、共济失调和精神状态改变(总水平为930mg/ml)。运动障碍包括运动迟缓和手足徐动症。有苯妥英治疗部分性癫痫持续状态时诱发了低血糖的报道(Gennaro,2002)。苯妥英的长期副作用为牙龈增生、多毛症、维生素D水平下降与骨软化、小脑萎缩以及少见的苯妥英相关脑病和痴呆。

(郑东琳　马晓娟)

六、咪达唑仑治疗癫痫持续状态

咪达唑仑(midazolam,又称咪唑安定)是一种水溶性苯二氮䓬类药物。其化学结构为1,2-环状结构的1,4-苯二氮䓬类化合物。该药在pH为3.5时,1,2-环状结构变成开环状,呈水溶性,因此肌内注射、鼻黏膜给药都能吸收。在生理pH时,其环状结构为闭环状,转变为具有高度亲脂性,能够快速通过血-脑屏障进入中枢神经系统,从而具备临床上快速起效的特点。除此之外,咪达唑仑还同时具有半衰期短、代谢产物无活性的诸多优点。作为麻醉剂,自1982年以来已广泛应用于临床。具有抗焦虑、肌松弛、镇静、催眠等作用。在动物实验发现其有抗癫痫作用后,又相继报道了咪达唑仑静脉用药能够终止人类癫痫持续状态研究。现已成为惊厥或癫痫持续状态常规抗癫痫药物治疗无效之后一种新的安全有效的药物,甚至有人建议把它当作儿童癫痫持续状态一线或首选抗癫痫药物。

1. 咪达唑仑治疗癫痫持续状态　癫痫持续状态发病率为(10/10万~41/10万)。成人癫痫患者中的5%,儿童患者中的10%~15%至少有1次癫痫持续状态,13%有反复发作。Galdames-Contreras(2006)的一项前瞻性、开放性临床实验评估了肌内注射咪达唑仑治疗癫痫持续状态的疗效和安全性。作者共研究了43名癫痫持续状态患者,其中成人38人。所有患者都首剂肌内注射咪达唑仑15mg,同时口服苯妥英15~20mg/kg或卡马西平15mg/kg,如果发作控制但几小时后复发,再每8小时给予咪达唑仑肌内注射,每次15mg,共24小时;如果再失败就立即静脉注射咪达唑仑。结果36名患者的癫痫发作被控制,30人首次剂量治疗有效,3人需增加剂量,3人需静脉注射。Papavasiliou(2009)等人为了解咪达唑仑抗癫痫持续状态的作用,筛选了76例1~15岁不明原因的难治性癫痫儿童,当惊厥发作持续5分钟以上,转变成癫痫持续状态后,反复静脉给予咪达唑仑负荷剂量 0.1mg/kg,每 5 分钟 1 次,最多给药 5 次,结果发现咪达唑仑可使 91% 患者的癫痫持续状态停下来,89% 患者给药 3 次就能控制发作,最低有效剂量为 0.1mg/kg。治疗癫痫持续状态的药物用量比曾经报道的更低,平均 0.17mg/kg,而且很少需要添加其他抗癫痫药物。Nobutoki(2005)等用咪达唑仑治疗了 5 名患儿的 7 次发作,其中包括 2 例 Lennox-Gastaut 综合征,全身性症状性癫痫、20 号环状染色体综合征、慢波睡眠中有持续性棘慢波放电的癫痫各 1 例。首先给予咪达唑仑负荷量 0.15～0.3mg/kg,后以 0.1～0.2mg/(kg·h) 静脉维持,速度每 0.5～1.0 小时逐渐增加 0.1mg/(kg·h),直到 0.4mg/(kg·h)或者非惊厥性癫痫持续状态被控制。EEG 监测显示,7 次发作中有 5 次在给药几小时内痫样放电终止,1 名患儿给予最大治疗剂量后仍然没有控制癫痫发作。

2. 咪达唑仑治疗儿童癫痫持续状态 咪达唑仑由于给药方便,起效迅速,常用于治疗儿童癫痫发作和癫痫持续状态。Hayashi(2007)进行的一项回顾性多中心研究,评价了咪达唑仑的疗效和安全性。平均年龄(48.6±46)个月的 358 例癫痫持续状态患者接受了静脉注射咪达唑仑治疗,195 例为原发性癫痫,163 例为症状性癫痫,其中脑炎和各种脑病 88 例。先给予咪达唑仑负荷剂量(0.25±0.21)mg/kg,后以(0.26±0.25)mg/(kg·h)的速度持续给药。结果发现 162 例患者(56%)给予负荷剂量后有效。最终有 231(80%)患者的癫痫发作被有效控制。癫痫发作超过 3 小时后再给予咪达唑仑治疗,疗效会降低,这个趋势在原发性癫痫患者中表现尤为明显。在治疗过程中有 10 例患者死亡,但都和用药无关。副作用的发生率和种类与以前报道的一致。Minagawa(2003)报道 45 例患儿的 82 次癫痫发作,包括癫痫持续状态和群集性发作,22 例为原发性癫痫,23 例为急性症状性癫痫。给予咪达唑仑 1 次负荷量 0.06～0.4mg/kg(平均 0.173mg/kg)治疗,再予 0.05～0.4mg/(kg·h)[平均 0.191mg/(kg·h)]持续静脉泵入治疗。平均治疗时间 132.7 小时。62 次癫痫发作终止,其中 8 例群集性发作患儿发作减少 50%。70 例治疗成功,并在治疗后的 45 分钟开始起效。

3. 咪达唑仑治疗难治性癫痫持续状态 当癫痫持续状态发生后用 3 种一线抗癫痫药物(地西泮,苯妥英/苯巴比妥,氯硝西泮)治疗 1 小时仍没有终止发作则称为难治性癫痫持续状态。难治性癫痫持续状态约占癫痫持续状态的 30%,常常需要麻醉剂量的苯二氮䓬类、短效巴比妥或丙泊酚治疗。Morrison(2006)设计了一项临床实验,作者设定成功目标为:在发病 30 分钟内,临床发作终止和 EEG 监测证实痫样放电停止;如果给予咪达唑仑 2.4mg/(kg·min)后患者仍有临床发作持续超过 30 分钟,或者给予其他抗癫痫药物治疗后才达到控制,均算作失败。实验结果表明,咪达唑仑使 13 例患者(76%)在治疗最初的 30 分钟内发作停止,15 例患者(88%)治疗达到上述目标,1 名患者终止给药后复发。认为对于难治性癫痫持续状态的患者,持续静脉给予咪达唑仑或丙泊酚治疗,或联合戊巴比妥能有效的控制癫痫持续发作。Ozdemir(2005)等人进行了另一项临床实验,25 名难治性全身性癫痫持续状态患儿,其中急性症状性癫痫占 52%,中枢神经系统感染是最多见的病因,占其中的 44%。先给予咪达唑仑 1 次负荷剂量 0.2mg/kg,后持续静脉给药 1～5mg/(kg·min),26(96%)名患儿在 65 分钟内发作完全控制,平均给药速度为 3.1mg/(kg·min),1 例急性脑膜脑炎的患儿癫痫发作没有控制。Hamano(2003)等人对年龄 0.2～18.4 岁共 62 例癫痫持续状态患儿进行研究,其中原发性癫痫 43 例,急性脑病或脑炎 11 例,热性惊厥 7 例,缺血缺氧性脑病 1 例。给予咪达唑仑静脉负荷剂量 0.15～

0.40mg/kg,重复1~3次,如发作没有控制,随后以0.06~0.48mg/(kg·h)的速度持续静脉注射,每15分钟增加1次剂量直到发作控制。给予1次负荷量后53例有效,平均用量(0.35±0.22)mg/kg(0.15~0.90mg/kg),其中42例发作停止,13例不需静脉序贯给药。给予静脉序贯治疗的29例,给药量0.06~0.60mg/(kg·h)[平均0.30mg/(kg·h)],21例发作终止。持续静脉用药的时间从4~288小时不等,平均49.0小时。

咪达唑仑治疗难治性癫痫持续状态有效的原因可能与他们的特殊药代动力学有关。Bodmer(2008)研究了大剂量咪达唑仑治疗难治性癫痫持续状态时药代动力学特征后发现咪达唑仑的总体清除和肝脏固有清除率分别为33L/kg、19ml/(kg·min),尽管总体清除率高,但咪达唑仑的半衰期仍可达到24小时,大约是常规治疗剂量的10倍。达稳态的容积分布为33L/kg,约是常规治疗剂量的10倍,达稳态时的自由分数为58%,远远高于常规剂量的3%~6%。所以,咪达唑仑的药代动力学可能主要取决于药物剂量和细胞色素P4503A酶活性。Robert(2006)比较了0.50mg/kg和0.15~0.20mg/kg两种剂量的咪达唑仑治疗癫痫持续状态,结果表明大剂量药物在20分钟内控制了癫痫发作,且较快的静脉输注速度[平均10.6μg/(kg·min),最大32μg/(kg·min)]也是安全的。

4. 咪达唑仑非静脉用药 Wilson(2004)电话调查了咪达唑仑在社区应用的有效性和方便性。被调查的40个家庭中,有33个家庭(83%)认为用咪达唑仑鼻内给药和直肠给药是有效的,24个家庭中有20个更喜欢直肠用药,作者认为咪达唑仑鼻内给药易通过鼻黏膜透过血-脑屏障,这种方式更安全、更廉价,更便于家长和护理人员掌握,控制癫痫发作优于地西泮直肠给药。Arif(2008)等人认为,对于不能迅速建立静脉通道患者,地西泮直肠给药或咪达唑仑直肠、鼻内给药都能有效控制院前癫痫持续状态。

5. 与其他抗癫痫药的关系 地西泮作为治疗癫痫持续状态的一线用药,广泛用于不同人群。但由于其代谢产物N-去甲西泮可积蓄而引起意识障碍,持续静脉滴注速度太快可引起呼吸停止,因此临床上相当一部分患者需机械通气。苯妥英/苯巴比妥由于其高脂溶性和低代谢率,呼吸抑制及不同程度的意识改变较常见,咪达唑仑作为唯一的水溶性苯二氮䓬类药物,口服与肌内注射均吸收迅速而完全,半衰期短,长期用药无蓄积作用,对有肝功障碍或老年人影响较小,对难治性癫痫持续状态效果尤佳。Castro Conde(2005)分析了45例被脑电图证实的新生儿癫痫发作的治疗情况。32例患儿中的17例接受苯巴比妥/苯妥英治疗,13例疗效差,死亡4例。对13例用苯巴比妥/苯妥英钠治疗无效者,用咪达唑仑后7例症状迅速控制,4例疗效不佳,仅2例死亡;Yamamoto(2007)等人回顾性分析了来自9个单位的65例癫痫持续发作15分钟以上或反复频繁发作超过15分钟,且对传统抗癫痫药物地西泮、苯巴比妥,苯妥英等耐药的患儿,给予咪达唑仑和利多卡因治疗,有效率分别为81.3%和72.7%,但单用咪达唑仑或劳拉西泮治疗惊厥性癫痫持续状态复发率高,需在首剂给药的同时给予苯妥英或苯巴比妥治疗。Brevoord(2005)等人进行了一项关于咪达唑仑和苯妥英联合用药疗效和副作用的临床研究,先给咪达唑仑0.5mg/kg直肠给药,10分钟后改为咪达唑仑0.1mg/kg静脉给药,再隔10分钟后,在20分钟内静脉给予苯妥英20mg/kg 1次剂量后,以0.1mg/(kg·h)的速度持续静脉给予咪达唑仑0.2mg/kg,每10分钟增加0.1mg/(kg·h),直到达到最大速度1mg/(kg·h)。结果58名患者咪达唑仑单药治疗后发作终止,19名患者添加苯妥英,32名患者给予咪达唑仑持续静脉维持治疗,13名患者需增加巴比妥类药物。

6. 安全性　Yamamoto(2007)等人的一项回顾性多中心研究,对传统抗癫痫药物如地西泮、苯妥英等耐药的癫痫持续状态的新生儿,分别给予咪达唑仑和利多卡因治疗,发现两者副作用出现率分别为 7.3% 和 6.3%。Nobutoki(2005)等人用咪达唑仑持续静脉给药治疗儿童非惊厥性癫痫持续状态,7 例患者中无 1 例出现呼吸抑制和高血压等严重并发症。Galdames-Contreras(2006)的一项前瞻性开放临床实验,观察了肌内注射咪达唑仑治疗癫痫持续状态的疗效和安全性,接受治疗的 38 例成人患者,均未出现呼吸系统或局部并发症。副作用仅为不同程度的嗜睡。Castro Conde(2005)关于咪达唑仑和苯巴比妥/苯妥英钠治疗新生儿癫痫发作的研究显示,用苯巴比妥/苯妥英钠治疗副作用更明显。

7. 副作用　咪达唑仑较常见的不良反应为嗜睡、意识抑制、头痛、幻觉、共济失调、呃逆和喉痉挛。静脉注射还可发生呼吸抑制及血压下降,极少数可发生呼吸暂停、停止或心搏骤停。有时可发生血栓性静脉炎;直肠给药,个别可有欣快感。Papavasiliou(2009)静脉用咪达唑仑治疗 76 例,1~15 岁的、不明原因的、惊厥性癫痫持续状态的难治性癫痫儿童,发现 13% 患者有呼吸抑制,但仅 3% 需机械通气。Hamano(2003)等人进行了一项咪达唑仑治疗儿童癫痫持续状态的疗效和安全性研究,选取了 62 例年龄在 0.2~18.4 岁之间的癫痫持续状态患儿,治疗中有 6 例出现了副作用,5 例为一过性的低血压,1 例撤药后兴奋激越,没有给予特殊处理,给予面罩吸氧 72 小时后好转。Minagawa(2003)报道了 45 例患儿的 82 次癫痫发作,包括癫痫持续状态和群集性发作,用静脉注射咪达唑仑治疗后,2 例患儿出现喘鸣和轻度的呼吸抑制。

8. 注意事项　刘凤春等人曾报道 1 例丙戊酸钠注射液与咪达唑仑配伍时出现异常。咪达唑仑注射液在 pH 等于 4 的条件下稳定,遇碱性溶液易析出。而丙戊酸钠注射液是强碱弱酸盐溶液,pH 为 7.5~9.0,所以将咪达唑仑与丙戊酸钠注射液一起通过静脉注射时,易析出结晶,会引起血管堵塞。因而必须使用单独的静脉通道输注。

（马晓娟　王学峰）

七、劳拉西泮在癫痫持续状态中的应用

劳拉西泮是中短效的苯二氮䓬类,有较强的抗焦虑和抗惊厥作用,催眠作用较弱。1977 年,开始在美国作为抗焦虑剂使用。目前,劳拉西泮已被欧洲抗癫痫联盟推荐作为治疗癫痫持续状态的首选药物。

1. 作用机制　劳拉西泮同其他苯二氮䓬类一样,主要是通过增加 γ-氨基丁酸(GABA)抑制性神经递质作用而发挥抗癫痫效应。劳拉西泮对海马和杏仁核具有选择作用,可刺激杏仁核、下丘脑和皮质运动区引起神经元的抑制性电活动,激活苯二氮䓬类受体而加强 GABA 能神经递质的传递。

2. 药代动力学　治疗癫痫持续状态时,可以经黏膜或静脉给药。劳拉西泮吸收较快,静脉给药后数分钟内脑组织中即达到有效治疗浓度。半衰期为 10~20 小时,重复给药的蓄积作用小,经 2~3 天后血药浓度可达稳态。血浆蛋白结合率为 90%,在肝内与葡萄糖醛酸结合,其代谢产物无活性,肝功能障碍时半衰期延长。代谢产物最终由肾脏排出,肾病对其清除率影响较小。停药后消除快速。

劳拉西泮的药代学特征比地西泮优越。单次剂量地西泮的抗癫痫作用为 20 分钟,而劳拉西泮超过 6 小时。尽管地西泮的清除半衰期更长,但由于其脂溶性较高的特点以及

快速的再分布到外周脂肪组织而使得其抗癫痫效应较短。这也是优先选用劳拉西泮控制急性癫痫发作和癫痫持续状态的重要原因。

因为劳拉西泮在肝内与葡萄糖醛酸结合，所以口服避孕药、红霉素、西咪替丁等抑制苯二氮䓬类代谢的药物对之影响较少，丙磺舒可影响劳拉西泮与葡萄糖醛酸的结合，引起血药浓度升高和嗜睡。

3. 临床应用

（1）经黏膜给药：苯二氮䓬类对多种类型的癫痫发作都有效，且能够快速到达脑组织中，安全性相对较高，所以常常作为急性癫痫发作或癫痫持续状态的首选药。此外，长时间的癫痫发作可以导致不可逆的中枢神经系统损伤，因此，家中或院前处理十分必要。选择合理的苯二氮䓬类控制癫痫发作、保护神经系统免受损伤以及降低难治性癫痫持续状态的出现有重要的意义。经直肠给药易于掌握和进行，是院前处理的常用措施。但经直肠给药时，劳拉西泮吸收较慢且生物利用度多变，所以其有效性可能不如地西泮可靠。

鼻内喷射劳拉西泮也可以作为控制癫痫持续状态的一个方法。Ahmad（2006）等进行的对鼻内喷射劳拉西泮和肌内注射副醛的对比性研究中，经鼻给药可以使75%的患者在10分钟内终止发作，而且减少了对其他抗癫痫药物的需求。鼻内给药能快速起效，心肺方面的副作用较少，具有一定的持续时间，并且较为经济。从Wermeling（2009）对地西泮、劳拉西泮、咪达唑仑和氯硝西泮的比较中可以看出，劳拉西泮是一种较理想的可经鼻给药的用于院前抗癫痫持续状态的药物。Sofou（2009）等对长时间癫痫发作和癫痫持续状态处理的文献回顾也表明，鼻内用劳拉西泮是安全、易于进行且有效的控制长时间癫痫发作的药物。

（2）静脉用药：在以往的文献中，有数篇关于劳拉西泮与其他药物的随机对照研究。较早的是在1983年Leppik等比较静脉用4mg劳拉西泮和10mg地西泮对癫痫持续状态的作用，10分钟后无效时再次给药。最终的反应率分别为89%（16/19），76%（16/20）。后来，美国退伍军人癫痫持续状态合作研究小组进行了著名的随机双盲对照试验（Treiman，1998），其中384例全身惊厥性癫痫持续状态的患者，静脉给药的控制率分别为：劳拉西泮（0.1mg/kg）64.9%，苯巴比妥（15mg/kg）58.2%，地西泮（0.15mg/kg）-苯妥英（18mg/kg）55.8%。在157例年龄大于65岁的全身惊厥性癫痫持续状态的患者中，以上三种处理方法的有效率分别为63%、71.4%、53.3%。此试验还表明单用18mg/kg苯妥英的有效率明显不如劳拉西泮，而另外三种药物治疗之间无明显的差异。2001年，Alldredge等报道了其对院前用药的对比试验结果，205例患者由随行的医务人员随机地经静脉予以2mg劳拉西泮或5mg地西泮或者对比剂，如果癫痫发作在4分钟后仍继续则再次给药，最终劳拉西泮和地西泮具有相同的有效率（59.1%和42.6%），但地西泮组癫痫持续状态持续的时间长于劳拉西泮组，与对比剂（21.1%）相比，两种药物的疗效都有显著差异。

2005年，Prasad等综合分析了上述三项关于劳拉西泮治疗癫痫持续状态的对比性研究，结果发现，与地西泮相比，劳拉西泮导致的癫痫继续、持续性癫痫状态需要追加其他药物或全身麻醉的风险更低，并具有统计学差异。此外，劳拉西泮组需要机械通气的较少，但无明显的统计学差异。而两种药物对呼吸抑制或低血压的作用没有统计学差异。作者认为应推荐劳拉西泮作为首选取代地西泮。这篇文章最初在Cochrane图书馆出版的Cochrane 综述上发表,并在学术界引起了广泛的讨论和关注(Henrv,2005;McArthur,2006)。2007 年,英国临床药理学杂志再次发表了这篇文章。Meierkord 等(2006)回顾了这三项临床研究后也认为相比地西泮,静脉推注 4mg 劳拉西泮是更好的处理措施,首次给药无反应者 10 分钟后可追加剂量。

此外,还有研究表明劳拉西泮是比地西泮更好的一线治疗药物,能够改善癫痫发作的结局且呼吸抑制的作用较少。如 Cock 等(2002)的回顾性研究中,静脉应用劳拉西泮(4mg)或地西泮(10mg)对癫痫持续状态的效果一样,但是,劳拉西泮组癫痫复发和需重复给药的几率更低。

但静脉用劳拉西泮对于儿童惊厥性癫痫持续状态的有效性尚不明确。最早关于地西泮-苯妥英和劳拉西泮治疗儿童惊厥性癫痫持续状态的前瞻性对照研究是由 Appleton 等(1995)完成的,首次给药后 7 ~ 8 分钟内癫痫发作终止方视为有效,劳拉西泮(0.05 ~ 0.1mg/kg)和地西泮-苯妥英组的有效率分别为 70%(19/27)、65%(22/34)。但此试验并非完全随机,且样本较小,两组的人数也有差异。Queshiri 等(2002)发现,地西泮(0.3mg/kg)和劳拉西泮(0.1mg/kg)在给药后 5 分钟内的控制率分别为 65%(17/26)和 65%(31/59)。Chin 等(2008)回顾了院外新发的 182 例儿童的 240 次惊厥性癫痫持续状态,其中 61%(147 次)进行了院前处理,直肠应用地西泮(141 次,96%)是最常用的处理方式。经过院前处理后,37 次(25%)癫痫持续状态终止。到达急诊室后,仍有 203 次发作需要处理,其中 53% 经静脉予以 0.1mg/kg 的劳拉西泮,39% 经直肠予以 0.25mg/kg 的地西泮。结果发现,静脉应用劳拉西泮是直肠应用地西泮终止急性发作的 3.7 倍。类似的意见也见于其他的报道(Neville,2007)。最近,Sreenath 等(2009)进行了关于静脉应用地西泮-苯妥英和劳拉西泮治疗儿童惊厥性癫痫持续状态有效性的随机对照实验。178 例儿童,随机予以劳拉西泮 0.1mg/kg 或地西泮(0.2mg/kg)-苯妥英(18mg/kg)。结果发现两组的控制率都是 100%,从给药到癫痫控制的平均时间也无明显的差异。需要再次给药控制发作的人数在劳拉西泮组为 6 例(6.7%),地西泮-苯妥英组为 14(15.9%),呼吸抑制的病例分别为 4 例(4.4%)、5 例(5.6%)。都不需要额外使用其他抗癫痫药和机械通气。但由于劳拉西泮作用时间更长,不需要追加苯妥英等长效抗癫痫药,而且,在劳拉西泮组,需要第二次给药的人数更少(6.7% 和 15.9%)。所以,作者推荐在儿童惊厥性癫痫持续状态处理时,应将劳拉西泮取代地西泮-苯妥英作为首选方案。

鉴于以上研究,人们逐渐认识并接受劳拉西泮作为儿童、成人或老年人急性癫痫发作和癫痫持续状态的首选药物(Appleton,2000;Choudherv,2006)。许多西方国家也推荐优先选用静脉注射劳拉西泮控制癫痫持续状态(Minicucci,2006;Wheless,2007;Burneo,2007)。对癫痫病学专家(Claassen,2003)和癫痫持续状态(Vignatelli,2005)患者进行的调查也发现,静脉应用劳拉西泮在癫痫持续状态的起始治疗中占主要地位。

4. 用法用量及不良反应 治疗癫痫持续状态时,按照 0.05 ~ 0.1mg/kg 负荷剂量给药,1 次最大剂量不超过 4mg,最大注射速率不超过 2mg/min。如果 10 ~ 15 分钟后发作仍继续或再发,可重复给药 1 次。如再经 10 ~ 15 分钟仍无效,需采用其他措施。12 小时内用量不超过 8mg。

静脉注射的患者有可能出现静脉炎或静脉血栓形成,但较地西泮的发生率低。常见的不良反应有镇静、头晕、乏力、呼吸抑制和低血压。其他还有恶心、食欲改变、睡眠障碍和皮肤反应。过量可出现神志不清甚至昏迷。早前的对比研究表明,劳拉西泮对呼吸的抑制比地西泮少。

5. 应用前景　如上所述,劳拉西泮与地西泮相比,虽然控制癫痫持续状态的有效性无明显的差异,但可以缩短癫痫持续状态的持续时间、减少使用其他抗癫痫药物的可能性,尤其是鼻内给药可以有效地终止院前癫痫持续状态的发作,减少难治性癫痫持续状态的出现,应用前景广阔。

八、利多卡因在癫痫持续状态中的应用

1948 年,利多卡因开始作为局部麻醉剂使用,1963 年开始用于治疗心律失常,目前,利多卡因已广泛用于局部麻醉和室性心律失常。但了解利多卡因抗癫痫持续状态作用的人不多。1955 年,Bernhard 等首先提出它能够终止癫痫持续状态的发作。此后,相继出现了利多卡因治疗癫痫持续状态的报道。

1. 作用机制　无论是局部麻醉、抗心律失常还是抗癫痫作用,利多卡因都是通过抑制电压门控钠离子通道起作用。但利多卡因抗癫痫的确切机制仍不清楚,可能是在异常的膜去极化情况下,通过抑制离子通道减少 Na^+ 内流,促进 K^+ 外流,从而使膜电位趋于平衡,降低神经元的兴奋性,终止癫痫发作。

利多卡因抗惊厥效应具有浓度依赖性(Toledo 2000)。当血药浓度超过 $5 \sim 10 \mu g/ml$ 时,则有诱导癫痫发作的可能(Hattori,2008),可导致全身性发作。这可能与利多卡因减少钾外流到细胞外间隙,增加细胞外钾离子含量及神经元内线粒体的代谢,从而提高兴奋性神经递质的浓度,使得其他神经元开始癫痫活动有关。

2. 药代动力学及应用剂量　利多卡因控制癫痫持续状态只能通过静脉使用。其药代动力学可以描述为二室模型,即从大脑到四周的再分布,分布半衰期为 $8 \sim 17$ 分钟。静脉注射后,利多卡因首先快速分布到脑组织中,数分钟内即发挥抗癫痫作用。利多卡因主要通过肝脏代谢。在血中 70% 与血浆蛋白结合。有效治疗的血浆浓度为 $3 \sim 5 \mu g/ml$,与抗心律失常的药物水平基本相近。利多卡因的清除半衰期为 $1 \sim 8$ 小时,经肾脏排泄,原形占总量的 10% 左右。

3. 临床应用　利多卡因对癫痫持续状态的有效性源于临床病例研究。1955 年,Bernhard 等首次报道利多卡因成功控制 10 例癫痫持续状态患者。1958 年,Taverner 等的对照研究表明利多卡因比对照药更有效(只有 3 例)。1965 年,Bernhard 和 Bohm 报道利多卡因控制了 63 例癫痫持续状态。此后利多卡因成为一个被忽略和遗忘的抗癫痫持续状态的药物。一些作者甚至认为利多卡因是一种铤而走险的措施而不是治疗手段(Walker,1997)。但是,仍有人在关注利多卡因对癫痫持续状态的作用。Pascual 等(1992)前瞻性研究了包括 22 例慢性阻塞性肺疾病(首选利多卡因)和 14 例地西泮和苯妥英无效的癫痫持续状态患者,最终控制率为 74%。DeGiorgio 等(1992)首次通过监测脑电图改变证实了利多卡因的有效性,也是第一次报道利多卡因用于成人难治性癫痫持续状态。其中 1 例为 23 岁的慢性癫痫患者,停用苯妥英后出现了多次长时间的呼之不应、左侧肢体阵挛性活动和双眼向左侧凝视,脑电图显示为多个不连续的双侧枕叶的节律性快活动,随后为全身高频同步的棘慢波发放。劳拉西泮、地西泮、苯妥英、苯巴比妥均无效。静脉注射利多卡因 75mg 4.5 分钟后脑电图有改善,20 分钟后重复注射 1 次,脑电图

上癫痫放电完全终止。另外1例为37岁左侧颞叶的星形细胞瘤的患者出现持续的右侧阵挛性跳动,注射劳拉西泮后临床发作终止,但脑电图上仍表现为持续的左侧尖慢波,对苯巴比妥无效,静脉注射利多卡因80mg并以1mg/min维持,54分钟后脑电图上的癫痫发作终止。

利多卡因对癫痫持续状态的有效性更多的报道见于新生儿。Rey等(1990)发现静脉应用利多卡因对新生儿癫痫发作的有效率为85%。Hellstrom-Westas等(1992)进行的两项研究中,对苯巴比妥、地西泮等无效的新生儿癫痫发作应用利多卡因最终有效率都在90%以上。Yamamoto等(2007)在日本以问卷调查形式进行了一项多中心的回顾性研究,对象为65例不足1周的新生儿,长时间或频繁的反复癫痫发作,常规抗癫痫持续状态的药物如地西泮、苯巴比妥或苯妥英无效。最终,咪达唑仑和利多卡因的控制率分别为72.7%、81.3%。然而,最近Hamano等(2006)报道的37例儿童53次惊厥性癫痫持续状态,利多卡因的控制率只有35.8%。有反应的儿童中,利多卡因在使用后5分钟内成功终止。控制率较低可能是因为他们的研究仅局限于惊厥性癫痫持续状态,且只有在控制时间达到24小时后才认为有效。

簇集性癫痫发作是指癫痫反复发作而无意识恢复。Lennox-Gastaut综合征和额叶癫痫常常表现为簇集性发作。在日本,以良性婴儿惊厥和胃肠炎伴随惊厥多见,各自出现簇集性发作的比例可达50%和80%。惊厥伴胃肠炎是指1岁以内的婴儿出现非热性强直-阵挛发作伴轻微的恶心和(或)呕吐,持续2~5天。Okumura等(2004)报道利多卡因对惊厥伴随轻微胃肠炎中的簇集性发作有效。Sugai(2007)发现,利多卡因对良性婴儿惊厥和胃肠炎伴随惊厥中簇集性发作的控制率与卡马西平相近。最近,Hattori等(2008)进行的一项回顾性多中心研究中,对象为261例1个月~15岁之间的儿童,将癫痫持续状态的类型分为持续性、簇集性和频繁反复发作性。多因素分析也提示利多卡因对簇集或频繁反复发作的癫痫持续状态效果较好。

Sugiyama等(2004)发现不同病因所致的癫痫持续状态间利多卡因的有效性无明显不同。Hamano等(2006)也发现,利多卡因的有效性与癫痫持续状态的病因和类型无明显相关性。但是,Hattori等(2008)的研究则发现,癫痫或中枢系统感染所致的癫痫持续状态中利多卡因的有效性较局限。而簇集性发作、肠胃炎伴随惊厥及良性婴儿惊厥中的发作或发育正常儿童的热性惊厥则对利多卡因表现出较高的反应性。Yildiz等(2008)比较了利多卡因对儿童感染(主要为中枢系统)和非感染性且对地西泮、苯巴比妥、苯妥英及副醛耐药的难治性惊厥性癫痫持续状态的有效性。结果发现,总的控制率为44.4%。与非感染所致的癫痫患者比较,利多卡因对感染所致的惊厥性癫痫持续状态更加有效(37.9%和6.8%),表明利多卡因的有效性与病因有关。作者推测钠离子通道的去极化可能由于感染(如蛋白激酶A和蛋白激酶C所致的磷酸化作用)而改变。感染时的炎性介质作用使得钠离子通道的超极化更加容易,而利多卡因抑制了这种超极化的时间。

先前有例子说明利多卡因对部分性癫痫持续状态有效(Kato,1997)。但是,Emerton(1998)报道了1例类似患者,静脉用地西泮和苯妥英无效,静脉注射100mg利多卡因后立即表现出反应,且在接下来的24小时内有效性都能维持。数月后患者再次出现类似的表现,但是对静脉应用利多卡因无效。因此,利多卡因对部分性癫痫持续状态的有效性尚值得怀疑。然而,最近在 Hattori(2008)等人的研究中发现,利多卡因对各种类型的癫痫持续状态的有效率分别为:全身性发作 62.7%,继发全身性发作 55.1%,部分性发作 49.2%。在部分性发作中,利多卡因对 55.9% 的复杂部分性发作有效。

4. 用法、用量和不良反应　利多卡因作用时间较短暂,静脉给予负荷剂量(0.6~3mg/kg)后,若癫痫发作终止,应继续给予维持剂量[2~6mg/(kg·h)]。反之,应重复静脉推注 1~2 次后再给予维持量,仍无反应者需考虑更换其他药物。成人推荐的维持量为 3.5mg/(kg·h),最大量为 300mg/h。如果肝功能或肝血流下降、老年人或持续注射 24 小时后则应减少剂量。利多卡因在新生儿中的容积分布是成人的 2.5 倍,因此,新生儿的维持量为 4~6mg/(kg·h),早产儿应减量。

尽管利多卡因能够导致许多副作用,从轻微的头痛、头晕到心血管事件和惊厥不等。但纵观以往的报道,用于癫痫持续状态时不良反应出现较少。

Hattori 等(2008)的研究中,35 例(13.5%)患者出现副作用,包括心血管症状(7 例)、呼吸抑制(7 例)、运动症状(2 例)、胃肠道反应(7 例)、意识障碍(6 例)以及精神症状如幻听、幻视(6 例)。但一些副作用可能是由于其他药物治疗、癫痫持续状态本身或其基础疾病所致,确切与利多卡因有关的只有 14 例。在 Yildiz 等(2008)研究的患者中有 3 例出现副作用,2 例为室性心律异常,其中 1 例在使用利多卡因后由部分性发作转变为全身性发作。Yamamoto 等(2007)报道的利多卡因副作用包括低血压、尿量减少、呼吸道分泌物过多和腹胀,发生率为 6.3%,与咪达唑仑相近(7.3%)。Hamano 等(2006)研究的 1 例患者出现轻微的氧饱和度下降,但可能与病因有关。

利多卡因的不良反应与剂量有关,维持剂量超过 4mg/(kg·h)时,副作用增加,还可以诱发癫痫发作,以往已有这方面的报道(Hellstrom-Westas,1992)。再如 Yildiz 等(2008)报道的使用利多卡因后由部分性发作转变为全身性发作的癫痫持续状态的患者,作者认为可能是由于钠离子通道功能障碍、高剂量的利多卡因水平或长时间的惊厥性癫痫持续状态所致。利多卡因和苯妥英都是 Na^+ 通道阻滞剂,动物实验表明利多卡因诱发的癫痫发作可能与苯妥英使用有关。Hattori 等(2008)还发现,先前用过苯妥英与未用苯妥英患者的副作用出现率分别为 16/56 例,19/205 例。

5. 应用前景　利多卡因能够快速起效且无明显的呼吸抑制和意识障碍,对良性婴儿惊厥和胃肠炎伴随惊厥中的癫痫持续状态可以作为二线药物使用,对难治性癫痫持续状态尤其是存在意识障碍、肺部疾病或严重肺功能障碍的患者也是一个较好的选择。Walker 和 Slovis(1997)回顾了利多卡因治疗癫痫持续状态的文献后推荐在巴比妥类诱导昏迷之前使用利多卡因。但毕竟利多卡因可能会导致严重的副作用出现,且用药时需要心电及血药浓度监测,尤其是老人、新生儿和严重的肝功能障碍者,这在一定程度上限制了其应用。此外,利多卡因对癫痫持续状态的作用还需要进一步随机双盲的前瞻性对照研究来证实。

九、丙泊酚在癫痫持续状态中的应用

丙泊酚(propofolum)化学名:2,6-二异丙酚,是一种起效迅速(约 30 秒)、短效的全身麻醉药。其化学结构为 $C_{12}H_{18}O$,分子量:178.27。广泛用于麻醉诱导和维持及 ICU 中的镇静。它在室温下是一种油剂,不溶于水溶液,临床上所用的丙泊酚剂型为丙泊酚注射液。

丙泊酚是中枢神经系统抑制剂,可直接激活 GABA$_A$ 受体,抑制 NMDA 受体,并可通过慢钙通道调整钙离子的内流,从而迅速出现与剂量相关的催眠效果,即使长时间使用仍可快速苏醒。

Wood 等 1988 年报道了静脉注射丙泊酚治疗癫痫持续状态。

1. 丙泊酚治疗癫痫持续状态 癫痫持续状态是危急重症,迅速控制发作是最重要的措施,对一线和二线抗癫痫药耐药的癫痫持续状态,可考虑使用全身麻醉药。

Melloni(1992)等人报道 3 例癫痫持续状态患者,其用一线抗癫痫持续状态药物治疗无效后,给予持续丙泊酚静脉注射[3~6mg/(kg·h)],患者的发作和 EEG 异常活动迅速得到控制,用丙泊酚维持 7 天,静脉注射结束后患者很快苏醒且无后遗症;Rossetti(2009)等的研究发现:对地西泮和其他抗癫痫药耐药的癫痫持续状态需要用静脉麻醉药物来控制,如硫喷妥钠、丙泊酚或咪达唑仑。这些药物显示出完全不同的药效学和药代动力学特征,它们能有效的控制全身性癫痫惊厥状态,但对复杂部分性或失神性癫痫持续状态效果不佳。成功后,在逐步减少剂量前,应该进行脑电图的监测。

2. 丙泊酚治疗难治性癫痫持续状态 难治性癫痫持续状态是一个有很高死亡率的神经内科急症。意大利癫痫治疗指南中主张将难治性癫痫持续状态患者送入重症监护室,给予适当的监控和呼吸支持、代谢和血流动力学以及脑电活动的监测,同时需用全身麻醉剂。Borgeat(1994)等报道 1 例使用丙泊酚终止了难治性癫痫持续状态的发作,静脉用该药后患者脑电图上出现了暴发性抑制。Rossetti(2009)等人回顾分析了 1997~2002 年间,在内科重症监护病房里的难治性癫痫持续状态的治疗。27 例共 31 次难治性癫痫持续状态的成人患者(16 例男性,11 例女性;平均年龄 41.5 岁)用了丙泊酚,有 6 例还合用了硫喷妥钠、氯硝西泮。结果丙泊酚成功控制了 21 次(67%)发作,另有 3 次(10%)随后给予硫喷妥钠也得到控制。丙泊酚注射速率的中位数为 4.8mg/(kg·h)[范围为 2.1~13mg/(kg·h)],治疗持续时间的中位数为 3 天(1~9 天)。存活患者的 20 次发作中用药后有 10 次出现了寒战,短时肌张力障碍和高脂血症各 1 次,5 例发作终止后出现轻度神经心理损伤。7 例死亡病例与丙泊酚的使用无直接关系。作者认为在这种情况下,丙泊酚可能是一种可与巴比妥类互换,有价值的药物。Parviainen(2006)等报道了 10 例难治性癫痫持续状态中用丙泊酚治疗的前瞻性研究结果,发现用药后能迅速终止临床发作和电生理学发作,但要维持暴发抑制的 EEG 特征则需增加丙泊酚的量。虽使用了大剂量,但麻醉后患者苏醒仍然较快,认为治疗难治性癫痫持续状态需要高剂量的丙泊酚,否则暴发抑制的脑电图特征不易维持,同时在逐步增加丙泊酚使用量时需要在持续的 EEG 监测下进行。

但近年来对丙泊酚治疗难治性癫痫持续状态的疗效和安全性有不对的看法。Stecker(1998)等人对丙泊酚在难治性癫痫持续状态中的作用进行了研究。纳入 16 例难治性癫痫持续状态患者,8 例先用大剂量巴比妥治疗,8 例初始即用丙泊酚治疗,结果:用丙泊酚控制发作的疗效为 63%,比巴比妥类的 82% 稍差,但无统计学上的显著差异。从开始治疗到难治性癫痫持续状态得到控制,大剂量静脉注射巴比妥类药物所需的时间(123 分钟)比丙泊酚长(2.6 分钟,$P=0.002$)。认为:如果丙泊酚使用恰当,可迅速有效地终止发作,但不是所有难治性癫痫持续状态患者都有效。在治疗难治性癫痫持续状态方面,丙泊酚是一个有希望的药物,但还需要更多研究来确定其真实价值。Niermeijer(2003)等人发现有多个指南推荐使用丙泊酚治疗难治性癫痫持续状态,但在使用大剂量、长疗程的丙泊酚治疗后,患者的死亡率有所增加。随后作者们评估了用丙泊酚治疗难治性癫痫持续状态的有效性和安全性的科学文献。通过 Medline 搜索,发现有 22 篇有关丙泊酚用于难治性癫痫持续状态的报告,没有随机临床试验。两个非随机研究分别对丙泊酚、巴比妥类和咪达唑仑进行了比较。这两份研究都报道了丙泊酚有高危的死亡率。此外,在儿童和成人使用丙泊酚作为麻醉剂或镇静剂的病例报道和病例分析中也报道了几例致死的病例,认为丙泊酚在治疗难治性癫痫持续状态时的安全性有待重新评价。Hubert(2009)等人发现在婴儿和儿童惊厥癫痫持续状态治疗中,对苯二氮䓬类、苯妥英和(或)苯巴比妥耐药的癫痫持续状态,有效/风险比值不支持丙泊酚在儿童难治性癫痫持续状态中的应用。很多儿科医生倾向于用大剂量的咪达唑仑而不是丙泊酚,因而学者们认为在未进行恰当的随机试验前,指南中不应该推荐丙泊酚作为难治性癫痫持续状态的常规治疗。

3. 丙泊酚治疗不同病因、不同年龄的惊厥性癫痫持续状态　惊厥性癫痫持续状态指有反复强直-阵挛性发作,发作间期患者意识不能恢复到正常觉醒状态的癫痫发作。另外,强直性癫痫持续状态、阵挛性持续状态、肌阵挛性癫痫持续状态均属于此类。Campos-trini(1991)等人报道了 4 例不同病源菌的脑炎患者出现癫痫持续状态,给予地西泮和其他药物治疗无效后使用丙泊酚治疗,发作得到控制。用丙泊酚静脉注射长达 8 天,未出现明显毒性反应或明显的副作用;Kuisma(1995)等人报道了通过静脉注射丙泊酚治疗院外惊厥性癫痫持续状态 8 例患者(年龄 29 ~ 70 岁),其中 4 例是外伤性惊厥,4 例无癫痫病史。在入院前由 ICU 中的医务人员给予 100 ~ 200mg 丙泊酚静脉注射后,患者的症状迅速得到控制。昏迷的中位持续时间是 3 小时 15 分钟(2 ~ 41 小时),医院治疗的中位持续时间是 3.5 天(12 小时 ~ 23 天)。仅 1 例患者住进医院 ICU。除短暂的收缩压下降外,未见其他副作用。

4. 静脉注射丙泊酚与咪达唑仑、硫喷妥钠、巴比妥类药物的比较　Prasad(2001)等人探究了丙泊酚和咪达唑仑治疗难治性癫痫持续状态的疗效差异。通过回顾 1995 ~ 1999年治疗难治性癫痫持续状态相关患者的图表文献,发现在最初治疗中有 14 例用了丙泊酚和 6 例用咪达唑仑。丙泊酚和咪达唑仑分别控制了 64%、67% 的临床发作和 78%、67%的脑电发放。虽然没有显著性差异,但丙泊酚的总体死亡率(57%)高于咪达唑仑(17%)($P = 0.16$)。根据 APACHE Ⅱ(急性生理学和慢性健康评估)评分,除了丙泊酚治疗患者的 APACHE Ⅱ 评分大于或等于 20(有很高的死亡率 $P = 0.05$)外,使用丙泊酚和咪达唑仑患者亚组死亡率两者间在统计学上无显著性差异。认为在难治性癫痫持续状态患者的小样本研究中,使用丙泊酚和咪达唑仑进行临床和脑电发作控制方面无差别。控制发作和整体生存率与以前报道相似。在 APACHE Ⅱ 评分大于或等于 20 的难治性癫痫持续状态患者中,使用咪达唑仑的生存率可能高于丙泊酚。van Gestel(2005)等人评估了丙泊酚和硫喷妥钠治疗儿童难治性癫痫持续状态的安全性和有效性。在 34 次发作中,硫喷妥钠对大多数患者有效,但有严重的副作用。丙泊酚也有效,且副作用罕见、很轻并可逆。作者建议在决定用硫喷妥钠前可先选用丙泊酚。Parviainen(2007)等人通过文献回顾,讨论了丙泊酚和巴比妥类药物用于难治性癫痫持续状态的情况。作者发现丙泊酚在治疗难治性癫痫持续状态中的使用有所增加,它能迅速终止癫痫患者的临床发作和脑电图上痫样放电,但要终止 EEG 中的暴发抑制则需要重复大剂量的滴定。19%～33%的患者出现了癫痫持续状态的复发,尤其是药量逐渐减少时。巴比妥类优点是短期治疗失败的频率很低,但长时间用药会导致机械通气、重症监护和住院时间的延长。证明丙泊酚、巴比妥类或咪达唑仑在难治性癫痫持续状态麻醉中的使用是正确的。使用大剂量丙泊酚持续静脉滴注应限制到 48 小时,并时刻注意丙泊酚静脉注射综合征的风险;大剂量的巴比妥类药物可有效终止发作,但麻醉后需一定时间的复醒,导致了通气治疗和重症监护的延长。

5. 丙泊酚在特殊情况下的应用　Harrison(1997)等人报道 1 例 9 个月的遗传性果糖代谢紊乱女婴,出现长时间的难治性惊厥性癫痫持续状态,给予丙泊酚[静脉注射 3mg/kg 后以 100mg/(kg·min)维持]后发作迅速终止。在使用这个剂量后,EEG 上出现了暴发抑制,用药同时需要对患者进行气管插管、血流动力学监测和升压支持。

Begemann(2000)等人报道了 1 例用丙泊酚治疗难治性复杂部分性癫痫持续状态的报告。患者为 65 岁女性,前交通动脉瘤破裂继发蛛网膜下腔和脑室内出血,并出现复杂部分性非惊厥癫痫持续状态,治疗上对苯妥英、苯巴比妥、丙戊酸盐和劳拉西泮耐药,用丙泊酚后脑电图出现暴发性抑制,发作停止。作者认为这是首例用丙泊酚治疗成功的非惊厥癫痫持续状态。Wang(2006)等人报道 1 例慢性肾衰竭患者食用杨桃后诱发癫痫发作,用一线抗癫痫药和血液透析后未能控制患者的病情,用丙泊酚后迅速起效并且完全控制了发作,同时它还可以从中枢神经系统中排除。认为在透析和一线抗癫痫药不能有效治疗癫痫持续状态时,丙泊酚可作为一种新的选择。

6. 丙泊酚注射液的安全性和不良反应　丙泊酚的临床特点是起效快,持续时间短,苏醒迅速而平稳,不良反应少,但它对中枢神经系统、心血管系统、呼吸系统均有一定影响。Mäkelä JP 等人报道了 5 例丙泊酚麻醉所致的痫性发作。并指出虽然丙泊酚可用于癫痫持续状态的治疗,但在实施麻醉时还是应考虑到会出现突发的痫性发作,尤其是癫痫患者。Marik(2004)等人还报道了丙泊酚治疗中常出现剂量依赖性低血压,尤其在低容量衰竭的患者;大剂量注射丙泊酚伴随出现的丙泊酚综合征,是以严重的代谢性酸中毒和循环衰竭为特征的潜在致命性并发症。Baumeister(2004)等人报道了与生酮饮食相关的致命性丙泊酚注射综合征。丙泊酚注射综合征是由于脂肪酸氧化作用异常所致,除了抗癫痫药,生酮饮食、高脂、低碳水化合物、适宜蛋白质饮食可有效减轻难治性癫痫持续状态的发作,但文献曾报道 1 例重症癫痫的 10 岁男孩,进行生酮饮食时出现了致命的丙泊酚注射综合征。类丙泊酚药物会破坏脂肪酸氧化作用,如果与生酮饮食合用可增加风险。Kumar(2005)等人报道了长时间注射丙泊酚后出现不可逆酸中毒的表现。作者回顾性分析了 2001 年 10 月至 2004 年 9 月在马萨诸塞州中心医院 NICU 的 3 例患者:病例 1 为动静脉畸形出血继发癫痫的 27 岁女性患者,用丙泊酚镇静后,患者出现代谢性酸中毒、低血压、心动过缓,最终死亡;病例 2 为癫痫持续状态的 64 岁男性,长时间丙泊酚注射后出现代谢性酸中毒、低血压、横纹肌溶解并最终死亡;病例 3 为 24 岁女性,脑炎后继发癫痫持续状态,给予丙泊酚控制发作,出现了低血压、代谢性酸中毒和慢性心律失常,虽经静脉起搏,最终死亡。这些数据表明在成人和儿童患者中,长期使用丙泊酚和代谢性酸中毒、横纹肌溶解及死亡之间有关联。对于死亡病例,应进行心肌和骨骼肌电子显微镜检查以寻找线粒体异常,高甘油三酯血症和胰腺炎是比较罕见的并发症。

(马晓娟 王学峰)

十、新型抗癫痫药物在癫痫持续状态中的应用

(一) 左乙拉西坦

左乙拉西坦(levetiracetam),商品名开浦兰(Keppra),是一种新型抗癫痫药,2007 年才在国内上市。

1. 作用机制 左乙拉西坦对许多动物如毛果芸香碱及海人藻酸等点燃的癫痫发作有效,但对超强电休克和戊四氮模型诱导的发作则作用不明显,说明其机制可能不同于一般的抗癫痫药物,与电压门控钠离子通道、GABA 或谷氨酸介导的突触传递关系也不大。目前研究提示其可能通过与突触囊泡蛋白 2A 结合(Hirsch LJ,2008)来调节神经递质的释放而发挥抗癫痫作用。

动物实验表明在癫痫持续状态的维持阶段,左乙拉西坦可以减少或终止癫痫发作,且对癫痫持续状态的动物有神经保护作用,还可减少癫痫持续状态后的癫痫发作(Gibbs,2006)。然而,也有人发现,癫痫持续状态结束后预防性使用左乙拉西坦对癫痫持续状态的致癫痫效应、神经元损伤和行为改变并无影响(Brandt,2007),癫痫持续状态开始 5 小时后再使用左乙拉西坦对线粒体功能障碍无保护作用(Gibbs,2007)。

2. 药代动力学 左乙拉西坦在胃肠道吸收十分迅速,1 小时内即可达血浆峰浓度,药物吸收不受食物影响,生物利用度可达 100%。易透过血-脑屏障进入脑组织和脑脊液。左乙拉西坦具有线性药代动力学特点,不在肝脏代谢,不受肝脏 P450 系统和各种葡萄糖醛酸基转移酶及环氧水解酶影响,因此与其他药物间少有相互作用。蛋白结合力较低(仅仅10%),50%~70% 以原形经肾脏排泄。作用时间是血浆半衰期(6~8 小时)的 2 倍。

成人口服和静脉使用左乙拉西坦等效,且静脉使用或大剂量快速注射(5 分钟,1500~2500mg)时耐受性都较好(Abend,2008)。

3. 临床应用 鉴于左乙拉西坦的药代动力学特点,其应用逐渐广泛。但是,在癫痫持续状态中的使用尚有限,目前的报道多为回顾性经验研究,缺乏前瞻性对照试验。

(1) 胃肠道给药治疗癫痫持续状态:口服左乙拉西坦治疗癫痫持续状态是一种新的尝试。Rossetti(2005)等用口服左乙拉西坦治疗了 12 例癫痫持续状态的患者,其有效率为 26%(3/12)。Rossetti(2006)等对 23 例成人癫痫持续状态患者(39% 为难治性癫痫持续状态)经鼻胃管注入左乙拉西坦,平均剂量为 2000mg(750~9000mg),结果发现 43% 的患者在开始用药后 72 小时内发作缓解。Patel(2006)等回顾了 30 例反复发作的癫痫,其中 4 例为了避免药物相互作用仅仅使用左乙拉西坦治疗,其他为苯妥英和丙戊酸治疗无效的患者。经胃管注入左乙拉西坦,负荷剂量 1000mg,平均每日维持量为 1724mg,最终24 例(80%)患者的癫痫发作终止或减少。Rupprecht(2007)等分析了 8 例左乙拉西坦治疗的非惊厥性癫痫持续状态患者,并与常规的静脉药物进行比较,这 8 例患者经鼻胃管注入左乙拉西坦后 3 天内(平均 1.5 天),脑电图和临床症状缓解,且无明显的副作用。与对照组相比,除副作用外,住院时间、监护情况和结局都没有明显的不同。也有左乙拉西坦成功治疗儿童难治性非惊厥性癫痫持续状态的文献报道(Trabacca,2007)。

（2）静脉应用左乙拉西坦治疗癫痫持续状态:2006年,美国FDA批准对不能口服者可静脉用左乙拉西坦来控制癫痫发作。但单次剂量不能超过1500mg,稀释后至少在15分钟内注入,未批准使用更大剂量用于癫痫持续状态。在正常志愿者中的研究显示,5分钟内超过2500mg和15分钟内增加到4000mg是安全的。Knake(2008)等静脉用左乙拉西坦治疗苯二氮䓬类（常常是劳拉西泮）、丙戊酸或苯妥英钠治疗无效的部分性癫痫持续状态。平均起始剂量为944mg,至少在30分钟内注入,平均维持剂量为2166mg/d。没有严重副作用,且17/18例避免了气管插管。所有患者惊厥活动停止且复发少见。出院时改口服用药,平均剂量为2000mg/d。Berning(2009)等回顾性分析了两所德国教会医院静脉注射左乙拉西坦治疗癫痫持续状态的情况,共有32例入组,平均年龄71岁。2例只用左乙拉西坦治疗,其余患者用药前接受了小剂量（8例）或大（20例）剂量地西泮治疗,2例用于终止麻醉状态。5例为全面惊厥性、20例为非惊厥性、7例为单纯部分性癫痫持续状态。平均开始治疗时间为3小时,静脉左乙拉西坦的开始时间为6小时。平均推注剂量为2000mg,每天总剂量平均为3500mg。结果23例患者联合应用地西泮和左乙拉西坦时成功终止癫痫状态。7例左乙拉西坦治疗失败,为以后的临床研究提供了重要的依据。比较特殊的为1例特发性全面性癫痫患者出现失神癫痫持续状态,一共只予以1000mg左乙拉西坦静脉注射,显示出剂量依赖性的症状改善(Altenmüller,2008)。此后,静脉用左乙拉西坦治疗癫痫持续状态的报道逐渐增多。

（3）左乙拉西坦治疗难治性癫痫持续状态:左乙拉西坦可以用于各种类型的难治性癫痫持续状态。自从2006年以来,德国报道43例用苯二氮䓬类治疗无效的患者,改为静脉用左乙拉西坦,分次注射1000~2000mg。其中19例成功终止发作。对单纯部分性(3/5)、复杂部分性(11/18)和肌阵挛(2/2)癫痫持续状态比非惊厥性(2/8)和轻微(1/2)癫痫持续状态更有效,但继发性全身惊厥性癫痫持续状态无一例治疗成功(0/8)(Eue,2009)。Abend(2009)等报道了1例左乙拉西坦(1840mg)终止的放疗后对劳拉西泮和苯妥英无效的难治性复杂部分性癫痫持续状态的发作。

（4）左乙拉西坦在特殊人群癫痫持续状态中的应用:鉴于左乙拉西坦的药代动力学特征,它成为老年和危重病患者癫痫持续状态药物治疗中较好的选择。Farooq(2007)等报道静脉注射左乙拉西坦成功治疗2例80岁以上老人的非惊厥性癫痫持续状态,并未观察到明显副作用。Eckert(2008)等报道了13例多种疾病并存的老年癫痫患者,其中1例为反复癫痫发作,1例为单纯部分、4例为部分性、3例为全身性非惊厥性癫痫状态,4例为癫痫持续状态终止后的维持治疗,患者在快速静脉注射左乙拉西坦2000mg后,45%患者的癫痫持续状态完全停止,3例有效,3例无效。Bevenburg(2008)等报道了14例老年人的复杂部分性发作、惊厥或非惊厥性癫痫状态患者的治疗。平均年龄73.9岁(61~97岁),平均剂量1643mg/d(500~4000mg),结果78.6%的癫痫发作得到控制,未观察到明显副作用。最近对50例危重患者（其中近半为缺氧后肌阵挛癫痫持续状态）静脉注射左乙拉西坦,起始剂量为15分钟内注射20mg/kg,随后15mg/kg维持,结果67%(16/24)患者的癫痫持续状态发作停止(Ruegg,2008)。

左乙拉西坦用于儿童癫痫持续状态较少。Trabacca(2007)等报道了1例9岁的难治性癫痫儿童,出现非惊厥性癫痫持续状态,使用2周左乙拉西坦,剂量为10~40mg/(kg·d),症状好转。但是,如此长的使用时间,癫痫发作也可能是自发性终止。Abend(2008)等报道静脉用左乙拉西坦成功控制 6 例难治性癫痫持续状态的儿童的发作。最近,Gallentine (2009)等也报道了 11 例接受左乙拉西坦静脉注射治疗的难治性癫痫持续状态儿童,年龄在 2 天~9 岁之间。起始剂量为 15 ~70mg/kg(平均为 30mg/kg),45% 有效,27% 因同时也采取了其他治疗措施故治疗反应不能明确,开始用药后发作终止时间为 1 ~8 天。所有有效者的剂量都超过 30mg/(kg·d),平均为 40mg/(kg·d)。没有发现明显的副作用。最近对难治性癫痫持续状态或非惊厥性癫痫持续状态或急性反复发作的惊厥性癫痫发作的儿童研究提示左乙拉西坦能完全终止癫痫发作且使得脑电图上痫样放电减少,同时没有明显不良反应(Abend,2009)。这些研究说明静脉用左乙拉西坦对儿童癫痫持续状态也是有效且可以耐受的。

因左乙拉西坦不影响肝脏代谢、无明显药物相互作用,因而有 1 例肝移植后出现非惊厥性癫痫持续状态患者(Alehan,2008)及 1 例急性间歇性卟啉病患者(Zaatreh,2005)用过左乙拉西坦取得良好较果。对昏迷患者及 Lafora 病和肌阵挛站立不能性癫痫出现的肌阵挛癫痫持续状态都有效(Wasterlain,2008)。

4. 不良反应 大部分报道使用左乙拉西坦的患者没有明显副作用。部分患者有嗜睡、无力和头晕,尤其是初始剂量较高时。少见不良反应为精神症状,是否与剂量相关不清楚,但停药后可逆转。门诊患者可观察到红细胞和白细胞轻度下降,但不需要停药(Abend,2008)。Möddel(2009)等报道的患者中,只有 2 例在静脉注射左乙拉西坦期间出现恶心和呕吐,其中 1 例出现吸入性肺炎。Berning(2009)等报道 1 例患者出现恶心和呕吐,另 1 例出现肝酶升高。

需要指出的是,Atefv 和 Tettenborn(2005)报道了 2 例左乙拉西坦治疗星形细胞瘤放疗后和中央颞叶硬化所致的复杂部分性发作,其间出现了非惊厥性癫痫持续状态,推测与左乙拉西坦有关。这可能是目前关于左乙拉西坦导致癫痫持续状态出现的唯一报道。

(二) 托吡酯

托吡酯,商品名妥泰,是一种广谱有效的新型抗癫痫药物。

1. 作用机制 托吡酯作用机制复杂,可能通过阻止电压敏感性钠离子和钙离子通道以及 α-氨基羟甲基恶唑丙酸和钾盐的相互作用而调节谷氨酸受体、抑制碳酸酐酶同工酶等机制发挥抗癫痫作用。因其不依赖 γ-氨基丁酸受体,对晚期的难治性癫痫持续状态可能有效。动物模型提示,托吡酯 20 ~100mg/kg 时可明显改善癫痫持续状态的生存率以及 CA_1 和 CA_3 区锥体细胞的寿命,通过调节线粒体功能而发挥神经保护效应(Kudin 等,2004)。

2. 药代动力学 托吡酯可以从胃肠道途径快速吸收(90% 能于 2 小时内达到最大血浆浓度),生物利用度为 80%,吸收不受食物影响。血浆蛋白结合率只有 9% ~17%。托吡酯具有线性药物动力学特点,主要通过肾脏排泄。半衰期为 20 ~30 小时。

托吡酯和其他抗惊厥药物无明显的相互作用。也有报道其可导致苯妥英水平增高,可能是通过 P450 同工酶起作用。与丙戊酸等肝酶抑制剂一起应用时托吡酯浓度可升高,反之,肝酶诱导剂如苯妥英或巴比妥类同用时其浓度可能降低。现有报道托吡酯可导致地高辛、锂血药浓度水平轻微下降,二甲双胍血药浓度水平轻微增高。

3. 临床应用及不良反应 托吡酯不能静脉使用限制了其在癫痫持续状态中的应用。Abend 等(2008)复习文献中报道的 10 例成人患者,经鼻胃管注入托吡酯 300 ~1600mg/d

后,其全身和复杂部分性癫痫持续状态都得以控制。尽管托吡酯对癫痫持续状态初期并未显示出有效,但这些研究表明其可能是有效的辅助药物。Bensalem 和 Fakhoury(2003)报道了 3 例患者,其中 1 例为亚急性脑病所致的继发全身性癫痫持续状态,劳拉西泮、磷苯妥英和戊巴比妥治疗无效,另 1 例为终末期肝病患者出现部分性癫痫持续状态,第 3 例为心跳呼吸骤停后出现的缺氧后癫痫发作,对劳拉西泮、磷苯妥英、丙戊酸和丙泊酚治疗无反应,给予托吡酯 500mg 每天两次,结果发作明显缓解。

托吡酯用于儿童难治性癫痫持续状态也有报道。Blumkin 等(2005)报道了 2 例难治性复杂部分性癫痫持续状态的儿童,鼻胃管快速注入托吡酯后出现较好的临床反应。Perry 等(2006)用托吡酯 10mg/(kg·d)为起始剂量,持续 2 天后改维持剂量 5mg/(kg·d)治疗难治性癫痫持续状态儿童,发现初始剂量后 21 小时内癫痫发作停止。

Kröll-Seger 等(2006)回顾了 36 例 Dravet 综合征患儿,司替戊醇(二氧苯庚醇)治疗无效时追加托吡酯,剂量平均为 3.2mg/(kg·d)[0.6~9mg/(kg·d)]。78% 患儿的全身强直-阵挛发作和癫痫持续状态减少 50%。因此,甚至在司替戊醇控制不满意时,托吡酯对 Draver 综合征可能有效。最常见的副作用包括胃肠道和行为异常。

(三) Lacosamide(LCM)

Lacosamid(LCM)是新型抗癫痫药。最近批准用于部分性和继发全身性发作的添加治疗。LCM 可能具有双重作用机制,即增强钠离子通道的失活和调节 CRMP-2。静脉和口服的生物利用度相同。Kellinghaus(2009)等报道了 1 例非惊厥性、部分性癫痫持续状态的患者,对苯二氮䓬类和其他可选择的静脉抗癫痫药物无效,予以 LCM 后,癫痫发作终止。但仍需要对照的、随机的和前瞻性的研究来明确其对癫痫持续状态的作用。

十一、其 他

1. 氯胺酮 氯胺酮是全身麻醉药,为一种非竞争性 NMDA 受体拮抗剂,因其不依赖于 γ-氨基丁酸相关机制,对晚期难治性癫痫持续状态可能有效。此外,在癫痫持续状态的动物模型中氯胺酮还显示出具有神经元保护作用(Wasterlain,2008)。氯胺酮通过 P450 肝酶代谢为有活性的产物,故其药物水平可能受到其他抗癫痫药物的影响。

5 例 4~7 岁癫痫儿童,出现难治性非惊厥癫痫持续状态 2~10 周,予以口服氯胺酮 15mg/(kg·d)治疗,48 小时内脑电图上痫样放电明显减少且精神状态改善。1 例数月后出现非惊厥性癫痫持续状态反复,继续使用氯胺酮仍有效。没有观察到明显的副作用(Mewasingh,2003)。Ubogu(2003)等报道了 1 例对多种抗癫痫药物治疗无效的神经梅毒患者的亚临床癫痫持续状态用氯胺酮治疗有效。Prüss(2008)等报道了 1 例 22 岁女性,线粒体疾病出现恶性癫痫持续状态,对苯二氮䓬类、苯妥英、硫喷妥钠和丙泊酚等耐药,在持续加用氯胺酮数天后癫痫发作终止,提示 GABA 能麻醉剂失效后,氯胺酮可能有较强的抗癫痫作用。

以前曾有报道认为氯胺酮增加颅内压,因而使用前需进行头颅影像学检查除外肿瘤性病变,限制了氯胺酮的应用,但是最近一篇文献综述提示实践中未发现相关的依据。事实上,氯胺酮具有拟交感作用,可以通过增加血压而改善大脑血供,与大部分治疗难治性癫痫持续状态的药物导致血压降低有明显不同。

因此,氯胺酮可能是一种有用的治疗难治性癫痫持续状态的药物,尤其对于晚期通过

γ-GABA 能途径发挥作用的药物无效后更是一种合适的选择。但是,需要进一步研究来确定剂量的选择,给药时间和明确对颅内压及脑血流的影响。

(郑东琳 王学峰)

十二、癫痫持续状态的院前处理

(一) 概述

癫痫持续状态是一个动态、不断变化的过程。最近的研究已发现,癫痫发作一开始就有神经元死亡,因而迅速终止癫痫持续状态,是阻止病情进展、防止神经元大量死亡的关键。但是,癫痫持续状态起病时多数患者在医院外,如家中、学校和社区等,此时,患者身边通常没有医务人员,特别是接受过专业训练的卫生保健人员。要把患者送往医院急诊室,即使在发达国家,从患者开始出现痫性发作到在医院接受静脉治疗也需要一定的时间。美国一个为期 5 年的随机、双盲多中心研究发现,全面性惊厥性癫痫持续状态的成年患者从发病到在医院接受静脉注射抗癫痫药物的平均时间是 2.8 小时。在 2002～2004 年一项针对英国北部 182 名年龄在 0.16～15.98 岁间的癫痫儿童进行的调查显示,在患儿发生的 240 次惊厥性痫性发作中,频繁发作型的惊厥性痫性发作患儿发病后到达急诊科就诊的时间为 11～514 分钟,平均为 45 分钟;持续发作型的惊厥性痫性发作患儿发病后到达急诊科就诊时间是 5～90 分钟,平均 30 分钟。由此可见,如果患者发病后,一定要等到进医院后才开始用药,无疑将延误患者的治疗。有研究显示,痫性发作持续 60 分钟以上者与痫性发作后未及时进行院前治疗有关。

非注射用药主要指经黏膜给药。这种方法有很多好处,如非侵袭性、方便、起效迅速和没有肝脏的首过效应。人类可以给药的黏膜有鼻腔、口腔、阴道和直肠。其中,鼻腔和口腔最有效。其生物利用度决定于由黏膜病理生理状态和药物及传递系统的性质。环糊精、胆盐、表面活化剂、脂质体等多种添加剂可以增加跨膜传递的效率。

通过直肠途径给药已经被广泛研究过。直肠是一个体腔,药物容易被塞入并保留,因此直肠给药是可行的。直肠的黏膜较厚,静脉也很丰富,因此能够渗透黏膜的药物注入直肠后可迅速、充分吸收。多数终止痫性发作的苯二氮䓬类药都被临床证实能够经直肠使用,其中地西泮起效最快。在儿童,直肠给地西泮后 5～10 分钟内血药浓度就能达到治疗水平,在成人,也仅需 10～15 分钟。本来是水溶性的咪达唑仑在直肠内也变成脂溶性而被很好地吸收。

痫性发作时,多数患者意识不清楚,不能口服药物。而且口服药物吸收慢,不能用以控制急性痫性发作。但在紧急情况下,只要控制药物体积,即使患者不能配合仍然可以把液态的抗癫痫药物注入口腔黏膜,使之快速吸收起效。

口腔与直肠相似,有适合药物吸收的 pH,口腔黏膜血管丰富,通过口腔黏膜药物可以进入体循环、绕过胃肠道、避免肝脏的首过效应和在胃肠道降解,用药痛苦小,操作相对方便,需要停止给药时容易进行。所以对某些药来说,这种方法起效迅速,比静脉给药更舒适、方便。心血管药物舌下含服治疗高血压、心绞痛的效果是公认的,近年来,神经科医生也开始考虑在静脉通路不能建立的情况下,通过口含或舌下含服抗惊厥药来终止痫性发作。

鼻腔表面积大、内皮疏松、整体血流丰富、可以避免首过效应,更重要的是近几年的研究发现鼻腔后部与颅内相通,且缺乏血-脑屏障,药物很易通过鼻腔进入脑内,同时,鼻腔给药也易被患者接受,因此不能经静脉途径全身给药时,可以经鼻腔给药作为替代。鼻内给药后药物能很快从鼻腔吸收,并迅速分布到脑内及全身。

经过口腔、直肠和鼻腔用药时,吸收药物的表面积都≤200cm^2。所以,经这些途径给的药物应该有很高的脂溶性并被制成溶液形式才能迅速吸收,以终止癫痫持续状态的发作。

药物的脂溶性、离子程度和释放方式是影响药物吸收的重要因素。一般水溶液和酒精溶液可以很快吸收,治疗效果好,而栓剂吸收则要慢些。用渗透泵或水凝胶可以使直肠药物以部位-速度控制的方式传递,能够控制药物在全身的浓度和药效。

(二)经直肠用药

1. **概述**　在国外,经直肠给药治疗癫痫持续状态已有很长的历史。文献报道最早是在欧洲经直肠给地西泮来终止婴幼儿惊厥发作获得成功。1997年7月,美国食品药品监督管理局批准使用地西泮凝胶,即Diastat,治疗频繁发作的癫痫或癫痫持续状态后,欧洲、北美和美国的临床医生都已经广泛开始通过直肠给地西泮来控制癫痫发作,到2004年5月,直肠用地西泮凝胶在美国已作为处方药开出200万支。现在地西泮凝胶已经是国外院外终止痫性发作的一线药。

在20世纪80年代,开始有经直肠给副醛、丙戊酸等治疗癫痫持续状态的报道。国内则常有用水合氯醛灌肠控制急性癫痫发作,或与布洛芬混合灌肠治疗热性惊厥的报道。实际上,几乎所有传统的抗癫痫药物都曾被尝试经直肠使用。

2. **直肠给药的适应证**　癫痫患者发病时意识不清楚,肌肉强直,难以建立静脉通道,也不配合服药时,经直肠给抗癫痫药是方便、可行的,尤其适合在家中进行治疗,对特别不配合其他给药方式的儿童也可考虑使用。

3. **直肠给药的注意事项**　直肠给抗癫痫药物需注意:①由于涉及患者的隐私,最好不在公共场所使用;②直肠有两个静脉丛:直肠上静脉丛收集直肠上静脉血液,经门静脉注入肝脏。直肠下静脉丛经直肠下静脉和髂内静脉回流到下腔静脉,与体循环连接。所以经直肠给药时药物不能注入太深以便药物从直肠下静脉迅速吸收进入全身循环,同时避开肝脏的首过效应所导致的药物减效,以达快速起效的目的;③虽然一般抗惊厥药经直肠给药时,对直肠的刺激较小,但仍可能引发局部刺激,导致直肠溃疡。因而,经直肠给药只能是临时、短期使用,以终止痫性发作,不能过于频繁地使用,而且对于长期服地西泮的患者,为安全起见,最好不要再从直肠给药。

4. **经直肠使用地西泮**　在发达国家,经直肠给予地西泮已经成为儿童癫痫院前治疗的一线药物。欧洲专家认为儿童终止持续性热性惊厥和丛集性癫痫发作首选地西泮直肠给药,治疗全面性惊厥性癫痫持续状态也可经直肠给地西泮。2007年在美国对64例癫痫患儿的父母进行过调查,发现有43(68%)例癫痫患儿的父母曾经要求学校或幼儿园给患儿经直肠给地西泮凝胶,81%(35/43)的学校接受申请,表明经直肠给地西泮已被美国社会广泛接受。

(1)**药代动力学特征**:地西泮脂溶性高,可经直肠上、下静脉丛快速吸收。除静脉推注外,药物通过直肠途径吸收入血发挥治疗作用比其他途径都快。

地西泮经直肠给药后5~15分钟后能达到血浆有效药物浓度,到达峰浓度平均时间为 10~20 分钟(5~60 分钟)。如果痫性发作开始 15 分钟内就给药治疗,近 80% 的痫性发作可以被终止,如果发病时间超过 15 分钟,则有效率为 60%。另外,早期用药还可能减少痫性发作的复发。

地西泮凝胶(Diastat)给药 15 分钟内血浆浓度≥200ng/ml;45 分钟时第一次浓度峰值为 373ng/ml;70 分钟时第二次浓度峰值为 447±91.1ng/ml,生物利用度为 90.4%。

地西泮栓剂通过直肠黏膜吸收慢,至少需要 15~20 分钟才能产生抗惊厥作用。地西泮肌内注射后吸收也很慢,而且吸收不稳定,因而直肠应用地西泮栓剂和肌内注射地西泮均不适合用于终止急性的痫性发作。

直肠用的地西泮凝胶稳定性好,低温、高温和光照环境中能保存 2 年。在家里由培训过的看护人经直肠给地西泮凝胶控制增加的痫性发作是可行的。

(2)用量用法:1991 年国外推荐的用量是按 0.3~0.5mg/kg 计算地西泮剂量,最大剂量不超过 10mg;LANCET 杂志 2005 年推荐的治疗方案是:6~12 个月婴儿:2.5mg;1~4 岁儿童:5mg;5~9 岁:7.5mg;10 岁以上:10mg。2008 年英国 APLS 推荐用于儿童急性强直-阵挛发作时的直肠给药剂量为 0.5mg/kg。

用法:用表面涂有润滑油的 2ml 玻璃注射器或一次性小注射器插入直肠 3~5cm,然后注入药物,可推入 1ml 的空气以保证注射器内全部药物注入,推药后注意捏紧肛门处 5 分钟以上。痫性发作仍未控制时可以在 5 分钟后重复给药。

地西泮凝胶(商品名 Diastat,5mg/ml)的用量:成人 15~20mg(0.33~0.42mg/kg),80% 患者在给药 10 分钟内起效,平均 8 分钟内终止痫性发作,如果给药 10 分钟后仍发作,可再加 10mg。但也有人认为直肠地西泮凝胶用量达 30mg 时,终止痫性发作的效果更好,而引起的副作用与用量为 20mg 时相比没有统计学差异。

美国卫生系统药师协会推荐直肠使用地西泮凝胶的方法是:①将正在抽搐的患者放在不会坠地的地方;②用拇指上推以除去注射管外的保护套;③把有润滑剂的凝胶放在注射管内;④患者背向操作者,将患者的大腿朝前,然后分开患者臀部,暴露其肛门;⑤将注射管轻轻插入肛门;⑥慢推(约 3 秒)注射器内芯;⑦约 3 秒后把注射管从直肠内拔出;⑧捏紧患者肛门防止凝胶漏出,保持 3 秒;⑨让患者保持侧卧位。记录经直肠给地西泮凝胶的时间。继续观察患者情况。

(3)副作用:地西泮注射液和凝胶的疗效和副作用接近,似乎凝胶疗效要好些,使用更方便、简单,剂量也容易掌握,但是价格较高。

美国卫生系统药师协会提出直肠用地西泮凝胶可能引发的副作用有:思睡、头晕、头痛、疼痛、胃痛、紧张、面部发红、腹泻、不稳定感、不同寻常的情绪高涨、协调性差、流鼻涕、难入睡或者嗜睡;少见但是严重的副作用包括:皮疹、呼吸困难、兴奋过度、视幻觉或听幻觉和发怒。

文献报道最多的副作用是睡眠增多,很少有严重呼吸心脏抑制和局部不适的报道。

Fakhoury(2007)进行的单中心临床实验发现经直肠给地西泮凝胶能终止 90% 的儿童和成人癫痫持续状态的发作,主要副作用是嗜睡。

Pellock(2005)研究中发现的副作用有:嗜睡、偶有呼吸抑制、短期内 2 次以上的给药的或并发其他严重疾病者可能有呼吸抑制、痫性发作复发。

在超过 200 万次的经直肠使用地西泮中,只有 9 次出现呼吸事件,3 例患者死亡,呼吸抑制不是死亡的主要症状。

也有人报道(1998)地西泮凝胶引起轻度的认知改变,但在给药4小时内症状消失。

(4)经直肠给地西泮的临床实践:为评估直肠用地西泮凝胶控制癫痫患者急性发作的安全性和间隔5天以上重复使用时的耐受性,在美国进行过一个开放性实验。在研究的149个年龄大于2岁的患者中多数人长期服用多种抗癫痫药,其中长期服用最多的药包括丙戊酸钠(52%)、卡马西平(46%)、拉莫三嗪(40%)、加巴喷丁(34%)、苯妥英(33%)和苯巴比妥(18%)。地西泮凝胶包装在一次性、预充的注射器内。剂量根据年龄和体重决定:2~5岁:0.5mg/kg;6~11岁:0.3mg/kg;成人:0.2mg/kg。使用1次至少间隔5天,每个月使用次数不多于5次。在149名接受治疗的患者中,共给药1578次,结果发现77%患者在12小时内无痫性发作。125人接受2次以上的治疗(2~78次,中位数为8),间隔0.03~4.3/月(中位数为:0.4)。为评估耐药性,有2次以上痫性发作的患者被分为治疗次数少(治疗2~7次痫性发作)和治疗次数多(治疗8~78次痫性发作)两组。结果发现无论给药次数多或少的,第一次给药和最后一次给药后的12小时内没有痫性发作的比例两者间无差异。

直肠地西泮凝胶引起的副作用很少且轻,与苯二氮䓬类药的一般副作用相似。嗜睡最常见,见于17%的患者。作者认为直肠用地西泮凝胶引起的嗜睡与痫性发作后的睡眠很难区分,但有9%的认为与用药有关。2名患者出现短暂的低通气,但都不需要治疗。没有出现FDA指定的由直肠地西泮凝胶引起的副作用。由于药物错装出现两次药物过量,根据年龄、体重计算超过剂量为250%~330%,但都不需要处理。由于或可能由于与直肠地西泮凝胶有关的副作用(胸痛、皮疹)有3名患者退出,另又有5名患者退出,原因与直肠地西泮凝胶无关。12个月和24个月看护人和医生总的评价分层是高度有效。作者认为直肠应用地西泮凝胶治疗儿童和成年癫痫患者的急性痫性发作安全、有效。至少间隔5天以上时重复使用直肠地西泮凝胶未出现明显的药物相关的副作用和不能耐受现象。

在北欧,为评价在非医学环境中由看护人给予1次直肠地西泮凝胶治疗急性痫性发作反复发生(如密集发生)时的有效性和安全性,组织了1次多中心、随机、平行、双盲试验。29个中心共入选158名患者,对其中114名进行了治疗,其中用Diastat治疗56名,安慰剂治疗58名)。结果发现Diastat治疗组减少了痫性发作频率的中位数($P=0.029$),Diastat治疗组患者治疗后没有痫性发作的更多,其有效率在Diastat组为55%,安慰剂组为34%($P=0.031$);最常见的副作用是嗜睡。作者认为单次使用Diastat比安慰剂能明显减少痫性发作次数。在非医学环境,看护人能够安全、有效地给予治疗。

虽然药物诱导的嗜睡和癫痫发作后的睡眠很难区分,但地西泮经直肠使用最常见的副作用还是镇静作用。直肠用地西泮凝胶过量很少有严重的临床后果。据报道,用量超过最大推荐剂量的330%时也没有出现任何呼吸或心脏抑制。用量过低可能导致痫性发作未控制而成为一个严重的安全事件。长期经直肠使用地西泮凝胶很易产生耐药性,因此应该避免长期使用。

直肠用地西泮凝胶安全性分析显示该制剂在某些方面优于静脉内使用的地西泮,最显著的包括呼吸抑制的发生率很低、药物滥用的可能性小和非专业看护人也能在医院外使用(是其最大的优势)。对于长期使用抗癫痫药的患者,在其痫性发作增多、需要间歇性使用地西泮控制发作时,直肠用地西泮凝胶(Diastat)是美国 FDA 唯一批准使用的药物。

5. 经直肠使用咪达唑仑 咪达唑仑也是苯二氮䓬类药物,但与其他苯二氮䓬类药物比较,它有以下优势:①咪达唑仑是水溶性,而其他的苯二氮䓬类药需要溶于丙二醇(对静脉有毒性)后才能溶解;②咪达唑仑是苯二氮䓬类药物中唯一的肌内注射也能保证抗癫痫效果的药物,因此常在急诊室使用;③其他苯二氮䓬类药和苯妥英钠都无效时,静脉给咪达唑仑仍然能终止癫痫持续状态的发作;④咪达唑仑相对便宜、方便实施、安全有效、药效维持相对长。

(1) 药代动力学:在一个开放、交叉试验中,8 名健康男性经直肠和静脉途径接受 0.3mg/kg 的咪达唑仑后测量血浆咪达唑仑浓度。直肠给药后 20 ~ 50 分钟内(平均为 31 分钟)记录到最高血药浓度 92 ~ 156ng/ml(平均为 118ng/ml)。直肠给药的生物利用度是 40% ~ 65%(平均为 52%),半衰期是 114 ~ 305 分钟(平均为 161 分钟)。直肠给药后观察到有肝脏首过效应,未发现全身和局部有不耐受情况。

(2) 咪达唑仑的用法用量:咪达唑仑推荐剂量是 0.2mg/kg。

(3) 临床实践:咪达唑仑静脉外用药多数经鼻腔或口腔,临床很少经直肠给药。

6. 经直肠使用副醛 副醛重要的适应证就是治疗急性痫性发作和癫痫持续状态。副醛终止痫性发作效果很好,疗效与苯二氮䓬类药物、巴比妥盐和苯妥英钠相似。但现有关于副醛治疗癫痫有效性的文献仅有病例报告和小样本观察,尚缺乏科学系统的研究。

(1) 药代动力学特征:副醛抗惊厥作用机制不清楚。在口服、直肠给药和肌内注射后都能迅速吸收,其血浆药物浓度可在 30 ~ 60 分钟内达到峰值。约 30% 经过肺部清除,其余通过肝脏代谢。在肝病患者体内,副醛的半衰期明显延长。有关副醛经直肠迅速吸收的药代动力学证据很少。

(2) 用法用量:一般直肠用药剂量是成人 5 ~ 10ml、儿童 0.07 ~ 0.34ml/kg,使用前用等量的注射用水稀释。此剂量在 15 ~ 30 分钟后可以重复。

英国高级儿童生命支持委员会关于婴儿和大龄儿童癫痫持续状态院前或发病初在病房内经直肠给副醛的推荐剂量是:3 ~ 12 个月的:0.1ml/kg;12 个月 ~ 5 岁:1ml/年;5 岁以上的:年龄每增加 1 年加 0.5ml,最大剂量是 10ml。

副醛的优点在于与苯二氮䓬类药物、巴比妥盐和苯妥英钠相比,很少引起低血压和呼吸停止。副醛主要用于急性痫性发作或癫痫持续状态早期地西泮的替代用药或维持治疗。由于它镇静作用很小和对呼吸循环抑制少的突出优势,在没有复苏设施的环境中,可以通过直肠给药。

英国高级儿童生命支持(the advanced pediatric life support, APLS)委员会建议在治疗癫痫持续状态时静脉注射 1 次地西泮后,再经直肠给副醛。

直肠给药可能导致血浆和脑内的药物浓度不稳定,所以在有静脉通路时最好还是通过静脉再给 1 次药。在静脉通路还没有建立而经直肠给地西泮又无效时,或者已知患者使用副醛有效时,可以给副醛治疗,但只能通过直肠给药。

给药前,应该用等量的橄榄油稀释以减少对直肠黏膜的刺激。

(3) 注意事项:副醛的主要毒性反应源于使用稀释不当或已经分解的副醛。副醛的保存期(shelf life)很短,应该现配现用,不能过度曝光,以避免分解。分解的复合物可能形成沉淀。副醛还会与橡胶及塑料相互作用,所以给药时只能放在玻璃制品中。副醛肌内注射时很痛,可能引起无菌性脓肿和炎症反应。注射时不能太靠近坐骨神经,以免引起损伤。

7. 经直肠给水合氯醛 水合氯醛是一种催眠药,临床常用于镇静和诱导睡眠。而作为抗惊厥药物的机制尚不清楚。研究报告水合氯醛治疗后,猫的后缝核中 5-羟色胺神经元反应性发生变化。

(1) 药代动力学特征:水合氯醛是氯醛的水合物,能被乙醛还原酶迅速降解成三氯乙醇,而三氯乙醇是最可能有效的中枢神经系统抑制物。与水合氯醛相反,三氯乙醇的半衰期更长(4~12 小时)。

(2) 用法用量:水合氯醛有胶囊和液体的制剂,可以口服;还有栓剂可以塞入直肠。液态的水合氯醛中应该加入半杯的水、果汁或姜味啤酒,然后马上喝。胶囊应该用一杯水或果汁整个吞下,不要嚼碎。

使用栓剂时应该遵循以下步骤:①除去包装;②把栓剂的尖端在水中浸一下;③右利手者,应该左侧卧位躺下,右膝盖抬到胸部;如果是左利手者,则应该右侧卧位,抬高左膝;④用手指把栓剂插入直肠,婴儿和儿童约插入 0.5~1 英寸(1 英寸 =2.54 厘米);成人插入 1 英寸。保持这个位置一会;⑤约 15 分钟后再起身。然后清洗双手,恢复正常活动。水合氯醛可能有依赖性,使用剂量不能过大、过于频繁或时间过长。长时间使用水合氯醛后不能突然停药,应该逐渐减量。

水合氯醛可以引起胃部不适,服水合氯醛时应该和食物或牛奶一起服用。

(3) 注意事项:水合氯醛经直肠给药偶有引起心搏骤停者。

(4) 不良反应:水合氯醛和副醛都以相似的机制快速镇静。但副醛可以引起严重不良反应,如低血压、肺出血和肺水肿、静脉血栓形成和肝、肾损害,水合氯醛相对更安全些,最常见的副作用是口服时出现胃肠道刺激,表现为思睡、胃部不适、恶心、腹泻;部分患者要能有皮疹、皮肤瘙痒、意识模糊、呼吸困难、心动过缓和极度疲倦。

水合氯醛过量时可以出现心律失常、胃刺激、低血压、中枢神经系统抑制和痫性发作。治疗剂量范围内使用水合氯醛后也有出现心律失常的报道。

(5) 临床实践:5 名癫痫持续状态患者,年龄在 22~68 岁之间。这些患者在 30 分钟内有 5~12 次的痫性发作,发作间意识未完全恢复。排除中枢神经系统感染和蛛网膜下腔出血。每名患者开始静脉注射地西泮和苯妥英无效,3 名患者还静脉滴注地西泮100mg,2 名患者静脉注射 20mg/kg 苯巴比妥,但所有患者的痫性发作仍未停止、次数也没有减少。所有患者在发病后 50~60 分钟内每间隔 2 小时经直肠给 30mg/kg 水合氯醛。结果发现 1 例 62 岁的患者,在给地西泮、苯妥英钠和苯巴比妥静脉注射无效后,经直肠给水合氯醛后 7 分钟痫性发作停止,脑电图显示痫样放电消失,但 8 小时、14 小时、21 小时又分别出现 1 次部分性发作。第 2 例患者,52 岁,反复脑血管意外,无癫痫和服抗癫痫药病史,头颅 CT 显示右额顶叶脑梗死,给地西泮、苯妥英和丙戊酸钠无效后,经直肠给水合氯醛后 5 分钟患者痫性发作停止。第 3 例患者,52 岁,从 22 岁起出现全面性强直-阵挛发作,平时服苯妥英 300mg/d,发作前 1 周停服抗癫痫药,头颅 CT 未发现异常。给地西泮、苯妥英和丙戊酸钠无效后,经直肠给水合氯醛后 5 分钟患者痫性发作停止。第 4 例患者,22 岁,儿童时期就有全面性强直-阵挛发作,平时服卡马西平 600mg/d,头颅 CT 未发现异常。给地西泮、苯妥英和苯巴比妥无效后,经直肠给水合氯醛后 5 分钟患者痫性发作停止。第 5 例患者,69 岁,既往有肺癌脑转移病史,2 个月出现单纯部分性发作,平时服苯妥英 300mg/d,头颅 CT 显示左颞顶叶转移灶。给地西泮、苯妥英无效后,经直肠给水合氯醛后 12 分钟患者痫性发作停止,但 18 小时后痫性发作复发。患者 1 和 5 治疗开始 6 小时后水合氯醛减量至 20mg/kg,每 4 小时 1 次,共维持 48 小时。所有患者发生癫痫持续状态期间未出现严重低氧,也没有血流动力学、心血管和呼吸系统的不良反应。

8. 经直肠使用其他抗癫痫药

（1）卡马西平和山梨醇的混合物经直肠给药吸收很慢。卡马西平直肠凝胶的吸收和耐受性尚可。

（2）6 名地西泮和（或）异戊巴比妥胃肠外治疗无效的癫痫持续状态患者被给予丙戊酸钠（200mg,脂质的栓剂）200～800mg,每 6 小时经直肠给 1 次,以免吸收障碍（可见于麻痹性肠梗阻）。所有患者血浆丙戊酸钠水平在开始治疗 36 小时内达到治疗范围,结果发现 5 名患者的痫性发作完全控制,6 名患者的痫性发作减少 75%。2 名患者丙戊酸钠由直肠给药换成等量口服以继续控制痫性发作后,血浆药物浓度变化很小,提示直肠、口服两种方法给药的生物利用度相似。在癫痫持续状态的治疗中,丙戊酸钠直肠给药可以被全身有效吸收。

难治性癫痫持续状态选用丙戊酸钠时成人可用 200～1200mg 丙戊酸钠栓剂或保留灌肠,每 6 小时 1 次,或与苯妥英钠、苯巴比妥合用。儿童丙戊酸钠的剂量为 15～20mg/kg。

（3）加巴喷丁:为了解儿童经直肠给加巴喷丁作为维持治疗时药物的吸收情况,有学者研究了两名儿童手术前口服和经直肠接受加巴喷丁,结果发现,经直肠使用加巴喷丁后血浆药物浓度降低的速度与口服加巴喷丁后血浆药物浓度降低的速度相似,但直肠给加巴喷丁后的药物浓度更低。因此,作者认为加巴喷丁的水溶液经直肠吸收效果很差,认为口服加巴喷丁停止时,经直肠给加巴喷丁效果不理想,建议换用其他能经胃肠外或直肠使用的抗癫痫药物。

（4）拉莫三嗪:经直肠给拉莫三嗪压缩片 100mg 后的血浆浓度（最高浓度平均值 0.53±0.14μg/ml）要低于经口腔给药（最高浓度平均值 1.45±0.35μg/ml）。拉莫三嗪压缩片经直肠使用的相对生物利用度是 0.63±0.33,没有产生严重不良反应。用拉莫三嗪压缩片制成的混悬液可经直肠吸收,只是吸收的速度和程度不如口服。

（三）经口腔使用抗癫痫药物

20 世纪 90 年代后人们开始关注用新的抗癫痫药物和新的给药途径终止痫性发作,陆续出现咪达唑仑、劳拉西泮等口含、吸入的报道,其效果和安全性也逐渐被接受。

1. 适应证　经口腔用药主要适用于需要临时、短期使用来终止癫痫频繁发作的患者,尤其在患者发作时没有受过特殊训练医护人员在场帮助时。最适用于成人,但在患者意识不清楚时使用有一定困难。

2. 经口腔使用咪达唑仑治疗癫痫持续状态　①药代动力学:近年来,越来越多的临床研究提示咪达唑仑经口腔黏膜吸收效果很好,其终止痫性发作的效果至少与经典的地西泮经直肠给药效果相同、甚至更好。由于近年来有关咪达唑仑口含或舌下含服的药代动力学和脑电图药效学数据显示咪达唑仑口含的效果较地西泮效果更好,因而有学者提出可用咪达唑仑口含代替经直肠给地西泮行院前治疗癫痫持续状态。健康成人的药代动力学研究显示口含咪达唑仑注射液后 5~10 分钟内脑电图就可见到 30Hz 的快波,提示已迅速吸收并作用于中枢神经系统(参见经直肠使用咪达唑仑章节);②临床研究显示 80% 的频繁发作患者的痫性发作可在用药后 10 分钟内停止;③用法用量:咪达唑仑经口腔用药的推荐剂量是小婴儿 0.5mg/kg,6~12 月婴儿:2.5mg;1~4 岁儿童:5mg;5~9 岁:7.5mg;10 岁以上:10mg。使用时可将咪达唑仑注射液 2ml(10mg)吸入 2ml 的塑料注射器内喷入患者口腔黏膜周围(牙龈与颊部间),轻揉颊部。给药后平均 6 分钟能终止癫痫发作,75.8% 的患者在 10 分钟内终止发作,8% 的患者在 1 小时后作复发。39.1% 的患者在 24 小时后复发;④不良反应:给药后主要不良反应是呼吸抑制和皮肤瘙痒。

3. 经口腔使用劳拉西泮　成人口含 $100\mu g/kg$ 的劳拉西泮,给药后平均 7.5 分钟能终止痫性发作,75% 患者的发作在 10 分钟内终止,10% 患者的发作在 24 小时内复发。

(四)经鼻腔使用抗癫痫药

1. 适应证　对于癫痫患者家庭成员或看护人来说,患者出现急性频繁痫性发作或癫痫持续状态需要进行急救时,最容易接受的给药方法是经直肠给地西泮或舌下含服劳拉西泮。但当患者在抽搐时,口服和舌下给药都很困难,也很危险。因而经鼻腔给药有一定的优势,目前提倡经鼻腔给药的主要适应证是癫痫频繁发作或持续状态,而又不能通过静脉给药者。

2. 药代动力学特征　经鼻腔给药时,地西泮在 5~15 分钟内就能达到最高血药浓度,比劳拉西泮吸收快。经鼻腔给咪达唑仑 0.2mg/kg,到达峰浓度时间为 5~20 分钟,平均到达峰浓度时间为 10 分钟,半衰期约 4 小时,合并上呼吸道感染或患儿哭闹时药物疗效会降低。

3. 不良反应　目前经鼻腔用药最常使用的药物是地西泮和咪达唑仑,其主要副作用是轻~中度面部发红、鼻腔烧灼感、喉咙痛或苦。

鼻腔最多能容纳 0.5ml 的滴液。地西泮和咪达唑仑注射液控制急性痫性发作所需要的剂量相对大,使用时容易流到食管,从而导致起效延迟、出现咽痛,还会降低咪达唑仑的吸收。

无论是鼻腔专用的地西泮还是咪达唑仑注射液经鼻腔给药时,患者都很不舒服,但这种情况只是暂时的。

(韩雁冷　王学峰)

参 考 文 献

[1] Limdi NA,Shimpi AV,Faught E,et al. Efficacy of rapid Ⅳ administration of valproic acid for status epilepticus. Neurology,2005,65(3):500-501.

[2] Peters CN,Pohlmann-Eden B. Intravenous valproate as an innovative therapy in seizure emergency situations including status epilepticus-experience in 102 adult patients. Seizure,2005,14(3):164-169.

[3] Boggs JG,Preis K. Successful initiation of combined therapy with valproate sodium injection and divalproex sodium extended-release tablets in the epilepsy monitoring unit. Epilepsia,2005,46(6):949-951.

[4] Mehta V,Singhi P,Singhi S. Intravenous sodium valproate versus diazepam infusion for the control of refractory status epilepticus in children:a randomized controlled trial. J Child Neurol,2007,22(10):1191-1197.

[5] Taylor LM,Farzam F,Cook AM,et al. Clinical utility of a continuous intravenous infusion of valproic acid in pediatric patients. Pharmacotherapy,2007,27(4):519-525.

[6] Olsen KB,Taubøll E,Gjerstad L. Valproate is an effective,well-tolerated drug for treatment of status epilepticus/serial attacks in adults. Acta Neurol Scand Suppl,2007,187:51-54.

[7] Guzeva VI. Depakine in the therapy of epilepsy in children and adolescents Article in Russian. Zh Nevrol Psikhiatr Im S S Korsakova,2007,107(8):34-39.

[8] Rejdak K,Papuc E,Dropko P,et al. Acute stroke-elicited epilepsia partialis continua responsive to intravenous sodium valproate. Neurol Neurochir Pol,2008,42(2):157-160.

[9] Leiva Salinas C,Poyatos Ruipérez C,González Masegosa A,et al. Diffusion-weighted MRI in early diagnosis of cerebral fat embolism syndrome. Neurologia,2008,23(3):188-191.

[10] Waberzinek G,Marková J,Mastík J. Safety and efficacy of intravenous sodium valproate in the treatment of ac ute migraine. Neuro Endocrinol Lett,2007,28(1):59-64.

[11] Frazee LA,Foraker KC. Use of intravenous valproic acid for acute migraine. Ann Pharmacother,2008,42 (3):403-407.

[12] Sadovsky,Richard. Procholorperazine vs. Sodium Valproate for Acute Migraine. American Family Physician,2004,1(2):69.

[13] Thomaides T,Karapanayiotides T,Kerezoudi E,et al. Intravenous valproate aborts glyceryl trinitrate-induced migraine attacks:a clinical and quantitative EEG study. Cephalalgia,2008,28(3):250-256.

[14] Agarwal P,Kumar N,Chandra R,et al. Randomized study of intravenous valproate and phenytoin in status epilepticus. Seizure,2007,16(6):527-532.

[15] Misra UK,Kalita J. Sodium valproate vs phenytoin in status epilepticus:a pilot study. Neurology. Neurology,2006,67(2):340-342.

[16] Taylor LM. Clinical utility of a continuous intravenous infusion of valproic acid in pediatric patients. Pharmacotherapy,2007,27(4):519-525.

[17] Limdi NA. Safety of rapid intravenous loading of valproate. Epilepsia,2007,48(3):478-483.

[18] Morton LD,O'Hara KA,Coots BP,et al. Safety of rapid intravenous valproate infusion in pediatric patients. Pediatr Neurol,2007,36(2):81-83.

[19] Black DN,Althoff RR,Daye K,et al. Lethal obesity associated with sodium valproate in a brain-injured patient. Cogn Behav Neurol,2005,18(2):98-101.

[20] Young P,Finn BC,Alvarez F,et al. Valproate-associated hyperammonemic encephalopathy. Report of one case. Rev Med Chil,2007,135(11):1446-1449.

[21] Kumar P,Vallis CJ,Hall CM. Intravenous valproate associated with circulatory collapse. Ann Pharmacother,2003,37(12):1797-1799.

[22] Kocak S,Girisgin SA,Gul M,et al. Stevens-Johnson syndrome due to concomitant use of lamotrigine and valproic acid. Am J Clin Dermatol,2007,8(2):107-111.

[23] Vinten,N Adab,N MBCh B,et al. Neuropsychological effects of exposure to anticonvulsant medication in utero,2005,64(6):949-954.

[24] Russell S. Carnitine as an antidote for acute valproate toxicity in children. Curr Opin Pediatr,2007,19 (2):206-210.

[25] Chan YC,Tse ML,Lau FL. Two cases of valproic acid poisoning treated with L-carnitine. Hum Exp Toxicol,2007,26(12):967-969.

[26] 陈阳美.常用抗癫痫药//沈鼎烈,王学峰.临床癫痫学.第2版.上海:上海科学技术出版社,2006:635-637.

[27] Bahi-Buisson N,Savini R,Eisermann M,et al. Misleading effects of clonazepam in symptomatic electrical status epilepticus during sleep syndrome. Pediatr Neurol,2006,34(2):146-150.

[28] Congdon PJ,Forsythe WI. Intravenous clonazepam in the treatment of status epilepticus in children. Epilepsia,1980,21(1):97-102.

[29] Krauss GL,Bergin A,Kramer RE,et al. Suppression of post-hypoxic and post-encephalitic myoclonus with levetiracetam. Neurology,2001,56(3):411-412.

[30] Padma MV,Jain S,Maheshwari MC. Oral clonazepam sensitive focal status epilepticus (FSE). Indian J Pediatr,1997,64(3):424-427.

[31] Wasterlain CG,Chen JWY. Mechanistic and pharmacologic aspects of status epilepticus and its treatment with new antiepileptic drugs. Epilepsia,2008,49(Suppl,9):63-73.

[32] Singh AN,Le Morvan P. Treatment of status epilepticus with intravenous clonazepam. Prog Neuropsychopharmacol Biol Psychiatry,1982,6(4-6):539-542.

[33] Tai KK,Truong DD. Ketogenic diet prevents seizure and reduces myoclonic jerks in rats with cardiac arrest-induced cerebral hypoxia. Neurosci Lett,2007,425(1):34-38.

[34] Trinka E,Moroder T,Nagler M,et al. Clinical and EEG findings in complex partial status epilepticus with tiagabine. Seizure,1999,8(1):41-44.

[35] Simon Shorvon. Status Epilepticus:its clinical features and treatment in children and adults. New York:Cambridge University Press,2006.

[36] Abend NS,Dlugos DJ. Treatment of refractory status epilepticus:literature review and a proposed protocol. Pediatr Neurol,2008,38(6):377-390.

[37] Crawley J,Waruiru C,Mithwani S,et al. Effect of phenobarbital on seizure frequency and mortality in childhood cerebral malaria:a randomised,controlled intervention study. Lancet,2000,355:701-706.

[38] García Peñas JJ,Molins A,Salas Puig J. Status epilepticus:evidence and controversy. Neurologist,2007,13(6 Suppl 1):S62-73.

[39] Kokwaro GO,Ogutu BR,Muchohi SN,et al. Pharmacokinetics and clinical effect of phenobarbital in children with severe falciparum malaria and convulsions. Br J Clin Pharmacol,2003,56(4):453-457.

[40] Lee WK,Liu KT,Young BW. Very-high-dose phenobarbital for childhood refractory status epilepticus. Pediatr Neurol,2006,34(1):63-65.

[41] Prasad A,Williamson JM,Bertram EH. Phenobarbital and MK-801,but not phenytoin,improve the long-term outcome of status epilepticus. Ann Neurol,2002,51(2):175-181.

[42] Tiamkao S,Mayurasakorn N,Suko P,et al. Very high dose phenobarbital for refractory status epilepticus. J Med Assoc Thai,2007,90(12):2597-2600.

[43] Winstanley PA,Newton CRJC,Pasvol G,et al. Prophylactic phenobarbital in young children with severe falciparum malaria:pharmacokinetics and clinical effects. Br J Clin Pharmacol,1992,33:149-154.

[44] Abend NS,Huh JW,Helfaer MA,et al. Anticonvulsant medications in the pediatric emergency room and intensive care unit. Pediatr Emerg Care,2008,24(10):705-718.

[45] Adams BD,Buckley NH,Kim JY,et al. Fosphenytoin may cause hemodynamically unstable bradydysrhythmias. J Emerg Med,2006,30(1):75-79.

[46] Bleck TP. Management approaches to prolonged seizures and status epilepticus. Epilepsia,1999,40(Suppl 1):S59-S63.

[47] Brevoord JC,Joosten KF,Arts WF,et al. Status epilepticus:clinical analysis of a treatment protocol based on midazolam and phenytoin. J Child Neurol,2005,20(6):476-481.

[48] DeToledo JC,Ramsay RE. Fosphenytoin and phenytoin in patients with status epilepticus:improved tolera-

bility versus increased costs. Drug Saf,2000,22(6):459-466.

[49] Kai E,Tapani K,Reetta K. Fosphenytoin. Expert Opin Drug Metab Toxicol,2009,5(6):695-701.

[50] Di Gennaro G,Quarato PP,Colazza GB,et al. Hypoglycaemia induced by phenytoin treatment for partial status epilepticus. J Neurol Neurosurg Psychiatry,2002,73(3):349-350.

[51] Knake S, Hamer HM, Rosenow F. Status epilepticus: a critical review. Epilepsy Behav, 2009, 15(1): 10-14.

[52] Lowenstein DH. Treatment options for status epilepticus. Curr Opin Pharmacol,2005,5(3):334-339.

[53] McBryde KD,Wilcox J,Kher KK. Hyperphosphatemia due to fosphenytoin in a pediatric ESRD patient. Pediatr Nephrol,2005,20:1182-1185.

[54] McDonough JH,Benjamin A,McMonagle JD,et al. Effects of fosphenytoin on nerve agent-induced status epilepticus. Drug Chem Toxicol,2004,27(1):27-39.

[55] Miyahara A,Saito Y,Sugai K,et al. Reassessment of phenytoin for treatment of late stage progressive myoclonus epilepsy complicated with status epilepticus. Epilepsy Res,2009,84(2-3):201-209.

[56] Ogutu BR,Newton CR,Muchohi SN,et al. Pharmacokinetics and clinical effects of phenytoin and fosphenytoin in children with severe malaria and status epilepticus. Br J Clin Pharmacol,2003,56(1):112-119.

[57] Papavasiliou AS,Kotsalis C,Paraskevoulakos E,et al. Intravenous midazolam in convulsive status epilepticus in children with pharmacoresistant epilepsy. Epilepsy Behav,2009,14(4):661-664.

[58] Nobutoki T,Sugai K,Fukumizu M,et al. Continuous midazolam infusion for refractory nonconvulsive status epilepticus in children. No To Hattatsu,2005,37(5):369-373.

[59] Outin H. Generalized convulsive status epilepticus in emergency situations in and out of hospital. Presse Med,2009,38(12):1823-1831.

[60] Galdames-Contreras D,Carrasco-Poblete E,Aguilera-Olivares L,et al. Intramuscular midazolam in the initial treatment of status epilepticus. Rev Neurol,2006,42(6):332-335.

[61] Morrison G,Gibbons E,Whitehouse WP. High-dose midazolam therapy for refractory status epilepticus in children. Intensive Care Med,2006,32(12):2070-2076.

[62] Ozdemir D,Gulez P,Uran N,et al. Efficacy of continuous midazolam infusion and mortality in childhood refractory generalized convulsive status epilepticus. Seizure,2005,14(2):129-132.

[63] Hamano S,Tanaka M,Mochizuki M,et al. Midazolam treatment for status epilepticus of children. No To Hattatsu,2003,35(4):304-309.

[64] minagawa K,Watanabe T. Eight-year study on the treatment with intravenous midazolam for status epilepticus and clusters of seizures in children. No To Hattatsu,2003,35(6):484-490.

[65] Wilson MT,Macleod S,O'Regan ME. Nasal/buccal midazolam use in the community. Arch Dis Child, 2004,89(1):50-51.

[66] Wolfe TR,Macfarlane TC. Intranasal midazolam therapy for pediatric status epilepticus. Am J Emerg Med, 2006,24(3):343-346.

[67] Arif H,Hirsch LJ. Treatment of status epilepticus. Semin Neurol,2008,28(3):342-354.

[68] Bodmer M,Link B,Grignaschi N,et al. Pharmacokinetics of midazolam and metabolites in a patient with refractory status epilepticus treated with extraordinary doses of midazolam. Ther Drug Monit,2008,30 (1):120-124.

[69] Robert C. Tasker Midazolam for refractory status epilepticus in children:higher dosing and more rapid and effective control. Comment on:Intensive Care Med,2006,32(12):1935-1936.

[70] Mpimbaza A,Ndeezi G,Staedke S,et al. Comparison of Buccal Midazolam With Rectal Diazepam in the Treatment of Prolonged Seizures in Ugandan Children:A Randomized Clinical Trial. Pediatrics,2008,

121:e58-e64.

[71] Yamamoto H, Aihara M, Niijima S, et al. Treatments with midazolam and lidocaine for status epilepticus in neonates Brain Dev, 2007, 29(9):559-564.

[72] Brevoord JC, Joosten KF, Arts WF, et al. Status epilepticus: clinical analysis of a treatment protocol based on midazolam and phenytoin. J Child Neurol, 2005, 20(6):476-481.

[73] Hayashi K, Osawa M, Aihara M, et al. Efficacy of intravenous midazolam for status epilepticus in childhood. Pediatr Neurol, 2007, 36(6):366-372.

[74] Aldredge BK, Gelb AM, Isaacs SM, et al. A comparison of lorazepam, diazepam and placebo for the treatment of out of hospital status epilepticus. N Engl J Med, 2001, 345:631-637.

[75] Ahmad S, Ellis J, Kamwendo H, et al. Efficacy and safety of intranasal lorazepam versus intramuscular paraldehyde for protracted convulsions in children: an open label trial. Lancet, 2006, 367:1591-1597.

[76] Appleton R, Choonara I, Martland T, et al. The Status Epilepticus Working Party. The treatment of conclusive status epilepticus. Arch Dis Child, 2000, 83:415-419.

[77] Appleton R, Sweeney A, Choonara T, et al. Lorazepam versus diazepam in the acute treatment of epileptic seizures and status epilepticus. Dev Med Child Neurol, 1995, 37:682-688.

[78] Appleton R, Macleod S, Martland T. Drug management for acute tonic-clonic convulsions including convulsive status epilepticus in children. Cochrane Database Syst Rev, 2008, (3):CD001905.

[79] Bernhard CG, Bohm E, Hojeberg S. A new treatment of status epilepticus, intravenous injections of a local anesthetic (lidocaine). Arch Neurol Psychiatr, 1955, 74:208-214.

[80] Burneo JG, McLachlan RS. Treating newly diagnosed epilepsy: the Canadian choice. Can J Neurol Sci, 2007, 34(2):230-236.

[81] Chin RF, Neville BG, Peckham C, et al. Treatment of community-onset, childhood convulsive status epilepticus: a prospective, population-based study. Lancet Neurol, 2008, 7(8):696-703.

[82] Choudhery V, Townend W. Best evidence topic reports. Lorazepam or diazepam in paediatric status epilepticus. Emerg Med J, 2006, 23(6):472-473.

[83] Claassen J, Hirsch LJ, Mayer SA. Treatment of status epilepticus: a survey of neurologists. J Neurol Sci, 2003, 211(1-2):37-41.

[84] Cock HR, Schapitra AVH. A comparison of lorazepam and diazepam as initial therapy in convulsive status epileptics. Q J Med, 2002, 95:225-231.

[85] DeGiorgio CM, Altman K, Hamilton-Byrd K, et al. Lidocaine in refractory status epilepticus-confirmation of efficacy with continuous EEG monitoring. Epilepsia, 1992, 33:913-916.

[86] De Toledo JC. Lidocaine and seizures. Ther Drug Monit, 2000, 2:320-322.

[87] Emerton D. Treatment of focal status epilepticus with lignocaine. J Accid Emerg Med, 1998, 15(1):69.

[88] Hamano S, Sugiyama N, Yamashita S, et al. Intravenous lidocaine for status epilepticus during childhood. Dev Med Child Neurol, 2006, 48:220-222.

[89] Hattori H, Yamano T, Hayashi K, et al. Effectiveness of lidocaine infusion for status epilepticus in childhood: a retrospective multi-institutional study in Japan. Brain Dev, 2008, 30(8):504-512.

[90] Hellstrom-Westas L, Svenningsen NW, Rosen I, et al. Lidocaine for treatment of severe seizures in newborn infants. II. Blood concentrations of lidocaine and metabolites during intravenous infusion. Acta Pediatr, 1992, 81:35-39.

[91] Henry JC, Holloway R. Review: lorazepam provides the best control for status epilepticus. Evid Based Med, 2006, 11(2):54.

[92] Kato H, Kishikawa H, Emura S, et al. Treatment of focal status epilepticus. J Accid Emerg Med, 1997, 14

(3):201.

[93] Leppik IE,Derivan AT,Homan RW,et al. Double blind study of lorazepam and diazepam in status epilepticus. JAMA,1983,249:1452-1454.

[94] Lockey AS. Emergency department drug therapy for status epilepticus in adults. Emerg Med J,2002,19(2):96-100.

[95] Lowenstein DH. Treatment options for status epilepticus. Curr Opin Pharmacol,2005,5(3):334-339.

[96] McArthur J. Review:lorazepam provides the best control for status epilepticus. Evid Based Nurs,2006,9(3):78.

[97] Meierkord H,Boon P,Engelsen B,et al. EFNS guideline on the management of status epilepticus. Eur J Neurol,2006,13(5):445-450.

[98] minicucci F,Muscas G,Perucca E,et al. Treatment of status epilepticus in adults:guidelines of the Italian League against Epilepsy. Epilepsia,2006,47 Suppl 5:9-15.

[99] Neville BG,Chin RF,Scott RC. Childhood convulsive status epilepticus:epidemiology,management and outcome. Acta Neurol Scand Suppl,2007,186:21-24.

[100] Okumura A,UemuraN,Negoro T,et al. Efficacy of antiepileptic drugs in patients with benign convulsions with mild gastroenteritis. Brain Dev,2004,26:164-167.

[101] Pascual J,Ciudad J,Berciano J. Role of lidocaine (lignocaine) in managing status epilepticus. J Neurol Neurosurg Psychiatry,1992,55:49-51.

[102] Prasad K,Al-Roomi K,Krishnan PR,et al. Anticonvulsant therapy for status epilepticus. Cochrane Database Syst Rev,2005,(4):CD003723.

[103] Prasad K,Krishnan PR,Al-Roomi K,et al. Anticonvulsant therapy for status epilepticus. Br J Clin Pharmacol,2007,63(6):640-647.

[104] Qureshi A,Wassmer E,Davies P,et al. Comparative audit of intravenous lorazepam and diazepam in the emergency treatment of convulsive status epilepticus in children. Seizure,2002,11:141-144.

[105] Rey E,Radvanyi-Bouvet MF,Bodiou C,et al. Intravenous lidocaine in the treatment of convulsions in the neonatal period-monitoring plasma levels. Ther Drug Monit,1990,12:3 16-20.

[106] Sofou K,Kristjánsdóttir R,Papachatzakis NE,et al. Management of prolonged seizures and status epilepticus in childhood:a systematic review. J Child Neurol,2009,24(8):918-926.

[107] Sugai K. Treatment of convulsive status epilepticus in infants and young children in Japan. Acta Neurol Scand Suppl,2007,186:62-70.

[108] Sugiyama N,Hamano S,Mochizuki M,et al. Efficacy of lidocaine on seizures by intravenous and intravenous drip infusion. No To Hattatsu,2004,36:451-454.

[109] McIntyre J,Robertson S,Norris E,et al. Safety and efficacy of buccal midazolam versus rectal diazepam for emergency treatment of seizures in children:a randomised controlled trial. Lancet,2005,366:205-210.

[110] Takahashi H. Lidocaine for treatment of status epileptics. Jpn JPediatr Clin Phamacology,1997,10:44-48.

[111] Taverner D,Bain WA. Intravenous lidocaine as an anticonvulsant. Lancet,1958,2:1145-1147.

[112] Thulasimani M,Ramaswamy S. The role of paraldehyde and lidocaine in the management of status epilepticus. Anaesthesia,2002,57(1):99-100.

[113] Treiman DM,Meyers PD,Walton NY,et al. A comparison of four treatments of generalised convulsive status epilepticus. Veterans Affairs Status Epilepticus Cooperative Study Group. N Engl J Med,1998,339:792-798.

[114] Vignatelli L, Rinaldi R, Galeotti M, et al. Epidemiology of status epilepticus in a rural area of northern Italy: a 2-year population-based study. Eur J Neurol, 2005, 12(11): 897-902.

[115] Walker IA, Slovis CM. Lidocaine in the treatment of status epilepticus. Acad Emerg Med, 1997, 4: 918-922.

[116] Walker M. Status epilepticus: an evidence based guide. BMJ, 2005, 331(7518): 673-677.

[117] Wermeling DP. Intranasal delivery of antiepileptic medications for treatment of seizures. Neurotherapeutics, 2009, 6(2): 352-358.

[118] Wheless JW, Clarke DF, Arzimanoglou A, et al. Treatment of pediatric epilepsy: European expert opinion. Epileptic Disord, 2007(9): 353-412.

[119] Yamamoto H, Aihara M, Niijima S, et al. Treatments with midazolam and lidocaine for status epilepticus in neonates. Brain Dev, 2007, 29(9): 559-564.

[120] Yildiz B, Citak A, Uçsel R, et al. Lidocaine treatment in pediatric convulsive status epilepticus. Pediatr Int, 2008, 50(1): 35-39.

[121] Wood PR, Browne GP, Pugh S. Propofol infusion for the treatment of status epilepticus. Lancet, 1988, 1 (8583): 480-481.

[122] Melloni C, Fusari M, Scesi M, et al. The use of propofol in status epilepticus. minerva Anestesiol, 1992, 58(9): 553-556.

[123] Holtkamp M. The anaesthetic and intensive care of status epilepticus. Curr Opin Neurol, 2007, 20(2): 188-193.

[124] Olsen KB, Taubøll E, Gjerstad L. Valproate is an effective, well-tolerated drug for treatment of status epilepticus/serial attacks in adults. Acta Neurol Scand Suppl, 2007, 187: 51-54.

[125] Rossetti AO, Santoli F. Drug treatment of refractory status epilepticus. Rev Neurol (Paris), 2009, 165 (4): 373-379.

[126] Borgeat A, Wilder-Smith OH, Jallon P, et al. Propofol in the management of refractory status epilepticus: a case report. Intensive Care Med, 1994, 20(2): 148-149.

[127] Stecker MM, Kramer TH, Raps EC, et al. Treatment of refractory status epilepticus with propofol: clinical and pharmacokinetic findings. Epilepsia, 1998, 39(1): 18-26.

[128] Niermeijer JM, Uiterwaal CS, Van Donselaar CA. Propofol in status epilepticus: little evidence, many dangers? J Neurol, 2003, 250(10): 1237-1240.

[129] Rossetti AO, Reichhart MD, Schaller MD, et al. Propofol treatment of refractory status epilepticus: a study of 31 episodes. Epilepsia, 2004, 45(7): 757-763.

[130] Parviainen I, Uusaro A, Kälviäinen R, et al. Propofol in the treatment of refractory status epilepticus. Intensive Care Med, 2006, 32(7): 1075-1079.

[131] minicucci F, Muscas G, Perucca E, et al. Treatment of status epilepticus in adults: guidelines of the Italian League against Epilepsy. Epilepsia, 2006, 47 Suppl 5: 9-15.

[132] Campostrini R, Bati MB, Giorgi C, et al. Propofol in the treatment of convulsive status epilepticus: a report of four cases. Riv Neurol, 1991, 61(5): 176-179.

[133] Cereghino JJ, Mitchell WG, Murphy J, et al. Treating repetitive seizures with a rectal diazepam formulation: a randomized study. The North American Diastat Study Group. Neurology, 1998, 51: 1274-1282.

[134] Kuisma M, Roine RO. Propofol in prehospital treatment of convulsive status epilepticus. Epilepsia, 1995, 36(12): 1241-1243.

[135] Hubert P, Parain D, Vallée L. Management of convulsive status epilepticus in infants and children. Rev Neurol (Paris), 2009, 165(4): 390-397.

[136] Prasad A,Worrall BB,Bertram EH,et al. Propofol and midazolam in the treatment of refractory status epilepticus. Epilepsia,2001,42(3):380-386.

[137] van Gestel JP,Blussé van Oud-Alblas HJ,Malingré M,et al. Propofol and thiopental for refractory status epilepticus in children. Neurology,2005,65(4):591-592.

[138] Parviainen I,Kälviäinen R,Ruokonen E. Propofol and barbiturates for the anesthesia of refractory convulsive status epilepticus:pros and cons. Neurol Res,2007,29(7):667-671.

[139] Harrison AM,Lugo RA,Schunk JE. Treatment of convulsive status epilepticus with propofol:case report. Pediatr Emerg Care,1997,13(6):420-422.

[140] Begemann M,Rowan AJ,Tuhrim S. Treatment of refractory complex-partial status epilepticus with propofol:case report. Epilepsia,2000,41(1):105-109.

[141] Wang YC,Liu BM,Supernaw RB,et al. Management of star fruit-induced neurotoxicity and seizures in a patient with chronic renal failure. Pharmacotherapy,2006,26(1):143-146.

[142] Mäkelä JP,Iivanainen M,Pieninkeroinen IP,et al. Seizures associated with propofol anesthesia. Epilepsia,1993,34(5):832-835.

[143] Marik PE. Propofol:therapeutic indications and side-effects. Curr Pharm Des,2004,10(29):3639-3649.

[144] Baumeister FA,Oberhoffer R,Liebhaber GM,et al. Fatal propofol infusion syndrome in association with ketogenic diet. Neuropediatrics,2004,35(4):250-252.

[145] Kumar MA,Urrutia VC,Thomas CE,et al. The syndrome of irreversible acidosis after prolonged propofol infusion. Neurocrit Care,2005,3(3):257-259.

[146] De Cosmo G,Congedo E,Clemente A,et al. Sedation in PACU:the role of propofol. Curr Drug Targets, 2005,6(7):741-744.

[147] Zarovnaya EL,Jobst BC,Harris BT. Propofol-associated fatal myocardial failure and rhabdomyolysis in an adult with status epilepticus. Epilepsia,2007,48(5):1002-1006.

[148] Robinson JD,Melman Y,Walsh EP. Cardiac conduction disturbances and ventricular tachycardia after prolonged propofol infusion in an infant. Pacing Clin Electrophysiol,2008,31(8):1070-1073.

[149] Alehan F,Ozcay F,Haberal M. The use of levetiracetam in a child with nonconvulsive status epilepticus. J Child Neurol,2008,23(3):331-333.

[150] Altenmüller DM,Kühn A,Surges R,et al. Termination of absence status epilepticus by low-dose intravenous levetiracetam. Epilepsia,2008,49(7):1289-1290.

[151] Bensalem MK,Fakhoury TA. Topiramate and status epilepticus:report of three cases. Epilepsy Behav, 2003,4(6):757-760.

[152] Berning S,Boesebeck F,van Baalen A,et al. Intravenous levetiracetam as treatment for status epilepticus. J Neurol,2009,256(10):1634-1642.

[153] Beyenburg S,Reuber M,Maraite N. Intravenous levetiracetam for epileptic seizure emergencies in older people. Gerontology,2008,55(1):27-31.

[154] Blumkin L,Lerman-Sagie T,Houri T,et al. Pediatric refractory partial status epilepticus responsive to topiramate. J Child Neurol,2005,20(3):239-241.

[155] Brandt C,Gastens AM,Sun M,et al. Treatment with valproate after status epilepticus:effect on neuronal damage,epileptogenesis,and behavioral alterations in rats. Neuropharmacology,2006,51(4):789-804.

[156] Brandt C,Glien M,Gastens AM,et al. Prophylactic treatment with levetiracetam after status epilepticus: lack of effect on epileptogenesis,neuronal damage,and behavioral alterations in rats. Neuropharmacology,2007,53(2):207-221.

[157] Eckert M,Besser R. Rapid intravenous infusion of levetiracetam. Akt Neurol,2008,35:211-213.

[158] Embacher N, Karner E, Wanschitz J, et al. Acute encephalopathy after intravenous administration of valproate in non-convulsive status epilepticus. Eur J Neurol, 2006, 13(10): e5-6.

[159] Eue S, Grumbt M, Müller M, et al. Two years of experience in the treatment of status epilepticus with intravenous levetiracetam. Epilepsy Behav, 2009, 15(4): 467-469.

[160] Fakhoury T, Chumley T, Bensalem-Owen M. Effectiveness of diazepam rectal gel in adults with acute repetitive seizures and prolonged seizures: A single-center experience. Epilepsy Behavior, 2007, 11: 357-360.

[161] Farooq MU, Naravetla B, Majid A, et al. Ⅳ levetiracetam in the management of non-convulsive status epilepticus. Neurocrit Care, 2007, 7(1): 36-39.

[162] Gibbs JE, Cock HR. Administration of levetiracetam after prolonged status epilepticus does not protect from mitochondrial dysfunction in a rodent model. Epilepsy Res, 2007, 73(2): 208-212.

[163] Gibbs JE, Walker MC, Cock HR. Levetiracetam: antiepileptic properties and protective effects on mitochondrial dysfunction in experimental status epilepticus. Epilepsia, 2006, 47(3): 469-478.

[164] Halonen T, Nissinen J, Pitkänen A. Effect of lamotrigine treatment on status epilepticus-induced neuronal damage and memory impairment in rat. Epilepsy Res, 2001, 46(3): 205-223.

[165] Hasan M, Lerman-Sagie T, Lev D, et al. Recurrent absence status epilepticus (spike-and-wave stupor) associated with lamotrigine therapy. J Child Neurol, 2006, 21(9): 807-809.

[166] Kellinghaus C, Berning S, Besselmann M. Intravenous lacosamide as successful treatment for nonconvulsive status epilepticus after failure of first-line therapy. Epilepsy Behav, 2009, 14(2): 429-431.

[167] Kellinghaus C, Dziewas R, Lüdemann P. Tiagabine-related non-convulsive status epilepticus in partial epilepsy: three case reports and a review of the literature. Seizure, 2002, 11(4): 243-249.

[168] Knake S, Gruener J, Hattemer K, et al. Intravenous levetiracetam in the treatment of benzodiazepine refractory status epilepticus. J Neurol Neurosurg Psychiatry, 2008, 79(5): 588-589.

[169] Knake S, Hamer HM, Rosenow F. Status epilepticus: a critical review. Epilepsy Behav, 2009, 15(1): 10-14.

[170] Kröll-Seger J, Portilla P, Dulac O, et al. Topiramate in the treatment of highly refractory patients with Dravet syndrome. Neuropediatrics, 2006, 37(6): 325-329.

[171] Kudin AP, Debska-Vielhaber G, Vielhaber S, et al. The mechanism of neuroprotection by topiramate in an animal model of epilepsy. Epilepsia, 2004, 45(12): 1478-1487.

[172] Limdi NA, Shimpi AV, Faught E, et al. Efficacy of rapid Ⅳ administration of valproic acid for status epilepticus. Neurology, 2005, 64(2): 353-355.

[173] Mazarati AM, Baldwin RA, Sofia RD, et al. Felbamate in experimental model of status epilepticus. Epilepsia, 2000, 41(2): 123-127.

[174] Mehta V, Singhi P, Singhi S. Intravenous sodium valproate versus diazepam infusion for the control of refractory status epilepticus in children: a randomized controlled trial. J Child Neurol, 2007, 22: 1191-1197.

[175] Mewasingh LD, Sékhara T, Aeby A, et al. Oral ketamine in paediatric non-convulsive status epilepticus. Seizure, 2003, 12(7): 483-489.

[176] Patel R, Jha S. Intravenous valproate in post-anoxic myoclonic status epilepticus: a report of ten patients. Neurol India, 2004, 52(3): 394-396.

[177] Patel NC, Landan IR, Levin J, et al. The use of levetiracetam in refractory status epilepticus. Seizure, 2006, 15: 137-141.

[178] Perry MS, Holt PJ, Sladky JT. Topiramate loading for refractory status epilepticus in children. Epilepsia,

2006,47(6):1070-1071.

[179] Prüss H, Holtkamp M. Ketamine successfully terminates malignant status epilepticus. Epilepsy Res, 2008,82(2-3):219-222.

[180] Rossetti AO, Bromfield EB. Levetiracetam in the treatment of status epilepticus in adults: a study of 13 episodes. Eur Neurol,2005,54:34-38.

[181] Rossetti AO, Bromfield EB. Determinants of success in the use of oral levetiracetam in status epilepticus. Epilepsy Behav,2006,8(3):651-654.

[182] Ruegg S, Naegelin Y, Hardmeier M, et al. Intravenous levetiracetam: treatment experience with the first 50 critically ill patients. Epilepsy Behav,2008,12:477-480.

[183] Rupprecht S, Franke K, Fitzek S, et al. Levetiracetam as a treatment option in non-convulsive status epilepticus. Epilepsy Res,2007,73(3):238-244.

[184] Trabacca A, Profice P, Costanza MC, et al. Levetiracetam in nonconvulsive status epilepticus in childhood: a case report. J Child Neurol,2007,22:639-641.

[185] Trinka E. The use of valproate and new antiepileptic drugs in status epilepticus. Epilepsia,2007,48 Suppl 8:49-51.

[186] Vinton A, Kornberg AJ, Cowley M, et al. Tiagabine-induced generalised non convulsive status epilepticus in patients with lesional focal epilepsy. J Clin Neurosci,2005,12(2):128-133.

[187] Wasterlain CG, Chen JW. Mechanistic and pharmacologic aspects of status epilepticus and its treatment with new antiepileptic drugs. Epilepsia,2008,49 Suppl 9:63-73.

[188] Wheless JW, Treiman DM. The role of the newer antiepileptic drugs in the treatment of generalized. Epilepsia,2008,49 Suppl 9:74-78.

[189] Yoshimura I, Kaneko S, Yoshimura N, et al. Long-term observations of two siblings with Lafora disease treated with zonisamide. Epilepsy Res,2001,46(3):283-287.

[190] Zaatreh MM. Levetiracetam in porphyric status epilepticus: a case report. Clin Neuropharmacol,2005,28 (5):243-244.

[191] Gorter JA, Gonçalves Pereira PM, van Vliet EA, et al. Neuronal cell death in a rat model for mesial temporal lobe epilepsy is induced by the initial status epilepticus and not by later repeated spontaneous seizures. Epilepsia,2003,44:647-658.

[192] Treiman DM, Meyers PD, Walton NY, et al. A comparison of four treatments for generalizde convulsive status epilepticus. N Engl J Med,1998,339:792-798.

[193] Chin RFM, Neville BGR, Peckham C, et al. Treatment of community-onset, childhood convulsive status epilepticus: a prospective, population-based study. Lancet Neurol,2008,7:696-703.

[194] Lowenstein DH, Cloyd J. Out-of-hospital treatment of status epilepticus and prolonged seizures. Epilepsia,2007,48(Suppl,8):96-98.

[195] Greenfield Jr LJ, Rosenberg HC. Short-Acting and Other Benzodiazepines//Shorvon SD, Perucca E, Fish DR, et al. The treatment of epilepsy. 2nd ed. Massachusetts: Blackwell Science,2004:374-390.

[196] Pellock JM, Shinnar S. Respiratory adverse events associated with diazepam rectal gel. Neurology,2005, 64:1768-1770.

[197] Ahmad S, Ellis JC, Kamwendo H, et al. Efficacy and safety of intranasal lorazepam versus intramuscular paraldehyde for protracted convulsions in children: an open randomised trial. Lancet, 2006, 367: 1591-1597.

[198] Pellock JM. Safety of Diastat, a rectal gel formulation of diazepam for acute seizure treatment. Drug Saf, 2004,27:383-392.

[199] Prasad K, Krishnan PR, Al-Roomi K, et al. Anticonvulsant therapy for status epilepticus. Br J Clin Pharmacol, 2007, 63:640-647.

[200] Wheless JW, Clarke DF, Arzimanoglou A, et al. Treatment of pediatric epilepsy: European expert opinion, 2007. Epileptic Disord, 2007, 9:353-412.

[201] Terry D, Paolicchi J, Karn M. Acceptance of the use of diazepam rectal gel in school and day care settings. J Child Neurol, 2007, 22:1135-1138.

[202] Fitzgerald BJ, Okos AJ, Miller JW. Treatment of out-of-hospital status epilepticus with diazepam rectal gel. Seizure, 2003, 12:52-55.

[203] Di Bonaventura C, Mari F, Vanacore N, et al. Status epilepticus in epileptic patients. Related syndromes, precipitating factors, treatment and outcome in a video-EEG population-based study. Seizure, 2008, 17: 535-548.

第四节　癫痫持续状态的脑保护

一、癫痫持续状态中脑保护治疗的基本原则

在癫痫持续状态中,各种因素均可导致脑损伤,包括发作本身以及发作所带来的系统性并发症如代谢性/呼吸性酸中毒、低血压、高热、低血糖等。癫痫持续状态患者的影像学观察发现这些脑损伤既可为短暂可逆性的影像学异常,也可形成永久性的病变,特别是局灶性脑结构改变如海马硬化、局灶性皮层萎缩等,是临床上难治性癫痫的常见病因,因此癫痫持续状态中的脑保护治疗对于预防难治性癫痫的形成、提高患者的生存率,降低致残性等均具有十分重要的意义。

1. 最短时间内控制发作　在多种原因导致的脑损伤中,损伤程度与致伤因素及供氧中断持续的时间成正比,因而在急性脑部疾病的防治中特别关注早期的神经元保护,强调"时间就是大脑"的观点,多数研究表明30～60分钟这段时间是癫痫持续状态中脑损伤的转折点,机体对内环境的调节能力由代偿进入失代偿阶段,从而出现一系列系统并发症,因此尽快控制发作是脑保护治疗的首要原则。

2. 保持稳定的脑灌注,保证大脑的供血供氧　脑灌注压取决于平均动脉压及颅内压的高低,它是脑供血供氧的原动力,如果平均动脉压及颅内压的增高或降低幅度不匹配,将使脑灌注压降低,从而影响大脑的供血供氧,引起一系列缺血缺氧性损伤。癫痫发作时平均动脉压及颅内压均处于极度不稳定状态,从而极易因缺血缺氧而引起脑损伤。维持癫痫患者稳定的体循环,合理应用血管扩张药物,避免颅内压过高,循环衰竭,改善大脑的供血供氧是脑保护治疗的重要前提。

3. 肾上腺皮质激素的应用　癫痫持续状态下,由于缺血缺氧及能量代谢障碍,脑组织存在不同程度水肿,颅内压增高,肾上腺皮质激素能降低毛细血管通透性、改善血-脑屏障功能,抑制细胞释放炎性介质,减少脑脊液生成,从而较好地防止脑水肿,因此,选择合适的肾上腺皮质激素可能是有益的。但需注意,肾上腺皮质激素本身可以引起癫痫或诱发癫痫持续状态,还可引起血糖升高等副作用,需全面考虑。

4. 抗癫痫药物的脑保护作用　癫痫持续状态中十分强调在应用苯二氮䓬类药物控制发作的同时,及时加用口服抗癫痫药物控制发作,口服抗癫痫药物的选择除考虑个体化

因素外,近年来的研究认为还应考虑此类药物的脑保护作用。传统抗癫痫药物脑保护作用的研究多局限于体外,在体研究结论不一,因此在癫痫持续状态的临床实践中,更多关注新型抗癫痫药物的脑保护作用。有研究认为拉莫三嗪在抗癫痫的同时可能对癫痫神经元有一定的保护作用,与亚低温疗法联合应用时疗效更加。此外对噻加宾的脑保护作用研究也表明其可保护神经细胞的变性。妥泰的脑保护作用的研究主要局限于动物实验,呈剂量依赖性减轻发作症状及神经细胞凋亡。然而抗癫痫药物的脑保护研究证据多集中于实验室研究,到目前为止,还没有可靠的临床证据表明抗癫痫药物可预防癫痫病理损伤的进程。

5. 亚低温的脑保护作用 近年来的研究表明温度高低对脑损伤的影响十分突出,因为:①亚低温可降低机体特别是脑内的基础耗氧率及能量消耗,从而减缓代谢性酸中毒,改善微循环,预防 DIC;②增加细胞内镁离子,稳定细胞膜,镁离子与钙离子竞争,使细胞内钙离子减少,抑制平滑肌收缩;③脑血流减少,颅内压降低,减轻脑水肿。因而应尽量预防患者发热,但对温度的控制也不应过低,一般认为不低于 35℃,否则体温过低导致的循环不稳等并发症将远远超过亚低温所带来的利益。

6. 麻醉剂 迄今为止临床研究证据最多且较肯定的具有脑保护作用的麻醉剂是巴比妥类,多认为与其降低基础代谢率相关。而其他麻醉剂的脑保护作用尚存争议,例如丙泊酚在成人中未发现其具有脑保护作用,而在儿童患者中持续应用丙泊酚可能降低代谢性酸中毒,具有一定脑保护作用。

7. 钙拮抗剂与癫痫持续状态中钙超载导致的神经损伤 近年来的研究表明,钙离子是癫痫持续状态中导致神经损伤重要的第二信使。癫痫持续状态可导致细胞内钙浓度增加,从而引发细胞凋亡及长期的可塑性改变,产生癫痫持续状态后的获得性癫痫。因此诸多研究探讨钙稳定剂或调节剂的脑保护作用,有研究者认为钙离子拮抗剂尼莫地平可改善癫痫持续状态中钙超载导致的神经损伤,同时还可改善血管痉挛,但值得思考的是其他钙离子拮抗剂则未体现出同样的作用,因此钙拮抗剂在癫痫持续状态中的脑保护作用尚待进一步探讨。

总之,癫痫持续状态中的脑保护治疗是一个十分庞大而纷杂的网络,它必须以有效迅速的抗癫痫治疗为前提,同时还应从患者的个体情况出发,选择合适的脑保护策略,选择恰当的时机才能发挥最大的作用,同时这也是癫痫研究领域一个全新的课题,很多结论尚缺乏更多系统的、规范的临床循证医学证据,相信随着大样本多中心随机对照临床研究的开展,我们会积累更多的认识。

(朱遂强)

二、癫痫持续状态中海马神经元的保护

癫痫持续状态是一种严重的神经系统急症,持续的癫痫发作可导致脑损伤已被临床和实践所证实。癫痫持续状态下,神经元的变化包括神经细胞死亡、反应性胶质细胞增生、轴突发芽和突触再生。此外,神经细胞在体内修复的能力将通过改变神经细胞受体表达的神经输出比例和受体与配体的相互作用来显示(Unsain,2008)。脑神经细胞的多种保护效应可能延缓或扭转这一系列病理变化。近两年,有关大脑海马区神经细胞保护效应的研究已经获得较丰富的资料。

（一）细胞外基质蛋白与神经胶质细胞的神经保护

有学者测量了癫痫持续状态后老鼠海马中抗黏细胞外基质蛋白 SC1 的分布,发现 SC1 可能是基质反应的组成部分,参与神经损伤后神经元变性相关的重塑。免疫电镜证实,在癫痫持续状态后首日神经元 SC1 信号减少,并显示 SC1 依然位于突触后联合。增加了的 SC1 处,定位检测兴奋突触标记囊泡膜谷氨酸转运体 1（VGLUT1、AMPA 受体亚基 GluR1 和 N-甲基-D-门冬氨酸受体亚基 NR1（NMDA-NR1）有明显表达,但没有标志突触抑制囊泡 γ-氨基丁酸转运（VGAT）和 GABA 受体亚基 β_2 存在,反映了 SC1 与兴奋性突触的作用增强了。这些结果表明,SC1 可能参与了癫痫突触的病理改变。通过测控 SC1 的分布,可以部分了解老鼠海马神经细胞的修复（Lively,2008）。

小胶质细胞是中枢神经系统固有的吞噬细胞。它们的激活在于多种大脑疾病有关的炎症反应中起着关键作用。在连续观察癫痫持续状态模型鼠海马中嘌呤受体的 mRNA 表达可以得到一些药理学证据:由包括 P2X(7)、P2Y(6) 和 P2Y(12) 等 P2 受体激动介导的小胶质细胞膜电流在癫痫持续状态 48 小时后增加,癫痫海马中的小胶质细胞朝向 P2Y(12)受体激动源运动速度提高了 1 倍。这项研究第一次描述了体内炎症模型中小胶质细胞的激活,提供了癫痫持续状态后一种特别的小胶质细胞激活状态存在的证据。小胶质细胞的激活,可能是海马神经细胞的一种保护机制（Avignone,2008）。

研究毛果芸香碱诱导癫痫持续状态后模型中海马内生长抑素受体发现,癫痫持续状态后的小胶质细胞中,SSTR2B 和 SSTR4 免疫反应均有增加。这表明,海马内神经元-神经胶质生长抑素受体表达的增加可能与齿状回抑制增强以及反应性细微神经胶质增生的调节有关（Kwak,2008）。

（二）细胞因子与神经保护

血管内皮生长因子（VEGF）是一种在生理或病理情况下都能发挥重要作用的蛋白因子。近来发现,在体外或体内环境,该因子都能防止神经细胞死亡。最新的数据表明:在癫痫持续状态发作后 24 小时,海马区、丘脑、杏仁核和新大脑皮质的神经元与神经胶质细胞处的 VEGF 明显上调。VEGF 诱导海马区神经元保护,提示在癫痫持续状态后,VEGF 可能是一种重要的神经保护因子（Nicoletti,2008）。

通过检测毛果芸香碱诱导的癫痫持续状态所致神经退行性变情况下海马区域促红细胞生成素系统元件的反应性,以及重组人类促红细胞生成素是否会支持神经细胞的存活,发现促红细胞生成素或重组人类促红细胞生成素通过 EPO-R 和 EPO-β 能发挥神经保护作用。此外,腹腔注射 EPO 可减少癫痫持续状态大鼠海马神经元 caspase-3 表达,表明 EPO 对癫痫持续状态大鼠海马可经抗凋亡通路发挥神经保护作用（Nadam J,2008）。

在检测了突触抑制剂肉毒素型神经毒素在癫痫持续状态后出现的组织病理学变化的影响后发现,肉毒素型神经毒素减少 CA₁ 神经元的丢失和颗粒细胞的散布。海马区域内的肉毒素型神经毒素的释放能阻止海马神经细胞在癫痫持续状态下出现的细胞凋亡蛋白上调（Antonucci,2008）。

阿糖胞苷是一种内源性神经调节因子。在激活的阿糖腺苷 A1 受体介导下,它可能还具有抗惊厥和神经保护的作用。研究表明,被周围阿糖腺苷激活的阿糖腺苷 A1 受体在癫痫局限化中起重要作用。它与控制兴奋性细胞中毒死亡有关,并进一步证实它在防止癫痫持续状态出现致命性后果方面的重要性。

此外,有研究表明,采用胆碱补充给药法能减轻成年老鼠在癫痫持续状态下海马区的神经退行性变和齿状细胞增生,降低海马区神经胶质酸性蛋白 mRNA 的表达,阻止海马区 GAD65 蛋白的丢失和 mRNA 的表达,并改变生长因子的表达模式。补充胆碱还能增强和提高癫痫发作前海马区脑源性神经营养因子(BDNF)、NGF、IGF-1 的水平。这些物质能提供海马微环境的神经保护,缓冲神经病理损害和(或)帮助修复癫痫持续状态造成的认知功能损伤(Wong-Goodrich,2008)。

MANF 被认为是体外多巴胺能神经元的一个生存因子。在脑内,大脑皮质,海马和小脑浦肯野细胞检测出相对较高的 MANF 水平。癫痫持续状态后,MANF mRNA 的表达在海马齿状回颗粒细胞层、丘脑网状核及几处皮质区有一过性增高。提示它在很多组织的正常和病理情况下都有重要的功能。

骨桥蛋白是一种细胞因子,在很多组织中被发现。它在组织损伤和修复过程中发挥作用。研究毛果芸香碱诱导癫痫持续状态的 OPN(-/-)和 OPN(+/+)小鼠模型,发现癫痫持续状态后骨桥蛋白在不同时期的海马均有上调,特别是在神经元和轴突退化期。然而,在癫痫持续状态后头 3 天骨桥蛋白似乎没有参与神经退行性调节或炎症调节。提示骨桥蛋白在进行炎症修复期参与了神经元的保护。

尽管免疫共沉淀检测脑源性神经营养因子(BDNF)及其前体显示其与 TrkB 结合减少后增加与 p75ntr 的相互关系,而 BDNF 前体也增加癫痫发作后其与 p75ntr 的结合从而不造成神经元死亡。遗憾的是,成年和幼鼠癫痫持续状态后的 BDNF 和 TrkB 改变相同,BDNF 和 TrkB 的上调对寻找幼鼠癫痫持续状态的原因无明显意义(Lindholm,2008;Yokoi,2007)。

(三) 离子通道与神经保护

癫痫持续状态的形成是由多种因素决定的,其中也包括离子通道表达和功能异常。在癫痫动物模型中已经证实癫痫持续状态后离子通道的功能会发生改变。钾强电导钙活化通道亚家族 Mα 成员 1(Kcnma1)编码强传导性钙激活钾(BK)通道的 α 亚基。BK 通道是神经元兴奋和递质释放的关键调节子。研究发现,在癫痫持续状态后,不同时间段的齿状回微切片中 Kcnma1 表达大幅度减少。

在对毛果芸香碱诱导的癫痫持续状态大鼠海马区对弱性内向 K 通道(TWIK)相关的酸敏感型 K^+(TASK)-1 通道的免疫反应性进行 P 域的串联分析后发现,位于不同海马区域的星形胶质细胞中,TASK-1 的免疫反应性有不一样的改变,星形胶质细胞的变性和再生导致了这些改变。并且,TASK-1 免疫反应性改变可能导致海马区癫痫特质形成。以上研究提示:对神经细胞上的钾通道结构加以控制,可以改变癫痫持续状态的病理变化。

用海马趾处锥形神经元在 CA_1 的超极化活化环核苷酸(HCN)阀门钾通道与视频脑电图联合监测毛果芸香碱诱导的癫痫大鼠模型的自发性癫痫发作中,发现早期和逐步下调的树突状 HCN 通道能增加神经元的兴奋性并可能与癫痫的进程和维持癫痫持续状态有关。阻止 HCN 通道的下调可能终止癫痫持续状态的进程。

在大鼠模型中特殊的钠离子神经毒素——BmK IT2 可以抑制戊四氮诱导的痫性发作和毛果芸香碱诱导的癫痫持续状态,这个作用是由海马处的钠离子通道调节的。因此,

BmK IT2 可以作为一种新的工具,用以探索钠离子通道与癫痫在分子和病理机制方面的关系(Zhao 2008)。

(四) 细胞传导机制与神经保护

在癫痫持续状态出现后,神经元诱导性环磷腺苷早期抑制物的 mRNA 和蛋白表达增加。当使用毛果芸香碱诱导野生型锥体细胞和不含 CREM/ICER 的老鼠产生同样的锥体损伤时,这种增加对于癫痫引起的神经元损伤而言,并不是必然发生的。伴随癫痫持续状态的出现,不含 CREM/ICER 的老鼠出现更为严重的癫痫表型,其发生的频率几乎是自发性癫痫的 3 倍。这些数据表明:伴随癫痫持续状态出现的诱导性环磷腺苷早期抑制物的 mRNA 含量增加对阻止癫痫的恶化有重要作用。

胞外信号调节激酶(ERK)通路的激活已经通过致惊剂被证实。新近研究表明:在癫痫持续状态中 ERK 的激活过程伴随着 Kv4.2 磷酸化增加。在癫痫持续状态中 EPK 的激活和 Kv4.2 磷酸化在细胞和突触水平的变化是很明显的。此外,在全细胞配置过程中没有发现总 Kv4.2 水平改变,在长时间的癫痫持续状态后 Kv4.2 在突触和表面表达降低。在癫痫持续状态海马区的突触 Kv4.2 水平降低和膜表面额外机制减少树突状电流,可导致固有膜兴奋性改变。因此,稳定 Kv4.2 磷酸化水平,对于稳定固有膜的兴奋性,从而抑制癫痫持续状态中 ERK 的激活是有益的。

(五) 氨基酸代谢与神经保护

海马对癫痫导致的损伤和兴奋毒性特别易感,NMDA 受体拮抗剂和细胞外钙离子减少都可以使神经元死亡显著减少。相反,其他兴奋性谷氨酸受体亚型拮抗剂或电压门控钙通道拮抗剂并不能显著阻止神经元死亡。令人感兴趣的是这种 NMDA-钙离子依赖性神经元死亡从开始到最终死亡是逐渐发生的。已有实验显示,体外诱导的癫痫持续状态导致了 NMDA-钙离子转换通路的激活,进而引起时间依赖模式的神经元死亡。该试验也提供了一种可能,即在癫痫持续状态早期进行干预,保护神经元和减少高死亡率的方法(Deshpande,2008)。

研究兴奋性氨基酸转运体 2(EAAT2)过表达对癫痫发作及癫痫持续状态诱导的海马神经元死亡的作用后发现,EAAT2 过表达对癫痫持续状态产生及其诱导的神经元死亡具有显著保护作用。过表达的 EAAT2 可能通过加强细胞外谷氨酸转运而调控其兴奋毒性。

90 分钟的癫痫持续状态后,使用地西泮治疗,而后使用载体或者谷氨酸受体抑制剂 MK-801 治疗,发现在载体治疗的大鼠中,Pgp 在脑毛细血管内皮细胞的表达是被 MK-801 抑制区的 2 倍以上,而且在海马区和海马回神经变性减少。相反的,Pgp 的抑制剂没有影响癫痫持续状态后 Pgp 的过度表达或者神经变性,说明谷氨酸受体抑制剂 MK-801 能够抑制 Pgp 过度表达和神经损害作用。进一步的实验结果显示,在使用毛果芸香碱前 15 分钟给予 MK-801 能阻止神经酰胺的增加和产生 DNA 片段。

在癫痫持续状态动物(癫痫持续状态预处理)的海马脑片,已经发现氨基丁酸 B2/3 和 γ_2 亚单位降低。然而 δ 亚单位未改变。齿状颗粒细胞电生理记录发现氨基丁酸介导的突触抑制降低。当离体海马脑片在培养液 KCl 浓度增高或在 KCl 浓度增高同时加入兴奋性门冬氨酸时,γ_2 亚单位表达降低也被观察到,证明 γ_2 亚单位表达降低是独立于直接的氨基丁酸配基性连接。上述研究证明癫痫持续状态氨基丁酸受体表面表达的调节是亚型特异性和独立性的配基连接,这些不同的癫痫持续状态中氨基丁酸受体表面调节在神经科急症中有潜在应用价值(Mikati,2008)。

（六）抗氧化剂与神经保护

维生素 C 是一种可以用于治疗癫痫的外源性抗氧化剂,它能够改善癫痫造成的氧化应激和神经细胞损伤。已有的研究证实:毛果芸香碱诱导成年鼠出现癫痫持续状态后,维生素 C 的神经保护作用能减少脂质过氧化反应而增加过氧化氢酶的活性。

大脑过氧化物酶体增生物激活受体 γ(PPAR-γ)是一种能发挥抗氧化功能的物质,在对一种名为罗格列酮的过氧化物酶体增生物激活受体的研究中发现:该药物明显减少了癫痫持续状态 1 周后海马神经细胞的死亡,有力地抑制了活性氧簇的形成和脂质过氧化反应,还显著提高了超氧化物歧化酶和谷胱甘肽的抗氧化活性。此外,它还通过抑制 CD40 表达与小胶质细胞激活,大大减轻癫痫持续状态后的炎症反应。这些结果表明, PPAR-γ 是一种极具潜力的治疗癫痫持续状态的神经保护剂。

生酮膳食是一种高脂低碳水化合物型膳食,它可以用于难治性癫痫的治疗。给予生酮膳食喂养的实验鼠的离体海马出现过氧化氢和线粒体 DNA 减少等线粒体氧化还原状态得到改善的后果。这证实了生酮膳食能增加谷胱甘肽的生物合成,提高线粒体的抗氧化水平,保护线粒体 DNA 不受氧化剂的破坏。

（七）钙结合蛋白及钙蛋白酶

MU-钙蛋白酶介导海马神经元程序性死亡发生在细胞凋亡蛋白酶激活前,它通过异位、凋亡诱导因子和细胞色素 C 的释放而发生作用。而钙蛋白酶抑制剂 MDL-28170 能部分地解除神经元死亡和激活的 MU-钙蛋白酶活性表达的衰退、AIF 易位和细胞色素 C 的释放(Wang,2008)。

在离体和在体的后天性癫痫模型中的钙结合蛋白-D28k(calbindin-D28K)有缓冲和转移钙离子的功能。研究评估毛果芸香碱诱导鼠的后天性癫痫模型中海马区钙结合蛋白表达水平,发现钙结合蛋白水平降低(Carter,2008)。阻止钙结合蛋白下调,维持海马区钙离子平衡,可能改善癫痫持续状态的预后。

（八）化学药物与神经保护

左乙拉西坦是一种新一代的抗癫痫药物,在癫痫的实验模型中有独特的作用,它在脑内有明确的结合位点,研究评估左乙拉西坦长期治疗对毛果芸香碱诱导的癫痫持续状态大鼠的影响,显示该药能抑制毛果芸香碱诱导癫痫持续状态海马高兴奋毒性的形成(Margineanu,2008)。

在低镁处理模拟生物体外癫痫持续状态的模型中发现卡立氨酯阻止痫样放电的产生和发展,具有潜在的对海马神经细胞保护作用。此外,卡立氨酯抑制去极化诱导的 SRF 的能力可能部分和它的抗惊厥效果有关。

（张喻　王学峰）

三、癫痫持续状态中线粒体功能障碍及保护

（一）线粒体结构和功能

线粒体是真核细胞内重要的细胞器,在细胞代谢中具有关键作用,包括能量的产生和钙平衡,已被认为是细胞中的"应激感受器"以及紧急事件(例如兴奋性中毒)中的死亡执行者。线粒体功能障碍已成为遗传性(Kwong 等,2006)和后天获得性(Cock,2005)神经

变性疾病最常见的表现。除能量代谢障碍和细胞溶质钙增加外,线粒体损伤的结果还包括氧化应激(自由基产生过量和抗氧化剂合成损伤,尤其是谷胱甘肽)和关键蛋白释放入胞液(线粒体通透性转变)触发细胞死亡途径(半胱氨酸门冬氨酸蛋白酶)。然而,人们越来越清楚地认识到,许多病理过程也在代谢控制和细胞信号传导中起着关键作用,但目前仍未被充分理解(Cock,2005)。

过去几十年中,关于线粒体在癫痫,尤其是癫痫持续状态脑损伤中作用的研究,得到了快速发展。线粒体与癫痫关系密切,线粒体功能障碍可导致癫痫发作,癫痫发作亦可损伤线粒体,而线粒体损伤后可释放一系列损伤因子,调控神经元损伤。

(二)　癫痫持续状态中线粒体功能障碍的体外试验

严格来讲,癫痫持续状态不能在体外模拟,但出自海马切片的电图当量已被广泛运用,并能显示对电刺激反应出现的线粒体除极化和胞内钙离子激活,且与电活动性的强度相关,因而被实验应用(Bindokas 等,1998)。在低镁模型中,发现辅酶 NADH 的产生(向神经元供应 ATP)看起来与电活动性相一致,但是当癫痫发作持续时,NADH 就无法跟上了,并且伴有自由基的生成,在脆弱的海马区域有细胞死亡。Heinemann(2002)通过海马切片研究发现,荷包牡丹碱诱导的癫痫持续状态发作与过多的自由基相关,并出现细胞死亡,而抗氧化剂,如维生素 E,似乎能在模型中起保护作用(Frantseva,2000)。

(三)　癫痫持续状态中线粒体功能障碍的在体试验

动物模型大脑线粒体和(或)癫痫持续状态后氧化性损害的标志被大量研究。典型的发现包括脂质过氧化作用,以及谷胱甘肽水平在红藻氨酸诱导 SE 后 3 天降低(Gulyaeva,1999),尤其是在线粒体部位更加明显(Liang,2006)。所有报道均支持过量自由基产生是癫痫发作的早期结果(Bauknight,1992;Rauca,1999;Bashkatova,2000;Freitas,2005)。能够避免潜在相互混淆化学惊厥穿通通路模型研究也同样显示了顺乌头酶和 α-酮戊二酸脱氢酶的活动显著降低,这两种线粒体酶已被公认为对氧化应激很敏感,尤其是对一氧化氮(过氧亚硝酸盐)和谷胱甘肽水平降低更敏感。即使之前有大量细胞死亡,在 SE 结束后 44 小时都能检测到,这进一步提示谷胱甘肽缺乏,作为这种模型最早能被发现的改变,可能是细胞死亡的关键因素(Sleven,2006a)。但基于这种理论而进行的神经保护试验还未能成功(Sleven,2006b)。对慢性癫痫大脑的研究已经表明与癫痫相关的线粒体活动增加(Kunz,1999;Nakagawa,2002)。这看似不符合线粒体功能障碍和持续发作后的氧化应激,然而,除方法学差异外,线粒体活动的广泛上调与早期特征性缺损也不一致,这可能反应了早期机体的代偿。

(四)　癫痫持续状态线粒体功能障碍的临床研究

人类大脑中线粒体功能或氧化应激的研究因组织难以获取而受限。而次要标志(如红细胞脂质过氧化作用)是否有任何关联还是未知。氧化状态的脑脊液标志可能有价值,但不易从患者中获得,因此导致癫痫的原因(如脑炎、脑脊膜炎)可能会混淆对结果的解释。大多数癫痫患者还在服用抗癫痫药物,他们本身就会影响参数。因此,对癫痫的人体研究十分稀少,并且还没有与癫痫持续状态特别有关的研究。但值得指出的是,迄今报道的少数癫痫临床研究表明,慢性癫痫患者存在线粒体功能障碍或氧化应激,例如,海马硬化相关手术中的线粒体酶缺损(Kudin,1999),磁共振上谷胱甘肽水平降低(Mueller,

2001）。而人类 SE 后神经元死亡或损伤模式的表现与动物模型有相似性（Holmes，2002），提示人类和动物模型很可能有相似的机制。

（五）癫痫持续状态中的神经保护

抗氧化剂作为神经保护剂的作用已被研究者们认识到（Frantseva，2000；Heinemann，2000）。褪黑素是一种羟自由基的有效清除剂，用褪黑素进行的预处理已经显示能改善红藻氨酸诱导 SE 后出现的神经元损伤（Giusti，1996；Uz，1996）、线粒体损伤（Yamamoto，2003）以及脂质过氧化作用（Mohanan，2002）。这种处理还有抗惊厥作用，这同样适用于反式白藜芦醇，它也表现出能有效清除体内氧自由基的活性（Gupta，2002）。对癫痫没有或几乎没有效果的某些抗氧化剂，也至少能部分地改善氧化应激和神经元损伤，提示抗氧化剂有独立的神经保护作用（Rong，1999；Milatovic，2002）。

在 SE 中（而不是以后）的左乙拉西坦治疗，也能防止线粒体功能障碍，但这种改变是否能保存细胞及其机制还是未知。此外，解偶联蛋白表达的调节（Sullivan，2003）和传递肽类的系统（可能阻止关键病理进展）为研究提供了新的探索途径（Li，2006）。

螯合铁是一种发动和传播自由基反应的催化剂，并参与了多种神经疾病的发生与发展。Liang（2008）等人的研究发现，红藻氨酸诱导的癫痫持续状态导致了线粒体中螯合铁增加，且这种增加具有时间依从性，线粒体中的铁参与了癫痫持续状态引起脑损伤的发病机制，而针对亚细胞铁螯合作用的治疗可作为一种防止这种损伤的新方法。

Jarrett（2008）等提出，生酮饮食（KD）具有神经保护和控制癫痫发作的作用。生酮饮食是一种高脂肪、低碳水化合物的一种治疗顽固性癫痫的饮食疗法。为确定 KD 是否能提高线粒体氧化还原状态，他们用生酮饮食喂养 Sprague-Dawley 大鼠，3 周后通过血浆 β-羟基丁酸酯（BHB）证实血浆酮症水平。结果显示，KD 喂养大鼠与对照组比较海马线粒体 GSH 含量和 GSH/GSSG 比值增加两倍。他们为确定线粒体 GSH 含量升高是否与从头合成有关，对谷胱甘肽合成谷氨酸的限速酶半胱氨酸连接酶（GCL）和蛋白水平的催化（GCLC）和调节（GCLM）亚基 GCL 进行了分析。在 KD 鼠观察到 GCL 活动增加以及 GCL 亚基的蛋白水平上调。KD 鼠与对照组相比，线粒体氧化还原状态的一个指标——辅酶 A（CoASH）有所降低，而硫辛酸的巯基抗氧化剂在海马区明显增加。他们还发现，KD 鼠离体海马线粒体显示功能的恢复与线粒体氧化还原状态的改善相匹配，也就是过氧化氢的生产和线粒体 DNA 的损害均有降低。结果表明，KD 上调了谷胱甘肽的合成，增强了线粒体抗氧化状态，并能防止线粒体 DNA 的氧化损伤。

癫痫持续状态中线粒体功能障碍和氧化应激作用导致了癫痫发作终止后数小时至数天出现的半胱天冬酶激活和细胞死亡，从而提供了一个临床相关的、潜在的治疗窗。然而，在神经保护——这些研究的最终目标成为现实前，还需进一步研究具有复杂相关机制的关键因素。此外，还需要寻找易转变为临床研究的氧化损伤标志（如脑脊液、影像学资料、血清）以促进临床研究。线粒体功能与内源性神经调质的相关物质（如腺苷）也值得研究，且可能对自我限制到自我维持的转变起重要作用。

（彭希 王学峰）

参 考 文 献

［1］ Unsain N, Nuñez N, Anastasía A, et al. Status epilepticus induces a TrkB to p75 neurotrophin receptor switch and increases brain-derived neurotrophic factor interaction with p75 neurotrophin receptor: an initial event in neuronal injury induction. Neuroscience, 2008, 154(3): 978-993.

［2］ Lively S, Brown IR. Extracellular matrix protein SC1/hevin in the hippocampus following pilocarpine-induced status epilepticus. Neurochem, 2008, 107(5): 1335-1346.

［3］ Lively S, Brown IR. The extracellular matrix protein SC1/hevin localizes to excitatory synapses following status epilepticus in the rat lithium-pilocarpine seizure model. J Neuroscience Res, 2008, 86(13): 2895-2905.

［4］ Avignone E, Ulmann L, Levavasseur F, et al. Status epilepticus induces a particular microglial activation state characterized by enhanced purinergic signaling. Neuroscience, 2008, 28(37): 9133-9144.

［5］ Kwak SE, Kim JE, Choi HC, et al. The expression of somatostatin receptors in the hippocampus of pilocarpine-induced rat epilepsy model. Neuropeptides, 2008, 42(5-6): 569-583.

［6］ Nicoletti JN, Shah SK, McCloskey DP, et al. Vascular endothelial growth factor is up-regulated after status epilepticus and protects against seizure-induced neuronal loss in hippocampus. Neuroscience, 2008, 151(1): 232-241.

［7］ Nadam J, Navarro F, Sanchez P, et al. Neuroprotective effects of erythropoietin in the rat hippocampus after pilocarpine-induced status epilepticus. Neurobiol Dis, 2007, 25(2): 412-426.

［8］ Antonucci F, Di Garbo A, Novelli E, et al. Botulinum neurotoxin E (BoNT/E) reduces CA_1 neuron loss and granule cell dispersion, with no effects on chronic seizures, in a mouse model of temporal lobe epilepsy. Exp Neurol, 2008, 210(2): 388-401.

［9］ Manno I, Antonucci F, Caleo M, et al. BoNT/E prevents seizure-induced activation of caspase 3 in the rat hippocampus. Neuroreport, 2007, 18(4): 373-376.

［10］ Fedele DE, Li T, Lan JQ, et al. Adenosine A1 receptors are crucial in keeping an epileptic focus localized. Exp Neurol, 2006, 200(1): 184-190.

［11］ Wong-Goodrich SJ, Mellott TJ, Glenn MJ, et al. Prenatal choline supplementation attenuates neuropathological response to status epilepticus in the adult rat hippocampus. Neurobiol Dis, 2008, 30(2): 255-269.

［12］ Lindholm P, Peränen J, Andressoo JO, et al. MANF is widely expressed in mammalian tissues and differently regulated after ischemic and epileptic insults in rodent brain. Mol Cell Neurosci, 2008, 39(3): 356-371.

［13］ Borges K, Gearing M, Rittling S, et al. Characterization of osteopontin expression and function after status epilepticus. Epilepsia, 2008, 49(10): 1675-1685.

［14］ Unsain N, Nuñez N, Anastasía A, et al. Status epilepticus induces a TrkB to p75 neurotrophin receptor switch and increases brain-derived neurotrophic factor interaction with p75 neurotrophin receptor: an initial event in neuronal injury induction. Neuroscience, 2008, 154(3): 978-993.

［15］ Yokoi T, Tokuhara D, Saito M, et al. Hippocampal BDNF and TrkB expression in young rats after status epilepticus. Osaka City Med J, 2007, 53(2): 63-71.

［16］ Ermolinsky B, Arshadmansab MF, Pacheco Otalora LF, et al. Deficit of Kcnma1 mRNA expression in the dentate gyrus of epileptic rats. Neuroreport, 2008, 19(13): 1291-1294.

［17］ Kim JE, Kwak SE, Choi SY, et al. Region-specific alterations in astroglial TWIK-related acid-sensitive K^+-1 channel immunoreactivity in the rat hippocampal complex following pilocarpine-induced status epilepticus. J Comp Neurol,2008,510(5):463-474.

[18] Cooper EC. Funny team member makes key plays,but leaves the dendritic field when hit hard. Epilepsy Curr,2008,8(4):103-105.

[19] Zhao R,Zhang XY,Yang J,et al. Anticonvulsant effect of BmK IT2,a sodium channel-specific neurotoxin,in rat models of epilepsy. Br J Pharmacol,2008,154(5):1116-1124.

[20] Porter BE,Lund IV,Varodayan FP,et al. The role of transcription factors cyclic-AMP responsive element modulator (CREM) and inducible cyclic-AMP early repressor (ICER) in epileptogenesis. Neuroscience, 2008,152(3):829-836.

[21] Lugo JN,Barnwell LF,Ren Y,et al. Altered phosphorylation and localization of the A-type channel,Kv4.2 in status epilepticus. J Neurochem,2008,106(4):1929-1940.

[22] Kim JE,Kim DW,Kwak SE,et al. Potential role of pyridoxal-5'-phosphate phosphatase/chronopin in epilepsy. Exp Neurol,2008,211(1):128-140.

[23] Deshpande LS,Lou JK,Mian A,et al. Time course and mechanism of hippocampal neuronal death in an in model of status epilepticus:role of NMDA receptor activation and NMDA dependent calcium entry. Eur J Pharmacol,2008,583(1):73-83.

[24] Bankstahl JP,Hoffmann K,Bethmann K,et al. Glutamate is critically involved in seizure-induced overexpression of P-glycoprotein in the brain. Neuropharmacology,2008,54(6):1006-1016.

[25] Mikati MA,Rizk E,El Dada S,et al. Programmed cell death in the lithium pilocarpine model:evidence for NMDA receptor and ceramide-mediated mechanisms. Brain Dev,2008,30(8):513-519.

[26] Goodkin HP,Joshi S,Mtchedlishvili Z,et al. Subunit-specific trafficking of GABA(A) receptors during status epilepticus. Neurosci,2008,28(10):2527-2538.

[27] Santos LF,Freitas RL,Xavier SM,et al. Neuroprotective actions of vitamin C related to decreased lipid peroxidation and increased catalase activity in adult rats after pilocarpine-induced seizures. Pharmacol Biochem Behav,2008,89(1):1-5.

[28] Sun H,Huang Y,Yu X,et al. Peroxisome proliferator-activated receptor gamma agonist,rosiglitazone,suppresses CD40 expression and attenuates inflammatory responses after lithium pilocarpine-induced status epilepticus in rats. Int J Dev Neurosci,2008 Aug;26(5):505-515.

[29] Jarrett SG,Milder JB,Liang LP,et al. The ketogenic diet increases mitochondrial glutathione levels. Neurochem,2008,106(3):1044-1051.

[30] Wang S,Wang S,Shan P,et al. Mu-calpain mediates hippocampal neuron death in rats after lithium-pilocarpine-induced status epilepticus. Brain Res Bull,2008,76(1-2):90-96.

[31] Carter DS,Harrison AJ,Falenski KW,et al. Long-term decrease in calbindin-D28K expression in the hippocampus of epileptic rats following pilocarpine-induced status epilepticus. Epilepsy Res,2008,79(2-3):213-223.

[32] Ferrari D,Cysneiros RM,Scorza CA,et al. Neuroprotective activity of omega-3 fatty acids against epilepsy-induced hippocampal damage:Quantification with immunohistochemical for calcium-binding proteins. Epilepsy Behav,2008,13(1):36-42.

[33] Deshpande LS,Nagarkatti N,Ziobro JM,et al. Carisbamate prevents the development and expression of spontaneous recurrent epileptiform discharges and is neuroprotective in cultured hippocampal neurons. Epilepsia,2008,49(10):1795-1802.

[34] Deshpande LS,Nagarkatti N,Sombati S,et al. The novel antiepileptic drug carisbamate (RWJ 333369) is effective in inhibiting spontaneous recurrent seizure discharges and blocking sustained repetitive firing in cultured hippocampal neurons. Epilepsy Res,2008,79(2-3):158-165.

[35] Hattiangady B, Rao MS, Shetty AK. Grafting of striatal precursor cells into hippocampus shortly after status epilepticus restrains chronic temporal lobe epilepsy. Exp Neurol, 2008, 212(2):468-481.

第五节 癫痫及癫痫持续状态的物理治疗

癫痫是由多种病因导致的,以反复、发作性脑神经元过度放电为特征的综合征。其病因和发病机制十分复杂,许多问题迄今仍不十分清楚。随着经典抗癫痫药物(AED)的合理应用以及新药的不断问世,多数癫痫发作能够较好地得到控制,但仍有约 30% 左右的患者对各种 AED 不敏感,约有 50% 接受药物治疗的患者,会出现明显的药物副作用,而影响其生活质量。因而,在癫痫,尤其是药物难治性癫痫的治疗中,物理疗法可能是另一种有益的选择。迷走神经刺激术、脑深部电刺激术、经颅磁刺激以及脑皮层刺激术等物理治疗也在临床上广泛应用。

一、迷走神经刺激术(vagus nerve stimulation, VNS)

1. 概况和历史 VNS 是计算机和神经电生理相结合而产生的一种置入式新技术,也是治疗顽固性癫痫的一种新疗法。VNS 最早出现于 1988 年,在 20 世纪 90 年代中期,因其疗效和安全性在临床实验中得到证实而被越来越广泛的应用。1997 年,美国 FDA 正式批准 VNS 作为 12 岁以上难治性部分性癫痫患者的辅助疗法,欧共体 16 国和加拿大、亚洲诸国也先后获准使用这项被认为是安全、有效、耐受良好的新技术。迄今为止,在全球范围内大约有超过 50 000 例癫痫患者接受了 VNS 手术(Herdt,2007)。

Zabara 等在 1988 年报道 VNS 能终止或减少士的宁及戊四氮诱导实验性癫痫发作;随后 Penry(1990)等报道了采用神经控制假体置入式 VNS 抑制 4 例难治性复杂部分性癫痫患者的发作,其中 2 例患者的癫痫发作得到完全控制,1 例发作次数减少 40%,1 例无效。Uthman(1990)等对 5 例难治性癫痫患者进行长期、间断性 VNS 的临床观察,发现 3 例患者发作次数减少 50% 以上,2 例发作次数无明显改变,但发作持续时间和强度均有明显降低。随后,他们又观察了 14 例难治性癫痫患者,经 14~35 个月的治疗,患者发作次数平均下降 46.6%(Uthman,1993)。为综合评价 VNS 的作用以及研究低、高频刺激参数对癫痫发作频度的影响,由全球 31 个医疗中心组成的 VNS 研究小组对 114 例 VNS 治疗的患者进行了随机单盲研究分析,结果显示,高频刺激组发作频度平均降低 24.5%,约 1/3 的患者发作频度降低 50% 以上;低频刺激组发作频度平均降低 6.1%,只有 13% 的患者发作频度降低 50%(The vagus nerver stimulation Study Group,1995)。Handforth(1998)等对同年龄组的患者进行了更为详尽的研究,20 多个机构参与了该项多中心双盲对照研究,198 例患者完成了整个随访观察过程。试验分高频、低频 2 个组,统计结果显示,接受高频刺激的患者癫痫发作的频度平均降低 27.9%,而接受低频刺激组平均降低 15.2%;另外,比较伴有和不伴有发作先兆的患者,VNS 治疗的效果无显著差异。从 1988~1997 年共有 5 项大型临床试验(EO1~EO5 组)对 454 例接受 VNS 治疗的难治性癫痫患者进行了长达 8 年的随访观察,结果表明,VNS 治疗后的长期疗效、安全性和耐受性均与早期相似,术后第 1 年癫痫发作频度平均减少 35%,第 2 年和第 3 年达 44.1%;并且,随着时间的推移,VNS 治疗所带来的各种副作用也会逐渐减少(Morris,1999)。

2. 作用机制

(1) VNS 的神经解剖学基础:迷走神经含有支配内脏功能的自主神经,自主神经的周围支随迷走神经分布,传导内脏感觉;中枢支大部分纤维通过睫状神经节止于孤束核,小部分纤维止于延髓中央网状结构、小脑及楔状核等部位。由孤束核发出的纤维投射到小脑、下丘脑、丘脑、杏仁核、边缘系统和大脑皮质等部位。从解剖学角度分析,这些结构与癫痫的发生有非常密切的关系,尤其是丘脑、杏仁核、大脑皮质。研究显示,迷走神经传入纤维通过孤束核和上行网状系统所形成的广泛分布与迷走神经多重效应有关,如加压素和消化液的分泌、胃的排空等,通过下行及上行的网状系统控制脊髓及调节大脑皮质的功能发挥效应,因此,VNS 可以直接或通过孤束核及其上行网状系统影响和抑制投射到中枢神经系统的活动(这些部位一般为癫痫的起始或传播区),降低皮层对边缘系统的易感性,从而抑制癫痫活动,控制癫痫发作。

(2) VNS 与脑血流量(cerebral blood flow,CBF):VNS 可使迷走神经传导通路上相关结构脑血流量发生变化。早期研究表明,CBF 的变化与癫痫发作的控制相关。发作频率减少,双侧丘脑灌注增加最明显,表明改变丘脑血流量会影响 VNS 的抗癫痫作用。PET 研究表明,VNS 可以使脑血流发生改变,丘脑血流变化是癫痫发作减少的原因(Henry,1999)。功能 MRI 证实,VNS 可以使双侧丘脑、岛叶、基底节和颞枕叶血流增加。5 例癫痫患者 VNS 后前颞叶血流增加,但仅有 2 例丘脑血流增加的患者发作次数减少(Liu,2003)。

(3) VNS 的分子机制:c-fos 是存在于正常神经元细胞核内的原癌基因,其表达产物可以进一步调节其他基因的表达,对多种细胞外刺激做出应答反应。许多研究表明,几乎所有类型的癫痫发作均可诱导不同脑区 c-fos 的表达。在点燃、戊四氮或海人酸诱导的癫痫动物模型中,c-fos 基因在中枢神经系统内特别是海马、齿状回和大脑皮质表达明显增强,这种表达除与癫痫本身活动有关外,可能还参与癫痫敏感性增强形成的细胞分子机制。Naritoku 等(1995)最早采用 c-fos 免疫标记技术对 VNS 进行分子水平研究。在确定鼠脑对 VNS 的兴奋水平及兴奋区域的研究中他们发现,VNS 能引起脑内许多结构神经元被标记,且单侧刺激后在双侧脑内均有相同密度 c-fos 标记,这些结构主要为杏仁核、扣带回等边缘系统,丘脑后外侧核、蓝斑核、A5 区神经核、孤束核和迷走神经背核等,海马未发现有标记。VNS 能通过复杂的解剖通路引起上述区域神经元兴奋和抑制海马神经元兴奋,这种诱导神经细胞内新的转录产物表达,使神经元发生暂时和长期变化,可能是 VNS 抗癫痫的分子机制。

(4) VNS 的电生理机制:癫痫发作的电生理基础是神经元过度同步化放电,表现为癫痫的临床发作和脑电图(electroencephalogram,EEG)上的痫样放电。不同动物、不同癫痫模型的脑电生理研究均证实,VNS 能引起 EEG 明显改变,主要表现为 EEG 同步化、去同步化、快速眼动睡眠,支持 VNS 有抗癫痫作用。

VNS 引起 EEG 不同改变取决于迷走神经的刺激参数,如强度、频率等。组成迷走神经的 3 种不同纤维对刺激的兴奋阈值不同,A 类纤维最低,C 类纤维最高。Zabara(1992)等发现 VNS 能终止或减少士的宁及戊四氮诱导狗的癫痫发作,并研究了刺激的最佳参数:20 ~ 30Hz 的频率、3.5 ~ 7mA 的输出电流和 0.2ms 的刺激时间。结果显示,低频刺激只引起 A、B 两类纤维兴奋,可引起 EEG 的同步化,在动物实验中无抗癫痫作用,高频(>

30Hz)刺激则可引起 C 类纤维兴奋,使 EEG 去同步化,表现出抗癫痫作用。Fernadez (1999)通过杏仁核点燃模型的动物实验发现,VNS 能使 EEG 产生快速眼动睡眠,这种快速眼动睡眠的增加可能与 VNS 抗癫痫作用有关。几乎所有研究都显示,高频刺激的抗癫痫效果优于低频。高频刺激比低频的频度高、脉冲宽、电流强度大、间歇时间短。

(5) VNS 的递质学说:中枢神经系统内兴奋性递质增加和抑制性递质减少均可导致癫痫发作。动物实验和临床研究证实,癫痫灶内 γ-氨基丁酸(GABA)能神经元脱失、GABA 含量下降、甘氨酸(Gly)含量下降、谷氨酸含量增高、谷氨酸受体尤其是 NMDA 型受体增多。戊四氮(PTZ)是一种 GABA 依赖的氯离子通道阻滞剂,三巯基丙酸(3-MP)是谷氨酸脱羧酶抑制剂,这两种药物引起的动物癫痫发作是以降低 GABA 能神经元功能为基础的;士的宁可以与对羟基苯甘氨酸竞争甘氨酸受体,抑制氯离子通道,诱发动物的癫痫发作。Woodbury(1990)等研究发现,VNS 可以控制和减轻这 3 种药物引起的动物癫痫发作,因而推测 VNS 是通过直接或间接方式促进 GABA 和甘氨酸的释放来发挥抗癫痫作用。近年来,国内也有学者通过动物实验研究发现,VNS 能使大鼠海马及齿状回内 NMDA1 型受体密度下降,认为 VNS 可能通过降低易损区神经元 NMDA1 活性而发挥抑制癫痫作用。Krahl(1998)等通过实验研究认为,VNS 可增高蓝斑核神经元的兴奋性,并由此通过相应的投射纤维兴奋梨状皮质的 GABA 能中间神经元,发挥抗癫痫作用。通过注射神经毒素 6-羟基多巴胺选择性破坏蓝斑核去甲状腺素(NE)能细胞,可以消除或减弱 VNS 对鼠最大电休克诱导癫痫发作的作用。网状结构的主要抑制性神经介质为 5-羟色胺(5-HT)。Uthman(1990)研究发现,在 VNS 进程中,患者脑脊液中 DA 的代谢产物高香草酸(HVA)和 5-HT 的代谢产物 5-羟基吲哚酸(5-HIAA)明显增高,且 HVA 和 5-HIAA 的变化同患者癫痫发作频度的减少密切相关,其机制可能是通过参与脑干网状结构的调节影响癫痫敏感性和严重程度。Ben-Menachem(1995)等也发现,VNS 时脑脊液内 5-HIAA 增高 33%,HVA 亦增加,提示 VNS 使递质的更新加快。这些研究都证实 NE 和 5-HT 能系统在 VNS 的抗癫痫效应中发挥重要作用。

3. VNS 的适应证和禁忌证 目前多数专家认为 VNS 治疗癫痫的适应证是:①难治性癫痫:经过严格的两种或两种以上药物治疗无效,持续 2 年;②年龄 12 ~ 60 岁,智商大于 80;③无心、肺慢性疾病史和胃、十二指肠溃疡史,无胰岛素依赖性糖尿病史;④无迷走神经切除史;⑤外科治疗失败者;⑥不适合手术切除的难治性癫痫患者;⑦多发病灶或病灶定位不确定者。

VNS 的禁忌证主要是:妊娠期妇女;左颈部、左前上胸部及皮下组织外伤后、放射后;在通常置入部位已安装了心脏起搏器或其他设置(相对禁忌证);合并有哮喘、慢性阻塞性肺病、心律失常或其他内科治疗不能很好控制的心肺疾患、消化性溃疡活动期、胰岛素依赖性糖尿病以及严重的出血素质;合并有药物难以控制的慢性持续性或间歇性精神病(除外癫痫发作后的精神症状)。

虽然有了基本的结论,但目前对 VNS 治疗癫痫的适应证和禁忌证尚无统一标准。随着该技术的初步成熟与推广,适应证有逐步放宽的倾向。从前期临床试用的结果看,VNS 的适应证还可以扩大到儿童癫痫。从癫痫的类型看,还应包括诸如 Lennox-Gastaut 综合征、原发性全面性癫痫以及某些隐源性癫痫病例。

4. VNS 操作方法和不良反应 1988 年,美国 Texas Cyberonics 公司研制出了迷走神经刺激器(neurocybemetic prosthesis,NCP),开始用于治疗顽固性癫痫。同年开始试用于临床。NCP 系统主要由脉冲发生器、螺旋状电极以及编程遥控头等部分组成。正常情况下,安装 NCP 的手术操作大约需要 2 小时。通常在全身麻醉下进行。基于右侧迷走神经参与支配窦房结,刺激有可能引发心律失常,因而临床上通常采用刺激左侧颈迷走神经干。首先在左锁骨中线下方 8cm 处做一横切口,分离皮下组织以放置脉冲发生器。然后在左侧乳突与锁骨间纵行切开皮肤约 10cm,游离迷走神经 3cm。用隧道形成器做一连接两切口的皮下隧道,放置导线,将其一端的螺旋电极缠绕在迷走神经上,检测脉冲发生器后将另一端与之连接,重复检测后将导线固定于深筋膜,同时固定脉冲发生器于胸肌皮下筋膜,最后缝合皮肤。术后患者留院观察 1 天。术后 2 周,通过配套软件设置 NCP 工作参数。临床上,由于患者的病情各异,最终选定的刺激参数可以不同。可调参数范围:刺激时间 30 秒~4.5 分钟,间隔 5~180 分钟,刺激频率 1~143Hz,波宽 125~1000μs,电流强度 0~20mA。但通常初始设定刺激频率为 30Hz,电流为 0.25mA,波宽 500 秒,刺激 30 秒,间隔 5 分钟,然后将刺激电流以 0.25mA 为梯度,以 1 周为间期,逐渐提高至 3mA 或 4mA,即患者能够耐受或出现轻微的声音嘶哑为止。采用多中心随机双盲法研究发现,高频刺激的抗癫痫效果优于低频,表现为癫痫的发作次数更为明显的减少。但也有人认为决定 VNS 疗效的真正因素可能是刺激时间的长短而不是刺激电流的强弱。多项研究显示,VNS 的疗效随患者使用时间递增,即使用时间越久,癫痫发作次数越少。随着 NCP 系统的逐步推广,其临床疗效得到肯定,通常报道可使 50% 左右的患者癫痫发作减少 28%~85%(张建梁,2005;Morris,1999;Uthman,2004)。

大部分患者对 VND 耐受良好。所产生的不良反应与喉部迷走神经支配相关。Morris (1999)等在研究中发现,治疗期间高频刺激组经历的不良反应分别为:声音嘶哑 37%、咽喉疼痛 11%、咳嗽 7%、气喘 6%、感觉异常 6%、肌肉疼痛 6%;低频刺激组经历的不良反应分别是:疼痛 29%、咳嗽 14%、声音嘶哑 13%、胸痛 12%、恶心 10%。少数患者可有消化不良、耳鸣、膈肌半瘫、呃逆、面瘫或麻痹,极少数患者可出现心脏停搏甚至猝死。另外,该装置置入体内后可干扰放疗、心脏起搏、体外微波碎石、MRI 及 ECG 等其他诊断治疗程序。

5. VNS 的临床应用 VNS 的临床应用非常广泛,作为癫痫、癫痫持续状态、抑郁症、焦虑、肥胖、疼痛等的辅助治疗已越来越得到认可。应用 VNS 治疗癫痫能够改善生活质量、降低住院率。一个试验性研究表明,所有类型的癫痫患者应用 VNS 后发作频率都减少。但因样本并不足够大,不能得出哪种类型的癫痫患者对 VNS 治疗最敏感(Labar,1998)。值得注意的是 VNS 确实改善了患者的生活质量。对 26 个应用 VNS 治疗的癫痫患者 1 年的实验表明,84% 患者的生活质量有明显改善,在后续的长期随访中也没有出现发作频率增加现象(McLachlan,2003)。最近的一些研究使 VNS 的适应证进一步扩大。Lee(2008)等的研究证明了对于经历了癫痫手术没有效果的患者和因重型颅脑损伤导致外伤后癫痫的患者,VNS 是一种有效的治疗手段。对于难治性非惊厥癫痫持续状态,VNS 也有成功治疗的病例。一般来说 VNS 的电极放置在左颈迷走神经干。对于不适合左侧迷走神经刺激(L-VNS)的患者,右侧迷走神经刺激(R-VNS)可能是有效的。在动物模型中癫痫被 R-VNS 充分抑制。Spuck(2008)等报道了 1 个应用 R-VNS 的病例,16 岁的男孩,难治性癫痫复发,应用 L-VNS 后全身发作的频率减少。8 周后因深部伤口感染去除装置,因瘢痕形成不适合再进行 L-VNS,置入了足够抑制癫痫发作的 R-VNS。结果癫痫发作频率减少,与 L-VNS 相比 R-VNS 引起的心脏症状减少。预示 R-VNS 对于适合 L-VNS 但左侧再植不可能的患者来说是一个有效的替代疗法。

VNS 作为癫痫的辅助治疗在成人患者中的疗效已经得到广泛认可,但在儿童癫痫中的应用比较有限。有研究表明,儿童癫痫患者应用 VNS1 年后,32% ~53% 患者癫痫发作频率减少 50% ~90%。经过 36 个月长期随访后发现平均发作频率减少了 74%,而且对于 12 岁之前的儿童,年龄越小的患者应用 VNS 疗效越好(Hornig, 1997;Alexopoulos, 2006)。所以对于美国 FDA 制订的 12 岁标准以下的癫痫患者,VNS 是一种潜在的治疗方法。最近,Shahwan(2008)等提出了 VNS 对儿童难治性癫痫的积极影响。他们回顾分析了应用了 VNS 的 26 个孩子,最低随访期为 18 个月。审查了他们的临床特征、发作类型、发作频率、癫痫综合征的诊断、发作频率和发作严重程度对 VNS 的反应。结果,54% 患者发作频率减少一半以上。Lennox-Gastaut 综合征(LGS)和强直性发作患者有较高的反应率:为 78%(9 个中有 7 个发作频率减少)。在反复的癫痫持续状态,VNS 可使 SE 发作减少或停止。在所有反应者中癫痫发作严重程度、持续时间和恢复时间均减少。尽管如此,儿童癫痫中哪些类型适合应用 VNS 仍需要进一步研究。

二、脑深部刺激术(deep brain stimulation,DBS)

1. 概况和历史　DBS 是立体定向功能神经外科治疗神经系统疾病的一种方法。通过立体定向方法在脑深部的特定靶点置入刺激电极,用脑外神经刺激器进行控制、调整和释放适宜的刺激,从而改变相应脑核团的兴奋性,以达到控制癫痫发作的治疗目的。

早在 20 世纪 50、60 年代,国际医学已经开始采用立体定向手术治疗运动障碍疾病,特别是帕金森病(PD)和震颤。在 60 年代,随着应用左旋多巴治疗 PD 的开展,立体定向手术大大减少。但因左旋多巴和其他药物的副作用使立体定向手术在更好地了解神经系统病理生理的基础上重新得到开展。DBS 因其创伤小、可逆性和可调节的优越性已经基本代替了早期的毁损手术。早期的 DBS 主要用于治疗运动障碍疾病,美国 FDA1997 年批准 DBS 作为帕金森病和特发性震颤的治疗手段。尝试将 DBS 用于治疗癫痫也有很长的历史。早在 1978 年,有学者报道从硬膜下刺激小脑可以减少癫痫发作频率。1985 年,Cooper 等首次选择丘脑前部作为靶点埋置电极,进行慢性电刺激来治疗癫痫,尽管临床病例不多,但其治疗效果令人鼓舞。1987 年,Velaseo 等报道选择双侧丘脑中央中核为靶点,给予电刺激能治疗顽固性癫痫。最近的研究显示,DBS 已经在运动障碍疾病、癫痫等多种神经系统疾病中得到了广泛应用。DBS 创伤性小、可逆、可调整及非毁损性使其容易为医患双方接受,但费用昂贵在一定程度上限制了其临床应用。

2. 作用机制　目前 DBS 抑制癫痫发作的机制还不十分清楚,其中比较公认的是抑制神经环路放电学说。基底节-丘脑-皮层神经环路十分复杂,动物试验表明在皮层下存在癫痫黑质控制系统(nigral control of epilepsy system,NCES),其中黑质网状部(SNpr)是控制网络中的关键位点。能影响皮层兴奋性,抑制惊厥性和非惊厥性全面性发作。癫痫黑质控制系统涉及的环路,包括直接通路和间接通路,前者由皮层经纹状体直接到达苍白球内侧部(Gpi)和黑质网状部(SNpr)然后经丘脑回到皮层。后者是皮层兴奋依次通过纹状体、苍白球外侧部(Gpe)和丘脑底核(STN)到达 Gpi 和 SNpr,然后经丘脑和中脑背侧抑痫区(dorsal midbrain anticonvulsant zone,DMAZ)返回至皮层。癫痫患者中,直接通路上的黑质网状部、纹状体黑质释放 γ-氨基丁酸减少,对皮层抑制作用减弱;间接通路(苍白球、丘脑底核)参与调节 SNpr 细胞体的活动,而丘脑底核释放兴奋性氨基酸(NMDA)作用于 SNpr,增强了后者对 DMAZ 的抑制作用(Veliskova,1996)。Maurice(1998)等用 250Hz 的频率刺激 STN 时可以在皮层记录到由于皮层-丘脑底部通路的逆向活化而导致的皮层电位,皮层-丘脑底部通路的逆向活化降低了皮层兴奋性,从而起到抗癫痫作用。总之,脑深部电刺激治疗癫痫的作用机制可能是,高频电刺激基底节区,抑制被兴奋的核团以及抑制丘脑底核神经元,进而引起癫痫黑质控制系统(NCES)的活化,从而对某些类型的癫痫发作产生抑制作用;而且还能兴奋神经轴突的电活动使皮层-丘脑底核通路逆向活化,降低皮层兴奋性,从而产生抗癫痫作用。

还有研究者认为 DBS 抗癫痫发作的作用是由于电流作用于脑部特定结构引起的局部抑制,电刺激作用于脑内参与痫样放电触发、扩散、维持的神经网络、核团,从而达到抑制作用。对于直接电刺激癫痫灶也可以用这个假说来解释,源于刺激电流抑制过度兴奋的组织从而抑制癫痫的发作。Buerrier 等(2001)使用高频电刺激大鼠 STN 离体脑片,运用膜片钳技术观察到当刺激频率为 100 ~ 250Hz 时,可出现神经元活动的生理性阻滞,在刺激结束后还可持续 6 分钟,认为这种效应是由 Na$^+$ 和 Ca^{2+} 电压门控电流的减弱介导的。另有学者认为,DBS 并不是达到控制癫痫发作所必需的,DBS 的疗效是基于电极置入所造成的毁损作用(Hodate,2002)。

3. DBS 的适应证和禁忌证　目前认为 DBS 手术适应证为:①原发性帕金森病、特发性震颤、难治性癫痫;②患者服用左旋多巴曾经有良好疗效,现在药物疗效已逐渐下降或出现副作用,疾病已开始影响正常工作和生活;③患者没有明显智力障碍、在手术过程和以后的随访中愿意并能够合作;④术中或术后测试刺激能有效控制症状。手术禁忌证:①DBS 是一种手术,因此凡是具有外科手术常规禁忌证的患者均不适合手术;②以往有神经外科手术史;③体内有按需型心脏起搏器;④需经常进行 MRI 检查;⑤有滥用药物史;⑥继发性或药物诱发性帕金森综合征等。

4. DBS 的操作方法和不良反应　DBS 系统由置入脑内核团的刺激电极、置入锁骨区皮下的电刺激器和体外程控仪组成。目前使用的 DBS 电极为四触点电极,与电刺激器相连。电刺激器接受体外程控仪的调节,可释放各种类型的电刺激,刺激参数可根据不同的刺激靶点及刺激模式进行调整。DBS 术前 MRI 定位计算靶点坐标、术中电生理记录靶点周围细胞放电、术后观察刺激对于脑电图的影响是准确埋置电极必不可少的环节。颅内电极通过延长线和埋置在锁骨下的脉冲发生器相连,通常使用的刺激参数电压 1 ~ 3.6V,脉宽 90μs,频率 100 ~ 165Hz,刺激方式可采用单极或双极间断刺激,也有持续刺激的报道。刺激参数可以通过体外程控仪调节。

可能出现的不良反应有颅内感染、创口局部的皮肤坏死、颅内出血、轻度面肌痉挛、肢体末梢麻木感,后两者可以通过调整刺激参数来减轻和消除。另外,置入 DBS 刺激器的患者应避免接受心脏电复律或射频消融术,以免对患者造成脑损伤。目前尚无 DBS 本身引起癫痫发作的证据。前述急性并发症的出现率不超过 2%,死亡率更低,而且这些并发症的出现均与影像学定位不准、手术经验差而增加了微电极进入脑内的次数和延长了操作时间有关(Benabid,1998)。

5. DBS 治疗癫痫的临床应用　出现癫痫临床症状前,如能快速检测出发作,可相应地进行有效电刺激终止发作,这就要求有特异性和敏感性强的检测方法。目前已可运用线性和非线性分析方法来确定发作前的临界状态,使利用这种发作前的算法来确认刺激时机已成为可能。但由于把癫痫发作预报算法装配到置入装置中还需复杂的计算机技术支持,所以目前还未能完全运用到实际的临床治疗中。最近的研究表明,"智能"电极可以对痫样活动产生反应,引发刺激终止其发作,与以前不对任何生理变化做出反应盲目地间歇刺激相比,"智能"刺激可以更有效地抑制癫痫发作。有一个研究小组用脑电图记录了颞叶癫痫患者发作前大脑活动前兆变化的自发进展。直至发作,这些变化会持续 7 小时。如果能被置入的电极提前检测到则会成功抑制癫痫的发作(Litt,2001)。

DBS 终止癫痫发作的效果取决于刺激参数如电流强度、持续时间、刺激波形、脉冲频率、刺激周期等,同时电极放置的部位和阴阳极的选择也会影响刺激的效果。研究表明,在 DBS 治疗癫痫动物模型的实验中,刺激不同的靶点都能起到抗癫痫作用。例如 Mirski(1994)等研究表明,高频电刺激经乳头体丘脑束投射至丘脑前核的乳头体核时,能提高戊四氮点燃大鼠模型的发作阈值,干扰动物癫痫发作时大脑皮质的同步性高波幅放电,而且直接高频刺激丘脑前核时,也能提高大鼠戊四氮点燃模型的癫痫发作阈值。Velisek(2002)等对幼年大鼠的研究发现,通过埋置双极刺激电极,低频刺激杏仁核时,能提高癫痫发作和后放电的阈值,从而对癫痫样活动产生抑制效应,而且这种效应在停止刺激后仍能持续数日至数月。当前各种刺激频率已经运用于治疗癫痫,但人类治疗癫痫发作时适宜的刺激频率仍没有确切的结论,而刺激频率的选择很大程度取决于刺激的部位。通常刺激点选择在癫痫触发点或被认为在痫样放电神经网络中扮演重要角色的结构如丘脑底核、尾状核、丘脑前核、丘脑正中核、黑质、海马、小脑等。

(1) 丘脑底核(subthalamic nucleus,STN):STN 是癫痫黑质控制系统(NCES)重要环节,通过电刺激抑制 STN 或是将 GABA 能受体激动剂注入 STN,均发现能不同程度抑制黑质网状部,继而抑制中脑背侧抗惊厥带,达到抗癫痫效果。Loddenkemper(2001)等观察1 例患有 Lennox-Gastaut 综合征的 14 岁患者,该患者存在肌阵挛发作、全身强直-阵挛发作和不典型失神发作,脑电出现全导慢棘慢波,平均每周发作超过 100 次,先后服用 9 种抗癫痫药物无效,在双侧丘脑底核置入刺激器后给予 130Hz 的刺激,结果发现全面强直-阵挛性发作完全停止,肌阵挛发作和不典型失神发作减少 75%,随访 1 年仍有改善作用,疗效的维持受刺激参数周期性变动的影响。Benabid(2002)在 1 例左侧中央顶区皮层发育不良的 5 岁难治性癫痫患者中,左侧丘脑底核置入电极行高频电刺激,随访 30 个月,结果显示与术前 4 个月相比,刺激期间其发作频率和发作严重程度明显减少,同时由于发作的减少使患者的认知功能也有所改善。而且这种效应可能与发作形式也有关系:白天的运动性发作减少 83%,夜间发作仅减少 58.1%,且与脑电图记录的痫样放电情况相吻合。高频电刺激对 STN 的影响尚有争议。Lee(2003)通过胞内记录技术,发现高频电刺激STN,在刺激期间动作电位增加,且在 100~140Hz 达到最大,刺激后出现抑制效应,刺激时间越长,抑制越持久。这反映了高频电刺激对 STN 的作用并不完全是抑制。

Benabid(2003)对 9 例难治性癫痫采用双侧丘脑底核刺激进行治疗,结果发现其中 6 例患者发作频率减少 80% 以上,3 例患者没有明显改善。Handforth(2006)等的研究也发现,给予双侧丘脑底核电刺激可以减少部分性癫痫的发作频率和缓解发作程度。但不能阻止癫痫发作所致的继发性损伤,与抗癫痫药疗效相比,并无明显优越性。

(2) 丘脑中核(centromedian nucleus of the thalamus,CMT):CMT 是上行性网状系统的一部分,与癫痫发作的病理生理过程有关。深部电刺激 CMT 控制癫痫发作的可能机制是去同步化和超极化上行性网状和皮层神经元。研究发现,应用间歇性高频(60Hz)电刺激难治性癫痫患者的双侧丘脑中核。发现患者的全面强直-阵挛发作和不典型失神发作明显减少,同时发作间期的痫样放电频度也明显减低,但在颞叶癫痫的复杂部分性发作和 Lennox-Gastaut 综合征的患者中未取得满意疗效(Velaseo,2000)。但在另一项对 13 例 Lennox-Gastaut 综合征患者 CMT 电刺激治疗中,整体上发作次数降低了 80%,同时明显提高了患者的生活质量(Velasco,2006)。虽然 CMT 电刺激在控制大发作的次数上有明显的作用,但对于复杂部分性发作疗效却不肯定(Velasco,2001)。

(3) 丘脑前核(anterior thalamic nucleus,ANT):戊四氮诱导癫痫的动物模型研究中表明,丘脑前核和癫痫全身性发作密切相关。丘脑前核存在于 Papez 环路中,该环路起源于海马,经穹隆、乳头体、丘脑前部、嗅皮质回到海马。切断乳头体和丘脑前部的联系纤维,可提高戊四氮诱发癫痫动物模型的发作阈值。Mirski 研究发现,高频电刺激老鼠的乳头体和丘脑前部,可以使每次诱发癫痫的药物量增加。刺激频率为 100Hz 时,有抗癫痫作用,但在 10~50Hz 时,则作用相反。

Hodaie(2002)等在 5 例难治性癫痫患者双侧丘脑前核中置入刺激电极,予以慢性刺激,随访 15 个月,结果发现癫痫发作频度减少 54%,但他们也提出这种效果可能会因置入电极造成核团微损伤或安慰剂效应干扰了研究结果。最新研究显示,丘脑前核慢性刺激是难治性癫痫的一种有效治疗方法。Lim(2008)等在 4 例(全身性发作 1 例,部分性发作 3 例)癫痫患者丘脑前核置入刺激电极,随访 2 年,结果发现癫痫发作频率平均减少 49.6%,其中 2 例减少 >60%,1 例完全缓解。他们还回顾了过去 20 年中类似的 21 个病例报道,发现总体发作频率减少 45%~55%。

(4) 尾状核(caudate nucleus,CN):动物实验表明,刺激尾状核可以减少皮层局灶性癫痫、嗅脑癫痫和青霉素诱发的颞叶癫痫的发作,还可以减少氢氧化铝诱发的运动皮层癫痫发作,不过刺激频率要控制在 10~100Hz,频率大于 100Hz 时癫痫发作可能加重。假设低频刺激具有兴奋作用,高频刺激具有抑制作用,黑质网状结构对 DMAZ 有抑制作用,那么低频刺激尾状核就可以抑制黑质网状结构达到抗癫痫作用。在一个包含有 57 例患者的研究中,Chkhenkeli(1997)等用 4~6Hz 电刺激尾状核头部(caput nucleus caudati,CNC)腹侧,发现可引起新皮层、内侧颞叶癫痫样放电减少和中断癫痫样放电的传播。但没有评估具体疗效,也没有对照组研究的报道。

(5) 黑质(substantia nigra,SN):SN 是参与癫痫控制的重要结构。SN 分成黑质致密部(SNpc)和黑质网状部(SNR),SNR 是 SN 最大的部分,是癫痫 SN 控制系统的重要结构。相对于丘脑和 STN 等核团的高频电刺激已经在治疗运动障碍性疾病中广泛应用,以及癫痫的动物实验和临床应用不断出现,SN 的电刺激研究目前尚比较少。Sabatino(1988)等研究了电刺激在 SNpc 和 SNR 对猫癫痫发作影响的差异,发现刺激 SNR 具有明显的抗痫作用,能减少 80% 研究对象的棘波发放的次数和强度,而 SNpc 仅对 19% 的个体有效。有人预先对 SNR 进行电刺激,结果显示延长了癫痫发作的潜伏期。Velisek(2002)等在高频刺激 SNR 同时给予氟替尔,观察了氟替尔引起癫痫发作的阈值。他们发现在成年大鼠,不管是单侧刺激还是双侧刺激 SNR 前份,均能提高氟替尔致痫阈值,对阵挛发作有效,而对强直发作无效;刺激 SNR 后份则对两者均无效。在幼鼠(出生后 15 天),不管双侧刺激 SNR 哪个部位,对强直-阵挛发作和阵挛发作均有效,而单侧刺激没有效果。

(6) 海马(hippocampus):大量证据表明颞叶癫痫始于海马,从海马扩散到整个 Papez 环路。Velasco(2001)等在对 10 例难治性癫痫患者进行深部海马电刺激,其中 7 例能有效控制复杂部分性和全身强直-阵挛性癫痫发作,脑电图棘波数目减少。同一小组患者后续的慢性海马电刺激研究,有 3 例患者证实能持续有效地控制癫痫发作而无短期记忆力减退的不良反应。Velasco(2007)等对 9 例难治性癫痫患者进行海马癫痫灶电刺激,其中双侧刺激 6 例,单侧刺激 3 例。对这 9 例患者进行 18 个月 ~ 7 年双盲的随访研究,发现其中 5 例患者 MRIs 正常,发作减少了 95% 以上。4 例患者出现海马硬化,发作减少了 45% ~ 70%。全部患者未发现有神经心理及其他方面的副作用,有 2 例因置入装置孔道周围皮肤感染而被迫移出置入装置。

(7) 小脑(cerebellar):小脑刺激可以抑制小脑传出,从而达到减少癫痫发作的目的。动物实验中,刺激小脑各个部位结果不尽相同。刺激小脑前部可以减少海马放电,刺激小脑半球对癫痫发作几乎没有影响,甚至有病情加重的报道。20 世纪 70 年代,Cooper 等首次报道小脑电刺激控制癫痫的研究,34 名患者中有 18 名发作频率下降 50% 以上。在对全身强直-阵挛性发作和强直性发作患者 2 年的随访中证实小脑电刺激可显著减少发作次数。临床研究报道,非对照组研究 115 例癫痫患者,发作完全控制 31 例,发作次数减少 56 例,发作无改善 27 例。对照组研究报道 14 例癫痫患者,发作次数减少 2 例,发作无改善 12 例。上述两组治疗结果差异之大的原因可能是小脑刺激对癫痫患者存在安慰剂效应。换句话说,小脑刺激疗效影响因素很多,另外也可能与对照组数量有限有关。

三、经颅磁刺激术(transcranial magnetic stimulation,TMS)

1. 概况和历史　TMS 是利用一定的时变磁场在脑内诱发电场,产生感应电流,以此刺激可兴奋组织,影响大脑皮质代谢及电生理活动的一项技术。由 Barker 于 1985 年首先创立并对其相关机制进行了研究,因具有无痛、无创、非侵入性、穿透颅骨刺激强度不衰减、可操作性强、安全有效等优点而很快应用于神经精神领域。从 20 世纪末至今,TMS 已应用在神经科学基础和临床研究、疾病诊治等方面,是当今神经科学关注的前沿研究之一。加拿大、丹麦等已把 TMS 作为抑郁症的常规治疗方法。近年实验及临床研究结果显示 TMS 有潜在抗癫痫作用。TMS 刺激模式主要有三种:单脉冲 TMS(sTMS)、双脉冲 TMS(pTMS)及重复 TMS(rTMS),其中 rTMS 的特点是其高频、连续刺激能更多地兴奋水平走向的联络神经元,是目前治疗性研究的主要应用模式,其中高频重复经颅磁刺激(≥5Hz)可以瞬时增加大脑皮质兴奋性,而低频重复经颅磁刺激可瞬时抑制大脑皮质兴奋性。近十余年,随着对 rTMS 在癫痫中应用研究的深入,已发现不同频率的重复经颅磁刺激对癫痫发作有不同影响,rTMS 可能成为癫痫治疗的有效方法。

2. 作用机制

(1) TMS 的基本原理:TMS 的基本原理是以不同频率脉冲磁场连续作用于脑组织。

且在神经元不应期内也进行刺激，兴奋更多水平走向的连接神经元，产生兴奋性突触后电位总和，使皮质间兴奋抑制联系失去平衡，从而改变大脑皮质的兴奋状态。

（2）TMS 治疗癫痫的作用机制

1）TMS 的电生理学基础：癫痫是以脑皮质兴奋和抑制失调为主要特征，表现为神经元兴奋性过高。TMS 可以改变脑皮质的兴奋性，这为 TMS 治疗癫痫提供了理论依据。单脉冲 TMS（sTMS）通常用来获取运动诱发电位，双脉冲 TMS（pTMS）主要用来研究大脑皮质的兴奋性，而重复 TMS（rTMS）主要用来进行语言等多种脑功能区的定位。Chen（1997）等在对低频 rTMS 影响皮质兴奋性的研究中发现，拇短伸肌运动诱发电位的波幅在经过 15 分钟、0.9Hz 的 rTMS 后下降了 19.5%。此后类似的研究发现，低频 rTMS 对运动诱发电位的抑制效应可持续至刺激后 30 分钟（Muellbacher,2000）。此外，低频 rTMS 还可以通过大脑的功能性连接抑制其他非直接刺激脑区。Gorsler（2003）等对右侧运动皮质区予以低频 rTMS 后，发现左侧运动皮质的诱发电位水平亦有下降，Seyal（2005）等用低频（0.3Hz）rTMS 刺激一侧大脑运动皮质后，其对侧体感诱发电位的阈值及波幅均有明显降低，且这种效应在刺激结束后至少持续 30 分钟。

TMS 对皮质兴奋状态的调节主要通过诱导突触间的长时程抑制或长时程增强来实现。在人脑皮质切片中发现，低频 rTMS 可以诱导产生突触间的长时程抑制，而高频 rTMS 可以诱导长时程增强，从而逆转受损突触的功能，改善海马神经元的可塑性。有人对 9 名健康受试者予以持续 30 分钟的 0.3Hz 的 rTMS 后，经第一背侧骨间肌分别测定刺激前、刺激后即刻和刺激后 90 分钟的神经电生理学和行为学变量，发现刺激后即刻和 90 分钟时，其皮质静息期与刺激前相比明显延长，表明低频 rTMS 对皮质抑制有长效的增强作用（Cincotta,2003）。体外研究表明，高频 rTMS 预刺激可以增强低频 rTMS 对皮质突触的长时程抑制。但 25 名健康志愿者在接受阈上（即刚好在 MEP 之上）1Hz 刺激运动皮质前，先接受阈下 6Hz rTMS 预刺激，随后测定 MEP，发现 6Hz 先导 rTMS 刺激组与假刺激组均有明显的皮质抑制增强，未发现明显差别（Iyer,2004）。啮齿类动物的研究证实，高或低频 rTMS 诱导长时程抑制或长时程增强最终可导致大脑皮质突触的重塑，从而使刺激效果持续较长时间。Froc（2000）等对大鼠海马及皮质予以 1Hz 的 rTMS 后可诱导产生长时程抑制，且这种效应可持续数天。

2）TMS 的生物学机制：虽然 TMS 已广泛用于临床治疗神经系统疾病，但其治疗作用的生物学机制尚不清楚。目前 TMS 抗癫痫的可能机制集中在以下几个方面：①对神经递质及神经肽的调节，在癫痫发病机制中起重要作用的神经递质有谷氨酸和氨基丁酸，TMS 治疗癫痫的内在机制是否与此有关尚不清楚；②对松果体（PG）的影响，表现在改变 PG 合成的主要激素褪黑素（MT）的分泌上；③免疫学效应，TMS 可促进或抑制体内细胞因子的产生，调节免疫细胞活性。Ben-Shachar（1999）等对大鼠进行连续 10 天的 rTMS 治疗后发现，大鼠脑内 β-肾上腺素能受体水平在额区皮质显著上调，但在纹状体表达下降，海马区未发现明显变化。在 rTMS 干预后的小鼠额区皮质，可见 $5-HT_2$ 受体及其 mRNA 水平的下降。同时继发 5-HT 摄入的减少和结合的降低，但 $5-HT_{1A}$ 受体和 N-甲基门冬氨酸受体的水平表达上调；④生物学效应，研究发现，rTMS 可直接上调脑内多巴胺转运蛋白和去甲肾上腺素转运蛋白 mRNA 水平，从而引起去甲肾上腺素摄入和结合的增多（Ikeda,2005）。癫痫发作可使 c-fos 表达的升高，有研究发现低频 rTMS 可降低癫痫大鼠脑内 c-fos 蛋白的水平,而 20Hz 的 rTMS 刺激大鼠则可引起 c-fos 水平的增高(Hausmann,2000)。此外,长期 rTMS 可提高海马、颗粒细胞层等脑源性神经营养因子 mRNA 水平,引起 kf-1 水平的增高,但不会引起炎性介质的增多,这可能是 rTMS 神经保护作用的关键。

最近研究显示,rTMS 可以影响皮质代谢,但其长期效果并不十分明显,此外,它还可以调节刺激脑区的局部血流量,且对脑内神经递质及其传递、不同脑区内多种受体及调节神经元兴奋性的基因表达均有明显影响。目前,在难治性癫痫中研究最多的 P 糖蛋白(Pgp)是癫痫治疗的关键,癫痫发作和抗癫痫药均可诱导其表达升高,这为癫痫的药物治疗带来很大困难,但 rTMS 与 Pgp 表达之间的关系尚不清楚。

3. 操作方法　磁刺激仪由储能电容、固定开关和线圈组成。线圈主要分环形和 8 字形,8 字形线圈更具有聚焦性,可提高刺激精度。其具体操作为将一绝缘线圈放在头颅表面,打开开关,电容对线圈进行放电,这时线圈中就会产生高频电流脉冲。线圈电流产生一个持续 $100\sim200\mu s$、强度大约为 2T 的时变磁场,强大的磁场可毫无损耗地穿过皮肤和颅骨并产生平行于线圈平面的电流,使得神经元去极化。诱发的电流不需流过神经的疼痛受体,所以不舒服的感觉很小,甚至没有感觉。由于生物组织磁导率基本均匀,磁场容易透过皮肤和颅骨而达到脑内深层组织,又因为头皮和颅骨的电阻率很大,而感生电流与组织电阻率成反比,所以磁刺激脑部神经时只有微小电流流过头皮和颅骨,基本无不适感。经颅磁刺激通常不直接兴奋皮质脊髓神经元,而是通过突触传入,间接来兴奋它们。将磁刺激器与肌电图仪或诱发电位仪连接起来,刺激受试者大脑皮质运动细胞可在相应肌肉上记录到复合动作电位,即磁刺激引起的运动诱发电位(MEP)。静息期指在力度计或肌电活动的监测下,使肌肉处于轻微等张收缩状态,此时给予运动皮质运动阈值以上的磁刺激,刺激在诱发出 MEP 的同时,对持续收缩的肌电活动也产生短时间抑制,它和运动皮质长时程抑制机制有关。这些数值可用于评价皮质兴奋状态,并可作为磁刺激治疗神经系统疾病参数设定的量化指标。

TMS 相关部分参数有:①皮质运动阈值(motor threshold,MT):一般是在 10 次刺激中 5 次达到靶肌肉产生运动诱发电位(motor evoked potential,MEP)的最低刺激强度,且波幅达到 $50\mu V$。通常以最大刺激强度的百分比表示,可以分别测定静息状态阈值(RMT)和活动状态阈值(AMT)。一般认为 MT 主要反映神经元细胞膜的兴奋性;②运动诱发电位波幅(MEP amplitude):单脉冲磁刺激平均最大波幅的大小决定于刺激强度下激活的皮质脊髓神经元数量;③皮质静息期(cortical silent period,CSP):通常是在靶肌肉自主收缩活动时,在对侧大脑皮质运动区给予单脉冲刺激后可以产生短暂($100\sim200ms$)的肌电活动抑制。这段时间的长短随刺激强度的增大而增大。皮质静息期与 $GABA_B$ 介导的运动皮质水平的长时程抑制机制相关;④皮质内抑制(ICI)和皮质内兴奋(ICF):是成对脉冲 TMS 相关参数,往往是稍低于 AMT 的阈下刺激作为条件刺激,随后在一定时间间隔给予稍高于 RMT 的测试刺激。较短的时间间隔($2\sim5ms$)的成对刺激,测试刺激产生的 MEP 波幅低于单个阈上刺激诱发的 MEP 波幅,称为皮质内抑制。稍长时间间隔($7\sim20ms$)的成对刺激,测试刺激产生的 MEP 波幅高于单个阈上刺激诱发的 MEP 波幅,称为皮质内易化。两者分别代表运动皮质中间神经元的短时抑制和易化兴奋性。Tassinari(2003)等认为 ICI 和 ICF 与皮质运动区的 $GABA_A$ 和谷氨酸介导的突触电位有关。

应用 rTMS 进行治疗的参数设定包括:①刺激频率:指每秒通过线圈的电流脉冲数,分为高频 rTMS 和低频 rTMS。高频 rTMS 刺激频率大于 1Hz,可以提高初级运动皮质的兴奋性;低频 rTMS 刺激频率小于 1Hz,可以降低皮质兴奋性;②刺激强度:指刺激时的磁场强度,通常以静息或易化运动阈值的百分比表示,多以前者的百分比为标准。运动阈值指能在靶肌诱发出 MEP 所需的最小刺激强度,根据测定时肌肉的状态分为静息和易化运动阈值,一般以刺激器最大输出强度的百分数来表示;③刺激脉冲量及间隔时间:指刺激器一次连续发放的脉冲量。一次治疗可以设定刺激器连续几次刺激,2 次之间设定一定的间隔时间。

4. TMS 治疗癫痫的临床应用

(1) TMS 的治疗作用:很多 TMS 研究都发现全面性癫痫患者 MT 降低,表明皮质兴奋性升高。然而,也有报道不一致的,Detvaux(2001)等研究中发现,在一组首次全面强直-阵挛发作后的 48 小时内未治疗的癫痫患者中,MT 升高,CSP 正常,ICI 正常,ICF 降低;而在随后的 2~4 周后没有发现 MT 有异常改变。Delvaux 解释为 MT 的升高、ICF 降低可能是对抗痫性发作和复发的保护机制,而且 MT 随发作后的不同时间而动态变化。究竟是保护机制起作用,还是由于全面性癫痫疾病的异质性,目前还缺乏相关的研究。Inghilleri(1998)等研究发现部分性癫痫患者病灶侧大脑半球运动区 CSP 较病灶对侧 CSP 短,推测部分性癫痫患者运动皮质的抑制功能损害导致了这种皮质兴奋性的不对称。Cicinelli(2000)等进一步发现部分性癫痫患者病灶半球 CSP 在刺激强度大于 140% MT 时不随着刺激强度的增加而延长,而在正常人中两者成线性关系。还有研究发现,一组病灶不在运动区的部分性癫痫患者其病灶半球运功区 CSP 短于对侧半球和正常对照。尽管如此,是否部分性癫痫病灶侧长时程抑制受到损害,是否皮质兴奋性的不同对不明原因的部分性癫痫具有诊断价值还有待于进一步研究。

TMS 还可以用来阐明抗癫痫药物的作用机制(离子通道阻滞剂还是神经递质调制剂),定量各个患者的生理效应,在药物研究中显示出潜力。TMS 通常不直接兴奋皮质脊髓神经元,而是通过突触传递间接使皮质锥体细胞兴奋。巴比妥类、丙戊酸类主要通过脑内的 γ-氨基丁酸能突触抑制发挥作用;苯妥英钠、卡马西平除具有膜稳定作用外,也通过突触抑制发挥作用。有人用 TMS 研究了不同丙戊酸类对运动系统兴奋性的影响,研究发现增加抑制性神经递质 γ-氨基丁酸作用的药物,减少大脑皮质内的兴奋性,但对运动阈值没有任何影响;相反,钠钙通道阻滞剂类药物却提高运动阈值,但皮质兴奋性没有变化。说明皮质内兴奋性变化是由运动皮质中 γ-氨基丁酸控制的神经元网络所致,运动阈值变化依赖于离子通道电导率(Ziemann,1996)。有报道阈强度的变化随丙戊酸类的剂量而改变,或与丙戊酸类的血浆浓度水平呈正相关,提示观察癫痫患者经颅磁刺激阈强度的变化如同血药浓度检测和脑电图描记一样,可作为指导癫痫合理用药的一种手段。

(2) rTMS 的治疗作用:由于高频 rTMS 可以提高皮质的兴奋状态,在治疗过程中有诱导癫痫发作的可能,因此,癫痫被列为高频 rTMS 治疗的绝对禁忌证。近年来,在对 rTMS 与癫痫,尤其是难治性癫痫的关系研究中发现,低频 rTMS 可能对癫痫发作有治疗作用,很可能成为控制癫痫发作的新型有效方法。

低频 rTMS 治疗难治性癫痫的效果在不同研究中不尽相同。Theodore(2002)等对 24

例局灶性癫痫患者进行随机双盲及假性刺激对照试验。给予患者 1Hz、2 次/天、15 分钟/次、120% MT、连续 1 周的 TMS 治疗。治疗前 8 周与治疗后 2 周的发作频率比较,真性刺激与假性刺激两组之间差异无统计学意义($P = 0.10$)。Tergau(1999)等采用 rTMS 治疗 9 例频发难治性癫痫患者,治疗参数为 0.3Hz、1000 次/天、100% MT、连续 5 天。结果与治疗前 4 周相比,治疗后癫痫的发作频率明显减少($P = 0.048$),并维持数周。Fregni(2006)等采用随机双盲对照的方法对 21 例皮质发育畸形的难治性癫痫患者进行研究。线圈定位于致痫灶,按照患者的脑电图(EEG)和 MRI 确定致痫灶,刺激参数为 1Hz,1200 脉冲,70% 最大输出强度,时程 20 分钟,5 个连续周期。在 rTMS 停止治疗时、治疗后 30 天及 60 天的 EEG 记录的放电次数和癫痫发作频率与治疗前比较,结果真性刺激组,rTMS 能明显降低癫痫的发作频率($P < 0.01$),且治疗效果持续 2 个月。而且,在治疗后的第 4 周,仅在癫痫治疗有效组患者出现 EEG 放电次数明显降低($P = 0.03$),两个试验组都未见不良反应。认知评价表明,仅在 rTMS 治疗有效组患者的认知功能得到了改善。以上各试验结论不同,可能存在以下原因:①受试个体的异质性:癫痫的类型、致痫灶的部位不同;②刺激参数不同:刺激频率较低、脉冲次数较少、持续时间较短可能难以达到治疗效果;③rTMS 的定位不同:rTMS 最适于癫痫灶位于皮质部位的难治性癫痫患者,因为 TMS 诱导磁场的强度与刺激线圈至靶神经元垂直距离的 3 次方呈负相关。因此,癫痫患者行 rTMS 治疗前必须给予 MRI 与 EEG 检查确定病性灶的部位。

Brighina(2006)等还尝试用 5Hz 的高频 rTMS 局部刺激小脑治疗 1 例药物难治性癫痫的患者,结果发现治疗期间患者的癫痫发作频率较治疗前有明显下降,但治疗结束后又逐渐恢复到治疗前的水平。rTMS 能降低癫痫患者的发作频率,改善脑电图,对癫痫有一定的治疗作用,尤其是有局部皮质病灶的难治性癫痫患者。但由于个体对其治疗反应的敏感性不同,其临床关联性仍然较低,且远期效尚不能肯定。此外,对 rTMS 治疗癫痫的具体参数设定和有效治疗时程还未有统一的标准,这些都需要更大规模的临床实验研究予以肯定。

(3)TMS 的安全性:从目前研究的整体来看,TMS 在临床上应用产生的副作用相对来说较其他方法安全。由于 TMS 的刺激作用,对人体的即刻影响主要为能否引起癫痫发作,因此在应用于癫痫患者之前要首先考虑其安全性是很有必要的。TMS 的危险因素与刺激参数(包括刺激强度、脉冲频率、序列时程和刺激间期)有关。在对可能诱发癫痫的因素分析中,还发现 8 字形线圈较一般的圆形线圈更有聚焦性,其可更为集中地作用于皮层的某一点,因而更易诱发痫灶产生兴奋性冲动。此外,患者的癫痫类型、治疗情况也可影响到患者对磁刺激的敏感性。但在临床应用中与磁刺激同时出现的发作究竟是由磁刺激诱发,还是频繁发作的患者在发作时间上的巧合,还尚不明确(Tassinari,2003)。还有报道由于 rTMS 外周有面部和头颅部分肌肉,在一部分患者(5% ~20%)中导致肌紧张性头痛,常予对乙酰氨基酚或阿司匹林治疗(George,1999)。磁刺激也会人为地产生高频噪声,致使听力阈值改变,戴上耳塞可以避免。还有研究表明磁刺激对心率、血压、脑电图和认知功能也有部分影响。近来一个应用经颅磁刺激之前的安全筛选调查表已经被推荐使用,其能成功地解决应用经颅磁刺激潜在的相关安全问题,相信在此筛选表的安全指导下,TMS 在癫痫的研究和应用会越来越广泛和深入。

5. 直接刺激癫痫病灶(direct stimulation of the epileptic focus) 因为突触间长期抑制

和兴奋,所以电极刺激会导致突触间联系改变。一般认为,高频刺激起抑制作用,低频起兴奋作用,所以高频刺激海马可以造成突触间长期抑制。几组动物实验同样表明,低频刺激可以促进杏仁核放电,高频则起到抑制作用。Akamatsu(2001)等报道频率 0.5Hz 经颅磁刺激(TMS)可以增加老鼠发作潜伏期。而采用 50Hz 刺激时则得到相反的结果。低频刺激可以产生类似颞叶切除后长期抑制的效果。有人尝试直接刺激皮层表面的致痫灶治疗癫痫,术前采用硬膜下栅格样电极定位,刺激参数选择 0.3ms,50Hz 频率,治疗效果不肯定。

Velasco(2000)报道 10 例颞叶切除术前采用海马(单侧或双侧)电刺激治疗癫痫的病例,刺激前停服抗癫痫药物 48 ~ 72 小时,130Hz 刺激刺激 2 ~ 3 周,平均每天刺激时间 23 个小时,其中 7 例在刺激 5 ~ 6 天后,发作间期脑电图显示致痫灶周围棘波减少。但是,10 例患者癫痫发作均没有明显改善。另外有报道 3 例复杂部分性发作的癫痫患者,采用脑深部电极刺激海马杏仁核,随访 5 个月发作频率减少 50% 以上,其中 2 例患者抗癫痫药物用量减少,没有并发症报道(Vonck,2002)。在临床实验中,高频相对于低频刺激有明显的抑制作用。但是在动物实验中刺激杏仁核海马,有很多相反的数据资料,同时也包括 TMS。唯一解释就是刺激带来的抗癫痫作用不是刺激局部区域的结果,而是通过激活或抑制下行传导束来实现的,但还是不能解释局部刺激和 TMS 的抗癫痫作用。

四、皮层电刺激(electric cortical stimulation,ECS)

1. 皮层电刺激控制癫痫发作的机制 研究表明,癫痫患者的皮层兴奋和抑制功能处于失衡状态。Weiss(1998)等将 1Hz、5 ~ 15μA 低强度的直流电作用于大鼠杏仁核的电点燃模型,每天刺激 15 分钟,连续 2 周,发现其痫样放电阈值显著增高,对痫样放电起到抑制作用,且此作用是可逆性的,但电刺激本身并未引起神经元的病理性改变,这种作用被称为"熄灭效应"(quenching effect),确切的作用机制尚不清楚。低频电刺激皮层导致其兴奋性降低的机制,目前可能的解释是长时程抑制(LTD)和 GABA 受体介导的抑制机制。Dudek(1992)等对大鼠海马切片的 CA_1 区锥体细胞,给予 0.5 ~ 50Hz 的电刺激后,出现刺激频率依赖性突触效率的修饰,低频刺激时,出现 N-甲基-D-门冬氨酸(N-methyl-D-aspartate,NMDA)受体的活化,导致细胞内钙浓度的升高,引起兴奋性突触后电位的长时程抑制现象,且停止电刺激后 1 小时仍未见恢复的迹象;而高频刺激(50Hz)时,出现 GABA 受体介导的抑制机制。

2. 皮层电刺激的研究现状 大脑皮质是癫痫敏感区之一。在痫样放电传播扩散过程中起主要作用。刺激大脑皮质既可产生后放电导致癫痫发作,又可被用来预防和终止癫痫发作。近年来,应用 ECS 治疗癫痫的安全性和有效性正在受到越来越多的关注,其可能为顽固性癫痫患者开辟一条新的治疗途径。

方法是将反应性神经刺激器(responsive neurostimulator,RNS)置入头皮下颅骨内。并连接埋置于癫痫灶附近的刺激电极,然后通过一个体外的程控仪来调节 RNS。探测异常脑电活动变化和释放反应性电刺激。RNS 能够自动分析脑皮质电活动变化,探测到痫样放电后,立即释放电脉冲刺激抑制癫痫发作(Kossof,2004)。该设备潜在的优点是当癫痫样波出现时即释放电刺激治疗,能够避免或减轻癫痫的发作,而不是通过降低皮质兴奋性来减少发作频率。为评估 RNS 治疗顽固性部分性癫痫的安全性和有效性,在美国将近 28 个医学中心开始进行随机、双盲、对照的临床试验研究(Kossof,2004),目前该研究已通过了美国 FDA 批准。

ECS 刺激靶点主要是皮质癫痫灶或 EEG 发作起始区。一般认为动物实验能够为临床研究提供更多的理论根据,而 Litt(2003)认为 ECS 的临床研究具有相对安全性,不必完全依赖于动物实验。1999 年,Lesser 等报道短暂的暴发性高频电刺激(50Hz)直接刺激癫痫灶明显降低了后放电时程,尽管后放电不能完全等同于自发性癫痫样波,但提示 ECS 有可能终止人类的癫痫发作。2001 年,Velasco 等应用频率 130Hz、脉宽 0.45ms、强度 0.2~0.4mA 的双相电脉冲刺激颞叶癫痫患者的海马皮层,每天刺激持续 23 小时,连续 2~3 周,结果显示能显著减少患者的癫痫发作。2002 年,Yamamoto 等对 1 例 31 岁男性的难治性颞叶内侧癫痫患者术前致痫灶定位时,在左侧颞叶埋置硬膜下电极,在相应的致痫灶皮层给予频率 0.9Hz、脉宽 0.3ms、强度分别为 0.5/2.0/7.5mA,持续 250 秒的电刺激,发现低频低强度(0.5mA)刺激时,患者发作间期的棘波发放次数明显减少;而在低频较高强度(2mA 和 7.5mA)的刺激时,诱发出平常发作时的胃气上升感,同时皮质脑电图显示后放电出现。提示低频低强度电刺激可能对痫性电活动起到抑制作用。2004 年,Yamamoto 继续了他的研究,他和 Kinoshita(2004)等在对 1 名 19 岁的女性难治性癫痫患者做术前评估,埋置硬膜下电极后,分别用频率 50Hz、强度 1~7mA、脉宽 0.3ms、持续 5 秒和频率 0.9Hz、持续 15 分钟的方波交流电,直接刺激癫痫灶及其远隔部位时,结果发现用 50Hz 和 0.9Hz 电流刺激癫痫灶时,临床发作间期棘波发放均有减少;而且用 50Hz 电流刺激时,脑电快活动亦明显减少,提示低频和高频电刺激均对人类大脑皮质产生抑制效应。但这种抑制效应,是在高频电刺激后立即出现脑电棘波发放的显著减弱,停止刺激后仍能持续约 10~20 分钟;而在低频刺激时,刺激停止后约 10 分钟,才能出现棘波发放的轻度抑制,该结果进一步提示,低频和高频电刺激都能抑制痫性发作,但可能有着不同的作用机制。有研究证实,低频电刺激人类的颞叶脑片,能诱导出长时程抑制作用,高频电刺激大脑皮质引起痫性活动的抑制可能与 GABA 能介导的机制有关。Kinoshita 在 2005 年的后续研究表明 ECS 后脑电快活动的减少,提示了大脑皮质抑制性增加的机制。Yamamoto(2006)等也在 2006 年对低频电刺激(LFECS)做了进一步的研究。研究表明,对顽固性部分性癫痫患者硬膜下埋置电极进行 LFECS,不仅减少了发作间的痫样放电,而且也抑制了简单的部分发作,更进一步确定了 LFECS 在治疗癫痫中的作用。

ECS 主要优点是:①具有可逆性,如果疗效欠佳,可随时终止和去除刺激;②具有实时监测功能及预见性;③手术操作相对容易,易于推广;④可以在极短时间内被启动,因而有先兆的患者可以在癫痫发作开始时立刻启动刺激,终止完全发作;⑤提高患者生活质量,而无药物毒副作用。缺点是:ECS 有置入式电刺激器和刺激电极,存在感染和出血的可能;临床研究的病例数相对较少,对其刺激参数及远期疗效评价仍需进一步观察和随访;至于 ECS 是否对大脑皮质产生机械损伤或电损伤,仍存在争议。

总之,随着癫痫术前评估中颅内电极埋置的广泛应用,皮层电刺激的临床研究将越来越深入,目前的临床研究结果令人鼓舞。但要精确埋置皮层电刺激的刺激电极需要首先明确癫痫灶的定位,这在无病损灶癫痫、多灶性癫痫和致痫灶范围较大的患者中,无疑是较为困难的。尽管如此，我们依然有理由相信，对癫痫灶皮层的直接电刺激技术，可能是一个非常有潜力的癫痫治疗方法。

五、展 望

癫痫的治疗以药物为主，物理治疗为部分癫痫患者提供了新的治疗途径，可应用于难治性癫痫或癫痫的辅助治疗手段，但这些技术在国内开展的尚不平衡，也未制订出统一规范的临床适应证和禁忌证，有些技术尚不成熟，有效性和安全性有待进一步研究。随着对这些治疗技术的抗痫机制、有效性、安全性的深入研究，有可能对癫痫的治疗带来新的突破。

（陶树新　王学峰）

参 考 文 献

[1] De Herdt V, Boon P, Ceulemans B, et al. Vagus nerve stimulation for refractory epilepsy: A Belgian muhieenter study. Eur J Paediatr Neurol, 2007, 11(5): 261-269.

[2] Penry JK, Dean JC. Prevention of intractable partial seizures by intermittent vagal stimulation in humans: preliminary results. Epilepsia, 1990, 31(suppl 2): S40-S43.

[3] Uthman BM, wilder BJ, Hammond EJ, et al. Efficacy and safety of vagus nerve stimulation in patients with complex partial seizures. Epilepsia, 1990, 31(suppl 2): S22-S50.

[4] Uthman BM, wilder BJ, Penry JK, et al. Treatment of epilepsy by stimulation of vagus nerve. Neurology, 1993, 43: 1338-1345.

[5] The vagus nerver stimulation Study Group. A randomized controlled Trail of chronic vagus nerver stim ula-tion for treatment of medically intractable seizures. Neurology, 1995, 45: 224-230.

[6] Handforth A, Degiorgio CM, Schachter SC, et al. Vagus nerver stimulation therapy for partia-onset seizures: a randomized, activecontrol trial. Neurology, 1998, 51: 48-55.

[7] Morris CL, Mueller wM, Schachter SC, et al. Vagus nerver stimulation Study Group EO1-EO5. Long-term treatment with vagus nerver stimulation in patients with refractory epilepsy. Neurology, 1999, 53: 1731-1735.

[8] Henry TR, Votaw JR, Pennell PB, et al. Acute blood flow changes and efficacy of vagus nerve stimulation in partial epilepsy. Neurology, 1999, 52: 1166-1173.

[9] Narayanan JT, Watts R, Haddad N, et al. Cerebral activafion during vagus nerve stimulation: a functional MR study. Epilepsia, 2002, 43: 1509-1514.

[10] Liu W-C, Mosier K, Kalnin AJ, et al. BOLD fMRI activation induced by vagus nerve stimulation in seizure patients. J Neurol Neurosurg Psychiatry, 2003, 74: 811-813.

[11] Van La ere K, Vonck K, Boon P, et al. Vagus nerve stimulation in refractory epilepsy: SPECT activation study. J Nucl Med, 2000, 41: 1145-1154.

[12] Naritoku DK, Terry wJ, Helfert RH. Regional induction of fos immunoreactivity in the brain by anticonvul-sant stimulation of vagus nerver. Epilepsy Res, 1995, 22: 53.

[13] Zabara J. Inhibition of experimental seizures in canines by repetitive stimulation. Epilepsia, 1992, 33: 1005-1012.

[14] Ben-Menachem E, Manon-Espaillat R, Ristanovic R, et al. Vagus nerver stimulation for treatment of partial seizures, Epilepsia, 1994, 35: 616-626.

[15] Fernadez GA, Martlnez A, Valdes CA, et al. Vagus nerver prolonged stimulation in cats: Effects on epilep-

togenesis（amygdala electrical kindling）：behavioral and electrographic changes. Epilepsia,1999,40:822-829.

［16］ Woodbury DM,Woodbury JW. Effects of vagal stimulation on experimentally induced seizures in rats. Epilepsia,1990,31(suppl2):S7-S9.

［17］ Krahl SE,Clark KB,Smith DC,et al. Locus coeruleus lesions suppress the seizures-attenuating effects of vagus nerver stim ulation. Epilepsia,1998,39:709-714.

［18］ Ben-Menachen E,Hamberger A,Hedner T,et al. Effects of vagus nerver stim-ulation on amino acids and other metabolites in the CSF of patients with partial seizures. Epilepsia Res,1995,20:221.

［19］ Uthman BM,Reichl AM,Dean JC,et al. Efectiveness of vagus nerve stimulation in epilepsy patients:a 12-year observation. Neurology,2004,63(6):1124-1126.

［20］ Labar D,Nikolov B,Tarver B,et al. Vagus nerve stimulation for symptomatic generalized epilepsy:a pilot study. Epilepsia,1998,39:201-205.

［21］ McLachlan RS,Sadler M,Pillay N,et al. Quality of life after vagus nerve stimulation for intractable epilepsy:is seizure control the only contributing factor? Eur Neurol,2003,50:16-19.

［22］ Lee Ho,Koh EJ,Oh YM,et al. Effect of vagus nerve stimulation in post-traumatic epilepsy and failed epilepsy surgery:preliminary report. J Korean Neurosurg Soc,2008,44(4):196-198.

［23］ De Herdt V,Waterschoot L,et al. Vagus nerve stimulation for refractory status epilepticus. Eur J Paediatr Neurol,2009,13(3):286-289.

［24］ Spuck S,Nowak G,Renneberg A,et al. Right-sided vagus nerve stimulation in humans:an effective therapy? Epilepsy Res,2008,82(2-3):232-234.

［25］ Hornig GW,Murphy JV,Schallert G,et al. Left vagus nerve stimulation in children with refractory epilepsy:an update. South Med J,1997,90:484-488.

［26］ Alexopoulos AV,Kotagal P,Loddenkemper T,et al. Long-term results with vagus nerve stimulation in children with pharmacoresistant epilepsy. Seizure,2006,15:491-503.

［27］ Shahwan A,Bailey C,et al. Vagus nerve stimulation for refractory epilepsy in children:More to VNS than seizure frequency reduction,Epilepsia,2009,50(5):1220-1228.

［28］ Veliskova J,Velsek L,Mosha SL. Subthalamic nucleus:a new anticonvulsant site in the brain. NeuroReport,1996,7:1786-1788.

［29］ Maurice N,Deniau JM,Glowinski J,et al. Relationships between the prefrontal cortex and the basal ganglia in the rat:physiology of the corticosubthalamic circuits. J Neurosci,1998,18(22):9539-9546.

［30］ Beurrier C,Bioulac B,Audin J,et al. High-frequency stimulation produces a transient blockade of voltage-gated currents in subthalamic neurons. J Neuro-physiol,2001,85(4):1351-1356.

［31］ Hodate M,Wennberg RA,Dostrovsky JD,et al. Chronic anterior thalamus stimulation for intractable epilepsy. Epilepsia,2002,43(6):603-608.

［32］ Benabid AL,Benazzouz A,Hoffmann D,et al. Long-term electrical inhibition of deep brain targets in movement disorders. Mov Disord,1998,13(Suppl 3):119-125.

［33］ Mormann F,Kreuz T,Rieke C,et al. On the predictability of epileptic seizures. Clin Neurophysiol,2005,116(3):569-587.

［34］ Lesser RP,Kim SH,Beyderman L,et al. Brief bursts of pulse stimulation terminate afterdischarges caused by cortical stimulation. Neurology,1999,53:2073-2081.

［35］ Litt B,Esteller R,Echauz J,et al. Epileptic seizures may begin hours in advance of clinical onset:a report of 5 patients. Neuron,2001,30:51-64.

［36］ Mirski MA,Fisher RS. Electrical stimulation of the mammillary neuelei increases seizures threshold to pentyleneterazol in rats. Epilepsia,1994,35:1309-1316.

[37] Vrlisek L,Veliskova J,Sianton PK. Low frequency stimulation of the kindling focus delays basolateral amygdala kindling in immature rats. Neurosci Lett,2002,326:61-63.

[38] Loddenkemper T,Pan A,Neme S,et al. Deep brain stimulation in Epilepsy. J Clin Neurophysiol,2001, 18:514-532.

[39] Yamamoto J,Ikeda A,Kinoshita M,et al. Low-frequency electric cortical stimulation decreases interictal and ictal activity in human epilepsy. Seizure,2006,15(7):520-527.

[40] Lee KH,Roberts DW,Kim U. Effect of high-frequency stimulation of the subthalamic nucleus on subthalamic neurons:an intracellular study. Stereotact Funct Neurosurg,2003,80(1-4):32-36.

[41] Kinoshita M,Ikeda A,Matsuhashi M,et al. Electric cortical stimulation suppresses epileptic and background activities in neocortical epilepsy and mesial temporal lobe epilepsy. Clin Neurophysiol,2005,116 (6):1291-1299.

[42] Handforth A,DeSalles AA,Krahl SE. Deep brain stimulation of the subthalamic nucleus as adjunct treatment for refractory epilepsy. Epilepsia,2006,47(7):1239-1241.

[43] VelaseoM,Velasco F,VelasooAL,et al. Acute and chronic electrical stimulation of the centromedian thalamic nucleus:Modulation of reticulo-cortical systems and predictor factors for reticulo-cortical systems and predictor factors for generalized seizure control. Archives of Medical Research,2000,31:304-315.

[44] Velasco AL,Velasco F,Jiménez F,et al. Neuromodulation of the centromedian thalamic nuclei in the treatment of generalized seizures and the improvement of the quality of life in patients with Lennox-Gastaut syndrome. Epilepsia,2006,47(7):1203-1212.

[45] Velasco F,Velasco M,Jiménez F,et al. Stimulation of the central medtan thalamic nucleus for epilepsy. Stereotact Funct Neuresurg,2001,77(1-4):228-232.

[46] Hodaie M,Wennberg RA,Dostruvsky JO,et al. Chronic anterior thalamus stimulation for intractable epilepsy. Epilepsia,2002,43:603-608.

[47] Lim SN,Lee ST,Tsai YT,et al. Long-term anterior thalamus stimulation for intractable epilepsy,Chang Gung Med J,2008,31(3):287-296.

[48] Chkhenkeli SA,Chkhenkeli IS. Effects of therapeutic stimulation of nucleus caudatus on epileptic electrical activity of brain in patients with intractable epilepsy. Stereotact Funct Neurosurg,1997,69(1-4 Pt2): 221-224.

[49] Sabatino M,Gravante G,Ferraro G,et al. Inhibitory controlled by substantia nigra of generalized epilepsy in the cat. Epilepsy Res,1988,2(6):380-386.

[50] Velísek L,Velísková J,Moshé SL. Electrical stimulation of substantia nigra pars reticulata is anticonvulsant in adult and young male rats. Exp Neurol,2002,173(1):145-152.

[51] Velasco F,Velasco M,Velasco AI,el al. Electrical stimulation for epilepsy:stimulation of hippocampal foci. Stereotact Funct Neurosurg,2001,77(1-4):223-227.

[52] Velasco AL,Velasco F,Velasco M,et al. Electrical stimulation of the hippocampal epileptic foci for seizure control:a double-blind,long-term follow-up study. Epilepsia,2007,48(10):1895-1903.

[53] Velasco F,Carrillo-Ruiz JD,Brito F,et al. Double-blind randomized controlled pilot study of bilateral cerebellar stimulation for treatment of intractable motor seizures. Epilepsia,2005,46(7):1071-1081.

[54] Davis R,Emmonds S E. Cerebellar stimulation for seizure control:17-year study. Stereotact Funct Neurosurg,1992,58:200-208.

[55] Wright GD,M cLellan DL,Brice JG. A double-blind trial of chronic cerebellar stimulation in twelve patients with severe epilepsy. J Neurol Neurosurg Psychiatr,1984,47:769-774.

［56］Chen R,Classen J,Gerloff C,et al. Depression of motor cortex excitability by low-frequency transcranial magnetic stimulation. Neurology(S0028-3878),1997,48:1398-1403.

［57］Muellbacher W,Ziemann U,Boroojerdi B,et al. Effects of low-frequency transcranial magnetic stimulation on motor excitability and basic motor behavior. Clin Neurophysiol(S0924-980X),2000,111:1002-1007.

［58］Maeda F,Keenan JP,Tormos JM,et al. Modulation of corticospinal excitability by repetitive transcranial magnetic stimulation. Clin Neurophysiol (S0924-980X),2000,111:800-805.

［59］Gorsler A,Bäumer T,Weiller C,et al. Interhemispheric effects of high and low frequency rTMS in healthy humans. Clin Neurophysiology (S0924-980X),2003,114(10):1800-1807.

［60］Seyal M,Shatzei AJ,Richardson SP. Crossed inhibition of sensory cortex by 0.3 Hz transcranial magnetic stimulation of motor cortex. J Clin Nerophysiol (S0736-0258),2005,22(6):418-421.

［61］Cincotta M,Borqheresi A,Gambetti C,et al. Suprathreshold 0.3 Hz repetitive TMS prolongs the cortical silent period:potential implications for therapeutic trials in epilepsy. Clin Neurophysiol(S0924-980X),2003,114(10):1827-1833.

［62］Iyer MB,Schleper N,Wassermann EM. Priming stimulation enhances the depressant effect of low-frequency repetitive transcranial magnetic stimulation. Neuroscience (SO306-4522),2003,23(34):10867-10872.

［63］Froc DJ,Chapman CA,Trepel C,et al. Long-term depression and depotentiation in the sensorimotor cortex of the freely moving rat. J Neurosci(S0270-6474),2000,20:438-445.

［64］Ben-Shachar D,Gazawi H,Riboyad-Levin J,et al. Chronic repetitive transcranial magnetic stimulation alters beta-adrenergic and 5-HT$_2$ receptor characteristics in rat brain. Brain Res(S0166-4328),1999,816(1):78-83.

［65］Ikeda T,Kurosawa M,Uchikawa C,et al. Modulation of monoamine transporter expression and function by repetitive transcranial magnetic stimulation. Biochem Biophys Res Commun(S0904-2512),2005,327(1):218-224.

［66］Hausmann A,Weis C,Marksteiner J,et al. Chronic repetitive transcranial magnetic stimulation enhances c-fos in the parietal cortex and hippocampus. Brain Res Mol Brain Res(S0169-328X),2000,76(2):355-362.

［67］Müller MB,Toschi N,Kresse AE,et al. Long-term repetitive transcranial magnetic stimulation increases the expression of brain-derived neurotrophic factor and cholecystokinin mRNA,but not neuropeptide tyrosine mRNA in specific areas of rat brain. Neuropsychopharmacology (S0893-133X),2000,23(2):205-215.

［68］Tassinari CA,Cincotta M,Zaccara G,et al. Transcranial magnetic stimulation and epilepsy. Clin Neurophysiol,2003,114(5):777-798.

［69］Delvaux V,Alagona G,Gérard P,et al. Reduced excitability of the motor cortex in untreated patients with de novo idiopathic "grand mal"seizures. J Neurol Neurodurg Psychiatry,2001,71(6):772-776.

［70］Inghilleri M,Mattia D,Berardelli A,et al. Asymmetry of cortical excitability revealed by transcranial stimulation in a patient with focal motor epilepsy and cortical myoclonus. Electroencephalogy Clin Neurophysiol,1998,109(1):70-72.

［71］Cicinelli P,Mattia D,Spanedda F,et al. Transcranial magnetic stimulation reveals an interhemispheric stimulation reveals an interhemisoheric asymmetry of cortical inhibition in focal epilepsy. Neuroreport,2000,11(4):701-707.

［72］Hamer Hm,Reis J,Mueller HH,et al. Moeor cortex excitability in focal epilepsies not including the primary motor area-a TMS study. Brain,2005,128(4):811-818.

[73] Ziemann U,Lonnecker S,Steinhof BJ,et al. Effects of antiepileptic chugs on motor cortex excitability jn humans:a transcranial magnetic stimulation study. Ann Neurol,1996,40(3):367-378.

[74] Theodore WH,Hunter K,Chen R,et al. Transcranial magnetic stimulation for the treatment of seizures:a controlled study. Neurology,2002,59(4):560-562.

[75] Tergau F,Naumann U,Paulus W,et al. Low-frequency repetitive transcranial magnetic stimulation improves intractable epilepsy. Lancet,1999,353(9171):2209.

[76] Fregni F,Otachi PT,Do Valle A,et al. A randomized clinical trial of repetitive transcranial magnetic stimulation in patients with refractory epilepsy. Ann Neurol,2006,60(4):447-455.

[77] Brighina F,Daniele O,Piazza A,et al. Hemispheric cerebellar rTMS to treat drug-resistant epilepsy:case reports. Neurosci Lett(S0304-3940),2006,397(3):229-233.

[78] Tassinari CA,Cincotta M,Zaccara G,et al. Transcranial magnetic stimulation and epilepsy. Clin Neurophysiol,2003,114(5):777-798.

[79] George MS,Lsanby SH,Sackeim HA. Transcranial magn etic stimulation applications in neuropsychiatry. A rch Gen Psychiatry,1999,56(4):300-311.

[80] Kee JC,Smith MJ,Wassermann EM. A safety screening questionnaire for transcranial magnetic stimulation. Clin Neurophysiol,2001,112(4):720.

[81] Akamatsu N,Fueta Y,Endo Y,et al. Decreased susceptibility to pentylenetetrazole-inducded seizures after low frequency transcranial magnetic stimulaiton in the rat. Neurosci Lett,2001,310:153-156.

[82] Velasco M,Velasco F,Velasco AL,et al. Subacute electrical stimulation of the hippocampus blocks intractable temporal lobe seizures and paroxysmal EEG activities. Epilepsia,2000,41:158-169.

[83] Vonck K,Boon P,Achten E,et al. Long-term amygdalohippocampal stimulation for refractory temporal lobe epilepsy. Ann Neurol,2002,52:556-565.

[84] Weiss SRB,Eidsath A,Li XL,et al. Quenching revisited:Low level direct current inhibits amygdale-kindled seizures. Experimental Neurology,1998,154(1):185-192.

[85] Dudek SM,Bear MF. Homosynaptic long-term depression in area CA$_1$ of hippocampus and effects of N-methyl-D-aspartate receptor blockade. Proc Natl Acad Sci U S A,1992,89:4363-4367.

[86] KossofEH,Ritzl EK,Politsky JM,et al. Efect of external responsive neurostimulator on seizures and eleerographie discharges during subdural electrode mornitoring. Epilepsia,2004,45(12):1560-1567.

[87] Litt B. Evaluating devices for treating epilepsy. Epilepsia,2003,44(suppl 7):30-37.

[88] Lesser RP,Kim SH,Beyderman L,et al. Brief bursts of pulse stimulation terminate after discharges caused by cortical stimulation. Neurology,1999,53:2073-2081

[89] Velaseo F,Velaseo M,Velaseo AL,et al. Electrical stimulation for epilepsy:stimulation of hippocampal foci. Stereotaet Funet Neurosurg,2001,77:223-227

[90] Yamamoto J,Ikeda A,Satow T,et al. Low-frequency electric cortical stimulation has an inhibitory effect on epileptic focus in mesial temporal lobe epilepsy. Epilepsia,2002,43:491-495.

[91] Kinoshita M,Ikeda A,Matsumoto R,et al. Electric stimulation on human cortex suppresses fast cortical activity and epileptic spikes. Epilepsia,2004,45:787-791.

附：脑深部刺激治疗癫痫的研究进展

尽管新的抗癫痫药物不断发展并投入临床应用,但是仍然有约30%的患者成为难治性癫痫,并受到频繁发作的折磨。随着手术治疗癫痫的发展,不少难治性癫痫患者的癫痫发作能够在术后得到控制。然而,手术不可避免切除正常脑组织,可能造成永久性的脑功能损害,患者在术后可能出现神经功能障碍。而且,癫痫手术对至少40%的难治性癫痫患者无效。

1985年,Zabara的早期研究提示电刺激迷走神经在癫痫的治疗方面可能有潜在的用途。此后有不少研究证实了它的疗效。迷走神经刺激能够将癫痫发作频率减少约50%,并且对各型癫痫均有显著抑制作用,具有"广谱"的特点。1997年,作为一种辅助治疗手段,迷走神经刺激术被美国食品药品监督局批准进入临床应用。迷走神经刺激术能有效控制部分难治性癫痫患者的发作,然而,很少有接受迷走神经刺激术的患者达到无发作状态,并且该方法会带来明显的并发症如呼吸困难、咳嗽、疼痛、发音障碍、甚至心律失常。

脑深部刺激(deep brain stimulation,DBS)术是控制脑部疾病的新方法。它已成功应用于治疗运动障碍性疾病如帕金森病、震颤和肌张力障碍。脑深部刺激有着创伤小、刺激参数可调节、可逆性(设备置入后还可以拆除)、并发症少等多种优势。最近10年来,脑深部刺激术也开始应用于治疗难治性癫痫,初步临床研究表明它具有良好的应用前景。脑深部刺激通过置入大脑深部区域的电极,给予刺激靶点一定频率和强度的刺激电流来调控特定神经环路的兴奋性,从而达到对脑疾病的治疗目的。脑深部刺激治疗术所基于的假设是某些脑区在痫性活动的发生和传播过程中具有关键性作用。研究表明刺激某些脑区可能具有抗癫痫的作用,如小脑、丘脑、海马、基底节等。

神经外科医师首先需要通过立体定向手术将DBS电极精确定位到刺激靶点。在定位某些核团如丘脑中央内侧核(centromedian thalamic nucleus)时,还可借助记录细胞外电活动和记录脑电变化的方法确定电极的位置。脑刺激仪置入术仅有极少数患者发生感染和出血等并发症。电极准确置入靶点后与埋藏在胸壁皮下的刺激器相连,后者能够按照预先设定的参数发出脉冲刺激。按照刺激电极的类型可以将脑深部刺激分为双极刺激和单极刺激,按照刺激电流频率可以分为高频率刺激(high-frequency stimulation,HFS)和低频率电刺激(low-frequency stimulation,LFS)。目前,高频率刺激是最为常用的刺激方式,刺激频率通常在100~200Hz之间。

1. 小脑刺激 几乎所有小脑输出都是抑制性的。因此很早就有研究者开始研究小脑对癫痫的作用。早在1941年,研究者发现刺激小脑皮质能够迅速抑制脑的痫性活动。在1962年,Dow等首先发现高频刺激小脑皮质能改变动物的脑电活动,并且能够抑制大鼠中钴所诱发的慢性癫痫。此后,Cooper等尝试应用小脑皮层的刺激控制难治性癫痫发作,发现具有抗癫痫作用。一项开始于1974年,为期17年的研究表明,接受慢性小脑刺激的患者中有67%患者达到无发作状态,33%的患者发作次数减少。这些早期的研究至少表明DBS是一种安全的治疗癫痫的方法,很少引起严重并发症,这促使人们寻找其他能有效控制癫痫的DBS靶点。

然而,不少小脑刺激的研究结果相互矛盾。Laxer对22项小脑刺激研究的结果进行了分析,认为引起这些研究结果有差异的因素可能是使用的参数不同。此外,刺激部位的不同也可能导致结果矛盾:刺激小脑蚓部和小脑的上内侧皮质比刺激小脑外侧半球作用好。另外,小脑刺激可能对边缘系统癫痫和全面性癫痫更有效,而对起源于感觉运动皮质的部分性癫痫效果较弱。2005年,一项双盲、随机的对照试验发现慢性刺激小脑的内上侧皮质能够在1个月后显著减少强直-阵挛发作,其疗效在治疗开始6个月后仍有增加趋势,并维持于 2 年的治疗期。

2. 丘脑刺激 著名神经外科医生 Penfield 观察到丘脑在癫痫的全面化和传播过程中扮演着重要角色。因此,调控丘脑的兴奋性很可能能够用来控制癫痫发作。1965 年,Wilder 等发现丘脑刺激能够在猴子中终止癫痫发作。此后丘脑刺激控制癫痫的研究不断出现,丘脑刺激的临床研究非常多。

(1) 丘脑中央中核刺激:丘脑中央中核(centromedian thalamic nucleus)与脑干和大脑皮质都有广泛的纤维联系。中央中核与皮层的神经元的放电模式变化与睡眠的不同阶段密切相关。使用 3Hz 的脉冲电流刺激中央中核可以诱发皮层棘波和类似失神癫痫发作的症状。相反,如使用大于 60Hz 的高频率电流刺激中央中核能诱发脑电去同步化反应。1997 年,Velaso 报道刺激后部和中央侧中央中核才能够诱发脑电反应,而刺激腹侧中央中核不能诱发该反应。

Velasco 等在 1987 年报道了慢性刺激中央中核对难治性癫痫的作用。他在 5 例难治性癫痫患者中向双侧中央中核埋置了电极,经过 3 个月的刺激后,发现癫痫发作频率和发作间期的脑电图有改善。1992 年,Fisher 等在 7 例患者的研究中发现每天刺激中央中核 2 小时不能显著改善发作情况,而每天刺激 24 小时能够将 3 例患者的发作次数减少 50%以上。2000 年 Velacso 对 13 例患者进行了双盲交叉试验,发现双侧中央中核刺激能够减少多种类型癫痫的发作次数和减少痫样放电,如原发性或继发性强直-阵挛发作和典型失神发作,研究发现所有的患者癫痫发作次数减少,有 1 例患者无发作,并且电刺激中央中核对不典型失神发作的全面性发作的效果比较好,而对复杂部分性发作作用比较弱。

(2) 丘脑前核:丘脑前核(anterior thalamic nucleus)与边缘系统(主要是扣带回)和皮层有密切的纤维和功能上的联系。1937 年,Papez 描述了一条联系海马、穹隆、乳头体与丘脑前核之间的通路,被称为 Papez 通路。Papez 通路在颞叶内侧癫痫及其他各类癫痫中均发挥重要作用。破坏丘脑前核具有抑制癫痫发作的作用。

1997 年,Mirski 使用 100Hz 的高频率电流刺激丘脑前核,抑制了戊四氮诱发的惊厥发作,并提高了发作的阈值。近 10 年开展了多项电刺激丘脑前核的临床研究。2004 年,Kerrigan 等研究了 5 例难治性癫痫患者中电刺激丘脑前核的疗效,发现其中 4 例患者的症状有改善,特别是对继发性强直-阵挛发作和复杂部分性发作的患者疗效比较好,作者还发现电刺激丘脑前核没有明显的副作用。Hodaie 在为期 15 个月的研究中也发现电刺激丘脑前核能将癫痫频率减少 50%。台湾的 Lim(2007)报道向丘脑前核埋置电极并给予电刺激能够减少癫痫发作,然而作者认为该作用有可能是电极埋置本身引起的。Andrade(2006)也发现丘脑前核电极埋置后 1~3 个月,并在电刺激开始前患者癫痫的发作的频率就开始减少,因此丘脑前核埋置电极本身可能具有"微丘脑切除效应"。电刺激丘脑前核对癫痫的作用仍然需要大样本的临床实验来证实。

2006,Molnar 应用经颅磁刺激方法测量患者的运动皮质兴奋性,发现高频率电刺激丘脑前核后癫痫患者的皮质兴奋性下降,他认为该作用可能和激活了皮层的抑制性 GABA 能神经元有关。另外,Mirski 等报道高频率电刺激丘脑前核能够增加靶点中 5-羟色氨的浓度,该物质的增加可能抑制了癫痫发作。

(3) 丘脑底核:电刺激丘脑底核在治疗帕金森病的成功促使了它在治疗癫痫方面的

应用。黑质网状部通过它与上丘脑之间的黑质顶盖投射调控着癫痫的易感性。而丘脑底核对黑质系统具有兴奋性作用。Usui 等发现在大鼠模型中,丘脑底核的高频率刺激能够抑制癫痫的扩散。

　　Chabardes 为 5 例癫痫患者向丘脑底核置入刺激电极,入组的患者包括顶叶癫痫、严重的肌阵挛发作和夜间额叶癫痫患者。电刺激持续进行或者每天仅停止 2 小时,其中 4 例接受双侧刺激。经过 2 年多的随访发现,3 例癫痫发作减少 65% 以上,1 例减少 41%,1 例无变化。Handforth(2001)报道了 2 例丘脑底核刺激的结果。2 例患者分别为双侧颞叶癫痫和左额叶癫痫,随访 26~32 个月后,发作分别减少 50% 和 33%。Shon 也报道了 2 例患者丘脑底核刺激的结果,1 例患者接受 18 个月的刺激后发作减少了 86.7%,另一例患者接受了 6 个月的刺激后发作减少了 88.6%。2007 年,Vesper 报道丘脑底核刺激对 1 例进行性肌震挛癫痫具有治疗作用。总之,现有的电刺激丘脑底核的研究样本量较少,其作用还有待证实。

　　3. 海马刺激　众所周知,海马作为颞叶内侧面的主要结构之一,在颞叶癫痫的产生、传播过程中扮演重要作用。Velasco 研究小组使用网格状电极或深部电极刺激颞叶癫痫患者的海马,发现在 10 例患者中有 7 例患者的复杂部分性发作和继发全面性强直-阵挛发作减少。此后该研究小组通过对 3 例癫痫患者慢性海马刺激,发现其能够抑制癫痫发作,并且对患者的短期记忆没有影响。Vonck 等进行了一项开放性实验,他们对 3 例复杂部分性发作患者实施杏仁核-海马区域刺激。他经每侧枕骨插入 2 根电极,一根置于杏仁核,另一根置于前部海马。电极置入术后逐渐减少患者的抗癫痫药物剂量来诱发癫痫发作。用 130Hz 电流联合刺激杏仁核与海马区域 3~6 个月后,3 例癫痫患者的发作频率下降了 50% 以上,刺激无显著的副作用。此后,Vonck 另外观察了 7 例患者中刺激杏仁核与海马区域的疗效,其中有 2 例患者发作频率下降了 25%,3 例下降了 50% 以上,1 例复杂部分性发作患者的发作消失,1 例患者无效。最近,Tellez 报道了一项随机对照双盲试验,对入组的 4 例颞叶癫痫患者进行海马电刺激(190Hz),每人接受 3 个月电刺激治疗,包括 1 个月开启刺激器,1 个月关闭刺激器(开启和关闭是随机的)和 1 个月的洗脱期,比较这 3 个月的发作次数和程度,发现在开启刺激器期间患者发作平均减少 15%,但有 1 例患者刺激持续进行了 4 年后癫痫发作始终没有减少。

　　2007 年,Wyckhuys 以电点燃癫痫模型研究了电刺激海马的作用。他使用 130Hz 的电流连续刺激海马 1 周,发现较刺激前癫痫阈值(后放电阈值)提高到约 203%,并将癫痫的后放电时间缩短至 70%,后放电的潜时延长到 190%。

　　4. 尾状核刺激　尾状核、新皮质和丘脑构成了功能环路。刺激尾状核治疗癫痫是由前苏联医生 Sramka 等首先于 1974 年进行的。10 例癫痫患者接受了电刺激治疗,刺激参数为:频率 10~100Hz,电压 3~10V,每次 4~10 分钟,每天进行 1~4 次,持续 7 天~6 个月。在 6 个月~4 年的随访期间里,2 例患者癫痫发作完全停止,5 例发作减少,3 例无显著变化。

　　Chkhenkeli 研究了 17 例癫痫患者中刺激尾状核头部的作用。在研究的测试阶段,根据刺激尾状核头部后引起的对痫样放电抑制作用的情况选择四种不同的刺激方案。第一种方案为每天刺激 12~14 小时;第二种为每天刺激 12~14 小时,期间刺激开启 10 分钟,停止 15~20 分钟;第三种方案为每天刺激 3~4 次,每次 20~30 分钟,并且刺激强度进行周期性调整;第四种方案采用"闭环式"刺激模式,患者感到有发作的前兆时就开启刺激器。研究发现高频率(30~100Hz)刺激背侧与腹侧尾状核头会使痫样放电更为明显。反之,较低频率的刺激(4~8Hz)尾状核能够有较少痫样放电和终止颞叶癫痫的发作。17例患者中有14例癫痫发作次数减少。作者还发现4~8Hz的电流刺激尾状核不仅能够抑制致痫灶放电,也能对侧颞叶的异常放电也有抑制作用。Chkhenkeli推测电刺激能够使尾状核神经元超极化,从而抑制相关神经环路来抑制癫痫发作。

5. 开环式刺激和闭环式刺激　目前电刺激控制癫痫通常采用的是开环式(open-loop stimulation)刺激。在开环式刺激中,电刺激是按照预先设定的方式在固定的时间给予的。而"闭环式"刺激(close-loop stimulation)是根据脑电活动的变化预测癫痫,在癫痫发作之前对作用靶点电刺激来终止癫痫发作的刺激方式。相比开环式刺激而言,闭环式刺激方式更具有作用时间上的特异性,患者能接受更少刺激"剂量",随着通过实时分析脑电技术的成熟,采用闭环式刺激方式的脑深部刺激将逐步得到应用。

动物实验研究和离体的电生理研究提示在特定时间给予刺激可能比采用固定方式持续的刺激能更为有效的抑制痫性活动。1983年,Psatta在动物模型中发现,自发性棘波出现后立即给予尾状核5Hz的电流刺激能够很快终止癫痫发作,而该作用比随机给予尾状核刺激的抑制作用更强。在20世纪90年代,Durand等在离体实验中发现给予痫性活动起源的区域闭环式刺激能够有效抑制痫样放电。Schiller等报道在离体脑片模型中,采用100Hz的高频率电流的闭环式刺激能够立即终止痫性活动,并且他们认为作用机制可能是通过诱发短时程抑制(short-term depression)。这些实验研究为闭环式刺激在临床上控制癫痫发作提供了理论依据。

早期闭环式电刺激的临床研究通常是在准备接受癫痫手术的患者术前致痫灶定位过程中进行的。这些患者需要进行颅内的皮层电极记录来定位癫痫灶点。在确定致痫灶位于皮质某个区域后,就通过皮层电极给予癫痫灶点电刺激。采用这种皮层电刺激方式,Lesser发现在皮层电极诱发后放电时给予数秒的高频率电刺激能缩短后放电。

闭环式刺激需要设备实时监测和分析患者脑电变化预测癫痫,这对刺激装置有比较高的技术要求。Peters等应用体外大型设备给予癫痫患者闭环式电刺激。他使用颅内电极监测癫痫患者的脑电,并通过子波分析的方法进行分析,能够在癫痫发作前数秒至数十秒预测癫痫发作并给予电刺激。在他选择的8例癫痫患者中,有4例患者接受癫痫灶点的电刺激,另外4例患者接受丘脑前核的电刺激。采用闭环式电刺激后,3例接受癫痫灶点刺激的患者和2例接受丘脑前核刺激的患者癫痫发作显著减少。Kossoff在4例进行术前定位的癫痫患者中观察了闭环式电刺激癫痫灶的作用,发现在6~68小时的刺激后,患者痫样放电明显受到抑制,而4例患者均无显著的副作用。

最近,国外开发了一种新的便携式的神经点(Neuropace)置入式电刺激装置,能够实现闭环式刺激。应用该装置的一项大规模(纳入240例患者)、多中心的双盲试验正在进行中。

6. 低频率电刺激　目前绝大多数脑深部刺激的研究采用高频率刺激方式,然而高频率电刺激可能具有"点燃"效应,它作用于大脑皮质,丘脑,海马等部位能够诱发"后放电",长时间反复给予高频率刺激有诱发新癫痫灶的潜在风险。此外,反复高频刺激也可能损伤刺激靶点。另一方面,有研究表明低频电刺激也可能用来控制癫痫发作,它不会诱发后放电,无点燃效应。1980年,Gaito首先发现应用1~3Hz的低频率电刺激癫痫灶点能够显著抑制电点燃癫痫的形成过程,提示低频率电刺激也可能具有抗癫痫作用。此后,不断有报道表明在不同的电点燃模型中,或是在幼龄大鼠以及对癫痫易感的大鼠品系中,低频率电刺激癫痫灶点对电点燃癫痫均有抑制作用。低频率电刺激对点燃产生的抑制作用可能与它能诱发长时程抑制(long-term depression)有关。这些实验研究对低频率电刺激的临床应用提供了理论依据。

2002年,Yamamoto报道了低频电刺激癫痫灶点在1例难治性癫痫患者中的应用。他使用0.9Hz、500μA,时间为6分钟的电流刺激刺激癫痫灶点附近的皮质,发现患者的痫样放电明显减少。随后,同一研究小组观察了低频电刺激癫痫灶点对患者临床发作和痫样放电的作用,发现同样参数的电流在1例患者中减少了单纯部分性发作次数,而在另外1例患者中减少了痫样放电时间。Yamamoto(2002)的研究初步表明低频电刺激也可能用来控制癫痫发作。但是,他的研究也是在进行癫痫手术前准备的患者中进行的,观察期很短。低频率电刺激的长期效果还有待进一步研究。

低频率电刺激通常是作用于癫痫灶点或点燃灶点的,笔者的研究小组最近发现低频率电刺激癫痫灶点以外的部位也具有抑制电点燃癫痫的作用。我们首次报道了用1Hz、15分钟的电流刺激梨状皮质和小脑顶核发现能够显著抑制杏仁核电点燃的形成过程。低频率电刺激梨状皮质还能够抑制杏仁核电点燃癫痫的发作过程,并抑制癫痫的扩散。而低频率电刺激小脑顶核能够抑制点燃过程中部分性癫痫向全面性癫痫的进展过程。此外,我们也报道了多个区域给予低频电刺激的作用,发现刺激结节乳头核反而促进电点燃癫痫形成,而刺激丘脑背内侧核则无显著作用,提示低频电刺激的作用是脑区依赖性的。灶点外低频电刺激今后有可能应用于治疗存在多个癫痫灶点,或者癫痫灶点难定位的患者。

我们也发现在电点燃刺激后不同时间给予低频电刺激的作用是不一样的。在点燃刺激给予后立即给予低频电刺激对癫痫的抑制作用最为明显,而在后放电结束后(点燃刺激结束后数秒至数十秒后)给予低频率电刺激确没有抑制作用,提示低频率电刺激可能具有"时间窗"效应。因此,在今后的临床研究中,有必要优化低频率电刺激给予的时间。

7. 结语 脑深部刺激技术以其安全有效、副作用少、刺激参数可调节、作用特异性高等多种优点越来越引起人们的关注。然而,目前脑深部刺激研究通常为小样本的试验,仍然缺乏严格的、大样本、随机的对照研究证实其作用。今后,脑深部刺激治疗可能向个体化方向发展,对不同类型的癫痫患者选择不同的刺激靶点。采用闭环式刺激或低频率刺激方式的脑深部刺激也可能也是今后研究的热点。总之,脑深部刺激治疗为难治性癫痫患者带来了新的希望,它已成为癫痫治疗研究的前沿之一。

（陈忠 王爽）

参 考 文 献

[1] Andrade DM,Zumsteg D,Hamani C,et al. Long-term follow-up of patients with thalamic deep brain stimulation for epilepsy. Neurology,2006,66:1571-1573.
[2] Boon P,Vonck K,De Herdt V,et al. Deep brain stimulation in patients with refractory temporal lobe epilep-

sy. Epilepsia,2007,48:1551-1560.

[3] Carrington CA,Gilby KL,McIntyre DC. Effect of focal low-frequency stimulation on amygdala-kindled after-discharge thresholds and seizure profiles in fast-and slow-kindling rat strains. Epilepsia, 2007, 48: 1604-1613.

[4] Chkhenkeli SA,Chkhenkeli IS. Effects of therapeutic stimulation of nucleus caudatus on epileptic electrical activity of brain in patients with intractable epilepsy. Stereotact Funct Neurosurg,1997,69:221-224.

[5] Chkhenkeli SA,Sramka M,Lortkipanidze GS,et al. Electrophysiological effects and clinical results of direct brain stimulation for intractable epilepsy. Clin. Neurol. Neurosurg,2004,106:318-329.

[6] Davis R,Emmonds SE. Cerebellar stimulation for seizure control:17-year study. Stereotact. Funct. Neurosurg,1992,58:200-208.

[7] DeGiorgio CM,Thompson J,Lewis P,et al. Vagus nerve stimulation:analysis of device parameters in 154 patients during the long-term XE5 study. Epilepsia,2001,42:1017-1020.

[8] Ebner TJ,Bantli H,Bloedel JR. Effects of cerebellar stimulation on unitary activity within a chronic epileptic focus in a primate. Electroencephalogr. Clin. Neurophysiol,1980,49:585-599.

[9] Gaito J,Nobrega JN,Gaito ST. Interference effect of 3 Hz brain stimulation on kindling behavior induced by 60 Hz stimulation. Epilepsia,1980,21:73-84.

[10] Gaito J. The effect of low frequency and direct current stimulation on the kindling phenomenon in rats. Can J Neurol Sci,1981,8:249-253.

[11] Kerrigan JF,Litt B,Fisher RS,et al. Electrical stimulation of the anterior nucleus of the thalamus for the treatment of intractable epilepsy. Epilepsia,2004,45:346-354.

[12] Kryzhanovskiĭ GN,Makul'kin RF,Shandra AA,et al. Effect of electric stimulation of the dentate nucleus of the cerebellum on epileptogenic foci in the cerebral cortex. Biull Eksp Biol Med,1983,95:26-29.

[13] Lado FA,Velíšek L,Moshe SL. The effect of electrical stimulation of the subthalamic nucleus on seizures is frequency dependent. Epilepsia,2003,44:157-164.

[14] Lee KJ,Jang KS,Shon YM. Chronic deep brain stimulation of subthalamic and anterior thalamic nuclei for controlling refractory partial epilepsy. Acta Neurochir Suppl,2006,99:87-91.

[15] Lim SN,Lee ST,Tsai YT,et al. Electrical stimulation of the anterior nucleus of the thalamus for intractable epilepsy:a long-term follow-up study. Epilepsia,2007,48,342-347.

[16] Sun FT,Morrell MJ,Wharen RE Jr. Responsive cortical stimulation for the treatment of epilepsy. Neurotherapeutics,2008,5:68-74.

[17] Theodore WH,Fisher RS. Brain stimulation for epilepsy. Lancet Neurol,2004,3:111-118.

[18] Velasco F,Carrillo-Ruiz JD,Brito F,et al. Double-blind,randomized controlled pilot study of bilateral cerebellar stimulation for treatment of intractable motor seizures. Epilepsia,2005,46:1071-1081.

[19] Velasco M,Velasco F,Velasco AL,et al. Acute and chronic electrical stimulation of the centromedian thalamic nucleus:modulation of reticulo-cortical systems and predictor factors for generalized seizure control. Arch Med Res,2000,31:304-315.

[20] Vonck K,Boon P,Achten E,et al. Long-term amygdalohippocampal stimulation for refractory temporal lobe epilepsy. Ann Neurol,2002,52:556-565.

[21] Wang S,Wu DC,Ding MP,et al. Low-frequency stimulation of cerebellar fastigial nucleus inhibits amygdaloid kindling acquisition in Sprague-Dawley rats. Neurobiol Dis,2008,29:52-58.

[22] Wu DC,Zhu-Ge ZB,Yu CY,et al. Low-frequency stimulation of the tuberomammillary nucleus facilitates electrical amygdaloid-kindling acquisition in Sprague-Dawley rats. Neurobiol Dis,2008,32:151-156.

[23] Weiss SR,Li XL,Rosen JB,et al. Quenching:inhibition of development and expression of amygdala kin-

dled seizures with low frequency stimulation. Neuroreport,1995,6:2171-2176.

[24] Yang LX,Jin CL,Zhu-Ge ZB,et al. Unilateral low-frequency stimulation of central piriform cortex delays seizure development induced by amygdaloid kindling in rats. Neuroscience,2006,138:1089-1096.

[25] Yamamoto J,Ikeda A,Satow T,et al. Low-frequency electric cortical stimulation has an inhibitory effect on epileptic focus in mesial temporal lobe epilepsy. Epilepsia,2002,43:491-495.

[26] Zhu-Ge ZB,Zhu.YY,Wu DC,et al. Unilateral low-frequency stimulation of central piriform cortex inhibits amygdaloid-kindled seizures in Sprague-Dawley rats. Neuroscience,2007,146:901-906.

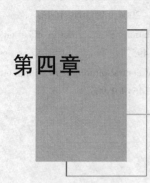

第四章

难治性癫痫持续状态

一、难治性癫痫持续状态概述

难治性癫痫持续状态目前尚无统一定义,不同学者根据癫痫持续状态的不同持续时间(30 分钟、1 小时或 2 小时)和对不同数量(两种或三种)常规一线药物治疗无效才考虑是难治性癫痫有着不同看法。美国退伍军人管理协会的研究(Veteran Administrative Cooperative Study,VACS)提示在对第一种抗癫痫持续状态药物治疗无反应的患者,随后再行常规抗癫痫药物治疗的反应率很低;对劳拉西泮和苯妥英治疗无反应的患者对苯巴比妥的反应率只有 5%,类似的数据也见于其他研究。但是美国神经病学会对专家进行的调查发现,43% 的医务人员在用两种抗癫痫持续状态药物治疗失败后仍然会选择第三种常规的治疗药物。在德国、奥地利和瑞士也有类似的情况。因此,明确难治性癫痫持续状态的定义和规范治疗程序是非常重要和必须的。**目前倾向的看法是癫痫持续状态发生后,用足量的 2~3 种一线抗癫痫持续状态的药物(地西泮、苯巴比妥、苯妥英钠、氯硝西泮等)治疗后发作仍然没有停止,持续 1 小时以上称为难治性癫痫持续状态(refractory status epilepticus,RSE)**。Lambechsen 等为了更好地研究儿童难治性癫痫持续状态的临床特点,提出了顿挫型癫痫持续状态(aborted status epilepticus)的概念,定义为经过第一种抗癫痫药物(无论是几线)治疗后 60 分钟内癫痫发作终止的患者,而不管开始治疗距发病的时间。恶性难治性癫痫持续状态则是指即使应用多种抗癫痫药物和药物诱导昏迷等治疗后,患者的发作仍然没有停止,且持续数周甚至数月,这种情况见于约 20% 的成年难治性癫痫持续状态,称为恶性难治性癫痫持续状态。

由于难治性癫痫持续状态尚无明确定义,故其发病率的统计并不完全正确。回顾性研究显示,难治性癫痫持续状态占成人癫痫持续状态的 9%~40%,在儿童癫痫持续状态中高达 70%。Rossetti(2005)等对 127 次癫痫持续状态(107 例患者)研究发现,难治性癫痫持续状态占癫痫持续状态发作次数的 39%,占所有癫痫患者的 44%。

二、危 险 因 素

1. 癫痫持续状态的类型 相对于惊厥性癫痫持续状态,非惊厥性癫痫持续状态更容易发展成为难治性癫痫持续状态。如在 VACS 的报道中,明显和隐性癫痫持续状态中难治性癫痫持续状态的发生率分别为 38% 和 82% 。在 Mayer(2002)等的研究中,全身惊厥性癫痫持续状态和非惊厥性癫痫持续状态中难治性癫痫持续状态的发病率分别为 26% 和 88% ,多因素分析还表明非惊厥性癫痫持续状态和部分运动性癫痫持续状态起病是难治性癫痫持续状态的独立危险因素。

2. 癫痫持续状态持续时间 对照研究表明,相比于反复发作性癫痫持续状态(recurrent SE)而言,难治性癫痫持续状态更易发生于长时间的癫痫持续状态患者中。

3. 病因 病因在难治性癫痫持续状态形成中起着重要作用,流行病学调查显示难治性癫痫持续状态的常见病因为中枢神经系统感染、卒中和代谢障碍。此外还有大脑发育畸形、腊斯默森脑炎、免疫性疾病如系统性红斑狼疮、Kufs 病、线粒体脑肌病、周期性卒中、肿瘤和副肿瘤综合征、基因和遗传因素如线粒体 DNA 突变等。多因素分析显示中枢神经系统感染、代谢性脑病和缺氧是难治性癫痫持续状态最常见的危险因素。

4. 开始治疗的时间 对儿童的研究表明,在癫痫发作 30 分钟后开始治疗,癫痫的控制率将明显下降;在成人起病后 30 分钟内和 2 小时后开始治疗的有效率分别为 80% 和 40% 。

Agan(2009)等对难治性癫痫持续状态的预测因素进行研究,单变量分析显示年龄、女性、癫痫持续状态的类型、癫痫持续状态的持续时间和急性病因所引起的癫痫持续状态都与难治性癫痫持续状态有关,但脑电图形式除外。多因素分析时,只有女性和急性病因是难治性癫痫持续状态独立的预测因素。Lambrechtsen(2008)等进行单变量分析显示难治性癫痫持续状态的危险因素包括家族史、高的癫痫发作频率的评分、抗癫痫药物维持治疗的数量、非惊厥性癫痫持续状态以及部分惊厥或电惊厥(electrical seizure)状态。

三、发 病 机 制

临床上癫痫发作通常是短暂和自限性的,与体内存在的发作终止神经元抑制机制有关,包括 GABA 的抑制效应、Ca^{2+} 依赖的 K^+ 电流、Mg^{2+} 对 NMDA 通道的阻断等。当这种内源性发作终止机制损害或功能障碍时,即形成癫痫持续状态。此外,癫痫活动的传播需要通过兴奋性神经递质谷氨酸作用的 NMDA 受体的活化。

难治性癫痫持续状态的发生可能与下列因素有关:GABA 受体结构的改变和苯二氮䓬类有效性的丢失,过量的谷氨酸兴奋,以及耐药基因的激活,此外还有 GABA 类抑制受体介导的神经递质的缺乏和 NMDA 类兴奋性受体介导的递质过量参与。动物模型提示对苯二氮䓬类和巴比妥类耐药者与长时间的癫痫活动改变了 $GABA_A$ 型受体的结构和功能有关。另外,谷氨酸的过量释放与激活突触后 NMDA 受体和受体介导的钙离子内流,从而导致级联反应和细胞死亡也有关系。另外,既往认为癫痫持续状态诱导的药物运载体如 P-糖蛋白的过度表达,可能与耐药有关,但是,最近有实验证明 P-糖蛋白在耐药性癫痫持续状态中并没有发挥重要作用。

抑制性/兴奋性通路的改变对癫痫持续状态的药物治疗有重要的意义。目前推荐使用的一线药物如苯二氮䓬类是通过 $GABA_A$ 型受体起作用,对长时间癫痫持续状态的效果下降,而对难治性癫痫持续状态起效的药物如丙泊酚是通过不同于苯二氮䓬类和巴比妥类的结合位点起效,异氟烷是增强对突触后 $GABA_A$ 受体介导的离子内流的抑制有关,并对丘脑皮层通路有效。

四、临　床　表　现

难治性全身惊厥性癫痫持续状态最初可表现为意识丧失、四肢强直、阵挛或强直-阵挛活动。随着时间的推移,临床症状逐渐轻微,患者可能仅仅表现出面部、手或足等局部的肌阵挛,或者眼球的跳动等。一些患者可能没有明显的、反复的动作,而脑电图显示癫痫持续状态继续,即转变为非惊厥性癫痫持续状态。Aladdin(2008)等报道了 1 例 34 岁女性,既往无癫痫发作史,被人发现躺在地板上,意识模糊且语无伦次。在急诊室,出现了意识障碍,表现为发作性意识模糊和无反应,持续最多 30 秒并快速恢复。接着出现了腿部的反复颤搐,左侧为重,且躯干反复保持某种姿势,后症状又变化为眼球的扑动,持续数秒后接着变为头部和眼球向不同方向偏斜。未观察到全身强直-阵挛发作。在入院后开始的 12 小时内出现了 7 次发作,每次发作大约持续 1 分钟,其后有短暂的精神错乱和疲劳。脑电图显示为反复、节律性的双侧额叶 θ 波,与临床表现同步。头颅 MRI 显示右侧额叶典型的海绵状血管瘤。

连续部分性癫痫持续状态,又名 Kojewnikow 综合征,是由多种病因引起的难治性癫痫持续状态。临床表现为单纯部分运动性癫痫状态,多位于一侧肢体的远端,并可存在口周、口角、手及手指或下肢、足部、足趾的抽动,持续数小时、数日、甚至数年。由于相当部分患者是由炎症、肿瘤等病因引起,因此患者常有智力减退,脑萎缩等表现,并可有原发疾病的临床特征。

五、脑电图改变

EEG 是一种判断癫痫发作是否完全停止的重要工具,诊断电惊厥发作或临床癫痫发作停止后意识仍未恢复的非惊厥性癫痫持续状态也有重要作用。约 20% 的患者在临床控制惊厥性癫痫持续状态后脑电图上仍有持续性痫样放电。动态脑电图监测(continuous EEG,cEEG)确定的电惊厥性发作和非惊厥性癫痫持续状态患者死亡率很高,因此,在脑电图监测下持续静脉麻醉诱导治疗难治性癫痫持续状态是必需的,可以确定滴定达到暴发-抑制形式的药物剂量以及观察麻醉剂逐渐减量时是否有癫痫持续状态的反复。

脑电图上可出现或不出现棘波、尖波、棘-慢波等典型波,但大多数背景活动异常。Mayjer 等的研究中,26 例难治性癫痫持续状态都进行了脑电图检查。发作间期放电和电惊厥较多见,但是只有周期性单侧痫样放电(PLEDs)与难治性癫痫持续状态明显相关。PLEDs 表现为棘波或尖波后伴随慢活动,每 1~2 秒发生 1 次,提示难治性癫痫持续状态的存在。

六、治　　疗

目前,难治性癫痫持续状态的处理尚没有规范化的程序,与医生的习惯、经验等因素有关。由于全身惊厥性癫痫持续状态对不良预后的影响更大,在欧洲神经病学家中进行的调查显示多数主张采取更加积极的治疗,如麻醉诱导等。

1. 病因治疗　难治性癫痫持续状态多数为急性、症状性,因此需要积极完善相关检查明确病因后进行相应的治疗。

2. 重症监护　难治性癫痫持续状态常常危及患者生命,因此,需要在重症监护室进行处理,首先要保持呼吸道的通畅,并进行有关血流动力学的监测,及时治疗并发症,处理药物的不良反应。

3. 终止发作 开始治疗时间对难治性癫痫持续状态的发展和预后有重要影响,因此,积极进行抗癫痫治疗,迅速终止癫痫发作是难治性癫痫持续状态的首要任务。可选用下列药物。

(1) 麻醉剂治疗:目前使用最多的麻醉药物包括巴比妥类、咪达唑仑和丙泊酚,治疗的目标是实现临床发作的终止和脑电图上痫样放电的消失。但是,对脑电图抑制程度尚不明确,研究者认为应使用不同的暴发抑制间隔期,而 Rossetti(2005)等回顾性研究认为,难治性癫痫持续状态的结局与麻醉剂是否诱导脑电图达到暴发抑制无明显相关。其他的麻醉剂还包括吸入性麻醉剂、氯胺酮等。

咪达唑仑:咪达唑仑是一种作用较强的短效苯二氮䓬类,通过 GABA 神经递质发挥抗癫痫作用。起效快,1~5 分钟出现药理学效应,5~15 分钟出现抗癫痫作用,作用持续数分钟到数小时,半衰期为 1.5~3.5 小时。但容易产生对药物的快速耐受和半衰期延长。使用 24~48 小时后,药物剂量通常要增加数倍才能维持抗癫痫效果。有研究显示咪达唑仑对 71%~97% 难治性癫痫持续状态患者有效,对咪达唑仑、丙泊酚和巴比妥类的荟萃分析显示前两种药物的有效性相近,而戊巴比妥稍高。一些研究报告没有发现明显的副作用,少见的有低血压。对难治性癫痫持续状态推荐的起始剂量为 0.1~0.5mg/kg,然后以 0.05~0.6mg/(kg·h)静脉滴注维持。其他的研究报道了即使大剂量[20~32μg/(kg·min)]使用咪达唑仑控制儿童难治性癫痫持续状态中,心血管系统也是比较稳定的。

咪达唑仑对各个年龄段都适用。新生儿可按 0.1~0.4mg/(kg·h)持续静脉滴注,连续使用 1~3 天。Sirsi(2008)等报道了 3 例新生儿(继发于 HIE、B 族链球菌脑膜炎和 Ohtahara 综合征)合并癫痫持续状态者,苯巴比妥和苯妥英治疗无效,第二天开始咪达唑仑治疗,最大剂量为 0.2mg/(kg·h),在完全控制发作的同时没有明显的心血管系统并发症。

戊巴比妥或硫喷妥钠:戊巴比妥是硫喷妥钠的第一次代谢产物,与苯巴比妥相比能更快地渗入脑部从而快速控制惊厥,半衰期比较短,停用后可以快速苏醒。由于其具有脂溶性,长期给药可发生蓄积,而且容易出现呼吸和循环抑制以及增加感染的风险。在美国,巴比妥类尤其是戊巴比妥是治疗难治性癫痫持续状态首选的麻醉剂类药物。荟萃分析显示戊巴比妥较其他麻醉类药物有更低的短期治疗失败率和复发率,但是低血压发生率较高。戊巴比妥更容易达到脑电图上持续状痫样放电的抑制,而丙泊酚和咪达唑仑则更易控制临床上癫痫发作。对儿童难治性癫痫持续状态关于戊巴比妥的研究中发现,26 例年龄在 1 天~13 岁之间,戊巴比妥起始剂量为 5mg/kg,其后按照 1~3mg/(kg·h)静脉注入,74% 的患者有效,复发率为 22%。对成人难治性癫痫持续状态的研究中,戊巴比妥在开始治疗后 48 小时内控制率为 43%,8% 的患者治疗期间出现难治性低血压。成人中推荐戊巴比妥起始剂量为 10~15mg/kg,随后为 0.5~1mg/(kg·h);硫喷妥钠起始量为 1~2mg/kg,在开始的 3~5 分钟内可追加剂量直到出现反应,但最大剂量不超过 10mg/kg,随后可按照 3~5mg/(kg·h)静脉滴入。

戊巴比妥治疗期间,低血压的发生率也可能随着剂量增加而增加。一旦癫痫发作得以成功控制并稳定 48 小时后,戊巴比妥、咪达唑仑或丙泊酚都应尽快逐渐减量。

大剂量苯巴比妥:苯巴比妥通过 γ-氨基丁酸受体抑制神经元的兴奋性,比戊巴比妥的半衰期长,是治疗癫痫持续状态的一线药物。最初用苯巴比妥治疗无反应的难治性癫痫持续状态患者,增大剂量时可能有效。有人对 50 例儿童难治性癫痫持续状态的回顾性研究表明,血清水平达到 1481mol/L 时的大剂量苯巴比妥可使癫痫发作的控制率达到94%。Lee(2006)等报道了 3 例推测为病毒性脑炎所致的难治性癫痫持续状态的儿童,咪达唑仑和硫喷妥钠无效,遂给予苯巴比妥 70 ~ 80mg/(kg·d),血清水平达到 1000mol/L,癫痫发作完全控制。最近,Tiamkao(2007)等对 10 例年龄在 16 ~ 86 岁之间的难治性癫痫持续状态使用大剂量苯巴比妥治疗,用量为 40 ~ 140mg/(kg·d),70% 患者的发作得到成功控制。此外,在戊巴比妥达到昏迷后而逐渐停用时,大剂量应用苯巴比妥(1249mol/L)可以改善癫痫患者发作的控制情况。在大剂量苯巴比妥治疗难治性癫痫持续状态时低血压相对少见且较轻微。

丙泊酚(propofol,又称普鲁泊福)是一种静脉使用的烷基酚类麻醉药,可以通过调节 γ-氨基丁酸受体、抑制 NMDA 受体和调节钙离子电流起到抗癫痫作用。起效快,易于滴定,主要在肝脏代谢,半衰期比较短,停药后快速苏醒。但尤其是对儿童而言,可能出现丙泊酚注入综合征包括心力衰竭、横纹肌溶解、代谢性酸中毒、肾衰竭及死亡等。目前报道的危险因素包括大剂量长期使用、儿茶酚胺或皮质激素支持治疗以及较低的体重指数。当丙泊酚与生酮饮食联合治疗时也有报道出现致死。因此限制了丙泊酚在儿童中的使用。然而,硫喷妥钠治疗癫痫持续状态时也有类似的并发症,提示这种综合征可能不仅仅与丙泊酚有关,还与联合使用多种不同的镇静类抗癫痫药物、癫痫持续状态及药物对大脑活动的抑制有关。丙泊酚是亲脂性,长时间使用可产生脂肪肝。Rison(2009)等报道 1 例儿童难治性癫痫持续状态的患者,长时间使用丙泊酚治疗,出现了病理证实的脂肪肝而无其他并发症。

一项对 33 例难治性癫痫持续状态儿童的回顾性研究显示丙泊酚终止癫痫发作比硫喷妥钠更有效(64%:55%),平均治疗 57 小时,初始剂量 1 ~ 2mg/kg,后以 1 ~ 2mg/(kg·h)注入,最大可至 5mg/(kg·h)。并发症包括横纹肌溶解、甘油三酯增加,18% 患者停药后实验室检查恢复正常,未发现与丙泊酚相关的死亡。Rossetti(2007)等对 27 例静脉用氯硝西泮和苯妥英治疗无效的难治性癫痫持续状态使用丙泊酚诱导脑电图上的暴发抑制,剂量为 2.1 ~ 13mg/(kg·h),持续 1 ~ 9 天,成功率为 67%,也没有出现丙泊酚注入综合征。Parviainen(2006)等用丙泊酚治疗 10 例难治性癫痫持续状态,最大注射剂量 8.2 ~ 11mg/(kg·h),24 小时内剂量为 173 ~ 204/(kg·h)。所有患者都实现了临床发作终止,开始的 18 ~ 40 分钟内可诱导出暴发抑制,但是其维持需要频繁的滴定。30% 的患者出现复发。

吸入性麻醉药:尽管吸入性麻醉药的作用机制尚不明确,但是异氟烷的抗癫痫效应可能与增强突触后 γ-GABA$_A$ 型受体介导的丘脑皮层通路电流抑制有关。异氟烷和地氟烷都能产生剂量依赖性脑电图改变,首先是增加频率降低电压,然后是进一步降低电压产生暴发抑制,但并不是所有吸入性麻醉剂如七氟醚在治疗水平时都能产生脑电图的改变。

一项对 7 例患者的回顾性研究中,使用吸入性麻醉剂(6 例为异氟烷,1 例为地氟烷)治疗难治性癫痫持续状态,癫痫发作完全控制,且在治疗数分钟后脑电图达到暴发抑制。

但是,所有的患者都出现了低血压且需要使用升压药支持,此外还有肺不张、感染、瘫痪和深静脉血栓形成。停药后,1 例出现亚临床发作(subclinical seizure),2 例出现非惊厥性癫痫持续状态,3 例死亡,4 例幸存者结局较好且无后遗症。目前关于吸入性麻醉剂治疗难治性癫痫持续状态的研究很少,起始和维持剂量都需要探索。

氯胺酮:是一种非竞争性 NMDA 受体拮抗剂,因其不依赖于 γ-氨基丁酸相关机制对晚期的难治性癫痫持续状态可能有效。此外,氯胺酮还可能具有神经保护作用。氯胺酮通过 P450 肝酶代谢为有活性的产物,故其药物水平可能受到其他抗癫痫药物的影响。

5 例 4~7 岁癫痫儿童,出现难治性非惊厥癫痫持续状态,持续 2~10 周,予以口服氯胺酮 15mg/(kg·d)治疗,48 小时内脑电图上痫样发作都有减少且精神状态改善。1 例数月后出现非惊厥性癫痫持续状态反复,继续使用氯胺酮仍有效。没有观察到副作用。先前有静脉使用氯胺酮成功治疗难治性癫痫持续状态的报道。1 名不明原因的难治性癫痫持续状态女孩,接受了静脉注入氯胺酮 2μg/kg,在 90 秒内,临床和脑电图上痫样发作终止,后继续使用 2 周,最大剂量为 7.5μg/(kg·h),明显地改善了惊厥的控制。

以前有人认为氯胺酮用药期间可能增加颅内压,但是最近的一篇文献综述提示未发现相关的依据。事实上,氯胺酮具有拟交感作用,可以通过增加血压而改善大脑血供,与大部分治疗难治性癫痫持续状态的药物对其血压降低有明显不同。因此,氯胺酮可能是一种有用的治疗难治性癫痫持续状态的药物,尤其对于晚期阶段当依赖 γ-GABA 的药物无效时可能是重要的选择之一。但是,目前需要进一步的研究确定剂量的选择,给药时间和进一步明确对颅内压以及脑血流的影响。

(2) 丙戊酸:丙戊酸是一种广谱的抗癫痫药物,通过调整钠和钙离子通道以及抑制γ-氨基丁酸的传递而起效,可以静脉使用。系统性回顾 20 项静脉注射丙戊酸对不同类型癫痫持续状态治疗的有效性研究表明:3/4 的患者在开始治疗 20 分钟后癫痫得以控制,且对常规一线抗癫痫药物苯二氮䓬类无效的患者,静脉应用丙戊酸和苯妥英的有效性是一样的。与地西泮和苯妥英的对照研究也表明,静脉应用丙戊酸与其他通过 GABA 能作用的抗癫痫药物如苯二氮䓬类和苯巴比妥的有效性是相近的,但作用维持时间较短。Ol-sen(2007)等报道了 41 例静脉应用地西泮无效的成人癫痫持续状态中,76% 的患者在静脉使用丙戊酸(起始剂量 25mg/kg,至少在 30 分钟内注入,此后的 24 小时内按照 100mg/h 维持)后癫痫发作停止。但也有人认为,治疗的有效者中难以除外之前应用的地西泮的作用。而最近国内也有人回顾了 48 例难治性惊厥性癫痫持续状态的患者(应用地西泮和肌内注射苯巴比妥失败),静脉使用丙戊酸治疗,87.5% 的患者在 1 小时内停止发作,在接下来的 12 小时内也没有反复,住院期间未发现丙戊酸相关的全身或局部副作用。这项研究提示丙戊酸在国内很多医院不能使用苯巴比妥类和麻醉剂的情况下是一种选择。

几项研究报道了丙戊酸在 78%~100% 儿童难治性癫痫持续状态中有效,但可能出现低血压。推荐儿童使用剂量为起始 20~30mg/kg 静脉推注,然后 1 天 2 次维持使用。应密切注意可能出现的低血压、脑病和肝毒性的风险。

除了成功地用于全身惊厥性癫痫持续状态外,静脉用丙戊酸对非惊厥性癫痫持续状态合并复杂部分性发作、失神状态和肌阵挛状态有良好的效果。其安全性和耐受性方面也有明显的优越性,常常没有苯二氮䓬类、苯巴比妥和苯妥英的镇静、呼吸抑制等副作用,罕见有心血管系统的并发症,如低血压或心律失常。因此,静脉用丙戊酸可能是理想的一线治疗癫痫持续状态的药物。

（3）新型抗癫痫药物

托吡酯：通过阻止电压敏感性钠和钙离子通道以及α-氨基羟甲基恶唑丙酸和钾盐的相互作用而调节谷氨酸受体等机制发挥抗癫痫作用。因其不依赖γ-氨基丁酸受体，对晚期的难治性癫痫持续状态可能有效。易于快速滴定且比较安全。6例成人成功地通过鼻胃管给药控制了难治性癫痫持续状态，剂量为300～1600mg/d。Blumkin（2005）等报道了2例难治性复杂部分性癫痫持续状态的儿童，经鼻胃管快速注入托吡酯后出现较好的临床反应。Perry（2006）等用托吡酯10mg/（kg·d）为起始剂量，持续2天后改维持剂量5mg/（kg·d）治疗难治性癫痫持续状态的儿童，发现在给初始剂量后21小时内癫痫发作停止。

左乙拉西坦：目前的研究提示左乙拉西坦的抗癫痫作用可能与突触囊泡蛋白2A有关。最近的动物研究表明在癫痫持续状态时，左乙拉西坦可以减少或终止癫痫发作，且对癫痫持续状态的动物有神经保护作用。左乙拉西坦不在肝脏代谢且有较低的蛋白结合力，经肾脏排出，以及药物间相互作用少等特点，对危重疾病状态下发生难治性癫痫持续状态者是一种较好的选择。

Patel（2006）等回顾了6例患者，经鼻胃管注入左乙拉西坦500～3000mg/d，在12～96小时内全部癫痫发作都得到控制，未观察到明显副作用。也有左乙拉西坦成功治疗儿童难治性非惊厥性癫痫持续状态的文献报道。Rossetti（2004）等对23例成人癫痫持续状态患者（39%有难治性癫痫持续状态）予以鼻胃管注入左乙拉西坦治疗，平均剂量为2000mg（750～9000mg），43%有效，癫痫持续状态或难治性癫痫持续状态在开始用药后72小时内缓解。

2006年，美国FDA批准对不能口服者可静脉应用左乙拉西坦来控制癫痫发作。单次剂量不能超过1500mg，稀释后至少在15分钟内注入，未批准使用更大剂量或者用于癫痫持续状态。然而，研究显示在正常志愿者，5分钟内超过2500mg和15分钟内增加到4000mg是安全的。Knake（2008）等第一次报道左乙拉西坦静脉用药治疗癫痫持续状态。所有患者均为部分性癫痫持续状态，之前对苯二氮䓬类（常常是劳拉西泮）无效，也有对静脉使用丙戊酸和苯妥英钠无效者。平均左乙拉西坦起始剂量为944mg，至少在30分钟内注入，平均维持剂量为2166mg/d。没有严重副作用，且17/18例避免了气管内插管。所有患者惊厥活动停止且复发少见。出院时改口服用药，平均剂量为2000mg/d。为将来的临床研究提供了论证。此后不久也有人报道了静脉用左乙拉西坦能使2/3的癫痫持续状态终止，平均起始剂量为1780mg/15～30min。这些都提示静脉使用左乙拉西坦治疗癫痫持续状态可能是安全而有效的。

Gallentine（2009）等报道了11例接受左乙拉西坦静脉应用治疗难治性癫痫持续状态的儿童，年龄在2天～9岁之间。起始剂量为15～70mg/kg（平均30mg/kg），45%患者的难治性癫痫持续状态停止，27%的患者因同时也采取了其他治疗措施故治疗反应不能明确。开始用药后难治性癫痫持续状态的终止时间为1～8天。所有有反应者剂量都超过30mg/（kg·d），平均为40mg/（kg·d）。没有发现明显的副作用。最近对难治性癫痫持续状态或非惊厥性癫痫持续状态或急性反复发作的惊厥儿童研究提示左乙拉西坦未出现急性副作用，能完全终止癫痫发作且使得脑电图上癫痫发放减少。这些研究说明静脉用左乙拉西坦对儿童也是有效且可以耐受的。

最近 Möddel 等回顾性分析了 36 例静脉用左乙拉西坦（30 例推注 500~2000mg/30~60min,5 例持续静脉泵入）治疗难治性癫痫持续状态的患者,有效率为 69%。失败的原因包括:剂量增加速度超过 3000mg/d,没有进行静脉推注,治疗等待时间超过 48 小时,年龄大于 80 岁,非惊厥性癫痫持续状态,脑电图上有周期性单侧痫样放电,急性脑血管病和麻醉插管。没有出现心血管系统的副作用或癫痫持续状态加重。2 例在静脉推注期间出现恶心和呕吐,其中 1 例出现吸入性肺炎。

静脉用左乙拉西坦具有绝大部分由肾脏清除,无药物相互作用、很少有免疫、呼吸或心血管副作用、广谱抗癫痫效应等优点,其使用可能会逐渐增多。但目前尚缺乏随机对照和前瞻性的研究。

其他:此外还有唑尼沙胺治疗难治性癫痫持续状态的报道,如 Kluger（2008）等的研究中,3 例难治性癫痫持续状态患者对唑尼沙胺治疗的反应率为 100%。但是,目前的病例都太少,解释应慎重。

（4）手术治疗:癫痫手术对一些难治性癫痫患者是有效的。有文献报道手术治疗难治性癫痫持续状态的儿童,病因包括局部皮质发育不良、下丘脑错构瘤、脑海绵状畸形、腊斯默森脑炎以及出生前循环梗死等。手术方式包括局部切除术、脑叶切除术、多部位软膜下横切术、大脑半球切除术以及胼胝体切断术。Alexopoulos（2005）等治疗 10 例难治性癫痫持续状态儿童,术后癫痫发作都停止,随访 4 月~6.5 年后,7 例无发作,另外 3 例明显改善。Ng（2006）等报道 5 例儿童,包括复杂部分性癫痫持续状态,连续部分性癫痫状态等,术后 4 例癫痫发作终止,1 例减少 90%。Mohamed（2007）等对 5 例难治性癫痫持续状态儿童,脑磁图确定病灶后行手术治疗,术后随访发作,2 例患者的发作完全控制,3 例仍有癫痫发作。最近 Schrader（2009）等也报道了类似的 3 例病例,术后癫痫发作停止,并能逐渐减少抗癫痫药物的量。

成人也有手术成功治疗难治性癫痫持续状态的报道。1 例成人新发难治性隐源性部分性癫痫持续状态,长时间口服和静脉使用抗癫痫药物都无效,脑电图上明确左侧额中回有病灶,行多处软膜下横切术,最后脑电图上癫痫活动终止。必须指出的是,连续部分性癫痫持续状态和难治性复杂部分性癫痫持续状态可能与副肿瘤综合征有关。如 Nahab（2008）等报道的 1 例女性患者,出现了连续部分性癫痫持续状态后发作演变成为复杂部分性癫痫持续状态,头颅 MRI 显示 T2 加权相上局部皮质病变,与脑电图上的病灶一致,行局部皮质切除术后临床和脑电图癫痫活动停止。影像学显示弥散性边缘叶和脑干信号改变,血清学检查提示为副肿瘤性脑炎。后证实为小细胞肺癌。最近,Weimer（2008）等也报道了 1 例 45 岁女性,副肿瘤综合征引起边缘性脑炎所致的癫痫持续状态,对大剂量的镇定类抗癫痫药物无效。MRI 显示右侧颞叶、双侧额叶和脑桥 T2 和 FLAIR 加权相上的高信号,动态 EEG 显示持续的右侧颞叶的癫痫活动。右侧颞叶切除术后出现癫痫活动的终止和神经系统功能恢复。

（5）其他治疗:迷走神经刺激术也可用于难治性癫痫持续状态。先前有 1 例 13 岁难治性癫痫儿童因难治性癫痫持续状态入院,左侧迷走神经刺激术后,临床发作完全停止,随访 1.5 年发作控制情况明显改善。最近,De Herdt（2009）等报道了 1 例 7 岁女孩,出生后 8 天大脑静脉血栓形成和右侧丘脑出血,13 个月时出现癫痫,6 岁时,出现难治性非惊厥性癫痫持续状态。硫喷妥钠诱导昏迷 11 天后行迷走神经刺激术。术后 3 天苏醒，1 周后脑电图正常，随访 13 个月仍无癫痫发作。Patwardhan(2005)等对 1 例 30 岁男性在多种抗癫痫药物治疗都无效且发作频繁的难治性癫痫持续状态患者，诱导昏迷后 9 天后行左侧迷走神经刺激术，术后第二天脑电图恢复到以前出现的单侧周期性癫痫发放，临床发作停止。这是第一例成人迷走神经刺激终止癫痫持续状态的报道。

电惊厥治疗(electroconvulsive therapy)：电惊厥治疗痉挛可以加强 γ-氨基丁酸的传递，故认为对难治性癫痫有用。美国精神病学协会将难治性癫痫和难治性癫痫持续状态列为电惊厥治疗的适应证。研究表明，电惊厥治疗可以终止癫痫发作，辅助撤退麻醉剂等。1 例 39 岁男性，疑为病毒性脑炎所致的癫痫持续状态，对多种抗癫痫药物不敏感，用戊巴比妥诱导昏迷。在接下来的几个月中，多次尝试终止戊巴比妥，但由于癫痫持续状态复发都失败了。予以 9 次电惊厥治疗(3 次/天，连续 3 天)后脑电图显著改善，12 个月后，患者苏醒。但是，电惊厥治疗也可能诱发惊厥和非惊厥性癫痫持续状态，因此，在电惊厥治疗后持续 EEG 监测是非常重要的。

维生素 B_6：维生素 B_6 依赖的癫痫发作主要见于罕见的常染色体隐性遗传疾病，常常出现在新生儿早期，表现为全身强直阵挛，肌阵挛发作或婴儿痉挛。对常用的抗癫痫药物耐药，但对维生素 B_6 敏感。这种疾病多在静脉使用维生素 B_6 治疗后癫痫发作终止才能诊断。一些儿童可能对维生素 B_6 无反应但是对磷酸吡哆醛有反应。也有一些较大的婴幼儿(年龄可至 18 个月)出现癫痫持续状态。Yoshii(2005)等报道了 1 例 5 个月大的幼儿出现右侧阵挛发作，后转变为反复的右侧部分性或全身性发作，常规的多种抗癫痫药物无效。7 个月时，因癫痫持续状态住院，最终由维生素 B_6 控制。这种疾病虽然罕见，但对婴幼儿出现难治性癫痫持续状态，仍应想到此病。

此外还有生酮饮食和皮质醇、血浆置换、免疫抑制等治疗难治性癫痫持续状态的报道，但多罕见，免疫治疗可能在病因考虑为免疫方面时如腊斯默森脑炎或血管炎等才有效。低温可能具有一定的抑制癫痫发作和神经保护作用，但其有效性尚不明确，且不能停药。

七、预　后

文献报道难治性癫痫持续状态的死亡率为 16% ~ 23%，而全身难治性惊厥性癫痫持续状态的死亡率可高达 50%，幸存者中，一半左右的非惊厥性癫痫持续状态患者都能恢复到基线水平，而难治性癫痫持续状态完全恢复的几率只有 31%，惊厥性癫痫持续状态则更少。Lambrechtse 等对儿童的研究发现顿挫型癫痫持续状态和难治性癫痫持续状态的院内死亡率分别为 2.1% 和 13.3%。

不良结局的预测因素包括长时间癫痫发作、急性症状性病因、非惊厥性癫痫持续状态和入院时年龄小于 5 岁。对成人的荟萃分析表明难治性癫痫持续状态的死亡率与年龄和癫痫发作类型有关。早年研究发现，病因和癫痫持续时间在最初开始的 2 小时内有预测价值，如持续少于 1 小时者，死亡率为 2.7%，超过 1 小时者死亡率为 32%，但是，超过此阶段后癫痫持续状态的持续时间是否会影响结局仍不十分明确。Drislane(2009)等回顾分析了 119 例临床和 EEG 都证实为癫痫持续状态的患者，大部分为难治性癫痫持续状态，进行单变量和多变量因素分析后认为，病因是缺氧、出现昏迷、全身性癫痫持续状态是结局较差(死亡或植物状态)的预测因素,但是持续时间对预后的预测作用明显受病因影响。

(王学峰　郑东琳)

参 考 文 献

[1] 王学峰. 难治性癫痫持续状态//沈鼎烈. 临床癫痫学. 上海:上海科学技术出版社,2004:196-209.

[2] Theodore WH,Porter RJ,Albert P. The secondarily generalized tonic-clonic seizure:a videotape analysis. Neurology,1994,44:1403-1407.

[3] Shinnar S,Berg AT,Moshe SL,et al. How long do new-on seizures in children last? Ann Neurol,2001,49: 659-664.

[4] Lowenstein DH,Bleck T,Macdonald RL. It's time to revise the definition of status epilepticus. Epilepsia, 1999,40:120-122.

[5] Drislane FW,Blum AS,Lopez MR,et al. Duration of refractory status epilepticus and outcome:Loss of prognostic utility after several hours. Epilepsia,2009,50(6):1566-1571.

[6] Mayer SA,Claasn J,Lokin J,et al. Refractory status epilepticus:frequency,risk factors,and impact on outcome. Arch Neurol,2002,59(2):205-210.

[7] Murthy JM. Refractory status epilepticus. Neurol India,2006,54(4):354-358.

[8] Abend NS,Dlugos DJ. Treatment of refractory status epilepticus:literature review and a propose protocol. Pediatr Neurol,2008,38(6):377-390.

[9] Lowenstein DH,Alldredge BK. Status epilepticus at an urban public hospital in the 1980s. Neurology, 1993,43:483-488.

[10] Bleck TP. Management approaches to prolonged seizures and status epilepticus. Epilepsia,1999,339: 1337-1348.

[11] Claasn J,Hirsch LJ,Mayer SA. Treatment of status epilepticus:A survey of neurologists. J Neurol Sci, 2003,211:37-41.

[12] Holtkamp M,Masuhr F,Harms L,et al. The management of refractory generalised convulsive and complex partial status epilepticus in three European countries:A survey among epileptologists and critical care neurologists. J Neurol Neurosurg Psychiatry,2003,74:1095-1099.

[13] Lambrechtsen FA,Buchhalter JR. Aborted and refractory status epilepticus in children:a comparative analysis. Epilepsia,2008,49(4):615-625.

[14] Holtkamp M,Othman J,Buchheim K. A "malignant" variant of status epilepticus. Arch Neurol,2005,62 (9):1428-1431.

[15] Wilder-Smith EP,Lim EC,Teoh HL,et al. The NORse(new-onset refractory status epilepticus)syndrome: defining a disease entity. Ann Acad Med Singapore,2005,34(7):417-420.

[16] Costello DJ,Kilbride RD,Cole AJ. Cryptogenic New Onset Refractory Status Epilepticus(NORse) in adults-Infectious or not? J Neurol Sci,2009,277(1-2):26-31.

[17] Kramer U,Shorer Z,Ben-Zeev B,et al. severe refractory status epilepticus owing to presumed encephalitis. J Child Neurol,2005,20(3):184-187.

[18] Rossetti AO,Logroscino G,Bromfield EB. Refractory status epilepticus:effect of treatment aggressiveness on prognosis. Arch Neurol,2005,62(11):1698-1702.

[19] Kälviäinen R,Eriksson K,Parviainen I. Refractory generali sed convulsive status epilepticus:a guide to treatment. CNS Drugs,2005,19(9):759-768.

[20] Agan K,Afsar N,Midi I,et al. Predictors of refractoriness in a Turkish status epilepticus data bank. Epi-

lepsy Behav,2009,14(4):651-654.

[21] Bleck TP. Refractory status epilepticus. Curr Opin Crit Care,2005,11(2):117-120.

[22] Löscher W. Mechanisms of drug resistance in status epilepticus. Epilepsia,2007,48 Suppl 8:74-77.

[23] Aladdin Y,Gross DW. Refractory status epilepticus during pregnancy secondary to cavernous angioma. Epilepsia,2008,49(9):1627-1629.

[24] Claassen J,Hirsch LJ,Emerson RG,et al. Treatment of refractory status epilepticus with pentobarbital, propofol,or midazolam:a systematic review. Epilepsia,2002,43(2):146-153.

[25] Rossetti AO. Which anesthetic should be used in the treatment of refractory status epilepticus? Epilepsia, 2007,48 Suppl 8:52-55.

[26] Sirsi D,Nangia S,LaMothe J,et al. Successful management of refractory neonatal seizures with midazolam. J Child Neurol,2008,23(6):706-709.

[27] Kim SJ,Lee DY,Kim JS. Neurologic outcomes of pediatric epileptic patients with pentobarbital coma. Pediatr Neurol,2001,25:217-220.

[28] Lee WK,Liu KT,Young BW. Very-high-dose phenobarbital for childhood refractory status epilepticus. Pediatr Neurol,2006,34(1):63-65.

[29] Tiamkao S,Mayurasakorn N,Suko P,et al. Very high dose phenobarbital for refractory status epilepticus. J Med Assoc Thai,2007,90(12):2597-2600.

[30] Rison RA,Ko DY. Isolated fatty liver from prolonged propofol use in a pediatric patient with refractory status epilepticus. Clin Neurol Neurosurg,2009,111(6):558-561.

[31] van Gestel JP,Blussé van Oud-Alblas HJ,Malingré M. Propofol and thiopental for refractory status epilepticus in children. Neurology,2005,65(4):591-592.

[32] Rossetti AO,Reichhart MD,Schaller MD,et al. Propofol treatment of refractory status epilepticus:A study of 31 episodes. Epilepsia,2004,45:757-763.

[33] Parviainen I,Uusaro A,Kälviäinen R,et al. Propofol in the treatment of refractory status epilepticus. Intensive Care Med,2006,32(7):1075-1079.

[34] Isaeva EV. Mechanism of antiseizure effect of isoflurane in the immature rat hippocampus. Fiziol Zh, 2009,55(1):57-60.

[35] Mirsattari SM,Sharpe MD,Young GB. Treatment of refractory status epilepticus with inhalational anesthetic agents isoflurane and desflurane. Arch Neurol,2004,61:1254-1259.

[36] Mewasingh LD,sekhara T,Aeby A,et al. Oral ketamine in paediatric non-convulsive status epilepticus. Seizure,2003,12:483-489.

[37] Sheth RD,Gidal BE. Refractory status epilepticus:Response to ketamine. Neurology,1998,51:1765-1766.

[38] Kanner AM. Intravenous valproate for status epilepticus. An effective,yet still merely empirical alternative! Epilepsy Curr,2008,8(3):66-67.

[39] Olsen KB,Taubøll E,Gjerstad L. Valproate is an effective,well-tolerated drug for treatment of status epilepticus/serial attacks in adults. Acta Neurol Scand Suppl,2007,187:51-54.

[40] Chen L,Feng P,Wang J,et al. Intravenous sodium valproate in mainland China for the treatment of diazepam refractory convulsive status epilepticus. J Clin Neurosci,2009,16(4):524-526.

[41] Blumkin L,Lerman-Sagie T,Houri T,et al. Pediatric refractory partial status epilepticus responsive to topiramate. J Child Neurol,2005,20(3):239-241.

[42] Perry MS,Holt PJ,Sladky JT. Topiramate loading for refractory status epilepticus in children. Epilepsia, 2006,47(6):1070-1071.

[43] Patel NC,Landan IR,Levin J. The use of levetiracetam in refractory status epilepticus. Seizure,2006,15

(3):137-141.

[44] Trabacca A,Profice P,Costanza MC,et al. Levetiracetam in nonconvulsive status epilepticus in childhood: a case report. J Child Neurol,2007,22(5):639-641.

[45] Rossetti AO,Bromfield EB. Determinants of success in the use of oral levetiracetam in status epilepticus. Epilepsy Behav,2006,8:651-654.

[46] Hirsch LJ. Levitating Levetiracetam's Status for Status Epilepticus. Epilepsy Curr,2008,8(5):125-126.

[47] Knake S,Gruener J,Hattemer K,et al. Intravenous levetiracetam in the treatment of benzodiazepine refractory status epilepticus. J Neurol Neurosurg Psychiatry,2008,79(5):588-589.

[48] Gallentine WB,Hunnicutt AS,Husain AM. Levetiracetam in children with refractory status epilepticus. Epilepsy Behav,2009,14(1):215-218.

[49] Abend NS,Monk HM,Licht DJ,et al. Intravenous levetiracetam in critically ill children with status epilepticus or acute repetitive seizures. Pediatr Crit Care Med,2009,10(4):505-510.

[50] Möddel G,Bunten S,Dobis C,et al. Intravenous levetiracetam: a new treatment alternative for refractory status epilepticus. J Neurol Neurosurg Psychiatry,2009,80(6):689-692.

[51] Kluger G,Zsoter A,Holthausen H. Long-term use of zonisamide in refractory childhood-onset epilepsy. Eur J Paediatr Neurol,2008,12(1):19-23.

[52] Alexopoulos A,Lachhwani DK,Gupta A,et al. Resective surgery to treat refractory status epilepticus in children with focal epileptogenesis. Neurology,2005,64(3):567-570.

[53] Ng YT,Kerrigan JF,Rekate HL. Neurosurgical treatment of status epilepticus. J Neurosurg,2006,105(5 Suppl):378-381.

[54] Mohamed IS,Otsubo H,Donner E,et al. Magnetoencephalography for surgical treatment of refractory status epilepticus. Acta Neurol Scand Suppl,2007,186:29-36.

[55] Schrader DV,Steinbok P,Connolly M. Urgent,resective surgery for medically refractory,convulsive status epilepticus. Eur J Paediatr Neurol,2009,13(1):10-17.

[56] Costello DJ,Simon MV,Eskandar EN,et al. Efficacy of surgical treatment of de novo,adult-onset,cryptogenic,refractory focal status epilepticus. Arch Neurol,2006,63(6):895-901.

[57] Nahab F,Heller A,Laroche SM. Focal cortical resection for complex partial status epilepticus due to a paraneoplastic encephalitis. Neurologist,2008,14(1):56-59.

[58] Weimer T,Boling W,Pryputniewicz D,et al. Temporal lobectomy for refractory status epilepticus in a case of limbic encephalitis. J Neurosurg,2008,109(4):742-745.

[59] Winston KR,Levisohn P,Miller BR,et al. Vagal nerve stimulation for status epilepticus. Pediatr Neurosurg,2001,34:190-192.

[60] De Herdt V,Waterschoot L,Vonck K. Vagus nerve stimulation for refractory status epilepticus. Eur J Paediatr Neurol,2009,13(3):286-289.

[61] Patwardhan RV,Dellabadia J Jr,Rashidi M. Control of refractory status epilepticus precipitated by anticonvulsant withdrawal using left vagal nerve stimulation: a case report. Surg Neurol, 2005, 64 (2): 170-173.

[62] Cline JS,Roos K. Treatment of status epilepticus with electroconvulsive therapy. J ECT,2007,23(1):30-32.

[63] Yoshii A,Takeoka M,Kelly PJ. Focal status epilepticus as atypical presentation of pyridoxine-dependent epilepsy. J Child Neurol,2005,20(8):696-698.

第五章

癫痫综合征中的癫痫持续状态

第一节　大田原综合征中的癫痫持续状态及治疗

一、诊断提示

大田原综合征(Ohtahara syndrome, OS)又名早期婴儿癫痫脑病(early-infantile epileptic encephalopathy with suppression-bursts, EIEE),是年龄依赖性癫痫脑病中最早表现形式。1985年在马赛召开的国际会议上 Gastaut 教授称该病为大田原综合征。常在出生后3个月内起病,以频繁发作的强直痉挛、脑电图表现为以暴发-抑制为特点,常伴有智力障碍,疗效差,预后不好。

1. 大田原综合征中癫痫发作的临床特征

(1) 发病率和病因:在日本冈山县1980年底对儿童癫痫进行的调查中发现,小于10岁的2378例患儿中只有1例大田原综合征(0.04%)。Watanabe(1990)等严密监控75例患有癫痫的新生儿发现有8例大田原综合征(10.7%)。

大田原综合征的病因复杂多样,大多数与脑结构损伤有关。脑部病变是一个常见病因,如 Aicardi 综合征、脑发育不良、橄榄-齿状核的发育不良、半巨脑畸形、Leigh 脑病、亚急性弥漫性脑病等都被报道过。少数隐匿起病的病例也被报道过。邹丽萍(1992)等对12例大田原综合征进行研究,发现7例有家族史或可推测病因,2例有癫痫家族史中的1例其母幼时即患有婴儿痉挛征,现年26岁仍有抽搐发作,智力严重落后。该患儿在1个多月时出现发作,每天约20~30次,现2岁呈重度脑性瘫痪及智力落后,2例母亲妊娠晚期有严重的妊娠中毒。Ohtahara(2006)的病例中,Aicardi 综合征2人,脑穿通畸形2人,脑萎缩6人,亚急性弥漫性脑病1人,4人为隐源性。Krasemann(2001)发现两位母亲在妊娠的时候被电损伤,孩子出生后出现了强直痉挛性的发作,被诊断为大田原综合征。他认为母妊娠电损伤可能是导致其发作的原因之一。也有学者指出,一些 EIEE 患者存在代谢紊乱,如细胞色素氧化缺陷、Leigh 脑病的报道。据我们所知,尚无家族性病例的报道。

(2) 临床表现:大田原综合征有以下特征:在新生儿期及婴儿早期发病,半数以上病儿发病在 1 个月以内。主要的惊厥类型是伴或不伴成簇的强直痉挛(tonic spasm),可以是单次发作或连续发作,常表现为"前弓反张"(emprosthotonos)姿势,患儿极度低头、脚伸向前、身体绷紧,持续 10 秒钟左右停止,间隔 9 ~ 15 秒钟后再出现一下,连续 10 ~ 40 下,清醒及入睡后均可发生,发作极为频繁,每天可发作 10 ~ 20 次,每次抽动数十下。大多数病例不仅在清醒状态,而且在睡眠中也会发生。除了强直痉挛,有些病例中还观察到部分性惊厥,但很少见肌阵挛发作。预后差,包括早期死亡或明显的精神运动障碍和难治性惊厥。有些病例可发展为 West 综合征,并进一步发展为 Lennox-Gastaut 综合征。

大田原综合征Ⅰ型显示从连续的暴发-抑制演变呈高峰节律紊乱,然后可转变成广泛的慢棘慢波,预后差。Ⅱ型脑电图是从暴发抑制演变呈病灶性棘波,预后较Ⅰ型稍好。邹丽萍等研究的 12 例患儿有 11 例属于Ⅰ型,死亡 6 例,5 例转变为婴儿痉挛征。Ⅱ型者 1 例转变成限局性发作伴泛化或全身发作。

2. 辅助检查

(1) 脑电图检查:最常见的脑电图表现是呈周期性暴发-抑制性波形。而且在清醒和睡眠状态中持续存在。抑制-暴发性波形具有以下特征:高电压的暴发波和低平波交替出现,节律基本规则,暴发波持续 1 ~ 3 秒,包含夹杂着尖波的高电压(150 ~ 350)慢波。抑制阶段持续约 3 ~ 4 秒。从暴发波的起始到相邻暴发波的起始测量的间距为 5 ~ 10 秒。强直阵挛发作脑电图可见同时有弥漫性放电,有时可见起始高幅慢波或成簇的快波活动。梁锦平(2004)等在他们对 17 例大田原综合征的研究中采用 Video/EEG 监测其中 7 例患儿,显示发作期脑电图为高波幅慢波(150 ~ 350μV)和不规则棘(尖)波或棘(尖)慢波放发后突然转变为几乎平坦的低波幅快波背景,其中 6 例出现高波幅棘(尖)慢波前伴短程的 16 ~ 18Hz 快活动,5 例出现低波幅(<50μV)快活动或 8 ~ 14Hz 单一节律改变,且有波幅渐增趋势。临床单次发作时,脑电图示典型的抑制-暴发性波形,如果连续呈串发作,即可出现高幅棘(尖)慢波与低幅快波背景交替的抑制-暴发性波形;局灶性发作常起源于固定的限局性病灶,或发后显示局灶性放电。如果脑电图在高峰节律失调出现之前记录,暴发-抑制性波形是大田原综合征的一个较为恒定的表现。暴发-抑制性波形主要出现于睡眠期。在很多病例中,这种抑制-暴发型常发展为高度节律失常,而且在有些病例中,从高度节律失常再发展为弥漫的棘慢复合波。

(2) 影像学检查:大田原综合征患儿在接受 CT 和 MRI 检查时可出现异常,如不对称性的脑病变。多数病例在早期即可发现;病初往往显示脑发育不良,随着病情的发展,脑萎缩日渐加重。

(3) 其他实验室检查:有些大田原综合征的患儿可出现脑干诱发电位和视觉诱发电位的异常。梁锦平(2004)等的研究显示 6/13 例 BAEP 异常,其中脑干中枢段波峰间潜伏期延长 3 例,周围段波峰间潜伏期延长 1 例,中枢段和周围段波峰间潜伏期均延长 2 例,2/5 例 VEP 异常。血、尿、氨基酸、脑脊液、骨髓象、白细胞酶学分析、血浆丙酮酸盐和乳酸盐、血氨、肝功、血浆免疫球蛋白或者 TORCH(弓形体抗体、风疹、巨细胞病毒、单纯疱疹病毒)都未发现异常。

3. 与其他癫痫脑病的鉴别

(1) 早期肌阵挛脑病:大田原综合征主要的惊厥类型是强直痉挛,而早期肌阵挛脑病主要是肌阵挛,特别是不规则的肌阵挛和频繁的部分性惊厥。相反,大田原综合征很少或偶有肌阵挛。暴发-抑制性波形 EEG 是两种综合征的共同特征,但在大田原综合征中暴发-抑制性波形脑电图型表现为周期性,清醒和睡眠时持续存在;而在早期肌阵挛性脑病中,暴发-抑制型在睡眠中增强,并且经常在清醒状态时不明显。至于持续时间,大田原综合征病例中暴发-抑制性波形 EEG 在疾病起病时出现,多数在 6 月龄内消失;而在早期肌阵挛脑病中,有些病例出现于 1~5 月龄中,并以长期存在为特征。许多病例的 EEG 从暴发-抑制型发展为高度节律失常,然后有些病例又从高度节律失常发展为弥漫的棘慢波。与此不同,早期肌阵挛脑病的有些病例的临床过程中可观察到暴发-抑制型,在转变为非典型的高度节律失常之后,再次出现暴发-抑制性波形并长期存在。在发展为癫痫综合征的过程中,大田原综合征具有特殊的进展方式,表现为年龄依赖性癫痫脑病,而早期肌阵挛脑病的进展与年龄无关。病因明显的脑部病变,如畸形是大田原综合征的常见病因,在早期阶段 CT 和 MRI 检查是异常的。没有报道过大田原综合征的家族性病例。相反的,早期肌阵挛脑病有较高的家族发病率,提示其病因可能与先天的代谢障碍有关。

(2) 婴儿痉挛征(West 综合征):这两种综合征的发病年龄不同:大田原综合征在新生儿和婴儿早期发病,而 West 综合征在婴儿中晚期发病。大田原综合征和 West 综合征关系密切,而且相当数量的大田原综合征病例进展为 West 综合征。然而大田原综合征是一种不同于 West 综合征的癫痫综合征。尽管两种综合征的主要惊厥类型都是强直痉挛,在大田原综合征中,强直痉挛症在清醒和睡眠状态中都存在,而且在很多病例中伴或不伴成簇的痉挛。在一些大田原综合征病例中,部分性惊厥也可见到,大多数大田原综合征病例可见到严重的皮层病变,在神经影像学检查中经常可见不对称的病变。EEG 检查,在大田原综合征可见暴发-抑制型,而在 West 综合征可见高度节律失常。

(3) 其他:大田原综合征和其他具有脑畸形的类似疾病就像上面所述的那样(从病因到发病机制两者互为因果),如橄榄状-齿状发育不良病例具有和大田原综合征一样的脑电图和临床表现,橄榄状-齿状发育不良可以被确定是大田原综合征的一个病因,也可以被确定橄榄状-齿状发育不良伴发大田原综合征。Robain(1992)报道的病例中,EEG 仅在睡眠中出现暴发-抑制性波形,所以这个病例的 EEG 表现不典型。有学者报道过 1 个局限性皮质发育不良的病例,除了 EEG 暴发-抑制性波形在觉醒时不存在外,所有的临床表现和 EEG 特征都符合大田原综合征。这些病例的疾病分类学特征应该被进一步研究。

4. 大田原综合征的诊断 诊断标准如下:①发病年龄为新生儿及小婴儿;②频繁的、难以控制的强直或(和)强直痉挛发作;③脑电图呈暴发-抑制形式;④严重的精神运动障碍;⑤多种病因;⑥可转变为婴儿痉挛。其中①~④为诊断的必备条件;⑤、⑥为参考条件。

5. 大田原综合征的预后 随时间增长所有的病例均出现严重的智力和生理上的双重障碍。在一个关于长期预后研究中,作者观察了 15 例大田原综合征的患儿有 13 例存活者,追踪时他们的存活年龄为 2 岁 11 个月~17 岁 8 个月。除了 2 例,其他的患者都活过 7 岁,存活者都存在智力障碍,6 例因四肢瘫痪而卧床不起,只有 2 例有偏瘫尚能走动,有 2 例有持续惊厥发作:其中 1 例有强直性痉挛发作,另 1 例为局限性运动性癫痫。多数学者在研究中均发现部分大田原综合征病例到 6 个月时转为婴儿痉挛。邹丽萍等对患有大田原综合征的患儿进行研究,12 例中 I 型 11 例:6 例死亡,5 例转变成婴儿痉挛征,并留有严重的脑瘫和智力落后;II 型 1 例,转变成限局性发作伴右侧偏瘫。

6. 治疗 田原综合征难以治疗。ACTH、皮质类固醇或维生素 B₆ 等治疗效果均不明显。大田原曾报道用合成的 ACTH-2 治疗,少数病例有效,一般 ACTH 无效。

卡马西平、丙戊酸钠、苯巴比妥、硝西泮(硝基安定)等效果均差。甲状腺激素或其类似物及生酮饮食对某些病例有部分疗效。据报道,丙种球蛋白有相当的疗效。最近有人认为氨己烯酸有希望成为首选药物(Yamatogi,2002)。

二、大田原综合征中的癫痫持续状态

1. 癫痫持续状态的表现 大田原综合征可引发多种类型的癫痫发作,也可引发惊厥性癫痫持续状态。惊厥性癫痫持续状态主要表现为连续反复的强直-阵挛性发作,间歇期意识不能恢复。可伴有严重的自主神经症状,如发热、心动过速或心律失常、呼吸加快或不整、气管与支气管分泌物壅塞。惊厥性癫痫持续状态临床比较好判断。近年来对非惊厥性癫痫持续状态(NCSE)的认识越来越深。Simon 就提出 NCSE 是描述脑电图持续异常放电超过一定时期而无临床惊厥发作。Saneto(2007)等曾报道 1 例 5 岁患有大田原综合征的女孩,EEG 长时间存在暴发-抑制,无临床征象。且 NCSE 症状不典型,不易诊断,有时会持续几个小时甚至几天。造成神经、精神发育落后。

2. 治疗 首先控制惊厥,一般临床上惊厥持续 5 分钟,就要考虑静脉给药。一项回顾性调查研究发现,惊厥持续 10 ~ 29 分钟的死亡率是 2.6%,而持续 30 分钟以上的死亡率是 19%(DeLorenzo,1999)。首选地西泮,一般 1 ~ 2 分钟生效,常用量是每次 0.3 ~ 0.5mg/kg。最大量为 10mg/次。不过有报道劳拉西泮比地西泮效果更好。如果难以控制,可考虑应用硫喷妥钠或异戊巴比妥钠。

同时维持生命功能。注意保持气道通畅、吸痰、给氧、检测血氧饱和度。特别注意纠正脑水肿、酸中毒、高热、低血糖、呼吸循环衰竭等,若出现呼吸衰竭应及时气管切开,应用呼吸机。

第二节 婴儿痉挛征中的癫痫持续状态及其治疗

一、诊 断 提 示

婴儿痉挛征(West syndrome)是婴儿特有的一种严重的全身性痉挛发作,属于年龄依赖性癫痫脑病的第二种,较难控制,预后不良,80% ~90% 病例伴有明显智能发育迟缓。

1. 婴儿痉挛征的临床特征

(1) 发病率和病因:在 10 万活产婴儿中,大约有 24 ~ 42 人患本病。West 综合征发病年龄通常在出生后第一年中期,很少在出生后 3 个月内或 1 年后发病。在癫痫综合征的分类中,这个时间限制被当作此综合征发病的上限。男孩多于女孩。有阳性家族史者很少,大约为 4%,但也有单卵双胎同时患病的报道。

West 综合征并不与任何特定病原有特定关联,但年龄特点(脑处于发育阶段)有其重要意义。West 综合征不是一种单独的疾病,许多因素都可以引起本病,包括产前因素、围生期因素、产后因素、代谢性疾病、中枢神经系统感染等均能引起本病。我国目前常见的原因是围产期因素(如产伤、颅内出血、新生儿窒息及早产等),各种产前因素(如脑发育异常并包括半巨脑畸形和灶性皮质发育不良、宫内感染、结节性硬化症等）及代谢性疾病（如苯丙酮尿症）。百日咳疫苗也被作为引起 West 综合征的主要病因。还有一些目前暂时未找到病因病例被称为特发性 West 综合征，这些病例病史中无异常情况，病前智力发育正常，神经系统检查及 CT 或其他影像学检查正常。随着科学技术的进步，这部分病例将会逐渐减少。

（2）临床表现：绝大多数病例在 1 岁以内发病。其表现为突然快速的颈部、躯干及肢体肌肉对称性收缩。发作时头前屈、弯腰，两臂前伸或屈肘，两手握拳，下肢屈至腹部，全身屈曲呈球状样。肌肉收缩过程很快，短于 2 秒钟，肌肉收缩形成的姿势持续 2~10 秒，然后肌肉放松恢复原来状态，少部分患儿表现为伸展式发作，头向后仰，躯干伸展。还有部分患儿同时有屈曲（如低头、弯腰）及伸展（如两臂前伸、踢腿样动作）。有些病例发作时伴有一声喊叫。清醒及睡眠时均可发作，尤其是在入睡及清醒后不久容易发生，吃奶时也容易发作。个别病例可表现为非对称性发作。发作时瞳孔散大，对光反应迟钝，面色苍白或发红、出汗。发作后极度疲倦、嗜睡。这整个过程与肌阵挛（myoclonic）不同，肌阵挛时肌肉快速收缩，收缩后立即恢复正常状态。West 综合征的痉挛由轴性收缩组成，可以发生在伸肌、屈肌或两者同时发生，可以是对称的，也可表现为不对称。不对称性的痉挛包括上肢、头部或眼睛，通常需要视频记录作细致的分析。它们成簇发生，偶尔有局灶性放电。在成簇的痉挛之间，根据发作间期的 EEG 变化区别独立性和非独立性的痉挛。另外的发作类型，如肌阵挛、强直性或部分性发作，可在成簇的痉挛之前、之中或之后发生。患儿在一次强直痉挛后缓解数秒钟，可再次发作，形式同前，形成一连串的抽搐发作，可连续 2~3 下，多时可达 10 或 20 余下。

本病严重影响患儿智力发育，病前已获得的智力功能也可能逐渐减退。在第一次痉挛发作前，精神运动方面的发育可以是正常的，也可不正常。痉挛发作的恶化是一个常见的特点。智力低下程度与发作形式、确诊早晚及治疗手段无明显关系。

2. 辅助检查

（1）脑电图检查：发作间期脑电图为高度节律失调，这是本病的重要特征之一。表现为大脑皮质各区域均有高幅、杂乱的慢波、棘波或尖波，各波的出现时间、部位有很大的随机性，同侧或两半球之间几乎没有同步现象，随年龄增长，杂乱程度有逐步减轻趋势。

发作期脑电图可表现为短程低波幅快节律，有时为暴发性高幅棘慢复合波或尖慢复合波。发作时 EEG 的多种描记在显示本病的癫痫特性方面和决定它们的特征方面是非常重要的。

可疑 West 综合征的患儿，其诊断应包括长时程脑电图。至少包括一个睡眠-觉醒周期。婴儿痉挛的脑电图标志为异常背景下高峰失律。高峰失律是在惊厥发作期间一种弥漫的异常的神经活动。单一痉挛发作的脑电图在发作期间高峰节律紊乱可不明显，或只出现在深睡时。因此明确诊断必须做长时程脑电图或选择性脑电图录像。需要指出的是，高度节律失调并非本病所独有，它反映大脑有弥漫性器质性病变。而且也并非全部婴儿痉挛患儿均有此种改变。有些患儿在病的初期可表现为限局性棘慢波，个别患儿脑电图正常，所以需要多次进行脑电图的检查。

婴儿痉挛的临床和 EEG 特征取决于它的病因。不对称痉挛说明常波及一处脑皮质病变，也证明大脑皮质是痉挛的起源。EEG 类型随着脑畸形不同而具有特征性，说明

EEG 的产生是由皮质畸形所决定。继发性全身性发作可由单一病灶或多灶性脑病变引起,如结节性硬化或分娩后的缺氧缺血性脑病等。有些婴儿痉挛征的患儿可以发现与年龄相关的脑皮质功能失常。这种临床和 EEG 表现与病因的相关性有 3 方面的作用:①诊断上可以根据临床和 EEG 特点而考虑此病,对影像学检查有帮助;②可提高对预后的评估,特别是存在特发性 West 综合征特征时;③可根据病因使治疗更有针对性。痉挛与局限性放电同时存在者发作很难控制,10 岁以后发作仍可存在。多数患儿有严重智力障碍和卧床不起,死亡率较高。

(2)影像学检查:神经影像学检查如 CT、MRI、PET、SPECT 可协助发现脑内结构性或功能性病变。SPECT 研究显示,脑血流低灌注区与婴儿痉挛征的皮质损害有关,高灌注区与癫痫持续存在有关。MRI 可发现 CT 难以发现的脑结构异常。

(3)其他实验室检查:血生化、各种代谢性试验、酶分析、染色体检查等均可帮助寻找病因。

3. 鉴别诊断

(1)婴儿良性肌阵挛性癫痫:临床少见。1/3 患儿有癫痫家族史。4 个月~2 岁起病,发作形式为全身性肌阵挛发作。婴儿期无其他类型发作,青春期可有全身强直-阵挛性发作。发病前后精神运动发育正常。发作间期 EEG 正常,发作期为全导棘慢波、多棘慢波暴发。丙戊酸对控制发作效果良好。

(2)大田原综合征:起病年龄较婴儿痉挛征更早,生后数日至 3 个月内起病。发作形式为单次或成串痉挛发作,EEG 表现为暴发-抑制。多有严重的脑结构或脑功能损伤,部分患儿在 4~6 个月转变成婴儿痉挛征。

(3)婴儿严重肌阵挛性癫痫:特点为出生正常的婴儿在惊厥起病后神经系统异常进行性恶化,出现慢性严重脑损害。25% 患儿有癫痫家族史。首次发作多为热性惊厥,持续时间长,为全身或局部阵挛发作。以后可有癫痫持续状态。1 岁以后出现全身肌阵挛发作,并有复杂部分性发作,可全身泛化。发作间期 EEG 初正常,以后出现阵发性 3Hz 以上广泛棘慢波或多棘慢波发放。治疗困难。

4. 婴儿痉挛征的诊断　婴儿痉挛征是婴儿时期一种特殊类型的癫痫。多数患儿在 1 岁内发病,高峰年龄是 3~8 个月。发作表现有三个特点:单个发作时间极短,瞬间即过,表现为全身尤其头部及上半身向前屈,发作次数频繁,短时间内形成连续成串发作,可发作数十次至百次以上。多种病因引起。脑电图有高度失律者 90% 以上患儿智能低于正常,患儿表情呆滞、淡漠、不会笑、不认人、不会注视、竖头、坐、站、行走等功能均受到影响,语言发育落后。

5. 婴儿痉挛征的预后　本病预后不良。影响预后的因素与病因密切相关,特发性较症状性预后稍好;有 6%~16% 患者可自然恢复。发病年龄越早预后越差;有的患儿在 10 岁后仍然有癫痫发作,可转变成不同的发作类型,如单灶性或多灶性的部分性癫痫、Lennox-Gastaut 综合征和其他类型的痫样发作。同时伴有智力障碍和多种类型的特殊认知能力缺陷。由于患儿有不同的临床和 EEG 特征,其预后变化很大。

早期治疗是否能提高患儿的认知功能,目前尚无定论。在一项远期研究中,Glaze(1988)对一些病程仅有 1 个月的患儿经过治疗后,与延迟治疗的患儿相比,其认知功能并没有提高。然而在其他一些前瞻性或回顾性研究中显示尽早治疗,消除脑电图高峰失律,可重新恢复患儿的脑发育,并提高认知功能。

本病在精神运动方面的预后要比部分性癫痫差得多。认知方面的后遗症取决于引起癫痫发作病灶的解剖学部位。因此,本病最佳的治疗应该不仅着眼于对惊厥发作的控制,而且还应注意对其认知功能的保护。目前没有任何一种药物治疗对大多数婴儿痉挛征有效。

6. 治疗

(1)促肾上腺皮质激素(ACTH)和皮质类固醇:自 1958 年 Sorel 提出应用 ACTH 以来,不同作者报道的结果不尽相同,有效率为 20% ~80%。用量每天 25 ~50U,肌内注射或静脉滴注,4 ~6 周后改为口服泼尼松,每日 1mg/kg,连用数月后减药停用。有一些随机对照研究提示 ACTH 的推荐用药方式为每平方米体表面积 150U。两周后快速减量。对 1 个 5 个月的婴儿相当于 80 ~90U/d。患儿父母及护理人员应当注意激素减量会引起严重高血压、厌食和眩晕。有效的治疗应消除惊厥发作和高峰失律。2 周治疗后,激素迅速减量时间为 12 天。如果再次出现惊厥就应该对诊断进行重新确认。由于本病在很多情况下可演变成为其他类型惊厥,因而需要进行不同的治疗。超过 85% 患儿经治疗后可以消除惊厥和脑电图高峰节律紊乱。这种治疗方法比其他治疗方法更有优势的地方是起效迅速,疗效持久,可在更大程度上减少 ACTH 或皮质类固醇类药物缓慢给药的副作用。

(2)抗癫痫药物:丙戊酸钠、拉莫三嗪(lamotrigine)、妥泰(托吡酯,topiramate)已被广泛应用。必要时可加用苯二氮䓬类(benzodiazepine)药物如硝西泮(硝基安定)或氯硝西泮。在一项回顾性研究中,50% 本病患儿和 28 个本病合并结节性硬化患儿中的 27 个对氨己烯酸有效。与 ACTH 不同,氨己烯酸没有全或无现象,逐步增加剂量[达 15mg/(kg·d)]可减少发作。然而研究表明大剂量氨己烯酸的半衰期为 3 ~7 天,疗程时间尚不清楚,目前推荐时间为 1 年或 1 年以上。多数研究表明,氨己烯酸可提高婴儿痉挛征伴结节性硬化的患儿的认知功能。在近两年的研究中我们对 54 例新确诊的婴儿痉挛患儿给予妥泰口服,按每日 12.5mg/d [1 ~1.5mg/(kg·d)];每 3 ~5 天增加 12.5mg。在妥泰使用 1 周左右仍有发作则加用硝西泮 0.1 ~0.3mg/(kg·d),部分患者妥泰与硝西泮同时加用。追踪 13 个月(6 ~21 个月)。完全控制半年以上无发作者为 31 例(57.4%),减少发作总有效率为 81.4%,无效 7 例,死亡 3 例(5.5%)。妥泰平均剂量是 5.2mg/(kg·d),最大剂量是 26mg/(kg·d),最小剂量是 1.56mg/(kg·d)(邹丽萍,1994)。

(3)大剂量维生素 B_6 治疗:每日 300 ~900mg,分 3 次口服,部分患儿有效。应用大剂量丙种球蛋白治疗本病,对某些病例也有一定效果。国外还有应用生酮饮食治疗本病的报道。

(4)手术治疗:本病可能主要是由于中枢神经系统受损,所以手术治疗在控制婴儿痉挛征发作的效果还不完全明确。如果有肿瘤或脑积水等因素存在作为发作的病因,手术治疗可消除惊厥。

二、婴儿痉挛征中的癫痫持续状态

1. 病因　引起症状性婴儿痉挛征的原因都可导致癫痫持续状态,如围产期的缺氧缺血性脑病、神经皮肤综合征、先天性遗传代谢病等。Zorn-Olexa 等曾报道 1 例因颅内结核瘤导致的婴儿痉挛征出现惊厥性癫痫持续状态。此外,感染、漏服抗癫痫药物等也可引起癫痫持续状态。

2. 癫痫持续状态的表现　婴儿痉挛征引起的惊厥性癫痫持续状态容易观察。而目前非惊厥性癫痫持续状态引起较大的争议。由于婴儿痉挛征发作间期 EEG 的特征为高峰节律紊乱,表明发作间期有严重的弥漫性的脑功能异常,这也严重损害了患儿的认知功能。故 Lux(2007)等学者提出高峰节律紊乱也是非惊厥性癫痫持续状态的一种表现形式。而 Helen Cross 不认同这种观点,他认为观察到临床发作才能决定是非惊厥性癫痫持续状态,而且临床反应是评价治疗效果的基本因素。值得注意的是当发生非惊厥性癫痫持续状态时表现的行为异常如精神状态改变、谵妄、意识错乱及幻觉在婴幼儿难以观察,此时进行脑电图检查是必要的。

3. 治疗　婴儿痉挛征癫痫持续状态的治疗原则是:①选用强有力且足量的抗癫痫药物,力求一次投药即达到控制发作。首选药依然是静脉注射地西泮以控制癫痫发作。颅内压增高严重时应同时给予甘露醇或呋塞米降压;②保持呼吸道通畅,吸氧,必要时进行气管内插管或气管切开,仍有呼吸困难者应及时应用呼吸机;③维持体内环境的稳定,预防和控制并发症,处理脑水肿,预防脑疝,及时治疗酸中毒、呼吸、循环衰竭、高热、感染和纠正水电解质失调等都是必要的;④积极寻找病因,进行针对性的检查及治疗;⑤发作停止后,应给予合适的抗癫痫药维持治疗,密切监护。

第三节　婴儿重症肌阵挛性癫痫中的癫痫持续状态

一、诊 断 提 示

婴儿重症肌阵挛性癫痫(severe myoclonic epilepsy,SME)由 Dravet 等于 1982 年首次报道,并被国际抗癫痫联盟确定为一个独立的癫痫综合征,又称 Dravet 综合征。

1. 婴儿重症肌阵挛性癫痫的临床特征

(1) 发病率和病因:Hurst(1990)等报道,发病率为 1/40 000。SME 占小儿各型肌阵挛性癫痫病的 29.5%,3 岁以下起病的癫痫中本征占 7%。婴儿重症肌阵挛性癫痫没有明确病因。神经影像学研究表明患儿有弥漫性脑萎缩,但没有并发发育畸形。患儿的 MRI 和 CT 检查均正常。Renier(1990)等曾报道婴儿重症肌阵挛性癫痫患儿大脑皮质和小脑有微小发育不全、脊髓发育畸形,但以后没有其他类似报道。Dravet 等对患儿肌肉和皮肤活检均示正常。婴儿重症肌阵挛性癫痫可能与遗传因素有关。现有研究发现可能与 SCN1A 基因的突变有关。

(2) 临床表现:患儿出生时正常,1 岁内起病。患儿无诱因出现全身性或是一侧阵挛性发作,部分患者随后可出现肌阵挛和部分性发作。患儿发病后有进行性精神运动发育倒退。

第一种,也是最常见的发作类型是全身或单侧的阵挛发作,发作时间长短不一。多数患儿第一次发作时伴有发热。这种热性惊厥在 6~8 周内会复发,发作时间延长,有时成为癫痫持续状态。随后发展为无热惊厥。发作形式可为全身或单侧阵挛或是强直-阵挛。

第二种发作形式为肌阵挛发作,典型发作是全身泛发。EEG 表现为全导联棘波和多棘慢波。肌阵挛发作频繁时,一天发作几次。发作间歇期伴有局部肌阵挛发作。

第三种发作形式为失神发作,发作不典型持续时间更短,EEG 表现为全导节律性的尖波。

第四种发作形式为复杂部分性发作,其中自主神经的症状比较突出。有时泛化为全身性发作。发作时 EEG 多显示同步的全导棘慢波或多棘慢波。

2. 辅助检查

(1) 脑电图检查:起病时 EEG 可正常,也可在额、中央、顶区出现 4~5Hz 阵发性 θ 节律。单侧性发作后背景活动常不对称。1 岁以后 EEG 出现发作间期全导棘慢波。全身性肌阵挛发作时可记录到全导棘慢波或多棘慢波暴发;散发性肌阵挛、阵挛或部分性发作时 EEG 可无持续的棘慢波,仅为节律性慢波或肌阵挛无关的散发棘波、棘慢波。常有限局性或多灶性阵发性异常。

(2) 影像学检查:CT 和 MRI 检查均正常。

3. 鉴别诊断

(1) 热性惊厥:由于最初的发作常伴有发热,需与热性惊厥鉴别。鉴别要点为:①起病时间比热性惊厥早,后者起病时间通常在 18~22 月龄时;②发作形式通常是单侧的阵挛发作;③发作持续时间比热性惊厥长,发作更频繁,即使经过治疗也是如此。如果病程中出现肌阵挛发作、EEG 全导棘慢波或多棘慢波,可考虑 SME 的诊断。

(2) Lennox-Gastaut 综合征:SME 起病年龄早,发作类型中无强直或失张力发作,EEG 很少有弥漫性的慢棘波及快节律发放,均可与 Lennox-Gastaut 综合征鉴别。

(3) 与肌阵挛-站立不能性癫痫的区别是后者起病时的发作与发热无关,主要发作形式为肌阵挛-失张力,临床和 EEG 无限局性或一侧性异常。

4. 婴儿重症肌阵挛性癫痫的诊断　诊断主要依靠临床表现。早期有热性惊厥病史,逐渐发展成为以肌阵挛发作为主的无热惊厥,可有多种形式的发作,药物难以控制,伴有精神运动迟滞或倒退,或伴有神经系统异常。EEG 初期正常,以后逐渐成为全导联的棘波或多棘慢波。光刺激或睡眠易引起 EEG 痫样发电。发作间期正常,脑 CT 或 MRI 正常。

5. 治疗　治疗效果差。患儿应避免感染、发热。丙戊酸钠或苯二氮䓬类(氯硝西泮或劳拉西泮)最常用,苯巴比妥、溴化钾(治疗惊厥发作)和乙琥胺(治疗肌阵挛和失神)对部分儿童有效。氨己烯酸的疗效有待进一步的临床证实。卡马西平和拉莫三嗪则可能加重发作。最近,有报道证实司替戊醇和托吡酯对惊厥发作有效。

二、婴儿重症肌阵挛性癫痫中的癫痫持续状态

癫痫持续状态是婴儿重症肌阵挛性癫痫常见表现,其引发癫痫持续状态的情况紧急,若未得到及时处理,将导致严重后果,因此需引起高度重视。

1. 病因　患儿由于发热、感染、漏服药物或治疗不及时均可诱发癫痫持续状态。

2. 临床表现　大多数的婴儿在起病的第一年出现惊厥性癫痫持续状态,包括肌阵挛和强直-阵挛发作。EEG 没有异常发现。起病的第二年开始,出现多种类型的发作,包括非典型失神发作、复杂部分发作、阵挛发作等,也会出现惊厥性癫痫持续状态和非惊厥性癫痫持续状态。EEG 表现为棘波和多棘慢波,伴有精神发育迟滞,神经系统查体可有单侧的锥体束征阳性。随着年龄的增长,婴儿重症肌阵挛性癫痫引发的癫痫持续状态减少,主要表现为夜间的部分发作。

3. 治疗 婴儿重症肌阵挛性癫痫癫痫持续状态的治疗是：①选用强有力且足量的抗癫痫药物，力求一次投药即达到控制发作。Takuya(2008)等通过前瞻性研究调查 109 名患儿发生癫痫持续状态时的用药，发现最有效的是巴比妥类药物，包括硫喷妥钠、硫戊巴比妥钠和司可巴比妥钠，它们比地西泮效果好。而地西泮的有效率为 54.3%。颅内压增高严重时应同时给予甘露醇或呋塞米降压。Thanh(2002)等在随机双盲、安慰剂对照和添加司替戊醇(stiripentol)到氯巴占和丙戊酸钠治疗试验中，并进行随访观察，证实了其远期疗效，建议应尽早地应用上述三联药物以抑制惊厥性癫持续状态；②保持呼吸道通畅，吸氧，必要时进行气管插管或气管切开，仍有呼吸困难者应及时应用呼吸机；③维持体内环境的稳定，预防和控制并发症，处理脑水肿，预防脑疝，及时治疗酸中毒、呼吸、循环衰竭、高热、感染和纠正水电解质失调等都是必要的。

（邹丽萍　张颖）

第四节　Lennox-Gastaut 综合征中的癫痫持续状态

Lennox-Gastaut 综合征是儿童重症癫痫之一，其与婴儿痉挛征、婴儿早期癫痫性脑病共同构成小儿三大难治性癫痫。

一、诊 断 提 示

（一）分类

根据病因不同，Lennox-Gastaut 综合征可分为特发性、隐源性及症状性三大类。没有明确病因，也没有中枢神经系统异常病史者称为隐源性，流行病学调查显示此类患者约占 20%～30%，患者精神发育正常，头颅 CT 扫描也无异常发现。遗传因素可能是其重要原因。有明确病因者称为症状性 Lennox-Gastaut 综合征，最常见的原因是脑部先天性发育障碍、缺氧缺血性脑病、各种脑炎或脑膜炎、头伤等。线粒体病是 Lennox-Gastaut 综合征的少见病因。Lee 等(2008)最近回顾了 48 例癫痫病患者，实验室证实存在线粒体呼吸链障碍，其中 12 例(25%)为 Lennox-Gastaut 综合征，大多数病因不明，有人在对 99 例症状性 Lennox-Gastaut 综合征的研究中发现仅有 35 例有明确的病因。

（二）临床表现

多种类型的癫痫发作，脑电图上出现典型的慢棘慢波，弥漫性脑功能紊乱是 Lennox-Gastaut 综合征的主要临床特征。

好发于 1～8 岁，高峰为 3～5 岁，偶见于 10～20 岁的青年人。强直性发作、非典型失神发作、失张力性发作、伴有突然姿势丧失的发作是 Lennox-Gastaut 综合征癫痫发作的典型表现。随着失张力性发作、强直性发作或肌阵挛性发作可出现跌倒，并常有头部损伤。

强直发作可分为轴性、轴肢带性和全身性三种。轻度强直发作仅限于眼球稍向上凝视，伴有呼吸短暂性紊乱，这种发作在睡眠中最常见，没有视频 EEG 记录很难发现；典型轴性强直性发作表现为局部肌肉收缩、眼睑上牵、双目凝视、颈强直、咀嚼肌收缩、呼吸肌收缩可出现呼吸暂停；强直发作也可局限在颈屈肌、面肌、咀嚼肌(体轴性发作)，或影响到肢体近端肌肉，出现手臂的抬高和外展(轴肢带性)，也可有肢体远端肌肉的强直(全面性强直发作)，自主神经症状明显，面色潮红、心动过速、瞳孔扩大都有报告，持续时间不少于60秒。强直性发作是Lennox-Gastaut综合征最常见的发作类型,特别是早年起病者,约占进行睡眠脑电图记录患者的74%~90%,由于这种发作很短暂,更常出现在非快速眼动睡眠期。

不典型失神发作的临床表现、脑电图特征、病因与典型失神发作不同。失神发作的主要特征是突然发生、突然终止的意识丧失,而非典型失神发作意识丧失的时间可能更长,觉醒度的丧失可能不完全,在发作中有些患儿甚至能回答简单的问题,发作后能部分回忆发作的细节,伴有的张力改变可能更明显,发作的出现和恢复都比典型失神发作要慢一些,常有强直、阵挛和自主神经功能紊乱的症状。

肌阵挛、肌阵挛-失张力、失张力和强直发作都可引起起立不能性发作,在没有同步多导记录监测下区别是很困难。对肌肉活动的多导睡眠研究发现起立不能或跌倒发作多由强直发作所致。失张力性发作相对少见。姿势丧失是另一种张力丧失或突然弥漫性强直或阵发性痉挛的结果,相当常见,可伴有肌阵挛。

发作间期脑电图表现为背景活动比各年龄组正常频率低,慢活动数量增加。清醒时以2~2.5Hz的慢棘慢波和多棘慢波占优势,通常是弥漫性的、双额区最明显,但有时也出现在头前或头后区,棘慢复合波常是对称的,75%的患者在额或颞叶区有局灶性或多灶性棘波及尖波。闪光刺激不能诱导慢棘波。在慢波睡眠中,痫样放电明显地双侧同步化,常伴有多棘波;阵发性快节律(>10Hz)是Lennox-Gastaut综合征的另一个特征,尤其是在慢波睡眠中更为明显,放电呈弥漫性,前部更明显,且可能伴有强直性发作。

强直性发作时脑电图表现为双侧同步的(10~25Hz)脑电活动,前部和顶部最明显,背景活动节律衰减前可有多棘波,此前或随后是普遍性慢棘慢波活动。非典型失神发作脑电图是一种不规律的,频率为2~2.5Hz的慢棘慢波放电,难与发作间期的棘慢波相区别。偶有快波节律。失张力和肌阵挛性发作常引起姿势丧失,没有多导视频EEG记录难以诊断。各种发作异常都能见到,如多棘波及少见的慢棘慢波放电或(和)弥漫性快节律。

弥漫性认知功能损伤起病时不一定存在,但随着年龄的增加将会越来越明显,最终有78%~96%患者出现认知功能障碍。智能障碍的严重程度与3岁前发病、频繁发作、反复的癫痫持续状态及症状性Lennox-Gastaut综合征,尤其是以前有症状性West综合征者有关。注意力及知觉多数正常。运动发育比认知发育少受影响。79%患者在4岁时运动发育正常,但也有许多患者出现共济失调和手足笨拙,31%的患者有小头畸形。

神经影像学检查可发现Lennox-Gastaut综合征的病因,但更常见的是非特异性改变,如弥漫性脑萎缩、结节硬化、脑肿瘤、皮质损害等。

(三) 诊断和治疗

Lennox-Gastaut综合征有以下特征:①有全身性发作、典型的强直性发作、失张力性发作、肌阵挛性发作及非典型的失神发作等多种发作类型存在;②间歇期脑电图背景活动异常,弥漫性慢棘慢复合波和睡眠中大约10Hz的阵发性快节律;③广泛的认知功能障碍。这种认知功能障碍并不一定出现在所有的患者,多数仅在疾病的后期出现。所以,诊断标准包括强直性发作在内的多种发作形式和发作期及发作间期脑电图特征。也可有其他的发作类型,但不是这种综合征的必然表现。非惊厥性癫痫持续状态也是其常见特征,且多为顽固性。

抗癫痫药难以控制 Lennox-Gastaut 综合征的发作,虽然最终总是多药联合应用,但初期仍主张单药治疗,拉莫三嗪、苯二氮䓬类、丙戊酸可能都是最有效的。肌阵挛和失张力性发作比强直性发作更易控制,但复发率高。

二、Lennox-Gastaut 综合征中的癫痫持续状态

Lennox-Gastaut 综合征中癫痫持续状态的发病率较高。早年报道的 184 例患者(Aicardi,1988;Beaumanoir,1988;Weiermann 1988)中,63% 出现非惊厥性和惊厥性癫痫持续状态,常常持续数小时到数周甚至更长。van Rijckevorsel(2009)回顾文献后发现,Lennox-Gastaut 综合征的患者一生中至少有 1 次癫痫持续状态的经历,主要表现为非典型失神状态或强直性癫痫持续状态并伴随其他微小症状。一些抗癫痫药物可以诱发癫痫持续状态,尤其是苯二氮䓬类(Tassinarietal,1972)。一半以上的患者出现非惊厥性癫痫持续状态。典型的表现为不连续的非典型失神发作,间插有短暂反复的强直发作。

(一) 癫痫持续状态的发作类型

Shourvon(1996)将 Lennox-Gastaut 综合征中的癫痫持续状态细分为四种形式,即非典型失神状态、亚临床状态、强直状态和微小运动状态。

1. 非典型失神及亚临床癫痫持续状态 这种类型在 Lennox-Gastaut 综合征极常见。表现为非连续的失神发作,可间断插入微小的运动、肌阵挛发作等。最典型的是强直发作,但癫痫持续状态并不因此而终止。与典型失神状态不同,非典型失神状态对苯二氮䓬类反应较差。实际上,Shorvon(1996)认为抗癫痫治疗也无意义,这种综合征自身消长起伏,不受外界影响。

这些患者可存在精神状态的改变,持续较长时间(数周甚至数月),发作和发作间期都无明显的差别。家属、教师可能只是觉得患者有烦躁加重、淡漠或疲乏。有时并未将此种情况视为癫痫持续状态。但 Shorvon 认为,发作和发作间期临床和脑电图的相似以及发作期缺少明确的起始和终止现象提示可能存在癫痫持续状态,他将这种情况独立为亚临床癫痫持续状态。

非典型失神状态中脑电图表现为持续不规则的慢(2~2.5Hz)棘慢波或更不连续的发作形式(Beaumanoir,1988)。

2. 强直性癫痫持续状态 这种癫痫持续状态由严重而频繁的强直发作组成。临床症状与独立的强直发作类似,随着癫痫持续状态的发展也可有所改变。在以往的病例中,Lennox-Gastaut 综合征可出现各种强直性癫痫持续状态,包括躯轴强直发作、躯轴-肢体强直发作和全身强直发作(Roger,1974)。随着癫痫持续状态的进展,运动症状缓解,直到临床上仅仅表现为轻微的眼睑闪烁、眼睛偏斜或瞳孔、呼吸的改变。强直状态对抗癫痫药物治疗反应差,有时为致死性的结局。

对于运动症状较少的患者,脑电图具有重要的诊断价值,可表现为最初快速的(20Hz)低振幅节律逐渐增长到 $100\mu V$,出现高振幅后又恢复到 10Hz 的节律。有时,强直性发作也可能无脑电图的相关改变。

3. 微小运动状态 1966 年,Brett 发表了一篇有影响力的报道,描述了 22 例微小运动状态的患者,为频繁的肌阵挛和运动不能发作,Shorvon 等认为,许多患者应归入 Lennox-Gastaut 综合征中。微小运动状态可持续数小时、数天甚至数周。临床表现为反应迟

钝、流涎、言语不能或模糊不清、头向下低。肢体、躯干及眼睑可发生多种对称性和非对称性的肌阵挛跳动。可出现突发的张力不全,导致低头、躯干俯曲或跌倒、步态不稳、步态蹒跚和假性共济失调。脑电图表现为多灶性的持续棘波和棘慢波。

不难看出,上述分类显得较为复杂且彼此多有重叠。目前的研究多数直接归入非惊厥性癫痫持续状态(van Rijckevorsel,2009;Ferrie,2009;Arzimanoglou,2009)。

(二) Lennox-Gastaut 综合征中癫痫持续状态的处理

Lennox-Gastaut 综合征中癫痫持续状态时需谨慎使用苯二氮䓬类药物,这类药物有可能加重癫痫持续状态或诱发强直状态。同时需进行脑电图监测,尤其是意识仍未恢复的情况下。非惊厥性癫痫持续状态可能需要专门处理,如皮质激素或生酮饮食(Dan,2005)。Mewasingh 等(2003)报道了 5 例非惊厥性癫痫持续状态的患者,其中 2 例为 Lennox-Gastaut 综合征,在生酮饮食开始后 24 ~ 48 小时内癫痫持续状态结束。大剂量的 ACTH(80U/d)或皮质激素(地塞米松 0.3 ~ 1.0mg/kg)对癫痫持续状态起始阶段可能有效。外科手术对于严重的耐药性患者也可能有效,但最终结果仍难以预测。

三、预　后

Lennox-Gastaut 综合征预后很差,只有少部分患者的发作能得到控制,认知障碍及行为紊乱也很常见,极少数患者到成年后能独立生活。

大多数患者每日都有发作,持续发作者占 60% ~ 80%。3 岁前发病、有 West 综合征病史、症状性 Lennox-Gastaut 综合征患者和严重的认知功能障碍者则预示为顽固性。有强直发作、非惊厥性癫痫持续状态或强直性癫痫持续状态和睡眠中有 10Hz 放电的患者成年后仍可能有同样类型的癫痫发作。相反,有非典型失神发作,缺乏一个或更多临床特征的慢棘慢波活动则成年后易出现部分性、尤其是复杂部分性发作或多灶性癫痫而非 Lennox-Gastaut 综合征的特征性表现。这组患者中的 Lennox-Gastaut 综合征可能代表弥漫性脑部损伤的局灶性癫痫年龄依赖性表达的结果。

精神发育的预后也很差,随时间推移,精神发育迟缓现象将更明显。精神发育的后果与发病年龄明显相关,3 岁前发病者精神障碍的程度将更重,症状性 Lennox-Gastaut 综合征比隐源性 Lennox-Gastaut 综合征预后差。反复出现癫痫持续状态者预后也差。不典型失神发作或肌阵挛性发作可能预后好一些。癫痫持续状态的脑电图要与间歇期脑电图区别很困难,可出现广泛性慢棘慢复合波或多棘慢波数量的增加。肌阵挛、起立不能性发作和短暂的强直发作,常有高幅失律症。强直或强直颤动性发作可伴有不同持续时间的 10Hz 脑电图放电。

(郑东琳　王学峰)

参 考 文 献

[1] Watanabe K,Yamamoto N,Negoro T,et al. Benign infantile epilepsy with complex partial seizures. J Clin Neurophysiol,1990,7:409-416.

[2] 邹丽萍,吴沪生,吕中兰,等. 大田原综合征 12 例临床报告. 中华儿科杂志,1992,30:28.

[3] Ohtahara S,Yamatogi Y. Ohtahara syndrome:with special reference to its developmental aspects for differentiating from early myoclonic encephalopathy. Epilepsy Res,2006,70 Suppl 1:S58-67.

［4］Krasemann T,Hoovey S,Uekoetter J,et al.,Early infantile epileptic encephalopathy(Ohtahara syndrome) after maternal electric injury during pregnancy:etiological considerations. Brain Dev, 2001, 23（5）: 359-362.

［5］梁锦平,付大干,曹洁,等.大田原综合征17例临床及脑电图分析.中国实用儿科杂志,2004,4: 228-230.

［6］Robain O,Dulac O. Early epileptic encephalopathy with suppression bursts and olivary-dentate dysplasia. Neuropediatrics,1992,23（3）:162-164.

［7］Yamatogi Y, Ohtahara S. Early-infantile epileptic encephalopathy with suppression-bursts, Ohtahara syndrome:its overview referring to our 16 cases. Brain Dev,2002,24（1）:13-23.

［8］Saneto RP,Sotero de Menezes M. Persistence of suppression-bursts in a patient with Ohtahara syndrome. J Child Neurol,2007,22（5）:631-634.

［9］DeLorenzo RJ,Garnett LK,Towne AR,et al. Comparison of status epilepticus with prolonged seizures episodes lasting from 10 to 29 minutes. Epilepsia,1999,40:164-169.

［10］Leppik IE. Double-blind study of lorazepam and diazepam in status epilepticus. JAMA, 1983, 249: 1452-1454.

［11］Trasmonte JV,Barron TF. Infantile spasms:a propsal for a staged evalulion. Pediatr Neurol,1998 Nov, 19（5）:368-371.

［12］邹丽萍,吕中兰,秦桂先,等.婴儿痉挛征的病因及预后的探讨.临床儿科杂志,1994,12（4）: 229-230.

［13］Glaze DG,Hrachovy RA,Frost JD Jr,et al. Prospective study of outcome of infants with infantile spasms treated during controlled studies of ACTH and prednisone. J Pediatr,1988,112（3）:389-396.

［14］Okumura A,Watanabe K,Negoro T,et al. Evolutional changes and outcome of West syndrome:correlation with magnetic imaging finding. Epilepsia,1998,39suppl 5:46-49.

［15］Okumura A,Hayakawa F,Kuno K,et al. Perventricular leukomalacia and West syndrome. Dve Med Child Neurol,1996,38:13-18.

［16］Ess KW. Treatment of infantile spasms in tuberous sclerosis complex:dismal outcomes but future hope? Nat Clin Pract Neurol,2009,5（2）:72-73.

［17］Zorn-Olexa C,Laugel V,Martin Ade S,et al. Multiple intracranial tuberculomas associated with partial status epilepticus and refractory infantile spasms. J Child Neurol,2008,23（4）:459-462.

［18］Lux AL. Is hypsarrhythmia a form of non-convulsive status epilepticus in infants? Acta Neurol Scand, 2007,115（Supp. 186）:37-44.

［19］Hurst DL. Epidemiology of severe myoclonic epilepsy of infancy. Epilepsia,1990,31:397-400.

［20］左启华.小儿神经系统疾病.北京:人民卫生出版社,2002:281-283.

［21］Renier WO,Renkawek K. Clinical and neuropathologic findings in a case of severe myoclonic epilepsy of infancy. Epilepsia,1990,31:287-291.

［22］Dravet C,Bureau M,Guerrini R,et al. Severe myoclonic epilepsy in infants// Roger J,Dravet C,Bureau M,et al. Epileptic syndromes in infancy,childhood and adolescence. 2nd ed. London:John Libbey,1992: 75-88.

［23］Yamakawa K. Molecular basis of severe myoclonic epilepsy in infancy. Brain Dev,2009,31（2）:401-404.

［24］Chiron C,Marchand MC,Tran A,et al. Stiripentol in severe myoclonic epilepsy in infancy:a randomized placebo-controlled syndrome-dedicated trial. STICLO study group. Lancet,2000,356（9242）:1638-1642.

［25］Coppola G,Capovilla G,Montagnini A,et al. Topiramate as add-on drug in severe myoclonic epilepsy in infancy:an Italian multicenter open trial. Epilepsy Res,2002,49（1）:45-48.

[26] Tanabe T, Awaya Y, Matsuishi T, et al. Management of and prophylaxis against status epilepticus in children with severe myoclonic epilepsy in infancy (SMEI; Dravet syndrome)—a nationwide questionnaire survey in Japan. Brain Development, 2008, 30:629-635.

[27] Thanh TN, Chiron C, Dellatolas G, et al. Long-term efficacy and tolerance of stiripentol in severe myoclonic epilepsy of infancy (Dravet's syndrome). Arch pediatric, 2002, 9(11):1120-1127.

[28] Arzimanoglou A, French J, Blume WT, et al. Lennox-Gastaut syndrome: a consensus approach on diagnosis, assessment, management, and trial methodology. Lancet Neurol, 2009, 8(1):82-93.

[29] Dan B, Boyd SG. Nonconvulsive (dialeptic) status epilepticus in children. Current Pediatric Reviews, 2005, 1:7-16.

[30] Ferrie CD, Patel A. Treatment of Lennox-Gastaut Syndrome. Eur J Paediatr Neurol, 2009, 13(6):493-504.

[31] Hoff mann-Riem M, Diener W, Benninger C, et al. Nonconvulsive status epilepticus—a possible cause of mental retardation in patients with Lennox-Gastaut syndrome. Neuropediatrics, 2000, 31:169-174.

[32] Lee YM, Kang HC, Lee JS, et al. Mitochondrial respiratory chain defects: underlying etiology in various epileptic conditions. Epilepsia, 2008, 49(4):685-690.

[33] Mewasingh LD, Sékhara T, Aeby A, et al. Oral ketamine in paediatric non-convulsive status epilepticus. Seizure, 2003, 12(7):483-489.

[34] 沈鼎烈, 王学峰. 临床癫痫学. 上海: 上海科技出版社, 2007.

[35] Tassinari CA, Dravet C, Roger J, et al. Tonic status epilepticus precipitated by intravenous benzodiazepines in five patients with Lennox-Gastaut syndrome. Epilepsia, 1972, 13:421-435.

[36] van Rijckevorsel K. Treatment of Lennox-Gastaut syndrome: overview and recent findings. Neuropsychiatr Dis Treat, 2008, 4(6):1001-1019.

第六章

症状性癫痫中的癫痫持续状态及其治疗

第一节　病毒性脑炎中的癫痫及癫痫持续状态

病毒性脑炎,简称病脑,是由各种病毒引起的一组脑实质急性感染性疾病,临床以发热、头痛和意识水平改变为特点,可有局灶或多灶的神经功能缺失,部分性或全面性癫痫发作。病毒性脑炎轻者能自行缓解,危重者可导致后遗症甚至死亡。超过 100 种病毒可以引起脑炎,其中包括单纯疱疹病毒、流行性乙型脑炎病毒、登革热病毒、圣路易斯马脑炎病毒、巴西的罗西欧病毒、澳大利亚和新几内亚岛的莫雷山谷脑炎病毒、尼帕病毒、水痘带状疱疹病毒、流行性腮腺炎病毒、麻疹病毒、艾滋病毒、人类疱疹病毒、流感病毒、爱泼斯坦巴尔病毒和柯萨奇病毒等,而单纯疱疹病毒、流行性乙型脑炎病毒最为常见。本文主要以单纯疱疹病毒脑炎为例进行描述。

一、诊断提示

(一) 病毒性脑炎的临床特征

单纯疱疹病毒(herpes simplex virus,HSV)感染所致的单纯疱疹病毒脑炎(herpes simplex virus encephalitis,HSE)是散发性坏死性脑炎最常见的病因。单纯疱疹病毒为嗜神经 DNA 病毒,有 HSV-1 和 HSV-2 两种类型。单纯疱疹病毒 1 型所致脑炎多见于儿童及成年人,单纯疱疹病毒 2 型所致脑炎多见于新生儿及婴儿。单纯疱疹病毒脑炎发病率为1/50 ~ 1/25 万(Weil,2002),占已知病毒性脑炎的 20% ~68%,我国尚无确切发病率统计。

HSE 多急性起病,少数为亚急性、慢性或复发病例。可发生于任何年龄段,以幼儿及青壮年多见,没有明显性别差异,全年都可见发病。

前驱症状:21% ~56.5% 的患者有咳嗽、流涕、精神萎靡等上呼吸道感染症状(Lin,2008;McGrath,1997),大约25% 患者有口唇及其他皮肤黏膜移行区疱疹史。

常见症状:临床以发热、头痛、意识水平改变和突出的精神症状为特点。可能有局灶或多灶的神经功能缺失及癫痫发作。

75% ~100% 患者出现发热,体温可达 40 ~41°C;74% 患者出现头痛,60% 的患者有恶心、呕吐,28% 的患者述食欲减退,24% ~60% 的患者述无力、精神萎靡(Lin,2008;

McGrath,1997)。意识水平改变表现为定向力障碍、意识混浊、嗜睡、昏睡甚至昏迷,见于45.6%~90%的患者。精神症状较为突出,表现为人格改变、淡漠、退缩、言语行为异常,出现幻觉、妄想甚至谵妄,发生率可达69%~85%。

患者可出现局灶或多灶的神经系统症状和体征。文献报道偏瘫33%,构音障碍28%,同向偏盲21%,轻微上运动神经元损伤体征19%,偏身感觉障碍9%(Lin,2008;McGrath,1997)。

(二)　病毒性脑炎中的癫痫发作

63%~71%患者出现癫痫发作,入院时的癫痫发作类型包括:部分性发作为23.9%,全面性发作为34.8%,部分性继发全面性发作为41.3%(Lin,2008;McGrath,1997;Hsieh,2007);在印度,癫痫发作持续状态见于73.6%的患者(Ramesha,2009);43.4%的患儿出现难治性癫痫持续状态(Lin,2008)。

1. 病毒性脑炎中癫痫出现的时间　病毒性脑炎中的癫痫根据其出现的时间临床上可分为两大类,一类出现在疾病急性期,称为急性症状性癫痫;另一类出现在疾病的恢复期,称为迟发性癫痫。

2. 急性症状性癫痫、迟发性癫痫、难治性癫痫的关系　急性期癫痫发作增加了出现迟发性癫痫的风险(Misra,2008)。在台湾的一项研究中,随访330例曾经诊断病毒性脑炎儿童发现,16.4%出现迟发性癫痫,大部分(79.6%)在诊断脑炎6个月内出现;脑炎患者出现迟发性癫痫的危险因素包括:脑炎急性期反复癫痫发作、癫痫持续状态、严重意识障碍、局灶神经系统体征、住院期间病情恶化、异常脑电图、神经影像的局灶异常(Lee WT,2007)。另一项研究中,迟发性癫痫出现的潜伏期平均为0.8年,72%表现为复杂部分性发作继发或不继发全面性发作(Trinka,2002)。

在可追溯到病因的难治性癫痫中,脑炎后的迟发性癫痫占相当的比例。急性期RSE增加了迟发性癫痫成为难治性癫痫的可能性(Lee,2007)。在42例已经成为难治性癫痫的脑炎后迟发性癫痫患者的回顾性研究中发现,在脑炎急性期,79%的患者有SE或反复癫痫发作,76%的患者有昏迷,平均格拉斯哥评分3.6(Trinka E,2000)。我们的研究发现,其中22.5%的患者经正规治疗,仍难以控制其发作。

3. 急性症状性癫痫的发病率　急性症状性癫痫常见于HSE的早期。在一组46例患者的研究中,作者发现61%的患者出现癫痫发作,其中,80%为部分性发作,17%为全面性发作,3%的患者具两种发作。Misra(2008)的资料则显示HSE中急性症状性癫痫发生率最高为50%,而且癫痫发作的程度重,这可能与额叶颞叶皮质受累有关。

癫痫的发生还与病因和年龄有关。Misra(2009)等人的148例多类型脑炎病例研究提示,42.6%的患者出现急性症状性癫痫;其中,在HSE,癫痫发生率为75%,其次为乙型病毒性脑炎占54%;儿童中,61%的患者出现急性症状性癫痫,成人中36.6%的患者出现癫痫发作。

4. 病毒性脑炎中癫痫的发作类型　在46例儿童脑炎的研究中发现,入院时急性症状性癫痫的发作类型有部分性发作(23.9%)、全面性发作(34.8%)、部分性继发全面性发作(41.3%)。NIAID抗病毒研究协作组经活检证实的病毒性脑炎患者中,入院时急性症状性癫痫的发生率是57%,其中43%为部分性发作,14%为全面性发作。在疾病急性期,部分患者出现癫痫持续状态,这种癫痫持续状态通常耐药。

我们研究过 102 例脑炎后迟发性癫痫病例,其中部分性继发全面强直-阵挛发作 73 例,部分性发作 29 例;在单药治疗时,卡马西平对部分性发作的疗效良好,托吡酯、丙戊酸适用于脑炎后继发癫痫的各型发作,而托吡酯副作用更少。

(三) 病毒性脑炎合并癫痫的病理生理机制

脑炎是由病原体侵犯脑实质而引起炎症,在急性期因脑实质的充血、炎性细胞浸润、神经细胞变性、坏死、脑组织缺血、缺氧、酸中毒可致膜电位兴奋性增高,导致癫痫发作,因此脑炎急性期的癫痫发作主要与皮质静脉或动脉的血栓形成、脑水肿、病原菌的毒素和代谢产物的积聚,而影响神经细胞膜的稳定性有关。而在感染急性期过后,可留下永久癫痫灶,癫痫灶中可见神经元坏死、缺失、结构紊乱,畸状增生,血供障碍,生化代谢障碍,GA-BA 合成减少,细胞膜质子泵失调,钾外流,钙内流,持续去极化,导致异常放电,引起继发性癫痫(王学峰,2002)。

在 Sprague-Dawley 大鼠海马脑片培养试验中发现,HSV-1 感染可诱发癫痫样脑电活动,并观察到神经元缺失和继之的戏剧性苔藓纤维芽生现象;运用细胞内记录,在海马 CA_3 区锥体细胞神经元发现去极化静息膜电位,并伴有膜输入阻抗的增加;此外还发现,产生同步化暴发放电的阈值降低,在超极化后的电位幅值也降低;在 HSV-1 感染后 1 ~ 24 小时给予阿昔洛韦,HSV-1 的复制被戏剧性地抑制,神经元缺失现象明显减少。提示 HSV-1 感染直接改变海马 CA_3 区神经网络兴奋性,并引起该区域神经元缺失和苔藓纤维芽生,这些可能在癫痫活动产生中发挥作用(Chen,2004)。上述电生理改变也见于 HSV-1 感染的小鼠海马脑片中。进一步研究发现,与对照相比,HSV-1 感染后的小鼠更加容易被海人藻酸(KA)诱发癫痫发作,而且潜伏期短,提示在幼年经历 HSV-1 感染可能导致后期对化学致癫痫因子易感性永久性地增加,也就是说,HSV-1 感染后急性期出现的海马 CA_3 锥体神经元和网络兴奋性的改变可能在生命后期长时间持续存在(Wu HM,2003)。

(四) 辅助检查

1. 血液检查　血常规检查中白细胞及中性粒细胞增高,血沉可能增快,常规的血生化检查多正常,文献报道 37% 的患者有低钠血症,28.5% 的患者有低蛋白血症(Riera-Mestre A,2009)。

2. 脑电图　脑电图在 HSE 的早期诊断中非常有用,尽管其特异性低,但它的敏感性高于头颅 CT,多为弥漫性高波幅慢波,以颞叶为中心的周期性同步放电最具诊断价值。

在 HSE 中,64% 的患者脑电图显示局灶异常,29% 出现对称广泛异常,75% 有癫痫放电,50% 出现周期性癫痫放电,36% 出现非周期性癫痫放电,25% 出现局灶脑电发放。18% 癫痫样异常放电为双侧性(McGrath N,1997)。

3. 脑脊液检查　颅内压正常或轻度增高,细胞数正常或轻、中度增高,以淋巴细胞或单核细胞为主,蛋白质含量稍增高,但是多低于 1.5g/L。偶有文献报道脑脊液葡萄糖水平轻度降低,明显的葡萄糖水平降低应考虑其他疾病。HSE 中脑脊液完全正常仅偶见于文献报道(Riera-Mestre,2009),不过,细胞学甚至生化检查的正常不能除外脑炎诊断。

4. 影像学检查　CT/MRI 异常发现见于 63% 做过检查的患者,病灶多见于额叶、颞叶(Hsieh WB,2007)。轻症者 CT 检查可无异常发现。早期典型病灶为略低密度区,有轻 ~ 中度占位改变,可有不规则、小片状、小条状强化。严重病例病灶范围较大,病灶周围水肿及占位效应明显,增强反应更明显,呈条、片或环状强化。有患者在低密度区内见到散在的高密度出血灶。敏感性约为50%,随访CT敏感性增高(Riera-Mestre,2009)。

MRI敏感性高达90%~100%(Riera-Mestre,2009)。在病变早期,MRI可能在T2WI,尤其是FLAIR序列的T2WI像就可能显示较为明显的异常信号,强化效应可不明显。典型的脑炎病灶表现为长T1、长T2信号,局部脑水肿,有占位效应,强化效应依血-脑屏障的破坏程度而定。

5. 病原学检查　聚合酶链反应(PCR)技术可检测脑脊液中HSV-DNA。在20世纪90年代PCR成为快速诊断HSV的重要手段,通过早诊断早治疗改善了疾病的预后,被认为是最佳检测方法。脑脊液PCR在HSV的诊断敏感性是98%,特异性是94%(Riera-Mestre A,2009)。不过,阴性的PCR结果在解释时仍应警惕脑炎可能。假阴性结果可发生在标本收集过早(发病72小时以内)或过晚(发病10~14天以后),或抗病毒治疗7天后,因为PCR抑制因子的存在(血卟啉或肝磷脂),也可能与脑脊液中低蛋白质和白细胞低于10×10^6/L(Riera-Mestre A,2009;Revellomg,1997),或技术手段的限制。假阳性多由于标本的污染(Fomsgaard,1998)。

脑组织活检或脑脊液作HSV分离,阳性可确诊。免疫荧光染色对脑脊液中HSV抗原进行检测,敏感性为80%,特异性为95%。

(五)诊断

根据典型临床表现,有疱疹或上呼吸道感染病史,急性或亚急性起病,表现为发热、癫痫发作、精神症状及不同程度意识障碍,可能有局灶或多灶神经系统体征和(或)脑膜刺激征,辅助检查中脑脊液细胞数及蛋白质正常或轻、中度增高,脑电图弥漫或局灶性异常,影像学见额颞叶病灶,可做出临床诊断。病原学检查可确诊。

在诊断病毒性脑炎的基础上,在疾病急性期出现癫痫发作,称为急性症状性癫痫;在诊断病毒性脑炎的基础上,在疾病的恢复期出现的癫痫发作,称为脑炎后迟发性癫痫。

(六)治疗

1. 抗病毒治疗　抗病毒治疗应尽早开始。当临床怀疑病毒性脑炎时,即可给予阿昔洛韦治疗,剂量按10mg/kg,静脉滴注,1日3次,疗程2~3周(Hsieh,2007;Tyler,2004)。20世纪80年代,静脉应用阿昔洛韦的出现,明显改善了病毒性脑炎的预后,死亡率降至6%~11%(Tyler,2004)。阿昔洛韦(acyclovir)通过干扰病毒DNA聚合酶而起到抗病毒作用。更昔洛韦(ganciclovir)抗病毒作用强于阿昔洛韦,但可产生骨髓抑制。

2. 激素治疗　尽管激素应用在HSE中有争议,一些前瞻性研究提示激素治疗在这些患者中是安全有效的(Riera-Mestre,2009;Kamei,2005),具有抑制炎症反应,减轻水肿的作用。主张使用地塞米松10~20mg/d,静脉滴注,10~14天后改为泼尼松口服,并逐渐减量。

3. 对症及支持治疗　对高热、癫痫发作、精神行为异常、烦躁不安及高颅内压者,可分别给予降温、控制癫痫发作、抗精神病治疗、镇静、脱水降颅压等处理。同时要注意营养补充,保持呼吸道通畅,维持水电解质平衡。恢复期可予针灸、理疗及神经康复治疗。

4. 各类癫痫发作的处理

(1)急性症状性癫痫的处理:原则上,抗癫痫药物的使用在急性期和后期的症状性癫痫治疗中没有差异,但控制急性期症状性癫痫发作要求同时治疗基础疾病。当后期出现症状性癫痫风险很高时,防止后期的癫痫发作成为临床治疗的主要努力点,但损伤后最佳治疗疗程尚无定论（Koppel，2009）。急性期症状性癫痫需要从速控制，以降低出现迟发性癫痫的风险。左乙拉西坦（levetiracetam，LEV）抗癫痫作用起效快，3 个左乙拉西坦随机双盲对照试验综合分析发现，快速达到的 LEV 稳态血药浓度可以转化为快速的抗癫痫作用，左乙拉西坦作为添加治疗，在 1000mg/d 剂量时，第一天无发作的患者比例可增加 15%（French，2005）。而单用左乙拉西坦治疗也是可能的。

病毒性脑炎出现癫痫发作时，如进食困难或为了尽快起效，德巴金注射剂也是一种有效的选择，具体用法可参考癫痫持续状态的治疗。

病毒性脑炎中的癫痫发作常常呈现耐药性癫痫的特点，病理学研究发现，频繁的癫痫发作常常引起脑细胞的坏死，因而主张在急性症状性癫痫频繁发作时加入小量的脑细胞保护剂可能有利于后期的恢复，拉莫三嗪、托吡酯是最常选用的药物。

（2）脑炎后迟发性癫痫的处理：一旦出现迟发性癫痫，应该给予长期正规的抗癫痫治疗，抗癫痫药物的选药原则仍遵循其发作类型。我们的 102 例脑炎后的迟发性癫痫病例研究发现，在单药治疗时，卡马西平对部分性发作的疗效良好，托吡酯、丙戊酸适用于脑炎后继发性癫痫的各型发作，而托吡酯副作用更少。托吡酯对病毒性脑炎中迟发性癫痫有效率可达 50% 以上（Lv yang，2009）。

（七）预后

在有效抗病毒治疗出现之前，单纯疱疹脑炎死亡率为 70%（Whitley，1977），即使存活，也有较高的神经系统后遗症（Rennick，1973）。在 20 世纪 80 年代，静脉制剂阿昔洛韦的出现，90 年代脑脊液 PCR 的应用，使 HSE 得到早诊断和早治疗，预后明显改善，死亡率降至 6% ~ 11%（Tyler，2004）。尽管如此，44% ~ 62% 的存活者仍然有神经系统后遗症。2/3 的患者有神经精神后遗症，包括记忆障碍 69%，人格行为改变 45%，构音障碍 41%，癫痫 25%（McGrath，1997）。

在大型研究中，发病年龄、入院时意识状态、定量 PCR 病毒 DNA 滴度、脑炎发病至治疗开始的时间、抗病毒治疗开始后的发热天数及出入院时血清白蛋白水平均为独立的预后因素（Riera-Mestre，2009）。在所有的预后因素中，临床医生唯一能干预的是早期的抗病毒治疗。所以阿昔洛韦抗病毒治疗的尽早应用成为治疗成功的关键。

二、病毒性脑炎中的癫痫持续状态

在病毒性脑炎急性期，患者还可以出现癫痫持续状态（status epilepticus，SE）。

1. 病毒性脑炎中癫痫持续状态的临床特征　已有报道单纯疱疹病毒、乙型脑炎病毒、西尼罗河病毒、流感病毒、乳多泡病毒均可导致癫痫持续状态。Misra（2009）等人 148 例脑炎病例研究发现，42.6% 的患者出现急性症状性癫痫，其中 18 例（18/148）出现癫痫持续状态。RE 中，以惊厥性癫痫持续状态最常见，其次是部分性癫痫持续状态继发非惊厥性癫痫持续状态。Kalita（2008）等人发现，在 30 例脑炎合并 SE 的患者中，26 例为全面强直-阵挛持续状态，4 例为非强直-阵挛发作持续状态；SE 平均持续时程 21 小时；其中，46.7% 的患者对第一种抗癫痫药物有效，36.7% 对第二种抗癫痫药物无反应，26.7% 的患者对第三种抗癫痫药物无反应，成为 RSE（Kalita，2008）。

2. 病毒性脑炎中癫痫持续状态时的脑电图检查　当 HSE 出现 SE 时，在治疗有效的 SE 患者中，15.4% 入院时的脑电图正常，34.6% 的患者表现为局灶或弥散性皮层功能异常,局灶性癫痫放电见于 30.8% 的患者,多灶性癫痫放电见于 19.2% 的患者;而在 RSE 患者,5% 的患者出现局灶性癫痫放电,70% 出现多灶性癫痫放电,25% 的患者出现广泛的癫痫放电。多灶或广泛的癫痫放电与神经功能预后有关。

3. 病毒性脑炎中癫痫持续状态的治疗　苯二氮䓬类药物,如地西泮或氯硝西泮,或德巴金注射剂静脉给药都是常用的治疗方法,具体用药方法可参考本书第三章节的相关内容。无效时也可选用苯妥英钠或苯巴比妥。此外,左乙拉西坦针剂目前可用于 16 岁以上的成人,它在 SE 的治疗中是安全有效的,可能是 RSE 的又一选择(Möddel G,2009)。当所有处理均无效时,可予麻醉剂控制发作,如咪达唑仑、丙泊酚等。

4. 病毒性脑炎中癫痫持续状态患者的预后　台湾的一项 6～51 个月的儿童脑炎随访研究中,作者发现,46 例癫痫持续状态患儿中,26 例(56.4%)为发作可控制的 SE,其中 4 例(15.4%)死亡,16 例出现癫痫和或神经系统功能损伤;20 例(43.4%)常规抗癫痫持续状态治疗效不佳,诊断为 RSE,其中 1 例转院,6 例(31.6%)死亡,13 例出现癫痫和或神经系统功能损伤;SE 的总体死亡率为 21.7%,神经系统功能损伤在难治性组更严重(Lin,2008)。需要特别指出的是,出现癫痫持续状态的脑炎患者预后较差,Kalita(2008)等的研究发现,近 1/3 的 SE 脑炎患者死亡,死亡率显著高于出现其他癫痫发作类型的脑炎患者,死亡发生与昏迷程度有关,也与入院时的多灶或弥散性脑电图异常以及难治性癫痫持续状态的存在有关。

(肖　争)

参 考 文 献

[1] Weil AA,Glaser CA,Amad Z,et al. Patients with suspected herpes simplex encephalitis:rethinking an initial negative polymerase chain reaction result. Clin Infect Dis,2002,34(8):1154-1157.

[2] Lin JJ,Lin KL,Wang HS,et al. Analysis of status epilepticus related presumed encephalitis in children. Eur J Paediatr Neurol,2008,12(1):32-37.

[3] McGrath N,Anderson NE,Croxson MC,et al. Herpes simplex encephalitis treated with acyclovir:diagnosis and long term outcome. J Neurol Neurosurg Psychiatry,1997,63(3):321-326.

[4] Hsieh WB,Chiu NC,Hu KC,et al. Outcome of herpes simplex encephalitis in children. J Microbiol Immunol Infect,2007,40(1):34-38.

[5] Ramesha KN,Rajesh B,Ashalatha R,et al. Rasmussen's encephalitis:experience from a developing country based on a group of medically and surgically treated patients. Seizure,2009,18(8):567-572.

[6] 王学峰,肖波,孙红斌. 难治性癫痫. 上海:上海科学技术出版社,2002:151-159.

[7] Chen SF,Huang CC,Wu HM,et al. Seizure,neuron loss,and mossy fiber sprouting in herpes simplex virus type 1-infected organotypic hippocampal cultures. Epilepsia,2004,45(4):322-332.

[8] Wu HM,Huang CC,Chen SH,et al. Herpes simplex virus type 1 inoculation enhances hippocampal excitability and seizure susceptibility in mice. Eur J Neurosci,2003,18(12):3294-3304.

[9] Misra UK,Kalita J. Seizures in encephalitis:predictors and outcome. Seizure,2009,18(8):583-587.

[10] Misra UK,Tan CT,Kalita J. Viral encephalitis and epilepsy. Epilepsia,2008,49 Suppl 6:13-18.

[11] Lowenstein DH,Alldredge BK. Status epilepticus. N Engl J Med,1998,338:970-976.

[12] Chapmanmg,Smith M,Hirsch NP. Status epilepticus. Anaesthesia,2001,56:648-659.

[13] Prasad A,Worrall BB,Bertram EH,et al. Propofol and midazolam in the treatment of refractory status epilepticus. Epilepsia,2001,42:380-386.

[14] Kalita J,Nair PP,Misra UK. Status epilepticus in encephalitis:a study of clinical findings,magnetic resonance imaging,and response to antiepileptic drugs. J Neurovirol,2008,14(5):412-417.

[15] Lee WT,Yu TW,Chang WC,et al. Risk factors for postencephalitic epilepsy in children:a hospital-based study in Taiwan. Eur J Paediatr Neurol,2007,11(5):302-309.

[16] Trinka E,Dubeau F,Andermann F,et al. Clinical findings,imaging characteristics and outcome in catastrophic post-encephalitic epilepsy. Epileptic Disord,2000,2(3):153-162.

[17] Ohtsuka Y,Yoshinaga H,Kobayashi K. Refractory childhood epilepsy and factors related to refractoriness. Epilepsia,2000,41 Suppl 9:14-17.

[18] Riera-Mestre A,Gubieras L,Martínez-Yelamos S,et al. Adult herpes simplex encephalitis:fifteen years' experience. Enferm Infecc Microbiol Clin,2009,27(3):143-147.

[19] 吴振华,郭启勇. 神经系统影像鉴别诊断指南. 北京:人民军医出版社,2005:252-253.

[20] Aurelius E,Johansson B,Skoldenberg B,et al. Rapid diagnosis of herpes simplex encephalitis by nested polymerase chain reaction assay of cerebrospinal fluid. Lancet,1991,337:189-192.

[21] Revellomg,Baldanti F,Sarasini A,et al. Quantification of herpes simplex virus DNA in cerebrospinal fluid of patients with herpes simplex encephalitis by the polymerase chain reaction. Clin Diagn Virol,1997,7:183-191.

[22] Fomsgaard A,Kirkby N,Jensen JP,et al. Routine diagnosis of herpes simplex virus(HSV)encephalitis by an internal DNA controlled HSV PCR and an IgG-capture assay for intrathecal synthesis of HSV antibodies. Clin Diagn Virol,1998,9:45-56.

[23] Tyler KL. Herpes simplex virus infections of the central nervous system:encephalitis and meningitis,including mollaret's. Herpes,2004,11 Suppl 2:57-64.

[24] Kamei S,Sekizawa T,Shiota H,et al. Evaluation of combination therapy using acyclovir and corticosteroid in adult patients with herpes simplex virus encephalitis. J Neurol Neurosurg Psychiatry, 2005, 76:1544-1549.

[25] Koppel BS. Treatment of acute and remote symptomatic seizures. Curr Treat Options Neurol,2009,11(4):231-241.

[26] French J,Arrigo C. Rapid onset of action of levetiracetam in refractory epilepsy patients. Epilepsia,2005,46(2):324-326

[27] Möddel G,Bunten S,Dobis C,et al. Intravenous levetiracetam:a new treatment alternative for refractory status epilepticus. J Neurol Neurosurg Psychiatry,2009,80(6):689-692.

[28] Whitley RJ,Soong S-J,Dolin R,et al. Adenine arabinoside therapy of biopsy-proved herpes simplex encephalitis. National Institute of Allergy and Infectious Diseases collaborative antiviral study. N Engl J Med,1977,297:289-294.

[29] Rennick PM,Nolan DC,Bauer RB,et al. Neuropsychologic and neurologic follow-up after herpesvirus hominis encephalitis. Neurology,1973,23:42-47.

[30] Mc Grath N,Anderson NE,Croxson MC,et al. Herpes simplex encephalitis treated with acyclovir:diagnosis and long term outcome. J Neurol Neurosurg Psychiatry,1997,63:321-326.

第二节　结核性脑膜炎中的癫痫及癫痫持续状态

结核性脑膜炎(tuberculous meningitis,TBM,简称结脑)是由结核杆菌感染蛛网膜下腔所引起的脑膜炎症,是慢性脑膜炎常见病因之一,患病率为 0.1/10 万。临床常见结脑合并癫痫发作,预后不良,尤其是并发癫痫持续状态者预后更差。

一、诊 断 提 示

(一) 结核性脑膜炎的临床特征

结核性脑膜炎常伴有结核中毒症状和脑膜炎的一般特征。主要表现为头痛(58% ~ 96.0%)、发热(65% ~ 91.1%)、呕吐(65% ~ 87%)、脑膜刺激征(79.2% ~ 88%)、意识障碍(55.7% ~ 72.3%)、颅神经麻痹(26% ~ 44.6%)。Yaramis(1998)等报道土耳其214例结核性脑膜炎患儿,年龄3个月 ~ 15岁,平均4.1岁。临床表现为发热(91%)、呕吐(87%)、人格改变(63%)、颈项强直(59%)、头痛(58%),颅神经麻痹(26%)。分析表明意识障碍是结脑急性期合并癫痫发作的危险因素。法国48例报道显示,入院时发热占65%,局灶性神经症状占52%,脑膜刺激征占88%。Saitoh(2005)等报道美国20例结核性脑膜炎,年龄5个月 ~ 13.9岁(平均2.7岁),临床症状至入院时间平均18天(4 ~ 30天),发热17例(85%),呕吐13例(65%),癫痫发作6例(30%),低钠血症10例。Sutlas(2003)等报道土耳其61例结脑成年患者,年龄16 ~ 74岁(平均34.5岁)。出现神经症状至入院平均时间29天(2天 ~ 5个月)。临床表现为意识障碍34例(55.7%),局灶性神经损害34例(55.7%),行为异常24例(39.3%),高颅压12例(19.6%),有16.3%(10/61)出现癫痫发作,其中意识障碍和局灶性神经损害最为常见。Paganini(2000)等报道阿根廷40例结核性脑膜炎患儿,年龄46个月(1 ~ 165个月)。其中发热34例(85%)、颈阻24例(60%)、呕吐23例(57%)、颅神经麻痹22例(55%)、癫痫发作22例(55%)、激惹15例(37%)。

结核性脑膜炎临床症状不典型,主要表现为头痛、发热、脑膜刺激征、意识障碍等非特异性症状,容易误诊。如出现可疑病例,在考虑本病存在可能性前提下,及时行相关检查,尤其是脑脊液检查能帮本病的诊治,如延迟诊断治疗,预后差。

(二) 结核性脑膜炎合并癫痫的病理生理机制

结核杆菌进入蛛网膜下腔后常在脑基底的软脑膜处分泌黏稠渗出物,在脑膜表面形成粘连。黏稠渗出物可在脑膜表面、蛛网膜下腔基底池处形成粘连,可因中脑和脑桥蛛网膜下腔阻塞、中脑导水管狭窄以及结核瘤压迫三脑室等导致脑积水。脚间窝周围结构如动眼神经和颈内动脉可被黏稠渗出物覆盖、压迫,产生颅神经损害以及颈内动脉缺血改变。血管闭塞性血管炎可引起脑梗死和卒中,常见于颈内动脉、大脑中动脉近端和基底神经节穿通支,也可因血管炎产生局灶性和弥漫性脑缺血病变。在大脑、小脑或脑干可有单个或多个局灶性增生性肉芽肿形成(如结核瘤)。脑膜基底部炎性分泌物可沿着小的血管穿通支进一步浸润脑实质导致脑炎,形成两半球明显水肿,继而导致颅内压升高以及其他神经系统临床损害。有研究表明中枢神经系统感染急性期癫痫发作和促炎细胞因子有关,促炎性细胞因子白细胞介素-1(interleukin-1,IL-1)和肿瘤坏死因子(tumour necrosis factor,TNF)可降低癫痫发作阈值,白细胞介素-1和肿瘤坏死因子还与谷氨酸、γ-氨基丁酸神经递质相互作用,从而诱发癫痫发作。结核性脑膜、脑实质的炎症反应,因坏死、水肿和梗死等产生的局部脑损伤,成为结脑急性期癫痫发作和迟发性癫痫的病理生理基础。

(三) 结核性脑膜炎中的癫痫发作

结核性脑膜炎合并癫痫发作临床常见,特别是老人和儿童患者的发病率更较高。脑积水、结核瘤、脑水肿、脑梗死、抗利尿激素不适当使用致低钠血症等都可诱导癫痫发作。如未及时控制，延误诊断治疗，预后常常不良。结脑中的癫痫发作根据其出现的时间临床上可分为二大类，一类出现在疾病急性期，称为急性症状性癫痫，另一类出现在疾病的恢复期，称为迟发性癫痫。

1. 发病率　结核性脑膜炎急性期出现癫痫发作的发病率各家报道不一，可能与各组病例的年龄、病程、脑实质损害部位等疾病谱不同有关，尤以儿童和青少年常见。平均约38.5%（5.9%～74.0%）。Yaramiş（1998）等报道土耳其 931 例结核病，有 214 例（23.0%）结核性脑膜炎患儿，年龄 3 个月～15 岁（平均 4.1 岁），有 62.1%（133/214）合并癫痫发作。Saitoh（2005）等报道美国 20 例结核性脑膜炎患儿，年龄 5 个月～13.9 岁（平均 2.7 岁），出现临床症状至入院平均时间为 18 天（4～30 天），有 6 例（30%）出现癫痫发作。Farinha（2004）等报道 38 例结脑患儿，年龄 8 个月～16 岁，53%（20/38）出现癫痫发作。Patwari（1996）等报道 136 例 12 岁以下结脑患儿，74%（101/136）出现癫痫发作。Sutlas（2003）等报道土耳其 61 例结脑成年患者，年龄 16～74 岁（平均 34.5 岁），有 16.3%（10/61）出现癫痫发作。Kalita（2007）等报道印度 65 例结脑患者，年龄 13～80 岁，平均 33.2 岁，有 32.3%（21/65）急性期出现癫痫发作。Misra（2000）等报道 54 例 5～62 岁成人及儿童结脑患者，有 30%（17/54）出现癫痫发作。Kim（2008）等报道韩国 147 例中枢神经系统感染成年患者，年龄 16～84 岁（平均 45±17.5 岁），发病 1～2 天入院，其中细菌性脑膜炎 36 例，结核性脑膜炎 63 例，急性期有 23%（34/147）合并癫痫发作，Logistic 多元回归统计分析表明，脑实质炎症和 GCS≤12 分是急性症状性癫痫发作的独立危险因素。作者认为癫痫发作与脑实质损害的严重程度有关。

2. 癫痫发作类型　目前尚无专门关于结核性脑膜炎出现癫痫发作的前瞻性研究。结核性脑膜炎合并癫痫在临床上常有多种类型的发作，主要表现为部分性发作、部分性继发全身性发作和全身性发作。Kalita（2007）等报道印度 65 例结脑患者，32.3%（21/65）急性期出现癫痫发作，其中全身性强直-阵挛发作 5 例，部分性运动性发作 2 例，部分性运动性发作继发全身性发作 14 例。Patwari（1996）等报道 136 例结脑患者中有 101 例急性期出现癫痫发作，其中以全身性强直-阵挛发作最为常见，占 58.4%（59/101），其次是部分性发作 37.6%（38/101）和强直或痉挛性发作 4.0%（4/101）。Kim（2008）等报道韩国 147 例中枢神经系统感染成年患者，结核性脑膜炎 63 例，急性期有 23%（34/147）合并癫痫发作，大部分发作类型为继发性全面强直-阵挛发作，有 10 例患者出现癫痫持续状态。Sutlas（2003）等报道 61 例结脑成年患者，有 10 例（16.3%）急性期出现癫痫发作，各有 5 例表现为部分性发作和全身性发作。Ranjan（2003）等 13 例患者出现癫痫发作，其中部分性发作 3 例，全身性强直-阵挛发作 10 例。Paganini（2000）等报道阿根廷 40 例结核性脑膜炎患儿，癫痫发作 22 例（55%），部分性发作 8 例，全身性发作 14 例。Ugawa（2003）等报道 1 例结脑患者表现为肌阵挛发作。癫痫发作同时行视频脑电图检测有助于临床判断癫痫发作类型。

3. 迟发性癫痫　Bahemuka（1989）等报道 39 例中枢神经系统结核患者，14 例患者有脑内多发结核瘤，6 例患者出现迟发性癫痫发作；Kim（2008）等报道韩国 63 例结核性脑膜炎，急性期有 23%（34/147）合并癫痫发作。随访 18 个月，41%（14/34）急性期合并癫痫患者发展成为难治性迟发性癫痫。积极控制癫痫发作，特别是发作时间较长、反复出现的癫痫持续状态,是改善预后,防止其进展为迟发性癫痫,尤其是难治性迟发性癫痫的重要措施。

4. 其他临床表现 随着社会的发展、HIV 的传播、器官移植以及免疫抑制剂的使用,结核性脑膜炎合并癫痫发作有增加趋势,应引起临床医生的足够重视。研究表明 HIV 感染使结核性脑膜炎发病率增加,但临床症状和预后并没有明显改变。Modi(2000)等报道 60 例南非黑人 HIV 感染者首次癫痫发作,其中有 48%(29/60)为结核性脑膜炎(脑膜炎和结核瘤),其中大部分为 HIV 晚期患者。Takahashi(2005)等报道 1 例 44 岁女性患者,1 年前急进型肾小球肾炎后出现慢性肾衰竭,进行激素和血液透析治疗。患者因发热、全身性惊厥发作意识丧失入院,诊断为结核性脑膜炎,抗结核治疗后好转。疾病谱的变化对于结核性脑膜炎并发症的诊断的影响应引起临床医生的重视。应了解患者有无免疫低下其他相关疾病,及时全面病史采集有助于早期作出临床诊断治疗,改善患者预后。

5. 辅助检查

(1) 脑电图:结核性脑膜炎合并癫痫发作脑电图异常表现与炎症累及的部位有关。感染位于颅底时脑电图可在正常范围内或仅有非特异性异常。如病变累及半球,可表现为中~重度弥漫性慢波,脑电图严重程度与皮层受累情况、病变进展速度、意识水平及是否存在全身性病变有关。Patwari(1996)等报道 101 例结核性脑膜炎合并癫痫发作患儿,临床表现为全身性强直-阵挛发作、部分性发作和强直痉挛发作。入院后 1 周内临床表现为部分性发作和全身性强直-阵挛发作患儿,大多数患者脑电图描记显示异常。脑电图异常主要表现为背景弥漫性节律异常伴阵发性慢波(38%)、两侧半球波形不对称(23%)、局灶性棘慢复合波(15%)等。Kim(2008)等报道韩国结核性脑膜炎 63 例,急性期有 23%(34/147)合并癫痫发作,大部分发作类型为继发性全面强直-阵挛发作,有 10 例患者出现癫痫持续状态。32 例急性期合并癫痫发作患者行脑电图检查,其中 38%(12/32)患者脑电图表现为背景慢活动基础上出现棘、尖波发放。统计分析表明结核性脑膜炎急性期脑电图表现与迟发性癫痫发作无明显关系。Misra(2000)等报道 54 例结核性脑膜炎患者,年龄 5~62 岁(平均 26.3 岁),17 例患者急性期出现癫痫发作。33 例脑电图描记异常,主要表现为:背景活动弥漫性慢波(22 例)、额部间歇性额叶间歇性 δ 波(12 例)、癫痫样放电(2 例)和左右半球明显不对称(2 例)。Ugawa(2003)等报道 1 例表现为肌阵挛发作的结脑病例,在肌阵挛发作前 EEG 上记录到 20Hz 异常脑电发放。最后一个正向波位于引起肌阵挛发作的皮质-肌肉传导电位的潜伏期之前。Pandian(2002)等报道结脑部分性癫痫发作持续状态发作患者脑电图可见间歇性棘、尖波发放和一侧周期性癫痫样放电。Saitoh(2005)等报道美国 20 例结核性脑膜炎,年龄 5 月~13.9 岁(平均 2.7 岁)。有 6 例出现癫痫发作,10 例因昏迷和(或)癫痫发作行脑电图描记,所有病例都显示背景活动异常,1 例表现为棘波发放。

脑电图描记对结核性脑膜炎合并癫痫发作具有重要价值。虽然脑电图描记缺乏特异性,使其在结脑合并癫痫的诊断中有其自身局限性,但脑电图背景活动改变,以及异常表现可以反映结核性脑膜炎病变严重程度,棘波、棘慢复合波异常发放对合并癫痫发作诊断和鉴别诊断有重要价值,有助于判断痫样发作倾向,指导临床治疗,判断预后。随着视频脑电图的应用,对于早期发现癫痫发作,判断临床发作类型,具有重要价值。

(2) 脑脊液:结核性脑膜炎脑脊液异常主要与蛛网膜下腔结核菌素反应有关。脑脊液常规检查可见淋巴细胞增多,一般在 100～1000 个/ml,但老年人结脑症状不典型,脑脊液细胞数甚至为零。大部分患者 CSF 蛋白增高,70% 的患者 CSF 葡萄糖降低。Sutlas (2003)等报道 61 例结脑成年患者,年龄 16～74 岁(平均 34.5 岁),16.3%(10/61)出现癫痫发作。脑脊液检查淋巴细胞为主占 85%,中性粒细胞为主占 15%,蛋白增高占 77%,葡萄糖的脑脊液/血清比值降低 77%。Paganini(1998)等报道阿根廷 40 例结核性脑膜炎患儿,癫痫发作 22 例(55%)。脑脊液细胞数为 2～620(平均 191)个/ml,淋巴细胞为主;葡萄糖平均为 32(0～140)mg/dl,蛋白平均为 168(10～4000)mg/dl。

脑脊液病原学检查阳性率各家报道不等,多次反复检查有助于病原学诊断。抗酸杆菌涂片需要 100 个/ml 方能在显微镜下检测出来。增大样本量(10ml)与反复进行腰穿检查有助于提高阳性率。

脑脊液或脑组织中发现结核分枝杆菌是结脑诊断的金标准。脑脊液涂片和培养阳性率为 6.2%～70%。Kalita(2007)等报道 65 例结核性脑膜炎患者脑脊液培养或涂片后有 4 例患者发现抗酸杆菌(4/65)。Yaramiş(1998)等报道土耳其 214 结核性脑膜炎患儿,年龄 3 个月～15 岁,平均为 4.1 岁,脑脊液培养阳性率为 29.9%(49/164),涂片阳性率为 10.3%(22/214)。Sutlas(2003)等报道 61 例结脑成年患者脑脊液检查涂片阳性率为 19.7%(12/61),培养阳性率为 11.5%(7/61)。6 例 PCR 检查 4 例为阳性,脑脊液病原学确诊为 31.1%(19/61)。Saitoh(2005)等报道美国 20 例结核性脑膜炎,年龄 5 个月～13.9 岁(平均 2.7 岁),6 例出现癫痫发作,结核分枝杆菌检出 14 例,培养阳性 11 例(脑脊液 9 例,胃液 2 例),PCR 阳性 7 例(7/14)。

(3) 神经影像学检查:结核性脑膜炎合并癫痫发作行颅脑 CT 和 MRI 可发现脑积水、基底膜增厚、脑梗死、水肿和结核瘤。结核瘤早期平扫表现为边缘模糊的等密度或稍高密度病灶。增强为环形、结节形或不规则形强化。成熟期表现为境界清楚的圆形或椭圆形,边缘增强的病灶。Yaramiş(1998)等报道土耳其 214 结核性脑膜炎患儿,年龄 3 个月～15 岁(平均 4.1 岁),所有病例均行头颅 CT 检查,结果发现脑积水 172 例(80%)、26% 为脑实质损害、15% 为颅底脑膜炎、2% 为结核瘤。Hosoğlu(1998)等报道 101 例患者,64 例行头颅 CT 检查,正常为 6.3%(4/64),异常为 93.7%(60/64),其中脑积水为 45.3%(29/64),基底部渗出为 23.4%(15/64),结核瘤为 12.5%(8/64),脑水肿为 12.5%(8/64),脑实质损害为 6.3%(4/64)。Sutlas(2003)等报道 61 例结脑成年患者,年龄 16～74 岁(平均 34.5 岁),急性期 16.3%(10/61)合并癫痫发作,有 41 例患者头颅 CT 异常,其中颅底渗出 12 例,脑水肿 12 例,脑积水 14 例(23%),结核瘤 21 例(34%),脑梗死 13 例(21%),蛛网膜炎 3 例(5%)。Paganini(2000)等报道阿根廷 40 例结核性脑膜炎患儿,年龄 46 个月(1 个～165 月),癫痫发作 22 例(55%)。头颅 CT 发现脑积水 31 例(78%),脑实质病变 4 例,脑梗死 2 例,脑萎缩 1 例,2 例患者正常。Misra((2000)等报道 54 例结核性脑膜炎患者,年龄 5～62 岁(平均 26.3 岁),有 17 例急性期合并癫痫发作。头颅 CT 检查发现:脑积水 29 例,结核瘤 12 例,结核瘤大部位于幕上,1 例位于中脑。Kalita(2007)等报道 65 例结核性脑膜炎患者,入院时 CT 异常 59 例,脑积水 30 例(交通性 25 例,梗阻性 5 例),渗出 22 例,结核瘤 20 例(幕上 14 例,幕下 6 例),脑梗死 16 例。除 1 例大面积皮质梗死和 1 例脑桥延髓梗死外,均为多灶性皮质下梗死。作者认为,结核性脑膜炎不同病理机制可能导致同一患者出现脑膜粘连、脑梗死、结核瘤和脑积水等不同病理改变。统计分析表明,神经影像学指标不能作为判断预后的标准。Patwari(1996)等报道136例结核性脑膜炎患儿,101例(74%)患儿入院前或住院期间出现癫痫发作。癫痫反复发作和(或)入院后1周内出现全身强直-阵挛发作和强直发作,头颅CT检查异常,主要表现为:脑膜增厚(27%)、脑积水(32%)、结核瘤(27%)和脑梗死(13%)。作者认为脑积水、结核瘤以及脑梗死可能是癫痫发作的危险因素。Kim(2008)等报道韩国147例中枢神经系统感染成年患者,对63例结核性脑膜炎患者行头颅MRI检查发现癫痫组异常12例(41%),非癫痫组251例(29%)。癫痫发作组神经影像学异常明显高于非癫痫组。Saitoh(2005)等报道美国20例结核性脑膜炎,年龄5个月~13.9岁(平均2.7岁),有6例患者在急性期出现癫痫发作。共有19例患者行头颅CT检查,其中脑积水13例(68%),颅底脑膜增厚13例(68%),脑实质损害11例(58%)。作者分析发现头颅CT征象与严重神经后遗症无关。Ranjan(2003)等报道31例结核性脑膜炎患者,年龄6~80岁(平均35.2岁),13例患者急性期出现癫痫发作,入院时头颅CT检查发现脑积水15例,渗出15例,脑梗死10例和结核瘤13例。10例患者治疗后临床症状恶化,复查头颅CT发现脑积水、脑梗死、渗出以及结核瘤等征象有新发和(或)进展。作者认为开始抗结核治疗后大量结核菌素释放入蛛网膜下腔引起异常反应与临床及影像学恶化有关。研究表明治疗后复查神经影像学征象恶化与6个月后遗症有关,运动障碍与CT渗出与梗死有关,而脑积水和结核瘤与后遗症无关。

随着医学的发展,CT和MRI逐渐得到广泛应用,为结核性脑膜炎的诊断和预后判断提供了重要依据,可帮助判断疾病进展与预后。结核性脑膜炎神经影像学异常和脑膜结核菌素炎症反应以及脑实质损害有关。关于神经影像学异常和癫痫的关系尚无专门前瞻性研究,但癫痫发作和脑实质损害有关,亦有研究表明疾病严重程度和神经影像学异常与癫痫发作有关,但癫痫发作涉及多种因素,目前尚不能得出神经影像学异常是癫痫发作的独立危险因素。

6. 诊断 结核性脑膜炎的诊断主要依靠临床表现和脑脊液检查结果,同时排除其他中枢神经系统病变,如细菌性脑膜炎、病毒或真菌性脑膜炎、非特异性炎症和颅内恶性肿瘤等。结核中毒的全身症状:潮热、盗汗、食欲下降、全身乏力;脑膜损伤表现:头痛、恶心、呕吐、脑膜刺激征阳性;脑脊液改变:蛋白高、糖低、氯低、细胞数增多是结核性脑膜炎最为突出的临床表现,一旦发生,需考虑结脑的存在。脑脊液培养和PCR结核分枝杆菌阳性、胃液培养和抗酸染色阳性、脑脊液涂片抗酸染色阳性以及其他颅外结核表现等有助于结核性脑膜炎的诊断。头颅影像学提示脑积水、渗出、脑梗死等也是结核性脑膜炎的常见征象和重要的诊断依据。

7. 治疗

(1)应用激素:由于激素有引起癫痫发作的可能性,因而结脑合并癫痫发作的患者是否需要用激素治疗一直有争议,有作者建议常规使用,也有人认为只在疾病晚期使用。Paganini(2000)等报道阿根廷40例结核性脑膜炎患儿用或不用激素的预后无差别。Kalita(2007)等报道65例结核性脑膜炎合并癫痫发作患者,随访发现82%皮质激素治疗组和71%无皮质激素治疗组有神经后遗症,统计学分析表明激素添加治疗并不能改变患者神经系统症状的预后。目前的倾向是重症患者需予激素应用。

(2)抗癫痫治疗:Kalita(2007)等报道印度65例结脑患者,其中32.3%(21/65)在急性期出现癫痫发作,其中全身性强直-阵挛发作 5 例,部分性运动性发作 2 例,部分性运动性发作继发全身性发作 14 例。所有患者用苯妥英钠单药治疗,癫痫发作都得到了完全控制。Patwari(1996)等报道 136 例结脑患儿,其中有 63 例患儿入院 1 周内出现癫痫发作,给予抗癫痫治疗,38 例患儿仅发作 1 次,35 例患儿没有癫痫发作。随访 4 年癫痫发作完全控制。结核性脑膜炎合并癫痫发作同一般症状性癫痫一样,但合并癫痫持续状态者,预后较差,部分患者可能转化为难治性癫痫,需长期抗癫痫治疗。

8. 预后 结核性脑膜炎仍是危害人类健康的重要疾病,病死率和致残率都较高,合并癫痫发作者预后更差。特别是延误诊断和非规范性治疗者。Kalita(2007)等报道 65 例结核性脑膜炎患者,年龄 13 ~ 80 岁,有 32.3%(21/65)急性期出现癫痫发作,1 年后神经功能完全康复 21.5%,50% 可独立日常生活,有神经后遗症者为 78.5%,包括认知损害为 55%(36/65)、运动障碍为 40%(26/65)、视神经萎缩为 37%(24/65)、其他颅神经麻痹为 23%(15/65)(眼肌麻痹 13 例,听力损害 2 例)。Paganini(2000)等报道阿根廷 40 例结核性脑膜炎患儿,年龄 46 个月(1 ~ 165 个月),其中脑积水 31 例(78%),治疗后 18 例(45%)完全恢复,3 例(7%)死亡。Logistic 多元统计回归分析表明癫痫发作和缺乏颅外结核病灶是预后不良的危险因素。作者推测癫痫发作常是疾病晚期的临床表现,而缺乏颅外结核常常使诊断延迟。Yaramiş(1998)等报道土耳其 214 结核性脑膜炎患儿,年龄 3 个月 ~ 15 岁,平均 4.1 岁,62% 出现癫痫发作,头颅 CT 发现脑积水 172 例(80%)、26% 脑实质损害、15% 颅底脑膜炎、2% 结核瘤,23%(49)患者死亡。Sutlas(2003)等报道土耳其 61 例结脑成年患者,年龄 16 ~ 74 岁(平均 34.5 岁)。神经症状至入院平均时间 29 天(2 天 ~ 5 个月),16.3%(10/61)出现癫痫发作。随访 24 个月 ~ 6 年(平均为 3 年),随访 1 年死亡率 27.8%,其中 70.5% 于入院 3 周内死亡。永久性神经损害 19 例(31.1%)。

结核性脑膜炎的预后与年龄、疾病分期、局灶性神经功能损害、颅神经麻痹、脑积水有关。结核性脑膜炎合并癫痫发作病程较长,有多种病理生理机制,以及机体免疫状态、病原菌毒力不同,临床预后差异较大。近年来由于 CT、MRI 的普及、人们对结脑认识的提高、诊断水平的提高和及时治疗,加上透过血-脑屏障抗结核药物的有效应用,结脑致死率明显降低。并发症的预后也有所改善。

二、结核性脑膜炎中的癫痫持续状态

1. 发病率 结脑中的癫痫持续状态并不少见。Sinha(2007)等报道 76 例部分性癫痫持续状态中有 2 例为结核性脑膜炎所致;Pandian(2002)等回顾分析 20 例部分性癫痫持续状态患者,其中结核性脑膜炎 4 例;Zorn-Olexa(2008)等也报道 1 例 10 个月女婴诊断为多发颅内结核瘤,表现为部分性癫痫持续状态;徐扬报道 76 例结核性脑膜炎患者,伴发癫痫 26 例(34.2%),其中癫痫持续状态 5 例;Kim(2008)等报道韩国 147 例中枢神经系统感染成年患者中的结核性脑膜炎为 63 例,6.8%(10/147)表现为癫痫持续状态;Ulvi(2002)等报道 19 例癫痫持续状态患者,其中 1 例为结核性脑膜炎患者。

2. 发作类型 结核性脑膜炎中的癫痫持续状态主要表现为部分性运动性癫痫持续状态和全身性癫痫持续状态。部分运动性癫痫连续状态,是指局部骨骼肌长期、反复、频繁抽动,间歇期短暂,持续数天或数周,Sinha(2007)等报道的 76 例部分性癫痫连续状态中,癫痫发作的部位表现为:上、下肢 41 例,头面部肌肉 12 例,单纯上肢 20 例,单纯下肢 3

例。48 例(63%)发作时意识清醒,28 例有不同程度的意识障碍。头颅 CT 主要表现为弥漫性脑水肿、弥漫性脑萎缩、脑梗死、结核瘤等。脑电图表现为背景慢活动和癫痫样放电。

3. 治疗　结核性脑膜炎合并癫痫发作患者中的大部分恢复较好,一般不需要长期抗癫痫治疗。但合并癫痫持续状态者,临床预后较差,部分幸存者发展为难治性癫痫。因而应特别关注癫痫持续状态的治疗。

结脑合并癫痫持续状态的治疗可参考普通癫痫持续状态的治疗,在疗效不佳时及时选用麻醉剂终止发作可能是有益的。Ulvi(2002)等报道 1 例为结核性脑膜炎伴发癫痫持续状态者,男性,73 岁,体重 65kg,表现为全身强直-阵挛发作性癫痫持续状态,发病后 12 小时给予咪达唑仑治疗,45 分钟显效,以 3μg/(kg·min)静脉滴注,13 小时后患者癫痫持续状态完全控制,出院时留有部分神经系统后遗症。

4. 预后　结脑出现癫痫持续状态者预后不良。Kalita(2007)等报道 65 例结脑成年患者,其中有癫痫发作者 21 例(32.3%),无癫痫持续状态者,随访 1 年,临床无迟发性癫痫,而有癫痫持续状态者则易出现迟发性癫痫。Kim(2008)等报道韩国结核性脑膜炎 63 例,急性期有 34 例(23%/147)合并癫痫发作,10 例表现为癫痫持续状态。随访 18 个月后,作者发现急性期合并癫痫持续状态(9/14)是迟发性难治性癫痫的危险因素,中枢神经系统感染脑实质损害程度是癫痫发作的主要原因。Bahemuka(1989)等报道 39 例中枢神经系统结核患者,6 例出现迟发性癫痫发作,2 例有癫痫持续状态,积极控制癫痫发作,特别是长时间、频繁发作如癫痫持续状态等,是改善预后,预防迟发性耐药性癫痫的基本策略。

(周春雷　王学峰)

参 考 文 献

[1] Kim MA,Park KM,Kim SE,et al. Acute symptomatic seizures in CNS infection. Eur J Neurol,2008,15(1):38-41.

[2] Farinha NJ,Razali KA,Holzel H,et al. Tuberculosis of the central nervous system in children:a 20-year survey. J Infect,2000,41(1):61-68.

[3] Patwari AK,Aneja S,Ravi RN,et al. Convulsions in tuberculous meningitis. J Trop Pediatr,1996,42(2):91-97.

[4] Sutlas PN,Unal A,Forta H,et al. Tuberculous meningitis in adults:review of 61 cases. infection,2003,31(6):387-391.

[5] Hosoğlu S,Ayaz C,Geyik MF,et al. Tuberculous meningitis in adults:an eleven-year review. Int J Tuberc Lung Dis,1998,2(7):553-557.

[6] Kalita J,Misra UK,Ranjan P. Predictors of long-term neurological sequelae of tuberculous meningitis a multivariate analysis. Eur J Neurol,2007,14(1):33-37.

[7] Misra UK,Kalita J,Roy AK,et al. Role of clinical,radiological,and neurophysiological changes in predicting the outcome of tuberculous meningitis:a multivariable analysis. J Neurol Neurosurg Psychiatry,2000,68(3):300-303.

[8] Yaramiş A,Gurkan F,Elevli M,et al. Central nervous system tuberculosis in children:a review of 214 cases. Pediatrics,1998,102(5):E49.

[9] Saitoh A,Pong A,Waecker NJ Jr,et al. Prediction of neurologic sequelae in childhood tuberculous meningitis:a review of 20 cases and proposal of a novel scoring system. Pediatr Infect Dis J,2005,24(3):207-212.

[10] Ranjan P,Kalita J,Misra UK. Serial study of clinical and CT changes in tuberculous meningitis. Neurora-diology,2003,45(5):277-282.

[11] Paganini H,Gonzalez F,Santander C,et al. Tuberculous meningitis in children:clinical features and out-come in 40 cases. Scand J Infect Dis,2000,32(1):41-45.

[12] Ugawa Y,Hanajima R,Terao Y,et al. Exaggerated 16-20 Hz motor cortical oscillation in patients with pos-itive or negative myoclonus. Clin Neurophysiol,2003,114(7):1278-1284.

[13] R Verdon,S Chevret,JP Laissy,et al. Tuberculous meningitis in adults:review of 48 cases. Clin Infect Dis,1996,22:982-988.

[14] Thwaites G,Chau T T H,Mai N T H,et al. Neurological aspects of tropical disease:Tuberculous meningi-tis. Neurol Neurosurg Psychiatry,2000,68:289-299

[15] Modi G,Modi M,Martinus I,et al. New-onset seizures associated with HIV infection. Neurology,2000,55(10):1558-1561.

[16] Takahashi S,Takahashi T,Kuragano T,et al. A case of chronic renal failure complicated with tuberculous meningitis successfully diagnosed by nested polymerase chain reaction. Nippon Jinzo Gakkai Shi,2005,47(2):113-120.

[17] Pandian JD,Thomas SV,Santoshkumar B,et al. Epilepsia partialis continua--a clinical and electroenceph-alography study. Seizure,2002,11(7):437-441.

[18] Tsenova L,Sokol K,Freedman V,et al. A combination of thalidomide plus antibiotics protects rabbits from mycobacterial meningitis-associated death. J Infect Dis,1998,177:1563-1572.

[19] Kennedy DH,Fallon RJ. Tuberculous meningitis. JAMA,1979,241(3):264-268.

[20] Sinha S,Satishchandra P. Epilepsia Partialis Continua over last 14 years:experience from a tertiary care center from south India. Epilepsy Res,2007,74(1):55-59.

[21] Zorn-Olexa C,Laugel V,Martin Ade S,et al. Multiple intracranial tuberculomas associated with partial status epilepticus and refractory infantile spasms. J Child Neurol,2008,23(4):459-462.

[22] 徐扬. 结核性脑膜炎并发癫痫 26 例分析. 济宁医学院学报,2000,23(4):51.

[23] Ulvi H,Yoldas T,Müngen B,et al. Continuous infusion of midazolam in the treatment of refractory gener-alized convulsive status epilepticus. Neurol Sci,2002,23(4):177-182.

[24] Bahemuka M,Murungi JH. Tuberculosis of the nervous system. A clinical,radiological and pathological study of 39 consecutive cases in Riyadh,Saudi Arabia. J Neurol Sci,1989,90(1):67-76.

第三节 细菌性脑膜炎中的癫痫及癫痫持续状态

细菌性脑膜炎(acute bacterial meningitis,ABM)是由细菌引起的一种严重的中枢神经系统感染性疾病。在美国,年发病率约为3/10万。以脑膜炎奈瑟菌和肺炎链球菌脑膜炎最为常见。尽管当今抗生素的研制已经有了很大进步,但细菌性脑膜炎仍有较高的病死率和致残率。癫痫是细菌性脑膜炎常见的并发症和神经后遗症。发展中国家癫痫发病率和患病率较高,这和中枢神经系统感染发病率较高有关。合并癫痫持续状态常见于重症患者,治疗效果差,预后差,有较高的病死率和致残率。

一、诊断提示

(一) 细菌性脑膜炎的临床特征

发热、颈项强直、意识障碍是细菌性脑膜炎的常见中毒症状,大宗病例研究发现,

77%～93%有发热、32%～87%有头痛、颈项强直占 57%～83%、意识障碍占 69%～94%、26%的患者有皮疹。Østergaard(2005)报道丹麦全国 2 年内 187 例肺炎链球菌脑膜炎患者,入院时临床表现发热者为 93%(155/166)、头痛为 41%(48/116)、颈项强直为 57%(86/151)、意识障碍 94%(165/176)、癫痫发作 31%(54/175)。其中 58%有颅外感染灶,耳源性感染占 30%(57/187)、肺炎占 18%(33/187)、鼻窦炎占 8%(15/187)、其他占 2%。因此,发热、颈项强直、意识障碍对细菌性脑膜炎临床诊断具有重要参考价值,颅外感染灶有助于临床诊断。

(二) 细菌性脑膜炎中癫痫发作的临床特征

1. 发病率 痫性发作是细菌性脑膜炎的常见症状,其发病率因统计方法不同而异,平均约为 24.7%。儿童(23.9～47.4%)高于成人(17.4～26.5%)。Casado-Flores(2008)报道西班牙1月～14岁的 159 例肺炎球菌脑膜炎患儿的多中心研究中,急性期癫痫发病率为 23.9%(38/159),其中 1 岁以下年龄组(34.7%)明显高于其他年龄组(14.9%);Chang(2004)等报道中国台湾省 16 年共 116 例,从 1 月～5 岁细菌性脑膜炎患儿临床资料,急性期痫性发作占 47.4%(55/116)。用多元逐步回归统计分析细菌性脑膜炎出现癫痫发作的危险因素,提示入院时意识障碍、脑脊液糖低与急性期的痫性发作有关。Zoons(2008)等曾对荷兰 696 例细菌性脑膜炎成年患者进行横断面观察研究,发现17.4%(121/696)患者合并痫性发作,入院时意识障碍、脑脊液细胞数明显增多和蛋白水平较高是癫痫发作的危险因素。Kim(2008)等报道韩国 147 例中枢神经系统感染成年患者,年龄 16～84 岁(平均 45±17.5),急性期有 23%(34/147)合并癫痫发作,发病年龄大于 42 岁,脑实质炎症是出现急性症状性癫痫的独立危险因素。Lovera(2005)等报道 72 例细菌性脑膜炎患者,有 41.7%(30/72)合并痫性发作。美国 296 例成人细菌性脑膜炎中,23%急性期有痫性发作。Wang(2005)等回顾性研究 117 例成人细菌性脑膜炎,有26.5%(31/117)合并痫性发作。儿童细菌性脑膜炎急性期癫痫发病率较高可能和小儿脑皮质发育不成熟,痫性发作阈值较低有关。细菌性脑膜炎痫性发作病情凶险,预后较差,应引起临床重视。

2. 癫痫出现的时间 细菌性脑膜炎引起的癫痫发作可出现在两个时期,一是急性期,称为急性症状性癫痫,另一种是在细菌性脑膜炎恢复后出现的癫痫发作,称为迟发性癫痫。细菌性脑膜炎中的癫痫发作多见于急性期。荷兰 696 例细菌性脑膜炎中75%的癫痫发作出现在入院 48 小时内。Chang(2004)等的病例中,痫性发作出现的时间为 1～20 天(平均 4 天),其中 51 例在 2 周内。Inoue(1998)等报道细菌性脑膜炎患儿合并癫痫发作者多数出现在入院 48 小时内,可能和脑膜炎急性期病情最为严重,常合并有脑组织坏死、脑梗死、以及炎症、水肿对局部脑皮质的损伤和刺激等因素有关。故对细菌性脑膜炎急性期应仔细观察患者病情变化,如有痫性发作,应严密观察,及时采取相应治疗措施,以降低病死率和致残率。

细菌性脑膜炎急性期合并痫性发作大多是回顾性研究,目前尚缺乏专门设计进行细菌性脑膜炎急性期合并癫痫发作的前瞻性研究临床资料。一般认为合并痫样发作的患者病情较重,常有中枢神经系统结构性损害,病情凶险。

迟发性癫痫则是在细菌性脑膜炎恢复后出现的癫痫发作。Pomeroy(1990)对美国 185 例患者进行前瞻性研究发现,其中 13 例(7%)发展为迟发性癫痫。Kim(2008)等报道韩国 147 例中枢神经系统感染成年患者,随访 18 个月,41%(14/34)急性期合并癫痫患者发展为难治性迟发性癫痫。

迟发性癫痫与急性期的癫痫发作明显相关。Annegers(1988)等随访 20 年发现细菌性脑膜炎幸存者中,急性期合并痫性发作者有 13% 发展为迟发性癫痫,无痫性发作组迟发性癫痫的发生率为 2.4%。Chang(2004)等报道中国台湾省 116 例患者中,61 例患者急性期无癫痫发作,以后无 1 例出现迟发性癫痫;急性期 55 例合并癫痫发作患者中,有 11 例发展成为迟发性癫痫。作者认为迟发性癫痫和急性期合并痫性发作有明显关系。统计分析表明,急性期癫痫持续状态是迟发性难治性癫痫的危险因素。

3. 痫性发作类型　目前尚无细菌性脑膜炎急性期癫痫发作类型的前瞻性研究报道,文献中提到的痫性发作主要表现为部分性发作、部分性继发全身性发作和全身性发作。Zoons(2008)等报道的 107 例细菌性脑膜炎合并癫痫发作者中,全身性发作 59%,部分性发作 20%,部分性发作继发全身性发作 21%。Casado-Flores(2008)等报道西班牙 38 例患者中,部分性发作 23 例,部分性发作和全身性发作 2 例,全身性发作 8 例。Chang(2004)等报道的 55 例患者中,全身性发作占 56.4%(31/55),其中 27 例为全身性强直-阵挛发作,4 例肌阵挛发作;部分性发作占 43.6%(24/55),11 例部分性发作,13 例部分性继发全身性发作。统计分析表明,部分性发作与大肠埃希氏菌和沙门氏菌脑膜炎感染有关。Kim(2008)等报道韩国 147 例中枢神经系统感染成年患者中有 34 例出现癫痫发作,大部分发作类型为部分继发性全面强直-阵挛发作,有 10 例患者出现癫痫持续状态。Sirsi(2008)等报道 1 例足月出生 23 天的男婴,诊断为链球菌性脑膜炎,临床表现为双侧上下肢痉挛性发作。

4. 癫痫发作与病源菌的关系　有研究发现细菌性脑膜炎合并痫性发作和不同病原菌有关。Chang(2004)等研究发现部分性或部分继发全身性癫痫在大肠埃希氏菌和沙门氏菌感染中最常见;荷兰报道的 696 例细菌性脑膜炎病例中,肺炎链球菌脑膜炎患者出现痫性发作也比其他细菌感染高,但这都是一些零星的报道,缺乏大宗病例的前瞻性分析。

5. 辅助检查

(1) 脑脊液:脑脊液检查是细菌性脑膜炎最基本的辅助检查手段。有助于明确病原学诊断,为临床诊治提供重要参考。

(2) 脑电图:细菌性脑膜炎急性期合并痫样发作者常有脑电图异常。脑电图异常表现与脑膜炎的类型和脑实质受损的程度有关,主要表现为背景活动变慢,轻度基底部脑膜炎脑电图可以正常,或仅表现为非特异性慢波;累及皮质表面的急性细菌性脑膜炎,可见重度弥漫性慢波和痫样放电。持续性脑电图异常往往提示有脑损伤或有脑内并发症。无并发症的脑膜炎脑电图通常是正常的。

Chang(2004)等报道 116 例细菌性脑膜炎中,有 24 例(24/55)急性期合并痫性发作者进行了脑电图检查,其中 20 例脑电图异常,8 例单侧异常,12 例双侧弥漫性异常,4 例正常。8 例单侧异常患者中,2 例为部分性癫痫,4 例部分性继发全身性强直-阵挛发作,2 例为肌阵挛发作,其中 6 例神经影像学异常(脑梗死 1 例,脑梗死和硬膜下积液 2 例,脑积水 3 例)。12 例脑电图弥漫性异常中,7 例临床表现为全身性强直-阵挛发作,4 例部分性发作继发强直-阵挛发作,1 例肌阵挛发作,神经影像学有 9 例异常(脑梗死伴或不伴脑积水及硬膜下积液 6 例,脑积水 3 例)。4 例脑电图正常患者中,2 例强直-阵挛发作,2 例部分性发作,4 例患者中有 3 例神经影像学检查异常(硬膜下积脓 2 例,脑积水 1 例)。Wang (2005)等报道 117 例细菌性脑膜炎,急性期有 31 例合并痫性发作,脑电图检查显示 2 例主要为一侧异常,29 例弥漫性异常。两类单侧异常中 1 例脑脓肿,1 例硬膜下积脓。Kim (2008)等报道韩国 147 例中枢神经系统感染成年患者,32 例急性期合并癫痫发作患者行脑电图检查,其中 38%(12/32)患者可见棘、尖波和背景活动变慢。随访 18 月,统计学分析发现脑电图改变和迟发性癫痫无明显关系。同全身性发作或无痫性发作的患儿相比,伴有部分性痫性发作的患儿,脑电图表现为局灶性尖波或慢波更为常见。尽管脑电图检查对细菌性脑膜炎感染急性期并无特异性,但对合并痫性发作患者进行脑电检测有助于及时了解病情变化,特别是合并癫痫持续状态者,有助于判断病情变化,指导治疗。经过治疗后脑电图改善的程度和速度对临床诊断和预后判断仍然有一定价值。

(3) 神经影像学检查:关于细菌性脑膜炎合并癫痫发作和神经影像学的关系各家报道不一,目前尚没有前瞻性研究资料。细菌性脑膜炎合并痫性发作常有脑神经元坏死、脑组织水肿等病理改变,CT、MRI 等影像学检查可有阳性发现。早期进行神经影像学检查有助于细菌性脑膜炎合并痫性发作的及时诊断和治疗,降低病死率和致残率。

细菌性脑膜炎合并痫性发作者常有脑室扩大、脑沟增宽、脑肿胀、脑室移位等异常表现。Chang(2004)等报道 116 例细菌性脑膜炎患者,神经影像学异常 51%(59/116)。其中脑梗死 16 例(27.1%);脑积水 29 例(49.2%;11 例梗阻性,18 例交通性);硬膜下积液 33 例(55.9%;18 例行外科手术排脓引流治疗)。统计学分析表明神经影像学异常和急性期癫痫发病率有关,但和迟发性癫痫无关。Wang(2005)等报道 117 例细菌性脑膜炎神经影像学检查异常 26%(30/117),癫痫组 12 例,非癫痫组 18 例。统计分析表明细菌性脑膜炎急性期合并癫痫发作与神经影像学无关,迟发性癫痫发病率和住院时影像学正常组与异常组比较无统计学意义。Tuncer(2004)等报道 48 例细菌性脑膜炎患儿,头颅 CT 检查 56%(27/48)异常,其中脑积水和硬膜下积液最常见,研究表明头颅 CT 异常使神经后遗症发生率和患者病死率增加。Kalra(1997)等报道 56 例细菌性脑膜炎患者,有 30 例急性期行头颅 CT 检查,发现 33%(10/30)患者脑室扩大,其中有 2 例脑室进行性扩大,均伴有额叶皮质萎缩,作者认为额叶皮质病变和痫性发作以及其他神经后遗症有关。MRI 检查对诊断帮助较大,临床不同时期头颅 MRI 可不同表现。急性期可见脑膜及脑皮质条状信号增强,增强 MRI 可见脑膜广泛性增厚,可伴有脑组织广泛性水肿;经过一段时间后,可见皮层出现脑梗死及硬膜下积液等异常表现的信号。

6. 治疗

(1) 抗癫痫治疗:细菌性脑膜炎急性期的癫痫发作是否需要预防性抗癫痫治疗尚有不同意见。Zoons(2008)等认为细菌性脑膜炎急性期合并痫性发作死亡率较高,建议对细菌性脑膜炎急性期临床怀疑有癫痫发作的患者都应进行抗癫痫治疗;Chang(2004)等建议对以下细菌性脑膜炎合并癫痫患者进行长疗程抗癫痫治疗:①有局灶性神经功能障碍或精神发育异常者;②细菌性脑膜炎神经影像学异常;③癫痫发作后需要较长时间才能得到控制;④癫痫发作控制前有频繁发作者;⑤脑电图持续异常;⑥癫痫发作类型为局灶性或局灶性继发全身性癫痫发作。Weisfelt(2006)等研究发现肺炎球菌脑膜炎合并癫痫发作并不影响患者预后,多元统计分析表明细菌性脑膜炎急性期癫痫发作与不良预后无统计意义主张不进行治疗。Tyler(2008)等人综合分析后认为,目前尚无依据对有癫痫发作倾向的患者进行抗癫痫治疗有利于疾病的恢复,大多数没有痫性发作并幸存的细菌性脑膜炎患者发生癫痫的可能性较小。急性感染期有抽搐发作的患者虽然发生癫痫的危险性高一些,但其发生率仍然很低,因此,偶发者可不急于抗癫痫治疗,但如发作次数较多,尤其出现癫痫持续状态者,应进行正规的抗癫痫治疗。

脑膜炎后迟发性癫痫的治疗比较困难,仅 50% 的患者能用 1 或 2 种抗癫痫药物使其每年发作少于两次。感染后耐药性癫痫患者往往需手术治疗。Lancman(1996)等报道 963 例视频脑电图检测患者中,56 例(5.8%)系中枢神经系统感染所致的部分性迟发性癫痫(脑膜炎 20 例,脑炎 36 例),其中 27 例(48.2%)为单侧颞叶内侧癫痫,9 例(16.1%)双侧颞叶内侧癫痫,20 例(35.7%)为新皮层癫痫。中枢神经系统感染感染组和无感染组比较,颞叶切除手术效果无统计学意义。作者认为中枢神经系统感染迟发性癫痫大部分是由脑内单个病灶引起的,应考虑手术治疗。病灶相关性脑膜炎迟发性难治性癫痫患者,常有颞叶内侧硬化。脑膜炎为什么会引起颞叶内侧硬化原因不明。对神经影像检查发现单侧海马硬化的患者行颞叶切除术可改善痫样发作。

(2)皮质激素治疗:地塞米松对于急性细菌性脑膜炎治疗尚有争议。有学者认为抗生素治疗后细菌溶解,易导致蛛网膜下腔炎症反应,可能和不良预后有关,添加抗炎因子如地塞米松等,可降低脑脊液炎症反应和减少神经系统并发症。有研究表明地塞米松治疗成人社区获得性细菌性脑膜炎,神经后遗症发生率(治疗组,14%)比对照组(22%)明显降低。Murthy(2008)等认为既然永久性神经损害作为迟发性癫痫的危险因素在激素治疗后发病率降低,可以推测地塞米松治疗可能降低迟发性癫痫的发病率。De Gans 等 2002 年报道欧洲成人细菌性脑膜炎随机、双盲、安慰剂对照、多中心前瞻性研究。地塞米松治疗组不良预后和病死率明显降低。肺炎链球菌脑膜炎地塞米松治疗组 14% 死亡,对照组 34%。在肺炎链球菌脑膜炎组地塞米松治疗组不良预后为 26%,而对照组为 52%。目前还没有关于细菌性脑膜炎地塞米松治疗和迟发性癫痫发病率关系的相关资料。

7. 预后 细菌性脑膜炎合并痫性发作者有较高的病死率和致残率。Zoons(2008)等报道荷兰 696 例患者中有 17% 急性期合并癫痫发作。急性期有癫痫发作者的死亡率为(41%)较非癫痫组(16%)明显增高。Wang(2005)等报道 117 例细菌性脑膜炎,急性期有 31 例合并痫性发作。随访观察 12 年,急性期无痫性发作者随访无痫性发作。31 例急性期合并痫性发作患者中,有 10 例患者完全恢复,没有痫性发作;19 例在急性期死亡;其他 2 例进展成慢性癫痫。作者认为急性期合并痫性发作较无痫性发作预后差。预后不良和痫性发作、脑积水、感染较重以及其他合并症有关,24 小时内合并痫性发作、高龄、入院时反应迟钝是死亡的危险因素。Østergaard(2005)等报道丹麦 2 年内 187 例肺炎链球菌脑膜炎患者,病程中有 31% 合并癫痫发作,21% 患者住院时死亡,41% 幸存者有神经后遗症。作者认为肺炎链球菌脑膜炎死亡率可能和神经系统并发症(脑疝、癫痫发作)和全身并发症(中毒性休克、多器官功能衰竭)等有关。

二、细菌性脑膜炎中的癫痫持续状态

1. 发病率 细菌性脑膜炎合并癫痫持续状态临床并不少见。Singhi 等 2004 年报道了印度年龄 1 个月~12 岁的 220 例细菌性脑膜炎患者,其中 64 例(73%)合并有癫痫发作,34 例(53%)出现难治性癫痫持续状态,所有癫痫持续状态患者没有发现其他引起癫痫持续状态的原因;Zoons(2008)等报道荷兰 696 例细菌性脑膜炎成年患者横断面观察性研究,有 121 例合并痫性发作,其中 4.1%(5/121)出现癫痫持续状态;Chang(2004)等报道 55 例细菌性脑膜炎伴有癫痫发作的患者中,17 例出现癫痫持续状态,占细菌性脑膜炎伴有痫样发作患者的 30.9%(17/55);Kim(2008)等报道 34 例急性期癫痫发作患者中,有 29.4%(10/34)的患者出现癫痫持续状态;Wang(2005)等回顾性研究了 117 例成人细菌性脑膜炎患者,发现其中有 31 例(26.5%)合并痫性发作,10 例(32.2%)出现癫痫持续状态。虽然细菌性脑膜炎合并癫痫持续状态的报道多是回顾性研究,但大宗病例报道其发病率占细菌性脑膜炎中癫痫发作的 4.1%~53%,明显高于普通人群中癫痫持续状态的发病率。

2. 治疗 在有效抗感染治疗的基础上积极抗癫痫治疗是细菌性脑膜炎合并癫痫持续状态治疗的基本原则,难治性癫痫持续状态使用大剂量地西泮可控制发作,低血压和呼吸抑制副作用发生率低。副作用明显时,可用咪达唑仑治疗。Singhi(2004)等在接受儿童患者的重症监护室内治疗 34 例难治性癫痫状态,其中 31 例出现在入院后 48 小时内。3 例用硫喷妥钠,31 例用地西泮静脉用药。地西泮最大剂量为 0.005~0.06mg/(kg·min)。平均用药时间为 3.4 天。结果 8 例患者死亡,其中 4 例用地西泮治疗 4 天以上,在住院的第 2 周死亡,其余患者的发作得到控制。Sirsi(2008)等报道 1 例出生 23 天的男婴,诊断为链球菌性脑膜炎,临床表现为双侧上下肢阵挛,用苯巴比妥和苯妥英治疗无效,48 小时后给予咪达唑仑,最大剂量为 0.2μg/(kg·h),开始应用咪达唑仑 12 小时内有血压降低,应用升压药后改善,没有心血管系统的其他副作用。应用咪达唑仑后临床和脑电图均有改善,72 小时后痫性发作得到控制。因而,作者认为有效治疗新生儿痫样发作是防止神经损害的基本治疗,咪达唑仑是一种安全有效的抗癫痫药物,可以很快控制新生儿难治性癫痫持续状态。但也有报道咪达唑仑治疗癫痫复发率较地西泮高。

3. 细菌性脑膜炎合并癫痫持续状态的预后 细菌性脑膜炎合并癫痫持续状态患者的病情往往较重。Singhi(2002)等研究的 88 例重症监护的细菌性脑膜炎患儿中,入院前平均病程是 6.9 天,其中 59% 的患者昏迷(格拉斯哥昏迷评分<8 分),44% 的患者颅内压增高,24% 的患者休克,42% 的患者呼吸困难或呼吸衰竭。有 34 例(53%)出现难治性癫痫持续状态,其中 31 例发生在入院后 48 小时内。88 例在 ICU 治疗的患者中有 19 例死亡,而不需要在 ICU 治疗的 132 例中无 1 例死亡。难治性癫痫持续状态组(8/34)同无癫痫状态组(11/54)相比死亡率无统计学意义。但是 4 例应用地西泮治疗 4 天以上的患者在住院第 2 周死亡。合并颅高压、休克和呼吸衰竭死亡率明显增高。Zoons(2008)等报道的 5 例癫痫持续状态患者住院时全部死亡。Kim(2008)等报道的 10 例中有 9 例幸存者随访发现其出现了难治性迟发性癫痫。Wang(2005)等报道的 10 例癫痫持续状态者中有 6 例住院时死亡,其余 4 例完全恢复,无癫痫发作。

细菌性脑膜炎合并癫痫持续状态是一个常见临床症状,治疗困难,预后较差。关于细菌性脑膜炎合并癫痫持续状态的临床资料大多是回顾性研究,目前尚缺乏专门设计进行细菌性脑膜炎急性期合并癫痫持续状态的前瞻性研究资料,癫痫持续状态是细菌性脑膜炎严重并发症,可加重脑缺血、缺氧、脑细胞水肿,未及时治疗可使细菌性脑膜炎病情恶化,病死率、致残率较高。早期诊断治疗,有助于降低病死率和致残率。

4. 预防 通过细菌疫苗预防接种可减少脑膜炎发病率。西班牙报道使用肺炎链球菌七价联合疫苗后,肺炎球菌性脑膜炎发病率明显降低。美国广泛接种流感嗜血杆菌多糖蛋白疫苗,已经使流感嗜血杆菌脑膜炎患者降低94%。Whitney(2008)等报道应用肺炎链球菌蛋白多糖多价联合疫苗,使儿童脑膜炎发病率由188.0/10 万降为59.0/10 万,降低了69%。在埃及,接种脑膜炎球菌血清 A 多糖疫苗已使脑膜炎年发病率从10.2%降为1.2%。细菌性脑膜炎是癫痫可以预防的病因,通过预防接种降低细菌性脑膜炎的发病率进行病因预防,是降低癫痫发病率的重要策略。

尽管进行免疫接种以及有效抗生素治疗,但长期以来细菌性脑膜炎患者仍然有较高的病死率和致残率。早期诊断和合理治疗是改善预后的重要措施。早期有效抗生素应用,可降低神经元损伤,降低细菌性脑膜炎幸存者迟发性癫痫的发病率,提高患者的生活质量。

(周春雷　王学峰)

参 考 文 献

[1] Sirsi D,Nangia S,LaMothe J,et al. Successful management of refractory neonatal seizures with midazolam. J Child Neurol,2008,23(6):706-709.

[2] Singhi SC,Khetarpal R,Baranwal AK,et al. Intensive care needs of children with acute bacterial meningitis:a developing country perspective. Ann Trop Paediatr,2004,24(2):133-140.

[3] Murthy JM,Prabhakar S. Bacterial meningitis and epilepsy. Epilepsia,2008,49(Suppl 6):8-12.

[4] Østergaard C,Konradsen HB,Samuelsson S. Clinical presentation and prognostic factors of Streptococcus pneumoniae meningitis according to the focus of infection. BMC Infect Dis,2005,27(5):93.

[5] Zoons E,Weisfelt M,de Gans J,et al. Seizures in adults with bacterial meningitis. Neurology,2008,70(22 Pt 2):2109-2115.

[6] Sellner J,Ringer R,Baumann P,et al. Effect of the NMDA-receptor antagonist dextromethorphan in infant rat pneumococcal meningitis. Curr Drug Metab,2008,9(1):83-88.

[7] Chang CJ,Chang HW,Chang WN,et al. Seizures complicating infantile and childhood bacterial meningitis. Pediatr Neurol,2004,31(3):165-171.

[8] Wang KW,Chang WN,Chang HW,et al. The significance of seizures and other predictive factors during the acute illness for the long-term outcome after bacterial meningitis. Seizure,2005,14(8):586-592.

[9] Tuncer O,Caksen H,Arslan S,et al. Cranial computed tomography in purulent meningitis of childhood. Int J Neurosci,2004,114(2):167-174.

[10] Ma W,Shang-Feaster G,Okada PJ,et al. Elevated cerebrospinal fluid levels of glutamate in children with bacterial meningitis as a predictor of the development of seizures or other adverse outcomes. Pediatr Crit Care Med,2003,4(2):170-175.

[11] Kalra V,Palaksha HK,Gupta A. Retrospective review of clinical and neuroimaging observations in pyomeningitis. Indian J Pediatr,1997,64(6 Suppl):22-29.

[12] Inoue S,Nakazawa T,Takahashi H,et al. Seizures in the acute phase of aseptic and bacterial meningitis. No To Hattatsu,1998,30(6):494-499.

[13] Casado-Flores J,Rodrigo C,Arístegui J,et al. Decline in pneumococcal meningitis in Spain after introduction of the heptavalent pneumococcal conjugate vaccine. Pediatr Infect Dis J,2008,27(11):1020-1022.

[14] Lovera D,Arbo A. Risk factors for mortality in Paraguayan children with pneumococcal bacterial meningitis. Trop Med Int Health,2005,10(12):1235-1241.

[15] Sáez-Llorens X, McCracken GH Jr. Bacterial meningitis in children. Lancet, 2003, 361 (9375): 2139-2148.

[16] Weisfelt M, van de Beek D, Spanjaard L, et al. A risk score for unfavorable outcome in adults with bacterial meningitis. Ann Neurol, 2008, 63:90-97.

[17] Annegers JF, Hauser WA, Beghi E, et al. The risk of unprovoked seizures after encephalitis and meningitis. Neurology, 1988, 38(9):1407-1410.

[18] Pomeroy SL, Holmes SJ, Dodge PR, et al. Seizures and other neurologic sequelae of bacterial meningitis in children. N Engl J Med, 1990, 323(24):1651-1657.

[19] Durand ML, Calderwood SB, Weber DJ, et al. Acute bacterial meningitis in adults. A review of 493 episodes. N Engl J Med, 1993, 328(1):21-28.

[20] Hasegawa D, Matsuki N, Fujita M, et al. Kinetics of glutamate and gamma-aminobutyric acid in cerebrospinal fluid in a canine model of complex partial status epilepticusinduced by kainic acid. J Vet Med Sci, 2004, 66(12):1555-1559.

[21] Schuchat A, Robinson K, Wenger JD, et al. Bacterial meningitis in the United States in 1995. Active Surveillance Team. N Engl J Med, 1997, 337:990-996.

[22] van de Beek D, de Gans J, Spanjaard L, et al. Clinical features and prognostic factors in adults with bacterial meningitis. N Engl J Med, 2004, 351(18):1849-1859.

[23] Wahdan MH, Sallam SA, Hassan MN, et al. A second controlled field trial of a serogroup. A meningococcal polysaccharide vaccine in Alexandria. Bull World Health Organ, 1977, 55(6):645-651.

[24] Herson VC, Todd JK. Prediction of morbidity in Haemophilus influenzae meningitis. Pediatrics, 1977, 59: 35-49.

[25] Whitney CG, Farley MM, Hadler J, et al. Decline in invasive pneumococcal disease after the introduction of protein-polysaccharide conjugate vaccine. N Engl J Med, 2003, 348(18):1737-1746.

[26] Norheim G, Rosenqvist E, Aseffa A, et al. Characterization of Neisseria meningitidis isolates from recent outbreaks in Ethiopia and comparison with those recovered during the epidemic of 1988 to 1989. J Clin Microbiol, 2006, 44(3):861-871.

[27] Casado-Flores J, Aristegui J, de Liria CR, et al. Clinical data and factors associated with poor outcome in pneumococcal meningitis. Eur J Pediatr, 2006, 165(5):285-289.

[28] Kornelisse RF, Westerbeek CM, Spoor AB, et al. Pneumococcal meningitis in children: prognostic indicators and outcome. Clin Infect Dis, 1995, 21(6):1390-1397.

[29] Kilpi T, Anttila M, Kallio MJ, et al. Severity of childhood bacterial meningitis and duration of illness before diagnosis. Lancet, 1991, 338(8764):406-409.

[30] Kim MA, Park KM, Kim SE, et al. Acute symptomatic seizures in CNS infection. Eur J Neurol, 2008, 15 (1):38-41.

[31] Tyler KL. Bacterial meningitis: an urgent need for further progress to reduce mortality and morbidity. Neurology, 2008, 70(22 Pt 2):2095-2096.

[32] Weisfelt M, van de Beek D, Spanjaard L, et al. Clinical features, complications, and outcome in adults with pneumococcal meningitis: a prospective case series. Lancet Neurol, 2006, 5:123-129.

[33] Singhi S, Murthy A, Singhi P, et al. Continuous midazolam versus diazepam infusion for refractory convulsive status epilepticus. J Child Neurol, 2002, 17(2):106-110.

[34] van de Beek D, de Gans J, McIntyre P, et al. Steroids in adults with acute bacterial meningitis: a systematic review. Lancet Infect Dis, 2004, 4(3):139-143.

[35] Baraff LJ, Lee SI, Schriger DL. Outcomes of bacterial meningitis in children: a meta-analysis. Pediatr In-

fect Dis J,1993,12(5):389-394.

[36] De Gans J,van de Beek D. Dexamethasone in adults with bacterial meningitis. N Engl J Med,2002,347 (20):1549-1556.

[37] Rosman NP,Peterson DB,Kaye EM,et al. Seizures in bacterial meningitis:Prevalence,patterns,pathogenesis,and prognosis. Pediatr Neurol,1985,1(5):278-285.

[38] Schaad UB,Lips U,Gnehm HE,et al. Dexamethasone therapy for bacterial meningitis in children. Lancet, 1993,342(8869):457-461.

[39] Aronin SI,Peduzzi P,Quagliarello VJ. Communitycquired bacterial meningitis:risk stratification for adverse clinical outcome and effect of antibiotic timing. Ann Intern Med,1998,129:862-869.

[40] Lancman ME,Morris HH 3rd. Epilepsy after central nervous system infection:clinical characteristics and outcome after epilepsy surgery. Epilepsy Res,1996,25(3):285-290.

[41] Hussein AS,Shafran SD. Acute bacterial meningitis in adults. A 12-year review. Medicine(Baltimore), 2000,79(6):360-368.

第四节　糖尿病中的癫痫及癫痫持续状态

糖尿病是一种可以累及全身各个系统的代谢性疾病。除心血管、肾脏外,神经系统也是重要的受累部位。糖尿病性癫痫的临床报道近年逐渐增多,已被认为是重要的糖尿病神经系统并发症之一。

一、糖尿病中的癫痫发作

1. 发病机制　血糖过高是糖尿病患者出现癫痫发作的重要因素,但在一些血糖明显升高的患者中并未出现癫痫发作,说明除高血糖外还存在着其他发病因素。目前,有关糖尿病性癫痫的机制尚无定论,有以下几种可能。

（1）代谢因素:高血糖使脑内无氧代谢增加,乳酸聚积,细胞内 ATP 减少,脑细胞处于易损状态。糖尿病中的高血糖、高渗状态、电解质失衡,使细胞内外渗透压梯度显著增大,细胞脱水、变性,酶活性改变,导致细胞功能损害,从而激发脑神经元异常放电。随着这些代谢因素的消除,癫痫发作可逐渐停止。糖尿病患者在治疗过程中出现的低血糖反应也与癫痫发作的频率和严重程度有关(Lahat,1995)。

（2）免疫异常:1 型糖尿病(T1D)患者出现癫痫发作可能与免疫异常有关。1990年,Baekkeskov 首先提出谷氨酸脱羧酶抗体(GAD-Ab)是 T1D 的重要自身抗体。GAD-Ab能阻止胰岛细胞分泌胰岛素,在儿童和成人 T1D 中均起着重要作用,现已被认为是 T1D诊断最重要的免疫学标志(Vianello,2002)。而包括癫痫在内的许多神经系统疾病也存在着 GAD-Ab 的增高(O'Connell,2008)。Peltola(2000)曾对 51 例与部位有关的难治性癫痫进行研究,发现这种类型的癫痫中 GAD-Ab 都呈阳性,且大多数抗体的效价与 1 型糖尿病相似。Striano(2008)等报道的 T1D 伴癫痫发作患者,都有 GAD-Ab 的明显增高。这些研究支持 GAD-Ab 可能为癫痫发作有关。GAD-Ab 增高与糖尿病性癫痫存在联系,可能是由于谷氨酸脱羧酶受到了抑制,引起 γ-氨基丁酸的合成减少,γ-氨基丁酸调节的抑制性神经元活动减少,致大脑出现高度兴奋性。

（3）神经递质异常:血糖升高可使体内三羧酸循环受阻、中枢神经系统内兴奋和抑制性神经递质水平失调,如乙酰胆碱水平增高,γ-氨基丁酸、5-羟色胺和多巴胺水平降低,都能引起大脑皮质兴奋性增加,降低癫痫发作阈值。Makimattila(2004)等研究了10例血压正常、伴自主神经系统病变的T1D患者,发现他们的白质和丘脑部位的胆碱类物质均有增多。Yamato(2004)等人发现在自发性糖尿病老鼠的海马中5-羟色胺和多巴胺的水平较健康老鼠明显降低。另外,Kusaka(2004)指出血管紧张素Ⅱ的Ⅰ型受体参与了糖尿病引起的脑损伤。另有学者指出,糖尿病患者脑中存在胆碱能受体表达异常,也可能与癫痫发作有关。

(4)基因变异:在一些遗传性疾病中,可同时存在糖尿病和癫痫持续状态。最近的研究发现胰岛β细胞上的ATP敏感性钾离子通道突变是新生儿糖尿病的重要原因。在一些患儿中,这些突变也可能累及了肌肉、神经元和脑组织中的ATP敏感性钾离子通道,出现一系列疾病,表现为发育迟缓、癫痫发作和糖尿病(developmental delay, epilepsy, and neonatal diabetes DEND),即DEND综合征。发病机制是编码ATP敏感性钾离子通道Kir 6.2亚单位ATP结合位点的基因——*KCNJ11*基因发生了突变,一方面使胰岛β细胞中ATP敏感性钾离子通道结合ATP的作用减弱,胞内钾离子浓度降低,细胞外钙离子不易进入胰岛β细胞,抑制了胰岛素的分泌;另一方面,神经系统的钾离子通道的抑制作用减弱,神经兴奋性增高,癫痫发作阈值降低,容易引发癫痫。因此,有癫痫发作的新生儿应查血糖,考虑是否为基因突变引起的DEND综合征。Shimomura(2009)和Masia(2007)等人分别对这类患者进行过相关报道。

MELAS综合征是一种表现为线粒体脑肌病-乳酸酸中毒-卒中样发作的综合征,绝大部分患者有*mtDAA3243G*点突变,可累及胰岛和中枢神经系统,出现糖尿病和癫痫持续状态(Ribacoba,2006)。

(5)微循环障碍:糖尿病患者易出现包括脑部在内的全身微小血管病变,尤其是老年糖尿病患者,更易出现缺血性脑血管病。主要机制为糖原、糖蛋白的沉积刺激血管内皮细胞增生,中外膜肥厚,造成血管内狭窄;脑血流自动调节功能受到损害,局部脑血流量下降,血黏度增高等血流动力学的改变也加重了局部缺血和微循环障碍;局部脑缺血又导致氧化性应激反应和NAD(P)H氧化酶的诱导效应增强,加重了脑部损伤(Kusaka 2004)。Kashibara(1997)等曾报道了1例有行为异常和自主神经性癫痫发作的非酮症性糖尿病患者,MRI检查发现双侧海马T2相有高信号,类似非特异性白质病变的表现,单光子发射电子计算机断层扫描发现脑部广泛性血流减少,感觉和听觉诱发电位显示中枢内潜伏期延长,提示癫痫发作与微血管病变有关。

(6)其他:糖尿病运动性癫痫常因运动、行走、摆动手臂等因素诱发,臂丛的局部封闭不能消除这些诱发因素,提示糖尿病部分运动性发作与外周神经的传入可能无关。

Cochin(1994)曾报道了1例有难治性癫痫的老年女性糖尿病患者,头颅MRI无异常,生化检查除酮症糖尿病外,无酸中毒、高渗透压等异常,用胰岛素治疗后,随着血糖下降,发作停止,阵挛消失,脑电图恢复正常,提示非酮症糖尿病还有其他机制的可能。

2.影响因素 由于酮能增加GABA的生物利用度,加强脑内抑制功能,不易诱发癫痫。因而,糖尿病引起的癫痫多数发生在非酮症性糖尿病患者。另外,糖尿病治疗中出现的低血糖可诱发局灶性癫痫发作并出现认知、语言功能障碍,加重病情。

3. 发病率　糖尿病性癫痫的发病率报道不一。有学者称,约25%的非酮症性高血糖(non-ketotic hyperglycemia,NKH)患者会出现不同类型的癫痫发作,多见于50岁以上患者,但也有儿童患病的报道,且以男性多见(Scherer,2005;Cochin,1994)。另有学者认为,由于不同程度的脑动脉硬化,糖尿病性癫痫易发生于中老年糖尿病患者,年轻人相对少见。

McCorry等(2006)对比研究了150 000例15~30岁的T1D患者和518例年龄相当的特发性全身性癫痫(IGE)患者,发现IGE患者中出现T1D的可能性较普通人群更高,风险比为4.4。

O'Connell(2008)等人研究了1384名0~19岁的T1D患者,其中有12名(8.7‰)发作癫痫,这与成人T1D患者发生癫痫的频率无明显差异。

4. 发作类型　糖尿病可引起多种类型的癫痫发作,表现为强直性、阵挛性、强直-阵挛性、全身性、复杂部分性发作、失神、毛发运动等发作。根据报道的文献资料,儿童糖尿病患者似乎多表现为全身性发作和儿童良性局灶性癫痫,成人患者多为部分性或部分运动性发作。基因变异引起的糖尿病伴癫痫发作时间长,多为癫痫持续状态。O'Connell(2008)等调查的1384名0~19岁的T1D儿童和少年患者中,多为全身性癫痫和儿童良性局灶性癫痫(BFEC)。Tedras(1991)报道的3例老年糖尿病患者都是部分性运动性癫痫,由躯干或四肢运动而诱发,发作时脑电图表现为枕-顶叶或中颞区有痫样放电;Hennis(1992)报道的7例非酮症性糖尿病成人表现为局灶性癫痫发作;Striano(2008)等人报道了2例T1D患者,一例为51岁男性,从12岁起出现强直-阵挛性发作,每年发作多于5次。另一例为15岁男性,8岁时出现失神性发作。

糖尿病患者在胰岛素治疗过程中,可能出现血糖过低而引发癫痫。Fisher(1987)等人曾报道3例胰岛素依赖性糖尿病患者,在胰岛素治疗过程中,出现了夜间低血糖并伴全身强直-阵挛性发作。

5. 癫痫出现时间　癫痫发作可出现在糖尿病的任何一个阶段,可在多饮、多尿等糖尿病症状后,也可为糖尿病早期唯一或突出的表现,还可出现在治疗过程中。Hennis(1992)报道了7例糖尿病患者,其中3例癫痫发作在糖尿病其他症状前,4例出现在症状出现后。Lammouchi(2004)等报道了22例伴发部分性癫痫的NKH患者,其中50%之前未诊断出糖尿病。

6. 诊断　糖尿病性癫痫常常无法被一线抗癫痫药物有效控制而发展成为难治性癫痫或癫痫持续状态。一些发作作为糖尿病的首发症状,若未重视,易引起误诊。因此,对原因不明的难治性癫痫或癫痫持续状态,应及时检测血糖、尿糖、尿酮、血电解质和血浆渗透压,以助于早期诊断和治疗。血糖控制后癫痫发作逐渐终止的情况也有助于诊断。

在癫痫发作间歇期脑电图通常正常,也可有局灶性或弥散性慢波,发作期出现棘波且多为单侧性。大多数患者头部CT检查正常,异常者可能有高血糖引起的脑血管病变或年龄相关的皮质、皮质下脑萎缩(Scherer,2005)。

如果除高血糖、癫痫持续状态外,还有酸中毒、肌力低下、卒中样发作、痴呆等表现,应考虑到MELAS综合征的可能。若为合并发育迟缓、高血糖以及癫痫持续状态的婴幼儿,应考虑到基因突变引起的DEND综合征。

7. 治疗

（1）控制血糖：降糖药可使大部分患者的发作停止，随着血糖恢复正常，即使停用抗癫痫药物，也可不再有癫痫发作；若血糖失去控制，即使使用大量抗癫痫药物，发作也不能停止。因此，对于糖尿病引起的癫痫发作，控制血糖和纠正代谢紊乱是治疗重点。

给予生理盐水加小剂量胰岛素（4~6U/h）静脉滴注，同时监测血糖，可每小时检测一次，根据检测的血糖浓度调节胰岛素的剂量，降糖速度以每小时下降 5~7mmol/L 为宜。用输液泵调控输液速度，同时要注意及时补钾，防止胰岛素治疗后血钾向细胞内转移，造成低钾血症而引起心律失常。血糖下降 14mmol/L 左右时改用 5% 葡萄糖盐水及适量胰岛素静脉滴注，以后逐步改为皮下注射胰岛素或口服降糖药物。

（2）抗癫痫药物治疗：大多数糖尿病性癫痫发作对常用抗癫痫药物耐药。苯妥英钠和苯巴比妥等药物由于可抑制胰岛素分泌，升高血糖，甚至有加重发作的可能。卡马西平对糖尿病引起的部分性癫痫发作比较有效。Batista（1996）曾报道了 1 例以复杂部分性发作为首发症状的糖尿病患者，用卡马西平后发作停止，1 个月后停用卡马西平，仅进行降糖治疗，也未出现发作。Roze（2000）等报道了 1 例 66 岁男性糖尿病患者，表现为右半身的毛发运动性癫痫发作，发作反复出现且频率逐渐增加，最后发展为癫痫持续状态。用卡马西平治疗 1 星期后，癫痫发作停止，3 星期后记忆和行为功能逐渐恢复，随访 8 年不再发作。另外，丙戊酸和地西泮治疗也有一定疗效。

（3）其他治疗：根据病情进行抗感染、维持水电解质平衡及对症治疗。对于脑血管因素引起的糖尿病性癫痫，应同时改善微循环、预防脑水肿、治疗脑血管病。值得注意的是，药源性低血糖可诱发癫痫，在进行降糖治疗时，应注意预防低血糖发生。

8. 癫痫发作的预后　虽然常用一线抗癫痫药物并不能终止糖尿病引起的癫痫发作，但随着血糖控制和电解质紊乱纠正，发作会逐渐停止，因而总体预后是良好的。

二、糖尿病中的癫痫持续状态

糖尿病性癫痫的发作时间长，且抗癫痫药物不易控制，易发展为癫痫持续状态。多数病例研究结果显示，糖尿病性癫痫持续时间多在 15~30 分钟（Hennis，1992）。

1. 发病机制　糖尿病引起的代谢紊乱、脑血管病变、免疫功能异常、神经递质失调等因素均可加重癫痫发作，使其发展为持续状态。Paiboonpol（2005）报道了 22 例表现为部分性癫痫持续状态的高血糖患者，癫痫持续时间平均为 9 天，持续时间与低血钠和高渗透压密切相关。这 22 例患者均以部分性癫痫持续状态为糖尿病的首发症状，在血糖得到控制后，癫痫发作终止。其中大部分患者有局限性结构性脑部损伤，代谢异常包括高血糖、低血钠以及高渗透压等。Huang（2009）等人将成年 SD 大鼠分为链脲霉素诱发糖尿病组和非糖尿病组，再用生理盐水或毛果芸香碱诱导两组大鼠出现癫痫持续状态，他们发现，糖尿病组的癫痫持续状态的严重度、死亡率以及大鼠的学习、记忆能力减退均较非糖尿病组高，并出现了海马 CA_3 区严重的神经元损失、苔藓纤维萌发和更加严重的脑组织损伤。这提示糖尿病引起的脑组织损伤可能是癫痫持续的重要原因。

2. 发作类型　糖尿病可引起各种类型的癫痫持续状态，但大多数为部分性持续状态。Schomer（1993）曾指出，部分性癫痫持续状态和连续部分性癫痫持续状态可能是非酮症糖尿病的一种特殊表现；Hennis（1992）报道的 21 例糖尿病性癫痫中有 9 例表现为部分性持续状态。Paiboonpol（2005）报道了 22 例糖尿病性癫痫持续状态患者均为部分性发作。Mukherjee(2007)报道的 T1D 儿童患者,也表现为部分性癫痫持续状态。

Nakamura(2000)报道了 1 例女性 MELAS 综合征患者,18 岁时诊断出糖尿病,26 岁出现糖尿病酮症酸中毒、意识丧失、左侧辨距困难和共济失调性言语,在 33 岁时出现复杂部分性癫痫持续状态;Liou(2000)在同一年也报道了 1 例 MELAS 综合征女性患者,在一次癫痫持续状态后出现了急性高血糖症,胰高血糖素刺激试验显示胰腺 β 细胞功能下降,分子遗传学显示肌肉、血液细胞中存在 *mtDAA3243G* 点突变。

3. 治疗 糖尿病性癫痫持续状态的治疗存在分歧。有的学者认为对因、对症多方面同时用药,效果较好;另有学者认为,抗癫痫药物效果不好,唯有治疗原发病、控制血糖、血酮及高渗状态才能终止发作。但目前多倾向用前一种方法治疗。具体为:①首选地西泮控制癫痫持续状态,之后再根据发作类型选妥泰、丙戊酸钠、卡马西平等进行抗癫痫治疗,避免用苯妥英钠、苯巴比妥等抑制胰岛素分泌的药物;②纠正高血糖,可采用小剂量胰岛素(4~6U/h)持续微量泵入,同时监测血糖,并逐渐改为皮下注射胰岛素或口服降糖药;③还应根据病情适当补液、脱水、以维持水和电解质平衡,并进行对症处理。预防脑水肿,可静脉滴注 20% 的甘露醇,同时要避免药液渗出血管外。注意观察尿量、尿色,避免肾功能损害。

(彭希 王学峰)

参 考 文 献

[1] Lahat E,Barr J,Bistritzer T. Focal epileptic episodes associated with hypoglycemia in children with diabetes. Clin Neurol Neurosurg,1995,97(4):314-316.

[2] Baekkeskov S,Aanstoot HJ,Christgau S,et al. Identification of the 64K autoantigen in insulin-dependent diabetes as the GABA-synthesizing enzyme glutamic acid decarboxylase. Nature,1990,347(6289):151-156.

[3] Vianello M,Tavolato B,Giometto B. Glutamic acid decarboxylase autoantibodies and neurological disorders. Neurol Sci,2002,23(4):145-151.

[4] O'Connell MA,Gilbertson HR,Donath SM,et al. Optimizing postprandial glycemia in pediatric patients with type 1 diabetes using insulin pump therapy:impact of glycemic index and prandial bolus type. Diabetes Care,2008,31(8):1491-1495.

[5] Peltola J,Kulmala P,Isojärvi J,et al. Autoantibodies to glutamic acid decarboxylase in patients with therapy-resistant epilepsy. Neurology,2000,55(1):46-50.

[6] Striano P,Perruolo G,Errichiello L,et al. Glutamic acid decarboxylase antibodies in idiopathic generalized epilepsy and type 1 diabetes. Ann Neurol,2008,63(1):127-128.

[7] Mäkimattila S,Malmberg-Cèder K,Häkkinen AM,et al. Brain metabolic alterations in patients with type 1 diabetes-hyperglycemia-induced injury. J Cereb Blood Flow Metab,2004,24(12):1393-1399.

[8] Yamato T,Misumi Y,Yamasaki S,et al. Diabetes mellitus decreases hippocampal release of neurotransmitters:an in vivo microdialysis study of awake,freely moving rats. Diabetes Nutr Metab,2004,17(3):128-136.

[9] Kusaka I,Kusaka G,Zhou C,et al. Role of AT1 receptors and NAD(P)H oxidase in diabetes-aggravated ischemic brain injury. Am J Physiol Heart Circ Physiol,2004,286(6):H2442-2451.

[10] Shimomura,K. The K(ATP)channel and neonatal diabetes. Endocr J,2009,56(2):165-175.

[11] Masia R,Koster JC,Tumini S,et al. An ATP-binding mutation(G334D)in KCNJ11 is associated with a

sulfonylurea-insensitive form of developmental delay, epilepsy, and neonatal diabetes. Diabetes, 2007, 56 (2):328-336.

[12] Ribacoba R, Salas-Puig J, González C, et al. Characteristics of status epilepticus in MELAS. Analysis of four cases. Neurologia, 2006, 21(1):1-11.

[13] Liou, C. W. , C. C. Huang, et al. Absence of maternal A3243G mtDNA mutation and reversible hyperglycemia in a patient with MELAS syndrome. Acta Neurol Scand, 2000, 101(1):65-69.

[14] Liou CW, Huang CC, Tsai JL, et al. Continuous partial epilepsy disclosing diabetes mellitus. Rev Neurol, 1994, 150(3):239-241.

[15] McCorry D, Nicolson A, Smith D, et al. An association between type 1 diabetes and idiopathic generalized epilepsy. Ann Neurol, 2006, 59(1):204-206.

[16] O'Connell MA, Gilbertson HR, Donath SM, et al. Optimizing postprandial glycemia in pediatric patients with type 1 diabetes using insulin pump therapy: impact of glycemic index and prandial bolus type. Diabetes Care, 2008, 31(8):1491-1495.

[17] Hennis A, Corbin D, Fraser H. Focal seizures and non-ketotic hyperglycaemia. J Neurol Neurosurg Psychiatry, 1992, 55(3):195-197.

[18] Striano P, Errichiello L, Striano S. Comment to: Diabetic hyperglycemia is associated with the severity of epileptic seizures in adults. Epilepsy Res, 2008, 80(2-3):231-232.

[19] Fisher, B. M. , Lamey. Carriage of Candida species in the oral cavity in diabetic patients: relationship to glycaemic control. J Oral Pathol, 1986, 16(5):282-284.

[20] Hennis A, Corbin D, Fraser H. Focal seizures and non-ketotic hyperglycaemia. J Neurol Neurosurg Psychiatry, 1992, 55(3):195-197.

[21] Lammouchi T, Zoghlami F, Ben Slamia L, et al. Epileptic seizures in non-ketotic hyperglycemia. Neurophysiol Clin, 2004, 34(3-4):183-187.

[22] Roze E, Oubary P, Chédru F. Status-like recurrent pilomotor seizures: case report and review of the literature. J Neurol Neurosurg Psychiatry, 2000, 68(5):647-649.

[23] Hennis A, Corbin D, Fraser H. Hennis, A. , D. Corbin, et al. Focal seizures and non-ketotic hyperglycaemia. J Neurol Neurosurg Psychiatry, 1992, 55(3):195-197.

[24] Paiboonpol S. Epilepsia partialis continua as a manifestation of hyperglycemia. J Med Assoc Thai, 2005, 88 (6):759-762.

[25] Huang CW, Cheng JT, Tsai JJ, et al. Diabetic Hyperglycemia Aggravates Seizures and Status Epilepticus-induced Hippocampal Damage. Neurotox Res, 2009, 15(1):71-81.

[26] Schomer DL. Focal status epilepticus and epilepsia partialis continua in adults and children. Epilepsia, 1993, 34 Suppl 1:S29-36.

[27] Hennis A, Corbin D, Fraser H. Focal seizures and non-ketotic hyperglycaemia. J Neurol Neurosurg Psychiatry. 1992, 55(3):195-197.

[28] Paiboonpol, S. Epilepsia partialis continua as a manifestation of hyperglycemia. J Med Assoc Thai, 2005, 88(6):759-762.

[29] Mukherjee V, Mukherjee A, Mukherjee A, et al. Type I diabetes mellitus in a child presenting with epilepsy partialis continua. J Indian Med Assoc, 2007, 105(6):340-342.

[30] Nakamura S, Yoshinari M, Wakisaka M, et al. Ketoacidosis accompanied by epileptic seizures in a patient with diabetes mellitus and mitochondrial myopathy, encephalopathy, lactic acidosis and stroke-like episodes(MELAS). Diabetes Metab, 2000, 26(5):407-410.

第五节　脑血管病中的癫痫及癫痫持续状态

一、诊 断 提 示

（一）脑血管病中癫痫及癫痫持续状态的概貌

脑血管病是危害人类健康的常见病、多发病,继发于卒中的癫痫是其常见的并发症。1931 年,Jackson 首次报道脑血管病后癫痫发作以来,脑血管病卒中后癫痫和癫痫持续状态的患病率呈逐年上升的趋势。人们对卒中后癫痫和癫痫持续状态的病理机制、癫痫对卒中预后的影响、治疗等有了一定的认识,但各个临床研究中的人种、样本量、随访期多不相同,导致研究结果上的一些差异(发病率、病死率、卒中后早发性癫痫和迟发性癫痫的定义),而对卒中后癫痫的诊断和分类尚缺乏统一标准,对其治疗尚缺乏统一认识,因此,实施大宗病例的前瞻性多中心的研究十分必要。

急性脑血管病仍然是继发性癫痫和癫痫持续状态最常见的病因之一。各种类型的急性脑血管病脑梗死、脑栓塞、梗死后出血、脑实质自发性血肿和蛛网膜下腔出血等均可成为继发性癫痫的病因。除此之外,腔隙性脑梗死、远隔部位的脑梗死、脑血管畸形也是继发性癫痫或癫痫持续状态的病因。急性脑血管病引起的癫痫或癫痫持续状态发病率远比腔隙性梗死和远隔部位梗死常见,脑血管畸形致癫痫发生也很常见。

脑卒中后可出现痫性发作和癫痫,两者的处理方式不同,需加以鉴别:痫性发作定义为脑神经元过度同步放电所致的短暂性脑功能失调,表现为运动、感觉、意识、精神和自主神经功能异常,通常是指一次发作过程。癫痫则是由反复的痫性发作组成的综合征。卒中后痫性发作的发生率为 4.5% ~42.8%,高于卒中后癫痫 3.5% ~27% 的发病率。动物研究证实反复癫痫发作可明显增加梗死灶的面积并阻止神经功能恢复,但偶发的痫性发作是否有害却并不清楚。鉴别二者的临床意义在于频繁发作的癫痫加重中枢神经系统损害,须予抗癫痫治疗尽快终止其发作,但偶发的痫性发作可以不治而愈,不必予抗癫痫治疗。

卒中后癫痫因其发生时间不同而被分为早发性癫痫和迟发性癫痫。很多临床研究基于二者病理机制不同进行区别。早期卒中后癫痫是因卒中后细胞生化功能紊乱导致组织电敏感性升高,同时急性脑血管病导致细胞外谷氨酸升高因而造成二次神经元损伤,暴露于谷氨酸中的存活神经元可能癫痫样反复发放生物电。已发现实验动物大脑中动脉闭塞后伴有半影区短暂的去极化。存活神经元的自动去极化可能是异常放电的电生理基础,而脑卒中后细胞内环境的骤变如高血糖、电解质紊乱等因素均可促进癫痫发生。迟发型癫痫发生在卒中后期,主要与胶质细胞增生和瘢痕形成有关,卒中恢复期存在细胞膜通透性改变,传入信号阻滞,选择性神经元丢失和侧支芽生,这些变化均可能导致神经元高兴奋性和充分同步化。动物实验已发现短暂的前脑缺血大鼠在 10 ~17 个月后表现出初级躯体感觉神经元明显的高兴奋性。多数文献将早发性癫痫定义为脑卒中后 2 周内发生的癫痫,超过两周发生的癫痫为迟发型癫痫。

（二）脑血管病中癫痫发作的流行病学调查

脑血管病的不同研究中癫痫发病率差异很大,发病率范围为 3.5% ~27%。造成发病率差异的原因除了与临床研究的地域、种族、样本量差异造成的偏倚等因素有关外，还与作者对早发性癫痫和迟发性癫痫定义不一有关。早发性癫痫和迟发性癫痫之间的时间界限被定义为卒中发生后 24～48 小时、1 周、2 周或 1 个月，多数文献以 2 周为时间界限区分早发性癫痫和迟发性癫痫。

我国六个城市流行病学调查（1986）卒中后癫痫发病率为 16.4%，主要为缺血性脑血管病。流行病学调查显示，在 60 岁以上新诊断的癫痫患者中，45% 的病因与脑血管病有关。

1. 卒中后癫痫的发生率与卒中类型的关系　卒中后癫痫的发生率与卒中类型有关，不同类型脑血管病癫痫发生率各不相同。急性缺血性脑卒中的癫痫发病率明显高于静止状态无临床症状的腔隙性梗死和远隔部位的梗死，急性脑血管病早发性癫痫的发病率从 2%～33% 不等，迟发性癫痫的发病率从 3%～67% 不等。有研究显示缺血性卒中发生后 1 年继发癫痫的风险是 4.2%，5 年内为 9.7%。我国一项临床研究发现缺血性脑卒中患者随访 1 年后出现迟发性癫痫的发生率为 3.4%，在 2 年内有第一次痫性发作患者的 50% 发展成为迟发性癫痫。梗死后出血的患者比没有出血的患者更易出现卒中后癫痫。

脑出血患者癫痫发生率为 10.6%。脑叶出血尤其是额叶出血癫痫发生率更高。De Deuck 发现脑出血继发癫痫的患者 78.6% 为脑叶血肿，额叶出血最多见，占脑叶出血的 57%。其中 21.4% 的癫痫患者发展为癫痫持续状态。脑出血尤其是脑叶出血易继发癫痫可能与病灶直接损害皮层、脑血管痉挛、脑水肿和含铁血黄素对神经元的刺激有关。蛛网膜下腔出血后癫痫的发生率稍低，为 8.5%。颅内血肿清除术也是卒中后癫痫发作的危险因素。

虽然一些临床和解剖研究均显示心源性栓塞比其他类型的梗死更易发生癫痫。但是美国一项大型多中心的前瞻性研究显示心源性栓塞继发性癫痫发生的风险并没有上升。美国国家神经疾病和卒中中心的资料也显示心源性的栓塞和卒中后癫痫的发生没有必然联系。

静止状态无临床症状的脑梗死引起的癫痫发生率明显低于急性缺血性脑卒中。腔隙性脑梗死的卒中后癫痫发生率为 2.6%～3.5%，EEG 可发现 83% 癫痫患者有病灶侧脑电图异常，而 CT 或 MRI 可能正常。

脑血管畸形包括海绵状血管畸形、脑动静脉畸形、静脉畸形和毛细血管扩张症。每一种血管畸形都可能引起癫痫发作，动静脉畸形继发癫痫最常见，其发病率为 18%～60%，侵犯大脑皮质的血管畸形更容易继发癫痫。

2. 卒中后癫痫与年龄的关系　流行病学调查显示，老年人群是脑血管病的好发人群，卒中后癫痫以老年患者为主。随着社会老龄化和老年人口的增加，卒中后癫痫的发病率也呈上升趋势。美国的人口调查预示，到 2030 年，大约有 7 千万 65 岁以上的老年人，占总人口的 20%；我国人口调查报告显示目前 65 岁以上老年人占总人口的 8.51%，人口结构正从成年型过渡到老年型，脑卒中发病率逐年呈上升趋势，未来神经内科医生将面对越来越多的卒中后癫痫患者。

3. 卒中后癫痫发病率与卒中部位和卒中严重程度的关系　除了脑血管病部位和严重程度是卒中后癫痫发作的独立危险因素外，高血压、糖尿病、吸烟、饮酒对卒中后癫痫的发生率均无影响。卒中累及的皮质部位是卒中后早发性癫痫最具有特征性的危险因子。

2001 年美国的一宗大型临床调查显示脑叶梗死的 5.9% 继发早发性癫痫，深部脑梗死仅有 0.6% 继发早发性癫痫。脑叶出血中的 14.3%、深部脑出血中的 4%、蛛网膜下腔出血的 8% 继发早发性癫痫。另一项研究显示，皮质损伤的癫痫发生率高达 16% ~26%，最易继发癫痫发作的皮质部位是额叶，其次是顶叶和枕叶。皮质下部位受累后癫痫发生率明显低于皮质损害，皮质下部位引起继发性癫痫的原因可能与来自丘脑-皮层的神经元损伤后其轴突末梢释放谷氨酸有关。

卒中的严重程度对早发性癫痫发生率也有影响，缺血后脑卒中迟发性癫痫的危险因子是卒中引起的严重的神经功能缺损和累及皮层的大的缺血灶。而功能恢复良好的患者中间仅有 3% 的患者发展成为癫痫。

4. 脑血管病中癫痫发作的主要临床表现　卒中后癫痫可根据受累脑血管病灶部位分类，可合并或不合并脑白质的损伤。也可根据其发作时间不同分为早发性癫痫和迟发性癫痫（两周为界），更多的早发性癫痫发生在卒中后的第一天。迟发性癫痫主要发生在卒中后 6 个月 ~2 年。临床中应区别痫性发作和癫痫，痫性发作为一次孤立发作，不能诊断为癫痫，但卒中后早期孤立的痫性发作是反复癫痫发作和迟发性癫痫的独立危险因素，其发展为癫痫的风险是早期没有孤立的痫性发作的患者的 16 倍，发生迟发性癫痫的风险是没有孤立的痫性发作的患者的 8 倍。迟发性的痫性发作也是迟发性癫痫的危险因素，此外，前循环受累、不规则的大梗死灶、顶颞区受累都是迟发性癫痫的危险因素。

卒中后癫痫的发作类型可以是单纯部分性发作，部分性发作继发全面性大发作，全面性强直-阵挛性发作，复杂部分性发作少见。

早发性癫痫以单纯部分性发作常见，大约50% ~90%的早发性癫痫表现为单纯部分性发作，其原因可能与皮质局灶性损害且损害多发生在运动性皮质有关，有作者认为因运动皮质的癫痫发作阈值低于其他部位所致。早发性癫痫主要见于皮层大病灶和意识状态下降的患者。尸解研究发现这些患者还存在另外的危险因素如严重的高血压，伴随心衰或严重的主要因肾功能不全引起的代谢紊乱。

迟发性癫痫以部分性继发全面性大发作多见，其部分性发作症状可因其临床表现隐匿而被误诊为全面性发作。也有部分患者因卒中后继发性代谢异常或电解质异常表现为全面性强直-阵挛发作。

（三）脑血管病中癫痫发作的诊断和治疗

1. 诊断　根据卒中后患者的癫痫持续状态的临床表现、体征、影像学提供的结构性病灶证据，卒中后早发性癫痫通常不难诊断。卒中后出现痫性发作后应尽快予 EEG 检查，长程脑电图或视频脑电图对卒中后癫痫的诊断有重要作用，可对患者脑功能情况进行动态观察。卒中后 EEG 显示病灶侧局灶性慢波是最常见的表现。迟发性癫痫的少部分病例有一侧周期性单侧癫痫波发放。卒中后迟发性癫痫的诊断依赖于卒中病史，而每一个有卒中病史的强直-阵挛发作的癫痫患者必须调查是否有新的卒中发生，若无则可诊断，影像学检查可见陈旧性病灶。

CT 或 MRI 检查表现为边界模糊，中间有被保护区域的皮层病灶比边界清晰高密度的病灶更易发生癫痫。MRI 较 CT 对梗死灶检出更敏感，DWI 成像可区别新的梗死灶或因癫痫引起的二次损伤。

患者应行血液学检查以除外可能的代谢或中毒等因素。怀疑为心源性脑栓塞引起的癫痫发作的患者应该行心血管检查,包括 24 小时心电监测,心脏彩超等调查患者是否有新的血栓形成。

2. 治疗 卒中后癫痫一般预后良好,单药控制癫痫发作 1 年内的完全控制率为 54% ~ 67%。一项前瞻性研究将加巴喷丁作为单药治疗以痫性发作为首发症状的后循环梗死的患者,81% 的患者取得很好的疗效,随访 30 个月内都无癫痫发作。拉莫三嗪被推荐适用于卒中后癫痫的治疗,对迟发型癫痫拉莫三嗪较卡马西平疗效更好,副作用更少。

卒中后迟发性癫痫需进行治疗。有作者认为某些抗癫痫药物对脑卒中有神经元保护作用,如苯妥英钠、苯二氮䓬类、拉莫三嗪、妥泰、左乙拉西坦和唑尼沙胺。也有作者认为苯妥英钠、苯巴比妥和苯二氮䓬类会延迟局灶性脑损伤的运动功能恢复,卡马西平是否对脑损伤有影响并不清楚。

二、脑血管病中的癫痫持续状态

癫痫持续状态是脑血管病最严重的并发症之一,病死率高,应重视脑血管病中癫痫持续状态的诊断和治疗。

1. 发病率 卒中后癫痫持续状态发生率为 1.5% ~ 2.8%。因脑血管病和年龄的相关关系,卒中后癫痫持续状态好发于老年人群。我国大陆尚缺乏卒中后癫痫持续状态的流行调查学资料。台北的一项回顾性研究 102 例超过 60 岁的癫痫持续状态患者中,结果显示脑血管意外是首要病因,占 35%。在另一项 Richmond 研究中,也有 35% 的癫痫持续状态由急性卒中引起,26% 的癫痫持续状态因远隔部位症状性卒中引起。

2. 病因 癫痫持续状态可见于各种脑血管病,急性脑血管病多见,脑出血后癫痫持续状态发生率稍高于缺血性脑卒中。全美的一项研究回顾性分析 1994 ~ 2002 年 718 531 例缺血性卒中患者和 102 763 例脑出血患者卒中后惊厥性癫痫持续状态,发现全身强直-阵挛性癫痫持续状态在缺血性卒中占 0.2%,女性、非洲裔美国人、肾脏疾病、酒精滥用、钠离子失衡、梗死后出血和全身强直-阵挛性癫痫持续状态发生有关。全身强直-阵挛性癫痫持续状态在脑出血中占 0.3%,非洲裔、西班牙人、肾脏疾病、凝血障碍、合并脑肿瘤、酒精滥用和钠离子紊乱和全身强直-阵挛性癫痫持续状态发生有关。卒中后癫痫持续状态主要发生在有严重神经功能缺损的患者,且多在卒中后期发生,可能与患者的神经元坏死,神经结构破坏有关,脑水肿、电解质紊乱、自由基和兴奋性氨基酸释放,神经细胞内钙超载等继发性损害,也可能加重癫痫发作。脑出血易出现癫痫持续状态还可能与血红蛋白和含铁血黄素对病灶周边尚存活的神经元的刺激作用有关。腔隙性梗死和远隔脑区的脑梗死因损害小,少见癫痫持续状态的报道。

中青年脑卒中全身强直-阵挛性癫痫持续状态发生率较老年脑卒中高。20 ~ 39 岁的缺血性卒中全身强直-阵挛性癫痫持续状态患病率为 0.5%,80 岁以上为 0.1%。脑出血中,20 ~ 39 岁全身强直-阵挛性癫痫持续状态发病率 0.9%,80 岁以上为 0.1%。中青年卒中患者更易发生全身强直-阵挛性癫痫持续状态机制尚不清楚。

3. 临床表现 卒中后各种类型的癫痫均可进一步发展成为癫痫持续状态,以惊厥性癫痫持续状态多见。惊厥性癫痫持续状态多由局灶性发作扩展为全身性抽搐反复发作而来。有的患者发作前期部分性发作临床症状隐匿而表现为全身性癫痫持续状态。

脑卒中后非惊厥性癫痫持续状态也较常见,甚至部分患者在惊厥性癫痫持续状态控制后表现为非惊厥性癫痫持续状态,有文献报道14%的卒中患者在惊厥性癫痫持续状态停止后转化为非惊厥性癫痫持续状态。卒中后非惊厥性癫痫持续状态以单纯部分性运动发作持续状态多见,可转化为继发性全身性发作,发作终止后可遗留发作部位的 Todd 麻痹。卒中后非惊厥性发作的临床症状也可能非常隐蔽而不易被医生察觉,可表现为持续的意识障碍、行为异常、微小动作、失语或昏迷。Lee 报道11 例没有癫痫病史患者出现轻度定向力障碍或意识模糊,甚至有的患者表现为精神异常,仅脑电图监测发现痫波发放。

卒中后癫痫持续状态进一步加重脑损伤,一些部分性发作的非惊厥性癫痫持续状态患者可观察到 MRI 的 DWI 和弥散成像出现额外的缺血性改变,但是这种变化目前尚不能证实是癫痫反复发作的结果还是因再次卒中引起。

4. 诊断及鉴别诊断　根据卒中后患者癫痫持续状态的临床表现、体征,通常不难诊断。CT、MRI、SPECT、PET 可提供结构性病灶证据。长程脑电图或视频脑电图对卒中后癫痫的诊断有重要作用,可对患者脑功能情况进行动态观察。

1/3 卒中后患者的癫痫持续状态患者可能在常规脑电图上发现异常,而长程脑电图或视频脑电图可显著增加脑电异常发现,对卒中后癫痫持续状态有重要诊断价值,尤其是对细微发作和非癫痫持续状态临床症状不典型者。Privitera(1994)调查 198 例患者没有临床惊厥发作而有意识改变或有精神症状的住院患者,发现 74 例(37%)患者 EEG 与非惊厥性癫痫持续状态发作相吻合,36 例表现为细微发作,23 例仅表现为意识状态改变者 EEG 和临床非惊厥性癫痫持续状态发作不相吻合。长程 EEG 或视频 EEG 在这种情况下对癫痫持续状态的诊断是有用的。

5. 并发症　卒中后癫痫持续状态持续 20 分钟,大脑皮质缺氧,脑细胞受损;持续状态超过 1 小时,海马、杏仁核、丘脑和大脑皮质中间层发生永久性细胞损害。癫痫持续状态发作时间如果延长,不仅加重脑细胞代谢紊乱和内环境失衡致脑水肿,而且脑水肿又可成为继发性癫痫的病因和诱因,形成恶性循环。而卒中后癫痫持续状态除了加重中枢神经系统损害,还可继发脑外各脏器损害。①心律失常:下丘脑自主神经中枢和脑干自主神经核团使神经体液调节紊乱、内脏迷走神经功能紊乱进一步导致心律失常;②肾功能损害:儿茶酚胺分泌过多,导致血管强烈收缩,血压升高,继发肾功能损害;另长时间肌痉挛导致肌红蛋白释放,堆积在肾小球滤过膜处可致肾损害;③自由基过度反应,导致肝功能衰竭;④消化道应激性溃疡:应激情况下,胃黏膜因缺血缺氧,屏障受损,胃酸和胃蛋白酶分泌异常,发生应激性溃疡出血;⑤吸入性肺炎:自主神经调节异常,口腔和呼吸道分泌物增多,反流和吸入致吸入性肺炎;⑥代谢紊乱:全身骨骼肌痉挛,大量乳酸堆积导致酸碱失衡,长时间骨骼肌痉挛,细胞内钾离子释放,致高钾血症,诱发心律失常;⑦多器官衰竭:上述并发症可叠加形成多器官衰竭。

6. 治疗　卒中后癫痫状态持续,尤其是反复出现的惊厥性癫痫持续状态应迅速启动抗癫痫治疗。紧急救治应首先考虑保持气道通畅,监测氧分压,建立静脉通道,监测血压和心电图。测定血糖值,并分析血常规、电解质。

初始治疗,静脉注射安定类对卒中后癫痫持续状态的成功控制率为 55%,在细微发作的癫痫持续状态中,成功率为 14.9%。国外常用劳拉西泮,国内仍以地西泮作为一线药物。劳拉西泮比地西泮作用时间更长。院前救助时即给予劳拉西泮,治疗效果显著优于地西泮。地西泮作用更快也更易与其他脂肪组织结合,因此,地西泮起效主要在首剂

15～30 分钟内,劳拉西泮的治疗作用可持续 12～24 小时,但劳拉西泮可能延长意识障碍的时间。单剂地西泮可因其作用时间短而导致癫痫持续状态复发。劳拉西泮的推荐剂量为 0.1mg/kg 静脉推注,推注速度不超过 2mg/min;地西泮 0.15～0.25mg/kg 静脉推注,推注速度不超过 5mg/min。

初始治疗失败后,其他标准的抗癫痫药物中,仅有 7% 的复杂部分性癫痫持续状态和 3% 的隐匿性癫痫持续状态对二线药物有反应。可用苯妥英钠 20mg/kg 静脉缓慢推注;苯巴比妥 20mg/kg 静脉推注,50～75mg/min;也可用磷苯妥英(150mg 磷苯妥英相当于 100mg 苯妥英钠)治疗。

难治性癫痫持续状态可用:①戊巴比妥 5～12mg/kg 静脉推注。戊巴比妥疗效优于苯巴比妥,因戊巴比妥半衰期更短,对患者意识状态影响小。使用戊巴比妥之前,因其对呼吸明显的抑制作用,必须行气管内插管。如果患者处于戊巴比妥昏迷状态,EEG 是唯一有用的评价复杂部分性癫痫持续状态是否停止的方法。达到负荷剂量后,EEG 表现从癫痫样放电形式到暴发-抑制或脑电活动抑制;②咪达唑仑,是短期作用的安定类,其优势是起效快,半衰期短,不抑制血压,缺点是价格昂贵和快速耐受,0.1～2mg/kg 静脉推注,后静脉滴注 0.1～2mg/(kg·h),需同步 EEG 监测;③丙泊酚,为 GABA 受体激动剂,能有效快速终止难治性癫痫持续状态,静脉推注,速度不能超过 50mg/min,警惕高血压和心律失常。因其快速清除率,可以每小时以 1～15mg/(kg·h)持续应用,防止癫痫持续状态复发。以上三种药物都有抑制呼吸、升高血压和继发感染的风险,所以患者必须在 ICU 中进行治疗,机械通气和持续的 EEG 检测也是必需的;④静脉推注丙戊酸是治疗癫痫持续状态的另一种选择,82.6% 的患者在 20 分钟内对 15mg/kg 静脉推注丙戊酸发生反应,丙戊酸负荷剂量是 60～70mg/kg;⑤托吡酯灌胃对难治性癫痫持续状态有效,有效剂量为 300～1600mg/d,且没有明显的副作用。

7. 预后 癫痫持续状态明显加重中枢神经系统损害,增加卒中病死率。Waterhouse(2001)的前瞻性研究显示急性缺血性卒中患者继发惊厥性癫痫持续状态的死亡率是没有继发癫痫卒中患者的 3 倍。而非惊厥性癫痫持续状态对预后的影响则不清楚。另一项研究显示,未合并癫痫持续状态的急性缺血性卒中患者死亡率为 14%,合并癫痫持续状态的急性缺血性卒中患者死亡率为 39%,合并癫痫持续状态的远隔部位缺血性卒中患者死亡率为 5%。病因、年龄和癫痫持续状态持续时间均是脑卒中病死率的影响因素:发生癫痫持续状态的脑卒中患者在卒中后 3 年内死亡的风险更高,原发性或隐源性癫痫持续状态患者死亡率低;高龄是卒中后癫痫持续状态明确的危险因子;癫痫状态持续时间越长,对中枢神经系统损伤越严重,死亡率越高。

(周东 李劲梅)

参 考 文 献

[1] De Reuck J,Hemelsoet D,Van Maele G. Seizures and epilepsy in patients with a spontaneous intracerebral haematoma. Clin Neurol Neurosurg,2007,109(6):501-504.

[2] Bentes C,Pimentel J,Ferro JM. Epileptic seizures following subcortical infarcts. Cerebrovasc Dis,2001,12(4):331-334.

[3] Bladin CF,Alexandrov AV,Bellavance A,et al. Seizures after stroke:a prospective multicenter study. Arch

Neurol,2000,57(11):1617-1622.

[4] Kappelle LJ,van Huffelen AC,van Gijn J. Is the EEG really normal in lacunar stroke? J Neurol Neurosurg Psychiatry,1990,53(1):63-66.

[5] Towne AR. Epidemiology and outcomes of status epilepticus in the elderly. Int Rev Neurobiol,2007,81: 111-127.

[6] Labovitz DL,Hauser WA,Sacco RL. Prevalence and predictors of early seizure and status epilepticus after first stroke. Neurology,2001,24;57(2):200-206.

[7] De Reuck JL. Stroke-related seizures and epilepsy. Neurol Neurochir Pol,2007,41(2):144-149.

[8] Silverman IE,Restrepo L,Mathews GC. Poststroke seizures. Arch Neurol,2002,59(2):195-201.

[9] De Reuck J,Krahel N,Sieben G. Epilepsy in patients with cerebral infarcts. J Neurol,1980,224(2): 101-109.

[10] Camilo O,Goldstein LB. Seizures and epilepsy after ischemic stroke. Stroke,2004,35(7):1769-1775.

[11] Lamy C,Domigo V,Semah F,et al. Early and late seizures after cryptogenic ischemic stroke in young adults. Neurology,2003,60(3):400-404.

[12] Kilpatrick CJ,Davis SM,Tress BM,et al. Epileptic seizures in acute stroke. Arch Neurol,1990,47(2): 157-160.

[13] Giroud M,Gras P,Fayolle H,et al. Early seizures after acute stroke:a study of 1,640 cases. Epilepsia, 1994,35(5):959-964.

[14] Cheung CM,Tsoi TH,Au-Yeung M,et al. Epileptic seizure after stroke in Chinese patients. J Neurol, 2003,250(7):839-843.

[15] Ryglewicz D,Barańska-Gieruszczak M,Niedzielska K. EEG and CT findings in poststroke epilepsy. Acta Neurol Scand,1990,81(6):488-490.

[16] Horner S,Ni XS,Duft M,et al. EEG,CT and neurosonographic findings in patients with postischemic sei- zures. J Neurol Sci,1995,132(1):57-60.

[17] Cocito L,Favale E,Reni L. The frequency,characteristics and prognosis of epileptic seizures at the onset of stroke. J Neurol Neurosurg Psychiatry,1989,52(2):292.

[18] De Carolis P,D'Alessandro R,Ferrara R,et al. Late seizures in patients with internal carotid and middle cerebral artery occlusive disease following ischaemic events. J Neurol Neurosurg Psychiatry,1984,47 (12):1345-1347.

[19] Waterhouse EJ,Vaughan JK,Barnes TY,et al. Synergistic effect of status epilepticus and ischemic brain injury on mortality. Epilepsy Res,1998,29(3):175-183.

[20] Alvarez-Sabín J,Montaner J,Padró L,et al. Gabapentin in late-onset poststroke seizures. Neurology,2002, 59(12):1991-1993.

[21] Gilad R,Lampl Y,Eschel Y,et al. Antiepileptic treatment in patients with early postischemic stroke sei- zures:a retrospective study. Cerebrovasc Dis,2001,12(1):39-43.

[22] DeLorenzo RJ,Pellock JM,Towne AR,et al. Epidemiology of status epilepticus. J Clin Neurophysiol, 1995,12(4):316-325.

[23] Knake S,Rosenow F,Vescovi M,et al. Incidence of status epilepticus in adults in Germany:a prospective, population-based study. Epilepsia,2001,42(6):714-718.

[24] Sung CY,Chu NS. Status epilepticus in the elderly:etiology, seizure type and outcome. Acta Neurol Scand,1989,80(1):51-56.

[25] Vignatelli L,Tonon C,D'Alessandro R;et al. Incidence and short-term prognosis of status epilepticus in adults in Bologna,ItalyEpilepsia,2003,44(7):964-968.

［26］Wu YW,Shek DW,Garcia PA,et al. Incidence and mortality of generalized convulsive status epilepticus in California. Neurology,2002,58(7):1070-1076.

［27］Bateman BT,Claassen J,Willey JZ,et al. Convulsive status epilepticus after ischemic stroke and intracerebral hemorrhage:frequency,predictors,and impact on outcome in a large administrative dataset. Neurocrit Care,2007,7(3):187-193.

［28］Velioğlu SK,Ozmenoğlu M,Boz C,et al. Status epilepticus after stroke. Stroke,2001,32(5):1169-1172.

［29］Rumbach L,Sablot D,Berger E,et al. Status epilepticus in stroke:report on a hospital-based stroke cohort. Neurology,2000,54(2):350-354.

［30］Sung CY,Chu NS. Epileptic seizures in intracerebral haemorrhage. J Neurol Neurosurg Psychiatry,1989,52(11):1273-1276.

［31］Privitera M,Hoffman M,Moore JL,et al. EEG detection of nontonic-clonic status epilepticus in patients with altered consciousness. Epilepsy Res,1994,18(2):155-166.

［32］Van Cott AC. Epilepsy and EEG in the elderly. Epilepsia,2002,43 Suppl 3:94-102.

［33］Bleck TP. Management approaches to prolonged seizures and status epilepticus. Epilepsia,1999,40 Suppl 1:S59-63.

［34］DeLorenzo RJ,Hauser WA,Towne AR,et al. A prospective,population-based epidemiologic study of status epilepticus in Richmond,Virginia. Neurology,1996,46(4):1029-1035.

［35］DeLorenzo RJ,Waterhouse EJ,Towne AR,et al. Persistent nonconvulsive status epilepticus after the control of convulsive status epilepticus. . Epilepsia,1998,39(8):833-840.

［36］Willmore LJ. Epilepsy emergencies:the first seizure and status epilepticus. Neurology,1998,51(5 Suppl 4):S34-38.

［37］Waterhouse EJ,DeLorenzo RJ. Status epilepticus in older patients:epidemiology and treatment options. Drugs Aging,2001,18(2):133-142.

［38］Abou Khaled KJ,Hirsch LJ. Advances in the management of seizures and status epilepticus in critically ill patients. Crit Care Clin,2006:637-659.

［39］Lothman E. The biochemical basis and pathophysiology of status epilepticus. Neurology,1990,40:13-23.

［40］Lowenstein DH,Alldredge BK. Status epilepticus. N Engl J Med,1998,338:970-976.

［41］Sirven JI,Waterhouse E. Management of status epilepticus. Am Fam Physician,2003,68:469-476.

［42］Mirski MA,Varelas PN. Seizures and status epilepticus in the critically ill. Crit Care Clin,2008,24:115-147.

第六节 慢性颅脑肿瘤中的癫痫发作

癫痫是慢性脑肿瘤患者常见,且可以是最早和唯一的表现。1882 年,Hughlings Jackson 首次报道了 1 例 40 岁男性,患部分性癫痫 12 年,发作时先右足抽动,随后波及整个右侧半身,意识清醒时有语言障碍,死于肺炎。尸体解剖中发现是由颞叶前部和钩回肿瘤所引起。至此,人们认识到颅脑肿瘤是慢性难治性癫痫的一个重要病因。随后进行的研究发现,这些肿瘤多数是低分化的肿瘤,主要位于皮质,生长缓慢,常伴有少量出血,皮质附近有软化灶,占位效应轻微,有广泛的小血管增生。Hamilton(2007)等对 3505 名于 1988 年 5 月~2006 年 3 月诊断为原发性脑肿瘤的患者进行研究后提出成年后首次出现癫痫发作,要警惕颅脑肿瘤的可能性。

一、诊 断 提 示

(一) 病因及分类

无论是原发还是获得性,无论是良性还是恶性脑肿瘤都可引起癫痫发作,并可造成长期、反复的难治性癫痫,这已成为癫痫病学关注对象。最近几年报道,合并癫痫的肿瘤,主要是一些低分化的肿瘤。其中以神经节胶质细胞瘤最常见,在 1995 年,Zentner 等的报告中占 41%。

可将伴有癫痫的原发性脑肿瘤分为两组,一组为常伴发癫痫的脑肿瘤,包括神经节胶质细胞瘤、胚胎发育不良性神经上皮瘤、低分化星形细胞瘤、少突胶质细胞瘤、纤维状星形细胞瘤、混合低分化胶质细胞瘤、多形性黄色星形细胞瘤等。这类肿瘤通常为 WHO Ⅰ ~ Ⅱ级,临床呈现趋向良性的生物学行为。另一组为相对少见的脑肿瘤,包括弥漫性星形细胞瘤、少突-星形混合性胶质瘤、寡星状细胞瘤等。通常为 WHO Ⅱ级,个别为 WHO Ⅲ级,有学者提出这组 WHO Ⅱ级肿瘤 5 年生存率为 50% ~65% 。

(二) 临床表现

1. 发病率 在普通人群中调查发现,肿瘤占癫痫病因的 4% ,慢性癫痫中肿瘤的发病率更高。丹麦一组 25 岁后发病的晚发性癫痫患者中,由肿瘤所致者占 16.3%;另一组 60 岁以后发病者由肿瘤引起者占 14%。加拿大蒙时神经研究所发现脑瘤患者中,癫痫发作的总发病率为 35%。Penfield 等报告的大组病例统计中,脑肿瘤患者并发癫痫的平均发生率为 33%。

颅脑肿瘤患者并发癫痫的发病率与患者年龄、肿瘤类型、肿瘤部位等因素有关。

(1) 发病年龄:脑肿瘤并发癫痫以 20 ~60 岁年龄组最多,60 岁以后相对减少。有作者认为老年脑瘤患者癫痫发生率下降是因为脑组织癫痫发作阈值增高所致。

成人与儿童的肿瘤性癫痫发病率有差别。不同的研究表明:患脑肿瘤的患者中,成年人大约有 30% ~40% ,儿童大约有 1% ~10% 以癫痫发作为首发症状。Ibrahim (2004)等人对 81 例原发性脑肿瘤儿童进行研究,发现有 12% 主要表现为癫痫发作。

(2) 肿瘤类型:对于不同类型的肿瘤,癫痫发生率亦不同。加拿大蒙时神经研究所发现,脑瘤患者中少突神经胶质细胞瘤的癫痫发生率最高,为 92% ,星形胶质细胞瘤和脑膜瘤的发生率为 70% ,成胶质细胞瘤为 35% 。慢性难治性癫痫行手术治疗的患者中,有 17% 是肿瘤所致,其中最常见的是低分化胶质瘤。另有学者报道颅内肿瘤中,畸胎瘤和脂肪瘤患者癫痫的发生率最高,其次为少枝胶质细胞瘤、脑膜瘤、低分化星形细胞瘤、海绵状血管瘤、胆脂瘤等。这些均为生长缓慢的肿瘤,肿瘤长期压迫可使周围脑组织产生胶样变性。

(3) 肿瘤部位:据 Penfield 等人的统计,慢性肿瘤引起癫痫的发生率在幕上病变为 50% ,鞍区为 5.7% ,幕下仅 2.5% 。额叶肿瘤并发癫痫的发生率最高,其次为额顶区、颞叶、顶叶等。有人提出皮层或近皮层区肿瘤癫痫发生率较高,深部组织病变发生较少,这可能因为神经细胞在不同部位的病理放电能力有差异。

2. 病程 大多数临床医生都认为由慢性颅内肿瘤引起的癫痫,患者有一个逐步加重的病程。但实际上继发于脑肿瘤的慢性癫痫患者中这种模式很少,手术前发作频率也无明显增加,且癫痫发作病程很长(表6-6-1)。此期,癫痫发作往往是这类患者主要的临床表现。急性肿瘤中常见的视盘水肿、头痛、局灶性定位体征在这类患者中都不突出,仔细追问患者早期发作的临床表现和可能存在的先兆有助于癫痫灶的定位。

表6-6-1 患者行手术治疗前癫痫的病程

作　者	患者人数	平均病程(年)
Le Blanc 及 Rasmussen	221	3
Blume 等	16	6
Spencer 等	19	9
Golgring 等	40	11
Hirsch 等	42	3.3
Boom 等	38	12
Alorris 等	39	10.5
Britton 等	51	8.6

引自 Morris HH,1996

3. 癫痫出现时间　脑肿瘤患者的癫痫常常出现在肿瘤诊断时或进展过程中。也可出现在肿瘤诊断前,作为脑肿瘤的首发症状。

4. 发作类型

(1) 与部位有关:慢性肿瘤引起的癫痫发作类型常和肿瘤所在部位有关。位于颞叶的肿瘤几乎总是引起复杂部分性发作,以精神运动性发作和钩回发作多见。婴儿颞叶肿瘤,还可引起反复的窒息发作。额叶肿瘤多引起全面性强直-阵挛发作和 Jackson 癫痫。额叶中部的肿瘤,常引起单纯感觉或运动区发作。位于顶叶或枕叶的肿瘤常引起单纯或复杂部分性发作,其先兆代表癫痫的起源处,顶叶肿瘤以局限性感觉性癫痫发生率高,有报道枕叶肿瘤可引起格斯特曼综合征,主要表现为失算症、失写症、手指失认症等病变靠近中央沟可引起部分连续性癫痫,称为 Kojevnikov 综合征(Nakkenm,2005)。位于第四脑室的低分化肿瘤,近年来作为一种小脑性癫痫的癫痫灶被报道。其表现形式为反复刻板的癫痫发作、面肌痉挛以及自主神经功能障碍等。有时还可出现意识改变、肢体抽搐,且药物治疗常无效。靠近感觉、运动区的肿瘤,常引起单纯感觉或运动部分性发作,也可两种症状都有。

(2) 与患者年龄有关:儿童与成人的癫痫发作类型有显著的不同。Wojcik-Draczkowska(2003)等人在研究中发现儿童主要表现为继发性全身性发作,而成人主要为单纯或复杂部分性发作。

(三) 不同肿瘤引起的癫痫发作

引起癫痫发作的肿瘤主要有神经节神经胶质瘤、纤维状星形细胞瘤、低分化星形细胞瘤、其次是低分化少突神经胶质细胞瘤、混合性胶质细胞瘤、胚胎期发育不良性神经上皮细胞瘤、海绵状血管瘤等。

1. 神经节神经胶质瘤(gangliogliomas,GG)　神经节神经胶质瘤是神经星形细胞瘤的一种,属于罕见的神经源肿瘤,好发于第三脑室底和颞叶顶部,少数在中枢神经系统的其他部位,包括脊髓。也有合并 I 型神经纤维瘤的报道。肿瘤常由神经胶质细胞和神经节细胞共同构成。肉眼下可见其为单个，分界良好，常有囊性变。有些有大的囊腔，附有壁结节。

此类肿瘤发病率低，文献中发生率占所有脑瘤的 0.4% ~ 7.6%。但在慢性肿瘤中，它是最常见肿瘤之一，约占 38%。大约 80% 的病例在 30 岁以前发病，儿童的发病率更高一些，老年人少有报道。

癫痫为神经节神经胶质瘤最常见的症状，大多数患者以癫痫发作为主述而就诊。其他症状还有头痛、呕吐、视野缺损、面部麻痹、共济失调、局灶性神经功能缺损等。

放射检查可发现环状增强结节，并可伸入蛛网膜下腔而不影响预后，大多数肿瘤位于白质，瘤体可能有钙化。最常见的 MRI 表现为 T2 高信号，T1 等信号（肿瘤的固体部分），在质子密度影像上信号增强，40% 的患者可强化。几乎 60% 的患者有囊性成分，此在 MRI 的 T2 上成高信号，在 T1 上为低信号，在质子密度影像上呈不同的信号。

手术切除为神经节神经胶质瘤首选治疗。Nishio 等对 5 名患有神经节神经胶质瘤，平均年龄为 4.4 岁的儿童进行肿瘤切除术，术后的 3 ~ 4 年，所有患儿均存活下来，且不再有癫痫发作。

该肿瘤生长缓慢，相对良性，极少恶变。预后与部位而不是组织类型有关。

2. 低分化星形细胞瘤（low-grade astrocytoma）　星形细胞是富含胞质的细胞，它们是脑部神经纤维网形成的基础，由于它们的数量、多样性及其与血管和胶质细胞的关系不同，星形细胞瘤成为胶质肿瘤中最大和最具多样性的一类。虽然细胞学是良性的，但是低分化的星形细胞瘤仍有浸润性生长，常使灰质与白质连接处变性和消失。肉眼下这种肿瘤坚硬，多为实心的，灰色，而局灶区呈褐色或黄色变。

低分化性星形胶质细胞瘤常伴有癫痫发作，多发生在 30 ~ 50 岁，分布大致与所在脑叶白质的数量呈比例。MRI 扫描可以发现所有低分化星形胶质细胞瘤，但不能确定其组织类型，病变在 T2 像呈均匀一致的高信号区，T1 像呈低信号区。局部有占位效应时可见到脑沟消失，颅骨内板变薄或通常较小的结构增大，如海马。即使块影边界非常清楚，肿瘤也会向周边浸润生长，波及正常组织。有些患者有囊性成分。CT 上 22% 的块影有钙化。任何一种肿瘤只要有钙化就要考虑低分化胶质细胞瘤的可能，因为这种肿瘤是最容易出现钙化的。

低分化星形胶质细胞瘤生长缓慢，手术和放射治疗都可以抑制肿瘤生长，虽然存活 10 ~ 20 年的报道并不少见，但大多数患者的生存期少于 10 年。最近的研究发现伴有癫痫的星形胶质细胞瘤可能来自 I 型星形细胞，或许此可以解释慢性难治性癫痫中的无痛性生长模式。低分化星形胶质细胞瘤也可恶变，因而一旦诊断成立应尽早手术。

3. 少突神经胶质细胞瘤（oligodendroglima）　少突神经胶质细胞瘤多发生在白质，占整个胶质瘤的 5% ~ 10%，发病年龄为 35 ~ 45 岁，40 岁以上未分化少突胶质细胞瘤的发生率比青年组高。

虽然囊性变很常见，但肿瘤多呈圆形，周边清晰，多位于皮质下白质，浸润到皮质，偶有位于深部白质并可毗邻脑室表面，常伸展到软脑膜。有时候可见到黏蛋白改变和囊性变性，大多数肿瘤钙化在病变周围比较突出。

典型少突神经胶质细胞瘤的 MRI T2 可见到高信号、不均匀的块影，肿块效应小，无周边血管源性水肿。常有小囊样改变、钙化或陈旧性出血。增强时，50% 的患者有轻度强化。在所有原发性肿瘤中,这种肿瘤多半合并钙化。

多数患者生存期不到 10 年。放射治疗的效果不肯定,各种结果都有报道。

4. 胚胎期发育不良性神经上皮细胞瘤(dysembryoplastic neuroepithelial tumor,DNT) 世界卫生组织在关于中枢神经系统肿瘤的组织学分类中指出,胚胎期发育不良性神经上皮细胞瘤"是良性、幕上、由胶质和神经细胞混合的新生物,位于皮质内,呈多形性结节状排列,细胞成分均匀一致"。DNT 常与耐药性癫痫相联系,并常于儿童时期首次发作。

损伤位于幕上,浅表、边界清楚,多数位于颞叶或额叶,大多数在皮质内,也可伸入白质,显微镜下检查可见多个结节状病变,伴有均匀一致的组织学特征。

多项研究表明,胚胎期发育不良性神经上皮细胞瘤是持续性部分性癫痫状态的常见病因,Daumas-duport(1988)及其同事首先提出这一观点,在其报道的 39 例年龄为 3~30 岁的难治性癫痫中,有 37 例以癫痫为唯一症状,6 例有继发性全身性发作,发病到手术的间隔期为 2~18 年。其他人在随后进行的研究也发现了类似的结果,75% 的患者每天至少有 1 次癫痫发作。在对 22 个患者进行的 CT 检查中有 20 例异常。MRI 特征性表现是 TE/TR 相的信号增强,伴有短 TR 相的信号减低,大约 1/3 患者 MRI 上有囊性病变,1/4 的患者有钙化。如果肿瘤能够完全切除,癫痫持续状态的控制良好;如果外科切除后不能完全控制发作则提示肿瘤复发或有残余肿瘤。

5. 海绵状血管畸形(cavernous malformations,CM)　癫痫是海绵状血管瘤的主要临床表现之一。Murakami(2004)等报道过一呈现强直-阵挛性发作并伴有频繁头痛的 22 岁男性患者,已有 13 年病史,CT 和 MRI 显示在右额叶处有一个颗粒状钙化的肿瘤,病理学分析结果为海绵状血管瘤。海绵状血管瘤内部是由丛状薄壁的血管窦样结构组成,其间有神经纤维分隔,窦间没有正常脑组织,瘤壁缺乏弹力层及肌肉组织。血管窦样腔可以从数毫米到数厘米不等,但组成的血管口径很细,亦缺乏弹力层及平滑肌,易于发生玻璃样变、纤维样变、出血、血栓形成及钙化。

海绵状血管瘤在 CT 上表现为呈略高密度,中间有颗粒状混杂密度影,为钙化所致,大多边界清,少数欠清;MRI 显示瘤巢周围呈黑色低信号的含铁血黄素环。平扫 T1WI 上瘤巢多数呈等低混杂信号,好似"冻豆腐"样表现。在 T2WI 上,瘤巢呈圆形、类圆形或不规则形高信号,系由许多大小不等的点状高低信号混杂而成,即"桑葚"样表现。

海绵状血管瘤手术治疗效果较好。而在幼年时有比成年时更为积极的手术指征,可有效防止出血并发症(Murakami,2004)。

6. 其他相对少见的脑肿瘤　多形性黄色星形细胞瘤有明确的临床病理特征,相当少见。肉眼见到这种肿瘤位于表面,分化良好,可以累及脑膜,多数在颞叶或顶叶,病变呈囊性成分伴有壁结节。多发生在 10 岁内。癫痫发作可以是单纯部分性、复杂部分性或部分继发全身性。患者行手术通常是在 20~30 岁,远期预后较好。Davis 结合自己的 4 例患者并复习文献,发现 80% 患者在诊断时就有癫痫,1/3 的患者作了肿块切除术后有复发,许多复发的肿瘤可以恶化转变为胶质细胞瘤,或恶性程度更高的星形胶质细胞瘤。对初期的多形性黄色星形细胞瘤的放射治疗尚不清楚(Morris,1996)。

寡星状细胞瘤(Oligoastrocytomas OA)是一种混合性神经胶质瘤,有特异的寡树突胶质瘤和星形细胞瘤的成分。目前有关 OA 的报道极少。Hiremath 等人研究了 923 例因难治性癫痫接受手术切除的患者，OA 引起者占 0.7%，且多为中青年，几乎所有 OA 均起源于左侧脑部，且大多来自颞叶。OA 的临床表现与其他存在癫痫的慢性脑肿瘤相似：有复杂部分性发作，术前常有多年癫痫发作史，且手术切除能显著控制癫痫发生。

（四）影像学检查

1. 磁共振成像（MRI）神经节神经胶质细胞瘤及 DNT 在临床上和 MRI 上都有显著的特征（如前述），这些特征十分重要，因为超过 70% 由神经节神经胶质细胞和 DNT 引起的颞叶癫痫患者，在接受扩大病灶切除术后不再有癫痫发作。

术中磁共振成像（iMRI）作为对手术治疗的指导被纳入现代神经外科范围已近十年。这项技术已被证明是一种进行脑肿瘤手术和活组织检查的有效措施。iMRI 在癫痫手术中的应用一直在发展，特别对低分化胶质瘤、垂体腺瘤以及儿科肿瘤的手术指导及活检十分有用。

2. 基于体素的形态测量学（VBM） 是一种脑形态学的测量方法，是应用解剖分割的程序和统计学处理，通过对高分辨力、高清晰度、高灰白质对比的三维磁共振成像梯度回波 T1 加权相进行解剖分割，利用参数统计检验对分割的脑组织成分逐个进行体素分析比较，以定量的方法检测出脑组织成分的浓度或体积。

研究表明 VBM 对病变边缘的精确描绘虽然无效，但在 MRI 阴性或可疑的病例中可用 VBM 检测潜在的发育异常。

3. 颅脑 CT CT 对肿瘤诊断有帮助，但效果不如 MRI。当 CT 检查阴性但临床表现和脑电图可疑为脑肿瘤时，应进行追踪复查或做进一步检查。

（五）诊断

癫痫可发生于颅脑肿瘤发现前或之后，如果发生在肿瘤发生之后，则诊断较容易。脑胶质瘤通常有相似的癫痫发作类型，常发生在肿瘤出现时或肿瘤进展期，这些肿瘤是最常见的原发性肿瘤，常并发癫痫，因此通常是可以预见的。

然而，从癫痫发作到确诊为肿瘤的时间有时需要数年或数十年。这就为诊断癫痫是原发性还是继发性带来了困难。Gottschalk 等曾报道 1 例老年女性患者，癫痫发作 60 年后才明确是中枢神经系统的肿瘤所引起。

Ibrahim（2004）对原发性脑肿瘤并发癫痫儿童的研究中，发现从癫痫发作开始到诊断为脑肿瘤需 2 周到两年不等，平均为 6 个月。提示儿童与成人首次癫痫发作到肿瘤确诊之间的时期可能有差别。

下述几项检查对颅脑肿瘤伴发癫痫的诊断有重要意义。

继发于肿瘤的癫痫患者利用头皮或侵入性电极行长程脑电图、视频脑电图监测，发现发作几乎都起源于肿瘤周围区域，但也发现发作间期独立尖波，常使肿瘤定侧错误。

急诊患者应行脑电图检查。皮质电刺激及体感诱发电位对大多数患者虽然不是必要，但对选择原发性肿瘤引起的难治性癫痫患者的外科治疗还是需要的。皮质电极可了解肿瘤附近癫痫灶的范围，对发作和发作间期的情况也能进行有效的分析。如肿瘤靠近功能区，皮质电刺激及体感诱发电位可帮助医师精确定位，避免手术引起神经功能缺失。脑电图结果显示阵发性活动始终与脑幕上肿瘤相关，而异常的脑电图模式也发生于无癫痫发作的幕下肿瘤。而正常的脑电图提示幕上肿瘤的可能性不大。

Jongh 等人运用自发性快波(>8Hz)的单偶极子分析来测定癫痫灶的位置,他们发现描述快波区域的偶极子定位于顶叶/枕叶皮层,而非肿瘤的边界,因此,对于患癫痫及脑肿瘤的患者,描述快波的偶极子定位与癫痫区域似乎不相关。同时,他们还发现了单侧性的偶极子往往位于大脑右半球,而非左半球,这似乎反映了可能正常的脑电图背景活动具有不对称性。

（六）鉴别诊断

1. 慢性颅脑肿瘤引起的继发性癫痫与原发性癫痫　两者的病程都较长,都可以无颅内高压症状。但原发性癫痫无局灶性脑损害,脑电图有癫痫波发放,这与慢性脑肿瘤局灶体征和局灶性慢波不同。行脑部 CT、MRI 等检查可发现肿瘤及其部位。

2. 症状不典型的癫痫发作与非癫痫发作的鉴别　肿瘤性癫痫发作的临床表现有时并不典型,容易与其他疾病相混淆,若未及时意识到将延误诊治。

例如癫痫可以表现为心动过缓和心跳停止。送入急诊的心衰患者往往难以分辨是心源性还是神经源性心衰,对于不典型心衰伴晕厥的患者,无心脏病史,又找不到其他心衰原因,应考虑是否为神经源性,是否由癫痫引起。Sluijs 等曾报告过 1 例颞叶肿瘤导致的心动过缓后出现心跳停止的病例。

长期存在的短暂性遗忘症状被认为是暂时性完全性遗忘症(TGA)的主要症状,但它也可由癫痫引起,称短暂性癫痫性遗忘症(TEA)。对于反复发作的暂时性遗忘,特别是伴有癫痫特征的,应仔细鉴别是 TGA 还是 TEA。Huang(2008)等人报道了 1 例患左侧颞叶肿瘤的老年男性,其癫痫发作表现为选择性逆行性遗忘和口头记忆损伤。

另外,婴儿反复窒息发作,除外阻塞性呼吸暂停、胃食管反流等病因,也应考虑为肿瘤性癫痫的可能,推荐在窒息发作过程中使用视频脑电图,发作时可表现为病灶处或病灶周围出现单向性局灶性高电压慢波。

对于上述情况,关键是要意识到癫痫可能是这些症状的起因,通过详细询问病史,神经系统检查,脑电图特别是视频脑电图监测,通常能够鉴别。

（七）治疗

1. 药物治疗　慢性颅脑肿瘤引起的癫痫通常难以用药物治愈,且治疗不当、治疗不连续还可引发癫痫持续状态,依靠抗癫痫药物使用的历史记录也是不可靠的。药物治疗的相对耐药性主要与以下几个因素有关:肿瘤的进展、转变、肿瘤周围组织、针对肿瘤的治疗以及遗传因素。抗癫痫药物与抗肿瘤药物之间的交互作用会影响酶诱导性抗癫痫药物(如苯妥英)的效果,而与肿瘤相关的多药抵抗蛋白质类会阻止抗癫痫药物进入脑组织,这些是癫痫难治的重要原因。总的说来,不应将酶诱导抗癫痫药物(如苯妥英钠)作为一线药物。

Breemen(2007)提出,治疗肿瘤性癫痫的一线药物为:拉莫三嗪、丙戊酸、托吡酯,如有不足,可加用左乙拉西坦和加巴喷丁,并推荐在治疗开始时用丙戊酸。

近年来,大量研究指出对耐药性癫痫治疗,应选择新一代抗癫痫药物,因为这些药物的相互作用少,不良影响小,对神经功能影响更小。新抗癫痫药物中,以下药物可能对肿瘤性癫痫治疗有帮助:奥卡西平、托吡酯、左乙拉西坦(后者作为添加治疗)。

有大量报道提出用左乙拉西坦作为抗癫痫添加治疗的可行性。Maschio(2006,2008)等研究表明向脑肿瘤患者的治疗中添加左乙拉西坦是安全,且能有效减少癫痫发作率。

Maschio(2006)等对47名脑肿瘤合并癫痫的患者用托吡酯进行至少3个月的治疗,结果显示:有55.6%癫痫不再发作,有20%癫痫发作频率下降>50%,24.4%发作频率无改变,托吡酯治疗有效率为75.6%。仅4例有轻微的不良反应。说明用托吡酯治疗肿瘤性癫痫可达到较好的效果,且副作用也较少。

对于肿瘤性癫痫引起的婴幼儿窒息发作,有资料报道加入乙酰唑胺能明显终止窒息发作。

目前没有一项研究证明预防性药物治疗是有效的。来自美国神经病学学会(ANN)的报告一致提出,不要对颅脑肿瘤患者预防性使用抗癫痫药物。

脑部手术或放疗会增加药物副作用的风险,因此,对药物的适当选择与剂量控制是药物治疗的关键,同时,还必须考虑到个体因素。

2. 手术治疗

(1) 手术治疗的优点:多项研究资料表明,早期诊断和外科手术切除是治疗肿瘤性癫痫的关键。随着外科手术技术的不断进步,外科治疗肿瘤性癫痫常能取得满意效果。超过2/3的脑肿瘤伴发难治性癫痫的患者都可得益于肿瘤(次)全切术。

手术治疗也是儿童癫痫有效且安全的治疗方式。Kim(2008)等人对134名在1993～2005年接受癫痫手术的儿童进行回顾性调查,术后平均随访62.3个月的结果显示,癫痫不发作率为69%。这些患儿中没有发生1例术后死亡。Jourdan-Moser(2006)等报道过1例7岁患颞叶肿瘤的儿童,该患儿智力正常,有部分性癫痫发作、行为障碍及找词困难。手术完全切除肿瘤后,患儿不再发作癫痫,且神经心理功能也在几周内完全恢复正常。对于肿瘤性癫痫引起的婴幼儿窒息发作,切除肿瘤后窒息发作可完全消失。

(2) 手术方式:手术方式包括颞叶切除术、颞叶外切除术、胼胝体切断术、多软膜下横切术以及错构瘤切除术等。Kim(2008)等报道称134例接受手术的儿童中,颞叶切除术后的癫痫不发作率明显高于颞叶外切除术。

(3) 术前评估:对肿瘤性癫痫的手术十分重要,手术效果与评估准确与否密切相关。癫痫术前评估包括非侵袭性评估和侵袭性评估。现代术前评估的技术飞速发展,可运用CT、MRI、功能MRI、脑电图、脑磁图、磁共振波谱、单光子发射计算机断层扫描(SPECT)和正电子发射计算机断层扫描等多种方式对致痫灶进行准确定位。

(4) 手术预后:大多数病情有明显的改善,但有的患者术后仍有癫痫,且脑组织比之前更广泛地参与了癫痫发作。手术失败的最常见原因为:MRI上缺乏结构异常、进展相关性疾病、被术后脑电图描记下来的广泛性病变、由于存在功能性皮质而造成的切除范围受限。对这些患者,应行侵入性脑电图记录,最终还将进行第二次手术。

(5) 术后并发症:Kim(2008)等人的调查发现,视野缺损为颞叶切除术后最常见并发症(22%),而轻偏瘫(大多为短暂性的)为颞叶外手术最常见并发症(18%)。

3. 放疗　　放疗可作为肿瘤切除术后复发的有效治疗手段,某些患者肿瘤不能完全切除时,化疗可戏剧性地减少发作次数。但化疗对大脑有一定损伤,可导致脑水肿等并发症,并可能诱发癫痫,造成治疗失败。因此,化疗期间应密切观察患者,加强护理工作,积极防治脑水肿和其他并发症,化疗结束后也应定期随诊复查。

4. 中医治疗　　近代医学的发展促进了中医对癫痫治疗的认识。对于肿瘤性癫痫,中医主要强调息风清热、化痰散结、祛瘀通络,根据个体实施治疗方案。常见药物有全蝎、蜈蚣、丹参、川芎、僵蚕等。对消散瘤块、解除抽掣样的头痛、肢麻抽搐等有一定疗效。

二、慢性颅脑肿瘤中的癫痫持续状态

慢性脑肿瘤是癫痫持续状态的常见病因，虽在儿童中也能见到，但主要发生在成年人。

(一) 诱发因素

1. 部位与类型　大脑不同部位兴奋和抑制的平衡被破坏的易难程度不是相同的，这与个体发生有关。在种系和个体发生史上进化较晚部位的兴奋性高，古老部位兴奋性低。因而位于额叶的肿瘤比位于边缘系统的肿瘤更易发生癫痫持续状态，后者一旦发生癫痫持续状态，也多局限于一侧。

不同类型的肿瘤，癫痫持续状态的发生率也不相同。脑胶质瘤较其他肿瘤更常发生癫痫持续状态。Robert 等研究肿瘤性癫痫持续状态患者中，脑胶质瘤占比例最大。而脑胶质瘤中，低分化的恶性肿瘤较高度恶性星形胶质瘤更易发生癫痫持续状态。

2. 治疗不当　不连续或不规范的抗癫痫药物治疗仍是肿瘤性癫痫患者发生癫痫持续状态最常见原因。

3. 激素异常　激素异常可以触发脑肿瘤性癫痫患者发生癫痫持续状态。Aladdin (2008) 曾报道 1 例海绵状血管窦瘤患者，在妊娠前无癫痫发病史，而在妊娠期间出现难治性癫痫持续状态，对其进行海绵状血管窦瘤治疗和全身性麻醉，仍难以控制癫痫发作，而终止妊娠后癫痫发作几乎立刻停止。还有报道提示侵袭性泌乳素瘤，特别是起源于颞叶都，也可导致癫痫持续状态 (Deepak, 2007)。

(二) 临床表现

1. 发病率　癫痫持续状态在脑肿瘤患者中较多见。各项资料显示肿瘤占成人癫痫持续状态病因的 10% ~ 12%。

2. 发作时间　癫痫持续状态可为慢性肿瘤的首发症状，也可出现在肿瘤或疾病进展期。Moots 等研究的 10 例脑肿瘤并发癫痫持续状态的患者中，有 2 例在出现肿瘤时发生，在肿瘤进展期有 4 例，1 例出现在肿瘤放疗中。

3. 发作类型　与慢性肿瘤引起的癫痫发作类型相似，但超过了这些癫痫发作持续的平均时间。

(三) 诊断

肿瘤是癫痫的常见病因，中年后首次出现癫痫发作需考虑脑肿瘤的存在。而肿瘤性癫痫发作超过其平均发作时间支持癫痫持续状态的存在。

判断癫痫持续状态是否为脑肿瘤引起，详细、完整、准确、清晰的病史、体格检查、神经系统检查、脑电图检查、有关实验室检查和影像学检查都是重要的诊断依据。

(四) 治疗

肿瘤引起癫痫持续状态的治疗与普通癫痫持续状态的治疗没有明显差异，首选药物仍以地西泮为主，年纪较小的患者对治疗反应更好。年老患者的治疗效果可能较差。考虑到脑部占位性病变的存在，适当辅以脱水剂可能是更合适的。对于侵袭性泌乳素瘤引起的癫痫持续状态，阿糖胞苷可降低癫痫发作次数，并可减少抗癫痫药物的剂量。早期诊断和及时终止癫痫持续状态的存在可能改善患者的预后，发作停止后仍然需要长期服用抗癫痫药。美国 Chen(2006)等建议对难治性癫痫持续状态用全身性麻醉药治疗。癫痫得到控制后,可根据患者情况进行手术切除肿瘤。

(五) 预后

肿瘤性癫痫持续状态有较高的死亡率,有文献报道其发生率可达到30% ~ 40% ,肿瘤类型、年龄较老、癫痫发作类型、癫痫病史、是否及时插管与30 天内死亡率无关。

(彭希 王学峰)

<h2 align="center">参 考 文 献</h2>

[1] Hamilton W,Kernick D. Clinical features of primary brain tumours:a case-control study using electronic primary care records. Br-J-Gen-Pract,2007,57(542):695-699.

[2] Novak L,Emri M,Molnar P,et al. Subcortical [18F]fluorodeoxyglucose uptake in lesional epilepsy in patients with intracranial tumour. Nucl-Med-Commu,2004,25(2):123-128.

[3] Urbach H. MRI of long-term epilepsy-associated tumors. Semin Ultrasound CT MR,2008,29(1):40-46.

[4] Ibrahim K,Appleton R. Seizures as the presenting symptom of brain tumours in children. Seizure,2004,13(2):108-112.

[5] Murakami K,Umezawa K,Kaimori M,et al. Cavernous angioma presenting as epilepsy 13 years after initial diagnosis. J-Clin-Neurosci,2004,11(4):430-432.

[6] Hiremath GK,Bingaman WE,Prayson RA,et al. Oligoastrocytoma presenting with intractable epilepsy. Epileptic Dis-ord,2007,9(3):315-322.

[7] Wojcik DH,Mazurkiewicz BM,Mankowska B,et al. Epileptic seizures as a manifestation of brain tumors:clinical and electroencephalographic correlations Przeglad-lekarski,2003,60 Suppl 1:42-44.

[8] Huang CF,Pai MC. Transient amnesia in a patient with left temporal tumor:symptomatic transient global amnesia or an epileptic amnesia? Neurologist,2008,14(3):196-200.

[9] Akaike H,Nakagawa E,Sugai K,et al. Three infantile cases of temporal lobe epilepsy presenting as apnea. No To Hattatsu,2008,40(1):33-37.

[10] van Breemen MS,Wilms EB,Vecht CJ. Epilepsy in patients with brain tumours:epidemiology,mechanisms,and management. Lancet Neurol,2007,6(5):421-430.

[11] Maschio M,Dinapoli L,Zarabia A,et al. Issues related to the pharmacological management of patients with brain tumours and epilepsy. Funct-Neurol,2006,21(1):15-19.

[12] Maschio M,Albani F,Baruzzi A,et al. Levetiracetam therapy in patients with brain tumour and epilepsy. J-Neurooncol,2006,80(1):97-100.

[13] Maschio M,Dinapoli L,Zarabla A,et al. Outcome and tolerability of topiramate in brain tumor associated epilepsy. J Neurooncol,2008,86(1):61-70.

[14] Dupont S. Epilepsy and brain tumors. Rev Neurol(Paris),2008,164(6-7):517-522.

[15] Kim SK,Wang KC,Hwang YS,et al. Epilepsy surgery in children:outcomes and complications. J Neurosurg Pediatrics,2008,1(4):277-283.

[16] Jourdan MS,Schneider J,Lutschg J,et al. Fast improvement of verbal memory function after left temporal tumour resection. Acta-Paediatr,2006,95(10):1306-1309.

[17] Aladdin Y,Gross DW. Refractory status epilepticus during pregnancy secondary to cavernous angioma. Epilepsia,2008,49(9):1627-1629.

[18] Deepak D,Daousi C,Javadpour M,et al. Macroprolactinomas and epilepsy. Clin Endocrinol(Oxf),2007,66(4):503-507.

[19] Akaike H,Nakagawa E,Sugai K,et al. Three infantile cases of temporal lobe epilepsy presenting as apnea. No To Hattatsu,2008,40(1):33-37.

[20] Shimotake A,Fujita Y,Ikeda A,et al. Ictal Gerstmann's syndrome in a patient with symptomatic parietal lobe epilepsy. Rinsho Shinkeigaku,2008,48(3):208-210.

[21] Nakken KO,Eriksson AS,Kostov H,et al. Epilepsia partialis continua(Kojevnikovs syndrom). Tidsskr-Nor-Laegeforen,2005,125(6):746-749.

[22] Dagcinar A,Hilmi Kaya A,Ali Tasdemir H,et al. A fourth ventricular ganglioneurocytoma representing with cerebellar epilepsy:a case report and review of the literature. Eur J Paediatr Neurol,2007,11(5):257-260.

[23] Cavaliere R,Farace E,Schiff D. Clinical implications of status epilepticus in patients with neoplasms. Arch Neurol,2006,63(12):1746-1749.

[24] Chen JW,Wasterlain CG. Status epilepticus:pathophysiology and management in adults. Lancet Neuro,2006,5(3):246-256.

第七节　系统性红斑狼疮中的癫痫及癫痫持续状态

一、诊 断 提 示

系统性红斑狼疮(systemic lupus erythematosus,SLE)是一种常见的自身免疫性疾病,以自身抗体和免疫复合物导致的多系统损伤为特征。90%的患者为女性。约50%～60%的SLE可累及中枢神经系统,称为神经精神狼疮(NPSLE)。1999年美国风湿病学会(ARC)制定了神经精神性狼疮的命名和定义分类标准,指出癫痫发作是NPSLE的常见表现之一。

(一) SLE 中癫痫发作的特征

1. 发病率　SLE患者出现癫痫发作很常见。Zhou等人对240名SLE伴神经精神症状的患者进行研究,其中86(35.8%)例表现有两种神经精神症状,154(64.2%)例有至少一种神经精神症状,最常见的症状为头痛和癫痫发作。Benseler(2007)调查发现大约有25%患SLE的儿童及青少年有包括癫痫在内的神经精神症状。Liou(1996)等人对252例SLE进行研究,发现其中21例(8%)患者出现了癫痫发作。Glanz(1998)对478例SLE患者进行的研究中发现95例(19.9%)患者出现癫痫发作。近年来,Ramsey-Goldman(2008)等对来自美国5所研究机构的1295例SLE患者进行研究,发现有80例(6.2%)患者出现了癫痫发作。Mikdashi(2004)等从1992年到2004年间随访了195例SLE患者,有28例(14%)在随访期间出现癫痫,其中12例(43%)为反复发作的癫痫。Gonzalez-Duarte(2008)等人调查了1200例SLE患者,发现有142例(11.8.%)出现癫痫发作。大量的研究资料提示,系统性红斑狼疮患者的癫痫发病率平均为10%,是神经精神狼疮的主要症状之一。

2. 发作类型　系统性红斑狼疮可引起多种类型的癫痫发作。全身强直-阵挛性发作,单纯和复杂部分性发作,肌阵挛性癫痫,视听刺激引起的伴视听幻觉的反射性癫痫都是常见的发作类型。有相当部分患者的癫痫是难治性癫痫。

Gonzalez-Duarte(2008)等人对75例SLE合并癫痫患者进行平均5年的随访,其中58

例(77%)有强直-阵挛性发作,9 例(12%)有复杂部分性发作,5 例(7%)有单纯部分性运动性发作,3 例(4%)有继发性强直-阵挛性发作,40 例(53%)为癫痫反复发作,14 例(35%)为部分性发作。Mikdashi(2004)报道的 28 例伴有癫痫的 SLE 患者中,有 21 例为全身强直-阵挛性发作,7 例为部分性发作。

3. 癫痫发作出现的时间 SLE 患者的癫痫发作可出现在疾病的不同时期,但常出现在 SLE 的早期。年龄较小、疾病活动期癫痫发生更早。

Appenzeller(2004)等调查 60 例 SLE 合并癫痫者,发现癫痫发作与 SLE 其他症状同时出现者有 19 例(31.6%),在 SLE 症状出现后出现者 41 例(68.3%)。Gonzalez-Duarte(2008)等人调查的 75 例 SLE 伴有癫痫的患者中,有 41 例(54%)癫痫发作出现在 SLE 确诊后 1 年内,支持 Benseler(2007)等青少年 SLE 中大约 70% 神经精神症状出现在 SLE 确诊后 1 年内的观点。部分患者的癫痫发作可出现在 SLE 其他症状前数年。

4. 新生儿 SLE 中的癫痫发作 新生儿红斑狼疮是一种少见的自身免疫性疾病,为母源性自身抗体 SSA 和 SSB 经胎盘途径进入胎儿体内引起。常见临床表现包括心脏病、先天性心脏传导阻滞、皮肤狼疮、血液功能障碍物及中枢神经症状。Lin(2005)报道了 1 例新生儿红斑狼疮,除皮肤狼疮、贫血、血小板减少外,还表现为局限性癫痫发作。脑部 CT 显示在脑室周围和白质深部有广泛的低密度影。睡眠 EEG 示右顶叶偶有痫样放电。该患儿斑点实验示高滴度抗核抗体、抗 SSA 抗体和抗 SSB 抗体,但抗双链 DNA 抗体阴性。

5. 可逆性脑后部白质脑病 可逆性脑后部白质脑病(PRE)是一种由 SLE 引起,以精神异常、癫痫发作等高级神经活动损伤为主要特征的临床综合征。Alanoglu(2007)等则认为血压快速升高使大脑小动脉突然膨胀,破坏了大脑自身调节机制,从而引起癫痫发作等一系列神经症状的出现是可逆性脑后部白质脑病产生的原因。另外,用于治疗 SLE 的免疫抑制剂,如长春新碱、麦考酚酸吗乙酯、环孢素,也可导致可逆性脑后部综合征。Shin(2005)等报道了 1 例 SLE 年轻患者在接受环孢素治疗后出现严重出汗、头痛以及癫痫发作,脑部 MRI 显示 T2 加权相的多部位高信号,主要位于顶枕叶,诊断为 PRE。该患者停用环孢素后症状体征以及 MRI 异常均完全恢复。

(二) 辅助检查

1. 脑电图检查 有癫痫发作的 SLE 患者脑电图往往有明显异常,因而 Tsuji(2005)等提出对于有长时间意识模糊的狼疮患者,无论有无癫痫发作的病史或临床发作,均应进行 EEG 检查。Glanz(1998)对 62 例 SLE 患者进行过脑电图检查,发现 54 例(87.1%)有异常,其中 43 例在左侧半球,4 例在右侧半球,7 例双侧异常。脑电图异常包括慢波增多和出现典型的痫样放电,如局灶性棘波等。由于 43 例患者出现在左侧半球,提示 SLE 引起癫痫的损伤以左侧为主。

2. 影像学检查 CT 和 MRI 是诊断 SLE 引起脑梗死、出血、局灶性脑萎缩和灰质、白质损伤最有用的工具之一。

除 SLE 引起的脑梗死、出血外,伴有癫痫发作的 SLE 患者 MRI 上的主要异常发现是脑萎缩和 T1、T2 加权相的异常。

Ainiala(2005)等研究了 43 例 SLE 患者脑部 MRI,发现与普通人群比较,SLE 患者 T1 和 T2 加权相上都有明显异常,MRI 测量值都更高,他们认为 SLE 患者 T1 加权相上的病变与癫痫相关,而 T2 加权相的病变与认知功能障碍相关。Hirayama(1997)曾报道 1 例

11 岁女孩,有全身强直-阵挛性发作,在激素治疗期间 MRI T2 显示右枕叶有高信号影,2个月后高信号影增多,5 个月后再做 MRI 检查,仅在白质内发现 1 个高信号区,多个损伤消失。

可逆性脑后部白质脑病伴发癫痫者在 MRI 上常表现为大脑后部或脑白质内的短暂性 T2 高信号,病灶双侧基本对称,常位于顶、枕叶脑实质内。

T2 加权相的可逆性高信号是由于脱髓鞘作用或水肿等多种原因导致的含水量增加所致。目前主要有两种学说。一种认为是脑血管痉挛导致了脑部缺血引起了癫痫和神经精神症状,以及 MRI 中的 T2 高信号;另一种学说认为是脑血管自我调节能力的暂时性障碍,导致了高灌注、血-脑屏障破坏、继之出现血管源性水肿所致。近来也有研究认为谷氨酸盐浓度过高,以及其他有毒物质引起的细胞毒性水肿很可能是导致这一异常的原因。

CT 也是重要的检查手段,但灵敏度不及 MRI 高。CT 能发现由于血管通透性增强引起的局灶性水肿,这种水肿可出现在双侧丘脑,持续 1 周左右可以自行恢复。

(三) 与药源性系统性红斑狼疮鉴别

癫痫发作可能是 SLE 的早期症状,但同时,一些抗癫痫药物如卡马西平、苯妥英、丙戊酸、乙琥胺、扑米酮、拉莫三嗪、唑尼沙胺等也可引起癫痫发作。由于缺乏 SLE 全身症状的癫痫发作极易被诊断为原发性癫痫,而选用抗癫痫药治疗,以后出现的 SLE 可能被看成是抗癫痫药物引起的 SLE,因而需仔细进行两者的鉴别。

诊断药源性系统性红斑狼疮有以下几个标准:①在药物治疗过程中出现类似 SLE 的症状。一般说来,药物引起的系统性红斑狼疮多数在用药后数年才出现。Motta(2006)等报道了 1 例有长期、频繁癫痫发作的 30 岁女性,她用了丙戊酸治疗 3 年,后换为卡马西平,10 个月后出现全身关节肿痛和白细胞数减少,相关检查提示 SLE。Toepfer(1998)报道的病例是在用卡马西平 8 年后才出现 SLE 的全身症状。在用药数月内出现的 SLE 少有由药物引起者;②药源性 SLE 停用抗癫痫药物后症状往往迅速消失,抗核抗体的量也迅速下降;③在药物治疗前,无 SLE 的临床表现或实验室依据;④药源性 SLE 患者血中抗双链 DNA、抗 SSA 抗体增高的量都不如非药源性 SLE 明显,补体降低的量也比后者少,这些都有利于两者间的鉴别。

SLE 可引起癫痫发作,抗癫痫药也可导致 SLE,表示它们间可能有某种内在的联系。服用抗癫痫药物苯妥英钠可引起 IgA 缺乏,停药后部分患者这种 IgA 缺乏消失,部分不消失。消失患者白细胞相关抗原为 HLA-A2,而非药物依赖者则为 HLA-A1、B8。这种 IgA 缺乏的基因可能位于 6 号染色体,与 HLA 系统相连锁。苯妥英钠抗癫痫和引起 SLE 的作用提示两者间可能有某种由遗传因素所决定的易感性(Aarli,1993)。

(四) 系统性红斑狼疮中癫痫发作的诊断

首先需要明确 SLE 的诊断,然后根据其癫痫发作出现的时间、发作类型、主要伴随症状等临床表现,结合实验室检查、脑电图及影像学检查可明确 SLE 癫痫的诊断。

值得注意的是癫痫可作为 SLE 的早期症状,甚至可在 SLE 其他系统症状表现前数年发生,少数 SLE 患者早期还可单纯表现为癫痫症状,这些情况若未引起重视,极易误诊为原发性癫痫。有报道称 SLE 早期表现为癫痫发作者发病率为 1% ~ 4%。由于 SLE 患者多为青年女性,因此对不明原因癫痫发作的青年女性,应考虑 SLE 所致癫痫的可能性,定期随访,筛查血常规、血沉、蛋白电泳及 SLE 特异性抗体项目可提高 SLE 癫痫的早期诊断率。

（五）癫痫与疾病预后的关系

国外 59 个系统性红斑狼疮研究中心对 SLE 神经精神并发症与预后的关系进行过系统的研究,他们发现癫痫、精神病、横贯性脊髓炎、卒中、无菌性脑膜炎是影响 SLE 预后的关键因素。中枢神经系统受累常增加 SLE 患者的发病率和死亡率,同样癫痫发作也可使系统性红斑狼疮的病死率增加 2 倍,儿童神经精神性狼疮的治疗结局相对良好,总存活率为 95% ~97%。

（六）治疗

1. SLE 的治疗　实践证明,针对 SLE 进行治疗往往能有效的缓解 SLE 伴发的癫痫,因而诊断明确后,应及时应用激素、免疫抑制剂或血浆置换以使 SLE 及其神经并发症得到缓解。

大剂量糖皮质激素或糖皮质激素冲击疗法仍是治疗 SLE 的重要方法,近年来的研究发现鞘内注射甲氨蝶呤和地塞米松也是有效且较安全的治疗方式。Zhou HQ 等比较了 109 例接受鞘内注射的神经精神性狼疮患者和 131 例未接受鞘内注射的患者的治疗情况,结果发现接受了鞘内注射甲氨蝶呤和地塞米松治疗的患者,脑脊液有明显改善,住院时间比未接受患者更短,死亡率也更低。

环磷酰胺与激素联合治疗能有效地诱导疾病缓解,阻止和逆转病变的发展,改善远期预后。Trevisani VF 等研究发现环磷酰胺和甲泼尼龙能有效治疗神经精神性 SLE,改善脑电图,并能较显著地降低癫痫发作次数。Benseler SM 等推荐用免疫抑制剂联合治疗并发癫痫的儿童 SLE,包括大剂量泼尼松和二线药物如环磷酰胺、硫唑嘌呤。

2. 癫痫发作的治疗　抗癫痫治疗可按照治疗一般症状性癫痫的方法,根据发作类型选用抗癫痫药,但由于苯妥英钠、卡马西平、丙戊酸都能引起药源性 SLE 的发生,因而主张选用妥泰或其他新型抗癫痫药可能更为合理。有个别文献报道抗疟疾药似乎能够延迟癫痫发作。

二、系统性红斑狼疮中的癫痫持续状态

癫痫是 SLE 的常见症状,尽管只有少数患者出现癫痫持续状态,但 SLE 引发癫痫持续状态的情况紧急,若未得到及时处理,将导致严重后果,因此需引起高度重视。

1. 病因　SLE 患者可以癫痫持续状态为首发症状或出现部分性癫痫持续状态,而重症神经精神狼疮患者则更易出现癫痫持续状态,其病因尚不完全清楚,以下几个因素可能与 SLE 中癫痫持续状态的发生有关:疾病的高度活动性、抗心磷脂抗体阳性、抗 sm 抗体阳性、合并有其他神经精神症状、SLE 引起的脑血管病变、胼胝体病变等。

SLE 患者的一些可溶性抗原复合物沉积在脑血管和脑脉络丛上,引起脑部血管病变,出现脑梗死、出血和血管通透性改变,通过血液的直接刺激,降低癫痫发作的阈值,改变细胞空间结构,导致异常血液的分流等多种机制引起癫痫及癫痫持续状态的发生。

文献报道 40% ~80% 的 SLE 患者存在小血管的结构异常。Baizabal-Carvallo 等用经颅多普勒检查了 15 例神经精神狼疮患者和 30 例非神经精神性的狼疮患者,发现两组患者的微栓子病变率无差异,但相对于非神经精神性狼疮患者,伴发癫痫的患者脑血流速度普遍较快,支持血管因素是引起癫痫发作和癫痫持续状态的原因。

2. 癫痫持续状态的表现　SLE 可引发多种类型的癫痫发作,也可引发多种类型的癫痫持续状态。目前,表现为复杂部分性发作的报道较多见。Tsuji M 等报道了 1 例患 SLE 的女性,该患者精神错乱,最初被认为是 SLE 引起的神经精神症状,但随后进行的 EEG 检查显示精神错乱是由癫痫所致,诊断为复杂部分性癫痫持续状态;Fernandez-Torre 等人报道了 1 例 23 岁 SLE 女性患者,有复杂视幻觉,最初归因于应用皮质类固醇的治疗,但脑电图显示有明显的痫样放电,证实幻觉由癫痫引起,修正诊断为起源于颞叶、顶叶及枕叶结合部的复杂部分性癫痫持续状态。

癫痫持续状态后,可出现可逆性对称性皮质 MRI 改变,最常见的表现是病灶区 T2 高信号。Weidauer(2001)等报道了 1 例癫痫发作后出现岛叶 T2 加权相的可逆性对称性信号增强,且旁正中额叶皮质和中央区也有参与,12 天后随访,信号异常消失。

3. 诊断　诊断首先要考虑患者的发作是否是癫痫发作,在此基础上再考虑其是否符合癫痫持续状态的定义。随后应分清楚是 SLE 本身所致,还是其他诱发因素所致。诊断有困难时,脑电图监测可能对诊断有帮助。

值得注意的是,惊厥性癫痫持续状态的诊断往往较容易,但非惊厥性癫痫持续状态,如复杂部分性癫痫持续状态,却难以明确,且常常被忽视。

行为异常如精神状态改变、谵妄、意识错乱及幻觉是 SLE 患者最常见的神经精神症状,但也可能是复杂部分性癫痫持续状态的一种表现,由于缺乏特异性难以明确,此时进行脑电图检查对确诊神经症状是否由癫痫引起是必要的。Appenzeller(2004)等报道的 7 例 SLE 有癫痫持续状态的患者,其发作间期的脑电图均有痫样放电。

4. 治疗　首先要针对病因进行治疗,分清楚是 SLE 本身所致,还是其他诱发因素所致。及时控制癫痫持续发作是改善预后的重要措施。甲泼尼龙治疗伴癫痫持续状态的 SLE 疗效较好,Gieron 等报道了 1 例出现癫痫持续状态的 SLE 患儿在接受甲泼尼龙治疗后,MRI 上的灰、白质弥散性病变完全消失。

SLE 癫痫持续状态的治疗原则是:①选用强有力且足量的抗癫痫药物,力求一次投药即控制发作。首选药依然是静脉注射地西泮以控制癫痫发作,可同时给予苯巴比妥。颅内压增高严重时应同时给予甘露醇或呋塞米降压;②保持呼吸道通畅,吸氧,必要时进行气管插管或气管切开,仍有呼吸困难者应及时应用呼吸机;③维持人体内环境的稳定,预防和控制并发症,处理脑水肿,预防脑疝,及时治疗酸中毒、呼吸、循环衰竭、高热、感染和纠正水电解质失调等都是必要的;④积极寻找病因,进行针对性的检查及治疗;⑤发作停止后,应给予合适的抗癫痫药维持治疗,密切监护。

(彭希　王学峰)

参 考 文 献

[1] Andrade RM,Alarcon GS,Gonzalez LA,et al. Seizures in patients with systemic lupus erythematosus:data from LUMINA,a multiethnic cohort(LUMINA LIV). Ann Rheum Dis,2008,67(6):829-834.

[2] MikdashiJ,HandwergerB. Predictors of neuropsychiatric damage in systemic lupus erythematosus:data from the Maryland lupus cohort. Rheumatology(Oxford),2004,43(12):1555-1560.

[3] Fernández-Torre JL,Sánchez JM,et al. Complex partial status epilepticus of extratemporal origin in a patient with systemic lupus erythematosus. Seizure,2003,12(4):245-248.

［4］ Cimaz R,Meroni PL,Shoenfeld Y. Epilepsy as part of systemic lupus erythematosus and systemic antiphospholipid syndrome(Hughes syndrome). Lupus,2006,15(4):191-197.

［5］ Appenzeller S,Cendes F,Costallat LT. Epileptic seizures in systemic lupus erythematosus. Neurology,2004,63(10):1808-1812.

［6］ Malik S,Bruner GR,Williams-Weese C,et al. Presence of anti-La autoantibody is associated with a lower risk of nephritis and seizures in lupus patients. Lupus,2007,16(11):863-866.

［7］ Benseler SM,Silverman ED. Neuropsychiatric involvement in pediatric systemic lupus erythematosus. Lupus,2007,16(8):564-571.

［8］ Levite M,Ganor Y. Autoantibodies to glutamate receptors can damage the brain in epilepsy,systemic lupus erythematosus and encephalitis. Expert Rev Neurother,2008,8(7):1141-1160.

［9］ Kang EH,Shen GQ,Morris R,et al. Flow cytometric assessment of anti-neuronal antibodies in central nervous system involvement of systemic lupus erythematosus and other autoimmune diseases. Lupus,2008,17(1):21-25.

［10］ Tin SK,Xu Q,Thumboo J,et al. Novel brain reactive autoantibodies:prevalence in systemic lupus erythematosus and association with psychoses and seizures. J Neuroimmunol,2005,169(1-2):153-160.

［11］ Trysberg E,Blennow K,Zachrisson O,et al. Intrathecal levels of matrix metalloproteinases in systemic lupus erythematosus with central nervous system engagement. Arthritis Res Ther,2004,6(6):R551-556.

［12］ Bautista JF,Kelly JA,Harley JB,et al. Addressing genetic heterogeneity in complex disease:finding seizure genes in systemic lupus erythematosus. Epilepsia,2008,49(3):527-530.

［13］ Baizabal-Carvallo JF,Cantu BC,Garcia RG. A followup study of antiphospholipid antibodies and associated neuropsychiatric manifestations in 137 children with systemic lupus erythematosus. Arthritis Rheum,2008,59(2):206-213.

［14］ Leroux G,Sellam J,Costedoat-Chalumeau N,et al. Posterior reversible encephalopathy syndrome during systemic lupus erythematosus:four new cases and review of the literature. Lupus,2008,7(2):139-147.

［15］ Punaro M,Abou-Jaoude P,Cimaz R,et al. Unusual neurologic manifestations(Ⅱ):posterior reversible encephalopathy syndrome(PRES) in the context of juvenile systemic lupus erythematosus. Lupus,2007,16(8):576-579.

［16］ Alanoglu Z,Unal N,Oral M,et al. Seizures and loss of vision in a patient with systemic lupus erythematosus. Neth J Med,2007,65(7):274.

［17］ Kur JK,Esdaile JM. Posterior reversible encephalopathy syndrome—an underrecognized manifestation of systemic lupus erythematosus. J Rheumatol,2006,33(11):2178-2183.

［18］ Shin KC,Choi HJ,Bae YD,et al. Reversible posterior leukoencephalopathy syndrome in systemic lupus erythematosus with thrombocytopenia treated with cyclosporine. J Clin Rheumatol,2005,11(3):164-166.

［19］ Ramsey-Goldman R,Alarcon GS,McGwin G,et al. Time to seizure occurrence and damage in PROFILE,a multi-ethnic systemic lupus erythematosus cohort. Lupus,2008,17(3):177-184.

［20］ Mikdashi J,Krumholz A,Handwerger B. Factors at diagnosis predict subsequent occurrence of seizures in systemic lupus erythematosus. Neurology,2005,64(12):2102-2107.

［21］ Gonzalez DA,Cantu Brito CG,Ruano CL,et al. Clinical description of seizures in patients with systemic lupus erythematosus. Eur Neurol,2008,59(6):320-323.

［22］ Shah AA,Higgins JP,Chakravarty EF. Thrombotic microangiopathic hemolytic anemia in a patient with SLE:diagnostic difficulties. Nat Clin Pract Rheumatoll,2007,3(6):357-362.

［23］ Lin SC,Shyur SD,Li Hsin Huang,et al. Focal seizures as an unusual presentation of neonatal lupus erythematosus. Asian Pac J Allergy Immunol,2005,23(1):61-64.

[24] Tsuji M,T anaka H,Yamakawa M,et al. A case of systemic lupus erythematosus with complex partial status epilepticus. Epileptic Disord,2005,7(3):249-251.

[25] Ainiala H,Dastidar P,Loukkola J,et al. Cerebral MRI abnormalities and their association with neuropsychiatric manifestations in SLE:a population-based study. Scand J Rheumatol,2005,34(5):376-382.

[26] Weidauer S,Krakow K,Lanfermann H,et al. Reversible bilateral cortical MRI changes as sequelae of status epilepticus. Nervenarzt,2001,72(12):958-962.

[27] Motta E,Kazibutowska Z,Lorek A,et al. Carbamazepine-induced systemic lupus erythematosus—a case report. Neurol Neurochir Pol,2006,40(2):151-155.

[28] Trevisani VF,Castro AA,Neves Neto JF,et al. Cyclophosphamide versus methylprednisolone for treating neuropsychiatric involvement in systemic lupus erythematosus. Cochrane Database Syst Rev,2006,19(2):CD002265.

第八节　缺氧缺血性脑病中的癫痫及癫痫持续状态

缺氧缺血性脑病(hypoxic ischemic encephalopathy,HIE)是由于各种原因引起的部分或全脑血流减少,导致短暂性脑部缺血缺氧引起的脑损伤。可发于任何年龄,但以新生儿和成人最为常见。缺血缺氧导致的癫痫发作是其最为重要的临床表现之一,而癫痫,尤其是癫痫持续状态又可加重缺氧缺血性脑病的发生,影响患者的预后。因此,了解缺氧缺血性脑病中的癫痫发作是非常重要的。

一、非围产期缺氧缺血性脑病中的癫痫及癫痫持续状态

(一)病因

除围产期窒息外,引起成人或儿童缺氧缺血性脑病的常见病因有:机械性窒息、心搏骤停复苏成功后、麻醉意外、肺部疾病(包括哮喘、呼吸衰竭、支气管扩张、咯血等)、一氧化碳中毒、出血性休克等,这些病因导致的缺氧缺血性脑病都易引起癫痫发作。早年的研究表明,惊厥是呼吸衰竭最严重的肺外并发症。由于院外急救措施的进步、心脏手术的开展等,许多心搏骤停患者的生命得以挽救,但随之而来的是神经系统并发症如癫痫的发病率明显增加。有人研究了3648例实施导管操作的患者,其中10例发生惊厥,而后演变成癫痫均见于缺氧缺血性脑病患者(Liu XY,2001);Brown(2007)等人报道了1例由于一氧化碳中毒所致非惊厥性癫痫持续状态的70岁女性患者,其血中碳氧血红蛋白水平为35%;最近,Keleş(2008)等研究了323例平均年龄为29±17岁的一氧化碳中毒患者,其中,4%的患者出现了癫痫发作,多发生在碳氧血红蛋白水平≥20%者。

(二)病理改变及发病机制

1. 病理特点　缺氧缺血性脑病的病变改变与脑的成熟度、缺血缺氧严重程度及持续时间等因素有关,主要集中在以下几方面。

(1) 选择性神经元坏死:选择性神经元变性坏死是缺氧缺血性脑病主要病理改变之一,在新生儿尤为明显。Calle等(1989)利用心肺骤停复苏大鼠模型进行研究,其中68%出现惊厥,组织病理学显示海马区中度选择性神经元坏死;Williams(2007)等人将出生后

30 天的大鼠右颈总动脉结扎,再将其置于 8% 氧气的温室中 30 分钟,造成单侧大脑缺氧缺血性损伤。定量分析后发现,与对侧和对照组海马区相比,实验组门区和 CA_1 区神经元都有明显缺失。

(2) 海马区苔藓纤维增生:Williams(2004) 等人对新生鼠缺氧缺血性脑病模型进行研究发现,与对照组相比,实验组无论有无癫痫发作,其同侧海马区均有病变;而与无癫痫发作组比较,发作组对侧的 Timm 染色明显增多,证实围产期缺氧缺血性脑病可以诱发癫痫,导致同侧海马病变以及病变区和对侧海马区苔藓纤维增生。随后,Williams(2007) 等人在成年大鼠模型中也发现,与对照组海马区比较,受损大鼠双侧海马区有微小但明显增加的 Timm 染色细胞层。15% 在 6~12 个月后发生至少一种形式的非诱发性运动性发作。

(3) 脑水肿:主要病理基础是 ATP 减少所引起的细胞内水肿和血管通透性增加的细胞外水肿。

2. 发病机制 癫痫发病机制尚不清楚。窒息、心搏骤停、呼吸衰竭等导致缺氧缺血性脑病引起惊厥或癫痫的机制也尚未明确。目前的研究提示可能与下列因素有关。

(1) 离子通道异常:通道异常是缺氧缺血性损伤后续或远期效应的中枢环节。在缺氧缺血性损伤或惊厥发作后,神经细胞膜上谷氨酸受体构象发生改变,使胞外 Ca 离子大量进入胞内,导致过量自由基形成,引发级联生化反应,导致癫痫发作。这些级联反应包括谷氨酸释放、兴奋性氨基酸受体过度激活以及细胞内 Ca 离子水平增高。损伤后,用门冬氨酸-谷氨酸拮抗剂治疗可能对神经系统具有保护作用,但通常治疗窗很短。

(2) 神经元异常网络形成:Williams(2007) 等人对成年大鼠模型研究的结果发现,缺氧缺血性损伤可造成海马区神经元坏死,残存神经元突触再生形成异常的兴奋网络,这种兴奋性回路造成了海马区的异常电活动,从而导致癫痫发生。

(3) 神经元能量衰竭:缺氧缺血性损伤可导致能量衰竭、氧化应激以及离子流动失衡等,从而诱导脑部神经元凋亡。

(4) 少突胶质细胞缺乏:Levison(2001) 等人为了验证脑部缺氧缺血性损伤是否破坏了脑室下区干/祖细胞,从而使少突胶质细胞永久性缺乏的假说,利用缺血缺氧性鼠类模型观察到,在缺血缺氧损伤后几小时内,脑室下区已经有 20% 的细胞缺失,残留损伤细胞也坏死。在损伤后 3 周的存活鼠,其脑室下区较小且细胞数目显著减少,其内只有正常 1/4 的神经干细胞。少突胶质细胞缺乏可使皮质下白质髓鞘形成障碍而引起癫痫发作。

（三）非围产期缺氧缺血性脑病中的癫痫发作

1. 发病率 20 世纪七八十年代,人们发现肺移植后癫痫发生率为 12%,心搏骤停复苏后为 28%。国内有人对 851 例一氧化碳中毒患者进行回顾性分析发现癫痫的发生率为 11.4%,其中在一氧化碳中毒急性期出现的早期发作占 70.1%,一氧化碳中毒意识恢复后,约经 2~60 天的"假愈期",又出现的继发性癫痫称为晚发性癫痫,其发生率占 29.9%,中老年多见;最近有学者提出一氧化碳中毒的迟发性脑病患者癫痫发生率为 13.8%。Clancy(2003) 等对 164 例由于心脏疾病而在深低温循环停止下实施手术的新生儿幸存者研究发现,惊厥的发病率为 17.7%。但是,应该看到,由于随访时间、失访、医疗条件如是否进行动态或视频脑电图监测等因素的影响,缺氧缺血性脑病所致癫痫的发病率可能更高。

2. 癫痫出现的时间　癫痫发作通常出现在上述疾病的急性期,但也可能在原发疾病好转后数月甚至数年后出现。Snyder(1980)等研究了63例成人心搏骤停复苏后的幸存者,8例患者在12小时内出现肌阵挛性发作,4例在3天以后出现,认为部分性发作常常开始于12小时之内;国内也有人对260例一氧化碳中毒患者进行的回顾性分析发现迟发性脑病患者发生癫痫时距一氧化碳中毒的时间为3个月~1年。

3. 发作类型　缺氧缺血性脑病导致的癫痫发作有多种形式。早期文献中,以心搏骤停后出现的缺氧性肌阵挛较为多见。最近,Fernández-Torre(2008)等报道1例50岁女性在长时间心搏骤停后出现了刻板的、周期性的眼睛睁开和闭合的交替动作,时而合并吞咽动作,脑电图上表现为暴发抑制;Caraballo(2004)等研究了9例伴有偏瘫和惊恐发作的脑瘫患者,2例因缺氧缺血性脑病所致,其发作形式为由听觉或躯体感觉为先兆的瘫痪肢体强直性收缩;van der Jagt(2008)等最近也报道了3例疑为缺血缺氧性昏迷的患者,其中1例为47岁男性,由于心肌缺血造成室颤而需要心肺复苏,在昏迷期间出现了有节律的眼球运动,使用抗癫痫药物后意识逐渐恢复。国内研究表明,一氧化碳中毒所致的癫痫发作类型最多为强直-阵挛和强直发作。

4. 伴随症状　缺氧缺血性脑病的癫痫患者可能有原发疾病如心脏、肺部疾病的表现,也可合并有其他神经系统的异常如脑瘫、意识障碍等。慢性肺部疾病患者常常出现低氧血症、酸中毒、右心衰等,引发肺性脑病,产生多种类型的神经系统并发症。还有人报道痉挛性支气管炎合并有肺气肿的患者,在出现意识丧失,呼吸衰竭后有全身性癫痫发作。

5. 辅助检查

(1) 原发病检查:可发现心肺等基础疾病,一氧化碳中毒等证据。

(2) 动脉血气分析:可提示不同程度的代谢性酸中毒。

(3) 脑脊液检查:缺氧缺血性脑病时脑脊液中谷氨酸增高,癫痫持续状态时脑脊液中谷氨酸/GABA的比值会明显降低。在癫痫持续状态下,如果脑脊液中谷氨酸和谷氨酸/GABA的比值没有发生明显改变,基本上可除外缺氧缺血性脑病所致的脑损伤。

(4) 脑电图检查:①背景活动异常及痫样放电:多项研究表明,围产期缺氧缺血性脑病有癫痫发作时脑电图常常表现为背景活动异常。Synek(1989)等早年对心搏骤停后缺氧性昏迷患者的脑电图进行研究,发现17.1%的患者表现为连续弥漫性背景活动异常中伴有痫样放电,这与不连续性暴发抑制活动中出现的痫样放电不同,后者常常预示结局不良。②视频脑电图监测:对于有痫样放电而没有典型临床表现的高危患者,视频脑电图监测是必要的。Hovland(2006)等对心搏骤停复苏后的女性患者进行研究,发现低温麻醉虽然可以改善心肺骤停的神经系统症状,但是,在低温麻醉期间,缺氧性脑损伤引起的癫痫发作可能不易发现,因此在这类患者中应推广脑电图的应用;Gaynor(2005)等对178例(年龄<6个月)先天性心脏病需行心肺转流的患儿进行了48小时视频脑电图监测发现,惊厥的发生率为11.2%,且手术期间,使用深低温处理时间超过40分钟者,惊厥的发病率将增加,因而,进行视频脑电图监测有利于癫痫的诊断。

(5) 影像学检查:缺氧缺血性脑病可致脑神经元坏死、脑组织水肿等病理改变,CT、磁共振等影像学检查可有阳性发现。虽然非围产期缺氧缺血性脑病所致的癫痫发作者中,这方面的文献报道较少,但围产期缺氧缺血性脑病所致痫样发作者影像学检查已有脑水肿、局部密度或信号改变的报道。

（四）缺氧缺血性脑病中癫痫发作的预后与治疗

Snyder(1980)研究发现:心搏骤停后有癫痫发作的患者存活率为32%,无惊厥发作者存活率为43%。可见,缺氧缺血性脑病后癫痫发作,尤其是癫痫持续状态增加了患者的死亡率,因此,必须控制缺氧缺血性脑病后的癫痫发作。

1. 脑保护　在多种新生儿缺氧缺血性脑病研究中发现,早期应用抗癫痫药可以明显减少癫痫发作。20世纪有人将拉莫三嗪用于因为心搏骤停而诱发的弥漫性脑部缺血缺氧大鼠模型中,发现其可减少海马区 CA_1 细胞群的损伤,阻止心搏骤停恢复后带来的脑部损伤;Perlman(2004)等的研究也发现缺氧缺血性脑病后予以氯甲噻唑处理,可以减轻海马区损伤,提高癫痫发作阈值以及抑制癫痫的产生。生酮饮食的抗癫痫效应机制尚不明确,但是,Tai(2007)等进行的因心搏骤停诱发的脑部缺氧鼠模型中发现,生酮饮食组对声音刺激没有出现惊厥发作,且肌阵挛性抽搐的发生率更低。据此认为生酮饮食对缺氧后惊厥和肌阵挛发作可能有好处。

2. 其他　对于心、肺疾病、中毒等引起的缺氧缺血性脑病患者,治疗原发疾病及纠正内环境紊乱是必需的。脑部亚低温对实验性缺氧缺血性脑病有保护作用,但机制尚不清楚,可能与减少谷氨酸释放、降低脑细胞代谢、减少酸中毒等有关。在实验性动物模型中,高压氧可以减少缺氧缺血性损伤所致的脑细胞萎缩和凋亡。也有人报道过1例由于一氧化碳中毒所致惊厥的1岁男婴,其碳氧血红蛋白水平为25%,且有代谢性酸中毒存在,采用高压氧处理,其症状在8小时内恢复。

3. 癫痫发作的治疗

(1) 使用抗癫痫药物:可参考症状性癫痫的治疗选用抗癫痫药。

(2) 其他药物:糖皮质激素可以调节由于抽搐或缺氧缺血造成的海马区损伤,因此,在缺氧缺血性脑病中,降低内源性糖皮质激素可以保护海马区的神经元。以前的研究发现:用糖皮质激素合成抑制剂——美替拉酮不会改变惊厥的强度,但可以改变海马区神经元对惊厥的耐受性,因此,可以用于癫痫发作。

二、新生儿缺氧缺血性脑病中的癫痫发作

新生儿缺氧缺血性脑病(hypoxic ischemic encephalopathy,HIE)是由于多种围产期窒息引起的部分或完全缺氧、脑血流减少或暂停而导致的胎儿或新生儿脑损伤。早产儿的发生率明显高于足月儿,但由于足月儿在存活的新生儿中占大多数,故临床上以足月儿多见。缺氧缺血导致的癫痫发作是其最为重要的临床表现之一,而癫痫发作,尤其是癫痫持续状态又可加重缺氧缺血性脑病的发生,影响患者的预后。

（一）病因及缺氧缺血性脑病分级

1. 病因　新生儿缺氧缺血性脑病最常见病因是围产期窒息。所有引起围产期窒息的因素如孕母心、肺功能不全、贫血、糖尿病或休克、妊娠高血压综合征、胎盘早剥、前置胎盘、胎盘功能不良或结构异常、胎儿宫内发育迟缓、滞产、急产等都是缺氧缺血性脑病的重要原因。

根据文献报道,围产期窒息所致的缺氧缺血性脑病发病率不等。早期的研究发现,围产期窒息所致的缺氧缺血性脑病发病率约为20%~30%。Pisani(2008)等连续3年观察了由于围产期窒息住院的92例新生儿,其中57例(62%)后来被诊断为缺氧缺血性脑

病。Pálsdóttir(2007)等观察了4年内围产期窒息的患儿,发现缺氧缺血性脑病的发病率为1.4/1000。

围产期窒息引起缺氧缺血性脑病是儿童癫痫发作的重要原因。在100例新生儿惊厥中,缺氧缺血性脑病占30%,且常常与妊娠前两年的疾病、妊娠期间母亲体重增长超过14kg、胎盘病变、先兆子痫、胎儿低体重、低胎龄等有关。

2. 分级 缺氧缺血性脑病的分级有可能预示患儿的预后。Mwakyusa(2008)等对140例产时窒息患儿进行神经系统功能评价,并将结果分为异常(癫痫、肌张力障碍、发育迟滞和死亡)和正常两组,研究结果提示缺氧缺血性脑病评分系统对神经系统预后的评价有重要价值。

Sarnat(1976)等人主张将缺氧缺血性脑病分为轻、中、重度(或1、2、3期):轻度:表现为警觉性增高,拥抱反射活跃,交感神经兴奋,持续时间少于24小时,脑电图正常;中度:反应迟钝,张力减退,四肢远端强烈屈曲以及多灶性惊厥发作,脑电图表现为持续性δ波;重度:木僵,四肢松软,脑干及自主功能受抑制,脑电图为等电线或少量间歇性放电。

(二) 病理改变及可能的发病机制

1. 病理改变 病理改变与非围产期缺氧缺血性脑病的病理改变相似。足月儿缺氧缺血性脑病的神经元变性坏死主要发生在大脑矢状旁区,而早产儿则以脑室周围白质病变多见。瘢痕性脑回是足月儿缺氧缺血性脑病的典型病理改变,包括皮质下白质萎缩和胶质增生等。Villani(2003)等研究了9例缺氧缺血性脑病且经MRI证实的瘢痕性脑回患儿,发现其病灶主要分布在旁矢状区,多与其他缺氧缺血性病灶共存,这9例患儿均有耐药性部分性癫痫发作。

Williams(2004)等人结扎出生后7天的大鼠单侧颈总动脉,再将其放于含8%的氧气、37℃的温箱中120分钟,诱导出缺氧缺血性脑病的动物模型,7~24个月后发现有近50%(8/20)的大鼠出现自发性运动性发作,与对照组相比,实验组无论有无癫痫发作,其同侧海马区均有病变;而与无癫痫发作组相比,发作组对侧的Timm染色也明显增多。这项研究证实了围产期缺氧缺血性脑病可以诱发癫痫、导致同侧海马病变以及病变区和对侧海马区苔藓纤维增生。最近Kadam(2007)等人利用出生后7天的缺氧缺血性脑病大鼠模型,并在其出生后30天或6个月通过多种染色方法观察病理改变。可以观察到旁矢状区梗死、脑穿通性囊肿、皮质发育畸形(如:柱状细胞丢失、小脑回、白质细胞增多、灰白质交界不清等)等,对于有癫痫者,其同侧萎缩的海马背部苔藓纤维增生,而且对侧海马背部、腹部均出现同等程度的改变。

国内曾有人对缺氧缺血性脑病患儿进行研究,发现在出生后1~2天内有惊厥发作者在出生后1~3天内的头颅超声均显示有脑水肿,其中,77%为弥漫性脑水肿。出生后4~7天水肿程度逐渐减轻。而在无惊厥发作组,只有45%在出生2天后发生了弥漫性脑水肿。在惊厥组,颅内出血的发生率为58.97%,而无发作组只有38.7%。但是,也有不同的报道。Byard(2007)等人对82例确诊为缺氧缺血性脑病的患者进行研究,其年龄从新生儿到3岁不等,没有发现缺氧缺血性脑病导致的硬膜下出血。

2. 发病机制 癫痫的发病机制尚不清楚,目前的研究提示可能与下列因素有关。

(1) 细胞缝隙连接通道异常:通道异常是缺氧缺血性损伤后续或远期效应的中枢环节。以前的研究表明:在缺氧缺血性损伤或者惊厥发作后,神经元细胞膜上谷氨酸受体的构象发生改变,使细胞膜外的 Ca 离子大量进入细胞内,从而导致大量的自由基形成,引发级联生化反应可导致癫痫发作。

(2) 神经元能量衰竭:缺氧缺血性损伤可导致能量衰竭、氧化应激以及离子流动失衡等,从而诱导脑部神经元的凋亡。

(3) 少突胶质细胞缺乏假说:认为少突胶质细胞缺乏使皮质下白质髓鞘形成障碍,引起癫痫发作。

(三) 围产期缺氧缺血性脑病中的癫痫发作

1. 发病率　Gebremariam(2006)等对 1293 例新生儿进行研究发现,约 6.0% 发生惊厥,其病因主要为缺氧缺血性脑病;Masri(2008)等研究了 55 例婴幼儿期发病的癫痫患儿,其中缺氧缺血性脑病占 20%。Khan(2008)等对 58 例新生儿惊厥研究,其中可能与缺氧缺血性脑病相关者占 56.9%,41.4% 此后诊断为新生儿后癫痫。Nunes(2008)等最近的一项在大学附属医院进行的人群研究中发现:在研究的 3659 例新生儿中,惊厥的发病率为 2.7%,其中 51% 的病因为缺氧缺血性脑病,发展为新生儿后癫痫的有 30 例(30.3%),占所有癫痫患者的 53%,认为围产窒息的足月儿中,新生儿惊厥是新生儿期死亡和新生儿期后癫痫发病率增加的主要原因。Alcover-Bloch(2004)等回顾性分析了 5 年时间里因新生儿惊厥住院的 77 例患儿,其病因多为缺氧缺血性脑病,最终有 24.7% 发展成为癫痫。

癫痫的发生率与缺血缺氧的程度明显相关。以前有人观察了 94 例缺氧缺血性脑病的患儿,只有 17.5% 的中度缺氧缺血性脑病者有癫痫发作;Pisani(2008)等在所研究的 92 例围产期窒息新生儿中,轻、中、重度缺氧缺血性脑病分别为 27 例、25 例、5 例,其中 13 例中度和 5 例重度患者(31.6%)出现新生儿惊厥,在此后的随访中发现,只有 3 例(5.3%)重度缺氧缺血性脑病者发展为癫痫。

但是,应该看到,由于随访时间、失访、医疗条件等因素的影响,缺氧缺血性脑病所致的癫痫的发病率可能更高。如在 Garcias da Da Silva(2004)等人的研究中,新生儿惊厥后癫痫的发病率在 12 个月、36 个月和 48 个月时分别为 22%、28.3% 和 33.8%。

2. 癫痫发作出现的时间　围产期缺氧缺血性脑病患儿首次出现惊厥发作通常在出生后 48 小时以内,而此后出现癫痫的时间则不等。在 Cvitanović-Sojat(2005)的研究中,WEST 综合征的平均出现年龄为 5.8 个月。Oguni(2005)等对 10 例症状性顶枕叶癫痫的患者进行回顾性分析,发现其均有围产期轻度缺氧缺血性脑病,癫痫出现的时间从 10～168 个月不等,平均为 72 个月。最近 Guggenheim(2004)等观察了 19 例从缺氧缺血性脑损伤到婴儿痉挛出现的时间间隔为 6 周～11 个月。同样,由于受随访时间的限制,癫痫出现的时间可能更晚。

3. 发作类型　新生儿惊厥的发作类型常见为阵挛、强直、肌阵挛等多种形式。早年研究发现,新生儿癫痫中最常见的发作形式为全身强直性发作。在 Alcover-Bloch(2004)等的研究中,65.3% 为单一形式的发作,其中最常见的形式为多病灶或单病灶引起的强直-阵挛性发作;Gebremariam(2006)等人发现新生儿惊厥最多见的发作形式为多部位阵挛性发作,其次为局部阵挛性发作。在 Oguni(2008)等的研究中,10 例症状性顶枕叶癫痫,9 例为复杂部分性发作,合并有视觉症状的 5 例,1 例为局灶性运动性发作继发全身性发作。在 Khan(2008)等的研究的新生儿缺氧缺血性脑病所致的癫痫病例中:West 综合征 5 例,部分性发作 7 例,全身性发作 6 例,早期肌阵挛性脑病 2 例,早期婴儿性癫痫性脑病 1 例,不明确的癫痫综合征 3 例。也有人的研究发现 71% 有多种类型的发作。

缺氧缺血性脑病所致癫痫也可以表现为癫痫综合征,其中 West 综合征是最常见的形式。Cvitanović-Sojat(2005)等对 32 例 West 综合征进行的研究发现,26 例症状性 West 中,69.2% 由缺氧缺血性脑病所致。

4. 伴随症状　围产期缺氧缺血性脑病的患儿除癫痫发作外,还可存在意识障碍、多器官功能衰竭、颅内压增高等表现。在此后的发育过程中,也可出现其他神经系统的功能异常。有人对 94 例缺氧缺血性脑病随访发现,发生癫痫的患者都合并有神经运动发育迟滞;Nunes(2008)等人的研究发现 30 例癫痫患儿中有 11 例合并有发育迟滞;Oguni(2005)等所观察的 10 例症状性顶枕叶癫痫中,7 例合并有智能障碍和视觉空间功能的下降。

(四) 辅助检查

1. 血液检查　出生后 1~2 天内有惊厥发作的缺氧缺血性脑病患儿,其血清钙水平比无惊厥发作者明显降低。曾有人对 45 例病因多为缺氧缺血性脑病的癫痫发作新生儿分别检测其发作开始后 30 分钟和 24 小时后血清催乳素水平,发现前者明显高于后者,认为惊厥发作后血清催乳素水平可以作为新生儿惊厥的一个鉴别依据。此外,动脉血气分析可发现这类患者常有代谢性酸中毒,部分患者血糖水平可能比较低。

2. 脑脊液检查　缺氧缺血性脑病时脑脊液中谷氨酸增高,癫痫持续状态时脑脊液中谷氨酸/GABA 的比值会明显降低。在癫痫持续状态下,如果脑脊液中谷氨酸和谷氨酸/GABA 的比值没有发生明显改变,基本上可除外缺氧缺血性脑病所致的脑损伤。

3. 胎心　Williams(2004)等观察 25 例继发于缺氧缺血性脑病新生儿惊厥患者,并以 25 例同样 pH 和胎龄而无惊厥发作的新生儿作为对照,至少记录其 2 小时的胎心模式,其结论为:与对照组相比,中度缺氧缺血性脑病所致的新生儿惊厥者,其异常胎心率持续时间更长。这项研究提示:在新生儿存在酸中毒情况下,其惊厥的发生与产时异常胎儿心率模式持续时间有关。因此,监测产时胎儿心率可能预测围产期缺氧缺血性脑病的患儿发生惊厥的可能性。

4. 脑电图检查

(1) 背景活动异常:主要表现为背景活动的抑制。Sato(2003)等观察了 3 例围产期缺氧缺血性脑病的(近)足月儿,其在出生后 2~15 小时内均有惊厥发作,脑电图背景活动有中~重度的抑制。Kumar(2007)等研究了 90 例新生儿惊厥的患儿,发现约 60% 的中度缺氧缺血性脑病患儿脑电图上有异常放电,约 66.66% 的重度患儿脑电图上表现为背景活动抑制。Khan(2008)等对 58 例新生儿惊厥在发作前后分别进行动态脑电图检查,统计学分析后得出以下结论:所有与缺氧缺血性脑病相关的新生儿惊厥在第一次脑电图上都有异常表现($P = 0.030$),异常背景活动与神经系统发育迟滞有关,两次和第二次脑电图都异常患儿与此后的癫痫发生密切相关,无论哪次脑电图上出现暴发抑制都与癫痫和死亡相关,两次脑电图上都出现连续异常的背景活动时增加了癫痫($RR = 1.8$)和神经系统发育迟滞($RR = 2.20$)的危险。因此,在判断神经系统损伤的预后中,连续记录到任何一次异常背景活动都比痫样放电或者睡眠状态下的异常更有价值。

暴发抑制脑电图常常与新生儿惊厥相关。Nunes(2005)等的研究表明发现非反应性暴发抑制的脑电图还与新生儿早期难治性癫痫发作有关,与新生儿后癫痫的发展也有关。

（2）振幅整合脑电图（aEEG）：Toet（2002）等让由振幅整合脑电图监测到的临床或亚临床发作的足月新生儿服用抗癫痫药物，结果证明新生儿后癫痫的发生率明显降低，这表明，应用振幅整合脑电图监测在减少新生儿惊厥向癫痫的演变中有重要作用。随后，为了评价在缺氧缺血性脑病或有可疑惊厥发作的新生儿中振幅整合脑电图的价值和缺陷，Toet（2005）等人的研究发现振幅整合脑电图对监测背景模式（尤其是正常或严重异常者）和痫样放电都是可靠的工具，只有某一局灶性的、低振幅的及非常短期的痫样放电可能被错过。因此，振幅整合脑电图对于亚临床发作的患者应用价值明显。

（3）视频脑电图监测：对于有痫样放电而无临床症状的高危患者，视频脑电图监测也是必要的。Khan（2008）等的研究结果也表明：对新生儿惊厥者，行视频脑电图监测在预测神经系统发育迟滞、癫痫和死亡方面，比常规单独一次的脑电图更有价值；以前的研究发现，对缺氧缺血性脑病所致的新生儿惊厥在其出生后48小时内行动态同步视频脑电图监测，发现背景活动表现为抑制，癫痫发作的脑电改变与临床分离时，除外部分性强直性发作后，这种现象往往预示着有严重的脑损伤。由此可见，动态脑电图监测在推断预后方面价值更大。

5. 影像学检查　缺氧缺血性脑病可致脑部神经元死亡、水肿等病理改变，相应部位的影像学检查有阳性特征。头颅超声检查可以发现不同程度的水肿。在Sato（2003）等的随访研究中，其中2例出现癫痫，其CT检查发现在大脑中、后动脉供血的交界区双侧均有低密度区。在Oguni（2008）等的研究中，磁共振发现顶枕叶区有局限性病变。Rutherford（2001）等同时对63例缺氧缺血性脑病伴有惊厥的足月新生儿和15例对照组进行了弥散加权磁共振成像和常规磁共振检查，并计算大脑多部位的弥散系数。结果表明：出生后弥散系数降低表明脑组织有梗死存在，而此时常规磁共振检查表现轻微。但是，双侧白质和基底节区弥散系数正常或增加并不表明组织无损伤。因此，弥散加权磁共振成像和弥散系数测定对发现缺氧缺血性脑病癫痫的新生儿脑损伤作用更强。Fu（1998）等对14例重度缺氧缺血性脑病的足月新生儿在出生后72小时内行弥散加权磁共振成像检查，并在出生后7天、14天或者8个月时行常规磁共振检查。结果发现，所有患儿弥散加权成像上显示在丘脑和内囊后肢为高密度区，这与随访中的常规磁共振检查一致。这表明，对于早期评估缺氧缺血性脑损伤的范围和临床预后，弥散加权磁共振成像是一项很有价值的技术。以前有人对出生后的中、重度缺氧缺血性脑病新生儿行SPECT和头颅超声检查，结果发现SPECT最常见的供血不足区域为旁矢状区，严重供血不足的患儿有更高发病率和更难控制的癫痫发作。因此，在预测缺氧缺血性脑病患儿神经系统损伤的后果上，SPECT扫描比头颅超声更有价值。

（五）治疗

1. 早期治疗　在Toet（2005）等的研究中，早期应用抗癫痫药物，随访5年后发现：其癫痫发病率为9.4%，远远低于以前报道的仅仅有临床惊厥的患儿接受抗癫痫药物处理后的癫痫发病率。Singh（2005）等将出生后6小时内表现出缺氧缺血性脑病的围产期窒息新生儿随机分为两组，其中一组静脉注射20mg/kg苯巴比妥，另一组为对照。结果发现在实验组，8%的新生儿出现惊厥，而在对照组，惊厥发病率为40%。

2. 抗癫痫发作的治疗

（1）新生儿惊厥的处理常常是静脉应用地西泮，对无效的病例可以用苯巴比妥或苯妥英钠,也可以持续皮下注射咪达唑仑或者利多卡因。如 Carmo(2005)等对澳大利亚和新西兰的新生儿专家和儿科神经病学专家就新生儿惊厥的药物使用情况进行了一项问卷调查,107 份回收问卷结果显示:95%选择苯巴比妥控制第一次发作,大部分人使用的剂量为 20mg/kg,40%选用苯巴比妥控制第二、三次发作。在控制或减少耐药性新生儿惊厥中,Shany(2007)等研究发现:利多卡因比咪达唑仑更有效,而对于重度缺氧缺血性脑病患儿,咪达唑仑更有效。对 West 综合征患者,以前的治疗方案通常为合成 ACTH 或氨己烯酸,由于 ACTH 比较少用,故现也用丙戊酸、托吡酯等来进行治疗。

通常情况下,一种抗癫痫药物可以完全控制,但有时候可能需要多种药物才能起效。Shany(2007)等在处理 60 例由于缺氧缺血性脑病所致的惊厥时,其中 59 例最初使用苯巴比妥,只有 29 例控制;在剩余的 30 例中再使用苯妥英钠,有 10 例被控制;最后对仍有持续性发作的 20 例使用副醛,最终完全控制。

(2) 其他药物:在 Carmo(2005)等的调查问卷中,少数人选用维生素 B_6 治疗与围产期窒息或缺氧缺血性脑病有关的癫痫发作。糖皮质激素可以调节由于抽搐或缺氧缺血造成的海马区损伤,因此,在缺氧缺血性脑病中,降低内源性糖皮质激素可以保护海马区的神经元。

3. 其他　脑部亚低温对实验性缺氧缺血性脑病有保护作用,但机制尚不清楚。可能与减少谷氨酸的释放、降低脑细胞的代谢、减少酸中毒有关。Bennet(2007)等完全性闭塞羊的脐带 25 分钟后再采取低温治疗,发现其明显降低了损伤后 6 小时内的痫样放电的数目、惊厥的程度以及纹状体神经元的缺失。多项实验发现,在各种原因造成的脑部缺氧缺血后 2～6 小时开始应用轻、中度低温治疗是有效的。但是,低温治疗对脑部发育和成熟的远期效应仍需要进一步研究。Legido(2007)等总结了对围产期缺氧缺血性脑病具有神经保护作用的治疗措施,发现阿片类物质如吗啡或芬太尼处理的缺氧缺血性脑病的新生儿,磁共振表现出较轻的损伤,其预后较好;脑局部或全身低温都对神经系统有保护作用;抗癫痫药物可通过多种机制阻断缺氧缺血性脑病造成的神经系统级联损伤。前些年对实验性动物模型的研究中,高压氧可以减少缺氧缺血性损伤所致的脑细胞萎缩和凋亡。

三、缺氧缺血性脑病中的癫痫持续状态

1. 缺氧缺血性脑病是引起癫痫持续状态的常见原因　有人对 70 例癫痫持续状态分析后得出结论:癫痫持续状态最常见于婴儿(55%),其次为学龄前儿童(17%);最常见的发作类型为全身强直性发作(54%),其次为部分性发作;常见的病因之一为缺氧缺血性脑病。Van Rooij(2002)等人观察了 56 例癫痫持续状态的足月儿,病因为缺氧缺血性脑病者占 85.7%。在 Yamamoto(2005)等人的研究中,65 例癫痫持续状态的婴幼儿患者,最常见的病因为缺氧缺血性脑病。

2. 癫痫持续状态诱发缺氧缺血性脑病　癫痫持续状态增加了缺氧缺血性脑病患者的死亡率,加重了脑部损伤,反过来又可以诱发缺氧缺血性脑病。以前有过 2 例由癫痫持续状态诱发的缺氧缺血性脑病的 2 岁女孩的报道。她们的症状都表现为昏迷。

3. 病理改变　癫痫持续状态加重了缺氧缺血性脑病脑部缺氧,引起脑细胞水肿、死亡。

　　Wirrell（2007）等对缺氧缺血性脑病和长时间惊厥发作的新生鼠模型研究发现癫痫持续状态对健康新生鼠并不产生神经系统病理性损害，但是，对于合并有缺氧缺血性脑病者，将明显加重脑部损伤。20 世纪 80 年代，有学者对窒息死亡，其主要表现为静脉用戊巴比妥才能控制的难治性癫痫状态的年轻人进行研究发现，初期 CT 上表现为轻度的皮质水肿，2 天后，表现为弥漫性的皮质肿胀以及双侧基底节区梗死，4 周后为双侧大脑半球的低密度区和脑积水，整个住院期间脑电图为等电位。尸检提示神经病理损害为严重的脑软化、多发性囊性梗死，以及弥漫性代偿性脑室扩大，显微镜检提示白质区原浆性星形细胞增殖明显。这个病例对长期脑部缺氧缺血性损伤的病理特征可能有代表性。

　　4. 癫痫持续状态的表现　以心搏骤停后出现的缺血缺氧性肌阵挛性癫痫持续状态的报道多见。在 Hui（2001）等人的研究中，心搏骤停后肌阵挛出现的时间平均为 11.7 小时，持续 60.5 小时。

　　表现为全身强直或阵挛，或强直-阵挛的癫痫持续状态是缺氧缺血性脑病另一种常见形式，其中近半数对常用的地西泮、苯巴比妥有耐药性，需用咪达唑仑等麻醉剂才能控制其发作。

　　5. 预后　癫痫持续状态的出现明显增加了缺氧缺血性脑病患者的死亡率。Hui（2003）等人调查了 18 例由于心搏骤停后发生的缺血缺氧性肌阵挛性癫痫持续状态，其中 16 例死亡，存活下来的 2 例为持续性植物状态。为了解缺血缺氧后癫痫持续状态是否是引起患者死亡的独立相关因素，Rossetti（2007）等人回顾性分析了 166 例由于心脏停搏所致的持续性昏迷者，包括低温处理的患者，其中 64%（107 例）有脑电图改变（平均潜伏期 2 天）。有癫痫持续状态的患者，不管是否经过低温治疗（59%），死亡率为 67%。据此认为无论心脏停搏后心律失常的类型或者是否进行低温处理，缺氧后的癫痫持续状态常常意味着死亡。Koubeissi（2005）等人最近研究了 5 年内收住院的 11 580 例全身性强直-阵挛性癫痫持续状态的患者，运用逻辑回归模型分析了院内死亡率的相关因素。在缺氧缺血性脑病、脑血管病、女性以及高并发症指数几个死亡预测因子中，其 OR 分别为：9.85、2.08、1.34 和 6.79。因此可以得出结论：缺氧缺血性脑病是导致癫痫持续状态死亡的重要因素。

　　在 Van Rooij（2002）等人的研究中，癫痫状态前动态脑电图上背景活动异常的婴儿癫痫持续时间明显延长，认为癫痫持续时间，仅仅对缺氧缺血性脑病的患者有预测价值，而癫痫持续状态前的脑电图的背景模式则与神经系统疾病的预后有关。

　　6. 治疗　合理应用抗癫痫药物以及必要的支持治疗是改善缺氧缺血性脑病癫痫状态预后的关键。已有的经验表明，癫痫持续状态的患者，15% 的患者应用地西泮可以完全控制发作，44% 需用苯妥英钠和苯巴比妥联合治疗。Minagawa（2005）等采用持续性静脉内注射咪达唑仑的方法治疗 16 例癫痫持续状态的患者，其年龄从 1 个月 ~18 岁不等，由缺氧缺血性脑病所致者有 4 例。咪达唑仑平均注射量为 0.22mg/（kg·h），平均治疗 4.1 天。结果表明：在儿童癫痫持续状态的处理中，静脉内注射咪达唑仑是有效而安全的措施。Yamamoto（2005）等人的研究结果表明：用咪达唑仑和利多卡因控制的有效率分别是 72.7%、81.3%；副作用分别为 7.3%、6.3%。

（郑东琳　王学峰）

参 考 文 献

［1］ Liu XY,Wong V,Leung M. Neurologic complications due to catheterization. Pediatr Neurol,2001,24(4): 270-275.

［2］ Brown KL,Wilson RF,White MT. Carbon monoxide-induced status epilepticus in an adult. J Burn Care Res,2007,28(3):533-536.

［3］ Keleş A,Demircan A,Kurtoğlu G. Carbon monoxide poisoning:how many patients do we miss? Eur J Emerg Med,2008,15(3):154-157.

［4］ Calle PA,Bogaertmg,Van Reempts JL,et al. Neurological damage in a cardiopulmonary arrest model in the rat. J Pharmacol Methods,1989,22(3):185-195.

［5］ Williams PA,Dudek FE. A chronic histopathological and electrophysiological analysis of a rodent hypoxic-ischemic brain injury model and its use as a model of epilepsy. Neuroscience,2007,149(4):943-961.

［6］ Williams PA,Dou P,Dudek FE. Epilepsy and synaptic reorganization in a perinatal rat model of hypoxia-ischemia. Epilepsia,2004,45(10):1210-1218.

［7］ Levison SW,Rothstein RP,Romanko MJ,et al. Hypoxia/ischemia depletes the rat perinatal subventricular zone of oligodendrocyte progenitors and neural stem cells. Dev Neurosci,2001,23(3):234-247.

［8］ Clancy RR,McGaurn SA,Wernovsky G,et al. Risk of seizures in survivors of newborn heart surgery using deep hypothermic circulatory arrest. Pediatrics,2003,111(3):592-601.

［9］ Snyder BD,Hauser WA,Loewenson RB,et al. Neurologic prognosis after cardiopulmonary arrest:Ⅲ. Seizure activity. Neurology,1980,30(12):1292-1297.

［10］ Fernández-Torre JL,Calleja J,Infante J. Periodic eye opening and swallowing movements associated with post-anoxic burst-suppression EEG pattern. Epileptic Disord,2008,10(1):19-21.

［11］ Caraballo R,Semprino M,Cersósimo R,et al. Hemiparetic cerebral palsy and startle epilepsy. Rev Neurol, 2004,38(2):123-127.

［12］ van der Jagt M,Bosman RJ,van Schaik IN,et al. Differential diagnosis in patients with suspected anoxic-ischaemic coma. Ned Tijdschr Geneeskd,2008,152(6):297-301.

［13］ Synek VM,Shaw NA. Epileptiform discharges in presence of continuous background activity in anoxic coma. Clin Electroencephalogr,1989,20(2):141-146.

［14］ Pandian JD,Cascino GD,So EL,et al. Digital video-electroencephalographic monitoring in the neurological-neurosurgical intensive care unit:clinical features and outcome. Arch Neurol, 2004, 61 (7): 1090-1094.

［15］ Hovland A,Nielsen EW,Klüver J,et al. EEG should be performed during induced hypothermia. Resuscitation,2006,68(1):143-146.

［16］ Perlman JM. Brain injury in the term infant. Semin Perinatol,2004,28(6):415-424.

［17］ Tai KK,Truong DD. Ketogenic diet prevents seizure and reduces myoclonic jerks in rats with cardiac arrest-induced cerebral hypoxia. Neurosci Lett,2007,425(1):34-38.

［18］ Hui AC,Cheng C,Lam A,et al. Prognosis following Postanoxic Myoclonus Status epilepticus. Eur Neurol, 2005,54(1):10-13.

［19］ Rossetti AO,Logroscino G,Liaudet L,et al. Status epilepticus:an independent outcome predictor after cerebral anoxia. Neurology,2007,69(3):255-260.

［20］ Koubeissi M,Alshekhlee A. In-hospital mortality of generalized convulsive status epilepticus:a large US sample. Neurology,2007,69(9):886-893.

［21］ van Rooij LG,de Vries LS,Handryastuti S,et al. Neurodevelopmental outcome in term infants with status epilepticus detected with amplitude-integrated electroencephalography. Pediatrics, 2007, 120 (2) : e354-363.

[22] Yamamoto H, Aihara M, Niijima S. Treatments with midazolam and lidocaine for status epilepticus in neonates. Brain Dev,2007,29(9):559-564.

[23] Wirrell EC, Armstrong EA, Osman LD, et al. Prolonged seizures exacerbate perinatal hypoxic-ischemic brain damage. Pediatr Res,2001,50(4):445-454.

[24] Minagawa K, Yanai S. Efficacy of continuous intravenous infusion of midazolam in the treatment of status epilepticus in children. No To Hattatsu,1998,30(4):290-294.

[25] Pisani F, Orsini M, Braibanti S, et al. Development of epilepsy in newborns with moderate hypoxic-ischemic encephalopathy and neonatal seizures. Brain Dev,2009,31(1):64-68.

[26] Pálsdóttir K, Thórkelsson T, Hardardóttir H, et al. Birth asphyxia, neonatal risk factors for hypoxic ischemic encephalopathy. Laeknabladid,2007,93(10):669-673.

[27] Mwakyusa SD, Manji KP, Massawe AW. The Hypoxic Ischaemic Encephalopathy Score in Predicting Neurodevelopmental Outcomes Among Infants with Birth Asphyxia at the Muhimbili National Hospital, Dar-es-Salaam, Tanzania. J Trop Pediatr,2009,55(1):8-14.

[28] Sarnat HB, Sarnat MS. Neonatal encephalopathy following fetal distress. A clinical and electroencephalographic study. Arch Neurol,1976,33(10):696-705.

[29] Villani F, D'Incerti L, Granata T, et al. Epileptic and imaging findings in perinatal hypoxic-ischemic encephalopathy with ulegyria. Epilepsy Res,2003,55(3):235-243.

[30] Williams PA, Dou P, Dudek FE. Epilepsy and synaptic reorganization in a perinatal rat model of hypoxia-ischemia. Epilepsia,2004,45(10):1210-1218.

[31] Brown KL, Wilson RF, White MT. Carbon monoxide-induced status epilepticus in an adult. J Burn Care Res,2007,28(3):533-536.

[32] Kadam SD, Dudek FE. Neuropathogical features of a rat model for perinatal hypoxic-ischemic encephalopathy with associated epilepsy. J Comp Neurol,2007,505(6):716-737.

[33] Byard RW, Blumbergs P, Rutty G, et al. Lack of evidence for a causal relationship between hypoxic-ischemic encephalopathy and subdural hemorrhage in fetal life, infancy, and early childhood. Pediatr Dev Pathol,2007,10(5):348-350.

[34] Gebremariam A, Gutema Y, Leuel A, et al. Early-onset neonatal seizures: types, risk factors and short-term outcome. Ann Trop Paediatr,2006,26(2):127-131.

[35] Masri A, Badran E, Hamamy H, et al. Etiologies, outcomes, and risk factors for epilepsy in infants: a case-control study. Clin Neurol Neurosurg,2008,110(4):352-356.

[36] Khan RL, Lahorgue Nunes M, Garcias da Silva LF, et al. Predictive value of sequential electroencephalogram(EEG) in neonates with seizures and its relation to neurological outcome. J Child Neurol,2008,23(2):144-150.

[37] Nunes ML, Martins MP, Barea BM, et al. Neurological outcome of newborns with neonatal seizures: a cohort study in a tertiary university hospital. Arq Neuropsiquiatr,2008,66(2a):168-174.

[38] Alcover-Bloch E, Campistol J, Iriondo-Sanz M. Neonatal seizures, our experience. Rev Neurol,2004,38(9):808-812.

[39] Garcias da Da Silva LF, Nunes ML, Da Costa JC. Risk factors for developing epilepsy after neonatal seizures. Pediatr Neurol,2004,30:271-277.

[40] Cvitanović-Sojat L, Gjergja R, Sabol Z, et al. Treatment of West syndrome Acta Med Croatica,2005,59(1):19-29.

[41] Oguni H,Sugama M,Osawa M. Symptomatic parieto-occipital epilepsy as sequela of perinatal asphyxia. Pediatr Neurol,2008,38(5):345-352.

[42] Guggenheim MA,Frost JD Jr,Hrachovy RA. Time interval from a brain insult to the onset of infantile spasms. Pediatr Neurol,2008,38(1):34-37.

[43] Williams KP,Galerneau F. Comparison of intrapartum fetal heart rate tracings in patients with neonatal seizures vs. no seizures:what are the differences? J Perinat Med,2004,32(5):422-425.

[44] Sato Y,Okumura A,Kato T,et al. Hypoxic ischemic encephalopathy associated with neonatal seizures without other neurological abnormalities. Brain Dev,2003,25(3):215-219.

[45] Kumar A,Gupta A,Talukdar B. Clinico-etiological and EEG profile of neonatal seizures. Indian J Pediatr, 2007,74(1):33-37.

[46] Nunes ML,Giraldes MM,Pinho AP,et al. Prognostic value of non-reactive burst suppression EEG pattern associated to early neonatal seizures. Arq Neuropsiquiatr,2005,63(1):14-19.

[47] Toet MC,van der Meij W,de Vries LS,et al. Comparison between simultaneously recorded amplitude integrated electroencephalogram(cerebral function monitor) and standard electroencephalogram in neonates. Pediatrics,2002,109(5):772-779.

[48] Toet MC,Groenendaal F,Osredkar D,et al. Postneonatal epilepsy following amplitude-integrated EEG-detected neonatal seizures. Pediatr Neurol,2005,32(4):241-247.

[49] Rutherford M,Counsell S,Allsop J,et al. Diffusion-weighted magnetic resonance imaging in term perinatal brain injury:a comparison with site of lesion and time from birth. Pediatrics,2004,114(4):1004-1014.

[50] Fu JH,Xue XD,Mao J,et al. Early assessment of severe hypoxic-ischemic encephalopathy in neonates by diffusion-weighted magnetic resonance imaging techniques and its significance. Zhonghua Er Ke Za Zhi, 2007,45(11):843-847.

[51] Singh D,Kumar P,Narang A. A randomized controlled trial of phenobarbital in neonates with hypoxic ischemic encephalopathy. J Matern Fetal Neonatal Med,2005,18(6):391-395.

[52] Bennet L,Dean JM,Wassink G,et al. Differential effects of hypothermia on early and late epileptiform events after severe hypoxia in preterm fetal sheep. J Neurophysiol,2007,97(1):572-578.

[53] Legido A,Valencia I,Katsetos CD,et al. Neuroprotection in perinatal hypoxic-ischemic encephalopathy. Effective treatment and future perspectives. Medicina(B Aires),2007,67(6 Pt 1):543-555.

[54] Carmo KB,Barr P. Drug treatment of neonatal seizures by neonatologists and paediatric neurologists. J Paediatr Child Health,2005,41(7):313-316.

[55] Shany E,Benzaqen O,Watemberg N. Comparison of continuous drip of midazolam or lidocaine in the treatment of intractable neonatal seizures. J Child Neurol,2007,22(3):255-259.

第九节 可逆性脑后部白质脑病中的癫痫和癫痫持续状态

可逆性脑后部白质脑病(reversible posterior encephalopathy,RPE)是由 Hinchey 等在 1996 年首先提出的,意指由多种原因引起,急性或亚急性起病,以癫痫发作、头痛、恶心呕吐、精神异常、视力下降或皮质盲等为突出表现,影像学上累及双侧大脑半球后部白质,病理改变为血管源性水肿的临床-放射学综合征。虽然及时诊治后大多数患者临床表现和影像学改变都可恢复,但是延误治疗仍可导致慢性神经系统并发症如脑卒中等,甚至死亡。

一、诊 断 提 示

癫痫发作常常是可逆性脑后部白质脑病首先出现和最常见的症状,尽管随着 MRI 的广泛应用和临床医师对可逆性脑后部白质脑病的认识,可逆性脑后部白质脑病的报道逐渐增多,但可逆性脑后部白质脑病的误诊和不适当的处理仍很常见,如系统性红斑狼疮的可逆性脑后部白质脑病与神经精神性狼疮中癫痫发作的症状可能类似,但处理和预后却大不相同,神经精神性狼疮需要免疫抑制剂治疗,而后者可能加重可逆性脑后部白质脑病;产后出现的癫痫发作可能不是子痫抽搐,癫痫发作可能是由于其他疾病所致。可逆性脑后部白质脑病早期诊断和及时处理对预后起决定性作用,因此,了解可逆性脑后部白质性脑病中的癫痫发作是非常必要的。

(一) 病因和发病机制

1. 高血压脑病(hypertensive encephalopathy,HE) 高血压脑病是可逆性脑后部白质脑病的主要病因。Onder(2007)等回顾肾病儿童出现可逆性脑后部白质脑病后认为可逆性脑后部白质脑病最常见的原因是高血压危象;最近发表的关于可逆性脑后部白质脑病36 例患者的临床分析中发现,直接与高血压脑病相关者占 53%,平均收缩压为187mmHg,提示血压增高是可逆性脑后部白质脑病发生的重要环节。

颅内交感神经系统的重要生理功能就是对血压波动引起脑血流的改变进行自身调节,快速的血压增高可使这种脑内的自我调节机制障碍,但这种调节机制受限如何导致高血压脑病,进而引起可逆性脑后部白质脑病的机制还不清楚。有两种主要观点,一种学说认为血压的快速增高可使脑血管痉挛、收缩,引起局部缺血和细胞性水肿,脑白质主要由有髓纤维组成,这一结构使液体更易在细胞间质积聚,同时,相对于基底动脉系统而言,颈动脉系统主要由交感肾上腺素能系统调控,因此,后者的失控常可导致支配区的血管收缩障碍,从而导致可逆性脑后部白质脑病的产生。支持此观点的重要依据就是有人用实验的方法在可逆性脑后部白质脑病患者脑部发现有血管收缩或狭窄;另一种学说认为交感系统自身调节机制的障碍导致脑血管过度扩张,内皮细胞损伤使蛋白、液体渗出而致受累血管周围的血管源性的水肿,可逆性脑后部白质脑病临床症状的可逆性及影像学特点支持这一观点。

早期研究发现血压增高的儿童有 10% 出现神经系统的并发症,最常见的表现为癫痫发作,且常常是高血压发现之前的首发症状。但是,可逆性脑后部白质脑病时癫痫发作的机制仍不清楚。

尽管高血压脑病是可逆性脑后部白质脑病最常见的原因,但许多患者的血压(平均 150~160mmHg)并没有达到能破坏血管自我调节的程度,这些结果表明:代谢因素可能破坏了脑血管远端的完整性和交感神经系统的活性,促使血管性水肿发生。为了探明代谢性因素在癫痫发作中的可能作用,有学者研究了血压与血清肌酐、尿素、钙、钠以及白蛋白水平的关系,结果只是发现癫痫发作可能与血压、血钠水平有关,但是,并不能表明在什么水平下癫痫发作才更频繁,也没有发现代谢性因素在癫痫发作中的作用。

2. 子痫 通常认为子痫/子痫前期的可逆性脑后部白质脑病与高血压性脑病所致的可逆性脑后部白质脑病机制类似,妊娠期体内液体潴留也能加重脑水肿的发展。由于对升压物质敏感性增高、前列腺素类舒张物质缺乏、内皮细胞功能障碍等导致血管反应性改变也曾在子痫相关的可逆性脑后部白质脑病报道中出现。

可逆性脑后部白质脑病通常发生于产褥期而不是妊娠期间,Hinchey(1996)等报道的3例子痫相关的可逆性脑后部白质脑病均在分娩后出现;Wernet(2007)等报道了1例剖宫产后女性,先出现剧烈头痛和高血压,继而视物模糊,最后出现全身性癫痫发作,无水肿和蛋白尿,影像学检查考虑可逆性脑后部白质脑病,在降压和服用抗癫痫药物后第8天症状和磁共振表现好转。

3. 免疫抑制剂或化疗药物 免疫抑制剂和化疗药物相关的可逆性脑后部白质脑病有较多报道。常见药物有:环孢素 A、他克莫司、吉西他滨、L-门冬酰胺酶、顺铂、阿糖胞苷、舒尼替尼、干扰素等。在对环孢素 A 的研究中,低脂血症、低镁血症、大剂量合用甲泼尼龙、高于正常治疗剂量等常常导致中枢神经系统的毒性反应。环孢素 A 对神经系统的直接毒性作用尚不清楚,但是,研究发现:脑脊液中环孢素 A 及其代谢产物对血-脑屏障有直接干扰作用,此外,环孢素 A 还可致血管病变,对血管内皮细胞有直接的毒性作用,是造成血-脑屏障损伤的重要原因。Hinchey(1996)等的研究也发现使用免疫抑制剂者均有血压升高,据此认为,血-脑屏障的受损以及容量负荷过重所致的高血压是可逆性脑后部白质性脑病发生的主要环节。他克莫司神经毒性作用与此机制类似。

化疗药物引起的可逆性脑后部白质性脑病以吉西他滨的报道为多,常表现为化疗过程中突然出现癫痫的强直-阵挛发作,吉西他滨对中枢神经系统的毒性作用可能与高血压和对中枢微小血管的直接损伤有关。Cumurciuc(2008)等报道了3例用舒尼替尼化疗时出现的可逆性脑后部白质脑病,认为主要与舒尼替尼的抗血管生成和升压效应有关。

4. 肾脏病变

(1)急性肾小球肾炎:最近 Hu(2008)等对台湾地区8年内发生的12例高血压脑病儿童调查发现癫痫发作的比例为91.6%,最常见病因为链球菌感染后肾小球肾炎;Wirrell(2007)等报道了4例以癫痫发作为主要表现的可逆性脑后部白质性脑病,只有1例病前有血尿史,最终诊断为肾小球肾炎。急性肾小球肾炎时发生可逆性脑后部白质脑病的机制不清楚,可能与肾小球肾炎并发的脑部血管炎症有关。

(2)肾病综合征:在 Hinchey(1996)等报道的病例中,有1例是肾病综合征患者;也有人曾报道过1例因严重头痛、恶心、呕吐和畏光2天后出现癫痫大发作入院者,入院时血压170/70mmHg,开始诊断为脑膜炎,但是头颅 CT 和脑脊液检查无明显异常,随着病变进展,最后确诊为肾病综合征,作者认为由于严重低白蛋白血症造成的血浆渗透压下降更容易导致相对血压偏低时体液潴留,而使此类患者高血压脑病的风险增高;或者肾病综合征时并不仅仅是肾血管球基底膜而是全身毛细血管的通透性增高,因此,脑部毛细血管的体液渗出使此类患者更易出现高血压脑病。免疫抑制剂的使用等原因也可能参与其中。

(3)慢性肾功能不全:可逆性脑后部白质脑病也常出现在患有慢性肾功能不全的患者中,其原因可能与慢性尿毒症性脑病和体液潴留有关。

5. 系统性红斑狼疮 系统性红斑性狼疮也是可逆性脑后部白质脑病常见病因。Kur(2006)等报道了3例合并有狼疮性肾炎的系统性红斑狼疮,发现其伴有癫痫发作;Leroux

（2008）等分析了可逆性脑后部白质脑病的病因,发现可逆性脑后部白质脑病最常出现在狼疮性肾炎(91%)、高血压(95%)、使用免疫抑制剂者(54%)及大剂量应用糖皮质激素者,此时,系统性红斑狼疮的其他表现可不典型。狼疮性肾炎引起的可逆性脑后部白质性脑病可能与血压增高、免疫因素、肾脏病变等相关。

Zhang(2008)等回顾了 1966 年 1 月~2007 年 8 月在 PubMed 中记录的 22 例系统性红斑狼疮相关的可逆性脑后部白质性脑病患者,发现最常见的表现为癫痫发作(占91%),除了 11 例接受环孢素 A 治疗外,其余都有高血压(血压波动在 156/94mmHg~220/150mmHg 之间),他们还发现可逆性脑后部白质性脑病常常发生在血压急剧升高、肾功能不全、体液潴留以及免疫抑制剂治疗者,尤其当病情恶化而静脉内使用环磷酰胺和甲泼尼龙时,并认为系统性红斑狼疮所致的自身免疫性血管损伤和其他上述因素共同参与了可逆性脑后部白质性脑病的发生。

6. 其他　此外,促红细胞生成素、大动脉炎、过敏性紫癜性肾炎、颈动脉内膜剥除术、口服避孕药、主动脉夹层、高钙血症、急性卟啉病、自身免疫性甲状腺疾病、结节性肉芽肿、血管造影剂等都可引起可逆性脑后部白质性脑病,且常为首发表现。其机制不明,但多与血压增高、内皮细胞损伤所致的血-脑屏障破坏等有关。Legriel(2008)等报道 1 例口服麦角酰胺后出现的可逆性脑后部白质性脑病,认为致幻剂可能是可逆性脑后部白质性脑病的又一病因。

（二）病理改变及影像学特点

典型可逆性脑后部白质脑病的病理改变主要为对称性双侧顶枕叶区白质内的可逆性水肿。CT 表现为顶枕叶低密度,也可无明显异常;MRI 弥散加权相为 T2 相呈高信号,T1相为低信号或等信号;表观弥散系数图(apparent diffusion coefficient mapping, ADC mapping)显示为高信号,ADC 值增高;FLAIR(fluid attenuated inversion recovery)序列检测为高信号,FLAIR 序列检测异常时弥散加权成像可能正常,而且多项数据表明,其在检测皮质病变、幕上病变时更加敏感。部分患者可有皮质受累,也可累及额叶、脑干、小脑、基底节区。少数情况下双侧可不对称,也可有点状出血或梗死灶,尤其在大脑中后动脉交叉供血区。

及时处理后,影像学改变可在两周左右好转或遗留点状病灶。但延误治疗时机将加重脑损伤,出现出血或不可逆的损伤。

（三）可逆性脑后部白质脑病中癫痫发作的特点

可逆性脑后部白质性脑病的主要表现有:癫痫发作、头痛、呕吐、精神异常、视力改变、甚至皮质盲,感觉异常和局灶性神经系统功能障碍少见。

癫痫发作是可逆性脑后部白质性脑病最常见表现之一,且常常是首发甚至是唯一的症状,尤其在儿童更明显。

全身强直-阵挛发作是可逆性脑后部白质性脑病最常见癫痫发作类型,常反复发作。在 Onder(2007)等的研究中,全身强直-阵挛发作占 59%,其次为部分性继发全身性发作占 13.6%,仅有部分性发作者为 9%。部分患者可有视幻觉或视觉光环,符合枕叶癫痫发作的特点。个别情况下,当双侧病变不对称时,可能发作形式也有不同。

在 Koga(2008)等报道的病例中,患者表现为左侧肢体反复出现的癫痫发作,头颅磁共振显示右侧病变更加明显。

（四）脑电图表现

尽管癫痫发作在可逆性脑后部白质脑病中非常突出,但有关可逆性脑后部白质脑病癫痫发作的 EEG 研究较少。目前的研究提示可逆性脑后部白质脑病的 EEG 主要表现为弥漫性或局灶性的慢活动(δ 波多见),异环磷酰胺所致的可逆性脑后部白质性脑病中也有三相波的报道。Onder(2007)等报道的 22 个儿童可逆性脑后部白质性脑病进行的 17 次 EEG 检查显示 6 次完全正常,8 次为弥漫性慢波(4 次混有局灶性痫样活动),2 次为局灶性慢波,1 次为弥漫性痫样活动。而在成人可逆性脑后部白质脑病进行的 28 次 EEG 检查中,发现有局灶性尖波 3 次,另有 3 次正常,22 次为慢活动。Morris(2007)等检查了 11 例脑肿瘤化疗出现可逆性脑后部白质性脑病癫痫发作的 5 例患者的脑电图,其中 2 例表现为非惊厥性癫痫持续状态 EEG,3 例有局灶性尖波;最近国内报道 1 例可逆性脑后部白质性脑病患者 EEG 各导联以 α 波为主,可见少量 δ、θ 波,未见尖波、棘波、棘慢波。

EEG 改变与受累部位相符。有人报道 4 例可逆性脑后部白质脑病患者中,1 例全身强直-阵挛发作者 EEG 表现为双侧枕叶脑电图背景节律变慢,影像学检查病变主要位于枕叶,2 例为弥漫性异常放电,以枕叶为重,MRI 示双侧枕叶、顶后叶、颞后叶等都有异常。

（五）可逆性脑后部白质脑病中癫痫发作的治疗

可逆性脑后部白质性脑病治疗的关键是控制血压和癫痫发作,停用或减少免疫抑制剂和化疗药物的剂量、纠正诱发因素如低镁血症等。其中,降压是最重要的,多选用钙离子拮抗剂或 β 受体阻滞剂,短期内逐步将血压降至正常,一般平均动脉压应维持在 105 ~ 125mmHg 之间。部分患者可能降压后癫痫不再发作,此时可不用抗癫痫药物,但是对于大部分患者而言,仍需要抗癫痫治疗,Onder(2007)等人认为,41% 的可逆性脑后部白质性脑病需要抗癫痫治疗,但 Morris(2007)等则认为,一旦可逆性脑后部白质性脑病有癫痫发作即要开始应用抗癫痫药物,当发作停止且 EEG 和 MRI 正常时,才逐渐减量,一般需持续 3 ~ 6 个月;对于有反复发作或 EEG 和 MRI 长时间异常者,药物治疗至少需持续 1 年。常用药物有劳拉西泮、咪达唑仑、丙戊酸等。

（六）预后

如前所述,可逆性脑后部白质性脑病早期诊断和正确处理可使临床-影像学改变完全恢复,但是延误治疗仍可导致慢性神经系统的并发症如脑卒中、甚至死亡等。以前有过 2 例产褥期高血压脑病妇女,出现枕叶癫痫发作,以后形成部分性癫痫。Striano(2005)等回顾分析了 3000 例癫痫患者,发现其中有 2 例颞叶癫痫的患者,都有妊娠期可逆性脑后部白质性脑病病史,当时表现为全身强直-阵挛发作,1 年以后,反复出现部分性发作,视频 EEG 显示脑后部有阵发性痫样放电,头颅 MTI 为顶-枕区皮质及皮质下的软化灶,服用奥卡西平,治疗期间无癫痫发作。此外,文献中尚有关于高血压脑病后发生海马硬化和颞叶癫痫的报道。Morris(2007)等对 11 例因肿瘤化疗的儿童进行了系统的治疗和随访,结果发现肿瘤类型、MRI 和 EEG 异常、高血压程度以及持续时间等与癫痫的预后无明显相关。

二、可逆性脑后部白质脑病中的癫痫持续状态

可逆性脑后部白质脑病中癫痫持续状态的发生率不高。在以往使用吉西他滨和顺铂以及他克莫司的患者中,有过癫痫持续状态的记载。Hinchey(1996)等报道的 15 例患者中,只有 1 例出现癫痫持续状态;Vivien 等报道的 36 次可逆性脑后部白质脑病中,也仅有

1 例出现癫痫持续状态；Servillo（2003）等报道的 4 例围产期女性患者中，有 2 例发生癫痫持续状态；Striano（2005）等报道的癫痫持续状态最多，为 4/18；Legriel（2008）等发现了 1 例口服麦角酰胺后出现的可逆性脑后部白质性脑病，以癫痫持续状态为主要表现；Kozak（2007）等报道了 10 例以癫痫持续状态为首发症状的可逆性脑后部白质性脑病，发作多表现为复杂部分性癫痫持续状态。

在可逆性脑后部白质性脑病概念提出之前，有人发现 3 例使用环孢素 A 的患者，出现癫痫持续状态，EEG 表现为顶枕叶区局灶性的痫样发放；Connolly（2007）等报道的 1 例癫痫持续状态患者，发作后 EEG 显示弥漫性双侧不规则的 δ 活动，并可见到暴发-抑制；Bhatt（2008）等最近报道了 1 例可逆性脑后部白质性脑病，入院时 EEG 表现为双侧脑部周期性单侧痫样放电，形态多样，可见周期性的尖波和插入性慢波等，无三相波，主要源于枕叶，2 小时后，体检发现双眼不停地开合，EEG 表现为持续性尖波，提示为非惊厥性癫痫持续状态，立即给予劳拉西泮和苯妥英钠，第二天 EEG 表现为暴发-抑制（可见 θ 波/12～15 s），说明这种特殊形式的 EEG 可能预示癫痫持续状态的出现。

在癫痫发作过后一直有意识障碍者也应警惕非惊厥性癫痫持续状态的可能。Rossi（2008）等发现 1 例 85 岁男性患者因慢性高血压急性恶化时出现以全身强直-阵挛发作和此后持续性意识障碍为主要症状的可逆性脑后部白质性脑病，EEG 显示顶-颞-枕区的部分性癫痫持续状态，癫痫样放电源于双侧脑部独立病灶，认为是成人可逆性脑后部白质性脑病的特征性形式。

可逆性脑后部白质性脑病癫痫发作的处理中，必须特别注意癫痫持续状态的用药，尤其是妊娠期妇女，因为可能加重意识障碍和影响自主神经的功能。

妇产科医生主要选用硫酸镁，但是，神经病学家则优先选用传统抗癫痫药物如地西泮、苯妥英钠、苯巴比妥等。然而，地西泮和苯巴比妥可能加重意识障碍或致呼吸系统的抑制，而苯妥英和磷苯妥英可致心脏方面的副作用，以前报道静脉内使用丙戊酸控制癫痫持续状态比较有效和安全，对意识也没有明显影响，但其可致血小板减少，因此对这类患者，血液学检查是必要的，有效性也有待进一步评估。

（郑东琳　王学峰）

参 考 文 献

［1］Hinchey J，Chaves C，Appignani B，et al. A reversible posterior leukoencephalopathy syndrome. N Engl J Med，1996，334（8）：494-500.

［2］Onder AM，Lopez R，Teomete U，et al. Posterior reversible encephalopathy syndrome in the pediatric renal population. Pediatr Nephrol，2007，22（11）：1921-1929.

［3］Lee VH，Wijdicks EF，Manno EM，et al. Clinical spectrum of reversible posterior leukoencephalopathy syndrome. Arch Neurol，2008，65（2）：205-210.

［4］Stott VL，Hurrell MA，Anderson TJ. Reversible posterior leukoencephalopathy syndrome：a misnomer reviewed. Intern Med J，2005，35（2）：83-90.

［5］Wernet A，Benayoun L，Yver C，et al. Isolated severe neurologic disorders in post-partum：posterior reversible encephalopathy syndrome. Ann Fr Anesth Reanim，2007，26（7-8）：670-673.

［6］Rajasekhar A，George TJ Jr. Gemcitabine-induced reversible posterior leukoencephalopathy syndrome：a case report and review of the literature. Oncologist,2007,12(11):1332-1335.

[7] Cumurciuc R,Martinez-Almoyna L,Henry C,et al. Posterior reversible encephalopathy syndrome during sunitinib therapy. Rev Neurol(Paris),2008,164(6-7):605-607.

[8] Hu MH,Wang HS,Lin KL,et al. Clinical experience of childhood hypertensive encephalopathy over an eight year period. Chang Gung Med J,2008,31(2):153-158.

[9] Wirrell EC,Hamiwka LD,Hamiwka LA,et al. Acute glomerulonephritis presenting with PRES:a report of 4 cases. Can J Neurol Sci,2007,34(3):316-321.

[10] Kur JK,Esdaile JM. Posterior reversible encephalopathy syndrome-an underrecognized manifestation of systemic lupus erythematosus. J Rheumatol,2006,33(11):2178-2183.

[11] Leroux G,Sellam J,Costedoat-Chalumeau N,et al. Posterior reversible encephalopathy syndrome during systemic lupus erythematosus:four new cases and review of the literature. Lupus,2008,17(2):139-147.

[12] Zhang YX,Liu JR,Ding MP,et al. Reversible posterior encephalopathy syndrome in systemic lupus erythematosus and lupus nephritis. Intern Med,2008,47(9):867-875.

[13] Legriel S,Bruneel F,Spreux-Varoquaux O,et al. Lysergic acid amide-induced posterior reversible encephalopathy syndrome with status epilepticus. Neurocrit Care,2008,9(2):247-252.

[14] Koga Y,Isobe N,Tateishi T,et al. Case of posterior reversible encephalopathy syndrome with cerebral vasoconstriction. Rinsho Shinkeigaku,2008,48(5):355-358.

[15] Servillo G,Striano P,Striano S,et al. Posterior reversible encephalopathy syndrome(PRES)in critically ill obstetric patients. Intensive Care Med,2003,29(12):2323-2326.

[16] Bhatt A,Farooq MU,Bhatt S,et al. Periodic lateralized epileptiform discharges:an initial electrographic pattern in reversible posterior leukoencephalopathy syndrome. Neurol Neurochir Pol,2008,42(1):55-59.

[17] Morris EB,Laningham FH,Sandlund JT,et al. Posterior reversible encephalopathy syndrome in children with cancer. Pediatr Blood Cancer,2007,48(2):152-159.

[18] Connolly RM,Doherty CP,Beddy P,et al. Chemotherapy induced reversible posterior leukoencephalopathy syndrome. Lung Cancer,2007,56(3):459-463.

[19] Striano P,Striano S,Tortora F,et al. Clinical spectrum and critical care management of Posterior Reversible Encephalopathy Syndrome(PRES). Med Sci Monit,2005,11(11):CR549-553.

[20] Kozak OS,Wijdicks EF,Manno EM,et al. Status epilepticus as initial manifestation of posterior reversible encephalopathy syndrome. Neurology,2007,69(9):894-897.

[21] Rossi R,Saddi MV,Ticca A,et al. Partial status epilepticus related to independent occipital foci in posterior reversible encephalopathy syndrome(PRES). Neurol Sci,2008,29(6):455-458.

第十节 肝性脑病中的癫痫发作及癫痫持续状态

肝性脑病(hepatic encephalopathy,HE)又称为肝昏迷或门体分流性脑病。它是肝功能衰竭或门体分流引起的以代谢紊乱为基础的中枢神经系统功能失调的综合征,其临床表现可以从人格改变、行为异常、扑翼样震颤到意识障碍、昏迷和死亡。最常见于终末期肝硬化。如果肝功能衰竭和门体分流得以纠正,则肝性脑病可逆转,但易于反复发作。一般根据意识障碍程度、神经系统表现和脑电图改变,将肝性脑病自轻微的精神改变到深昏迷分为四期。癫痫发作是肝性脑病不常见的表现,其出现多表明预后不良。

一、诊 断 提 示

1. 发病率 文献报道,肝性脑病中癫痫发作的发生率约为 2% ~ 37% 。Erol(2007) 等对 40 例行肝移植的青少年随访发现,有 14 例出现神经系统的并发症,最常见的为癫痫发作(6 例 7 次);最近,Erol(2007)等再对因肝豆状核变性、肝衰竭而行肝移植的 17 例儿童随访发现,其中,最常见的神经系统并发症仍为癫痫发作(6 例 7 次)。Bhatia(2005)等对 80 例急性肝衰竭者的研究发现,癫痫发作的发生率为 22.5% 。Cordero(1990)等发现 38 例暴发性肝衰者在入院平均 13 天时出现肝性脑病,其中 37% 出现癫痫发作。Barnes(2004)等对 17 例可能与代谢因素相关的癫痫发作的猫进行研究发现,其中 3 例与肝性脑病相关。

2. 发病机制 肝性脑病患者的神经系统并发症很常见,精神异常、癫痫发作和局灶性运动障碍是其主要临床表现,其产生主要与某些毒性物质如铵、锰、苯二氮䓬类物质、谷氨酸样物质的多巴胺能神经元递质等有关(Ardizzone,2006)。肝性脑病患者癫痫发作的机制尚不清楚,多种代谢性因素可能参与其中。高血氨以及短链脂肪酸、酚类、硫醇和假神经递质等都被认为与肝性脑病时脑电图上的痫样放电和癫痫发作有关(Tanaka,2006)。Bhatia(2005)等发现,肝性脑病患者中高血氨水平者(>124μmol/L)更易出现癫痫发作。

暴发性肝衰竭可见于病毒或药物性肝炎、肝卟啉病、自身免疫性疾病或脓毒血症、食管静脉曲张出血等之后,其出现的肝性脑病不同于肝硬化发展而来的肝性脑病。低血糖和脑水肿是急性肝功能衰竭常见并发症,因此,癫痫发作的出现除了与高血氨水平相关外,脑水肿、脑部缺氧和低血糖等也可能参与其中(Tanaka,2006;Lacerda,2006)。肝移植者出现癫痫发作主要是与免疫抑制剂的使用或细胞的排斥有关(Lacerda,2006)。

3. 肝性脑病中癫痫发作类型及脑电图特点 全身强直-阵挛性发作是肝性脑病癫痫中最常见的发作形式。Thabah(2008)等报道 1 例 Still 病(急性多关节炎综合征)者出现癫痫全身强直-阵挛性发作 3 次,检查示肝功异常,并出现黄疸,考虑为肝性脑病所引起。

肝性脑病患者,即使无癫痫的临床发作,其脑电图仍可异常,并随着病情的严重程度而演变。早期可表现为背景活动节律性弥漫性减慢,波幅增高,由正常的 α 节律变为 θ 节律,严重者可出现 δ 波,随着病情进展,出现三相波,并提示其预后不良,进入昏迷期后三相波反而常消失。

Ficker(1997)等在 10 年多的时间里回顾了肝性脑病者的脑电图发现,其中 15% (18例)有癫痫样异常,其中 13 例为发作间期放电,有局灶性的双侧不相关的尖波和棘波,以及全身性棘波发放,12 例有临床癫痫发作,8 例为全身性。

4. 治疗 肝功能减退对抗癫痫药物的药代动力学有影响,某些抗癫痫药物如地西泮等具有镇静作用可加重肝性脑病,Bhatia(2005)等还发现,肝性脑病中的癫痫发作对常规抗癫痫药物耐药;癫痫发作也可增加颅内高压,从而加重肝性脑病形成恶性循环。因此,对于肝性脑病出现癫痫发作者必须慎重处理。

肝性脑病患者中癫痫发作的处理包括治疗原发疾病、纠正诱发因素、完善影像学检查、选择安全性高的药物以及动态脑电图监测等。单次的癫痫发作可不需用药,应尽量避免地西泮、苯巴比妥等药物的镇静效应(Lacerda,2006)。苯妥英钠和加巴喷丁可作为首选,但监测药物水平仍是必需的(Prabhakar,2003)。Ellis(2000)等进行了一项关于急性肝功能衰竭中亚临床癫痫发作的发病率和预防性使用苯妥英钠效果的对比研究,32 例急性肝衰、肝性脑病者,实验组预防性应用苯妥英钠(20 例),在实验组和对照组,亚临床癫痫发作、颅内压增高、脑水肿、存活率情况分别为 15% vs. 32%、15% vs. 25%、22% vs. 70%、83% vs. 75%;此项研究说明:有急性肝衰的患者,必须强制性予以脑电图监测,且预防性使用苯妥英钠可以降低亚临床癫痫的发生,有效且安全。但也有相反观点。

乳果糖等可通过降低血氨水平来终止癫痫发作。Eleftheriadis(2003)等报道 1 例 54 岁女性,有 6 年失代偿性 HBV 感染后肝硬化病史,因全身性癫痫发作入院,入院时血氨水平是正常的 2 倍,脑电图示弥漫性尖波,常规抗癫痫药物无效,但是在乳果糖处理 24 小时后好转。

此外,尚需注意特殊病因所致肝性脑病中癫痫发作的处理。如肝豆状核变性罕见发生癫痫,主要可能与青霉胺治疗时导致的维生素 B_6 缺乏有关,控制发作时推荐使用维生素 B_6 或其他的铜螯合剂。卟啉病对抗癫痫药物的使用提出了挑战,许多抗癫痫药物可减少肝脏的代谢、增加亚铁血红素的合成,非诱导性的抗癫痫药物(如加巴喷丁和左乙拉西坦)或低诱导性的药物如奥卡西平在这些患者是有用的;卟啉病发作可由葡萄糖或注射血红蛋白控制,地西泮最初是有效的但多次使用时有效性下降(Lacerda,2006)。

5. 预后　通常认为,肝性脑病出现癫痫发作常提示预后不良。Ficker(1997)等人的研究发现,肝性脑病患者出现癫痫发作后,要么死亡要么病情恶化。

二、肝性脑病中的癫痫持续状态

肝性脑病患者出现癫痫持续状态者较少见。Tanaka(2006)等报道了 1 例 62 岁男性,病毒感染 1 年后出现了失代偿性肝硬化,继之有全身强直-阵挛发作,伴有意识丧失,持续数小时不缓解入院,拟诊癫痫持续状态,入院时血氨水平为正常的 2 倍(186μmol/L),入院第二天脑电图提示弥漫性尖波,用苯妥英钠和支链氨基酸治疗后癫痫持续状态和意识丧失都好转,脑电图恢复正常。Delanty(2001)等对院内发作的 41 例癫痫持续状态进行回顾,有 23 例(56%)与代谢性因素有关如低氧血症、肝性脑病、电解质失衡等。Hardie(1990)等发现,4 例狗在肝外门脉分流术后出现癫痫持续状态,主要与术后代谢性因素导致的肝性脑病恶化有关,静脉用苯巴比妥或戊巴比妥可以控制发作。

在肝性脑病中,非惊厥性癫痫持续状态可能是这些患者的特殊表现。因此,动态脑电图的监测是非常重要的。

参 考 文 献

[1] Prabhakar S,Bhatia R. Management of agitation and convulsions in hepatic encephalopathy. Indian J Gastroenterol,2003,22 Suppl 2:S54-58.

[2] Erol I,Alehan F,Ozcay F,et al. Neurological complications of liver transplantation in pediatric patients:a single center experience. Pediatr Transplant,2007,11(2):152-159.

[3] Erol I,Alehan F,Ozcay F,et al. Neurologic complications of liver transplantation in pediatric patients with the hepatic form of Wilson's disease. J Child Neurol,2008,23(3):293-300.

[4] Bhatia V,Singh R,Acharya SK. Predictive value of arterial ammonia for complications and outcome in acute liver failure. Gut,2006,55(1):98-104.

[5] Cordero J,Baeza J,Zacarías J,et al. Fulminant hepatic failure in children. Rev Med Chil,1990,118(7):

753-758.

［6］Barnes HL,Chrisman CL,Mariani CL. Clinical signs,underlying cause,and outcome in cats with seizures：17 cases(1997—2002). J Am Vet Med Assoc,2004,225(11):1723-1726.

［7］Ardizzone G,Arrigo A,Schellino MM,et al. Neurological complications of liver cirrhosis and orthotopic liver transplant. Transplant Proc,2006,38(3):789-792.

［8］Tanaka H,Ueda H,Kida Y,et al. Hepatic encephalopathy with status epileptics：a case report. World J Gastroenterol,2006,12(11):1793-1794.

［9］Weissenborn K,Bokemeyer M,Krause J,et al. Neurological and neuropsychiatric syndromes associated with liver disease. AIDS,2005,19 Suppl 3:S93-98.

［10］Lacerda G,Krummel T,Sabourdy C,et al. Optimizing therapy of seizures in patients with renal or hepatic dysfunction. Neurology,2006,67(12 Suppl 4):S28-33.

［11］Thabah MM,Singh KK,Madhavan SM,et al. Adult onset Still's disease as a cause of acute liver failure. Trop Gastroenterol,2008,29(1):35-36.

［12］Ficker DM,Westmoreland BF,Sharbrough FW. Epileptiform abnormalities in hepatic encephalopathy. J Clin Neurophysiol,1997,14(3):230-234.

［13］Delanty N,French JA,Labar DR,et al. Status epilepticus arising de novo in hospitalized patients：an analysis of 41 patients. Seizure,2001,10(2):116-119.

［14］Hardie EM,Kornegay JN,Cullen JM. Status epilepticus after ligation of portosystemic shunts. Vet Surg,1990,19(6):412-417.

［15］Ellis AJ,Wendon JA,Williams R. Subclinical seizure activity and prophylactic phenytoin infusion in acute liver failure：a controlled clinical trial. Hepatology,2000,32(3):536-541.

［16］Eleftheriadis N,Fourla E,Eleftheriadis D,et al. Status epilepticus as a manifestation of hepatic encephalopathy. Acta Neurol Scand,2003,107(2):142-144.

第十一节　其他脑病中的癫痫及癫痫持续状态

一、肺性脑病中的癫痫发作及癫痫持续状态

肺性脑病(pulmonary encephalopathy)也称为肺心脑综合征,是肺功能衰竭时,因二氧化碳潴留或缺氧所引起的脑组织损害。早期表现为头痛、头昏、记忆力减退、精神不振等症状,重者可有不同程度的意识障碍、颅内压增高,癫痫发作通常是严重肺性脑病的表现。

(一) 肺性脑病引起癫痫发作的原因

1. 脑部缺血缺氧　在以前的肺性脑病研究中,认为缺血缺氧是癫痫发作的主要机制。脑部缺血缺氧可引起局部或整个大脑的功能障碍而导致癫痫发作。在对儿童肺移植神经系统并发症的研究中也发现癫痫发作是其最常见的表现,缺血缺氧是最主要的原因(Wong,1999)。

2. 茶碱类药物的应用　文献中有很多呼吸衰竭患者在使用茶碱或氨茶碱类药物时出现了癫痫发作。Suárez(1996)等报道了1例可能系茶碱类药物中毒所致的癫痫发作。

3. 呼吸性碱中毒　有研究证实慢性肺功能衰竭治疗中出现的癫痫发作除缺氧缺血外,还可能与脑部碱中毒有关。Suárez(1996)等的研究发现肺性脑病出现癫痫发作者,可能与呼吸性碱中毒有关;Laaban(1990)等也曾经报道了1例急性呼吸衰竭患者在机械通

气开始数小时后出现癫痫发作,考虑与急性呼吸性酸中毒纠正后的 pH 增高有关。

(二) 肺性脑病中癫痫发作及脑电图特点

肺性脑病中癫痫发作的形式以脑部缺氧缺血后肌阵挛发作和全身强直-阵挛发作最多见。以前的研究表明:肌阵挛常常是全身性、对称性的,其出现多在全身强直-阵挛发作之后。1963 年,由 Lance 和 Adams 将这种表现称之为 Lance-Adams 综合征,主要见于心肺骤停复苏后中枢神经系统缺氧所致的患者。Kowalczyk(2006)等报道了 1 例哮喘持续状态的患者,在心肺骤停复苏后出现了肌阵挛和全身强直-阵挛发作,脑电图显示为多棘波和多棘慢复合波,与肌阵挛同步。曾经有 1 例慢性支气管炎患者出现肌阵挛发作,脑电图表现为同步多棘波-高电位波发放,符合肌阵挛特点。

(三) 肺性脑病中的癫痫持续状态

在 PubMed 中并未找到典型的肺性脑病发生癫痫持续状态的报道,但有肌阵挛性癫痫持续状态的相关文章。Hui(2005)等报道了 18 例心肺骤停者平均 11.7 小时后出现肌阵挛,平均持续 60.5 小时。Zhang(2007)等报道了国内 1 例支气管术后心肺骤停患者在心肺复苏后的昏迷 5 小时后出现肌阵挛,咪达唑仑能暂时性的控制,最终由静脉内使用苯巴比妥和丙戊酸控制。患者 3 天后意识才恢复。持续性静脉使用苯巴比妥和丙戊酸 4 周,全身性阵挛发作有改善,停用苯巴比妥后,阵挛发作有反复,并出现全身强直-阵挛发作。脑电图显示白天低振幅 α 波、弥漫性 δ 波和中量的 θ 波,夜晚有一些尖波和慢波。

(四) 肺性脑病中癫痫发作的治疗

除呼吸支持、纠正内环境紊乱外,肺性脑病出现癫痫发作者仍需短时抗癫痫治疗。因为癫痫发作可加重脑缺氧,从而影响预后。全身强直-阵挛发作对一般抗癫痫药物都比较敏感,但肌阵挛发作多对丙戊酸盐类敏感。但是,应该注意的是,苯二氮䓬类镇定药物对中枢系统有抑制作用,尤其对老年患者药物剂量更应该慎重。苯妥英钠容易透过血-脑屏障进入脑脊液,且对呼吸中枢无抑制作用,国内的研究表明,对重型肺性脑病者静脉使用苯妥英钠,可有效的控制癫痫发作。

二、尿毒症性脑病中的癫痫发作及癫痫持续状态

尿毒症性脑病(uremic encephalopathy)是指在慢性肾衰竭的晚期,由于尿毒症毒素、缺氧、酸中毒及血浆渗透压改变等导致脑部功能受损,出现一系列神经精神症状:初期可表现为乏力、头昏、头痛、记忆力减退、注意力难以集中、睡眠障碍等;进一步可出现意识障碍、反应淡漠、言语减少;重症则呈现谵妄、幻觉、木僵、昏迷。1/3 尿毒症性脑病的急性期或严重慢性肾衰时有癫痫发作,多以全身性发作为主要表现,部分性发作也比较常见(Rufo Campos,2002;Burn,1998)。

近年,由于透析等医疗水平的提高,尿毒症期患者出现神经系统并发症的机会有所减少,但是新治疗技术也带来了一些并发症的出现,如透析性脑病、透析失衡综合征等。透析相关的癫痫发作(hemodialysis-associated seizure,HAS)是透析常见的并发症,以往文献报道,在终末期肾衰竭的儿童中其发病率为 7% ~ 50%,而在 Scorza(2005)等的研究中,只有 2%。

(一) 病因和发病机制

1. 尿毒症毒素和内环境紊乱　肾脏不能排出体内新陈代谢产物导致多种尿毒症毒

素蓄积,可干扰神经传导引起脑部病变。尿毒症患者也容易出现水电解质、酸碱平衡的紊乱、低钙血症、低钠或高钠血症、酸中毒等都可引起癫痫发作。Rufo Campos(2002)等对107例肾衰竭儿童回顾性分析发现,14.95%(16例)出现癫痫发作,其中8例有电解质失衡,4例有高血压,3例有与肾衰竭无关的癫痫史。

2. 透析失衡综合征(dialysis dysequilibrium syndrome,DDS)在20世纪60年代首先提出,主要见于严重的氮质血症短时间内需要快速透析的患者,通常发生于透析过程中和透析结束后;由于透析时血液内代谢产物迅速被清除,但脑实质、脑脊髓中尿素及其他物质受血-脑屏障的限制,浓度下降较慢,从而形成血浆与脑脊液间渗透浓度差,水分则由血浆渗入脑脊液和脑细胞,引起脑脊液压力增高和脑水肿而致脑病发生。多见于老年人和小孩。通常以头痛、恶心呕吐等颅内压增高症状和癫痫发作为主要表现。目前由于低血流率、多次间隔以及增加透析物质的渗透压等措施的采取,DDS现比较少见,但是,透析患者出现颅内压增高的症状、癫痫发作、昏迷等表现时,在除外颅内出血、感染等情况后,仍应该想到DDS的可能。早年有人对180例透析患者回顾性分析后发现,在透析结束后24小时内和透析过程中癫痫发作的比率为7.2%。

3. 透析性痴呆(透析性脑病综合征) 主要表现为智力改变、交流困难、癫痫发作、肌阵挛等,其产生与含铝透析液引起的铝在脑内蓄积有关。晚期可有高达60%的人出现癫痫发作(Burn,1998),但现已少见。

4. 高血压 慢性肾衰竭尿毒症期由于水钠潴留等原因,易并发血压增高。这类患者常常出现脑后部白质性脑病,表现为癫痫发作、头痛、视力障碍等,同样还可见于透析治疗者。在Lee(2008)等研究的36例可逆性后部脑白质病中,有21%为透析患者。Jorge(2007)等也报道了1例高血压肾病患者行腹膜透析过程中出现了昏迷和癫痫大发作。

5. 人重组促红细胞生成素(促红素)的应用 促红素是治疗终末期肾衰竭患者贫血的重要手段。但是,促红素可致血容量增多、血压升高而出现脑后部白质脑病。Massetani(1991)报道了2例尿毒症性贫血使用促红素治疗的患者,出现了癫痫发作和癫痫持续状态。

6. 抗生素的使用 β-内酰胺类、喹诺酮类、抗真菌药等都可引起癫痫发作,但在尿毒症脑病患者,由于肾功能下降和尿毒症时血-脑屏障功能减退,使得血清中的药物浓度增高而更容易出现神经系统的毒性作用。以头孢菌素类(头孢吡肟、头孢唑林等)引起的癫痫发作的报道多见。如Bechtel(1980)等报道了3例使用头孢唑林的肾功能不全患者,出现了全身强直-阵挛发作。抗生素的使用诱发透析患者出现癫痫发作也有报道。Arkaravichien(2006)等报道1例患者,在使用头孢唑林并透析过程中出现了全身强直-阵挛发作,认为严重肾衰竭患者即使常规剂量的药物在透析情况下仍可能因药物蓄积而引发癫痫发作。Seto(2005)等报道了1例腹膜透析患者使用厄他培南后出现了5次癫痫发作。

7. 杨桃中毒 杨桃,也称阳桃,国外则叫星果(star-fruit)。摄入杨桃或饮杨桃汁可致尿毒症患者出现严重神经系统毒性,呃逆、呕吐、意识障碍、癫痫发作、难治性癫痫持续状态、昏迷、死亡都有报道。Neto(2003)等对32例摄入杨桃中毒的尿毒症患者研究发现,癫痫的发生率为21.8%;Cassinotto(2008)等回顾了5例尿毒症患者摄入杨桃后出现神经系统并发症,其中3例有癫痫发作。当慢性肾病患者出现癫痫发作或其他难以解释的神经精神症状时应考虑到杨桃的毒性。

（二）癫痫发作的特点

癫痫发作的类型以全身强直-阵挛发作、部分性运动性发作（包括部分连续性或部分复杂性或失神发作）多见，有时也可出现肌阵挛。国内大样本（225 例）尿毒症继发癫痫发作的病例中，单纯部分性发作有 66 例，复杂部分性发作 23 例，单纯部分性继发全身强直-阵挛性发作 32 例。全身强直-阵挛性发作 87 例，肌阵挛性发作 11 例，癫痫持续状态 6 例。在 Scorza（2005）等的研究中，189 例透析者中有 7 例出现癫痫发作，3 例表现为全身强直-阵挛发作，1 例为部分继发全身性发作，1 例为未分类的发作，所有患者均透析间期出现癫痫发作，有 2 例在透析过程中出现。

也有少见的发作形式。国内曾经报道 1 例急性肾衰的患者，连续 4 次透析后，出现了头部不自主的规律点头和抖动，神经系统检查阴性，头颅 MRI 未见异常，EEG 上有阵发性低~中幅 2~4Hz 的尖慢波，以两侧前额及枕部为主，予以抗癫痫治疗后未再出现上述症状。

（三）脑电图特点

尿毒症性脑病患者脑电图上表现为弥漫性的慢波，以额叶更为明显，也可有阵发性尖波、棘慢复合波，伴有增多的 δ 和 θ 波。透析性痴呆的患者，在临床症状出现 6 个月后可出现脑电图的改变，主要是发作性高电压的慢活动和棘慢复合波，尤其是额叶比较明显（Burn DJ,1998）。Sönmez（2000）等报道的 13 例患者中，有 9 例出现强直-阵挛发作，其中，4 例脑电图表现为局灶性慢波，以顶-枕区明显，2 例为皮质下痫样放电。

尿毒症患者，即使无癫痫发作，高达 14% 的患者可出现双侧棘慢复合波（Burn,1998），甚至在透析过程中或透析间期都可见到异常脑电活动。因此，脑电图的监测非常重要，尤其是在发现非惊厥性癫痫持续状态方面有不可替代的作用。

（四）治疗及预后

首先必须针对病因，纠正诱发因素，如维持内环境稳定、停用相关抗生素、降压等一般处理。必要时行血液透析或腹膜透析，但应警惕透析相关癫痫的发生。尿毒症脑病中的癫痫发作在一般处理后可能停止而不需用抗癫痫药物治疗，预后较好。而对于尿毒症杨桃中毒者，癫痫发作与预后密切相关，有癫痫发作的患者死亡率高达 75%，而无癫痫的死亡率仅为 0.03%（Tsai,2005）。通常情况下，杨桃中毒者可选用透析疗法。

尿毒症脑病患者在进行抗癫痫治疗时，必须注意药物的选择。肾衰竭改变了某些抗癫痫药物的药代动力学，可能并存胃轻瘫延迟了达到最大药物浓度的时间，肠水肿减少了药物的吸收；但是，肠道细胞色素 P450 和 P-糖蛋白的活性降低导致了更多药物进入门脉循环，蛋白尿和酸中毒也降低了血浆白蛋白水平和亲和力，使得血浆中游离药物浓度水平升高；肾小球滤过率的下降和肾小管分泌的减少使药物的半衰期延长。肾脏更易排泄水溶性的、低蛋白结合力和分布容积较小的药物如加巴喷丁、氨基己酸、左乙拉西坦和托吡酯等，因此尿毒症患者这类药物可在体内蓄积而需减少剂量，但是透析时则更易清除而需追加剂量。因此，尿毒症患者抗癫痫药物种类及剂量的选择必须慎重。地西泮是处理尿毒症脑病中癫痫发作的理想药物。研究表明，在每次透析前 30 分钟口服地西泮（0.3~0.5mg/kg）可以预防透析性脑病中的癫痫发作（Scorza,2005）。

（五）尿毒症性脑病中的癫痫持续状态

癫痫持续状态在尿毒症脑病中并不多见。既往有使用促红细胞生成素的透析患者出现癫痫持续状态的报道。Scorza（2005）等报道 1 例患者出现癫痫持续状态。Tsai（2005）等报道 2 例慢性肾衰竭患者，在摄入杨桃后出现了难治性癫痫持续状态。Wang（2006）等报道 1 例 84 岁慢性肾衰竭患者，在摄入杨桃后也出现了癫痫持续状态。

　　尿毒症脑病可出现不同程度的意识改变，必须注意与非惊厥性癫痫持续状态相鉴别。Tanimu（1998）等报道了 1 例失神发作性癫痫持续状态的患者；Chow（2001）等发现 4 例腹膜透析患者，出现急性精神障碍和木僵状态，临床无癫痫发作，但脑电图显示特征性的弥漫性尖波和棘波，抗癫痫治疗后痫样放电消失，这是第一次报道腹膜透析患者出现的非惊厥性癫痫持续状态。虽然 β-内酰胺类药物引起的非惊厥性癫痫持续状态少见，但多发生在尿毒症患者。Ozturk（2008）等回顾 12 例非惊厥性癫痫持续状态者，均为肾衰竭使用抗生素（主要是 β-内酰胺类）过程中出现，对地西泮敏感。Chedrawi（2004）等发现 1 例慢性肾衰竭的儿童应用 2 次三代头孢之后出现了非惊厥性癫痫持续状态。Abanades（2004）等报道了 1 例 66 岁女性患者，在使用头孢吡肟（2g，每 8 小时 1 次）10 天后出现急性肾衰竭，随后意识改变，考虑为非惊厥性癫痫持续状态。Alpay（2004）等报道了长期腹膜透析的患者，接受头孢吡肟治疗后出现了非惊厥性癫痫持续状态，抗惊厥治疗后脑电图好转，停药后临床症状完全消失。Chang（2004）等报道了 1 例持续性透析治疗的患者，摄入杨桃后出现意识障碍，腹膜透析后症状加重。脑电图显示左脑中部局灶性尖波，考虑非惊厥性癫痫持续状态，抗惊厥治疗和常规腹膜透析后好转。

　　地西泮和丙戊酸可能是治疗尿毒性脑病中癫痫持续状态的最佳药物。

三、一氧化碳中毒性脑病中的癫痫及癫痫持续状态

　　一氧化碳中毒是常见的中毒性疾病。重症中毒的急性期可出现神经系统症状，如抽搐、昏迷等；意识恢复后，经过 2～60 天的假愈期，有约 3%～10% 患者发生迟发性脑病，表现为各种神经精神症状，如锥体系或锥体外系损害等。在一氧化碳中毒性脑病患者中，癫痫发作并不少见，但是，癫痫发作可能是一氧化碳中毒的首发症状，也可能是唯一的表现，曾经有因此而误诊的报道（Theuma，1997；Kao，2004；Nielsen，1994）。

　　1. 发病率　国内对 851 例一氧化碳中毒者进行的调查发现，癫痫的发生率为 11.4%，其中急性期癫痫发作者有 29 例，而继发性癫痫 68 例。还有人发现，在 260 例一氧化碳中毒患者中，迟发性脑病期癫痫发作的比例为 13.8%。Keleş（2008）等回顾了 323 例一氧化碳中毒的患者，癫痫发作发生率为 4%。Heckerling（1996）等连续两次观察了因癫痫发作急诊入院的患者，发现 1/20 与一氧化碳中毒相关。

　　2. 临床特点

　　（1）发作特点：一氧化碳中毒性脑病中的癫痫发作，以强直-阵挛发作和强直性发作最多见。既往文献中也有以部分性癫痫发作为一氧化碳中毒的主要表现者。

　　（2）危险因素：①年龄：国内报道以中老年多见，占癫痫发作的 70% 以上；②碳氧血红蛋白水平：通常认为，癫痫发作是严重一氧化碳中毒的表现，碳氧血红蛋白水平可作为参考依据。Mori 等报道了 1 例 1 岁男孩因癫痫发作和意识障碍入院，血中碳氧血红蛋白水平为 25%；Keleş（2008）等发现一氧化碳中毒者的平均碳氧血红蛋白水平为（26.3±11.5）%，而癫痫发作多见于碳氧血红蛋白水平大于 20% 者。

　　3. 出现时间　一氧化碳中毒的急性期和迟发性脑病期都可以出现癫痫发作。国内

报道显示,一氧化碳中毒距癫痫发作的时间为 3 个月～3 年。最近,Yarar(2008)等报道 74 例儿童一氧化碳中毒者,只有 1 例在症状好转 7 个月后出现癫痫,并开始了长期抗癫痫治疗。

4. 脑电图表现 对迟发性癫痫患者的脑电图研究发现:背景活动常为弥漫性的慢波,中高 θ 慢活动暴发出现,多发性尖波、尖-慢波综合波、低波幅电活动短阵出现。Neufeld(1981)等报道了 1 例在一氧化碳中毒后数小时内脑电图表现为单侧尖波和局灶性痫样发放,临床表现为昏迷和部分性运动性癫痫发作。由于一氧化碳中毒性脑病多为弥漫性脑损伤,这种脑电活动应该比较少见。

5. 癫痫持续状态 严重一氧化碳中毒者可能出现癫痫持续状态。Brown(2007)等报道第 1 例一氧化碳中毒患者非惊厥性癫痫持续状态,为 70 岁的老年男性,血中碳氧血红蛋白水平为 25%。

6. 治疗

(1) 抗癫痫药物治疗:见缺氧缺血性脑病中的癫痫发作的治疗。

(2) 高压氧治疗:一氧化碳中毒性脑病中出现的癫痫发作经过高压氧处理后可完全好转而不需要行抗癫痫药物治疗。Mori(2000)等报道的患者高压氧治疗 8 小时后癫痫发作停止,随访 8 个月无再次发作;但是,必须注意的是,高压氧可导致一氧化碳中毒患者出现癫痫发作,可能与其氧毒性有关(Kao LW,2004)。Hampson(1996)等对 300 例采取高压氧治疗的患者研究发现,不同的高压氧水平有不同的癫痫发作风险:在 2.25、2.80 和 3.0 倍绝对大气压下,出现癫痫发作的人数分别为 1、9 和 6 个。Watanabe(2006)等对 36 例一氧化碳中毒患者高压氧治疗 2 周后行脑电图检查发现,11 例出现慢波。因此,在高压氧治疗过程中进行脑电图的监测是必要的。

7. 预后 多数(73.2%)一氧化碳中毒性脑病中的癫痫发作都不需要长期使用抗癫痫药物,需长期使用者多见于迟发性脑病期的癫痫发作者。

(郑东琳 王学峰)

参 考 文 献

[1] Wong M,Mallory GB Jr,Goldstein J. Neurologic complications of pediatric lung transplantation. Neurology,1999,53(7):1542-1549.

[2] Suárez Ortega S,Rodríguez Perdomo E,Parrilla Díaz J. Encephalopathy,convulsions and hypopotassemia in theophylline poisoning:a case analysis. Arch Bronconeumol,1995,31(7):368-370.

[3] Laaban JP,Marsal L,Waked M. Seizures related to severe hypophosphataemia induced by mechanical ventilation. Intensive Care Med,199,16(2):135-136.

[4] Kowalczyk EE,Koszewicz MA,Budrewicz SP. Lance-Adams syndrome in patient with anoxic encephalopathy in the course of bronchial asthma. Wiad Lek,2006,59(7-8):560-562.

[5] Hui AC,Cheng C,Lam A. Prognosis following Postanoxic Myoclonus Status epilepticus. Eur Neurol,2005,54(1):10-13.

[6] Zhang YX,Liu JR,Jiang B. Lance-Adams syndrome:a report of two cases. J Zhejiang Univ Sci B,2007,8(10):715-720.

[7] Rufo Campos M,Vázquez Florido AM,Madruga Garrido M,et al. Renal failure as a factor leading to epileptic seizures. An Esp Pediatr,2002,56(3):212-218.

［8］Burn DJ,Bates D. Neurology and the kidney. J Neurol Neurosurg Psychiatry,1998,65(6):810-821.

［9］Scorza FA,Albuquerque M,Arida RM,et al. Seizure occurrence in patients with chronic renal insufficiency in regular hemodialysis program. Arq Neuropsiquiatr,2005,63(3B):757-760.

［10］Lee VH,Wijdicks EF,Manno EM,et al. Clinical spectrum of reversible posterior leukoencephalopathy syndrome. Arch Neurol,2008,65(2):205-210.

［11］Jorge S,Lopes JA,De Almeida E,et al. Posterior reversible encephalopathy syndrome(PRES)and chronic kidney disease. Nefrologia,2007,27(5):650.

［12］Massetani R,Galli R,Calabrese R,et al. Status epilepticus in chronically dialyzed patients treated with erythropoietin. Riv Neurol,1991,61(6):215-218.

［13］Bechtel TP,Slaughter RL,Moore TD. Seizures associated with high cerebrospinal fluid concentrations of cefazolin. Am J Hosp Pharm,1980,37(2):271-273.

［14］Arkaravichien W,Tamungklang J,Arkaravichien T. Cefazolin induced seizures in hemodialysis patients. J Med Assoc Thai,2006,89(11):1981-1983.

［15］Seto AH,Song JC,Guest SS. Ertapenem-associated seizures in a peritoneal dialysis patient. Ann Pharmacother,2005,39(2):352-356.

［16］Neto MM,da Costa JA,Garcia-Cairasco N,et al. Intoxication by star fruit(Averrhoa carambola)in 32 uraemic patients:treatment and outcome. Nephrol Dial Transplant,2003,18(1):120-125.

［17］Cassinotto C,Mejdoubi M,Signate A,et al. MRI findings in star-fruit intoxication. J Neuroradiol,2008,35(4):217-223.

［18］Sönmez F,Mir S,Tütüncüoğlu S. Potential prophylactic use of benzodiazepines for hemodialysis-associated seizures. Pediatr Nephrol,2000,14(5):367-369.

［19］Tsai MH,Chang WN,Lui CC,et al. Status epilepticus induced by star fruit intoxication in patients with chronic renal disease. Seizure,2005,14(7):521-525.

［20］Wang YC,Liu BM,Supernaw RB,et al. Management of star fruit-induced neurotoxicity and seizures in a patient with chronic renal failure. Pharmacotherapy,2006,26(1):143-146.

［21］Tanimu DZ,Obeid T,Awada A. Absence status:an overlooked cause of acute confusion in hemodialysis patients. J Nephrol,1998,11(3):146-147.

［22］Chow KM,Wang AY,Hui AC,et al. Nonconvulsive status epilepticus in peritoneal dialysis patients. Am J Kidney Dis,2001,38(2):400-405.

［23］Ozturk S,Kocabay G,Topcular B,et al. Non-convulsive status epilepticus following antibiotic therapy as a cause of unexplained loss of consciousness in patients with renal failure. Clin Exp Nephrol,2009,13(2):138-144.

［24］Chedrawi AK,Gharaybeh SI,Al-Ghwery SA,et al. Cephalosporin-induced nonconvulsive status epilepticus in a uremic child. Pediatr Neurol,2004,30(2):135-139.

［25］Abanades S,Nolla J,Rodríguez-Campello A,et al. Reversible coma secondary to cefepime neurotoxicity. Ann Pharmacother,2004,38(4):606-608.

［26］Alpay H,Altun O,Biyikli NK. Cefepime-induced non-convulsive status epilepticus in a peritoneal dialysis patient. Pediatr Nephrol,2004,19(4):445-447.

［27］Chang CH,Yeh JH. Non-convulsive status epilepticus and consciousness disturbance after star fruit(Averrhoa carambola)ingestion in a dialysis patient. Nephrology(Carlton),2004,9(6):362-365.

［28］Theuma A,Vassallo MT. Occult CO poisoning presenting as an epileptic fit. Postgrad Med J,1997,73(861):448.

［29］Kao LW,Nañagas KA. Carbon monoxide poisoning. Emerg Med Clin North Am,2004,22(4):985-1018.

[30] Nielsen H,Johannessen AC. Carbon monoxide poisoning due to lack of maintenance of a natural gas boiler. Ugeskr Laeger,1994,156(3):322-323.

[31] Keleş A,Demircan A,Kurtoǧlu G. Carbon monoxide poisoning:how many patients do we miss? Eur J Emerg Med,2008,15(3):154-157.

[32] Balzan MV,Agius G,Galea Debono A. Carbon monoxide poisoning:easy to treat but difficult to recognize. Postgrad Med J,1996,72(850):470-473.

[33] Remy P. Partial motor epileptic seizures disclosing acute carbon monoxide poisoning. Presse Med,1987,16 (21):1055-1056.

[34] Durnin C. Carbon monoxide poisoning presenting with focal epileptiform seizures. Lancet,1987,1(8545): 1319.

[35] Mori T,Nagai K. Carbon-monoxide poisoning presenting as an afebrile seizure. Pediatr Neurol,2000,22 (4):330-331.

[36] Yarar C,Yakut A,Akin A,et al. Analysis of the features of acute carbon monoxide poisoning and hyperbaric oxygen therapy in children. Turk J Pediatr,2008,50(3):235-241.

[37] Neufeld MY,Swanson JW,Klass DW. Localized EEG abnormalities in acute carbon monoxide poisoning. Arch Neurol,1981,38(8):524-527.

[38] Brown KL,Wilson RF,White MT. Carbon monoxide-induced status epilepticus in an adult. J Burn Care Res,2007,28(3):533-536.

[39] Hampson NB,Simonson SG,Kramer CC,et al. Central nervous system oxygen toxicity during hyperbaric treatment of patients with carbon monoxide poisoning. Undersea Hyperb Med,1996,23(4):215-219.

[40] Watanabe S,Asai S,Sakurai I,et al. Analysis of basic activity of electroencephalogram in patients with carbon monoxide intoxication for monitoring efficacy of treatment. Rinsho Byori, 2006, 54 (12): 1199-1203.

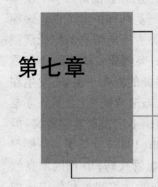

第七章

癫痫患者不明原因的突然死亡

癫痫患者的死亡率正在升高,流行病学调查显示癫痫患者死亡率是普通人群的2~3倍,引起死亡的原因通常是发作中出现的意外事件如溺水和外伤等,发作导致的并发症如窒息、癫痫持续状态,引起发作的基础疾病如脑血管病、肿瘤、糖尿病等,以及癫痫后抑郁引起的自杀等,但猝死是其中重要的因素之一。在癫痫患者中,出现突然、出乎意料的死亡称为癫痫患者不明原因的突然死亡(sudden unexplained death in epilepsy,SUDEP),即猝死。对这类患者进行尸解,都不能寻找到引起患者死亡的结构损伤和中毒表现。癫痫患者的猝死在临床中并不少见,Wannamaker等(1990)报道的癫痫患者死亡中,猝死的发生率为7%~17%,是癫痫患者死亡的一个重要原因。但是,癫痫患者的猝死在临床上一直被忽略,即使是神经科医师,亦不够重视这一问题。例如有世界飞人之称的著名短跑运动员乔伊纳就是死于睡眠中的癫痫发作,而非新闻媒体报道的吸毒。由于医师不能预先告知这种情况,一旦发生,家人没有足够的心理准备,从而引发医患纠纷,因而认识这种不能解释的突然死亡是开展癫痫防治所必需的。

一、典型病例

这是一例典型的不明原因突然死亡的癫痫患者:男性,32岁,难治性局灶性癫痫发作,实施了部分左侧颞叶切除术。癫痫发作频率减少,但仍有少量的抽搐发作。患者自动停用所有抗癫痫药物。1年后,发现患者死于浴室的地板上。经尸解未能找到能引起患者死亡的结构损伤和中毒表现。这例患者有癫痫不明原因突然死亡的危险因素为:年轻人、男性、癫痫发作控制不理想、未能服用抗癫痫药物。那么癫痫患者不明原因的突然死亡的概念是什么呢?

二、定　义

对癫痫患者不能解释的猝死,一直缺乏统一的定义,也就是在某种程度上限制了对它进行的研究。20世纪初,Spratling(1902)在分析癫痫死亡原因时就提出突然死亡(sudden death)的概念,Leestma(1989)认为癫痫患者突然而不能解释的死亡指不是由于外伤或溺水的突然死亡,亦指除外了癫痫状态的死亡,患者死前身体状态良好,有或没有发作的证据,尸解未能发现引起死亡的任何解剖学异常。因此,一般认为 SUDEP 是指癫痫患者突发的与外伤、溺水、持续状态等不相关的猝死,伴或不伴目击者在场,死亡前可以有 1 次癫痫发作的证据,但是在死后尸体解剖中无法找到引起死亡的解剖基础和中毒证据。癫痫患者不能解释的猝死的尸解率不清楚。在英国,约 90% 的癫痫患者不能解释的猝死病例进行了尸解,但在美国它的尸解率为 14%,而在诊断这种患者的突然死亡中尸解是很重要的,在未进行尸解前,有时很难确定患者的死亡是否为不能解释的猝死。例如:发生在睡眠中的癫痫死亡,没有目击者时,很难区别是猝死还是癫痫状态造成的死亡;另外亦难以分清窒息所致死亡与癫痫患者不能解释的猝死。有人认为结膜下出血有鉴别意义,但是结膜下出血不是窒息所特有,其他情况亦能发生。Rao 和 Welti(1988)分析了 500 例尸解结果,发现有 227 例(45%)有结膜下出血,其中 65 例死于心血管疾病,76 例因窒息致死,提示结膜下出血是缺氧和颅内压增高的结果,而癫痫发作亦能导致缺氧和颅内压增加,因此有可能混淆窒息和癫痫患者不能解释的猝死。20 世纪 90 年代初期,为了评价新的抗癫痫药物如拉莫三嗪是否会增加癫痫患者不能解释的猝死发生率,美国 FDA 成立了一个咨询委员会,咨询委员会制订了癫痫患者不能解释的猝死标准及分类,以评价临床使用药物时癫痫患者不能解释的猝死发生情况,其制订的癫痫患者不能解释的猝死标准为:①癫痫诊断明确,有反复发作的病史;②在身体健康状况良好的情况下,患者出乎意料的死亡;③死亡发生非常突然,通常是数分钟,而不是数小时,最后一次癫痫发作亦是出乎意料或仓促的,有时没有明显的癫痫发作时也可出现突然死亡;④死亡发生于日常工作、生活中,如上班时、在家里、睡觉时等;⑤未发现明确的死亡原因(突然发生的心律失常除外,由于心律失常可能是癫痫患者不能解释的猝死的发病机制);⑥除了癫痫状态或发作时外伤造成的死亡,委员会将癫痫患者不能解释的猝死分成肯定的、很可能的、可能的及不可能的四类。肯定的是指符合上述所有标准,有死亡情况的详细描述,并有尸解报道;很可能的是指符合上述标准,但缺乏尸解情况;可能的标准包括不能除外癫痫患者不能解释的猝死,但缺乏足够的证据来证明,亦缺乏尸解报道;不可能指有明确死亡原因的病例。由于尸解病例少,在美国亦只有 14% 的死亡病例进行尸解,因此,一般所说的癫痫患者不能解释的猝死包括肯定的和很可能的两类。在计算癫痫患者不能解释猝死率的上限时包括可能的病例在内。

三、发 病 率

癫痫患者不能解释猝死率的确定是一个十分复杂的问题。一般采用 3 种方法来调查其死亡率。首先,是通过死亡证明和验尸官的报道来确定总人口的死亡率;其次,是以抗癫痫药物的处方作为癫痫的诊断;最后,是对选择病组随访一段确定的时间。在确定死亡人数或总样本数的准确性方面,每种方法都存在一定的问题。"由癫痫引起的死亡"和"有癫痫患者的死亡"两者是不同的,癫痫患者的死亡证明在任何国家都可能是不可靠的,因此,通过死亡证明来统计癫痫患者不能解释的猝死率有一定的困难。另外,以抗癫痫药物的处方来代替癫痫的诊断,有赖于癫痫诊断的准确性,选择病组的研究有明显的优点,首先研究对象是明确的癫痫患者,一般来自医学院校、癫痫中心等,另外,由于随访资料比较完整,突然死亡病例的确定亦是准确的。

由于研究对象以及方法不同,癫痫患者不能解释的猝死率各家报道不一。Leestma 等

(1989)报道了癫痫患者不能解释的猝死情况,他们收集了 50 例癫痫猝死者,假设该地的人群中癫痫患病率是 0.5%,该作者计算出癫痫猝死者的年发病率是 1/525。尽管有些癫痫死于交通事故或溺水,该作者强调这仍然是无任何解剖学上变化的"意外"死亡。Earnest(1992)等报道癫痫患者不能解释的猝死约占癫痫患者死亡的 10%。Dasheiff(1991)研究了临床上需要外科治疗的癫痫患者,发现癫痫患者不能解释的猝死年发病率为 9.3/1000。Annegers 报道(1984)癫痫患者不能解释的猝死年发病率为 1.3/1000,其中症状性癫痫为 10/1000,特发性癫痫为 1/1000。Tennis(1995)研究了 15～49 岁的特发性癫痫患者,发现癫痫患者不能解释的猝死年发病率为 1/770,同时调查了难治性癫痫患者不能解释的猝死发生情况,以多药治疗(2 种或 2 种以上)作为难治性癫痫的标志,由专家确定癫痫患者不能解释的猝死的诊断,肯定除外了癫痫状态等所致的死亡。50% 的患者做了尸解,计算出癫痫患者不能解释的猝死年发病率为 1/450。Wakzak(2001)以 4578 例癫痫患者作为对象研究了癫痫患者 SUDEP 的发生率。SUDEP 的诊断标准是:①有癫痫病史;②突然死亡;③死亡出乎意外(如无致命性疾病);④在各种检查后(包括尸解)仍不能解答死亡原因。符合第 1～3 条,则推断为 SUDEP。研究显示,4578 例癫痫患者中,111 例死亡,死亡率 6.74/1000 人年。其中 10 例确诊为 SUDEP、10 例推断为 SUDEP、8 例有可能是 SUDEP,78 例系非 SUDEP,5 例无法确定。SUDEP 的总死亡率 1.21/1000 人年)。50～59 岁组死亡率最高。男性死亡率高于女性($P = 0.0512$)。SUDEP 占本组癫痫患者死亡的 18%。10 例尸解的 SUDEP 患者,未发现 SUDEP 以外的死亡原因。在英国,SUDEP 是癫痫相关死亡原因中最常见的,每年有 500 人死于 SUDEP。有严重癫痫病的成人,SUDEP 的年发生率是 2‰～10‰,比无发作性疾病的人群高出好几倍。美国罗彻斯特研究发现 SUDEP 的发生率为 0.35/1000 人年。但在新诊断的癫痫患者中 SUDEP 极少,约 1/8000 人年。社区人群研究中,SUDEP 的发生率为 0.5～1.9/1000 人年。

关于儿童癫痫患者不能解释的猝死的研究很少,有学者认为儿童癫痫中 12% 的死亡归咎于癫痫患者不能解释的猝死,特别是症状性癫痫。这个研究中,尽管没有癫痫患者不能解释的猝死年发病率的报道,仍可估计为 1/1500;Brorson 和 Wranne(1987)对 194 例儿童癫痫随访了 12 年,发现 3 例癫痫患者为不能解释的猝死;另外,一个 30 年的随访资料表明,245 例儿童癫痫中有 10 例为很可能的或可能的癫痫患者不能解释的猝死。总之,普通癫痫患者中癫痫患者不能解释的猝死年发病率估计为 1/500～1/1000,而难治性癫痫约为 1/200。

癫痫患者不能解释猝死的发生与研究的对象明显相关,表 7-0-1 列出了癫痫患者不能解释猝死年发病率的报道情况。

表 7-0-1 癫痫患者不能解释的猝死年发病率

作者	年代	确定方法	年发病率(%)	作者	年代	确定方法	年发病率(%)
Annegers	1984	普查	0.13	Klenerman	1993	癫痫中心	0.21
Jick	1992	普查	0.13	Derby	1996	难治性癫痫	0.22
Tennis	1995	普查	0.05a,0.14b	Nashef	1996		0.34
Leestma	1989	普查	0.09～0.27	Tomson	2005	难治性癫痫	0.3～0.9
Timmings	1993	?	0.20	Mohanraj	2006	癫痫中心	0.11 新发病例

续表

作者	年代	确定方法	年发病率(%)	作者	年代	确定方法	年发病率(%)
Leestma	1995	临床试验1#	0.28a,0.35b	Nashef	1995	Epilepsy referrals	0.59
Neurontin	1996	临床试验2#	0.38	Dashieff	1991	外科手术病例	0.93
Leppik	1995	临床试验3	0.39	Mohanraj	2003	癫痫中心	0.90 难治性
Annegers	1996	Cyberonics	0.45a,0.6b	Lossius	2002	普查	0.33~0.50
Lip 和 Brodie	1992	Epilepsy referrals	0.49	Vlooswijk	2007	癫痫中心	0.12

　　a 肯定和很可能的癫痫患者不能解释的猝死;b 肯定和很可能以及可能的癫痫患者不能解释的猝死;临床试验1#为拉莫三嗪临床试验,临床试验2#为加巴喷丁试验;临床试验3 为噻加宾(tiagabine)试验

四、发病机制

　　癫痫患者不明原因的突然死亡的发病机制目前还不十分清楚。现在,多数学者认为主要有两方面的因素:①致死性心律失常;②中枢性呼吸抑制。其他的解释包括阻塞性呼吸停止、自主神经功能障碍、肺水肿等。有人推测,癫痫发作时由于自主神经功能异常导致致死性心律失常是猝死的主要原因,也有人认为是由于患者依从性差,突然停药诱发了心脏传导阻滞所致。另外,抗癫痫药物对心脏的影响也是一种因素,卡马西平可导致心脏传导障碍。近来,心脏节律和传导的异常在 SUDEP 中的作用也日益受到重视。有人监测了癫痫患者发作过程中的心律,结果发现,39% 在癫痫发作中以及发作后即刻有一次以上的心脏节律和(或)复极化异常。全身强直-阵挛性发作较复杂部发作出现得更多。另外,合并心律失常的患者发生癫痫的持续时间较不合并者明显延长。临床上观察到很多癫痫发作时可以出现各种心律失常,尤其是窦性停搏和心动过缓。癫痫发作相关性心动过缓或心脏停搏的发生率为3%~11%,常继发副交感神经功能紊乱时,多见于复杂部分性发作和全身性发作。癫痫发作可导致自主神经调节中枢损害,频繁癫痫发作导致发作期和发作间期自主神经功能障碍。癫痫发作伴发心脏自主神经功能紊乱多见于颞叶癫痫发作。Goodman 等(1999)通过鼠点燃颞叶癫痫发作模型研究发现癫痫发作时出现高血压和心动过缓,这是由于杏仁核点燃可同时激活交感和副交感神经。癫痫发作时副交感神经激活引起心动过缓,血压升高是由肾上腺素能受体激活导致外周血管阻力增加引起。Novak 等(1999)报道癫痫发作前30秒副交感神经活性开始下降,而交感神经活性增加,癫痫发作时交感神经活性达到高峰。而 Delamont 等(1999)研究了一组复杂部分性发作继发全身性发作癫痫患者的自主神经功能,结果表明癫痫发作前副交感神经活性增加,癫痫发作后副交感神经活性下降。亦有作者报道癫痫发作后心率变异频域指标的低频成分明显增加。总之,癫痫患者存在自主神经功能异常,心脏自主神经调节中枢功能障碍增加了心脏的自律性,降低心律失常的发生阈值,极易发生致死性心律失常。Druschky 等(2001)以 SPECT 研究了 11 例用卡马西平和 11 例不用卡马西平的颞叶癫痫以及 16 例志愿者的心率变异性(heart rate variability,HRV),发现颞叶癫痫患者的时间频谱变异很大,副交感占优势,且调节功能差,这种心功能的特征容易产生心律失常。另外,癫痫发作后脑干功能抑制易导致低氧血症,这种心功能的不稳定也是产生致死性心律失常的原因,因而,Timmings 等(1998)认为用卡马西平后引起的 Q-R 间期延长和发作引起的短暂性心律

及颞叶癫痫对心律影响的共同作用可以导致了致死性心律失常的发生。但是,大部分癫痫患者不能解释的猝死病例存在肺水肿不支持致死性心律失常的发病机制。尽管有报道在复杂部分性癫痫发作中有些病例有严重的心律失常,但发作期和发作间期心电图监测表明恶性心律失常罕见,抗癫痫药物的引起的心律失常亦少见。卡马西平引起的窦性心动过缓,房室传导阻滞等多见于老年人,并且有心脏病变的基础,这不同于癫痫患者不能解释的猝死病例情况,因此不能以致死性心律失常解释所有癫痫患者不能解释的猝死情况。许多报道认为癫痫发作伴发的中枢性呼吸抑制是主要因素。Bird 等(1997)报道了1例有录像监测脑电图的癫痫患者不能解释的猝死病例,该患者为男性,47 岁,工程师,自19 岁开始癫痫发作,发作形式为复杂部分性发作继之有全身强直-阵挛性发作,发作频繁,曾使用丙戊酸、苯妥英钠、卡马西平、拉莫三嗪以及加巴喷丁等进行治疗,用颅内电极进行录像脑电图以便手术治疗,同时已停用抗癫痫药物,患者在睡眠中的猝死不是由于心律失常所致。另外,脑电图上并没有缺氧所致的慢波表现,有趣的是右侧大脑半球比左侧半球早8秒停止放电,尸解示轻度肺充血,没有广泛性脑缺氧的表现。由于双侧大脑半球没有同时受影响,提示死亡的原因不是原发性缺氧,因此,作者认为死亡的原因始于脑部而不是心脏。

动物实验研究提示呼吸停止或换气不足在癫痫患者不能解释猝死的发生中起着重要作用。Simon 等(1997)以羊为实验对象用荷包牡丹碱诱导癫痫发作,报道了癫痫猝死的实验研究,结果显示5 只羊在发作后5 分钟内死亡,8 只存活,猝死组和存活组的心电图无明显差异,而猝死组动物的肺动脉压和左心房压力几乎是存活组的2 倍,死亡组的肺动脉压和左心房压分别是(74 ± 19)mmHg、(68 ± 21)mmHg,而存活组分别是(48 ± 13)mmHg、(44 ±18)mnmHg。另外,猝死组的氧分压明显下降,二氧化碳分压相应升高,存在明显的肺水肿,作者认为肺水肿是由于癫痫发作和缺氧引起的肺血管高压所引起,死亡的原因是中枢性呼吸停止。

总之,癫痫患者不能解释的猝死发病机制不十分清楚,不可能用一种机制来解释所有的病例,目前多数作者倾向于中枢性呼吸停止,但并不排除致死性心律失常的作用,因为心律失常可以作为继发事件或者在一些病例中作为独立的因素起作用。另外这两种情况亦可能同时存在。

五、病　理

癫痫患者不能解释的猝死定义包括了尸解未能发现直接引起死亡的解剖学上原因,但并不意味着猝死没有解剖学上的异常。相反,尸解发现这些患者的大部分器官都有一定的病理改变,其中32% 有脑水肿,3% 有肺部疾患,脂肪肝占8.5% ,慢性胰腺炎占3% ,男性患者心、肺、肝脏的重量明显重于普通人群,但无特殊的致死性改变(图 7-0-1)。Earnest 等(1992)报道31% 的患者有脑水肿,而 Leestma 等(1989)研究55 例癫痫患者不能解释的猝死尸解情况,发现14 例有脑水肿,尽管如此,男女患者的脑重量轻于相同年龄对照组。34% 的患者有脑部结构性损害,包括:挫伤、外伤性瘢痕、梗死、血管畸形、海马硬化、脑畸形、肿瘤和其他损害,未发现占位效应和脑疝。Wakzak(2001)研究的4578 例癫痫患者中有10 例尸解的 SUDEP 患者,未发现 SUDEP 以外的死亡原因。所有10 例患者的心、肺、脑毒物检查均无阳性发现。5 例无冠状动脉粥样硬化、2 例伴轻微冠状动脉粥样硬化、1 例伴轻度冠状动脉粥样硬化、1 例伴中度冠状动脉粥样硬化,7 例存在肺水肿,3 例伴充

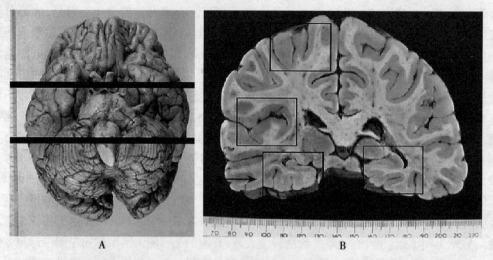

图7-0-1 1例SUDEP病例的脑组织标本示左侧海马萎缩(箭头所示)**，该患者为青年男性，难治性癫痫，有海马硬化，在等待颞叶切除手术时突然死亡**(引自 Thom M,2007)

血性肝/脾大。脑水肿2例，脑萎缩2例。脑水肿产生的机制不清楚，可能与癫痫发作有关。癫痫患者发作后的头颅CT扫描证实发作可引起癫痫患者脑水肿，且可持续数周，但在不明原因突然死亡的癫痫患者中未发现有脑疝形成或出现明显的脑组织移位，也没有脑水肿引起的癫痫持续状态出现，因而不能用脑水肿来解释患者死亡的原因。因此，脑水肿不是引起癫痫患者猝死的原因则已受到广泛认同。有作者报道了平均年龄为31岁的25例癫痫患者不能解释的猝死病例的尸解结果，显示70%的患者有脑部异常，包括陈旧性挫伤(4例)、陈旧性血管损害(包括皮质、腔隙性脑梗死和瘢痕性脑回，4例)、海马硬化(7例)、皮质发育不良(2例)、血管畸形(1例)、肿瘤(少突胶质细胞瘤1例)。2例皮质发育不良中1例为灰质异位，另外1例为复杂的局灶性皮质异常，包括皮质下和脑室旁结节状异位、多小脑回、皮质发育不良。另外的神经病理发现有大部分涉及小脑半球上部的局灶性小脑萎缩、浦肯野细胞缺失，也有弥散性小脑萎缩的报道。可能的机制是抗癫痫药物的慢性毒性反应。有1例患者的神经病理有特殊性，该患者在站立久时出现癫痫发作，有脑外伤史，出现认知功能下降，尸解肉眼可见额叶皮质陈旧性挫伤，组织学检查发现广泛的神经纤维缠结，涉及颞叶新皮质、黑质、下丘脑等，类似于老年性痴呆，但缺乏老年斑及 β-淀粉样蛋白的沉积，推测累及到下丘脑，影响下丘脑-自主神经通路而导致猝死。

SUDEP患者肺水肿常见，是构成癫痫性猝死的重要依据，在病理切片上表现为肺间质增宽，肺泡内有粉红色液体。产生的原因目前认为与中枢神经系统的功能紊乱有关，这种神经源性肺水肿是目前认定的SUDEP患者可能的原因之一。但也有人认为肺水肿的原因是充血性心力衰竭所致。有研究认为不明原因突然死亡的癫痫患者心脏重量的增加是由于患者有亚临床高血压或心肌病，亦有显微镜发现心脏有纤维化病灶的报道。

六、危险因素

由于癫痫患者不能解释的猝死发病机制不清楚，有关的危险因素只能依靠流行病学调查的结果。表7-0-2列出了癫痫患者不能解释的猝死的危险因素。

表 7-0-2　癫痫患者不能解释的猝死的危险因素

年龄	年轻人多见	年龄	年轻人多见
性别	男性多见	伴随情况	睡眠中发作
发作类型	继发性癫痫		发作时无目击者
	全身强直-阵挛性发作		头外伤,酒精过量
	严重的慢性癫痫		有神经系统体征或心理缺陷
药物治疗	依从性差、停药或换药时出现		

1. 年龄、性别　任何年龄均可发病,但流行病学调查发现以 15～34 岁多见,平均年龄为 28.6 岁,儿童发生率相对较少。这表明年轻人易发生癫痫患者不能解释的猝死,可能的原因是年龄影响生理参数如心肺反射和癫痫发作类型等。但是相当一部分的老年癫痫患者通常存在其他重要脏器的器质性病变,尸体解剖可能有相应的病理改变存在,因此即使发生猝死也不能除外这些事先存在的可能的致死因素而不能将其诊断为 SUDEP。正是由于 SUDEP 是一种排外性的诊断,因此这可能是老年人诊断为 SUDEP 较少的原因。性别方面以男性多见,大多数报道 SUDEP 患者男性几乎是女性的两倍,但缺乏各性别发病率的调查。

2. 发作和发作类型　癫痫患者不明原因突然死亡的病理生理机制仍然不明确,可能和癫痫发作相关(seizure-related)。Thom 等(2003)半定量分析了 18 例 SUDEP 和 22 例对照(非 SUDEP)以及部分手术切除颞叶的顽固性癫痫和海马硬化患者的神经元急性损伤的早期非特异性指标:热休克蛋白(heat shock protein,HSP-70)和 C-Jun 免疫阳性神经元分布。结果发现 SUDEP 组海马组织内 HSP-70 标记的神经元显著高于对照组($P <$ 0.001),但与手术组无差异($P = 0.4$),支持了在患者死亡前有过癫痫发作而导致神经元损伤。继发性癫痫如脑外伤或脑炎、脑膜炎所致的癫痫比特发性更易发生不能解释的猝死,发作的形式多为全身强直-阵挛性发作或全身强直-阵挛性发作伴有其他形式的发作,亦有特发性癫痫发生不能解释的猝死的报道,而失神发作或单纯的肌阵挛发作很少导致 SUDEP。另外,有人报道 1 例复杂部分性发作 20 余年而没有强直-阵挛性发作的癫痫患者发生了猝死。

3. 药物治疗　癫痫患者的猝死与多种抗癫痫药物的联合使用有关。抗癫痫药物的使用种类是仅次于癫痫发作频率的猝死第二危险因素,猝死发生率随着抗癫痫药物使用种类的增加而增加,应用三种抗癫痫药物的患者猝死发生率较单药治疗高 10 倍。2001年美国 FDA 调查的 9144 例联合应用抗癫痫药物患者猝死发生率是 0.38%,而 1239 例单药治疗患者猝死率为零。Tennis(1995)研究了 163 例猝死的患者,发现合用 3 种或 3 种以上抗癫痫药物的男性患者最易发生猝死,支持多种抗癫痫药物的联合应用是其主要危险因素的观点。猝死还可能与抗癫痫药物的血药浓度有关,治疗顺应性差的患者常因自行停药或减量引起抗癫痫药物血药浓度波动。Earnest(1992)报道了 44 例癫痫患者不能解释的猝死病例,详细研究了这些患者的发作病史、治疗情况、心理因素、死亡环境以及尸解结果,发现有 5 例儿童遵嘱多药治疗而发作控制不佳,39 例不遵嘱的单药治疗成人患者发作不频繁,尸解发现大部分死后血清抗癫痫药物浓度低于有效水平,儿童中仅 4 例,成人中仅 1 例在有效水平内,同时发现 63% 的成人在死前有过不寻常的生活紧张经历,提示药物治疗与此有关。Walczak(2003)对不明原因突然死亡的癫痫患者进行调查发现2种以上抗癫痫药物的联合应用和抗癫痫药物的突然停用和血药浓度的快速变化是引起癫痫性猝死的主要危险因素。Opeskin(1999)比较癫痫猝死和其他病因死亡的癫痫患者死后卡马西平、苯妥英钠、丙戊酸、苯巴比妥、拉莫三嗪、氯硝西泮、氯巴占的血药浓度,发现猝死病例抗癫痫药物的血药浓度低于正常范围。Neuspiel 等(1985)报道 27 例服用苯巴比妥及苯妥英钠治疗的癫痫患者猝死,尸解发现 20 例所服药物的血清水平极低或无药物测出。因此,目前认为多药治疗和依从性不好造成的抗癫痫药物浓度低于有效水平也是癫痫患者猝死的重要危险因素。而有研究表明有相当一部分患者不能解释的猝死发生在换药阶段。另外,亦有报道癫痫长时间没有发作,停药过程中猝死的病例,提示这种病损的多因性。Nilsson(2001)等发现癫痫猝死病例中部分患者血卡马西平浓度达中毒剂量,且死前多有频繁改变剂量史。还有研究发现苯妥英钠和卡马西平突然撤药,影响 QT 间期或血药浓度高于正常者都易诱发猝死。这些情况的机制虽然不明,但大多数学者认为癫痫患者不能解释的猝死与患者的服药情况相关,可能是因为许多抗癫痫药物如卡马西平、苯妥英纳都能影响心脏传导产生心律不齐。卡马西平引起患者致死性心律失常主要发生在两种情况:①药物过量:Nilsson (2001)等人对 6880 例癫痫患者中的 57 例猝死,171 例对照组进行研究,发现多药治疗、卡马西平浓度超高和剂量变化太过频繁是猝死发生的三大危险因素,最后 1 次血药浓度超过正常的服用卡马西平患者比不用卡马西平者死亡的危险因子是 9.5。Mise(2005)研究了血药浓度与卡马西平引起致死性心律失常的关系,发现血药浓度达到 170mmol/L 时常有致死性心律失常发生;②突然停药:Hennessy(2001)在用视频心、脑电图对癫痫患者进行的研究发现,在停用卡马西平前后患者最快和最慢心率发生了明显变化(19%),认为卡马西平的停用可使患者睡眠中的交感神经兴奋性增加,引起致死性心律失常的发生;Sarreeehia(1998)等人也发现在静脉使用苯巴比妥 2~4 天后突然停药可出现苯巴比妥戒断综合征,患者有焦虑、失眠、节律性震颤等,如果这种现象没有被认识到,并没有进行正确的处理,随之就会出现高热和突然死亡;Rintahaka(1999)回顾分析美国 1983~1994 年 302 例硝西泮治疗的难治性癫痫,发现用硝西泮的死亡率明显高于不用硝西泮者,21 例死亡病例中,5 例发生在停用硝西泮后。

4. 没有目击者的发作(unwitnessed seizures) 癫痫患者不能解释的猝死有一个惊人和一致的现象就是大部分患者是在无明显预兆的情况下发生,相当多的患者没有目击者。随访研究 26 例癫痫患者不能解释的猝死中只有 2 例被目击,St Elizabeth 研究的死亡病例都是发生在离开学校后或者在假期中,这些现象提示关心、密切注意癫痫患者的情况,对发作后呼吸暂停的患者,语言刺激、摇动或移动患者能刺激呼吸反射以阻止死亡。

5. 发作控制情况 文献报道猝死易发生于频繁发作、控制不良的癫痫患者。Wakzak 等以 4578 例癫痫患者作为对象研究了癫痫患者 SUDEP 的发生率和危险因素,结果显示 SUDEP 的危险性随癫痫发作次数的增加而持续增加。在每月发生癫痫多于 50 次的患者中,其 OR 增加到 11.5。有人报道 11 例癫痫患者不能解释的猝死中 10 例为难治性癫痫,认为难治性癫痫发生不能解释的猝死发病率最高,因此,发作的严重度是最危险的因素。另外,Klenerman(1993)等认为有神经系统体征或心理缺陷的癫痫患者容易发生不能解释的猝死,这很容易理解,因为这类患者易成为难治性癫痫,但这是否会成为独立的危险因素还不清楚。Cockerell(1996)等调查了癫痫的死亡率,发现程度轻的癫痫发作或在药物控制的缓解期的癫痫患者很少发生不能解释的猝死,提示良好地控制发作是预防癫痫患者不能解释猝死的重要措施。

6. 睡眠中发作　有报道26例癫痫患者不能解释的猝死中12例发生在睡眠中。Elizabeth研究的14例癫痫患者不能解释的猝死中有9例死于睡眠,提示睡眠中发作亦是危险因素之一。窒息是睡眠中发生不能解释的猝死的可能病因,但是研究死亡的环境不支持这种观点,死后尸解亦没有窒息的证据,因此认为发作相关的呼吸、心脏停止是癫痫患者不能解释的猝死的发病机制,窒息为辅助因素。从而推测频繁发作的癫痫患者,睡眠时应选用防窒息的枕头,以防止这种猝死的发生。

7. 其他因素　近期的头外伤与某些癫痫患者不能解释的猝死有关。但不是死亡的直接原因,可能的解释是外伤造成心脏呼吸反射的改变。酗酒对一些病例亦是危险因素。

七、预防措施

由于癫痫患者不能解释的猝死发生的不确定性,目前尚难以彻底的预防。但应尽可能从已知的危险因素着手来采取预防措施,以防止癫痫患者不能解释的猝死的发生。多数学者认为癫痫发作程度轻的或在药物控制的缓解期的癫痫患者很少发生不能解释的猝死,尽管猝死的发生可能与抗癫痫药物治疗有关,但发作造成的死亡危险比抗癫痫药物本身引起的危险性更大。另外,由于癫痫患者不明原因的突然死亡是发作相关性的猝死,大多数患者的死亡是在发作中或发作前后。因此,有效的抗癫痫药物治疗以良好地控制发作是预防癫痫患者不能解释猝死的重要措施。如前所述,癫痫患者的猝死与多种抗癫痫药物的联合使用有关,因此应该做到:①尽可能用一种抗癫痫药物控制发作;②对于已经控制的癫痫,则应该定期随访,正规治疗;③对于一些难治性癫痫,可以试用一些新的抗癫痫药物,如拉莫三嗪、托吡酯、左乙拉西坦等。有学者认为,在进行新抗癫痫药物如拉莫三嗪的临床试验时发现癫痫患者不能解释的猝死率增高,但可能的原因是与其参与临床试验的患者都是难治性癫痫有关,本身具有癫痫患者不能解释的猝死的高风险性,而非新抗癫痫药物的不良反应所致。目前并没有证据表明新的抗癫痫药物的与癫痫患者不明原因的突然死亡有关。如果抗癫痫药物不能完全控制发作,那么可以考虑手术或者迷走神经刺激术,因为两者都可以降低癫痫患者的死亡率。

一般患者在药物治疗后能够有效地控制癫痫发作,达到一个较正常的生活方式。而此时可能会忽略癫痫的存在,采取一些不健康的生活方式,有时反而导致癫痫的恶化。这在癫痫患者不明原因的突然死亡的患者中并不少见,因为药物只能控制癫痫发作但不能驱除诱因,而且更重要的是,药物只有在恰当的时候才发挥它的作用。所以一个健康的生活方式对癫痫患者来说非常重要。因此,癫痫患者应该做到:①进行正规的、系统的抗癫痫药物治疗;②避免熬夜,要有足够睡眠和营养;③避免各种危险因素和高危动作(驾驶、游泳、攀岩、潜水等),如需要也应在有人陪同的情况下进行;④保持良好的情绪,要用愉快的心态来对待生活中的一切压力;⑤戒酒等。神经科的医师有责任向患者家属进行健康教育,应该把癫痫患者不明原因的突然死亡的常识告诉患者或其家属,告之相关的可能性和应采取的相应措施,提高他们对这些情况的认识和重视,尽可能有意识地减少危险因素。此外,可以对家属传授一些专业训练知识。由于很多癫痫患者不明原因的突然死亡发生在独处时,因此应告知家属在患者癫痫发作全程中以及发作后15～20分钟内守在他(她)的身边;告诉家属在患者发作时使患者的头部保持侧位,以防窒息,密切观察患者的呼吸,发作后对患者进行刺激,包括语言刺激和疼痛刺激也是预防呼吸停止的方法。

（陈阳美）

参 考 文 献

[1] 陈阳美,王学峰,沈鼎烈. 癫痫与突然死亡. 中华神经科杂志,2001,34(3):171-173.

[2] 李劲梅,王学峰. 抗癫痫药物致死性副作用. 中国神经精神疾病杂志,2007,33(2):125-127.

[3] 董继宏,汪昕. 癫痫猝死的相关研究. 临床神经电生理学杂志,2004,13(4):245-247.

[4] 王学峰,肖争,晏勇,等. 癫痫患者不明原因突然死亡的临床和病理特征. 中华神经科杂志,2004,37(6):495-499.

[5] 吴逊. 癫痫病人原因未明的突然死亡. 临床神经病学杂志,1995,8(6):372-374.

[6] Hughes JR. A review of sudden unexpected death in epilepsy: Prediction of patients at risk. Epilepsy Behavior,2009,14: 280-287.

[7] Antoniuk SA,Oliva LV,Bruck I,et al. Sudden unexpected,unexplained death in epilepsy autopsied patients. Arq Neuropsiquiatr,2001,59(1):40-45.

[8] Byard RW,Blumbergs PC,James RA. Mechanisms of unexpected death in tuberous sclerosis. J Forensic Sci,2003,48(1):172-176.

[9] Camfield CS,Camfield PR,Veugelers PJ. Death in children with epilepsy: a population-based study. Lancet,2002,359(9321): 1891-1895.

[10] Garaizar C. Sudden unexpected and unexplained death in epilepsy. Rev Neurol,2000,31(5):436-441.

[11] Lossius R,Nakken KO. Epilepsy and death. Tidsskr Nor Laegeforen,2002,122(11):1114-1117.

[12] Salmo EN,Connolly CE. Mortality in epilepsy in the west of Ireland:10-year review. Ir J Med Sci,2002,171(4):199-201.

[13] Sillanpaa M. Long-term outcome of epilepsy,Epileptic Disord,2000,2(2):79-88.

[14] Thom M,Seetah S,Sisodiya S,et al. Sudden and unexpected death in epilepsy(SUDEP): evidence of acute neuronal injury using HSP-70 and C-Jun immunohistochemistry. Neuropathol Appl Neurobiol,2003,29(2):132-143.

[15] Shields LB,Hunsaker DM,Hunsaker JC,et al. Sudden unexpected death in epilepsy:neuropathologic finding. Am J Forensic Med Pathol,2002,23(4):307-314.

[16] Walczak T. Do antiepileptic drug play a role in sudden unexpected death in epilepsy? Drug Saf,2003,26(10):673-683.

[17] Walczak TS,Leppik IE,D'Amelio M,et al. Incidence and risk factors in sudden unexpected death in epilepsy:a prospective corhort study. Neurology,2001,56(4):519-525

[18] Yan Yong,Wang Xuefeng,Chen Yangmei. Serum levels of neurol-specific endlase in epileptic patients. Chin J Neurol,1999,32(1):32-36.

[19] Morentin B,Alcaraz R. Sudden unexpected death in epilepsy in children and adolescents. Rev Neurol,2002,34(5):462-465.

[20] Opeskin K,Burke MP,Cordner SM,et al. Comparison of antiepileptic drug levels in sudden unexpected deaths in epilepsy with deaths from other causes. Epilepsia,1999,40(12):1795.

[21] Walczak T. Do antiepileptic drugs play a role in sudden unexpected death in epilepsy? Drug Saf,2003,26(10):673.

[22] Tennis P,Cole ri B,Annegers JF,et al. Cohort study of incidence of sudden unexplained death in persons

with seizure disorder treated with antiepileptic drugs in Saskatchewan. Canada Epilepsia, 1995, 36 (1):29.

[23] Mise S, Jukic I, Tonkic A, et al. Multidose activated charcoal in the treatment of carbamazepine overdose with seizures: a case report. Arh Hig aada Toksikol, 2005, 56(4):333.

[24] Hennessy MJ, Tighe MG, Binnie CD, et al. Sudden withdrawal of carbamazepine increases cardiac sympathetic activity in sleep. Neurology, 2001, 57(9):1650.

[25] Sarrecchia C, Sordilo P, Conte G, et al. Barbiturate withdrawal syndrome: a case associated with the abuse of a headache medication. Ann Ital Med, 1998, 13(4):237.

[26] Rintabaka PJ, Nakagawa JA, Shewmon DA, et al. Incidence of death in patients with intractable epilepsy during nitrazepam treatment. Epilepsia, 1999, 40 (4):492.

[27] Hitiris N, Suratman S, Kelly K, et al. Sudden unexpected death in epilepsy: A search for risk factors. Epilepsy Behavior, 2007, 10:138-141.

[28] Elson LS. What is known about the mechanisms underlying SUDEP? Epilepsia, 2008, 49 (Suppl. 9): 93-98.

[29] Monte' CPJA, Arends JBAM, Tan IY, et al. Sudden unexpected death in epilepsy patients: Risk factors A systematic review. Seizure, 2007, 16:1-7.

[30] Goodman JH, Homan RW, CrawfoM IL. Kindled seizures activate both branches of the autonomic nervous system. Epilepsy Res, 1999, 34(2-3):169-176.

[31] Delamont RS, Julu PO, Jamal GA. Changes in a measure of cardiac vagal activity before and after epileptic seizures. Epilep Res, 1999, 35(2):87-94.

[32] Druschky MJ, Hilz P, Hopp G, et al. Interictal cardiac autonomic dysfunction in temporal lobe epilepsy demonstrated by[123I]metaiodobenzylguanidine-SPECT. Brain, 2001, 124(12):2372.

[33] Lhatoo SD, Sander JW. Sudden unexpected death in epilepsy. Hong Kong Med J, 2002, 8(5):354-358.

[34] Timmings PL. Sudden unexpected death in epilepsy: is carbamazepine implicated? Seizure, 1998, 7 (4):289.

[35] Novak V, Reeves AL, Novak P. Time-frequency mapping of R-R interval during complex partial seizures of temporal lobe origin. J Auton Nerv Syst, 1999, 77(2-3):195-202。

[36] Langan Y, Nashef L, Sander JW. Certification of deaths attributable to epilepsy. J Neurol Neurosurg Psychiatry, 2002, 73(6):751-752.

[37] Jehi L, Najm IM. Sudden unexpected death in epilepsy: Impact, mechanisms, and prevention. Cleveland-Clinic Journal of Medicine, 2008, 75:S66-S69.

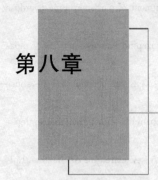

第八章

癫痫持续状态对心理的影响

癫痫持续状态的定义仍有争论。流行病学文献对癫痫持续状态（status epilepticus，SE）的定义为"刻板的痫性发作持续30分钟以上"。但在临床实践中尤其在处理全身惊厥性癫痫持续状态（generalized convulsive SE，GCSE）时提出了更短的时间概念。长时间的GCSE导致大脑细胞及其突触发生不可逆性改变。1次全身强直-阵挛发作的平均持续时间为42秒，通常不会超过2分钟。因此提出了一个更实际更切合临床的定义：长时间反复的痫性发作，超过5分钟或发作间期意识不恢复。

癫痫持续状态的分类也在不断的演变，目前最新的分类方法将SE分为五大类（Sabine Rona，2004）：先兆SE（aura status）、自主神经SE（autonomic status）、认知障碍SE（dyscognitive status）、运动性SE（motor status）以及特殊类型的SE（special status）。而最常用的SE分类仍分为两大类，惊厥性与非惊厥性癫痫持续状态（convulsive and nonconvulsive status epilepticus，CSE，NCSE）。

癫痫持续状态（status epilepticus，SE）为一急性危及生命的癫痫发作。其年发病率为3.86/10万～38/10万，呈双峰分布，1岁以下儿童和老年人发病率高。婴幼儿SE的发生率尤其高，近一半的SE出现在3岁内。SE能导致大脑损伤，影响神经心理过程，尤其持续时间较长者，但儿童在持续状态之后通常较成人恢复得好。

一、癫痫患者的心理

自从"健康"的新概念"人的身体、精神心理状态与其生存条件的和谐和良好互动"提出以来，对癫痫患者心理的研究也越来越多。癫痫患者的心理主要由两方面组成，情绪与认知功能。情绪又以研究最多的焦虑和抑郁为代表。

临床神经心理学评估的主要作用是：①认知功能损害的诊断；②焦虑抑郁的诊断；③评估认知功能损害对日常生活的影响；④对认知功能、焦虑抑郁治疗效果的评价；⑤认知功能的评估也帮助癫痫患者进行功能训练，如记忆与语言训练。最近一个多世纪已经有很多研究证实了SE患者存在不同程度的认知功能损害。认知功能基于大脑皮质突触这样一个生理结构，可以定义为大脑正确处理信息和执行适应行为的能力。它包括解决问题的能力、记住有效信息的能力和集中注意力的能力。从更高水平上说，它包括在即时环境中预期未来,在复杂环境中的创造性处理能力。

研究表明,癫痫对认知功能损害的领域主要是:反应时间延长、复杂信息处理缓慢(思维缓慢)、记忆损害和注意力缺失。日常生活、潜在的认知损害与癫痫相关或治疗相关的关系还未得到充分的研究。但对认知功能影响最大的还是疾病本身,尤其是某些特殊的痫样放电性癫痫综合征(如 electrical status epilepticus during slow-wave sleep,ESES)、癫痫发作的直接和长期效果、频繁发作的癫痫。延误治疗的癫痫和 SE 将导致进一步的认知损害。

二、癫痫对认知功能的影响

癫痫患者大脑结构和形态学方面的损害与畸形无疑是这些患者认知功能损害的主要原因。但癫痫发作和痫样放电对认知功能及其发育发展的影响却不易估量。造成功能障碍的癫痫为:从自限性的癫痫发作间期到发作的前后再到发作的过程,从非惊厥性癫痫持续状态(NCSE)到最为严重的惊厥性癫痫持续状态(CSE)。其中的关键问题是,由此造成的认知功能损害是否可逆。癫痫发作间期或发作后的功能障碍所造成的损害是可逆的,但对于未成年的癫痫患者,最有可能影响其大脑的成熟和认知功能的发育。相反,癫痫发作本身和癫痫功能障碍即使有时是可逆的,但并不能恢复到原先水平,有一定程度的遗留,多次发作累积导致永久的印迹以至影响癫痫发作后的恢复期。不管癫痫发作本身或其内在的疾病是否为认知功能损害的原因,SE 和接下来的认知功能下降都会对认知功能产生持久的影响。现有的研究证据提示有两种可能性:神经生理学方面的横向和纵向研究数据表明,相对严重的精神损害反过来表明患者存在相对严重的临床疾病,而这又是经常发生 SE 的一个危险因素;而并非 SE 仅仅是导致的认知功能下降。回顾文献发现,SE患者的认知功能水平随着癫痫的类型、病因、持续状态的严重程度以及患者的年龄而改变。

1. 癫痫发作、发作前后和发作间期对认知功能的影响　SE 患者认知损害的原因未知,可能是由于抗癫痫药物的不良反应、神经细胞的凋亡、癫痫潜在的病因、癫痫的直接效应或痫样放电活动。

自限性癫痫发作(NSE)是否会损害大脑仍旧是一个有争议的问题,它似乎依据"具体的患者和具体的情况"。但有足够的证据表明,SE 可能对患者的终生存在影响,也可导致永久的精神损害。癫痫功能障碍过程中一个比较积极的终点是癫痫发作间期短暂认知功能损害(transient cognitive impairment,TCI),而 CSE 和 NCSE 标志着这些积极点最终走向一个消极的终结。

SE 一直被认为是认知功能障碍的一个危险因素。动物实验研究已经发现 SE 导致特征性的海马细胞丢失和行为改变。但从动物实验扩展到对人类的研究存在着种种困难。

癫痫发作间期的痫性活动所导致的轻微且大部分可逆的认知改变可以由一些脑电图监测得到证明。癫痫发作期间脑电活动与短暂认知改变、精神发育迟滞或减退有直接的关系,在特发性癫痫和良性部分性癫痫中表现更明显。在成人局灶性症状性癫痫中,这样的关系不甚明确。但在这类癫痫中,颞叶癫痫所继发的额叶功能受损,癫痫成功控制之后认知功能损害的短期和长期恢复,癫痫活动与语言优势和进行性遗忘现象之间的联系,这些证据间接证实了癫痫发作间期的慢性功能障碍,这与癫痫发作时的放电并非一定直接相关。明显的痫性发作导致患者在发作后期留有显著的"印迹",即使患者在意识、定向和语言方面已获得完全恢复,认知功能测试表明患者在某些认知方面依然存在持续的损害。痫性发作后认知功能的恢复是阶梯式的,从远离癫痫灶的部位开始,直到最后癫痫灶部位的认知功能恢复,这和痫性发作的严重程度有关,通常要持续几个小时,有些患者则需要几天的时间。在大部分患者中,痫性发作后的认知损害似乎完全可逆。对控制不良的癫痫的认知过程的影响中发现,对慢性颞叶癫痫的纵向研究表明记忆功能随着时间而有所减退,但慢性癫痫所导致的进行性痴呆效应几乎看不到。

2. SE 对认知功能的影响　至于持续状态,CSE 表现为有明确起点和终点的癫痫发作,可在发作之后评估其即刻的和长期的认知功能。相反,对于 NCSE,有时很难诊断。NCSE 有时仅表现为轻微的行为改变或认知损害。症状波动的范围很大,从轻度烦躁不安到意识混乱到无应答状态,也可表现为失语、失用、遗忘,有时又伴有极为怪异的行为。在对 6 个 NCSE 患者的观察中发现,最显著的行为特征是患者表现为有应答的和可塑性的行为,但几乎没有自我发起的有目的的行为(表 8-0-1)。在 NCSE 患者中,阴性症状明显多于阳性症状。同时发现患者受累侧大脑半球的功能抑制。但也有描述非受累侧大脑半球功能的去抑制和释放。NCSE 对地西泮敏感,尤其是脑电图显示为全身发作模式的患者。在疑似病例中,可以缓慢滴定地西泮,同时反复进行神经认知功能测定的方法来确诊 NCSE。

表 8-0-1　NCSE 发作期的症状（$n=6$）

损害内容	具体表现
意识（损害 4/6）	部分降低,极大波动,未完全丧失
执行功能（损害 6/6）	无自发的、有目的的行为,反应保存,但反应慢、局限于单一的动作;行为保存不适当的插入行为,概念形式障碍和反应抑制（颜色、形状等）非常有限的工作记忆
高级皮质功能障碍（6/6）	对物体的使用和模仿动作不现实运动性/感觉性失语,跨皮层失语,计算不能,阅读困难,痴呆
情绪改变（4/6）	情绪不稳定（烦躁、激惹、愤怒）

主要特征:"病理性抑制"和"阴性症状",而不是"释放"和"阳性"症状（额叶执行功能障碍）。

（1）SE 后认知功能改变的动物模型:2004 年,Alexandra 等在试验中将幼鼠分为 4组:25-三氟乙醚诱导的反复癫痫发作之后 SE 组、单独 SE 组、25-三氟乙醚诱导的癫痫发作组和无癫痫发作组。结果发现,反复癫痫发作之后 SE 组的幼鼠与其他三组相比,对视觉空间任务的学习（水迷宫）明显差。对视觉空间任务的学习障碍与组织学的改变无关。视觉空间的记忆中度损害,且只有在测试的第一天损害有统计学意义。这个研究进一步证实了先前提出的"两次激活假说（two-hit hypothesis）",强调早期发生的癫痫能改变大脑的结构,使其对之后癫痫导致的损伤更为敏感。

（2）横向研究发现:SE 是癫痫中最严重的情况,因为它能导致永久的精神障碍或对患者产生迟发性的严重后果。然而这因癫痫的类型（特发性或症状性癫痫）、病因（寄生虫或肿瘤）、癫痫的严重性（全身性或部分性）、持续时间和患者的年龄而异。惊厥是否是大脑损害从而导致精神损害的必要条件仍旧值得商榷。文献表明,症状性癫痫患者的 SE 所导致的认知功能障碍较特发性癫痫患者更为严重,成人患者也较儿童更为严重。在儿童患者中,SE 对儿童造成直接的认知功能损害虽然较小,但对其精神发育所造成的长久的负面影响远远超过了前者,见于 ESES 和 Landau-Kleffner 综合征等。

症状性癫痫中,癫痫大发作后报道的认知功能障碍从 8% 到 26% 不等。局灶性 SE 后的损伤似乎和这个局灶性的部位有关。对于边缘叶起源的癫痫发作,动物研究和个案病例表明 SE 的一个可能后果是某种特定的遗忘症。两个颞叶癫痫患者在大发作后的永久性遗忘症也证实了这种假设。值得注意的是这两个患者在这次大发作前都曾进行过右颞叶 2/3 切除,形象记忆始终极差。渡过了初始的术后恢复期,这些患者在术后 1 年里无癫痫发作,但在 1 年后的一次 SE 后进行的随访评估中发现其语言记忆严重下降,但智商(intelligence quotient,IQ)并未随着时间有明显改变。

(3)SE 的防御机制是造成认知功能暂时减退的原因之一:对癫痫认知功能的纵向研究发现,损害的认知功能在 SE 后很长时间内缓慢恢复。我们假设因癫痫活动而衰退的认知功能的恢复,是由于癫痫活动减弱后周围抑制的消除。癫痫患者认知功能的减退首先是功能性的和可逆的,因此强调了癫痫发作间期的重要性。

2007 年 Wim Van Paesschen 等人对 1 例女性癫痫患者的病例研究中发现,该患者在一次顶叶 SE 之后发生了进行性认知功能减退和神经功能缺失。SE 时的 FDG-PET 显示左侧顶叶代谢增高,而左额叶代谢减低、左额叶 EEG 慢波。1 周后患者的认知功能和神经功能得到了很大的改善,但完全恢复则在 1 年以后,此时 FDG-PET 和 EEG 正常。由此认为发作期离癫痫灶不远处大脑组织的低代谢和慢波是癫痫发作相关的现象,可能代表着对癫痫放电扩散通路的抑制。

只有在 CSE 后认知功能出现明显的减退,之后达到最严重的程度,提示癫痫发作与认知功能的相关性。这在之前已得到证实。患者的认知功能只在癫痫完全控制后才得到恢复,提示部分性 SE 影响了认知的恢复。

尽管不能完全理解 FDG-PET 的低代谢现象,但最近的研究都认为低代谢代表了与活动性癫痫相关的现象,当癫痫完全控制后即消失。脑电慢波活动在左额叶最明显,也是低代谢最明显的部位,与 2005 年 Altay 的观察是一致的。尽管之前的研究认为低代谢部位包含了致痫灶,但越来越多的证据表明低代谢部位实际上与致痫灶有一定的距离。这位患者神经功能缺失的表现和认知功能减退的表现都可以用额叶功能障碍来解释,其神经生物学和神经电生理学的表现为低代谢和慢波脑电。额叶低代谢强烈提示癫痫患者有执行功能障碍。

有 80% 的部分性 SE 表现为正常脑电,但并不能因此排除诊断,单纯部分性 SE 可以通过 FDG-PET 诊断。左顶叶高代谢可以解释该患者右侧肢体持续的感觉异常,即左顶部分性 SE。当癫痫控制后左顶叶代谢正常。癫痫活动、认知功能、神经功能与 PET、EEG 的变化支持了癫痫周围抑制的假说。有人曾将周围抑制定义为活动性的,即痫性发作相关的防御机制,存在于癫痫活动的扩散通路上预防癫痫的扩散;它的特征表现为 FDG-PET 低代谢和相应的认知功能缺失,可能在癫痫活动停止后可逆。额叶通常是顶叶局灶性癫痫的扩散通路,从部分性感觉性癫痫到运动性发作再到全身强直-阵挛发作。

(4)纵向研究发现:1990 年 Dodrill 和 Wilensky 在 SE 对认知功能影响方面的文献回

顾发现,多数研究提示 SE 后有消极效应,儿童中发现至少极小婴儿有在 SE 后的消极效应。但是,这些数据仅是一些医疗文件或会诊记录,而非正式的心理测验,多数研究又是回顾性的,而且越早的数据记录 SE 后的消极效应更严重,可能原因是最近记录的 SE 患者的病因未知。其中最有意思的是 Dodrill 和 Wilensky 对 143 个成人患者的纵向研究,其中 9 个患者在 5 年的随访期内有过 1 次 SE,测验表明其比未发生过 SE 的患者迟钝(10～18pts. 的 IQ 差异)。分析显示 SE 组的智力随着时间而减退,但更细致的研究也发现 SE 组的智力之后未随着时间有所改善,但 NSE 的病例组却有改善。因此得出的一个谨慎的结论“有些患者中这种效应是显著的明显,但很多患者没有看到明显的效应”。最近,Adachi(2005)等做的一个相似的研究中也证实了这个印象,SE 后没有较大的认知改变。15 个 SE 的患者与无 SE 的癫痫患者组相比,未看到 SE 之后有显著的智力减退。而且,也未发现 SE 相关的变量或临床特征与智力相关。

回顾性分析指出有过 CSE 或 NCSE 的患者在教育、IQ、运动功能和注意力方面都较差。总的来说记忆功能对缺氧和大脑损伤尤其敏感。而且,CSE 和 NCSE 患者受到损害的认知范围没有差别。临床上,SE 组中早发性癫痫与 NCSE 患者额叶受累同样值得关注。总之,有过 SE 的癫痫患者实际表现为精神发育迟滞,而非部分认知功能的减退或丧失。而且,SE 组的患者认知功能损害并无差异,这也提示大脑损伤在 SE 之前就存在,需要对测定 CSE 和 NCSE 后认知功能的神经心理学评估方法进行改革,以鉴别这些改变究竟是否由引起癫痫的病理进展导致的。

有一个病例似乎支持上述论点。这位女性患者发育正常,11 岁时第一次癫痫发作,之后表现为总体状况和智力水平的缓慢进行性恶化。在 17 岁时第一次 SE 发生前半年进行第一次的神经心理学测验。测验表明,她有学习障碍,除了运动和言语记忆功能外,各领域的成绩都很糟。她的癫痫类型是复杂部分性发作和继发性全身强直-阵挛发作,脑电图提示癫痫的发作形式是右额叶癫痫。第一次 CSE 后 1 周,她表现为形象记忆衰退,第二次 CSE 后 1 个月,其他认知领域持续明显下降。最后一次随访是 2 个月后出现第三次 CSE 后 3 周测验,显示总体反应极其缓慢,同时有言语记忆和运动功能下降。MRI 提示脑实质随着时间进行性变化:第一次随访无异常,两次 CSE 后丘脑和右顶叶的信号增强,第三次持续状态后又有左侧额叶和顶叶的信号改变。MRI 提示受损部位在增加,临床症状又未改善,提示在这个病例中 SE 是精神衰退的等位症状,而非引起精神衰退的原因。

(5)预防及治疗:能否预防严重的癫痫和 SE 导致不可逆性损害?最近在对动物 SE 模型的神经保护研究提示托吡酯和左乙拉西坦可能对线粒体功能障碍、海马细胞存活和行为有积极的效应。希望能在人体试验中得到证实。

三、癫痫持续状态对情绪的影响

许多癫痫患者可同时出现焦虑、抑郁等情绪改变,癫痫患者中焦虑抑郁的发病率也明显高于普通人群。有作者估计与癫痫相关的抑郁症终生患病率高达 55%。癫痫患者情绪改变的原因可能是癫痫发作本身、抗癫痫药物的不良反应或者患者本身的病理生理机制。

癫痫性格又称爆发型人格障碍,与癫痫并无肯定关系。常因很细小的精神刺激而暴跳如雷,有的还表现为强烈的攻击行为,发作后常对当时的冲动感到懊悔,发作间歇期完全正常。就癫痫发作本身对情绪影响的研究不多,SE 对情绪影响的研究更少。

1. 抑郁

(1) SE 后抑郁的动物模型:抑郁症是癫痫患者最常见的并存疾病之一。但是对癫痫患者抑郁的机制尚不明了。以往的研究提示 5-羟色胺递质的作用。2008 年 Mazarati A 对毛果芸香碱诱导雄性鼠导致的颞叶 SE 中发现,SE 后的雄鼠呆板的时间延长,表现在强迫游泳时间(forced swim test,FST,代表雄鼠的绝望状态)延长;在糖精消耗试验(saccharin solution consumption test)中丧失味觉偏爱(欣快感的等位征)。生化研究表明这些 SE 后的雄鼠在中缝-海马 5-羟色胺通路中 5-羟色胺能递质功能受损:高性能液相色谱法提示海马中 5-羟色胺的浓度下降,5-羟色胺循环变弱,环形伏安测量法提示刺激中缝核时海马释放的 5-羟色胺减少。对照组雄鼠注射盐酸氟西汀[20mg/(kg·d),持续 10 天]后 FST 呆板时间显著缩短,海马中的 5-羟色胺环路轻度抑制。对 SE 后雄鼠进行盐酸氟西汀处理后,海马中 5-羟色胺环路显著抑制,FST 呆板时间没有改善。同时,盐酸氟西汀逆转了 SE 诱导的大脑兴奋性。这个试验提出了这样的概念,即 SE 与抑郁是共存病。SE 后的抑郁对 SSRI 类(selective serotonin reuptake inhibitors)耐药。SE 后的抑郁可能在 5-羟色胺能通路改变外存在不同的内在机制。

(2) SE 与抑郁:SE 的抑郁可能是由于 SE 本身、抗癫痫药物的不良反应或"癫痫性格"等原因引起。需要注意的是发作间期的抑郁(interictal depression)。除了众所周知的抑郁症状如快感缺乏、食欲下降、体力下降、睡眠障碍外,发作间期的抑郁或恶性心境(dysphoria)更有可能表现为激惹、精神病性格或冲动性自残;临床中有时遇到紧张不安或行为野蛮粗鲁的癫痫患者,他们很可能就是处在癫痫发作间期的抑郁症,发作前的抑郁(preictal depression)可以在先兆前几小时发生;如能认识,只需短效的苯二氮䓬类药物如氯巴占(clobazam)即可避免即将发作的癫痫。

癫痫患者罹患抑郁症的危险因素并不一致。多数研究显示颞叶癫痫患者似乎比特发性全身性癫痫患者更易并发抑郁症,这提示抑郁症的发生不仅缘于癫痫疾病本身、癫痫诊断的社会学后果,首要的危险因素似乎与特定的遗传素质有关。而颞叶癫痫常随着病程的进展转为难治性癫痫,SE 的发生率也较高。但与此矛盾的是 Landolt 描述的强制正常化(forced normalisation):随着手术或有效的药物治疗后癫痫缓解,抑郁症的症状也会减轻。

癫痫患者自杀死亡的比例(5%)明显高于普通人群(1.4%)。自杀的危险因素有:年轻(25~49 岁)男性、同时存在精神疾病(如人格障碍)、颞叶癫痫、与社会或工作相关的个人问题、病程长、癫痫控制不佳。

(3) 抗癫痫药物和抑郁:治疗时也会导致患者抑郁,因为在 SE 时不仅使用地西泮等指南推荐的药物,且对原来使用的抗癫痫药物进行了加量,从而导致药物的不良反应加重。如未及时识别抑郁或治疗不恰当,有时会导致患者自杀。

给药的初始阶段就可能引起抑郁的抗癫痫药物有:氨己烯酸、苯巴比妥和托吡酯。托吡酯有关的抑郁可能因为癫痫的突然停止和药物的毒性反应。开始服用噻加宾的患者会有激惹、退缩和情绪紊乱,必须用脑电图来鉴别与噻加宾有关的抑郁和 NCSE。

产生阳性精神症状的抗癫痫药物有:卡马西平、拉莫三嗪(可用于治疗双向性精神障碍)和丙戊酸钠(治疗急性躁狂症状)。但尚无证据表明这些药物对癫痫患者是否有情绪调控作用。

（4）抑郁的治疗：有些学者认为 SE 后的抑郁不需治疗或认为控制了 SE 后,患者的抑郁就会缓解。或者对 SE 后抑郁的治疗存在顾虑,担心抗抑郁药会加重癫痫或重新导致 SE。实际上,抗抑郁药物引起癫痫发作多和药物过量有关。三环类抗抑郁药过量引起癫痫发作的危险性已得到了肯定,但小剂量的危险性是极微小的。由于存在这种风险,治疗癫痫患者抑郁症时应尽量避免三环类抗抑郁药,建议选用 SSRI 类或 SNRI 类(serotonin-norepinephrine reuptake inhibitors)抗抑郁药。这方面的证据不很充分,一个有关舍曲林的开放性试验表明,仅 6% 的患者癫痫有恶化。和未经治疗的癫痫患者抑郁症的发病率和死亡率相比,这样的危险性是很低的。除了氟伏沙明能抑制卡马西平和苯妥英钠的代谢外,抗癫痫药物和SSRI类药物的药动学相互作用罕见。但卡马西平或奥卡西平和 SSRI 类药物同时使用时须谨慎,因两者均会引起低钠血症。

使用抗抑郁药,须考虑到各种因素,如患者是否处于过分安静状态、清醒正常工作(选用氟西汀)、焦虑(选用抗焦虑药文拉法辛)。须熟悉各种抗抑郁药的不良反应以及时发现患者是否有药物过量。

癫痫专科医生可能常会疑问电抽搐治疗(electroconvulsive therapy,ECT)是否是癫痫的禁忌证。研究表明对精神病性的抑郁,ECT 可以抢救患者的生命而不是禁忌证。

2. 焦虑 焦虑与癫痫发作相关,或存在于发作期间。很多学者推测癫痫患者焦虑症有两个原因,癫痫发作不可预测及发作时失去自我控制。恐惧感是颞叶癫痫的常见表现,有时与惊恐发作(panic attacks)难以鉴别。惊恐障碍(panic disorder)表现为不相关联的多次惊恐发作,发作之前对发作和结果可以预期的恐惧,其本质是病态的。但惊恐发作时间较短,无诱发因素。有时惊恐发作与癫痫并存。全面性焦虑症(generalized anxiety disorder)表现为过度烦恼和忧虑,伴随一系列自主神经症状,如紧张不安、注意力不集中、睡眠障碍、疲乏、过敏和肌肉紧张。恐惧症(phobic disorder)在癫痫控制不良的患者中常见,表现为广场恐惧症(agoraphobia)和社会恐怖症(social phobia)。焦虑常是适应失调(adjustment disorder)的主要症状,几乎每个新诊断的癫痫患者都会经历。强烈的焦虑状态可导致癫痫发作频繁。

社会调查显示癫痫患者发作间期焦虑患病率为 14.8% ~ 25%,医院中患病率为 16% ~ 25%,且大部分是广泛性焦虑障碍,远超过一般人群;另一项基于初级医疗机构的大型研究也发现,5834 名癫痫患者中焦虑患病率为 11%,而在无癫痫的 831 163 人的对照组,焦虑的患病率是 5.6%。然而,癫痫患者的焦虑常常难以被认识到,往往也得不到相应的治疗。

治疗 SE 时首选地西泮。地西泮具有明显的抗惊厥作用,但其抗焦虑作用强于抗惊厥作用。SE 后的患者焦虑症状不严重,或相比 SE 之前,焦虑症状反而有所减轻,其原因可能就是地西泮的作用。

目前尚无专门针对癫痫患者焦虑症治疗的具体研究,但 SSRI 类是常用药物,西酞普兰和舍曲林可能对焦虑和抑郁并存的患者特别有效。刚开始服用这类药物的 2 ~ 3 周内,患者的焦虑症状可能会加重,因此须同时服用苯二氮䓬类药物。认知行为治疗作为结构心理学治疗,对焦虑和抑郁均十分有效。

四、癫痫持续状态对心理影响研究的评价

对 SE 的回顾性研究提示其对认知功能有明显损害,而一些前瞻性的研究却并未发现显著的认知功能衰退。需要指出的是多数的回顾性研究包括了初次癫痫发作即为 SE 的患者,有明确的各种病因(急性脑血管病、系统性疾病或药物导致的脑功能障碍等)。对这样混合的样本群体研究,很难把认知功能障碍这个后遗症归因为 SE,因为这些疾病本身就能导致严重的脑功能障碍。横向研究只能说明 SE 患者存在统计学意义的认知功能减退,但很难说明这个认知功能减退正是由 SE 引起。

SE 的分类可分惊厥性 SE、非惊厥性 SE、隐源性 SE 和简单部分性 SE。不同类型的 SE 对大脑功能的损害不同;意识丧失与否对大脑功能的影响也不相同。既往的回顾性或前瞻性研究所含有的 SE 样本量较小,各种类型的 SE 很难有均衡的分布,因此其对认知功能的影响也存在偏倚。

对 SE 的定义不一也造成研究结果的不一致。强调 SE 定义为持续 5 分钟以上的多是指惊厥性 SE,而认为 SE 定义在 30 分钟以上的,多非惊厥性 SE。两种定义自有一定的道理。在临床或实际研究中,通常会对 5 分钟左右的 GCSE 采取紧急处理,而不会等到发作持续到 30 分钟以上才处理;对于非惊厥性 SE,诊断需要一定的时间,特别是部分性感觉性癫痫,一般不可能在 5 分钟之内即进行紧急处理。因此,对于 SE 定义中的时间概念,似乎应据不同的 SE 类型而定。虽然对 SE 的时间概念并非本文所要讨论的重点,但必须指出由于定义不一致,依据定义所得出的研究结果也不尽相同。

目前 SE 对认知功能影响的评估量表主要选择如下:听觉词语测验、逻辑记忆测验、数字符号转换测验、Stoop 字色干扰测验、连线测验、言语流畅性测验、复杂图片测验及 Boston 命名测验等,但不同的心理测验方法对 SE 患者的敏感性与特异性不一,所得出的结论也各异。

控制 SE 的药物也会对患者的心理产生一定的影响。如地西泮的抗焦虑作用。但对 SE 患者的研究由于伦理学的原因不可能得出单独的 SE 发作对心理的影响。因此对其所得出的结论应该考虑到药物的影响。

(吴冬燕　洪震)

参 考 文 献

[1] Rona S,Rosenow F,Arnold S,et al. A semiological classification of status epilepticus. Epileptic Disord, 2005,7(1):5-12.

[2] Adachi N,Kanemoto K,Muramatsu R,et al. Intellectual prognosis of status epilepticus in adult epilepsy patients: analysis with Wechsler Adult Intelligence Scale-revised. Epilepsia,2005,46(9):1502-1509.

[3] Helmstaedter C. Cognitive outcome of status epilepticus in adults. Epilepsia,2007,48 Suppl 8:85-90. Erratum in: Epilepsia. 2007 Dec;48(12):2384.

[4] Aldenkamp AP,Arends J. Effects of epileptiform EEG discharges on cognitive function: is the concept of "transient cognitive impairment" still valid? Epilepsy Behav,2004,5(1):S25-S34.

[5] Aminoff MJ,Simon RP. Status epilepticus. Causes,clinical features and consequences in 98 patients. Am J Med,1980,69(5):657-666.

[6] Aminoff MJ. Do nonconvulsive seizures damage the brain? Arch Neurol,1998,55:119-120.

[7] Scholtes FB,Hendriks MP,Renier WO. Cognitive deterioration and electrical status epilepticus during slow sleep. Epilepsy Behav,2005,6(2):167-173.

[8] Bauer J,Helmstaedter C,Elger CE. Nonconvulsive status epilepticus with generalized 'fast activity'. Seizure,1997,6(1):67-70.

[9] Ben-Ari Y. Limbic seizure and brain damage produced by kainic acid: mechanisms and relevance to human temporal lobe epilepsy. Neuroscience,1985,14(2):375-403.

[10] Binnie CD. Cognitive impairment during epileptiform discharges: is it ever justifiable to treat the EEG? Lancet Neurol,2003,2(12):725-730.

[11] Cha BH,Silveira DC,Liu X,et al. Effect of topiramate following recurrent and prolonged seizures during early development. Epilepsy Res,2002,51(3):217-232.

[12] Maquet P,Hirsch E,Metz-Lutz MN,et al. Regional cerebral glucose metabolism in children with deterioration of one or more cognitive functions and continuous spike-and-wave discharges during sleep. Brain, 1995,118 (Pt 6):1497-1520.

[13] DeGiorgio CM,Heck CN,Rabinowicz AL,et al. Serum neuron-specific enolase in the major subtypes of status epilepticus. Neurology,1999,52(4):746-749.

[14] Dietl T,Urbach H,Helmstaedter C,et al. Persistent severe amnesia due to seizure recurrence after unilateral temporal lobectomy. Epilepsy Behav,2004,5(3):394-400.

[15] Dodrill CB,Wilensky AJ. Intellectual impairment as an outcome of status epilepticus. Neurology,1990,40 (5 Suppl 2):23-27.

[16] Van Paesschen W,Porke K,Fannes K,et al. Cognitive deficits during status epilepticus and time course of recovery: a case report. Epilepsia,2007,48(10):1979-1983.

[17] Scholtes FB,Hendriks MP,Renier WO. Cognitive deterioration and electrical status epilepticus during slow sleep. Epilepsy Behav,2005,6(2):167-173.

[18] Engel J Jr,Ludwig BI,Fetell M. Prolonged partial complex status epilepticus: EEG and behavioral observations. Neurology,1978,28(9):863-869.

[19] Frisch C,Kudin AP,Elger CE,et al. Amelioration of water maze performance deficits by topiramate applied during pilocarpine-induced status epilepticus is negatively dose-dependent. Epilepsy Res,2007,73 (2):173-180.

[20] Holmes GL,Lenck-Santini PP. Role of interictal epileptiform abnormalities in cognitive impairment. Epilepsy Behav,2006,8(3):504-515.

[21] Granner MA,Lee SI. Nonconvulsive status epilepticus: EEG analysis in a large series. Epilepsia,1994,35 (1):42-47.

[22] Helmstaedter C,Elger CE,Lendt M. Postictal courses of cognitive deficits in focal epilepsies. Epilepsia, 1994,35(5):1073-1078.

[23] Helmstaedter C. Behavioral Aspects of Frontal Lobe Epilepsy. Epilepsy Behav,2001,2(5):384-395.

[24] Helmstaedter C. Effects of chronic epilepsy on declarative memory systems. Prog Brain Res,2002,135: 439-453.

[25] Helmstaedter C,Kurthen M,Lux S,et al. Chronic epilepsy and cognition: a longitudinal study in temporal lobe epilepsy. Annals of Neurology,2003,54(4):425-432.

[26] Hoffmann AF,Zhao Q,Holmes GL. Cognitive impairment following status epilepticus and recurrent seizures during early development: support for the "two-hit hypothesis". Epilepsy Behav,2004,5(6): 873-877.

[27] Hermann BP,Wyler AR,Richey ET. Wisconsin Card Sorting Test performance in patients with complex

partial seizures of temporallobe origin. J Clin Exp Neuropsycho,1988,110(4):467-476.

[28] Hermann BP,Seidenberg M,Dow C,et al. Cognitive prognosis in chronic temporal lobe epilepsy. Ann Neurol,2006,60:80-87.

[29] Hilkens PH,de Weerd AW. Non-convulsive status epilepticus as cause for focal neurological deficit. Acta Neurologica Scandinavia,1995,92(3):193-197.

[30] Janszky J,Mertens M,Janszky I,et al. Leftsided interictal epileptic activity induces shift of language lateralization in temporal lobe epilepsy:an fMRI study. Epilepsia,2006,47(5):921-927.

[31] Krumholz A,Sung GY,Fisher RS,et al. Complex partial status epilepticus accompanied by serious morbidity and mortality. Neurology,1995,45(8):1499-1504.

[32] Feen ES,Bershad EM,Suarez JI. Status epilepticus. South Med J,2008,101(4):400-406.

[33] Jokeit H,Seitz RJ,Markowitsch HJ,et al. Prefrontal asymmetric interictal glucose hypometabolism and cognitive impairment in patients with temporal lobe epilepsy. Brain,1997,120(Pt 12):2283-2294.

[34] Kudin AP,Debska-Vielhaber G,Vielhaber S,et al. The mechanism of neuroprotection by topiramate in an animal model of epilepsy. Epilepsia,2004,45(12):1478-1487.

[35] Lothman EW,Bertram EH 3rd. Epileptogenic effects of status epilepticus. Epilepsia,1993,34(Suppl1):S59-S70.

[36] Mameniskiene R,Jatuzis D,Kaubrys G,et al. The decay of memory between delayed and long-term recall in patients with temporal lobe epilepsy. Epilepsy Behav,2006,8(1):278-288.

[37] Oxbury JM,Whitty CW. Causes and consequences of status epilepticus in adults. A study of 86 cases. Brain,1971,94(4):733-744.

[38] Rausch R,Kraemer S,Pietras CJ,et al. Early and late cognitive changes following temporal lobe surgery for epilepsy. Neurology,2003,60:951-959.

[39] Regard M,Landis T,Wieser HG,et al. Functional inhibition and release:unilateral tachistoscopic performance and stereoelectroencephalographic activity in a case with left limbic status epilepticus. Neuropsychologia,1985,23(4):575-581.

[40] Rowan AJ,Scott DF. Major status epilepticus. A series of 42 patients. Acta Neurologica Scandinavia,1970,46(4):573-584.

[41] Shorvon S,Walker M. Status epilepticus in idiopathic generalized epilepsy. Epilepsia,2005,46(Suppl 9):73-79.

[42] Wieser HG,Hailemariam S,Regard M,et al. Unilateral limbic epileptic status activity:stereo EEG,behavioral,and cognitive data. Epilepsia,1985,26(1):19-29.

[43] Young BG,Jordan KG. Do Non convulsive Seizures Damage the Brain? —Yes. Archives of Neurology,1998,55:117-119.

[44] Mazarati A,Siddarth P,Baldwin RA,et al. Depression after status epilepticus:behavioural and biochemical deficits andeffects of fluoxetine. Brain,2008,131(Pt 8):2071-2083.

[45] Monaco F,Mula M,Cavanna AE. Consciousness,epilepsy,and emotional qualia. Epilepsy Behav,2005,7(2):150-160.

[46] Shehata GA,Bateh AE. Cognitive function,mood,behavioral aspects and personality traits in adult males with idiopathic epilepsy. Epilepsy Behav,2008 Sep 15.

[47] Lambert M,Robertson M. Depression in epilepsy:etiology,phenomenology and treatment. Epilepsia,1999,40(suppl 10):S21-S47.

[48] Spitzer R,Williams JB,Kroenke K,et al. Utility of a new procedure for diagnosing mental disorders in primary care:the PRIME-MD 1000 study. JAMA,1994,272:1749-1756.

[49] Krishnamoorthy E. Treatment of psychiatric disorders in epilepsy// Shorvon S, et al, eds. The treatment of epilepsy. Oxford: Blackwell Science, 2004:255-261.

[50] Kanner A, Kozak A, Frey M. The use of sertraline in patients with epilepsy: is it safe? Epilepsy Behaviour, 2000, 1:100-105.

[51] Carson A, Postma K, Stone J, et al. The outcome of depressive disorders in neurology patients: a prospective cohort study. J Neurol Neurosurg Psychiatr, 2003, 74:893-896.

[52] Carson A, Ringbauer B, MacKenzie L, et al. Neurological disease, emotional disorder, and disability: they are related: a study of 300 consecutive new referrals to a neurology outpatient department. J Neurol Neurosurg Psychiatry, 2000, 68:202-206.

[53] Vazquez B, Devinsky O. Epilepsy and anxiety. Epilepsy Behaviour, 2003, 4:S20-S25.

[54] Mazarati A, Siddarth P, Baldwin RA, et al. Depression after status epilepticus: behavioural and biochemical deficits and effects of fluoxetine. Brain, 2008, 131 (Pt 8):2071-2083.

[55] Gibbs JE, Walker MC, Cock HR. Levetiracetam: antiepileptic properties and protective effects on mitochondrial dysfunction in experimental status epilepticus. Epilepsia, 2006, 47(3):469-478.

第九章

癫痫持续状态的预后

一、概 述

癫痫持续状态(status epilepticus,SE)是一种以反复或持续的癫痫发作为特征的病理状况,它属于一类医学急症。SE 可根据是否存在惊厥性发作分为惊厥性癫痫持续状态(convulsive status epilepticus,CSE)与非惊厥性癫痫持续状态(non-convulsive status epilepticus,NCSE);另外还可根据发作起始局限累及一侧大脑半球某个部分或是双侧大脑半球同时受累进一步分为全身性癫痫持续状态(generalized status epilepticus)与部分性癫痫持续状态(partial status epilepticus)。因此,癫痫持续状态的分类包括:全身性惊厥性持续状态(如强直-阵挛性持续状态)、全身性非惊厥性持续状态(如失神发作持续状态)、部分性惊厥性持续状态(如单纯部分运动性持续状态)以及部分性非惊厥性持续状态(如复杂部分性/精神运动性持续状态)。

二、癫痫持续状态病因学及其对预后的影响

目前认为,SE 发生的病因学主要包括:①急性中枢神经系统损害导致的症状性 SE,如发生在脑外伤、急性脑血管意外、中枢神经系统感染、肿瘤、颅脑手术、中毒、代谢紊乱、抗癫痫药物突然撤停等多种原因之后产生的 SE;②中枢神经系统疾病的远期效应导致发生 SE,定义为患者存在中枢神经系统损害的基础疾病,如脑外伤、脑血管意外、中枢神经系统感染、围生期危险因素、酒精戒断、脑炎或缺氧性脑病等,之后出现 SE,SE 的发生与出现神经系统损害之间的时间间隔一般在 1 周以上;③进展性中枢神经系统疾患,如肿瘤、自身免疫性疾病、多发性硬化、代谢性疾病、神经系统变性病等伴发的癫痫持续状态;④特发性/隐源性 SE(cryptogenic/idiopathic SE),即无明显诱因下发生的 SE,指患者在缺乏上述急性、慢性以及进展性中枢神经系统疾病基础和其他相关诱发因素的情况下发生 SE。其中以急性中枢神经系统损害诱发 SE 发生的比率最高,其次为中枢神经系统损害相关远期效应诱导产生的 SE,再者为进展性中枢神经系统疾病继发的 SE,而特发性/隐源性 SE 仅占极小部分。DeLorenzo(1996,1999)等学者认为,发生 SE 的患者,根据其可能诱发因素的不同具有高危死亡率、中危死亡率及低危死亡率等三种不同的预后。中枢神经系统感染、缺氧缺血性脑病、代谢紊乱等病因诱发的癫痫持续状态往往预后较差,属于

高危死亡率相关的 SE 诱发因素;而肿瘤、脑血管意外、硬膜下血肿等继发 SE 的预后居中;其他如酒精戒断、药物滥用、突然撤停抗癫痫药、颅内血肿以及其他部分由中枢神经系统疾病远期效应所引发的 SE 则预后较好,属于低风险死亡率相关的 SE 诱因。因此,神经科或癫痫专科医师在收集 SE 患者病史时应当详细询问其发生 SE 之前与 SE 发生当时的情况,尽可能详尽地分析患者出现 SE 的可能诱因,这对早期评价患者的预后与转归具有一定指导意义。

三、惊厥性癫痫持续状态的预后

经典的全身惊厥性癫痫持续状态(generalized convulsions status epilepticus,GCSE)的定义是:反复的全身性惊厥发作,两次发作间意识障碍不恢复;或者是长时间的全身性惊厥发作,持续 30 分钟以上。新近的研究认为,如果患者出现一次惊厥性癫痫发作持续时间在 5~10 分钟以上,或至少出现两次连续的惊厥性发作期间意识状态不恢复者,即应当考虑 GCSE 诊断并立即给予积极处理。

1. CSE 进程及死亡率(mortality rates)　GCSE 是目前为止最常见的一种 SE 类型,抗癫痫药物的突然撤停是慢性癫痫出现持续状态最常见原因,其他如脑外伤、中枢神经系统感染、脑出血等都是出现 GCSE 的常见原因,且这部分患者的预后不佳,死亡风险较高。CSE 的自然转归,一般来说大多从显著性惊厥发作期(overt CSE)逐渐演变为 CSE 亚临床期(subtle SE,即患者表现为昏迷、意识障碍,仅脑电图上表现为痫样放电而临床并未出现明显惊厥发作的时期),最终进入单纯的电持续状态期(electrical SE)。后两期的诊断往往需要脑电图依据,脑电图证据不充分常导致临床医生无法对 CSE 的亚临床期与电持续状态期做出明确的诊断;由此可见,对脑电图数据的搜集显得尤为重要;DeLorenzo(1999)等提出对于 GCSE 的患者在临床发作得到有效控制后仍然需要进行脑电图的跟踪随访,脑电监测时间在发作控制后至少应当延续 24 小时方可结束描记,这样将大大有利于评价 GCSE 患者的转归并对评判患者的预后提供依据。Treiman(1995,1998)及 Maromi(1999)等指出,发生 SE 的患者脑电图描记如果出现周期性痫样放电(periodic epileptiform discharges,PEDs)提示患者脑内存在急性结构性损害,往往预后较差(见图 9-0-1)。以往有关 GCSE 死亡率的研究,根据研究入组人群(某些研究对象为普通病房住院病例,而部分研究仅特别针对 ICU 的患者群体)与研究对象(入组标准是否将缺血缺氧性脑病纳入研究对象)的不同,结果显示 GCSE 人群死亡率范围大致在 1.9%~11.9% 之间,其中成人 GCSE 死亡率大约为 20%,而儿童的死亡率统计大约在 5%。Shorvon(1994)等进行的一项包含了 1686 例患者的 Meta 趋势分析研究得出的 GCSE 死亡率为 18%。GCSE 患者死亡率的高低与引起 SE 产生的原因关系密切,有研究统计认为急性脑损害导致的 SE 死亡率最高,而发生 SE 患者死亡的风险大致约为普通人群的 3 倍。

2. CSE 预后可能的影响因素　影响 CSE 患者死亡率高低的因素众多,包括诱发 SE 产生的病因学因素、年龄因素、SE 的持续时间、SE 病程的转归差异以及患者是否得到及时与恰当的治疗和其他医源性因素等,其中以诱导 SE 产生的病因学因素最为重要。

3. CSE 发生的病因学因素对预后的影响　如前所述,诱导 CSE 发生的病因学因素大致包括:急性中枢神经系统损害、中枢神经系统疾病的远期效应、进展性中枢神经系统疾病以及特发性/隐源性 SE 这四类。有时不仅仅是 SE 本身,而是引起 SE 状态发生的病因

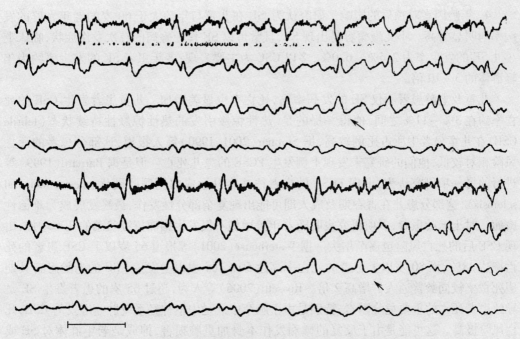

图 9-0-1　EEG 示显示周期性痫样放电(PEDs)(箭头所指处),两
侧半球均见每秒 1 次的持续周期性放电

引发的其他伴随症状,如心搏骤停或是出现低血压、缺氧、高热等情况,最终间接导致患者
死亡。在所有可能引起 SE 发生的病因学因素中,急性中枢神经系统损害引起的 SE 死亡
率最高,Barry 与 Hauser(1993)等人统计,急性脑损害导致的癫痫持续状态患者的死亡率
高达 54%,其中有 89% 的患者其死亡发生在 SE 开始的 30 天里;其他如既往有癫痫病史
的患者发生癫痫持续状态的死亡率仅为 16%,而针对特发性/隐源性 SE 患者的长期死亡
率调查发现这部分患者的 10 年死亡率大致近似于普通人群,提示死亡风险较低。缺血-
缺氧性脑病继发的 SE 患者的预后普遍不佳,部分有关 SE 死亡率的研究将这部分病例排
除在外,致使得到的 SE 人群的死亡率大大减低,如 EPISTAR 研究得出的 SE 患者死亡率
仅为 7.6%。

　　另外,脑出血和缺血性疾病也是 CSE 的常见重要病因之一,据 EPISTAR 研究统计脑
卒中占成人 CSE 发生原因的 17.5%;而里士满的一项有关 CSE 队列人群调查发现脑卒中
约占成人 CSE 发生原因的 50%,且这部分人群的死亡率达到 32%,是普通脑卒中患者
(未发生 SE 者)预期死亡风险的 3 倍。据 Waterhouse(1998,2001,1999)等报道,处于脑
卒中急性期的患者如果发生 CSE,其死亡风险将增高 8 倍以上。另据 Velioglu(2001)等人
的研究认为,在卒中后 1 周内发生的 CSE 常导致患者死亡率增高,而这些患者反复出现
CSE 发作的危险度也增大。由此可见,发生脑血管意外的患者如果出现 CSE 往往预后较
差,CSE 可能加重血管性损害的程度,这可能是由于反复多次的癫痫发作引起脑血流动力
学发生急速改变所致。

　　相反,由于抗癫痫药物撤停导致的 CSE 则预后较好,多项研究表明这类 CSE 患者的
死亡率仅仅为 10%,死亡风险低于其他病因诱发的 CSE。

4. 年龄因素对预后的影响　研究认为,SE 在儿童与年龄大于 60 岁的老年人群的发病率均明显升高。小儿癫痫容易出现 SE,且常可以 SE 作为癫痫的首次发作症状,临床上小儿 SE 的发生率为 2.6% ~6.0%,多以 CSE 为主要表现;老年患者 SE 的发生率约为年轻群体的 3~10 倍。

儿童及老龄患者不仅 SE 的发病率高,死亡率也显著增加。儿童患者发生 CSE 的死亡率约在 3% ~11% 之间,值得一提的是,热性惊厥引发的热性惊厥性持续状态(febrile CSE)在儿童患者中所占比例较高,据 Shinnar(2001,1990)等人报道,这部分患者的死亡风险相对较低,他们的研究未发现 1 例发生 FCSE 的患儿死亡。但是据 Barnard(1999)等进行的另一项研究认为,出现 FCSE 的患者往往容易形成内侧颞叶硬化(mesial temporal sclerosis),这部分患儿在青春期及成人期可能出现复杂部分性发作,最终发展成为难治性癫痫。对于老龄患者,多项研究表明随着年龄增加不仅发生癫痫持续状态的几率增加,出现 CSE 后的死亡风险也逐渐增大。据 Waterhouse(2001)等报道 65 岁以上 CSE 患者的死亡率达 38%,而 80 岁以上患者的死亡率高达 50%,65 岁以上发生 CSE 的老龄患者其期望死亡率较同龄普通人群增高 2 倍。Rossetti(2006)等人为,超过 65 岁的患者发生 SE 是导致患者死亡的重要危险因素,特别是由于脑卒中或是中枢神经系统肿瘤继发的 CSE,死亡风险极高。这可能是由于反复的癫痫发作本身加重脑损害,抑或是老年群体对 SE 或原发疾病易出现的并发症,例如肺炎、静脉系统血栓形成或肺栓塞等,无法耐受所致。

5. CSE 持续时间对预后的影响　迁延的 CSE 发作往往提示缺乏适当有效的治疗,致使 CSE 持续时间延长。CSE 的演变过程如前所述,随着时间推移,患者大多从显著性惊厥发作期逐渐演变为 CSE 亚临床期,即患者表现为昏迷、意识障碍,仅脑电图上表现为痫样放电而临床并未出现明显惊厥发作的时期,最终进入单纯的电持续状态期。据退伍军人服务部的一项研究统计,SE 的平均持续时间在惊厥发作期(Overt SE)为 2.8 小时,患者在这一期的死亡率约为 27%;到了亚临床期(subtle SE)平均时程为 5.8 小时,这一期死亡率达到 65%。不论患者处于何期,如果发生 CSE 后对首选一线治疗药物缺乏疗效,则患者的死亡率将增高 2 倍,这时必须尽快选择合理的二线药物进行积极治疗。

总体而言,SE 的持续时间越长提示患者的预后越差。Lowenstein 等进行的一项回顾性研究认为,发生 CSE 后存活的那部分患者,其 SE 状态的持续时间要明显短于死亡的那部分患者。里士满 CSE 人群研究指出,如果患者发生 CSE 状态的持续时间超过 1 小时将会大大增加其死亡的风险。DeLorenzo 等人的研究报道 CSE 状态持续短于 30 分钟的患者死亡率约为 2.6%,远远低于持续时间较长的那部分患者(死亡率达 19%)。相反,Logroscino(2002,1997)等的研究却认为,SE 发生时间的长短,在调整了其他危险因素后进行统计,对患者的短期死亡率不构成显著影响;然而就这一队列人群进行长期跟踪随访,结果发现 CSE 持续时间超过 24 小时的患者与持续时间不足 2 小时者相比,其死亡相对危险度比为 2.3,其中,以症状性 CSE 的死亡风险最高。有关儿童患者的研究得到的结论与成人患者基本一致。

6. CSE 不同转归类型对预后的影响　发生 CSE 的患者根据其疾病发展进程不同而出现不同的结局,部分患者尽管在得到及时合理的治疗后仍出现持续性癫痫发作,定义为难治性 CSE(refractory status epilepticus,RSE),大约有 31% ~43% 的 SE 患者属于 RSE 范畴。难治性 CSE 的患者死亡风险增高,死亡率高达 40%。退伍军人服务部的研究表明,处于显著性惊厥发作期的患者中,有 38% 的患者对两种一线抗癫痫持续状态的药物耐受,而进入亚临床发作期对药物耐受的患者数增加到 82%。对这些患者来说,选择第三种抗癫痫药物可能出现反应的几率极低,仅为 2%~5%。Mayer(2002)等进行的一项回顾性研究显示,有 31% 发生癫痫持续状态的患者在连续使用两种抗癫痫药物 1 小时内无效,这部分患者的死亡率为 23%。大部分患者死于 SE 发作过程中或是看护时发生的各种并发症。一项在 33 例 RSE 患者中进行的回顾性调查发现,患者的 SE 持续时间非常持久,最终均依赖于静脉应用咪达唑仑终止癫痫发作,这部分患者的死亡率高达 61%。

对于处于亚临床期 SE 的患者,退伍军人服务部的研究认为这部分患者的预后极差;有关 30 天生存率的调查发现 134 名处于亚临床发作期患者(意识障碍,仅脑电图上表现为痫样放电而临床并未出现明显惊厥发作)中有 65% 的患者死亡,而另外 384 名处于惊厥发作期的患者中只有 27% 发生死亡。亚临床发作期的 SE 患者对抗癫痫药物的反应率仅为 14.9%,远低于惊厥发作期患者,后者药物反应率达到 55.5%。但部分研究可能将非惊厥性持续状态(NCSE),电持续状态甚至于肌阵挛持续状态都纳入亚临床期 SE 的范畴,这会影响到其研究结果的准确性。

其他还有研究认为间断性 SE 发作患者的死亡率低于持续 SE 状态患者的死亡率。但这一结论在对两组成人 SE 患者的统计分析中未得出显著性差异。

7. 积极的抗 SE 治疗对预后的影响 CSE 患者是否接受及时有效的治疗对其预后产生的影响重大,许多研究发现多数 SE 患者得到的急诊处理往往是不适当的。在 Celesia(1995)等进行的一项研究中,27 例死亡的 SE 病例,有 7 例归因于未能对患者的病程进展进行充分的监测与估计,或是抗癫痫药物的剂量及用药途径有误。Walker(1995)等认为,仅有 12% 的临床医生在处理癫痫持续状态的病例时能够严格遵循相关诊疗方案指南的规定,他们在 1996 年对 26 例神经内科 ICU 的 SE 病例进行分析,结果发现有 6 例患者存在人为的诊断失误,其中 4 例患者病情危重、进行了气管插管,近一半的患者药物治疗不恰当;不仅如此,在患者更换第二种抗癫痫药物治疗时,有近 80% 的患者接受的治疗剂量不够充分。另据 Scholtes(1994)等报道 SE 发生后 44.7% 的死亡病例与 22.7% 的致残病例,事前均未接受合理的抗癫痫药物治疗。

目前认为,对所有发生 SE 的患者,推荐使用的一线抗癫痫药物仍为苯二氮䓬类,二线抗癫痫药物可选择静脉用苯妥英钠、磷苯妥英、苯巴比妥类或丙戊酸,如发现患者对一线及二线抗癫痫药物均耐药,则需要采用可诱导昏迷的丙泊酚或咪达唑仑等药物尽早终止 SE 发作,以防止病程迁延导致死亡、残疾等恶性后果的产生。

8. CSE 的致残率(Morbidity)及后遗症 大量临床试验及实验研究表明 SE 发作会促进神经细胞死亡,尤其是迁延反复的癫痫发作对神经细胞的影响更甚。有人在 SE 患者的脑脊液中发现了高浓度的神经元特异性烯醇化酶。DeGiorgio(1999,1992)等的实验证实,CSE 发作后死亡的患者海马组织 CA_1 与 CA_3 区神经细胞缺失情况明显较其他原因死亡患者严重。还有一些研究利用 MRI 证据证实 SE 患者脑内出现进行性海马萎缩。对于儿童期热性惊厥持续状态患者,可能在后期发生海马硬化等后遗症,出现进行性神经系统损害,导致患儿智力发育落后,或进展为难治性复杂部分性癫痫发作。

许多研究认为在发生 SE 的儿童患者中 9%~28% 的病例伴有神经系统发育障碍及认知功能损害,特别是有热性惊厥病史的那部分患儿。有热性惊厥的患儿如不产生 SE,

大多不会发生死亡,其认知及运动功能也多无损害。有关上述研究结论至今仍存在争议。

    Oxbury 与 Whitty 在 1971 年的研究中发现发生 CSE 患者留有后遗症的比率大致为 11%。Aminoff 和 Simon 报道的直接由 CSE 导致患者的致残率为 12.5%。其他一些回顾性研究也得到了相似的结果。Alldredge(2001)等的研究对 255 例惊厥发作期患者进行观察,发现 16.3%的患者在发作终止后出现了新的神经系统功能损害,这有可能是循环反复的癫痫发作本身或是 SE 发生的原发基础疾病造成的结果,有 6%~15%的患者可能出现慢性进行性脑损害,如脑萎缩。Mayer(2002)等发现在难治性 CSE 患者中,有 54%出现了 GOS(Glasgow Outcome Scale)评分的减低。

    在患者出现首次 CSE 后,发生癫痫的危险性大大增加。Hesdorffer 等报道发生 CSE 的患者有 37%具有再发癫痫的危险,与之相比,仅发生单次症状性癫痫发作的患者之后发生癫痫的比例只有 5%。同样,在儿童症状性癫痫患者,首次 CSE 发生后出现癫痫复发的风险明显高于仅发生单次癫痫发作的患儿。

四、非惊厥性癫痫持续状态的预后

    癫痫持续状态可分为惊厥性癫痫持续状态(convulsive status epilepticus,CSE)与非惊厥性癫痫持续状态(non-convulsive status epileticus,NCSE)。CSE 由于其临床特征明显故而易于识别;NCSE 患者则往往仅出现意识及精神状态的改变,临床发作的表现相当轻微,如仅出现眼睑的阵挛、眼球震颤、自动症,或者是肢体远端不连续的肌张力障碍等,并不出现明显的惊厥样动作,因此在临床诊断过程中易被忽视、造成漏诊。NCSE 的诊断除临床症状外还需要脑电图的支持,患者出现持续性精神状态及意识水平改变,同期脑电图表现为持续性的痫样放电,时程延续 30 分钟以上者,即应当考虑 NCSE 的诊断。据统计,NCSE 占所有 SE 的 25%~50%,发生 NCSE 的患者的认知损害严重,死亡率与致残率均明显增高,NCSE 的患者发展为 RSE 的几率也相对较高,关注 NCSE 的正确诊断与及时治疗意义尤为重要。

    1. NCSE 患者的认知状态与行为学变化 有研究统计 NCSE 的发生率约占所有发生癫痫持续状态患者数的 20%~25%,发生 NCSE 的癫痫患者往往预后较差,死亡率较高,这可能是由于 NCSE 发生时的临床行为学改变并不明显导致识别困难。举例来说,Lennox-Gastaut 综合征(LGS 综合征)患者或是原本存在智力障碍的患者其基础认知水平较低,对于临床医生来说,要识别这部分患者出现的发作情况变化实属不易,需要密切观察才能做出准确的判断。另外如精神疾病或是心理疾病的患者也可出现激惹性行为、情绪的改变,这也应当与出现情感/认知障碍的 NCSE 患者进行区分。因此,了解 NCSE 特殊人群可能出现的各类行为学表现对于临床诊断意义重大。

    总之,我们应当对 NCSE 患者进行充分的观察,注意患者是否发生以下改变:①意识水平的降低,或是觉醒状态的改变,同时伴有脑电图放电的恶化;②出现新的行为学异常,如发生刻板的自动症、凝视、缄默、面肌或是肢体的肌阵挛等;③行为学能力的退化,注意力持续时间的减退,木僵样状态或是难以解释的自主症状。出现上述变化,即应当警惕 NCSE 的发生。

    2. NCSE 发生的 EEG 证据 NCSE 的诊断很大程度上依靠脑电图发现痫样放电,没有脑电图证据的支持,诊断往往具有不确定性,可能会将许多其他伴有行为学与认知改变的情况误诊为 NCSE,如一过性全面性遗忘、神游症以及精神行为异常等。

NCSE 可以出现各种 EEG 变化,有时患者可能具有典型的临床症状,但脑电图变化并不明确,如出现周期性痫样放电(PEDs),或是三相尖波,其意义难以解释。部分患者由于仅用表面电极不能记录到痫样放电,甚至需要植入电极来进一步捕捉痫样放电的证据。

由此可见,对 NCSE 的诊断需要行为学及 EEG 依据两方面,行为学评价或是脑电图评估的不当极有可能造成误诊或漏诊的发生。

3. 不同类型 NCSE 的预后

(1) 全面性非惊厥性癫痫持续状态

1) 典型失神持续状态(TAS):典型失神持续状态(typical absence status,TAS)多属于特发性全面性癫痫综合征之一,常常有 20% 的患者可能被误诊。苯二氮䓬类药物治疗可以快速起效,Thomas(1999)曾经报道 5 例患者经由苯二氮䓬类药物静脉注射均可控制发作。Granner(1994)等则认为 90% 的 TAS 患者对其他抗癫痫药物反应良好;部分病例癫痫发作持续数周甚至数月之后仍不伴有后遗症发生。但这部分患者往往发作频繁,复发率高。据 Berkovic(1989)等人统计,在他们的 25 例患者中有 23 例存在再次发作,如果患者接受丙戊酸治疗能够有效预防再发风险。Andermann(1972)认为发生在儿童或青少年的典型失神发作不会对患者的认知与智能发展造成不良影响;也未见致残或死亡的报道。

2) 不典型失神持续状态(AASE):不典型失神持续状态(atypical absence status,AASE)属于原发性症状性癫痫综合征之一,多见于慢性癫痫性脑病,如 LGS 综合征或肌阵挛-静坐不能性癫痫综合征,部分患者在婴儿期表现为婴儿痉挛征,脑电图出现高峰失律,与 TAS 相比,对于抗癫痫药物的反应较差,预后欠佳,多属于难治性 SE。Shorvon(1994)认为发生 AASE 的患儿随着年龄增长,往往会出现智力发育障碍。

AASE 可能持续数天、数周,常频繁复发,对于静脉应用苯二氮䓬类药物无效,如 LGS 综合征的患儿出现不典型失神持续状态,应用地西泮并不能有效控制发作。由于 AASE 可能是其他癫痫性脑病的表现之一,故可能是患儿发生的其他发作类型(如反复的强直发作或阵挛发作)影响其认知功能及预后,而并非不典型失神发作本身;如 Doose 认为肌阵挛-静坐不能性癫痫综合征患儿出现的认知与智力发展障碍也可能是由于癫痫性脑病的多种发作形式以及对抗癫痫药物反应差所致,并不能独立地归因于 AASE 本身。

(2) 部分非惊厥性发作持续状态

1) 单纯部分非惊厥性发作持续状态(SPSE):单纯部分非惊厥性发作持续状态(simple partial non-convulsive status epilepticus,SPSE)可能对某些抗癫痫药物反应良好,但常可反复发生,部分病例可发展成为 RSE,大部分 SPSE 均属自限性过程。总体来说,SPSE 的预后评价还需依靠病因学的明确诊断,由于引起持续状态发生的原因不同,预后转归也存在差异。例如良性局灶性癫痫,包括 rolandic 区以及部分顶枕区起源的 SPSE,由于发作易于控制而远期预后较好,患儿并不出现智力与神经系统发育障碍,发作至青少年期可逐渐缓解。

2) 复杂部分性发作持续状态(CPSE):①额叶起源的复杂部分性发作持续状态(FCPSE),Rohr-Le 等归纳的 18 例 FCPSE 中,仅有 1 例患者出现了反复的 SE 发作;Thomas 总结了他们观察的病例,认为 FCPSE 患者通过静脉注射苯二氮䓬类药物非常有效;Granner 等报道 FCPSE 患者对于静脉应用苯二氮䓬类药物的反应率达到 60%。FCPSE 总体预后较好,部分患者由于反复出现 SE 发作而影响其认知与智力发育;②颞叶起源的复杂部分性发作持续状态(TCPSE),发生 TCPSE 的患者有可能频繁复发 SE,Tomson 等总结的 13 例 CPSE 患者中有 12 例复发,Ballenger(1983)等报道了 8 例 TCPSE 患者频繁出现 SE 发作,Cockerell(1994)等观察的 20 例患者中 17 例出现 SE 的复发。有关 CPSE 患者的预后,不同研究的结论存在争议,一项比较研究发现 5 例发生 TCPSE 的患者中有 4 例出现不可逆的记忆与认知功能的损害。Krumholz(1995)等发现他们观察的 10 例患者中有 3 例出现认知障碍,且这种认知损害持续了 6 个多月;另外 7 例患者则不同程度发生较为严重的后遗症,如继发病毒性脑炎、卒中、昏迷,甚至死亡。而 Shorvon 观察的 150 例发生 CPSE 的患者中,仅有 3 例出现如前所述的持久性认知功能障碍。Ballenger 报道的 8 例 TCPSE 患者,发作均在 24 小时之内得以控制,仅有 1 例发生认知损害,持续 4 个月后恢复至基线水平。Kaplan(2002)总结的 23 例急诊室 CPSE 患者,随访 2 年后评价其功能状态,发现患者的日常生活评分指数(ADLs)并未明显减退。Codkerel 等在对观察的 20 例患者进行神经心理学评估后也并未发现存在认知水平下降。③电持续状态(electrographic seizures and coma):从惊厥性癫痫持续状态的惊厥发作期逐渐演变而来的电持续状态,预后往往较差。Treiman(1995,1998)等对 134 例由 CSE 演变来的电持续状态期患者连续观察 12 小时,无 1 例苏醒恢复意识,65% 在 30 天内死亡。

对于非惊厥性持续状态转变来的,临床仅表现为昏迷状态而脑电图具有痫样放电特征的那部分患者,对于抗癫痫药物的反应明显不如其他类型 NCSE,仅有 40% 的患者经治疗后发作得到控制,静脉应用苯二氮䓬类药物可能会增加死亡风险,患者死亡率可达 24%。Drislane(1994)观察的 48 例发生电持续状态的患者中 88% 发生死亡,Drislane 之后有关 ICUs 电持续状态患者的研究进一步证实全面性电持续状态患者的预后明显较局灶性者差。Litt(1998)等对 24 例患者的调查发现死亡率达到 52%,其中脑电图出现全面性放电的患者均发生死亡。Young(1996)等统计在 ICU 中的电持续状态患者死亡率为 57%。Privitera(1994)等认为积极的抗癫痫药物甚至于是苯巴比妥类的治疗并不能改善电持续状态患者的远期预后,这往往是由长时间的缺氧所致脑损害造成的结果。Jordan(1999)等指出,NCSE 并发的急性脑损害大大增加了患者的死亡率及致残率,DeLorenzo 等的一项研究总结 CPSE 患者的预后,死亡率大致在 6.2% ~62.9% 之间。

大多数 SE 患者出现的神经损害是由持续发作时发生的一系列神经化学变化引起的,多种全身性因素均会加重神经损害,应该积极予以纠正。另外,对于难治性 SE 还要用苯巴比妥或苯二氮䓬类药物作全身麻醉,以抑制 EEG 的痫样发放,随后间断减量,观察 EEG 上痫样发放是否停止。综上所述,如果希望改善 SE 患者的预后,需要临床医生在实践中遵循诊疗指南的建议,对患者进行积极合理的抗癫痫治疗,同时开展持续的长程脑电描记,以及需要重症护理人员与神经科医生之间密切合作,力求在最短的时间内终止患者的持续状态。对于 CSE 来说,单凭一线抗癫痫药物有时不能有效控制患者的癫痫发作,往往需要使用更多的抗癫痫药品,特别是对出现 RSE 的患者。这就需要开展更多的随机对照临床试验开发更多更有效的癫痫新药,以利于 SE 的有效治疗。

(吴洵昳 洪震)

参 考 文 献

［1］ Luca V,Caterina T,Riberti DA. Incidence and short-term prognosis of status eilepticus in adults in bologna. Epilepsia,2003,44(7):964-968.

［2］ Alldredge BK,Gelb AM,Issacs SM. A comparison of lorazepam,diazepam,and placebo for the treatment of out-of-hospital status epilepticus. New Eng J Med,2001,345:631-637.

［3］ Commission on Epidemiology and Prognosis,International League Against Epilepty. Guidelines for epidemiologic studies on epilepsy. Epilepsia,1993,34:592-596.

［4］ Delorenze RJ,Pellock JM,Towne AR,et al. Epidemiology of status epilepticus. J Clin Neurophysiol,1995,12:316-325.

［5］ Hauser WA. Status epilepticus: epidemiology considrations. Neurology,1990,40:9-12.

［6］ Stephan AM,Claassen J,Lokin J,et al. Refractory Status Epilepticus,frequency,risk factors and impact on outcome. Arch Neurol,2002,59:205-210.

［7］ Maromi N,L jin-Moo,L Vicki,et al. The EEG and prognosis in status epilepticus. Epilepsia,1999,40(2):157-163.

［8］ Shoron S. Status Epilepticus. Its clinical features and treatment in children and adults. Cambridge: Cambridge University Press,1994:382.

［9］ Lowenstein DH,Alldredge BK. Status epilepticus. N Engl J Med,1998,338:970-976.

［10］ Barry E,Hauser WA. Status epilepticus:the interaction of epilepsy and acute brain disease. Neurology,1993,43:1473-1478.

［11］ Logroscino G,Hesdorffer DC,Casino G,et al. Short-term mortality after a first episode of status epilepticus. Epilepsia,1997,38:1344-1349.

［12］ Logroscino G,Hesdorffer DC,Casino G,et al. Long-term mortality after a first episode of status epilepticus. Neurology,2002,58:537-541.

［13］ Wijdicks EF,Parisi JE,Sharbrough FW. Prognostic value of myoclonus status in comatose survivors of cardiac arrest. Ann Neurol,1994,35:239-243.

［14］ Krumholz A,Stern BJ,Weiss HD. Outcome from coma after cardiopulmonary resuscitation: relation to seizures and myoclonus. Neurology,1988,38: 401-405.

［15］ Celesia GG,Grigg MM,Ross E. Generalized status myoclonicus I acute anoxic and toxic-metabolic encephalopathies. Arch Neurol,1988,45: 781-784.

［16］ Coeytaux A,Jallon P,Galobardes B,et al. Incidence of status epilepticus in French-speaking Switzerland:(EPISTAR). Neurology,2000,55:693-697.

［17］ DeLorenzo RJ,Hauser WA,Towne AR,et al. A prospective,population-based epidemiologic study of status epilepticus in Richmond,Virginia. Neurology,1996,46:1029-1035.

［18］ Waterhouse EJ,Vaughan JK,Barnes TY,Boggs JG,et al. Synergistic effect of status epilepticus and ischaemic brain injury on mortality. Epilepsy Res,1998,29:175-183.

［19］ Velioglu SK, Ozmenoglu M, Boz C, Alioglu Z. Status epilepticus after stroke. Stroke, 2001, 32:1169-1172.

［20］ Lowenstein DH,Alldredge BK. Status epilepticus at an urban public hospital in the 1980s. Neurology,1993,43: 483-488.

［21］ Fountain NB. Status epilepticus: risk factors and complications. Epilepsia,2000,41:S23-30.

［22］ Shinnar S,Pellock JM,Berg AT,et al. Short-Term Outcomes of Children with Febrile Status Epilepticus. Epilepsia,2001,42: 47-53.

[23] Barnard C, Wirrell E. Does Status epilepticus in children cause developmental deterioration and exacerbation of epilepsy? J Child Neurol, 1999, 14: 787-794.

[24] Waterhouse EJ, DeLorenozo RJ. Status epilepticus in older patients: epidemiology and treatment options. Drugs Aging, 2001, 18: 133-142.

[25] Rossetti AO, Hursitz S, Logroscino G, et al. Prognosis of status epilepticus: role of aetiology, age, and consciousness impairment at presentation. J Neurol Neurosurg Psychiatry, 2006, 77: 611-615.

[26] Treiman DM, Meyers PD, Walron NY, et al. A comparison of four treatments for generalized convulsive status epilepticus. Veterans Affairs Status Epilepticus Cooperative Study Group. N Engl J Med, 1998, 339: 792-798.

[27] Towne AR, Pellock JM, Ko D, et al. Determinants of mortality in status epilepticus. Epilepsia, 1994, 35: 27-34.

[28] DeLorenzo RJ, Garnett LK, Towne AR, et al. Comparison of status epilepticus with prolonged seizure episodes lasting from 10 to 29 minutes. Epilepsia, 1999, 40: 164-169.

[29] Treiman DM, Walton NY, Collins JF, et al. Treatment of status epilepticus if the first drug fails. Epilepsia, 1999, 40: 243.

[30] Mayer SA, Claassen J, Lokin J, et al. Refractory status epilepticus: frequency, risk factors, and impact on outcome. Arch Neurol, 2002, 59: 205-210.

[31] Claassen J, Hirsch LJ, Emerson RG, et al. Continuous EEG monitoring and midazolam infusion for refractory nonconvulsive status epilepticus. Neurology, 2001, 57: 1036-1042.

[32] Waterhouse EJ, Garnett LK, Towne AR, et al. Prospective population-based study of intermittent and continuous convulsive status epilepticus in Richmond, Virginia. Epilepsia, 1999, 40: 752-758.

[33] Celesia GG. Prognosis in convulsive status epilepticus. J Clin Neurophysiol, 1995, 12: 343-362.

[34] Walker MC, Smith SJ, Shorvon SD. The intensive care treatment of convulsive status epilepticus in the UK. Results of a national survey and recommendations. Anaesthesia, 1995, 50: 130-135.

[35] Scholtes FB, Renier WO, Meinardi H. Generalized convulsive status epilepticus: causes, therapy, and outcome in 346 patients. Epilepsia, 1994, 35: 1104-1112.

[36] Ahdrean O, Rossetti MD, Giancarlo L. Refractory status epilepticus. Effect of treatment aggressiveness on prognosis. Arch Neurol, 2005, 62: 1482-1698.

[37] DeGiorgio CM, Heck CN, Rabinowicz AL, et al. Serum neuron-specific enolase in the major subtypes of status epilepticus. Neurology 1999, 52: 746-749.

[38] DeGiorgio CM, Tomiyasu U, Gott PS, et al. Hippocampal pyramidal cell loss in human status epilepticus. Epilepsia, 1992, 33: 23-27.

[39] Maytal J, Shinnar S, Moshe SL, et al. Low morbidity and motality of status epilepticus in children. Pediatrics, 1989, 83: 323-331.

[40] Dunn DW. Status epilepticus in children: etiology, clinical features, and outcome. J Child Neurol, 1988, 3: 167-173.

[41] Yager JY, Cheang M, Seshia SS. Status epilepticus in children. Can J Neurol Sci, 1988, 15: 402-405.

[42] Oxbury JM, Whitty CW. Causes and consequences of status epilepticus in adults. A study of 86 cases. Brain, 1971, 94: 733-744.

[43] Alldredge BK, Gelb AM, Isaacs SM, et al. A comparison of lorazepam, diazepam, and placebo for the treatment of out-of-hospital status epilepticus. N Engl J Med, 2001, 345: 631-637.

[44] Hesdorffer DC, Logroscino G, Cascino G, et al. Incidence of status epilepticus in Rochester, Minnesota,

1965-1984. Neurology,1998,50:735-741.

[45] Shinnar S,Berg AT,Moshe SL,et al. Risk of seizure recurrence following a fint unprovoked seizure in childhood:a prospective study. Pediatrics,1990,85:1076-1085.

[46] Holtkamp M,Othman J,Buchheim K,et al. Predictors and prognosis of refractory status epilepticus treated in a neurological intensive care unit. J Neurol Neurosurg Psychiatry,2005,76: 534-539.

[47] Shorvon SD. Status epilepticus in clinical features and treatment in children and adults. Cambridge:Cambridge University Press,1994.

[48] Litt B,Wityk RJ,Hertz SH,et al. Nonconvulsive status epilepticus in the critically ill elderly. Epilepsia, 1998,39: 1194-1202.

[49] Kaplan PW. Behavioral manifestations of NCSE. Epilepsy Behavior,2002,3: 122-139.

[50] Granner M,Lee SI. Nonconvulsive status epilepticus: EEG analysis in a large series. Epilepsia,1994,35: 42-47.

[51] Fagan JM,Lee SI. Prolonged confusion following convulsions due to generalized nonconvulsive status epilepticus. Neurology,1990,40: 1689-1694.

[52] Thomas P,Beaumanoir A,Genton P,et al. "De novo" absence status of late onset;reprot of 11cases. Neurology,1992,42: 104-110.

[53] Thomas P,Zifkin B,Migneco O,et al. Nonconvulsive status epilepticus of frontal origin. Neurology,1999, 52: 1174-1183.

[54] Granner M,Lee SI. Nonconvulsive status epilepticus: EEG analysis in a large series. Epilepsia,1994,35: 42-47.

[55] Berkovic SF,Andermann F,Guberman A,et al. Valproate prevents the recurrence of absence status. Neurology,1989,39: 1294-1297.

[56] Stores G,Zaiwalla Z,Syles E,et al. Non-convulsive status epilepticus. Arch Dis Child,1995,73:106-111.

[57] Tomson T,Lindom U,Nilsson BY. Nonconulsive status epilepticus in adults: thirty-two consecutive patients from a general hospital population. Epilepsia,1992,33: 829-835.

[58] Cockerell OC,Walker MC,Sander JWAS,et al. Complex partial status epilepticus: a recurrent problem. J Neurol Neurosurg Psychiatry,1994,57: 834-837.

[59] Krumholz A,Sung GY,Fisher RS,et al. Complex partial status epilepticus accompanied by serious morbidity and mortality. Neurology,1995,45: 1499-1504.

[60] Kaplan PW. Functional outcome following nonconvulsive status epilepticus. Epilepsia, 1997, 38 Suppl 8: 224.

[61] Treiman DM,Meyers PD,Walton NY,et al. A comparison of four treatment for generalized convulsive status epilepticus. Veterans affairs status epilepticus cooperative study group. N Engl Med, 1998, 339: 792-798.

[62] Drislane FW,Schomer DL. Clinical implications of generalized electrographic status epilepticus. Epilepsy Research,1994,19: 111-121.

[63] Litt B,Wityk RJ,Hertz SH,et al. Nonconvulsive epilepticus in the critically ill elderly. Epilepsia,1998, 39: 1194-1202.

[64] Privitera M,Hoffman M,Moore JL,et al. EEG detection of nontonic-clonic status epilepticus in patients with altered consciousness. Epilepsy Research,1994,18: 155-166.

[65] Young GB,Jordan KG,Doig GS. An assessment of nonconvulsive seizures in the intensive care unit using continuous EEG monitoring: An investigation of variables associated with mortality. Neurology,1996,47: 83-89.

[66] Jordan KG. Nonconvulsive status epilepticus in acute brain injury. J Clin Neurophysiol, 1999, 16: 332-340.

[67] DeLorenzo RJ, Waterhouse EJ, Towne AR, et al. Persistent nonconvulsive status epilepticus after the control of convulsive status epilepticus. Epilepsia, 1998, 39: 833-840.

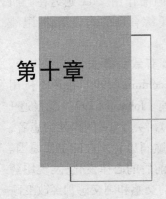

第十章

抗癫痫药物常见的重症 不良反应

第一节 抗癫痫药物致死性副作用

癫痫死亡率远高于普通人群。Morgan(2002)曾统计英国两个城市 1993～1996 年的死亡病例,其中癫痫患者死亡 352 例,占所有死亡病例的 2%,死亡率为 36.2‰,约为一般人群的 4 倍(9.9‰);2004 年,Tomson 综合文献报道癫痫患者的死亡数与标准人口预期死亡数的比率(standardised mortality ratio,SMR)是一般人群的 2～3 倍。

除癫痫发作的自身影响外,抗癫痫药物(antiepileptic drugs,AEDs)的致死性副作用是癫痫患者死亡率远高于普通人群的主要原因之一。在 2000 年英国发现的 331 例 16 岁以上成人因重症药源性死亡(不含药物过量和疫苗接种)的患者中,抗癫痫药是其最常见病因,死亡的主要形式是肝损伤(Clarkson,2003)。了解抗癫痫药物引起致死性副作用发生的规律和特征,有助于提高其临床用药的安全性。

一、致死性心律失常

抗癫痫药物引起致死性心律失常是癫痫患者药源性死亡的一个重要原因。可发生于猝死病例,亦可单独发生。Kloster(1999)和 Opeskin(2000)报道尸解猝死的癫痫患者,发现患者的心肌已有病理性改变:冠状小动脉壁纤维变性、心肌萎缩、心肌纤维变性、白细胞浸润及心传导系统异常。Kwon(2004)在对 178 例癫痫儿童死亡的病例研究,发现心律失常是儿童死亡的重要原因,其表现为 QT 间期的延长。

1. 实验研究 抗癫痫药物引起致死性心律失常受到实验研究的支持。Danielsson(2005)等人用细胞学的方法发现拉莫三嗪和托吡酯能使心肌细胞的钾离子电流分别减少 40% 和 30%,卡马西平(CBZ)能使心肌细胞的钾离子电流减少 20%;另有研究显示苯妥英钠(PHT)、苯巴比妥(PB)也能通过阻滞 K 离子通道回返电流(rectifying K current,Ikr)导致 QT 间期延长,去极化时限提前,认为抗癫痫药物对心肌细胞钾离子电流的影响是导致致死性心律失常和患者突然死亡的重要原因(Danielsson,2003,2005;Knowles,1999;Khan IA,2002)。

2. 药物 心律失常是癫痫患者致死性因素之一。致死性心律失常主要见于作用机制为离子通道阻滞的抗癫痫药物。该类抗癫痫药物通过阻滞钠离子或钙离子通道而稳定突触前膜、后膜发挥其抗癫痫作用，但其同时对心脏 Ikr 亦有阻滞作用。Ikr 延迟在心肌复极化和病理状态下心交感活动增强中有重要作用，是长 QT 综合征的病理基础，阻滞 Ikr 可导致 QT 间期延长而致死(Knowles,1999;Khan IA,2002)。

抗癫痫药物引起致死性心律失常主要发生在 CBZ。CBZ 有致心律失常的副作用。Jacome(1987)首次报道 CBZ 引起癫痫患者的晕厥和死亡;Checchinim(1995)报道 1 例用 CBZ 的患者在血药浓度正常范围内出现了持续性窦性心动过速。Johnson(1997)也报道 1 例 40 岁女性，用 CBZ 后出现窦房结功能紊乱。Tmmings(1998)研究了 14 例猝死的患者，其中 11 例是用 CBZ，认为 CBZ 所致的致死性心律失常是引起癫痫患者死亡的主要原因。Persson(2003)等人研究了 15 例新诊断的癫痫患者应用 CBZ 前后的心律变化，发现用药以后，癫痫患者 RR 间期明显延长，证实 CBZ 能通过影响患者的交感和副交感神经改变睡眠中的心律，引起患者的突然死亡。近期一项临床调查显示，经 CBZ 治疗的患者发生猝死者占猝死患者中的 85%，死亡原因与心肌功能异常有关。发生机制可能是 CBZ 减慢房室间传导，增加自主神经的交感节律而抑制副交感有关(Knight,2003;Krahenbuhl,2000)。

3. 致死性心律失常发生的原因　Druschky(2001)用间碘苯甲胍单相 CT(MIBG-spect)研究了 11 例用 CBZ 的颞叶癫痫患者、11 例不用 CBZ 的颞叶癫痫患者和 16 例志愿者的心率变异性(heart rate variability,HRV)，发现颞叶癫痫患者的时间频谱变异很大，副交感占优势，并调节功能差，这种心功能的特征容易产生心律失常;癫痫发作后脑干功能抑制易导致低氧血症，这种心功能的不稳定也是产生致死性心律失常的原因，因而 Tmmings 等人认为用 CBZ 后引起的 QR 间期延长和发作引起的短暂性心律及颞叶癫痫对心律影响的共同作用导致了致死性心律失常的发生。

4. 致死性心律失常发生的诱因　CBZ 引起患者致死性心律失常主要发生在两个时期:①药物过量:Nilsson(2002)等人对 6880 例癫痫患者中的 57 例猝死，171 例对照组进行研究，发现多药治疗、CBZ 浓度超高、剂量变化太频繁是猝死发生的三大危险因素，没有进行抗癫痫药物血浓度监测患者死亡的危险因子是 3.7，最后 1 次血药浓度超过正常的服用 CBZ 的患者比不用 CBZ 者死亡的危险因子是 9.5;Mise(2005)研究了血药浓度与 CBZ 引起致死性心律失常的关系，发现血浓度达到 170mmol/L 时常有致死性心律失常发生;②突然停药:Hennessy(2001)用视频心、脑电图对癫痫患者进行的研究发现在停用 CBZ 前后患者最高和最低心率发生了明显变化(19%)，认为 CBZ 的停用可使患者睡眠中的交感神经兴奋性增加，引起致死性心律失常的发生;Sarrecchia(1998)等人也发现在静脉使用 PB 2~4 天后突然停药可出现 PB 断戒综合征，患者有焦虑，失眠，节律性震颤等，如果这种现象没有被认识到，并进行正确的处理，随之就会出现高热和突然死亡;Rintahaka(1999)回顾分析美国 1983~1994 年 302 例硝西泮治疗的难治性癫痫，发现用硝西泮的死亡率明显高于不用硝西泮者。21 例死亡病例中，5 例发生在停用硝西泮后。

二、不明原因的突然死亡

1. 流行病学调查　癫痫患者不能解释的突然死亡(sudden unexpected deaths in epi-

lepsy,SUDE)并不少见。在对英国和爱尔兰死亡的 1997 例癫痫患者死因调查中发现 400 例系 SUDE,约占难治性癫痫患者死亡的 25%。神经源性肺水肿、致死性心律失常,发作后脑干功能抑制引起的中枢性"窒息"是死亡的主要原因(Walczak T,2003)。

2. 抗癫痫药物与猝死的关系 应用抗癫痫药物的患者都可能发生猝死。美国 FDA 从 1993 年开始注意到猝死与抗癫痫药物的关系,随后的研讨会认为猝死病例增加与新型抗癫痫药物发展计划有关,但未确定哪种抗癫痫药物是猝死发生的直接诱因(Lathers,2002)。

3. 抗癫痫药物诱导猝死的危险因素 猝死与多种抗癫痫药物的联合应用有关。抗癫痫药物应用种类是仅次于癫痫发作频率的猝死第二危险因素,猝死发生率随着抗癫痫药物应用种类的增加而增加,应用三种抗癫痫药物的患者猝死发生率较单药治疗高 10 倍。2001 年美国 FDA 调查的 9144 例联合应用抗癫痫药物患者猝死发生率是 3.8‰,而 1239 例单药治疗患者猝死率为零(Tellez-Zenteno JF,2005;Racoosin JA,2001)。

猝死还可能与抗癫痫药物的血药浓度有关。治疗顺应性差的患者常因自行停药或减量引起抗癫痫药物血药浓度波动。Opeskin(1999)比较癫痫猝死和其他病因死亡的癫痫患者死后 CBZ、PHT、丙戊酸(VPA)、PB、拉莫三嗪(LTG)、氯硝西泮、氯巴占的血药浓度,发现猝死病例抗癫痫药物血药浓度低于正常范围。而 Nilsson(2001)等发现癫痫猝死病例中部分患者血 CBZ 浓度达中毒剂量,且死前多有频繁改变剂量史。还有研究发现 PHT 和 CBZ 突然撤药,影响 QT 间期或血药浓度高于正常者都易诱发猝死。Walczak(2003)等人对不明原因突然死亡的癫痫患者进行调查发现,2 种以上抗癫痫药物的联合应用和抗癫痫药物的突然停用和血药浓度的快速变化是引起癫痫性猝死的主要危险因素,而应用 3 种抗癫痫药物患者的猝死发生率较单药治疗者高达 10 倍。Tennis(1995)研究了 163 例猝死的患者,发现合用 3 种或 3 种以上 AEDS 的男性患者最易发生猝死,支持多种抗癫痫药物的联合应用是其主要危险因素的观点。这些研究结果提示抗癫痫药物骤然停药,频繁更换剂量致血药浓度波动是导致癫痫患者猝死的重要诱因。

三、癫痫持续状态

抗癫痫药物过量引起的中毒反应可诱发癫痫持续状态。PHT、CBZ、VPA、PB 的血液浓度超过有效范围均有引起癫痫持续状态的报道。这种癫痫持续状态一旦发生,地西泮等一线抗癫痫持续状态药物往往无效。Spiller(2002)报道 2 例患者 CBZ 过量引起癫痫持续状态死亡病例。1 例 18 岁女性,用 CBZ 4 天后出现癫痫持续状态,各种药治疗无效,4 小时后死亡;另 1 例是 18 岁男孩,出现癫痫持续状态 2 小时内,用各种药物治疗无效后死亡。抗癫痫药物过量诱发癫痫持续状态的原因不详,可能与高浓度抗癫痫药物阻碍抑制性中间神经元对兴奋性神经元的作用有关。发病过程中发现患者都有复杂的心律失常,且耐药。碳血灌注可能是挽救患者生命的最好措施。

四、高敏综合征

高敏综合征的患者表现为皮肤损伤、内脏损伤、血液系统损伤。其中内脏损伤是引起患者死亡的主要原因。芳香族抗癫痫药物都可能引起高敏综合征的发生,苯妥英钠最常见。其他抗癫痫药,如 CBZ、PB、LTG 等也有引起高敏综合征的报道。

高敏综合征常常出现于抗癫痫药物治疗的前 8 周,与治疗剂量和血药浓度无关。患者首先出现皮疹、高热、面部水肿、舌肿胀、黏膜受累。查体可见淋巴结肿大、紫癜、水疱、哮喘、关节炎,实验室检查可见嗜酸性细胞增多、淋巴细胞升高、肝功异常。严重的皮肤过敏反应会导致 Stevens-Johnson 综合征或表皮溶解坏死性皮炎。

高敏综合征导致的重症肝炎和(或)脾大可见于半数病例。而药源性肝炎和高敏综合征的高死亡率(12% ~ 50%)明显相关。高敏综合征还可引起间质性肾炎、脑炎、无菌性脑膜炎、心肌炎、间质性肺炎和甲状腺炎。这些内脏损伤都可引起癫痫患者的死亡。

高敏综合征的病理机制不清楚。药物蛋白结合复合物的去氧化代谢使其成为具有潜在细胞毒性的介质,当其与细胞小分子物质共价结合后,可导致生物激活和去氧化失衡,产生共价半抗原,引起内源性免疫反应。其免疫反应的靶点是药物修饰的蛋白。芳香族化合物去氧化时,如果毒性代谢产物的氧化不充分,毒性代谢产物和细胞小分子结合,也能引起严重细胞坏死和免疫反应。患者家族中有药物过敏史者可能因其过敏体质而增加高敏综合征的发生率。芳香族抗癫痫药物间存在交叉过敏。临床没有证据表明芳香族抗癫痫药物和 LTG 间存在交叉过敏(Nilsson,2001)。

五、致死性肝坏死

抗癫痫药引起的肝功能损伤最近重新引起了人类的注意,称为抗癫痫药物代谢综合征。在英国,对 16 岁以上,排除药物过量和疫苗接种外的重症药物副作用死亡的 331 例患者进行的调查显示抗癫痫药是引起死亡最常见的药物,死亡的主要原因是暴发性肝坏死。丙戊酸(VPA)、苯妥英钠(PHT)、苯巴比妥(PB)、卡马西平(CBZ)、拉莫三嗪(LMG)、加巴喷丁、唑尼沙胺、非尔氨酯(FMA)、噻咖宾这 9 种药都有引起肝功能损伤的报道。

神经病理学研究发现抗癫痫药引起的肝损伤可分成肝细胞型、胆汁淤积型、过敏反应型及混合型四种。肝细胞型的病理改变与病毒性肝炎的肝损伤相似,为弥漫性肝实质损伤,光镜下可见点状坏死、桥接坏死、小叶中心性坏死或多小叶坏死,严重者有带状或块状肝坏死,网状支架塌陷,小叶及汇管区炎细胞浸润,淤胆伴 Kupffer 细胞增生和肥大;胆汁淤积型的主要病理改变为肝毛细胆管淤胆,伴肝细胞轻度损伤。光镜下肝细胞和 Kupffer 细胞内胆色素沉着,毛细胆管内胆栓形成,肝细胞呈气球样变、灶状坏死或脂肪变性,嗜酸性粒细胞及单核细胞在汇管区浸润,可伴小胆管增生及假小胆管的形成;过敏反应型的病理改变以肝实质损伤为主,如点状坏死、灶状坏死、桥接坏死及大块状坏死,可伴有不同程度的淤胆、嗜酸性粒细胞和淋巴细胞浸润,及肝内肉芽肿的形成;混合型的病理改变多以肝实质细胞损伤为主,伴轻度淤胆,病变程度变化不一。

根据病理改变结果,目前学术界推测抗癫痫药引起的肝损伤可能有三种不同机制:①中毒学说:认为药物进入肝脏后,经细胞色素 P450 酶系作用,代谢转化成为一些毒性产物,它们与大分子蛋白质共价结合或直接将肝细胞膜上不饱和脂肪酸过氧化,破坏膜的完整性和 Ca^{2+}-ATP 酶系,引起肝细胞死亡(Helmut Sies,1997);②免疫机制:认为在特异质个体或代谢异常情况下,药物及其代谢物与肝内蛋白质结合后可形成抗原,刺激机体产生抗体,诱发免疫机制,导致过敏性变态反应;③胆汁淤积:药物引起了肝细胞的胆汁流机制发生障碍,造成肝内淤胆,引起肝功能损伤(王学峰,2006)。

引起肝功能损伤的抗癫痫药主要有以下9种。

（1）丙戊酸引起的肝损伤：在抗癫痫药引起肝损伤的报道中，VPA是最多的。Clarkson 和 Choonara（2003）报道英国因重症药物副作用死亡的331例患者中抗癫痫药致死者为65例，其中VPA占首位（31/65例），死亡的主要原因是暴发性肝坏死。传统认为丙戊酸引起的肝功能损伤多发生在2岁以下的儿童，但近年的临床实践发现丙戊酸引起肝损伤的年龄特征不明显，不同年龄段服用VPA的患者都可能出现肝损伤，但2岁以下儿童、多种抗癫痫药合用、伴有神经系统疾病或发育迟缓者，尤其是有遗传疾病者最易发生药源性肝损伤（王学峰，2006）。

VPA引起肝功能障碍主要表现为两种类型。①暴发性肝损伤易发生在用药开始的前3个月，首发症状多为乏力、食欲下降、呕吐，继之有黄疸、发热。数日后出现全身广泛性出血和出血性休克，部分患者有皮疹，多数患者有浮肿，后期出现意识障碍，常在数天内死亡。病理上表现为肝细胞肿大，呈双核或多核，染色质颜色加深，Kupffer细胞增生和肥大，病变区有T淋巴细胞、浆细胞和嗜中性粒细胞浸润，肝小叶典型条索状结构消失，肝实质细胞有点状坏死、灶状坏死、小叶中心性坏死和微泡性脂肪变性；有时可见肝内胆汁淤积和小胆管增生。电镜下可见肿大、膨胀的线粒体和多数脂肪粒；②普通型肝损伤多出现在用药开始的前6个月，约有15%～30%的患者出现轻度谷丙转氨酶、谷草转氨酶增高等肝功能异常，伴或不伴临床症状，其产生可能与用药剂量有关，并且大多同时服用其他酶诱导药物，如与PB合用时更易出现。常规的肝功能检查不能发现全部的肝坏死，但肝功能正常者的预后明显好于异常者。由于许多VPA引起的肝坏死在早期肝功能变化不明显，因而Konig等人提出常规的肝功能检查不能作为判别有无肝坏死的指标。而肝活检则是判别VPA致肝坏死较为理想的指标，常能发现有显著的肝坏死表现（王学峰，2006）。

VPA过量引起普通型肝损伤可通过减少药物剂量和保肝使患者的肝功能改善，联苯双酯在降低患者谷丙转氨酶和谷草转氨酶上有效。左旋康胃素可能对VPA引起的急性肝坏死有效。

Dreifuss（1989）及其助手对VPA引起肝损伤进行了追踪观察，发现有目的地控制VPA致肝损伤的危险因素可使其发生率大幅下降，主张：①使用前查肝脏功能；②仔细追问病史以排除肝脏疾患；③监测肝功能，尤其需密切注意乳酸脱氢酶、谷丙转氨酶、谷草转氨酶、胆红素的变化，同时也要注意凝血机制的指标如纤维蛋白原、总蛋白、促凝血酶原激酶，反复进行血细胞测定，包括血小板的测定；④若基础肝功能及上述指标正常，开始治疗10～14天后重测一次肝功能，若无异常，以后分别于第4周、第8周、第4个月、第6个月重测；⑤若肝功能检查时有酶指标的增高，应立即复查，同时加测其他的检验指标，结合患者的一般情况及其他影响酶指标的因素如合用其他药物、合并其他疾病进行综合分析。若连续3次测定酶指标有异常（超过正常值的2倍）或患者一般情况差，应停药。

（2）CBZ引起的肝损伤：CBZ是肝酶诱导剂，其对肝脏的损害类似于PHT、CBZ引起的肝损伤可见于各种年龄。Lombardi报道1例81岁男性，用CBZ后出现肝损伤；Haase（1999）报道1例6岁儿童用CBZ治疗部分性发作，后出现肝损伤。CBZ性肝损伤最早在第4天出现，多数在1个月内出现。Lombardi的报道是在用药50天后出现肝损伤。病理改变为胆汁淤积型，血液生化检查可有转氨酶升高，也有致死性肝毒性反应的报道。CBZ

引起肝损伤多半有发热,肝活检可见到明显肉芽肿,故认为 CBZ 致肝细胞毒性反应可能是特异性过敏反应。CBZ 性肝损伤预后良好,多数是可逆的,撤药后可改善。CBZ 与异烟肼或 VPA 合用后更易出现肝损伤(孙纪军,王学峰,2006)。

(3) PHT 引起的肝损伤:PHT 经肝代谢,而肝脏代谢能力有限,一旦饱和,就可能中毒。苯妥英引起的肝损伤一般发生在用药开始 6 周内,1/3 患者可致死。其临床过程较为一致,表现为发热、皮疹、肝脾肿大、淋巴结肿大以及嗜酸性粒细胞增多,有时有黄疸、血清碱性磷酸酶明显增高,转氨酶升高。由于苯妥英引起的肝损伤与剂量和血浓度无关,因而其肝毒性作用可能是过敏反应所致。长期应用 PHT 还可引起无症状性血中碱性磷酸酶及谷丙转氨酶升高,以及肝大。这些改变由苯妥英的酶诱导作用所致。有个案报道苯妥英与复方磺胺甲唑合用 9 天后发生了暴发性肝衰竭,并由尸检得以证实(沈鼎烈,2006;王学峰,2006)。

(4) PB 引起的肝损伤:PB 对肝脏有轻微损害,对肝功损伤较重的慢性肝病须慎用,肝硬化者禁用。多次过量连用可蓄积中毒,肝中毒时除了引起黄疸和血清转氨酶升高外,常伴有严重皮疹和发热,说明其与过敏反应有关(孙纪军,2006)。

(5) 拉莫三嗪引起的肝损伤:Wong 曾对英国 5 个癫痫中心使用拉莫三嗪的患者进行过长期观察,并与卡巴喷丁和氨己烯酸进行比较。在随访的 2710 例患者中,拉莫三嗪的致死性副作用是皮肤反应、肝损伤、重症溃疡性结肠炎、DIC 及肾功能损伤。各种年龄的患者在服用拉莫三嗪过程中都可能发生肝损伤,其中最多的是儿童。Fayad 报道的 3 例患者都是儿童,但以前报道的 6 例患者中 5 例为成人,仅 1 例为儿童。拉莫三嗪致肝损伤的病理学改变在早期表现为肝细胞坏死,3 周后出现大片肝细胞坏死伴广泛胆管增生。但大多数拉莫三嗪引起的肝损伤表现为在小叶中心和门静脉周围有散在的和局灶性肝细胞坏死,肝细胞索网状纤维支架保存相对完整,肝小叶及汇管区弥漫性淋巴细胞浸润,并伴肝内胆管增生和局灶性胆汁淤积,也有人报道拉莫三嗪引起致命性肝中毒中,尸检显示 50% 肝实质细胞坏死,并伴肝内胆小管增生。拉莫三嗪引起肝损伤的预后比 VPA 和 FMA 好,但也有病死者(沈鼎烈,2006)。

(6) 非尔氨酯(FMA)引起的肝损伤:FMA 作为新抗癫痫药对部分性发作有效,尤其是对多种药物治疗无效的癫痫,FMA 的疗效更好,因而,在美国曾主张将其作为一线抗癫痫药,但在上市后第二年就出现了首例肝坏死病例。随之发现的严重骨髓抑制和重症肝损伤很快就使其退出了一线抗癫痫药的序列。FMA 引起的肝损伤可发生在各种年龄,成人和儿童均有报道,但 5 岁以下儿童更易受影响,成人少见。女性稍多于男性,有高敏综合征,血细胞减少,免疫反应疾病,对其他抗癫痫药过敏或有过量病史者更易发生 FMA 性肝损伤。因而在使用 FMA 前除一定要检查肝功能外,还要仔细排除上述相关因素。Fellock(1999)及 Pellock(1998)均主张有肝损伤或肝病者忌用 FMA。FMA 性肝损伤出现的时间相差很大。50% 的肝损害发生在用药后 3~6 月内,多数在 1 年内出现,且与剂量大小无关。预后很差。因此美国 FDA 警告要慎用 FMA,并建议每 1~2 周做 1 次肝功能测定(孙纪军,2006)。

(7) 托吡酯(TPM)引起的肝损伤:TPM 很少引起肝损伤,但也有因 TPM 导致急性肝衰竭而做肝移植手术的报道。另外 TPM 合用其他抗癫痫药会明显增加这些药物所引起肝衰竭的几率(孙纪军,王学峰,2006)。

　　抗癫痫药不仅可引起肝酶升高，而且可导致中毒性肝炎及暴发性肝衰竭，且严重的肝中毒常发生于肝酶检测正常的患者中，无症状肝酶升高也很常见，因此，实验室检查很难预测肝中毒的严重程度，加上某些病例临床症状不够典型，所以在诊断抗癫痫药所致肝损伤时，要从服药史、肝病的临床症状、肝功能检查、肝活检以及停药后的反应等作出综合诊断，特别应注意给药剂量、疗程、有无合并用药、服药和出现肝损伤的时间，是否合并其他肝外表现（如皮肤、血象、肾脏、关节）等，同时排除其他肝病的证据。药物性肝损伤的诊断可从以下几个方面综合考虑：①大多数抗癫痫药引起的肝损伤，出现在用药后 1～4 周内，但也有服药数月后才出现肝病表现者，少数病例潜伏期更长；②初发症状可能有发热、皮疹、黄疸及皮肤瘙痒；③发病初期周围血中嗜酸性粒细胞增生大于 6%，或白细胞异常升高；④肝活检有肝内胆汁淤积或肝实质细胞损害的病理改变；⑤药物敏感实验为阳性［巨噬细胞或白细胞移动抑制试验和（或）淋巴细胞转化试验——3n-胸腺嘧啶标记］，血清中出现自身抗体如抗 M16、抗 LKM2、抗 CYP1A2 等；⑥肝炎病毒血清学分析（HbsAg、抗 HBC、抗 HAV、抗 HCV、HDV 和抗 HEV）阴性，并排除其他能够解释肝损害的病因；⑦停药后在数周内症状及体征逐渐消失，偶然再次给药后又引发肝损伤。

　　抗癫痫药物引起的肝功能障碍物可参考以下原则进行处理：①确诊后需按肝损伤类型和可能机制减量或停用对肝脏有损害或可疑有损害的药物；②加强支持，卧床休息，给予高热量、高蛋白饮食，补充各种维生素及微量元素，维持水、电解质及酸碱平衡；③保肝治疗：肝损伤患者如有血清转氨酶升高、血浆白蛋白水平下降等，可给予保肝药物，低蛋白者静脉予白蛋白或血浆，转氨酶升高者予维丙胺、联苯双酯降酶治疗，有出血倾向时可给予维生素 K_1；④黄疸明显者应静脉滴注高渗葡萄糖、维生素 C 和维持电解质平衡；有时可适量应用肾上腺皮质激素治疗，待病情改善后逐渐减量；⑤利胆治疗：明显淤胆者可加用肾上腺糖皮质激素，待症状好转后逐渐减量。对淤胆引起的顽固性瘙痒采用体外血浆置换，要明显优于保守治疗；⑥还原型谷胱甘肽（GSH）有保护肝细胞膜，恢复肝细胞功能和肝酶活性，并对外源性药物、毒物有解毒作用，对抗癫痫药引起的肝损伤有明显疗效，可酌情使用；⑦暴发性肝炎患者，可采用血液透析，以除去血中有害物质，也可采用全肝灌流（wholeliver perfusion），即将人血经动物肝（狒狒、猪等）灌流去除有害物质等人工肝技术进行处理，以清除体内毒物，减轻对肝脏损害，为肝细胞自行恢复争取时间；⑧重症患者如出现肝衰竭、重度胆汁淤积或慢性肝炎并发肝硬化时，需选用人工肝支持或进行肝移植手术。患者经规范处理，一般预后良好，但有部分病例可出现不可逆肝损害，临床状况明显恶化或暴发性肝衰竭，甚至死亡。

　　抗癫痫药肝损伤的预防，需注意下列几点：①治疗期间要注意监测各种毒副作用，定期测定血象、胆红素、肝功能；②对以往有药物过敏史或过敏体质的患者，用药时应特别注意；③对肝、肾病患者、新生儿和老年患者、营养障碍者，药物的使用和剂量应慎重考虑；④一旦出现肝功能异常或黄疸应减量或停用；⑤注意抗癫痫药的合理使用，尽量避免同时使用多种抗癫痫药，联合用药时需避免同时使用化学结构相同，副作用相似的药物，并慎用对肝药酶有诱导作用而同时又具有相互作用的药物（沈鼎烈，2006）。

六、抗利尿激素不恰当分泌综合征

　　癫痫患者在患病过程中可出现两种不同形式的低钠血症：缺钠性低钠和稀释性低钠。

后者的产生与抗利尿激素不恰当分泌有关。缺钠性低钠的治疗原则是补钠,稀释性低钠血症则需限水而不宜补钠,两者的治疗完全相反。Dong(2005)回顾分析美国 97 例服用奥卡西平和 451 例应用 CBZ 的癫痫患者,发现用奥卡西平组低钠血症发生率为 29.9%,CBZ 组为 13.5%,其中 12.4% 奥卡西平组和 2.8% CBZ 组为重型低钠血症。Kloster(1998)等人报道 2 例死亡后尸解的癫痫患者,2 例患者都服用了奥卡西平和 VPA,其中 1 例加服了拉莫三嗪,发现抗利尿激素不恰当分泌是引起患者死亡的主要原因,作者认为CBZ、奥卡西平是引起抗利尿激素不恰当分泌综合征中最常见的药物。

七、血液系统的损伤

Wong(2001)曾对英国 5 个癫痫中心使用 LTG 的患者进行过长期观察,并与加巴喷丁和氨己烯酸进行比较。在随访的 2710 例患者中,LTG 的致死性副作用是皮肤反应、肝功能损伤,重症溃疡性结肠炎、DIC 及肾功能损伤。抗癫痫药物引起的再生障碍性贫血是严重的可致死性副作用之一。一般抗癫痫药物发生再生障碍性贫血的可能性小,应用CBZ 的癫痫患者每年发生再生障碍性贫血的几率(5/百万~7/百万)稍高于一般人群(2/百万~5/百万),非尔氨酯引起再生障碍性贫血的发生率则是一般人群的 50~100 倍。

八、急性坏死性出血性胰腺炎

抗癫痫药物的副作用中,急性坏死性出血性胰腺炎少见报道,发病机制不详。患者年龄小,多种抗癫痫药物联合应用均是急性胰腺炎的危险因素。Mileusni 报道 1 例 4 岁半的癫痫患儿用丙戊酸后出现急性出血性胰腺炎而死亡。

新型抗癫痫药物临床应用时间相对较短,缺乏对其未知的,可能致死性副作用临床资料的评价。但非尔氨酯有较高的致死率,美国 FDA 调查 36 例接受非尔氨酯治疗的癫痫患者,5 例死亡。1 例全身强直-阵挛发作死亡病例在非尔氨酯治疗后 40 天内即发生急性广泛性肝坏死。也有报告加巴喷丁与猝死有关。

(王学峰 李劲梅)

参 考 文 献

[1] Morgan CL,Kerr MP. Epilepsy and mortality:a record linkage study in a U. K. population. Epilepsia,2002,43(10):1251-1255.

[2] Tomson T,Beghi E,Sundqvist A,et al. Medical risks in epilepsy:a review with focus on physical injuries mortality,traffic accidents and their prevention. Epilepsy Res,2004,60(1):1-16.

[3] Clarkson A,Choonara I. Surveillance for fatal suspected adverse drug reactions in the UK. Arch Dis Child,2002,87(6):426-462.

[4] Kloster R,Engelskjon T. Sudden unexpected death in epilepsy(SUDEP):a clinical perspective and a search for risk factors. J Neurol Neurosurg Psychiatry,1999,67(4):439-444.

[5] Opeskin K,Thomas A,Berkovic SE,et al. Dose cardiac conduction pathology contribute to sudden unexpected death in epilepsy? Epilepsy Res,2000,40(1):17-24.

[6] Kwon S,Lee S,Hyun M,et al. The potential for QT prolongation by antiepileptic drugs in children. Pediatr Neurol,2004,30(2):99-101.

[7] Danielsson BR,Lansdell K,Patmore L,et al. Effects of the antiepileptic drugs lamotrigine,topiramate and

gabapentin on hERG potassium currents. Epilepsy Res,2005,63(1):17-25.

[8] Knowles SR,Shapiro LE,Shear NH. Anticonvulsant hypersensitivity syndrome: incidence,prevention and management. Drug Saf,1999,21(6):489-501.

[9] Danielsson BR,Lansdell K,Patmore L,et al. Phenytoin and phenobarbital inhibit human HERG potassium channels. Epilepsy Res,2003,55(1-2):147-157.

[10] Khan IA. Long QT syndrome: diagnosis and management. Am Heart J,2002,143(1):7-14

[11] Timmings PL. Sudden unexpected death in epilepsy: is carbamazepine implicated? Seizure,1998,7(4): 289-291.

[12] Persson H,Ericson M,Tomson T. Carbamazepine affects autonomic cardiac control in patients with newly diagnosed epilepsy. Epilepsy Res,2003,57(1):69-75.

[13] Knight TR,Fariss MW,Farhood A,et al. Role of lipid peroxidation as a mechanism of liver injury after acetaminophen overdose in mice. Toxicol Sci,2003,76: 229-236.

[14] Krahenbuhl S,Brandner S,Kleinle S,et al. Mitochondrial diseases represent a risk factor for valproate-induced fulminant liver failure. Liver,2000,20(4):346-348.

[15] Druschky MJ,Hilz P,Hopp G,et al. Interictal cardiac autonomic dysfunction in temporal lobe epilepsy demonstrated by [^{123}I] metaiodobenzylguanidine-SPECT. Brain,2001,124(12):2372-2382.

[16] Nilsson L,Ahlbom A,Farahmand BY,et al. Risk factors for suicide in epilepsy: a case control study. Epilepsia,2002,43(6):644-651.

[17] Mise S,Jukic I,Tonkic A,et al. Multidose activated charcoal in the treatment of carbamazepine overdose with seizures: a case report. Arh Hig Rada Toksikol,2005,56(4):333-338.

[18] Hennessy MJ,Tighe MG,Binnie CD,et al. Sudden withdrawal of carbamazepine increases cardiac sympathetic activity in sleep. Neurology,2001,13,57(9):1650-1654.

[19] Sarrecchia C,Sordillo P,Conte G,et al. Barbiturate withdrawal syndrome: a case associated with the abuse of a headache medication,Ann Ital Med Int,1998,13(4):237-239.

[20] Rintahaka PJ,Nakagawa JA,Shewmon DA,et al. Incidence of death in patients with intractable epilepsy during nitrazepam treatment. Epilepsia,1999,40(4):492-496.

[21] Walczak T. Do antiepileptic drugs play a role in sudden unexpected death in epilepsy? Drug Saf,2003,26 (10):673-683.

[22] Russo MW,Watkins PB. Are patients with elevated liver tests at increased risk of drug-induced liver injury? Gastroenterology,2004,126(5):1477-1480.

[23] Lathers CM,Schraeder PL. Clinical pharmacology: drugs as a benefit and/or risk in sudden unexpected death in epilepsy? J Clin Pharmacol. 2002;42(2):123-136

[24] Tellez-Zenteno JF,Ronquillo LH,Wiebe S. Sudden unexpected death in epilepsy: evidence-based analysis of incidence and risk factors. Epilepsy Res,2005,65(1-2):101-115.

[25] Racoosin JA,Feeney J,Burkhart G,et al. Mortality in antiepileptic drug development programs. Neurology,2001,56(4):514-519.

[26] Opeskin K,Burke MP,Cordner SM,et al. Comparison of antiepileptic drug levels in sudden unexpected deaths in epilepsy with deaths from other causes. Epilepsia,1999,40(12):1795-1798.

[27] Nilsson L,Bergman U,Diwan V,et al. Antiepileptic drug therapy and its management in sudden unexpected death in epilepsy: a case-control study. Epilepsia,2001. 42(5):667-673.

[28] Salmo EN,Connolly CE. Mortality in epilepsy in the west of Ireland: a 10-year review. Ir J Med Sci, 2002,171(4):199-201.

[29] Spiller HA,Carlisle RD. Status epilepticus after massive carbamazepine overdose. J Toxicol Clin Toxicol,

2002,40(1):81-90.

[30] Schuerer DJ,Brophy PD,Maxvold NJ,et al. High-efficiency dialysis for carbamazepine overdose. J Toxicol Clin Toxicol,2000,38(3):321-323.

[31] Lathers CM,Schraeder PL. Clinical pharmacology: drugs as a benefit and/or risk in sudden unexpected death in epilepsy? J Clin Pharmacol,2002,42(2):123-136.

[32] Kloster R,Borresen HC,Hoff-Olsen P. Sudden death in two patients with epilepsy and the syndrome of inappropriate antidiuretic hormone secretion (SIADH). Seizure,1998,7(5):419-420.

[33] Dong X, Leppik IE, White J, et al. Hyponatremia from oxcarbazepine and carbamazepine. Neurology, 2005,65(12):1976-1978.

[34] Wong,CK,Mawer GE,Sander,JS. Adverse Event Monitoring in Lamotrigine Patients: A Pharmacoepidemiologic Study in the United Kingdom,Epilepsia,2001,42:237.

[35] Mileusnic D,Donoghue ER,Lifschultz BD. Pathological case of the month: sudden death in a child as a result of pancreatitis during valproic acid therapy. Pediatr Pathol Mol Med,2002,21(5):477-484.

[36] Clarkson A,Choonara I. Surveillance for fatal suspected adverse drug reactions in the UK. Arch Dis Cld, 2003,88(1):93.

[37] Jaeschke H,Gores GJ,Cederbaum,AI,et al. Mechanisms of Hepatotoxicity Toxicological Sciences,2002, 65,166-176.

[38] Knight TR,Fariss MW,Farhood A,et al. Role of Lipid Peroxidation as a Mechanism of Liver Injury after Acetaminophen Overdose in Mice. Toxicological Sciences,2003,76:229-236.

[39] Graziadei IW,Obermoser GE,Sepp NT,et al. Drug-induced lupus-like syndrome associated with severe autoimmune hepatitis. Lupus,2003,12(5):409-412.

[40] William M,James H. Drug-induced liver disease. Current Opinion in Gastroentrerology,2000,16(3):231-238.

[41] Alan B,James LB. Mechanisms of Hepatic Transport of Drugs: Implications for Cholestatic Drug Reactions. Seminars in Liver Disease,2002,122(2):123-136.

[42] Silvia B,Joele L. Drugs and the liver: advances in metabolism,toxicity,and therapeutics. Current Opinnion in Pediatrics,2002,14(5):601-607.

[43] Velayudham LS,Farrell GC. Drug-induced cholestasis. Expert Opin Drug Saf,2003,2(3):287-304.

[44] Rasd M,Goldin R,Wright M. Drugs and the liver. Hosp Med,2004,65(8):456-461.

[45] Raza M, al-Shabanah OA, al-Bekairi AM,et al. Pathomorphological changes in mouse liver and kidney during prolonged valproate administration. Int J Tissue React,2000,22(1):15-21.

[46] Boelsterli UA. Mechanisms of NSAID-induced hepatotoxicity: focus on nimesulide. Drug Saf,2002,25 (9):633-648.

[47] Barrueto F Jr,Hack JB. Hyperammonemia and coma without hepatic dysfunction induced by valproate therapy. Acad Emerg Med,2001,8(10):999-1001.

[48] Krahenbuhl S,Brandner S,Kleinle S,et al. Mitochondrial diseases represent a risk factor for valproate-induced fulminant liver failure. Liver,2000,20(4):346-348.

[49] Polunina TE. Clinical and diagnostic aspects of drug-induced hepatitis. Klin Med (Mosk),2002,80(2): 47-50.

[50] David N, James H. Drug-induced liver disease Current Opinion in Gastroentrerology, 2003, 19 (3): 203-215.

[51] Tomomi O,Tohru T,Tokiji H,et al. Carbamazepine-induced hypersensitivity syndrome,associated with human herpesvirus 6 reactivation. J Clinical Psychopharmacology,2004,124(1):105-106.

[52] Ilario MJ,Ruiz JE,Axiotis CA. Acute fulminant hepatic failure in a woman treated with phenytoin and tri-methoprim-sulfamethoxa. Arch Pathol Lab Med,2000,124(12):1800-1803.

[53] Wong IC,Mawer GE,Sander JW. Adverse event monitoring in lamotrigine patients:a pharmacoepidemio-logic study in the United Kingdom. Epilepsia,2001,42(2):237-244.

[54] Rasd M,Goldin R,Wright M. Drugs and the liver. Hospital Medicine,2004,65(8):456-461.

[55] Colic-Cvrlje V,Naumovski-Mihalic S,Colic A. Clinical aspects and therapy of toxic hepatitis. Acta Med Croatica,2003,57(3):183-188.

第二节 抗癫痫药对血液系统的影响

一、抗癫痫药物对血液系统的影响

抗癫痫药物(AEDs)几乎对血液系统的各种成分均有影响。包括白细胞减少、血小板减少、血小板黏附或聚集障碍、淋巴细胞增多或减少、淋巴瘤样改变、一过性纯红细胞发育不全、再生障碍性贫血、类白血病反应、平均红细胞容积增加、大红细胞症、溶血性贫血、凝血因子下降、出凝血时间延长等。这些病例往往在治疗前检查血液学各项参数均正常,且停药后恢复正常,少数病例再次给药后血液学异常再次出现。副作用发生时间和严重程度各不相同,可以是复发性、一过性或持久性;可以在服抗癫痫药物后立即出现也可以在治疗开始后几年才发现,或是特发的不可预知的反应。如果不长期观察凝血功能情况,要确定这些变化的确切时间是比较困难的。上述症状往往在接受外科手术时或患感染性疾病时才偶尔被发现。

Blackburn(1998)等进行的一宗大样本调查(总共29 357例患者接受684 706份处方)显示,在10~74岁服用抗癫痫药物的患者中,血液系统副作用的总发生率为3/10万~4/10万处方;中性粒细胞减少症发生率为1.2(0.5~2.3)/10万处方,血小板减少症发生率为0.9(0.3~1.9)/10万处方,溶血性贫血发生率为0.4(0.1~1.3)/10万处方;其他还包括双系白细胞减少症、全血细胞减少症及再生障碍性贫血等。在21例严重血液病中18例与抗癫痫药物存在时间关联,17例正在服用卡马西平(CBZ)、苯巴比妥(PB)、苯妥英(PHT)或丙戊酸(VPA),其中7例服用2种或2种以上药物。四种药物的血液系统副作用发生率没有差异。

Handoko(2006)等对英国全科医师研究数据库670例患者(实验组173例为明确诊断为再生障碍性贫血和对照组497例)进行回顾性研究,实验组中抗癫痫药的使用比例为9.2%(16例),对照组为0.8%(4例),发现抗癫痫药的使用与再生障碍性贫血有明显相关性。调整优势比(OR)9.5%,95%的可信区间为(3.0~39.7)。使用最多的抗癫痫药为卡马西平、丙戊酸、苯妥英。16例服用抗癫痫药患者存在异质性:年龄从1~92岁,服用时间17天~6.8年不等。研究表明抗癫痫药的使用,尤其是卡马西平和丙戊酸,使再生障碍性贫血的发生增加了9倍。

由于常采用较高剂量VPA以达到足够的癫痫发作控制,VPA引起血液系毒性反应的报告逐年增多。据统计VPA血液学毒性反应发生率为1%~32%(Bourg,2001)。Acharya(2000)等以"丙戊酸"、"血液学"、"出血"作关键词检索了VPA单药或多药治疗所致的血液学毒性。结果发现,VPA 可以直接抑制骨髓引起再生障碍性贫血或影响一个或多个细胞系导致外周血细胞减少;偶尔引起致死性骨髓衰竭、骨髓发育不良及类似于急性早幼粒细胞白血病样临床表现;大红细胞症、中性粒细胞减少及纯红细胞再生障碍也见报道但常常是轻微的、非致命的;与 VPA 应用相关的出血素质包括血小板减少症、血小板功能异常、纤维蛋白原血浆水平下降、获得性 I 型血管性血友病(Von Willebrand)。其中血小板减少症的发生率为 5% ~40%,但临床出血罕见。Gerstner(2006)等对服用丙戊酸的儿童的调查显示丙戊酸导致凝血功能紊乱的发生率很高,估计儿童应用丙戊酸发生凝血功能紊乱的几率接近 4%。Stahl(1997)等报道,1 婴儿被服用 VPA 的母亲母乳喂养后,出现血小板减少性紫癜及网织红细胞增多症,停止母乳喂养后症状恢复。

瑞典药物副作用咨询委员会对 1965~1987 年抗癫痫药物副作用报告统计,儿童及成人的 CBZ 血液系统毒性反应(主要为可逆性白细胞减少症)为 12%,其中 60% 发生在最初治疗的 2 个月内(Askmark,1990)。用 CBZ 者再生障碍性贫血发生率为每年 39/10 万(Kaufman,1997)。CBZ 导致严重粒细胞缺乏症少见,个案报道显示其骨髓象呈现广泛改变:假性细胞增多伴中性粒细胞缺乏、未成熟细胞(原粒细胞,早幼粒细胞)增多、类似急性髓样白血病特征。注意与 CBZ 治疗相关的良性中性粒细胞减少症鉴别,后者常常呈自限性。Cates(1998)等认为,皮疹可能是 CBZ 引起致死性再生障碍性贫血的先兆。因此,对出现皮疹的患者应加强全血细胞计数的监测,特别是老年患者。

Kolla(2004)等报道了 1 例 38 岁 Down 综合征女性患者服用 13 年丙戊酸钠和 17 年卡马西平后出现骨髓抑制和纯红细胞生成障碍,并排除了 Down 综合征,营养因素等可能引起骨髓抑制的原因。患者白细胞和血小板计数在停用卡马西平后急剧上升;停用丙戊酸后网织红细胞计数急剧上升。停用卡马西平后纯红细胞生成障碍性贫血很快恢复,再障却没有,停用丙戊酸后再生障碍性贫血却很快恢复,所以认为丙戊酸的使用是导致持续的骨髓抑制的原因。在此之前有 5 例使用丙戊酸后短时间内发生纯红细胞生成障碍性贫血的有关报道,其中从开始治疗到出现再障的最长间隙为 2 年。卡马西平致急性骨髓抑制如白血病和血小板减少通常发生在开始治疗的 4 个月内。服用 17 年卡马西平和 13 年丙戊酸后出现急性骨髓抑制和纯红细胞生成障碍性贫血的是第一例。

1 位 81 岁老年白人妇女服 CBZ 后引起多系统过敏反应,血红蛋白降低至 6.7g/100ml,骨髓象显示细胞增多伴红细胞生成障碍,骨髓活检呈现大量低分化淋巴瘤样小淋巴细胞弥漫性浸润。进行非特异治疗后,血红蛋白值恢复,停药随访观察 8 个月,患者无淋巴瘤症状,外周血细胞计数和血红蛋白值持续正常。表明 CBZ 与淋巴组织增生性疾病有关,也有报道 CBZ 可引起非霍奇金淋巴瘤,停药后淋巴瘤缓解(Lombardi,1999)。

苯妥英还有引起多发性骨髓瘤及类似于恶性组织细胞增生症的噬血细胞性组织细胞增生症的报道。一些个例报道苯妥英使用患者发生淋巴瘤促进了随后几年其在动物中致癌性研究,证实了苯妥英可以导致淋巴瘤的发生(Gagandeep Singh,2005)。Susumu(2009)等报道了 1 例 5 岁男孩由苯妥英高敏综合征引起道的粒细胞缺乏症。扑米酮(Laurenson,1994)及乙琥胺(Massey,1994)均可引起致死性再生障碍性贫血。

总的来说,传统抗癫痫药物对血液系统的影响常见,但多数较轻微,而新的抗癫痫药物这一副作用少见,但其中非尔氨酯(FBM)可引起严重再生障碍性贫血,应予特别重视。该药的应用因此而受到限制,常不作为第一线抗癫痫药物使用。

已报道 FBM 相关再障 34 例,其中 13 例死亡,11 例完全恢复,7 例改善,3 例不详。总的 FBM 再障危险率约为 27/10 万~209/10 万,而正常人群仅为 2/10 万~2.5/10 万。接受 FBM 治疗的儿童发生再障的危险性为 1/3000,死亡率占 FBM 治疗者的 1/10 000(Pellock,1990,1999;Kaufman,1997)。受影响的患者以成人为多,平均年龄为 41 岁,2/3 为女性,多数(94%)为高加索人。似乎与药物剂量无关,但合并用药可能发挥了重要作用,再障发生时间常在用药 1 年以内,平均为 154 天,FBM 引起再障的危险性大约是 CBZ 的 20 倍(Pellock,1999)。

尽管体外试验表明拉莫三嗪(LTG)有轻微的抗叶酸作用,但临床应用并未发现血清或红细胞叶酸浓度的改变,对血液学参数也无明显影响。大样本随访研究发现,服用 LTG 6 个月后,3994 例患者中仅有 4 例中性粒细胞减少,3 例血小板减少,2 例弥漫性血管内凝血,1 例白细胞减少症,没有死亡病例(Mackay,1997)。但 Ali Ugur Ural(2005)等报道 1 例 25 岁女性患者开始应用拉莫三嗪治疗部分性发作 8 周后出现白细胞减少症和血小板减少症,治疗过程中没有联用其他抗癫痫药及其他药物,也没有超起始剂量给药并排除了感染因素和免疫学异常。

除 FBM、LTG 外尚未发现噻加宾、奥卡西平等其他抗癫痫药物新药对血液系统的毒性报道。但 Mahmud(2006)等报道了 1 例 63 岁亚裔美国老年妇女因心理疾病应用多种抗抑郁药症状无明显好转,随后加用奥卡西平 300mg 一天两次,情绪及精神都有明显好转,但是数天后,出现血小板减少,停用奥卡西平后恢复至正常。Maria(2007)等研究癫痫患者卡马西平治疗(137 例)和奥卡西平治疗(60 例)后对血小板计数的影响,结果显示卡马西平组与奥卡西平组的血小板计数没有显著差异。没有发现血小板计数与两种药物血浆浓度和代谢有明显的相关性。然而常规剂量的卡马西平与奥卡西平与血小板计数减少有明显相关性。5 例血小板计数减少中,4 例为卡马西平使用者,1 例为奥卡西平使用者。服用奥卡西平的患者比卡马西平的患者血小板减少的发生率低,前者为 1.7%,后者为 2.9%。Jones(1998)总结了 7 个双盲对照研究,未发现有 TPM 引起再障的病例。

二、影 响 因 素

年龄和药物剂量是影响抗癫痫药物血液系统副作用的重要因素。在 Blackburn(1998)等的大样本研究中发现,<60 岁接受抗癫痫药物的患者中血液系统副作用发生率为 2.0(0.9~3.6)/10 万处方,而 >60 岁的患者中则为 4.0(1.6~8.2)/10 万处方。FBM 引起的再障尚无 13 岁以下儿童的报道。Conley(2001)总结了一所精神病教学医院 1994 年 1 月~1998 年 12 月 5 年间 VPA 使用患者血小板减少症的发生情况,65 岁以上及 VPA 剂量超过 1000mg/d 是血小板减少发生的主要因素。Trannel(2001)等也发现,≥60 岁的患者用 VPA,53.8% 至少发生一次血小板减少,而 60 岁以下的患者仅为 13.0%。Ko(2001)等在香港研究服用 VPA 的儿童血小板计数与 VPA 血清浓度、年龄、用药时间及多药治疗的关系,发现血小板计数与 VPA 血清浓度、年龄呈负相关,与多药治疗呈正相关,与用药时间不相关。VPA 谷浓度 >450mml/L 或日量 >40mg/kg 体重时血小板减少几率增大，绝大多数是轻度血小板减少。Tanindi（1996）等认为，VPA 在治疗剂量范围并不导致血小板减少和血小板功能损害，尽管 VPA 引起血小板减少有多重机制，但最主要的原因是药物剂量过高。Verrotti（1999）等发现血小板计数、血小板功能（血小板凝集及 ATP 释放）与 VPA 剂量及血浆浓度显著相关。VPA 相关血液系副作用通常发生在药物血清浓度超过 140μg/mL 时（Acharya,2000）。提示在高剂量药物治疗时，应注意监测血小板计数。

药物间的相互作用也是影响抗癫痫药物血液系统副作用的重要因素。抗肿瘤药物可显著增加 VPA 的血液学毒性反应。Bourg（2001）等的研究对象包括 70 例高分化胶质瘤用福莫司汀和顺铂治疗的患者，因既往有癫痫发作或神经外科术后即刻预防性治疗而合用 VPA、PB、CBZ 或 PHT，发现血液学毒性反应（血小板减少、中性粒细胞减少或两者同时存在）占 52.85%，其中 65% 是合用 VPA，当降低 VPA 剂量而继续应用抗肿瘤药物，血液系毒性反应显著减少。VPA 与氯氮平合用可增加中性粒细胞减少和粒细胞缺乏的危险（Pantelis,2001）。托吡酯（TPM）虽然尚无血液系副作用的报道，药理上与 VPA 也无明显的相互作用，但可增加 VPA 的副作用如血小板减少。VPA 与 CBZ 合用偶可引起严重的单一的血小板减少症（Longin,2002;Finsterer,2001）。

Hemingway（1999）等对第三世界儿童研究发现，营养不良状态并不增加抗癫痫药物对血液系统的影响。

对其他抗癫痫药物过敏或伴有免疫性疾病显著增加 FBM 引起再障的危险性：①52% 的患者以前有抗癫痫药物过敏或中毒病史；②42% 的患者有药物致白细胞减少史；③33% 的患者有免疫性异常的临床或血清学证据，如红斑狼疮等。若患者同时具备上述三种因素中的两种，则罹患再障的相对危险性将增加 4 倍（Pellock,1990）。

三、抗癫痫药相关血液学副作用发生机制

抗癫痫药物相关的血液系统毒性作用可能存在多重机制，如抗血小板自身抗体形成、直接的血小板膜效应、骨髓抑制作用或是一种特发性反应。有些学者强调血小板计数减少是 VPA 诱发出血素质的基础，但临床上常可见到服用 VPA 的患者虽然血小板计数在正常范围却仍然存在血小板功能的改变，如手术中出血。VPA 引起血小板功能改变的机制尚不清楚，可能与血小板花生四烯酸盐（AA）级联反应抑制有关（Kis,1999）。因为 AA 级联是调节血小板功能的重要元素之一，VPA 能抑制血小板环氧化酶通路和脂肪加氧酶通路，抑制血小板聚集因子血栓烷（TX）A2 的合成。研究没有发现 VPA 剂量或血浆浓度与 TX 合成抑制有关，可能是药物的一种特质反应，具体机制尚未阐明，推测 VPA 引起了血小板膜磷脂改变或抑制血小板钙内流。该研究还表明，较低剂量 VPA 即可抑制血小板 AA 级联产物 TX 合成，导致血小板激活和聚集减少，故当 VPA 与其他可以抑制血小板功能的药物合用时，可能会增加出血的危险。Verrotti（1999）等前瞻性研究了一组儿童病例，用 VPA 后患儿血小板计数显著低于对照组，且胶原蛋白和 ADP 刺激后 ATP 的释放及胶原蛋白、ADP 和花生四烯酸刺激后血小板凝集两组均有显著性差异。Szupera（2000）等用离体试验证实了 VPA 对大鼠血小板 AA 级联的影响与 VPA 相关的血细胞功能改变有关。

Gurvich(2004)等研究发现丙戊酸钠在抗癫痫有效治疗浓度时表现出很强的组蛋白去乙酰化酶((HDACs)活性,可通过诱导细胞周期停滞、凋亡和分化抑制肿瘤细胞的生长增殖。VPA能抑制肿瘤细胞增殖,诱导其发生分化和(或)凋亡并伴随细胞周期进程的受阻,机制可能与上调p21WAF1有关。丙戊酸不仅能够抑制白血病细胞的生长,还可诱导白血病细胞的分化。并且,这种作用与原有的遗传学改变无关。丙戊酸对肿瘤细胞有选择性细胞毒性,而对正常造血细胞无严重毒性,且与多种化疗药物有协同作用(Rocchi,2005;Tang,2004)。

苯妥英导致淋巴瘤的作用机制是药物的慢性抗原刺激及免疫抑制效应。拉莫三嗪引起血液系统并发症的机制尚不清楚,可能的危险因素包括合用其他抗癫痫药的血液系统副作用,超过常规剂量,或剂量的增加过快(Gagandeep Singh,2005;Ali Ugur Ural,2005)。

Kaneko(1993)报道1例CBZ对同一患者同一时间内因不同的机制对血液系统产生不同的毒性作用,血小板减少与白细胞减少被认为是由于CBZ对骨髓的抑制作用,而过敏性紫癜是因过敏反应所致。卡马西平导致血小板减少的病理生理机制还没有完全确定,还需要进一步研究。有人提出免疫机制学说,认为是没有骨髓抑制时自身抗体破坏外周血小板造成(Kumar,2003)。外周血中依赖卡马西平产生的抗血小板的IgG抗体已经被鉴定出来(Shechter,1993)。然而,在其他研究中,没有在使用卡马西平或未使用卡马西平的患者中发现抗血小板GPⅡb/Ⅲa或Ⅰb抗体(Ishikita,1999)。有报道1例服用卡马西平后出现血小板减少的患者,卡马西平环氧化物的淋巴细胞刺激测试是阳性的,但卡马西平为阴性,提示这种卡马西平的代谢产物是参与引起血小板减少的复合物(Kimura,1995)。

FBM引起的再障被认为是一种特应性反应,机制不明。新近有实验研究表明,FBM能通过氧化还原酶依赖性及非依赖性途径诱导骨髓细胞凋亡。FBM及其代谢产物W873(2-苯基-1,3-丙二醇单甲氨酸酯)在低剂量(0.1mg/ml)时诱导B10.AKM小鼠骨髓细胞凋亡增加;FBM及其代谢产物W2986[2-(4-羟苯基)-1,3-丙二醇单甲氨酸酯]在高剂量(0.5mg/ml)时诱导人类幼单核细胞系U937细胞凋亡。实验还观察到当FBM及其代谢产物诱导B细胞凋亡伴细胞内谷胱甘肽减少时,增加外源性谷胱甘肽能抑制W873诱导的凋亡但并不影响FBM或W2986诱导的凋亡(Husain,2002)。

四、处　理

抗癫痫药物相关的慢性白细胞减少症是一个临床两难问题,特别是当抗癫痫药物控制发作有效时。多数资料表明,抗癫痫药物引起的大多为无症状的白细胞减少,继续应用有效的抗癫痫药物是安全的。不应单纯依据白细胞计数来决定是否停药,如果骨髓检查正常或骨髓前体细胞与红细胞系前体细胞比例增高,抗癫痫药物继续应用,一般不会发生感染,如果比例减少或中性粒细胞绝对计数≤500/μl应停止应用抗癫痫药物。有些患者通过锻炼不容易感染,可能是锻炼导致边缘库白细胞释放增加有关。倘若有临床表现,多数情况也只需减少药量即可恢复,很少需要终止药物治疗。潜在的副作用如血小板减少症、白细胞减少症可以通过实验室检查而发现,要求至少每季度复查1次。外科手术应慎重,手术前应检查血小板功能及 Von Willebrand 因子。围术期某些病例可适用去氨基-8-D-精氨酸加压素以增加 Von Willebrand 因子水平及改善血小板功能(Acharya,2000)。即使是类白血病反应或淋巴瘤样改变,也不需抗肿瘤治疗,只需停用抗癫痫药物,并应用足够的抗生素。1 例婴儿用 VPA 后,呈现急性早幼粒细胞白血病的临床表现与骨髓象改变,停 VPA 未用抗肿瘤药物,临床及血液学异常均恢复正常(Bottom,1997)。1 例 56 岁的患者接受苯巴比妥治疗 1 个月后,出现非典型淋巴细胞增多、嗜酸性细胞增多、肝损害、发热、皮疹,皮肤活检与淋巴瘤不能鉴别,但终止苯巴比妥治疗后,临床症状与血液学指标均改善。认为是苯巴比妥过敏引起的淋巴样类白血病反应(Sakai,1993)。

据报道,锂盐(Servant,1988)、激素及粒细胞刺激因子治疗 CBZ 诱发的严重粒细胞缺乏症有效。曾用免疫球蛋白治疗 1 例由苯妥英引起的血小板减少及白细胞减少,收到戏剧性效果。故认为苯妥英对血细胞的影响是一种过敏反应(Kawagoe,1998)。

五、其 他

大凡任何事情都有问题的两方面。有些学者从抗癫痫药物血液系副作用上受到启示,抗癫痫药物有可能用于治疗白血病。Silverman(1995)等观察到 1 例老年慢性淋巴性白血病的妇女因中风后癫痫应用 CBZ 治疗 15 周后淋巴细胞计数显著减少,但因严重腹泻而先后改用苯妥英与丙戊酸钠,淋巴细胞计数又明显上升,再用 CBZ 后淋巴细胞再次显著抑制。CBZ 这一作用可能为慢性淋巴性白血病的治疗提供了一条新的途径。最近有试验证明,VPA 通过刺激 caspase 依赖及非依赖途径诱导人类白血病细胞凋亡,而发挥抗白血病作用(Kawagoe,2002)。临床实验报道丙戊酸单用或联用全反式维 A 酸对于 MDS 或急性白血病患者有一定疗效。

(李国良)

参 考 文 献

[1] Blackburn SC,Oliart AD,Garcia Rodriguez LA,et al. Antiepileptics and blood dyscrasias:a cohort study. Pharmacotherapy,1998,18(6):1277-1283.

[2] Bourg V,Lebrun C,Chichmanian RM,et al. Nitroso-urea-cisplatin-based chemotherapy associated with valproate:increase of haematologic toxicity. Ann Oncol,2001,12(2):217-219.

[3] Acharya S,Bussel JB. Hematologic toxicity of sodium valproate. J Pediatr Hematol Oncol,2000,22(1):62-65.

[4] Stahl MM,Neiderud J,Vinge E. Thrombocytopenic purpura and anemia in a breast-fed infant whose mother was treated with valproic acid. J Pediatr,1997,130(6):1001-1003.

[5] Askmark H,Wiholm BE. Epidemiology of adverse reactions to carbamazepine as seen in a spontaneous reporting system. Acta Neurol Scand,1990,81(2):131-140.

[6] Banfi L,Ceppi M,Colzani M,et al. Carbamazepine-induced agranulocytosis. Apropos of 2 cases. Recenti Prog Med,1998,89(10):510-513.

[7] Cates M,Powers R. Concomitant rash and blood dyscrasias in geriatric psychiatry patients treated with carbamazepine. Ann Pharmacother,1998,32(9):884-887.

[8] Lombardi SM,Girelli DG,Corrocher R. Severe multisystemic hypersensitivity reaction to carbamazepine in-

cluding dyserythropoietic anemia. Ann Pharmacother,1999,33(5):571-575.

[9] Pellock JM. Felbamate. Epilepsia,1999,40 (Suppl 5):S57-S62.

[10] Kaufman DW,Kelly JP,Anderson T,et al. Evaluation of case reports of aplastic anemia among patients treatrd with felbamate. Epilepsia,1997,38(12):1265-1269.

[11] Pellock JM. Managing pediatric epilepsy syndromes with new antiepileptic drugs. Pediatrics,1999,104 (5):1106-1116.

[12] Pellock JM. Felbamate in epilepsy therapy: evaluating the risks. Drug Saf,1999,21(3):225-239.

[13] Sander JW,Patsalos PN. An assessment of serum and red blood cell folate concentrations in patients with epilepsy on lamotrigine therapy. Epilepsy Res,1992,13(1):89-92.

[14] Mackay FJ,Wilton LV,Pearce GL,et al. Safety of long-term lamotrigine in epilepsy. Epilepsia,1997,38 (8):881-886.

[15] Jones MW. Topiramate—safety and tolerability. Can J Neurol Sci,1998,25(3):S13-S15.

[16] Conley EL,Coley KC,Pollock BG,et al. Prevalence and risk of thrombocytopenia with valproic acid: experience at a psychiatric teaching hospital. Pharmacotherapy,2001,21(11):1325-1330.

[17] Trannel TJ,Ahmed I,Goebert D. Occurrence of thrombocytopenia in psychiatric patients taking valproate. Am J Psychiatry,2001,158(1):128-130.

[18] Ko CH,Kong CK,Tse PW. Valproic acid and thrombocytopenia: cross-sectional study. Hong Kong Med J, 2001,7(1):15-21.

[19] Tanindi S,Akin R,Koseoglu V,et al. The platelet aggregation in children with epilepsy receiving valproic acid. Thromb Res,1996,81(4):471-476.

[20] Verrotti A,Greco R,Matera V,et al. Platelet count and function in children receiving sodium valproate. Pediatr Neurol,1999,21(3):611-614.

[21] Pantelis C,Adesanya A. Increased risk of neutropaenia and agranulocytosis with sodium valproate used adjunctively with clozapine. Aust N Z J Psychiatry,2001,35(4):544-545.

[22] Longin E,Teich M,Koelfen W,et al. Topiramate enhances the risk of valproate-associated side effects in three children. Epilepsia,2002,43(4):451-454.

[23] Finsterer J,Pelzl G,Hess B. Severe,isolated thrombocytopenia under polytherapy with carbamazepine and valproate. Psychiatry Clin Neurosci,2001,55(4):423-426.

[24] Hemingway C,Leary M,Riordan G,et al. The effect of carbamazepine and sodium valproate on the blood and serum values of children from a third-world environment. J Child Neurol,1999,14(11):751-753.

[25] Kis B,Szupera Z,Mezei Z,et al. Valproate treatment and platelet function: the role of arachidonate metabolites. Epilepsia,1999,40(3):307-310.

[26] Szupera Z,Mezei Z,Kis B,et al. The effects of valproate on the arachidonic acid metabolism of rat brain microvessels and of platelets. Eur J Pharmacol,2000,387(2):205-210.

[27] Kaneko K,Igarashi J,Suzuki Y. Carbamazepine-induced thrombocytopenia and leucopenia complicated by Henoch-Schonlein purpura symptoms. Eur J Pediatr,1993,152(9):769-770.

[28] Husain Z,Pinto C,Sofia RD,et al. Felbamate-induced apoptosis of hematopoietic cells is mediated by redox-sensitive and redox-independent pathways. Epilepsy Res,2002,48(1-2):57-69.

[29] O'Connor CR,Schraeder PL,Kurland AH,et al. Evaluation of the mechanisms of antiepileptic drug-related chronic leukopenia. Epilepsia,1994,35(1):149-154.

[30] Bottom KS,Adams DM,Mann KP,et al. Trilineage hematopoietic toxicity associated with valproic acid therapy. J Pediatr Hematol Oncol,1997,19(1):73-76.

[31] Sakai C,Takagi T,Oguro M,et al. Erythroderma and marked atypical lymphocytosis mimicking cutaneous

T-cell lymphoma probably caused by phenobarbital. Intern Med,1993,32(2):182-184.

[32] Cambon S,Rossi P,Miliani Y,et al. Severe agranulocytosis induced by carbamazepine (Tegretol). Ann Fr Anesth Reanim,1999,18(5):542-546.

[33] Salzman MB,Smith EM. Phenytoin-induced thrombocytopenia treated with intravenous immune globulin. J Pediatr Hematol Oncol,1998,20(2):152-153.

[34] Silverman DA,Chapron DJ. Lymphopenic effect of carbamazepine in a patient with chronic lymphocytic leukemia. Ann Pharmacother,1995,29(9):865-867.

[35] Kawagoe R,Kawagoe H,Sano K. Valproic acid induces apoptosis in human leukemia cells by stimulating both caspase-dependent and-independent apoptotic signaling pathways. Leuk Res,2002,26(5):495-502.

[36] Handoko KB,Souverein PC,van Staa TP,et al. Risk of aplastic anemia in patients Using antiepileptic drugs. Epilepsia,2006,47(7):1232-1236.

[37] Gurvich N,Tsygankova OM,Meinkoth JL,et al. Histone deacetylase is a target of valproic acid-mediated cellular differentiation. Cancer Res,2004,64(3): 1079-1086.

[38] Rocchi P,Tonelli R,Camerin C,et al. P21Waf1/Cip1 is a common target induced by short-chain fatty acid HDAC inhibitors (valproic acid,tributyrin and sodium butyrate) in neuroblastoma cells. Oncol Rep, 2005,13(6):1139-1144.

[39] Tang R,Faussat AM,Majdak P,et al. Valproic acid inhibits proliferation and induces apoptosis in acute myeloid leukemia cells expressing P-gp and MRP1. Leukemia,2004,18(7):1246-1251.

[40] Gagandeep Singh,Pablo Herna'iz Driever,et al. Cancer risk in people with epilepsy: the role of antiepileptic drugs. Brain,2005,128(1):7-17.

[41] The T,Kolla R,Dawkins F,et al. Pure red cell aplasia after 13 year of sodium valproate,and bone marrow suppression after 17 years of carbamazepine. PLoS Med,2004,1(2): E51:0125-0127.

[42] Ali Ugur Ural,Ferit Avcu,et al. Leucopenia and thrombocytopenia possibly associated with lamotrigine use in a patient. Epileptic Disord,2005,7(1): 33-35.

[43] Mahmud J,Mathews M,Verma S,M. D. et al. Oxcarbazepine-induced thrombocytopenia. Psychosomatics, 2006,47(1):73-74.

[44] Maria J Tutor-Crespo,Jesus Hermida,Jose C Tutor. Relation of blood platelet count during carbamazepine and oxcarbazepine treatment with daily dose,and serum concentrations of carbamazepine,carbamazepine-10,11-epoxide,and 10-hydroxycarbamazepine. Biomed Pap Med Fac Univ Palacky Olomouc Czech Repub,2007,151(1):91-94.

[45] Kumar S. Anticonvulsivant-hypersensitivity syndrome in a child. . Neurol India,2003,51:427.

[46] Shechter Y,Brenner B,Klein E,Tatarsky I. Carbamazepine (Tegretol)-induced thrombocytopenia. Vox Sang,1993,65:328-330.

[47] Kuendgen A,Sehmid M,Sehlenk R,et al. The histone deacetylase(HDAC) inhibitor valproic acid as monotherapy or in combination with all-trans retinoic acid in patients with acute myeloid leukemia. Cancer,2006,106(1):112-119.

[48] Kundgen A,Stupp C,Aivado M,et al. Treatment of myelodysplastic syndromes with valproic acid aline or in combination with all-trans retinoic acid. Blood,2004,104(5):1266-1269.

[49] Pilatrino C,Cilioni D,Messa E,et al. Increase in platelet count in older,poor-risk patients with acute myeloid leukemia or myelodysplastic syndrome treated with valproic acid and all-trans retinoic acid. Cancer, 2005,104(1):101-109.

[50] Ito S,Shioda M,Sasaki K,et al. Agranulocytosis following phenytoin-induced hypersensitivity syndrome. Brain Development,2009,31:449-451.

［51］Gerstner T,Teich M,Bell N,et al. Valproate-associated coagulopathies are frequent and variable in children. Epilepsia,2006,47(7)：1136-1143.

［52］Ishikita T,Ishiguro A,Fujisawa K,et al. Carbamazepine-dinduced thrombocytopeneia defined by a challenge test. Am J Hematol,1999,62：52-55.

［53］Kimura M,Yoshino K,Maeoka Y,et al. Carbamazepine induced thrombocytopenia and carbamazepine-10, 11-epoxide：a case report. Psychiatry Clin Neurosci,1995,49：69-70.